〔挪威〕温塞特◎著

王玲楠◎译

新娘·女主人·十字架

海峡出版发行集团 THE STRAITS PUBLISHING & DISTRIBUTING GROUP | 海峡文艺出版社 Haixia Literature & Art Publishing House

第二部　女主人

上卷 罪恶的果实

1

圣西蒙弥撒日（10月28日）前夜，巴德·彼得森把船停在比尔格西港口。尼达尔岛修道院的奥拉夫院长专程到这里来迎接他的亲人尼古拉斯之子伊兰德，并迎接和他一同归来的年轻的妻子。这对新婚夫妇成了院长尊贵的客人，被留在维格过夜。

伊兰德领着他那面无血色、满脸愁容的年轻妻子沿着防波堤一路走来。院长谈起了在海上航行的艰辛。伊兰德笑着回答道，他觉得他夫人现在最大的愿望无非就是能在陆地上睡上一晚。克里斯汀艰难地挤出一个微笑，她在心里想她这辈子再也不想坐船了。一旦伊兰德靠近她，她就感到恶心，伊兰德全身上下沾满了海腥味——包括他那被咸海水湿润的、黏在一起的乱糟糟的头发。在航海的过程中，伊兰德高兴极了。巴德爵士笑着说，在伊兰德长大的地方，那里的男孩子们经常幻想出海或扬帆远航。克里斯汀心想，伊兰德和巴德爵士确实对她抱有些许同情之心，但这些同情远远抵消不了她乘船时的难受。他们不止一次地说，等她习惯了坐船之后，就不会再感到晕船了。但是在整个航行过程中，她始终感到很难受。

第二天早上，当她骑着马穿越远离市镇的村庄时，依旧感觉像在海上一样摇摇晃晃。这里的山路并不平坦，她骑着马不停地上坡下坡，穿过险峻的山脊。如果她集中注意力看前面远处的山丘，就会发现山丘上的村落像朵朵浪花一样在海面上翻滚着，冲向无边无际的天际。

一大清早，伊兰德以前的许多亲朋好友和邻居骑着马成群结队地赶到这里来看望这对新婚夫妇。地面上结满了一层厚厚的霜冻，马从上面踏过去，发出十分响亮的响声。空气里弥漫着人和马呼出来的热气，马身上被一层薄霜覆盖着，每个人的头上和皮衣上也都结了一层白霜。此时的伊兰德看上去像极了院长，满头白发。他一大早喝了些小酒，现在被刺骨的寒风迎面一吹，脸看起来红扑扑的。他今天穿着新郎官的正式服装，幸福之情溢于言表，看起来如此的容光焕发和充满青春活力。他骑着马开心地大声与亲友们交谈着，磁性的嗓音中透露着顽皮的性格。

克里斯汀的心此时有些不安，带着悲伤，带着柔情，也带着一丝丝害怕。她晕船的后遗症还没有消失，现在只要她进任何食物，都会觉得憋得胸口疼。她感到很冷，并且心里很气愤伊兰德竟然如此高兴，如此快活。她看着伊兰德娶回自己，得意得像小孩子似的，容光焕发，她有些后悔了，内心有点同情他，想到这些事就觉得心口越发疼。她非常希望当初自己不要那么孩子气，夏天伊兰德去找她的时候，她可以让他搞清楚状况，告诉他两人的婚礼不应该太浪费。此刻她希望伊兰德也有同样的感受——他们干了那样的事情，一定摆脱不掉屈辱的阴影。

并且她害怕她的父亲。她本来以为，只要他们喝了交杯酒，他们就能比翼双飞了，说不准什么时候才可以回到自己的家。等到那一天流言蜚语早就消失了……

现在她明白了，这个地方的状况远远比自己预想的要坏。是的，伊兰德对她说过要在大宅子里面摆酒宴，不过她不知道是需要重新举行一次结婚典礼，并且这些来宾都是伊兰德和她今后的朋友，他们想要得到亲友的尊敬和友爱。这些亲友之前已经领略过伊兰德愚蠢的言行，此刻他想要挽回自己的名誉，和这些上流社会的人成为朋友。一旦真相被大家知道，那些不堪的往事传到大家耳朵里，他将会被大家嘲笑。

院长从马背上弯下腰关切地问道："克里斯汀，你看起来很不开心，是晕船症还没有缓过来吗？或是思念自己的母亲了？"

克里斯汀温柔地说："是的，院长，我的确很想念我的母亲。"

他们就这样到了史考恩[①]。他们在陡峭的山坡上前行着，脚下的悬谷是一个阔叶树林，由于披着霜，显得一片雪白，毛茸茸的，在太阳的照耀下闪闪发光。在远远的山与山之间的低地处，还有一个蔚蓝的小湖。忽然，他们从树林里穿了出来，伊兰德看着前面，非常高兴地说："克里斯汀，胡萨贝就在前面。亲爱的，希望你在那里过得开心！"

他们前面是白茫茫的广阔的田园。庄园位于山腰中的一块平台上面，仿佛是建筑在一个庞大的架子上似的。首先映入眼帘的是一

①特隆赫姆郡的一个区，伊兰德的庄园就在这个区。

栋白石教堂，旁边还有些房屋，看起来有很多人住在那儿。房屋的数量不少，排烟气窗涌出丝丝青烟。钟声响起，人们都从里面走出来，不断地欢呼来迎接他们。站在夫妻二人旁边的几个年轻人，敲打着武器，人们在敲击声中欢呼雀跃，往新郎的庄园走去。

人们走到教堂前停了下来。伊兰德把克里斯汀从马上抱了下来，牵着她的手一起走到教堂前面，神父和当地的官员已经等候多时了。教堂里面非常寒冷，阳光从一些半圆形的天窗射了进来，然而教堂里的烛光在阳光的映衬下暗淡无光。

伊兰德松开克里斯汀的手，走到男宾席那边。克里斯汀走到一群衣着华丽的陌生的女人那边，她现在感觉有些迷茫和恐惧。整个宣誓仪式庄严而隆重，不过克里斯汀冷得不行，她想舒缓自己心里的压力，向上帝祷告，然而她的祷告似乎没有被上帝听见。她心里想，在圣西蒙纪念日这天——而圣西蒙是她前任未婚夫的守护神，这或许不是什么好的征兆。

大家从教堂里鱼贯而出，准备去庄园：走在最前面的是神职人员，后面跟着的是新婚夫妻，然后是来宾。克里斯汀还是感到有些冷，她并没有心思去仔细观看这座庄园。院子又窄又长，房屋分南北两个方向陈列，规模很大，一栋接一栋地连接在一起，看起来有些古老，年久失修。

他们一行人停在了大厅的前面，神父为他们祈祷，在门上洒了圣水。然后，伊兰德带着克里斯汀穿过前面的阴暗的穿堂，打开右边的门，有一道阳光射进来。克里斯汀在门楣下低下头，同伊兰德一起走进了他的房间。

克里斯汀从没有见过这么大的房间。房间中央的地板上砌着个火炉，火炉很长，两边各有一团火。房间很宽敞，屋内有很多大柱子支撑着。她认为这里更像一座教堂或宫殿，而不是简单的小庄园里所能有的房间。房屋中地板铺高的一端，沿东边短的一面墙壁，当中有一排长凳子，这是主人和贵宾的席位，两侧的柱子之间是一些周围密不透风的床。

厅堂里面有很多蜡烛，桌子上摆了很多看起来十分昂贵的餐具，墙上的灯龛，无一没有点着蜡烛。房间的装饰很有古代的气息，上席后面还挂着一块丝绒做成的垫子，一个人正忙着把伊兰德的刻着金花的宝剑和画着一头举起前腿的红狮的白色盾挂到墙上面。

用人们为来宾脱掉外套。伊兰德牵着妻子的手，领着她走到火炉前，宾客们围成弧形，站在小夫妻俩的后面。克里斯汀的斗篷有些凌乱，一位看起来很祥和的胖妇人走上前为她整理好。当她回到原先的位置时，向小夫妻俩笑了笑，伊兰德也以笑容回礼，然后低头看着克里斯汀。现在的她看起来漂亮极了。克里斯汀又是心生怜悯之心，为他感到可悲。她晓得伊兰德看着她身穿新娘服、披着洁白的长纱站在面前会有什么想法。实际上她早上悄悄用布缠在自己的身上，艰难地把这套衣服穿了上去，还涂了些爱丝希尔德太太送的脂粉。她梳妆好以后，突然想说，此刻自己已成为伊兰德的妻子，他可以不像之前一样总盯着自己看——原因是他还蒙在鼓里。此刻她真悔恨之前没有对他说实话。

小夫妻俩牵着手站在一起，神父们在房间里走了一圈，为屋内的一切画十字祈福。

然后一个用人把庄园的钥匙递给伊兰德。伊兰德郑重地把这串钥匙挂到克里斯汀的腰上，准备当着大家的面亲吻她，这时有个男用人奉上一个大酒杯，伊兰德把酒杯放到嘴前，向克里斯汀敬酒：

“来，热烈欢迎，胡萨贝的新主人！”

她和丈夫喝了交杯酒，把剩下的酒洒到火炉里面，来宾们都开心地笑了。

音乐响起，伊兰德把克里斯汀领到主人席位前，宾客们也在餐桌旁坐好了。

过了两天后，客人们渐渐离开；又过了几天，所有的客人都走了，只剩下了小夫妻二人。

克里斯汀的第一件事就是让仆人们把全部家具搬出去，用消毒水洗干净，而且把房屋墙壁洗了一遍，接着把干稻草搬出来烧了，铺上新鲜的稻草，再铺上她随身带来的新的床单。这项工作持续到晚上很晚的时候才结束。不过克里斯汀命令仆人们把所有的房间都这么打扫，地毯也要重新洗一遍。到了第二天早上，仆人们就开始干起了这份工作，他们要尽力在周末之前完成。伊兰德摇着头笑了出来——她果真是女主人！不过他很惭愧。

尽管神父之前已经为她祈了福，但克里斯汀第一天晚上依旧无法入睡。床上有很多华丽的被褥，床单是亚麻布做的，毛毯也是很奢华的，不过被褥下面却是霉臭的稻草，那些华丽的被褥里还夹杂着小跳蚤。

这些日子她也还有了更多的发现！屋里挂着高贵的装饰，但墙壁上却一片漆黑；婚典期间有很多美食，但是因为师傅的厨艺不好，仆人又不会上菜，浪费了很多食物；他们这里仅有湿木头可以用，生火要很长的时间，四处都可以闻到浓烈的烟味。

第二天起来后她和伊兰德四处转转，巡视他们的农场，她看到的只有一片荒凉。婚宴结束之后，所有储存室里的食物和谷子差不多都吃完了。面粉也快要用完了。克里斯汀不知道只有这么点谷子和饲料，伊兰德农场里的那些畜生要怎么过冬。这些饲料几乎连小羊都喂不饱。

不过，仓库里面有很多亚麻布几乎没有用过，或许是这些年积攒下来的。还有一间仓库里放着没经过处理的羊毛，部分成袋装好，部分散落在墙角。克里斯汀拿起一缕羊毛，羊毛里散落出很多小虫卵——看来这些东西已经长虫子了。

畜生们看起来惨兮兮的，饿得非常瘦小，浑身是虱子，有的身上长了癣。她以前从没有在一个地方见过这么多羸弱的牲口。仅有马匹看起来让人舒服，被照料得很好。但是，当中却没有可以和古斯维宁相媲美的。在这里的马中，父亲曾送她的史龙凡宝是最美的一匹。她不由得走过去紧紧地搂着这匹马的脖子，脸贴着脸。这里有不少绅士小姐看过它，都对它那健壮优美的身姿赞叹不已。金萨尔庄园的一个老主人甚至痛斥道，真是糟蹋了这样一匹美丽的马儿，它应该成为最优秀的战马的！因此克里斯汀又将这匹马的父亲赞美了几句。它的父亲还要胜过它许多，几乎找不到比它更好的公马了。这可是事实，因为它曾经和区里甚至是索根的名马比过赛。这父子俩的名字还是劳伦斯给取的，劳伦斯觉得它们满身的金发就像金子一般耀眼，好像一些金色的光圈，所以取了这两个名字。生下花骢王的母马在一个夏天突然逃了出去，当人们以为它已经死了的时候，它却在秋天快要过去时又回来了。在第二年，便生下了一匹小马，很显然这匹小马的父亲一定不会是这附近的公马。所以这匹刚生下来的马便接受了硫黄和稻谷的洗礼；那匹母马，为了防止这种事情再次发生，被送进教堂里了。不过那匹小马之后长得很不错，以至于劳伦斯经常说，即使用他一半的财产换回花骢王，他也愿意。

伊兰德哈哈大笑着说道："克里斯汀，你一直都是沉默寡言的，只有在提到你的父亲时，你才会多说几句！"

克里斯汀一时间顿住了。她回想起离家的那一天，父亲把她抱到马身上的神情。旁边站了一些人，他看起来非常快乐，不过她看到了父亲眼中的余光。他摸着克里斯汀的手，和她道别。那个时候，她觉得自己好不容易可以离开了，十分开心。此刻她才感受到，只要她还活在这个世界上，一回想起父亲那时的神情，就会心痛如割。

之后，劳伦斯之女克里斯汀安排着这个家里的一切工作。一到早上，她听到鸡叫便起床，伊兰德对此十分反对，假装要强迫她留在床上睡觉——哪有人希望自己刚娶进门的老婆太阳还没出来就开始做家务。

等她弄明白这个地方的状况有多么差，她有哪些事需要处理的时候，一个想法就浮现在她的眼前。她因为要到这个地方来，做了不可饶恕的事情，但是现在只能这个样子了，不过和胡萨贝的人一样浪费上帝恩赐的东西，也是罪无可恕的。之前管事的人可耻，浪费她丈夫钱财的人也非常可耻！这几年，胡萨贝庄园没有一个合适的管家，她的丈夫大多数情况下都不在这里，并且他不知道怎么经营自己的家产，怪不得当地的官员都欺负他；而胡萨贝庄园的仆人们做事只是看自己的心情，什么时间做和做什么都由他们自己说了算。克里斯汀现在要改变这里的一切，要让这里的一切变得有条不紊，但是这做起来并不容易。

有一天她和丈夫的心腹哈尔德之子武夫说起这件事，他们应该在过冬之前就准备好谷子，至少自己家农场的谷子要准备好——实际上不需要太多。

哈尔德之子武夫说："克里斯汀，你知道，我并非庄园中干活的佣工。我们只是伊兰德的护卫——海夫特和我——并且我对农活并不擅长。"

克里斯汀说："我明白。不过武夫，我刚到这个地方不久，不了解这里，要准备这个冬天的东西不是那么容易。如果你愿意帮助我，并且给我提点建议，那最好了。"

"克里斯汀，我也很清楚，这个冬天你的确将会遇到很多麻烦。"他笑着对她说——他和克里斯汀夫妇二人说话的时候，总是出现奇怪的笑容，可以说是大胆，也可以说是在嘲笑他们，还可以说是对她有颗善良的心表达着自己的敬畏。她也认为，武夫对她有点不尊敬，但她没有权力发脾气。她和伊兰德之前让他卷入了两人的丑行里面，并且在她心里认为，这个人了解她现在的情况，她不可以去计较这些。说实在的，她觉得武夫不管说什么话做什么事，伊兰德都可以接受，而武夫对伊兰德也不是很尊敬，他们一直很要好。武夫从摩尔来，是巴德·彼得森庄园旁边一个农民的孩子。他可以直接呼喊伊兰德的大名，也直接呼喊克里斯汀的名字。在多孚尔山，这种叫法比较普遍。

哈尔德之子武夫很英俊，个子很高，皮肤很黑，长了一对漂亮的眸子，不过说起话来却相当粗野，没有分寸。克里斯汀听女仆讲过他过去的一些丑事：他每次到城里，便经常喝得酩酊大醉，到处惹是生非，并且经常去妓院里寻花问柳。不过他也是这里最值得信任的一个人——非常勤快，并且很有本事，自己也非常聪明。克里斯汀慢慢地对他有了些好感。

他接着说："前前后后发生了那么多意外，被娶进这个家的女子都没有那么顺利。但是，克里斯汀夫人，我认为你肯定会比以前的女主人更有能力。你并非那种喜欢唉声叹气、哭闹的女人。既然其他的人没有想过这件事，你一定会用毕生的精力来维护子孙后代的家产。我觉得你应该相信我，我会努力帮助你。请记住，我不爱干农场的活儿。但是，你如果来向我咨询，我会给你建议，我觉得我们应该可以度过这个寒冬。"

克里斯汀道谢之后，就回房了。

她有些心事，心神不定、坐卧不安，并且非常恐惧，不过她试图利用工作使自己摆脱这些烦恼。伊兰德有件事一直让她无法想透——他到现在都没有发现。还有个更为要命的问题，她察觉不出孩子的动静。她晓得胎儿两个月之后应该会有胎动，但是截至目前已经接近三个月了。睡觉的时候，她觉得越来越累，而胎儿却一点儿反应也没有。她想到之前的那些谣言，哪家的孩子一出生就不会走路，肌肉一点儿活力也没有；哪家的孩子生下来是个残疾，连一个完整的人都称不上。她在脑海中想象着，想着那些可怜婴儿的画面，外貌看起来非常恐怖。丽德镇的一个孩子——错了，现在应该不是小孩了。她父亲见过那个小孩，但是不愿意多说什么。她发现一旦有人提起那个孩子，他就非常不舒服。那个孩子是什么模样？天啊！别！圣奥拉夫，为我祝福吧！她必须要相信上帝的仁慈。她不是希望他照料肚子里的孩子吗？她宁愿为自己犯下的错受折磨，一心觉得上帝会帮助孩子。孩子如果是残疾，如果不会走路，母亲或许感觉不到孩子的存在，可能就是这样……伊兰德睡得有些迷糊了，发觉妻子有些不对劲，就抱着她，把自己的脸贴到了妻子的脖子上。

天亮的时候，她倒看不出有什么不开心。每天一大早，她认真穿好衣服，努力让大家看不出她有了孩子，虽然不久之后还是会暴露。

按照这里的习惯，晚饭过后仆人们要回到自己的房间，因此厅堂里面只有她和丈夫二人。这里的习俗和几百年前的习俗几乎相同，厅堂里没有餐桌，早上和晚上的时候，仆人们架起一块木板，把食物摆在上面，吃完饭后又把板子收起来靠在墙上。中午的时候，他们自己端着饭碗坐在凳子上吃。克里斯汀知道这是他们的习惯，不过目前男佣不是很好请，这种工作只能由女仆人来代替，这习惯确实有些过时了：女佣们不喜欢搬沉重的板子，搞得她们腰酸背痛。克里斯汀的母亲曾经告诉她，她小的时候圣布庄园买了餐桌，女仆们十分感激。如今她们不必回自己的房间做针线了，在厅堂就可以绣些东西，并且桌子上面摆些高档器具，非常漂亮。克里斯汀心里想，明年她要让伊兰德也买一张餐桌放在北面。

她以前的娘家把上席设在餐桌的最边上，但是床铺置于靠近门的那面墙。她母亲坐得很高，方便监督仆人们上菜。只有请客的时候拉根弗丽德才会到丈夫的身边坐着。但是这个地方的上席位于三角墙顶的中间，伊兰德任何时候都能够要求妻子和他坐在一起。她家如果有神父来拜访，父亲时常让他们坐在上席，自己和拉根弗丽德招待他们吃饭。不过伊兰德不愿意这个样子，除非客人身份非常尊贵。他不是很喜欢神职人员，经常抱怨他们是浪费钱的人物。克里斯汀想到老百姓抱怨神父贪图享乐的事情，她父亲常常对埃里克神父说，人一旦被要求付出，就总是忘记自己曾经奢靡的生活。

她从伊兰德那里得知庄园从前的样子，不过伊兰德知道得也不是很多。别人曾告诉过他是什么样子，遗憾的是他自己也记不得了。这里本来是史库尔国王的产业，由他亲自打造。据说他把莱恩庄园赠给修道院的时候，想要住在胡萨贝。伊兰德是史库尔公爵——他总是叫他“国王”——以及尼古拉斯主教的后人，他觉得自己的出身非常尊荣，主教是他爷爷的父亲。不过克里斯汀认为，他对自己家族的了解和她父亲讲给她听的差不多。在她家并非这个样子，她的家长不会因为前辈的荣耀而过于自豪。不过父亲母亲经常说起前辈，说起他们做了什么慈善的事情当作典范，说起他们不足的地方警戒孩子。他们还会说点有意思的小插曲，说起老伊瓦尔·吉斯林和史维尔国王的纷争、伊瓦尔·普罗斯特开的那些有意思的玩笑、哈瓦·吉斯林庞大的身躯以及伊瓦尔·吉斯林二世打猎的事情。劳伦斯还会说起他伯父由佛瑞塔修道院骗走佛康加世族大小姐的绯闻，说起他爷爷的母亲山尼斯之女兰波在西歌德兰总是思念家乡，某天在哥哥的陪同下，驾马车到威纳湖，好不容易穿过冰川，却消失不见了。他说起父亲用武器的本事，还说起他为前妻西格尔之女克里斯汀而难过，前妻是因为生劳伦斯大出血而死的。他曾在书上看到先人史科夫达之女艾琳圣女的故事，这个人幸运地成为上苍的血证。父亲经常说要带克里斯汀去膜拜这位先人，但自始至终都没有成真。

害怕和难过之时，克里斯汀就向这位伟人祈祷。她替自己的孩子祈祷，还亲吻父亲送给她的匣子，匣子里放着圣女的一块尸衣布。但是，克里斯汀竟然给自己庞大的家族增添了伊兰德如此大的耻辱，她惧怕艾琳圣女，恳请圣奥拉夫和圣汤玛士替她向上帝求情，总是觉得她的请求已经被圣奥拉夫和圣汤玛士听到。在众多圣徒中，她父亲最喜欢他们两个，几乎超过圣劳伦蒂斯，即使他的名字是依照“劳伦蒂斯”取的。快到秋天的时候他因为要庆祝圣劳伦蒂斯纪念日，总是请朋友过来吃饭，还派发了很多救济物资。有一天夜晚，她父亲受伤流落街头，梦到了圣汤玛士本人。他长得实在是太英俊了，劳伦斯自己也描述不出来，只是不断地说：“上帝啊！上帝啊！”穿着教袍的圣汤玛士轻柔地抚摩着父亲的伤口，使父亲得以保住了一条命和健全的身体，按照自己的愿望见到了妻女。那个时候没有一个人相信布柔哥夫之子劳伦斯可以挺过来。

的确，伊兰德说，听别人说过这件事。他本人没见过，估计未来也见不到，他向来不像岳父劳伦斯一样虔诚。

然后克里斯汀又打听起婚宴上的宾客，伊兰德对那些人了解也不是很多。克里斯汀感觉，伊兰德似乎和这里的民众很不一样。那些人大多长得很好看，头发的颜色很浅，脸红红的，长着一个圆形的头，身强体壮——还有很多年长的肥胖的人，伊兰德在他们中间就像是鹤立鸡群。他比大部分的宾客都高一截，身形消瘦，胳膊和腿都很纤细，指节也很漂亮。他有一头乌黑亮丽的头发，古铜色的皮肤，不过乌黑的眉毛和睫毛底下却是一双蓝色的眸子。他的发际线很高，两鬓凹了进去，鼻子看起来有点大，嘴巴就男人的角度来看有些小，不过还是看着很帅。她觉得没有比伊兰德更帅的人了，连他的声音也和其他人不同，很有磁性。

伊兰德面带微笑说，他家族里没有这里的人，只有他爷爷的母亲史库尔之女拉根弗丽德除外。听说他非常像外公史科葛地区的伊兰德之子高特。克里斯汀询问他外公的事情。结果伊兰德依旧是一无所知。

有一天夜晚，伊兰德和克里斯汀在厅堂里脱衣服。伊兰德无法松开鞋带，就用刀子去划，不小心划到了自己的手，流了很多血，他张口就骂。克里斯汀到柜子里取了一块布。她身穿内衣，给伊兰德处理了伤口，伊兰德突然用没受伤的那只手去抱她。

忽然，他低下头去看克里斯汀的脸，目光里全是害怕和担心，脸顿时变得红扑扑的。克里斯汀低下了头。

伊兰德收回自己的手，一句话也没说。然后克里斯汀慢慢离开，躺倒在床上。她心跳得很快，心都快要跳出来了，时不时瞄一眼伊兰德。伊兰德背靠着她，渐渐脱掉了自己的衣服，好不容易也躺倒在床上。

克里斯汀等他开口。她傻等了好长时间，有时似乎都没有心跳了，心在胸腔里轻轻地颤抖。

不过伊兰德一句话也没说，也没有抱克里斯汀。

后来他犹豫着轻轻抱着她，脸紧紧地靠在克里斯汀的肩膀上，坚硬的胡子把她的脸都弄疼了。他依旧一言不发，克里斯汀侧着身子对着墙壁。

她感觉自己好像坠入了深渊。此刻他知道克里斯汀有了他的孩子，居然没有话对克里斯汀讲。她在黑夜中默默忍受着。她不祈求——他如果不愿意说话，那她一定不会发出声音，就算到她生产的日子。她心里非常难受，但还是安静地躺在那里。伊兰德也安静地躺在床上。两个人沉默不语地待了几个小时，都明白对方没有睡觉。后来她听到伊兰德呼气的声音，知道伊兰德已经入睡，才忍不住流出哀伤、悲凉和惭愧的泪水。她觉得，在这件事情上自己一辈子也不会原谅他。

这种情形一直持续了三天。克里斯汀心想，他实在像一只落水狗。她非常生气。当她看见伊兰德用质疑的眼光看着她，而她只要回看一眼，他就立刻躲开她的目光时，克里斯汀简直要气得发疯了。她由于愤怒时而感到发热，时而感到发冷。

又过了一天，她在厅堂休息，伊兰德从门口走过来，穿着骑马服，说自己准备去梅达贝庄园，问她想不想一起去，去看看梅达贝庄园——那是伊兰德送给她的结婚礼物。克里斯汀同意了。于是伊兰德便亲自替她穿好毛皮长靴，还帮她披好斗篷。

庭院里有四匹整装待发的马，不过伊兰德说，海夫特和艾吉尔要待在家里做事。然后他扶着克里斯汀骑上马。克里斯汀明白，此刻伊兰德准备谈谈他们两人之间没有谈的事情了。然而当他们缓缓穿过丛林的时候，伊兰德仍旧一言不发。

现在已经到了冬天，这里还没有下雪。空气非常清新，太阳刚刚升起，照在地面和树木上的白霜上，到处闪耀着金黄色光芒。两人骑着马从胡萨贝穿过。克里斯汀看到这里种过的农田不是很多，大多数地方都长满了野草，并且一点儿也不平坦，长满了青苔。她说起这个情况。

伊兰德随随便便地说：

“克里斯汀，你那么擅长管家，莫非不知道在大型农贸市场旁边种稻谷，一点儿好处也没有吗？出售自家的羊毛和奶油，换回进口的大米和面粉，要更划算一些。”

克里斯汀回答道：“这样说的话你之前就应该把仓库里面浪费的羊毛全都出售掉。但是据我所知，国家规定出租土地的人要用大部分的田来农作，小部分的田不用，留着长草。主人的农场自然要比租户田地照看得好一点儿。我这是我从父亲那里得知的。”

伊兰德笑着说：

“我没听过这样的规定，只要我可以收到自己应得的钱，租户们便可以随便分配他们的土地。而在胡萨贝庄园，我会按照自己的想法来做。”

克里斯汀问道：“你难道比前辈们、制定规定的圣奥拉夫以及马格奈斯国王更明智吗？”

伊兰德不由得笑着说道：

“我从来没考虑过这些问题。但是，克里斯汀，你对法律这么了解，实在是有些蹊跷。”

克里斯汀说：“我只知道一些皮毛，因为洛普斯庄的西格尔来拜访我父亲的时候，晚上大家坐在厅堂里，父亲常常请西格尔给我们讲讲最近的法规。父亲认为仆人和孩子们都应该了解一些这样的知识，因此西格尔会讲很多这方面的知识。”

伊兰德说：“西格尔……对，结婚的时候我看到过他，那个不断流泪、流哈喇子、摸你的糟老头。次日大家看我给你戴结婚头巾的时候，他的酒还没有醒呢。”

克里斯汀生气地说：“我很小的时候，他就认识我了。我年幼的时候，他常常把我放在腿上，逗我开心。”

伊兰德又笑了笑。

“确实是一种奇怪的娱乐方式——你们全都坐在大厅里，听那糟老头一次又一次地讲法规。你父亲劳伦斯的喜好实在是和普通人不同。其他人都会认为，当一个农民知悉全部土地法规，马儿知道自己的能力时，那么魔鬼也可以成为爵士了。”

克里斯汀突然大喊一声，使劲挥舞着马鞭，快速跑走，留下伊兰德一个人生气且惊讶地呆呆地看着克里斯汀骑马从他身边离开。

他忽然也挥舞起马鞭。上帝啊，峡湾！这个时候不能过去呢，这个秋天大堤溃陷了……小花骢发觉身后的马在追赶它，又加快了速度。伊兰德很是吃惊——克里斯汀居然跨过了陡坡！后来他从小路超过去到了克里斯汀的前方，转身来到有些坡度的小路上，站着等克里斯汀，让她停下。伊兰德和克里斯汀一起走着，发觉她自己好像也有点害怕了。

伊兰德转过身子，打了克里斯汀一个巴掌。小花骢马往远处跳了起来，害怕地后退几步。

马平静下来了，两人骑着马一起走着，伊兰德激动地说：“对，你自找的。这种折腾法……让我很生气。你让我担心死了。”

克里斯汀低垂着脑袋。伊兰德没有看到她的脸，他太希望刚刚没有打那一巴掌。不过他接着说：

“你让我担心，克里斯汀……你这样折腾！特别是在此刻。”他的声音有些沉闷。

克里斯汀没有回答，也没有看他。不过伊兰德认为，现在克里斯汀不像以前一样愤怒。他对此非常诧异，不过他觉得事实就是这个样子。

二人来到梅达贝，一个伊兰德的租户过来邀请他们到房间里面去。伊兰德说还是先去看看这里的建筑比较好，克里斯汀也被要求一同前去。

他边笑边说：“史坦恩，此地已经是克里斯汀的了——管家这种事情克里斯汀比较擅长。”在场的很多农民，专门过来当见证人，当中也有一部分是伊兰德的租户。

史坦恩从去年来到这个地方时，就一直要求伊兰德过来看一看房子的样子，或者让别人代替他过来看一看。别的农夫也说，这里没有一间完整的房屋，有些房子已经自行倒塌，在史坦恩住进来的时候就很破了。克里斯汀觉得这里是一个很棒的农场，只是荒废了。她还觉得史坦恩是个勤快的人。伊兰德很讲道理，允诺在修补好房屋之前史坦恩可以少交点租金。

然后他们来到大厅，看到餐桌上满是美食和高度数啤酒。史坦恩的夫人请克里斯汀谅解她没有去迎接他们。她说自己在生下孩子后还没有去过教堂，她丈夫不准她到外面去。克里斯汀礼貌地向史坦恩夫人问好，还要她带自己去见见她的小宝贝。这个孩子是他们的第一个孩子，刚生下来十几天，长得白白胖胖。

然后伊兰德和克里斯汀坐到了上席，所有人都就座，准备吃饭。吃饭期间克里斯汀和大家相谈甚欢。伊兰德很少说话，那些农夫们也没说什么，但是克里斯汀还是能感觉到他们的善意。

这时候婴儿睡醒了，开始是小声地哭，后来就是大哭大闹，他母亲不得已去哄他，给他奶水喝。克里斯汀几次观察他们娘俩，婴儿吃饱之后安静了下来，她伸手去抱史坦恩夫人手上的孩子，放在自己的怀里。

克里斯汀说："瞧瞧！亲爱的！他难道不是个英俊的小伙子吗？"

伊兰德没有理会她，漫不经心地说："嗯，对啊。"

克里斯汀抱了小孩一段时间，才把孩子递还给史坦恩夫人。

克里斯汀说："亚安蒂丝，我会派人送给这孩子一件礼物。这个小婴儿是我来到这个地方，抱过的第一个小孩。"

她用挑衅的目光看了丈夫一眼，但脸上却挂着微笑，然后她又看了看坐着的农夫们。当中有些人动了动嘴角，然后仔细地看着前面，假装很正式的样子。这时候有个喝多了的老人站了起来，从啤酒杯里拿出一个勺子，放到面前，把酒杯高高举起说：

"现在，夫人，请让我为你祈福，希望下一个你抱着的是胡萨贝庄园的继承人。"

克里斯汀从座位上也站了起来，拿过酒杯。她先把酒杯递给伊兰德，伊兰德只是喝了一点儿意思一下，克里斯汀把一杯酒都喝了。

她向老头点头示意说："善良的老人，谢谢你对我的祝福。"她看起来非常高兴，然后把酒杯递了过去。

伊兰德满面通红，克里斯汀知道他不高兴。不过她觉得很开心，她想放声大笑。过了不久，伊兰德示意要走，他们就准备回家。

两人沉默不语地骑马走了一段路程，伊兰德忽然很生气地说：

“你认为让大家知道你未婚就和我有了孩子是一件很光荣的事情吗？你可以拿自己的心做赌注，几天过后我俩的事会被每一个人知道……”

克里斯汀最初没有说话。她从马头上方看向前方，她脸色苍白，看起来一点儿血色都没有，伊兰德有点担心了。

克里斯汀没有看他，过了好一会儿才开口说：“我这一辈子都不会忘记，你对躺在我肚子里的孩子说的这第一句话。”

伊兰德哀求道：“克里斯汀……”她没有说话，依然没有看他，他再次哀求道：“我的克里斯汀，克里斯汀大人！”

她没有回头，仅是用冰冷的口气回答道：“大人，还有什么吩咐？”

伊兰德气急败坏地咒骂，然后挥舞起马鞭，快速地走了。但过了一会儿，他又返回来找克里斯汀。

他说：“刚才你太令我生气了，我几乎要独自离开，丢下你自己在这个地方。”

克里斯汀冷冷地说：“要是那个样子，你或许要等很长时间，我才会回去。”

伊兰德绝望地说：“你这是什么意思啊！”

两人又沉默地走了一段时间。过了一会儿他们到了一个地方，有条小路通往山里，伊兰德对克里斯汀说：

“我相信从这个地方走会绕一些路，比较远，但是我想和你一起上去看看。”

克里斯汀没精打采地同意了。

不久，伊兰德说他们最好下马自己走，他把马拴了起来，说：

“我和弟弟哥恩纽夫在这座山的顶端有一个寨子。我想过去瞧瞧寨子是不是还在。”

他牵着克里斯汀的手。克里斯汀没有反抗，眼睛依旧没有看他，只是低头看着自己的脚。过了一会儿他们到了山顶，隔着溪水和丛林看过去，胡萨贝庄园就在对面的山上，气势很壮观，主要建筑有石头砌成的教堂和大房子，周围都是一望无际的田园，后面是成片的松树林。

伊兰德小声地说：“我的母亲时常带我来这个地方。不过她经常坐在这里眺望南方，往多孚尔山峡湾看。我估计她每天都想逃离胡萨贝。偶尔她也会看北方，看着远处清澈的溪水——多孚尔山峡湾的另一边。她一次都没朝胡萨贝庄园的方向看。”

他说话很温柔，有点请求的感觉。克里斯汀一点儿反应也没有。他忽然走到别的地方，用脚踢着脚下的冻土：

“不，我估计在这个地方看不到哥恩纽夫和我的秘密基地了。说实在的，我们有太长时间没到这个地方来了，哥恩纽夫和我。”

克里斯汀毫无反应。伊兰德脚下有个被冻住的小池塘，他拿起一块石子，扔到冰面上。池塘被彻底地冻住了，因此石子只在冰面留下一个小小的白点。他接着又拿起一块石子，使劲往下扔，并接连不断地重复这个动作。接下来他愤怒地扔下很多石子，一心试图把冰面砸开，这个时候他看到了夫人的脸：她站在那里——日光里带着瞧不起，正嘲笑着他可笑的举动。

伊兰德转过身来。就在这个时候，他看见克里斯汀脸色惨白，眼睛紧紧闭起，手在空中乱挥，摇摇摆摆，好像要晕过去一样，接着抓住旁边的一棵树，平衡住了自己。

“克里斯汀……你怎么了？”他担心地问。克里斯汀并没有说话，就像在听什么声响一样，眼光有些怪异。

这个时候她察觉到了，她的肚子里面好像有什么东西在猛烈地摇晃。她此刻头昏目眩，感觉全世界都在摇晃，只是此刻比刚才好多了。

“你怎么了？”伊兰德继续问道。

她期待这一天已经很久了，甚至没有勇气承认她是多么期待这一天的来临。但此刻她不可以说这件事，因为在他们夫妻二人今天一天都不和睦的情况下是不宜谈论这个问题的。不过伊兰德道出了原因：

他抚摩着克里斯汀的肩膀，轻柔地问：“是我们的宝贝在里面动了吗？”

就这一句话，便让克里斯汀对伊兰德的怒气全消，她靠在伊兰德的身上，把脸埋在他的胸前。

不久，他们来到山脚下拴马的位置。短暂的一天将要逝去，他们身后的西方树梢上，太阳即将落下，在云中形成一个红色的火球。

伊兰德检查了克里斯汀的马鞍是否系好，待仔细检查过后，才把她抱上马。接着他解开他的拴马绳，取过腰间的手套，但是只拿到一只，于是在附近到处寻找。

克里斯汀忍不住地说：

“伊兰德，在这个地方找东西是不可能的。”

伊兰德说："即使你对我有怒气，但是看到我把东西掉到哪个地方，也应该告诉我一声啊。"那双手套是克里斯汀自己做的，随着嫁妆一起赠送给了伊兰德。

克里斯汀低着头，小声地说："它是在你刚刚对我动粗的时候，从里面掉下来的。"

伊兰德站在那里，把手搭在马背上。他有些不好意思，也有些难过。不过他突然笑出来说：

"克里斯汀，我从来没有想过，我向你求爱，找了那么多亲友替我向你求亲，受了那么多的委屈和你结婚，那个时候从没有料到你会这么泼辣！"

克里斯汀也跟着笑了起来：

"错了，你要是料到，肯定早就不愿意娶我了，那样的话对你会更好。"

伊兰德向克里斯汀又靠近了一些，把手搭在了她的腿上：

"上帝帮了我，克里斯汀，你哪次听过我做了什么明智的决定？"

他把头放在克里斯汀的腿上，一双明亮的眸子看着克里斯汀的脸。克里斯汀也是满面春风，非常高兴。她低下了头，想要隐藏自己的快乐和目光。

伊兰德牵着克里斯汀的马，让他的马在后面跟着，就这样一直牵着走到山脚下。每一次他们四目相视的时候，伊兰德总是面带笑容，而克里斯汀也是面带微笑地把头转过去，防止伊兰德看到她在笑。

他们再次回到大路上，伊兰德高兴地说："好了，克里斯汀，现在应该回家了，瞧我们开心得像做了什么恶作剧一样！”

2

圣诞节前夜风雨交加，坐雪橇是不适宜出行的。因此伊兰德和亲戚们只好骑马去柏西教堂做礼拜，克里斯汀则被迫待在家里。

克里斯汀站在房间门口目送他们远去。他们握着明亮的火把照亮古老房屋里每一个黑暗的角落，还映射到院子里水洼处的冰上。寒风吹着火苗，火苗被吹得到处摇晃。克里斯汀等到他们的喧哗嘈杂声消失，才回到了房间里。

厅堂的餐桌上点了蜡烛。没吃完的食物杂乱无章地堆放在桌子上——有一些稀粥，有没吃完的面包，还有泼出来的啤酒，旁边放着鱼刺。准备在这里过夜的仆人们早就铺好自己的床铺睡觉去了，房间里只剩下克里斯汀和另外一些仆人们，还有一个被称作阿恩的老人。他从伊兰德爷爷那一代开始就在这里干活了，现在他的房子在水塘边，白天经常到这里来东摸摸西看看地做点事情，总觉得自己起了很大的作用。此时他趴在桌子上睡着了，伊兰德和武夫把他搬到角落里，为他盖上了一件破毛毯。

克里斯汀想，这个时候自己的家里肯定铺了很厚的稻草，在圣诞节期间，所有的亲戚都会在厅堂里休息。而且他们在起身去做礼拜之前，习惯于先把清洁事务做了。母亲和女佣们会把餐桌收拾得干干净净，再摆上好吃的糕点，一块块奶香蛋糕片、熏猪肉和鲜嫩的羊腿肉。高档酒杯里盛满自家的秘酿，她父亲会亲自把啤酒端到凳子上。

克里斯汀把椅子换个方向，面向着炉子——她不愿意见到那脏乱的饭桌。还有个女佣打起了令人厌烦的如雷般的鼾声。

在这些事情上她确实讨厌伊兰德——平日里在家里，伊兰德的吃相很丑，在餐盘里面乱找自己喜欢吃的食物，吃饭前手都不愿意洗洗，并且在其他人还没有吃完时，他就叫狗到桌下找东西。怪不得他家的仆人们在饭桌前也那么无礼……以前在娘家时，长辈们都让她吃饭的时候注重礼节，并且要细嚼慢咽。母亲经常说，仆人在吃饭的时候，主人在旁边看着是非常不礼貌的。务必保证农忙时雇用的工人和劳累的仆人有充足的吃饭时间，不能催促他们。

有只棕黄色的大母狗领着一群小狗在炉子旁边，克里斯汀轻声喊："冈纳。"这条狗长得非常难看，且生性狂躁，伊兰德赐给它一个暴躁老太太的名字。

克里斯汀拍了几下那只大狗说："可怜的老黄狗！"它把头放到了克里斯汀的腿上，这条狗瘦得背脊像镰刀的刀刃一样薄，前胸基本上要垂到地上了。那群小狗把它折腾得够呛。

"唉，你这可怜的老黄狗！"

克里斯汀把脑袋仰了起来，看着漆黑的天花板，她感到困了。

是的，不……克里斯汀来到这里的这些日子，生活并非很容易。他们去梅达贝那天晚上，她还对伊兰德抱怨过。伊兰德知道克里斯汀对他有些意见，因为自己的原因让克里斯汀受到伤害。

他小声说："我清楚地记得早春我们两人去树林的时候，你让我不要再纠缠你……"

克里斯汀很高兴伊兰德说了这句话。如今她总是感觉伊兰德好像什么事情也不记得了，时常觉得诧异。可是伊兰德后来说：

“但是克里斯汀，我不认为你会因为那个原因，在心里讨厌我，还表现出一副友善的样子。你肯定早就明白自己有了孩子。我认为你会像孩子一样天真和快乐……”

克里斯汀难过地说：“嗯，伊兰德，你比每个人都了解，我之前做了不该做的事，骗了最相信我的人。”不过她很开心伊兰德能这样想。“宝贝，我不晓得你有没有忘记，在这以前，你对我的态度已经有些低俗。不过上帝做证，我不但不讨厌你，对你的爱还是和以前一样强烈……”伊兰德的脸上露出尴尬的表情。

他小声地说：“我也是这样想的，可是你也要知道……这些日子，我努力想要找回自己的声誉。我宽慰自己说，有一天我肯定能回报你对我坚贞的爱情和耐心的等待。”

克里斯汀问道：

“你知道我祖父的哥哥和本塔太太的事情，他们违背了亲族的意愿，然后从瑞典逃离。老天爷让他们一辈子都没有孩子，当作对他们的惩罚。这些年你都不担心我们两个也会有这样的下场吗？”

紧接着，克里斯汀用她颤抖的声音轻轻地说：

“伊兰德，你要知道，当我知道自己有了孩子的时候，心里非常难过。不过我觉得，一旦你不在了，在我们没有成婚之前离开这个世界，我愿意把这个孩子生下来，我不想孤孤单单一辈子。我还想，要是我因为孩子而难产死去，这样可以让你有一个合法的儿子，能在你去世以后继承你的一切，要比你没有儿子好一些……”

伊兰德激动地说：

“在我看来，要是有了孩子却失去了你，这样的付出也太大了。不要讲这样的话，克里斯汀……”他不停地说着，“胡萨贝庄园在我看来一点儿也不珍贵。当我知道奥姆不能继承我的家产之后，这种想法就更强烈了……”

克里斯汀问道：“你喜欢她的孩子超过我的孩子？”

伊兰德微笑着说：“你的孩子……我只了解他提前半年到我身边。而奥姆我却爱了十几年。”

过了一会儿，克里斯汀问道：

“你的孩子……你时常会思念他们吗？”

伊兰德说：“嗯，以前我经常去奥斯特山谷看望他们。”

克里斯汀小声说：“今年过节的时候，你可以去见见他们。”

“我去看他们，你难道不会难过？”伊兰德高兴地问。

克里斯汀回答说，她认为伊兰德去看自己的孩子是应该的。然后伊兰德又问克里斯汀，如果他把孩子带回家过圣诞节，她同不同意？

“你知道，你早晚都要看到他们的。”

克里斯汀又回答道，她认为这也是合情合理的。

伊兰德到奥斯特山谷的那些日子，克里斯汀认真地准备着过圣诞节的东西。此刻她和不熟悉的仆人们站在一个队伍中，觉得非常难受。伊兰德临走时让两个女仆和她一起睡在厅堂，当着她们的面穿衣脱衣，克里斯汀非常小心。她还会随时想起，在这个宽大的房间中，在她之前，曾经有另一个女人和伊兰德躺在一起，因此她感到自己在这偌大的房间中不能独自入睡。

这里的女仆没有预料中的那么坏，不过也称不上是好。那些疼爱自己女儿的人都不愿意让孩子在这里做事，因为这里的主人之前还将一个坏女人带到这里，并让她掌管这里的一切。女仆们一点儿纪律都没有，也不喜欢听克里斯汀的话。但是有些人慢慢爱上了新规定，也觉得克里斯汀自己动手做事很好。由于克里斯汀愿意倾听，又很有礼貌，她们变得善于交谈，也很有兴趣交谈。而且克里斯汀对人们总是一副友善的样子，从来没有发怒过，一旦有人破坏了她的规矩，她就当作那人不晓得应该怎么干，然后安静地去教导她们。克里斯汀是从父亲那里学来了这套做法的——柔伦庄园没有仆人下一次还会犯同样的错。

他们就这样平安地度过了这个寒冬，以后克里斯汀还可以考虑辞掉那些令她不满的和屡教不改的女仆。

有件事她一定要在没人的时候做。清晨她独自待在厅堂，给即将出生的宝宝做新衣，还有柔软的襁褓毯，以及孩子将要用到的其他东西。她做新衣的时候，心里很害怕，又突然因为为孩子祈祷过而感到信心满满。对，宝宝在她肚子里面动了，让她白天黑夜都无法入睡。不过她听别人讲有些婴儿出生便是残疾，脑袋长在后面，或者多长了几根指头。她脑海里浮现出史怀恩的脸，那个人有半边脸都不正常，因为孩子的母亲怀孕的时候经历了火灾，被吓到了……

这个时候她停下手里的事情，在圣母马利亚面前跪拜，不断祈福。埃德温修士以前说过，圣母只要听见友好的话语，即便是罪无可恕的人所说，也会很开心。圣母最喜欢听到人们说："主与你们同在。"所以克里斯汀也经常这样祈祷。

这种举动可以让她短时间内平静下来。而且克里斯汀也明白，那些不尊敬上帝和圣母的人，虽然不守规矩，也不一定会因此而生下有缺陷的孩子。上帝怜悯世人，不会因为父母的罪过而降罪于他们的孩子，虽然他也必须让人们醒悟他们所犯下的罪过。但是，这种惩罚一定不会发生在她的宝贝身上！

然后她又静静地祈祷着圣奥拉夫。她听说过很多关于圣奥拉夫的故事，因此感觉和他之间很熟悉，好像两人认识一般，仿佛能看见他走在世界的每个角落。圣奥拉夫矮胖矮胖的，不过很英俊，头上戴着皇冠，金色的头发被同样闪亮的丝带捆绑着，他的脸庄严肃穆，历经沧桑，下巴上是浓厚的与头发颜色一样的络腮胡子。他的眼神热切而又深沉，好像能看穿一切；那些有罪的人，都不敢直视他。克里斯汀也是如此，在他面前低垂着脑袋，但是她一点儿都不觉得恐惧——就如同从前她因为犯错，在父亲面前低着头一样。圣奥拉夫俯视着她，虽然严肃，却没有动怒——因为她已经发誓改过。她非常渴望可以去尼达洛斯，去圣奥拉夫的坟墓前跪下。伊兰德带她来这里时，就向她承诺过，一定会带她去的。但是到现在都没有去。如今克里斯汀已经明白了，伊兰德可能不会去了：他畏惧别人对他的评价，已经不好意思去了。

有一天晚上，她和仆人在餐桌旁边坐着，有个帮佣说：

“夫人，我们不如先做宝宝的衣服，以后再帮你去找你要的东西。”

克里斯汀装作没有听到，接着说刚才谈论的事情。那个帮佣又说：

“是不是你已经从家里带了宝宝要穿的衣服？”

克里斯汀淡淡地笑了一下，转身和别人说话去了。不久，她转过头去，看到小帮佣满脸通红，用害怕的眼神盯着自己。克里斯汀接着和武夫谈话，忽然间，小帮佣失声痛哭起来。克里斯汀微微笑着，而那位小帮佣却哭得更厉害了，一把眼泪、一把鼻涕的。

克里斯汀好不容易冷静下来说："好了，菲莉达，不要这样。你已经是个成年的大姑娘了，不要像个孩子似的。"

小帮佣孩子般地啜泣着说自己不是故意冒犯，希望克里斯汀别发怒。

克里斯汀依然面带微笑地说："我并没有生气，我们吃饭吧，你不要再流泪了。我们的智慧是天生的，没有人能拥有得多一些。"

菲莉达从桌子后面迅速地站起来，飞奔到屋外，放声痛哭起来。

过了一会儿，武夫和克里斯汀说起第二天要做的事，他突然笑着说：

"克里斯汀，伊兰德如果十年前就和你有了婚约，无论从什么角度讲他都会更好。"

克里斯汀微笑着说："你是这样认为的？那个时候我还不满十岁。你准备让伊兰德等候一个小女孩当夫人吗？"

武夫一边笑一边往外面走去。

每到夜晚，克里斯汀都无法入睡，经常落下孤单和屈辱的眼泪。

圣诞节即将来临，伊兰德回到了家中，那个名叫奥姆的男孩也和伊兰德一同回来了。他带着自己的孩子来见克里斯汀，让奥姆拜见他的新母亲，克里斯汀不由自主地感到有点难受。

他是个英俊的小伙子，她希望自己未来的宝贝也能这么英俊。当她心情比较放松的时候，她会坚定地认为自己的宝贝也会健康漂亮，想象着宝贝在自己眼前长大，并且自己料想的他就是这个模样，非常像他的父亲。

就年龄来说，奥姆还不是很大，长得却很好看，细胳膊细腿，面容英俊，黑头发黑皮肤，不过拥有一双蓝色的大眸子和鲜红、娇小的嘴巴。他彬彬有礼地向克里斯汀问好，不过不是很热情。克里斯汀也没什么话题和他多说什么。克里斯汀无论走到哪个地方，总感觉奥姆在看她，她知道奥姆是在盯着她看，因此她感到自己的行动和步伐似乎变得更加僵硬了。

伊兰德和奥姆不是经常说话，她知道，奥姆是在处处躲着自己。克里斯汀对伊兰德说起奥姆，夸奥姆长得很漂亮，看起来也很机灵。伊兰德没有把女儿带回来，他认为玛格丽特还没有长大，这样寒冷的天气不适合出门。克里斯汀提到玛格丽特，伊兰德得意地说，她长得比哥哥更加漂亮，也很聪明，能把我们捉弄得要命。她有金色的头发，眼睛是褐色的。

克里斯汀心里想，那她肯定很像她的母亲，克里斯汀不由自主地开始有点吃醋。如果伊兰德像父亲那样疼爱自己的女儿，那会怎么样？伊兰德在谈起女儿的时候，语调中充满了柔情蜜意。

克里斯汀起身走到门外面。外面漆黑一片，雨下得非常大，没有月亮和星星的影子。她心里想，此刻肯定是深夜了，便拿起一盏灯，披好雨衣走到大雨里面。

她把自己放在黑暗的地方，在面前比画了几个十字，嘴里念着：“以上帝之名。”

神父的住所在院子最高的地方，目前没有人。虽然伊兰德被赶出教门已经是陈年往事了，可是这里仍然没有神职人员来住。时不时会有些牧师过来，不过新的神职人员现在和哥恩纽夫一起在别的国家，他们似乎是好朋友。其他人觉得两人冬天能回家，伊兰德坚持说，他们冬天过后才会回来。哥恩纽夫年幼的时候得过肺病，寒冷的天气并不适合他旅行。

克里斯汀走进寒风刺骨的屋子，拿了教堂大门的钥匙，然后停了一会儿。脚下非常滑。漆黑的夜晚伴着大风大雨，她这个时候出去非常不安全，特别是在今天，鬼魂都跑了出来。不过她要坚持，一定要到教堂。

她在大风大雨中自言自语地说："借着无所不能的上帝名义，我要到这个地方。"她用灯笼照亮，谨慎地行走在冰冻的草地上或有石子的地方。旁边都是漆黑一片，通往教堂的路看起来格外远，不过她还是到了。

礼堂里面非常寒冷，比屋外更加冷。克里斯汀走到祭拜坛前面，跪在受难的耶稣像面前。

她祈祷过后站起身来，待了片刻，好像知道有什么事会发生在自己身上一样，然而并没有什么事情发生。她在这漆黑的、被废弃的礼堂里觉得很冷、很害怕。

她慢慢走到祭拜坛前面，用灯光去照面前的圣像，圣像都很破旧，十分难看。放置贡品的桌子就是一块光光的石板，她知道其余的诸如桌布、书籍、圣器等东西都被锁进了屉子里面。

房间的角落有条长凳。克里斯汀走过去坐下，把灯笼搁置在地面上。她的衣服都湿了，全身冰冷，她试图把自己的脚盘在身体底下，遗憾的是这样坐非常不舒服，所以她叠好雨衣，专心致志地思考问题。此刻12点终于来临，这是耶稣诞生的时刻。

"化成了肉体，来到了大家的旁边……"

克里斯汀回想起埃里克神父说的那句话。回想起那个当助教的奥敦。回想起家乡的礼拜堂，在那里她经常站在母亲身边聆听耶稣的故事。她每年都听，努力回忆起祈祷时说的话，但她只能回忆起教堂和那些她熟悉的人。站在最前面的一群人中，她父亲用虔诚的目光看着眼前的灯火。

实在不愿意回想起家乡的教堂被大火吞噬了，这真的有点不可思议。一回忆起这件事，克里斯汀就会哭泣。今天晚上全部教徒都在教堂里相聚，但她却独自待在这里，好像很合理——今天晚上她没有资格参加圣子从贞洁的圣母腹中诞生的庆祝会。

……今年父亲和母亲肯定去圣布庄园了，但那里的仪式并不完整，她晓得去圣布庄园的人经常驾马到拉达姆最好的教堂去祈福。

在记忆里，这是她第一次没有参加圣诞弥撒。父亲和母亲最初带她去的那年，她还非常年幼。她记得父母把她安置在柔软的羊毛毯里面，父亲抱着她。那天晚上非常寒冷，全家骑马从树林中穿过，火把点亮了前方的道路。父亲的脸被火把照得发紫，头上落满了雪花。他经常把头低下来，亲亲克里斯汀的鼻子，问她冷不冷，接着转过头对克里斯汀的母亲说，克里斯汀还好着呢。当时全家好像都住在史科葛庄园，她那时大概三岁，父母都还非常年轻。这个时候她记起母亲当时的口气，她喊自己的丈夫，问克里斯汀的状况，声音很大，透着高兴、喜悦。的确，那个时候母亲的声音还很清脆……

"……伯利恒——它是挪威人心里的一片圣土，上帝在那里准备了丰盛的食物给大家……"

这是埃里克神父做祈祷的时候，站在高坛上，用通俗的语言讲的。

祈祷的间歇，大家坐在教堂的厅堂里。大家都随身带着饮料，他们和民众一起喝酒，杯子被递过来递过去。男人们经常到马厩去看看马儿。夏日的夜晚，大家会聚集在教堂门前的草地上，青年人在两次祈祷之间的空闲时间跳起了舞。

“……此刻圣母马利亚用布把自己的儿子包起来，把耶稣放在马厩里……”

克里斯汀用双手紧紧地捂着自己的肚子：

“小宝贝，乖巧的小宝贝，我的小宝贝，耶稣为了他的母亲，也一定会对我们大发慈悲的。圣母马利亚，你是苦海中的明星，是那永不消失的光亮，你给了我们生的希望。帮帮我和我的宝贝吧！小宝贝，你今天不舒服吗，为什么这么调皮。你在我的肚子里，是不是也觉得有些冷了？……”

去年圣诞节，神父说到在古时候被残酷军人杀害的无辜孩子的事情[①]。他说耶稣会把这些孩子单独挑出来，让他们先到天堂去，以证明天堂是为他们准备的。他拉着一个男童，走到人群之间说：“各位亲友，如果你们不像他们那样付出自己的生命，是无法进入天堂的。那些为孩子失望而难过的父母，希望你们可以感觉好点……”克里斯汀看到父母彼此看了一下，她马上把目光挪开，她知道自己并不在这个范围内。

那是去年，芙希尔德死后的第一年。啊！……那是我的宝贝啊！耶稣啊！马利亚啊！让我的孩子平安吧！……

去年克里斯汀的父亲不愿意去参加圣史蒂芬纪念日的宴会，不

①根据《新约全书》记载，犹太国王在听说新降生的耶稣会成为犹太人的国王后，便派人将耶稣诞生地两岁以内的孩子全部杀掉。

过朋友都来邀请他，他最后答应了。他们要从自家教堂附近的山冈出发，到洛普斯庄周围的河流岔口，和奥塔幽谷的朋友见面。克里斯汀回忆起父亲那时候骑着他那匹金色的马儿奔驰的情景：他身体挺得笔直，用力蹬着马镫，高声呼喊着前进——其余的人都被他甩在身后，正奋力向前追赶着。

不过去年他很早就回家了，而且也没有喝醉。以前，男主人们是经常半夜才回来，并且会喝很多酒。他们沿着路去拜访乡邻，到别人家喝酒，纪念这美好的日子——上帝出生的时候，圣史蒂芬骑海洛德国王的小马到约旦饮水，第一眼看到的是东面的星星。那个时候朋友们甚至给他的马儿喂酒喝，搞得它们像发了疯一样。圣史蒂芬纪念日，农民们热衷于赛马，常常搞到深夜——男人眼里只有马匹，此外别的都没有，别的都不说……

她回忆起有一年的圣诞节，柔伦庄园举办了一次很大的宴会，她父亲向神父许诺，把一匹金黄的小马——就是“古斯维宁”产下的小崽——放到草地上，没有马鞍，神父如果可以跳上马背，制伏它，把它带回来，那匹小马就送给神父。

事情过了很多年。那个时候芙希尔德还没有出事。母亲手里抱着妹妹，克里斯汀牵着母亲的衣角，有些担心，两人就那样站在房间外面。

神父拼命去抓那匹马，他抓住马的笼头，从地上一跃而起，跳上马背，他长袍的衣裾也随风飘舞。这匹烈性的马竟然举起前蹄站起来，最后不得已神父只好放开了马。

神父像个顽皮的孩子一样到处乱跑，嘴里说着：“过来……小马儿，小马儿……过来呀，小宝贝！”

父亲和一位老农民彼此搀扶着站在那里，脸因为想笑和醉酒，变得有些歪曲了。

最后也许是神父抓住了马儿，或者是父亲自愿送给了神父，无论是哪种情况，克里斯汀只记得神父走的时候，是骑着小马离开的。那时他们已经酒醒了，神父走的时候，劳伦斯毕恭毕敬地把他送上马，神父祝福过后，就道别了。神父这个时候应该是个很有威望的人……

的确，那个时候她们家过圣诞节非常热闹。后来，化装表演的人们来了，父亲把她放到脊背上面，她感觉父亲的衣服有些冰冷，头发也是潮湿的。为了保持清醒，晚上好去祷告，男的到水井旁边向对方泼水，妻子们埋怨他们，他们就笑了起来。父亲拉着她冰冷的手，放在自己发烫的前额上。这一切都发生在家门口的院子里。月亮已经出来了，父亲带她去房间时，不小心让她的头撞到了门框上，她的头上肿起一个包。然后她坐在父亲的腿上吃饭，父亲用刀柄按压她头上的肿块，还给她吃各种美味的食物，喝美味的甜酒和蜂蜜。克里斯汀还记得有许多盛装打扮的人在那里欢歌乐舞，她一点儿都不觉得害怕。

“啊，爸爸，爸爸……我的好爸爸！”

克里斯汀大声哭着，双手遮着脸。啊，要是父亲知道她现在是这个样子，该有多么难过啊！

她回到庄园，穿过院子的时候，看到烟囱已经开始冒烟，仆人们正在为去教堂祈祷的人们准备食物。

厅堂灰蒙蒙的，餐桌上的蜡烛已经燃尽了，炉子也差不多快要熄灭。克里斯汀加了一点儿木柴，把火生了起来。此刻她看到奥姆待在她的靠椅上面。她看着奥姆，奥姆立刻站起身来。

克里斯汀问道："奥姆！你没有和父亲一起去做弥撒？"

奥姆慢悠悠地说：

"我估计他肯定忘记带我一起去了。爸爸让我先休息片刻，说到时候会叫我……"

"真糟糕，奥姆。"克里斯汀说。

奥姆没有理她，片刻后回答道：

"我以为你和父亲一起去了。我睡醒的时候，这里就我自己。"

"我去教堂坐了坐。"克里斯汀说。

奥姆说："今天你敢出门？难道你不知道今天是恶魔出没的日子，不怕他们把你拖走？"

克里斯汀回答道："我认为今天不光恶魔会出没，几乎所有的神灵都会来。我之前的一个朋友，现在已经不在了。我知道他在耶稣面前，非常善良。以前他对我说，你知不知道动物们在今夜都讲了什么话？那个时候小动物们说的是外国话，大公鸡说：'Christus natus est[①]！'哦，我记得不是很清楚。别的动物说，在哪个地方？山羊咩咩地叫着说'伯利恒，伯利恒……'其他的羊说：'Eamus,eamus[②]……'"

奥姆不屑一顾地说：

"你觉得我是一个小孩子吗？可以用这种毫无根据的鬼话来哄我？你为什么不把我抱在怀里，给我奶喝？……"

---

①拉丁语："耶稣出生了！"

②拉丁语："让我们去吧，让我们去吧……"

克里斯汀轻声说道："奥姆，这些话，其实是对我自己说的，我也很想一起去弥撒。"

她看了一眼脏乱的饭桌，非常难受，便走到饭桌面前，把剩饭和剩菜倒在一个大盘子里，放到地上喂小狗，然后把抹布拿出来擦桌子。

克里斯汀问道："奥姆，你想不想和我一起到仓库去拿点吃的过来？等会儿我们来布置一下餐桌上的宴席。"

奥姆说："你怎么不让仆人去干这些事？"

克里斯汀说："在我家里，父母告诉我，节日里不要安排别人做事，每一个人要尽可能地多做。这期间干的活越多的人，以后会越幸福。"

"不过你让我去做事啦。"奥姆说。

"叫你做事又是另一回事，你是这家主人的儿子。"

奥姆拿着灯笼，他们一起穿过院子，来到仓库。克里斯汀取了很多食物，还拿了很多蜡烛。克里斯汀在拿食物的时候，奥姆说：

"大概，你刚才口中说的一切，只不过是一些农民家里的习惯。据说你父亲布柔哥夫之子劳伦斯就是个穿粗布麻衣的普通农民。"

克里斯汀说："这是谁告诉你的？"

奥姆说："我母亲。上次我们还住在这里的时候，我经常听母亲对父亲这样说：你如今该知道了吧，即使连穷苦农民都不会愿意把自己的女儿嫁给你。"

克里斯汀简短地说："那个时候你住在胡萨贝庄园想必很舒服吧。"

奥姆没有说话，他的嘴角颤抖了起来。

克里斯汀和奥姆把丰盛的食物拿到厅堂，她准备布置餐桌，不过还少一些东西，要再回去取。奥姆端起盘子，十分害羞地说：

“克里斯汀，我去吧，院子非常滑。”

她待在门口，等奥姆回来。

然后他们两人在炉子旁边烤火，克里斯汀坐在靠椅上面，奥姆坐在她旁边的长凳上。过了一会儿，奥姆小声地说：

“继母，趁着我们一起在这里等父亲，你再对我讲一些来听听吧。”

“说一些？”克里斯汀用疑问的语气问道。

“嗯……寓言或者类似的东西……你朋友对你说的适合在圣诞夜晚讲的。”奥姆不好意思地说。

克里斯汀靠着椅子，纤细的手指抚摩着扶手上雕刻的兽头。

“刚刚说的我那个朋友，去过英国。他经常讲，某个位置有一处荆棘，每到圣诞夜就要开花。阿利马西亚的圣约瑟避难的时候，在那个地方上岸，他把手杖插到地上，手杖居然长在了地上并开了花。就是圣约瑟把基督教传播到了英国。啊，我想起来了，那个地方就是格拉斯顿堡。埃德温修士也见过那种荆棘……那个村庄里，还有阿尔图尔国王夫妇的陵寝——对于这个伟大的国王，我想你一定听说过，他就是基督教里的七勇士之一……

“那里的人们认为，制作基督十字架的材料是赤杨木。不过在圣诞节，我们都是用白蜡木作为燃料，这是由于基督的父母也是用白蜡木生火的。这些都是埃德温修士告诉我父亲的……”

“遗憾的是在这里很少见到白蜡树，”孩子插嘴道，“在以前，白蜡树都是用来做枪杆的。就我所知道的，在这里，好像只剩下一棵白蜡树了——生长在东边的一个小门附近，父亲不敢砍掉它，因为它正守护着我们的家神……跟你说，克里斯汀，基督的十字架就在罗马城，他们肯定可以弄清楚，十字架到底是不是赤杨木制作的……”

“的确，”克里斯汀接着道，“我并不清楚这些是不是真的。想必你也听人们说过，十字架是用神树的幼苗制作而成的：亚当在去世之前，上帝答应塞特①将那棵幼苗送给亚当……”

奥姆说：“嗯，继续讲给我听吧。”

过了片刻，克里斯汀对奥姆说：“好了，孩子，你还是躺下休息片刻吧。你父亲还要很久才会回来呢。”

奥姆起身说：

“克里斯汀，作为亲人我们还没有一起喝酒互相祝福呢。”他到餐桌前拿了一个酒杯，敬克里斯汀，然后又把杯子给了克里斯汀。

就像寒流流过她的身体，她回忆起奥姆的母亲向她敬酒的情形。此刻，她肚子里的孩子也剧烈地动起来。克里斯汀心想，这孩子今天是怎么回事？没有出生的孩子好像可以懂她所有的心思似的，她冷孩子也冷，她担心孩子也跟着担心。她心里想，如果是这个样子，我不可以那么懦弱。她拿过杯子，与自己的继子喝了一杯。

她把杯子还给奥姆，用手抚摩着奥姆乌黑的头发，心想：“不，我一定会好好对你，你是我丈夫疼爱的儿子，我会好好待你的……”

当伊兰德回来，把结冰的手套丢在餐桌上的时候，克里斯汀已

---

①根据《旧约全书》，塞特为亚当和夏娃之子。

经躺在椅子中睡着了。

克里斯汀诧异地说：“你回来了？我还以为你会留到第二天早上做弥撒。”

伊兰德回答道：“嗯，今天的弥撒已经够多了。”克里斯汀拿过他脱下的斗篷，斗篷上全是雪花，“嗯，现在雪已经停了，冷得要命。”

克里斯汀说：“很遗憾奥姆没有和你同行。”

伊兰德说：“他埋怨我了？”接着小声地说：“并非是我忘记，当时他正休息着。你知道，你没和我一起去，多少人吃惊地看着我？我不愿意带奥姆，免得别人说闲话。”

克里斯汀没有说话，这席话令她很难过。她认为此事伊兰德做得不对。

3

那一年的圣诞节期间，夫妻两人在家里几乎不和别人来往。朋友邀请伊兰德去其他地方，伊兰德都不会去，常常待在家里，他的情绪很不好。

原来有孩子这件事比克里斯汀料想中更让伊兰德难受，从他的亲人到克里斯汀家提亲，到克里斯汀的父亲同意这门亲事之后，他到处夸耀自己的未婚妻。伊兰德不想让大家觉得，克里斯汀和她娘家的人在他心里的地位比不上别的亲人。错了——大家都明白，佈柔哥夫之子劳伦斯愿意把女儿给伊兰德，伊兰德心里高兴着呢，得意扬扬的。此刻朋友们一定会这样讲，他居然敢这样来羞辱自己未来的岳父：他们还没成亲就和克里斯汀上了床，从这里可以看出他并不是很在乎克里斯汀。婚庆典礼上，伊兰德极力邀请克里斯汀的父母到自己的庄园看看，来看一下他们现在的样子。他不仅要告诉克里斯汀的父母，他能给克里斯汀带来安逸的生活条件，而且每当他想起和贵族亲戚到处走动时，心里就特别兴奋，他明白劳伦斯和拉根弗丽德不管在哪个地方，都属于上流社会的一分子，显得与众不同。以前他住在柔伦庄园，教堂被大火吞噬之后，他总认为劳伦斯已经不是那么厌恶他了；现在他觉得，下次在柔伦庄园和他的岳父岳母见面时，大家肯定会很尴尬。

伊兰德心情不好时，便经常对奥姆发脾气，这令克里斯汀非常难过。奥姆在这里没有同龄的孩子一起玩耍，他总是做出一些令人觉得他有些讨厌的事情，有时甚至会搞出一些破坏性的事情。有一天，他在伊兰德没有同意的情况下玩了伊兰德名贵的弩弓，并把其中的一个部件搞坏了。伊兰德十分生气，给了奥姆一个耳光，发誓不让奥姆再碰庄园里任何一件东西。

克里斯汀看都没看伊兰德一眼说："这不是奥姆的错。"她坐在父子俩的后面，正在缝缝补补，"他拿那东西时，弹簧蹦了出来，他准备修好弩弓。你不可以那么不公正，奥姆长大了，房间里有那么多的弓箭，他应该被允许来玩，你最好送给他一把属于自己的弓箭。"

伊兰德生气地说："你这样说，你就自己买来送他。"

克里斯汀并未改变坐姿，依旧坐在那里说："我会的，等武夫下次去集市，我会托他购买的。"

伊兰德用愤怒和嘲笑的口气说："奥姆，你应该谢谢你那善良的母亲。”

奥姆按照伊兰德的吩咐做了，接着立刻跑了出去。伊兰德默默地站了片刻。

“克里斯汀，你那样做，是专门为了让我生气。”伊兰德说。

“对啊，我知道我是个坏泼妇。这一点儿你早就告诉我了。”克里斯汀回答。

伊兰德难过地说：“宝贝，你明白我当时说的是气话对吧？”

克里斯汀没有说话，仍旧低头做自己的针线活。过了一会儿伊兰德走了。等伊兰德走后，克里斯汀才默默地哭了。她慢慢喜欢上了伊兰德的儿子，她认为伊兰德对奥姆经常不公平。不过伊兰德的缄默和难过也让她跟着难过，她哭了一个晚上，第二天头也不舒服。如今她两手变得干瘦，连结婚戒指都要换型号了，她会把小时候的小银戒也戴在手上，要不然的话，睡着的时候，订婚戒和结婚戒就会从手指上滑落下来。

斋戒期开始前的一个星期日傍晚，彼德之子巴德爵士带着自己寡居的女儿，彼德之子慕南带着他的夫人，在没有通知主人的情况下突然来到胡萨贝庄园。伊兰德和胡萨贝庄园所有的人专门到门口去欢迎他们。

慕南爵士一见到克里斯汀，就拍了几下伊兰德的肩膀说：

“兄弟啊，看来你非常善于照料你的夫人啊，她嫁过来后已经长胖了。克里斯汀如今已经不像结婚时那样瘦弱和憔悴。她现在的面色也红润多了。”伊兰德笑了起来，克里斯汀羞得满面通红。

伊兰德没有说话。巴德爵士看上去不是很开心，两位女士装着什么也没发生一样，落落大方，安静地向主人夫妇问好。

在晚饭之前，克里斯汀让用人拿啤酒和甜酒到厅堂给客人饮用。巴德之子慕南滔滔不绝地讲个不停，还把公爵夫人写给伊兰德的信念给大家听。在信中，公爵夫人问了问伊兰德现在的情况，还向克里斯汀问好，问他目前结婚的对象是不是之前准备一同前去瑞典的姑娘等。现在正是冬季里最冷的时候，很不适合出远门——首先要穿过长长的谷地，还要乘船才能到达尼达洛斯。但是这一次慕南是被国王指派到这里的，所以他只好过来了。他还顺便去海乌格庄园看了看他的母亲，并代他的母亲向伊兰德他们问好。

克里斯汀低声问道："那你去过柔伦庄园吗？"

没有，因为他得知他们到布拉卡沙夫去参加别人的葬礼了。那个地方发生了一件很惨的事情。那个家的女主人去世了。这位女主人是拉根弗丽德的亲戚——从仓库的台子上面摔了下来，脊椎骨折断了，原因是她老公不注意时撞了她一下，使她掉了下去。那间房屋非常古老，阳台也很破旧，围栏用几根木头隔着。据说悲剧发生之后，他们只能把罗夫捆绑住，日夜看守着，免得他想不开要自杀。

大家听得直发抖。克里斯汀和这些客人之间还很陌生，不过知道他们都去了自己的婚典。她忽然有些昏昏的感觉，什么都看不到。慕南正对着她，立即站起来扶着她。当慕南扶着克里斯汀的瞬间，克里斯汀觉得他非常友善。她心里想，伊兰德那么在意这位亲戚，或许是有他的道理的。

他说："年幼时我就和罗夫相识了。人们大多非常怜悯固托姆斯之女托拉，觉得罗夫性格暴躁并且冷血。不过现在每个人都知道了，罗夫是非常爱她的。的确，的确，太多人胡说八道，说他喜欢单身生活，不过大部分男人都明白再没有比失去老婆更悲催的事情了……”

巴德·彼得森忽然起来了，走到靠墙的长凳旁。

慕南爵士低声说：“让主惩罚我这个多嘴的人吧，我总是记不住那些话不该说。”

克里斯汀不明白这到底是怎么一回事。她现在的头脑清醒了些，不过她有些担心，觉得他们好像都有些怪异。看到仆人把食物拿了进来，她非常开心。

慕南看看饭桌，搓了搓手掌：

“克里斯汀，我觉得我们应该正式地看看你，再来享用美食。就眨眼的工夫，你到什么地方搞来这么多好吃的？也许有人会觉得你向我母亲学过法术呢。不过我知道，你做任何事情都非常利索，在当家庭主妇这方面一定会令你老公满意的。”

他们到了餐桌前就座，餐桌旁的座位上全铺着高档垫子，仆人坐在外面的一排长凳上，哈尔德之子武夫坐在仆人的中间，和主人正对着。

克里斯汀镇静地和两位夫人说了些话，尽力让自己看起来没那么担心。巴德之子慕南不断地开着克里斯汀的玩笑，说着她的腹部。但克里斯汀总是装作什么事也没发生。

慕南非常肥胖，肉肉的耳朵藏在肥肉里面，面对着桌子坐着，大肚子看起来有些碍事。

他说：“对啊！我经常觉得身体在发育。某天，不晓得我是否会和这些肥油一起生长。克里斯汀，未来你的肚子会变小。我却和你不一样。你肯定不认为，我年轻的时候，腰身和你的差不多。”

伊兰德小声请求道："慕南，别说了，你这样令克里斯汀感到不舒服。"

慕南说："你既然说出这样的话，好吧，我敢对耶稣说，你此刻变成一个极度自信的人，待在自家饭桌面前，有新婚妻子陪伴。好吧，老天明白，你结婚不是很早。兄弟，你已经不再年轻了！既然你已经交代，我就不多说了。以前你在我家吃饭的时候，我可没让别人对你说要说哪些话，别说哪些话。你经常待在我家很长时间，我估计你应该不会觉得有人不喜欢你。"

"我和克里斯汀说笑，你觉得她有可能介意吗？……你觉得呢，美丽的弟媳妇？以前你不是那么轻易就会被吓到的嘛。在伊兰德很小的时候我和他就相识了。我发誓自始至终都祈求他生活顺心。伊兰德，你无论骑马还是坐船，手里握着宝剑，全都是英勇的样子，非常有男人味。但是，当你长大成人的时候，敢于正视人们的目光，为你不顾后果闯的祸负责任，我会邀请圣奥拉夫用刀把我砍碎。不，亲爱的兄弟，那个时候你就会像笼中的鸟儿一样耷拉着脑袋，等耶稣和亲戚们把你拯救出来。的确，克里斯汀，你是聪明的女人，我觉得你应该明白。此刻你或许该微笑。我相信整个寒冬你已经厌倦了自己羞愧的脸，悲伤和后悔……"

克里斯汀的脸红通通的，两只手在发抖，她不敢正视伊兰德，心里非常生气。两个不熟悉的阔太太、奥姆和仆人都待在一边。看来伊兰德有钱亲戚眼里的礼节就是这个样子……

巴德爵士开口了，他的声音很小，只想让身边的人听见：

"我不明白，伊兰德夫妇之间的事情……这种事情怎么能当作笑话来讲？伊兰德，我可是在布柔哥夫之子劳伦斯面前替你保证过。”

伊兰德激动地反驳说：“对，养父，妖魔都明白你那样做非常愚蠢。我不明白你居然会那么笨。你……我以为你知道我的事情。”

这时慕南就更加肆无忌惮了：

“的确，我此刻准备谈谈那件事有什么可笑之处。巴德，当初我去求你帮忙，说我们必须在伊兰德的这桩婚事上出点力，还记得你是怎么回答我的吗？……对，现在我要讲出来。应该让伊兰德知道当时你的想法。我那时对你说，他们两人的情况是什么样子，一旦伊兰德娶不到劳伦斯之女克里斯汀，只有耶稣和圣母才能知道伊兰德会做出什么事情来。那时你就对我说，我愿意让伊兰德娶一位他糟蹋过的女人，莫非因为那女的很长时间没有孩子，说明她不能生孩子？我估计你们了解我是什么样的人，你们所有的人——你们了解我对兄弟是什么样的感情……”慕南兴奋得流下了眼泪，“请耶稣和圣母为我做证，兄弟，我从没有想过要霸占你的家产。更何况如果我要霸占胡萨贝庄园，还有哥恩纽夫在中间碍事呢。巴德，你明白，我以前是这样向你说的……如果克里斯汀生下第一个儿子，我将把尊贵的匕首给她的孩子做礼物……这就是，我现在就可以给她了！”慕南失声痛哭地叫喊着，把匕首扔给克里斯汀，“如果你生的是个女儿，第二年应该会生儿子的……”

克里斯汀流着耻辱和愤怒的泪水，她竭力控制着自己，好歹没有哭喊出来。两位她不熟悉的阔太太只顾着安静地吃东西，好像她们对这种场面早已司空见惯似的。伊兰德来到克里斯汀的旁边，在她耳边低声说，让她把东西收起来：“不然慕南会折腾一晚上……”

慕南接着说："的确，克里斯汀，你知道，我当时想让你父亲瞧瞧，他在为你的品德做担保的时候，是不是有些过于鲁莽。你父亲当时真的太傲慢了！在他看来，我们和他不是一类人，是的，在他眼中你太好了，并且你很单纯，不应该和伊兰德这样的人结婚。你父亲说话时那种高傲的神情，好像你夜里除了和修女们待在一起在礼堂的走廊上唱赞美诗之外，不知道任何其他的事情一样。我记得我当时是这么对他说的，'尊贵的劳伦斯，您的女儿是高贵的、漂亮的女孩，并且我们这个地方的冬季非常寒冷、非常漫长……'"

克里斯汀扯下帽子把脸遮住，大哭起来，想要回到房间，不过伊兰德走过来用力把她按在座位上，让她不要动。

伊兰德气呼呼地大声说："你要学会克制自己，不要听慕南的话。难道你没有看出他喝醉了吗？"

克里斯汀感到，两位阔太太都觉得她很胆小，不会控制情绪，已经有些看不起她了。不过她实在无法控制住自己的眼泪。

巴德·彼得森生气地说：

"闭上你的臭嘴。你从来都像大嘴猴一样。……难道你就不能不用这么乱七八糟的话来伤害这么一个虚弱的女人吗？……"

"你说我是'大嘴猴'？是的，的确，我在外面生的孩子很多。但是，有些事我却没做，包括伊兰德也没做过……我们从来没有让自己的孩子认别人当父亲。"

伊兰德从座位上跳了起来："慕南！我现在命令你在我家里不要再说话了！"

慕南使劲拍着桌子，餐盘都震了起来："哦！让你的跟班闭嘴吧！你我的孩子只有一个父亲。过你嘴里的大嘴猴生活！你我的孩子都不用在朋友家里当帮佣。可是在这里，你的儿子和你一起吃饭的时候，坐的却是仆人的位置。我觉得这是非常耻辱的事情……”

巴德爵士一下子就跳了起来，举起酒杯，向慕南扔过去。他们扭打了起来，餐桌也歪了，桌上的东西都掉到了用人的身上。

克里斯汀的脸非常苍白，嘴巴张了一半。她无意中看了武夫一眼，武夫哈哈大笑，笑的样子很不礼貌。然后他端起桌子，放到原位，推到巴德他们面前。

伊兰德跳到桌子上，跪在食物中间，用胳膊夹住慕南的手，把他扯了起来。他的脸因为太用力而变了颜色。慕南踹伊兰德的养父，巴德爵士被踢得吐血，不过伊兰德立即把他推到地板上，自己接着跟过去，累到要死，大口大口地喘着气，胸部一起一伏的，像个风箱似的。

慕南站了起来，向伊兰德冲过去，伊兰德避开了几次，忽然跳到他的背上，用腿和手使劲夹住慕南。伊兰德的柔性很好；慕南是个十分强壮的人，站稳脚跟，没有人可以挪动他。他们在厅堂到处打砸，女仆大声地叫着，男仆们都站在一旁，没有一个人过去拉架。

这时卡群太太慢悠悠地从自己的座位上站了起来，她的身体很肥胖，她不慌不忙地走到餐桌前面，就像在攀越山峰一样。

她用地道的方言说：“好了，松开他，伊兰德！丈夫啊，你确实不应当对老人家说这些话，何况大家还是亲戚……”

两人都听从了她的话，慕南安静地站在一边，让夫人帮他擦拭身上流出的血液。卡群太太让他去休息，带他到床上去，他老实地跟着去了。卡群夫人和一个男用人帮他宽衣，搀扶他上床，把小门关上。

伊兰德走到了饭桌面前，在武夫面前坐了下来，武夫纹丝不动。

他用难过的语气说："我的养父！"伊兰德好像把妻子忘记了。巴德爵士坐着直摇头，眼泪沿着脸庞滑落下来。

他不断地哭泣和喘息说："武夫本不用当用人。哈尔德过世的时候，你可以继承那个农场。你知道我是准备送给你的。"

武夫回答说："你送给哈尔德的礼物并不是很好。你替他太太的用人找到一个廉价的老公，他耕地、种田、改善土地。我觉得他得到那个庄园才是合适的。并且，我不愿意当农民，更不愿意待在那个山上，看着哈斯特奈斯庄园的庭院。我仿佛每天都可以听到巴尔和薇尔波讥讽的声音，抱怨你给我的东西太多……"

巴德继续哭着说："武夫，你准备跟着伊兰德走时，我曾对你说要帮助你。在你长大明白道理后，我就说出了事情真相，我要求过你要回到自己的父亲身边来……"

"我只认我的养父为父亲，他叫哈尔德，他对我和母亲非常好，并告诉我怎么骑马和用剑……以及男人靠棍子来谋生的所有本领——我记得他曾经有一次说过……"

武夫丢掉他握着的刀，那刀从餐桌上面哐啷一声掉在地上。他站起来捡起刀，在身上擦了擦，把刀收了起来，接着对伊兰德说：

"宴会该结束了，让各位去休息吧！你没瞧见克里斯汀不适应我们会面的习惯吗？"

说罢，他从房间里走了出去。

巴德爵士看着武夫走。他待在那个地方，蜷曲在坐垫上面，好像忽然变老了。他的孩子薇儿波和一个男用人过来搀扶他，把他带走。

克里斯汀独自坐在上席那里，不停地流泪。伊兰德想上前牵她的手，不过被她使劲地甩开。她摇摇晃晃地穿过大厅，伊兰德问她是不是不舒服，她生气地说："很好。"

她讨厌这种非开放式的床铺。父母家里的床铺是用帘子围住，床上的空气非常清新。今天很闷热。她压根儿无法呼吸，感觉胸前有个重物压在自己身上，肯定是婴儿的头——她觉得小宝贝的头位于自己心口的地方，让她无法呼吸，曾经伊兰德把头放在她的胸前，她也有那样的感觉，不过今天晚上一点儿也不浪漫……

伊兰德问她："你是不是有一辈子的眼泪，怎么还哭个不停？"说完便去抱她。

伊兰德非常清醒。他的酒量很大，但是不喜欢喝太多。克里斯汀心里想：在她父母家里是肯定不会出现刚才的状况的。她从来没见过人们这样激烈地争吵，并且揭别人的伤疤。她经常看到父亲喝醉，整个房子都是喝醉的人，不过父亲从来没让家里发生这些滑稽的事情，即使主人喝多倒下了，开开心心地去休息，氛围也一直都是其乐融融的。

伊兰德恳求说："宝贝，不要那么难过嘛！这些事大可不必放在心上。"

她边哭边说："巴德爵士，哼！那样的举动。他和我父亲讲话，就像命令一样。的确，我们俩订婚的时候，慕南讲给我听的……"

伊兰德温柔地说：

"克里斯汀，我明白我在你父亲面前非常惭愧。你父亲是个好人，不过我父亲也很好。巴尔和薇儿波的母亲英加——她瘫痪并且生病几年才离开人世。那个时候我还没去我养父那里，但我知道整个事情的过程，没有男人比得上他对待妻子的态度。武夫就是那个期间生下来的。”

“那他越发羞耻了，竟然和自己生病的妻子的婢女生儿子……”

伊兰德伤心地说：“有些时候我觉得你不是很懂事，简直无法和你沟通。耶稣保佑，克里斯汀，你马上就要20岁，本该成为一个成熟的女子了……”

“的确！在这方面你的确有资格瞧不起我！”

伊兰德大声地叫道：

“你心里明白我并非此意。不过你从小就待在柔伦庄园，听你父亲的话，虽然他非常勇敢，但讲话的时候，有时像个修士，根本不像一个成年的男子汉。不，克里斯汀，求求你不要再哭了，我觉得你有些疯狂。”

克里斯汀生气地反问道：“你见过哪个修道士有六个孩子吗？”

“嗯，的确听说过，就是斯库尔德——格林，他的孩子还多一个呢，”伊兰德的声音有些不好意思，“从前他还是尼达尔岛一个修道院的院长呢……算了，克里斯汀，求求你不要再哭了！噢，上帝，你今天大概是疯了！……”

次日，慕南变得非常恭敬，他拍了一下克里斯汀的脸，十分严肃地说：“克里斯汀，我没料到你那么介意我乱说的话，不然我肯定会管好自己的嘴巴。”

慕南和伊兰德说到奥姆，说克里斯汀这个时候如果见到他，肯定很不自在，把他带走比较好，并且提议由他带奥姆出去一段时间。伊兰德觉得他说得有理，奥姆也愿意跟着慕南离开。不过克里斯汀非常舍不得奥姆，她非常喜欢自己的这个继子。

现在每天晚上就只有她和伊兰德，和伊兰德待在一起有些无聊，他待在炉子旁边，时不时说说话，要不然就喝点小酒，和狗玩一会儿。接着他在凳子上躺躺，准备睡觉，问克里斯汀是不是也该休息，就自顾自地睡着了。

克里斯汀坐着补衣服，可以听到，她的气息变得有些急促，自己也明显感觉出来了。不过这种状况也不会持续太久了。现在她完全忘记身姿灵活是什么感觉了，那个时候，她可以不费吹灰之力地系好鞋带。

伊兰德已经进入了梦乡，她不必再故作坚强。房间里，除了燃烧的木头和一只小狗移动身体偶尔发出的声音外，厅堂里十分安静。偶尔她非常诧异，之前她和伊兰德不晓得都说了些什么。他们似乎什么也没说，他们的谈话机会并不多，在那几次偷偷幽会的短暂时间里，一般都有别的乐趣……

以前的这个时候母亲和仆人晚上一般在纺布。父亲和其他的用人也在房间里，待在母亲旁边，做他们自己的事情，比如修理工具之类的。房间里坐满了人，气氛其乐融融。如果有人去仓库拿酒，通常都有另外的人问要不要给他们带点过来；在把勺子收起来前，一般会问大家是不是还有人要喝。这都是老规矩了。

那个时候有人会讲点老故事——说说古时候的那些勇士们同山灵或者巨人斗争的故事。不过父亲会讲点骑士的事情，以前他是哈肯公爵的随从，在皇宫的时候曾听过不少这样那样的故事和好听的名字，如奥山屈克斯国王、提特瑞尔爵士，以及后妃西西贝、冈妮佛、葛萝瑞安娜和伊苏……时常他们讲讲动物的事情或者别人的绯闻，男人们仰头大笑，她的母亲和女用人则低着头偷笑。

芙希尔德和阿斯丽德经常唱歌。母亲的歌声很好听，不过他们恳求半天，她才答应来一曲。她父亲就大方多了，他的琴非常棒。

后来芙希尔德放下手里的器具，身子倒向后面，两只手撑着腰。

父亲问道："小芙希尔德，你有些疲惫了是吧？"然后把她抱在自己的膝盖上。让人取来跳棋，父亲就同芙希尔德下棋，一直玩到深夜。克里斯汀没有忘记妹妹把头放在父亲肩膀上的情形，父亲用手轻拍着妹妹的背。

父亲的手指很长，左右手的小拇指上各带着一个大戒指……那是祖母给父亲的遗物。镶着红宝石的戒指是父亲的母亲结婚时的戒指，将来父亲去世后父亲准备传给克里斯汀。父亲右手那个美丽的宝石戒指，是布柔哥夫爵士在她太太怀孕期间定做的，并且说如果生的是男孩就把戒指给他。劳伦斯的母亲戴了它几天后，就把它挂在了劳伦斯的身上，劳伦斯说自己要和这个戒指一起进天堂。

唉！如果父亲知道了她的事情，会怎么说呢？一旦这件事传到了她的娘家，传到她娘家的那个区，不管父亲去教堂，还是去开会或者聚餐，大家都会在背后嘲笑父亲，说他被欺骗了，柔伦庄园为一个扮成处女的荡妇举办了隆重的婚礼，朋友们还给她戴上了圣布庄园祖传的花冠。

"我明白朋友们都认为我没有教育好自己的女儿。"她回忆起父亲讲这席话时的神情——他严肃的脸上写满难过的表情，目光里却满是欢乐。她之前也有一些毛病——在不熟悉的人面前突然插话等等，"的确，克里斯汀，事实上你一点儿都不害怕自己的父亲，"劳伦斯讲完就哈哈大笑起来，"的确，那是个坏事，克里斯汀。他们全部认为那是一件坏事。是她胆子大呢，还是父亲骂她的时候她没表现出来呢？”

……克里斯汀的身体越来越笨重，感觉也越来越难受，担心孩子不正常的想法也慢慢变淡了。她的眼光看向了未来：30天后，她的小宝贝即将出世，不过她感觉不到那种情绪，她最近老是想念父母而已。

有一天伊兰德问她想不想让人去把她母亲叫过来，克里斯汀说，不，她觉得自己的母亲不适合冬天出门，进行这么远的长途跋涉。此刻她也很悔恨，悔恨当时莱加桥庄园的托蒂丝要和她一起来到这个地方，和她一起熬过今年的寒冬，她没有同意。那个时候她认为把托蒂丝叫过来有些过意不去。托蒂丝是拉根弗丽德的用人，之前跟着主人到了史科葛庄园，尔后来到幽谷。她婚配以后，劳伦斯让她丈夫当柔伦庄园的管家，因为拉根弗丽德舍不得和自己最亲近的婢女分开。所以克里斯汀不愿意从母亲家里把她带出来。

但是此刻想一想，她生产的时候居然见不到自己熟悉的人，的确有些害怕。她非常恐惧，对生孩子的事情一无所知。母亲一次都没对她说过这方面的事情，她帮别人生产的时候，也不允许克里斯汀待在旁边，说那样的场景会让孩子们害怕。但是克里斯汀明白生孩子有时会很恐怖。她没有忘记芙希尔德生下来的时候，拉根弗丽德说，她这次生孩子之所以这么困难，是因为那个时候没有注意，钻到了栏杆下面——其他的孩子全是顺产。克里斯汀此刻想起这件事，她之前也一不小心在缆绳下面钻过……

但是，那样也不一定会难产。她还听见母亲对别的母亲说过。拉根弗丽德是当地非常有名的助产婆，别人让她帮忙，她一向都说好，即使是讨厌的乞丐和贫穷的人。不管天气再怎么糟糕，几个人抬着她，或背着她走，她也会同意帮忙。

……克里斯汀突然想到，母亲那样一个助产好手，自己的孩子身体不适，她肯定知道为什么。那么，即使不让仆人去请母亲，她自己肯定也会过来看她的。母亲一定不允许自己的宝贝在别人的怀里哭泣，渡过难关。母亲会来的，她此刻肯定在半路上了……啊！这样一来她可以恳求母亲原谅她的一切过错。生下孩子后，母亲会在她的脚边双膝跪下，感谢主的保佑。母亲会来的，母亲会来的……克里斯汀放松了下来，两只手捧着脸不断哭泣。“啊！妈妈……原谅我吧，我亲爱的妈妈。”

克里斯汀坚信母亲会过来照顾她，并且现在就在路上了。有一天她清醒地感觉，今天母亲会到。清晨她穿上衣服，到路上去等母亲。她走时没有人看见。

伊兰德之前让人把木头运到山下去，他打算把房子修理修理。虽然路都很平坦，不过她还是觉得有些费力，呼吸不过来，心跳也非常快，肚子疼得更严重了。她步行了一会儿，胀开的肚子好像要爆炸一样，并且路上要经过森林，她感到很害怕，但是这个寒冬还没听说什么野狼出没的事情，耶稣肯定会保佑她去迎接母亲，跪在地上请求母亲的原谅。她不断地向前走，向前走。

过了一会儿她来到了水边，旁边有些平房。她在水边找了一块石头坐了下来，过一会儿又站起来走几步取暖，就这样等了好长时间，后来不得已准备回家。次日，她沿着昨天的路去等母亲，经过一户人家的时候，那家的女主人跑了过来：

“老天，夫人，你去做什么呀？”

听了她的话，克里斯汀反而有些担心，不敢再往前走。她全身发抖，用恐惧的眼神看着那个女妇人。

“从树林里面经过，一旦被狼察觉到你身上的味道可如何是好？其他的幽魂也可能会袭击你。你为什么不好好想想呢？”

女主人伸手去抱克里斯汀，让她站起来，又看着她日益消瘦的脸，她的脸色有些蜡黄，还有很多褐色斑点。

她拉着克里斯汀说：“你一定要跟着我回去休息休息，然后我叫人把你送回去。”

妇人的屋子又小又破，房间里面十分脏乱，有许多小朋友在地板上玩耍。母亲让他们到别的房间去玩，并把克里斯汀的外套挂起来，让她到凳子上去休息，并帮她把脏鞋子脱下来，接着用一块毛毯包起她的两只脚。

克里斯汀再三强调不要这么麻烦，妇人依然拿出美食让她品尝。此时农妇心里想：胡萨贝庄园的纪律一定很坏，尽干这种“好事”！虽然她是个穷人的妻子，庄园里没有人可以帮忙，而且压根儿找不到人帮忙。不过在她怀孕期，她老公坚决不允许她独自到屋外。不，太阳落山之后如果她去牛棚，肯定会有人跟着她一起去。而这个当地最富有的太太出来逛逛，却要独自一个人冒着随时死去的风险，连一个用人都没有跟过来，胡萨贝庄园的仆人却闲得没事做。别人都说，伊兰德早就讨厌结婚的日子了，也不喜欢他的夫人，现在看来并不是无中生有啊……

她和克里斯汀有一句没一句地交谈着，让她多吃点儿。克里斯汀觉得非常惭愧。看到这里的食物，她的胃口变得非常好，她自从嫁到这个地方后就没有这样的感觉了，热心的妇人拿出来的食物非常美味。妇人微笑着说：似乎有钱人和我们吃的一样啊，在自己家里看到了吃的没什么欲望，到了别人家里，无论食物多么无味，都觉得非常美味。

农妇说自己是安敦之女奥德芬娜，从上幽谷来的。她看到克里斯汀非常喜欢听她讲话，就开始说起自家的故事。克里斯汀不自觉地放松了警惕，说起了父母和家乡。奥德芬娜知道，这位年轻的夫人非常思念自己的家人，所以她诱导克里斯汀接着说。克里斯汀喝了一些啤酒，觉得热乎乎的，不断地说话，一会儿哭一会儿笑。在每一个孤寂的夜晚，她非常想痛哭一场，让泪水洗掉心里的悲伤，但总是无法做到。但此时和这位妇人聊些心事，她心中的委屈却一点一点地消失了。

此刻外面乌黑一片，奥德芬娜坚持要克里斯汀等奥斯坦或她的孩子们回来，让他们护送她回到庄园。克里斯汀没再说话，虽然此时她已经很困，可是她还是那样坐着，且两只眼睛非常有神，面带微笑。自从嫁到这个地方之后，她就没这么开心地笑过。

门忽然被打开了，有个人走到房间里面大声询问是否看到一位年轻的夫人。当他看到克里斯汀坐在面前，马上跑了出去。接着，伊兰德高大的身影出现在克里斯汀的眼前。他松开手里的斧头，摇摇晃晃地走到克里斯汀面前，手扶在墙上，无法言语。

奥德芬娜走到伊兰德面前问："您在为自己的太太担心吗？"

"的确……我这样说，不怕您笑话，"他的手捧着头，"我估计不会有人和我一样像刚才那样担心。别人说她到树林里面去了……"

奥德芬娜说了克里斯汀来这里的原因。

伊兰德握住女妇人的手，说："我这一生都无法忘记您对我们两人的恩惠。"

然后他走到克里斯汀坐着的地方，站在她的面前，抚摩着她的脖子，一句话也没说。两人见面的这段时间，伊兰德就这样静静地站着。

这时胡萨贝庄园的仆人和附近村子里的男人全都到房间里面来了。大家似乎需要些酒精的刺激，于是奥德芬娜拿出啤酒，叫他们先喝点再出发。

回去的路上，男人们都套着滑雪板在田野里滑行，伊兰德把雪橇交给同行的仆人，自己扶着克里斯汀，往山下走去。此刻天色已晚，满天繁星。

他们身后传来狼的嚎叫，一声接着一声，在夜间的寂静中越来越响，看样子狼的数目非常多。伊兰德停了下来，一直颤抖着，放开了克里斯汀，克里斯汀晓得他在自己面前画了一个十字，另一只手里拿着斧头。

"噢，天哪！如果你一个人在这里碰上狼群，那该如何是好！"

他不由得紧紧地将克里斯汀拥进怀里，克里斯汀痛得低声叫起来。

同行的人乘着雪橇返了回来，努力爬到山上去，寻找伊兰德和克里斯汀。他们收起雪橇，手里拿着武器，围在他们旁边。狼群一直跟着他们到了胡萨贝庄园，狼群离他们非常近，他们在黑暗中多次看到那些狼发亮的眼睛。

他们进到厅堂里面，大多数的人都是一脸苍白的样子。

有个人说：“这实在太惊险了！”然后马上对着炉子呕吐起来。

吓坏了的女仆扶克里斯汀去休息。她吃不进去东西，现在她不再害怕了，看到那么多人为自己担心，她好像觉得有些安慰。

当厅堂只有他们两个人的时候，伊兰德走到了她的面前。

他小声地说：“你为什么要那样？”她没有说话，他控制住自己的情绪说：“你到这个地方，到我家里来，不感到后悔吗？”

过了许久，克里斯汀才明白伊兰德所指的意思：

“老天，圣母！你为什么会这么想？”

他还是小声地说：“我们去梅达贝农庄的时候，我要骑马过去，你说，我或许要等你很长时间，你才愿意和我一起回去。那个时候你的想法是什么？”

克里斯汀有些害羞，温柔地说：“哦，我是因为生气才那样说的。”她对伊兰德说自己为何这几天出门，伊兰德安静地听她讲。

伊兰德在黑暗里看着克里斯汀说：“不晓得什么时候你才可以把这里当成你的归宿。”

克里斯汀羞怯地笑着，小声说：“嗯，或许就是下个星期。”伊兰德把自己的脸靠在克里斯汀的脸上，她用手勾住伊兰德的脖子，热情地吻着他。

伊兰德温柔地说：“自从那天我打了你，你就再没有这样主动抱着我了，克里斯汀，你真是个爱记仇的女人……”

伊兰德也回忆起，自从自己知道克里斯汀有了孩子后，就再没像现在一样主动抚摩她。

这件事情以后，伊兰德对克里斯汀非常温柔体贴，克里斯汀也十分后悔之前那样对待伊兰德。

4

之后，圣格里哥利日也过去了。克里斯汀原本还以为孩子会在这期间降生的。但是现在四旬斋的圣马利亚日都快到了，孩子还没有出生。

四旬斋期间，伊兰德准备去尼达洛斯参加市民议会，可能在周一的时候才能回来，不过现在已经是周三了，还没有他的消息。克里斯汀独自坐在家里，不知该怎么办——她已经担心得没办法做其他事了。

阳光从窗户透了进来。她感觉今天的天气肯定像春天一样好。于是她站起身来，穿上一件衣服。

有个女仆人对她说，孕妇如果到了该分娩的时候孩子还没出生，那么她应该用自己的衣裾兜一点儿谷子去喂她结婚时所骑的那匹马，据说这样做非常有用。克里斯汀到厅堂的门口待了片刻。耀眼的光芒下，庭院全都成了金黄色。天空格外明亮，蓝蓝的。东边仓库门框上挂了两幅肖像，今天的天气格外好，肖像看起来非常醒目。仓库的门上还挂着船头的装饰品，上面的镀金也发出耀眼的光芒。屋顶上冰雪融化的积水向下流淌着。和煦的春风下，一缕缕的炊烟缓缓上升着。

她走到马棚里，抓起一把谷子，放在自己口袋里面。马棚的味道和马鸣叫的声音让她觉得非常舒服。不过马棚里有别的人，她十分害羞，不敢走上前去。

她从马棚里出来，把谷子丢给院子里的鸡吃。她懒洋洋地看了马夫一眼，马夫图勒正在梳洗着马毛——灰色的马现在在脱毛呢。

她时不时地闭上双眼，把自己的脸正对着太阳。由于长时间闭门不出，她的脸看起来苍白而憔悴。

她就这样安静地站着。有几个人骑马到庄园里来了。走在最前面的是个陌生的教士，他看到了克里斯汀，马上下马，伸出自己的手，面带笑容地说道：

“我猜，你应该不会这么抬举我而亲自到门口来迎接我吧。但是我依然要感谢你，我猜你肯定是我哥哥的妻子克里斯汀吧？”

克里斯汀满脸通红地说：“那你肯定是我丈夫的弟弟——哥恩纽夫神父。很高兴见到你，先生！欢迎回家！”

教士说：“谢谢你！”他按照外国通行的亲人见面时的礼节，低下头吻了一下克里斯汀的脸颊，“伊兰德夫人，希望你在这里生活幸福！”

武夫从屋里出来了，让男仆把客人的马牵到马厩。哥恩纽夫热情地和武夫打招呼：

“你在这里，兄弟，还没有结婚吗？”

武夫笑着说：“是的，除非逼着我在婚姻和死亡面前选择外，我更喜欢单身生活。”教士也笑了笑，“我早就在魔鬼面前发誓要一个人生活，就像你在这件事上对主说的那样。”

哥恩纽夫边笑边说：“的确，不管你怎么做，你都会很好的。原因是你发誓的对象一点儿也不靠谱，你是自由的。但是听别人说，即使对魔鬼发誓，也应该信守诺言……”他诧异地问道：“伊兰德去哪里了？难道他不在家吗？”客人们走到客厅时，哥恩纽夫转身去搀扶克里斯汀。

克里斯汀想要掩藏自己的羞涩，专门和婢女们待在一起，监督着仆人们开饭。她让哥恩纽夫坐在上席，自己不愿意和他一起坐，于是哥恩纽夫就把板凳搬到了克里斯汀的面前。

那时克里斯汀坐在他的旁边，发现哥恩纽夫比自己的丈夫矮了一点儿，不过好像比较强壮。他肌肉结实，宽厚的脊背非常挺拔，伊兰德却有点弯曲。哥恩纽夫穿着神父常穿的那种黑色长袍，长袍都快拖到地上了，而上面差不多都和里面的麻布衬衣一样高了，长袍用上了漆的扣子扣着，腰间还有一条绣花的腰带，上面放着一只银盒，里面是他随身带着的刀叉。

克里斯汀抬头悄悄地仔细打量这位神父。他长着一个结实的圆脑袋，脸虽然很瘦，不过却很圆润，额头不是很高，颧骨有些大，下巴非常好看，鼻子也很挺拔，耳朵十分精致，不过嘴巴有些大，嘴唇很薄，头发和伊兰德很像。另外他和慕南有些相像——她此刻觉得，慕南以前或许真的不是很好看。错了，他和爱丝希尔德有些相像——她发觉哥恩纽夫的眸子和爱丝希尔德非常相似，玛瑙黄的眼球，在乌黑的眉毛下面闪着光亮。

起初克里斯汀在这位博学的哥恩纽夫面前有些害羞。不过很快她这种害羞的感觉渐渐消失不见了。她和哥恩纽夫很聊得来。他好像不喜欢说自己，也不会炫耀自己的学识。不过她后来回忆，哥恩纽夫说的事情还真多，克里斯汀觉得自己以前一点儿也不了解挪威以外的世界到底是什么样子。她看着哥恩纽夫微笑的脸庞，把所有的烦心事都抛到了脑后。神父将长袍下的一条腿架在另一条腿上，一双强有力的白白的手抱着自己的膝盖。

傍晚哥恩纽夫和克里斯汀待在厅堂，哥恩纽夫问她愿不愿意下棋。克里斯汀说，她不知道家里有没有棋盘。

哥恩纽夫诧异地说："没有啊？"他去问武夫："武夫，你晓不晓得，伊兰德把母亲留下来的镀金的跳棋放到哪里了？还有她去世后留下来的一些娱乐用品？我想伊兰德该不会把这些东西也拿去送人吧。"

武夫说："在楼上的箱子里面。我估计，他不想让别人得到那个东西——我是说之前住在这里的人。哥恩纽夫，需不需要我去找找看？"

哥恩纽夫说："嗯，估计此刻伊兰德不会不同意了吧？"

片刻，他们搬了一个巨大的上面刻着花的箱子。钥匙就在锁孔里，哥恩纽夫便将它打开。最上边是一把琴和一件不知名的乐器——克里斯汀还是第一次看到这种乐器，哥恩纽夫称它为竖琴，又在上边弹了几下，但是听不出什么调子。下边还放着几条丝带、一些线团，还有一双绣花的手套、几条丝巾，里面有几本书，书套上扣着扣子。然后哥恩纽夫好不容易发现了棋盘。棋盘上的格子是金色和白色的，一副海象骨雕制的棋子也是金色和白色的。

直到这时，克里斯汀才意识到，在她来到这里之后，还没有看见过一件娱乐的工具。

克里斯汀对哥恩纽夫说，她不擅长下棋，对这些乐器也不太懂，不过她很愿意看看这些书。

哥恩纽夫说："嗯……克里斯汀，看样子你会读书写字？"她骄傲地说，她幼年的时候看过很多呢。在修道院的那段时光，她由于会写字被很多人表扬。

在克里斯汀翻着书阅读的时候，哥恩纽夫微笑着站在她后面。这里面有一本是描写特里斯丹和绮瑟骑士的故事，还有一本是关于圣徒的故事。克里斯汀翻看到《圣马尔坦传记》。这本书全都是拉丁文，抄写的人很认真，大写的字母都用彩笔描出，而且还加大了字体。

哥恩纽夫说："这是我们曾祖父的遗物。"

克里斯汀低声读了出来：

"求您原谅我所有的罪过，
抹去我全部的罪孽。
耶稣啊！请给我一颗纯洁的心灵，
让我重新拥有新的自己。
别丢下我，让我离开……"

哥恩纽夫问道："你看得懂吗？"克里斯汀点了一下头，说她大概知道是什么意思。她看得懂字面的意思，刚刚看到那首诗，非常感动。她的脸有些颤抖，止不住的眼泪顺着脸颊流了下来。这时哥恩纽夫拿出乐器放在腿上，他想试一下能否调一下音色。

当他们在一起谈话的时候，院子里传来一阵马蹄声，然后是伊兰德冲到房间里面，显得十分开心：他已经知道哥恩纽夫来了。兄弟两人互拍着肩膀，伊兰德不断地提出一连串的问题，也不等哥恩纽夫回答。哥恩纽夫之前在尼达洛斯待了几天，两个人没有见面，十分意外。

伊兰德说："真怪异，你这次回来，我还以为全部神职人员都必须站在路上迎接你呢。如今你是位博学多识的学者……"

哥恩纽夫微笑着说："你如何知道那些人没像你说的那样做？我听说你在进城的时候，压根儿连教堂的门口都没去。"

伊兰德一点儿也不后悔地说："的确，弟弟，我要是可以绕道离开，必定不会靠近。它早就折磨过我一次了。宝贝，你喜欢我的弟弟吗？哥恩纽夫，我发现你和克里斯汀已经成为好友了，她不是很喜欢我们其他的亲戚……"

一直到他们吃晚饭的时候，伊兰德才察觉自己的外套还穿在身上，弓箭也带在身上。

这是克里斯汀来到胡萨贝庄园后最开心的一个夜晚，伊兰德坚持让哥恩纽夫和克里斯汀坐在上席，他亲手给哥恩纽夫端茶递水。伊兰德第一次向哥恩纽夫敬酒的时候，他是单腿跪在地上，装作要吻哥恩纽夫手背的样子：

"欢迎你，大主教！克里斯汀，我们要向伟大的神父敬酒——当然，你将来一定会成为大主教的，我的兄弟！"

仆人们走出了厅堂，天色已晚，不过两人和克里斯汀接着喝酒闲谈。伊兰德趴在餐桌上面，对着哥恩纽夫，手指着母亲的柜子说：

"嗯，我娶克里斯汀的时候，就想起过这件事，觉得应该给克里斯汀。但是我很容易忘事。不过你，哥恩纽夫，全部的事情你都没有忘记。母亲给我的戒指早戴在另一个美丽的手指上了。"他拉着克里斯汀的小手，放在自己的面前，不断拨弄着那个戒指。

哥恩纽夫点了一下头，表示同意。他把乐器放在伊兰德身上：

"哥哥，来一曲吧，以前你的声音很棒，也很擅长弹奏乐器的。"

伊兰德严肃地说："那是很多年之前的事情了。"然后伸手去弹琴。

伟大的奥拉夫国王，
引领着我们的士兵穿过森林。
穿过河水洗涤过的土地上，
据说，他发现了别人的足迹。

因此，阿尔纳之子便说
（他正骑着马缓慢前行）：
“啊，那穿着红色鞋子的小脚啊，
想必一定非常漂亮！”

伊兰德微笑地唱着歌，克里斯汀不好意思地看着哥恩纽夫，不晓得他是否会因为伊兰德唱的歌感到生气。不过看到哥恩纽夫脸上的微笑，她立刻就明白了，哥恩纽夫一点儿也不介意。克里斯汀也很开心，为伊兰德感到由衷的高兴……

伊兰德轻轻地摸了摸克里斯汀的脸说：“现在你就不用表演了。宝贝，我估计你此刻呼吸应该不是太顺畅。如今轮到你啦！”他把乐器递给哥恩纽夫。

哥恩纽夫一开口，克里斯汀就知道他是在学校里是受过良好的训练的。

远处的森林里，国王正向前奔驰，

却听见鸽子在向他哭泣：
“我那美丽的妻子，落入了老鹰的魔爪！”

国王继续向前奔驰，
看见了在天空中盘旋的老鹰。

它落在一个花园里，
那里遍地都是盛开的鲜花。

在花丛深处，耸立着一座城堡，
城墙上挂满了鲜艳的红色丝绸。

伟大的国王啊，他正躺在床上，
他的鲜血，不断地流淌着。

他的身体，盖在一条蓝色丝绸下，
墓碑上刻写着："此生归于主。"

伊兰德问道："这首歌曲你是在哪儿学的？"

哥恩纽夫说："哦……我还在康特堡的那段时间，听见旅馆附近有些孩子唱的。感到十分好听，我便试图把它用国语唱出来，不过不是很悦耳。"他接着弹起琴。

"好了，哥恩纽夫，已经是深夜。克里斯汀大概需要休息了。你不感到疲倦吗，我的妻子？"

克里斯汀用担忧的目光看着他们。她脸色非常苍白。

"我不知道……对我来说现在不要躺在床上或许是个更好的选

择……”

“你不舒服吗？”兄弟俩向她询问道。

“我也不知道，”她用同样的口气说道，并且将双手扶着腰部，“我感觉自己的腰很疼……”

伊兰德跳了起来，走到门前。哥恩纽夫跟在后面。

他说：“很遗憾，你没提前让她们到家里来，我是说那些助产的农妇。莫非比预料的时刻要早一段时间？”

伊兰德满面通红。

“克里斯汀觉得让女仆助产就可以了，她们当中有些已经生产过……”他试图挤出一个笑脸。

哥恩纽夫吃惊地看着他道：“你太大意了！每个生孩子的女人，都要有助产熟手来帮忙。你夫人居然要像小动物一样，待在洞里面？啊，哥哥，你要像个男人样，去村里面找最好的助产士来帮助克里斯汀。”

伊兰德不由得羞愧得低下了头。

“你说得对，哥恩纽夫，我现在就去拉斯佛德府庄园——我会让仆人到别的庄园。你暂时待在这里，和克里斯汀一起！”

克里斯汀看着伊兰德穿衣准备出门，害怕地问道：“你准备出去？”

伊兰德走到克里斯汀的面前，拥抱着她。

“克里斯汀，我去村里找最好的助产士来协助你。女用人在厅堂里替你做好准备，哥恩纽夫将和你待在一起。”他亲了她一下说道。

克里斯汀请求道：“你可不可以让奥德芬娜过来？但是要等白天再去请她，我不愿让她因我而从被窝里爬起来……我晓得她平日有很多事情要处理。”

哥恩纽夫问伊兰德克里斯汀所说的那个人是谁。

哥恩纽夫说：“我认为让一个佃户的妻子过来，不太适合。”

伊兰德说：“按照克里斯汀所说的办吧。”哥恩纽夫和他走到屋外，他一边等仆人把马拉过来，一边向哥恩纽夫说着克里斯汀和奥德芬娜的故事。哥恩纽夫紧闭双唇，陷入了沉思。

此刻庄园里顿时忙乱起来：男人们在深夜分头骑马出去了，女人们冲进来关心地询问克里斯汀的状况。克里斯汀说，现在感觉还好，但是你们要随时准备着，等她即将生产的时候，会告诉她们。

然后厅堂里就只有克里斯汀和哥恩纽夫。她努力保持镇静地同哥恩纽夫说话。

哥恩纽夫微笑问：“你不觉得害怕吗？”

“相反，我很害怕！”她看着哥恩纽夫的眼睛——她自己的眼睛则显得有些暗淡无光，里面流露出非常恐惧的神色，“弟弟，你是否知道……伊兰德的另外两个孩子也是在这里出生的吗？”

哥恩纽夫立即回答道：“不是，奥姆在亨海尔斯出生，他妹妹在史特林德出生——伊兰德之前住的地方。”过了片刻哥恩纽夫问道：“你觉得待在伊兰德和别的女人住过的房子里，非常难受？”

“的确。”克里斯汀回答道。

哥恩纽夫严肃地说：“艾琳的事情，不是那么容易就说谁对谁错的。伊兰德难以控制他的情绪，他总是分辨不了对错。从我刚认识他的时候，无论他做什么，母亲总说他是正确的，而父亲总说他是错误的。的确，他肯定对你经常说起我们的母亲，你或许全明白。”

克里斯汀说："我记得，他只提过几次而已。不过我知道，伊兰德是非常爱他的母亲的。"

哥恩纽夫温柔地说：

"或许世上没有什么再比他和母亲的感情好了。我母亲比父亲小很多，外加爱丝希尔德又遇到了不好的事情，叔叔巴德过世了，据说……的确，这一切你一定有所了解吧？父亲相信了最坏的情况，他告诉了母亲……伊兰德年幼的时候，就对着他扔了刀子……伊兰德长大后，经常因为母亲的事情和父亲翻脸……

"母亲生病的时候，伊兰德和艾琳分开了。母亲全身都溃烂，父亲说母亲患了麻风病，他要把母亲从身边弄走，让她借宿在养老院的修女们那里。于是伊兰德就把母亲带走了，他们一起去了奥斯陆……他们中途去找了爱丝希尔德阿姨。阿姨擅长医术，国王的御医也判断母亲的病不是麻风。那个时候哈肯国王非常高兴伊兰德的到来，他建议伊兰德到他外祖父丹麦那里去求医。当时有许多人去那里治疗皮肤病。

"伊兰德带着母亲到了丹麦，不过在他们路经史台德的时候，母亲就过世了。伊兰德把母亲的遗体带回了家里。嗯，你应该知道，那个时候父亲已经年老，而伊兰德正值年轻，伊兰德一直被父亲视为一个不听话的儿子。当他把母亲的遗体带到了尼达洛斯，父亲那个时候正住在我们城里的宅邸中，他不允许伊兰德回来，他说，一定要伊兰德先检查确认自己没有被染病后才能回家。伊兰德一气之下骑上马就走了，直接去了艾琳那里，然后他们就不计后果地一同生活。虽然伊兰德早就不喜欢艾琳了，但他们仍旧纠缠在一起。于是当伊兰德掌管胡萨贝庄园的时候，他便把艾琳带到这里，让艾琳管理家务。艾琳把伊兰德牢牢掌握在自己的手中，威胁他说如果爱上了别人，就要患麻风病……

“但是，克里斯汀，我觉得此刻应该让那些女佣来照顾你了……”他一边说一边低头看克里斯汀美丽的脸庞，她的脸由于害怕和疼痛显得惨白。当哥恩纽夫走到门口，准备离去的时候，克里斯汀大声喊住他：

“不，不，不要走……”

哥恩纽夫安慰她说：“你此刻的疼痛已经是到极致了，马上就会好。”

她使劲抓着哥恩纽夫的手：“问题不在这里，哥恩纽夫……”

哥恩纽夫从来没有见过如此担心害怕的神情。

“克里斯汀……你应该记住……你应该记住，所有的女人都是这样过来的，你不会比其他女人的痛苦更多！”哥恩纽夫安慰道。

“更多，更多！”她把脸贴在哥恩纽夫的身上，“此刻我明白坐在这里的应该是奥姆他们。我还不是伊兰德情人的时候，他对艾琳说会爱她一辈子，还要娶艾琳为妻子……”

哥恩纽夫冷静地回答：“这件事你是怎么知道的？那个时候伊兰德也不太清楚自己所干的事。你应该知道他是不会遵守这样的诺言的……即使主允许他们在一起，他们也不会。你不要觉得你的婚姻是无效的……你才是伊兰德真正的合法的妻子……”

“嗯，在我还没嫁给他的时候，我就把所有的事情抛之脑后了。但是事情到了这一步，我宁愿自己死了，也不要我的宝贝诞生在这个世上。……我没胆量看它究竟会是一个怎样的恶魔。”

“圣母宽恕你，克里斯汀，你不晓得自己在乱说什么！难道你宁愿自己的孩子没有生下来，没有受洗就死去吗？……”

“嗯，不管发生了什么，我肚中的孩子肯定是个恶魔。没办法改变这个事实……唉，要是我当时喝了艾琳准备的毒药，或许可以让我好受点儿……也许这样就可以赎取我和伊兰德所犯下的罪孽！……这样的话我现在也不可能有肚子里的小生命。……唉，我过去一直在想这件事情，哥恩纽夫……要是我知道当时我的腹中已有孩子，我宁愿当时就应该喝了艾琳给我的毒药，这要比让艾琳死去好得多……”

哥恩纽夫说：“克里斯汀，你讲的事情，连你自己都无法理解。艾琳不是因你而死的。伊兰德发誓的时候还太小，不明事理，他不会兑现自己曾经说过的话。他永远不可能和艾琳待在一起而不犯罪。况且，艾琳还和别的男人鬼混过，伊兰德晓得了，让艾琳和那个男的结婚。她的死不是因为你……”

克里斯汀已经完全绝望了，因此说话时显得非常冷静：“你清楚艾琳是怎么死的吗？伊兰德和我待在一起的时候，艾琳过来了，拿着一个酒杯，让我和她一起喝酒。……我如今知道了，那毒药是准备给伊兰德的，不过她看到我也在那个地方，就让我……我知道这是个圈套。她把杯子放在自己嘴边时，一点儿都没有碰。不过我想要喝那杯毒酒。……当我知道那段时间伊兰德叫她待在胡萨贝时，我自己也不想活了。那个时候伊兰德进来了，举着刀让艾琳先尝酒。艾琳苦苦哀求伊兰德，伊兰德几乎快要饶恕了她时，我突然像中了邪 样，举起酒杯，对伊兰德说，‘我和艾琳都是你的情人，你不可以让我们两个都活在这个世上。’随后艾琳拿着伊兰德的刀子自刎了。然后布柔恩爵士和爱丝希尔德太太想了一个办法，掩盖事情的真相……”

哥恩纽夫忧郁地说：“原来爱丝希尔德阿姨也参与了这件事！我知道了，她骗你，把你推入伊兰德的怀抱……”

克里斯汀急忙反驳说：“不是的，爱丝希尔德夫人劝说过我们……她劝诫伊兰德，包括我，我不明白那个时候自己为什么会那么坚持反抗。……阿姨让我们不要做见不得人的事情，在我父亲面前下跪，请求父亲宽恕我和伊兰德做的事情，不过我没那个胆量。我骗他们说担心父亲对伊兰德不利。啊，实际上我明白父亲一定不会伤害主动认错的人。我找借口说怕这样会给父亲带来痛苦，令他蒙受耻辱。可是后来的事实证明，我根本不在乎会给父亲带来怎样的痛苦！……哥恩纽夫，你肯定不知道我父亲是怎样一个和善的人。不认识我父亲的人一定不知道父亲对我有多么好。父亲一直都很疼我，我不敢让他知道，在他认为我会在修道院里学习一切善良和正义的真理的时候，我却干着令人所不齿的勾当……是的，我在穿着修女服的同时，却和伊兰德在市内的一个阁楼里鬼混……”

克里斯汀抬头看了哥恩纽夫一眼。他看起来脸色苍白，一动不动。

“你知道我的恐惧是为什么了吧？艾琳在伊兰德生病的时候与他坠入爱河……”

哥恩纽夫平静地回答：“换作是你，你会和艾琳一样吗？”

“那是必然的。”克里斯汀的脸上突然出现一个笑容。

哥恩纽夫说：“然而伊兰德没有患麻风病。除了我父亲外，别的人都说母亲不是死于麻风病。”

克里斯汀说：“不过我在耶稣的印象里就是患病的人，”她拉着哥恩纽夫的手，把脸贴在上面，“现在我罪无可恕……”

哥恩纽夫用空着的另一只手去安抚她：“克里斯汀，你还小，不会罪无可恕，你要知道万能的主会赶走你的疾病，也可以让你恢复一颗纯洁的心灵。”

她在哥恩纽夫的肩膀上哭道：“哦，我不知道，我不知道。哥恩纽夫，我还没有谢罪，即使我非常恐惧。我和伊兰德结婚的时候，神父是主婚人，我担心死了。的确，我没胆量对神父说出真相。那个时候我担心死了。不过我最终还是到了庄园，发现自己越发污秽，便越发担心，伊兰德也不像往日一样对我。还记得他之前和我在一起的样子……”

哥恩纽夫用力把她的头抬起来：“克里斯汀，此刻你别想过去的事情！你要知道，主现在已经知道了你的哀伤和忏悔。和马利亚告解吧，她怜悯全世界痛苦的人……”

“你怎么不明白？我让另一个女人死去……”克里斯汀还是很难过。

哥恩纽夫严肃地说：“克里斯汀，你居然这么过高地估量自己，大到自以为是地觉得自己的罪过那么深，连主对我们的宽容都超过不了。”

他不断地安抚着克里斯汀。

“克里斯汀，难道你忘了吗？魔鬼考验圣马尔坦的时候，便问他，他正在让犯了罪的人忏悔，让他们得到上帝的原谅，他自己是否相信？圣马尔坦是这样回答的，‘我也可以保证上帝原谅你的罪过，只要你真心祈求得到原谅，如果你能将自己的骄傲丢弃，我敢确定上帝对你的爱一定能战胜你的恨……’”

哥恩纽夫站了十几分钟，依然安抚着克里斯汀。他没有说话，心里却在想："原来伊兰德居然那样对待自己的年轻未婚妻子！……"他的脸色有些惨白，深深地皱着眉头。

奥德芬娜第一个到达庄园。她看到了克里斯汀，哥恩纽夫待在她旁边，还有几个女仆在帮忙。

奥德芬娜非常恭敬地向哥恩纽夫问好，克里斯汀从座位上站了起来，把手伸到奥德芬娜的面前：

"奥德芬娜，谢谢你能过来，我知道你的孩子们也非常需要你……"

哥恩纽夫打量着奥德芬娜，他没再坐着：

"你这么快就过来了，非常感谢。克里斯汀这边急需你这样的人。她对这里不很熟悉，年纪又小，对这些事情都还没有经验……"

奥德芬娜小声说："主啊，她的脸白得像一块头巾！先生，我可不可以先给克里斯汀喂点镇静剂？我认为在生产之前，她非常有必要好好睡一觉。"

奥德芬娜筹备着，动作非常轻柔，先看了下仆人准备的毛毯，让她们再准备一些干草，然后熬了一些汤药，最后解开克里斯汀的衣服，取下她的饰品。

克里斯汀金褐色的头发披散在头上，奥德芬娜说："我第一次看到这么漂亮的秀发，"她笑了笑，"即使你不经常护理自己的头发，它们还是那么润泽。"

奥德芬娜慢慢地扶着克里斯汀去休息，帮她盖上了被子：

"喝点汤药，它可以让你的疼痛没那么厉害。在疼痛还没有发作的时候，赶快休息休息。”

此刻哥恩纽夫要离开了。他走到克里斯汀的面前，低头看着她。

她请求说：“哥恩纽夫，你要替我祈福。”

哥恩纽夫说：“我一定会为你祈福，等到你生产的那一刻……以后都会。”哥恩纽夫把克里斯汀的手压到被子下面。

克里斯汀闭着眼睛休息，她感觉还好，腰部的阵痛来袭，反反复复。和之前的感觉不同，每痛一次，她都觉得不是事实。经过了几次折磨，她觉得已经度过了最艰难的时刻。奥德芬娜到处走着，把孩子的衣服放在炉边上暖着，然后又去准备食物，香味飘满整个房间。后来克里斯汀在半睡半醒之间，梦见自己回到以前的家，帮母亲染布。

过了一会儿，助产士来了，奥德芬娜退到后面。接近夜晚的时候，克里斯汀感觉更加疼痛了。助产士们让她在房间里面走走，一直到走不动了再停下。克里斯汀此时十分难受，此刻房间里全是人，她不得不像准备下崽的马一样在大家面前走路。疼痛间隙，她被迫让陌生的助产士摸自己的身子，然后助产士商讨了一会儿，当中领头的助产士让她躺下来，把人群分成两拨，一拨去休息，剩下的在这里守着。

“嗯，这不会很快就结束的。克里斯汀，你不舒服的时候就使劲地叫出来，不要在乎休息的那些人。可怜的孩子，大家到这里来都是为了帮助你的！”她摸了摸克里斯汀的脸，温柔地说道。

克里斯汀紧闭双唇，两只手紧紧抓住被子的边缘，狭小的房间内热得发闷。助产士们说本来就应该是这个样子。每疼痛一次后，克里斯汀都满头大汗。

疼痛间隙，她在想着应该如何为大家安排吃的东西。她很想让大家觉得她非常善于料理家务。她让厨师托伯柔在汤里面放点酪浆，不过哥恩纽夫不觉得克里斯汀犯了斋戒。埃里克神父以前说了那样不算犯戒，说酪浆不是乳制品，并且汤最好不要。伊兰德去年秋天买回的干鱼一定不能拿出来款待客人了：它们已经腐烂，里面都生了蛆。

“主啊！你说说还要等多长时间你才肯出来救我。啊……此刻非常疼痛，好疼啊……好疼啊……”

克里斯汀竭力忍了一会儿，后来实在忍不住，又喊出来……

奥德芬娜待在一旁，帮忙烧了点水。克里斯汀想鼓起勇气把奥德芬娜叫过来，牵着奥德芬娜的双手。此刻如果有个认识的人可以拉着她的手，她愿意付出任何代价。不过她因害羞而不敢提出这样的请求……

次日，胡萨贝庄园静谧得有些怪异。因为明天就是报喜节，所以今天的工作已经很早就做完了。男仆人们痴痴地发呆，一点儿精神也没有，被吓坏了的女仆人们无精打采地做着家务。大家已经慢慢喜欢上了克里斯汀——据说她现在的情况不太好。

伊兰德站在院子中和一个铁匠说着话，他努力把注意力集中在对方身上。这个时候助产士急忙走向他：

“伊兰德，我们对克里斯汀实在无能为力……一切办法都尝试过了。你必须过来……克里斯汀如果有你的陪伴，或许会好一些。

赶快去穿件衣服。不过要快点，她现在的情况很不好，可怜的孩子。”

伊兰德的脸涨得通红。他听别人讲过，如果女人因为偷情而生不下孩子，让她的父亲待在一旁，或许会有所好转。

克里斯汀睡在地上，身上盖着毯子，助产士待在旁边。伊兰德进来的时候，看到克里斯汀全身蜷成团状，把脸埋在一个妇女的膝盖之间，脑袋转来转去，但是却没有发出任何呻吟声。

阵痛过去之后，她睁大害怕和慌乱的眼睛，咧开的嘴巴张得非常大，红肿的脸上已经没有了青春的活力，头发也很脏乱，上面还有毛毯上掉落的毛。她看着伊兰德，一开始似乎不知道他是谁。

等她明白大家让他过来的原因后，便气呼呼地使劲摇头：

“按照我们那里的习惯……女人在生产的时候，丈夫是不可以在一旁的……”

伊兰德温柔地说：“我们这里有时候可以这样。宝贝，如果这样能够减短你受罪的时间，我们必须要这样……”

“啊！”当伊兰德在她身边跪下的时候，克里斯汀用双手抱住伊兰德，使劲靠近他，身体蜷成一团，全身抽搐着，暗自和疼痛较劲。

阵痛之后，她无力地说：“我可不可以和伊兰德两个人说说话？”大家都走开了。

克里斯汀小声地说：“你向她许诺过，等她成为寡妇，你会让她成为你的妻子？……在她生奥姆的那个夜晚……？”

伊兰德的呼吸好像瞬间停止了，好像胸上被人打了一拳一样，紧接着他坚定地否认说：

“那夜，我不在家里，因为我的部下在驻守边关。次日我到了家里，奥姆就出生了。克里斯汀，难道你现在这个样子，躺在这里，还在想着那件事？”

“嗯。”又是一阵疼痛，她紧紧抱住伊兰德，伊兰德替她抹去额头上的汗珠。

当她静静地躺着的时候，伊兰德说：“如今你已经清楚这件事了，你愿不愿意听助产士的话让我和你待在一起？”

克里斯汀继续摇头。后来大家不得已叫伊兰德先走。

今天她的力气被完全耗尽，疼得受不了，求大家帮帮她。女人们说最好让她丈夫过来，她却拒绝说，不……她情愿不活了……

哥恩纽夫和友人去教堂祈福。除了助产士那几个人外，剩下的人都和他们一起去了教堂。伊兰德在仪式还没结束之前就悄悄地走了，往回家的方向走去。

在远方森林的上空，西边的天空被染成红色——白天就要过去了，清朗、柔和的夜晚就要拉开序幕。几颗星星已经露了出来，放射出微弱的光芒。湖边树林的上空，弥漫着一层薄雾。向着阳光的那一面的雪已经被阳光晒融化了，空中可以嗅到泥土和融雪的气息。

厅堂在那排房子的顶端。伊兰德向那边走去，伫立了片刻。他靠在墙上，墙在阳光的照耀下还有些温度。唉，她叫得多惨啊！……他看过小牛临死前挣扎的样子——在他的农场里，那时候他还非常年轻。他回忆起那时有只巨大的毛茸茸的动物出现在他们面前，细看后是一只凶恶的灰熊，这只熊张开血盆大嘴向他们走来。安布柔恩的武器也被灰熊折成了两段。在这危急关头，安布柔恩夺过伊兰德手中的长枪，此时伊兰德吓得半死，目瞪口呆地站在那里。小牛没有死，但是已经有部分身体被灰熊吃了……

“克里斯汀……啊，我的最爱……耶稣啊，看在纯洁的马利亚的分上，请您可怜可怜我们吧！……”他急忙往厅堂跑去。

女用人把食物拿到厅堂，餐桌还没摆出来，用人们把吃的摆在火炉旁边，男人们拿了些面包和鱼干，又回到长凳上一言不发地坐在那里。他们勉强啃了点面包，不过每个人好像都没有心情去吃东西。吃完后餐盘摆在炉子旁边，大家依旧坐在之前的位置，看着炉子里的火苗，一句话都不说。

伊兰德在床边的角落里待着，他不想让别人看见他的表情。

哥恩纽夫神父拿着一盏灯，放在桌子上。手里捧着一本书籍，独自翻看，嘴里不停地默念着。

一次武夫突然站起身，来到火炉旁，拿起一个面包，然后又去柴堆里翻了一阵，找到一个木棍。之后走到房间的角落里，老奥恩在那边。他们在斗篷的下边摆弄着面包。老奥恩顺便劈些木柴。男仆们偶尔看看他俩。没过多久，武夫和老奥恩都站了起来，走了出去。

哥恩纽夫看了看他们，一句话都没说，继续默默祈祷着。

突然，一个睡着了的男孩从板凳上摔到了地上，爬起来后，不解地看了看众人，叹息了一声，又坐了下来。

武夫和老奥恩又静静地走了进来，就在刚刚待着的地方坐了下来。大家待在那里，看了他俩一眼，仍旧是没有任何人说话。

伊兰德忽然一跃而起，走过厅堂到大家面前。此时他面如死灰，双目凹陷。

他问道："你们难道没有别的办法了吗？"又小声地补充道："还有你，阿恩？"

"没有办法。"武夫小声地回答道。

阿恩捏了一下自己的鼻子说："我觉得上天不允许她有这个孩子，或许这已经是天意，因此我们做的努力都无效。伊兰德，非常抱歉，你这么快就要和自己温柔的夫人告别……"

伊兰德绝望地说："啊，不要这样说，搞得像克里斯汀已经死了一样。"他又返回到之前待的角落里，趴在长凳上，把头伸到床里面。

有个男人走出房间，不一会儿又返了回来，说：

"月亮升起来了，天快亮了……"

过了一会儿，冈纳太太过来了。她无力地瘫坐在门口，两鬓发白，头上的装饰物也散落下来。

男人们都站起来，缓缓地向夫人走过去。

她哭着说："你们派一个人出来，扶着太太，我们确实没办法搬动她。哥恩纽夫，你必须去看看太太……没有人知道会是哪一种结局。"

哥恩纽夫站了起来，把刚刚翻阅的书收起来。

"你一起去吧，伊兰德。"哥恩娜夫人说。

到了正门，一阵哭喊向他们袭来。伊兰德停下了脚步，全身发抖。他在人群之中看到了挣扎的克里斯汀，她跪在地上，被旁边的人扶着。

门口还有几个女用人，趴在凳子上面，不断祈祷。伊兰德在那些人的旁边，用手抱着头。克里斯汀不断地哭喊着，每一声喊叫都深深烙在伊兰德的心里，一定不能发生那样的事情啊……

其间，他鼓足勇气试图看看克里斯汀。此刻哥恩纽夫站在她的面前，扶着克里斯汀的手臂，哥恩娜夫人抱着她的腰部，不过克里斯汀不断地挣扎，非要把他们推开。

“啊，不要……啊，不要……松开手……我受不了了……天啊，老天，可怜可怜我吧！……”

神父不断地说：“克里斯汀，主马上就来拯救你了。”有个女仆待在旁边拿着盆子，一旦克里斯汀疼痛完，女仆马上过去替她擦去头上的汗水，还有黏在脸上的呕吐物。

后来她的头低了下来，在哥恩纽夫的双手之前，昏睡过去。不久，疼痛让她再次清醒过来。神父接着说：

“嘿，克里斯汀，主会帮助你的……”

大家都没留意现在是几点，早晨的阳光已经透过窗户射进了屋里。

在一阵长时间的号叫之后，克里斯汀忽然安静了下来。伊兰德听见助产士们又忙碌了起来……他试图去看看发生了什么事，不过发现有人在哭泣，他又打消了这个念头……没有勇气去问发生了什么事……

这时，克里斯汀又叫了起来，声音非常响亮，非常粗野、凄厉。和之前的那种鬼哭狼嚎的叫喊有些不同。伊兰德再也按捺不住了，便跳了起来。

这时哥恩纽夫弯着腰站起身来，依旧扶着跪在地板上的克里斯汀。克里斯汀用恐惧的目光看着被冈纳太太用羊皮裹着抱起来的那个小不点儿——红红的小肉球，好像动物的内脏器官。

哥恩纽夫把克里斯汀扶到婴儿的旁边：

“克里斯汀，你生下了一个十分漂亮的儿子，他还活着！”他急忙对克里斯汀说，“他还活着，老天没那么残忍，不会不听大家的祷告的。”

就在哥恩纽夫说话的空当，克里斯汀昏昏沉沉的脑袋里出现了一幅几乎被遗忘的画面：她回忆起之前在修道院的花园里看见过一棵幼苗……仿佛长出了皱巴巴的柔软的红色花瓣……后来绽放为一朵美丽的花。

那个红红的东西动了……发出了叫声……伸展开来，变成了一个十分可爱的婴儿，他手脚非常健全，看起来很健康……他不停地手脚乱抓，还不停地低声啼哭。

“小东西，小东西，真是个小东西……”克里斯汀用余下的力气说着，边哭边笑。旁边的太太们也都笑了出来，抹去了眼角的泪水，哥恩纽夫把克里斯汀交给助产士们。

哥恩纽夫说：“把他裹起来，放到木盆里，让他大声地哭出来吧。”女仆把新出生的婴儿抱到炉子旁边，哥恩纽夫也跟着他们一并去了。

克里斯汀昏睡了许久，醒来的时候，发现她已经不在地板上了。仆人们替她换了干净的衣服，此刻幸福的感觉充满全身。仆人们为她盖上了舒适的毯子。

她刚想要说话，但是大家让她先不要开口。屋子里非常安静，突然传来一个陌生的声音。

“以上帝之名，就叫他尼古拉乌斯吧。”

好像有水从哪里滴下来。

克里斯汀用胳膊微微支撑起自己的身体向声音那边看去，火炉旁边有一位教父，武夫抱着那个可爱的小东西，递给教母，并从她手中接过教母递过来的点燃的蜡烛。

克里斯汀产下了自己的第一个孩子，此时教母和那个可爱的小东西待在一起，婴儿在大声啼哭，克里斯汀基本上听不到教父在说什么。不过她感到非常疲惫……她此刻什么也不想想，只想好好地睡一觉……

这个时候她听见丈夫的声音，伊兰德有些担心地说：

“他的头——他的头看起来好怪异。”

助产士冷静地回答道：“有些红肿，很正常。那孩子，刚刚为自己的生命奋斗得好艰辛。”

克里斯汀不由得呼喊出声，此刻她整个人都清醒了过来，那个小东西是她的孩子，他们一起为彼此努力地奋斗过……

哥恩纽夫笑了笑，走过去把哥恩娜夫人膝盖上的那个小家伙抱起来，捧到床前，递给克里斯汀。克里斯汀心中充满了幸福和喜悦，用自己的脸触碰着小东西的脸蛋。

她看了看自己的丈夫。她曾经见过伊兰德那种紧张无力的样子——她的头还是有些昏沉，忘记是哪次了——不过她明白自己没有必要去想。她看见伊兰德和哥恩纽夫待在一起，哥恩纽夫把手放在伊兰德的肩膀上面，的确太棒了。能够看见哥恩纽夫，克里斯汀的心里就觉得异常平静。虽然那张脸看起来很严肃，不过时常露出温和动人的微笑。

伊兰德拿起一把短剑，将它深深地插进母子两人身后的圆木墙壁中。

“已经不需要这样做了，”神父微笑着说道，“因为孩子已经接受洗……”

克里斯汀突然想到埃德温修士说过的一句话。刚刚受洗的孩子，纯洁得如同天使一样。就连同他父母的罪孽，也被他洗涤了，而他，还是洁白无瑕的。克里斯汀小心翼翼地亲了一下她的宝贝。

冈纳太太走到孩子的面前。她此刻非常疲惫，并且对于伊兰德的行为感到非常生气，因为伊兰德竟然还没有向自己道谢。特别是哥恩纽夫抱走了自己怀里的婴儿，直接递给克里斯汀，她对此也非常气愤。因为那本来是她要做的事情，她帮克里斯汀接生，并且是那个可爱小东西的教母。

冈纳太太生气地说："伊兰德，你应该看看自己的孩子，抱抱那小东西也可以。"

伊兰德从妻子手中接过裹在襁褓中的孩子，把他的脸靠在孩子的脸上。

伊兰德说："纳克，除非我忘记你折腾你母亲时的场景，不然我估计无法那么真正的爱你。"然后把孩子递给克里斯汀。

哥恩娜夫人生气地说："哼，你只管去责备那孩子吧。"

哥恩纽夫笑了出来，然后哥恩娜夫人也跟着笑了。哥恩娜夫人把孩子放到了摇篮里面，克里斯汀恳求让她再和孩子多待几分钟，然后搂着小宝贝进入了梦乡……她迷迷糊糊地记得伊兰德轻轻地摸着自己好像怕会把她碰伤一样，然后克里斯汀又沉沉地睡着了。

5

孩子生下来后的第十天，伊兰德和弟弟两人在厅堂里面，哥恩纽夫对伊兰德说：

“伊兰德，我认为你应该和克里斯汀娘家说说这件事，把克里斯汀的健康状况告诉他们。”

伊兰德说：“我不必忙于这件事。她父亲知道她生了孩子，不一定会开心。”

哥恩纽夫说：“你觉得去年你们结婚的时候克里斯汀的母亲没有察觉到她怀有身孕吗？她如果知道，那么此刻必定非常担心。”

伊兰德没有说话。

过了一会儿，哥恩纽夫在房间里面和克里斯汀谈话，伊兰德走了过来，他头上戴着毛皮帽，身上穿着厚厚的本色粗呢短上衣，脚上穿着毛皮靴子，好像要出远门一样。他弯下身子摸了一下克里斯汀的脸庞：

“宝贝，要我帮你向家里人问好吗？当下我准备到南方去，去把我们有了儿子的喜讯告诉他们……”

克里斯汀满脸通红，既兴奋又担心。

伊兰德严肃地说：“我应该亲自拜访你的父亲，亲口告诉他这个消息。”

克里斯汀安静了片刻。

她用极低的声音说：“告诉我的父母，自从我离开的那天起，我就非常思念他们，我每天都在想，我要亲自跪在他们的脚下，祈求他们可以原谅我。”

伊兰德过了一会儿就走了。克里斯汀不知道他打算怎么去。哥恩纽夫跟着伊兰德到了院子中，门口放着伊兰德赶路用的雪橇和棍子，棍子上装着枪尖。

哥恩纽夫问道："你准备划雪橇过去？派谁随同你一起去？"

伊兰德微笑说："就我自己。哥恩纽夫，你是最了解情况的，现在这种天气谁要是和我一起去，都不是件容易的事情。"

哥恩纽夫说："我认为你这样做并不明智。据说今年有非常多的野狼出没……"

伊兰德只是微笑了一下，开始把滑雪板在自己的脚上绑好。

"我估计傍晚的时候能够抵达杰兹卡畜场附近。这个季节白昼很长，过不了几天就可以到克里斯汀的家。"

"通往那里的路，有一段不是很平坦，中途有浓雾遮掩着险恶的深沟。你知道这个季节那个地方非常不安全。"

伊兰德接着笑着说："你不如把生火用的东西给我备着，以免出现意外。如果有女魔鬼向我示好，出于我是有家室的人，不可以接受她，就把生火的工具扔给那魔鬼吧。弟弟，当时我听从了你的建议，让自己成为克里斯汀父亲认同的人，让他说出自己的愿望以及弥补他的条件。关于我去的方式，你应该让我自己决定吧？"

伊兰德这样说哥恩纽夫只好不再反对。不过伊兰德几次交代不要让克里斯汀知道他是独自去的。

那一天，天已经快黑了，在蓝色的雪山上，天空飘着一块淡黄的彩霞向远方延伸着，伊兰德正从教堂的旁边经过，速度飞快，只留下一串雪橇划过雪地的嘶嘶声。空旷深沉的天空里，月亮已经悄悄地出现在枝头。

柔伦庄园的上空飘来缕缕青烟，庄园里还有砍柴的声响，在这片宁静的土地上显得非常有规律，但是没带一点儿感情。

庄园里突然冲出几只大狗，对着伊兰德大叫。院子中小羊羔慢慢地走着，在暮光中显得有些暗淡，它们正啃着院子里的枯树枝。还有几个孩子穿着冬天厚厚的衣服在羊群里玩耍。

这种祥和让伊兰德有了一种特别的感觉。他担忧地等着劳伦斯到院子里来迎接他这位不速之客——劳伦斯正站在柴堆的板棚旁，同一个劈板条做栅栏的人谈话。当他看到伊兰德的时候，急忙走了过来，把手中的长枪使劲地插进地里。

他小声地问道："是你？就你一个人过来？莫非……发生了什么事？"然后他停了片刻说："……你就这样来了，到底发生了什么事情？……"

伊兰德鼓足了勇气，看着劳伦斯的脸："嗯，我认为我应当自己和你说这件事！克里斯汀前几日产下了一个儿子。嗯，她目前的状况非常好。"伊兰德急忙补充了一句。

劳伦斯默默地站了一会儿，使劲咬了咬自己的嘴唇——他的下巴有些微微颤抖。

"这就是你要告诉我的事情！"他停了片刻说道。

小兰波来了，站在劳伦斯的旁边。

她抬起头看着父亲，脸上红扑扑的。

劳伦斯说："别说话，"实际上小兰波一句话也没说，只是脸有些红润罢了，"不要在这里玩……过去……"

他不再说什么了。伊兰德弯着腰，身体压在手杖上面，低头看着地下，把手放在胸前。劳伦斯看了一下他：

"你受伤了？……"

伊兰德说："是的，黑暗中我撞到了石头上面。"

劳伦斯拉着他的胳膊，检查了一下，说：

“应该没有伤到骨头。你自己去通知她母亲吧。”

拉根弗丽德也走了过来，劳伦斯准备回到房子里面。她惊讶地看着劳伦斯，接着看到了伊兰德，马上走上前去迎接他。

伊兰德把刚才说过的话又说了一遍。拉根弗丽德安静地听着，没有插一句话。最后伊兰德说：

“我估计去年结婚的时候，您已经知道这件事了。此刻您一定在为自己的女儿担心……”

听了伊兰德的话，拉根弗丽德的眼里含着泪水说：

“伊兰德，今天你能过来，实在是太细心了。……自从克里斯汀离开的那天，我每天都在为她担心……”

劳伦斯又走了回来。

“我拿了些动物脂肪过来——我看到你脸上的冻疮。孩子，你要在这里等几分钟，让拉根弗丽德给你包扎好伤口，暖暖身体……你的腿还好吗？……把衣服脱了给我们瞧瞧。”

当大家聚在一起享用晚餐的时候，劳伦斯对大家宣布了这个消息，并且吩咐把酒端上来，让大家举杯欢庆。不过宴会的氛围不是很好，劳伦斯只喝了一点点水而已。他告诉伊兰德：他幼年就发誓，斋戒的时候不能饮酒。因此家人们安静地吃着饭，边喝酒边闲聊。小孩们三番五次地到劳伦斯面前，劳伦斯抱着他们，不过那些孩子问他问题的时候，劳伦斯的注意力不是很集中，回答孩子们的问题时也显得漫不经心的。伊兰德试图和兰波讲上几句话，但是她回答得非常没有礼貌，好像并不是很喜欢姐姐的丈夫。她现在8岁了，非常可爱，长得也很美丽，不过和克里斯汀长得一点儿都不像。

伊兰德询问旁边的几个孩子是谁家的，劳伦斯介绍说，男孩是圣布庄园的小儿子哈瓦，他是圣布庄园中最小的孩子，由于他哥哥姐姐们都已经成年，因此他一个人在家也没有什么玩伴，很是孤单。差不多去年的这个时候他和姑姑拉根弗丽德一起到了这里。女孩子是布拉卡沙夫庄园的海嘉，丧礼过后，家里人不得不带她来到这个地方，因为让她见到父亲现在的样子，的确很可怜。兰波非常喜欢有他们的陪伴。

劳伦斯说："拉根弗丽德和我慢慢地老去，但是他们都非常可爱、活泼。"他抚摩着小兰波的头。

伊兰德走到拉根弗丽德的旁边坐下，拉根弗丽德问了问克里斯汀生产时的情况。劳伦斯仔细地听着，不过没多久就走了。劳伦斯站起来走到门口，穿好外套。他说自己要去罗曼庄园，邀请神父过来聊聊。

劳伦斯通过田间小路，步行至罗曼庄园。这个时候天快要黑了，山顶上方的天空中繁星点点。但愿神父没有出门——独自和那些人坐在一块儿，劳伦斯感到非常难受。

在他走进罗曼庄园，快要到院子里的时候，劳伦斯看到一支点燃的蜡烛在向他靠近。拿着灯的是老奥敦，他看见门口有人过来，就晃动了手上的铃铛。劳伦斯跪在路边的雪堆上。

老奥敦拿着蜡烛，摇着铃铛，向他走去，神父骑着马紧随其后。劳伦斯虔诚地祈求上苍的原谅，他为逝者祈祷，完毕就准备回家了。即使这样，这一个举动还是给了他很大的勇气。

“跟在神父身后的，是艾那尔 · 赫纽法的儿子——看来那个老头子就快要上天堂了！……啊，是的……”劳伦斯低声祈祷了一会儿，便站起来准备回去了。做完祷告之后，他仿佛受到了鼓舞，重新振作了起来。

就寝之后，劳伦斯问夫人：

“关于这件事情……你那个时候有没有察觉到克里斯汀的异样？”

“你没发现吗？”拉根弗丽德说。

劳伦斯很快地回答道：“没有。”拉根弗丽德知道丈夫有时候也会觉得克里斯汀未婚先孕了。

拉根弗丽德犹豫地回答：“那个时候，我的确非常担忧。我发现克里斯汀吃不进去东西，不过后来觉得自己想多了。他们快结婚的时候，她非常非常高兴……”

劳伦斯带有一丝嘲笑地说：“是的，她应该高兴。不过她竟然也没有向你说——毕竟你是她的母亲啊……”

拉根弗丽德生气地说：“对啊，如今她做了不对的事情，你就说我是她的母亲。你又不是不知道，克里斯汀对我一直都是不冷不热的……”

劳伦斯不说话了。过了一会儿，他小声地向妻子道晚安后便安静地睡在她的旁边。他整个晚上都睡不着。

克里斯汀……克里斯汀……他最爱的宝贝……

他一直都没有忘记克里斯汀婚礼当天拉根弗丽德对他讲的话，并且拉根弗丽德认为劳伦斯也不会忘记那件事。劳伦斯对拉根弗丽德的态度一点儿都没有变，反而对她比以前更好。但是这个冬天劳伦斯几次发现拉根弗丽德暗自悲伤，抑或无缘无故地找碴儿。他对此无法理解，也没办法让事情回到从前，只能让事情自然发展……

“耶稣啊……”他为克里斯汀还有克里斯汀的孩子祈福，也为自己和夫人祈福。后来他祈祷主赐给他容忍伊兰德的度量，在伊兰德在这里的这段时间，他必须学着接纳他。

伊兰德身上的伤口还没有好之前，无论如何劳伦斯也是不愿让他就这样回去的，并且坚决不让他独自回去。

有一天伊兰德说：“您要是和我一起回去，克里斯汀肯定会非常开心。”

劳伦斯半天没说话，然后找了一些借口推辞，如拉根弗丽德不愿意一个人待在家里面，还有就是伊兰德的家实在是太远了，他不能在春耕以前赶回来等。不过，最后劳伦斯还是和伊兰德一起去了。劳伦斯没有带随从——只有他们两个人。回去的时候要渡船到莱姆斯谷，接着再骑马过去。整个路途他都有熟悉的朋友。

他们在途中不常说话，一心想着回家的事情，他们在途中相处得还算融洽。劳伦斯要跟上伊兰德的节奏，显得有些吃力。但是劳伦斯又不愿意说出追不上对方脚步这种话。不过伊兰德察觉到了，马上减慢了速度，和劳伦斯一起走。他努力让劳伦斯喜欢自己——他准备让别人接受自己的时候，经常会用这样的办法，他变得谦逊又和气。

过了几天，他们在途中停下来休息。天气非常恶劣，漫天大雾，不过伊兰德坚信自己走的路是对的。劳伦斯发现伊兰德记得住任何地方，每时每刻都知道他们身处何方。劳伦斯自己赶路的时候，经常凭记号来判断位置，不过伊兰德似乎闭着眼睛就能找到路。伊兰德微笑着回答说，他这是靠直觉。

他们在计划时间内来到石屋的时候天已经快黑了。劳伦斯突然想起一个同样的傍晚，就在自己庄园不远处的一个牧马场旁，迷过一次路，只好找个雪堆躲起来。石屋旁边有很高的雪堆，两人不得不从烟囱爬进去。伊兰德在石屋里面做着准备工作：将木棍架起来，刨开石屋旁边的积雪，取出一些冰冻的木柴放进火炉里点燃。又从凳子下拿出几只鸡——那些东西是他原先预备的——用土把鸡包好，然后放到火里烤。

劳伦斯躺在炕台上——伊兰德已经将上面用斗篷铺好了，看起来很舒服。

劳伦斯笑着说：

“伊兰德，军人偷到了鸡也是用土把鸡包着烤了吃？”

伊兰德也笑着说：“是的，我以前当兵的时候，也学了这一点儿。”

劳伦斯一直觉得伊兰德是个懒散、吊儿郎当的人。不过此时，伊兰德看起来手脚麻利，充满生机。他坐在劳伦斯的面前，兴奋地讲述着以前当侍卫的事情。他做过领导，还带士兵守过边疆。此刻伊兰德看起来就像孩子似的，他并没有夸大其词，只是滔滔不绝地讲述着。劳伦斯躺在那里静静地打量着他……

他曾祷告说希望耶稣赐予他耐心，使他对伊兰德好一点儿……此刻他开始有点生自己的气了，他发现自己喜欢伊兰德的程度超过了他的期望。他回忆起那个失火的夜晚，也曾改变了他对伊兰德的看法。伊兰德这个瘦高的小伙子非常勇敢。劳伦斯心里非常难受，极度为伊兰德感到遗憾，那孩子是可以做大事的人，而不应该只做些诱骗小女孩的幼稚的荒唐事。“要是在以前，有大人物领导伊兰德，并对他加以好好培养，他会是个很有出息的人……遗憾的是如今凡事都需要自己亲力亲为……并且伊兰德并非只需要照顾好自己，他还要照顾好整个庄园的人……另外，他还是克里斯汀的丈夫……”

伊兰德把头抬起来看着劳伦斯，严肃地说：

“我想请求你一件事情，劳伦斯……在我们还没回到家的时候……我想说出自己的想法。”

劳伦斯没有说话。

伊兰德接着说：“我想让你知道，我愿意跪在你的面前，不管你提出什么要求，也不论你提出多少罚金，我都愿意付给你，只要你肯原谅我。”

劳伦斯低头看了伊兰德一眼，发出了一声冷笑。

“伊兰德……我不方便说出来，你本身做这件事也很困难……也许你给教堂和被你欺骗的那些神父们捐一笔可观的款子会比较好。”劳伦斯不太流畅地说道，“我不想再说什么了，你不能把自己年轻不懂事当作借口……伊兰德，如果你在结婚之前向我坦白，那样对你也比较好……”

伊兰德说：“嗯，那个时候我还没有了解状况，我不知道败露出去会给您带来怎样的羞辱。”

劳伦斯坐到火炕上问道：

“那么在你结婚的时候你不晓得克里斯汀已经……”

伊兰德神情沮丧地说：“是的，在我们结婚后两个月我才晓得。”

劳伦斯惊讶地盯着他，一句话都不说。伊兰德接着用犹豫的语气轻轻说道：

“劳伦斯，我非常开心你可以过来。前些日子，克里斯汀从没有开心过，她基本上不愿意和我说话。我经常觉得，她待在我这里，似乎一点儿都不开心，好像很讨厌我。”

劳伦斯十分冷淡而且非常拐弯抹角地回应道：

“我认为无论哪个女人经历这样的事都不会开心。如今她好了，你们肯定可以回到从前。”劳伦斯的脸上露出一丝嘲讽。

伊兰德一直看着面前燃烧着的那堆火。突然间他明白了……实际上在他第一次看到克里斯汀白色手臂旁边那张红通通的小脸时就已经明白了：他们两人不会再像从前一样了。

劳伦斯走到房间里面去看望克里斯汀，克里斯汀从床上爬了起来，张开双臂欢迎父亲。她使劲抱着父亲的脖子，号啕大哭，哭得十分伤心。此时的劳伦斯心里也很难受了。

她前几日已经可以走路了，可是后来知道伊兰德是自己一个人翻山越岭走的，且过了计划的时间还没有到家，她非常着急，后来生病了，就只能回到床上躺着。

任何人用眼睛看就能明白克里斯汀非常虚弱：不管是什么事都会让她流泪。伊兰德走的那段时间，庄园里来了新的固定的神父艾利夫神父。他时常过来看望克里斯汀，为她祈祷、读书，不过她经常流眼泪，这令艾利夫神父大为不解，他实在不清楚应该给克里斯汀念哪些内容。

有一天，父亲也在旁边，克里斯汀准备把孩子包起来，他想让父亲看看这个孩子长得多么可爱。孩子赤裸裸地躺在母亲铺好的小毯子上。

劳伦斯问道："他胸前是怎么回事？"

孩子的胸前有些印记，好像被沾满鲜血的手触碰过。克里斯汀之前看到的时候，也非常担忧，不过她自我安慰说道：

"可能是看见大火留下的。就是教堂发生火灾的时候，我在胸前抓过。"

劳伦斯非常吃惊，的确，他不清楚克里斯汀还有多少事没告诉他，有哪些秘密。劳伦斯不明白她为什么会那样，自己的亲生女儿，竟然背着他……

克里斯汀多次对劳伦斯说："我估计你有些讨厌我的孩子。"劳伦斯微笑着说："不，我非常喜欢他。"他带了许多贵重礼物送给孩子——给新生的婴儿作为洗礼的礼物和女儿。不过克里斯汀总是感觉没人喜欢自己的孩子，特别是自己的丈夫伊兰德，没有表现出对儿子足够的关心。她恳求说：

"父亲，瞧瞧这宝贝，你瞧孩子在笑——你有没有见过如此可爱的孩子，父亲？"

她不断重复这句话。有一次劳伦斯好像在思考什么事情，然后说：

“你的哥哥哈瓦……我和你母亲的第二个孩子……也十分俊俏。”

不久，克里斯汀用极其无力的声音问：

“哈瓦是家里活得时间最长的男孩，对吧？”

“嗯，不过没超过三岁……啊，克里斯汀，你不要伤心。”劳伦斯连忙哀求说。

劳伦斯和哥恩纽夫有些讨厌叫孩子纳克——他还有一个正式的名字叫尼古拉斯。伊兰德认为是相同的字。哥恩纽夫反对说，错了，古代传说异教里有个被称作纳克的人。不过伊兰德不管怎样也不想用父亲那时的名字，克里斯汀也跟从伊兰德一样称呼自己的孩子。

在克里斯汀的心里，胡萨贝庄园里面，只有两个人了解自己的孩子，自己和刚来不久的艾利夫神父——在认为这孩子很出色、必定会有出息这方面他的看法和克里斯汀一样坚定。

艾利夫神父又瘦又矮，肚子有点圆，看起来有点滑稽。他的长相很大众——别人同他讲话多次后，依旧记不住他的长相。他的脸实在是太大众化了，从上到下一个颜色，黄中带红，大眼睛和头在一个面上，动作轻柔，非常害羞。哥恩纽夫说他非常博学，如果再开朗一点儿，也能和自己一样。抛开学问不说，艾利夫神父更出众的是他对生活的热爱，以及纯洁的心灵。

他出身的家庭环境不是很好，即使只比哥恩纽夫早出生几年，看起来却像个小老头一样。哥恩纽夫和他从两人读书的时候，彼此就相识了，哥恩纽夫谈论起艾利夫时，言语之中充满喜爱。伊兰德认为来到这里的神父不会是一个多么了不起的神父，不过克里斯汀却非常尊重和信任他。

克里斯汀做了祷告之后，还是和孩子待在小房间里。那些日子对于克里斯汀来说非常煎熬。艾利夫神父领着她进入教堂，但不敢给她吃圣餐。她以前在艾利夫神父面前忏悔过，因为有人因她而死，在这方面她有很大的过错，一定要让大主教原谅她才行。那天早晨是她最煎熬的一天，哥恩纽夫和她待在一起，几次交代她说，等这些煎熬的日子过去，她就要去清洗自己的心灵。因此当她的状况回到从前以后，她需要践行自己对圣奥拉夫的诺言。圣奥拉夫保佑她的孩子平安出生，并且受了洗礼，得到了大家的祝福。她应光着脚到圣奥拉夫墓碑面前，拿出自己背叛过的黄金花冠——这是她少女时代最为珍贵的首饰，这件礼物她过去没有好好珍惜，现在也不配再佩戴。哥恩纽夫建议她这段时间先做去朝拜的准备，先自己居住、祈祷、朗读经书、冥思以及斋戒。不过为了还在吃奶的孩子，斋戒可以视情况而定。

伊兰德每次在庭院中看见自己的年轻妻子，看着她的身影，心里总有种淡淡的哀伤。如今她已经变得更加迷人了：身材高挑而均匀，身上是和女仆们差不多的灰色粗布裙子。头上扎着一块头巾，更显得她的肤色白皙。阳光下，她的脸明艳动人，好像阳光也渗透她的皮肤。她的双眼和嘴唇晶莹剔透。伊兰德去婴儿的房间里看他的孩子，每次遇到克里斯汀，她总是微微低垂着头——看上去是如此优雅娴静，伊兰德甚至觉得都不敢伸出手抚摩一下她。当她给孩子喂奶时，可以从她头上的丝巾看见一片白皙的皮肤。大家一定都是这么想的，要将他的爱妻从他这里夺走，将她送进天堂！……

伊兰德和弟弟还有劳伦斯每天夜里在大厅里说话的时候——此时房子里只剩下男人，经常玩笑地说道，胡萨贝都快要成为一个修道院了。现在除了哥恩纽夫和艾利夫神父，劳伦斯也可以看作半个神父了，而他们的共同愿望是将他也感化成半个神父。那么这里就会有三个神父了！这只不过是嘲笑他而已。

这个春天伊兰德忙于修整自己家的房子。现在所有的外墙都补好了，栅栏门也很快做好了，耕作十分成功，很早就搞好了。伊兰德还购买了一批优良的牲畜回来——新年前他宰了一些牲畜，因为他原来养的那些牲畜有些已经年老了，因此杀了也不觉得可惜。他叫人过来弄柏油和树皮，所有的房屋都已加固，漏水的屋顶也已经修缮好了。村里的人说，这个家族一直以来，无论谁当家都不像现在一样井然有序。的确，大家都知道伊兰德之前向劳伦斯询问过关于管理的事情。伊兰德空闲的时候和劳伦斯还有哥恩纽夫四处逛逛，看望亲戚朋友。以前这里的人都认为伊兰德过着放荡而混乱的生活，自己的庄园也弄得一团糟，但是现在都慢慢对他表示出了好感。人们开心地说，伊兰德的夫人在这段时间为他带来了好运。

弥撒之前，劳伦斯和哥恩纽夫准备去尼达洛斯。哥恩纽夫邀请劳伦斯去做客几日，劳伦斯也想在返回自己家之前参观一些这一地区的其他教堂。劳伦斯在愉快的氛围中和克里斯汀还有伊兰德道别后离开了。

6

克里斯汀准备在塞里埃圣徒日过后的第四天再走，她要步行去尼达洛斯。到了那个时候，大家准备弥撒大典活动，特别热闹繁忙。要是提前太久过去，她担心大主教还没有回到城里。

临行前的前一天晚上，哥恩纽夫神父回到庄园，第二天一大早就和艾利夫神父一起去教堂祷告。克里斯汀去时，路边的杂草上还沾着露水，山中央的树木尖上，看起来金灿灿的一片，鸟儿在山间啼叫，看样子今天天气非常好。

这里没有其他的人，只有伊兰德和克里斯汀以及哥恩纽夫神父和艾利夫神父。伊兰德在远处看到克里斯汀光着脚，走在这样冰冷的地上，肯定非常寒冷。她要自己走到几十里之外的地方，仅有他们的祝福及祈祷伴在她左右。她想办法让自己变得更纯洁起来，这些年她早就没有这样尝试过了。

克里斯汀穿着灰色的袍子，腰上系着一根绳子。伊兰德知道在灰色袍子里是一件粗呢麻布裙子，她的头发用头巾紧紧地缠着。

他们走出教堂，到了阳光照射的地方，有个女仆人把小宝贝带了过来。克里斯汀坐在那些圆圆的木头上面，背对着她的丈夫，给孩子喂奶。她觉得只有这个样子，她走的时候孩子才不会被饿着。伊兰德站在克里斯汀的后面，丝毫没有动弹——由于紧张，他的整张脸看起来十分苍白。

两位神父慢慢走了过来，他们刚刚脱下了外面的法袍，站在克里斯汀的旁边。然后艾利夫神父向庄园走过去，哥恩纽夫就陪伴在克里斯汀的身旁，帮助她把孩子紧紧绑在身上。她胸前挂着一个袋子，里面放了黄金的花冠、盘缠和一些干粮。她手拄手杖，对着两位神父郑重地鞠了一下躬，然后沿着穿过树林的山路往上慢慢地向远方走去。

伊兰德仍旧一动不动地站在那里，脸色非常苍白。忽然他抬腿就跑。附近有一些小山坡，上面有很多未经修理的小草及被牲畜啃过的树木，绵羊们经常在那个地方进食。伊兰德跑了过去，站在那个位置——从那里还能够看见克里斯汀。后来克里斯汀最终慢慢消失在那些林木之中。

哥恩纽夫神父跟在伊兰德后面缓缓地走。哥恩纽夫在阳光的照射下看起来非常魁梧健壮，但面色却很苍白。

伊兰德的嘴巴微张，眼泪不断地从没有血色的脸上滑过。他突然跪了下来，接着倒在面前的草丛中，号啕大哭，古铜色的手指抓着旁边的石楠。

哥恩纽夫神父一动不动地站在那里，一句话也没说。他低头看着流泪的伊兰德，接着看着克里斯汀慢慢消失。

伊兰德慢慢把头抬起来，问道：

“哥恩纽夫，你觉得一定要让克里斯汀受这样的折磨吗？一定要吗？难道你就不能赦免她的罪吗？”

哥恩纽夫神父没有说话。伊兰德接着说：

“我也承认了自己的错误，也进行忏悔了不是吗？”他站了起来说，“我出钱给艾琳做了一个月的祷告，每年忌日都为她作法，在她的葬礼上，我向神父认罪。我做的这些事情对赦免克里斯汀一点用处都没有吗？”

哥恩纽夫冷静地回答道："虽然你做了上面的那一切，把自己悔恨的心交给主，任主处置，并且得到主的宽恕。那么你一定要明白，如果要擦去你曾经犯下的罪孽，这需要很多年。首先你让克里斯汀的生活变得十分肮脏，后来又令她陷入杀人的案件，你让她罪无可恕。你不能帮克里斯汀赎罪，只有我们的主可以帮助她。这次远行你不能和她一起，护送她，就让我们的主照顾她吧。伊兰德，只要你活着的时候，一定不要忘记克里斯汀今日这样离开庄园。要说是她自己犯下的罪孽，那么我觉得说是你的罪过更为合适。"

伊兰德过了半天才回答道：

"我和她发生关系以前，曾以主的名义承诺过，我这一生除了克里斯汀不会和别人结婚。她那时也说在我们有生之年，一定不会和别人结婚。哥恩纽夫，你自己也说过，这样承诺的人就像在教堂结为夫妻的人一样，如果承诺的人违背诺言和其他人结婚，在主看来才是犯罪。如果按照你说的话，克里斯汀把自己嫁给我，就算不上过着肮脏的日子。"

哥恩纽夫过了一会儿说："你如果没有违背别的规定，和她生活在一起也就罢了。但是你让克里斯汀拒绝接受主替她做的安排，还让她陷入杀人的事件里面。之前我对你提到了一件事，有规定指出，告诉大众，和我一样的神父等人不能在新人家人都不同意的情况下让两人成婚。"哥恩纽夫坐下之后，用两只手抱着自己的腿，看着远方美丽的风景和脚下清澈的湖水。

"伊兰德，你自己也应该知道，人们自己犯下的错误，怎么可以保证不伤害到别人，令别人痛哭流泪？"

伊兰德小声地说："哥恩纽夫，艾琳和我……那些日子，你一直都鼓励我，我一直都很感谢你。”

哥恩纽夫颤抖地说：“我如果料到你会用那种手段对待如此天真烂漫的女孩——就年纪来说是她只是个小孩子——我会做另一种选择。”

伊兰德没有说话。哥恩纽夫小声地问道：

“在奥斯陆那段时间，你一次都没有思考过，如果克里斯汀有了孩子……当她还在修道院，而且是别人的未婚妻……她怎么办呢？……而她的父亲是个要面子的人，非常看重他人对自己的看法……她出身名门，是个不能忍受羞辱的人……”

伊兰德把脸扭过去：“请你相信，我以前想过这个问题……慕南说会尊重克里斯汀的选择……这点我也向她讲过……”

“慕南？你居然将如此重大的事情和慕南说过了？”

“他是可以相信的。”伊兰德不满地说道。

“还有卡特玲夫人。你不会是想让克里斯汀和他的那些情妇们在一起住吧？”

伊兰德把手捏在一起击打在地上，手指都被击破冒出了血：

“谁让自己的夫人不断地向自己的亲弟弟忏悔，实在是不可理解！”

哥恩纽夫说：“她没有向我忏悔，我也并非艾利夫。她在饱受折磨的时候向我说了出内心的苦闷……我尽自己最大的努力帮助她，给她我认为是最好的建议和劝诫。”

伊兰德抬头看着哥恩纽夫：“那好，我自己也知道，……我不该那样做……不该把她带到布琳希尔德的旅馆……”

哥恩纽夫安静地待了一会儿。

“到布琳希尔德的旅馆？……”

“噢，她对你诉苦的时候没说过这件事？”伊兰德问。

哥恩纽夫过了几分钟回答道：“我估计克里斯汀在向我诉苦的时候不好意思提及自己丈夫做的那些见不得人的事情。我估计她情愿不活了，也不愿对我说这件事。”哥恩纽夫安静地待着，突然大声说：“伊兰德，你如果觉得主认同你是她的丈夫，可以守护她、爱护她——从那种角度来看我认为你的行为非常恶劣，你诱惑她到了森林里面，把她带到不该去的地方，令她陷入淫荡的深渊。后来，你还把她介绍给了布柔恩爵士和爱丝希尔德夫人……”

伊兰德小声地说：“你不应该这样评价爱丝希尔德阿姨。”

“以前你自己告诉过我，你认为叔叔的死是因为那个女人。她和布柔恩……”

伊兰德激动地说：“我不想去管那件事。爱丝希尔德阿姨是我亲近的人。”

哥恩纽夫说：“对啊，我知道，”他的脸上露出一丝鄙夷的笑，“你原来想把克里斯汀带走，然后让阿姨去向劳伦斯解释。这样说来，伊兰德，你好像觉得你和爱丝希尔德阿姨的感情会让阿姨为你做很多事情。”

“上帝啊！”伊兰德用手捂着脸。哥恩纽夫接着说：

“你如果能看到克里斯汀因为做了罪恶的事而担心害怕的样子，因自己还没有进行忏悔和被赦免自己所犯下的罪恶而承受着巨大心理压力的痛苦样子时就好了……那时候她躺在床上准备为你生下一个大胖小子，甚至要付出自己的生命……她自己也还是一个年轻的孩子，却这样不幸……”

伊兰德颤抖着说："我明白，我明白！我了解她难过都是因为以前的事情。哥恩纽夫，看在主的面子上，你不要再讲下去了，我再怎么说也是你的亲人啊！"

哥恩纽夫毫不留情地继续说：

"我如果是个像你一样的男人，而不是神父……我如果诱惑了如此纯洁漂亮的小姑娘……我就会甩掉另外一个女人。愿主会拯救我，我宁愿像爱丝希尔德夫人对待自己的丈夫那样，死后堕入地狱，生生世世被不灭的烈火焚烧，也一定不会像你那样让自己无辜的女友遭受这样的痛苦……"

伊兰德全身发抖，一声不吭地坐着。

他小声说："你自己说自己是神父。你果真那么老实，一次都没有同女人……干过犯罪的事情吗？"

哥恩纽夫没有看伊兰德。他的脸上泛起一层红晕。

"你没有资格问我……不过我还是决定回答你这个问题。为我们牺牲的主明白我尊崇他的博爱。不过我对你说，伊兰德，即使他在地球上无法找到那么洁白无瑕的人，世界上也不会有第二个像我一样品德兼修的神父，教堂里教导人们的，反正都是主给我们定下的规矩。一个满口胡言的人，是不配为主说话的，它只会让我们的嘴受伤——我想你一定无法明白这一点儿。但是，你肯定明白，你所知道的，并不少于任何一个愿意忏悔的人：上帝的规定是不能够更改的，他的伟大也是毋庸置疑的。就像太阳永远都是充满了能量，不论它是照耀在一望无际的海面，还是在荒芜的土地上，抑或在人口密集的土地上……"

伊兰德用手捂着自己的脸，坐在那里半天没说话，好不容易开口了，却是一副尖酸刻薄的模样：

“不论你是不是神父……你的生命中也并非全是光彩的部分……这点你自己不知道吗？……你对一个曾睡在你的怀抱中……给你生过两个孩子的女人……可以像爱丝希尔德阿姨那样对待自己的丈夫吗？”

哥恩纽夫半天没说话，然后有些嘲讽地说：

“你很少这样评价爱丝希尔德阿姨。”

“我估计你说的情况按性别而定。我想起爱丝希尔德夫人和她丈夫最近一次到我们这里，我们在火炉边取暖，我们的母亲向爱丝希尔德阿姨及布柔恩爵士弹奏音乐让他们欣赏。我待在她的旁边……那个时候巴德叔叔叫爱丝希尔德阿姨……他已经就寝了，让爱丝希尔德阿姨也去睡觉。他还说了几句脏话。爱丝希尔德阿姨起身之后，布柔恩爵士也没再坐着，他马上离开厅堂：不过他们两个人交换了一下眼色。……的确，后来我长大明白事理了，我就思考过——或许不是假的——我主动为布柔恩爵士拿蜡烛，跟着他到寝室，不过我没胆子留在那里睡觉。我离开房间，去了仆人的房间休息……天啊，哥恩纽夫，男人不会干爱丝希尔德阿姨所干的事情！不，哥恩纽夫，要杀死一个同你一起生活过的女人……除非我看到了她和别人上床……”

可是他却杀死了这个女人！不过关于这一点儿哥恩纽夫是不会对自己的哥哥说的。因此他很冷漠地问：

“这样说来，艾琳背叛你的事情，也是假的了？”

伊兰德看着哥恩纽夫，忽然生气了：“背叛我？在我再三向她说明我和她的关系结束了以后，你认为我应该责备她和吉瑟睡觉吗？”

哥恩纽夫耷拉着脑袋，无精打采地回答道：“嗯，也许你是正确的。”

没有料到他刚赞同伊兰德的话，伊兰德却发火了，侧眼看着哥恩纽夫：

“哥恩纽夫，你对克里斯汀的关心有点过分了吧。见鬼了，你整天都和她待在一起……这不应该是亲人及神父该做的。你似乎非常不愿意让克里斯汀和我待在一起。要不是你们刚见面的时候，她有了身孕，别人会认为……”

哥恩纽夫看着伊兰德。伊兰德被哥恩纽夫看得非常不自在，突然跳了起来，哥恩纽夫也跳了起来。哥恩纽夫继续看着伊兰德，伊兰德伸手要打他。哥恩纽夫捏住伊兰德的胳膊，伊兰德试图靠近哥恩纽夫，哥恩纽夫立在那里动也不动，用胳膊挡住伊兰德。

伊兰德马上冷静下来。

“在我的记忆里你是个神父。”他小声地说。

哥恩纽夫冷笑道：“看来你是死不悔改。”伊兰德抚摩着自己的胳膊：

“的确，你力气从小就很大。”

哥恩纽夫也冷静了下来，语气温和地说：“刚才实在和我们童年时的场景一样。我在外面的这段时期，经常回忆起……回忆起我们童年时候的情景。伊兰德，那个时候我们经常争吵，但是很快便会和好。”

伊兰德失落地说：“但是，弟弟，如今和那时有很大的不同。”

哥恩纽夫平静地说：“嗯，看情况是有些不同。”

他们彼此没有说话，站了好长时间。最后哥恩纽夫说：

“好吧，伊兰德，我准备要离开了。我等会儿去找艾利夫神父，向他辞别后就离开。噢，我准备去看托奥尔克山谷的教父。不过当她还在尼达洛斯的时候，我是不会到那里去的。”

伊兰德冷笑了一下道：

“哥恩纽夫！……我并非要你这样……请不要和我分开。”

哥恩纽夫仍旧站在那里没有说话。他叹了两口气之后，说：

“伊兰德，关于你的事情，如今我已经完全了解了……现在我要对你说一说关于我自己的事……坐着说吧。”

哥恩纽夫像之前一样坐着。伊兰德卧在草地上面，用胳膊支撑着自己，看着哥恩纽夫激动而又尴尬的脸，稍微笑了一下：

“怎么，哥恩纽夫，你要对我坦白自己？”

哥恩纽夫温柔地说：“是的。”但是他待在那里，半天都没有吭声。伊兰德看着他几次想说的样子，两只手抱在面前，用力抱紧自己的双腿。

伊兰德露出一个微笑：“关于哪方面的事情？莫非是——之前那个漂亮的姑娘……在国家的南部？”

“错了，”哥恩纽夫否定说，他的嗓子听起来有些沙哑，“不是关于这件事……伊兰德，你明白长辈们为什么要我进入教会工作吗？”

“当然，家里的两位哥哥夭折之后，父母怕我们两个人也会死去……”

哥恩纽夫说：“错了，那个时候他们认为慕南的病已经好了，高特压根儿没有什么问题，他是次年过年的时候才夭折的。你生病躺在床上，感觉快要死去一样，母亲发誓说，圣奥拉夫若是可以让你活下来，她就让我去伺候圣奥拉夫。”

“是谁跟你说的？”伊兰德过了一会儿才问道。

“我的奶妈，英格丽。”哥恩纽夫回答。

伊兰德微笑说：“的确，说实在的，如果把我送去伺候圣奥拉夫，那实在是不可能的事情。我不是他喜欢的类型。但是哥恩纽夫，你原来讲过，从小到大你都非常享受在教会生活的时光。”

哥恩纽夫说：“的确，但是并非每时每刻都是这个样子。回想起你和慕南驾着骏马从胡萨贝庄园离开准备投靠国王的时候，你在骏马上面飞奔，腰上的佩剑非常耀眼。但是我却一辈子都没有机会像你一样。伊兰德，你帅极了，那时候还不满17岁，我就知道你会是女孩们心仪的对象……”

伊兰德说：“那种光辉的生活并没有持续太长时间。我会自己修指甲，对主发誓，左手拿着宝剑右手拿着小刀自卫。然后我被带到别的地方，和她相识相爱……受尽屈辱被撵出来，父亲也把我逐出家门。”

哥恩纽夫依旧用平静的语气说：“然后你和一个美丽的女人跑到别的国家，据说你还成了雅各布公爵的侍卫队队长。”

“的确，但是没有传言中那么好。”伊兰德微笑着说。

“父亲和你一直都有矛盾……他鄙视我，不想和我有所争执。我晓得母亲喜欢我，不过如果把你算进来，我实在不值得一提。你离家之后，这一切我都看得很明白。伊兰德，只有你发自内心地爱我，主明白你是我的至亲。不过我年幼不明事理，总是觉得你比我幸福。伊兰德，这就是我要和你说的话。”

伊兰德这时翻身趴在地上。

他祈求道：“哥恩纽夫，不要离开我和克里斯汀。”

哥恩纽夫说：“不，我要离开，我们之间讲了过多的话。希望主和马利亚让你和我在更好的时间里重逢。再见，伊兰德。”

“再见！”伊兰德低着头说道。

几个小时后，哥恩纽夫已经穿上旅行服装从艾利夫神父的住所中走出来，他准备离开这里。他看到有个男人骑着马往森林里走去，还带着弓箭和三条猎狗。是伊兰德。

此时，克里斯汀快速行走在林间通往山坡的小路上。太阳高高挂起，天气非常晴朗，不过森林里一点儿都不燥热，空气里全都是泥土的清新，还有花朵的芳香。绿草如茵的小路潮湿而柔软，光着脚踏在上面很舒服。克里斯汀一边赶路一边祈祷，偶尔仰头看看上方的白云——白云在树顶上的蓝天中慢慢移动，这表明今天会是个好天气。

她不断地想着埃德温修士。埃德温修士每年都是这个样子，从年初一直到年末，翻山越岭，要经过黑黢黢的山洞及白皑皑的雪地徒步旅行。埃德温修士以前在农场小憩的时候，饮溪水，吃当地农民接济的食物，然后向他们告别，并为那里的人们和动物们祈福。他穿过森林，越过峡谷。他个子很高，有些驼背，低着头，沿着小径不断地行走。不管去哪个地方，他都凭着自己真诚的心向主祷告。

克里斯汀在路上一个人都没有遇见……只是在有些地方看到几头奶牛：这说明山里面有牧场。不过这些小路被来往的行人踏平了，通过沼泽的地方上面有圆木铺就的道路。克里斯汀毫不畏惧地往前走，她感觉埃德温修士一路与她同行。“埃德温修士，如果你是虔诚的教徒，你如果在上帝的面前，一定要为我祈福啊！”

耶稣、圣母马利亚、圣奥拉夫……她希望能快一些到达自己朝拜的目的地，完成自己的心愿……希望摆脱这些年因隐瞒罪恶而背负的重担——她没有经过忏悔，没有经过悔罪而私自参加弥撒和祈祷……她急切希望摆脱这些罪孽，洗清自己的罪恶——这种愿望比今年初她得知自己怀孕后而急于摆脱怀着孩子的负担这个愿望更强烈……

孩子在克里斯汀的背上酣睡着，很平静。一直等到她穿过森林，到达斯涅菲格镇，能够看到布德维克和沙特奈斯的时候，他才睡醒。于是克里斯汀来到路边休息，把孩子放了下来，平放在自己的腿上，打开自己的上衣领口。孩子趴在她面前，那种感觉令她感到非常幸福。她全身感觉到一种舒适的慵倦，像石头一样坚挺、充满乳汁而肿胀的双乳，因孩子的吮吸渐渐变软，这使她产生一种无比甜蜜的感觉。

山下，茂密的树林和庄园之间是碧绿的草地和平原安静地卧在那里，沐浴在阳光之中。农户家的缕缕青烟在空中盘旋，有些农户已经开始收割干草了。

她乘船抵达史坦恩，来到了一个非常陌生的地方。她穿过布涅斯半岛附近的一条小路，还经过了一些农户人家，接着又进到了树林里——不过没有和当地百姓居住的地方隔得太远。她感到非常疲惫，可是她回想起父亲和母亲——他们那时抬着芙希尔德，光着脚从自己的家中一直走到了尼达洛斯。因此，她不可以认为自己此刻背的孩子太过沉重。

更无法容忍的是她头上的布早就被打湿了，头非常痒。衣服有绳子勒住的地方，绳子似乎要勒进了肉里，内衣也湿透了，汗水刺痛了皮肤。

沿途她遇到一些行人，偶尔有些骑马的路人超过她，或者从她对面走过来。她还赶上了一辆拉满货物的农夫的马车：沉重的马车将地上的枯枝碾得咔嚓响。两个农夫拉着一头牛向屠宰场走去。他们经过克里斯汀的身边时，不由得多看了她几眼，这个朝拜的年轻女人真的很美——虽然他们已经见到过很多这样的人。在前方的位置，她看见有户人家在盖房子。那户人家把她叫了进来，有个年长的人跑到她面前，拿给克里斯汀一些啤酒。克里斯汀道谢之后，把啤酒喝了，用她过去施舍时经常听到乞丐对她说的那些话感谢了老人家。

过了一会儿，她又停下来准备歇息。她在路边找了个地势较高的位置坐下，身旁有绿草覆盖，不远处还有溪流。克里斯汀把孩子放到旁边的草地上，孩子睡醒了，开始放声啼哭起来。因此，克里斯汀不得不赶忙把经文读完，匆忙做了祈祷，接着抱起自己的孩子，打开孩子的襁褓。襁褓中的孩子尿裤子了，克里斯汀备用的衣物非常少，所以她把尿布洗干净，放在大石头上面晒干。孩子穿着单薄的衣服，非常开心。此刻孩子一边吃着奶，一边手脚乱动。克里斯汀满脸幸福地看着自己白嫩的孩子，一边给孩子喂食，一边把孩子的双手放到她的胸前。

两个骑马的人迅速走过来，克里斯汀抬头看了一眼，是某家的主人带着自己的仆人。忽然，这位主人勒住马，跳下马背，向她的位置走去。来人走到克里斯汀身边——是安德列斯之子西蒙。

西蒙问道："你或许不是很情愿和我说话吧？"他边说边拉着马低头看克里斯汀。他看起来是要出去的样子，穿着大衣，外面还有一件外套，头上戴着帽子，脸色红润，满头是汗："见到你有些诧异……或许你不是很愿意和我打招呼？"

"你这是什么话！……过得还好吗，西蒙？……"

克里斯汀把自己脱了鞋的双脚放到裙摆里面，想把乳头从孩子的嘴中拔出来，把面前的衣服合上。不过孩子开始啼哭起来，咂着嘴要喝奶，把手伸出来胡乱摆动，她不得不继续喂孩子。不过她努力把自己胸前的衣服合上，低着头坐着。

西蒙看着孩子说："这是你的孩子吗？"紧接着又微笑说："啊，这是个多么愚蠢的问题啊！我估计是男孩吧？伊兰德太幸福了。"他把自己的马拴在树上，在离克里斯汀不远的一块石头上坐下。西蒙把宝剑放在腿间，两只手握着剑柄，用剑鞘拨动着地上的泥土。

克里斯汀故意找话说："西蒙，我没料到会在这个地方遇见你。"

西蒙说："是的，以前我没在此地做过事情。"

克里斯汀回忆起之前的宴会上朋友讲过，兰赫姆庄园的贾瓦德之子亚涅的小儿子要和安德列斯·达尔的小女儿结婚，于是她问道："你是否要去兰赫姆庄园？"

西蒙说："你知道这件事？""嗯，我估计这件事整个区都知道了……"

克里斯汀说："这样说来，小贾瓦德要和西格丽德结婚。"

西蒙咬着嘴唇，看着他，忽然抬起头，表情严肃地说：

"我估计你还不清楚这件事。"

克里斯汀说："前些日子我一直待在胡萨贝庄园，几乎不和外面的人来往。据说你们在商讨他们结婚的事情……"

"好吧，现在你同样可以从我嘴里得知……反正不久肯定会传到你们那里去了，"他坐在那里，沉默了几分钟，"前些日子，小贾瓦德离开了我们，他从马背上掉了下来，把自己的脊椎摔坏了。你是否记得，在戴夫林庄园前面的那段路，道路从河边往东拐的地方，有个很陡的坡……不，你应该想不起来了。我们那时准备去举办我们的订婚典礼，亚涅父子渡船到奥斯陆……"西蒙突然不说了。

克里斯汀小心翼翼地问道："她应该很喜欢小贾瓦德——我是说西格丽德——十分期待和他结婚吧？"

西蒙说："的确，她和小贾瓦德有了自己的儿子，就在春天弥撒日的时候。"

"啊！西蒙！"

西格丽德有一张圆润的脸蛋和栗色的头发，笑的时候，脸上会显现出两个美丽的酒窝，酒窝加上小虎牙——西蒙也有。克里斯汀想起，她反感未婚夫的时候，总是觉得那样的人算不上男子汉，特别是自己和伊兰德相爱以后，这种感觉就更加强烈。西蒙和西格丽德，他们两人十分相似。她胖乎乎的，非常活泼可爱，看着非常漂亮。那个时候她不满十五岁。克里斯汀觉得没有人的笑声会比西格丽德的更加欢快。西蒙经常逗西格丽德开心。克里斯汀认为，在西蒙所有的兄弟姐妹中，他应该最喜欢西格丽德了。

西蒙说："你知道我的父亲是最喜欢西格丽德的，因此准备先让他们两人见面，确定是不是对男方有感觉，然后再商讨他们的事情。他们第一次见面就爱上了对方——我认为那样有点不可理解——他们喜笑颜开地看着彼此，就这样表示对对方的好感。这件事发生在戴夫林庄园。但是他们太小了，没有人会料到发生那样的事情。并且爱斯丽德——你知道她——在我们还在一起的时候，她就已经订婚了……的确，她没有反对。而且她的未婚夫非常富有，并且人也很好……不过他现在觉得身边的人和物都很碍眼，总认为自己得了什么严重的病。因此我们都很开心西格丽德接受我们安排的这次相亲……"

"当大家把小贾瓦德运送回来的时候，我的妻子海福莉想办法让西格丽德和大家一起到曼维克庄园。后来大家才发现，西格丽德有了小贾瓦德的孩子。"

他们半天没有说话。然后克里斯汀温柔地说：

"西蒙，这次旅途你一定也不开心，对吧？"

"嗯，不开心，"西蒙回答，然后微笑了一下，"克里斯汀，我来这里处理悲伤的事情，马上就会适应的。你清楚，这次我过来是最合适不过的。我的父亲身体逐渐衰弱，西格丽德和她的孩子待在曼维克庄园。如今我要让那孩子取得他父亲在家族中的地位，我在那里见过他们家族的人，我知道，这个可怜的孩子回到他父亲的家族后，是不会被排挤的。"

克里斯汀小心地问道："那么西格丽德呢，她将来怎么打算？"

西蒙低头看着地面。

他小声地说："父亲希望她住在家里，待在戴夫林庄园。"

“西蒙！啊，你同意那样做？”克里斯汀惊呼道。

他没有抬头看克里斯汀，说：“你知道，这孩子从小的时候就跟着父亲那边的亲人长大，这样做对他非常有利。海福莉和我想要他们两个人和我们在一起，不会有第二个人会像海福莉那样照顾西格丽德。亲戚们对她都很好，不要认为我们会冷落她，包括父亲，即使西格丽德的事情让他名誉扫地。不过你知道吗？我们如果不同意那孩子继承他父亲的遗产，就说不过去了。”

克里斯汀的孩子松开了奶头，不再喝奶。克里斯汀连忙把衣服穿好，紧紧地抱着孩子。孩子总算是高兴了，口水流在自己的身上，也流在克里斯汀的身上。

西蒙侧眼看着这两人，微笑着说：“克里斯汀，你比西格丽德幸福多了。”

克里斯汀温柔地说：“的确，你肯定认为老天偏袒我，我居然可以成为别人合法的太太，我的孩子也是婚后才生下来的。如果我也有一个没有父亲的私生子，实在是自作自受。”

西蒙说：“我觉得那是最糟糕的事情。”紧接着西蒙用很小的声音补充道：“克里斯汀，我只想祝福你，一点儿坏心也没有。”

过了一会儿，西蒙向克里斯汀问了路况，说自己准备去渡船：

“此刻我不得不走了，我要去和我的用人会合……”

克里斯汀问：“和你随行的用人叫费恩吗？”

“不是，费恩前些日子结婚了，没有和我在一起。你没有忘记他？”西蒙的语气里透露着高兴的样子。

“那么，西格丽德的孩子可爱不可爱？”克里斯汀看着西蒙问道，同时看看自己的孩子。

“我听其他人说，很好看。不过，刚出生的孩子都是一样的。”西蒙回答说。

克里斯汀说：“你的意思是你还没当父亲？”

西蒙简短地回答道：“还没有。”然后便告别走了。

克里斯汀准备上路，这次她没有把孩子放在背上，而是把他抱在怀里，让孩子的脸贴在自己的肩膀上。她不断地想着西格丽德的事情。

如果自己的父亲劳伦斯遇见这样的事，一定不会那么干，他会去向男方要求名利和地位，并且他肯定不会狠心让她和自己的孩子分开，让嘴巴上依旧沾着奶水的孩子远离母亲，从母亲的怀抱里被抢走。“我的小宝贝啊，不，父亲肯定不会那么干，即使是十倍的名利，我父亲也不可能那样干……”

不过克里斯汀脑海里不断浮现那个场景。几个骑马的人冲入她家乡谷地北部的峡谷，她蜷缩在那里，两边长着茂密林木的岩石渐渐向她逼近。寒风从水面上袭来，河水击打在石头上面，绿绿的，泛着泡沫，河水中有深深的漩涡。一个人向她扑过来，瞬间被撞到了岩石上，从一个斜坡滚向另一个斜坡。主，圣母……

然后她想起柔伦庄园的草地，眼前浮现起在一个清朗的夏天的夜晚，自己从小路跑到湖畔旁空地上的画面。家人经常在那个地方洗东西。河水从到处都是石头的河床上面流过，发出单调的哀怨：“主啊，我一点儿法子也没有……”

“唉，但是父亲一定不会那样干，即使说得过去，也不可能。一旦我跪下来求他：‘父亲，你不要让我和纳克分开……’”

克里斯汀站在费根斯勃列克山上。她俯视着夕阳中闪耀着金色光芒的城市。在波光粼粼的宽阔的河流对面，是一栋深褐色的建筑物，房顶上是绿色的青草，花圃中种满了树木，它的周围呈梯形排列着很多石屋，一些教堂就在那些房顶中显现出来，还有些教堂的屋顶在阳光映衬下反射出暗淡的光芒，那座最大的教堂就在这座城市的中央，立在最高处，非常宏伟，俯视着整个城市。余晖落在墙上，使得玻璃窗异常夺目，一旁的神坛上也闪耀着金光，塔楼和尖顶好像和天空连接了起来，这一切看起来令人眩晕。

旁边是郁郁葱葱的一片，半山腰上有个豪华的庄园。城市的旁边有一个明净而辽阔的海湾，水面上映出大片白云飘在空中，海湾的岸边是一排被绿色植被覆盖的山峦。修道院就在这个小岛上面，仿佛在海面上漂浮着的绿色的花冠，岛上的那些仿佛这个世外桃源花冠上镶嵌着的白玉花朵。海湾中停泊着很多帆船，岸上有许多房屋。

克里斯汀被深深地感动了，边哭边对着十字跪了下来。这个地方有成千上万的朝圣者跪过，表达自己对主的感谢，让主保佑他们在美好而危险的世界征途中一路平安。

克里斯汀走进修道院，各个礼拜堂和修道院中的钟声响起。她鼓起勇气抬起头来去看教堂，由于光线耀眼，她又急忙把头低下去。

人们一定不能凭借自己的力量完成这样的伟大事业——是主赐给修建者力量，指引他们建造了这座雄伟的教堂。“愿主与我们同在。愿主在世间指导我们，就如同在天上一样。”现在她似乎能够理解这句话了。天国的光反射到石头上，这正说明主的恩泽遍布所有的大地，世间一切美好的事物中都有主的旨意。克里斯汀忍不住颤抖了起来。的确，主一定会对那些丑恶的、可耻的、不洁的东西感到生气的……

教堂里全是圣徒和圣女们的雕塑，漂亮得让人不敢看。青藤不断朝上长，围在教堂四周，房屋里布满了鲜花。在中门之上，耶稣钉在十字架上，他们的两边站着圣母马利亚和施洗约翰，它们都是用白色的石料做成，仿佛是冰雪塑成一般，在白色之中还发出点点金光。

克里斯汀不断地祈福。站在高大的墙壁和富丽堂皇的石头门窗前，克里斯汀觉得自己罪不可赦，立即跪拜到耶稣的脚下。

克里斯汀颤颤巍巍地亲了一下门口的石门，突然脑海中出现一道闪电，她好像看到了家乡教堂的样子。她以前曾效仿父母，用自己粉嫩的嘴巴亲吻石板……

她把圣水洒到自己和儿子身上，回忆起以前父亲也那样做过。克里斯汀使劲抱着儿子，走进了礼堂中。

她好像走进了一片丛林，石柱就像一排排高大的树木。阳光从彩色的玻璃窗户照射进来，五彩缤纷，像音符一样动人。屋顶上装饰着漂亮的人物画，小天使弹奏着音乐。再往上看，整个屋顶向上拔起，把教堂提拽起来，对着主。旁边一个厅堂里，有人在祈祷。克里斯汀在一根石柱前面双膝跪下，歌声如激流一样深深击中她的胸口，此刻她觉得自己是在黑暗的尘世间……

“上帝，我所信仰的唯一主，满怀慈悲之心的圣母马利亚万岁。”她在还不识字、不能正确理解祷文中的含义的时候就学着父母做祷告，背祷告词。上帝啊！世界上还有比我罪孽深重的女人吗？

就在那座高高的穹窿之下，人们头顶的正上方，是一副耶稣在十字架上受苦的雕像。圣洁的圣母马利亚就在他身旁，看着她可怜的孩子遭受磨难，被当成一个恶人折磨着……

此刻克里斯汀跪在了这里，怀中抱着自己罪恶的果实。她紧紧地抱着孩子——孩子就像新鲜的苹果一样结实，像粉红玫瑰一样……现在孩子没有睡觉，正用他清澈的小眼睛看着自己的母亲。

她因为犯错有了这个孩子，在巨大的心理压力之下把孩子生了下来。孩子来自于她罪恶的躯体，但是一点儿都没被污染，非常健康，惹人喜爱，单纯得无法用言语形容。克里斯汀没有资格得到上帝的眷顾，这让她非常伤心。她在教堂不停地忏悔，泪流满面，好像身体的伤疤在不断流血一样。

“纳克，纳克，我的小宝贝……主把你父母的罪加在你的身上，过去我怎么会不知道？啊，的确，我晓得，不过我对肚子里的你却没有深爱，我的孩子因为母亲的缘故可能会遭到折磨。

“我最亲爱的孩子，我刚发现怀有你的时候有没有悔悟过呢？没有，没有，那并非悔悟。我第一次觉得你娇弱得无依无靠，在我肚子里面翻动的时候，心里全是消极的想法，我被愤怒和邪恶的思想弄得冷酷了……现在我要将主放在我心中，我祈求得他的宽恕。当我们的圣母怀上圣子的时候，她一定祈祷着能够替所有有罪的人赎罪。但是我却如此无知——不懂得向这个为我和我的孩子赎罪的人感恩。……不，我没有悔悟……我卑鄙地装出一副受苦的样子，苦苦哀求着向邪恶走去，如果主按照他的规定惩罚我，那么我必将难以承受……”

克里斯汀号啕大哭起来。仪式期间其他的教徒都起身活动身躯，但她却毫无力气，站不起来，瘫坐在地上。她抱着孩子蜷曲着。旁边有些教徒仍旧继续跪在地上——是两个穿着得体的女人和一个孩童。

克里斯汀抬头看着唱诗班的位置，当看到圣奥拉夫的圣体柜时，她全身发抖。圣奥拉夫的圣体在那里等待着复活。到了复活之日，棺木就会打开，圣奥拉夫会站起来，手里拿着锋利的斧头，在大厅中巡视。那些已经逝去的死者的蜡黄尸骨将从石板底下，从礼堂四周的墓地下，从挪威国土上的每一个墓地下，跳出来，然后生出肉身，重新回到自己的国王身边。那些人，有的人准备踏着他血迹斑斑的脚印继续前行，有的人只想寻求帮助，希望他能够帮助他们分担自己给别人带来的苦难。如今他们都拥在国王的身边，祈求他在主的面前告知他们的需求。主啊，请你听一听我的祷告吧，我是如此爱这些子民，即使让我承受流离之苦，甚至死亡，只愿挪威的每一个人，都能够明白你是为使他们脱离苦海而牺牲的。上帝啊，你不是说过，要让我们走出去，使千千万万的子民都可以听到你的福音吗？我，哈拉尔德之奥拉夫，为了我那些可怜的子民，愿意用自己的热血将你的福音传遍所有的角落……

克里斯汀此刻头昏眼花，她连忙闭上眼睛，圣奥拉夫国王的脸出现在她的脑海之中。他那双慧眼看到了克里斯汀的内心深处。克里斯汀在圣奥拉夫国王的双目逼视下不断地发抖。

克里斯汀，曾经我因为自己的子民不肯遵守主的法律而被流放到外地[①]，我经过你所在的地方，那里后来不也建了很多的教堂吗？我想一定会有博学多识的人向你们宣讲过主的戒律。

对父母要心存敬意，不可使他们悲伤，不然你的孩子将会因你而受到惩罚。……我就是为了让你们懂得这些道理所以才牺牲的。克里斯汀——劳伦斯的女儿，你的父母没有告诉过你这些吗？

他们告诉过我，他们告诉过我的，国王！

故乡的圣奥拉夫教堂——她似乎还能看见那里的木头房顶。它的屋顶比这里矮一些，不过异常坚固，因为建造它的木材都是涂过树脂的，一般都是用来建造房屋和马厩的。那些木材加工之后，就成了一根根光滑的柱子，将它们排列起来，就成了教堂墙壁的一部分。埃里克神父每一次都会在仪式上这样告诉人们，我们也应该用同样的信仰将自己犯下的罪行削除，最后成为上帝的信徒。

你忘记这些了吗，克里斯汀？在末日审判的时候，你该如何证明自己是上帝的信徒？在主的指引下，你又做过哪些善事？

主啊，她的善行？她学会了念很多祷告词，她还和父亲一起帮助穷苦人民，和母亲一起给穷人送衣服，分发食物给饥饿的人们，还照顾过生病的人……

不过她也干了坏事。

她小心翼翼地对待那些给她帮助的人。埃德温修士对她谆谆教导，并为她犯下的罪行而伤心，虽然她听从了他的教诲，但是一脱离他的视线，她还是继续犯错。她在马厩和牛栏里，让那纯洁善良的格鲁阿夫人蒙受欺骗却不知错，虔诚的修女们对她关怀备至，甚

①11世纪初，基督教传入挪威不久，时任国王奥拉夫二世草拟了一个法典，对教会、教会供职人员以及一些宗教节日和礼仪都做出一些规定，并对那些信奉旧神的人加以处罚。奥拉夫的这些措施遭到旧势力的强烈反对，后来奥拉夫被驱逐出挪威。流亡国外的奥拉夫后来组织一支军队，返回来，后来战败而亡。他死后，被尊为圣徒。

至在她的父亲面前称赞她的品德美好，而她居然觉得这都是理所当然的，竟然不会因此而脸红。

噢，父亲！他承受了多么大的痛苦啊……今年春天父亲来到她的身边，对她是如此体贴，没有一句抱怨……

西蒙曾发现，自己未来的妻子，居然和一个男人待在一起，在一个专为单身士兵开设的酒吧里，但他却一句话都没有说。而她居然还让西蒙背负毁婚约的罪名，让西蒙在自己父亲面前受罚……

噢，她对父亲多么坏啊……不，对待母亲更坏。今后纳克长大了，会不会也像她对自己的母亲一样来对待自己呢？……噢，上帝，她不希望这种事情发生。母亲养育她，照顾她的吃喝，生病时悉心呵护她，为她梳理头发，还为自己这美丽的秀发而高兴。每当她需要安慰和帮助时，总盼望着母亲会一如既往地来到她的身边给她这一切。而且上次父亲也提起过，如果她的母亲知道了她有多么需要她，一定会不辞劳苦来到她的身边。啊，母亲，我最爱的母亲啊……

记得有一次在家里，克里斯汀将井水倒进碗中，感觉它是如此清澈透明。但是当水被倒进父亲的玻璃杯子中，放在阳光下，才发现它混浊不堪，污秽无比。

噢，主啊，我很清楚我到底是什么样子的！

身边的每一个人都善意友好地对待她，好像理所当然的一样。她忽然发觉她的生命中有如此多的善意和友好。但是当她第一次遇到挫折，她便深受刺激，立马反对。在对待艾琳的死的时候，她是如此坚决，就像一把锋利的尖刀……

如果那个时候上帝的匕首就指着她的脖子，那么她一定会反对上帝的。噢，她的父母该多么难过——他们已经一连失去了三个幼子，他们看着芙希尔德忍受着多年的折磨，虽然也曾为她的健康努力过，不过她还是日益衰弱，等待着死去。不过他们依然坚强地面对着这一切，从来都没有对上帝怀疑过。但是她，却让他们蒙受羞辱……

但是，如果这一切发生在她的孩子身上呢？……要是上帝想夺走她的孩子，就如同夺走西格丽德的孩子一样，她该怎么办呢？噢，上帝啊，不要给我们诱惑了，我们不希望再被魔鬼欺骗了！

她好像已经到了地狱的最深处。如果她的孩子被夺走了，那么她一定会纵身跳进这深渊里，嘲讽那些给她帮助和安慰的人的期望，将自己毁灭，投进魔鬼的怀抱……

纳克胸前那个鲜红的手印，就不难解释了……

噢，圣奥拉夫，我曾经不断地祈求你帮助我的孩子，你肯定已经知道了！……我只希望你能将一切罪责都放在我的身上，不要伤害这个无辜的孩子。国王啊，我明白，我一定会遵守我的誓言的，那是我必须遵守的……

一旦受到刺激，克里斯汀就像是个异教徒般奋起反击。伊兰德……她一直都认为伊兰德是爱她的。如果她连这一点儿都无法相信，那么她也就没有必要再活下来了。错了！她也客观地分析过，如果她还像从前那般健康漂亮、活泼，那么伊兰德一定会为她深深着迷的……当然，到现在伊兰德对她依然很好。但是她很早就明白，撒旦最喜欢待在孕妇身旁，趁着她无比脆弱的时候诱惑她、欺骗她。当她察觉伊兰德如此在意别人对他们的议论时，她总是试着接受伊兰德已经不爱她的想法，因为她现在的羸弱和丑陋……当伊兰德温柔地讨好她，她拒绝了；在她惹恼他的时候，逼他说出那些难听的话，她又以此为难他。上帝啊！她不仅是个污秽的女人，而且也是个不称职的妻子……

克里斯汀，此刻你明白自己急需被拯救了吗？

的确，圣奥拉夫国王，如今我明白了，我需要你的帮助，以防我再做出违背主的事情。圣奥拉夫国王，我现在向你祈求，请求你可怜可怜我，让我接受您的垂怜。圣奥拉夫国王，请为我祈祷吧！

“请让我的心恢复纯洁的样子，主啊，主啊。
让我的胸腔里面跳动一颗纯洁的心脏。
别离开我，让我看不到你的脸……
主啊，救救我吧，让我摆脱从前的罪过。”

仪式结束之后，信徒们渐渐离去。克里斯汀身旁的两个女人站起身来，那个男童却无法站立，他用胳膊撑着地板，艰难地爬行，就像还没长大的小鸟一样慢慢地往前跳。男童的脚非常小，两个女人故意用衣服挡住有残疾的男童，不让别人看见。

他们走了之后，克里斯汀又跪了下去，亲吻那些人踏过的地板。

克里斯汀有些不知所措，可怜巴巴地站在唱诗班门口的位置，有个教士走了过来，在哭红了眼的克里斯汀面前停了下来，克里斯汀对他说了此次远行的目的。一开始教士没有弄清楚，克里斯汀把黄金花冠递给教士。

“啊，你是哥恩纽夫哥哥的妻子劳伦斯之女克里斯汀吧？”教士惊讶地看着克里斯汀。克里斯汀的脸都哭肿了，“是的，是的。”“哥恩纽夫神父对我说了你要来的事情，是这个样子。”

教士领着克里斯汀来到放圣器的地方，拿着克里斯汀的黄金花冠，打开裹着花冠的麻布，仔细看了一下，接着含笑说道：

“的确，你知道，这需要其他人的见证。太太，你不可以把如此尊贵的物品像干粮一样随意献出，不过我可以替你照看它。看样子你不太愿意带着这个东西到城里去，嗯，现在请亚涅神父过来看看。”他对旁边的用人说。“我估计你的丈夫应该和你一同前来。但是，哥恩纽夫或许有你丈夫的信物之类的东西……你应该看看神父本人，是不是？不然就去找汤马之子郝克……我不晓得哥恩纽夫神父是否对艾利夫神父说过这件事……但是你次日早晨要过来做祷告，做完祷告之后再来见我，我是亚斯拉克之子巴尔。”他看了看孩子，“你要把孩子留在这个地方，独自去修女院休息，这是哥恩纽夫交代的。”

又来了一个教士，和巴尔交谈了几句话。那个教士把旁边的柜子打开，取出天平，量了一下克里斯汀的花冠有多重。巴尔做好记录，然后二人把克里斯汀的花冠锁在了柜子里面。

巴尔教士准备让克里斯汀和他一起出去，便问克里斯汀想不想把孩子抱到圣奥拉夫的圣体柜前面去。

他用看似不经意却十分娴熟的动作把孩子抱了过去——神父在给孩子进行洗礼时常常这样接过孩子。克里斯汀跟着他来到教堂，巴尔教士询问她想不想亲一下圣体柜。

“我没那个权利！”克里斯汀心里想，不过她跟随巴尔的脚步沿着阶梯往上走，走到陈放圣体柜前。克里斯汀用嘴巴去亲吻圣体柜的瞬间，她的眼前仿佛出现了耀眼的亮光。

教士看了看克里斯汀，担心她昏过去。不过克里斯汀自己站了起来。于是巴尔教士把孩子的前额在圣体柜上轻轻地触碰了一下。

巴尔教士把克里斯汀送到大门口，询问她能否找到坐船的渡口，接着向克里斯汀道了晚安。巴尔讲话的时候一直都是那么冷静，就像一个非常礼貌的臣子一样。

外面下起了小雨，四处传来花香，除了那些被过往的马车和行人踩过的小路外，到处都像庄园中的庭院一样绿油油的。克里斯汀尽量包裹好孩子，不让他被雨淋着……现在孩子在怀抱中感到越来越重，克里斯汀抱得双手酸痛。孩子不断地哭泣，估计是想喝奶了。

克里斯汀非常劳累，由于长时间地行走，还有在教堂里面的痛哭，她用尽了全身的力气。现在她感觉非常寒冷，雨不停地下着，树叶被雨水打得左右摇晃，上面还泛着微弱的光。她步履艰难地穿过巷口，到了一条大路上，看到前面是一望无际的河面，雨水拍打在水面上，溅起朵朵水花。

现在河边已经没有船可以坐了。有几个人在岸边的货栈下躲雨，克里斯汀向他们打听情况。那些人建议克里斯汀去港口，修道院在那里有住宿的地方，船夫也住在那里。

克里斯汀调整好精神准备过去，此时她双脚非常酸痛，全身都被雨淋湿了，并且非常劳累。她看到一座教堂，教堂的后方有些住房。纳克不断地啼哭，因此她无法到教堂里面。她透过没有装玻璃的窗户听到里面的歌声，听到了她们所唱的歌曲：“开心吧，远方的马利亚，是你让耶稣来到了人间……他已经按照约定复活啦，哈利路亚！”

这首歌她曾听圣芳济教团吟唱过。埃德温修士抱恙的那些日子，克里斯汀在他的身边，修士教克里斯汀学会了这首歌曲。她悄悄进入教堂的后院，带着纳克站在墙边的角落里，低声念着这首颂歌。

“克里斯汀，不管你干了什么事，你父亲也不会不爱你，因此你不能再增加他的痛苦，让父亲再流泪……”

啊，仁慈无比的主啊，你刺穿的双手伸展在十字架上……不管你的孩子再怎么作恶多端，你还是张开双臂接纳他。那些犯了错的人唯一可以做的事情，就是向耶稣求救，像孩子寻找父亲一样，而非是像奴隶面对凶恶的主人。如今克里斯汀深深地感到自己的罪恶有多么深重。她的心口非常疼痛——由于进行忏悔而非常难受，心如刀绞一般。

墙角边有个避雨的小棚子，克里斯汀在那里休息，开始给纳克喂奶。她时常把头低下去亲吻孩子那可爱的长满柔发的头。

然后克里斯汀睡了过去。有人碰了碰她的肩膀，问克里斯汀是否要到这里住宿。克里斯汀睁开眼时看见一个修士和一个手拿掘墓铲的俗家老人站在她的面前。

她此刻精神为之一振：现在干脆就待在圣芳济教团，那些人是埃德温修士的朋友，并且到巴尔那里路途也非常远，并且此刻她已经十分疲惫……于是修士让身旁的老人带着克里斯汀到旁边女性的住处休息，并叮嘱道：“给那妇人拿些东西泡泡脚，我估计她的两只脚非常疼痛。”

住宿的地方条件很差，既闷热又阴暗潮湿，它坐落在教堂围墙外面的一条小巷子里。俗家弟子给克里斯汀拿来泡脚的东西和一些吃的，克里斯汀待在炉子旁边，边取暖边哄纳克入睡。估计是因为克里斯汀今天非常疲惫，且这些天还在斋戒，所以孩子吮吸母亲奶头的时候，应该是因为没吃饱，还时不时地哭出声来。克里斯汀把刚刚送过来的牛奶放在自己的嘴里，准备用这样的方式喂纳克，不过纳克好像不是很适应这样的做法，不断哭叫，俗家弟子看了不禁摇摇头笑着说：

“你自己先喝些牛奶吧，这样你的孩子才会喝到更有营养的奶……”

最后老人离开了，克里斯汀爬到上铺准备休息。她把天窗打开通风，这非常必要，因为这里的味道实在让人无法容忍，有一个腹泻的女人也在这里过夜。天窗打开后，一阵凉爽的风吹了进来，她靠在床头坐着，这里只有几个枕头，孩子躺在她的腿上。她准备过一会儿再把天窗关上，但一不小心就睡着了。

她在深夜醒了过来。夏天的月光是淡黄而有点苍白的颜色，照射在她和纳克身上。月光也投射在他们旁边的墙壁上。这时，克里斯汀看见远方有人过来，飘在半空中的月光中。

他是个穿着长袍的教士，个子很高，有些驼背。此刻那人把自己的脸转了过来，看着克里斯汀，原来是埃德温修士。埃德温修士满脸微笑，笑得非常温柔，看起来有些欢喜，和他活着的时候一样。

克里斯汀一点儿都不奇怪，她谦虚、高兴，满脸写满了希望和信任，抬头看着埃德温修士，等他讲话或者做出什么动作。

埃德温修士对着克里斯汀挥了挥手，然后把手套放在一缕月光上面，让手套待在那个位置。接着他笑了出来，对着克里斯汀点点头，然后就消失了。

中卷　胡萨贝庄园

1

新年初，胡萨贝庄园来了几位不速之客，他们是布柔哥夫之子劳伦斯、多孚尔山区的古德莱克之子史密德和两位克里斯汀不认识的先生。伊兰德看到岳父和他们同行，十分诧异：他们是吉斯克庄园的维德孔之子艾尔林爵士和比雅尔乔庄园的海夫特·格劳特，伊兰德没想到劳伦斯认识这两个人。艾尔林爵士解释说，他们是在劳马斯幽谷的奈斯地区相遇的，他和劳伦斯、史密德共同参加了“六人庭”，现在解决了郝克之子约翰爵士远房继承人之间的遗产继承纠纷。劳伦斯和他谈起伊兰德，于是艾尔林爵士想到，既然他有事要到尼达洛斯，如果劳伦斯肯陪他南行，他干脆来看看胡萨贝庄园的朋友。古德莱克之子史密德笑着说，他是自愿同行：

“我很想再看看克里斯汀——我们家乡最漂亮的玫瑰。而且，我如果好好留意劳伦斯，看看他和聪明的大人物们谋划些什么，我的亲戚拉根弗丽德一定会感激我的。克里斯汀啊，你的父亲今年冬天有大事要办，不只是陪我们巡游庄园和为过圣诞节做一些准备。这些年来，我们平平安安地住在农场，各自料理着自己的事务。现在劳伦斯要我们这些谷地的居民——国王陛下的王公大臣们冬天骑马到奥斯隆：我们将代表国王劝告议会的大老爷。劳伦斯说，他们替未成年的少主摄政，把事情搞得一团糟！……”艾尔林爵士说。

艾尔林爵士看起来有些不舒服。伊兰德抬起头问：

“父亲，你是否在准备召开大臣集会的事情？”

劳伦斯说：“没有，没有，我仅仅是接到通知去参加会议，和其他的大臣一同前去而已。”

古德莱克之子史密德说：“是劳伦斯建议他们一同去的，还让克鲁克庄园的赫斯坦、特隆德·吉斯林和固托姆斯·史奈斯改变主意一起去。”

劳伦斯问道：“你们这里的人没有让客人到房间里说话的习俗吗？现在我们要尝尝克里斯汀酿的酒能不能和她的母亲相比！”

伊兰德若有所思地看了一下，克里斯汀也觉得非常惊讶。

克里斯汀把纳克带到小房间里，以免打搅来客。过了一会儿，劳伦斯和克里斯汀单独在这个小房间里面，克里斯汀问：“爸爸，发生什么事情了？”

劳伦斯把纳克放到腿上哄他开心。如今纳克快一岁了，长得很结实，长相俊美。过年的时候他已经可以穿小外套和长白袜了。

克里斯汀说：“爸爸，我以前从没听你对这种事情上发表过意见。以前我总是听你讲，为了维护大家的利益，让百姓和臣子过上幸福的生活，最好让大王下诏，让大家回到他的左右。伊兰德说那件事是别的贵族发起的，那些人试图削弱英歌伯柔太后和她父亲替她弄来的那些谋臣的权利，再次掌控哈肯国王和他弟弟还是小孩子时候曾经享有过的权势。不过你自己曾说，他们掌管大权期间，百姓吃了不少苦头……”

劳伦斯小声让克里斯汀叫保姆出去，这里只有他们两个人。劳伦斯问道：

“伊兰德的这些话是谁告诉他的，莫非是慕南爵士？”

克里斯汀说，之前奥姆过来的时候，带回了慕南写给伊兰德的信件。克里斯汀没有提到是自己把那封信读给伊兰德听的，伊兰德认不了太多的字。慕南爵士在信件里抱怨道，现在所有的名门贵族都认为哈肯国王生前身边的那些大臣更懂得如何治理好一个国家。有些人甚至认为自己都比那位尊贵的夫人——小国王的母亲更关心国王的利益。慕南爵士提醒伊兰德，一旦听说挪威那些权贵要效仿瑞典人，打算对英歌伯柔太后不利，我们这些人一定要保护英歌伯柔太后她们，伊兰德也要过来和慕南爵士见面。

劳伦斯用手拨弄着小纳克的嘴巴说：“伊兰德没提到慕南未经国王的同意就招兵买马，而我就是其中反对的人之一吗？”

克里斯汀说：“你！难道去年秋季你会见了慕南爵士了？”

劳伦斯说：“嗯，会见过，不过我们有些分歧。”

“你们是否说起了我？”克里斯汀立刻问道。

劳伦斯微笑说：“并没有提起你，克里斯汀。我不知道那个时候有没有说过你的事情。你晓得伊兰德打算去见慕南爵士吗？”

克里斯汀说：“我认为应该会的。不久前，艾利夫神父帮伊兰德写了一封家书，里面说伊兰德过段时间要到慕南那里去。”

劳伦斯没有说话，静静地待着，看着纳克用手捏着自己的宝剑，试图啃装饰在上面的宝石。

克里斯汀问道：“你们打算要去对付英歌伯柔太后她们那些人吗？”

劳伦斯微笑说：“英歌伯柔太后几乎和你一样大，谁都不会去削减她本应享有的权利。不过大主教和先王的亲戚们让我们过去，讨论怎么监管她行使自己的权利，以及关于百姓福利的事情。”

克里斯汀小声说：“爸爸，我估计，你这次到这里来，并非简单地是为了看我和我的孩子。”

劳伦斯说：“的确没有这么简单。”并接着笑着说：“孩子啊，我知道你对这些事有一点儿不开心！”

劳伦斯把手伸出来抚摩克里斯汀的小脸。从克里斯汀年幼的时候，每次劳伦斯责骂或逗克里斯汀时，他就会这样做。

这时，艾尔林爵士和伊兰德待在楼上的兵器室里——就是院子东北面接近大门的仓库。仓库非常高大，像城堡一样，里面有三个房间，顶楼还有一个枪口。里面放着各种各样的攻击性武器。这个仓库是史库尔国王建造的。

仓库里面的温度非常低，艾尔林爵士和伊兰德都穿着皮外套。客人们正四处转悠，欣赏着伊兰德从他外公那里继承来的武器装备。

维德孔之子艾尔林爵士身材矮小，有些肥胖，但看起来很有绅士风度。他的相貌一般，称不上英俊，头发有些红红的，但睫毛和眉毛竟然发白，眼睛是浅蓝色。其他人说他很帅气，估计是因为他是挪威最富有的人的缘故。但他真的有迷人的魅力和聪明的头脑。

他领悟能力很强，见识颇多，但从不炫耀自己的学识，喜欢倾听别人说话，因此被大家认为是非常聪颖的爵士。他的岁数和伊兰德相近，两个人还算是远方亲戚，因为他们都和史托夫莱姆家族有血缘关系。两人相识很早，不过不常来往。

伊兰德坐在柜子上面，说起自己前些日子打造的那只船。那只船配备了几十只划桨，伊兰德觉得那船的速度肯定非同一般，并且用简单的方式就能控制住那只船。伊兰德从诺德兰聘请了工匠，还和他们一起参与了建造。

伊兰德说："艾尔林，我懂一些关于船的知识。你尽情期待吧，'海魔号'在海上破浪前行的样子，肯定非常棒。"

"伊兰德，你居然给你的船取一个如此可怕的名字！"艾尔林大笑着说，"你是想将这只船驶到南方吗？"

"我估计你和我妻子一样都是信奉天主的，克里斯汀也认为这是邪教的名字。的确，克里斯汀讨厌我的船，那是因为她从幼年开始就在平原生活，不喜欢海洋。"

艾尔林爵士非常礼貌地回答："的确，您的妻子看起来很坦诚，她举止文雅并且很端庄。看她的家族，就明白她是那样的一个人。"

伊兰德微笑说："的确，她每天都做祷告。这里的艾利夫神父经常为她诵读经书——不算上啤酒和美味佳肴，艾利夫神父的最大爱好就是诵读经书了。这里贫困的百姓都来向克里斯汀讨教和请求帮助。看样子他们甚至准备亲吻她的衣角，真的！我简直就不认识自己的那些佃户和用人。她很像《圣徒传》中记载的一位女士……你还记得我们给国王当侍从的时候吗？想当年哈肯国王命令我们坐着听神父给我们念《圣徒传》，克里斯汀正如书上描写的女人。自从你上次过来之后，胡萨贝庄园发生了翻天覆地的变化，艾尔林，”伊兰德停了片刻补充说道，“说实话，你这次的到访，令我有点意外。”艾尔林爵士面带微笑地看着伊兰德说：

“你还记得当年我们在皇宫共事的那段时光。那个时候我们是好友，不是吗？伊兰德，当年我们可都是期望你能大展宏图的……”

伊兰德笑了一下说：

“的确，我也是那样想的。”

艾尔林爵士说：“伊兰德，你可不可以和我们一起通过海路去南部？”

伊兰德回答说：“我准备走陆路骑马过去。”

艾尔林爵士说：“这对你来说非常艰难——寒冬的时候翻山越岭的。你如果和我还有海夫特一起走的话，肯定会非常开心。”

伊兰德说：“我已经答应和别的人一起去了。”

“哦，你准备和劳伦斯一起过去，对吧？……的确，这完全可以理解。”

“不是……并非你说的那样。我不是很熟悉他带过来的那几个人，”伊兰德半天没说话，他急忙说，“不，我已经答应了慕南去看他。”

艾尔林爵士回答说：“你不如不去了。慕南去了远方，估计要等很久才会归来。你是不是很长时间没和他联系了？”

“在米哈依日前后，我收到了他从林加村写给我的来信。”

艾尔林爵士问道：“哦，你听说前些日子关于慕南的事情了没有？难道你不知道吗？你肯定清楚慕南在四处奔波，把信给每个州的负责人，大量招兵买马，要求每六个农民要缴纳一匹马，贵族子弟也必须缴纳马匹，不过可以不用出征。难道你还没听说过吗？慕南和艾利克·托普去沃格参加会议时，谷地的很多人都不同意他的做法，难道这些你都不知道吗？并且，第一个出来反对这件事的人就是你的岳父劳伦斯，他对埃里克说，如果国王要求这样，就需要按照正规的程序来办这件事情。不过向人民来征收苛捐杂税，是因为要和别的国家宣战，这可以说是欺负本国老百姓。劳伦斯认为，国王如果真的需要臣民来服役，大家肯定会热情地加入；但是如果不是国王本人下诏说这件事，他一个子儿也不会拿出来。啊，你不晓得这件事？古德莱克之子史密德说，劳伦斯对当地的百姓讲，如果由于不缴纳这次被征收的赋税而被处以罚金，他会代大家支付罚款……”

伊兰德吃惊地说：

“什么，劳伦斯这样说？除了劳伦斯的庄园和他朋友的田产以外的事情，我从来不知道劳伦斯还和其他的事件有关。”

艾尔林爵士说：“他一般是不会参与这样的事情的。但是我在当地发现，劳伦斯只要发表自己的意见，就会有很多人拥护。他只有在自己确定，并且其他人不能反驳的情况下，才会发表自己的意见。他一般是不会轻易发表自己的意见的。还有军用物资，听说劳伦斯和瑞典的亲人联系过——你明白，他的奶奶兰波夫人和恩吉瑟爵士的爷爷是亲戚，因此他在瑞典有很多亲戚，并且地位很高。你的岳父是个伟大的人，他在当地相当有势力，只是不常表现出来而已。”

伊兰德微笑说："的确，艾尔林，那我知道你和我岳父在一起的原因了。你们成了好朋友，这让我非常惊讶。"

艾尔林面不改色地说："你感到有些吃惊？如果有谁不愿意和劳伦斯成为好友，那才奇怪呢。我的亲戚，如果你能跟从劳伦斯，一定比站在慕南那边好一些。"

伊兰德激动地说："自从我离家出走的第一天，慕南对待我就如亲弟弟一样，即使在我最艰难的时候，他也没有抛弃我。此刻如果他遇到不幸的事情……"

艾尔林爵士依旧面不改色地说："慕南肯定不会有事。他分发的信件都是盖有挪威国印的，即使不合法，这也与他无关。的确，这还不是全部的情况……对，他在参加尤芙蜜雅公主婚典的时候，就卷入了这件事，在国王的诏书上，他也是在上面盖上自己私人图章的人之一。但是要戳穿他，肯定会让其他的人受到牵连。说真心话，伊兰德，我估计慕南不借助你的力量也可以很好地保护自己……如果你参与，你却可能会因为他而受到牵连……"

伊兰德说："我明白了，你们是打算对付英歌伯柔太后那群人。我已经在她面前发誓，无论何时都会支持她。"

艾尔林回答说："我也曾经发誓过啊，我真心想实现我的誓言。我估计每个替哈肯国王做过事、爱戴他的人都是这种想法。而真正的报答就是让他离开那些被他父亲派过来的家伙。那些人提出的建议，只会让太后和她的儿子自取灭亡。"

伊兰德小声地说："你认为你可以做到吗？"

艾尔林爵士坚定地说："是的，我认为是可以的，并且不相信流言蜚语的人都会和我一样。"他抖了一下肩膀，"我们都是太后的亲人，更有责任远离那些谣言。”

有个女仆打开大门，问伊兰德和爵士，克里斯汀把食物准备好了，他们是不是可以吃饭了。

大家入席以后，聊天的内容不由自主地转到了别的事情上。克里斯汀察觉到父亲和艾尔林爵士都试图避免一些话题，他们讲述的都是一些亲友家中的婚丧嫁娶、遗产纠纷、庄园出租之类的事情……她不清楚当中的原因，觉得十分不安。她察觉到了，父亲和艾尔林爵士来这里找伊兰德，是有非常重要的事情要对他讲的。克里斯汀非常不愿意去相信这个事实，不过她十分了解自己的丈夫，知道丈夫虽然有些专横，但却很容易被别人打动。

吃完晚饭之后，男人们走到炉子旁边，围着火炉饮酒。克里斯汀坐在凳子上面，给纳克做新衣。过了一会儿海夫特 · 格劳特走上前来，在毛毯上放了一个坐垫，在克里斯汀的前面坐下。他拿起伊兰德的琴，边弹奏音乐边聊天。海夫特 · 格劳特的头发是金黄色的，长得非常英俊，但脸上有许多黄斑。克里斯汀觉得他没什么礼貌。他前不久和一个非常有钱的女人结了婚，不过他认为，在家里待了太长时间会有些厌烦，因此出来想去参加国王的民兵们的集会。

他偏着脑袋靠在克里斯汀的腿上说：“看来，伊兰德是宁愿待在家里啊！”克里斯汀稍微往别的地方挪动了一下，微笑着说，据她看来，伊兰德也要去南部呢。

克里斯汀一脸天真的样子说：“我不知道他要去干什么！当我们的国家局势不稳定的时候，我这样的女人是无法做出判断的。”

海夫特·格劳特微笑着回答说：“但是，这次全是因为女人的天真。”他向克里斯汀靠了过来，“的确，至少艾尔林爵士和你父亲劳伦斯是这样认为的——我想弄明白他们真正的意思是指什么。夫人，你觉得呢？英歌伯柔太后是个纯真的女子，或许和你相同，此刻正在缝缝补补呢，心里在说：不支持她做些变革，是不是太残忍了？”

伊兰德走了过来，在克里斯汀的旁边坐下来，海夫特不得不往旁边挪动几步，给伊兰德空出了个位置：

“这些都是些毫无根据的谣言，有些愚蠢的男人竟然带着自己的妻子去参加这些会议，而她们只会住在旅馆中编造那些无知的谣言……”

海夫特说：“我们那里的人讲，无风不起浪。”

劳伦斯说：“的确，我们当地也有这样的古话。”他和艾尔林爵士也加入了他们。“但是，海夫特，前些日子我也做了一件傻事，竟然取了刚弄好的燃料，准备点灯，却发现被骗了。”劳伦斯说。

艾尔林爵士端起劳伦斯的啤酒杯，弯下腰把酒杯递给劳伦斯，然后自己也坐了下来。

伊兰德说：“海夫特，你住在遥远的北方地方，照常理说应该不清楚英歌伯柔太后她们那些人的事情。你不同意国王下的诏书，不知道是不是目光短浅。克努特爵士……的确，我们直接说出那人的名字吧，估计我们大家都知道是他。我认为他不是那种坐以待毙的人，正如下厨做饭，坐得离锅太远，因此就闻不到锅里煮的东西的气味。因此我认为：在不知道水深浅的情况下，还是不要贸然下水……”

艾尔林爵士说：“的确，我们基本上可以这样讲，如今是别人在为我们准备食物，过不了多长时间，我们这些人就会要求别人给点吃的了，他们把做好的稀粥递给我们——享用吧，别指望吃到美味的肉！我认为死去的哈肯国王有些错误的地方，他把奥斯陆当作首都，就相当于把厨房定在庄园的外面，而之前厨房则是在庄园中间的位置。的确，伊兰德，你认为呢？你是本地的居民，你所有的财产都在这个地方，也在这个地方有一定的影响力。”

“真是见鬼，艾尔林，你想把锅搬到自己家，把它放在炉子上面吗？那时候……”伊兰德回答道。

海夫特说：“的确，我们那个地方只有残羹冷炙吃，实在是太久了。”

劳伦斯插话道：

“伊兰德，问题就在这里……如果不是因为我握有艾伦吉斯列从瑞典给我寄来的信件，我也不想代表我那个地区的民众发言。从他的信中我了解到，没有人愿意破坏与邻国间的约定——丹麦王国和我们国家，每一个权贵都是这样想的。”

“父亲，我明白你博学多识，你应该明白现在丹麦是谁做主。”伊兰德说。

“我明白，那个人不管是在这里还是在别的地方，都不愿意让他掌权来处理国家大事。这是以前史卡拉行动的宗旨，也是这次集会的宗旨——告诉那些不了解事情真相的人，如果是明白事理的人都会达成一致意见的。”

这时，大家几乎都喝醉了，因此谈话的声音也慢慢地变大，只有古德莱克之史密德老人除外，他待在炉子旁边的靠椅上打瞌睡。伊兰德大声地说：

“的确，你们都非常明白事理，甚至连魔鬼都无法欺骗！怪不得你们害怕克努特·波斯。好心的先生们，你们这群人根本不了解他，他并非一个无所事事、任事态发展的人。我很想和他会面，我们在哈尔兰就相识了。我不介意和克努特·波斯做朋友。而且我很支持他！”

海夫特·格劳特说：“我是没胆子在夫人听得到的情况下讲出这样的话来。”

此刻艾尔林爵士也喝多了，虽然他在竭力保持绅士风度，但是有些困难，最终还是突然发作了。

他忽然哈哈大笑说：“啊！你啊！亲人啊！错了，伊兰德！”他拍了几下伊兰德的脊背，不断地发笑。

劳伦斯直接说：“错了，伊兰德，处理这种情况需要聪明的头脑，而非让女人开心那么简单。假如克努特·波斯只是一只钻进鹅棚的狐狸，我估计我们挪威人也不屑于和他计较，即使他的目标是太后。不过克努特爵士竟然诱惑别人替他当替罪羊，他本身却不会去参与这样的游戏。他有自己的目标，而且他的眼睛一直在盯着这个目标……”

他们沉默了一会儿，然后伊兰德激动地说：

“那我但愿克努特爵士生在挪威。”

其他人半天没说话。艾尔林爵士一口喝下了面前的酒，说：“主不会答应。挪威如果有他那样的人，我估计马上就要发生战乱了……”

“战乱！”伊兰德不屑地说。

艾尔林说：“的确，战争。不要忘记，伊兰德，这个地方不仅仅是我们这些有权势的人在生活，也不仅仅是我们居住在此地。你或许认为我们国家有了克努特·波斯那种人非常有意思。因为古时候起义的时候，总是有王公贵族帮助他们。如果起义成功，他们就能得到前所未有的财富；如果政府军胜利了，他们也不会受到惩罚，依旧拥有自己的钱财。的确，有时候那些人也会有生命危险，不过大多数的人都是平安地活了下来，你看看文献记载就清楚了。不过伊兰德，平民老百姓们，他们常常被压榨，每当部队从这里路过，不放火对付他们，不抢夺他们的牲畜，就谢天谢地了。大家要经受如此残忍的事情，我估计他们非常感谢主和圣奥拉夫，让哈肯国王、马格奈斯国王以及其他国王曾经活着，他们修缮法律，维护国家和平。”

“的确，我认为这是你的看法。”伊兰德抬起头。劳伦斯观察着伊兰德，他现在非常激动，神经紧绷着。劳伦斯看了看克里斯汀，克里斯汀没有留意针线掉到了自己的身上，专心致志地听伊兰德说话。“你觉得大家都是这么认为的，赞同我们的新规定吗？是的，以前各国在不断打仗，人民的生活往往都很艰难。我晓得他们还没忘记，那个时候百姓一定要拖家带口地爬到山上去，眼睁睁地看着自己的家乡被摧毁。我听其他人讲过，不过，我晓得他们的记忆里不光是这些——家里的兄弟们参了军。艾尔林啊，争权夺势的不仅是我们几个人，老百姓也加入了这个行列，他们曾经成功地夺走我们的地盘。野蛮的年代已经过去了，如今是法律的王国。这种事情是不会发生的：斯基丹的一个私生子，连他父亲是谁都不清楚，却和一个懒惰的死了丈夫的女人结了婚，还将她的财产占为己有，就像雷达尔·达莱一样，但是他的后代却更聪明，聪明到：劳伦斯，同意将自己的女人许配给他；如今他居然和你妻子的侄女结婚了，艾尔林！现在，国家采用法律管理我们……我不清楚缘由，事实正是这个样子，百姓的农田慢慢地被我们得到，这也是因为法律的原因造成的。法律的时代越发达，农民就越贫穷，他们手中的权利就越少。艾尔林，大家都明白这个道理！啊，不，尊贵的来宾，不要太确定贫民们不愿意回到从前，他们的家园或许会被践踏，不过他们可以用野蛮的方式得到自己原来的东西。”

劳伦斯点了一下头，小声地说：

“伊兰德说得也很在理。”

但这时，艾尔林爵士从座位上站起来开始发言了。

“我认同你说的话，人民只记住了那些靠着战争发财的人，但是忘记了因为战争而陷入痛苦的人。而我认为最可恨的人就是发动暴乱的人。古语说，‘本家亲戚是冤家’，我估计讲的就是那些人。人如果不是天生就是主人，那么那种人常常是非常残酷的。但如果他是在用人堆里长大，那么就可能更加容易地理解到，假如没有老百姓，我们会在很多方面看起来和孩童一样，在生活中无能为力。我们一定要用自己的学识来报答那些百姓，用骑士的精神来保护他们，这不仅是因为我们对主的爱，也是为了我们自己。一个地方如果失去了贵族用自己的权力去保护弱小的普通百姓的权利，那么这个地方将不会维持下去的……”

伊兰德微笑说：“艾尔林，你可以去同我的堂兄打宣传战，即使这样，我依旧认为，在过去的年代，我这个地区的人民更喜欢我们这些贵族，那时候我们这些本地的王公贵族带着平民百姓征战沙场，我们的血和他们的血流在一起，染红整个甲板，我们和他们分享战利品……的确，克里斯汀，你知道，有时艾利夫神父给我们诵读经书的时候，我会打瞌睡，但是我还留了一个耳朵去听。”

劳伦斯说：“‘用不合法的方式取得的资产不会传到孙子辈’，你有没有听别人讲过这样的话，伊兰德？”

伊兰德大声笑道：“我肯定知道！不过我没有亲眼看过……”

艾尔林爵士说：

“伊兰德，没有几个人一出生就可以当家做主，每个人都要付出，即使是主人，也要当人民的公仆……”

伊兰德把手抱在面前，挺直了身子微微笑着说：

“我没考虑过这些。也不认为我的分成会令农民由于我的效劳而来感谢我。不过，我感觉自己还挺受那些农户的拥戴呢，”克里斯汀的宠物猫跑到伊兰德的身上，伊兰德用脸蹭着小猫，小猫弯起背，在伊兰德身上乱晃，不断地喵喵地叫着，“但我的妻子，她是最热衷于帮助别人的女人，你们或许不知道——克里斯汀，桌子上我们都没酒可喝了呢！”

奥姆原本老实地待在一旁，静静地听他们讲话，现在马上站了起来。

海夫特含笑说：“嫂嫂有些疲惫，需要休息了。就是因为你们几个。你们不应该麻烦她，应该叫嫂嫂和我谈谈心，我善于同女性聊天。”

艾尔林爵士抱歉地说：“的确，夫人，对你来说我们确实聊了太长时间。”克里斯汀笑着说：

“的确，各位，你们今天晚上所谈论的内容我确实没有全部听懂，但是我都记在心里了，以后可以慢慢思考……”

奥姆领着女仆回来了，又端来一些酒，他帮来宾倒好了啤酒。劳伦斯落寞地看着俊俏的奥姆。他想要和伊兰德的长子奥姆说话，不过奥姆不怎么喜欢说，言行倒是非常有礼貌。

有个女佣小声对克里斯汀说，纳克在房间里面睡醒了，不断地哭喊。克里斯汀立即和大家道了晚安，和用人一起回到房间。

男士们又开始喝酒。艾尔林爵士和劳伦斯互看了对方一眼，然后艾尔林爵士说：

“伊兰德，有件事我想和你谈一谈，政府肯定会向这附近的人借调船只……边境的人害怕俄国人过些时候会来攻打这里，边境的这些民众如果没有别人的帮忙，肯定会惨败。我们和瑞典共君主，首先出现的场景就是会卷入俄国人的战争里面——不可能让霍鲁加兰地区单独面对战争吧？并且此刻贾瓦德之子亚涅年事已高，有人想让你当这附近掌管船只的领导，不知道你是否愿意？……”

伊兰德激动得直拍手，神采奕奕地说：

“我是否愿意？……”

艾尔林提醒伊兰德道：“也许目前我们还不能集结起强大的军队。不过我们觉得，你如果同意，最好和这里的负责人商讨一下。……在这个地区反正大家都和你比较熟悉……那些举荐你的人说，你应该是最合适的了。有些人还提起你在雅各布公爵手下当军事长官的时候赢得了很大的声誉……而且我记得，雅各布公爵曾和哈肯国王说，国王如此苛刻对待一个有魄力的年轻人，有点不太明智。而哈肯国王却说，他认为你有能力成为王室的支柱……”

伊兰德使劲地弹动指头，哈哈大笑说：

“错了，维德孔之子艾尔林，一定不要说你打算成为我们的君主！你想准备成为艾尔林君主吗？”

维德孔之子艾尔林气愤地说：

“并非这样，伊兰德，你没发现我说话的语气很严肃吗？”

“愿主宽恕我们——那你之前是说笑啦？我认为你今天说的话都非常严肃呢。嗯，嗯，那我们就严肃对待这件事吧，你从头到尾再和我说一遍吧。”

伊兰德回到房间的时候，克里斯汀和纳克已经进入了梦乡。他用炉子里的余火点了一支火把，看了他们两人几分钟。

克里斯汀真漂亮……纳克也是个可爱的孩子。如今克里斯汀总是感到很累，想要睡觉，她躺在床上，把纳克搂在身边，两个人总是马上进入了梦乡。伊兰德笑了笑，把火把放到了炉子里面，缓缓脱下外套。

早春的时候他曾乘着自己建造的船只和其他几艘舰艇外出，海夫特·格劳特派了三艘船……但是海夫特·格劳特接触大海不久，不适应这样的生活，伊兰德可以很好地控制他。的确，他晓得在北面，他能掌控一切。海夫特·格劳特看样子不是没有出息或者是个胆小鬼。伊兰德在黑暗中打了一个哈欠，伸一伸自己的懒腰，微微一笑。伊兰德之前打算从别的地方召集些水手，但是这个地方的男孩子都非常强壮……他可以挑选一批出色的水手……

他和克里斯汀在一起还没有几年，有了纳克、忏悔以及斋戒，如今人前人后说的都是关于孩子的事情，不过她仍然是美丽的克里斯汀，如果可以让克里斯汀暂且放下教士的那些唠叨和缠人的小孩的话就好了！……

伊兰德亲着克里斯汀的脖子，但是克里斯汀没有醒来。可怜的女人，就让她多睡一会儿吧……这个夜晚伊兰德有更重要的事情去想。他背对着克里斯汀，看着炉子里的火。说实在的，他应该起来用炭灰把炉中的炭火盖着，不过他懒得动……

年轻时的记忆慢慢地浮现在他脑海里……刹那间，船被海浪推上了浪尖上，浪花扑到甲板上面，船只在暴风雨里挣扎，桅杆在乌云里面画了个很大的弧圈。这个地方位于哈尔兰海岸附近……伊兰德被自己的回忆所感动，红红的眼眶中饱含泪水。他自己都不清楚，这些年来那些无所事事的时光令他有多么难受。

次日早晨，劳伦斯和艾尔林爵士在院子里面，看着伊兰德那些骏马在栅栏外面奔跑。

劳伦斯说："我觉得，伊兰德会同意参加集会，凭借他的身份和地位——伊兰德和皇室有血缘关系，他必定会成为重要的人物之一。艾尔林爵士啊，但是我不知道根据他对这些事情的看法来看，你认为他可靠吗？欧格蒙之子伊瓦尔爵士如果可以用别的方法——伊兰德和伊瓦尔爵士的推崇者关系也很好。"

艾尔林爵士说："我觉得伊瓦尔爵士不会有什么大动作，但是慕南爵士……"他停顿了一下，"我估计慕南会用别的方法，让自己不卷入这件事。他知道自己如果干涉的话，大家会发现他的能力是那么有限。"

两个人都笑了出来。

"另外，劳伦斯，你的亲人在国外，你就更了解了，他们那里的人不认为我们可以和他们平起平坐，因此我们不可以让自己失去一个身份尊贵、非常富有的朋友。我们无法想象，像伊兰德这样的人才只在庄园里玩乐，和妻子说笑，经营自己的庄园，的确是件遗憾的事。”艾尔林爵士看了一眼劳伦斯，补充说道，“不管他做得怎么样。”劳伦斯只是微微一笑。“但是，如果你认为我施加压力给伊兰德的做法不适合，我会打消这个念头的。”艾尔林爵士说。

劳伦斯说：“艾尔林爵士，我认为伊兰德在庄园里发挥的用处更大。你自己曾说，我没指望纳姆山谷南边的村子同意征用船舶的事情，那些人一点儿也不担心外国挑衅。伊兰德估计是说服这里民众的最好人选。”

“他说话没大没小的。”艾尔林爵士脱口说道。

劳伦斯笑了一下说道：

“或许正是因为他的那些废话才会令他的话比那些富有远见人的话更易于让大家接受和理解。”他们彼此看了对方一眼，都会心地笑了，“不管怎么样，他如果去参加集会，在集会上太狂妄，会起相反的作用。”

“的确，除非我们可以阻止他。”艾尔林爵士说。

“如果他看见年轻时的同伴，我一定控制不住他。伊兰德和我的性格有天壤之别。”劳伦斯说。

伊兰德来到他们旁边：

“你们晨祷之后，难道会有这样的功效，居然连早饭也不吃了？”

“没人和我讲过吃早饭的事情，我肚子早就空了，并且口干舌燥。”劳伦斯站在一旁，拍拍身边一匹很脏的白马说：“孩子啊，帮你照看马的人如果是我的用人，我一定会先解雇他，然后再去享用我的美食。”

伊兰德说："我没那个胆子。我担心克里斯汀，她的女仆有了这个马夫的骨肉。"

劳伦斯抬起头说："啊，在这里，难道这就被认为是一种了不起的功劳了，所以就不可以把他解雇了？"

伊兰德微笑着说道："并非那样。不过你要知道，克里斯汀和神父想让那两个人成婚，他们要求我给这个小伙子做主，让他可以照顾自己的家人。女佣不愿意，她的父母也不愿意，马夫自己也不愿意。不过克里斯汀和艾利夫不同意让马夫离开，担心那人会逃走。还有，武夫在庄园的时间，能监督马夫做事。"

艾尔林到外面找史密德的时候，劳伦斯对伊兰德说：

"我发现克里斯汀的脸色不是很好。"

伊兰德严肃地说："嗯，父亲，你是否可以和克里斯汀说说这件事？纳克简直是在吸吮她的骨髓。我估计克里斯汀会像别的夫人一样，一直给纳克哺乳到他三岁为止。"

"的确，她非常喜欢纳克。"劳伦斯微笑着说。

伊兰德无奈地摇摇头说："的确，如果孩子有一点点异样，她和艾利夫神父就能几个小时一直谈论关于孩子的话题。甚至连孩子长了乳牙，他们都觉得是个了不起的奇迹。在我看来孩子长乳牙是理所应当的，假如我的孩子没有牙齿，我才会觉得奇怪呢。"

2

一年后的冬天傍晚，克里斯汀和奥姆完全出乎意料地到了哥恩纽夫所在的城市的家中。从早上开始，就刮起了狂风，伴着小雪，夜幕降临之时就变成了暴风雪。当克里斯汀和奥姆全身上下都是雪花走进哥恩纽夫房间的时候，哥恩纽夫和家人一起正在享用晚餐。

哥恩纽夫担心他们是不是出了什么意外，克里斯汀摇头表示不是。哥恩纽夫继续追问，克里斯汀回答说是因为伊兰德去吉尔明参加宴会，自己觉得非常疲惫，就没和他一同去。

哥恩纽夫心里想，克里斯汀是怎么骑马走这么长的路进城来的——她和奥姆的小马都非常疲惫，快到城的时候那一段路是冒着劈头盖脸的雪花行走的，几乎是寸步难行。哥恩纽夫让女佣照顾克里斯汀，给她找些干净的衣物换上。那两个女佣是哥恩纽夫的奶妈和奶妈的妹妹，哥恩纽夫的家里没有其他女性，他亲自照顾自己的侄子。奥姆说：

“估计克里斯汀生病了。我把这个情况告诉父亲，但是父亲却发火了。”

奥姆说，克里斯汀最近有些不对劲，他也不清楚为什么。奥姆忘记了是谁提议要来找哥恩纽夫神父的。啊，想起来了，大概是克里斯汀说自己想要去教堂做礼拜，奥姆就说要陪她一起去。今天白天父亲去参加聚会了，然后克里斯汀告诉奥姆说他们今天去。奥姆觉得气候不是很好，不过还是听了克里斯汀的话……他觉得今天克里斯汀的脸色很难看。

克里斯汀回到了房间里面，哥恩纽夫也觉得很奇怪，她穿着深色大衣，非常消瘦，脸色极其苍白，眼睛陷了进去，还有很深的眼袋，眼神呆滞又奇怪。

自从前些日子到胡萨贝庄园参加伊兰德和克里斯汀第二个孩子的生辰宴之后，哥恩纽夫就很长时间没和克里斯汀见面了。那个时候克里斯汀看起来非常不错，优雅地在毯子上休息，还说她的身体很棒。生第二个孩子的时候很顺利。拉根弗丽德和伊兰德让克里斯汀把孩子送给奶妈喂养，不过克里斯汀不同意，坚持要给布柔哥夫哺乳。新生儿是按照劳伦斯父亲的名字来叫的。

哥恩纽夫先问了些关于小布柔哥夫的事情，他清楚克里斯汀讨厌别人给孩子安排奶妈的事情。她认为自己的孩子长得非常漂亮，菲莉达也喜欢他，照顾得十分周到。

哥恩纽夫说，还有尼古拉斯怎么样？尼古拉斯也是一样健康成长吗？

克里斯汀满脸微笑，纳克越来越英俊了，但是，他说不了太多的话！别的方面都提前发育，个子很大，大家都觉得他不止两岁呢，连冈纳太太也是这样认为的。

接着克里斯汀继续发呆。哥恩纽夫神父看着面前的两位亲人，他们两个人看起来都非常劳累，十分可怜，便忍不住悲伤起来。

奥姆的心情似乎不是很好，他现在已经15岁了，如果不是因为身体不好，应该是个美男子了。他长得快有伊兰德高，但十分消瘦。他的脸也和伊兰德差不多，但是眼睛更蓝，已经开始长胡子了，毛茸茸的，嘴巴又小又薄，闭嘴的时候可以看见凹下去的痕迹。奥姆吃饭的时候，哥恩纽夫看着他细得出奇的脖子，看上去很可怜。

克里斯汀以前没同这个小叔子一起在他家吃过饭。第一次，她和伊兰德到城里参加集会的时候，都是在伊兰德父亲以前遗留下来的房子里休息的。但是那个时候哥恩纽夫还没有回来，在一个教堂里做神父。如今哥恩纽夫是史坦恩地区的神父，不过他准备找人替代自己，他还有重要的事情要去做。所以他现在住在家中。

这个房间和克里斯汀以前看过的房间不同，它们是用木头建造的，不过哥恩纽夫按照自己的见闻，在墙上装饰了一个巨大的壁炉。桌子沿着墙壁摆放，相对的地方，有哥恩纽夫的书桌和板凳。圣母马利亚的画像前放着一盏灯，旁边还有一些书架。

克里斯汀觉得整个房间感觉很奇怪，当看到哥恩纽夫他们像修士及仆人一样坐在一边吃饭时，她也感觉不对。房间里除了奶妈之外，还有一个女人，面前有个小孩。那女人不断地吃肉，同时给孩子喂了很多东西，孩子的嘴里塞满了食物，脸似乎都要被胀破了。

教会规定神父们到了晚上都要邀请贫穷的百姓来吃饭，但她听说不是很多人来哥恩纽夫的家里吃，因为哥恩纽夫总是把他们请到自己的餐厅，视乞丐为贵客。那些乞丐用这里的餐盘吃饭，还和哥恩纽夫一起享用啤酒。除非小乞丐们想解馋，通常情况下他们更愿意去别的神父家吃饭，一般吃点稀饭喝点小酒就行了。

晚饭完毕，做完祷告之后，乞丐们都准备走了。哥恩纽夫礼貌地和大家道别，问乞丐们要不要在这里休息，或者还需要其他的什么东西不。哥恩纽夫专门对那个抱着孩子的妇女说，让她到自己家里休息，让瞎子男孩在家里住下，不过那女人找了一些借口，急急忙忙地道别。哥恩纽夫让用人取了啤酒给那个男孩饮用，给男孩找了一张舒适的大床。接着他披了一件大衣说：

“奥姆和克里斯汀，我估计你们应该非常疲惫，需要休息了。奥德希尔德会帮助你们的。等我从教堂回到家时，你们应该早就进入梦乡了。”

克里斯汀坚持要和哥恩纽夫一起去。

她用异样的眼光看着哥恩纽夫说："我就是因为这个才过来的。"哥恩纽夫让女仆拿了一件外套给克里斯汀，然后克里斯汀、奥姆及其他的人和哥恩纽夫一起去了教堂。

钟声飘荡在空气中，教堂就在不远的地方。他们迈过积雪堆，此刻暴风雪已经停了，偶尔有几朵雪花洒落下来，在黑暗之中闪烁着微弱的光亮。

克里斯汀感到非常疲惫，靠在旁边的柱子上休息，不过冰冷的柱子让她觉得寒气逼人。在漆黑的教堂里面，能够看到唱诗班那里的光亮。在这个位置是看不清哥恩纽夫身影的，不过她清楚哥恩纽夫就在那里，经书旁边就是蜡烛。啊，她仍是未能决定是否要同哥恩纽夫谈一谈……

此刻没有人可以帮助她。艾利夫神父在家里责备克里斯汀，责备她对不值得一提的事情过于严格。艾利夫神父认为这是因为她的心理发生了变化导致的，只要克里斯汀虔诚地祈祷，并且不断地做好事，那些问题就会消失。

艾利夫神父说："魔鬼并不蠢，会看到你摆脱了他的掌控，便会懒得来引诱你了……"

克里斯汀安静地听着教堂里的赞美诗，仿佛看见了奥斯陆修道院里的场景。那里，她也曾参加过这些赞美诗的合唱。而那时伊兰德就站在门外，用大大的斗篷，来遮掩他的脸……那个时候他们只想着可以单独在一起说说话。

当时克里斯汀的心里疯狂地思念着这种如火如荼的爱情，没有意识到这件事是多么大的罪行……当时他们只有如此……而且他们都是未婚。不过从另外的角度来看，也可以认为是对法律的亵渎。那时候，由于伊兰德很想摆脱以前那种悲惨、罪恶的生活……克里斯汀认为，只要她能将自己的一切：生命、声誉甚至是幸福，全都交给伊兰德，那么他将更有勇气将从前的罪恶抛弃！……

上次她在教堂里跪着忏悔的时候，她已经全想通了：她有这样的想法，根本就是对主的欺骗。他们之所以没有完全违犯戒律，没有沦到十恶不赦的地步，并不是因为他们的品德，而仅仅是由于他们幸运而已。如果当时她已经嫁给了别人，那她就能比另一个被她痛斥的女人对伊兰德更关怀备至吗？现在她已经明白了，当时的她几乎发疯了，不管是多大的恶事，她都有可能做出来。那个时候，她仿佛被爱情施了魔法，让她冥顽不化，具有破坏一切的能量——亲人之间的情谊、对主的敬意，还有她自己的声誉。当时，她只想着见到他，和他长相厮守，迎合着他的嘴唇，投入到情欲的深渊里，她心中除了这些，没有任何别的想法！……

啊，不！魔鬼或许可以掌控克里斯汀的心灵，不过，以前她来到这个地方，为了赎罪，为自己铁石般的心肠、肮脏和迷茫的生活而流泪。那些日子她觉得主接受了她，觉得主的双臂抱着她，给了她光明。的确，她慢慢知道了主宽容博大的爱。接着她慢慢远离主，远离主的关爱，因此如今她的躯体里除了不耐烦、愤怒和恐惧外，已经没有其他的事情了。

她是个卑鄙且可怜的女人，太可怜了。克里斯汀明白：像自己这种人需要经过严峻的考验，才可以医治内心的憎恨之心。不过她骨子里很倔强，总是认为自己的心会因考验而死去。那些都是小考验，但考验不少，而自己的耐心又不是很足。克里斯汀在教堂里男宾席的位置看到了自己继子那高高的、优美的身影。

她没有法子。奥姆就像她的第一个孩子，不过她不会喜欢上玛格丽特。去年快过年的时候伊兰德把玛格丽特带回来的。克里斯汀用尽全身力气，竭力迫使自己接受那个小女孩。克里斯汀自己也认为这种感觉太恐怖了，她居然会厌恶一个年幼的小姑娘，且感觉是那么强烈！她知道这其中的原因是因为那姑娘和艾琳长得非常相像。克里斯汀当时不明白伊兰德当时的心境：伊兰德看到自己美丽的女儿，只有自豪而已，他好像从来没有因为这样而想起艾琳，他似乎把艾琳从记忆里抹去了一样。但是，克里斯汀不喜欢玛格丽特，也并不仅仅因为她长得像艾琳，而且她还不听别人的话，对仆人们也非常不礼貌，还喜欢撒谎，很会讨好伊兰德。她和奥姆不同，很不喜欢克里斯汀。她向父亲索吻和拥抱时，每次都会提出新的要求。伊兰德给她买了很多好看的东西，满足她一切稀奇古怪的要求。克里斯汀发现奥姆也有些讨厌玛格丽特。

克里斯汀内心很痛苦，她认为自己太残忍了，对玛格丽特的举止言行她都非常痛恨，一想到这里就非常难受。不过，听伊兰德和奥姆不停地吵架，克里斯汀更伤心。克里斯汀明白伊兰德非常疼爱奥姆，也因此更加伤心。伊兰德对奥姆不公正、粗暴，是因为伊兰德想不出自己应该为这个儿子做些什么，怎样才能保证儿子的前途。他的土地和各种财产只能分给自己的合法子女，而自己的私生子……但是一想到奥姆似乎只能去当农民，伊兰德就觉得很内疚。伊兰德看着奥姆非常虚弱的样了，一点儿力气都没有，很绝望，且经常控制不住自己……伊兰德不断地指责奥姆没用，并疯狂地训练他，长时间地和奥姆待在一起，训练奥姆使用兵器，身体单薄的奥姆有时甚至连兵器都拿不动；晚上伊兰德会带奥姆喝酒，一直喝到烂醉如泥，而这只能会对奥姆的身体更加不利。伊兰德还会经常迫使奥姆和他一起去森林打猎，一直到奥姆筋疲力尽为止。在这些举动中，克里斯汀明白伊兰德心里的苦楚，伊兰德也经常为此难过得发疯，他明白自己这么漂亮的儿子奥姆到底适合做什么，去当神父。不过即使奥姆去当神父，也会因为自己的出身而受到一定的阻碍。克里斯汀渐渐地明白，伊兰德在为自己在乎的人担心或者怜悯时，通常连一点儿耐心也没有。

克里斯汀晓得奥姆也知道这些。奥姆一方面非常喜爱自己的父亲，以自己的父亲为荣；另一方奥姆也很倔强，他鄙视父亲的不公——伊兰德自己犯下的错，现在要由儿子来偿还。伊兰德面对自己而非孩子要面对的问题时经常发狂，令无辜的人受伤，奥姆也因为伊兰德的蛮不讲理而看不起他。但是奥姆和年轻的继母克里斯汀的关系非常要好，和克里斯汀一起生活，他觉得身心放松，开心极了。旁边只有克里斯汀时，奥姆会说些笑话，并且还会露出淡淡的笑意。但是伊兰德讨厌奥姆那样，他在想他们娘俩儿是不是在评价自己的过失。

不，伊兰德心里也不好受，一想到自己非婚生的孩子，他就格外难过。越是不想想起这件事，他却经常不经意间想起……而克里斯汀只要一想起这件事，也会十分难过。

上周他们家来了很多宾客。玛格丽特来到这里之后，伊兰德吩咐把阁楼收拾好给玛格丽特住。他说这是玛格丽特以后的房间。这个阁楼在储藏室和大房间穿堂的楼上，是屋子里最边远的一个角落。因此玛格丽特就向他要了一个女用人来陪伴自己。保姆菲莉达和克里斯汀的小儿子也在那个房间休息。过年的时候客人非常多，克里斯汀把玛格丽特的房间作为男客人休息的地方，那个还在吃奶的孩子和女用人睡在一起。但是她担心伊兰德不想让玛格丽特睡在那样的房间，就在女宾室里给她安排了一个铺位。玛格丽特不喜欢早起，那个早晨克里斯汀去喊了她很多次，玛格丽特装作没醒，其他的人都起床了，她依旧睡在那里。克里斯汀需要打扫房间，让来宾享用早餐。后来她发火了，拿走玛格丽特的枕垫，扯掉她盖着的棉被。不过，当她看到玛格丽特光着身子躺在床上的时候，克里斯汀觉得有些难堪，就把自己身上的披肩脱下来盖在她身上。披肩是用一块未染色的粗呢做成的，这是克里斯汀在平时去厨房和储藏室的时候才会披的。

当时伊兰德进到房间里——他和别的客人在储藏室休息，他们夫妇俩原来睡的床现在由克里斯汀和纳克在睡。伊兰德看见这一切后，极为恼火，他使劲抓住克里斯汀的手腕，克里斯汀的手腕上到现在都还有被捏伤的痕迹：

“怎么，你认为我的女儿只配盖着粗呢在这破房子里的稻草上来睡觉吗？玛格丽特虽然不是你生的女儿，但却是我亲生的。你自己不愿意给孩子用的衣物，也不要给我的女儿。你竟然在大家面前让这个可怜的孩子出丑，现在你就要当着众人的面给我改正自己的过错：把拿走的棉被给我的孩子重新盖上！”

如果伊兰德第一天饮酒过多，一般情况下第二天他会非常急躁，且爱叨叨不休地发牢骚。他觉得，来宾见到自己的私生子，或多或少会说些难听的话。所有关于他那两个孩子的事情，他都会很敏感。不过……

克里斯汀之前对艾利夫神父说过此事。但是，在这方面，艾利夫神父也无能为力。她没有对艾利夫神父说太多以前的事情。哥恩纽夫说过，她以前犯下的罪行不用再讲给艾利夫神父听。如果她本身觉得只有这个样子，才可以帮助自己做出判断的话，可以适当说一点儿。克里斯汀觉得她在艾利夫神父心里比现实生活中要更优秀，许多事情她都没对艾利夫神父说过。但是，她能够结识这个心地善良的人，算是一件非常幸运的事情。伊兰德经常在这方面讥笑她——不过她却能从艾利夫神父身上得到了很多安慰。她能够向神父敞开心扉说孩子们的事情，但这些事情伊兰德却往往不愿意听，艾利夫神父却非常喜欢和她一起商议。艾利夫神父在幼儿教育方面有很多经验，很会处理孩子和父母之间的矛盾。有时候克里斯汀会亲自下厨做一些精致的菜肴，拿给艾利夫神父享用，伊兰德总是嘲笑说，艾利夫神父除了吃喝别无他用。克里斯汀喜欢这样，用自己在母亲那里学到的手艺，为别人奉献。伊兰德对吃的东西一点儿都不挑剔，在容许吃荤的日子里，只要有肉吃就满足了。相反，在克里斯汀给艾利夫神父献上美味的烤鸡，抑或鲜美的鹿肉的时候，艾利夫神父都会感谢她，夸赞她的手艺。艾利夫神父还会在园林方面给她提出一些建议，还从奥拉夫修道院和其他修道院带来植物让她养。神父还经常给她诵读经书和讲述些外面世界的新鲜事物。

正是因为艾利夫神父脾气很好，心地善良，克里斯汀觉得自己几乎无法对他说自己过去的阴暗的一面。克里斯汀向艾利夫神父说伊兰德对玛格丽特事件的处理方式非常让自己恼火，但是神父劝说她，不管伊兰德怎样，她都应该原谅他。神父似乎认为，伊兰德上次的行为十分不对，并且还当着众人的面，这都是他的错。克里斯汀也是这么认为的。但是，她在自己内心里觉得自己也有些不妥的地方，但是她不知道自己错在了哪里，只是觉得很担心和很痛苦。

克里斯汀抬头看着祭坛后面的昏暗光线中闪着暗淡金光的圣体柜。她静静地站在这里：只要她静静地站在这里，她就能获得内心的平静。站在这里，她的心中就会迸发出活的源泉，冲洗掉她心中的一切恐惧、烦恼、忧愁和不安。

不过此时却没有一个人有耐心在这里听她诉说。克里斯汀，你已经经历了一次对吧？把自己的过错放在主的光明之下，用主的光辉照亮你黑暗的心灵。克里斯汀啊，你现在不想接受了吗？

可是上次她来到这个地方时，怀中还抱着小纳克。孩子的嘴巴靠在她身上，让她觉得十分温暖，就像蜡烛熔化了一样，让爱重生。的确，现在纳克还在她的旁边，在厅堂四处玩乐，非常可爱。她一旦想到小纳克，就觉得非常难受。此刻孩子的头发慢慢变黑——纳克和伊兰德一样，长着黑发，十分有精神，调皮极了。克里斯汀用旧衣服给孩子做玩具，纳克把玩具丢出去，然后去追赶，和玩具比谁跑得快。玩具经常掉到火炉里面，被烧得漆黑，纳克吓得大喊大叫，接着把头放到克里斯汀的腿上——他所有的淘气活动都是以这样的方式结束的。当纳克到房间里的时候，用人们都去和他玩，男丁把孩子抱起来，丢到空中再用手接住。纳克一看到武夫，就马上跑过去扑到他的膝盖上。武夫偶尔会把纳克带到别的地方去玩。伊兰德时不时拍拍纳克，把他放在肩膀上面。但是胡萨贝庄园只有伊兰德最忽视纳克，不过伊兰德也很喜欢他。伊兰德很高兴这两个孩子是在他婚后生下的，是他合法的继承人。

母亲心头感到很沉重。

小布柔哥夫被母亲他们从手中强行夺走。如今克里斯汀想要抱抱那孩子，孩子便会不断哭叫，此时奶妈便会连忙把孩子抱过去哺乳，并且会怀着敌意地看着克里斯汀。但是，以后再有孩子，克里斯汀一定不会让其他人来带。她母亲和伊兰德想要她照顾好自己，所以请了奶妈来带孩子。现在她正在等待着第三个孩子的降临：在布柔哥夫还没有一岁时，她的第三个孩子将会出生。

她没勇气对艾利夫神父说自己这方面的事情。她怕艾利夫神父觉得她之所以感到烦恼，是因为在这么短的时间内又将经受这一切苦难。而事实上却不是这个样子……

那一次她朝圣归来，心里非常愧疚——以后她再也不会这么任性妄为了。今年夏天，克里斯汀和孩子们待在小房间里，默默地思考着神父和哥恩纽夫的话，不停地在心里祷告和忏悔，积极地工作，整理荒废的田园，善待自己的仆人，关心他们的生活，让大家喜欢自己，尽自己的努力帮助他们。通过这样的举动她得到了前所未有的平静。她经常想起劳伦斯，对父亲的思念给了她极大的支持。艾利夫神父经常给她念一些圣徒和圣女的故事，对圣徒和圣女的祈祷也给了她莫大的支持，她学习着他们坚韧不拔和刚强勇敢的精神。她时常怀有一颗感恩的心，还回忆起埃德温修士上次出现的情形。他依旧那么谦和，告诉自己只要坚持，一定能够变成善良的女人。

在他们婚后生活将满一年的时候，克里斯汀必须搬回去和丈夫同住。每当她对自己没有信心时，她就不断地安慰自己：大主教本人也劝过她，她应该和丈夫在一起时保持愉悦的心情。她十分关心丈夫的幸福和名誉。伊兰德之前也说过："克里斯汀，有个好消息告诉你，你让胡萨贝庄园回到了从前的样子。"这里的每个人都很尊重她……可以看出，大家都忘记了克里斯汀之前犯的错。女人们聚在一起时，都乐于向她请教，赞扬克里斯汀是管家的好手。富贵人家让她去当新婚伴娘，帮别人接生，大家都不会觉得她还小，并且不是本地人。晚上的时候她和仆人在厅堂休息，感觉和在父亲家里一样……大家都有事情要向女主人请示。克里斯汀高兴地认为，每个人都喜欢她，伊兰德也为此感到很骄傲。

后来伊兰德忙于调度船舶服役的事情。他在村子里巡视，有时在陆地，有时在海面上，接待来找他帮忙的人，处理寄出去的信件。他看起来很有活力，非常开心，非常英俊，以前懒惰的、郁郁寡欢的样子已经像风卷残云一般一扫而光了。此刻他像朝阳一样，活力四射。如今他没有太多时间陪克里斯汀，可是每当伊兰德脸上带着笑容，目光中充满这对未来的冒险事业的渴望走到克里斯汀的身边时，克里斯汀也非常开心，并且沉醉于其中。

她和伊兰德一起读着慕南寄过来的信。慕南没去参加那次集会，不过他嘲讽那次集会，特别不同意艾尔林爵士当选为国家的执政者。慕南说，艾尔林首要的工作就是给自己加官晋爵，然后命令别人称呼自己为摄政王。慕南在信中还提起了劳伦斯，他在信中说："你的父亲劳伦斯在集会上，几乎一句话都没说。他随身带着着恩吉瑟爵士和卡尔爵士的信件：要是这些信件还没有被读烂的话，那么它一定是写在比撒旦本人的鞋底还要结实的羊皮纸上。他还给修道院捐献了八马克纯银子。应该说这位可爱的先生心里明白，克里斯汀以前在那里过的生活不像修道院所规定的那样枯燥乏味……”

读到这几行时，克里斯汀的确觉得有些羞愧，不过她还是和伊兰德一起笑了出来。去年冬季和今春，她都沉醉在其乐融融的氛围中。然而家里却突然因为奥姆发生了争执——伊兰德不晓得是否应该把奥姆弄到北方去。他心里的苦闷最终在复活节宣泄了出来：那天夜晚，伊兰德躺在克里斯汀的臂弯里失声痛哭，他害怕把奥姆带到海上，不知道会出现什么乱子。克里斯汀安慰伊兰德，安慰自己，还要安慰奥姆——奥姆慢慢地长大了，身体也会慢慢地强壮起来。

那一天，克里斯汀送丈夫到港口，一点儿都不担心丈夫会出什么意外。她被丈夫的英勇深深地迷住了。

那个时候克里斯汀不晓得自己又怀孕了。她感觉到恶心，起初她认为这仅仅是因为自己太过劳累而已，当时家中有许多客人，家里很吵闹，她还要给纳克喂奶。可是当她感觉到一个新生命在自己的腹中蠕动时，她就……她本来的心情非常愉快，想在冬天跟随英俊、勇敢的丈夫在这个地区巡视一圈，而她自己也很年轻漂亮。她已经在考虑，到了秋季，该给儿子断奶了，因为无论到哪里去，总要随时带着孩子和保姆很麻烦。克里斯汀认为伊兰德可以在战争中表现得很英勇，而这并非靠名气和财物。如今，有了这个孩子她开始有些失落……她对艾利夫神父说过自己的感受，神父非常严肃地责备她没有爱心，热衷于名利。那些日子她强迫自己笑出来，尽可能因为有了孩子而开心，同时为伊兰德的战绩而感谢主。

伊兰德回来之后，了解到克里斯汀又有了孩子，一点儿也不开心。晚上的时候他说：

“我当时觉得和你结婚后，每天的日子都将如同过节，后来却发现大多数情况下都是在过斋戒的生活……”

克里斯汀当时转过身去，没有和伊兰德说话，脸被气得通红，不过她忍住了，没有流泪。后来每当她想起伊兰德说过的话，句句话都使她觉得羞愧难当。伊兰德想要用自己的柔情蜜意来感动克里斯汀以弥补这个过错。可是克里斯汀却无法忘记，悔恨的眼泪让她的热情冷却，糟糕的心情同样没有办法。伊兰德的抱怨，将她火热的心浇灭了。

祷告结束之后，克里斯汀待在厅堂的炉子旁边，屋内还有长子奥姆和哥恩纽夫神父。壁炉上面的石板边上放着一瓶葡萄酒和几只小酒杯。哥恩纽夫多次问大家想不想去休息，可是克里斯汀却始终坚持要再待几分钟。

她说：“哥恩纽夫，你有没有忘记我曾对你说过的话，我家以前的神父对我说，如果劳伦斯不希望我和伊兰德在一起，我就要去当修女？”

哥恩纽夫不由自主地看了奥姆一眼。克里斯汀无奈地说：

“你觉得那孩子不知道我是什么样的人吗？”

哥恩纽夫神父温柔地说：

“克里斯汀，这样说你已经做好了当修女的准备？”

“我如果去侍奉主，主会帮助我打开我的双眼。”克里斯汀回答道。

“或许主觉得应当打开你的双眼，让你明白，不管在何时何地，你都可以侍奉他。你的丈夫、子女、胡萨贝庄园的用人们都确需要有虔诚的、善良的主的使女陪伴，她要同这些人一同生活，关心、爱护他们……

“当然，有些姑娘宁愿把自己献给主也不肯嫁给有罪的男人，她们选择了更好的道路。但是如果一个孩子已经犯了罪……”

“‘我希望你带着少女的花冠去侍奉主’，这句话是埃德温修士告诉我的。是我经常对你提起的那位修士，你是否也认同他的话？……”

哥恩纽夫点点头说：

“即使有很多少女能够很坚强地脱离罪恶的苦海，但我们现在仍要为她们在主的面前祈祷。不过这种情况多发生在过去，那个时候你承认自己是基督徒，或许会受到残酷的刑罚。克里斯汀，我经常想，当时的人如果可以用尽自己的全力去拼搏一次，从罪恶里面逃脱出来，也许会是比较容易的。虽然世人如此堕落，但在他们中的许多人依然存在勇气，那种力量会带人找到通往天堂的路。因此残忍的刑罚可以让人绝望，也可以使人看到勇气的力量。不过未误入歧途的姑娘，在被邪恶的东西诱惑之前，成为修女，奉献自己给世人，替大家祷告……”

哥恩纽夫忽然从自己的座位上站起来大声说：“希望夏天赶快来临！”

克里斯汀和奥姆吃惊地看着哥恩纽夫。

“我回想起胡萨贝庄园遍地树木山坡上的鸟鸣声，每次都是从后面的山坡开始，然后在庄园周围的森林回荡着。在静谧的清晨，这种清脆的啼鸣声在小湖的上空飘荡，非常悦耳。克里斯汀，你难道不认为胡萨贝是个世外桃源吗？”

奥姆小声地说：“杜鹃不是个招人欢喜的动物。我觉得胡萨贝就是人间天堂。”

哥恩纽夫把胳膊放在奥姆小小的肩膀上面："孩子，我也觉得是，那个地方是我父亲生活的地方。奥姆，作为同样是小儿子的我得到遗产的权利并没有你多。"

奥姆依然轻声说道："在我父亲母亲没有分开的时候，你是最近的遗产继承人。"

克里斯汀忧伤地说："奥姆，这不是我们的错，这不是我和我的孩子们所能决定的。"

"你知道在这件事上，我并没有责怪你们！"奥姆冷静地说。

过了一会儿，克里斯汀说："在广袤的土地上，胡萨贝非常宽阔，蓝天也是这样辽阔。在我出生的地方，天空离我们很近，庄园在群山之间，视野不大不小。"她叹了口气，放在膝盖上的两只手移动了下。

神父说："你父亲把你许配的那个人也住在那个地方？"克里斯汀点头表示认同。神父接着说："你没和他结婚，有时候是不是觉得有些遗憾？"克里斯汀摇头表示不是。

哥恩纽夫站起身来到另一个地方，从书架上取了本书。然后又回到之前的座位上，把书翻开，慢慢地翻阅起来。不过他没有诵读，而是把书放在腿上说道：

"亚当和夏娃违反神的旨意偷吃了禁果，他们感觉身体里有种反抗自己意志的力量。神创造了他们—— 一个男人和一个女人，他们是如此年轻和美丽，神让他们过着无忧无虑的生活，让他们结合，产下爱情的结晶，共享神的恩赐——美好的乐园、生命树的果子和永恒的幸福。他们不用为自己裸露的身体感到羞愧，这一切全是上帝的安排，一切都在上帝的掌控之中，我们都是一样。"

克里斯汀涨红了脸，两只手交叉放在胸前。哥恩纽夫站在她面前，克里斯汀感觉到哥恩纽夫的眼神正在对着自己：

“夏娃没有遵从主的安排，他们渴望自己和主一样。如今他们看到一个共同点，都背叛了冥冥之中的安排，因此他们在自己面前，在肉躯之神面前，也失去了话语权。躯体背叛了心灵，他们觉得躯体非常难看，便用东西包住自己，越穿越多，一直到脖子。而且男人们套上盔甲，全身上下都包住了，头也带着钢盔，因此世界上不断有邪恶的事情发生。”

克里斯汀恳求道：“帮帮我，哥恩纽夫。”此刻她的脸色发白，“我……我一直不清楚内心的想法。”

哥恩纽夫温柔地说：“那样的话，‘遵从主的旨意’吧。你知道主的心愿是让你敞开胸怀，接受他的安排，你应当全身心地爱主……”

克里斯汀忽然转身对着哥恩纽夫说：

“你不明白……我有多么爱伊兰德，还有我们的孩子……”

“克里斯汀啊，任何一种另外的爱，只不过是泥泞道路上水洼中天空的倒影。如果你沉浸于其中，必定会把自己也给污染了。如果你能记住，这只不过是另一个世界的光在这里的反射，你就会更喜欢它的色彩，而不是去把水洼底部的泥也搅动起来，从而破坏这种色彩……”

“但是，哥恩纽夫，你是教父啊，你对着主发誓说要远离这种诱惑。”

“克里斯汀，你对着恶魔说要远离罪恶行为的时候，也相当于发了誓。所有罪恶行为的起源都是贪婪的欲望，到最后相互残杀。

夏娃明白了这个道理，她把主赐给她的东西给了亚当和孩子们，后果就是带来不幸的事情。”

克里斯汀接着说：“的确，但你是教士。你不会每天去讨好别人。”她哭了，“不断地容忍……”

哥恩纽夫笑着说：

“这个问题大家或多或少都会遇到，因此才会有那么多规矩，去管理男性和女性。人们互相成为可依赖的人，共同经营美好的生活。”

克里斯汀小声说：

“看着那些平民百姓好好生活，为百姓祈福，比自己去面对那些邪恶的行为更为容易。”

哥恩纽夫严肃地说：“对。不过克里斯汀，你觉得当自己真的成了那种人，就不需要去面对烦恼了吗？”

克里斯汀颤抖地说：

“我觉得……那种人……可以掌控世间万物。”

哥恩纽夫起身加了一点儿柴火，胳膊还是放在腿上：

“几年前，估计也是这个时候，艾利夫、我以及刚结识的朋友起身去罗马。我们走了十几个小时……

“我们几个要在规定的时间到达罗马。那个时候南部地区的人们在举行盛大的宴会。当地人说那是‘狂欢节’，到处都是灯红酒绿，深夜大家都在把酒言欢，院子里还有巨大的火把和篝火。那时候还是春季，到处绽放着花朵，姑娘们把花戴在头上装扮自己，还对着路边的人撒下花瓣。她们站在窗户前面，丝质窗帘一直垂到地上。南部的房屋都是用石头建成的，爵士们在中部居住。那个地方应该没有什么法律可言，人们在街上打架斗殴，到处都是鲜血。”

“我们暂住的地方的一座城堡中，城堡的主人叫作厄姆斯·马拉弗蒂。这座城堡高大的城墙挡住了我们的路，房间里一点儿阳光也没有，就像监狱似的。我们走出屋子，经常要把身子贴在墙上，好让衣服上挂着小银铃的骑士带着大队全副武装的仆人从我们身边骑马飞奔而去。当地的人把脏水和垃圾都放在门口，因此当马从门前经过时，总是会溅到泥水。整条小巷不仅阴冷而且很暗，一点儿也不宽敞——不像我们这里都是宽敞、碧绿的道路。节日的时候，他们在路上举办赛马，找一些野性未泯的马来参加。”

哥恩纽夫停顿了几分钟，接着说：

“那个厄姆斯爵士有个亲人住在他家里面。那个姑娘叫伊索尔达，应该就是有名的美女伊索尔达吧。她全身上下都是古铜色，有着黑色的眸子，我以前见过她几次。

“郊区非常荒凉，除了野兽外别无他物，不过那里有些城堡和村庄，大草原上到处都可以看见以前居住的痕迹，有很多羊群和牛群在草原上进食，还有农夫。对过路人来说，那些农夫极为恐怖，他们常常杀人越货，夺走路人的财宝，然后抛尸到野外……

“可是就是在这样的原野上，也有朝圣者建造的教堂。”

哥恩纽夫沉默了片刻，然后接着说：

“也许那个地区之所以荒无人烟，原因是那座城市以前是邪教的巫婆所住。如今守护神离开了那个地方，于是这个地方陷入了花天酒地的喧闹之中。寻欢作乐的人们涌入这座城，和这里的人民一起纵情声色，浴血厮杀，互相敌对……

“但是那个地方却有很多金银财宝，多得超乎我们的想象。那些地底下有无数石头陵墓，里面埋葬着受难的圣徒们，一想到这些就让人感到头晕目眩。一想到有那么多人为基督教付出自己的鲜血和生命，就会让人觉得，这片土地，包括那些放肆玩乐的人们脚下扬起的沙子，都让人充满崇敬……”

哥恩纽夫神父从衣服里取出一条项链，打开项链上装饰的银制十字架，十字架里面是一块黑乎乎的不明物体和一块骨头样的东西。

“有一天我们在一个街道里转了十几个小时，到了圣彼德和圣保罗圣徒先驱曾祷告过的山洞里面，那里的神父赠送了我们一些圣物，有以前用来擦拭宝剑上鲜血的海绵，以及某个教徒的手指，这位圣徒的名字只有我们的主知道。我们这群人都承诺了，要时时刻刻悼念那位无私的英雄，让那位不知名的受难者为我们当证人。我们将会永远牢记，对于主的慷慨给予和人们所给予我们的尊敬，我们是如此的受之有愧。我们将时刻牢记，只有主博大的胸怀，别的什么都没必要贪恋……”

克里斯汀十分虔诚地亲了一下眼前的十字，递给奥姆，奥姆照着克里斯汀的样子也亲了一下。哥恩纽夫忽然说：

“奥姆，我打算把这个东西给你。”然后哥恩纽夫把项链戴在了奥姆的脖子上，“奥姆，你愿不愿意去那个地方看看？”

奥姆激动地说：

“当然……我相信未来我肯定会去那个地方。”

哥恩纽夫问道：“你一次都没想过未来会成为像我一样的人吗？”

奥姆说：“想过，特别是当父亲责骂我瘦弱的时候。但我不知道父亲愿不愿意我加入教会。”接着奥姆又低声补充了一句：“另外还有一点儿，你自己也是知道的。”

哥恩纽夫冷静地说：“我估计你是非婚生子的这个事情是可以被原谅的。奥姆，或许未来我们可以一起去南部，我们两个……”

“叔叔，我还要听你的故事。”奥姆小声祈求说。

“嗯，好的。”哥恩纽夫双手扶着椅子，看着炉子里的亮光。“我在那个地方到处走动，从头到尾都注意那些东西，想到那些人所遭受的不幸，忽然觉得存在一个挑战。我觉得主被困在十字架上面几个小时，还有那些追随者被残忍地对待，妇女亲眼看见自己的孩子被杀死，姑娘们的皮被活剥，男孩子们被迫和野兽待在一起……我总是觉得那些追随者的遭遇更为悲惨……

“我实在想不明白，人都要崩溃了，祈祷了很长时间，后来才醒悟过来，领悟到对于那些追随者遭遇的不幸我们每一个人都应该去分担。假如磨难可以让我们发现坚韧的男人，他张开双臂，用满是鲜血的手迎接我们，试问谁会很笨，不愿意奉献自己呢?

“主爱护我们，因我们而死去，正如一个从强盗面前抢回爱人的英勇男人。强盗抓住男人，把男人打死，而男人亲眼看着自己心爱的人伺候强盗，与强盗谈笑、嘲讽他受到的酷刑和一颗爱她的心……”

哥恩纽夫用手抱着脸：

“于是我明白了，这种博大的爱支持着世界上的一切事物，甚至是地狱之火。只要主愿意，主能控制任何一个人。在主的面前我们都是一粒渺小的沙子。不过主爱护我们，就像新婚夫妻之间的那种爱一样，他不喜欢强迫妻子，姑娘如果不想和他在一起，他宁愿让姑娘离开。但是我经常思考，估计迷失的人们最终都会找到回家的路，做错事情的人都希望得到爱护，只是不愿意抛开其他的贪念罢了。说实在的，人追随主的信念就像蚂蚁一样渺小。当时间破灭了当初的冲动和坚韧的信念时，心脏却依旧在搏动，正如点火烧东西一样，剩下的只是残渣。”

克里斯汀半蹲着：“哥恩纽夫，我觉得很可怕……”

哥恩纽夫抬头看着克里斯汀的脸，她的脸就如一张白纸，眼神中充满了恐惧：

“我也担心。我明白，在有人生活的地方，主担心那些人会迷失自己，主在每时每刻把自己的肉体和鲜血贡献在千万个祭坛上，可某些人还不屑于主的奉献……

“每当想到自己就非常恐惧，我这个不纯洁的人还在主的祭坛边用不洁的心为别人祷告，用肮脏的嘴念祈祷文。我感觉自己这样，就像是那个把妻子卖到窑子里的人……”

克里斯汀昏了过去，哥恩纽夫抱着她，和奥姆一起把克里斯汀扶到了床上。

过了一会儿克里斯汀醒了过来，接着爬起来，用两只手捧着脸，不禁大哭起来：

“我不可以，我不可以……哥恩纽夫，你讲话的瞬间，我发觉我一辈子也不可以……”

哥恩纽夫拉着克里斯汀的双手，不过她把头偏过去，没有看哥恩纽夫犹如白纸的脸庞：

“克里斯汀，只有博爱才能让你感到幸福，你不能满足于尘世间的俗爱，它比主和芸芸众生的灵魂之间的爱渺小得多……

“克里斯汀，看看你的周围，还有你周围的世界。你孕育了两个孩子，难道你自己一次都没思考过，刚出生的孩子满身是血，那些刚进入人间的小宝贝们呼吸的第一口空气里面都掺杂着血液的味道？你是孩子的母亲，难道你不想竭力使你的孩子免于沉沦吗？一定不要让你的孩子沉浸在鲜血的世界里，要让你的孩子在洗礼后和主同在。”

克里斯汀不断地流泪。

克里斯汀接着说：“我非常恐惧，哥恩纽夫，当你讲这些话的时候，我发现自己一辈子也不会得到安宁了……”

哥恩纽夫温柔地说：“主与你同在。冷静，你要冷静，当你在娘胎中还没有出生时，主就在你身边了，别躲开他。”

哥恩纽夫在克里斯汀身边待了片刻，然后用平静的口气问她是否需要把女仆带过来，让女仆帮克里斯汀换衣服。克里斯汀摇摇头没有同意。

然后哥恩纽夫在克里斯汀面前画了几个十字，和奥姆道了晚安，回到了自己的房间。

奥姆跟着克里斯汀换下了衣服。孩子好像在思考问题。克里斯汀躺到床上以后，奥姆走到她的面前，看看她怎么样了。他发现克里斯汀满脸泪痕，便问她在入睡之前想不想要自己陪伴着她。

“哦，不用了，奥姆，你肯定非常疲惫了，你还这么小。现在已经很晚了。”克里斯汀回答。

奥姆又在那里站了片刻。

他忽然说：“你感觉奇怪不？父亲和叔叔哥恩纽夫，两个人没有一丝共同点，不过有的时候却非常相似。”

克里斯汀睡在床上，心里想：

“的确，或许是那个样子，两个人都与众不同。”

不久，克里斯汀便进入了梦乡，奥姆走到旁边的另一张床上休息。他不断回想起哥恩纽夫的那些话，感觉非常激动。祷告、斋戒、所有长辈传授给他的规矩……忽然觉得有意思了，包括他梦寐已久的武器。自己非婚生子的大帽子如果可以摘下来，或许会和叔叔一样，也能成为一个修士或者神父……

哥恩纽夫睡觉的地方是临时用稻草和皮垫子搭建起来的，还有一个垫枕，因此他一动不动地待在上面。他把外套脱下，穿着睡衣躺在临时的床上，把单薄的衣物盖在自己身上。

桌子上的灯依旧点燃着。

他为自己所说的那些话感到忧伤、惊恐。

他渴望原来的生活。莫非自己永远也不会再有在罗马期间犹如新婚时的欣喜感觉了吗？曾经他和三个朋友一起漫步在阳光下，周围是满地的鲜花绿草。他用心地感受着这个世界，心里充满了感动……他明白，这些东西和另一个地方的财富相比，是多么微不足道！即使在这里，有更多令人快活而又温馨的回忆让他们想到上帝。野生的百合和飞过的小鸟，让他们想到主的教诲，他还想到从他们身旁经过的畜生，想起路边的石井。他们来到做祷告的教堂里，一起在修士的房间里享用食物和美酒，这几个来自大麦的故乡的神父都很清楚基督最喜欢这些纯洁的葡萄和小麦的原因，他希望可以在祷告仪式上将它们作为圣餐……

在那个春天里，他的心情异常平静。他感觉到世俗的诱惑好像正在远离他，当他感受到阳光照在身上的温度，更加深刻地理解到了从前令他恐惧的事情：他这肮脏的身体不配得到火的洗礼，变成纯洁无瑕的东西。他已经没有了世俗的顾虑，已经不需要贪睡。他的心灵正在歌唱……他感觉自己的心里是如此甜蜜，如同未婚的妻子投入到未来的丈夫怀里一样。

但是他很清楚：这样的心情不可能长久维持下去。没有人可以一直这样生活下去。所以他在这样美好的日子里，时刻都在祈祷着——如果乌云遮住太阳，将他引向艰难险阻的地方时，他能够坚强无畏地走过去……

当年，他回到挪威以后，他心中才第一次真正充满了不安。

让他烦心的事情的确不少。他所拥有的财富，父亲留给他巨额的财富，还有巨大的收入。这是摆在他面前的道路。他在大教堂全体教士中的地位——他晓得那是他与生俱来的。如果他不放弃自己所拥有的一切财产……他就不能进入布道会修道院，不能成为一名修士，也不能恪守修道院的院规。可这是他期待的生活，喜欢但不热衷。

后来随着年龄的增加和在生活中的磨炼……在挪威那些在灵魂上没得救的人——死不悔改的异教徒和被一些打着基督教旗号散布异端邪说引入歧途的人。芬人及一些未开化的其他部落……难道不是主促使他产生到这些人生活的地区去传道这一想法的吗?

不过他找理由说要听从大主教的安排，迫使自己放弃了这种打算。艾利夫神父和他商讨过，建议他不要去。由于胡萨贝的尼古拉斯爵士是神父的好友，所以他讲得很清楚：“你是史科葛庄园高特的后人，不管你的愿望是什么样，你都没办法把握自己。”艾利夫说他本身也试图去拯救芬人，不过芬人排斥像他这类的人。他博学多识，应该发挥自己的优点，“但是我认为，你未必善于和那些人打交道”。

啊，他认为自己肚子里的墨水一点儿都不比小姑娘在母亲那里学的东西多，织布啊，做饭啊，烧烤啊，养牛啊……这些女孩子都应该会的东西，学好了更应被人尊重。

哥恩纽夫在大主教面前忏悔，一想到他的那些财产，一想到自己居然更愿意守着它们，他便会觉得不安。对于物质的需求，哥恩纽夫的要求其实并不过分：他一直过着清贫的生活。但是他很愿意自己家里来很多客人，也喜欢帮助穷人，给他们需要的东西。他还喜欢自己养的那些马儿和自己的藏书……

艾利夫神父认真地听完了他的诉说，并且同他严肃地谈论了关于教堂的声誉。有的教堂注重的是庄严和令人崇敬的品德，还有些教堂更注重的是清贫，他们希望教导人们，财富其实起不了什么作用。他还说起从前一些神父、教徒们，为了教堂的权益，甘心被统治者折磨和驱逐。他们不断地声明，如果有必要，挪威的基督徒能够不顾一切地跟主站在一起。不过何时需要，主会告诉我们的，所以我们只需记住这些，就不用担心财富会将我们的灵魂玷污。

哥恩纽夫时常感觉到，神父好像很少提及自己的事情。他认为艾利夫神父和他领导的那些神父，总是喜欢将自己的事情掩藏在深处，之后提及教堂的名声、教会的权利，等等。上帝可以做证，他对教堂的事情尽忠职守，不输于其他任何人，在建造教堂的时候，他也曾做过不少工作。但是他们好像都不太喜欢去自己亲手建造的房子里，好像是在担心，如果想得太多，就会迷失方向……

不过哥恩纽夫不这么认为。一个全神贯注地盯着十字架、一直被圣母保佑的人，是不可能迷失方向的，在他看来，害怕的并不是这些……

他害怕的是，他的心里是如此在意别人的赞美和情谊……

他的内心深刻地感觉到："上帝深爱着我，上帝深爱我的心灵，就如同世界上任何主所钟爱的心灵一样……"

不过一回到家里，他就会回想起从前遭受的种种磨难和痛苦。母亲最爱的是伊兰德。虽然父亲经常让伊兰德难堪，但至少也是疼爱的。对于他，父母却从没有对他关心过。之后来到海斯特涅斯庄园的波尔德家里，他们也只会谈论着伊兰德：伊兰德多么厉害。他犯了错误，对于他，只是和哥哥有关系而已。伊兰德，他还是那里所有孩子们的领袖。那里的修女们对他又恨又爱……哥恩纽夫也很喜欢伊兰德，伊兰德是他在这个世界上最喜欢的人。如果伊兰德也这么爱他……但是伊兰德给哥恩纽夫的爱并没有令哥恩纽夫满足。不过爱他的也只有伊兰德……而伊兰德还爱着很多很多其他的人！……

如今他看着哥哥如何挥霍着自己应拥有的那份财产。上帝明白，胡萨贝庄园的财产会沦落到什么地步！在尼达洛斯，伊兰德因为没有好好治理家产已经遭受到不少议论。不过伊兰德却没有意识到，上帝恩赐了他多么好的四个孩子……不可否认，在他还没结婚时生下的两个孩子也是很棒的。但他却没有因此感谢主，而是以为这些都是他应该得到的……

最后，伊兰德还赢得了一个贵族小姐的爱情，她是那么单纯、美好、善良。哥恩纽夫觉得：伊兰德对她并不好……当他意识到这一点儿时，他无论如何都不能像以前那样爱戴伊兰德了。哥恩纽夫察觉自己和哥哥有很多相似的地方，让他无法忍受：伊兰德虽然已经年长，不过依然像个小姑娘似的容易脸红……哥恩纽夫明白自己也容易这样，因此很是气愤。这个毛病遗传自他们的母亲——如果母亲知道他这么想肯定很吃惊。

他的妻子如此善良美好，简直是模范妻子，而伊兰德认为这不过是一件很平常的事情……并且这还是在他不断地折磨着这个小姑娘，将她推向深渊之后才意识到的。他好像不得不这样做……如今，他在得到这个被自己教会淫欲、欺骗、撒谎的女人之后，居然还不懂得珍惜，虽然她从前犯过罪，不过现在，她还是如此善良、纯洁，令人心存敬意。

不过，今年的下半年，哥恩纽夫得知伊兰德将要去北方……他的心里依然强烈地期盼着可以和伊兰德一同去！伊兰德是国王任命的军事长官，而哥恩纽夫是亨德维克海一带宣传基督教的教士。

哥恩纽夫站起身来。房间的墙上挂着一张主的受难像，画像下面的地板上有一块大石板。

他跪在石板上，张开双臂。他的身体此时已经能够承受像岩石一样一动不动地保持着这个姿势好几个小时。他看着面前的耶稣受难像，期待自己能够沉浸于其中，然后有所安慰。

现在他考虑的第一个问题是：应该和这个耶稣受难像分开吗？圣弗朗西斯和别的神父只有枯枝做成的十字，他应该把这个十字送出去——或许要送给艾利夫神父。也许去做祷告的男人、女人和小孩，当他们能够如此清楚地看到在苦难中受难的救主的温和慈爱，说不定会充满勇气，变得坚强起来。那些像克里斯汀那样纯朴的灵魂……他自己已经不需要这个十字架。

他每天晚上都这样跪在地上万念俱灰，全身发硬，直到幻象浮现在他面前。蓝天下，一座小山上耸立着三个十字架。最中间的那个就是上帝受刑的那一个，它正摇晃着、颤动着，逐渐地倾斜，就像狂风暴雨中的一棵树，就要承受不住如此巨大的负担——为了所有犯罪的人忏悔牺牲。掌管风雨的神将它制住，如同骑士驯服一匹野马，太阳之神也前来和他对战。因此奇迹出现了，它就像一个解开神奇的钥匙。为了替世人赎罪，为了抚慰众生，将鲜血洒满十字架——这就是最有力的证明。这个奇迹令人们睁开双眼，让他们看到了以前看不到的更为隐秘的事情：主来到这个世上，成为我们身边的凡人，他摧毁了地狱，带着正义之军出现在光明里——于是世界就在这个光明中诞生了，而且一直被光明照耀着。因此哥恩纽夫的全部思想都奔向这个深邃的、永恒的光海，并且消失在这光海之中，宛如一群鸟儿消失在晚霞的光辉之中。

哥恩纽夫安静地待在那里，一直到大教堂里响起了晨祷的钟声，他才站起身来。他走过厅堂时，周围非常安静，克里斯汀和奥姆都还没有起来。

他来到漆黑的庭院里面，待了一会儿，就独自到教堂去了。他让仆人们一个星期跟着他去教堂两次就行了，但是英格丽早晨常常起来和他一起去。今天估计英格丽也没起床，的确，她昨天忙到很晚才休息。

第二天一整天，他们几个基本上不怎么说话，即使说话也是些芝麻绿豆的小事。哥恩纽夫看起来很疲惫，不过他仍然说东说西。他说："大家昨天晚上太傻了，在那里悲伤流泪，就像没有父母的孩子一样。"还说了些尼达洛斯那里的事情。神父们常常谈论起这个笑话：有一个老人过来做祷告，乡亲们托他办了许多事情，所以他在祷告的时候把所有的祷告词全都弄错了，后来他才醒悟过来说，要是圣奥拉夫按照他祷告的内容来理解他的意思的话，那么他的那些乡亲们可就要倒霉了。

傍晚的时候伊兰德来了，全身湿透——他是乘船到这个地方的，风刮得很大。他十分恼怒，一进来就责备奥姆，对他破口大骂。哥恩纽夫在旁边静静地听着，然后说：

"哥哥啊，你用这样的口气和奥姆讲话，就像我们的父亲一样。他责备你的时候，也是用同样的口气。"

伊兰德立刻冷静了下来，对着哥恩纽夫说：

"我没忘记，我年轻的时候才不像他们一样愚蠢，让生病的女人带着瘦弱的孩子，在漫天飞雪的时候外出！奥姆的行为应该不配得到称赞吧，不过你瞧瞧，他一点儿都不敬畏自己的父亲！"

哥恩纽夫笑着说："你从前对待父亲也是一样啊。"

奥姆笔直地站在伊兰德面前，一言不发，假装和他无关的样子。

"行，你可以离开了！"伊兰德接着补充说，"我无法容忍家里现在的状况，但是我明白一件事情，不久我就要把奥姆带到北部，准备把克里斯汀怀抱里的小乖乖培养成真正的男人。"他严肃地对哥恩纽夫说："他非常聪明，射击也是百发百中。他并非懦弱的人，但是他时常像个小姑娘似的，一点儿精神也没有，就像没有了骨头一样。”

“你经常用这种口气和你的孩子说话，怪不得他像小姑娘一样忧郁。”哥恩纽夫说。

伊兰德吸了一口气，微笑着说：“我以前被父亲折磨得更厉害。耶稣晓得，我并没有因此而变得忧郁。罢了，既然我到了这个地方，此刻又是过年，我们就该一起庆祝庆祝节日吧。克里斯汀呢？她过来有什么事情？”

哥恩纽夫说：“我认为她就是过来玩玩而已。她准备到这里做礼拜。”

伊兰德说：“克里斯汀在家里胡思乱想，过来散散心也好。但是她太可悲了，如果再这样继续下去的话，将会一点儿活力都没有。”他把两只手拍在一起说：“我实在不明白，主为什么让我们每年都有一个孩子……”

哥恩纽夫抬头看着伊兰德：

“啊！哦，我不晓得主对你们的安排。不过我认为，克里斯汀此刻最希望的就是你的温柔相待。”

“嗯，也许是吧。”伊兰德低声地说。

次日早晨，伊兰德和克里斯汀一起去做晨祷。他们准备去圣乔治教堂。伊兰德刚开始时，总是在那个地方做祷告。他们各走各的，到了雪堆旁边，伊兰德便会主动拉着克里斯汀的小手。他没说一句关于他们私自外出的事情。责备了奥姆之后，他对她们娘俩儿都更加热情了。

克里斯汀低着头，脸色非常不好，一句话也不说地就这样走着。沉重的大衣披在她娇柔羸弱的身上，看上去有点弱不禁风的样子。

伊兰德找话说："需不需要我们两个走陆路，让奥姆坐船回去？你应该不想乘船渡过海湾吧？"

"是的……你知道我讨厌渡船……"

风和雪都停了，天气不冷不热。有些积雪融化之后从树枝上滑落下来，天上还有些乌云。到处都显得阴森森的。克里斯汀心里想，自己从没遇见过这么阴冷、这么叫人害怕、衰败的景象……

3

克里斯汀抱着小儿子高特在胡萨贝庄园北边的山坡上面欣赏美景。傍晚的景色特别美好。山下，平静的水面上，倒映着庄园和树木的影子，还有天上的白云。雨过天晴之后，空气中弥漫着泥土的气息。牧场上的牧草已经长得齐膝高了，田地里的庄稼也已经抽穗了。

不远处有人在交谈。周围的草地上有人在聚会，他们在吹笛、弹奏，不时传来阵阵的悦耳声，传到这个地方的时候，更加动听了。

安静下来的鸟儿此刻又开始叽叽喳喳地啼叫，四面八方传来了清脆的鸟叫声，只是这种叫声是断断续续的，十分婉转，因为太阳还没有落下。

庄园里一群还没有进山的牲口正从牧场上归来，它们叫得正欢，脖子上的铃铛叮当叮当响个不停。

克里斯汀把孩子抱起来，和孩子讲话："瞧，瞧，我的小宝贝高特马上有牛奶喝了。”孩子习惯性地把头依靠在母亲的肩膀上面。他经常抱住母亲，克里斯汀觉得，这是因为孩子知道母亲在抚摩他，知道母亲在和他讲话。

克里斯汀准备回家。大儿子纳克和二儿子布柔哥夫在门口奔跑，逗房顶上的小猫玩，试图把猫弄下来。然后两人玩起父亲给的匕首。之前他们两人在院子里面开了一个洞，如今准备把洞挖得更深。

养牛的工人达歌伦把装满羊奶的桶提到房间里，克里斯汀取了些温热的羊奶给小儿子喝。达歌伦准备和高特讲话，但是小不点一点面子都不给。达歌伦想要抱高特，高特就反抗，钻到克里斯汀的面前。

“我估计他现在已经舒服多了。”养牛的女工人说。

克里斯汀摸着高特的脸蛋：孩子的脸白里泛黄，颜色像蜡烛油似的，双眼没有一点儿精神。高特的头非常大，但身体却十分纤细，一点儿力气也没有。他现在已经一岁多了，不过依然无法行走，牙齿也不多，而且直到现在还没学会怎么说话。

艾利夫神父说，他患的并非佝偻病。尽管他们曾尝试过把祭坛上的盖布和教堂中的经书放到孩子的身上，但是都没有用。艾利夫神父四处为高特打听看病的良药。克里斯汀晓得艾利夫神父连祷告的时候都会提到自己小儿子的名字。不过，艾利夫神父让克里斯汀耐心听从主的安排，另外强调让高特多喝羊奶……

她那可怜的、不幸的孩子啊！女工人离开之后，克里斯汀抱着孩子吻个不停。小高特十分可爱，克里斯汀觉得高特和她娘家的那些人比较相像，眼球是灰色的，还有黄头发，非常茂密，不过一点儿都不硬。

这时，孩子又哭了起来。克里斯汀站起身来，抱着高特在房间里面四处走动。孩子虽说非常消瘦，但是长时间地抱着的话依然会感到有些沉……可孩子又不喜欢让别人抱，每天都缠着克里斯汀。所以克里斯汀只好抱着孩子、唱着儿歌，在房间里走来走去。

这时她听到了院子里有人和马蹄的声音，武夫的说话声也从远处传来。克里斯汀带着小高特，来到大门口。

“武夫，现在只怕需要你自己拴马去啦。大家都跳舞去了，包括男工人们。非常不好意思，弄得你这么忙碌，不过希望你可以理解。”

武夫边拴马边抱怨。纳克和布柔哥夫哀求武夫，想让他带他们到院子里面骑马。

“哦，纳克，你不可以过去。我现在去准备食物，你必须陪着高特玩。”克里斯汀嘱咐道。

纳克气得噘起了小嘴巴。不过很快，他又立即蹲了下来，和坐在垫子上的小高特玩，学动物的叫声，还用头撞他玩。克里斯汀弯着身子抚摩了下大儿子的头。孩子们相处得非常融洽。

当克里斯汀端着盘子到了房间里，武夫坐在凳子上面和小高特玩。在克里斯汀不在这会儿，小高特和武夫相处得十分融洽。不过他一看见母亲，便很快又哭闹了起来，伸着双手让克里斯汀抱他。克里斯汀放下手中的盘子，把高特抱了起来。

武夫把杯子中啤酒的气泡弄掉之后，喝了几口，接着便开始享受盘子里的美味了：

“今晚仆人们都不在吗？”

“托奥尔克山谷有场婚礼，乐队不是我们这里的——流动乐队。你猜猜看，姑娘们听到这个消息——怎么说都还是小孩子嘛……”克里斯汀笑着说。

“嫂子啊！你就这样放纵她们，你好像怕秋天会找不到奶妈似的……”武夫打趣说道。

克里斯汀习惯性地把面前的裙子抚平。武夫刚刚的那句话，让她非常害羞。武夫哈哈大笑起来：

“你如果每天都和高特一起这样待着，我估计不久便会重演去年的戏剧——孩子，到教父怀里来，跟我一起品尝眼前的美食……”

克里斯汀没有说话，她让自己的孩子们坐成一排，亲自喂他们喝牛奶粥，还搬了一个小板凳，坐在孩子们旁边。纳克和布柔哥夫不断地嚷嚷，他们要自己动手。如今大的孩子已经四岁，小的也快过三岁生日了。

“伊兰德不在？”武夫说。

“玛格丽特也想去那个宴会，因此伊兰德带着孩子一起去了。”

“至少伊兰德还知道陪着玛格丽特。”武夫说。

克里斯汀没有吭声，替孩子们换了衣服，安排他们休息。高特待在摇篮里面，大儿子和二儿子在自己的床上休息。克里斯汀去年身体好了之后，伊兰德才同意让孩子们和他们在一块儿休息。

武夫享用完美食后，打着哈欠，伸着懒腰。克里斯汀把凳子搬到高特旁边，拿来一筐子毛线，就开始忙碌起来，一边用脚轻轻地推着摇篮。

克里斯汀头也不回地对武夫说道："你要不要去睡觉？武夫，想必你也有些疲惫了吧？"

武夫站起身来，往炉子里加了几根木头，然后来到克里斯汀旁边，坐在她对面。虽然武夫每次过来的时候都很疲惫，一副无精打采的样子，不过克里斯汀发现他今天精神很好。

武夫把胳膊撑在腿上，把头探出来，看着克里斯汀说："你一点都不关心我这次去打听的消息，克里斯汀。"

克里斯汀有些紧张了，从武夫的眼神和举止来看，她明白肯定有不好的消息。不过她故意装出镇定的样子，笑着说：

"武夫，说说看，莫非你知道了什么有意义的事情？"

"嗯，的确。"

他先从自己的背包中取出克里斯汀让他买回来的东西，克里斯汀表示了感谢。

"我想听听你这次知道了什么事情。"克里斯汀等了一会儿问道。

武夫打量了下貌美的克里斯汀，然后看了看身旁熟睡的小高特。

他摸了一下高特汗湿的额头，说："高特经常都是这个样子吗？克里斯汀，你和伊兰德结婚那时，婚前协议上面写你能任意处置伊兰德给你当聘礼的地产是不是？"

克里斯汀越发紧张了，不过她还是故作镇定地说：

"嗯，武夫，是这样的，伊兰德在处理我们财产的时候，都会先问问我的意见。你说的是伊兰德把土地卖给赖恩庄的维格莱克这件事吗？”

武夫说：“嗯，如今伊兰德在赖恩庄的维格莱克手里买了条船，看样子他要供养那些费钱的家伙……克里斯汀，你觉得自己还会有些什么财产吗？”

克里斯汀说：“史基瓦镇属于伊兰德膝下的财产，包括武夫科镇的田地，还有伊兰德在阿尔哈马的房产。莫非你觉得他私自决定把这些田产卖出，没有征求我的同意，也没给我钱吗？”

“是的，”武夫停了片刻，回答说，“不过你得到的东西没有预想的那么多。克里斯汀。史基瓦镇——去年过年的时候伊兰德去了那里征集草料，同意三年内不向他们收租金。”

“那个时候我们的确没有草料了，这不是伊兰德的责任。武夫，我明白你非常努力，不过那个时候我们遇到了大麻烦。”克里斯汀说。

“伊兰德和你的共同财产之一，阿尔哈马大部分的地产被伊兰德卖给了莱恩修女院。”武夫露出嘲讽的样子，“或许是暂时地租给别人——在伊兰德的眼里都是一样的，不用交税给国家——全都要看奥敦怎么打算的了，奥敦拥有本属于你的地产！”

克里斯汀问道：“他不可以租用属于修道院的地产吗？”

武夫说：“隔壁的人把他们的地产征用了。伊兰德急于把田地分开租出去，租户们大多经济条件不是很好。而且伊兰德将土地分散开，也不是个好主意。”

克里斯汀没有说话，她明白武夫说的是正确的。

武夫接着说：“伊兰德处理这类事情一向速度都很快。他的孩子越来越多，不过自己的资产却不断变少。”

克里斯汀没有说话，武夫又说：

“劳伦斯之女克里斯汀啊，不久你还会有更多的儿子。”

“但是每一个孩子都是我的心头肉！”她激动地说。

“不要为小高特担忧，我发誓这孩子会好起来的。”武夫小声地说。

“那就要看主的安排了，但是这个漫长的等待着实令人煎熬。”

武夫从她的话中听出了这位母亲此刻非常难受，但是眼前的这个大男人忽然觉得爱莫能助：

“克里斯汀，你在我们这里虽说有些名气，不过一点儿用处都没有。伊兰德如果再参加战争……我不相信现在太平的假象，但你的老公一点儿也不会随机应变，更不会从最近两年的经历中吸取一些有益的经验教训。前几年我们过得并不太平。你又经常体弱多病，如果一直这样下去的话，就算你现在还比较年轻，但是时间久了，仍然会把你给拖垮的。我在这里会尽量地帮助你……不过那是另一回事……还有，伊兰德鲁莽的性格……”

克里斯汀打断他说道：“的确，主看得到的，武夫，你向来都是最支持我们的人，我永远都无法完全报答和感谢你……”

武夫站起身来，走到火炉旁边，点燃了一根蜡烛，放在了桌子上面，和克里斯汀背对着站在那里。后来，克里斯汀接着做刚才停下的手中的活，此时又开始忙着摇起高特的摇篮来。

武夫低声问道：“你可不可以让人给你的父亲带封信，秋天，你母亲过来看你的时候，劳烦也让你父亲一同前往？”

“这次我没打算让母亲过来，她逐渐衰老。我生了这么多孩子，不可以每年都让母亲过来。”

克里斯汀艰难地露出一个笑脸。

武夫说：“就让你母亲过来吧，让你父亲和她一起过来，你可以就这些事情征询一下他们的意见……”

“伊兰德的事情我不想问父亲。”她坚定但很冷静地说。

不久，武夫问道：“你是否会去问问哥恩纽夫呢？难道你连他也不肯说这些事吗？”

克里斯汀依然说：“如今用这样的事情去打扰他不是很适合。”

武夫有些讥讽地说：“你的意思是因为他是神父？我一直都觉得神父是理财高手。”她没有回答。武夫说：“克里斯汀，你如果不想让别人帮助自己，那就要自己和伊兰德说说你们的事情，就算是为了那三个小家伙，克里斯汀。”

克里斯汀一声不吭地待了好长时间。

她最后开口说：“武夫，你一直都很喜欢我们的孩子。不过我认为你应该找个心爱的人，成家立业，而不应该和我坐在这里，谈论我们家的事情。”

武夫转过身来对着克里斯汀，他两只手扶着桌子边缘，双眼看着她。克里斯汀安静地待在那里，她还是那样身材匀称、体形苗条、容颜美丽。身上穿着深色的外套，头上精美的头布衬托出她安详、苍白的小脸。挂着一串钥匙的腰带上有一些用银线绣成的朵朵小玫瑰花。她的胸前戴着两条十字架：那根几乎到她腰部的镀金的链子是父亲送给他的；另外一个挂着小十字架的比较细的银链子是奥姆送给她的，并且还要求她一直戴着。

克里斯汀虽然已经多次生育，但是仍旧那么漂亮，且更为成熟了一些，压在她柔弱肩上的担子也更重了一些。她变得更加消瘦了，眼睛也越陷越深，满脸的忧郁，脸色也没有原先那样红润了。但是，如果她和伊兰德继续这个样子下去的话，过不了多久，她就会过早地衰老了……

克里斯汀说："武夫，你不认为如果待在自己的家里，会更开心些吗？我听伊兰德讲，你新购置了一些地产，如今你基本上拥有了一大块庄园。艾萨克的独生女爱丝十分讨人喜欢，在外面的名声又那么好，看起来她非常中意你……"

武夫哈哈大笑道："即使我一定要结婚，也不会娶那个女孩。艾萨克的女儿爱丝过于优秀，我高攀不上她。"他突然加大了声音，"克里斯汀，我不知道什么叫作父亲，只知道教父是什么意思。我估计我这一生只会当教父，不会有自己的孩子了。"

"不，我要向圣母马利亚祈祷，愿上天赐福于你。"克里斯汀说。

武夫笑着说："我岁数不小了，都快四十岁了，克里斯汀。如果我再提前出生几年就和你父亲差不多大了。"

克里斯汀回答说："那你这个父亲也太年轻了吧！是不是当得有点早。"她尽量装出一副开玩笑的样子。

武夫说："好吧，你不去休息吗？"

"马上就去，但是要过些时候。你肯定很困了，武夫，赶快睡觉去吧！"克里斯汀回答道。

武夫很自然地道了声晚安，就离开了。

克里斯汀端起烛台上的蜡烛，看着孩子们酣睡的样子。布柔哥夫看起来非常不错。谢谢主。前些日子，气候非常不好，每次刮大风，或者非常寒冷的时候，小家伙们都要到炉子旁边围着，布柔哥夫觉得火光照得自己双眼发胀。克里斯汀看了这些小家伙许久，然后照看小儿子去了。

过去，她的这三个孩子都非常健康，像小马驹一样欢快。去年的夏天，这里发生了瘟疫，是猩红热——对面的村子里有很多孩子因病而死——想到这里她就觉得非常难受。她感谢上苍，让自己的孩子幸免于难。

那个时候孩子们都卧病在床，身上到处是红色的斑点，不敢见阳光，还发着烧。克里斯汀在他们身边照顾了几天几夜，她把双手插到被子里，抚摩二儿子的小脚丫，哼着儿歌，不断地唱，直到自己唱不出来为止：

我们来给士兵钉马掌，
你问我："钉什么掌？"
给他钉铁马掌！

我们来给公爵钉马掌，
你问我："钉什么掌？"
给他钉银马掌！

我们来给国王钉马掌，
你问我："钉什么掌？"
给他钉金马掌！

布柔哥夫和另外两个孩子相比情况好多了，但是也最为淘气。只要没有听到克里斯汀的歌声，他就会立刻把被子踢开。那个时候小儿子高特还没满一岁，病得非常严重，克里斯汀觉得他可能会死去。高特一直躺在自己的怀里，包着毛毯，连吃奶都极为吃力。克里斯汀就这样一只手抱着小儿子，另一只手抚摩着布柔哥夫的小脚丫。

如果这三个孩子同时睡着了，克里斯汀就趴在他们的床上，穿着衣服休息片刻。伊兰德也是愁得在旁边走来走去，爱莫能助地看着自己的宝贝们。他想换着给孩子们唱歌，不过孩子们并不喜欢听父亲唱歌，他们只听母亲唱的，即使母亲唱得很难听，但他们依然坚持要听。

女仆们围在那里，劝克里斯汀要照顾好自己的身体。男仆们时不时地到房间里查看情况，奥姆则想通过表演给孩子们看，把他们逗乐。伊兰德听从了克里斯汀的话，把玛格丽特带到奥斯特山谷。奥姆坚持要陪在克里斯汀的身边，他现在已经不小了。艾利夫神父如果不出门看望别的病人，就会待在这些生病的孩子们身边。艾利夫神父原来在这里胖了很多，如今因为担心孩子们的事情，又消瘦了下去。他亲眼看到可爱的孩子们一个一个死去，心里非常难过。另外也有大人感染上这种疾病死去。

几天后的一个晚上，孩子们的病情好了不少，克里斯汀听了伊兰德的话到床上去休息，伊兰德则亲自待在孩子的旁边照顾他们，如果有需要的话再去叫克里斯汀。吃饭的时候克里斯汀发现奥姆满脸通红，双眼也布满了血丝。他说自己很好，却忽然转身跑到门外面去了。伊兰德和克里斯汀跑到门口看，看见他正在呕吐不止。

伊兰德用手紧紧抱着他：

“奥姆，我的孩子……莫非你也感染上疾病了？”

奥姆痛苦地喊道：“我的头很痛。”然后把头放在伊兰德的肩膀上面。

那天夜里伊兰德和克里斯汀一直照顾着奥姆。他头很不舒服，不断地胡说八道，时不时大叫几声，用手到处乱抓，好像看到了什么害怕的东西。伊兰德他们压根儿不知道奥姆在乱叫些什么内容。

第二天早晨，克里斯汀也病倒了。原来她又怀孕了，不过现在孩子没有了。然后她便昏迷了过去，像死了一样，接着就是高烧不退。奥姆死后的第三个星期，克里斯汀才知道这件事情。

那个时候克里斯汀身体虚弱，甚至连哭的力气都没有，做什么事情都慢一拍。她像活死人一样躺在床上，好像还挺适应这种生活。前几天非常吓人，仆人们都不敢靠近她，甚至不敢去帮她清洁身体。在她自己看来是做了几个星期的梦，如今躺在这里被别人伺候的感觉太棒了。她的床头还放了一些驱蚊用的花环，是仆人们专门从外面摘来放在这里的，闻起来非常舒服，阴天的时候更是香气四溢。有一天，伊兰德领着小家伙们看望她，她觉得孩子们经历瘟疫之后都很虚弱，小儿子甚至连母亲都不认识了。但是，她现在并没有因为这件事难过，她感觉伊兰德好像一直在陪伴着自己。

每天伊兰德都去祷告，并且会跪在奥姆的坟墓前做祷告。墓地坐落在维尼亚尔村教区的礼堂旁边，还有其他家庭的几个年幼的孩子，这当中有伊兰德的亲兄弟和慕南家的两位千金。那些小天使在这块土地里长眠，克里斯汀经常为这件事流泪，如今伊兰德的孩子奥姆也在这里长眠了。

正当家里的人为克里斯汀的健康担忧时，奥拉夫守夜节即将来临，穷人们都来到尼达洛斯，从教区前面路过，男女都有——因为来这里祈祷的人都很大方，很看重他们的祷告。克里斯汀来到胡萨贝庄园的这段时间，他们一般都会从斯凯温经过——因为这里必定有可以歇息的地方，并且还能在这里得到不少食物。但是这一次仆人们却想赶他们出去，因为主人家生病了。伊兰德这几年都不在家，他听说克里斯汀常常救济这些穷人，就按照她的习惯，请那些人在家里吃饭。清晨伊兰德来到人群里面，亲自招待他们，给每个人都发了银子，恳求他们为自己心爱的人祈祷。许多穷人知道了这里好心的年轻女主人已经病得奄奄一息了，便纷纷流下了眼泪。

这些事情都是在她的病有了好转之后，艾利夫神父对她讲的。直到圣诞夜的前夕，克里斯汀才算是完全康复，可以重新操持家务了。

克里斯汀刚得病时，伊兰德便让别人通知克里斯汀的父母。当时她父母不在家——两人去参加史科葛庄园的婚宴了。之后他们两人来到这里时，克里斯汀已经看起来好了一些，不过依然十分虚弱，不想过多地说话。她只想一直独自和伊兰德待在一起。

没精神，寒冷，脸上没有一点儿血色。克里斯汀紧紧地依偎在伊兰德的怀中，似乎想从他的身上吸取一些活力。昔日恋爱时在血液中燃烧的那团烈火已经熄灭，她早就忘记了热恋是一种什么感觉，不过这些年的担心和怨恨已经没有了。克里斯汀如今好像非常高兴，即使两个人都为奥姆的离去而伤心难过，即使伊兰德不了解她对孩子们的担忧。不过此刻她非常开心和伊兰德一起生活，她明白此前伊兰德很担心失去自己……

因此，现在要和丈夫说那些话题，会打破好不容易才有的平静及和睦氛围。现在开口的确很难。

那是一个月色皎洁的夏季夜晚，克里斯汀站在厅堂的门口迎接那些跳完舞后回来的人。玛格丽特挽着伊兰德的胳膊，她的穿着和装扮很华丽，对于去参加教堂在草地上举办的大众舞会来说，这身装扮更适合参加婚宴。然而当后妈的早就不管玛格丽特了，伊兰德可以按照他自己的意愿来教导玛格丽特。

伊兰德和玛格丽特想要喝酒，克里斯汀取了些啤酒递给他们。玛格丽特在那里坐了片刻，聊了会儿天——如今克里斯汀不干涉她的生活，她和克里斯汀的关系也缓和了许多。伊兰德乐呵呵地听着玛格丽特讲述今晚舞会上的情形。后来玛格丽特和仆人到自己的房间去睡觉了。

伊兰德在厅堂里面走来走去，伸着懒腰，打着哈欠，显出很疲惫的样子，不过却坚持说自己不累。他把手指插在长长的黑色的头发里面：

“我们从浴室里面出来，但是由于舞会的原因，没有时间剪头发。我在想不如你来帮我修理修理吧！克里斯汀，这样的节日我总不能这副模样四处乱走。”

克里斯汀想拒绝——因为光线太暗，说等天亮的时候吧。伊兰德笑嘻嘻地用手指着窗外——天已经亮啦。因此克里斯汀点燃了蜡烛，让伊兰德坐好，在他的肩上披了一块布。克里斯汀剪头发时，伊兰德不断乱动，一旦剪子碰到他的脖颈，他就哈哈大笑。

克里斯汀慢慢把剪掉的头发收好，丢到炉子里面焚烧，把披在伊兰德肩上的布也抖了几下。她又仔细检查了一遍，然后用剪子修理突出来的地方。

她站在伊兰德后面，伊兰德捏住她纤细的手，放在自己胸前，开心地把头抬起来看着妻子。

伊兰德说：“你困了。”然后松开握着的手，舒了一口气，站起身来。

夏至一过，伊兰德准备出海去卑尔根。他很不高兴，因为这次克里斯汀不能够与他随同。克里斯汀无奈地笑笑，表示没有办法丢下小高特独自在家。

因此，这个夏季克里斯汀又要独自留在家中。还好他们的第四个孩子不会在繁忙的季节里出生。前面几个孩子，都是在她繁忙的时候生产的，因此大家既要照顾她，还要去劳动，这对于每个人来说都是一种负担。

她不晓得这种情况会持续到什么时候，好像和几年前不一样了。她以前听劳伦斯讲过丹麦战役，也没忘记劳伦斯和埃里克公爵抗争的场景，父亲身上的伤疤就是因为那场战争。不过，以前在她的娘家大家好像都觉得自己不会被牵扯到战事里面，这里一定不会打仗。那里的每一个男的几乎都是这种思维。那时候和平的日子比较长久，她记忆中父亲多是待在庄园里处理事务，照料关心每一位家人的情形。

可如今社会动荡，大家都在讨论战争、招兵和国家的归属权问题。克里斯汀初次来到这个地方时，去过一次大海。那些全部精力都放在如何战斗、用什么办法胜利的男人们，都是坐船来的。讨论家庭出身和财产，自己的丈夫也是其中之一。不过她认为伊兰德并不熟悉于此。

她在不停地思考着……她的丈夫为什么这么特立独行？那些和他具有同样身份的人又怎么看待自己的丈夫呢？

当伊兰德作为自己心上人的时候，克里斯汀从来没有想过这件事。她发现伊兰德特别容易激动，缺乏耐心，容易冲动，不喜欢思考问题，经常做些愚蠢的事情。不过她为伊兰德找了很多理由，一次都没想过他的这种性格会怎样影响自己的家庭。一旦两个人结婚了，什么都会改变的——她曾经用这样的话来安慰自己。对于伊兰德的这种性格，她之前只是模糊地有些察觉，一直到自己生了纳克，她才第一次去思考：每个人都认为伊兰德浮躁、愚蠢，不值得信任，但是伊兰德到底是什么类型的人呢……

她以前十分相信自己的丈夫。她回想起伤心的往事，回想起伊兰德和艾琳的纠葛，回想起他们在结婚前伊兰德的种种行为。尽管伊兰德遭受了许多批评和侮辱，但他始终对自己忠贞不贰。此刻她明白伊兰德不管怎么样都不会离开自己。

她回想起在多依庄园的海夫特。有几次见面的时候，他总是摆出一副讨好的样子待在克里斯汀旁边。不过克里斯汀从来没有在意，她以为海夫特仅仅是喜欢开玩笑而已。即使是现在，她也没有多想。克里斯汀很喜欢这个性格开朗、外表英俊的年轻人，直至今日，她仍旧喜欢。不过，要是把那种事情当作开玩笑……不，这一点她有点不理解。

她在尼达洛斯的王家宴会上常常遇到他，每次见面的时候，海夫特还是和往常一样喜欢和克里斯汀待在一起。有一天晚上，海夫特邀克里斯汀到阁楼上去玩，他和她待在阁楼上面，他们一起靠在一张已经铺好的床上。在自家庄园的时候，她从没料到会发生这样的事情——当地的人们不接受男士和女士这样，但这里的人却习以为常，不觉得有什么不妥——据说这是时下国外流行的。两人到阁楼碰面时，艾尔林爵士的妻子艾琳太太和一个外国爵士待在一起，正在讨论国王耳疾的事情。艾琳太太准备回到客厅，爵士也露出高兴的样子。

那天他们两个人躺在床铺上面说话，不过当她知道海夫特是严肃认真地对待两人的关系时，非常吃惊，但却没有恼怒和担忧的感觉。他们两个人都有各自的家庭，并且都为人父母。克里斯汀实在无法想象眼前的场景，海夫特对她一直都是嬉皮笑脸的，还喜欢逗她开心。她没有想过他要勾引自己，之前一点儿征兆也没有。不过此刻他好像要让自己再次坠入深渊……

克里斯汀刚开口说让他离开，他就马上起身。他表现得非常温柔，但不觉得这有什么不好意思，似乎很吃惊，诧异地问："你天真地认为每一对夫妻都没有背叛过对方吗？"克里斯汀肯定明白，几乎没有男人有勇气承认自己背叛过妻子。女方也许不会那样，不过……

海夫特问道："当你还是姑娘的时候也相信教父们对犯罪的人说教的那一套了？那样的话我就不明白了，克里斯汀，伊兰德为什么可以成功地把你搞到手呢？"

海夫特把头抬起来看着克里斯汀。她是不会和海夫特说起自己过去的事情的，不过她应该什么都明白了。海夫特用温柔的声音说："我以为只有童话故事里面才有浪漫的爱情……"

她对任何人都没有提起过这件事情，甚至对自己的丈夫都没有。因为伊兰德也非常喜欢海夫特。尽管她感到很害怕，这里居然还有海夫特·格劳特这样的人渣，不过她并没有因这件事而困扰。之后海夫特·格劳特就没再向她提起这样的事，他们见面的时候，海夫特·格劳特也仅仅是看着她，深蓝色的眸子总是瞪得很大很大。

不，伊兰德即使轻佻，也不会做和他一样的事情。她心里想说，他莫非太天真了？她看到海夫特·格劳特听了伊兰德的话之后惊得一振，接着再一起商讨。伊兰德的建议通常都很棒，十分有道理。他仅仅是不像其他权贵那样圆滑——那些人相互留一手，是些事后诸葛亮。伊兰德说他们是狡猾的人，还故意大声笑了出来，这让那些人很恼火。不过到了后来，那些人也无可奈何。他们只能随之哈哈大笑，拍着伊兰德的肩膀说他很聪明，就是考虑问题时有点不周全。

听到这样的评价时，伊兰德会开些玩笑，试图掩盖别人的评论。人们确实很反感伊兰德这样的行为。克里斯汀清楚地记得这一点，并且觉得羞愧。每个人都追究他乱说话的缺点，不是无缘无故的。伊兰德一旦遇到一个坚定的人，即使那个人的想法十分愚蠢，他也会坚持自我，对任何一件事情都是这个样子，并且嘲讽别人，来掩盖自己被击败的事实。人们看出他胆小的性格，非常得意，即使他不在乎自己能从中获利多少，而是喜欢冒险，热衷于用武力处理事情的方式。他们都认为自己不用太防备伊兰德。

第二年早春的时候，艾尔林爵士去了尼达洛斯，和年幼的君主在一起。克里斯汀有机会到皇宫里面去参加宴会。她头戴华丽的帽子，淑女般地坐在座位上，穿着漂亮的衣服，戴着金银首饰，和非常尊贵的夫人们待在一起。她仔细观察伊兰德的言行举止，非常用心，并且仔细思考——不管伊兰德到哪个地方，不管他说了哪些话，她都那么认真地听着和思考着。

她终于把所有的事情弄明白了。艾尔林爵士主张不惜付出巨大的牺牲，也要坚持挪威对领海的控制，保住霍鲁加兰。不过许多文官和骑士却不支持他的决定，这些人甚至不愿意干任何值得一试的事情。大主教本人和他管辖地内的神父们倒是认同他的做法，愿意用钱财帮助他——这件事是克里斯汀从哥恩纽夫嘴里听说的——不过剩下的神父们却都是反对者中的一员，即使这场战斗有关国家和宗教。老百姓们也密谋反抗艾尔林爵士，特隆赫姆地区就是其中一个地区。那里的人们早就习惯违背法律法规和君王的权威，而艾尔林爵士又那么偏袒自己的亲人——死去的哈肯国王——的旨意，那些人一点儿都不开心。艾尔林爵士想要重用伊兰德，不过伊兰德似乎一点儿都不领情，不是不支持他的做法，而是因为伊兰德无法容忍艾尔林爵士一本正经的作风，因此有时为了报复，他甚至时不时地嘲笑自己这位权贵亲戚一番。

克里斯汀觉得自己已经搞明白了丈夫和艾尔林爵士两人的关系。艾尔林爵士一直都很善待自己的丈夫，在他看来，伊兰德身份高贵，非常勇敢，并且在服役的时候学到了很多有关战斗的方法，肯定比同辈中只会待在家里种田的那些人高明。他如果可以让伊兰德和自己站在同一条战线上，不仅可以帮助自己成功，对伊兰德本身也很有利。可惜事情不像他想象的那样发展。

伊兰德连续两年是在大海上度过的，一直持续到初冬，他指挥手下严守边境，打击前来的海盗。他曾去遥远的塔娜地区找食物，恰巧遇到卡瑞里亚人在强抢当地的财物。他凭借为数不多的兵力，抓到了十几个强盗，那些强盗被伊兰德绞死后丢在火堆里焚烧。他还打败了敌军，烧掉了敌人几艘船舶，杀死了对方的水手。伊兰德胆大心细的作风四面传开，士兵们喜欢他的机智，更喜欢他愿意和他们分享战果的作风。以前霍鲁加兰地区的人民基本上觉得自己是孤军奋战，而现在很多士兵和公爵们都和伊兰德结成了极好的朋友。

尽管这样，伊兰德对于艾尔林爵士向北方进行大规模十字军远征计划一点儿忙也没能帮上。的确，特隆赫姆地区的百姓四处炫耀自己在征讨俄罗斯人时英勇的样子。一旦提起那件事，他们都会说到伊兰德。想以此来说明这里的男人十分勇敢，他们的身上依旧保留着古代那种良好的气质。不过胡萨贝庄园的主人伊兰德说些什么、干了些什么，则跟那些成熟稳重、充满智慧的人毫无关系。

克里斯汀看出伊兰德在大家眼里依然是个稚嫩的年轻人——事实上他比艾尔林爵士还大一岁。克里斯汀明白大多数的人都喜欢这样看伊兰德，伊兰德的这副模样令许多人感到满意。不过伊兰德好像也很喜欢这样，心甘情愿地扮演大家希望他扮演的角色。

伊兰德主张同俄罗斯人开战，他时常谈论起瑞典人——瑞典人和我们同君主，但是瑞典人不认可挪威权贵和他们一样尊贵的地位。他质疑说，从有生命的那一刻起，有哪个地方的君主向权贵们募集战斗的资金，而不让他们征战沙场呢？克里斯汀晓得这些话以前她父亲说过，那个时候伊兰德不想和慕南分开，劳伦斯这样劝诫自己的女婿。不！伊兰德此刻在讲——他说出劳伦斯在瑞典的那些贵族亲戚们——劳伦斯清楚瑞典人看待我们的眼光。“如果我们不拿出真本事，做一些什么，未来我们都会变成瑞典人眼里无用的人……”

的确，人们都说这些话有些道理。不过他们接着说到艾尔林爵士。艾尔林爵士在北部有资产。加瑞里亚人毁了布雅科，还抢夺当地的百姓。这次伊兰德用了另一种口气，拿艾尔林开涮，他认为艾尔林爵士没有思考过自己的利益。艾尔林是个高尚、尊贵、有骨气的贵族，不会有第二个人比他更适合来担任这个要职了。真的，艾尔林是个德高望重的人，就像法典上那个最漂亮的烫金字母。众人哈哈大笑，对于伊兰德夸奖艾尔林爵士的那些说辞一句也没听进去，但却都深深记住了伊兰德所说的烫金字母的那个比喻。

错了，他们一点儿都不把伊兰德放在眼里，即使现如今伊兰德被百姓爱戴，那些人依旧和原来一样。伊兰德曾经年少轻狂、一意孤行，把生死放在一边，和放荡的女人同居，即使国王的圣谕和教会把其除名，他依然我行我素。当时人们很介意那些事，为他的恬不知耻而愤怒，纷纷与他绝交。现在大家都淡忘了以前的事情，伊兰德也逐渐得到了大家的宽恕。克里斯汀明白，伊兰德因为这样心存感激，所以才委屈自己，愿意成为大家喜欢的那种人。她明白丈夫被亲戚朋友嫌弃的那一刻一度十分难过。这件事情让她不自觉地回忆起父亲当年赦免一个好吃懒做的男人债务的情景——那个没出息的男人一点儿反应都没有。身为基督教虔诚教徒的我们本应该赦免那些没用的懒汉。人们不再计较伊兰德犯下的罪过，难道和当时父亲的心情一样？

但是，伊兰德早就因为和艾琳同居、非婚生子的事情付出了惨痛的代价。在他没认识克里斯汀的时候，他一直是承担着罪责的。而她却顺从地跟着他犯下了新的可耻的罪行，那么，这是他……

不，克里斯汀不敢继续想下去。

于是，她努力不让自己思考这些她无法控制的烦心事，仅仅去思考可以控制的那部分事情，别的都听天由命吧。只要她可以做到，主都会眷顾她。即使是干旱的年月，胡萨贝庄园的庄稼依然丰收。主给她机会让她有了三个活泼可爱的孩子，每当她在分娩的紧要关头，她都能幸免于难，主还让她继续怀上了孩子。每次生产过后，她都和之前一样健康。当年瘟疫蔓延的时候，村子里有很多可爱的孩子都离开了人世，但是她的孩子们都活了下来。至于小儿子，她坚信他会茁壮成长的。

也许伊兰德讲得很对：他必须这样行事情，一定要舍得用钱。不然他无法和权贵们融合在一起，也无法获得同他的出身和门第相匹配的权力，更无法在君主面前得到更多的财富。克里斯汀坚信，自己的丈夫更懂得如何处理这当中的事情。

那个时候伊兰德和艾琳，包括她自己，纠缠在罪孽的罗网中，如果那个时候的伊兰德比现在的日子好过一些的话，是完全没有道理的。克里斯汀回忆起往事和伊兰德昔日痛苦的样子，难过得几乎想自杀，一脸悲伤……啊！此刻的生活才是幸福的，丈夫仅仅是有点过于乐观和鲁莽而已。

伊兰德是在米哈依日的前夕回家的，当时他还以为克里斯汀可能仍旧卧病在床，没想到她已经能下床到处走动了，甚至还可以出门来迎接自己回家。那个时候克里斯汀抱着小儿子高特缓缓地向自己走来，两个大些的儿子跑在妻子的前面。

伊兰德下马之后，把孩子抱到马背上，接着伸手去抱高特。高特没有拒绝他富有爱意的拥抱，克里斯汀毫无血色的脸上露出笑容——高特肯定认出父亲了。克里斯汀没有问伊兰德旅途上的情况，只是说了下高特又长牙了的事情，孩子长牙那段期间得了很严重的病。

这时，小高特号啕大哭起来了，原来是伊兰德身上的胸针划到了孩子的脸，现在在流血。高特闹着要回到母亲的怀抱，即使伊兰德不断地哄他，小家伙就是哭闹着不停。于是克里斯汀没有问伊兰德是否同意，便把高特抱了过来。

直到天黑，小家伙们已经进入了梦乡，伊兰德和克里斯汀两人坐在厅堂里，克里斯汀这才问了些关于他在卑尔根生活的状况——她好像刚刚想起来问一样。

伊兰德悄悄看了妻子一眼，心里想："我可怜的妻子啊，看着你这副模样，真令人怜惜！"然后他便讲了一点儿无关紧要的新闻。艾尔林爵士向她问好，还托伊兰德给她带来礼品，那是一把生满铜绿的青铜短剑，这把短剑据说是在吉斯克庄园附近的石头堆下面找到的。如果高特的病如他们所料，那么把这东西放在高特身边应该非常有用。

克里斯汀用布包好收到的礼物，费力地站起身来，来到高特身边，把那把短剑放在了孩子棉被下面，和别的物品放在一块儿，其实这里已经堆了许多祈福用的东西：有从地下挖掘出来的石斧，一块海狸油，一个用瑞香木制作的小十字架，先人的银币，还有被称为"圣母之手"和"奥拉夫的胡子"的植物根须。

伊兰德心疼地说："宝贝，去休息吧！"他走到妻子面前，帮克里斯汀更衣，顺便谈了些自己这段时间的状况。

欧格蒙之子哈肯来了。挪威和俄国签订了合约，还加盖了皇印。今年秋季他还要去北部一趟。那边未必会因此而一下子就变得太平无事，瓦尔哥地区急需一个了解当地情况的人去领导。而伊兰德已经被任命为那里的全权军事指挥官，拥有很大的权力。这样才能捍卫边境的安宁。

他用担忧的目光看着克里斯汀。克里斯汀好像有点吃惊，不过也没有多问些什么。很明显，她还没有明白伊兰德这些话的真正内涵。伊兰德察觉到克里斯汀已经十分累了，也没和她过多地谈论这件事情，只是安静地和她待在一起而已。

伊兰德知道自己承担了一项什么样的任务。他暗自高兴，在房间里走来走去，缓缓地把衣服脱了下来。是的，他可不会和别的军事长官一样，抱着金银财宝，整天宴请好友一起饮酒作乐，或者是一边修剪指甲，一边调遣自己的部下和士兵去这儿、到那里。瓦尔哥地区可是一个十分重要的、不同寻常的要塞。

签订协议的芬人、俄罗斯人、卡累利人，那些不同的杂种——都是撒旦的后代，他们必须再次向挪威交税，不能再让他们这些不知天高地厚的家伙去骚扰挪威的农户了——那些农户住得是如此分散，相互间的距离太远了。安宁……也许在将来的什么时候那里会有安宁，但是在自己活着的时候，这个地区要是安宁了，除非是魔鬼都去教堂做祷告去了。此外，他必须通过强有力的领导，牢牢地管控好自己手下的那群人。特别是在春季，当大家都被阴雨天、狂风暴雨和咆哮的海浪及严寒折磨得疯疯癫癫的时候……那时候酒、面粉等食物也短缺了，那些男人们不是为了自己就是为了女人相互吵架和斗殴。在岛上的这段时光不是一般人可以扛过来的，条件极为艰苦。伊兰德十几岁的时候和吉瑟·高尔来过这个地方，目睹了当时士兵们的生活。啊，那种生活可不是为娇小姐准备的呢。

目前掌管当地的人是英戈夫·派特。不过艾尔林讲得也有道理：必须派一个身份尊贵的人去领导大家。不然，不会有人知道挪威君主已经下定决心确立对此地的管辖权。哈哈！伊兰德如果被派到这个地方，就像是一根扎在地毯上的针一样惹人注意。在这个荒无人烟的鬼地方，连一个人也见不到。

英戈夫这个人如果有人能好好加以领导，就能发挥重大的作用。他准备让英戈夫接管自己的一艘船。如今他已经明白自己的船只是最棒的。伊兰德满足地笑了笑。从前他经常对克里斯汀说道："现在我已经有了个船做情人，就只能委屈你了……"

深夜，伊兰德听到孩子的哭闹声后醒了，发现妻子已经在孩子们旁边，小声地哄着一个小家伙。哭闹的是二儿子。由于眼疾的事情，他偶尔深夜会痛醒，无法张开双眼，因此母亲用舌尖轻轻划过孩子的眼皮。伊兰德觉得那样叫人反胃。

克里斯汀温柔地哼着歌，哄儿子入睡。她夹着嗓子发出的声音让伊兰德觉得烦躁不安。

伊兰德回想起自己刚才做的梦，他在海边散步，海水即将退去的时候，他从一块石头上跳到另外一块石头上。远处是一片蔚蓝的大海，白茫茫、亮闪闪的，荡漾着水草——似乎是夏季里的某一天，不见太阳。他发现自己的船舶在海面上荡漾。不远处传来海水的咸味……

他的心情很不好，很是烦恼。像这样深夜躺在一张为客人预备的床上，听着不断入耳的单调乏味的催眠曲，他十分烦躁。他此刻真想离家出走，远离家中这群麻烦的孩子，远离家里的一切琐事：

家务、用人、雇工等，不想再去为她担心，因为她身体的脆弱而担惊受怕……

伊兰德用手按压着胸口。他觉得，自己的心似乎要停止了跳动。伊兰德很烦恼，很想逃离这里，逃离自己的妻子！每次想到自己的妻子伊兰德都觉得喘不过气来，疾病缠身的她，此后将会面临怎样的生活（伊兰德知道，克里斯汀随时有可能会死去），一想到这里，他便感到很恐惧。如果克里斯汀不在了……他不晓得自己能不能有勇气继续生活。不过现在和妻子一起生活，他依然感到难受。如今没办法，他打算躲开她，休息休息。想到这件事他就觉得异常兴奋。

上帝啊……啊！我怎么会变成这个样子！现在他想明白了，克里斯汀，他心爱的人，他这一辈子最爱的人，只有在引诱她的那段期间真正地开心过，后来他只有无尽的痛苦。

他以前觉得，只要能和克里斯汀在一起，在神父的见证下结为夫妻，所有一切坏的东西都会从他的生活中彻底消失——他甚至会不记得自己曾经有过……

他想，大概自己生来应该就是个邪恶的人，身边容不得一点儿真正美好和纯洁的东西。但是自己的妻子克里斯汀，自从摆脱伊兰德强加在她身上的罪恶和污垢以后，就变成了一个完美无缺的人。她的温柔和真诚的品质让每个认识她的人都喜欢她；由于她的原因自己的家业再次红火起来；即使生了几个孩子，她还是那么婀娜多姿，如今拥抱着她，依然有热情和冲动。当伊兰德感到身边有这样一个美好的年轻的躯体时，他觉得，妻子是天使下凡，他不应该去伤害这位天使，让她难过……

伊兰德的眼泪滑落了下来。

看样子神父讲得一点儿错都没有，一个人犯的罪即使洗脱了也会缠着他一辈子；即使和自己喜欢的人过着幸福的生活，也会觉得不舒服，想要逃离。伊兰德希望摆脱现在的状况，去到遥远的地方，离开克里斯汀现在所珍视的一切……

他在泪水中迷迷糊糊开始入睡。忽然又听到克里斯汀起床在房间走动的声音，她又起床了，照看那些小家伙。

伊兰德从床上一跃而起，在黑暗中踩着乱放的孩子的鞋子。他急匆匆地来到克里斯汀旁边，一把抢过妻子怀抱里的小儿子。高特哇的一声，高声哭叫着，克里斯汀用哀求般的声音说：

“孩子马上就会睡着的。”

伊兰德使劲摇了几下哭闹的高特，然后狠狠地在孩子的屁股上拍打了几下。高特的哭叫声更大了，伊兰德大声喝止，高特被吓坏了，顿时停止了哭泣。这种情况他还是首次碰到呢。

“克里斯汀，求求你放聪明点好吗？”他光着上身站在克里斯汀的旁边，气得要死，手里抱着不停抽泣的小高特，整个人感觉要晕过去了一样，“我和你说，你不可以再这个样子了。我们那么多女仆是请来干啥的？这些孩子在晚上一定要和她们待在一起。你不可以继续这样的生活，你这样下去会支撑不住的……”

克里斯汀低声抱怨道：“我想在我活着的时候多照顾下孩子们，你不喜欢看到我这样对待他们吗？”

伊兰德没有听明白。

伊兰德放低了声音，用较为温和的口气央求她说：“你活着的时候就该好好休息。都快天亮了，赶快睡觉去吧，亲爱的。”

伊兰德把孩子放进摇篮里面，给孩子哼了些儿歌，黑夜里又试探着慢慢回到自己的床上。他找到自己的腰带递给高特，腰带上面挂了一些小银片，高特拿在手里，玩得非常开心，镶在腰带上的银片不时发出叮叮当当的响声。

克里斯汀十分担忧地问：“你的匕首拿出来了吧？”高特察觉到母亲在讲话，又哭闹起来。伊兰德继续用粗暴的方式对待他，然后摇了摇腰带上的小银片，高特则再次停止了哭闹，终于安静了下来。

这个小家伙，或许他的父母宁愿他一辈子都这么小——这孩子说不定一辈子都是这个样子。

啊，不，不。主啊，我并非真的这样想，我希望我的孩子都健康平安地长大。啊，啊……伊兰德用力抱紧高特，让孩子的整个身体依偎在他的怀抱里。

他们都是些可爱的小家伙，然而伊兰德一回到家就听见克里斯汀说起孩子，没完没了，看见那些孩子跑来跑去，吵吵闹闹，实在无法容忍。房子很大，不过那些孩子似乎永远都在自己的面前，一分钟也不曾离开。伊兰德满是疑惑，他想起原先艾琳不想照顾奥姆和玛格丽特的时候，自己气得快要发疯。他是个矛盾的人，如今看到这些小家伙们天天黏在妻子的身边，一刻也不曾离开，却极为恼火。

纳克出生的那天，他的确非常激动，因为克里斯汀几乎为他付出了自己的生命，不过却没有了当时看到奥姆的那种感觉。啊，奥姆，多么可爱的孩子。那个时候，即使艾琳成为自己沉重的负担，不温柔，乱发火，和别的男人胡来，也不再年轻，并且伊兰德发现自己即将为冲动犯下的罪付出巨大牺牲时，他依然觉得，艾琳生了奥姆这件事功劳很大，自己不可能丢下孩子的母亲。他觉得，奥姆的出生，让自己有了和艾琳继续相爱的可能。生奥姆的时候，他还不成熟，一点儿也不知道要是孩子的母亲是另一个男人的合法妻子，那么这个孩子将处在怎样的一个地位……

伊兰德流下了难过的泪水，紧紧抱住手中的孩子。奥姆……在他众多孩子之中他最疼爱的就是这个孩子。伊兰德对他万般地思念，回想起以前自己对奥姆所说的每一句粗暴的、未加考虑的话，都十分后悔。当然，奥姆是永远不会知道父亲是多么爱他的。由于奥姆是私生子，伊兰德不能给他名分，不能让他享受应有的待遇；而同样由于这个原因，伊兰德才会严厉要求他，让他更加强壮。并且，那个时候奥姆和克里斯汀关系十分要好，克里斯汀总是用友好的方式处理和奥姆之间的关系。伊兰德有些吃醋，看到克里斯汀的行为，他总觉得这是对自己的一种讽刺。

他记起奥姆离开前的那段时光。奥姆奄奄一息地躺在小房间的干草上，克里斯汀也被认定为活不了几天。仆人们为奥姆准备好了墓穴，还问伊兰德应该把克里斯汀安葬在什么地方，是教堂，还是和她的公公婆婆埋在同一个地方？

啊……回忆就像幽灵一样缠绕着自己。前几十年的生活，全是耻辱，各种不堪回首、唯恐避之不及的往事令他毛骨悚然，屏住了呼吸。如今他终于明白了，待在北部的生活，每天处理各种繁多的杂事，能够帮他摆脱这样的窘境。不过偶尔往事仍会浮现在眼前，自己就像被抽空了一样，无助，伤心。

自从伊兰德和布桑恩爵士分别之后，就再也没见过他们夫妻。他没有胆量见自己的叔叔。如今，他回忆起慕南爵士讲的话，听说庄园里面全是鬼魂，经常出没。庄园里空荡荡的，即使白白送给别人去住，大家也不愿意。

布柔恩是一个胆大的人。慕南爵士说，他把自己的妻子杀死了，不偏不倚对准要害，用尽了全身的力气。伊兰德也觉得，布柔恩比自己还要勇敢。

到冬天，叔叔阿姨两周年的忌日又要到了。起初，庄园里面整整一周都没有一点儿动静，邻居觉得蹊跷，就过去查看，发现布柔恩爵士已经断了气，像是自杀，怀里抱着爱丝希尔德阿姨。就在床前的地板上横着他那把血迹斑斑的短剑。

大家都明白是发生了什么事……不过慕南和弟弟还是打算让两人埋在一个地方，对外的说辞是有人想谋财害命。不过家里的东西一件都没有少，尸体也没有被老鼠咬过，是完完整整地躺在那里。实际上这里并没有老鼠这类肮脏的动物，每个人都认定这是爱丝希尔德会施魔法的确凿证据。

慕南爵士因为母亲的死而深感震惊。此后，他立刻起身去圣詹姆士教堂祷告。

伊兰德回忆起当年自己母亲死的时候，他们从外面回来，把船停在港口，那天的雾好大，好不容易才能看清眼前的路。当载着神父的船驶向岸边时，还伴随着一阵低沉的回声。因为雾气太大，伊兰德觉得什么东西都是湿湿的，就连他的头发和衣服上都有水珠。他们和从没见过的神父以及帮手待在船上，面前只有点粗粮，用来填饱肚子。几个人的样子落魄极了。船儿慢慢地划走，也带走了自己那颗破碎的心。

那个时候他也曾决定要去教堂祷告，但是只想着一件事，他要见母亲最后一面。她有着美丽的面孔和匀称的身材，不过现在她去世了，没有了往日的娇艳，笑不出来，身上已经开始溃烂。在母亲生前，每当她想向伊兰德笑一笑时，她的疮口总是变得水淋淋的，从里面会流出一些透明的液体……

然而母亲的丈夫，也就是自己的父亲却这样对待他们两人，后来发生的事能说只是因为伊兰德年少轻狂吗？所以伊兰德和另一个不懂事的人走到了一起，不光光是伊兰德的原因。他丢掉了自己所有的信念，把对母亲的思念埋在心里。母亲活着的时候是那么可怜，如今死去了，想必可以受到主的眷顾，在天堂过上幸福的生活。而自己和艾琳同居之后，生活却发生了翻天覆地的变化……

美好平静的感觉，在记忆之中似乎就那么一次，那是在还没有结婚的时候，和克里斯汀相处的一个夜晚，美丽的她躺在自己的怀中，像婴儿一样酣睡，伊兰德没有让这种情况持续，做了后悔终生的事情。之后他和克里斯汀结为夫妇，却没有当时的那种感觉了，一直到现在，他仍然找不到那种感觉。尽管他看到，家里的其他人都从他们年轻的妻子那里得到了安宁，但是自己却没有。

如今他渴望去边疆为国效忠。他想去天涯海角，想去狂风暴雨的大海，想去漫无边际的海滩，还有险恶的森林，惦念着那些语言不易听懂的部落、他们的巫术和魔法、反复无常和狡猾的手段，惦念着战争，惦念着大海，惦念着他手中的兵器和他的士兵们兵器碰撞在一起所发出的铿锵声……

他好不容易再次入睡，不过很快又惊醒了过来。莫非是梦境？的确，他梦到他的身边睡着火辣的外国女孩……那是好久远的事情，他差不多记不起来了……当时，他们喝得烂醉如泥，晕晕乎乎的连站都站不起来。如今，他什么都记不起来了，唯独剩下那女人身上刺鼻而又野性的气味。

此刻躺在自己怀里的是柔弱的高特，而他居然做着这样的梦……他非常担忧，不敢睡去，强忍睡意却不敢闭上眼睛的感受实在是煎熬。的确，他是不幸的！恐惧使他变得麻木了，他躺在那里，一动不动，担心得要死，感到胸口的心也在渐渐揪紧。他只希望太阳快快升起来，让他摆脱这一切烦恼。

次日，他让克里斯汀多睡会儿觉。因为他不想再看到克里斯汀病恹恹的样子在房间里面穿行——她那个样子十分可怜。他陪伴在妻子的身边，摸着她的手指。在还没有这些孩子的时候，克里斯汀的身材非常匀称，看起来不光漂亮而且很可爱。如今一点儿肉都见不到了，像患了大病的人一样，全身上下没有了往日的白皙，剩下的只是打皱的皮囊。

今天是阴雨天，外面风雨交加，地面上水花四溅。伊兰德从仓库下来的时候，听见小儿子的哭喊声。他看到孩子们在房子的过道里面打闹。纳克抱着高特，布柔哥夫非要让高特吃活蚯蚓，他抓了一大把蚯蚓。

伊兰德逮住孩子，大发雷霆。孩子们垂头丧气地站在那里听着父亲的训斥。他们说，是阿恩让他们这样做的，如果他们可以让高特把这蚯蚓吃了，高特以后就会健康地成长。

孩子们全身都湿透了，伊兰德怒气冲冲地把女仆叫过来。女仆们急忙赶来，一个从作坊里跑来，一个从马厩里跑来，伊兰德气急败坏地责骂她们一通，接着把高特像捉小猪崽一样夹在腋下，让其余的两个孩子走在前面，气冲冲地把他们赶回到大房间里去。

很快，擦干了身子的孩子们穿着蓝色的节日长衣，心满意足地坐在母亲床前的踏板上。伊兰德搬了一个板凳坐在他们面前，说说笑笑，给孩子们讲故事，抱着他们，想要让自己忘掉那些不堪的记忆。克里斯汀看着丈夫和儿子幸福的样子，非常高兴。伊兰德给孩子们讲了一个关于芬族巫婆的故事，那个巫婆活了两百多年，这个巫婆非常瘦小，缩成一团——就那么小！他将那个巫婆装入了一个袋子里，那个袋子就藏在造船厂的一个木箱中。当然了，巫婆也是需要食物的！每当圣诞节的时候，就会丢给她一条人腿，这样她一年都不用吃东西了。伊兰德骗孩子们说如果他们淘气、捣乱，让虚弱的母亲担心，就让他们和狠心的巫婆一起居住……

纳克说："母亲之所以生病，是因为她想给我们生一个小妹妹。"他为自己知道母亲生病的原因，感到非常自豪。

伊兰德扯住儿子的耳朵，拖到自己的面前：

"嗯，是的，等你妹妹出生的时候我要对那个巫婆说，让她施法把你们统统变成大白熊，让你们去森林里面流浪，把我所有的东西都给那个小妹妹。"

小家伙们恐惧地躲开了，钻到母亲的怀抱里。高特什么都不明白，不过也学着哥哥们的样子，又是叫，又是手舞足蹈地去找母亲。克里斯汀责备伊兰德不应该说这么吓人的故事给孩子们听。不过纳克马上从母亲怀里钻出来，欢快地跑到父亲面前，抓住父亲的腰带，拍父亲的手，玩得不亦乐乎。

伊兰德希望克里斯汀能给他生个女儿，不过伊兰德的这一愿望没有实现。克里斯汀生下了一对双胞胎儿子，又是一次死里逃生的经历。

伊兰德给他们举行了洗礼。为了纪念伊瓦尔和斯库勒国王，伊兰德给这两个新出生的孩子取名为伊瓦尔和斯库勒。家里面从来没有人取斯库勒这个名字，克里斯汀的母亲说，最好不要用这个名字。不过伊兰德坚持认为这个名字最令他感到自豪。

秋天已经临近了，等克里斯汀身体恢复之后，伊兰德就准备离家去北方了。他心里想，最好是在妻子还没有完全恢复好之前离家。从结婚到现在短短的几年里他们不断地添孩子，几乎是每年一个……没有男人不嫌多的。他不愿看到自己驻守边疆时却还要担心妻子因难产而死去。

他察觉到克里斯汀和自己的想法一样，她再也没说伊兰德丢下了她和孩子们远去。她把自己所生的每一个孩子都当作主送给自己的礼物，把经历的灾难看成一种磨炼。不过现在的情形自己也接受不了，伊兰德感觉克里斯汀的勇气似乎全没了。她睡在床上，脸色蜡黄，眼巴巴地看着旁边襁褓中的双胞胎，一点儿快乐的感觉都没有。

伊兰德陪在她旁边的时候，头脑里却在盘算着去北方的事情。快入冬了，在海上航行旅途是很艰辛的，不过他依然渴望离家，在漫长的冬夜开始以前能够抵达那里。虽然也为克里斯汀担忧，但内心的渴望让他顾不了妻子——他跟着自己的心在走。

4

伊兰德担任瓦尔哥地区的军事长官长达两年，其间他除了到布雅科去见艾尔林爵士的那一次外，便一直待在那个地方。伊兰德去布雅科的第二年，阿尔夫之子汉明死了，伊兰德取代了他的位置，成为奥尔克谷地的领导人。海夫特·格劳特又接替了伊兰德原来的位置。

伊兰德在南行之后，开朗多了。这么多年以来他心里始终有个愿望，希望可以恢复原来的名誉。对他来说，能够在他父亲曾经任职的地方当长官是他多年来的夙愿。他虽然并不是有意向这个方向发展，但他心里还是认为，自己要有这样的职位，才配得上他们家族的名望——不管在谁看来都应该是这个样子，即使有些人觉得他和别的权贵不同，那也无妨，就算有不同的地方也不至于到丢人的程度。

不过他也很想念家。芬马克郡的情况比他预期的要好得多。第一年里他觉得很难受，因为什么事情也没有，本想加固工事的，不过什么也没干成。那些工事在17年前就修整过，不过到现在已经全坏了。

到了夏天和秋天，终于又忙碌了起来——在各个港湾，和不少挪威的或半挪威的收税人以及各个地方的通译官会面。伊兰德掌管着两艘战舰，经常带着它们驶向各个地方，大摇大摆地游玩。岛上的房屋大都修缮完整，工事也完工了。这一年，这里仍旧平安无事。

海夫特没有让这种美好的局面保持太长时间。伊兰德哈哈大笑，海夫特在去安尼马的时候和一个外国姑娘好上了，并把那姑娘带到了这边。伊兰德之前曾严肃地劝诫他，让他记得，要每时每刻都记住他们才是当家做主的人。由于这个原因，我们的士兵并不是很多，不要去给自己添乱，外国人之间的纷争不关我们的事，他们有自己的生活。不过也不要忘记自己的职责，勇敢地和强盗搏斗。不要和姑娘有关系，她们实际上是红颜祸水。女人们多的是，在任何地方都可以找到……不过对于海夫特来说，他在受点这方面的教训之前，总是听不进去别人的意见的。

海夫特喜欢在外面游荡，而伊兰德却有点想念自己的家了。他此刻非常想念妻子，想念自己的家，想念孩子们……想念他们的大房子，想念克里斯汀那里的一切。

他听说赖恩峡湾有一艘船搭载了几位神职人员来到了这个小岛上，他们自称来自尼达洛斯，准备到北面去，去外国传教。

伊兰德确信其中肯定有自己的弟弟，而事实正是如此，过了几天两人果然能够见面了。之后，两人终于有了机会单独面对面地坐在一个挪威小庄园的地窖里面谈心。

伊兰德很激动，他和船上的士兵一起做了礼拜，领了圣餐——那是他到北方来以后参加的唯一的一次宗教仪式，如果不把比雅乔尔岛之行算在内的话。瓦尔哥没有教堂，更别说神职人员了。那里仅有的一个执事，在为士兵们服务。

伊兰德和弟弟说话的时候，哥恩纽夫漫不经心地听着，但脸上却有着奇怪的表情。他的表情看起来就像陷入了困境一样，并且是马上就可以解脱，但是现在还没有解脱。

已经到了深夜，大家都入睡了。伊兰德和哥恩纽夫知道他们都没有睡，彼此看着对方，感觉非常陌生。

不远处传来海水击打海岸的声音，时不时有海风吹进来，把火炉中原本快要熄灭的炭火吹得更旺，桌上的烛光也被吹得摇曳不定。这里没有一件家具，伊兰德和哥恩纽夫坐在土砌的凳子上面，哥恩纽夫拿着纸笔，伊兰德讲述了自己这段时间的所见所闻：关于集会的地点、移民的庄园、海上的航标、预报天气的信号以及当地的方言等。伊兰德的话没有逻辑性可言，开口就能道来。哥恩纽夫则在一旁细细地记载着。哥恩纽夫此时也指挥着一艘名为“森尼瓦”号的船，“森尼瓦”是一位圣女，这些传教士把这位圣女奉为他们传教事业的庇护者。

伊兰德说：“希望你们不要和西尔耶人他们一样。”哥恩纽夫报之以微笑。

伊兰德又说：“弟弟，你觉得我不老实，不过你自己呢？这几年来，你都是在四处奔波，刚回到家里，又不计后果地出游，到这个荒蛮的地方来，向魔鬼和他的子孙们布道！你们有语言方面的障碍，我倒是觉得，你好像比我更不老实。”

哥恩纽夫说：“我没有家眷，此刻我什么顾虑都没有。不过哥哥，你和我不同，你是有家室的人。”

“嗯，的确，越贫穷越自在。”伊兰德回答道。

哥恩纽夫说：

“真是人有身外之物，反而被身外之物所累啊。”

“哦，未必。我可以以主的名义起誓。即使是克里斯汀想拴住我……我也不会被庄园和孩子所牵绊。”

哥恩纽夫小声地说：“不要这么说，伊兰德。如果你真的这样认为，你不久就会失去他们的……”

伊兰德笑着说：“错了，我才不愿意和别人一样，每天为庄稼的事烦心。”哥恩纽夫又笑了，他说：

“我觉得你家里的双胞胎是最可爱的孩子。我估计你出生的时候和他们一样——想必这就是母亲最喜欢你的原因。”

兄弟二人分别用手捏住纸板，虽然灯光很昏暗，但是依然能察觉到他们的手确实非常不同。哥恩纽夫的手白白净净，没有戴任何物品，比伊兰德的手纤细许多，但却十分有力道；伊兰德就不同了，手掌宽敞粗大，手上的伤疤一直延续到手腕，手上满是珠宝，像生病的大树一样疙疙瘩瘩。

伊兰德准备牵哥恩纽夫的手，但觉得有些难为情……因此他只是为了弟弟的健康喝了几口酒，由于啤酒的质量比较差劲，他又皱了下眉头。

“你看克里斯汀还好吗？”过了许久伊兰德才问道。

哥恩纽夫稍稍笑了笑说：“我上次回家的时候，她精神状态很好，漂亮极了，就像是一朵盛开的玫瑰花。”沉默了一会儿，他又补充道：“哥哥，我拜托你一件事，今后一定要为你的家人多考虑考虑。克里斯汀说得没错，你应该认同她和艾利夫神父的想法，就等着你答应了。”

伊兰德犹豫不决地说：“我有些讨厌他们说的那件事……何况我今昔已经不同往日了。”

哥恩纽夫说：“你如果听从他们的建议，把你的地产并在一起，凑个整数，你会更加富有。克里斯汀对我说起关于地产的事情，我认为她的建议非常明智。”

伊兰德说：“我相信我们国家没有第二个和她一样善于持家的妇女了。”

哥恩纽夫说："但是最后决定的人还是你。"他小声说："并且你能按照自己的意愿来控制克里斯汀。"

伊兰德从喉咙的深处发出一阵轻轻的笑声，伸了伸腰，打了个哈欠。后来，他忽然严肃地说：

"弟弟啊，偶尔你也和我一样呢。你也支配过她，给她出过主意！有时，还免不了出现这样的事情，你出的主意影响了我们的和睦。"

"'我们'是指你和克里斯汀，还是你和我？"哥恩纽夫慢慢地说。

伊兰德说两个意思都有，到了现如今才发现这个问题，他没那么严肃了："克里斯汀不用像教徒一样虔诚。"

"我用自己能够想到的最有效的方法去帮助她，"哥恩纽夫说，然后又补充道，"也是最棒的办法。"

伊兰德看着哥恩纽夫，他穿着修士的浅灰色的粗布长袍，黑色的帽子挂在后面，在脖子周围和肩后形成一大团皱巴巴的东西。他的头顶没了头发，白净的头上只有外面还有些毛发，那些毛发虽然不多，但非常密集，如同年幼的时候一般。

伊兰德说："的确，我估计你如今不光是我伊兰德的弟弟了，还是世人的弟弟。"他发现自己说的话有些吃醋的意思，觉得有些诧异。

"我希望是这个样子，但是还没能做到这样。"哥恩纽夫回答道。

伊兰德说："主眷顾我。我基本上可以确认，你是为了实现这个愿望才去传教的。"

哥恩纽夫垂下了脑袋，他那双褐黄色的眼睛里流露出某种深意。

他急急忙忙地低声说："也可以这样理解。"

他们打开防寒的毛毯。因为天气实在太冷，屋里也非常潮湿，脱掉衣服睡觉根本无法入睡，于是他们互相说了晚安，就睡觉了，睡在土砌的床上，以免吸到灰尘，土砌的床不太高。

伊兰德一边躺着，一边想着关于家里的事情。来到北部以后，家里的事他就不是很了解了，克里斯汀给他寄过信，不过要很长时间才能寄到这里。信由妻子口述，艾利夫神父代笔——克里斯汀会把神父写的每一个字母都整齐地、漂亮地描出来，不过她不想自己写，因为她觉得对文化水平不高的妇道人家来说，干这种事似乎不太好。

村里面又新修了一座教堂，供奉的是克里斯汀的老友埃德温修士，她在宗教信仰方面肯定是越发不能自拔了。托他的福高特的病完全康复了，克里斯汀因生产落下的疾病如今也好多了。哥恩纽夫之前对他说，里卡之子埃德温的遗体已经转运到了奥斯陆那里，他们让人给埃德温修士写了传记，还记载了他在天堂里为大家带来的好运。他们准备把传记拿给教皇，传颂埃德温修士的精神。百姓们都说，埃德温修士为大家在上帝面前说情，因此他们才健康幸福起来。他们还把埃德温修士的一只手放在教堂里面供奉。

克里斯汀也捐出自己的银脚杯和祖母哈瓦之女芙希尔德留给自己的宝石胸针，并且还让工匠提德肯·包斯打制一个和修士的手一样大小的银盒子，用来装修士的那只圣手。伊兰德离家的第二年，克里斯汀和儿子们跟着艾利夫神父及大批教徒去了山上朝圣。

之后高特的病就好了很多，逐渐能够行走和可以开口讲话了。

如今高特和别的小孩一样。伊兰德打了一个哈欠，儿子茁壮成长，实在是天大的喜讯。伊兰德也准备去供奉新修的教堂。哥恩纽夫说，高特很英俊，长得像克里斯汀。遗憾的是高特不是女儿，不然就可以叫他梅根希尔德。的确，伊兰德现在非常想去瞧瞧自己可爱的孩子们。

哥恩纽夫闭着眼睛躺着，回想起几年前的一个春日，他回到胡萨贝庄园，中途看到家里的男仆，男仆告诉他克里斯汀外出探病去了。

他穿过草丛不断前行。去年落下的枯枝烂叶铺满了小路，一直延伸到水边，溪水潺潺地流着，由于春潮，水声特别响亮。哥恩纽夫在阳光下前行，树叶在阳光的照射下反射出光芒，远处，已有成片的绿茵。

哥恩纽夫继续前行，看到面前的湖泊，水面上倒映着村庄和树林，蓝天就在头顶，白云倒映在水面上，随着水波左右摇晃。沿路开满了五颜六色的野花，十分好看。前面有十几个妇人，但是没有克里斯汀的身影。

他接着走，认出了克里斯汀的小马驹和别的马儿一起在篱笆外的牧场上吃草。哥恩纽夫面前的道路并不平坦，倾斜向下，直到一处凹地。在那个地方，他看到了克里斯汀的身影，她在那里聆听鸟叫呢。哥恩纽夫看见窈窕的她穿着深色衣服靠在墙上，看着小树林，还看到了她那白色的头巾和白净的手。哥恩纽夫下了马，缓缓向前走去。等他近看时，才发现刚刚看走眼了，眼前只有一棵枯死的树木罢了。

次日晚上，仆人们准备到县城去，哥恩纽夫自己驾船。他感觉此时内心非常坚定，从未有过这种感觉。此时没有事情可以打消他此时的念头。

他明白那些困扰自己、让他在意的是埋藏在心里的种子——希望被人爱戴的种子。他大方、谦和，对每个人都很大度，原因是想要得到别人的尊敬。他传播学问，和其他的神父讲话时非常有礼貌，也是因为想要得到他们的好感。他对艾利夫·科丁神父言听计从，是因为艾利夫·科丁是父亲的好友，他明白他想看到每个人谦和的样子。他对奥姆就如同自己的儿子，也是因为这个原因奥姆甚至把他当作自己的父亲。他对克里斯汀就没那么宽松了，因为他知道克里斯汀要的是一个可以帮助自己、让自己能坚定下来的正能量，而非宽慰自己、顺从自己的人。每次克里斯汀向他求救，他都能够确保提供正确的建议，而非把她导入歧途。

不过就在刚才他终于明白：他所做的一切，是希望克里斯汀相信自己，而不是加强她对主的信任……

刚刚伊兰德的那句话，让他彻底明白了，他并非是伊兰德一个人的弟弟，而应该是每个人的弟弟。他只有坚持这样，才能让更多的人幸福。在他还没有成为每个人的弟弟的时候，他只好什么也不说了。

回城后的两周内，他把所有的产业都捐赠了出去，并在布道会修士的修道院里接受了剃度。今年春季，每个人都没想到会发生那样的事情，尼达洛斯的教堂在一个阴雨天遭到雷击，几乎成了废墟。哥恩纽夫努力让神父们同意自己的建议，如今他和奥拉夫还有其他几位神父一起到了北部，给那里的人民带来真理之光。

“主，敬爱的主，如今我放下了所有外物，接纳我吧，让我成为您的仆人。请接纳我、开导我吧——我想做您忠实的仆人，我只有这么做，才能与你同在……”到了那个时候，他的心或许就能重新活过来，就好像当时他在罗马周围的草原里漫步，去那里的每一个教堂祈祷一般。“我的身心都将奉献给主，我要让他听到我的意愿……”

伊兰德和哥恩纽夫睡在同一间草棚里，想着各自的事情，慢慢地都进入了梦乡。火炉里的余火未尽，发出微弱的光芒。次日，哥恩纽夫继续北上，伊兰德准备回家。

伊兰德在海夫特·格劳特面前承诺，顺道去古焦岛，把海夫特的小妹带到南方去。海夫特的妹妹和兰斯维克庄园的阿苏夫之子梭罗夫结了婚——他是伊兰德的远方亲戚。

出发的那天，天气非常好，船跑得飞快。伊兰德在船头观望，武夫在开船。森尼瓦夫人来到他们的船上。她松开头上的丝巾，迎着海风，金色的头发飘扬起来。她和海夫特一样，眼睛是湛蓝的，脸蛋也非常好看，唯一的遗憾是上面长满了雀斑，就连她那双丰润的小手上也全是雀斑。

从第一天晚上伊兰德去接她的时候，他们彼此对视；然后又躲开对方的目光，露出害羞的微笑。从那一刻开始，伊兰德就知道这位知道了自己的心思，而伊兰德又未尝不想摸透她的心思？森尼瓦……伊兰德可以轻而易举地得到她，而她则巴不得这样！

现在伊兰德拉着森尼瓦的手，把她拉到甲板上，恰巧和武夫的目光相对。他察觉到武夫的异样，武夫的目光让伊兰德觉得有点不好意思。他忽然发现自己的这个弟弟在每一次重大事件发生时都不在他的身边，他就这样一直被蒙在鼓里。武夫大可不必露出诧异的表情，伊兰德自言自语说，莫非觉得他会在武夫面前做些见不得人的事情？伊兰德年纪逐渐大了，经历了很多事情，不再像以前那样不计后果地生活了。在北部的时候他虽然没有妻子的陪伴，但他从没干过出格的事情来。他有了自己的家庭，从爱上克里斯汀的那一秒时就认定了要和这个人过一生。而现在对于这些小状况，一般识大体的人都不会去计较。另外他从没在乎过别的姑娘，不过他也明白，和这样一个女子待在一起——和自己极其相似的女子——啊，如果自己有这么邪恶的想法，永远也得不到谅解。话说回来，和森尼瓦共处的期间，未必是件好事。

还好，南方的天气不是很好，多数是些狂风恶浪的坏天气，伊兰德有其他的事情要处理，没工夫陪森尼瓦夫人调情。当船抵达戴诺依的时候，他们被迫下船躲避暴风雨，在陆地上待了几天。在这期间，森尼瓦出格的行为让她失去了在伊兰德心目中原有的优雅。

伊兰德和其他手下与森尼瓦夫人和森尼瓦夫人的女仆住在同一个屋檐下。有一天清晨，伊兰德一个人在棚子里休息，森尼瓦夫人还没有起床。突然，森尼瓦夫人喊伊兰德到自己身边来，说自己的首饰不知道去哪里了。伊兰德不得不和她一起找，而那位贵妇人就在床上扭来扭去。其间，他们有时会四目交接，每一次对视都很诡异，之后森尼瓦夫人一把拉住伊兰德——没错，伊兰德也热烈地回应了，男女共处一室——但是森尼瓦夫人居然主动这样，伊兰德迅速清醒过来，感到非常羞愧，也没脸去看森尼瓦夫人淫荡的表情，随后挣开她的怀抱，一走了之。接着，伊兰德让森尼瓦的女仆到她那儿去。

不行，那真是见鬼了，他是有经验的男人，这样的诱惑是无法让他迷失自己的。色诱别人是一回事，被对方色诱却另当别论。不过他禁不住哈哈大笑，自己逃了出来，前几分钟有一个娇艳的美人主动献身，他却毅然地拒绝，就像修士一样！的确，在海上还真是无奇不有啊，在陆地上也一样。

不行，森尼瓦夫人……啊，他应该时刻牢记另外一个女人……一个他十分了解的女人。这个女人跟着他去肮脏的场所约会……她来的时候是那样纯洁高尚、温柔贤惠，就像一个国王的年轻的女儿去礼堂做弥撒那样。她在小树林和堆放着稻草的屋子里把自己给了他——愿主能宽恕他，伊兰德做这些时丝毫没有顾忌她的出身和名誉。她也为了伊兰德而忘记了这一切，但是要完全摆脱这一切却又根本不可能。在她的身上时时显示出她的家世，即使她并不考虑这一点儿。

“祈求主的谅解，克里斯汀，上帝保佑你，我在你面前立下誓言，我必定会像男人一样信守，不然就是小人，发自内心的。”

抵达埃里亚的时候，森尼瓦夫人在那里有亲人，伊兰德就让她上岸了。还好，分别的时候很和平。森尼瓦夫人看起来并没有太记恨伊兰德。所以伊兰德也不必因此而垂头丧气、忧心忡忡的——两人就当没有发生过什么事情一样，走的时候，伊兰德还送了森尼瓦夫人一些礼物，是几张珍贵的毛皮，可以用来制作外套。森尼瓦夫人还许诺说，伊兰德会看到她穿上这些毛皮制作的外套的。他们以后肯定还会见面。多么不幸的女人啊！她丈夫长年患病，并且年纪也很大了……

此时的伊兰德是幸福的，因为他就要回到家中见到妻子了。更为重要的一点儿是，此刻他心中坦荡，对妻子不用做任何隐瞒。他为自己能够经受住忠诚的考验而感到自豪。伊兰德此刻脑海里全是克里斯汀的影子，她是这个世界上最美丽的女人，是他的女人。

伊兰德到达港口的时候，看到克里斯汀正在到处张望。捕鱼的人已经提前告知克里斯汀了，别的渔夫曾看到过伊兰德的船。克里斯汀带着纳克他们到这里来迎接伊兰德，整个庄园都准备大肆宴请好友，欢迎伊兰德的归来。

克里斯汀异常美丽，伊兰德一见到她，不禁愣住了。不过妻子改变了不少。以前，她每生下一个孩子，就回到了从前的样子——在已婚女子的白头巾下显出某种娇羞、温柔，像修女似的神态，此刻已经全无痕迹了。她现在已经是个成熟的、美丽动人的少妇和母亲。打褶的白色头巾衬托出一张圆圆的脸蛋，她双颊绯红，丰满的双乳，胸前挂着闪闪发光的项链和扣环。胯股变得更为丰满，在挂着钥匙和镀金刀剪盒的腰带下面似乎显得更为柔软。的确，克里斯汀越发美丽了，不再像原来一样病恹恹的，好像任何时候都会死去，就连那双细长的小手也变得白净有肉了。

他们留在维格的修道院院长家住了一晚，次日返回胡萨贝庄园了。这次，当克里斯汀同伊兰德一起到胡萨贝庄园去参加宴会时，克里斯汀容光焕发，一脸幸福的样子。

伊兰德回到家后，克里斯汀的心里装了很多事情要和伊兰德商讨，关于儿子们，关于那个娇惯的玛格丽特，还有对家里产业的安排。不过回家后整日沉浸在欢聚和畅饮之中，这些话也没说出来。

他们不断去别人家做客，宴会一个接着一个，克里斯汀跟着丈夫四处外出，寸步不离。如今伊兰德家里的人越来越多。伊兰德不断地向外发函、派人外出，从他的部下和管家那里也源源不断地有新的信件送来。伊兰德每天都是十分开心的样子，无忧无虑的：他问自己说，他差不多把所有的禁令都打破过，这会影响自己的政治生涯吗？答案是否定的，那些经历给了他成熟的机会。伊兰德非常聪明，从出生的那一刻开始就接受了优良的教育，现在看来这非常有利。他养成了亲自读信函的习惯，并请了一个冰岛人来辅助自己。以前，他喜欢听用人读资料，然后在上面盖章了事，他从来没有兴趣去了解上面到底写了些什么内容——那是在伊兰德外出的这两年间，克里斯汀把他存放在小箱子里的信函通读了一遍后才知道的。

现在克里斯汀变得开朗多了，在不认识的人面前也乐于讲话，从前闷闷沉沉的样子已经不见了踪影。她觉得此刻是自己最美丽的时光，并且这段时间再也不用因为生孩子而疲惫不堪了。有时出去参加宴会，留在主人家过夜，睡在别人的小阁楼里，两人像初次约会一样说说笑笑，嘲笑自己的那些亲戚们，谈论他们的愚蠢行为。伊兰德此时在谈吐方面则显得比以前谨慎得多，他也因此而比以往任何时候都更受欢迎。

克里斯汀从孩子那里也发现了这些：父亲一旦注意到他们，他们就会非常高兴。纳克和布柔哥夫喜欢弓箭、飞镖和斧头之类的玩具。偶尔，父亲从院子经过，会停下来看看他们，然后提醒他们的错误：“宝贝，错了，应该这样做！”指正他们握的姿势，将指头放在正确的位置。此时，孩子们也会异常认真。

纳克和布柔哥夫每天形影不离。二儿子布柔哥夫是孩子中最健壮的一个，虽然年纪排老二，但是和哥哥差不多高，比纳克还壮实。他的头发非常茂密，大大的脸，看起来非常有男子汉气概，眼睛是蓝黑色的。有一天伊兰德有点担心地问克里斯汀，问她有没有发现二儿子的眼睛有点问题，不光近视，还总是喜欢斜着眼睛看东西？克里斯汀倒是没在这方面担心，或许过段时间就好了。布柔哥夫是这些孩子中她最省心的孩子——那孩子是在母亲产下第一个儿子之后生育的，紧接着就是体弱多病的小高特出生。在这三个男孩当中，布柔哥夫身体最健康，也非常聪明，不过话不多的。伊兰德也最喜爱这个孩子。

伊兰德有点讨厌大儿子纳克，原因是纳克在他们还没结婚之前就出现在他们的世界中，而且取了祖父的名字。老三也不是自己理想中的孩子……长了一个大脑袋——这也不奇怪，因为在前两年，他似乎只有脑袋长大了——如今终于变成了正常的人。这孩子，人很机灵，就是说话太慢，一着急就成了结巴，半天吭不出来一个字，玛格丽特总是嘲笑他。克里斯汀十分疼惜小高特——这是一定的。伊兰德发现纳克很喜欢缠在克里斯汀身边，不过高特一年中有一半的时间卧病在床，长得比较像劳伦斯，而且像纳克一样，每天黏着克里斯汀不放。这五个孩子中，高特似乎被夹在了中间，上面的哥哥只顾着自己在一块儿玩；下面的两个孪生弟弟，年龄又太小，一直由奶妈照看着，高特处在这几个孩子中间看起来似乎有些孤单。

如今克里斯汀没有那么多精力去照顾孩子了，她不得不像其他的太太一样，把孩子丢给家里的仆人。不过布柔哥夫似乎更喜欢和男人们一起到院子里跑来跑去。克里斯汀不像原来一样死气沉沉，看着孩子们发呆，胡思乱想。现在，她只要有空，便经常陪孩子们玩耍，和他们开玩笑，逗他们开心。

过年的时候，他们接到一封来信，是克里斯汀娘家传来的，上面盖有劳伦斯的图章，这是父亲的一封亲笔信。是父亲托奥尔克山谷的神父顺路把信带到胡萨贝庄园的——这是几十天前的事情了，当中最让人吃惊的事当属妹妹和佛莫庄园西蒙的婚事，他们过不了多久就要结婚了。

克里斯汀非常吃惊，伊兰德见怪不怪地说，那次别人告诉他西蒙·达尔的妻子去世了，他又接受了安德列斯爵士的遗产，因此现在的状况一点儿都不意外。

5

当初，西蒙的父亲和劳伦斯说好，要把克里斯汀许配给西蒙时，西蒙便按照家长们的意思接受了。孩子们的婚事由家长做主，这是他们家族历来的传统。当西蒙看到克里斯汀那么美丽、迷人时，十分开心。他心里认为，自己应该善待这位美丽的妻子。克里斯汀无论在哪个方面都很优秀，即使劳伦斯是名门贵族，而自己的父亲也是一个爵士，并和哈肯国王走得很近。劳伦斯则不同，远离官场，一生默默地待在自己的庄园里。西蒙觉得，两个出生在这样家庭的孩子结婚的话一定很配。

后来阿尔纳死了，在阿尔纳父母家里的那个晚上……流言蜚语几乎让克里斯汀变成一个无恶不作的罪人。那件事情发生之后，他才发现自己是那么在乎克里斯汀，自己对她的爱超乎了自己的想象。他从没有认真考虑过两人的关系，只是高兴地生活着。他看到克里斯汀的脸上有愧色，羞怯不安，他也没有往这方面多想。后来去了奥斯陆，他才认真思考起来——接着就是被他撞见克里斯汀和伊兰德在旅馆约会的那个晚上。

他无意中看到了不愿看到的场景，特别是在当时，大家都是虔诚基督教徒的时代，他非常害怕，在震惊和担心之余，他马上向家人要求解除和克里斯汀的婚约——他在向自己的父亲以及克里斯汀的父亲谈这些事情时，表面上装得镇定自若，若无其事。

在他违背家族的传统和习俗之后，他又干了件在其家族的长辈看来更为出格的事情：在没有和任何人商量的情况下，就向曼维克庄园已经丧夫的女主人求婚。那个时候他察觉到海福莉太太对自己有好感时，非常惊讶。那位贵妇人的钱财和身份不是自己可以比的，她是贵族的后裔，亡夫也是赫赫有名的爵士。海福莉太太很美，是位尊贵的贵妇，和别的女人站在一起，可以说是天仙了。他要让所有的人都看看，自己会娶到一个更好的女人，他要成为比伊兰德更有权势的人。娶丧夫的女人再好不过了，没有什么负担，现在处女一点儿都不可靠。

西蒙慢慢了解到，贵族的生活并不像自己理想中的那么平静和美好。庄园里大大小小的事情都是父亲说了算，并且父亲的看法往往都不会出错。是的，西蒙在服役期间，曾在皇宫里做过事，那个时候他也在家里从神父身上学到不少东西，时不时觉得父亲的想法不是那么合理。他反对的时候，也会和父亲争执——当然不会是真的吵架，父亲也从没把那样的事情放在心上。长辈们都觉得，西蒙聪明绝顶。别的孩子都没有和父亲有过什么冲突，所以不会反驳长辈说的话。但是，庄园里所有的事都按照父亲说的办，即使是西蒙自己也认为这样是正确的。

他和艾尔林之女海福莉结婚后，一直生活在曼维克庄园，慢慢地领悟到，生活的变数远远超过从父亲口中听到的，而且他发现自己也没有想象中的那么开心。

他一次都没考虑过，自己娶了这么完美的女人，也会难过。他欣赏着海福莉整天在家里走来走去的样子，美得像仙女，温柔大方，每一句话都像抹了蜜一样甜。他还没发现有人会比他的妻子更漂亮。不过即使这样，也有不足的事，晚上睡觉的时候，他异常难受，没有年轻人的活力，像老太太一样，甚至妻子的抚摩也只会令他生厌。由于妻子是一个友好、端庄的人，西蒙不免为自己的想法感到很羞愧，但是心中的那份厌恶感却始终没有消失。

婚后几年的生活，西蒙明白了海福莉一辈子也不能帮自己传宗接代。他明白妻子是最大的受害者，先是死了丈夫，已经够可怜的了。后来他才知道，费恩爵士活着的时候经常对她实行家暴，因她多次流产的缘故，所以现在才怀不上孩子。费恩爵士是个小肚鸡肠的人，看到如此美丽的妻子就心生猜忌。海福莉娘家的人准备让她回去，不过海福莉觉得，不管自己和什么样的人结婚，也不管发生什么样的事情，她都要永远地陪伴在他身边——这是一个基督徒妻子的责任。

但是，她没有给西蒙传宗接代，不管怎么说西蒙都有些介意。两个人生活在海福莉太太的庄园里面，每天都在为她的产业忙碌。西蒙非常擅长理财，但随着时光的流逝，他极为渴望得到祖母的遗产——父亲也准备把它们留给自己。后来他觉得固德布兰斯山谷是自己归宿的地方，莱马利克地区永远不是自己的家。

其他人称呼自己的妻子为海福莉太太，即使她再嫁也没有改变。听到别人这样的称呼，西蒙感觉自己更像这里的总管，而非男主人。

有一天，两个人没事在家里待着，有个用人到房间里面来做事，走了之后，海福莉说：

“我很想知道……我想尤丽恩一定是怀了谁的孩子……”

西蒙正在摆弄着一张弩弓，他正在修扳机。他换了枚螺丝，检查一下弹簧装置，便毫不犹豫地回答道：

“嗯，我是孩子的父亲。”

海福莉一句话也没说。自己能有什么办法呢？不能为西蒙生孩子是今生最痛苦的事情。她安静地待在那里，假装干别的事情。

西蒙此刻非常难过，对于自己刚才的行为十分愧疚。他愚蠢地和女仆有了孩子，并且压根儿都不确定那孩子是不是自己的，因为那个女仆不只是和自己有瓜葛。实际上，西蒙从没有爱过那个女仆，她一点儿都不好看，和海福莉比起来简直就是女巫，但是十分会说甜言蜜语，两个人很合得来。以前他外出晚归，总是那个女仆给自己开门。西蒙刚刚想都没想说出那句话，很担心妻子会责骂自己，不过那是不可能的，因为归根到底海福莉也有责任，他明白温柔善良的妻子不会那么做。说出去的话像泼出去的水，如今他也没办法挽救了。于是，他只好自认是那个女仆孩子的父亲，也不管这孩子到底是不是自己的。

整整一年，海福莉从来没有提过这件事情。后来，有一次她问丈夫晓不晓得那个女仆已经找到了夫家，要搬到波尔格去。西蒙早就知道了，且连这个姑娘出嫁的嫁妆都是西蒙给她置办的。

海福莉问道：“那个孩子将来怎么办呢？”

西蒙说："仍然留给孩子的母亲照顾，像现在一样。"

海福莉接着说：

"不过在我看来，你的孩子应该待在你家里成长，这样做对你们都好。"

"你的意思这里是你的家吗？"西蒙语气不善地说。

海福莉有点吃惊地一愣。

她说："亲爱的，你心里明白我的意思，你是我的丈夫，是我们家真正的主人。"

西蒙走到妻子的面前，轻轻抚摩着妻子说：

"宝贝，你如果可以接受我和别人的孩子，我非常感谢你的宽宏大量。"

西蒙一开始并不打算这样。他见过女仆生的那个孩子，很丑，和自己或者亲人们没有一点相同的地方。另外，他从心底认为那是别人的孩子，却让自己背负罪名。孩子的母亲一声不吭就给孩子取好了名字，和西蒙的母亲同名——阿尔涅德①，这让他极为恼火。不过既然海福莉开口，他也只好这样做了。海福莉把西蒙的女儿带了回来，还雇了一个奶妈来照看她，别人孩子有的东西她都舍得买，如果看到孩子了，也会去抱抱她。西蒙整日和女儿生活在一起，慢慢地也没那么讨厌她了。说实在的，西蒙早就渴望有自己的孩子，如今细细看来，阿尔涅德和自己的父亲很相似。孩子的母亲是个精明的人，在她和庄园的男主人发生关系以后，她此后的行为一直都很检点。如果这样的话，阿尔涅德应该就是他的女儿了，那么海福莉这种安排再好不过了。

①西蒙母亲的名字就叫安格尔德，阿尔涅德是安格尔德的另外一种叫法。

他们婚后的第五年，海福莉终于怀孕了，生了一个大胖小子。海福莉非常开心，不过因为生孩子的原因，她的身体变得很虚弱，家里人都猜测她快要死了。临死的前几天，她看上去精神很好，对西蒙说：

“西蒙，你看，你现在在这里管理的是我们两人后代的家产。”

此后，海福莉的情况越来越糟，她的体温急剧升高，神志一直不清醒，最终她还是死了。她在死前不知道自己的儿子已经赶在自己的前面进了天堂，所以她没有经历丧子的痛苦。西蒙心里想：“她去世了，这未必不是一件好事，因为她以后就不会为孩子的事情流泪了。他应该很高兴，因为儿子已经可以永远地和她在一起了。”

之后西蒙脑袋里不断浮现海福莉和孩子尸体停放在楼上小房间里的画面，自己呆傻地靠在墙上，伤心，流泪。那是在伊万日的前夕，夜晚的天空很明亮，圆圆的月亮照射在海面上，闪耀着银白色的光。向岸边涌过来的粼粼细波发出隐约的汩汩声。西蒙迷迷糊糊地打了几个盹儿，不过时间加在一块儿，还没有超过一个小时。他感到孩子从出生的那一夜开始，到现在似乎已经过去了很长的时间。他是如此疲惫，现在甚至连痛苦都感觉不出来了。

那一年，他才27岁。

夏天快要过去的时候，遗产已经安排妥当，西蒙将曼维克庄园交给了海福莉的堂兄——哈康之子斯蒂格。他自己搬到了兑弗林庄园，在那里度过了一整个冬天。

老安德列斯爵士的身体越来越差，浑身不是这儿疼，就是那里痒，健康状况每况愈下。他的日子不多了，每天都是以泪洗面，觉得自己这些年并不如意，那些出身高贵的孩子们一点儿都不争气。西蒙陪着父亲，岔开话题想让父亲开心些，不过父亲终究还是释怀不了。大儿子的太太是位“仙女”，每天都会制定出诡异的制度，自己的丈夫放个屁都要先通知她，看看可不可以；大女儿的丈夫是个活死人——自己如果提前知道那男人是这般模样，死也不会把孩子许配给这样的人——那个男人一天没死，自己的女儿就一无所有；小女儿西格丽德更让人操心——那孩子现在心都死了，和别的男人生了孩子，而她的哥哥结婚到现在都还没有孩子呢！安德列斯爵士的状况越来越差，年迈多病，泪流不止。另一个儿子古德蒙很反感联姻的事，父亲给他说了多次亲，但是都被他一口给回绝了。现在爵士已经老了，不顶用了，这些孩子们没一个让他能省心的……

从西蒙和克里斯汀解除婚约开始，西蒙的霉运就开始了。这全是劳伦斯的责任，他在别人面前很有威望，但对家里的女人们却那么骄纵。自己的女儿一哭，就慌了神，让人叫来伊兰德，他只是个锦衣玉食的浪荡公子，不等别人同意把孩子许配出去，就和别人的孩子发生了关系。劳伦斯如果可以让克里斯汀听话，那么安德列斯·达尔也可以让自己的孩子们听话。克里斯汀……据说她的孩子已经成群了。

西蒙无奈地笑了出来，说：“的确，是有很多麻烦事呢，父亲。家产会被一点一点地私吞。”小女儿蹦蹦跳跳地进到房间里，他把孩子举起来，抱在怀中。

安德列斯·达尔气急败坏地说：“的确，无论把遗产给谁，也不会给你的孩子。”他喜欢小阿尔涅德，但是恨儿子和别的女人生下她，“西蒙，你不准备再婚了？”

西蒙抚摩着孩子淡黄色的头发说：“现在不准备，海福莉去世没多久，现在不太合适。如果有喜欢的人，我会考虑的，不过现在不是时候。”

接着，他带着弩弓和滑雪板，准备去安静的地方一个人待一会儿。他要去打猎，也可以说是一种发泄，累的时候就在戴夫林的农场里面休息，没有别人打扰，能感受到许久没有感受到的惬意。

突然，屋外传来一阵滑雪板压在冰上发出的吱嘎声，好像有人来了，西蒙的猎犬显出兴奋的样子，屋外还有几只狗也狂叫起来。西蒙出去看，是哥哥基德来了，他体格健壮、身材匀称，长得相貌堂堂，但是不太爱说话。现在，从外表上来看，他似乎比西蒙还要年轻一些，因为西蒙一直都比较胖，结婚后的几年，又发福了。

兄弟二人拿出准备好的食物放在跟前，慢慢享受，坐在炉子旁边。

基德说：“你应该晓得了，托格林就等着父亲去世的那一刻呢，到时候他肯定会大闹一场……现在古德蒙已经被他收买了，海嘉也是一样。那些人不希望看到妹妹分到父亲的遗产……”

“这个我知道，不过，西格丽德会得到她应得的那份遗产的。哥哥，无论那些人怎么从中作梗，结果也是一样。”西蒙回答道。

基德说：“当然，但是如果父亲在去世之前能够亲自把这一切安排好就好了。”

西蒙反对说：“别这样，还是让父亲安静地离开吧。以你和我的能力，绝对能帮妹妹夺回遗产，不让别人欺负她。他们不能因为妹妹遭受了这样的不幸，就去这样对待她……”

西蒙的父亲死后，他们因为财产的事情起了不少争执。西蒙走的时候，只有哥哥基德一个人同他告别，他知道哥哥和嫂子相处得不是很愉快。他和西格丽德去了佛莫庄园，西格丽德帮西蒙料理家务，西蒙则帮妹妹打理产业。

他们返回佛莫庄园的那天，天阴沉沉的，周围的积雪正在融化，河边的树林里已经开满了棕褐色的花。西蒙带着女儿进到庄园里面，刚想进入屋内，西格丽德说：

"西蒙，你怎么那么开心？"

"开心？……"

他想说，之前他非常渴望得到这里的房产，但是如今情况变了。没想到跟着自己来到这里的，除了未婚生子的妹妹，就只有自己偷情生下的女儿——这就是现在跟着他的那些亲人。

在第一年的夏季，西蒙几乎不见任何和柔伦庄园相关的人，他总是想方设法躲开那里的人。

后来，在秋季的马利亚日之后的一个周末，西蒙去祷告，在教堂恰巧遇到了克里斯汀的父亲劳伦斯。神父让他们抛弃掉内心浮躁的东西，他们相互祝福对方。那个时候劳伦斯在他的耳边轻轻地念着祝福语，一种莫名的感觉袭上他的心头，他非常感动。他明白这是劳伦斯发自内心的祝福，而非走过场般的应付。

祷告之后，西蒙就急忙躲开，可是在院子里的系马桩前又碰到了劳伦斯。劳伦斯邀请西蒙到自己家里共进午餐。西蒙推说自己的孩子生病了，现在只有自己的妹妹陪着她，自己要回去照顾孩子。

劳伦斯说了几句祝愿孩子早日康复之类的话之后，就和西蒙分手道别了。

不久后的一天，天快黑了，佛莫庄园里正忙得不可开交：工人们正忙着把未脱粒的谷物搬到仓库里，看样子马上就要下雨。大雨来临之前，大部分的谷物都收拾好了。西蒙穿过瓢泼的大雨准备回房间的时候，一片阳光已经穿过乌云，金晃晃地洒在他身后的住房和斜坡上。在雨水与阳光交汇的地方看到了一个陌生人——是个小女孩，站在阳光下面淋着雨，面前是自己的小猎犬。猎犬跑了过来，扑到西蒙的怀里，脖子上绕着一条编织的绳子。

他一眼就识别出眼前的孩子是富贵人家的小姐，虽然没有华丽的装饰，但穿着昂贵绸缎做成的裙子，面前还有个精致的别针，浓密的头发上束着精美的头巾。女孩看起来活力四射，鸭蛋脸，眼睛大大的，小脸红扑扑的，好看极了，好像刚刚奔跑了一阵似的。

西蒙猜出了那个女孩是谁，西蒙向她问好，还叫着她的名字说：

“兰波，你今天怎么赏脸到这边来了？”

“是这条狗把我带到这里来的。”说罢兰波便跟着西蒙走到房间里面躲雨。这条狗老是往这里跑，现在她要把这条狗给送回来。她知道这是西蒙的狗，因为她曾经看到过，当西蒙骑马外出时，这条狗就跟在后面。

西蒙责备她不应该独自到这个地方来，还吩咐人给他备马，他准备亲自送兰波回去。不过，在此之前要先给她点吃的。兰波立刻跑到西蒙的女儿阿尔涅德旁边，阿尔涅德和西蒙的妹妹西格丽德很快便喜欢上了兰波这个小客人。兰波非常活泼可爱，西蒙心想：“她实在不像她的姐姐克里斯汀。”

西蒙骑着马把兰波送到柔伦庄园的大门口，正准备转身离开，就在这个时候看到了劳伦斯。劳伦斯刚才听说兰波和朋友分开自己出去了，正急急忙忙四处打听消息呢，现在正在往回走，准备召集家人，要四处出去寻找，看起来非常担心。劳伦斯把西蒙请到庄园里面做客，西蒙不得不留下，他又一次到了这个地方，不再觉得不好意思了。过了片刻，他和劳伦斯就恢复到原来的样子，把酒言欢。由于今天天气不是很好，西蒙便同意留在这里过夜。

楼上有两张床。拉根弗丽德给客人安排了休息的地方，把床铺得整整齐齐的，但是这时候却产生了一个问题：兰波是同父母睡在一起呢，还是睡到另外的屋子里去?

兰波坚定地说："不，我要睡在自己的床上。"她接着小声说，"能不能和你一起睡呢，西蒙？"

劳伦斯严厉制止了，说不要影响西蒙休息，不过兰波不同意，非要和西蒙一起睡。后来劳伦斯发火了，说她现在已经不是小女孩，要有女孩子的矜持。

她依然坚持说："不，父亲，我还不是大姑娘。西蒙，你也觉得我是小孩子吧？"

西蒙哈哈大笑说："你是个小姑娘，不过，如果过段时间你再来对我说这件事，那个时候我肯定会是另一种态度。但是小兰波，那个时候你应该已经有自己的丈夫了，你会看不上我的。"

劳伦斯似乎觉得西蒙说得有些过火，他责骂女儿，让她和母亲一起睡觉。不过兰波坚持说：

"西蒙·达尔，你对我的承诺一定要记住，你已经向我求过婚了。"

西蒙笑呵呵地说："好吧，算我没有开玩笑。但是兰波，我估计你父亲不会同意的。"

从那以后，两家人恢复到了从前的样子，经常联系和走动。兰波经常到西蒙的家里，和阿尔涅德一起玩，就好像她把阿尔涅德当成了自己的小玩具。她和西格丽德相处得也非常好，时常帮她做些家务。他们在一起玩乐的时候，兰波经常在西蒙面前撒娇。而西蒙也习惯同这个小姑娘闹着玩，宠着她。

西蒙在这个地方住了两年，西格丽德也找到了夫家，对方是赫斯坦之子吉尔蒙。男方的家庭并不富有，也不是什么贵族的后代。但是他们有自己的地产，不必租田，也算是当地的一家殷实的农户。西格丽德也没有什么更好的可供选择了，她想和吉尔蒙在一起，她的几位兄长也表示同意。因此西蒙为她安排了这次婚姻，在自家的庄园里给妹妹举行了婚宴。

婚礼快要举行的时候，每个人都忙于准备，空不出手来。西蒙说了句玩笑，说："妹妹结婚以后，他不晓得家里的事情会是怎么样。"兰波接口说道：

"西蒙，给我两年的时间，两年之后，我会给你一个温暖的家。那个时候我到了适婚年龄，就能嫁给你了。"

西蒙笑嘻嘻地说："啊，希望不要这样。你这样淘气的孩子，我可不能保证永远控制你。"

兰波反驳说："我父亲说，越是风平浪静，风雨来得越大。我淘气，但是克里斯汀，那么端庄，还不是做了那样的事，你还没有忘记她吧？"

西蒙突然从长凳子上一跃而起，一把把兰波抱到怀里，接着在她的颈部狠狠地吻了一下，在她的颈部留下一个红红的印记。他对自己的举动非常吃惊，自己居然会这样。西蒙松开兰波之后，慌忙抱起自己的女儿，同样地亲吻她，以此来隐藏自己的窘态。接着，他便陪着孩子们嬉戏，四处奔跑。她们在桌椅间躲避着，想要躲开他。最后，他将两人抱到门口的一根木头上，便出门了。

劳伦斯他们一次都没向西蒙提起过克里斯汀的事情，甚至连她的名字都不提。

兰波逐渐长大了，也越来越漂亮了。亲戚们都在帮她物色对象。有人说到瓦德斯·吉斯林家族的艾德莱德公子，劳伦斯和对方都是有权势的家族。原先老吉斯林追随的斯库勒公爵丧失了权利，哈肯把老吉斯林家的地产抢了过来，给了西格尔·艾尔达恩。之后两家人就不断地纠缠，如果能结婚的话，这种情况或许可以消除。伊瓦尔·吉斯林二世通过联姻和买卖的方式重拾庄园，不过依然留下很多争议。劳伦斯也很无奈：他为妻子所争得的那块地产还不及打官司写状纸所耗费的笔墨钱，更不要说在这些事情上所花费的精力。他一结婚就着手张罗这件事情，所以也只能一直这样做下去，把这件事情做好。如果能够把兰波嫁过去的话，这场旷日持久的官司也算是可以告一段落了。

遗憾的是艾德莱德·吉斯林和别人家的女孩结婚了，劳伦斯他们并没有因此而发愁。他们还去那里喝喜酒了，兰波回来之后骄傲地说有好多人对自己表示了好感，都来向父亲打听消息，用各种借口提亲。劳伦斯给他们的回答是，孩子还小，需要再过些日子，听听孩子的看法，然后再说。

因此，兰波的婚事直到她成年后才重新被提上日程。有一天傍晚，太阳快要落山了，兰波和西蒙在一起，去看望刚出生的小奶牛。牛犊的全身都是白色的，但是有一个棕色的斑点。对于小奶牛身上的斑点，兰波说看起来像教堂的轮廓一样。西蒙摸着兰波的头发回答说：

“兰波，我相信这是上帝的旨意，这预示着你不久就要到教堂里去做新娘了。”

兰波说：“是啊，你自己明白，如果你向我求婚，父亲一定不会反对。如今我不再年幼——今年夏天你完全可以娶我的。”

西蒙非常吃惊，不过他装出一副无所谓的样子：

“你又和过去一样胡说八道啦！”

兰波用天真的眼神看着西蒙说：“你懂得我的心意，我没有说笑。我从来都很坚定这个想法。你是我的真命天子，我想和你一起在佛莫庄园生活。如果你真的不喜欢我，干吗老是亲我，还允许我坐在你的膝上撒娇？”

“兰波，我的确喜欢你。可是我从来没有想过能配得上像你这样一位迷人的妙龄少女，我们的年龄差距很大，我比你整整大了17岁……你应该从来没认真地考虑过。等你长大了，也会讨厌我这么一个老男人吧……”

兰波激动地说：“如今我就是最美的状态，西蒙，你现在还年轻，一点儿都不糟糕！”

“但是过不了多长时间我会越来越老，那个时候你就不想和我亲热了。”西蒙说。

她依然那么高兴："这不是问题。"并做出可爱的动作，让西蒙亲她。

"宝贝，你的天真蒙混了自己的头脑，我也不想在你不懂事的时候这样对待你。过些时候你和父亲要外出，等你回来后，如果你依旧喜欢我，那么我就会为获得意料之外的幸福而感谢主和圣母的恩赐……但是兰波，我并不强求。"

当天晚上，他带上猎犬，背着弓箭和标枪跑到森林里面去了。高原上依旧白雪皑皑，西蒙来到自己的牧场，踏着滑雪板，在野猪岭南面的小湖边扎下营帐，在那里待了一个星期打猎。在他准备回家的那天晚上，心里突然有了种不祥的预感。据他对兰波的了解，兰波必会将这件事告诉劳伦斯。当他经过柔伦庄园牧场的时候，看见屋顶上青烟袅袅，火星飞舞，西蒙感觉劳伦斯应该在那个地方，所以便转身走了过去。

他原以为，根据劳伦斯接待他时的态度就可以立刻得知自己的猜测是否正确。但是结果却不是这样的，他们俩坐了好一会儿，谈论着去年夏季的坏天气，谈论着今年什么时候可以把牲口赶到山里面去放牧，谈论着打猎和劳伦斯新买的猎鹰，那头猛禽正在扑打着翅膀停在地板上，虎视眈眈地看着火炉上的烤肉。劳伦斯来这里的目的是想看看牧场上的那间窝棚——有个当地的居民白天路过那儿说，窝棚似乎已经倒塌了。就这样，他们大半个晚上都在闲谈着这些话题。最后，西蒙终于鼓起勇气把话题转到了兰波的身上。西蒙问道：

"不晓得我同兰波有天晚上谈论的一件事情，她是否向你提起过？”

劳伦斯缓缓地说：

“西蒙，我觉得，这件事，你首先应该同我谈一谈……你应该明白我会给你怎样的答复……的确，事实上，我知道你先向兰波说起了这件事，这个我也能理解……对我来说，这没什么区别……结果就是，我很乐意把女儿托付给你这么好的一个人。”

西蒙觉得，事情到了这一步也不用再解释什么了。怪异的是，虽然自己结过婚，但是对小女孩和别人的老婆一直都很尊敬，在别人看来他应该和更加合适的人在一起。不过他还是问了劳伦斯：

“劳伦斯，我没有背着您和兰波偷偷交往，我觉得自己比她大很多，她或许只是把我当哥哥而已，我们认识毕竟有那么长时间了。而你如果觉得我年纪太大，配不上她，我也可以理解。即使结局不是我想看到的，我们依然还是好朋友。”

劳伦斯说：“西蒙，没有人比你更让我满意了，我很愿意把兰波许配给你。你明白我担心自己死后哪个人来照顾她。”这些年来，两个人首次提起伊兰德，“伊兰德并没有我想象中的糟糕。不过我仍然不知道把自己的孩子嫁给他是不是正确的选择，并且我知道兰波喜欢你。”

西蒙说：“兰波和你有同样的想法。不过她刚成年，我觉得她应该再考虑考虑，要是你觉得应该把婚事推迟一段时间，我不打算催促，也不坚持……”

劳伦斯微微皱起眉头，露出不悦的表情：“至于我？我没说非要把女儿硬塞给你……你可以确信这一点儿。”

西蒙急忙解释：“希望你知道，我从没见过第二个比兰波更迷人的姑娘了。劳伦斯，我觉得，自己的后半生能和兰波一起生活是再美妙不过的事情，能娶到这样一位年轻貌美、出身名门的好姑娘是我的幸运。”他接着有点羞涩地补充说：“能够有你这样的岳父我感到十分幸福。”

劳伦斯满意地笑了。

“那么，你是否知道，我对你的看法如何呢？我相信你会好好照顾我的女儿及妥善处理她继承的遗产的，让我和她母亲都不会为她日后的生活担心和感到懊悔……”

西蒙说：“这我可以在主和所有的圣徒面前起誓！”

两人互相伸出手来击掌为誓。西蒙回忆起当年同劳伦斯为类似的事情击掌为誓的情景，依然觉得有点难过。

但是兰波确实是他从没想过的适合的结婚对象。劳伦斯的遗产除了给克里斯汀就是兰波了。成为劳伦斯的女婿，是他梦寐以求的。何况兰波那么迷人、可爱、招人喜欢……

如今他应该有自己的担当。他如果慢慢地等，等到兰波人老珠黄的时候再去求婚，让兰波把青春奉献给别的男人，并且有了子孙后代的时候，那绝不可以。那个时候家人都会说他窝囊，得不到自己喜欢的人，而他也没话可说了。伊兰德或许会健康幸福地生活着——他们那种人大抵都是这样……

是啊，就是说他们现在可以以连襟相称了。自从那天晚上在旅馆相遇争吵之后，他就没有再见过伊兰德。罢了，伊兰德回想起这件事，肯定会更加愤怒吧。

他要和兰波结婚，通过正当的手段。事实上，是兰波主动要求的。

“你很开心吗？”劳伦斯问道。

“开心？我想到了一件事。”西蒙回答。

“西蒙，对我也说说吧，是什么事……我也想开心开心。”劳伦斯笑着说。

西蒙用严肃的目光看着劳伦斯：

“我想的是，我的亡妻海福莉……劳伦斯，我没和别人讲过关于她的事情，除了你。海福莉非常贤淑、善良，我觉得她是这个世界上最纯真的人了。她接受了阿尔涅德，并且付出真心对待她。不过，当西格丽德有了别人的孩子后，她却建议我们让西格丽德躲在家里，然后假装自己有了孩子，等西格丽德生下孩子之后，就说是我们的。那么，我们不必担心没有后代，那个孩子也能过上最好的生活，西格丽德更是可以和我们待在一起，包括那个孩子。我坚信，海福莉甚至都没有意识到自己的这种行为是对她自己亲人的一种欺骗……”

劳伦斯过了片刻回答道：

“西蒙，如果那样你就能得到她的财产了？”

西蒙哈哈大笑说：“的确，很多人都是通过这种手段发财致富的。”

劳伦斯将一顶小帽子戴在老鹰头上，老鹰便在他的手臂上停了下来。

劳伦斯小声地说：“对于一个要结婚的人说出这种话，实在有点怪异。”他好像有点儿不高兴了。

西蒙解释说：“对于你的女儿，我从来没有这种想法。”

“那对大女儿克里斯汀呢？”他突然说。

西蒙立即回答："同样没有。她不喜欢我，不过对我一直都是坦诚相待。她很清楚明了地对我说，她有心上人了，她爱那个人甚于爱我。"

劳伦斯小声地说道："你那么轻易地和她解除婚约真的没有遗憾吗？是不是因为……和那些流言蜚语有关？"

西蒙实话实说："没有，我并不知道什么关于克里斯汀的流言蜚语。"

他们订婚的宴会准备在这一年的夏天进行，而结婚则会等到第二年的复活节之后，也就是在兰波年满15岁的时候再举办。

克里斯汀自从出嫁之后，就再没有回过娘家——这一晃都已经过去八年了。如今她回来了，同时还跟着一队人马，里面有她的老公、玛格丽特、几个孩子、一堆的用人、侍女以及工人，另外还有驮行囊的马匹。劳伦斯驾着马去迎接他们——他们在多孚尔高原上碰见了。虽然说克里斯汀已不再如年少时那样爱哭泣，可是当她看到父亲过来的时候，还是忍不住哭了出来。她拉住了前行的马儿，跳下马背，向着父亲的方向跑过去。到了父亲跟前，她拉起父亲的双手，真诚地轻吻了一下。劳伦斯马上从马背上下来，将自己的孩子拥进怀里，随后与伊兰德拥抱。伊兰德也立即从马上下来，毕恭毕敬地向劳伦斯问好。

次日，西蒙来到雷伦庄园和未来的姐夫们见面。西蒙的哥哥基德·达尔和妹夫吉尔蒙也跟着过来了，但是他们的妻儿都待在佛莫庄园。西蒙已经打算在自己庄园里举办订婚仪式，因此家里的女眷都忙得不亦乐乎。

在两个人碰面的时候，西蒙与伊兰德轻松地问好，显得很自然，挺大方。西蒙极力克制自己，而伊兰德则十分开心，谈笑风生。西蒙觉得他肯定不记得他们那次碰面的地点在哪里了。之后西蒙和克里斯汀打招呼，两人都有点不太好意思，目光只是对视了一下便避开了。

克里斯汀心想，西蒙比以前老了好多。虽说他以前比现在要胖一些，颈部也没有现在长，却依然能算作帅气的男人。他的那对暗灰色的眼珠在厚实的皮层下看起来有点小，嘴也一直不大，孩子气的脸庞上有两个大大的酒窝。但他皮肤很干净，脑袋有些大，发型和原先一样，只是颜色变深了，面庞暗黑，令人惋惜。眼角也出现了褶皱，脸庞有点稍显肥胖了，而且还是双下巴。他的身体也发福了，肚子稍有突出。看他这情况，夜晚估计不太可能再去爬到自己心爱人的床头轻轻说着暧昧的话吧。克里斯汀不由得替妹妹感到惋惜起来，她很可爱而且平易近人，正处在妙龄阶段，且长得楚楚动人，现在因结婚的事情开心得像个孩子一样。第一天，便领着克里斯汀看那些她出嫁时的橱柜与西蒙的聘礼。她还告诉克里斯汀自己通过西格丽德了解到佛莫庄园他们婚房里面准备了昂贵的首饰盒，盒子里还有十多条非常名贵的金丝麻帽，是丈夫准备送她的礼物。令人心疼的孩子，她明白结婚意味着什么吗？克里斯汀对自己的妹妹了解甚少。兰波以前去过胡萨贝庄园几次，其间都不是很高兴，总是在那儿闷闷不乐，一脸忧愁。她讨厌姐姐的丈夫伊兰德，也讨厌年龄相仿的玛格丽特。

西蒙本来想到，克里斯汀生了那么多孩子，肯定会稍显苍老。

可是他没料到的是克里斯汀依然年轻貌美，身材还是如此笔直，走起路来也落落大方，但走路却较原来稳重了很多。她依然是最美丽的母亲，身边依偎着她的孩子们。

她身着深黄色的羊毛衫，上面编织有很多天蓝色的鸟儿印纹。西蒙不禁回想起以前克里斯汀亲手织衣服时，他轻靠在织衣机旁的景象。

客人们都到大厅的餐桌前准备坐下了，可这时出现了一些小插曲，双胞胎兄弟斯库勒和伊瓦尔突然哭了起来，坚持要按照在家里的方式，坐在母亲与奶妈中间。劳伦斯觉得，兰波座席如果比用人和侄子们低的话，难免有些不合规矩，于是他让兰波和他一起坐在上席，再说她马上也要出嫁了。

从胡萨贝庄园来的孩子们有点坐不住，好像一点儿都不了解餐桌的规矩。宴会一开始，一个浅黄色头发的孩子就偷偷跑到餐桌下面，跑到西蒙倚靠着墙的凳子旁边，喊道：

“西蒙姨父，我可不可以瞧一瞧你腰间那个奇怪的盒子？”话语十分稳重和正式。他对那个装匙子和两把小刀的镶银盒子产生了兴趣。

“没问题，孩子，你的全名是什么啊？”西蒙微笑着问道。

“姨父，我是伊兰德之子高特。”小孩子回答道。他将手里的肉拿起来，随手丢在西蒙的礼服上面，拿出盒子里的刀子，认真地观察着。之后便拿走西蒙正在使用的刀子和勺子，将它们放在了原地方。估计他想好好尝试一下每种小玩意儿放在鞘里面的样子。他做得十分认真，弄得手指和脸上都是油腻。西蒙笑呵呵地看着那张漂亮而又一本正经的小脸蛋。

过了一会儿，大儿子和二儿子也都坐到了男人们的旁边，之前哭泣的两兄弟这时也偷偷跑到了桌子底下，在大人们脚下穿行，很快就跑了出去，去玩弄炉子旁边的一只小狗，一会儿又钻到桌子的下面。如果再不管这几个小家伙，客人们被这几个小孩弄得都没法吃饭了。尽管爸妈们一次次斥责孩子，要他们不要吵闹和到处乱跑，可他们一点儿都不听话。爸妈笑笑之后便作罢了，似乎认为孩子的动作并无多大影响。之后劳伦斯严肃地叫来男用人，将小狗拉到一楼屋子里，方便大厅的客人们交谈，伊兰德和克里斯汀压根儿没有注意到父亲的情绪波动。

胡萨贝庄园的人被安排在楼上休息，因此吃完饭给男人们端来饮料时，克里斯汀和她的女仆们将孩子带到一个房间，脱下衣服。吃饭的时候，孩子们的身上都洒满了汤水，克里斯汀想为他们清洗一下。但是小孩子们又不愿意洗，大孩子又都玩起了水。孩子们都在房间里跑来跑去的，她们跟在后边，给他们脱衣服。洗好之后，他们来到床上，继续打闹着，吵吵闹闹的，将床上的枕头、被罩扯得到处都是，弄得房间里尘土飞扬，满屋子里都是干草屑。克里斯汀毫不在意地说道："孩子们来到一个新的地方，总会如此高兴。"

兰波走出房间，为西蒙送行。她要趁着春天的夜色和他一起在篱笆之间的路上散会儿步。基德和吉尔蒙走在前面，西蒙和兰波道别之后上了马，又返回来紧紧抱住兰波，兰波娇柔地哼了一下，心头充满了幸福。

他对兰波悄悄地说："愿你一切都好，亲爱的，你是这个世界上最美的新娘，在你面前我实在惭愧。"

他消失在月色里，兰波久久地站在那里看着他离开的背影。然后，摸了摸自己的胳膊——西蒙抱得太用力，把她压得有点痛。她沉浸在自己的喜悦之中，三天之后自己就是西蒙美丽的新娘了。

劳伦斯站在孩子们的床前，看克里斯汀照看孩子们，哄他们睡觉。老大和老二年纪不小了，看起来非常瘦弱。不过双胞胎就不同了，白胖白胖的，看起来圆嘟嘟的。孩子们在床上酣睡，小额头上溢出了汗水，一副安详的样子，看起来非常舒服。劳伦斯看着这几个长得既漂亮又健康的外孙，就是有点太淘气，不懂礼貌的程度是他从来没有见过的。还好西蒙家的女眷没有到家里来，不过现在对于克里斯汀来说孩子们的坏毛病应该也不是什么好事……劳伦斯轻轻地叹了口气，在孩子们的头上画了个十字。

西蒙和兰波的结婚大典举办得非常隆重、热闹，新郎、新娘两个人也极其开心。大家都觉得兰波的美超过了当初结婚时的姐姐克里斯汀——兰波虽然没克里斯汀那么有魅力，但兰波属于那种天真烂漫的类型，她充满童真的眼神令大家相信，她今天戴上黄金的婚礼花冠是当之无愧的。

次日，客人去看望这对新婚夫妇，兰波此时已经换了主妇的装扮，高兴地坐在靠椅上面。大家一边说着俏皮话，一边看西蒙为自己年轻的太太梳妆打扮。兰波拉着西蒙的手，骄傲地走到众人面前，大家不断地喊叫，兰波有些不好意思，小脸通红。

在这个小地方，两个身份相当的家族缔结婚约，实在少见。追述起来，人们发现他们还有些共同的亲戚。因此大家都觉得这是件大喜事。

6

克里斯汀再次回到柔伦庄园的时候，立即察觉出家里的装饰有了很大的变化，感觉气派了很多，上席旁边的圆柱用其他图案的柱子替代了。以前的圆柱上有人头图案，不过家里人都觉得那两个图案很难看，因为年代已久。到了节日的时候，大家会在柱子上涂上油，还泼点啤酒在上面。劳伦斯在换过的圆柱上刻了两个英勇的士兵，上面还有一个十字架。他说这个人并非圣奥拉夫，认为这样的人不适合放在家里供奉，祷告的时候倒是可以用用。他说那两个士兵是保护圣奥拉夫的人。当时旧的柱子是劳伦斯亲手砍掉拿去烧的，其他人摸都不敢摸。主人终于同意仆人们在节日之前将食物送到柔伦庄园墓地的那块巨石上——劳伦斯终于也感觉，从人们在这里居住的时候开始，那个墓地里的死者就已经是人们祭祀的对象了，如今如果不去祭祀的话好像说不过去。他死的时候，基督教都没有传到这里，因此如果他是异教徒也不是他的错。

人们不是很喜欢劳伦斯的做法。就他自己来说，因为有钱有势，每个人都给他面子。他非常擅长理财，家里也很殷实。人们假设过，这里如果由其他的人来掌管——没有他热爱宗教、没有他真诚、对神父们有些吝啬的人，应该就没那么好运了。

并且大家觉得，埃里克神父一旦过世之后，柔伦庄园同神父的关系会不会有所改变。神父年纪渐渐大了，急需一位帮手，他提名孙子宾坦担任这个职位，不过劳伦斯似乎有些意见，在神父面前说了些妨碍的话。

大家都觉得这件事他做得不对。虽然很多年前，宾坦或许对克里斯汀做了些冒犯的事情，让她害怕，不过没有人相信这是单方面的，克里斯汀或许也有自己的问题。实际上她真的不像看起来那样羞涩。但是劳伦斯觉得自己的女儿是全天下最好的，把她看作圣女一样，过于偏袒。

所以，此后埃里克神父渐渐疏离了劳伦斯一段时间。后来梭尔蒙神父接替了新的位置，马上就和劳伦斯划清界限，认为那些地产本应该是教会的，而关于教会地产的事只有劳伦斯知道得最多，所有的买卖他都在场。关于这件事最后总算有了个了断。之后两个人一直有矛盾，不过埃里克神父他们几乎算是和劳伦斯住在一起了，因此常常去和劳伦斯聊天，谈谈新来的人做出哪些冒犯他的事情。劳伦斯一家人把埃里克神父他们当作真正的神父，关爱备至。

克里斯汀以前听圣布庄园的亲戚波嘉说，他和特隆赫姆地区的一个女人结婚了，还去了克里斯汀家里很多次。特隆德·吉斯林前段时间死了，大家都不觉得难过，因为那是个极为讨厌的家伙，小气，懒惰，并且怪病缠身。只有劳伦斯对特隆德·吉斯林好，他怜悯这个人以及同情他的太太葛德丽。现在两个人都进了天堂，几个孩子待在家里。还好那些孩子都很争气，英俊潇洒，年轻有为，似乎每个人都觉得两人死去没有什么不好的。那些孩子们和伊兰德十分要好，伊兰德 年会去看望他们几次，还和孩子们一起去狩猎。不过波嘉对克里斯汀说，你的父母如此虔诚，这样进行忏悔祷告、自我折磨，有些不合逻辑。他们对自己要求十分严格，并且不怎么喝酒了。大家都不知道这是什么原因，没有人会觉得劳伦斯也有犯罪的时候，在大家眼里，不会有第二个人像他一样虔诚了。

克里斯汀猜想父亲这样做的原因，为什么父亲会这样热衷于去接近主。不过她没勇气沿着这条思路继续往下想。

实际上她明白父亲和从前不一样了，只是没有说出来而已。他看起来状况还好，还是很健康的样子。虽然头发已经是白色了，不过年轻的时候父亲的头发就是浅色，因此没有人注意到这个变化。她的脑海里深深地印刻着父亲年轻时的画面——饱满的额头，由于打猎或者劳作而满脸红光，厚厚的嘴唇向上弯曲。那个时候的美男子如今成了个小老头，失去了原来的光泽，没有生机，脸上也不饱满，皱纹很深。的确，父亲老了，不过，从另一个角度来看，也不算太老。

劳伦斯一向为人平和，处事审慎，而且还喜欢思考问题。克里斯汀知道父亲一直都很喜爱那些经书，经常去祷告，喜欢用罗马人的语言来祈祷，他觉得教堂是自己最喜欢的地方。不过大家都感觉到，在这个性格温和的人的心灵深处有一种勇敢的精神，一种对生活乐趣的期望在悄悄地掀起汹涌的波澜。但是现在，他不再和从前一样了，这海似乎已经退潮了，把他心灵中的东西都给卷走了。

克里斯汀到了柔伦庄园之后，很少看到父亲喝醉，唯一的一次就是在佛莫庄园的结婚典礼上，劳伦斯摇摇晃晃地走着，连话都说不清楚，不过好像并不怎么高兴。她回忆起从前父亲在外面参加宴会和别人说笑的时候，总是那么兴奋，拍桌子、鼓掌，非要和健壮的人比谁的力气大，赛马和参加舞会的时候即使出丑也不会觉得不好意思。每个人都觉得他是个开心果和值得交往的朋友，喜欢和他这样狂欢。

她也发现，伊兰德是从来没有这样开怀畅饮的，因为他好不容易才控制住自己，即使是在头脑完全清醒的时候，他也总是想到什么就干什么，很少会在行动前先思考一下。不过伊兰德在喝烈性酒方面是个比较有节制的人，主动喝酒的原因只有两个，渴了或者和喜爱的人在一起，不过还是不喜欢多喝。

但是，如今劳伦斯和原先很不同了，不再贪杯，心里的热情也熄灭了，酒精不再是他抒发情绪的途径。他认为不开心的话不要喝酒，一直都是这个样子，在他的观念里，喝酒是需要好心情的。

劳伦斯通常是采用其他的方式宣泄自己内心的苦闷。克里斯汀回想起那件痛苦的事情，火烧教堂的时候父亲的表情。他站在那架他从火堆中抢出来的耶稣十字架旁，将身子靠在上面。她没有仔细想过这件事，但是也猜中了几分：父亲在担心自己和伊兰德的未来，为自己在这些事情方面的无能为力而感到痛苦——正是这些心事，在某种程度上才使劳伦斯变了模样。

这种想法让她无法呼吸，她的内心感到极度不安。由于去年冬季的忙碌，也由于她对伊兰德那种不顾将来生活方式的放纵，在她回娘家时就已经疲惫不堪了。这段时间她都是神经紧绷，觉得自己没本事，管不了丈夫做出那些愚蠢的行为。她晓得伊兰德不会管家，并且在这一点儿上他一辈子都不会改变。他对资产没有一点儿概念，资产在他的管理下一天一天减少，到最后只剩下一点儿。其间她和伊兰德商量过按照自己和艾利夫神父的想法来经营自家的产业，不过她如果每天都和丈夫说这样的事情未免太招人厌，并且到了现在她自己也不再像从前一样单纯，慢慢喜欢上了和伊兰德一起过奢华生活的感觉。她困在自己这种思想里面，身心疲惫，而且还有更致命的一点儿——因为天性，她对这种双面的性格非常恐惧。

她天真地认为到了自己长大的地方就可以拯救自己。

遗憾的是，现在依旧不能平静。伊兰德如今是一地方的长官，每年领取丰厚的俸禄，正如水涨船高一样，他的开销也更大了，雇了很多帮佣，还养了一大批谋士。如今，工作上面的事情他都不和克里斯汀商量，她也明白伊兰德不喜欢被自己干涉。在外人面前，丈夫经常说自己在外面的经历，而在自己面前，却连一个字也不说。不光是这样，当官之后，伊兰德去拜见了英歌伯柔太后和克努特·波斯爵士，不过压根儿就没提要带妻子同行。现在克努特爵士成了公爵，英歌伯柔太后也变成了他的妻子，这让挪威民众无法接受，一些人还采取了极端行动。克里斯汀对此了解得不是很多，不过卑尔根的神父秘密运来了几个箱子到家里来，现在已经转移到了伊兰德的战舰上。伊兰德听到消息之后，准备过些日子去丹麦，并要求克里斯汀和自己一起去。不过克里斯汀不愿意，她晓得伊兰德让自己去的理由不过是自己出身高贵，她不喜欢和权贵们来往，担心出什么意外，最终还是没有答应陪伊兰德一起去——即使去了那个地方伊兰德也不会受自己的管教，她担心自己一个妇道人家，参与男人们的聚会，有些失礼。同时她有晕船症，大海对她来说简直就是噩梦。

因此，就这样，她一直忐忑不安地住在娘家。

有一天，克里斯汀跟随父亲出门到史基恩，她再次看到了那个珍贵的东西——黄金马刺，很重，看起来有些年代了。这里的每一个人都知道这个马刺的来历。

很久很久之前，圣奥拉夫给当地的居民举行洗礼，这里的大美女奥德希尔德被骗到森林里面，并囚禁在了山里。人们为了救她出来，每天在山上撞钟。过了几天，她披金戴银地从森林里缓缓走出，不过遗憾的是大钟后来掉到了山崖下面，听不到钟声的奥德希尔德最终只好返回到山里面。

过了许多年后的一天深夜，有一些武士到了教堂，他们穿着昂贵的盔甲，骑着优良的骏马，问了才知道，他们是奥德希尔德和山神所生的孩子们，他们请求神父按照基督教的仪式把母亲埋葬在教堂旁边的墓地上。据孩子们说奥德希尔德是位虔诚的教徒，即使在山里，她仍竭力保持自己的信仰，恪守宗教的礼仪，所以她临死前恳求得到恩典。不过神父还是没有答应他们的请求——因为这个原因神父非常愧疚，到死也不能原谅自己，并且死了之后灵魂无法安息，似乎为自己犯的错难过。还是那天夜晚，奥德希尔德的孩子们代表母亲去看望外公外婆，第二天，便在院子里面看到了那个马刺。山里的那些人至今还认为他们是史基恩那一家后代的亲戚，因为那一家人在山里总是特别走运。

劳伦斯和克里斯汀在清朗的夏季夜晚赶着路，他对女儿说：

“奥德希尔德的孩子们也会念母亲生前常念的经书。他们因为不能提及主的名字，所以就将‘我们的父亲’和‘我信仰主’改成了‘我相信那个全能者，信仰独生子，信仰最有威力的神’。他们也念着：‘我们崇敬你……太太，你是最幸福的女人……你的孩子都将得到幸福，给世界带来福音……’”

克里斯汀担忧地瞥了父亲那沧桑的脸一眼。在夏夜的幽光中，那张历经风霜、饱受烦恼和忧愁折磨的脸庞显得很憔悴，整个人看起来也很疲倦，克里斯汀以前从来没见过父亲这副模样过。

克里斯汀小声地说："以前你没对我讲过。"

"没有讲过？啊，是的，估计是我担心你还没长大，不想让你因此而产生一些和你年龄不相称的不愉快的想法。埃里克神父曾说，有书上记载：不仅仅是人类在为痛苦而叹息……"劳伦斯回答。

一天，克里斯汀坐在通往楼上房间的最高处的一个台阶上忙着缝补衣服。突然，西蒙骑马过来了，在院子里停了一会儿，不过没有看到克里斯汀。劳伦斯他们都出来迎接西蒙。但是西蒙没有从马上下来，他只是经过这里，来看看罢了。兰波让他路过这里时，瞧瞧自己的宠物小绵羊有没有被送到山间的牧场去。兰波想把它带过去。

克里斯汀看到父亲此时直挠后脑勺。是啊，兰波的宠物小绵羊，他无奈地笑了。真的很糟糕，他希望兰波忘了它，因为前几天自己送给两个大点的外孙一人一个小斧头，结果他们干的第一件事就是把那只羊杀了。

西蒙嘲讽地冷笑着说：

"的确，这些小家伙们……真像强盗一样。"

克里斯汀急忙踩着楼梯跑到大家面前，拿出自己随身佩戴的小剪刀。

"这样吧，你把这个送给兰波吧，就当我替孩子们赎罪。我晓得她从小就一直想要这把剪刀。可别让人家说我的儿子是……"

她在气头上说了这些话，但立刻就不说了。她看到身旁的父母脸上都挂着惊讶而又不满的表情。

西蒙没有收下克里斯汀的剪刀，好像觉得气氛不是很对，感到很窘迫。这个时候他看见布柔哥夫，就跑到他旁边，俯身把布柔哥夫抱了起来，坐到马上：

“啊……你就是那个小强盗，是在这儿攻击我们的村子吧？好吧，如今你被我抓住了，让你的父母准备好赎金，明天过来和我谈判吧……”

说罢，西蒙就哈哈大笑地转过马头，挥手离开了，布柔哥夫在马上大笑不止。伊兰德的儿子们都很喜欢西蒙。克里斯汀回想起以前西蒙就很喜欢小孩，当时自己的两个妹妹都很喜欢他。她感到很难堪：西蒙如此包容孩子，和他们开玩笑，陪着他们玩耍，然而伊兰德却见不得孩子们闹腾，甚至根本不会在意孩子们说些什么。

次日，大家都到了佛莫庄园，她发现西蒙把孩子带了过来，妹妹有点不开心。

拉根弗丽德说：“没有人会觉得兰波现在的年龄会愿意和孩子们待在一起，要知道，不久前她本身就是一个小孩子。我相信过段时间，情况就会完全不同了。”

“我也相信！”西蒙和拉根弗丽德彼此交换了一下眼色，会心地笑了出来。

“噢，原来是这么一回事！”克里斯汀心想：“的确，他们两个人结婚也两个月了……”

心烦意乱、思绪万千可谓对克里斯汀此时状态的最好描述，因此她不得不迁怒于伊兰德。伊兰德在这个地方生活期间，自由自在，非常开心，像小孩一样没有负担。他和拉根弗丽德关系非常好，并且更尊敬劳伦斯。劳伦斯也很喜欢伊兰德，然而克里斯汀就喜欢多想，总是疑神疑鬼，认为父亲之所以对伊兰德好是因为宽容伊兰德，就像他平时看见比自己弱的东西总是忍不住怜惜一样。可是他对待西蒙的态度则不是这样：他和西蒙的关系不光是亲人，而且是朋友。虽然伊兰德在年龄方面和父亲更为接近，不过西蒙与劳伦斯之间更像朋友一般毫无顾忌。但是在伊兰德想要娶克里斯汀的时候起，便将劳伦斯当成了长辈，劳伦斯也感觉他更像一个晚辈。而且他们似乎从没想到过改变这种局面。

西蒙和伊兰德见面的时候也很热情，不过两个人联系不多。克里斯汀在西蒙面前仍然感觉有些难堪，毕竟西蒙知道她可耻的过去。几年前，西蒙把自己让了出来，自己和伊兰德却因为做出出格的事而陷入深渊。伊兰德如今竟然好像忘记了这件事一般，令她更加生气了，所以这段时间克里斯汀总是对伊兰德恶语相向。如果伊兰德心情好的话便不和她计较，但是这样一来克里斯汀却反过来觉得伊兰德不在乎自己，更是怒火中烧；如果伊兰德心情不好，和她争执发火，克里斯汀说出的话就更难听了。

有一天晚上，大家围坐在老房子的炉子旁边休息。劳伦斯平时最喜欢待在这个地方，特别是在阴雨天的时候。因为新房子的二楼还有房间，所以一层的天花板是平顶的，若在新房中烧炉子，炉中的浓烟因不易散出去，很呛人。而在老房子里，炉子中的烟可以直升到屋梁，即使是天气不好，而关上排烟气窗也不碍事。

克里斯汀像从前一样安静地待在一边做针线活，看起来不是很开心，郁郁寡欢。玛格丽特在旁边帮忙，好像睡意来了，伸了好几个懒腰。儿子们在房间里面闹腾。拉根弗丽德去兰波那里了，家里没什么人。劳伦斯和伊兰德在一起下棋，安安静静的，一句话都不说。其间伊瓦尔和斯库勒争抢着家里的小狗，似乎是想把小狗一分为二。劳伦斯走到孩子们的面前，制止了他们，把汪汪叫的小狗从孩子们的手中夺了过来，然后又一声不吭地走了回来，接着和伊兰德下棋，把小狗抱在膝头。

克里斯汀停下手中的活，走到伊兰德跟前，一只手搭在伊兰德的肩膀上，看两人下棋。伊兰德的下棋技术和劳伦斯根本不能比，几乎没有赢过，不过他一点儿都不在意，今天的表现更糟糕。克里斯汀在一旁不断地埋怨伊兰德，语气也不太好。后来劳伦斯气呼呼地说：

“你在一边不断唠叨，伊兰德如何和我下棋啊？克里斯汀，你站在这儿干吗？没事的话去做些你喜欢的事情，你对下棋又不懂！”

“是这样的，在你看来我是什么事都不懂。”克里斯汀回答。

劳伦斯斥责道：“我没搞清楚一件事——你明不明白作为家庭主妇应该怎么对待自己的丈夫？你最好去看看你的孩子们，不要让他们继续没完没了地争吵下去了，好像发疯了一样。”

克里斯汀气冲冲地跑到孩子面前，让他们待在一起，自己陪在他们旁边。

她说：“孩子们，都给我老老实实地待着，外公生气了。”

劳伦斯惊讶地看了克里斯汀一眼，一句话也没吭。过了一会儿，奶妈过来了，克里斯汀和她一起把孩子们带到了房间外面，让他们去睡觉。屋里只有劳伦斯和女婿两个人，伊兰德说：

“父亲，希望您不要再用这种口气和克里斯汀说话。她有时不开心，对我发发脾气或许会感觉好一点儿；还有，和她讨论孩子的事情永远是无效的，她很溺爱孩子们……”

劳伦斯说：“那么，你准备让她这样培养那些孩子吗？你的用人呢？你请了那么多用人，却没见到她们照顾孩子。”

伊兰德无奈地说：“我估计她们已经和你们家的男仆厮混到一起去了。不过我可不敢对克里斯汀说她使女的闲话，一说她就发火，说我们两个人没有资格议论别人……”

次日，克里斯汀在庄园南边的草地上摘草莓。突然，劳伦斯从老远的锻工场的门口喊她过去。

克里斯汀很不情愿来到劳伦斯面前——估计又是因为儿子们：清晨的时候，孩子们淘气，打开了大门，结果把还没进山的牲口全都放到大麦田里去了。

劳伦斯从炼铁的炉子中夹出一块已经烧透的铁块，将它放在铁砧上。女儿静静地待在那里，等着父亲说话，但是过了好长一段时间，父亲依然在那里敲打着铁块，一句话都没说。后来克里斯汀忍不住开口了，问父亲要她来这里干什么。

烧得通红的铁块慢慢冷却。劳伦斯将手里的工具放下，走到女儿面前。由于刚刚炼铁的缘故，身上全是灰尘，双手和衣服被弄得黑乎乎的，劳伦斯的神情看起来非常严肃：

“孩子，我叫你来，是想让你明白。在这儿，在我的家里，你就该像个为人妻、为人母的样子。你看看你昨天同伊兰德说话时的那种语气，我不希望自己的孩子那么没教养。”

“爸爸，你什么时候把伊兰德看成是一位值得尊敬的人了，这一点我怎么不知道！”克里斯汀讥讽地说。

劳伦斯说："伊兰德是你的丈夫。要知道，你和他在一起，是你自愿的，家里的人可没有人强迫过你。"

克里斯汀冷漠地说："现在你和伊兰德的关系倒是很好。如果当年你就了解他是一个什么样的人，你会强迫我嫁给他的。"

劳伦斯用严厉而又满含痛苦的目光看着克里斯汀说：

"孩子，你这样讲自己的丈夫，是不是太鲁莽了？我知道这不是你的真心话。你当年毅然坚决地和西蒙解除婚约，我同意了，但是你应该明白西蒙是我心中最理想的夫婿。"

"是啊……是西蒙自己要和我分开的……"克里斯汀回答道。

"这不可能，西蒙是个绅士，博学多识，彬彬有礼，他听说你有了心上人，就主动退出。但是如果我和他父亲不同意你们分开，不和你们折腾，西蒙会娶你的。如今，听了你的怨气，我更觉得当时的决定是个错误，你和拼命追求的人现在竟像仇人一样。"劳伦斯有点无奈地说。

克里斯汀冷笑着，歇斯底里地说：

"他！我发誓他不会和一个背叛自己的女人生活一辈子——在旅馆和别的男人厮混的女人，还被他给撞见了……"

劳伦斯感觉要晕了过去：

"旅馆？"他几乎无法呼吸。

"没错，是旅馆，说得难听点就是妓院。那个地方，以前住着慕南的情妇，那女人对我说不要到旅馆去，说对姑娘家不是很好。我撒谎说自己的亲人住在那里——当时我还不晓得她是伊兰德的亲戚……"

克里斯汀又是一阵苦笑，像魔鬼一样。

劳伦斯激动地说："别再说了！"

他沉默不语，脸上的青筋都暴了起来，几乎气晕过去。克里斯汀忽然想起那个山上的树……当疾风吹过时，那些树叶反射出的光，一片惨白。

"无意中知道了这么多中间过程……"

克里斯汀无助地蹲了下去，用胳膊支撑着自己，双手捧住脸。她从没有这么害怕过劳伦斯，快吓死了。

劳伦斯转到另一个方向，整理好面前的铁具，漫不经心地摆弄着。他没有看克里斯汀，已经控制不了自己哆嗦着的双手了。

他面向克里斯汀，看着无助的她："克里斯汀，你知不知道，伊兰德一次都没和我说过这件事？那个时候他向我提亲，我没有答应，之后又来了一次。他知道你的过去，但是依然坚持娶你，现在看来这是件令人感动的事，有几个男人会要这样的女人……你见过第二个男人像他一样真心吗？爱上一个不纯真的女子，你……"

"我觉得，没有一个男人敢在你面前讲这件事。"克里斯汀说。

"伊兰德是条汉子，他是在任何时候都不会害怕利剑的……"劳伦斯的脸上出现了一种难以形容的倦意，看起来一点儿力气都没有了，冷静了一会儿之后说："孩子，这太糟糕。更糟糕的是，你和他结婚多年，居然又提起这件事……

"你说的如果是真的，那么当时你坚持要和伊兰德在一起的时候，就应该知道他是个什么样的人。并且他让你风风光光地嫁过去，把你当作最好的女人，让你介入他的生活，掌管胡萨贝庄园……因此你应该心存感激，感激伊兰德对你的忠贞，在生活和事业上帮助他，而不是指责他……这是你在主和自己的孩子面前应该尽的义务！

“以前我认为，大家也都以为，伊兰德除了和女人发生不正当的关系外，别无长处。他被人家这么评价，你也是其中的祸害之一。如今你自己倒是承认了。现在他实现了自我价值，在战争中表现很好。伊兰德这样做表率，对你的几个儿子也是一种鼓励。他，不是很聪明，我们都明白，更何况是你了。你不能因为这个原因讨厌他、看不起他，而应该更努力地协助他，以此来赎罪……”

克里斯汀双手抱着头，弯下腰，脸几乎碰到膝盖。听到这些话，她向父亲看了一眼，发现劳伦斯脸色惨白，满脸愁容。

“今天我讲的话，实在太不应该了。唉……西蒙劝我不要和你说起过去的事情，要我能够怜惜你，不让我告诉你这个糟糕的消息。”

“西蒙这样对你说？”劳伦斯问。克里斯汀感觉到父亲此时非常难受，她明白，连西蒙都可以体恤父亲，而自己却做出伤害他的事情，实在不孝。

劳伦斯来到她的旁边，握住女儿的双手，放在自己胸前。

他非常难过地说：“太恐怖了，孩子。亲爱的，孩子啊！以前我就晓得，你善待其他人，但是总喜欢伤害你最亲近的人。克里斯汀，不要再让我为你操心了，我不知道你这种性格会给我们带来什么样的灾难。当你陷入困境的时候，总是会做出些损人不利己的事情，让每一人都遍体鳞伤。”

她愧疚地扑到父亲的怀里，使劲抱住父亲。他们就这样待在房间里许久，都没有说话。后来劳伦斯摸着女儿的头，安慰地说：

“如今，烟灰都黏到你漂亮的裙子上了，你要赶快回去清理清理。这个样子出去，大家都知道你和一个铁匠亲密接触过……呵呵……”

他扶着克里斯汀到了门口，自己又回到了房间，安静地待着。后来他摇摇晃晃地走到凳子前面，几乎倒了下去，头靠着后面的墙，心情依然不能平静，使劲捂住自己的心口。

还好病情不是很严重，呼吸急促，一片昏暗，钻心的疼痛袭来……他感到脖子中的血管在怦怦直跳。

没多久他就好了。这个时候他只要待上几分钟，情况就会好转，但是不能保证下一次不犯病，而且犯病的次数越来越多了。

伊兰德和部下说好圣雅各日之前到维奥岛城见面，不过他在庄园多留了一段时间，和西蒙一起去狩猎，山上的牧场的牲口被熊祸害不少。他们打猎回来的时候，听报信人说自己的部下在外面和别人起了冲突，被抓了起来，伊兰德必须立即去北方为自己的人解围。劳伦斯恰巧也要到北方去办点事情，便骑着马和伊兰德一起出发了。

他们在将近秋季的圣奥拉夫日的时候才抵达目的地维奥岛城。艾尔林爵士的船舶在港口停着，两人在宴会期间见到了他，之后和艾尔林爵士共享美食，还喝了昂贵的葡萄酒。

吃饭的时候他们没怎么说话。伊兰德想着别的事情，非常投入，对于自己喜爱的事务，他一直都充满热情，也听不进去别人说话。劳伦斯吃着面前的食物，艾尔林爵士同样保持沉默，几乎不开口。

伊兰德对艾尔林爵士说：“亲人啊，你好像是累了吧。”

的确，昨天夜里船经过海湾时遇到了暴风雨，艾尔林爵士几乎都没怎么休息。

“如果你想在圣劳伦蒂日以前到达图斯堡，那你要加快赶路的速度了！不过到了那里，你也别指望能过上什么舒服、安逸的日子。巴尔神父和国王在一起……”伊兰德问道。

“嗯。你这次去会不会在图斯堡待一段时间？”艾尔林回答。

伊兰德微笑着说：“只是为了去问一下我们的国王是不是要向自己的母亲请安，或者要我捎封信过去？”

艾尔林说：“如今军事长官们都去图斯堡参加集会了，你竟然去丹麦那个地方，实在说不通。”

“人们为什么总是对我的所作所为感到诧异呢，难道这不是有点太奇怪了吗？我是受邀去那里考察一下风俗人情的，难道不可以吗？自从我上次去丹麦以后，我就再也没去过了。再去参加赛马……何况，我们那位亲戚还发出了邀请。你明白如今只有慕南和我两个人对英歌伯柔太后好，其他的人巴不得她早点退位呢！”伊兰德说。

听到这里，艾尔林皱起了眉头，便接着说：“慕南——我忍不住想打听打听——那个老顽固如今怎么样了，是不是还有力气出来活动？之前克努特爵士举办的骑马比赛，那家伙有没有过去？”

伊兰德微笑说：“的确，艾尔林，遗憾的是你没有和我一块儿去见见那个场面。我明白，你担心英歌伯柔太后让我们参加宴会，不过我们已经做了妥当的安排。你了解我不是个温和的人，非常浮躁，也没有什么心眼。不过现在慕南对你来说已经不是威胁了……”

“啊，你错了，我没有担心那件事。我估计英歌伯柔太后也非常明白，她和波斯爵士结婚以后，就相当于退出了皇室。现在她的那个丈夫，我们都不喜欢，因此英歌伯柔太后想要再次从政几乎不可能了……”

伊兰德凶狠地说：“的确，你们叫他们母子分离，是个高招……他不过是个孩子……但是我们挪威人一提及自己尊敬的国王，便义正词严地昂首挺胸……”

艾尔林爵士连忙插嘴说：“别再说了！这只是你的看法。”

伊兰德和劳伦斯从他的脸上察觉：他已经可以肯定这件事了。虽然艾利克的儿子还小，不过他已经染上了一些人们不愿提及的恶习。在他还在瑞典的时候，一个伪装成老师的人利用非法的手段将他引上了歧途。

伊兰德说：

“所有的人都在私底下议论，说什么尼达洛斯的大教堂被焚，原因就是小国王不配坐在王位上。”

“求求你，兄弟，我已经解释过了，你的看法是错误的。小国王，在主看来他是无罪的，我们应该相信这一点儿……他可以改过自新……你觉得是我们让他们母子分开？我觉得，这只是英歌伯柔应有的报应，是她先做出伤害孩子的事情。伊兰德，那个女人不是什么好东西，别忘记如今你准备去保护的是一个丧权辱国的叛徒！”

“我倒不这样认为。还有你，讲话的语气和宣读耶稣的诏书一样……对付那些不支持你的人，你表现得是那么勇敢。”

“上帝，我们不要再争论了，伊兰德。说说你知道的事情，别的话就放在肚子里面吧。”艾尔林爵士气呼呼地从座位上站了起来，看着伊兰德，脸上的青筋都暴出来了。

伊兰德只是努努嘴——他已经很不耐烦了。

“和人有污秽的行为，我们就要将它毁灭，然后将尸体抛到瀑布中……”

不久，他接着说：“哎，说话的时候要小心，兄弟，不管你在什么地方，一定不要太冲动，想好了再说。做好详细的计划之后再有所行动……”

“要是你们这些掌管国事的人都这样，把我们的国家治理得如此混乱也就毫不为奇了。但是你不用担心，”伊兰德伸了一个懒腰，“我不会干涉你的大计划。我觉得住在这里也挺好的！”

“嗯，天色不早了，我父亲也困了。”伊兰德和艾尔林打招呼离开之后，剩下劳伦斯和艾尔林待在这里——伊兰德喜欢到船上睡。艾尔林拨弄着小杯子。

“你有点咳嗽吧？”艾尔林关心地问。

“年纪大了，不中用了。大人啊，我们这些老人身上的病痛，你们这些年轻人恐怕是不会体会到的。”劳伦斯微笑着解释道。

接着又是一阵沉默。艾尔林打破僵局，似乎在自言自语：

“的确，每个人都觉得生活并不太平。以前在奥斯陆的时候，我天真地觉得自己对此很了解，权贵们都爱戴我们的君王。我……我也是这么认为的。”

“大人，我觉得你在那时的看法是对的。但是你有没有觉得，我们喜欢陪伴在国王的左右，而现在国王的情况和以前很不同，他只是个孩子……并且常年在外？”劳伦斯说。

“的确，我之前觉得，没有绝对坏的事情。在古老的年代，我们的君主们正如一匹马——有很多优良的马匹可以接替他的位置，我们只要挑出最棒的那匹马就可以了。”

劳伦斯微笑说：

“嗯，的确。”

“劳伦斯，以前你去史科夫达返回的途中，看到高特兰的家人，那个时候我们就讨论过……”艾尔林说。

“我没有忘记，大人，承蒙你放下了身价来和我讨论……”劳伦斯回答道。

“别，别，劳伦斯，你不要那么客套。”他没好气地说，又严肃了起来，“那个时候我说得很对，没有法子可以让挪威的权贵们团结一致。原先可以通过战绩来发达的人们，如今竟不愿意出来了。”

“的确是这个样子。民众会选择自己的主子，的确是这个样子！”劳伦斯说。

艾尔林冷漠地说：“每个人都觉得，我没有什么地方可利用的。但是贵族后裔劳伦斯，你竟然和他们一样！”

“大人，自从我结婚了之后一直都是这个样子。我结婚很早，妻子又经常生病，因此我必须常常陪伴她。并且我们家族后来就不怎么强大了，儿子们都死了，活着的男孩仅有个侄子。”劳伦斯无奈地说。

因为不得不说出这些，他有些难过。维德贡之子艾尔林也有过类似的遭遇。不过他的女儿们都很健康地长大成人，儿子却只活下来了一个，而且身体很不好。但是，艾尔林只是问道：

“我好像记得，你的母亲那边，亲戚不多吧？”

“嗯，只剩下外祖父姐妹们的孩子了。洛定之子西哥尔德还有两个女儿，而且她们俩都是在第一次分娩时死的……而我的舅母，却连同她的孩子一同死去了。”

他们又陷入了沉默。

艾尔林爵士小声说：“伊兰德他……是最容易给我找麻烦的人。他总是喜欢冒险，但思想又不够成熟。的确，伊兰德，不妨说他像个不懂事的孩子……”提到伊兰德，艾尔林爵士顿时来了气，“他很聪明，家里也很有钱，是贵族的后代。不过他总是听不进别人的建议，你如果对他讲一件事，他便左耳朵进右耳朵出。甚至别人刚说了一半，他的思绪就飞走了。”

劳伦斯看了艾尔林一眼，自从他们上次会面以来，此时的艾尔林看起来苍老了很多，没有以前那么活力四射了，人也瘦了很多，皮肤暗沉，失去了激情。劳伦斯认为，艾尔林虽然一心为了国家，做事考虑周到，但并非乐于奉献。不管从哪个角度看他，都会让人觉得他没有魄力，没有领导者的风范。他如果再高一点儿的话，或许会更被认可。

劳伦斯小声说：

“克努特爵士肯定也知道，如果他们想干什么事，伊兰德根本不会对他们造成什么威胁。”

艾尔林现在甚至有点发怒了，说：“劳伦斯，你就那么喜欢你的女婿伊兰德？实际上，他凭什么被你喜欢？”

劳伦斯一边坐着没动，一边用酒水在餐桌上作画。艾尔林看到他的戒指套得很松，似乎要掉下来了。

劳伦斯瞅了他一眼，淡然地说：“那你有理由吗？我觉得你也很偏爱他啊。”

“天啊，的确，没有人晓得这是为什么。但是劳伦斯，我们可以假设一下，克努特爵士此刻正在酝酿呢，他也是皇亲国戚啊！”

“的确，不过伊兰德也知道，现在的小国王似乎根本无法走到前台来。而他的母亲，又因为那件婚事，遭到了我们国家全体国民的反对。”

过了一会儿艾尔林起身，把宝剑在腰间挂好。劳伦斯恭恭敬敬地把客人的外套从挂钩上取了下来，捧在手里站着——突然，他的身子一晃，差点要栽倒在地上，艾尔林赶忙在旁边扶着他。艾尔林用尽全力，把劳伦斯抱到床上放好——劳伦斯既高大又沉重。应该不是脑出血，不过看着劳伦斯的样子，脸色惨白，一点儿力气都没有。艾尔林爵士跑出去，把大家都喊了过来。

劳伦斯再次清醒的时候，觉得有些难为情。这是一时的虚脱，这种情况最近时有发生——最初出现这种状况是在两年前，那时他在外面打猎，迷了路，又遇到了暴风雪。“或许男人只有用这种情况，才能够让大家明白，他已经老了。”他抱歉地笑着说，似乎是在请求大家的原谅。

艾尔林爵士一直都在那里守护着劳伦斯，看着修士给病人诊疗，虽然劳伦斯多次告诉他不需要他这样——天亮之后他还有别的事情……

一轮明月高高挂在天上，水面上倒映着它的影子。远处出海口的地方，波光粼粼。烟囱中没有一缕轻烟；长在屋顶的青草上面挂着晶莹的露珠，在月光下闪闪发亮。艾尔林爵士急匆匆地向自己的住处走去，在深夜里，这里见不到一个人。此刻的他在月光下紧紧裹在外套中，十分瘦小，浑身还不断地颤抖着。从被子里爬出来的用人们到门口迎接他，他们提着灯睡眼惺忪地跑到院子里。艾尔林进门之后接过灯，便让用人们去休息，然后自己蜷缩着身子，踩着楼梯，来到阁楼中他休息的地方。

7

圣巴托罗缪节过后不久，克里斯汀和儿子及仆人们收拾好东西，准备回胡萨贝庄园。劳伦斯骑马一直把他们送到多孚尔高原上的一处小客栈。

他们准备分别的那天早晨，两个人在院子里边散步边交谈着。外面的群山沐浴在灿烂的阳光下，沼泽地已经是一片通红，山冈上覆盖着金色的小白桦林，黄澄澄的。蓝蓝的天上飘浮着朵朵白云，白云的影子从远处高原上的小湖上掠过，使得湖水时而发亮，时而又暗了下来。浮云不断地飘着，飘过灰蒙蒙的峻岭，飘过山麓，飘过远处的古老雪峰，然后徐徐下降到远方的峡谷中。客栈旁边的那块灰绿色的庄稼地在这一片耀眼的初秋的山色中显得分外醒目。

外面的风很大，风中带着些许凉意……克里斯汀的帽子被吹落了好几次，劳伦斯帮她捡起来，还轻轻抚摩了几下孩子的头。

他说："这段时间你瘦了不少，看起来也没原来红润了。克里斯汀，在这里是不是不开心？"

"不，我过得很好……"克里斯汀回答。

劳伦斯说："你每天要照顾那群调皮鬼，实在辛苦。"

“嗯，的确，实际上我看起来没有原来精神，并非因为他们……”她显出害羞的样子，劳伦斯疑惑地看着自己的女儿，然后克里斯汀点了点头。

劳伦斯把头转了过去，过了一会儿，又接着说：

“如果这个样子的话，你在短期内应该不会再回来看我们了吧？”

克里斯汀笑嘻嘻地说：“不过我想应该不至于要等八年才回来看你一次吧。”这个时候她看到父亲落寞的表情，“爸爸！啊……我的爸爸！”

“嘿，孩子，打起精神来，”克里斯汀准备抱着父亲，劳伦斯下意识地挡住了她，“别，孩子……”

他紧紧捏着克里斯汀的双手，两人又谈了一会儿。其间，他们经过一条小河，劳伦斯跳到河对面之后，转过身来，伸手去接克里斯汀。

克里斯汀察觉到即使是这么一个简单的跳跃动作，父亲的身体也不像过去那样矫健、灵活了。以前她也发现了，只是没有在意。父亲上下马的时候总是慢吞吞的，上二楼时便觉得有些吃力，也不像先前那样可以搬重物。他还是那么挺拔，不过总感觉费了很大力气，打猎回来的时候，几乎要瘫倒在地。有一次她看到父亲身上好像有个肿瘤。那天清晨，她到爸妈的房间去，父亲敞着衣服睡在床上，腿也露在外面，母亲坐在边上，给他揉腿。

劳伦斯心平气和地说：“克里斯汀，你如果为父亲的身体而难过，那么你将会越来越难过了。如今你也结婚生子了，心里肯定明白，父亲正在老去。你结婚的那年，我尚且年轻，不过如今我不知道下一次见面我是不是还在，或许活不了太长时间了……听天由命吧，孩子。”

“爸爸，你生病了？”克里斯汀小声地问。

劳伦斯若无其事地回答说：“年纪大了，总会有些毛病。”

“你的年纪不大，爸爸，你刚刚五十出头而已。”克里斯汀嘟哝着嘴。

“你的爷爷还没到这个年龄就走了呢。过来，孩子，陪我坐坐吧……”劳伦斯说。

河边有些岩石可以歇脚。劳伦斯解下斗篷，把它铺在地上，让女儿坐在自己的身边。两人前面的溪水在小石头上流淌着，发出淙淙的响声，轻轻地摇荡着挂在水中的柳枝。父亲坐着，把目光投向远处的高原上，若有所思。

克里斯汀说：“父亲，天气有点寒冷，把我的外套披着吧。”说着脱下自己的外套。劳伦斯把外套披在自己和女儿身上，紧紧抱住克里斯汀的腰：

“孩子，你听说过吗？为他人的死而难过是件愚蠢的事情，我相信主是爱我们的，朋友即使分开，也用不了很长时间。现在是你最美好的时光，也许你感悟不到，你有了自己的家庭。等你慢慢和我一样变老，那个时候就会明白我的话了。即使和亲人分别，也不会感觉时间太久远。如果不是专门去计算其中的时间，是不会发现的……我依稀记得自己年幼的样了，实际上现在我的脑海里常常浮现你童年的画面，虽然已经过去了很久。那个时候你天天黏着我——孩子，希望你过得幸福，希望主可以眷顾你……”

“的确，希望主可以惩罚我，来偿还我对你的伤害。”她突然跪在劳伦斯面前，握住父亲的手，不断亲吻，泪水从脸颊滑落下来，“啊，父亲，我最爱的父亲，我懂事之后，却依然让你操心，是我对不起你。”

“不，不，孩子！别这个样子。”劳伦斯把手缩了回来，拉住克里斯汀，让她像刚才那样坐好。

“孩子，这些年来，你也带给我许多快乐。”他小声说，“我看见你的身旁有这么多活泼、健康的孩子，看到你变成一个勤劳受人尊敬的主妇，而且我也知道，当你遇到挫折时，也知道该去什么地方寻求帮助了。克里斯汀，我的孩子，不要哭了！你这样会动了胎气呢。别，别哭了。”

不过他的安慰并没有让克里斯汀止住眼泪，甚至她哭得更厉害了。于是，劳伦斯抱着克里斯汀坐在自己的膝盖上，就像她小时候一样，紧紧地把她抱在怀里：

“我心里埋藏了一个秘密，除了神父知道外，我跟谁都没有提起过……现在我准备告诉你。我年轻的时候，就是在老家斯库格庄园时，还有刚来到侍卫队服役的那些日子里，我便想着：想要去当修士，嗯，虽然没有承诺那样，连在心里发誓都没有，但我也很热衷另一件事——但是，当我来到博藤湾钓鱼，在那里听到从胡维乔岛修道院里传来悦耳的钟声的时候……我感觉，这就是我最想做的事情。”

“还是那个时候，我父亲送了我很多武士用的盔甲，那些帅气的盔甲让我深深着迷，我还有自己的弓箭，经常拿出来比画比画。当时我们的国家没有那么和平，在和邻国打仗，我晓得自己过不了多久就可以用上这些东西了。我不忍心抛弃这些东西——我告诉自己，父亲肯定不想看到长子出家，我要听父亲的话。

“我放弃了修士那条路。如果遇到了什么困难，我就安慰自己说，自己选择的路，却反过来抱怨，这种做法一点儿都不潇洒。后来我慢慢懂事了，发现对于那些心地善良的人，最开心的事就是服务别人，帮助那些陷入困境的人，替他们祈福。不过我还要说，克里斯汀，想要我抛弃荣华富贵，几乎不可能。世俗的生活有酸有甜，有你母亲的陪伴，还有我的孩子们，因此人们传宗接代之后就必须接受磨炼，如果孩子不幸死亡，抑或遭到灾难，家长就会更加难过。那些可爱的孩子们，是主的，不是我们的。”

克里斯汀忍不住大哭起来，父亲将她的头放到膝盖上，轻轻地拍打着她，像对待一个小孩那样。

“年轻的时候有些事情我不清楚。我的父亲很喜欢弟弟亚斯蒙，但比不上对我的爱。我明白，是因为我的母亲。那个时候他虽然听从爷爷的话，又娶了别人，但是最爱的人还是我母亲，我渴望再次遇见继母，请求得到她的宽恕，因为我当时没有好好珍惜她对我的一片好心……”

“父亲，你不是说过你的继母并不那么友善？”克里斯汀流着眼泪说。

“的确，主救了我，当时我还年轻。如今我发现，她对我很好，连责骂都没有过，我非常感激她。克里斯汀，你如果看到别人的孩了比自己的孩子强一百倍，会开心吗？”

克里斯汀的心情稍微平复了很多，她靠在父亲怀里，转头看着正前方的群山。一大块灰蓝色的乌云遮住了太阳，天色顿时变暗了……几缕金光穿透了乌云，从云层里射出来，泉水开始闪耀起来。

顿时，她又想哭了：

“啊，父亲，父亲啊……如果我和你没有机会再见……”

“克里斯汀，希望主眷顾你，让我们这群相爱的人在那一天都能见面——所有那些在生活中同我们交好的人，所有的人……愿主和圣母马利亚、圣奥拉夫、圣托马斯时刻庇护着你……”劳伦斯用手托起克里斯汀的脸庞，轻吻了她一下，“希望主赐福给你，也希望主让你的生活更加美好，把他照耀在世界上那伟大的光华也能把你照亮……”

过了几个小时，劳伦斯便要离开客栈了，克里斯汀出门跟在马的旁边来陪送他。劳伦斯和用人们相隔很远，自己在慢悠悠地走，看见女儿伤心欲绝的样子，感觉心好痛。刚刚他还在和外孙子们谈笑，哄他们开心，一个接一个地拥抱，一个一个地轻吻，克里斯汀也一直就那样坐着。

劳伦斯温柔地说：

“孩子，不要再为自己犯的错而难过。不过，等你的孩子们长大成人了，在他们犯错的时候，想想你自己的过去，再思考思考我对你说的那些话。我明白你很爱自己的孩子，不过，你习惯伤害最亲近的人，并且在我看来，你的那些孩子一个都不省心。”

后来劳伦斯让她别送自己了，赶快回去。

“我不希望你和住的地方相隔太远。”

这时，两人走到一块凹地，旁边有些树木，山坡上堆满了一堆堆石头。

克里斯汀紧紧地把脸靠在劳伦斯踏着马镫的腿上，不断抚摩一切和他相关的物品，泪流满面，悲痛万分。父亲看着她那个样子，极度难受。

劳伦斯跳下马，紧紧抱住克里斯汀，做临行前的告别。然后，久久地给她画十字，祈求主和圣母保佑自己的孩子。后来他让女儿赶紧离开。

就这样两个人分别了。劳伦斯慢慢地走着，走了一段路程后，克里斯汀看到父亲勒住了马。克里斯汀明白和自己道别，父亲也非常难过，这个时候一定在流泪。

克里斯汀冲进了树林里，急忙走到林子的另一端，跑到山坡上面。不过，山坡上的石头非常光滑，攀上去很艰难，山坡也比自己预料的陡峭。后来她终于到达顶端，不过已经看不到父亲的踪影了。她趴在草丛里面，抱头痛哭了很长时间。

劳伦斯回到家时已经很晚了，看到家里老房子中的灯还亮着，心里顿时感到流过一股暖流。房间发出点点烛光，让自己感觉非常温暖。

拉根弗丽德一个人待在房间里，在缝制什么大件的东西，面前摆满了针线。旁边点燃着一支油脂制的蜡烛，蜡烛插在黄铜烛台上。看到劳伦斯回来，她马上迎了上去，问丈夫的情况，还加了点柴火，然后去端了些食物和啤酒上来。是的，她没有让女仆和自己一起熬夜，用人们也很辛苦，但是，她们早就准备好了丰盛的食物，可以应付很长时间。巴尔和冈斯坦到山上采青苔去了。今天早晨穆尔庄的奥尔姆过来说需要点麻绳，他问：能不能把搓好的麻绳卖给他？拉根弗丽德拿出自家的麻绳直接送给了奥尔姆。嗯，现在他女儿的情况好了一些——脚上的伤口也正在慢慢愈合。

劳伦斯一边回答，一边满意地点点头，然后和仆人们一起在吃饭。不过他吃得很快，吃完之后，他拿出自己的雕刻刀，还有放在妻子身旁的毛线，绕在插针的圆筒上。圆筒上面的图案有些残缺，劳伦斯做了简单的修复，又在上面雕了一点儿图案，让它看起来更舒服了。他曾送过一大堆这样可以缠毛线的小木棍给拉根弗丽德，不过这是很久以前的事情了。

他看到拉根弗丽德不断地忙碌着，便说："你非要自己做这些吗？"妻子手里拿着自己的袜子，有的地方磨破了，正在修补。他又说："拉根弗丽德，你做这些事看起来不那么容易。"

"啊……"拉根弗丽德把袜子放了起来，漫不经心地答了一声。

仆人们说了晚安之后就离开了，房间里只有劳伦斯和拉根弗丽德两人。劳伦斯在火炉旁边取暖，手扶在烟囱上面。拉根弗丽德盯着丈夫，看到他手指上原有的戒指不见了，这是他母亲传给他的订婚戒指，如今却看不到了。劳伦斯晓得妻子察觉了这件事情。

劳伦斯说："没错，我送给女儿了。我早就准备给克里斯汀，现在觉得正是时候。"

之后他们断断续续地说着话——两人中不知是谁说了声："或许应该去休息了。"不过劳伦斯一直保持原先的姿势坐在那里，拉根弗丽德也干着自己手上的活。两人说了一些关于克里斯汀的事情，家里的事情，以及兰波和西蒙。接着他们又说时间不早了，该睡了，可是没有人挪动身子。

这时，劳伦斯取下另一只戒指，走到拉根弗丽德的面前，有些害羞地拉起妻子的手，然后把戒指戴在她的手上，调整了几次，终于找到了适合的手指，把它套在了中指那枚结婚戒指的上方。

劳伦斯没有看拉根弗丽德，温柔地说："如今这是属于你的了。"

拉根弗丽德静静地坐着，一动不动，满脸通红，像少女一样害羞。

然后她羞答答地说："你为什么这样啊？你觉得我会介意你送戒指给克里斯汀吗？"

劳伦斯露出一个笑容：

"啊，我估计你应该明白我这样做的原因。"

她依然用温柔的声音说："以前你发誓，母亲留给你的遗物即使是死了也要戴在身上，带到坟墓里面，谁都不给。"

"所以啊，亲爱的你永远不要再把它从手指上脱下来，拉根弗丽德，答应我吧。我不希望在你死后，还会有人戴着它……"劳伦斯说。

"你为什么这样做？"她小心翼翼地问。

劳伦斯低头看着妻子羞红的脸：

"我们在一起已经有几十个年头了，结婚的时候我还很年轻。至于在我成年以后的日子，不管遇到什么困难，你从没离开过我，所有的酸甜苦辣，我们都是一起分享的。"

"上帝眷顾你我，让我们彼此生活在一起，但我一点儿都不清楚你到底承担了多少。在我心里，总是暗自感叹，自己是幸福的。有你在身边，是多么美好……"

"我不清楚你是不是认为自己没有女儿在我心中重要。克里斯汀确实让我感到开心，不过也是最让我操心的一个孩子。但是，你是孩子的母亲啊！所以我认为，如果有一天我进了坟墓，最放不下的就是你，亲爱的……

“因此你一定不要把手上的戒指给别人，即使是克里斯汀和兰波。对她们说，你一定要戴在自己的身上。

“亲爱的，或许你觉得，和我共同生活，伤心的时候多过快乐的时候。有时候我们会发生争执，但是，这并没有影响我们的感情。我们两个彼此忠诚于对方。我想如果有来世的话，便不会再出现这样令人不快的种种问题了，昔日的友情会令主让我们更加相爱，情比金坚。”

拉根弗丽德昂起苍老和爬满皱纹的脸庞，下陷的双眼直视着自己的老公，目光是如此热情。劳伦斯依然紧紧拉着她的手，然后慢慢抬起来，手上的戒指闪闪发光——有订婚时置办的戒指，有结婚用的，还有就是丈夫刚刚送给自己的那枚。

她突然有一种说不出来的感觉在心头缠绕，回忆起丈夫第一次为自己戴戒指的情景，当时是在圣布娘家壁炉的旁边，在双方家长的见证下。他的皮肤非常有光泽，脸庞肥肥的，好像还带着一股乳臭未干的气息。他跟着布柔哥夫爵士往前面移了移，看起来有点害羞。

第二枚戒指是在吉达露教堂的门外，他以主及各位圣灵的名义，当着神父的面给她戴上的。

拉根弗丽德认为，当劳伦斯拿出最后那枚戒指时似乎代表着他们又举行了一次婚礼。如果在不久的将来，她坐在那已经停止呼吸的身躯旁，那么他希望拉根弗丽德能明白：这枚戒指已经把她同曾经存在于自己体内的那种强大的生命力结合在了一起……

拉根弗丽德的心好像被刺了一刀，在不停地流血，如同年少时那么疯狂，一边替他仍然徘徊在痛苦边缘感到伤心，一边对那个领着她迈向凡尘尽头的夺目情意感到开心与恐惧。面对着即将逝去的光明，她如同望见了其他的光明，同时嗅到了尘世末端的鸟语花香……

劳伦斯握着妻子的手，放在自己的腿上，而他也坐在凳子上面，与夫人还是隔得有点远，靠着吃饭的桌子，同时一只手放在桌面上。他们没有相互对望，都直视着炉子里的火焰。

拉根弗丽德又一次开口了，话语很祥和：

“丈夫啊，原来我在你心里有着这么高的地位。”

“没错，我一直都深爱着你。”他的语气也是那么祥和。

他俩安静地在那里，拉根弗丽德将放在大腿上的针线都移到凳子上。一会儿她轻声地询问：

“那天夜里我对你说的……你应该还记得吧？”

“那样的事对于男人来说一生都不会忘记的！说老实话，当我了解了真相之后，我们两个人之间就出现了一些问题，我们两个人过得都不好。”劳伦斯回答。

“拉根弗丽德啊，主可以证明，我是尽了很大的努力，不让你在任何时候感到我对这件事情考虑得很多……”他接着说。

“我不了解你的感觉。”妻子回答。

他突然转过身体，对着夫人，直视着她。拉根弗丽德说道：

“劳伦斯，我们相处得很困难，原因在我。那天晚上过后你依然像原来一样对我，我认为你肯定比我认为的更不在乎我。你如果在那晚之后再凶一些，比方说动手打我，哪怕是在你喝醉的时候偶然所为，我也可以容忍悲伤与后悔。但你确实如此不在乎！”

“你真的认为我不在乎？”

劳伦斯那微微发颤的声音使她感到无尽的悲哀。她感到自己的面前似乎有个深潭，而他那紧张有力的声音像是潭中涌起的浪花，她真想纵身跳进去，一直沉到潭底。拉根弗丽德满脸通红地说：

“真的，你如果以前哪怕有一次把我拥入你的怀里，不把我当作老人们派来的死活赖到你身边的女人，而是当作你深爱着的爱人，就绝对不会把我告诉你的都当作没听见，对我的方式还是与从前一样。”

劳伦斯思考了一会儿：

“不行，这些我不可能做到，不行。”

“你如何看待家里替你选择的爱人，是不是就如同西蒙对克里斯汀那样爱慕……”妻子问。

劳伦斯没有回答，过了一段时间他才缓缓地同时显得很惊讶地说：

“这个时候你为什么提到西蒙？”

“没有，我怎么会将你和我另外一个女儿的丈夫做比较？”他夫人也显得有些不好意思与苦恼，勉强露出一点儿微笑，“你们两个很不一样。”

劳伦斯起身站起来，心神不宁地走了几下，便压低了声音：

“主是不会抛弃西蒙的。”

拉根弗丽德问道：“难道你从来没觉得是主抛弃了你吗？”

“没有。”他说。

“那天晚上我俩就躺在仓库里面……在短短的一小时的时间里

你知道了你的爱人与孩子都瞒着你很多事情——我们母女俩都有负于你，你的心会是种什么感觉？”拉根弗丽德说道，“当时你是怎么想的？”

“好像那时候我并没有想什么……”丈夫回应道。

“那么，后来呢？”妻子继续问道，“那时候……你经常想着这些的时候又是如何想的？”

他小声说：“我从来都觉得我不值得主一直眷顾我。”

拉根弗丽德起来了，她静静地站了很长时间，才勇敢地来到劳伦斯身旁，同时将手放在他的肩头，他则伸出手抱着她，她压低了身子把头靠在他的胸前。他感觉到爱人好像流泪了，于是抱紧她，脸庞静静地靠着她的额头。

“行了，拉根弗丽德，咱们去休息吧。”他说。

他们俩同时来到耶稣像面前，单膝跪下，同时在胸口前画了个十字。劳伦斯开始用教会语一字一句地低声念着晚上的祷告语，他夫人也跟着他一起默念。

然后，他俩都把衣服脱了下来。拉根弗丽德对着床的里侧躺着——如今枕头变矮了很多，原因就是劳伦斯近来经常头晕。劳伦斯关好房间的门，锁好，用灰尘把炉子里的火掩埋成一堆，然后吹灭灯，躺在妻子的旁边。在这个不平凡的夜晚，他们像从前一样躺在同一张床上，肩挨着肩，慢慢地手牵到了一起。

拉根弗丽德心想：今天简直就像新婚一样，而且是一个十分奇特的新婚之夜！此刻她悲喜交加，思绪万千。她的心里激动异常，仿佛她的灵魂就要和自己的躯壳分离……死神就在她的身旁……召唤着她。

的确，这就是事情的本来面目……该来的总是会来的。拉根弗丽德突然想起第一次和劳伦斯见面的场景。当时，他是如此开心……虽然有些害羞，不过他真的对自己的未婚妻一见钟情。不过，她却不是这样，她感到的只有烦恼，面对着那个英俊的年轻人，他那光滑的脸蛋，浓厚的金发，都让她感到不快。她的心，已经被另一个不太美也不太年轻的人伤透了。她是如此渴望着扑到那个人的怀里，然后拿起刀子亲手杀了他，即使为此付出自己的生命也心甘情愿……在她未婚夫第一次想爱抚她时——就是在自己家阁楼的楼梯上，他抚摩着自己的卷发——她却大惊失色，逃开了他。

唉，一想到那个夜晚，她和特隆德还有图尔提丝骑着马经过耶伦谷底去多孚尔山找女巫的那一次。她在女巫面前跪着，将自己身上的首饰统统脱下，扔在地板上，希望奥斯希德夫人能教会自己法术，可以让新郎不碰她身体的法术……她想起和亲戚朋友们一起，还有迎亲队的人一起下山，经过一个个村庄，去斯库格庄园举行婚礼的经过。还回忆起自己结婚的第一个夜晚……和之后无数个夜晚……她如同一块顽石般对待新婚丈夫的爱抚，毫不留情地宣泄着自己的不满。

不，主一直都没抛弃她。当她陷入泥淖中无法自拔，当她向主祈祷……甚至当她不断地祈祷着而又认为他没有听见的时候，万能的主了解这一切。她仿佛陷入了黑暗的浪潮中……而现在，这些浪潮将她带到了幸福的怀抱中——拉根弗丽德突然感觉，她应该就快要离开这个世界了……

她温柔地说："劳伦斯，和我聊聊吧，亲爱的，我有些疲惫……"

丈夫在她耳边轻声说道：

“主告诉过我们：那些受苦的人啊，来到我这里，我会给你们安慰。”

他抱着拉根弗丽德的肩膀，让妻子尽力挨着自己。两个人相拥着，然后拉根弗丽德温柔地说：“亲爱的夫君，刚才我向圣母马利亚祈祷，求她赐福于你，你要是不在了，我也活不下去的。”

黑暗中，劳伦斯轻轻吻了妻子几下，就像触碰羽毛一样，生怕弄坏了：

“亲爱的拉根弗丽德……我亲爱的拉根弗丽德……”

8

这年的秋冬两季，克里斯汀一直待在家里，哪儿都不愿意去。她推脱说身体不舒服，实际上只是有些疲乏而已。这种情况她之前从来没有出现过，现在她不喜欢玩乐，没有力气去想一些令人难过的事情，甚至连脑筋也懒得动了。

她想：或许这个孩子生了之后情况就会好转。她日日夜夜盼着这个孩子能早日出生，似乎自己得救的希望全部寄托在这个孩子的身上。如果是男孩的话，劳伦斯还没有去世，就给孩子取名字为劳伦斯。克里斯汀觉得自己还会像原来一样疼爱这个孩子，不请奶妈帮忙——她好久都没亲自给孩子哺乳了。想想不久之后自己又会添个孩子，又要整日怀抱着婴儿，她就心烦意乱，常常为此流泪。

和原来一样，她把孩子们都叫到一起，教他们各种礼仪，受点严格的教育。与其说她自愿要教给孩子们这些，不如说是因为她想弥补自己对父亲犯下的过错，这样的话她会觉得好受一点儿。如今纳克和布柔哥夫跟着艾利夫神父学识字了，他们去学校的时候，克里斯汀也会过去旁听。两个孩子一点儿都不喜欢读书，并且极为淘气，特别爱胡闹。高特则和他们明显不同，他仍然像是人们口中的“母亲的乖儿子”。

在万圣节前夕，伊兰德兴冲冲地从丹麦赶回家了。在丹麦期间，英歌伯柔太后竭尽所能地照顾他。去的时候伊兰德带了丰厚的礼品，英歌伯柔太后他们非常喜欢，因此在他走的时候他们同样不吝啬。克努特公爵送给伊兰德一匹十分俊美的种马，英歌伯柔太后让伊兰德替她向克里斯汀问好，还让他带了两只大猎犬给克里斯汀。克里斯汀倒是不太喜欢自己收到的礼物，觉得猎犬看起来一点儿都不温柔，随时都可能咬到自己的孩子。家里每一个人都很喜欢伊兰德带回来的那匹马，是的，伊兰德坐在那样帅气的马上，看起来也威武多了。不过这里的环境不知道它能不能适应，翻山越岭的时候不晓得它会怎么办。而这丝毫不影响伊兰德对这匹马的热情，他到处购买黑色的马匹，一起出去的时候，看起来特别豪气。以前伊兰德都用外国名字给自己的小马驹命名，不过这次，他认为这匹马更为高贵，已经不需要用花哨的名字来装饰了，因此给它取名为“煤烟”。

无论伊兰德要到什么地方去，克里斯汀都不愿意一同前往，伊兰德对克里斯汀的行为感到非常恼火。他不觉得妻子身体有哪里不适——怀这个孩子的时候她看起来好极了，不像以前一样不断地晕厥或呕吐——感觉就像没怀孕一样。不过她看起来一点儿精神也没有，成天懒洋洋的，闲来无事的时候在家里抱怨自己的丈夫。圣诞节期间，他们还激烈地争吵过几次。不过现在，伊兰德不会像以前那样为自己的坏脾气而向妻子道歉。以前他们吵架的时候，伊兰德都不觉得妻子是错的，因为妻子是个善良的人，品行高端，不会出错。他对着妻子发火，烦躁不堪，原因是他从小就是这个脾气，要是人家对他好了，他反而会反感。不过这种想法自从上次去柔伦庄园之后就结束了，劳伦斯让他看清楚克里斯汀一点儿都不是个称职的妻子，没有当妻子的好脾气。后来他慢慢觉得，她一点儿都不大度，把每件事都放在心上，对于伊兰德不小心犯下的错也抓着不放。每次伊兰德反省之后让克里斯汀原谅自己，克里斯汀都会欣然答应，不过慢慢地伊兰德就察觉出妻子虽然原谅了自己，可从来没有忘记自己的过错。

因此他不断地外出，陪伴他的往往是女儿玛格丽特。对于女儿的管教问题也让他们争吵不断。尽管克里斯汀没发表过自己的意见，不过伊兰德明白她和外人是怎么想的。伊兰德自始至终都没有用别样的眼光看待女儿。玛格丽特和长辈们外出参加宴会的时候，大家也都用平等的眼光来看待她。兰波大喜的时候，她还当了伴娘，长发垂到腰际，戴着美丽的花环。家里有些亲戚反对这样，不过劳伦斯平复了他们的心情，西蒙也嘱咐家人不要对伊兰德说这件事，而且玛格丽特已经没了母亲，这样的身份，不是自己想要的。克里斯汀察觉出伊兰德准备把女儿许配给士绅，虽然玛格丽特出身不是很好，几乎不会被名门贵族接纳，但自己有个英勇的父亲，凭着伊兰德如今的成就，女儿的婚事很容易解决。不过这只是伊兰德个人的想法而已，其他人可不这样认为。伊兰德现在有权有势，按照他的性格，这些钱财如果能守住，他的愿望也就不会落空。遗憾的是，伊兰德虽然被民众喜爱，但大家都觉得胡萨贝庄园在他这一代很难再辉煌下去，因此克里斯汀担心伊兰德的愿望会落空。她平时虽然讨厌玛格丽特，不过依然怜悯这个孩子，担心她什么时候会发现生活并不比在父亲身边来的幸福，和自己看不上的男子结婚，前半生和后半生的生活完全相反。如果是这样的话，玛格丽特的自尊心将会受到极大的打击。

奉献节过后不久，有几个陌生男人来到了胡萨贝庄园。来的人看起来非常慌忙，他们是帮西蒙送加急信来的。西蒙在信中说，劳伦斯现在身体非常虚弱，估计活不了多久了。他嘱咐说，如果可以的话，劳伦斯希望伊兰德能到家里去一次，谈谈如何安排他身后的事情。

伊兰德在屋里踱来踱去，时而悄悄地看了克里斯汀几眼。如今克里斯汀的预产期已经快到了，她看起来脸色苍白，两颊消瘦……非常难过，动不动就要流泪。伊兰德现在非常悔恨，他觉得之前不应该对妻子冷言相待。她应该早就知道父亲快要过世了。既然他住在这里，心里默默地承受着极大的痛苦，即使妻子有些地方做得令自己不太满意，他也不该去和妻子斗气。

他如果独自滑雪翻山越岭地去劳伦斯那里，在路上则用不了多久。但是如果带上克里斯汀的话，那在路上就要麻烦很多，估计就需要花费很长的时间了。并且这样的话自己有很长一段时间都不能回来，这样便只好等大斋期的兵器定期检查完毕以后再去，而且他还得先同手下的人商量一下。此外他还必须去参加一些市民会议。他们出发的时候，克里斯汀已经快要生了——她本来就有晕船症！这个时候带她颠簸，实在于心不忍。但如果不让她送劳伦斯安息，肯定是一辈子的遗憾。晚上休息的时候，伊兰德问妻子要不要一起去。

这时，她扑进伊兰德的怀里放声痛哭起来，一方面是感激涕零，对自己前段时间的言行感到深深的抱歉。伊兰德也觉得妻子感受到了自己对她的关爱。他此刻变得非常温柔，一旦他让女人难过，并看到女人在自己面前流泪，他便习惯性地温柔相待。他耐心地听着克里斯汀的打算。不过，他首先表明观点，孩子们要都放在家里由保姆照顾。但是克里斯汀觉得纳克已经不小了，应该去送外公最后一程。伊兰德没有同意，然后克里斯汀又提议说双胞胎年纪太小，留在家里实在担心。伊兰德还是一样的态度，最后她没有办法，就搬出自己的父亲，说父亲最喜欢高特……伊兰德认真地分析着——兰波有了孩子，拉根弗丽德不但要去照顾她，还要照顾家里病重的丈夫，实在很辛苦——如果他们还要给母亲添麻烦，那就太狠心了。所以，她要么把孩子放在家里留给奶妈照顾，要么自己待在柔伦庄园，一直到夏天，而伊兰德则要提前一些时间回家。他耐心地解释着，希望妻子可以接受自己的建议。

后来伊兰德想起，他还要去尼达洛斯去采办一些供殡葬宴席用的物品：葡萄酒、蜂蜡、小麦粉、稻米等。不过，最后他们还是从家里出发，并且在圣雅特留德节前一天抵达了柔伦庄园。

但是这次在娘家逗留的情况和自己原先料想的有很大的不同。

可以见到父亲最后一面，按理说她应该很开心的。想到父亲看她回来时高兴的表情，感谢女婿带女儿回来，她心里乐滋滋的。可现在，她感觉自己像个外人，因为怀有身孕，母亲什么事情都不让她插手，她感到很苦恼。

由于女儿离分娩只有不到一个月的时间了，所以劳伦斯吩咐不让她照顾自己，晚上也不让她和别人一起在这里陪夜。母亲更是不让她来帮助做任何家务。这里的每个人都非常忙碌，只有她自己闲得发慌。白天克里斯汀则往往陪在父亲旁边，但两个人几乎没有单独谈心的时间，家里每天都有人来探望劳伦斯——好友们都来陪劳伦斯度过生前最后一段时光。接待客人让劳伦斯的身体越来越疲倦，不过他似乎很开心用这种方式走完人生最后一段时光。朋友们真诚地祝福他，他像平时一样高兴谈心，不管是谁过来，他都好好接待，请客人替自己祈祷——主准许我们来世再见！晚上的时候亲戚们陪在劳伦斯的身边，克里斯汀在床上休息，瞪着眼睛，一想到父亲不久就要去世，就觉得钻心的痛，一夜夜地睡不着。

劳伦斯的情况很快恶化了。在小女儿生产、拉根弗丽德需要去照顾小女儿的那段时间，他还能站起来。有一天，他甚至吩咐下人准备好马车把他送到小女儿和小外孙女那里去看看。兰波的孩子在受洗时取名为芙希尔德。可是，在这之后，他就病倒了，再也未能从床上下来。

他睡在厅堂里面。由于如今他不能睡得很高，妻子便在上席的凳子上面给他放了棉絮，让他在那里休息——睡在柔软的枕头上面，使他头昏眼花。人们已经不敢再给他放血了。在秋冬两季已经放了那么多的血，弄得他现在已经严重贫血了，此刻他看起来很糟糕，食物也吃不下。

劳伦斯失去了往日的英勇，现在看起来非常瘦，脸色黝黑，过去那油光光的脸，现在也开始变得蜡黄，嘴唇和眼角因缺血而泛白。一头乱蓬蓬、花白的头发，好像许久没有修剪过一样，杂乱地披在绣着蓝色花纹的枕套上。因为太瘦，脖子上的筋骨都露了出来。以前他对于外形很讲究，胡子也总是刮得干干净净。不过现在他不想折腾了，说他只要现在挺直身体，一动不动地躺着，便感到非常舒服了。他始终还是像先前那样乐观和开朗。

家里人做了丰盛的美食，为丧礼做准备，还准备了很多床铺，每一项准备工作都进行得井然有序。所有的准备工作都完成了，等到劳伦斯归天的时候，也免得家里会乱成一团。劳伦斯听说所有的事情都准备好了，极其高兴——自己的丧礼一定不能比平日举办过的宴会逊色，他要风风光光地死去。有一天他想瞧瞧准备送给教会的奶牛，让家人把牛牵进来。那两个幸运的家伙，在寒冬里吃了很多，如今白白胖胖。牛进到房间里面，却在地板上拉屎，劳伦斯看了哈哈大笑。不过他担心妻子过度劳累。克里斯汀一直以为自己是个比较能干的家庭主妇，把胡萨贝庄园打理得井井有条，但看见母亲忙前忙后，无论在什么情况下，都把家里照顾得非常周到，自觉有些惭愧。拉根弗丽德既要招呼前来看望的客人，又要为丧礼做准备，还一边照顾着即将生产的女儿，是用什么办法做到的？大家都想不明白。并且她几乎时时刻刻陪伴着劳伦斯，每天晚上都看着他睡觉。

拉根弗丽德把手放在劳伦斯的手心里面说："亲爱的，不要为我担心。你走了之后，我会让自己轻轻松松的，好好生活。"

劳伦斯以前购置了一块墓地，拉根弗丽德打算把丈夫的尸骨安顿在那个地方，在教堂的宿舍里休息。但是棺木要提前带过去，还要带上给教会的谢礼。劳伦斯平日最喜欢的铠甲和弓箭也准备拿过去，以后伊兰德再买回来，他的孩子或许能用上这些东西——如果克里斯汀这次生的还是男孩，就把那些东西给他。劳伦斯开玩笑说，这个小家伙或许是下一个我呢。搬运尸体的途中，会经过其他的教堂，劳伦斯交代说要给教会赠礼。

一次西蒙说，劳伦斯长痔疮了——是在他帮助母亲给病人洗澡的时候发现的。

克里斯汀心里不由得有些气恼。对于西蒙在父母面前的表现和父母对他的信任，她很是生气。西蒙好像将这里当成了自己的家，不过伊兰德却从没这样认为。西蒙骑的那匹浅黄色的骏马每天都会出现在院子里，而西蒙时刻都在劳伦斯的房间，就连帽子和斗篷都没来得及脱下——他总说马上就得走了。不过，没过一会儿，他便出来吩咐用人，将他的马牵到马棚里。对于父亲的事他很清楚，偶尔还拿过一个文件箱，帮劳伦斯拿出一些文件，办理拉根弗丽德让他处理的事情，和管家商讨关于财产方面的事情。克里斯汀暗暗想着，她一直都想让父亲喜欢上伊兰德……不过，一旦父亲和伊兰德一起指责她的过错，她便马上会忘记这一点……

因为岳父将会不久于人世，西蒙很是难过。不过，他的女儿在这个时候降生，却让他稍感安慰。劳伦斯和拉根弗丽德很关心小芙希尔德，经常问到她，关于她的健康和长相什么的，而西蒙总会详细地告诉他们。此时，克里斯汀的心里更加忌妒了——伊兰德一向不喜欢过问这些的。而且她又觉得很滑稽，因为这么一个中年男子居然会对孩子的各种症状说得头头是道。

一天，西蒙带着克里斯汀一起坐雪橇出去——她想去探望一下妹妹和小外甥女。

西蒙已经将女人的产房修缮了一番，在之前的几个世纪里，那里的女人们只能在那个被烟尘熏得漆黑的房间里生产。原来的炉子已经拆掉重建了一个，而且在它的旁边还有一张很舒服又豪华的大床，床的对面挂着一幅美丽的圣母马利亚雕像，以便让孕妇们能时时看到她。房间还铺着木地板，换上了新的玻璃窗，还增加了不少实用又美观的家具。西蒙想将这个房间送给兰波——她可以用来储藏自己的东西和接待邻家夫人；如果家里有客人，并且还喝醉了惹女人们讨厌的话，她们也能在这里来休息一下。

客人到来的时候，兰波还不能下床。她的头上扎着一块头巾，上身穿着一件镶着白边的红色衣服，她的身体靠在身后的几个枕头上，床上的被褥是丝绒的。他们的女儿芙希尔德的摇篮就放在床前。那个摇篮已经很古老了，还是克里斯汀的曾祖母兰波尔带到挪威来的。这个摇篮还抚育过克里斯汀的父亲和祖父、她自己以及她的兄弟姐妹们。一般来说，这个摇篮本应该传给克里斯汀的，不过在她出嫁时并没有提起这回事。她的心里很清楚，父母亲并不是忘记了这件事，而是他们认为她和伊兰德的孩子没有资格用这个摇篮……

之后，克里斯汀便很少去妹妹那里了——她总说自己太累了。

的确，她确实觉得自己生病了，不过却是心病，因为心里的恐慌和不安。她不得不承认这个事实：越在娘家待下去，她的心情就越差。这就是她的本性，即使在父亲快要去世的时候，才知道父亲最疼爱的人是自己的妻子时，也令她难过。

她一直都听别人说，她的父母是最相爱的夫妻，是大家的楷模。她从没细想过他们的关系，只是感觉他们有些距离，他们之间好像有些隔阂，不知道以前发生过什么。由于这个原因，虽然家里的生活一直都很美满，但总显得死气沉沉。如今爸妈像新婚夫妇一样恩爱，他们在一起说笑，从过去一直说到现在，让人羡慕不已。她看到只要母亲一离开父亲的身边，父亲就到处找她。他让拉根弗丽德去歇息，自己却像走失的小孩一样慌张，等着拉根弗丽德早点过来。只要拉根弗丽德一来，他就来了精神，十分高兴。有一天，两人谈起其他几个死去的孩子，不过显得很平静。埃里克神父到家里看望劳伦斯，读书给他听，拉根弗丽德也陪伴在他的身边，劳伦斯总是握住妻子的手，轻轻地抚摩。

克里斯汀看出父亲很舍不得母亲，不过直到今天她才明白爸妈的感情是那么好。她知道对于和自己同甘共苦的亲人，大多舍不得分离，而因为关系和地位不同，分别时的感情也不一样。她请求父亲再多活一段时间，回想不久前和父亲分别时，父亲失落的背影，就更难过了，她实在不愿意承认此次分别后自己的生命中将永永远远地失去他。

立夏[①]那天，克里斯汀的孩子出生了，是个男孩，不到一个星期她就恢复了精神，到床边去看望自己的父亲。劳伦斯说产妇不应该到处乱走，并告诉克里斯汀，如果天气不是很好，她应该尽量不出门。他说话的时候，拉根弗丽德静静地听着。

后来拉根弗丽德说："亲爱的，我刚才回忆起来，我们家里的几个女人都不怎么听你的忠告，总是随着自己的性子来做事。"

劳伦斯微笑着说："那你过去发现这点了吗？正如你的弟弟特隆

① 挪威是每年4月14日立夏。

德所说……我是一个胆小鬼，总是听从你们的摆布。”

立夏过后的第一个节日，兰波去教堂里做祷告，回家的时候顺道去了柔伦庄园——这还是她的女儿出生后第一次回来。和她一起来的是罗尔夫的女儿海尔加——这个女孩子也嫁人了。她们还在那里遇见了顺德村的霍瓦尔德——特隆德的儿子。这三个人同岁，曾经还在柔伦庄园里一起住过几年，就像兄弟姐妹一般。当时霍瓦尔德很是活泼，是她们的领导人，毕竟他是个男孩。但是如今，他感觉到这两个结了婚的儿时的玩伴，在照顾丈夫孩子和掌管家务方面，已经很娴熟了，而他自己却没什么变化，仍然像个孩子一样。劳伦斯也觉得挺有趣的。

“霍瓦尔德，赶紧找个姑娘结婚吧。结婚之后你会明白更多的！”说完，房屋里的男人不由得大笑起来，很认同他的话。

埃里克神父每天都过来看劳伦斯。他年纪大了，视力也不好，不过依然每天给劳伦斯念经书听。他基本不用看书，因为太熟悉当中的内容，差不多都背下来了。有时候劳伦斯想听别的书，因为神父视力不行，就让克里斯汀读给自己听。克里斯汀刚接触这项工作的时候，发现非常容易，这个时候自己可以帮父亲做点事情了，她感到很高兴。

书的内容全是“畏惧与勇敢”“信仰与怀疑”“灵魂与肉体”等方面的争论，里面谈到有的人活着的时候作恶多端，死了之后在地狱里受尽折磨。劳伦斯听得非常入迷，料到自己也快要死了，不过一点儿也不害怕。他希望每一个人为他祷告，相信主会一直眷顾自己。克里斯汀看着父亲坦然面对死亡的样子，非常尊敬。她想起了幼年时的那场战争——父亲一点儿都不担心死亡，和年轻时一样勇敢。

有一天她听劳伦斯讲，他的一辈子经历了太多太多的磨难，来世的生活，即使遇到困难也不会担心。劳伦斯觉得，如今自己已经不在乎这些事了。他非常有钱，是贵族的后代，而且有了那么多亲朋好友，一生都很风光。

“我这一辈子最遗憾的事情就是没看过我母亲，孩子又死了几个，但是现在也淡然了。别的磨难如今在自己眼里，和这些事一样，已经放下了。”

克里斯汀读书给劳伦斯听的时候，母亲总是陪伴在身边，还有客人们，伊兰德也常常陪伴在左右，大家都喜欢这本书传授的道理。克里斯汀本身也被深深地打动，有时候甚至觉得羞愧难当，觉得她本来就知道什么是对的什么是错的，还依然不断地犯错。她同时为孩子担心，每天晚上睡不着觉，担心孩子死掉，派了两个用人时刻看着他，依然放心不下。她前几个孩子很早就受洗了，而这个孩子虽然看起来非常健壮，不过因为想用外公的名字命名，所以洗礼拖了很长时间。当地人有个习俗，婴儿的名字不能和家里活人的名字相同，所以才一直都没给孩子洗礼。

有一天，她和孩子陪在劳伦斯旁边，劳伦斯让女儿把孩子抱起来，他没看过那孩子的身体。克里斯汀把孩子外面裹的棉被打开，放在劳伦斯面前。劳伦斯摸着孩子胖乎乎的小肚子，捏住孩子的小手：

“小宝贝啊，你是如此娇小，我留给你的盔甲，要什么时候才可以穿上呢？和那宽大的盔甲比起来，你就像一只小蚂蚁一样。还有你的小手，又需要多少年才可以握住宝剑呢？看到你这样的小宝贝，人们便应该明白，主并不喜欢战争。不过，如果你长大了一些，就会渴望着战斗了。世上只有很少的人才会将主放在心中，不喜欢战争。我也不是这种人。”

他休息了几分钟，看着小家伙：

“克里斯汀，你生的这家伙，不但健壮，还白白胖胖的，但是你自己却像杆子一样瘦，一点儿精神也没有。你母亲说，你每次生孩子后都是这个模样，”他笑呵呵地说，“兰波的孩子倒是和麻雀一样娇小，不过她自己倒挺好，简直像朵玫瑰花一样。”

“我也觉得很怪异，她为什么不愿意亲自给孩子哺乳。”克里斯汀说。

“西蒙也不愿意，他说这样会让妻子看起来苍白无力。别忘了，兰波自己都只是个孩子，她还不满16岁呢，她虽然生了小孩，不过本身还没长大。以前她连感冒都很少，如今让她天天躺在床上，的确是个挑战。克里斯汀，你结婚的时候，已经长大懂事了。”

克里斯汀忽然大哭出来……她自己也感觉到莫名其妙。是的，从她知道孩子存在的那一刻起，她就用尽全力去爱他们，即使他们慢慢长大，自己对他们的爱也从来没有改变，每分每秒都不曾改变。但是只有她自己而已，丈夫虽然喜欢孩子们，不过却讨厌他们闹哄哄的。此外，他觉得纳克的到来实在太突然，自己生的偏偏全是儿子，丈夫却想要一个女儿。她没有忘记当年知道有纳克时内心的忐忑，自己遭到了那么多的痛苦，还好事情慢慢好转。因为这个孩子，给他们造成了阴影，估计一辈子也修复不了这个伤疤。

她和母亲之间一直都很生疏。在她已经长大的时候，她的妹妹们都还小，她从没和女孩子一起玩过。她从小就生活在男性的教育中，而且很能适应那种贵族生活，因为她的身旁一直都有保护着她的人，将她与外面的世界隔开。如今，她感觉她只有儿子也很好解释了，这是主给她的恩赐，让她用自己的生命和爱对待他们，将他们抚养成人，成为真正的男子汉。她不由得想起一个关于勇士母亲的神话故事。的确，那个母亲没有一个孩子在身边，却有很多勇士在守卫着……

过了一会儿劳伦斯问她："孩子，你为什么哭了？"

她不敢把事实说出来，怕伤了父亲的心。等心情慢慢平复下来后，她回答说：

"父亲，你病得这么严重，我怎么能不难过呢？"

劳伦斯不断地询问原因，后来她才说出真正的原因，由于孩子还没受洗，自己非常担心。劳伦斯立马让妻子过几天把外孙带去受洗，自觉这样不会有什么不妥。

他笑呵呵地说："我也没什么心愿没有完成的了。孩子，人生老病死都很复杂，只有那些突然死去的人不让家人过多地担心。以前，我认为报效祖国而死是最光荣的。不管是谁都应该安详地死去，但是在这里等死，我没有觉得好过。"

就这样，孩子顺利地受洗了，并且用了外公的名字。那个时候周围地区的人纷纷数落克里斯汀和伊兰德的不是，劳伦斯却对每一个人解释说这样做是他的愿望，他不希望在死神来的时候，家里还有个没有受洗的异教徒。不过大家还是把罪名归结到他的女儿和女婿身上。

现在劳伦斯有些担心，如果自己在春天的时候过世，那么许多人过来参加葬礼，会影响到别人的春耕。在孩子受洗两周后的一天，伊兰德走近克里斯汀产后居住的原来用来织布的那个房间。时间已经接近中午，刚吃过午饭。克里斯汀还在床上休息——因为夜里孩子一直在闹腾，她没有休息好。此时伊兰德过来叫她，他的脸色看起来不太好，伊兰德轻声让克里斯汀起床，赶快去看看劳伦斯。清晨劳伦斯犯了几次病，之后就神志不清了。埃里克神父待在他的旁边，刚刚听完他的忏悔。

那天外面阴雨绵绵，克里斯汀从房间出来，闻到空气里弥漫着泥土的气息，褐色的谷地正沉浸在春雨的滋润中，远处崇山峻岭间的天空也显得湛蓝湛蓝的，还有些雾气在郁郁葱葱的山坡上的林间没有消散，河水潺潺地流着，沿河的小树林里传来了一阵叮叮当当的铃铛声——这是一群山羊，它们在四处奔跑着寻找刚刚长出幼芽的树枝。要是在平时，这样的天气一准会令劳伦斯很开心：寒冷的冬天终于离开了——大家都可以出来舒展身姿了，而被圈养在阴暗的畜栏中长达半年之久半饥不饱的畜生也终于得到了解放。

克里斯汀看了看父亲的脸色，知道那一天最终要来临了。之前他的脸色已经很苍白，而现在几乎连血色都没有了，还出了不少虚汗。不过他这时候的意识还是很清醒的，讲话慢吞吞的，但是家人们都知道他说了些什么。

家里的仆人们一个个依次走到床边去看望他。劳伦斯和他们中的每一个人握手，谢谢他们这么多年来的操劳，和大家作最后的告别，还说自己如果有冒犯的地方，请宽恕他，他请求大家为自己祷告。最后他让克里斯汀和兰波走到自己面前，亲吻了女儿，祈求主可以保佑孩子们平安。克里斯汀和兰波号啕大哭，兰波抱着克里斯汀，离开床前的时候依然不断啜泣。

伊兰德握着岳父的手，小声地请求他宽恕自己原来犯的错，他身体有些抖动，泪水滑过脸颊。劳伦斯说，他已经从内心宽恕了伊兰德，希望伊兰德以后的生活能够幸福美满。伊兰德回到克里斯汀的身旁，紧紧握着妻子的手，他俊秀的脸庞此刻却显得有些苍白。

西蒙没有流泪，不过他单膝跪下亲吻了劳伦斯的手，然后把劳伦斯的手紧紧地握在自己的手心。

劳伦斯脸上挂着一丝笑容开心地说："孩子，你的手可真暖和，真好啊！"

西蒙回到妻子旁边，兰波对着他，西蒙怜悯地搂住年少的妻子。

最后，劳伦斯和妻子告别，两个人低头耳语，别人都不知道他们说了些什么，他们还亲吻了对方。由于劳伦斯的时间不多了，大家并没有觉得有什么不妥。之后拉根弗丽德趴在劳伦斯的旁边，看着他。拉根弗丽德的脸色很差，但是看起来很安详。

埃里克神父给劳伦斯的身上涂上香油，为他祈祷，将圣餐传给他，之后就一直待在那里。他坐在床边默默祈祷着。拉根弗丽德也一直坐在床边。几个小时之后，劳伦斯半梦半醒地睡在床上，不断挣扎，努力抓住身边的床单，呼吸也越来越急促。亲人们觉得他现在只是不能说话而已，应该还能抗争几个小时。

太阳很快就落山了，神父点燃了一支蜡烛。家人们安静地待在旁边，看着这位即将步入天堂的绅士，屋外的雨还没有停。突然，劳伦斯不断抖动，脸变成了乌青的颜色，好像无法呼吸。埃里克神父抱住他，让他坐稳，然后把病人的头抱在胸口，把一个十字架举在他的面前。

劳伦斯努力张开双眼，看着身边神父手中的耶稣受难像，小声地祷告，说得很慢，不过大家都听到了：

“当我醒来时，我依旧与你同在。”

接着他又抽搐起来，手在床上抓着什么。神父抱了他几分钟，就慢慢地让他躺倒在床上，亲吻了他的前额，把他的头发抚平，帮他闭上双眼，接着站起身来开始念祈祷文。

家里允许克里斯汀夜间在遗体旁参加守灵。晚上家人们轮流守夜。家人把劳伦斯的遗体安放在客厅的草席上，那边很宽敞，并且前来看望的人很多。

克里斯汀看着父亲安详地躺在那里，蜡烛的烛光照在他的身上，烛光下那张开阔而苍白的脸上似乎蒙上了一层金光，感觉好看极了。家人把他脸上蒙盖的那块亚麻布撩开一点儿，以免被前来瞻仰遗容的客人们弄脏。主持祭祀的神父们在为劳伦斯祷告，克瓦姆神父从外地赶来准备送劳伦斯最后一程，遗憾的是当他来时，劳伦斯已经去世了。

次日，柔伦庄园来了很多吊唁的客人。克里斯汀为了保持礼仪，只能躺在床上。自从生了小劳伦斯之后她还没去过教堂，现在劳伦斯走了，家人把所有的精力都放在她身上，给她铺最舒服的床，还从佛莫庄园拿来了小摇篮，让孩子躺在摇篮里面，过来看劳伦斯的人，也会顺便看看小劳伦斯。

人们告诉克里斯汀说，劳伦斯的尸体保存得很好，就是有些发黄了。以前还没有谁的丧礼和劳伦斯一样隆重。

第五天，丧宴正式举行，场面很是盛大。庄园中仅客人骑来的马匹就有数百匹，还有一部分人只好去福尔莫庄园歇息。到了第七天，劳伦斯的继承人分了父亲的遗产—— 一切都进行得和睦而友好。关于财产的问题，劳伦斯之前就做了妥善的安排，现在只是完全按照他的嘱咐来办理，克里斯汀和兰波也没有什么争议。

第二天，按照规矩要进行出殡，现在劳伦斯的遗体安置在奥拉夫教堂，第二天准备送到哈马去。

出殡的前一天晚上，已经是深夜了，拉根弗丽德走到克里斯汀和小劳伦斯的房间，她看起来有些疲惫，不过没看出有什么悲伤。她把仆人们都打发走了。

“家里来了很多客人，我们的房间都已经住满了人，不过你们可以找个地方去休息一下。我想在这里陪陪自己的女儿，这应该是我在庄园度过的最后一夜了。”

拉根弗丽德从克里斯汀手中接过小劳伦斯，走到炉子旁边，把孩子的襁褓又重新包了一下，让孩子安睡。

克里斯汀说：“妈妈，你到别的地方去住，应该会很不适应吧。我不知道你是怎么想的，怎么一下子就要离开和父亲一起生活了这么多年的家。”

拉根弗丽德边哄着怀里的孩子，边说：“我如果留在这个地方，每天看不到你父亲在我旁边转悠，我会更难过的。”

过了一会儿，拉根弗丽德接着说：“你还记不记得我们刚到这个地方的时候，亲戚们告诉我你外公要过世了，我那个时候身体不好，因此让你父亲独自回去。我没忘记他走的那天晚上，非常凉爽，你父亲喜欢那样的天气，因此趁着夜晚凉快赶紧赶路。那个时候夏天快来了，我送他到前面的路口，你忘记了没有？那个地方有些岩石，旁边也没有什么植物，是我们村庄最糟糕的地方，只要发生灾害那个地方一定躲不掉，不过当年那块地的收成却非常好。我和你父亲正在感叹事态的多变。你父亲牵着马，我抱着你，当时你还小，才四岁。”

“走了一段时间，我让你先回去，你不愿意，后来你父亲问可不可以去捡五颗白色的小石头，放在水里面做成一个十字架，他说，这样的话，他途中就可以平平安安，不会遇到妖怪。你听了之后就跑去找……”

克里斯汀说：“当年乡里有这样的传说吗？”

“我从来没有听说过这样的事情。我猜测是你父亲随口乱编的。难道你忘记了？每次和你父亲在一起的时候，他总能给你讲很多有趣的小故事。”

“是的，我当然记得。”克里斯汀回答。

“我陪他一起走过竹林，一直把他送到侏儒岩前。他让我回去，又和我一起往回走到十字路口。我早就料到了，他不会放心我自己晚上在林子里面走。我们回到路口的时候，我抱着他，因为不能回去送父亲一程，所以非常难过……我在史科葛庄园不管怎么吃都还是那么瘦，所以一直想换个地方住。你父亲劝我说，如果他回家的时候看到家里多了一个儿子，以后什么都听我的，一定不让我失望。我当时就说自己要到别的地方，去我们家族留下来的庄园里住。你父亲不是很高兴，开玩笑说，就这么简单？我心里想，如果你父亲不同意的话，我也可以理解。之后的事情你都知道了，西格尔生下来不久就死了，受洗之后便……”

“那日清晨，你父亲回来了——他在前一天晚上得知这个噩耗后，立即往家赶。那个时候我在卧室躺着，难过得一点儿力气都没有了，我宁愿死去，请主宽恕我。当时家里人带你来到我的旁边，我把脸转向了墙壁，我一点儿都不想看你。那个时候你父亲外套都没脱，陪坐在我的身边说，去柔伦庄园吧，或许那个地方会给我们带来好运，因此我们搬离了之前的住所。听了这件事，你应该明白这里对我的意义，我为何不愿意在没有你父亲的地方生活。”

拉根弗丽德把孩子递给克里斯汀，叠好她床上的毛毯，放到柜子里面，接着温柔地看了克里斯汀好久，抚摩她那根垂在胸前的又粗又长的浅褐色的发辫：

“你父亲生前经常问我，你的发质有没有变坏，是否和小时候一样密集。看到你有了那些小家伙后还是那么美，你父亲非常开心。这些年来，你越来越接近一个成功主妇的标准，还给伊兰德他们家添了那么多帅小伙，个个都健健康康，你父亲高兴得不得了。”

克里斯汀忍住想哭的冲动：

“妈妈，父亲经常在我面前夸奖你，说你是世界上最贤惠的妻子……还说，我应该把这点告诉你……”克里斯汀突然闭口不说了，拉根弗丽德呵呵笑了几声：

“你父亲应该明白，不用你说我也知道自己对他的意义。”她轻轻地摸着外孙及女儿纤细的手，“克里斯汀，我一向理解你父亲对你的感情。我从来没有因为你父亲爱你胜过爱我而产生任何忌妒。我认为他爱你是理所应当的，你是个可爱的孩子，我觉得拥有你是件极其幸运的事情。有时候我会觉得十分惭愧，竟然忽视了身边最珍贵的你……”

拉根弗丽德在床边坐下。

“史科葛庄园的习惯和我们这儿的很不一样。在我记忆里我的父亲一次都没有亲吻过我……我母亲过世的时候，父亲才亲吻了她。母亲在教堂祈祷的时候，曾亲吻过我的姐姐，因为姐姐站得离她最近，然后姐姐再吻我……在其他的场合，我们从来不这么做……”

“史科葛庄园的做法就是，彼此相爱。你父亲如果收到了你爷爷送他的礼物，就会亲吻你爷爷的手。他们在礼仪方面也很注意，没经过长辈们的允许，儿子们不会轻易坐下，家长同意了才敢坐下。刚结婚的时候，这些礼仪在我看来是那么无知，心里觉得很是荒谬可笑。

“后来我慢慢适应了这里的生活。在我同你父亲相处的几年内，我们失去了三个儿子，后来我们继续为芙希尔德操碎了心。那个时候我才看到你父亲内心的坚强，良好的家教让他不管在什么事面前都沉着冷静，处理事情也能处处替他人着想。”

不久，克里斯汀低声问道：

“那么父亲从头到尾都没有看过西格尔吗？”

拉根弗丽德低落地说：“是的，时间太短了，连我都没看见那个可怜的孩子。”

克里斯汀半天没说话，过了一会儿说：

“但是母亲，在我看来你的生活一直很幸福……”

拉根弗丽德情不自禁地流下了眼泪：

“的确，主眷顾我，直到今天我还是很幸福。”

然后拉根弗丽德再次抱住小劳伦斯，轻轻地哄他睡觉，并抚摩克里斯汀的脸颊，让她早点休息。克里斯汀张开双手。

“母亲……”她哭了出来。

拉根弗丽德弯下身子，抱着克里斯汀，不断亲吻着她。自从芙希尔德离开了他们的这些年后，母亲再也没有这样做过了。

第二天，天气非常好，克里斯汀站在阁楼上面，看着远处的山脉。这里已是春意盎然，万物复苏，解冻的溪水也哗啦啦地流着，到处都是一片绿色。在道路沿着莱加桥庄园上方的陡坡延伸的地方，有一片青翠的冬黑麦田——去年，约翰把那里的灌木丛烧了，并在那里播种下了黑麦的种子。

送葬队在那条路上，克里斯汀一眼就看到了……

此时队伍已经来到了山脚下，就在那片麦田旁边缓缓走着。

她看到站在最前面的几位神父，旁边的人手里拿着蜡烛。由于阳光的关系，她没有看见亮光，不过远远望去蜡烛就像面条一样竖在那里。接着出现了拖着父亲灵柩的两匹马，神父后面是父亲的棺材，丈夫、西蒙、妹妹、母亲还有其他亲人紧随其后。

最初，神父们唱的颂歌还能穿过喧闹的河流传过来，但是由于距离越来越远，声音慢慢地就被河流的波涛声和从山林奔腾而出的流水声吞没了。克里斯汀一直站在阁楼上，久久地注视着日渐消失的送葬队伍不愿离去。

下卷　尼古拉斯之子伊兰德

1

劳伦斯去世之后，拉根弗丽德在第二年也追随了他的脚步：她是在1332年的初冬去世的，由于路途遥远，因此拉根弗丽德下葬一个月后，克里斯汀才得知噩耗。第二年，西蒙来到了胡萨贝庄园，由于拉根弗丽德遗留下财产，他们之间需要好好商量商量。如今柔伦庄园已经归克里斯汀所有。因此，他们请西蒙来代为管理那里的产业和安排那里民众的耕作。因为之前西蒙已经开始管理这方面的事情了。

刚好这段时间，伊兰德的管辖区出了点事，伊兰德被这些事弄得焦头烂额。去年秋天的时候，住在乌普谷地福尔布列格德庄园的农民侯乔夫听到邻居说自己的妻子是女巫，就和那人去评理，结果却把那个邻居给杀了。当地的民众把侯乔夫绑了起来，送到伊兰德面前。伊兰德下令，先把他羁押在储藏室的阁楼里面。寒冬的时候，伊兰德把他放了出来，让他和士兵们一起住。侯乔夫以前在伊兰德远航的时候做过水手，那个时候侯乔夫在伊兰德的手下表现得非常突出。所以伊兰德在上报这个案子的时候，曾写信给领导建议把侯乔夫放回去，并千方百计地为侯乔夫开脱。武夫也担保侯乔夫一定会回来接受审判，之后伊兰德便准许侯乔夫回家过圣诞节。不过，后来侯乔夫和他妻子去德莱夫看望亲戚的时候却消失了。伊兰德认为是由于天气的原因，他们可能死在了山里，不过更多的人认为他们是潜逃了——郡里的人似乎都白忙活了一场。这个时候侯乔夫又被爆出新的案子——侯乔夫似乎在杀死邻居之前曾在山里害过人，然后把人埋在山上，原因是他觉得那个人虐待了自己的马，就干掉了那个人。并且有证据表明侯乔夫的妻子确实从事巫术活动。

现在乌普谷地的神父和大主教派来的特使正在着手调查有关巫术活动的各种流言是否真实可信，结果却调查出一些令人失望的事情来——这一地区只有大部分人信奉基督教。类似这样的事情以前只会发生在一些比较偏远的地区。例如在布德湾的一个老头还被带到尼达洛斯去接受大主教法庭的审判。伊兰德一点儿也不关心那老头的事情，受到了很多人的非议。事情是从这个名叫阿恩的老头身上开始的，这个老头的家住在胡萨贝庄园附近的河边，也可以说是伊兰德的仆人。他喜欢研究巫术那一套，听说家里放了好多肖像，每天祭拜。但是他过世后，大家在他住的那所小屋子里却没有发现这些东西。当这个老头快要死的时候，只有伊兰德和武夫他们在他身边。因此大家说，是伊兰德他们在阿恩死的时候把这些东西藏了起来。大家在议论这件事的时候，便会不由自主地谈论到伊兰德的姨妈——爱丝希尔德阿姨身上。在人们的眼中爱丝希尔德是个从事巫术活动、行为放荡，甚至还谋杀亲夫的人。只是爱丝希尔德非常聪明，和上流社会的人往来，因此没人去追究她的罪行。另外，大家似乎没有忘记伊兰德年少时犯的那些过错，他当初的所作所为丝毫不像一个基督徒的样子，对教会的戒律也不放在眼里……

后来艾利夫·科丁大主教约伊兰德到尼达洛斯面谈。西蒙骑马和伊兰德同行。西蒙要去兰赫姆庄园接西格丽德的孩子，他们约好在兰赫姆见面，让那孩子和西格丽德待几个月。

佛洛斯塔市民会议马上就要开始了，所以城里来了很多人，十分热闹。伊兰德和西蒙来到大主教的府邸的庭院后，被人带进一个会客厅内。在那里，他们看见里面站了很多修士，还有一些达官贵人：其中有尼古拉斯之子哈拉德、荷曼之子奥拉夫、耶姆特兰州长、海吉之子固托姆斯爵士，还有贾瓦德之子亚涅。看到西蒙在场，亚涅连忙过来打招呼，真诚地问候西蒙，让西蒙和自己一起坐在窗户旁边。

西蒙似乎觉得很不习惯。自从十年前离开兰赫姆庄园以后，就再没有和亚涅见过面。那个时候兰赫姆的人热情地迎接他，不过他由于为了西格丽德而过来，总觉得有些尴尬。

当亚涅不断地夸奖小贾瓦德时，西蒙安静地坐在那里，仔细观察着伊兰德。伊兰德在一边和当地的行政长官谈话，那是彼德之子巴德爵士，和伊兰德他们并没有什么亲缘。伊兰德的表现不算粗鲁，只是他和大臣们说话的时候总是一副随随便便、不屑一顾的表情，身体不断地摇动，把手放在腰间。他和以前一样穿着昂贵绸缎做成的衣服，看起来十分奢华，外套长到脚边，还带着深色的围巾，胸前露出里面的白色衬衫，腰里系着皮带……这一系列的打扮让他看起来帅气极了。

透过礼堂里面的玻璃窗射进来几缕阳光，西蒙看到自己的姐夫伊兰德似乎老了不少。他的脸由于常年风吹日晒的原因看起来有些粗糙，还生了几条皱纹，脖子上也出现了讨人厌的横纹。不过和其他大臣站在一起的时候，他依然显得活力四射、非常精神——实际上在这里他年纪不是最小的。行政长官离开之后，伊兰德就到处乱逛，和刚才的姿势一样，手插在腰上，并没有因为多年的富贵生活而肥胖不堪，和当年一样轻快。即使他的动作有些淘气、满不在乎的样子，换个角度想想，也让人觉得蛮可爱的。其他人都坐在一边，小声地谈话，只有伊兰德走来走去，随身佩戴的铃铛不断地响，屋里的每一个人都听到了。

后来有个年轻人气呼呼地让伊兰德坐下："能否休息一会儿，尊敬的先生！"

伊兰德突然停下脚步，面露难色，看着刚刚对自己讲话的青年。

他笑嘻嘻地说："我亲爱的约翰，你昨夜到什么地方逍遥快活去啦，弄得现在头痛了！"伊兰德说完后便坐了下来。哈拉德监法官来到他身边时，他站起来等哈拉德监法官坐好，便迅速坐在他的旁边，一副吊儿郎当的样子。哈拉德监法官讲话的时候，他无礼地把手乱放。

伊兰德之前向西蒙诉苦说侯乔夫的案子让他非常尴尬。不过此时，他坐着同哈拉德监法官谈论这件事情的时候，却显得一副无忧无虑的样子。

就在这个时候，大主教进来了。他被两个下人搀扶着坐在主人的座位上，并在这个老头的四周放了很多垫子。西蒙第一次见到艾利夫·科丁大主教。他看起来有些年迈，即使穿了厚厚的皮衣，戴上绒帽，还是给他此刻人很冷的感觉。轮到接见时，伊兰德和西蒙一起来到大主教面前，西蒙单膝跪下去，亲吻艾利夫大主教的戒指，伊兰德照着西蒙的样子也毕恭毕敬地重复做了一遍。

艾利夫大主教先和其他人说了很长时间，之后才接见伊兰德的。伊兰德来到艾利夫大主教面前时，看起来彬彬有礼，举止十分得体。不过当他回答问题的时候，他表现得很浮躁，而自己却感觉很棒，似乎自己毫无过错。

的确，以前他听朋友说过巫术这回事。但是没有深入了解，他也没兴趣去调查别人说的事是不是真的。想得到证据，那是大主教的事了。

然后有人提起胡萨贝庄园里那位会施巫术的老男人的事。

伊兰德轻蔑地笑了笑。的确，阿恩曾经吹嘘过他会巫术，不过伊兰德从没亲眼见过他做过自己在外面炫耀的那些事。他童年时期就听过阿恩讲的关于海伦、斯乔古莉、斯诺特拉[①]等人的那些事，但从来都没有放在心上，觉得那只是传说而已。

“我知道我弟弟哥恩纽夫和艾利夫神父以前去调查过他，不过后来就没有对他提出任何控诉，似乎是找不到证据吧。他看起来也是个虔诚的教徒，每逢什么节日，他都会去礼拜堂的，并且会念基督教的祈祷文。”伊兰德认为阿恩根本不会巫术，他后来见过北方的一些人施巫术和魔法之后，更认为阿恩做的那些事只是让他觉得滑稽可笑而已。

这时，艾利夫·科丁大主教接着问伊兰德有没有收到阿恩的一

①前面提到的这三个都是古代斯堪的纳维亚神话中的女神。

件……一件能使他在情场上所向无敌的礼物。

“是的。”伊兰德乐呵呵地迅速回答道。

这大概是28年前的事情吧，那时伊兰德大概才15岁。阿恩给了他一个小袋子，里面好像是装有一颗白色的小石子和几块晒干的动物的器官之类的东西。那个时候他对这样的东西也抱着怀疑的态度，大概过了一年，他就给了别人，那是他在宫中服役的第一年。那是在城内的公共澡堂里面，他开玩笑地把这个所谓的“法宝”拿出来给其他人看。后来有个宫廷侍卫找到他，提出愿意购买这个宝贝，于是伊兰德便把这个“宝物”换了那位宫廷侍卫的一把剃须刀。

大家问，是谁和他交换的？

一开始伊兰德怎么也不愿意说，不过大主教开口让他告诉大家时，伊兰德就仰着头，一副淘气的样子说，是欧格蒙之子伊瓦尔爵士。

在座的男人们脸上都露出了异样的表情，固托姆斯爵士有点按捺不住了，便笑了出来。艾利夫大主教也强忍住才没笑出来。看到大家如此反应，伊兰德低着头小声说：

“我的大主教，想必您不会为几十年前的事情去打搅伊瓦尔爵士吧。我之前就表明态度了，我根本就不信那些玩意儿……我自己得到那东西，以及我和伊瓦尔爵士交换之后，实际上都没产生什么作用……”

固托姆斯爵士不知怎么的哈哈大笑起来，别的人也跟着笑了，肚子都快笑抽筋了。艾利夫大主教也笑了起来，还不断咳嗽着，掩饰着自己。因为在这件事情上，伊瓦尔爵士总是空有愿望而难得交好运。

过了一会儿，有个修士平复了心情，他提醒大家该谈正经事了。于是伊兰德很不客气地说，莫非有人告他，他被审判了？——伊兰德认为，召见他，不过是为了当面谈谈这些问题罢了。于是，大家接着聊刚刚的话题，但是固托姆斯爵士不断地笑出声，气氛很是活跃。

次日，会议结束了，他们准备回去。两个人说起昨天的会议，西蒙认为伊兰德太小看这件事了，他看出有很多人都在等着看伊兰德的笑话。

伊兰德说，那些人如果有本事，的确会对付他。那些人大部分和首相站在同一条战线上……对于伊兰德来说，除了大主教外，首相和伊兰德的关系也算很好。但是伊兰德做任何事都按照规矩来，审判的时候喜欢和克龙讨论讨论，因为克龙精通法律。伊兰德这个时候看起来非常严肃，不过他依旧笑呵呵地说，估计没有人料到他如今已经学会了怎么做一个好官，即使是自己身边的人。而且艾尔林爵士当时开出的条件，如果现在变了，他未必想做这个官。他现在的情况，特别是劳伦斯过世之后，决定了他没有必要去讨好新上任的官员。的确，年幼的君主如今最喜欢人们称他为小大人，再过些时候，他一定会像男人一样顶天立地。他们很想知道小君主身边的政客们到底做了什么打算。过不了多长时间，大家就会发现艾尔林爵士是正确的，如果小君主准备去占领史康省的土地，双方马上就会陷入战争。太平的日子应该更长久些，距离上次战争不过五年，以后俄国人不晓得会不会来招惹他们。伊兰德不相信那些外国人，艾尔林爵士也是同样的看法。的确，巴尔总理博学多识，在很多事情上都有独到的见解。不过他身边的那些谋士就不同了，那些人愚蠢的想法连自家的小马驹“煤烟”都不如。行了，行了，他们现在排挤艾尔林爵士，伊兰德也不想待在这个地方。但是支持艾尔林爵士的那些人肯定想让伊兰德保住自己的权威和产业，因此他还没想好准备怎么做。

西蒙·达尔感叹说：“看你现在的样子，似乎站在了艾尔林爵士一边。”

伊兰德说，嗯，事实上也是这个样子。去年夏天他到卑尔根时，在艾尔林爵士的庄园里待过一段时间，也增进了彼此的了解。艾尔林爵士想看到国泰民安的场景，不过他希望挪威保住权威，争取和平。没有人可以打破好不容易争取到的平静生活，更不能让自己的国民沦为他人的奴隶。另外，艾尔林爵士想平息英歌伯柔太后的事。现在克努特公爵士死了，英歌伯柔太后成了没有丈夫的女人，人们当然希望她可以帮到小君主。她深深喜爱和克努特公爵生的小孩，几乎把小君主抛弃了，但是，如果让他们二人相聚，什么心结都会消失的。

西蒙觉得伊兰德很了解这件事，不过对艾尔林爵士的做法觉得有些不解。这位过气的大臣认为伊兰德有能力处理自己交代的事情吗？或者艾尔林爵士没有其他的人选，随便挑了一个人？也许是他放不下金钱和权力。没有人会去猜测他以公谋私，他自己本来就腰缠万贯，没有理由那样做。不过大家都说，他被提拔之后，越来越固执，听不进去大家的劝诫，慢慢地变成了一个独断专横的人，把别人的建议抛在脑后。

伊兰德如今基本上是站在艾尔林爵士那边了——没了权力的艾

尔林爵士，对伊兰德来说是好还是坏，谁都说不准。西蒙不得不承认，伊兰德虽然看起来粗里粗气，做事不经过大脑思考，不过他每次的见解还是很独到的。

晚上，伊兰德兴致勃勃，谈笑风生。他现在住在父亲留给哥恩纽夫的庄园里面休息，哥恩纽夫在出家当修士时把这座庄园送给了伊兰德。克里斯汀、儿子以及女儿都和他在一起。

晚上家里来了很多宾客，当中有许多是昨天早晨在大主教那里见过的。吃完美食过后，他们品尝着啤酒。席间，伊兰德不断发表他的高谈阔论，逗大家发笑。他从盘子里取出一颗苹果，并在上面雕刻了些图文，然后顺着桌边滚到前面的森尼瓦夫人那边。

和森尼瓦坐在一起的另一位太太准备看上面的图案，把手伸过来拿，但是森尼瓦不愿意给她，一把抢过苹果，然后她们就在旁边打闹，抢过来抢过去。伊兰德大声嚷嚷，艾佛儿太太也应该有一个。之后他把面前的苹果都送了出去，还开玩笑说他在每个苹果上面都刻下了爱的魔咒。

一个中年人大声叫道："年轻人，如果你真的要兑现自己全部的承诺，那时恐怕要耗费你的全部精力啦！"

伊兰德反驳道："如果像你说的一样，我就不兑现自己的诺言，在这方面我过去常常这样做。"客人们听完后便哄然大笑。

不过，冰岛人克龙拿起一颗苹果看了一眼后，大声反驳道，伊兰德雕刻的那些图案，只是他随手乱画的而已，根本不是什么魔符，还说自己要刻点真正的魔符出来让客人们看看。伊兰德立即反驳说：

"你如果这个样子的话，其他人一定会逼我赶你走，而你对我来说是极其重要的啊。”

吵闹中，伊兰德的小儿子小劳伦斯慢慢地走进房间来。小劳伦斯如今已经两岁多了，长得非常可爱，胖乎乎的，还有金丝一样的头发。客人们都争着要抱他，抱在怀里摸来摸去，但是却一点儿都不温柔。因为这些人都已经喝得醉醺醺的了，所以有点儿忘乎所以了。克里斯汀和伊兰德坐在上席上，她请求大家把小劳伦斯还给她，小劳伦斯正在哭着要母亲抱呢。可是没有人听她的。

这时，孩子已经开始放声啼哭起来了，因为森尼瓦夫人和艾佛儿太太为了抱小劳伦斯而争抢了起来。这时，伊兰德突然跳过桌子，抱住小劳伦斯，孩子还在哭泣，伊兰德就逗孩子开心，抱着孩子四处走动。他现在好像把大家都忘记了。小劳伦斯的头靠在伊兰德的肩膀上，躲在父亲的黑发下面，看起来非常温馨。伊兰德时不时地低头亲吻面前的小家伙。他就这样踱来踱去过了好久，直到用人进来带孩子去睡觉，实际上小劳伦斯早就该去休息了。

这时，突然客人们大叫着让伊兰德给他们唱歌，他们想跳支舞——伊兰德唱歌很不错。伊兰德本来不想唱的，见推辞不过，便只好走过去了。伊兰德抱着女儿，把她推到房间中间。

“玛格丽特，过来！和我一起跳个舞吧！”

马上便有个年轻人站出来，将玛格丽特的手拉住，说道：

“她已经答应了我，和我一起跳的……”

不过伊兰德又将女儿的手抢了过来，拉到自己这一边。

“哈康，你的妻子不就在这里吗？去找她跳吧……当我的妻子在身旁时，我从来不会和别的女人跳舞的……”

“父亲，是这样的，英格贝尔跳得累了……所以我才同意和他……跳一会儿的……”玛格丽特赶紧解释道。

西蒙·达尔不想跳舞，此时，他正和一位老太太站着旁观，看着周围的人群……他的眼睛不时看一看克里斯汀。几个女仆在清理桌面，擦干之后又端了些饮料和胡桃进来。克里斯汀站在桌尾，然后来到火炉边坐下，和来宾中的一位神父交谈。不久西蒙也坐在了他们身边。

客人伴随着歌声跳了一两支舞后，伊兰德来到妻子的跟前。

伊兰德伸手恳求道：“来陪我们跳舞嘛，克里斯汀。”

“我累了。”克里斯汀抬头瞥了一眼说道。

“西蒙，你来邀请她，她不会拒绝陪你跳一曲的。”伊兰德说。

西蒙忙站起身来，想要邀请她，但是克里斯汀依然摇着头：

“西蒙，算了……我实在是太累了……”

伊兰德待了几分钟，似乎有些扫兴。然后又去和森尼瓦夫人玩乐，当众牵着森尼瓦夫人，走到跳舞的行列中，还让女儿唱首歌给大家听。

西蒙疑惑地说：“和玛格丽特站在一起的年轻人是谁？”他心里想，那个人虽然看起来英俊潇洒，极其健康的样子，唇红齿白，眼睛非常有神，但自己对那个人没有什么好感——他的眼睛虽然很好看，但和鼻子距离太近，还有眉毛和发际线也距离很远，怎么看都觉得奇怪。克里斯汀说，他是高尔多拉州州长艾德莱德之子图勒，也就是古姆萨庄园的哈肯。哈肯前不久才娶了位富家小姐，瞧，就是和奥拉夫监法官待在一起的那个美丽姑娘，奥拉夫监法官是那孩子的教父。西蒙看着那个姑娘，觉得和他的亡妻很相似，只是没有亡妻标致而已。并且很快他了解到那姑娘和亡妻是远方亲戚，叫英歌伯柔，便过去向她问好，然后一起聊了起来。

没过多久跳舞的人就散去了。年纪大一点儿的人品着小酒在休息，青年们都在客厅里唱歌狂欢。伊兰德去火炉旁陪其他的客人，手里握着的却是森尼瓦夫人，让她陪着自己。男人们喝着小酒，森尼瓦夫人没有地方坐，便拿了几个核桃出来吃，伊兰德剥好了喂给她。

森尼瓦夫人忽然说："伊兰德，你一点儿礼貌都没有。你在这里坐着谈笑，而我却只能站在你面前……"

伊兰德笑着说："好吧，给你一个位置。"然后便把森尼瓦夫人抱到自己膝上。森尼瓦夫人一边反抗一边开心地大叫，让克里斯汀救她，让克里斯汀看看伊兰德是如何对待女客人的。

"这就是伊兰德的善良了，"克里斯汀连忙笑着说道，"我家里的小猫小狗有时也会在他身旁乱蹭，他也会这么对待它们的！"

虽然伊兰德和那位夫人依然坐在那边，一副淡然的样子，不过脸却悄悄地红了。他就那么抱着那位夫人，仿佛她不在他身上似的，自己还和别人说起了维德贡之子艾尔林与保尔首相勾结的事情来，这件事情最近很是流行。伊兰德说，波尔德之子保尔说过多次，他对艾尔林没兴趣，而且做得没有一点儿风度，一点儿也不像个男人。于是伊兰德就讲起了这件事情。

"去年夏天，一个从芬族地区来的年轻人希望在军事长官会议上，想在宫廷得到一份工作。那个不行的年轻人很想学会军人的礼节和皇宫里的规矩，因此话语中夹杂着很多瑞典话——在我那个时代法国话很风行，不过现在流行的是瑞典话。一次，这个年轻人问别人，瑞典里'讨厌鬼'用挪威语怎么说。保尔听到后，便说道：

‘讨厌鬼，我可以这么说，比如说艾尔林的夫人——埃琳夫人，就可以说她是个讨厌鬼！’当时这个年轻人便猜测，可能这个词和‘温柔’‘漂亮’之类的词接近，这样才配得上埃琳夫人，虽然他还没有见过埃琳夫人说话的强调和内容。一天，艾尔林在去大厅的时候又看见他了。艾尔林便停下来亲切地和他交谈起来，还问了他对这里的看法，并谈起了他的父亲。年轻人很是感激，并说一定会将‘您和您那位“讨厌鬼”妻子’的问候带给父亲！艾尔林听他这么说，马上扇了他一记耳光，直接将他掀翻在地，从楼梯滚了下去，幸运的是在他滚了几个梯级后便被人接住了。因此，争吵便不可避免了，很多人都过来围观，没多久便清楚了整件事情的经过。艾尔林很是生气——别人居然让他出丑了！——但却装作什么事都没有的样子。首相得知这件事情，不过是付之一笑，还说道：他本应该告诉这个小伙子，讨厌鬼——摄政王也是个讨厌鬼。这么一来，那个小伙子应该就不会理解错了。”

听过这个故事之后，人们都很认同伊兰德的看法，觉得这位首相做得实在太过分了……他们都不约而同地大笑起来。不过只有西蒙在一旁静静地听着，思考着。他暗暗想着：伊兰德和艾尔林之间的友谊真是不可思议——从他说的那个故事中，如果艾尔林居然会因为一个从乡下来的年轻人在宫廷里的楼梯上嘲笑他而失去风度的话，那么他也太不大度了。而伊兰德是否因为自己和埃琳夫人以及艾尔林夫人都有亲戚关系，所以才感觉难为情——对于这一点儿，西蒙觉得可能性不大。

过了一会儿西蒙问道：“克里斯汀，你有心事吗？在想什么？”克里斯汀端正地坐着，两只手交叉地放在膝盖上，说：

"有，是关于玛格丽特的事情。"

深夜以后，伊兰德和西蒙到院子里面谈话，意外地看见黑暗处有两个人。在月光的照射下，西蒙认出他们分别是哈肯和伊兰德的女儿玛格丽特。伊兰德看着他们离开，伊兰德此时还很清醒，没喝多少酒。西蒙发现他有些生气了，不过他解释说，他们很早就相识了，总是在一起玩。西蒙心里觉得，即使真的没别的事情，那么哈肯的新婚妻子英歌伯柔也是很可悲的。

第二天哈肯又来了，问马吉特[①]在不在，伊兰德十分恼火地说：

"我的孩子小名叫'马吉特'，那不过是我们对她的称呼，你昨晚如果还有什么话没讲完，那么就不用说了……"

哈肯露出无奈的表情，走的时候让伊兰德替他向玛格丽特问好。

胡萨贝庄园里面的人们都居住于尼达洛斯，一直到这次大会结束。西蒙和那些人一起一点儿都不开心，更没有像回到家中那种温馨的感觉。伊兰德待在城市寓所里，动不动就非常烦躁，原因是他弟弟哥恩纽夫曾答应将庄园旁边的一些园子和建筑物的使用权赠给了一所医院。伊兰德此时想赎回被医院占去的地方，他非常讨厌在庄园里看到有伤者及患病的人——说真的，很多景象真的很令人生烦，更重要的是伊兰德担心调皮的小孩子会传染上什么病。可是伊兰德与医院的那些修士们却总是不能达成一致的意见。

还有玛格丽特的事情，西蒙明白大家经常在议论她。克里斯汀感到非常担心，但是孩子的父亲却一点儿都不把这放在心上。伊兰德相信他能够看好自己的孩子，根本就不用太着急。有一次他对西蒙说，冰岛总管阿列之子克龙有要娶他女儿的意思，他不晓得该如

①玛格丽特的昵称。

何是好。他并不讨厌这个来自冰岛的年轻人，但他是教堂神父的孩子，伊兰德对他的身份有点介意——他不希望别人以后对玛格丽特的孩子说三道四，说他父母的曾经都是私生子。但是，克龙确实是是一个大家都很看好的男孩，天性开朗，聪明好学。他的父亲阿尔神父一直都很细心地教育和开导他，想让克龙以后继承他的衣钵，听说他还通过一些手段为克龙申请到了一张许可证。可是克龙本人却不愿意，他不愿意当教士。伊兰德好像准备先放下自己孩子结婚的事情，如果没有其他更好的选择，他随时都可以将女儿许配给克龙。

曾经有一个好人家想娶伊兰德的女儿，但由于他的愚笨与自大，竟然把这么好的机会放弃掉了。当他放弃这个机会时，引来了很多人的讨论。当时想娶他女儿的是莱尔荷尔地区西格瓦特男爵的孙子，叫作西格蒙。他家境不是很宽裕，因为他的父亲费恩有十几个孩子，且都健在，而且自己也有点老了——看年纪和伊兰德不相上下。但是他名望很高，又非常聪慧。伊兰德与克里斯汀新婚的时候，他给玛格丽特送了些土地，平时日子里也经常送她些贵重的东西，还有之前与西格蒙谈好的嫁妆，玛格丽特嫁给他肯定非常富裕。伊兰德非常开心自己的女儿能有这样的福气，可是当他把准女婿领到家里给自己女儿看的时候，没想到女儿嫌弃西格蒙的眼睛旁有一颗睡疣，且死活不愿意嫁给他。伊兰德同意了女儿的意见，西格蒙则非常恼怒，说伊兰德他们毁约。伊兰德也很生气，说他们本来就应该知道，婚姻是建立在男女双方都愿意的基础上才行的，他怎么能逼迫自己的女儿和他结婚呢？克里斯汀支持丈夫不逼迫女儿的做法，但同时她也认为伊兰德应该静下心来同女儿好好聊一聊，让她明白西格蒙是一个很不错的人选，就她自己的这种身世，不会再有一个比这更好的人了。但是，克里斯汀只是对伊兰德说说而已，而伊兰德便对她说出这样的话而大发雷霆。这些情况，是西蒙在兰赫姆庄园的亲戚那里听说的。那边的人都觉得这样的事情一定不会有什么好的结果。伊兰德是个有能力的人，女儿也长得十分美丽，可是由于父亲这么多年一直宠着她，把她大小姐的脾气都惯了出来，这对她是不会有什么益处的。

会议结束之后，伊兰德带着妻儿回去了，还有西蒙和他的外甥雅瓦尔达和他们一起同行。西蒙很担心，对于妹妹西格丽德期盼的这次会见，结果可能不会很好。西格丽德现在留在克鲁克庄园生活得很幸福，还有了三个不错的孩子，而吉尔蒙，他真的是个好人。就是他恳求将雅瓦尔达带到这里的：他想带给妻子看看，因为她一直都很想念这个孩子。不过，雅瓦尔达舍不得祖父母们——他们很宠爱她，不论什么要求都会顺从她——但是现在，克鲁克庄园和兰赫姆庄园已经很不同了。并且他还不知道吉尔蒙会不会喜欢他们来这里做客。和孩子一起过来的仆人已经年老了，对于他的任何行为都不闻不问。但是，伊兰德的孩子们看见雅瓦尔达来到这里却很高兴。伊兰德觉得，他的孩子们当然不比高雅瓦尔达差，因此不论纳克和布柔哥夫提出什么要求，伊兰德都尽量满足他们。

现在几个大些的孩子已经长大了，能帮帮伊兰德的忙。伊兰德开始注重起孩子们的教育来。西蒙发现克里斯汀并非很喜欢这样，她觉得孩子和伊兰德接触久了，不一定是件好事。两个人经常因为孩子的事争吵，即使没有大声斥责，也会冷言冷语。在西蒙眼里他们这都属于吵架，大多数情况下他觉得是克里斯汀的错。伊兰德是个暴脾气，不过克里斯汀似乎总是在和伊兰德算旧账。有一天不知是什么缘故，她开始批评纳克。而伊兰德则准备要和儿子好好谈谈。之后克里斯汀不知道因为什么原因又转过来抱怨他。伊兰德生气地说：仆人们都在家里，我怎么可以在这么多人面前动手教训已经这么大了的孩子？

“是的，现在教育是有点晚了。在他小的时候，你要是这样来教育他的话，他早就对你言听计从了。可是那个时候你到哪里去了，你从来都不管他们。”

“错了，我一直都很关心他。我现在也认为，在纳克小的时候，我叫他天天和你在一起是对的。我一个大男人总不能去教训一个光屁股的小孩吧？”

克里斯汀用冷漠而带有点嘲讽的口吻说：“上周你可不是这么想的。”

伊兰德什么也没有说，他站起来准备离开。西蒙认为克里斯汀的话有些过火，她说的是前几天发生的事情。当时，伊兰德和西蒙刚骑马来到院子中，小劳伦斯便手持木剑飞快地跑到他们面前，来到伊兰德身旁。因为淘气，这孩子便用手中的木剑敲打伊兰德的马蹄。马突然前蹄离地腾空而起，瞬间把小劳伦斯撞倒在地。伊兰德急忙勒紧马，几乎从上面摔了下来，等到坐稳后立即从马背上跳下，把拴马的绳子扔给西蒙拿着，自己一把抓住小劳伦斯，担心得要死。检查过后发现孩子没什么问题，他就火冒三丈地打了孩子一顿，到现在这孩子的屁股还肿着呢。之后伊兰德也有些后悔，便想讨好自己的孩子，一直想逗他玩。不过小劳伦斯似乎忘不了这件事，一直噘着小嘴，紧紧跟着克里斯汀，就是不愿意见伊兰德。晚上把小劳伦斯哄睡之后——小劳伦斯仍旧睡在大床上，因为在夜里，克里斯汀仍要给他喂奶。小劳伦斯睡觉的时候，伊兰德整个晚上在旁边看着他，轻轻地抚摩他。伊兰德曾告诉西蒙，在这几个儿子中，他最喜欢小劳伦斯。

当伊兰德去外面参加会议时，西蒙也准备离开了。在回家的路上，他不断加快速度，马儿把下面的土踢得尘土飞扬。有一天经过山坡时，他们放缓了脚步，旁边的用人开玩笑说他莫非只想用一半的时间回家。西蒙微笑着说，事实上自己就是这么想的。

“因为我现在非常想念自己的家。”

只要他到外面，总是渴望回去。西蒙不是一个贪玩的人，如果一提到回家，便高兴得要命。不过这次回家的愿望更强烈了，在家里，有自己的孩子们，包括心爱的兰波。实际上他不用急着回去，不过胡萨贝庄园的杂事让他有些烦躁，感觉就像死刑犯将被处死一样。

2

在这个炎热的夏季，克里斯汀一直在回想西蒙传达给她的母亲拉根弗丽德过世的消息。

伊瓦尔之女拉根弗丽德是在孤独中死去的，仅仅有一个女仆人陪着她，而且在她断气的那一刻这个女仆还是睡着的。尽管西蒙说她去世的时候早已经做好了思想准备，但克里斯汀依然不能释怀。在拉根弗丽德临终前的几天，忽然非常想念圣餐。她去修道院里在她的神父面前做了忏悔，并享用了圣餐礼，这可能是上帝的旨意吧。在她离世的时候必定是很安详的——西蒙在她死后去看过她，觉得她非常美好。在去世之后，她依然很美丽，众所周知她已经快60岁了，这些年满脸长满褶皱，两颊干瘦——但现在却不一样了，她脸上的褶皱现在全都舒展开，而且透着年轻的光滑，看上去与一个睡着了的少女无异。之后人们把她与丈夫劳伦斯安葬在一起。在劳伦斯逝世后没多久，他的亲人便将劳伦斯之女芙希尔德的骨灰也迁葬到劳伦斯的旁边。坟墓上有一块很大的石碑，上面有一个雕刻精致的十字架，它把墓碑分成了两半，在卷曲的卷轴上还刻着修道院副院长用拉丁文作的一首诗。西蒙对拉丁文不太熟悉，所以也没有记下来。

拉根弗丽德去世前住在城里修道院施主居住的庄园中一间单独的房子里，那栋房子下边有一个房间，上边带着一个很典雅的阁楼。她与一个贫苦的农妇一同在这里孤独地生活着，和她同住的农妇只需要支付很少的房租，被教士们收留在这里，而且还要为几个有钱的房客提供服务。但是，在近半年来却是拉根弗丽德在照顾她。那个被称作托冈娜的农妇，由于生病已经躺在床上很长时间了，拉根弗丽德经常给予她帮助，并且满怀深情地对她悉心照料。

在拉根弗丽德去世的那个傍晚，她去过修道院的教堂里做晚间祈祷，之后来到施主所住院子里的厨房里。她在那里煮了一些汤，还加进去了一些补身子的草药，并且还对厨房里的其他人说她想给托冈娜煮点药汤，希望她能在第二天早上与自己一同做晨间祷告。这便是人们所见过的柔伦庄园寡妇的最后一面了。第二天她和那位农妇在早课上都缺席了，而且连午间的弥撒也没有来做。修道院的几位托钵僧察觉到拉根弗丽德这一天没有来过教堂，在日间弥撒上也缺席了很久，他们终于有些吃惊了——之前她对于这每天三次的礼拜是从不缺席的。于是他们派人到城里去打听布柔哥夫之子劳伦斯遗孀是不是身体抱恙。当人们来到阁楼的时候，只看见药汤依然放在桌子上没有动过，托冈娜还在床上靠着墙壁熟睡着，而伊瓦尔之女拉根弗丽德却躺在床的另一边，双手交叠在身前，早已没有了生命迹象，尸体也快要僵硬。西蒙和兰波去参加了她的葬礼，葬礼办得很隆重。

现在胡萨贝庄园里的人很多，克里斯汀生有六个儿子，很多事情她也不再亲力亲为了，而是请人来管理，因此女主人很多时候都是在房间里缝缝补补。家里总是有人需要添置衣服——特别是伊兰德、玛格丽特和那些男孩子们。

克里斯汀见她母亲最后一面的时候，是母亲骑着一匹马紧随在父亲的灵柩后边。那是一个明亮美丽的春天，在柔伦庄园里，她站在草地上，看着那一队人经过一个微陡的碧绿的麦田，将父亲的灵柩缓缓运走。

克里斯汀手上的针线上下翻飞，头脑里却想着父母与柔伦庄园的亲人们。如今，当那些都成了回忆时，她觉得自己看清楚了许多事情，曾经她生活在那里的时候，对于很多事情看得都不是很清楚。她觉得父亲对她的疼爱和爱护以及母亲辛勤的劳动本就是应该的，现在她有了更深的体会。她想到了自己的几个孩子，他们是她心里最重要的东西，在她活着的时候，她会每时每刻将他们放在心上。她心里有些事情，需要经常去思考，但是对于孩子们的爱是不需要思考的。在她住在父母家的那段时间，她总觉得父母这辈子所做的一切都是为了她们姐妹两人。如今她好像明白了，当年在长辈的安排下结为夫妇的父亲和母亲之间拥有一种极致的幸福和痛苦——遗憾的是她从来不知道这些，只明白如今父母亲已经一起离开了她。这时候她才懂得，他们除去对子女的爱，生活中也是有其他东西的。他们对子女付出的爱如此浓厚，而子女报答他们的爱却如此微不足道和自私，即使在少女时代身边只有父母的那段时间也是这样。她好像看见自己站在一个遥远的空间里，那个地方很小，遥远得穿越了现在的时空，她站在小时候住过的冬天温暖的阁楼里，有明亮的阳光从缝隙中照在她身上。父母就站在她身后，身影被阴影所隐藏——那些阴影如此巨大，和她从前看见的一模一样，而父母亲正站在那边向她笑着。如今她才明白，当小孩子走到他们面前时，便将那些忧虑和烦闷苦恼都隔了开来，所以他们才会如此温暖地微笑着。

“克里斯汀，我想，将来当你有了自己的子女时，便会明白了……”

她回想起母亲对她说这句话时候的情形。克里斯汀满怀忧伤地想：或许到这个时候她还是没有理解自己的母亲吧？不过她已经开始慢慢意识到，她不明白的事情还有很多很多……

这一年的秋天，艾利夫大主教离开了人世。也是在这段时间，马格奈斯国王下令重新审查全国各郡军事长官任职的资格，而伊兰德却没作任何调整。在国王成年亲政前的那年夏天，伊兰德来到卑尔根一趟，收到指令，批准他保留使用州长管辖下的25%的保释金、罚款以及被充公的财产物品的权利，这一指令让很多人都议论纷纷，说他在摄政期就要结束时，居然还可以得到这些特别待遇。伊兰德在乡下有很多田地，在任职地方期间外出办公的时候，经常在自己的庄园里居住，而且还许可佃户出钱购买土地的使用权，他从这里赚到不少钱。不过，这也意味着他从土地上收获的产物也会减少，并且他雇佣着一大批用人——不算庄园里的用人们，和他一起在胡萨贝庄园的武装卫士从不少于20名，他们每人骑着骏马，身上所佩带的武器、战服也是最佳的。当他外出履行职务巡行的时候，他的那些随从人员堪比过着老爷一般的生活。

有一天，哈拉德监法官和盖乌耳谷地的郡长来胡萨贝庄园的时候，说起了这个情况。伊兰德说道，那些人曾经与他一起驻守在北方边界。

“我们有福同享，有难同当，在一块儿吃着鱼干，喝着带有酸味的廉价啤酒。如今我让他们享受到锦衣玉食，就是想让他们明白我不是一个吝啬钱财的人。有时候我发脾气让他们走，他们也很清楚，除非我在前面带路，否则我不会真的让他们离开的……”

哈尔德之子武夫如今担任着伊兰德的侍卫长，后来他也向女主人说起过，他说的都是真的。伊兰德部下的人对他都很尊敬，他能够很好地指挥他们。

“想必你也是很明白的，克里斯汀，伊兰德所说的话很少有人相信，我们只会根据他所做的事做出判断。”

除此之外，他还有一个方面引起了人们的指责。除他的部下之外，伊兰德在乡下各个地区都有握剑册封部下的权力，并且在托奥尔克多拉州之外的地方也有。不久之前，王室给他寄来一封信探查这回事，他的回复是，那些人是曾经与他一起在船上的任职人员，在他北航的那一年春天，便承认了他们竭尽忠心的誓约。当局对他下达了指令，要他在下一次开会宣布裁决结果和议会诏书的时候，将那些人的誓约解除。为了这件事，他需要从州外将他们召集到此地，还要负责他们一路的花费。而实际上，之前他就将一些摩尔区的老船员召集在一起参加幽谷的大会，但是没有人听到他解除那些人或者曾经一些另外的老部下的誓词。不过这件事很快便没有人再提起，秋天过后，那些责备也都渐渐平静下来。

秋天快要结束的时候，伊兰德去了南方，那一年的圣诞节是在马格奈斯国王的宫殿里度过的，当时的行宫在奥斯陆。他对于妻子不能与他一同出行很生气，但是克里斯汀不愿在冬天的时候经历这么遥远的路程，更愿意待在胡萨贝的家里面。

伊兰德在那里过完圣诞节后，又过了三个星期才回家，还给家人们带回了很丰盛的礼物。他送给克里斯汀的是一串银质风铃，方便她召唤用人；玛格丽特得到的是一枚纯金打造的扣环，虽然她拥有的银质与镶银的饰品不计其数，但还从没有过这样一件纯金的饰物。当母女二人将这些价值不菲的礼物放进首饰柜里的时候，衣袖被玛格丽特柜子里不知什么东西给钩住了。小女孩赶紧用手将那个东西藏住，还对继母说道：

“这个是我母亲以前送给我的……因此父亲让我不要拿给你看。”

克里斯汀的脸比这个小女孩的脸还要红。她也吓得不轻，不过克里斯汀觉得应该说点什么，告诫一下这个小女孩。

过了一会儿，克里斯汀犹豫不决地轻声说道：

“这东西和吉姆萨庄园的海嘉夫人参加宴会时经常戴的那种金发针很像……”

玛格丽特简单地答道："是啊……许多金首饰的外形都差不多。"

克里斯汀靠着柜子，双手放在上边静静地站着，不想让玛格丽特察觉到她此时的手正在不停颤抖。

克里斯汀温柔地叫了一声"我的玛格丽特……"克里斯汀的话刚说了一半，便不由自主地停了下来，不过接着她还是勇敢地继续说下去：

"我的玛格丽特，曾经我很后悔……虽然我的父亲已经从内心原谅了我所犯下的错，不过这一生我却再也享受不到快乐……你也听说过当时我为了你的父亲而让我的父母很懊恼。但是如今我已经随着年龄的增长，也明白了很多事，一想到我曾经给予他们的报答就是不断增加他们的痛苦，心里就感觉很难受。玛格丽特，要知道你父亲一直以来对你都很好……"

小姑娘说道："妈妈，你别担心，我们又不是亲母女，你不用担心我会穿你穿脏了的衣服，走你走过的路……"

克里斯汀被她说的话气得满脸通红，然后把脸转向玛格丽特。后来，她将脖子上戴着的十字架牢牢地握在手心，把已经到了嘴边的气话咽了回去。

在那一天做完晚间祷告后，克里斯汀去了艾利夫神父那里，并把这件事情告诉了他。克里斯汀双眼紧紧盯着神父看，希望在神父的脸上看出有什么不一样，但是什么也没看出——难道事情已经到了最坏的地步，而神父早已知晓？她回忆起自己在少女时期的荒唐，回忆起埃里克神父那张没有什么表情的脸。神父每天都和她及她的父母在一起，心里深藏着自己不为人知的罪恶。回想起自己遭到神父的威吓和告诫而变得心如铁石的情景。她又回忆起与伊兰德订婚之后，亲自拿着伊兰德在奥斯陆送给她的礼物给母亲看。她的母亲不动声色，拿过她的礼物欣赏和赞叹着，并将它们收好的情景。

克里斯汀心里很害怕，老是提心吊胆的，神情也很沮丧。她尽一切可能地看管着玛格丽特。伊兰德察觉到妻子有些异常，有一天晚上夫妻俩上床准备睡觉的时候，他问妻子是不是又怀孕了。

克里斯汀安静地躺在床上，过了一段时间才回答道大概是这样。丈夫听到之后，深情地将她抱在怀中，没有再问什么。她真的不忍心说出她的心事。当伊兰德轻声在她耳边说道，这一回她一定要为他生一个女儿时，克里斯汀不知道该说些什么。她在床上一动不动地躺着，心里却害怕得要命，她在心里想：伊兰德迟早会明白，一个人是不会从女儿那里得到什么快乐的……

过了几天，也就是斋戒到来之前的最后几天，胡萨贝庄园的人吃饱喝足之后都上床去休息了，而且睡得很香。半夜里，小劳伦斯在父母的床上醒了过来，哭泣着想要喝奶，不过他早就到了断奶的时候了。伊兰德被他的哭声吵得睡不着，生气地埋怨了几句，将他从床上抱起，拿起旁边的杯装牛奶递到他的嘴边让他喝，之后将他放在自己的旁边。

克里斯汀没一会儿又睡着了，忽然，她察觉到伊兰德从床上坐了起来。她迷迷糊糊地问他有什么事情。伊兰德用异样的声音向她嘘了一声，让她别说话。伊兰德悄悄下了地，克里斯汀看见丈夫将衣服穿好。当克里斯汀支起一只胳膊，稍稍抬起身子的时候，伊兰德伸出一只手将克里斯汀按到了床上躺着，然后从克里斯汀的身上跨过去，将墙上挂着的宝剑拿了下来。

伊兰德悄无声息地像一只猫一样走了出去，克里斯汀猜到他正向着通往玛格丽特闺房的楼梯走去。

刚开始她担心得全身没有了力气——不一会儿她也坐了起来，将衣服穿上，在黑暗里摸索着床头地板上的鞋子。

正在这个时候，从阁楼上响起一阵刺耳的女人的尖叫声……看来，整个庄园里的人都听见了。接着伊兰德也愤怒地吼了几声……不久她便听到阁楼上刀剑相碰的声音和脚步声……之后响起武器掉在地上的声音——玛格丽特也吓得大叫起来。

克里斯汀在火炉边蹲下半跪着，用手将热灰扒开，并将炉火吹旺了些。她将火炬点着，用还在颤抖着的双手举着火炬，照了照站在暗处楼梯上的伊兰德——他没有走楼梯，而是直接从上边跳了下来，手上握着一柄出鞘的宝剑，冲了出去。

几个儿子的头从黑暗的地方一个个伸了出来。她来到大儿子、二儿子以及三儿子北边的睡床，让他们躺下继续睡觉，并将门关上了。伊瓦尔和斯库勒这对双胞胎睡在临时用板凳搭起的床上，看着火光，害怕地眯起了眼睛。克里斯汀走到他们身旁，让他们去父母的床上睡觉，然后也将房间的门关上了。之后她点上蜡烛，来到院子里。

外边正在下着雨……蜡烛的光亮照在结冰的地面上。她发现最近的那间房外边站了很多人，那里住着伊兰德的男佣。就在这时，一阵风把蜡烛灭了，周围突然陷入了黑暗中。没一会儿，哈尔德之子武夫手拿着灯笼从那边走到这里。

武夫低头看了看在冰堆旁缩成一团的人。克里斯汀跪在旁边，伸出手探向那个人——是吉姆萨庄园里的哈肯——不知道他是晕过去了，还是已经死去了，她的手上一下子就沾上了鲜血。在武夫的帮助下，克里斯汀将那个人翻到正面，并拉到旁边，躺着那个人的右臂上不断有鲜血流出，右手已经被砍断了。

克里斯汀忍不住抬起头向玛格丽特房间的窗户看了过去，那扇窗户在风中摇摆着，什么也看不见，只是漆黑一片。

克里斯汀在鲜血中跪着，用尽力气压着哈肯断掉的手腕，想要阻止鲜血流出，隐约感觉到伊兰德的那些手下衣服都没有穿好，站在旁边。这时候她察觉到了伊兰德惨白痛苦的脸，他正拿着衣襟擦着宝剑上的鲜血，外套下什么也没穿，而且还光着脚。

克里斯汀说道："谁……谁进去拿条绷带出来？布柔恩，快去将艾利夫神父叫醒——我们要将他带到神父的家里去。"

克里斯汀接过用人递过来的绷带，在哈肯断掉的手腕上绑好。伊兰德忽然近乎疯狂而又冰冷地说道：

"谁都不要去管他！就让他躺在这里！……"

克里斯汀的心里非常紧张，感觉连呼吸也变得困难，不过她还是强装淡定地说道："亲爱的，你应该明白这种做法是不可取的。"

伊兰德使劲将宝剑向地面插去，说道：

"我知道……她并不是你亲生的——这么多年来，我一直都是这么感觉的。"

克里斯汀从地上站起身来，走近伊兰德，用轻得只有她自己才能听到的声音温柔地说道：

“不管怎样，为了玛格丽特好，我希望这次的事情还是尽量不要被别人知道的好……听着，伙计们，”她看了看周围的男佣说，“我觉得你们对老爷都是很忠诚的，如果他不将哈肯与他决斗的前因后果告诉你们，你们应该不会胡乱猜测这件事吧？我希望你们以后也别提起这件事……”

仆人们都满口答应着。然后一个仆人勇敢地说道：他们突然听到一个女人发出尖叫声，好像有人想要对她无礼，所以他们才会被吵醒。之后有人跳到他们房子的顶部，可能是不小心踩在了冰壳上，于是他们听到了有什么掉到地上的声音，然后便听见了院子里巨大的响声。克里斯汀让那个人不要再说了，这个时候艾利夫神父跑了过来。

伊兰德转过身走进房间，克里斯汀紧紧地跟上去，希望把他拦住。他本想踏上通往阁楼的楼梯，克里斯汀领先一步抓着伊兰德的手臂。

“伊兰德，你想要如何惩罚那个孩子？”她愣愣地看着伊兰德因疯狂而近乎惨白的脸。

伊兰德没有回答，想将她推到一边，不过克里斯汀依然紧紧地抓着他不松手。

“不要去，伊兰德，等一等，她是你女儿！而且你还不知道……那个人连衣服都穿得整整齐齐的！”克里斯汀拼命地想要阻止伊兰德。

伊兰德没有直接回答，他大吼了一声算是对她的回答——克里斯汀已经吓得脸色惨白——伊兰德的声音非常粗，因为悲痛而变了样。

克里斯汀紧紧咬着牙继续与丈夫僵持着，克里斯汀在微弱的灯光里看着伊兰德的眼睛说：

“伊兰德……那就让我先去看看吧，我不会忘记当年我也和玛格丽特一样……”

伊兰德终于将妻子放开了，跌跌撞撞地靠在墙壁上，好像垂死挣扎的野兽一样不停颤抖着。克里斯汀进去点上一支蜡烛又走了出来，接着从伊兰德身边踏上梯子走向玛格丽特的房间。

在蜡烛亮光的照耀下，首先映入眼帘的是地上的一把剑，它横在离床不远的地板上，旁边还有一只男人断掉的手。克里斯汀将头饰摘了下来——在她还没出去找人的时候，克里斯汀随手拿起一条头巾，把披散的头发随随便便地包了起来，现在她将摘下来的头饰放在地板上的断手上面遮盖着。

玛格丽特害怕地抱成一团，坐在床上的枕堆之上，一双大大的眼睛望着克里斯汀手中的蜡烛。她扯过床单盖在自己身上，裸露的双肩在金色头发的衬托下有些苍白。房间里满是鲜血。

克里斯汀终于受不了了，忍不住哽咽了起来。她看着这个美丽的女孩及眼前令人惊恐的一幕，心里难受极了！玛格丽特恐惧地问道：

“妈妈……父亲将会如何处罚我？……”

克里斯汀终于还是没有忍住，虽然她很怜悯这个小女孩，不过她的怜悯好像有所消失了，玛格丽特竟然不想知道哈肯受到什么处罚。刹那间，克里斯汀回忆起多年前的那一幕——伊兰德受伤在地，她的父亲手中握着沾满鲜血的宝剑站在旁边，她自己……而玛格丽特仍然一动不动地在这里。玛格丽特紧紧贴着她，身体不停颤抖着，害怕得快要疯掉了。克里斯汀坐在她身旁，努力安抚着小女孩，然而她还是对艾琳的这个女儿产生一种轻蔑的憎恶。此时，克里斯汀又不由得回想起自身的经历。

她们就这样坐了一会儿。突然伊兰德也来到了这里，现在他穿戴整齐。玛格丽特忍不住大叫起来，越发抱紧了继母。克里斯汀仰起头看着丈夫，如今他已经平静下来，但脸色却更惨白了，神情非常沮丧，突然间好像老了很多。

伊兰德平静地说道："克里斯汀，你先走吧，我想和她单独谈谈。"克里斯汀点头同意了。在走之前，她细心地将小女孩放在床上，用被单把她裹得严严实实，只露出一个脑袋，然后走下楼去。

克里斯汀像伊兰德一样，也把衣服穿好后，然后去安慰那些受惊的孩子和女仆人。这一夜，胡萨贝庄园里没有一个人能睡个好觉。

次日清晨刮着暴风雪，玛格丽特的女佣带着她所有的物品，哭哭啼啼地离开了庄园。庄主将她赶了出去，还把她臭骂了一顿，理由是她对小姐不忠心，按照以往的做法早就应该扒了她的皮。

不久，伊兰德又去审问其他的女用人——下半年英吉莱芙搬去与女仆睡在一起，没有再和玛格丽特睡在一个房间，难道她们就没觉得奇怪？守护庄园的狗为什么在她们的房间里锁着呢？不过她们还是全力掩饰着，把所有的事情推得一干二净。

最后，在和妻子单独相处的时候伊兰德又责怪起了妻子。克里斯汀感到既痛心又累得要命。不过，她还是耐心地听着伊兰德的抱怨，并且好言好语地对伊兰德不公正指责的地方做出解释。她承认以前是担心过，但还是忍住没将心底的想法告诉伊兰德。当她想为玛格丽特着想，劝告这父女二人的时候，他们从不领情，总是不理解她的苦心，因此她没有将心里的担忧告诉丈夫。不过她可以在主与圣母马利亚面前保证，她从不知晓也没有想到过那个人会在夜晚来到玛格丽特的闺房。

伊兰德不屑地说道："想不到？你刚刚自己说出来的，你依然记得曾经与玛格丽特一样。上帝可以做证，我们一起生活的这些年，你总是不断地警告我，还将从前我对不起你的事情记在心上。事实上我们一直都是如此坚强，而且很多事情并不是我的错，而是由于你父亲阻止我们的婚事才酿成的。从一开始我就希望可以弥补我们犯下的错。你发现了吉萨姆庄园的金饰……"他一把抓住她的手，拉了过来，曾经在吉达露送给她的戒指在蜡烛的光亮下闪着光，"难道你不明白它们代表着什么吗？这么多年了，你每天都将这两枚戒指戴在手上，它们可是在你失身的时候我送给你的。"

克里斯汀感觉既疲倦又悲凉，简直是不能站立稳了。她轻声说道：

"伊兰德，我很疑惑你是不是依然没忘记曾经让我失身的那一幕……"

伊兰德将头抱起来，在凳子上痛苦地翻滚着。克里斯汀坐在离他不远的地方，很想为他做点什么。她明白，伊兰德以前对别人的妻子和女儿做过无礼的事情，现在自己的女儿也被别人用了同样的手法犯下了同样的罪，这就是所谓的报应，因此这件事情对他造成了很大的伤害。但是他对于自己犯过的错，从来都不承认，更不可能因为这一次而承认自己的错，所以只能去责怪克里斯汀了。但克里斯汀并没有生气，只是为现在发生的事情而感到担忧、发愁……

克里斯汀时不时地会上楼去看看玛格丽特。小姑娘光着身子安静地躺在床上，脸色苍白、目光呆滞地看着前方，她还是只字不提哈肯的情况怎么样了。克里斯汀不知道是她没有勇气问，还是因为自己的境遇吓得忘记了问。

傍晚的时候，克里斯汀发现伊兰德与冰岛人克龙在大雪中向军械库走去。不一会儿，伊兰德独自返回。他走到烛光下，在经过她身边的时候，克里斯汀抬起头看了看伊兰德，然后就再也没有勇气看他藏着的地方了。她感觉到丈夫此时心情很低落……

不一会儿，克里斯汀去储物间取东西，孪生儿伊瓦尔和斯库勒来到她面前告诉她，冰岛人克龙今天晚上就要离开了。克龙总管对男孩子们很友好，他们舍不得他。现在，他正在准备行李，今天晚上就要离开这里去柏西了……

克里斯汀已经大概猜出发生了什么事。伊兰德想让克龙总管娶自己的女儿，但克龙不愿意娶这个失去童贞的女孩。这次协商对于伊兰德的打击，可想而知。克里斯汀被这件事弄得不知所措，她不敢再想下去了。

次日，神父让人给他们捎信来，艾德莱德之子哈肯希望可以和伊兰德谈一下。而伊兰德却回复道，他与哈肯之间不需要谈什么。艾利夫神父告诉克里斯汀，即使哈肯可以活下来，也会变成个残疾人——除去他断掉的右手，在从房顶掉下来的时候，背部和大腿也受了不轻的伤。即使伤成了这样，他还想回家去，神父同意替他弄个雪橇。如今他对于自己犯下的错心怀愧疚——他说不管法律将怎么判决，玛格丽特父亲所做的事都是在情理之中。但他还是希望大家能不要再谈论这次丑闻，不要让他的罪行及玛格丽特受到的伤害让更多人知晓。傍晚的时候，他被别人放在了艾利夫神父从瑞普镇替他借的雪橇上，在神父的陪同下一起去了高尔谷。

第二天是大斋期第一周的星期三。这一天胡萨贝庄园中所有人都要去维尼亚尔村的教区教堂参加礼拜。不过到了晚上，克里斯汀让神父的手下准许她到庄园的小礼拜堂里去。

她来到奥姆的墓碑前跪下，默念《我们的父》，为奥姆的灵魂祈祷，克里斯汀感觉头上还有些剩下的香灰没被吹掉[①]。

如今奥姆躺在这块墓碑之下，恐怕遗体已经快没有了吧？可能还存在些骸骨、毛发与下葬时身上衣服的碎片。克里斯汀见过自己妹妹的遗骸，当亲人找到她妹妹的尸骨，运送到哈马与父亲葬在一起的时候，她看见打开的坟墓中只有一点点灰土……克里斯汀回忆起父亲英俊的面孔，回忆起母亲满是皱纹的脸上那双大大的眼睛，母亲还是保留着一直以来苗条瘦削的身材。他们就在这墓碑之下渐渐消失，就像无人居住的破房子。一幕幕景象在她脑海中闪现：有娘家被烧毁的教堂，他们骑马去瓦吉时路过的西尔沙谷的庄园，房子是空的，破烂陈旧，庄稼汉在夜晚都不敢从这里经过。她回忆起那些离去的亲人们，回忆起他们生前的一颦一笑，而现在他们已经不在人世，想起这些只会让心里更加难受。一个人在很清楚自己的家园被荒废丢弃的时候，回忆起从前的那些应该就是这种心情了。

①在这一天，人们在教堂行忏悔礼时，会把香灰撒到头上。

她在空空的教堂里坐着，淡淡的熏香味让她想起那些离去的人生前的音容笑貌以及现在世事衰败颓唐的情景。她没有能力使灵魂得以升华，使她得以仰望亲人们所在的天堂——世界上所有的真、善、美，到最后都会在那里找到归宿。她一直在为那些亡魂们祈祷，但她感觉到，那些亡魂在这个世界上原本就比成年后的她还要祥和，她却还在为他们祷告，是有些不可思议，也不是很适宜。不过艾利夫神父告诉过她，为亡魂祷告是有好处的，即使他们在天国里已经很安详了，对她自己也是有益的。

遗憾的是祈祷对她自己的帮助不大。她一直都感觉到，当她心神俱惫的躯体腐烂在坟墓里的时候，她那疑虑的灵魂应该还是会在周围飘荡吧，好像一个悲痛的冤魂在破旧庄园的断壁残垣上痛哭。她的灵魂里依然残留着一些罪恶的成分，就像是野草，根已经深深扎在地底下了，虽然没有开花，没有发出任何光彩和气味，但它依然扎根在地里，即使凄惨，生命力也仍然强大。她看到丈夫失去希望，内心涌动着温柔的情绪，但她没有办法控制住心里另一个悲哀而又气愤的声音，它在发问：你怎么可以对我说出这些话？难道你已将我曾对你发过的誓言和献给你的童贞全都忘记了？难道你不记得我们曾经是多么相爱的一对恋人？不过她明白，这些话只会在心里对他说，表面上她依然装作已经忘记了一切的样子与丈夫交谈。

她幻想着自己虔诚地跪在圣奥拉夫的神龛面前，手里抓着在遥远的瓦兹菲尔德教堂的埃德温修士的骸骨，想象着自己把两个十字架依次紧紧握在自己的手中—— 一个十字架里藏着一小块盖尸布，一个十字架里藏着无名殉道者的碎骨，用这些在去世之后依然残留着一些灵魂优点的遗物当作平安符，就像从古代战场的坟墓中挖掘出的锈迹斑斑的宝剑依然有一股神奇的力量一样。

次日，伊兰德骑马去了城里，只有武夫和另一个部下跟从，在斋戒期这段时间他没有再来过胡萨贝庄园。不过武夫回来将他的侍卫团带走了，与他们一起去参加在托奥尔克幽谷举行的斋戒中期会议。

武夫曾单独找到克里斯汀，告诉她伊兰德已经与尼达洛斯的德国籍金匠提德肯·包斯商量好了，在复活节过后，就让玛格丽特与提德肯之子吉拉克结婚。

复活节过后，伊兰德回到家里，这个时候他的心情也平静了下来，不过克里斯汀还是感觉到，他以前对许多问题避而不谈，如今是不会轻易就把这个打击放下的——或许因为他已经老了，或许是因为他还从未受过这么令他感到耻辱的事情。玛格丽特似乎对于父亲怎样安排自己的人生丝毫不在意。

有一天晚上，只剩夫妻两人在房间里的时候，伊兰德开口说道：

“如果她是我的亲生女儿，或者是她的母亲曾经不是别人的妻子……我一定不会在这个时候把她嫁给一个外国人。我一定会守护好她及她的孩子。这个决定暂时很不妥当，不过，考虑到她的身世，也只有法律上的丈夫才能给她最好的保护……”

克里斯汀正在为玛格丽特的远嫁准备着东西，一次伊兰德有些不满地对她说道：

“如果你跟我们一起去，心里应该不大好过吧？”

“如果你希望我一同去，那我就去吧。”克里斯汀回答道。

“我为什么还要希望你去呢？你从来都没有对她尽过一个做母

亲的职责，如今也没必要扮作她的母亲。这次的婚礼应该也不会很愉快。拉斯佛德府的哥恩娜夫人和她的媳妇已经同意作为我们这边的亲戚了。”

因此克里斯汀继续留在胡萨贝庄园，而伊兰德去了尼达洛斯，将女儿送到那里与提德肯之子吉拉克完婚。

3

这年的夏天，在圣约翰弥撒日前夕，尼古拉斯之子哥恩纽夫回到了修道院。伊兰德还在城里参加佛洛斯塔市民会议，他派人通知妻子，问她可不可以去城里接他的弟弟。克里斯汀虽然身体抱恙，不过还是去了。她来到伊兰德那里之后，伊兰德告诉她弟弟的健康好像有很大的问题，“蒙克峡湾”修士团伟大的北征行动似乎不太顺利，他们创建的教堂没有圣化的可能，在这个时局之下，大主教是不可能到达遥远的北边的。一直以来他们只能在流动的圣坛里做弥撒，而到了末期他们连做弥撒需要的面包、酒和烛火也缺少了。哥恩纽夫修士和亚斯拉克修士来到瓦尔哥堡拿一些缺少的东西，拉普人便诅咒他们，使他们的船翻了，只好在小岩洲里住了三天，之后还有两个人生病。没过多久亚斯拉克修士便离世了。长斋期间在那里没有面粉与药草伴着鱼干一起吃，很多人都得了坏血病，因此卑尔根的哈肯神父和牧师会会员亚涅神父（刚上任的大主教巴尔爵士到罗马教廷接受封赐，被任命为尼达洛斯大教堂牧师会的会长）强令那些还活着的托钵僧返回，由瓦尔哥堡的教士们给那些蒙克峡湾的信徒提供帮助，等待着下一步的指示。

虽然克里斯汀之前已经有了一点儿思想准备，不过当她再次看见哥恩纽夫的时候，依然免不了惊诧。

她是在第二天与伊兰德一起来到修道院的，人们把他们带到了客厅里。不久哥恩纽夫也过来了——他弯着腰，佝偻着背，满头的黑发也变成了灰白色，眼睛深深凹陷进去，下眼皮上布满皱纹，成了深棕色，整个面孔却是平滑洁白，还有些灰色的雀斑。他的手从长袍的袖子里伸出来欢迎他们，皮肤好像被缝补过似的。他微微地笑了笑，克里斯汀察觉到他的牙齿掉了几颗。

他们坐在一起说了会儿话，不过哥恩纽夫似乎忘记怎么说话了。在哥哥与嫂子离开之前，他也是这样。

他微笑着说道："伊兰德，你倒是没什么变化，看上去还是那么年轻。"

克里斯汀明白她现在的样子很难看。伊兰德却很完美，站在那里，身材又高又瘦，衣着得体。但克里斯汀还是觉得他变了不少。令人疑惑的是，哥恩纽夫竟然觉得他没有什么变化。以前他的眼光是很尖锐的。

夏末的一天，克里斯汀正在阁楼里整理衣物，拉斯佛德庄园的哥恩娜夫人和她在一起。在克里斯汀快要生产的时候，哥恩娜夫人特意过来照顾她。她们在这里，可以听到纳克和布柔哥夫在庭院中边跺脚边唱小调的声音——唱的是一首相当低俗的小调。他们在那里扯开了嗓子大声地唱着。

他们的母亲非常生气。克里斯汀下楼来到他们身边，将他们狠狠教训了一通。她盘问着儿子们是在哪里学到这首歌的——想来应该是用人们教的，但是，究竟是哪一个用人让她的孩子学坏了呢？孩子们不想告诉她。之后斯库勒从楼梯上走了下来，让母亲不要说出去：这支歌是他们从父亲那里听来的，父亲经常唱，他们听着、听着，便学会了……

此时哥恩娜夫人也插话了，他们就不畏惧主的惩罚吗？居然敢唱这样的歌。如今他们晚上睡着了，任何时候都有可能没了母亲，说不定没到天亮就成了没有母亲的孤儿呢！克里斯汀没有再说话，默默地走到了房间里。

之后，她躺在床上休息时，纳克也过来了，拉着母亲的手，什么都没有说，只是静静地流着眼泪。因此她温和又有些调侃地和他交谈，让他不要哭，她已经生过六个孩子了，这一次想必也会顺利进行的。大儿子哭得更厉害了，后来她只好让纳克睡到床的内侧，他抱着她的脖颈，将头靠在她的胸前哭着，一直到女佣将晚餐端进来才下了床。不过克里斯汀还是不明白他为何如此难过。

如今纳克已经快满12岁了。从年龄上看，他已经很魁梧了，总是装成一副神气的大人样。不过他的心地很好，母亲偶尔觉得他不过是个孩子，而他已经可以领会到同父异母的姐姐的遭遇了。母亲不清楚他有没有察觉到父亲这些天来的变化。

伊兰德在心情不好时，总喜欢说一些粗俗的话。不过他以前除非生气，否则不会高声辱骂别人，并且在平静下来之后，都会尽力弥补。但如今他可以在最平静的时候说出最让人难堪的话。从前他喜欢诅咒，后来察觉到这会令妻子难过，还会惹艾利夫神父不高兴，他对神父已经渐渐地尊敬起来了，因此无论如何还是改变了一些。他从没有说过卑鄙肮脏的话，在这一点儿上相比较于那些生活纯粹洁净的人更要规矩。现在克里斯汀听到儿子们说着难听的话，而她又怀有身孕，他们这些脏话还是从父亲那里学会的，她很痛心。不过最让她悲痛的是，她觉得伊兰德头脑很简单，自认为说些难听的话，就可以发泄对女儿的不满。只要这样，便可以用自己的嘴来堵住别人那搬弄是非的嘴。

哥恩娜夫人对她说，临近奥拉夫弥撒日的时候玛格丽特生下了一个死胎，是个男孩。夫人还告诉她，听说玛格丽特生活得还算如意，她与吉拉克相处得很好，吉拉克对她也很不错。伊兰德经常去城里探望过他的女儿，虽然他对于吉拉克这个女婿并不是很友好，但吉拉克还是很热情地欢迎他的到来。在女儿搬出胡萨贝庄园之后，伊兰德还从没有提起过她。

克里斯汀这次生的依然是个儿子，举行洗礼时取名叫作慕南，以示对伊兰德祖父的纪念。在她躺在小厅堂里休养的时候，纳克每天都会来探望母亲，带着他从树林中摘的草莓与坚果，还有亲手编的花环。小孩出生三周后，伊兰德才回家。他经常长久地陪在妻子身边，看上去慈祥而又情意绵绵。他没有埋怨克里斯汀这次生的依旧是儿子，而不是女孩；也没有说小孩身体孱弱，长相也不好。他细声细语地与她说话，但克里斯汀很少回应他。她总是安静地、径自在心里想着一些事情。这一次她身体的恢复速度大不如从前。

这个冬天，克里斯汀身体一直很不好。看来，孩子能存活下来的希望很渺茫。作为母亲的她每天都牵挂着小宝贝，没有精力想其他事情。所以，这个冬天流传的一些重要的新闻她都是用半个耳朵听来的。马格奈斯国王想要占领史康省，财务上遭受阻力，请求挪威方面的人力和资金方面帮助。国务会上的一些大臣同意给予他帮助。不过当使者来到图斯堡时，却没有见到财务大臣。图斯堡府总督哈肯之子史提格关上了城门，拒绝让国王的使者进去，并打算用武力守护城堡。但他这里的部下很少，不过维德孔之子艾尔林爵士与他有姻亲关系，那个时候正在阿卡庄园，派遣了40个武士过来防守，还亲自西行。也是在这段时间，国王的表兄弟海夫特之子约翰和西格尔由于法庭对他们部下所判的罪行不满，也起来反对国王。伊兰德嘲笑海夫特的儿子们太年轻无知。如今全国上下都对马格奈斯国王有意见，贵族们觉得国王由于要占领史康省，打算长期住在瑞典，所以挪威的政事应该让一个大总管负责，国玺也应该交给挪威人管理。听说国王在向德国请求财务上的支持，城里人和市区里的神职人员都惊慌了。德国人一向骄傲自大，讽刺挪威的法律及风俗习惯，早就让人无法忍受了。如今人们听说国王同意他们拥有挪威城市更多的权益及参政权，挪威的生意人原本已经很困苦了，恐怕今后会更加难过。马格奈斯国王私底下所犯的罪行在市民中流传着，就连很多教区的神父和流浪托钵僧也认为，特隆赫姆地区奥拉夫教堂失火一事，是由于此事才酿成的。农民们用这一点儿解释这些年各地发生的很多灾难——瘟疫、庄稼生长不好、人畜染病、作物收成下降……伊兰德说，如果海夫特的儿子们聪明一点儿，等待一段时间，用豪爽的性格及领导能力取得人们信任的话，那么人们不久就会想到他们同样是哈肯国王的外孙的。

叛乱终于平定了，最终国王让欧格蒙之子伊瓦尔担任挪威的摄政王。维德孔之子艾尔林、哈肯之子史提洛、海夫特的儿子们以及他们的拥护者险些因为叛国罪被夺去公共权力。之后他们便彻底降服，进入内阁与国王请求和解。有一个上幽谷的权威人物沙克斯之子武夫曾与海夫特的儿子们一同造反，之后没有和他们一起入阁请求和解，却在圣诞节之后去了尼达洛斯，在那里他和伊兰德来往密切。多孚尔山北边的人从他那里得知了所有详细的情况，当然是站在他的角度上评判的。

克里斯汀对这个人很不信任。她对他不熟悉，不过却认识他的妹妹沙克斯之女海嘉，她是戴夫林庄园的基德·达尔（西蒙的哥哥）的妻子。她很美，而且骄傲自大，西蒙不是很待见她，但兰波却和她相处得很好。在斋戒期开始后没多长时间，当局就给各地的州长送去信件，命令他们在开会时强调沙克斯之子武夫已经被剥夺了爵位和权利。不过，在这之前，他已经不在国内了，在冬天的时候他就坐船出国了。

这一年春天的时候，伊兰德与克里斯汀在城里的住处度过复活节，还带上了小儿子慕南同他们一起住。在巴克修道院中有一个修女医术很好，人们将生病的儿子交给她，如果不是主刻意要他的命，她就必定会将他医治好。

节日后的一天，克里斯汀抱着小儿子从修道院回来，陪在她身边的用人们和她一起来到厅堂里。伊兰德独自一个人在一张长凳上半躺着。男佣出去了，女佣也将斗篷挂好，克里斯汀抱着小儿子坐到火炉旁，女仆将修女开给他们的药拿过去炖，伊兰德依然躺着问蕾根希尔德修女诊断的结果如何。克里斯汀坐在旁边，将包裹着儿子的襁褓解开，简单地回应了几句，之后便索性不再回答了。

伊兰德有些恼怒地问道：“克里斯汀，难道是儿子病得太厉害，所以你不想说？”

他妻子冷淡地回答道：“伊兰德，你刚才已经问过了。可以告诉你的我都对你说了。反正你又不关心他，隔些时候你便将他忘在脑后！”

伊兰德站起身，来到她的面前：“克里斯汀，在某些问题上你也问过我好几遍，没有将我的话记在心上，而我也恰巧回答了你好几遍。”

克里斯汀用同样的语气说道：“我认为那些事应该没有儿子的健康重要吧？”

“不过也不是什么小事啊……比如上一年的冬天，我就讲了我最为关心的事情。”伊兰德不服气地说。

“伊兰德，你说的不是实话。你已经很长时间没有对我说过你内心的想法了。”克里斯汀看起来有些生气。

伊兰德让女仆西格妮出去，他满脸通红，转过身看着妻子：“我明白你的意思。这件事我不想在女仆的面前与你交谈，即使你们关系再好。你当着她的面与丈夫争吵，责备我骗了你。我想她也应该回避一下。”

克里斯汀轻蔑地说道：“男人最容易对自己的错误视而不见。”

“我不明白你所说的是什么。一直以来在外人面前我从没有对你说过狠话，也时刻记着在下人面前对你以礼相待。”伊兰德争辩道。

克里斯汀突然发出一阵怪异而又悲凉的大笑：

“你还真忘得快啊，伊兰德！哈尔德之子武夫与我们朝夕相处了这么多年。你可还记得在奥斯陆的时候你命令他与海夫特一起接我去布琳希尔德的旅社与你相会？”

伊兰德震惊地跌坐在椅子上，张口结舌地望着他的妻子。不过克里斯汀继续说道：

“不管是在胡萨贝庄园还是其他什么地方，你制造出的丑闻，从不避着下人，无论那些丑闻是关于你自己还是你妻子的。”

伊兰德呆坐在一边，凄凉地望着她。

“你可记得在我们结婚的那一年冬天，我当时还怀着我们的儿子纳克，可是那些仆人从不尊重我，也不听我的话。你有没有忘记当时你是如何给予我关怀的？你可忘记了你的养父与一个陌生贵妇带着用人造访我们家，与我们的用人一同吃饭？你可忘记了你的堂兄慕南将我深藏在心里的所有丑闻讲出来，而你只是静坐一旁，没有勇气让他停下来？”克里斯汀不依不饶地说。

“主啊！你居然因为这些事在心里责怪了我15年！”伊兰德抬头望着克里斯汀，蓝色的眼珠格外地深沉，声音却有些底气不足，“但是，克里斯汀，不管怎样……我发觉我们之间互相说着伤害对方的话，这才是最让人心痛的！”

克里斯汀说道：“正是。在一次圣诞节的宴会上，我将我的斗篷盖在玛格丽特身上，因为这个你大骂了我一顿，这是最令我伤心的。当时旁边还有三个其他郡的贵妇在围观。”

伊兰德没有回答。

“如今玛格丽特变成了现在这样，你也埋怨我。但是当我想要改正她的错误时，她就会找你诉苦，然后你生气地对我说不用我来教训她——说什么她只是你自己的女儿，与我没关系……”

伊兰德强自镇定着，艰难地说道：“我压根就没有埋怨你的意思！如果我们生有一个女儿，你便会体会到我女儿所遭受到的事情，让我受到多么大的打击了……”

克里斯汀轻声说道：“我觉得，在去年的时候我就已经证明我确实能体会到了，我只要回想一下我的父亲就够了。”

伊兰德依然镇静地说道：“在这方面，我的女儿所遭受的更不堪。当时我还是个单身男人，而那个人却已经有了妻子。我不受什么约束……”他又纠正道：“我是说我身上的约束是可以解除的……”

克里斯汀接口道：“但你并没有主动去承担，你还记得当时你是怎么脱离险境的吗？”

伊兰德暴跳如雷，扇了克里斯汀一巴掌，然后震惊地站在一旁——克里斯汀白净的脸上显现出五个鲜红的手指印记。但她依然镇定自若，眼中没有任何泪水，目光冷淡，一动不动地沉默地坐着。受到惊吓的孩子开始哇哇地哭了起来，克里斯汀抱着他轻声地哄着。

伊兰德声音颤抖着说道：“克里斯汀，你的话太伤人心了。”

克里斯汀低声说道：“上一回我被你打的时候，我还怀有身孕。如今我抱着我们的儿子，你再一次打了我……”

“正是，这些孩子……老是缠着我们。”他烦躁地说道。

两人再没说什么。之后伊兰德在大厅里不停地踱着步。克里斯汀将孩子抱进小房间里，哄他到床上睡下。当克里斯汀出来的时候，伊兰德来到妻子面前：

“对不起……我不该对你动手的，克里斯汀。我真希望刚才的一切没有发生……我已经懊悔了，我会像以前一样一直忏悔下去。

不过，你却看不起我，嫌弃我将一切都忘了，而你将什么都记在心里——将我犯的所有错误都牢记在心。我也期望过，期望过做一个体贴的丈夫，而这方面你却一点儿都不记得。克里斯汀……你……真好……”

克里斯汀从丈夫面前走了出去，伊兰德一直望着她的背影。

的确，作为一名家庭主妇她的恬静文雅，相比少女时期的美丽同样让人着迷。她的胸部更加丰满，臀部更加挺翘，也高了不少。她总是站得笔直，脖颈依然优雅地支撑着她的脑袋，那副曾经红红的孩子气的面孔是如此平静，在他的灵魂里闪着光，而现在她那变得苍白、忧郁的面容及灰色的双眼依然让他心动。他走过去握着她的手：

“克里斯汀，在我的心里你一直是最漂亮、最好的女人……”

克里斯汀对于丈夫握着自己手的行为不予任何回应。于是伊兰德甩开握着的那只手，心中的无名火又冒了起来：

“你埋怨我记忆力太差？我觉得记忆力差应该不算太重的罪过吧？我从来没认为过自己是个笃信宗教者，不过却依然没忘记儿时从神父那里学得的一切。之后神父曾多次警告过我。我在神父那里悔改过，也在上帝面前苦苦修炼请求宽恕过，而且被他免除了罪恶，我如果还将它时时记在心里，反倒是对上帝的不敬呢。克里斯汀，你总是旧事重提，并不是因为信仰，只不过是在我不顺你意的时候，你就用它们作为伤害我的手段……”

伊兰德从克里斯汀的身边走开了几步，然后又走了回来。

“你就是控制欲太强……上帝会明白我有多么爱你，克里斯汀……不过我很清楚，你有控制欲，从来都没有想也根本不想宽恕我曾经对你犯下的错。克里斯汀，你总是对我发脾气，我对你是一忍再忍，不过今后我不会再忍受下去了。总不能因为我曾经犯的错而一辈子得不到解脱，或在听你说话的时候，感觉如同一个下人一般……”

克里斯汀气得浑身颤抖，她说道：

“我们交谈的时候，我从没将你当成下人。你什么时候听见过我对仆人说出生气或者粗鲁的话，即使是对我们最懒惰、最无能的下人？我很清楚在上帝面前我从没用语言或者行为对穷人无礼过，而你应该是我的主人，除上帝之外，我应该屈服于你、敬重你、向你妥协——这是上帝规定的。伊兰德，如果我忍不住，说了些冒犯你的话，我觉得必定是因为你使我不知道该怎么办，让我不想屈服于你更好的决断能力，敬重和屈服于自己的丈夫。或许我只是想……天真地认为可以鼓励你，可以证明你的男子气概，而我只是个柔弱的、可怜女人而已……”

“现在你不用担心了，伊兰德，今后我再也不会对你说难听的话了。从现在开始，我一定会轻声对你说话的，将你看作天生的奴仆就行了……”

伊兰德因愤怒而涨红了脸，他本想向她举起握紧的拳头，可是之后却一下子转过身来，从门边的长凳上拿起放在门边的斗篷和宝剑，走出了门。

外边虽然阳光灿烂，但是刮着大风，气温很低，从房顶和树枝上往下掉落的亮晶晶冰碴飘洒到伊兰德的身上。房顶上的积雪白得耀眼。除了城市周围那些茂密的深绿色的山冈外，远处那些高高的山峰闪耀着冰冷的蓝色和白色的耀眼的光芒，映射出不知是春天还是冬天的刺目的阳光。

伊兰德漫无目的地在大街上走着——脚步飞快，但是毫无目的。他在心中想道：是她的错，从头到尾都是她的错，他并没有做错什么，但他却是个笨蛋，竟然打了她，这让他看上去错了——事实上是她的错。他现在该如何，自己也不知道。他不想去别人家里，更不想回自己的家。

城里喧哗而又忙碌。清晨，有一艘来自冰岛的大货船——是这一年的第一艘船——在这里靠岸。伊兰德从西边走过几条小巷，从圣马丁教堂旁边拐出来，来到水边的大街上。虽然才刚过中午，卖啤酒的地方和酒店里已经热闹起来了。在少年时期他经常和朋友们一起来这里，但如今托奥尔克多拉郡的郡长如果不在豪华的家里喝自己美味优质的酒，却来到这里喝那些粗劣的啤酒，那么那些市民一定会惊呆了，今后肯定会议论纷纷的。不过，说实话，他现在还真的很想去，和那些庄稼汉、仆人与船员们在一起喝酒。那些人如果打了自己的妻子，是不会有什么问题的，过后总会和好。滚蛋吧，如果一个男人因为妻子的身世与自己的尊严，不可以打她，又如何管好她呢？如果吵架的话，即使是魔鬼都不是她们的对手。她很凶悍——还如此美丽——如果在自己教训了她一通之后，她能够乖乖听话该多好啊……

城里的教堂同时响起了钟声，提醒人们该去做晚间祈祷了。春风将各种音符融合在一起，在伊兰德的上方回响着。那个真诚的悍妇，现在应该去基督教堂里了吧——在上帝、圣母以及圣奥拉夫面前诉着苦，告诉他们丈夫殴打她。钟声继续敲响，伊兰德在心里对妻子的守护神说了一通无礼的话后，也走向圣乔治教堂。

他的父母安葬在北甬道的圣安妮神龛之前。当他正在做祷告的时候，看见奥拉夫之女森尼瓦夫人与随从的女仆也走进教堂里。他做完祷告后，便走过去向她问候一声。

自从伊兰德和这个女人相识之后，每次遇见她，两个人总会随随便便地胡搅瞎闹一会儿。今天晚上他俩一同坐在椅子上，等着晚间祷告开始。伊兰德举止有些轻浮，她警告过他几次，这里是教堂，身边人来人往的。

伊兰德说："对不起，说真的今天晚上你实在是太美了，森尼瓦！能与一个目光温柔的女士谈笑真是在下的荣幸……"

她也笑着回应道："尼古拉斯之子伊兰德，你可没有资格享受我温柔的眼神。"

伊兰德也笑着说道："那就在天黑之后我再和你谈笑吧。做完晚祷我送你回去……"

此时神父们依次走进唱诗席，伊兰德走向南甬道，走向男人们坐的地方。

做完晚祷之后，他走出门，发现森尼瓦夫人和她的女仆就在附近……伊兰德心中暗想他不可以和她一起去，还是直接回家吧。此时，一些从货船里出来的冰岛人走在街道上，他们喝得七歪八倒的，拦在街上，似乎故意不让那两个女人走。伊兰德追上森尼瓦夫人。那些船员们看见一位身佩宝剑的绅士来到他们身边，赶紧向旁边躲闪，给那两个女人让路。

伊兰德说道："我觉得我应该护送你们回去了，今晚这街上有些不安全。"

“伊兰德，你知道吗？虽然我已经不年轻了，但如果还有一些男人觉得我美，愿意送我回家，我觉得很开心呢。”森尼瓦夫人说。

听到这样的话，作为一个绅士只能用一种方式回应。

次日拂晓时分伊兰德才回家，房门紧锁。伊兰德在外边站了没多久，便感到又冷又累，既悲痛又难受，便敲门将一个下人叫了起来，走进卧室，躺在还抱着小儿子的克里斯汀身旁。不行！他的身上还带着东边库房里阁楼的钥匙，那里放着一些他保管的东西。他来到那里，将鞋脱下，拿了几块羊毛织成的粗布和袋子，在干草堆成的床上铺着。他蜷缩进斗篷，又钻进袋子里，既烦闷又疲惫，不久就睡着了。

克里斯汀和下人一起坐在桌子旁边吃早饭，由于昨夜没睡着，她的脸色苍白而又疲惫。一个男佣对她说，他已经去请男主人过来吃早饭——男主人还在东边库房的阁楼里睡着——不过伊兰德让他滚蛋。

做完日间弥撒后，伊兰德要去埃格塞脱修道院去办理一件公务——他需要去为几笔买卖土地的生意充当见证人。之后修道院餐厅请他吃饭，他推掉了。贾瓦德之子亚涅不想留在那里与修士们喝酒，便千方百计邀请伊兰德一同去兰赫姆庄园，伊兰德也推脱了。

后来，他又因身边没有伴而后悔拒绝了别人。现在他一个人回到城里，茫然无措。这时他不得不对昨天晚上的事情进行一番反省。他本想径直去圣乔治教堂——在尼达洛斯的这段时间，他被批准在一位神父面前忏悔。但是，忏悔之后如果又犯了，那么罪过就会更大。所以他想，还是过一段时间再去吧。

现在，森尼瓦想必会认定，伊兰德是被她抓住的一个猎物。但是，他想不到会在一个女人那里学到这么多新鲜花样——要知道，他干过这件事之后，直到现在仍然没有恢复过来。他原先以为自己对于挑逗女人方面还是挺在行的。如果他再年轻一些，或许他会得意忘形，认为自己很优秀。不过他现在对那个女人并没兴趣——疯疯癫癫的，一看见她就觉得乏味。除了他的妻子，他对任何女人都没有兴趣——但是就是他的妻子令他很心烦！向上帝保证……他是一心一意与她结为夫妻的，而自己也因此更加真诚了。他坚信克里斯汀的纯真。不过他忠诚坚定，一心一意爱着这个纯真的女人，她却回报给他什么——她真的很凶悍！他又想到昨天她说的那些伤人的话，原来在她眼里他的行为竟然与仆人的子女一样！另外，那个女人森尼瓦，大概会认为他是个毫无经验的笨拙的男人，伊兰德被她的调情技术震惊了，手足无措。如今他只是想证明给克里斯汀看看，他也像她一样不是虚伪的圣人。他已经答应了她今天晚上在梭罗夫的市区住宅里与她约会，那就去好了。反正已经错了，为什么不好好享受一下呢？

既然他已经背叛了克里斯汀……都是因为克里斯汀如此凶狠地对待他，他才会变成现在这样。

他一旦回家之后，便一直来回于马厩与手下的宿舍间，希望找个人来吵上一架。他把医院神父的女仆臭骂了一顿，她将麦芽糖放进了他的干燥室里，事实上他明白他的下人这一次来到城里，不需要用那个房间。他很想看到儿子们——他们至少可以陪伴他——他恨不得现在就回到胡萨贝庄园，但是他需要留在这里等待一封来自南方的信函——如果想在乡下收到这种信件，确实不太明智。

“女主人晚上没有出来吃晚饭，她在小房间的床上躺着。”克里斯汀的侍女西格妮埋怨地看了看男主人说道。

伊兰德硬声硬气地说，他又没有问起她。当仆人走了之后，他去了小房间，里面一片黑暗。伊兰德站在床铺的对面，低声问道：“你在哭吗？”克里斯汀的呼吸声有些不正常。

但是，她艰难地转动着舌头回答说，自己没有哭。

伊兰德依然用低声温柔地说道：“你累吗？嗯，我也要躺下来休息了。”

克里斯汀用有些颤抖的声音说：

“伊兰德，我想你今天晚上还是去昨晚的那个地方睡吧。”

伊兰德没有回答她。他走了出去，从大厅里拿起一根蜡烛进了小房间，将他的衣柜打开。他身上穿的衣服并没有什么问题，不管去哪里，都不会有失体面。因为他身上仍然穿着清晨在埃格塞脱修道院穿着的紫色法国式短上衣。这时候他不紧不慢地换着衣服，拿出一件丝织衬衣和灰色绒毛长外套缠在身上，袖口还戴了个银质铃铛，然后又一丝不苟地梳好头发和清洁双手。他不停地打量着太太的神情——她只是安静地躺在床上，一动也不动。然后，伊兰德没道晚安就出门了。次日早晨，他才大摇大摆地回家吃早餐。

这种情况就这样持续了一周。一天晚上，伊兰德从汉格拉尔办完事回到家，才知道克里斯汀早上就已经骑着马回胡萨贝庄园了。

他早体会到，他与奥拉夫之女森尼瓦偷偷约会毫无趣味。他心里对那个女人早就烦透了，即使在与她亲密的时候都感觉乏味。做出这种事情他简直发疯了，他太轻率了……夜晚他造访了梭罗夫家，大概这件事城里和乡下的人们都已经知道了，他居然因为森尼瓦而自毁声誉！并且他感觉，这次的事件还会带来不必要的麻烦——要知道，那个女人毕竟是个有夫之妇，尽管她的丈夫已经很老而且还生着病。梭罗夫竟然会和这样放荡的笨女人结婚，真让人同情。伊兰德应该不是第一个给梭罗夫戴上绿帽子的人吧！但是海夫特……在他与森尼瓦乱搞的时候，早就将她是海夫特·格劳特的妹妹这件事忘在了脑后。如今回忆起来，已经晚了。这一切是如此肮脏，情况已经很坏了——他明白，克里斯汀早已知晓了这件事了。

她是不可能在大主教面前揭发他，要求和他离婚的。她可以去柔伦庄园，作为自己的栖身之地——不过这时候她不会跋山涉水，如果要带上孩子一起去，是没有可能的。但是克里斯汀不可能丢下孩子一走了之的，不会的——他不断这样来说服自己，现在才刚过冬天，她不会带上小慕南和小劳伦斯乘船走水路的。唉，按照克里斯汀的性格，应该不会在大主教面前请求帮助吧——虽然她有这个权利这样做——不过他会主动不和她睡在一张床上——希望她能体会到丈夫真诚忏悔的心，他再想办法挽回。克里斯汀不可能因为这一次事情贸然将他告上法庭。不过在他心里，不晓得他的妻子会怎么做。

夜晚，他躺在床上，胡思乱想着。他突然感觉到，此时他正介入到国家大事中，却还陷入了这种不易解决的事情，这比他预想的糟糕得多。

他指责自己竟然被妻子吸引住，才犯了这种错。他咒骂着克里斯汀，当然也有森尼瓦。用魔鬼的名义担保，他并不是一个禁不住女色的人——事实上他调戏过的女人相比于绝大多数男人都要少。

不过，恶魔似乎已经安排好了他的下场—— 一旦他接近女色，马上会遇到麻烦……

不过，这件事情算是过去了。谢天谢地，他还有其他的事情要做。不久之后他就能收到英歌伯柔太后寄给他的信了。而且，即使在这件事上他还是需要想一下女人的善变，似乎上帝想通过这个来责罚他少年时期所犯的错。伊兰德忍不住在黑暗中哈哈大笑，太后肯定知道，形势正如他们报告的那样，关键是挪威人应该让她的另一个儿子还是那个不是她亲妹妹的儿子当国王，和马格奈斯国王相抗衡。她最喜爱的莫过于她与克努特·波斯所生的孩子了。

不久之后，他就可以在狂风中，在海浪中出海去了。上帝啊！可以再次让浪涛打湿衣衫，任由清凉的海风吹在身上，是多么舒适——不用再和那些女人纠缠在一起了。

森尼瓦……无论她是如何想的，随她便。反正，他再也不会去找她了。而克里斯汀如果想去柔伦庄园的话，就随她去好了。这个夏天如果她和儿子们想待在固德布兰斯幽谷，或许会更好，也不会有什么危险。之后，他会同她言归于好的……

次日清晨，他骑着马去了史考恩。不管怎么样，在他还不知道妻子的打算以前，他依然不放心。

傍晚的时候他到达胡萨贝庄园，克里斯汀很礼貌而又冷漠地迎接他的到来，什么都没有问，也没有说什么伤害他的话。晚上当他和她睡在一起的时候，她也没有拒绝。两人躺下不久，他迟疑着将手放到她的肩膀上。

这是，克里斯汀终于说话了，声音很轻，还有些颤抖，伊兰德不知道她是愤怒还是悲痛：

“伊兰德，我以为你不会这么无耻，故意让我更伤心，而令我忍无可忍吧。孩子还在旁边睡着，我是不会和你吵的。我与你已经有了七个孩子，即使我作为一个妻子受了天大的委屈，我也不想让家里人和下人们感觉到我知道这件事情……”

伊兰德躺着沉默了一段时间，才鼓起勇气说道：

“我明白，上帝是如此厚待我，克里斯汀，我知道我让你受了不少委屈。如果我没有将你在尼达洛斯对我说的话看得这么重，我……就不会犯这种错了。我回来不是想请求你的原谅。我很清楚想要得到你的宽恕有多难……”

他的妻子接口道：“我突然明白了你的堂哥巴德之子慕南所说的，你不可能会主动承担自己所犯的错。你还是去请求上帝吧，请求他的谅解，犯不着来请求我的宽恕……”

伊兰德无奈地笑着说道：“是的，我已经明白了。”之后两人都没有再说什么。次日早上，伊兰德又骑着马返回到了尼达洛斯。

伊兰德在城里住了几天。有一天晚上，森尼瓦夫人的女佣来到圣乔治教堂找他。伊兰德心想，再与夫人聊一次天也没什么。他让女仆守着门——他会像以前那样进去。

想去他们约会的那个房间，他需要像个贼一样才能爬上去，这时候想起来真觉得耻辱，以他的年纪和地位，居然会做这种傻事。刚开始他还感觉这种年轻人的游戏挺有趣呢。

那个女人是躺在床上迎接他的。

她有些瞌睡地说道：“你到底是来了，怎么这么迟？过来，宝贝，快到床上来，完了之后我们再谈一下这些天你都去哪儿了……”

伊兰德有些不知所措，也不明白该如何说出心里的想法。他什么都没想，就开始不由自主地脱衣服了。

伊兰德说道："森尼瓦，我们俩的行为太轻率了……我觉得今夜我不能留在这里，也许梭罗夫一会儿就会回来呢？"

森尼瓦用嘲笑的口吻说道："你会担心我的丈夫？你很清楚，即使我们在他面前谈情说爱，他也不会介意的。即使他察觉到你来过我家，我也会让他相信什么事也没有。他很相信我……"

伊兰德笑道："看样子他确实挺信任你。"一边说，一边用手摸着她垂在肩上的浅色头发和搂住她那雪白结实的肩膀。

她一把捏住伊兰德的手："这样说的话，你对你的妻子也挺相信的啊。巴德和我结婚的那个时候，我可是很守旧、很羞涩的呢。"

伊兰德将手放开，生气地说道："不要将我的妻子扯进来。"

"怎么了？难道你认为我们可以说起我的丈夫梭罗夫爵士，而不能讨论劳伦斯之女克里斯汀吗？"

伊兰德强忍着什么也没有说。

森尼瓦嘲讽道："某些男人自以为有很大的魅力，女人遇上他便放荡起来，他们认为这是女人的错——可是他却要求女人在别的男人面前要守身如玉。我觉得你就是这样的人吧？"

伊兰德暴躁地说道："对你，我可从没有这样想过。"

森尼瓦夫人眼睛里闪出亮光：

"伊兰德，你和你的妻子生活得如此美满，为什么要来我这里？"

"我已经提醒过你，别再将我妻子扯进来。"伊兰德愤愤地说。

"不应该提起你的妻子或者我的丈夫……"森尼瓦又说了一遍。

伊兰德懊恼地说道："每一次都是你自己先提起梭罗夫，然后毫无顾忌嘲笑他的，即使你在言语上没有侮辱他——你调戏其他男人代替你丈夫的位置，看得出来你是怎么侮辱他的声誉的了。她……从不会因为我犯的错而变坏。"

"你是要告诉我，你爱的是克里斯汀，即使我讨你喜欢，你也只是和我在一起玩玩……"森尼瓦哈哈大笑起来。

"我不清楚到底是不是喜欢你，好像是你先喜欢上我的……"伊兰德感到很茫然。

她嘲笑道："但是克里斯汀轻视你对她的感情吗？我想象得到，她一贯用怎样的眼光瞧你。"

伊兰德吼道："别说了！或许她明白我该看怎样的脸色！你和我没什么区别。"

森尼瓦带着胁迫的语气问道："在你眼里我只是一只破鞋，是只让你用来报复你夫人的破鞋？"

伊兰德站起来喘着粗气：

"你想这么认为也行，这可是你自找的……"

森尼瓦说："小心这只破鞋不要穿到你自己的脚上……"

她在床上坐着等他。伊兰德什么都没说，也没有和解的意思。他将衣服穿上，沉默着走了出去。

就这样他与森尼瓦撇清关系了，而自己一点儿都不觉得满意，这样的结局对于他而言并不光彩。但他也想不到更好的办法。不过，结果都一样，他现在终究是已经摆脱她了。

4

这一年的上半年，胡萨贝庄园里男主人极少出现。当他再次回来时，夫妻间反倒很有礼貌，很和善。伊兰德虽然经常寻找着她的身影，但从没想过打破她建立起来的隔阂。况且在外面他有很多事情要忙，他从没问过地产是怎样经营的。

三一节[①]过后不久，当伊兰德表示，他希望妻子与他一同去劳姆斯幽谷的时候，克里斯汀便说起地产管理方面的事情。伊兰德因工作需要去奥普兰，问她打不打算和孩子们一起搬到柔伦庄园住一段时间，探望一下幽谷里的那些亲人朋友们？遗憾的是克里斯汀说什么也没有答应。

伊兰德在参加尼达洛斯司法会议的时候，顺道去了趟托奥尔克幽谷，后来才回到胡萨贝庄园，不过马上就要乘船去卑尔根了。“海魔号”停泊在尼达尔岛，海夫特·格劳特会和他们一起去。只要海夫特一到，他们就能出海了。

在圣玛格丽特节[②]前三天，胡萨贝庄园的人准备收割干草了。天气非常好，负责收割草料的工作人员午休完后来到草地，工头奥拉夫被批准可以带着孩子们一起来。

克里斯汀这时候在军械库二楼放衣服的房间里。这座房子有一个旋梯，可以直接到二楼，外边有一个阳台。三楼就是军械库了，在阳台上面凸了出来，唯一进去的方式就是从衣物储藏室里沿着扶梯从地板的暗格爬上去。暗格没有关，伊兰德就在那里。

①每年夏季在耶稣复活节之后第50天的节日。

②7月20日。

克里斯汀将伊兰德在海上要穿的皮毛斗篷拿到阳台上清理一下。此时她好像听到有许多人马经过的声音，看见许多人骑着马出了树林，沿着高尔谷的那条路走着。伊兰德很快来到她身旁。

“克里斯汀，你是否说过清晨的时候厨房里的炉火灭了？”

“嗯，葛丽将一锅粥都弄翻了。我们只有去艾利夫那里借火。”克里斯汀回答。

伊兰德望着神父家的方向：

“不行，不能让他陷入这个麻烦里。”小高特在阳台下走来走去，不停地换着手中的草耙，他不想去晒干草。

伊兰德轻声招呼着他：“高特，快上楼梯，不要靠近这边，不然他们会发现你的。”

克里斯汀盯着她的丈夫，她还没有见过他的这一面——他正在查看南方的路况，言语神情都充满了紧张和警惕，但是仍在装作镇定。他转身进了阁楼，很快拿出一个用亚麻布做成的小布包。他显得既魁梧又灵巧，将布包扔给小男孩：

“将它们放在你胸前藏好——你一定要记住我的话，一定要保护好这些信件。高特啊，这里的危险现在你是不能理解的。拿上草耙，悄悄从田间走到赤杨丛里，在灌木间藏好，向前爬着走，一定要到大树林边才能停下——那边的路你应该熟悉吧——从那里穿过树林一直到史周德克镇。到了那里之后，观察一下田庄怎么样了。如果察觉出异样，或者发现什么不认识的人，你就藏好。如果没什么事情，就去庄园里，去武夫那里，把这些信函拿给他。如果不能给他，周围也没有其他人的时候，马上设法烧毁这些信件，一定要把字迹与封印全部烧掉。除了武夫，这些信件决不能让任何人看见。孩子啊，希望上帝保佑，这样危险的事情竟然要让一个十岁的男孩子承担。这件事关乎很多人的生命和利益。高特，你知道有多危险吗？”

“明白，父亲，我已经明白了你所说的一切。”高特在楼梯上抬头看着父亲，可爱的脸蛋上满是虔诚。

“如果没找到武夫，就通知艾萨克马上骑马去哈夫尼，一定要尽快——对他们说由于刮大风，我的行程不得不改变。知道吗？”伊兰德说。

“知道了，爸爸。我都记得清清楚楚。”高特回答。

“那快出发吧。希望上帝能给你帮助，孩子。”伊兰德满意地说。

伊兰德又返回军械库，想把暗格关上，不过克里斯汀已经上来了一半。在她上来之后，他才把暗格关好，来到一个低矮的柜子旁，从里边拿出一些羊皮纸文件，把封蜡撕掉，踩碎，又把羊皮纸也毁掉，把柜子的钥匙包在里面，从窗户扔到房后种着荨麻的园子里。他站在窗前，看着儿子从田边走到草地里，那里的割草工人正排成一行往前走，不断举起镰刀和草耙。看见高特进入了麦田与草地之间的树丛之后，他才关上窗户。这时候马蹄声更响了，好像已经近在咫尺了。

伊兰德转过身来看着妻子说道：

“你可不可以将我丢在下边的东西藏起来？叫来斯库勒吧，他会有办法的，让他丢到牛房后边的一个洞里。他们应该会盯着你和几个大儿子们，不过他们不能搜查你们。”他将封蜡的碎片塞到她的胸前，“应该没有人看得出来。但是……”

克里斯汀平静地问道："伊兰德，你遇到危险了？"伊兰德看着她的脸，将她的手臂拉到自己的腰上抱着他。他紧紧地抱着她，抱了很久很久：

"我也不清楚，克里斯汀，拭目以待吧。如果我没有看走眼，领队的应该是艾德莱德之子图勒，巴德爵士也在。我觉得图勒来这里应该不会有好事……"

这时候骑兵已经来到了院子里。伊兰德静静地站了会儿，接着疯狂地吻着妻子，将暗格打开，下去了。克里斯汀站在阳台上，发现伊兰德正在庭院里扶着年迈的财务大臣从马上下来。差不多来了30个全副武装的武士，巴德爵士和高尔多拉州的州长也在里面。克里斯汀来到院子里的时候，那位州长正说着：

"伊兰德，你的表亲让我问候你一声。特隆德之子波嘉和固托姆斯此时正在维奥岛成了国王的贵客（在押的囚犯），我猜如今图勒之子海夫特已经来到圣布庄园去探望伊瓦尔和那个小男孩了。昨天清晨，巴德爵士就在城里抓获了海夫特·格劳特。"

伊兰德笑着说道："我猜想，你们应该是邀请我参与这一场军事检阅吧？"

"正是，伊兰德。"州长回答道。

"那我的庄园也要被搜查了吧？我经常参与这样的搜索行动，知道该怎么做……"伊兰德嬉皮笑脸地说。

图勒说道："你应该没有参与过像被控叛国这样的大案件吧？"

伊兰德回答道："是的，至少是到目前还没有过。图勒啊，我觉得我正在和一个恶魔玩耍，而你是我的同伴。是不是，远房亲戚？"

艾德莱德之子图勒说道："我们要搜出英歌伯柔太后写给你的信函。"

"就在军械库那个盖着红皮的矮柜子里——但是信里也没说什么，不过是亲戚之间的寒暄而已——而且已经很旧了。就让史坦恩带路吧。"伊兰德说。

那些武士们都下了马，而伊兰德的家人们也都挤在院子里。

图勒说道："我们在特隆德之子波嘉那里也找到一封信函，可不只是问候那么简单。"

伊兰德轻轻地吹了声口哨。

他说："我们先进去吧，这里太挤了。"

克里斯汀与男士们一起来到大厅。图勒一声令下，两名武士也和他们一起进去了。

他们来到房里，吉姆萨庄园的图勒说道："伊兰德，你应该将佩剑交出来，表明你是我们的俘虏了。"

伊兰德拍了拍大腿，向他们证实自己只带了一把匕首而已，没带其他的武器。不过图勒还是说道：

"你一定要将佩剑交出来，当作证明……"

伊兰德冷笑着说道："行了，看来是必须要举行一个隆重的仪式了……"

伊兰德走到墙边，将挂在钉子上的宝剑拿下来，举着剑鞘，微微敬了个礼，把剑交给了艾德莱德之子图勒。

这个吉姆萨庄园的老人将剑上的扣针解开，拔出剑，用手抚摩着剑槽：

"伊兰德，你就是拿这把剑……"

伊兰德的眼睛闪闪发亮，嘴巴紧抿成一条线说道：

“的确，当我察觉到你的孙子与我女儿在一起的时候，我就是用这把剑教训他的。”

图勒拿着剑站在一旁。他低头看着宝剑，带着胁迫意味地说道：

“伊兰德，你应该依法办事——你必定明白，那一次你干得有点过火了，稍稍越过了法律允许的范围……”

伊兰德高傲地昂着头，脸涨红了，抬头反驳道：

“图勒，世界上有一条法律是国王或者议员也不能废除的——那就是男人能用手中的佩剑来捍卫妻子和女儿的声誉。”

吉姆萨庄园的图勒凶狠地说道：“尼古拉斯之子伊兰德，你应该庆幸没有谁用这条法则惩罚你，不然的话你就得像猫一样，多几条命才行。”

伊兰德用带着讽刺的语气慢慢地说道：

“难道你不认为这件事的严重性，根本不能和我年轻时候的陈年旧事相提并论吗？”

“我倒想知道兰斯维克庄园的梭罗夫是不是觉得那只是陈年旧事。”图勒回答道。

伊兰德顿时满脸通红，还想争辩。不过图勒却大声说道：

“伊兰德啊，你的腰带中藏有私密信件，即使要去和情人私会，也要先打听一下你的情妇识不识字！你可以去问巴德谁告发的你，说你密谋背叛你发誓献出忠心的国王。”

伊兰德不由自主地将手放在胸前……他在刹那间向妻子看去，满脸通红。这时克里斯汀向他跑过来，抱着他的脖颈。伊兰德低头看着她的脸，看见她满脸的温柔：

“伊兰德……亲爱的。”

财务大臣到现在都没说什么，这时候走到他们两人面前，温柔地说道：

“敬爱的夫人，我觉得现在你最好和孩子们以及女仆去闺房待着。我们在这里的这段时间，你们别随便出来。”

伊兰德将妻子放开，用手臂按了按她的肩膀：

“克里斯汀，就这样吧，按照巴德爵士所说的去做就行。”

克里斯汀踮着脚，将嘴凑上去，接受他的吻，然后走到院子里，在混乱的人群中唤出儿子们和女仆，将他们带到小厅堂——胡萨贝庄园也没有其他闺房了。

他们在这里待了几个小时，女主人冷静而又坚强，让慌乱的人们心里的恐慌减少了一些。之后伊兰德来到这里，他身上的武器已全部被卸下，换上了出行的衣服。两个武士正站在门口把守。

伊兰德握了下几个大孩子的手，又抱了抱较小的孩子，顺便问起了三儿子高特去哪里了。

“纳克，请代我向他问候一声。我猜他肯定和往常一样一定是带着弹弓去树林里玩了。你对他说，今后我的英国长弓就归他了——周日的时候他问我要过，我没有同意。”

克里斯汀什么也没有说，只是紧紧地抱着他。

她用带祈求的轻声问道：“亲爱的伊兰德，你要多久才会回来？”

“就要看主是怎么安排了，亲爱的。”伊兰德回答。

克里斯汀静静地走到一边，她在竭力控制着自己，不露出气馁的样子。平常他和她说话的时候，只会直呼她的姓名，而刚才那句

“亲爱的”感动了她的心。似乎到了这一刻她才明白，这次灾祸真正到来了。

夕阳西下的时候，克里斯汀来到房屋北面的小山顶上。

她还是第一次看见如此鲜红艳丽的天空，金光灿烂。前方的山顶上飘着一大块云，好像鸟儿的翅膀，迸射着光芒，又好像烧红的铁块，透明得就像马瑙。一些细碎的像羽毛一样的金色烟雾从云里透射出来，飘浮在天空中。低谷的湖面上倒映着天空、云朵与群山的影子。夕阳的光亮好像是从湖底燃上来的，将她眼前的东西都镀红了。

草坪上的青草正结着种子，纤长的草穗也在晚霞的光辉里映成淡淡的红色。麦子长出穗了，明亮美丽的嫩穗反射出霞光。庄园里用草堆成的屋顶上生长着许多酸模与金凤花，阳光均匀地洒在上面，形成了一道宽阔的光带。教堂里那些泛着黑色的木瓦也在阳光下幽幽地发着光，淡淡的石墙被阳光镀成金色。

太阳从云层里透过来，停留在山顶上，光芒洒向一座座郁郁葱葱的小山。黄昏时的天色很明亮，可以看见半山腰上的田地，树林里的牧场和庄园也可以看得清清楚楚。以前她没有在胡萨贝庄园看到过这些景色。南边是一座座深紫色的小山丘，一直延伸分布到多孚尔山那边，再往前就只能看见彩色的云朵和浓厚的雾霭了。

此时山下礼拜堂里最小的钟开始敲响，维尼亚尔村教堂里的大钟没多久也响了起来。克里斯汀低头合起双手，一直到三点钟的钟声敲完。

太阳终于要下山了，金色的光芒变成了白色，而红霞也变成了玫瑰色，更加温和了。当钟声停止时，树林里风吹树叶的声音又响了起来。在下边的山谷树林中，小溪的潺潺声也清晰可闻。周围牧场里牛羊的铃铛叮当作响，听起来也颇为耳熟。有一只甲虫飞到克里斯汀的身旁嗡嗡响着，不一会儿又飞走了。

克里斯汀做完祷告之后，叹息了一声——在祷告时她有些魂不守舍，希望上帝不要责怪她。

美丽的大庄园坐落在这座山的半山腰上，就像一粒珠宝镶嵌在宽阔的山岭上。克里斯汀俯视着她和丈夫共同拥有的这些土地，曾经她很专心地管理着这些产业，为此操尽了心。直到今天晚上，她才明白自己付出了多少努力，管理和保护着这个庄园；也是到这个时候她才明白自己所做的一切，又换来了什么。

以前她毫不厌烦而又坚强地承担着她的责任，将它看作上天赋予自己的使命。每一次当她知道自己怀有身孕，一次又一次，她都最大限度地不去烦恼，在担负重任的情况下努力向前。每当一个儿子出生，她更觉得维护家庭的福利与安全有多么重要。这个晚上她想清楚了，当一个又一个需要她保护需要她去努力的孩子出生时，她掌控全场的能力与戒备心也就更强了。今天晚上她看得格外透彻，上天赐予她七个儿子，对她有一些要求，却也让她得到了不少欢乐。欢喜一次次撞击着她的心，忧愁也让她伤透了心。他们是她的儿子，出生的时候胖乎乎的，途中撞到凳子和她的膝盖之间，从不会让他们受伤。现在他们已经长大变成了少年，身体棱角分明，依然是她的儿子。当他们是婴儿的时候，她将他们从摇篮里抱起来喂奶，婴儿的脑袋像是草茎上的风信子一样摇摆着，她只好将他们的脑袋瓜扶起来。曾经他们是她的，现在也是她的。今后不管他们在哪里，离她多么遥远，将母亲放在身后，她依然可以感觉到他们是她生命中的牵挂，他们与她在一起，就像在她怀孕的时候，只有她明白新的生命在身体里吸着她的血液，让她毫无血色。她重复多次体会着那种让人直冒冷汗的恐惧和惊慌。现在到了分娩期，她又得承受一阵阵的痛苦，接着会被扛到床上，身边又多了一个小宝贝。直到今天晚上，她才明白，每当一个孩子出生，她就觉得更富有，更有力量，更坚强。

但是今夜她清楚自己依然是柔伦庄园的那个克里斯汀，听不得一句被冒犯的话，因为她每一天生活在强烈的、温柔的爱的海洋中。在伊兰德身边的时候，她一直都是这样……

对，确实是这样。虽然，这些年来她从没忘记过伊兰德带给她的伤痛——事实上她明白伊兰德对她的伤害并不像大人一样居心不良，只是像个小孩子在玩耍时打了伙伴而已。每当伊兰德伤害她时，她就会记下来，像别人抚慰溃烂的伤口一样。每当伊兰德任性胡作非为，干出一些出格的事时，克里斯汀总会受到极大的刺激，好像身上被抽了一鞭，留下的伤口血流不止。她并不是有意怨恨丈夫，她知道自己对待他人的气量并不小，但如果是关于他的，就会不一样。说起伊兰德，她任何事情都不会忘记；只要是关于伊兰德的，即使是她心里最小的伤痕也会止不住地疼痛。

克里斯汀在对待丈夫的态度方面既没有变得聪明一些，也没有变得更加坚强。尽管她与丈夫生活在一起时，总是尽力装成精干、刚强和诚恳的模样，事实上她并不是这样的。她一直都希望……希望可以再次成为吉达露森林的少女克里斯汀，那个时候她可以做任何反常的坏事，只要能拥有他就好。为了得到伊兰德，她付出了所有：她的爱情，她的童贞，她的名誉，以及上帝的救赎。她还付出了并不属于自己的东西：她父亲的声誉和对她的信任。她摧毁了一个谨慎理智的成年人为了保护年幼的女儿而创建的一切。她一心想要得到爱情，却违背了父母为了她能得到幸福所做的一切打算，在死后可以在子女身上看到成就的愿望。在这场赌博中她所付出的超过了自己的一切，而得到的唯一的奖励就是伊兰德·尼古拉斯对她的爱。

她没有输。从伊兰德在修道院花园里与她第一次接吻，到现在他被逮捕前在小厅堂里与她告别时的吻，她明白伊兰德一直爱着她，伊兰德爱她甚于爱自己的生命。他没有很好地照顾她这一生，但是在她第一次见他的时候就明白他会怎样安排自己的一生。虽然他没有很好地对待她，但这已经比对待他自己要好得多。

伟大的主啊，她已经完完全全地得到了他！今天晚上她已经肯定了——是由于她的冷漠、出口伤人，才让他不得已背叛了曾经的誓言，干出这等蠢事来。如今她可以肯定，这么多年虽然她很多次看到他在森尼瓦面前轻浮的样子，很生气，但在生气中却有一种高傲和挑衅的愉快。没有谁知道奥拉夫之女森尼瓦什么时候失去了贞洁，但是伊兰德与她调笑的时候，却和男佣对待卖啤酒的侍女相差无几。而他清楚克里斯汀曾经骗了最相信她的人，心甘情愿被他引诱到最令人羞耻的场所，但是他依然相信她、尊敬她。虽然他总是轻易忘记罪行带给他的恐慌，轻易忘记在圣坛之前对上帝的忏悔，但他却因为自己侮辱了她而难过，这些年来伊兰德一直尽力遵循着对她许过的诺言。

是她自己选择的伊兰德，在恋爱的狂热季选择了他，一起来到柔伦庄园之后，虽然每天都过得很艰苦，却还是想要和他结婚——宁愿要他当时狂热轻率的激情，也不要父亲不让她吹到一点儿狂风的温柔。父亲想将她嫁给一个可以正确领导她，可以弯腰为她捡开脚下所有障碍物的男人，她却不顾父亲给她安排的人生，毅然嫁给了伊兰德。她明白伊兰德在危险的道路上行走，不过依然甘心和他在一起。托钵僧与神父们曾经告诉她悔过和救赎的途径，引导她走出歧途，但她宁愿选择危险，也不想错过这让人着迷的罪过。

因此她只剩下一条路，不管她和这个男人在一起会是什么样的命运，她都不可以埋怨和流泪。她想起了她离开父亲的那个时候，如今觉得是如此久远。不过她好像看见了他可亲的面容，想起他在锻冶场最后打击她的时候说过的话，想到当他快要死去时与她在山区里所说的话。一个人抱怨自己选择的命运似乎很不应该——圣奥拉夫，请帮助我，让我至少不要辜负父亲的爱……

伊兰德，伊兰德……她在少女时期与他相遇，从此生命便变成一股冲上岩石的激流。在胡萨贝庄园生活的这些年，生命舒展开来，好像湖泊一样开阔，将周围的一切映照出来。她没有忘记曾经在父母家的时候，拉根河会在春天里溢出来，蔓延至谷底，浩渺无边，上边还漂浮着各种东西。在河水经过的地方，绿色的树梢在水面上摆动着，河流里显现出危险可怕的涡流，奔涌的波涛在闪亮的表象下汹涌地向前冲去。到此时她才明白，这些年来她虽然过得很平静，但对于伊兰德的爱就像那汹涌而又可怕的涡流。如今涡流继续冲向前去，她看不清最后会冲向什么样的结局。

亲爱的伊兰德！

克里斯汀对着即将落下的夕阳再一次祷告：“伟大的马利亚！现

在我知道我不应该再向你祈求任何别的东西，我只希望你怜悯我一次救救伊兰德，救救我的丈夫！……”

她向下看着胡萨贝庄园，想到了自己的七个孩子。这时，庄园沐浴在夕阳下，就像一个正要消失的幻象一样。她很担心孩子的前途，忽然又想到，她从来都没有向上帝感恩，让她这么多年的辛劳取得如此多的成就；她也从来都没有向上帝感恩，让她拥有了这七个孩子。

夜幕降临之前，面前的山区里传出她已经听过上千遍的弥撒语。以前她坐在父亲的膝上，父亲给她念过；埃里克神父在圣坛面前，也用挪威语说过：

“噢，主啊，神圣的主、万能的父、永恒的神……我们应该在任何时候都对你心存感激，这不仅是适宜的，而且也能给我们带来救赎。”

克里斯汀将脸埋在双手之中，就这样一直坐着。当她再次抬头时，看见高特正爬向这里。克里斯汀安静地坐在那里，等着他来到自己的面前，才拉起他的手。山顶上长满了青草，在她所坐的那块石头周围很长一段距离是无法藏身的。

克里斯汀温柔地问道：“好儿子，你父亲交代你的事情办得如何了？”

“就按照他说的做呀，母亲。我来到庄园里，没有被别人发现，也没有看见武夫，因此我就在大厅的火炉里把父亲交给我的东西烧毁了。”他犹疑了一会儿才说道，“我从布袋中拿出信函，母亲，一共有九个封印。”

“高特，”他的母亲将双手搭在儿子的肩上，盯着他的眼睛，

“你父亲不得已才将这样危险的事情拜托给你。如果你觉得憋在心里很痛苦，就向我诉说好了。但是，儿子，如果你能绝对保密，我会更欣慰的。”

柔顺的栗色头发，白白的小脸，一双大眼睛，嘴唇丰满红润，眼神里有一种坚毅——现在他和克里斯汀的父亲是多么相像啊！高特点了点头，然后将一只手臂放在母亲肩膀上。

克里斯汀将头放在儿子的胸前，心里既欣慰又感到悲伤。高特长高了，他站在克里斯汀面前，克里斯汀坐在草地上的时候，头刚好可以靠在他的胸前。这还是她第一次这样依靠着儿子。

高特说道：

“我只看到了艾萨克一个人在家，所以没有将手里的东西给他看，只告诉他我想烧一些东西。因此他就生起了火，之后才出了门去备马鞍。”

克里斯汀点了点头。于是高特将母亲放开，望着她，带着些许稚气，有些畏惧地说道：

“妈妈，你有没有听见别人是怎么说的？他们说父亲……原本有机会成为国王的……”

“不会的，孩子。”克里斯汀微笑着说道。

小孩子严肃而又骄傲地说道：“但是母亲，他在王族出生，我觉得父亲比很多人都要适合当国王。”

“嘘，”她又捏着儿子的手，“高特，你的父亲如此信任你，你一定得清楚，我们不可以胡言乱语，要注意言行。当我们听到一些消息时，需要决定可不可以说，以及该怎么说。明天我会骑马去尼达洛斯。如果我可以与你的父亲单独交谈，一定会对他说，他交给你办的事情，你做得很完美。”

高特激动地祈求道：“妈妈，带我一起去吧！……”

“高特，我们需要让其他人认为，你只是一个毛头小子。孩子啊，你就在家里游戏吧，最好装成一副很快乐的样子——只有这样，才可以更好地帮助你的父亲。”

纳克和布柔哥夫也慢慢爬了上来，他们站在母亲的面前，小小的脸因为兴奋而有些不自在。克里斯汀知道他们不过是孩子，遇到麻烦只能在母亲这里找到安慰——但是他们又像是个大男子汉那样，因此他们希望可以安慰一下母亲，让她能放下心来。克里斯汀将手伸向两个儿子，但是什么都没有同他们说。

过了一会儿，他们一起下了山。克里斯汀将手放在大一些的两个孩子的肩膀上。

“纳克，你为什么总是看着我？”纳克有些脸红，转过头没有说话。

以前他从没仔细瞧过母亲的样子。不过在很小的时候他就将父亲和其他男人作比较——他的父亲极为英俊，而且具有领袖风范；而他的母亲就是一位母亲而已，总是不停地生小孩：新的婴儿在母亲的手中长大，成了他的兄弟，与他们生活在一起，和和睦睦，排挤冲突。母亲的双手中总有他们所需要的所有东西。母亲可以治愈所有的疾病和痛苦，就像火炉一样，担负着整个家庭的生命，如同胡萨贝庄园周围土地里生长的庄稼。母亲还如同马厩里的牲畜，不停地温暖着他们。纳克从没有将母亲与其他女人一起比较过……

今天晚上，他一下子看明白了：母亲是一个了不起而又漂亮的贵妇，栗色的帽子下有着洁白宽阔的额头，弯弯的恬淡的眉毛下有一双淡灰色的眼睛，胸脯丰满，四肢纤长美丽，高大的身躯像矛枪一样笔直。但是他什么都不能说。他安静地向前走着，小脸通红，感到母亲把手放在他的后脑勺上抚摩着。

高特拉着母亲的腰带，跟在布柔哥夫后边走着。哥哥责怪他总是踩到自己的鞋跟——兄弟两人开始推推搡搡。母亲解决了他们的争斗，让他们别吵，严肃的神情中忍不住露出了一丝笑意。他们不过是小孩子而已，是她的孩子。

夜里，克里斯汀失眠了。小儿子慕南躺在她怀里，小劳伦斯睡在床的内侧。

克里斯汀极力在想弄清楚丈夫那件案子，觉得他应该是安全的。维德孔之子艾尔林爵士与苏德汉庄园的国王表亲被指控对国王不忠诚和背叛国家，不过现在他们已经安全地回了家，仍然很富有，只是国王不会再宠爱和信赖他们了。

伊兰德可能利用了不正当的方式为英歌伯柔太后效劳。这几年，他与这位亲人（太后）关系很不错。克里斯汀清楚，五年前，他去丹麦访问的时候，给太后提供过一些非正当途径的帮助。维德孔之子艾尔林爵士已经支援太后了，希望她可以控制她在挪威拥有的地产。或许艾尔林爵士会让她去找伊兰德，或许艾尔林与国王谋和之后，她会主动去找父系的亲戚们。但是伊兰德的这件事并没有办好……

不过，令人不解的是，她的其他亲戚怎么也牵扯到这件事情中了呢？

伊兰德的罪行如果仅仅是热忱地为太后提供帮助，那么最终必定可以与国王和解来结束的，而不会有什么别的结局。

如果是背叛国家，她也知道奥敦·哈斯塔孔失势而且在尼达洛斯接受刑罚被处死的事情——那还是在她父亲年轻的时候。但是奥敦爵士所犯的罪太过严重。不行，她不能这么想，伊兰德这一次的结局应该没有维德孔之子艾尔林爵士和国王的表兄弟海夫特之子那么严重。

胡萨贝庄园的尼古拉斯之子伊兰德……不错，如今她也感觉，胡萨贝庄园是整个挪威最美丽的庄园。

她想去找财务大臣巴德爵士，从他那儿打听一些事情。那个人一直以来对她都很友好，以前的奥拉夫监法官也是……不过那是在以前。后来，由于城市住宅的那个案件，监法官的判决对伊兰德不利，于是伊兰德便在那一次乱发了一通脾气。并且奥拉夫对于他养女的丈夫失去了右手[①]也是耿耿于怀的。

伊兰德与她的亲戚遍布各地，但是近亲却很少。伊兰德的堂兄巴德之子慕南靠不住，在他担任林吉瑞克郡长期间，由于违法行为受到指责，为了让孩子们过上好日子，他做得有点过了头——他与妻子生有四个子女，外边还有五个私生的。听人说在卡群夫人死后，他变得很颓废。除他之外，爱丝希尔德夫人还有一些孩子，一个是莱费克庄园的英吉，一个是茱丽塔与她的丈夫，一个是嫁到了瑞典、与伊兰德不是很亲密的拉根弗丽德。而对于哈斯特奈斯庄园里的人，在伊兰德的养父巴德·彼得森爵士去世之后，基本和他们

①见前文，哈肯由于和伊兰德的女儿有染，伊兰德发现后，哈肯被伊兰德斩掉一只手。

没有什么往来。拉斯佛德庄园的托摩德已经年迈，他与哥恩娜夫人的子女也都过世了，孙辈们的还未成年。

而她在挪威，父亲那边的亲戚只剩下史科葛庄园的堂兄弟亚斯蒙之子科蒂尔和与亚斯蒙长女结婚了的堂妹夫西格尔·凯恩宁。还有两个堂妹，一个死了丈夫，另一个成了修女。至于圣布庄园母亲那边的亲戚，都有案在身。

伊兰德仅有的一个近亲是正生病躺在布道团修道院里的弟弟哥恩纽夫。她的近亲只有一个妹妹的丈夫西蒙了。

小慕南睡醒了，哭泣起来。克里斯汀翻过身，将另一个乳房靠近婴儿，让他吃奶。局势没有定下来，她还不能将他带到尼达洛斯。或许小儿子今后再也吃不到她的奶了，或许今后她再没机会像这样抱着幼子躺在床上享受平淡的幸福了，如果伊兰德不能活命……马利亚啊，上帝赐予她儿女，她是否曾经有过抱怨？她今后会不会再也吻不到幼子带着乳香味的小嘴了呢？

5

次日临近晚上的时候，克里斯汀去了城里，马上往皇宫赶去。她看着周围那么多石头砌成的房屋，心里想着，他们会将伊兰德关在哪里呢？她觉得，首先是应该搞清伊兰德的境遇，其次才是弄清事情的原委。后来她问过别人，才被告知财务大臣不在城里。

在烈日高照下她乘船走了很久，现在眼睛酸痛，乳房也因为儿子不能吃她的奶而胀痛。在下人们睡着之后，她从床上起来，在卧室里踱着步，直至天亮。

第二天，她让信赖的人哈尔德去了皇宫。回来之后他看起来很恐慌，神情阴沉——他父亲的哥哥武夫想逃到荷姆修道院，却在峡湾里被抓获。财务大臣还是不在城里。

克里斯汀听到这些也很恐慌。今年武夫没有在胡萨贝庄园居住，他是州长下属的警长，大概住在史周德佛克镇，在那里他有很多的土地。这是个什么样的案件，居然连累了如此多的人？她因睡不着而更加虚弱了，种种不祥的念头，不断袭上她的心头。

到了第三天的早上，她依然没有等到财务大臣巴德爵士，想送信给丈夫的愿望也没达到。她本想去修道院见一下哥恩纽夫，又感觉不太妥当。于是只好在家里不停踱着步，微眯着发痛的眼睛。偶尔她觉得自己就像要睡着一样，但是一旦上了床，又会抑制不住恐慌和悲痛。她不得已只好起来踱步，苦苦地支撑着。

中午过后，哥恩纽夫来探望她，克里斯汀立刻上前欢迎这位托钵僧：

“哥恩纽夫，你有没有见过伊兰德？……他们说伊兰德犯了什么罪？”

“克里斯汀，有一个很不好的消息，他们不许任何人见伊兰德——更不用提我们这些修道院里的人了：他们认定奥拉夫院长也与这些阴谋有关。伊兰德曾到那里借过钱，但是修士们都可以保证，在签署文件的那一刻，他们压根就不清楚他为什么要借钱。院长也不愿意解释他的行为。”哥恩纽夫回答。

“噢，到底是怎么了？难道是公爵夫人（也就是英歌伯柔太后）怂恿他这样做的？”克里斯汀问。

哥恩纽夫回答道：

“听说她是遭到他们的威胁，才加入这个阴谋的。伊兰德和他的同伙在春天的时候寄过一封信给她——有人见过底稿——如果不是他们威胁太后拿出来，他们是不会得到的。他们并没有得到底稿。但是，他们在维奥岛搜索检查‘特隆德之子波嘉’的时候，找到了太后答复的信件和爱吉·劳里森爵士的信，证实了伊兰德与他的同僚真的有过威胁太后的心。很显然，她没有胆量将哈肯小王子送到挪威来，但是他们引诱她，不管事情到最后发展到什么程度，马格奈斯国王是不会对同父异母的弟弟怎么样的。如果‘克努特之子哈肯’没有成为挪威的国王，那他今后的人生与以前也不会有什么区别——但他们却甘愿舍弃生命与家产，让他能够当上国王。”

克里斯汀在旁边沉默了好一会儿才说道：

“我清楚了。这件事情相比较于艾尔林爵士或海夫特的子女和国王之间的纠纷哪一件更为严重？”

哥恩纽夫轻声回答：“正是，他们说海夫特·格劳特和伊兰德将要乘船去卑尔根。事实上他们要去丹麦的卡隆堡，想在马格奈斯国王正在国外相亲的这段时间里，将他的弟弟哈肯王子接到挪威。”

过了片刻，哥恩纽夫更加小声地说道：

“挪威的贵族们已经有一个世纪没胆量做这样的事了，妄想击垮世袭的合法国君，而把国君的对手扶上王位……”

克里斯汀呆呆地坐在那里，目光呆滞地望着前方，哥恩纽夫简直不忍心看她的脸色。

过了一会儿她好像想到了什么，说道：“的确，最后一次玩这种游戏的人还是你与伊兰德的先辈。那时候，我母亲那边的吉斯林家族已经去世的亲戚也站在拥护斯库勒国王那边。”

她看见哥恩纽夫疑惑的眼神，便有点激动和急躁地说道：

“哥恩纽夫，我不过是个普通的妇女，丈夫与其他人谈论这些事情的时候，我从没在意。即使他愿意对我说，我也不想听……愿主能帮助我，这些事情我并不清楚。但是即使我简单，只懂得料理家务和照顾子女，我也明白，人民的事情一旦关涉到国王，想要解决的话，必定会远离公正与道理。我很清楚，挪威的人民如今相比较于以前，也就是哈肯担任国王的时候要艰苦得多。我的丈夫……”她快速地呼吸了两下，“如今我明白了，我的丈夫正在做一件国家领导们也没有勇气做的大事。”“正是。”托钵僧将双手握成拳状，声音渐渐低沉，“事关重大，居然弄得这么糟糕。而且这种糟糕，许多人都觉得可惜。”

克里斯汀尖叫了一声，剧烈的举动让她的胸口与手臂疼痛起来，不由得冒出了冷汗。她突然转过身看着托钵僧高声说道：

“伊兰德并没有错——一切早就成了定局——只是他运气不好。”

她扑通一声跪倒在地上，双手放在凳子上，把一张因绝望而涨红的脸对着托钵僧：

“哥恩纽夫，我们俩——他是你的哥哥，而我与他是已经生活在一起十三年的夫妻——如今伊兰德已经成了阶下囚，或许还会有什么不测，所以我们不能再责备伊兰德。”

哥恩纽夫的脸不断地抽搐着，他低头看着跪在地上的女人：

“克里斯汀，你在这件事上能够这样想，希望主能赐福于你。”他绞合着双手，“希望主……主能让伊兰德脱离危险，让他回报你的忠诚。克里斯汀，希望主可以保佑你们母子渡过难关。”

“不要这么说嘛！”克里斯汀将身子直起来，抬头看着他的脸，“哥恩纽夫，你参与这件事的话可能会给你造成困扰，没有谁比得上你对他的严厉苛责。而你们是兄弟，你还是一个神职人员！”

“我从来没有打算太过苛责伊兰德，”他的脸色更白了，“在这个世界上与我最亲近的人只有我的哥哥了，因此当伊兰德做了伤害你的事的时候，我也会感到痛苦，就当成我应该赎的罪吧。对于胡萨贝家族——想要延续下去的话只能靠我们俩，而如今全得靠他了。我将几乎所有继承的财产都给了他。你们的孩子在血缘上就是和我最亲近的后代了。”

“伊兰德并没有伤害我！其实我也并不比他好多少！哥恩纽夫，你怎么会和我说这些呢？你又不是我忏悔的神父。埃里克神父从没在我面前指责过我的丈夫，当我向他诉说我的苦恼时，他只是劝解我。他当教士要比你好得多——他是上帝赐予我的神职人员，我应该听从他所说的——而他从没有说过我的烦恼是由于受到了不公正的对待。我相信他说的！”

当克里斯汀站起来的时候，哥恩纽夫也随之离开了座位站了起来。他的脸色更加惨白，神情激动，自言自语道：

“你没说错，你应该听从埃里克神父所说的……”

哥恩纽夫转过身准备离开，克里斯汀突然抓着他的手：

“不，不要就这样走了！哥恩纽夫，我还记得……我还记得曾经来这里拜访过你，那个时候这座房子是你的，你对我非常好。我记得当我第一次看到你的时候，我正处于恐慌与悲痛当中。我不会忘记你为伊兰德辩解。可能你自己都不清楚，你一直都在为我和我的孩子们的安全祷告着。我明白你的好意，你希望我们都好，你很爱伊兰德……”

“噢，哥恩纽夫，不要责怪伊兰德——有什么人在上帝那里是纯洁的呢？我父亲后来很欣赏他，孩子们也很敬爱他们的父亲。你要知道，当初他察觉到我意志不坚定，容易被人骗，但最后他还是与我正式结婚了，让我拥有了尊贵和荣耀。噢！的确，胡萨贝庄园很漂亮——在我待在家里的最后一个傍晚，那里非常美丽，每一天的日落都是那么绚烂夺目，伊兰德与我在那里度过了很多美好的时光——不管怎样，不管怎样，他总归是我的丈夫，我最爱的丈夫……”

哥恩纽夫双手拄着拐杖，现在他从修道院外出时经常要用到拐杖。

“克里斯汀……当你在为他的生命而感到担忧时，不要把希望寄托在夕阳的霞光和你现在回忆的爱情上。”

“我回忆起我年轻时候担任副助祭时的一件事情，哥德贝尔，就是那个后来与乌瓦生庄园的阿尔夫结婚的哥德贝尔。她在西尔赫姆当佣工时，有人说她窃取了一枚金戒指。而事实证实她被人误解了，不过羞辱和恐慌已经让她的心灵被击垮，魔鬼很容易就将她俘虏了。她来到湖边，企图跳湖结束她的生命。后来她经常向人们证实道，当她跳进去的时候，发现这个世界是如此艳丽，闪耀着金光；湖水既清澈又温暖，很舒服。不过当湖水淹没她的腰时，她吟诵着主的圣名，在胸口画着十字，因此世界又变得灰暗，湖水也变得冰冷了，她这才看清楚了前方……”

克里斯汀挺直地站着，温柔地说道：“如果我相信在危难的时刻我打算放弃正在苦难中的丈夫，那我一定不会向耶稣祈祷的。但我觉得，耶稣的名讳不会有这种效用，倒是魔鬼的名字才可以把人引到这一步。”

“你误会我的意思了，我的意思是……克里斯汀，希望上帝让你更加坚强，用内心的爱承受丈夫的罪过。”哥恩纽夫说。

克里斯汀用同样的语气说道：“你清楚我会这样做的。”

哥恩纽夫转过头避开她，惨白的脸不停地抽搐着。他用手遮着脸：

“我该走了。在家里我能更好地集中精力，这样有利于替你与伊兰德想办法。希望上帝与所有的圣徒保佑我哥哥的安全与自由。噢，克里斯汀，不要觉得我不将哥哥放在心上。”

在哥恩纽夫离开之后，克里斯汀的心情更不好了，她感到现在的处境极为不妙。她不想让下人在她身边，而她则在房间里一直踱着步，绞着双手，轻声嗟叹着。天快黑的时候，有人骑马进了院子里，不一会儿传来开门声，太阳的余光里有一个身穿骑马装的高大健硕的男人，身上带着叮当作响的马刺与宝剑，迅速走到她身边。在她认出来人是安德列斯之子西蒙时，便忍不住大声痛哭起来，她伸开双手向他扑过去。当西蒙紧紧地抱住她的时候，克里斯汀又悲伤地痛哭起来。

西蒙将她放开。克里斯汀依然站着，把双手放在他的肩膀上，头靠在他的胸口，不知所措地低声哭泣。西蒙轻轻搂着她：“好了，克里斯汀，主会保佑你的！”他的声音淡定柔和，身上满是汗渍和尘土，马匹与皮衣混合的味道好像给她带来了救援的希望：“愿主保佑你……这时候就丧失信心与胆量也太早了点……肯定能想到办法的……”

没过多久，克里斯汀的心情逐渐平复了下来，甚至向西蒙表示歉意，希望西蒙不要怪她。她说由于小儿子突然间断奶，她的身体有些不适，也感到很担心和痛苦。

西蒙听说了克里斯汀这几天是如何度过的后，便将用人叫过来，生气地问道：难道这屋里就没有个长脑子的女人关心下夫人的身体状况吗？遗憾的是那个女佣只是个毫无经验的小女孩，伊兰德城里庄园的管家妻子已经过世，还要照顾两个年幼的女儿。西蒙便派下人去城里请一位女医生来，并且劝克里斯汀躺到床上去休息。等她好一些了，他再过来与她说话。

在他们等那位女医生到来的同时，仆人给西蒙和他的随从送来了些吃的东西。这时，克里斯汀在小房间里换衣服，西蒙一边吃一边与她说话。当他听说了圣布庄园的事情，就马上骑马向北，来到了这里，而兰波去了圣布庄园陪伴伊瓦尔和波嘉的妻子。政府已经将伊瓦尔带到了妙莎堡，而哈瓦还在外面，但他发誓一直待在教区里。据说波嘉和固托姆斯已经幸运地逃了出来……莱加桥庄园的约翰骑马去莱姆斯谷打探消息，会让人带话回来。西蒙中午的时候去过胡萨贝庄园，不过没待多长时间。孩子们都很安全，纳克和布柔哥夫一直缠着西蒙要把他们也带过来。

夜晚，西蒙在克里斯汀的床边坐了一会儿。此时，克里斯汀已经重新变得勇敢和镇静。跟往常一样，痛苦过去之后，她终于感到疲倦了，现在她懒洋洋地躺在床上，端详着妹夫黝黑微胖的脸和透着坚毅的双眼。西蒙的到来，对她来说是个很大的安慰。事实上，当西蒙听说了整个案件之后，非常忧虑，不过他说的话给了她鼓舞。

克里斯汀躺着，看到他微胖的腰上系了一根鹿皮腰带。扁平的铜扣上有一层镀银，上面刺有“A”与代表着“圣母马利亚”的“M”作为装饰物，纤长的匕首上有一朵银镶的花，刀柄上有几颗大水晶作为装饰，腰上还别着廉价的小餐刀，刀柄是角质的，早已裂开，用铜丝缠绕着——这些物品是克里斯汀父亲生前的日常用品，父亲曾经每天都会使用。她回忆起西蒙拿到这些东西时的画面——在她父亲去世之前，想将自己最好的也只有在节日用的镀金皮带留给西蒙，因为这比较符合这位女婿的身份。但是西蒙却请求送给他这条旧的……劳伦斯说，这只不过是个骗人的假货，但是西蒙却觉得匕首应该会很珍贵……拉根弗丽德笑着回答：“的确，还有这把餐刀呢。”然后岳父与女婿哈哈大笑起来：“的确，还有这把餐刀，是这样的。”她的父母经常因为这把餐刀而争吵。拉根弗丽德看见丈夫的腰带上总是挂着这把不好看而又廉价的小刀，很生气，但劳伦斯发誓说一定不会按照她的意愿丢掉：“拉根弗丽德，我一向不想违背你的意愿。全挪威都不会有比这更好的奶油刀了——加热之后切起来很好。”

克里斯汀让西蒙把小刀拿下来给她看看。克里斯汀躺着，把刀放在手中玩弄了一会儿。

她轻声请求道：“我真想得到这把小刀。”

“的确，我也觉得，很荣幸这把小刀是我的——即使有人给我20个银马克我也不会卖。”他笑着，抓住克里斯汀的手腕，把刀拿了回去。西蒙微胖的手摸上去是那么舒适，温暖而又干燥。

过了片刻，西蒙向克里斯汀道了晚安，便拿着一支蜡烛去了大厅。克里斯汀听见他来到十字架基督像面前跪下，之后站了起来，脱了鞋丢在一边，不一会儿就在靠近北边的床上重重地躺下。

不久之后，克里斯汀也进入了甜蜜的梦乡。

克里斯汀一直睡到第二天天亮了之后才醒过来。安德列斯之子西蒙一早就出门了，他让用人带话给她，让她安静地待在家里。

直到傍晚的时候他才回来，刚进门就说道：

“克里斯汀，伊兰德让我向你问好——我已经和他谈过了。”

克里斯汀的面色顿时恢复了青春的气息，洋溢着温柔、温顺和有些焦急和烦躁的情绪。然后，西蒙开始拉着克里斯汀的手，将详细经过告诉了她。把西蒙带进去的人一直都监视着他们，因此他与伊兰德并没有说得太多。至于能够见到伊兰德，还是由于海福莉夫人的缘故，奥拉夫监法官算来还与西蒙有些亲戚关系，因此，监法官才特意准许了西蒙去探望犯人。伊兰德向克里斯汀和儿子们问好，问他们现在怎么样了，还特别提到了小高特。西蒙觉得再过几天，克里斯汀或许能够去探访丈夫了。伊兰德看起来很镇静，非常勇敢，根本没有灰心丧气的样子。

克里斯汀低声说道：“如果今天我和你一起去，或许也可以和他见面。”

西蒙不敢苟同，他正是因为独自一个人，才被批准进去的。

“克里斯汀，有个男人在前面做好一切，很多事情你也能方便一些。”

伊兰德现在在邻近河边“东塔”的一个监牢里——虽然屋子有些小，但也是专为贵族设置的囚室。听说武夫被关在地牢里，海夫特在其他的牢房中。

西蒙一边讲着他从城里了解到的情况，一边谨慎小心地观察着克里斯汀的反应，看她可以承受多少。他感到克里斯汀对案件已经很清楚了，因此便很直白地表明，他也觉得此事风险很大。但是和他谈起这件事的人都提到，如果没有大部分的武士与贵族给他支持的话，伊兰德是没有胆量进行这个计划的，并且还进行到了这种地步。既然对国王心怀不满的贵族人数已经有不少了，那么国王应该不敢对他们的领头人太过苛责，也许他会用某种形式迫使伊兰德与他达成协议。

克里斯汀轻声问道：

“维德孔之子艾尔林爵士是怎么看这件事的？”

西蒙回答道：“据我所知，应该有不少人也想知道这一点儿。”

西蒙还有一个想法没对克里斯汀提起，也没有和那些与他讨论这件事的人说过。他感觉国内不会有太多人支援伊兰德，发誓支持这种冒险的行为而不顾自己的性命与家产——如果这样的话，他们就不可能选他为首领了，毕竟同僚们了解伊兰德天生莽撞，有些靠不住。的确，他与英歌伯柔太后及那些小的谋权者是亲戚关系。这些年他生活得富裕豪华，而且相比较于大多数同样年纪的男子，对战争更为了解。他的手下对他的尊敬是人尽皆知的。此外，虽然他做的蠢事不少，但如果认真点，也可以说出些正中要点的话，因此人们都认为他已经取得教训，变得小心翼翼了。西蒙觉得，大概是有人了解到伊兰德的密谋，便鼓动他去做的。不过西蒙确信他们所发的誓不会有太大作用，如今必然会全身而退，让伊兰德独自承担责罚。

西蒙似乎察觉到，伊兰德已经没有什么期待，他决定为自己冒险的行为承担责罚。他笑着说道：“母牛陷入了沼泽之中，那就让主人来抓住它的尾巴把它拖出来吧。”由于有其他人在旁边探听，伊兰德没有多说。

使西蒙感到惊奇的是，他同伊兰德见面后，竟然也感触颇深：监牢里的囚室很狭窄，伊兰德让他在床上坐下——床的两边分别挨着墙，一张床便将房间占据了一半——伊兰德站在墙边，从墙缝里透进来的光线中，伊兰德的身材显得瘦削挺直，清澈镇定的眼神中没有一丝害怕，也没有期待。现在他与女人的纠纷、调戏和愚蠢的行为都已远离了他，他变成了奋发、镇定、威武的男人。的确，他是因为女人和偷情而入狱的，他的那些冒险的行动也是因此还没有开始就被摧毁的。伊兰德好像还没有想到这些。他如同一个全力一击之后失败了却勇敢承担责任的赌徒，他现在在坦然面对自己失败的现实。

他见到西蒙时，激动得有些异常，伊兰德表现出一种既惊又喜的感激之情。西蒙察觉到他的这种情绪，便说道：

“姐夫，你有没有忘记我们一同守护在岳父身旁的那个夜晚？我们的手紧握在一起，岳父劳伦斯将手放在我们的手上面。我们在他面前发誓，这辈子都会像亲兄弟一样。”

伊兰德微笑着说道：“没有忘记，我猜劳伦斯并没有觉得你需要我来帮助你。”

西蒙说：“错了，可能他认为你的身份高贵，或许可以支援我，并不是你需要我的帮助。”

伊兰德又笑了笑：

“西蒙，劳伦斯很有智慧。尽管说来有点奇怪，但是我感到他还是很喜欢我的！”

西蒙心想：的确，是很奇怪，只有上帝能解释。就拿他来说吧，他很早就清楚伊兰德的所作所为，伊兰德又得罪过他。但是后来他却不由自主地对克里斯汀的丈夫生出了一种兄弟之间的情谊。之后伊兰德问到克里斯汀。

西蒙将她最近的情况对他说了，说她身体不适，很担心丈夫的安危。荷曼之子奥拉夫已经承诺在巴德爵士回来之后，马上设法让克里斯汀过来探访你。

伊兰德马上说道："等她病好了后再让她来！"伊兰德一张满是胡碴儿的棕色脸庞忽然染上了一层少女般怪异的羞红，"西蒙，我只是担心，看见她之后，我就没有勇气再强撑着了。"

过了一会儿他恢复了平静，说道：

"如果不久之后她守寡了，我明白你一定会帮助她的。她还有岳父劳伦斯留给她的遗产，她和孩子们应该不会太贫困。如果她在柔伦庄园居住，那么你可以在周围照应着。"

马利亚诞生节后的第二天，摄政王欧格蒙之子伊瓦尔爵士来到尼达洛斯。从多孚尔山北方来到这里的12个大臣被委派审查尼古拉斯之子伊兰德的案子。摄政王的弟弟、欧格蒙之子费恩爵士被推选为公诉人。

这一年夏天，比雅尔乔庄园的奥拉夫之子海夫特自杀了，是用给犯人切割食物的小刀自杀的。听说在监牢里海夫特深受刺激，情绪很不稳定。伊兰德听说后，告诉过西蒙说，他不用担心海夫特会供出什么了。不过他对这件事仍是感到很震惊。

对伊兰德的监视现在已经稍稍有点放松了，当西蒙或者克里斯汀去探望伊兰德的那段时间，士兵们有时会出去办自己的事情。西蒙和克里斯汀已经知道——也一起探讨过——伊兰德想要独自撑下去，而不会供出他的同谋。一次他对西蒙亲口说过，以前他在那些参与密谋的人面前发过誓，将采用单线联系的方式，即使遇到最糟糕的事情，也不会连累他人。“迄今为止，我从没有背叛过相信我的人。”西蒙盯着他——伊兰德的蓝色眼珠清澈透明，很明显他对自己所说的充满自信。

除了住在摩尔地区的图勒之子葛莱普和托瓦兄弟之外，国王的秘密侦探们再也查不到还有谁参加了伊兰德的谋反案。就是这几人也坚决不认为他们了解伊兰德的计划，说只了解他奉劝太后将克努特之子哈肯小王子送到挪威来接受教育，之后再让官员们要求马格奈斯国王让他这个同母异父的弟弟成为挪威的国王，使两个王国的利益不受侵害。

特隆德之子波嘉和固托姆斯在维奥侥幸逃脱，可是没有人知道他们是如何逃出来的。人们猜测波嘉是在一个贵妇的协助下逃出来的——他英俊又富有活力，风流倜傥。伊瓦尔依然被关押在妙莎堡，而小哈瓦，他的哥哥们好像没有让他参与进来。

大臣们在城里开会探讨，而大主教正在宫里召开调解大会。西蒙的朋友与熟人挺多的，所以经常将形势告诉克里斯汀。人们都觉得伊兰德或许会被剥夺公民权益，流放到国外，领地与家产充公。伊兰德也觉得很有可能是这样。他情绪也很好——他打算去丹麦定居。在那里，擅长兵器而又勇敢的人不论何时都可以有所作为，而且英歌伯柔太后一定会很欢迎他的妻子，将她当成亲人一样对待，对她以礼相待。伊兰德希望带上两个大儿子一起去，那些小的孩子就只能拜托西蒙来照顾了。

这段时间，克里斯汀从没有出过城，也没有去看孩子们。她只见过纳克和布柔哥夫这两个儿子，这俩孩子是在一天临近傍晚的时候，自己骑马来到这里的。母亲让他们在这里歇息了几天，然后就让他们去了拉斯佛德府，哥恩娜夫人早已将几个小的孩子都接到了那里。

伊兰德也希望是这样。克里斯汀担心孩子们和她在一起问这问那，她要向他们解释事情的形势，就会联想到各种各样的情况。她极力想忘记结婚之后在胡萨贝庄园度过的那些岁月，那些年的生活是如此丰富、美好，如今回忆起来却似乎那时的生活只有平静和安逸——就如同一个站在高处的人朝下看，即使海面波涛汹涌，但是也感觉到大海如风平浪静一般。奔涌的波浪好像从没有变过——这段时间，生活留在她心灵里的波浪也是这样。

如今她好像又回到了少女时代，那个时候她为了伊兰德，反抗所有的事情，一心想要得到伊兰德。现在，她的生活又变成了一种比较单纯的等候——等候着再次去探望她的丈夫，与他一起坐在监牢里的床上，安静地说着话……有时候他们可以单独在一起，一旦有了短暂相处的片刻，他们便热情地拥抱对方，无休止地热吻。

偶尔她会去基督教堂，一连几个小时待在那里。她跪在地上，崇敬地仰视着唱诗席窗户后边的圣奥拉夫金龛。

“主啊，他是我的丈夫；主啊，我犯下过错与他结合，曾经对他忠诚坚贞未曾转移。感谢主的怜悯，让我们两个有罪的男女可以成为夫妇。我们身上背负着罪责的痕迹，承担着罪责的惩罚，一起前往你的圣殿门前，一起从上帝手里接受宽恕。现在上帝想验证我的忠诚，我怎么会有怨言？除了记住我们是夫妻之外，我还应该想其他的吗？……”

米哈依日前的周四那天，王臣法庭召开会议审理判决胡萨贝庄园的尼古拉斯之子伊兰德。他密谋强取马格奈斯国王的田地和臣民，在国内谋反，又给挪威引来了外来的祸害，罪名已经确立。法官们查阅从前类似的案件之后，宣称尼古拉斯之子伊兰德的生命与家产任由马格奈斯国王处置。

贾瓦德之子亚涅来到伊兰德在城中的寓所找到西蒙·达尔和克里斯汀。他也参加了那次的会议。

伊兰德打算承认他犯的罪。他很坦然地承认了他密谋的计划，希望通过所做的事情胁迫马格奈斯国王让同母异父的弟弟克努特·波斯之子哈肯王子成为挪威的国王。亚涅很欣赏伊兰德所说的，他也提到这些年，国王基本上没去过挪威，又不想让辅助大臣拥有执法权和其他实质的权力，所以给国民的生活造成困难，纷争不断。由于国王对丹麦史康省出兵，而且他最信任的大臣滥用金钱，没有节制，也不善于管理财政，使人民深受压迫与困苦，总是要上缴各种税，还要支持新的军队，一点儿安全感都没有。挪威爵士与持剑的绅士们拥有的权益与自由已经远远比不上瑞典的贵族们，他们再也不能与瑞典人公平地竞争了。瑞典的爵爷们都很富有，也能用武装齐全、接受过严格训练的武士支援年轻的马格奈斯国王，所以国王总是听他们的话，与他们的关系也比较好。

伊兰德与同僚们都觉得，他们很明确挪威北边与西边地区大部分国民的意见——连同那些贵族、农民与市民们——因此他们确信，一旦拥护先王哈肯的亲外孙成为国王，那么人民必定会站在他们这边。到那个时候，国民必定全力赞同马格奈斯国王将王位让给弟弟，而哈肯王子将当众发誓与马格奈斯国王和睦相处，按照以前的边界捍卫挪威的土地，维持和保护教堂的权益、先辈们订下的法规与风俗传统、农民和市民的权益与自由，并且抵挡外敌侵入国土。他与同僚们计划采用比较和平的方式向马格奈斯国王提出这个想法。从古至今挪威的农民与贵族就有资格让不按法律治理国家的国王倒台。

对于沙克斯之子武夫在英格兰和苏格兰所做的，他回答说武夫只不过希望在哈肯王子成为国王之后，让他在外国可以得到民心。这次的行动除去比雅尔乔庄园的奥拉夫之子海夫特（希望上帝保佑他的在天之灵）、圣布庄园的亲戚特隆德·吉斯林的三个儿子、哈特山陵家族的图勒之子葛莱普和托瓦之外，并没有其他的挪威人参与。

贾瓦德之子亚涅说，伊兰德所叙述的让听者们深深动容，但是最后当他说到他们希望教会给他们提供帮助的时候，居然提到马格奈斯国王没有成年时的传言，亚涅觉得他太过冲动。大主教的大臣们严厉谴责他——任何人都明白，巴德之子巴尔大主教就任掌玺官的那段时间，以及离职之后，都觉得小国王极为真诚，非常喜欢他。人们也更愿意遗忘与国王相关的传言，况且他就要与纳摩尔伯爵的女儿成婚了——即使那些流言是真的，人们也认定马格奈斯早就悔改了。

西蒙在尼达洛斯的那段时间，贾瓦德之子亚涅对他非常和善。亚涅告诉西蒙，伊兰德可以不服他们的判决，向上一级起诉。法律规定，向伊兰德提出诉讼请求的人应该与他的身份地位相同，而芬爵士是爵士级别，伊兰德不过是一名乡下的绅士。亚涅觉得，如果在另外一个法庭，伊兰德最多只是被判失去公权。而伊兰德所倡导的最好的王权制度，感觉确实很公正合理。任何人都听说过国王没有成年的时候，喜欢代国君处理国政的人应该从何处寻找他——亚涅摸了摸下巴，盯着西蒙。

西蒙轻声说道："今年的夏天有关那个人[①]的消息一点儿也没有透到外面来吗？"

"是的，一点儿也没有。他称自己不受国王的宠爱和信任，什么事情都不理。他宁愿待在家里，听艾琳夫人唠叨，这倒是前所未有的事情。据说他的女儿们与母亲一个样，既美丽又愚蠢。"亚涅回答道。

伊兰德用满不在乎的表情听了法庭对他的判决，在出庭与退庭的时候他都极有礼貌而又坦然地向法官们敬礼。次日克里斯汀与西蒙被批准来探望他，他看上去很镇静和高兴。贾瓦德之子亚涅与他们一起来了，伊兰德同意按照亚涅所说的试一试。

他将一只手搭在妻子的腰上，说道："以前我怎么说克里斯汀都不愿意与我一同去丹麦，现在我真的很希望带她出去看看外面的世界。"他的脸似乎有些颤抖，忽然动情地吻着她惨白的面孔，好像没有看见旁边的两人似的。

西蒙骑马去了胡萨贝庄园，去将克里斯汀的家产转运到柔伦庄园。他劝告克里斯汀最好把孩子们送到固德布兰斯幽谷。

但克里斯汀却回答道："在其他人没有赶走我的儿子们的时候，他们是不会离开他父亲的庄园的。"

西蒙说道："如果是我的话，我可不希望等到那个时候。他们只

①指艾尔林。

是孩子，并不明白什么。你还是让他们安全地离开胡萨贝庄园，要让他们自己觉得这不过是去姨妈家做客，顺便查看一下母亲留在幽谷的祖传家产。”

在这件事上伊兰德很赞同西蒙的看法，最终双胞胎伊瓦尔和斯库勒与姨父一起去了南方。克里斯汀舍不得将小儿子们送出去。用人们将最小的两个儿子劳伦斯和慕南带到城里的庄园探望她，她察觉到小儿子已经把她看作陌生人了，忍不住伤心地哭了起来。自从西蒙来到尼达洛斯之后，还没见过她流泪。如今慕南在母亲的怀里挣脱着，一定要回到他的奶妈那里。克里斯汀哭得很伤心。小劳伦斯坐在母亲的腿上，抱着她的脖颈，看见母亲哭泣，也大哭起来。她看着他不停地哭了很久，因此她将这两个孩子留了下来。三儿子高特也一样，他不想跟着西蒙走。老三曾经承担过超出他所能承担的责任，她感觉不留下他有些不合适。

孩子们在艾利夫神父的协助下进了城。艾利夫神父向大主教那里请了假，让他离开教堂一段时间，他想去泰乌特拉修道院看看他的弟弟，大主教同意了这位神父的请求。他考虑到克里斯汀一个人在城里，照看不了那么多的孩子，因此提出将纳克和布柔哥夫送到修道院里。

在神父与伊兰德大点的孩子们一起离开的前一天夜里，西蒙早就与双胞胎一起离开了。克里斯汀这些年来一直在这位神父面前忏悔。他们一起一待就是几个钟头。艾利夫神父告诉她要谦虚地遵从主的旨意，对于丈夫要忍耐、忠诚和爱护。她跪在神父的身旁。艾利夫神父站起来后也跪在她的旁边，身上披着代表了基督之爱的红色披肩，沉默地祈祷了很长时间。神父这些年一直忠诚地为这一家人祈祷着——为父亲、母亲、孩子和仆人，她明白这时候他也在为自己的家人们祷告。

次日，她来到布拉特伦的海岸上，看着从泰乌特拉修道院来的俗家兄弟们挂着船帆，正准备接走神父与她的两个大儿子。回去的时候，克里斯汀去了圣芳济教堂，在那里停留了一段时间，好容易鼓足勇气后才回到自己在城里的寓所中。夜晚，两个年幼的儿子都睡着了，她一边做着纺织活，一边给三儿子高特讲故事，一直到这个儿子也睡着了才停下。

6

在圣克列门特日之前，伊兰德一直被关在牢狱中。之后，国王的一名特使带来了谕旨，命令这位特使带着安全通行状把伊兰德押到南方与马格奈斯国王见面。这一年国王准备在博胡斯[①]庆祝圣诞节。

克里斯汀非常恐慌。当伊兰德被判决死刑关押在监狱时，她极力保持镇静便已经十分困难了。如今他危在旦夕，却还要被押到远方。人们都说国王做过很多奇怪的事情，而他的身旁又没有一个与伊兰德有交情的人。欧格蒙之子伊瓦尔现在成了博胡斯堡垒的总督，他曾经用最苛刻的话责备过伊兰德的叛国行为。听说有人告诉过他伊兰德从前轻视他的一些言行，他很讨厌伊兰德。

伊兰德听说了这些后反倒很高兴。克里斯汀看出，对于目前的分离，他的心情并没有多么轻松。不过，由于长久的监狱生活让他

①博胡斯伦郡的城堡（现名哥德堡），位于挪威东南边界的瑞典境内；14世纪时，该郡属于挪威的版图。

疲惫不堪，他很希望来一次长途旅行，对于其他方面，他似乎并不在意。

三天之后，一切都准备好了，伊兰德坐着费恩爵士的船走了。西蒙同意将庄园里的事情安排好后，便在圣诞节前回到尼达洛斯。但是在那之前如果没有什么新的情况的话，他会让克里斯汀带话给伊兰德，他马上就会赶回来。现在克里斯汀希望到南方找伊兰德，去国王住的地方，请求国王能够放过她的丈夫，她愿意用所有的财产换回伊兰德一条命。

伊兰德曾经将尼达洛斯的房子出卖和抵押给了很多人，如今大厅的那座房屋已经成为尼达尔岛修道院的了，但是奥拉夫院长用很关爱的语气给克里斯汀写了一封信，说那座房子她想住到什么时候都可以。她与一个女仆、哈尔德之子武夫（由于证据不充分，他被放了出来）、武夫的侄子以及克里斯汀的心腹仆人哈尔德居住在一起。

克里斯汀与武夫商量了一下，刚开始武夫表示不行，他觉得克里斯汀横越多乎尔山峡湾太艰难了，因为山区里已经积了很多雪。但是当他看到克里斯汀心神憔悴、坐立不安的样子，便改变主意转而支持她去。哥恩娜夫人将她的两个小儿子带到了拉斯佛德府。三儿子高特不想与母亲分开，她也不希望他留在多乎尔山北方，让她挂念。

他们一行朝南走，进入山区时，遇到了非常恶劣的天气。于是他们按照武夫的建议，把马匹留在了德利夫客栈，并在那里准备好了滑雪板——如果情况继续不见好转，他们第二天夜里就要露宿野外了。这还是克里斯汀第一次乘雪橇，虽然有男佣在一旁搀扶她，给她帮助，但在雪橇上她还是寸步难行。这一天他们只走到德里夫谷地和赫德金之间的丘陵地带。到了夜晚，他们只好在山坡上的桦树林里休息，把全身埋在雪堆中。来到托夫塔之后，他们又雇了几匹马，行走在浓雾之中。在他们走出幽谷之后，天上又开始下雨了。天黑之后他们走了几个小时，到达佛莫庄园的庭院。寒风呼呼地在房屋周围盘旋着，河流中的巨浪发出狂吼，半山腰上的树木发出簌簌的响声。院子里仿佛是一片荒原，连马蹄声都听不见。周六晚上他们在院子里休息，庄园中一点儿动静都没有，人和狗好像都没有听见他们到来。

武夫用长矛敲响那栋房屋外边的大门，不久有位男佣将门打开了。不一会儿西蒙抱着孩子走到门口，在灯光下他看上去黑乎乎的，身材宽阔壮实。他把身后狂叫的看门狗赶到一边。当他看见是克里斯汀时，发出一声惊呼，将孩子放下，拉着她与高特进门，并亲自将他们身上湿透的外衣脱了下来。

大厅里舒服又温暖，不过空气不太好。这个房间在上厅的下边，有个火炉，屋顶是扁平的，房间里挤满了人，小孩子与家犬们好像都从各个角落里出来了。克里斯汀在烛光下看到餐台后两个儿子的身影，红彤彤的，柔和而又愉快，现在他们走到她面前向母亲与三个仆人问好，稍稍有一些害羞。克里斯汀察觉到她惊扰了他们愉快地做游戏。房间里乱糟糟的，她每踏一步就能听到嘣嘣响的胡桃壳破碎的声音，差不多到处都是。

西蒙将下人们派出去做事，家犬与孩子们大多和他们一起出去的。大人们也一样——他们是带着家属的邻居们。西蒙一边问克里斯汀，听她的回答，一边将衬衫与外套穿好——刚刚他衣衫不整，露出满是茸毛的胸脯。他略带歉意地解释道，是孩子们把他弄成这样的。他的衣服实在很乱，皮带歪歪扭扭，手和衣服上沾染了污渍，脸也黑黑的，头上沾满尘土与碎屑。

不一会儿进来两个女佣，带着克里斯汀与高特去了兰波的闺房。那里生着火，女仆们正在点蜡烛，准备床铺，给他们母子换上干净的衣服，还有一些人在餐台上摆放食物。一个用丝带扎着辫子的年轻女孩给克里斯汀拿来一杯冒着气泡的啤酒，她便是西蒙的大女儿阿尔涅德。

之后西蒙也来了。他已经穿戴好了，与克里斯汀平时见到的样子相同，衣服精致整齐。他牵着小女儿，伊瓦尔和斯库勒也跟着一起过来了。

克里斯汀问起了她的妹妹，西蒙回答兰波与圣布庄园的少妇们去林汉庄园了。约斯坦来接走他的女儿海嘉，希望带着达歌妮和兰波一同回去。他是一个很快活慈祥的老人，承诺会好好照应这三个妇人，因此兰波会和他们一起过冬。她肚子里的孩子大概会在圣马修弥撒日前后出生。西蒙觉得，这一年冬天他或许要出去，她与表嫂们一起住会好些。说起佛莫庄园的家务，不管她在哪儿都没关系，西蒙笑着说道，他从没期待过兰波这个年轻的夫人可以为一家人操持家务。

西蒙听说了克里斯汀的打算，马上说会和她一起去。他在那里的亲戚很多，父子两代又结交了不少朋友，在那里，他希望能比在特隆赫姆地区的那段时间更好地给她帮助。至于她到底适不适合亲自与国王会面，要到那里之后才能知晓。三四天之后他就能出去了。

第二天是周日，他们一同去做弥撒，然后去罗曼庄园探望埃里克神父。如今神父已经年迈，他很热情地欢迎着克里斯汀的到来，对于她的境况很是同情。之后他们又去柔伦庄园看了一会儿。

柔伦庄园的房屋与以前差不多，房中的床、椅子和餐台还是按以前的样子摆放着。如今这个庄园是她的了，她的孩子们也许会在这里长大，而她自己也可能在这里逝世。不过这个时候她很明白，这个家的所有生命都依靠着她的父母。不管他们曾承受过怎样隐秘的苦恼，但他们对周围的人给予了温暖与扶持和信任，他们是那么友善。

克里斯汀看到旧居很激动，但情绪却非常低落。西蒙向她说起他自己的私事，土地和子女们，克里斯汀听得有些厌烦。克里斯汀也明白这样不好，西蒙正准备全心全意地帮助她呢。西蒙为了她愿意在圣诞节的时候离开家，把就要分娩的妻子放在一边，确实是一片诚心——如今他一定经常想着自己的儿子是否就要出世了——他与兰波结婚已经六年，只有一个女儿。要求西蒙将全部心思放在伊兰德与她的遭遇上，而把自己的好事放在脑后，这也是很难办到的！但是，陪他一起走着，看到他在自己的家里快活、温暖而又平安，她总有种很奇怪的感觉。

克里斯汀不由自主地想起，西蒙之女芙希尔德一定很像她的妹妹。正是为了纪念她的妹妹，才给这个孩子取了这个名字。她有着金色的头发，身材瘦削，皮肤光滑吧。事实上西蒙的小女儿胖乎乎的，脸蛋像只苹果，嘴巴如同一个红色的樱桃，机灵的灰色眼睛像她父亲年轻时的样子，还有和他一样的棕色头发。西蒙很喜欢这个活泼可爱的孩子，为这个孩子的伶牙俐齿而感到自豪。

西蒙把手放在女儿的胸前，将她抱起来在空中转着圈：“我的女儿如今太丑了，不讨人喜欢，我觉得她肯定被山神调包了，故意把一个丑孩子放在摇篮里，真是丑陋的小家伙。”说完他忽然将她放下，在她头上匆忙画了三个十字，好像自己那些草率的话会为这个孩子招来什么灾难似的。

他的私生女阿尔涅德长得不是很美，不过看上去既和善又明事理。她的父亲尽量把她带到各种地方，经常夸奖她心灵手巧。克里斯汀看见过阿尔涅德的柜子，看到了她手工制作的全部嫁妆。

西蒙看着大女儿出去的时候说道：“在我这个大女儿能嫁给一个和善忠良的丈夫之时，必定是我最感到宽慰的时候。”

为了减少支出和加快赶路的速度，克里斯汀决定不带女仆，只带上哈尔德之子武夫一个男仆。圣诞节两周前的一天，克里斯汀与武夫离开佛莫庄园，西蒙和两个年轻健壮的男佣与他们同行。

来到奥斯陆之后，西蒙就听说国王不来挪威了——他很可能会在瑞典的斯德哥尔摩过圣诞节。伊兰德被关押在阿卡斯奈斯堡，城堡的总督外出了，眼下任何人都不能去探监。但是副将奥拉夫·凯恩宁同意会将他们来到城里的事情转告知伊兰德。奥拉夫对西蒙和克里斯汀非常友好，因为他弟弟娶了史科葛庄园的亚斯蒙之女兰波尔，因此他与劳伦斯的女儿也有些亲戚关系。

史科葛庄园的科蒂尔来到城里请他们去史科葛过圣诞节。不过伊兰德正处于危难中，克里斯汀不想在神圣的日子里庆祝狂欢。她让西蒙一个人去，西蒙不愿意。西蒙与科蒂尔熟识，而克里斯汀在这位堂弟长大后才与他见过一面。

克里斯汀与西蒙住在曾经她的婚约还没有解除时她来探访住的房子里，不过是在另一个房间。房间里有两张床，她睡一张，西蒙与武夫睡一张。男佣睡在马厩里。

圣诞节前夕，克里斯汀想去修道院做午夜弥撒。她说修女们唱的歌非常动听。因此他们五个人都去了。夜晚星光点点，温柔恬静，傍晚又下过雪，亮晶晶的。当教堂里的钟声开始敲响时，人们从房间里涌了出来，西蒙只好牵上克里斯汀。他偶尔会偷偷打量一下她，这个秋天她更消瘦了，但她笔直的身体似乎又回到了少女时期的恬静美丽，惨白的面庞上也闪现出少女时期特有的那种恬淡温和，隐隐地在期待着些什么。在西蒙眼中，她好像又回到了很多年前圣诞节里的那个年轻的克里斯汀……西蒙用力握了一下她的手，不久她也回握了他一下，他这才清楚自己刚刚做过什么。他抬起头看了看她，她笑着向他点点头，他懂得她不过认为他让她勇敢一些，而她也在极力向他证明着自己已经很勇敢了。

在节日的期间，克里斯汀去了趟她曾经所在的修道院，并请求向修道院院长和在她离开后仍旧留在那里的修女们转达敬意和问候。她被带到了院长的会客室，并在那里等了片刻，然后便径直朝礼拜堂走去。她知道，自己此刻在修道院内也是无事可做。虽然修女们在接待她时表现得都非常热情，但是对于这些修女来说，克里斯汀不过是曾经在这里受过教育的众多年轻姑娘中的一位而已——即使她们听说过克里斯汀在坏的方面的一些传闻，但是这些修女此刻也不会有所流露的。克里斯汀在这所修道院中所度过的一年是她人生中至关重要的一年，但这对于这所修道院来说可能是无关紧要的。克里斯汀的父亲生前曾花钱请修道院里的人来为自己和家人祈祷，所以修道院的新任院长和修女们说，她们将为克里斯汀和克里斯汀的丈夫祈祷的。然而，克里斯汀明白，自己不应该也没有权利来打扰她们。其实这里只有她们的礼拜堂是对她敞开的，就像是对所有的人都是敞开的一样。她站在北边的走廊里，倾听着传来的女声唱的赞美诗，环顾着曾经熟悉的大厅、祭坛和四周的绘画。当修女们离开礼拜堂，穿过门，前往修道院的院子中的时候，她则可以走上前去，来到格鲁阿夫人的墓碑前跪下，缅怀这位聪明好学、庄严可敬的人，而在当时，克里斯汀则对她的忠告既不理解，也不听。至于其他的权利，她在这所女修道院中则没有。

圣诞节快要结束的时候，慕南爵士过来探望她，慕南说这个时候他才知晓堂弟媳来到了城里。他很真诚地向她问好，也向安德列斯之子西蒙和武夫问了好，每句话中都带着“亲戚”和“密友”这样的词。他说他们恐怕难以见到伊兰德，伊兰德被严密地看守着，即使是他（慕南）也没有办法去探望堂弟呢。慕南爵士离开之后，武夫嘲讽道，他觉得慕南未必真的想去看他——他很害怕被连累，即使听人说起这件事就惊慌。慕南如今已经年迈，头发都掉光了，骨头也快散架，松弛的皮肤包裹着骨头。他住在斯库格赫姆庄园，与一个失去丈夫的私生女生活在一起。他这个父亲很希望她离开，因为她为父亲料理家务，导致其他子女都不想回来看他。她是个自负、贪婪而又彪悍的女儿，但是慕南没有胆量赶他走。

第二年年初，奥拉夫·凯恩宁终于为伊兰德的妻子与西蒙请求到了探监权。于是西蒙又要与这位悲伤的犯人家属一同出席这个悲痛的会面了。这边的守卫要比尼达洛斯严格得多，只有城堡守备指派的人在旁边的时候，伊兰德才能与别人说话。

伊兰德依然很镇静，但西蒙也察觉到他在等候的这段时间里已憔悴了不少。他没有任何抱怨，说他没有被粗鲁地对待，城堡里的人尽量地宽待他。不过他还是说忍受不了这里的寒冷——监狱里没有生火。另外，虽然他想竭力保持整洁，但却收效甚微。他笑着说道，如果他不去捉虱子的话，那么这段日子他可能过得更为漫长。

克里斯汀也非常冷静。西蒙暗暗担心，担心在某一天里她会彻底垮掉。

马格奈斯国王去瑞典巡视，近期应该不会越过边界，伊兰德如今的状况不会有所改变。

乔治弥撒日的这一天，克里斯汀与哈尔德之子武夫去了修女院教堂。回来的时候从修女院旁边小溪的桥面经过，克里斯汀没有径直回到在神父宫旁边的住宅，而是向东去了圣克列门特教堂旁边的广场，来到教堂与河流之间的小巷里。

天气既潮湿又阴暗，刚下过一阵子雨。他们的鞋子与斗篷的下边缘不久便湿透了，上面还沾满了河边的泥土，变得沉甸甸的。他们从开阔的地方走向河岸，两人相互看着对方。武夫低声笑着，撇嘴扮了个鬼脸，但是双眼中却满含忧伤。克里斯汀也苦笑了下。

不一会儿，他们来到了岸边。以前河岸被水冲垮过，泥土坍塌地方的正下方，有一座房子，靠近满是烂泥的黄土坡，坡上长着几棵枯萎发黑的杂草。坡下养猪的棚子里散发出难闻的气味，两只肥胖的母猪在黑乎乎的淤泥里睡着了。河岸很狭窄，灰色的带着泥泞的河水漂着冰屑，向那个灰色的被晒白了的破烂小屋冲去。

他们站在那里时，有一男一女来到猪棚边看里面的猪，男人探过去用拐杖上的银质轮齐柄伸向一头母猪，竟然是巴德之子臬南爵士，旁边的女人便是布琳希尔德。他抬头看见了他们，顿时目瞪口呆，克里斯汀很愉快地向他问候。

慕南爵士不禁大笑起来。

他大声喊道："快过来吧，我们一起喝些啤酒抵御寒冷吧。"

他们来到房屋的大门前，武夫对克里斯汀说如今布琳希尔德已经关了旅社与酒吧，她遇到了很多困扰，最后被人威胁要剥她的皮，是慕南将她保出来，并替她发誓一定不会再做违法的事情。现在她的儿子们都生活得很好，她这个母亲为了儿子们，只好将恶名改掉。巴德之子慕南爵士在妻子去世后便又开始与她来往了，经常探访她。

慕南站在门前欢迎着客人，笑着说道："我们就在这儿——我们四个算得上是亲戚了。"他稍微喝醉了一些，"劳伦斯之女克里斯汀，你是个善良的女人，真诚而且谦虚。布琳希尔德如今也变成了一个庄重高贵的女人——我的两个儿子出世的时候，我和她还没有结婚——我的子女中他们是最好的——布琳希尔德，这段时间我常常向你提起，英吉和古德莱克是我最喜欢的孩子……"

布琳希尔德依然很美，但皮肤有些黄，克里斯汀感觉摸上去必定很黏很湿润，看起来像一个经常与油锅打交道的人。她家里很整洁，餐台上的食物与饮品品质都很不错，餐具清洁又干净。

慕南说道："我来奥斯陆有些事情，顺便过来看看。你也了解，做母亲的很喜欢听到儿子的信息。英吉有时候会给我寄封信，他挺聪明的呢。你们也明白，作为神父的代理人一定得这样——我已经安排好了他的婚事，让葛瑞欧特庄的布雅恩之女托拉嫁给他。你觉得有几个人可以让私生子娶到这样的妻子？刚才我们就是在说这件事，布琳希尔德让我享用一些啤酒与烤肉，就如同她曾经为我管理史科葛庄园时一样。这个时候坐在那里想到已逝的妻子，心情很是低落，因此我就骑马来到这里寻求抚慰。恰巧布琳希尔德心情不错，愿意赐予我一些友谊与抚慰。”

哈尔德之子武夫用手撑着头，看着胡萨贝庄园的女主人。克里斯汀安静地坐在一边，温文尔雅地听着他的话，并回答他的问话——就像是在特隆赫姆郡贵族们的庄园里做客一样。

布琳希尔德·福鲁加说道：“正是，劳伦斯之女克里斯汀，虽然你是心甘情愿来到我的房子里与伊兰德约会的，但你却成了他的妻子并获得了名誉，享尽荣华富贵。而我这辈子被当成了娼妇，被别人骂成是‘母狗’‘破鞋’，我的继母将我卖给了他。我不断抗争，在他还没有得到我的时候，他的脸上被我留下了各种抓痕……”

慕南嘀咕着：“你干吗一定要说起这些陈年往事呢？我经常对你说，如果你的行为像一个正常人，恳求我宽恕你，我也会好好地放你走。谁料我还没有进来，你就如同一只野猫似的向我扑过来……”

哈尔德之子武夫不禁笑了起来。

慕南说道：“后来我对你一直挺不错的，一旦你提起什么东西，我便将它送给你与我们的孩子。的确，如今他们可比克里斯汀的孩子们富足和安全得多——伊兰德如此辛劳地为孩子们操劳着，希望上帝保佑这个可怜的人！我觉得这件事在一个母亲的心里比妻子的名誉更为重要。你明白，我经常想如果你的身世能够好一些，我就可以让你成为我的妻子了。虽然你很少对我好，不过我最爱的是你。对于我的妻子，希望上帝会恩赐她！克里斯汀，在家里的教堂中我为已逝的妻子卡群与我共同设立了一座圣体柜，我每天都会为我们的婚姻生活感激主与圣母。任何人的婚姻生活都不可能超越我们。”说着他抽泣了起来。

过了片刻，哈尔德之子武夫说他们该走了。回去的路上他与克里斯汀什么都没有说。走到门口的时候，克里斯汀伸出手：

“武夫……你是我的亲戚，也是我的朋友。”

他轻声说道：“如果能够的话，我情愿代替伊兰德上绞架……为了他，也是为了你！”

那天睡觉之前，克里斯汀与西蒙两人坐在大厅里，她忽然提起了那天的经过，说到在布琳希尔德·福鲁加家的那场聚会。

西蒙坐在她旁边的一张椅子上，身子倾向前方，双手放在腿上，向下垂着，炯炯有神的小眼睛有些怪异地看着她。他什么也没说，脸上也没有表情。

此时她透露说，以前她将真实情况对父亲说的时候，父亲是怎么说的。

西蒙依然静静地坐着，过了一会儿，他慢条斯理地说道：

“我们认识了这么多年，这是我请求你做的唯一的一件事情……如果我没有记错的话，请你别说出来。不过，既然你不能保持沉默，以便照顾一下你父亲的感受，那么当初又怎么会……”

克里斯汀的身体发着抖：

“噢！但是……啊，都是为了伊兰德，伊兰德，伊兰德啊！”

西蒙听到她这一声狂乱的呼喊，便一下子跳了起来。克里斯汀向前倒去，双臂夹着头，身体不停地摇晃着，继续大声呼唤着伊兰德的名字，一边颤抖一边抽泣，声音好像是从身体里面发出来的。

满腔的哀怨在起伏、沸腾。

“克里斯汀……别这样！”

当西蒙抓着她的手臂，想要阻止她继续哭泣，使她平静下来的时候，她一下子扑到西蒙的怀里，抱着他的脖子，一边哭泣一边喊着丈夫的名字。

“克里斯汀，冷静一下……”他紧紧地抱着她，却发现她一点儿都没有在意，哭得更伤心了，脚步踉跄。然后他扶着她，抱了一会儿，才将她放在了床上。

“冷静一下。”西蒙喘着气，带些威胁的语气恳求着她说，西蒙伸手抚摩克里斯汀的脸。克里斯汀抓着西蒙的手，紧紧地抓着。

“西蒙……西蒙……噢！他不能有事，救救他啊……”

“我会想办法的，克里斯汀，但是现在你最好静一静。”西蒙猛地转过身，走出房门，来到了院子里，大声叫着克里斯汀在奥斯陆请的女仆，声音响彻了整个院子。小姑娘跑到他身旁，西蒙让她进去看着女主人。不一会儿她又出来了，怯怯地告诉还站在那里的西蒙说：“她想一个人待着。”

西蒙点了点头，向马厩走去。他在那里待了很长时间，之后男佣哥恩纳尔与哈尔德之子武夫过来喂马。西蒙与他们交谈了一下，就和武夫一同去大厅了。

次日，克里斯汀极少碰见妹夫。中午过后克里斯汀在缝补一件要送去给丈夫的衣服，西蒙急匆匆跑了进来，没有理她，径自打开旅行箱，在银杯里倒满酒，接着又跑了出去。克里斯汀起身也跑到门口。大厅的门口有一个陌生人，手里还牵着一匹马。西蒙把手上的金戒指摘下来，放进银杯里，将杯子举向陌生人。

克里斯汀马上想到了是什么事情，兴奋地叫了起来：

“西蒙，你的儿子出生了！”

“嗯。”

他拍了拍信使的肩膀，那个人向他表示感谢，将银杯与戒指放在腰带里。然后西蒙抱起克里斯汀，在空中转了起来。西蒙看起来很兴奋，克里斯汀不由自主地将手放在西蒙的肩上，西蒙吻了下克里斯汀的嘴唇，大笑起来。

克里斯汀兴奋地说道：“西蒙，在你去世之后，佛莫庄园就会由达尔家的子孙们继承了。”

“嗯，上帝如果是这样安排的，那必定会是这样了。”西蒙高兴地回答道。克里斯汀问他现在要不要一起去教堂做晚祷，西蒙回答道：“不用，今天晚上我想单独去。”

这天晚上，西蒙对克里斯汀说，据说维德孔之子艾尔林就在图斯堡旁边的阿卡庄园里。今天清晨西蒙订下了从海湾驶向南方去的船，打算与艾尔林爵士讨论一下伊兰德的案件。

克里斯汀什么也没有说，之前他们从来不讨论这件事——她尽力不去想艾尔林爵士是否参与过伊兰德的计划。西蒙说如今他要与艾尔林爵士探讨一下，克里斯汀想要与西蒙一同去向劳伦斯在瑞典的贵族亲戚们请求帮助，请求他们看在亲戚的情分上能帮个忙。

于是，克里斯汀说出了内心的想法：

“妹夫，如今你收到这样大的喜讯，我认为你最好先放下去阿卡的事情，先骑马去看望下兰波和你的儿子。”

一股暖流涌上西蒙的心头，他很兴奋，只好将头转过去。他已经等这句话很久了——他很想暗示克里斯汀是否了解他有多么期望见到他的儿子，克里斯汀能这么说，说明她是十分理解西蒙此时想尽快见到儿子的那种心情的。等到稍稍克制住激动的心情之后，西蒙略带羞涩地说道：

“克里斯汀，我总在想着，如果我能忍下去，在帮助你解决好你与伊兰德的这件事之后，再去探望那个孩子，或许主会赐予这个孩子更多的幸福。”

次日，他买回了很多珍贵的礼品，准备送给妻子与儿子，还有兰波生产时守护着她的每一个妇女。克里斯汀将母亲送给她的一把很美丽的钥匙拿给他，作为西蒙之子小安德列斯的礼物，又拿出她幼时父亲送给她的一根沉甸甸的镀金银链子以及圣物匣十字架送给她的妹妹。如今她把十字架连接在伊兰德作为订婚礼物送给她的项链上。次日中午，西蒙就随着船一同离开了。

傍晚时分，船停靠在峡湾的一个小岛旁边。西蒙没有下去，待在甲板上，他就睡在兽皮睡袋里，身上裹着几张粗织羊毛布，抬头看着星空。船在翻涌的巨浪里摇晃着，星星也好像在摇晃着。海水打在船上，冰屑与船轻轻地相撞，发出咚咚的声响。寒气渐渐逼入他的体内，他反而感觉更加惬意，这会促使人变得更加冷静。

如今他很坚定地相信，他的境况不会再像从前那样潦倒了，因为他的儿子出生了。他并不觉得自己会爱儿子超过那两个女儿，那是另外一件事。虽然在女儿们叽叽喳喳、打打闹闹找他的时候，总是让他发自内心地感到愉快——他将她们抱到腿上，把自己的下巴放在她们柔顺的头发上，很是惬意——不过，男人的土地、家产和成就如果和女儿一起传给异性的亲属，那么他终究是使自己的家族后继无人。但是现在，只要上帝保佑他的儿子能平安长大，佛莫庄园的子孙将会一直传下去——古德蒙之子安德列斯、安德列斯之子西蒙、西蒙之子小安德列斯……到最后他一定会耸立在小安德列斯之前，就如同先父耸立在他面前一样，不论是看得见的行为还是心里的想法都是公正和真诚的。

偶尔他也不明白自己为什么能够忍受，如果她能稍微懂得一些他心情的预兆该多好！但她与他好像是一对亲兄妹——她细心留意着他的福利，对他温和又客气——她也不明白这样要到什么时候——他们就这样在同一个地方生活了这么多年。难道她没有察觉出他从没忘记过——即使他与她的妹妹结婚了，他依然不会忘记他们俩原本是应该成为夫妻的？

如今他的儿子出生了。在他做祷告时，总是对于用话语说出自己的心愿和感谢有些难为情。但是，这些天他一直都在吟诵“主祷文”和“万福马利亚”，他觉得基督和圣母必定明白他的想法。在离开家的这段时间，他想一直都这样。另外他还需要用合适与大方的气概表明自己的感谢。或许这次出行会给他带来帮助呢。

其实，他自己也觉得，对于自己的这次行程，不应该抱有太大的希望。如今艾尔林爵士和国王关系并不密切。虽然他作为以前的摄政大臣有很大的权力，地位也很稳定，在整个挪威算得上最富有、身世最好的人，不用害怕连宝座都保不住的国王，但他应该不会为伊兰德说好话，从而惹恼国王，让别人觉得他也是和伊兰德一伙的，即使他的确参加了。是的，虽然他才是首领，想在幼主夺得王位之后掌管国家事务。他也不是一个会冒着风险与女人幽会，让整个计划失败的人。西蒙与伊兰德及克里斯汀在一起时，好像忘记了这方面——他们似乎也不记得了，伊兰德之所以能有今日的遭遇——正因为他犯的错，才使计划失败，除了让自己受到惩罚，也害得其他一些好人因为他的风流和愚蠢而遭殃。

不过西蒙还是要设法救助他们夫妻俩。如今他仍然怀有一线希望，他经常为主、圣母和圣徒们付出和捐助，或许他们这一次会帮助他呢。

第二天晚上，西蒙来到阿克庄园。一个管家出来迎接他，管家吩咐下人们将马牵走，令一些仆人带着西蒙的男佣去了下人们住的地方，管家自己则去阁子上的房间里去通报。艾尔林爵士正在那里饮酒。听说西蒙来了，艾尔林爵士走出阳台，等待着西蒙上来，之后很有礼貌地招待着客人，欢迎他的光临，并将他带到客厅。曼维克庄园的哈肯之子史提格和艾尔林的独子布雅恩也在里面，布雅恩很年轻。

西蒙受到了相当热情的款待。下人帮他脱下外衣，并把食物和酒端上来。西蒙猜想他们——至少艾尔林爵士和史提格——应该明白他为什么来这里，他们的态度看起来很谨慎。史提格说道，如今西蒙极少来这边了——极少与从前的亲戚们来往——问他在海福莉去世后是否去过戴夫林庄园以南的什么地方？西蒙回答说没有，今年冬天他还是首次来这里。现在他和妻子的姐姐——尼古拉斯之子伊兰德的妻子克里斯汀在奥斯陆住了好几个月。

对此，没有人再接着说下去了。后来，艾尔林爵士很礼貌地向克里斯汀、西蒙的妻子以及西蒙的兄弟姊妹们问好，西蒙也向艾琳夫人和艾尔林的女儿问好，又问到了史提格最近的情况及曼维克庄园的老邻居，打听一下那里的信息。

哈肯之子史提格是一个微胖有着黑色头发的男子，比西蒙大几岁，是海福莉夫人的叔叔图勒之子哈肯爵士的儿子，也是艾尔林夫人图勒之女艾琳的侄子。两年前他与国王闹了矛盾，失去了史基都的州长官位和图斯堡总督的职位。但是，他拥有曼维克庄园的田地，依然很富有，生活得相当安逸自在。他的妻子已经去世，也没有子女。西蒙和他熟识，关系也很好，他与亡妻的亲戚相处得都很不错，只是并不经常来往。他也明白他们对于海福莉第二次结婚的看法——安德列斯爵士的二儿子西蒙虽然还算富裕，身世也可以，但还是与海福莉夫人不相配——况且他的妻子比他小十岁，他们很不明白她是怎么喜欢上他的。因为海福莉在她前任丈夫那里受过不少罪，因此他们这次也没有阻挠她的意愿。

西蒙与艾尔林爵士只见过几次面，并且每次都是由艾琳夫人陪着。那个时候他从没说过话——只要有她在，谁也没有机会说话，只需表明是否认同即可。与之前相比，艾尔林爵士老了很多，他发福了，不过风采依旧，外表仍然优雅雍容，挺有精神的，原本一头红黄色的头发如今已变成银灰色，与他反倒更相衬了。

西蒙与艾尔林之子布雅恩从没见过面，他的童年是在卑尔根旁边一个教士朋友的家里度过的。亲人们都传言他的父亲不希望他在吉斯克庄园里住，那里的女人都太蠢了。艾尔林爵士如果没必要，从不会到那里去，而且他也不能带着儿子去太远的地方，布雅恩年幼时身体不好，经常生病。在此之前，艾尔林已经失去了两个儿子了。

这个年轻人坐在那里，灯光从后边映照着他的侧面，看上去很是英俊。黑色的头发搭在额头上，黑色的眼睛，大大的鹰钩鼻子，嘴唇厚实而又漂亮，下巴也极为漂亮。他高高瘦瘦的，肩膀宽阔。后来西蒙坐在餐桌上吃饭，用人将烛台拿到旁边，他才察觉到布雅恩的脖颈上满是腺病以后留下的痕迹，一直到耳朵下面和下颌的底部，留下了白色混浊的大斑点、青红的条纹以及肉瘤。布雅恩在屋内时，他还穿着带毛边的丝绒斗篷，现在把头巾拉起来，盖在头上，过了一会儿觉得太热了，又把它放了下来，不一会儿又放上去，好像他也不明白自己在做些什么。西蒙由于一直在盯着他看，当他看到这些的时候，双手忽然有种不安的感觉，因此他极力转移视线。

艾尔林爵士一直将目光放在儿子身上，好像他也没觉察到自己正在这样看着儿子。艾尔林的脸似乎有些呆板，表情一点儿变化都没有，浅蓝色的眼睛中几乎没有任何情绪，但是朦胧柔和的目光里好像透露着一种长久的关心、呵护与父亲的爱。

三个长辈很有礼貌又有些慵懒地聊着，西蒙吃着饭，年轻人在那里玩弄着头巾。之后四个人在一起喝了会儿酒，艾尔林爵士问西蒙在路上是否劳累，史提格也问他是否赏光，能否去他那里休息。西蒙也很愿意迟一些再讨论正事。在阿卡度过的第一个夜晚，他感到心里沉甸甸的。

次日，西蒙说起了伊兰德的事情，艾尔林爵士的回答和他猜想的相差无几。艾尔林说，马格奈斯国王一向不大乐意听从自己的意见。不过艾尔林也明白：自从国土长大成人后，就希望自己能亲自执政，不想让维德孔之子艾尔林参与政事。在他与朋友们和国王的纠纷解除之后，他压根就不再过问国王或者亲信大臣的事情，也不想知道。如果他为伊兰德请求马格奈斯国王的话，未必会给伊兰德带来什么益处。他也清楚国内有不少人认为伊兰德的阴谋背后是他支持的。事实上，不管西蒙是否相信，他与朋友们从没有听说过这件事。这件事如果以另外的形式暴露，或者这些勇敢的年轻人在奋斗之后没有成功，那他还有可能出面帮忙；遗憾的是事情到了这种地步，不管是谁都不能让他出面，因为这会让人怀疑他是个两面派。

他建议西蒙去找海夫特的儿子们求助。他们与国王是表兄弟。在没有和国王发生矛盾的时候，他们和国王的关系还是很好的。就艾尔林爵士所了解的，伊兰德所掩护的那些人中很多都是海夫特儿子们的追随者，他们也是年轻一代的贵族。

西蒙明白今年夏天国王将在挪威举行婚礼，到那时或许是马格奈斯国王对敌人施恩的最好时机了。国王的母亲与伊莎贝尔老太后想必也会去参加婚礼。而西蒙的母亲在少女时期曾担任过伊莎贝尔太后的女仆，所以西蒙可以找找伊莎贝尔太后。或者让伊兰德的妻子去请求国王的新娘和英歌伯柔太后，恳请他们在国王面前说说情。

西蒙觉得，克里斯汀去请求英歌伯柔太后或许是最后一个办法了。太后如果有正义感的话，大概早就替伊兰德求情了。有一次他与伊兰德说起了这个，伊兰德只是笑着说道，太后自己也有很多麻烦事，并且如今她最喜欢的儿子再也没有机会成为国王了，她想必非常生气。

7

一直等到春天，安德列斯之子西蒙才动身前往北边的图丹，将妻子和幼子接到了佛莫庄园。之后在家里停留了几天，稍微处理了自己的一些事务。

克里斯汀不想离开奥斯陆，她也非常挂念幽谷里的三个儿子，却又不想屈服于内心的期望，为了坚持下去，一天天地忍耐着现在的日子。她不能思念儿子们，死死支撑着，看起来镇静而又勇气十足。她和外人谈话，听取他们的建议与安抚。为了这个，她必须一心想着伊兰德，而且只能想伊兰德！偶尔她精神不集中，没有控制住情绪，就会有各种各样的场景与想法冒出来：伊瓦尔与西蒙站在佛莫庄园的棚子里，伊瓦尔看着姨父找来木头给他做斧柄，正在弯下身子试木棍；高特那张小孩子的面孔看上去好像大人一般，弯着腰与山区里冬天的狂风暴雨做斗争，雪橇不断向后，他跌倒了，坐在山坡上，落入了雪堆里，大人似的镇静没有了，随之而来的是属于孩子的疲劳；之后她又想到了自己的两个小儿子，慕南想必已经开始学走路，也会说些简单的字句了吧，他会不会像哥哥们幼时那样可爱呢？小劳伦斯大概已经不记得她了吧。两个大儿子现在在泰乌特拉修道院里——纳克，纳克，她的第一个儿子——两个大儿子知道了些什么？他们又是怎么想的呢？纳克最大，如果他想到，对他来说，也许生活中的一切再也不会像他的母亲、他自己以及大家之前所设想的那样美满时，他该怎么办呢？

艾利夫神父已经给克里斯汀写过一封信，她把信中提到的儿子的信息告诉了伊兰德。除此之外他们从没说起过孩子，也没有说起从前或以后。克里斯汀会带几件衣服或者一些食物给他，他会问起自上次见面之后她的情况。他们坐在床上牵着彼此的手，偶尔阴冷肮脏而又狭小的房间里只剩下他们俩的时候，他们会亲热地拥抱在一起。尽管克里斯汀的女佣在外边楼梯上与看守人说着话，他们就好像听不见一样。

不管是把伊兰德从她手中夺走，还是最后把伊兰德给放了，关于这一大群孩子，关于他们业已发生变化的命运……除了丈夫之外的生活中的其他事情，她以后有的是时间来考虑。此刻，她不想浪费她与伊兰德能共同相处的每一分钟，也不愿说自己很想去北方看看她的四个孩子。因此当安德列斯之子西蒙说起想和贾瓦德之子亚涅一同去特隆赫姆地区，在没没收土地时保护属于她本人的财产时，她很快就答应了。马格奈斯国王收回伊兰德的家产之后，并不会比以前富裕多少；而伊兰德所欠的债务比他知道的要多得多，他曾经筹集了很多资金送去丹麦、苏格兰和英格兰。伊兰德耸耸肩膀，似笑非笑地说，对于那些钱，目前他没指望过可以收回什么回报。

西蒙在秋天的圣十字节前后回到了奥斯陆，伊兰德的案子与之前没什么变化。他察觉出克里斯汀与伊兰德都憔悴了很多，很是担心。而他们两个人还是那样竭力地克制着自己，非常感激西蒙在百忙之中赶到这里，这反而使西蒙在内心感到很痛苦和难受。马格奈斯国王准备去图斯堡迎接新娘的到来，所以每个人都将注意力放在了那里。

在这以后不久，西蒙也准备乘船去那里，和他一同随行的有几名商人，他们决定在一周之后便启程。可是，有一天清晨，突然来了一个陌生的用人来请安德列斯之子西蒙马上去一趟圣哈瓦教堂，奥拉夫·凯恩宁在那里等着他。

这位城堡副将的神态非常紧张。现在守备正在图斯堡，暂时由他代管城堡的一切事务。昨天晚上，几个素不相识的人拿着一封盖有马格奈斯国王印章的信件给他看，说是想了解一下伊兰德·尼古拉斯的案件，于是他将犯人押出来与他们会面。这些人中有三个是外国人，大概是法国人，奥拉夫没有听懂他们说了什么，但是今天早晨礼拜堂的牧师与他们说的是拉丁文，听得出来他们是我们这位新王后的亲戚——真是一个有意思的开端！他们想寻根问底地盘问伊兰德，还带来了一个像梯子一样的刑具，同时还有几个会操作这种仪器的人。今天他（奥拉夫）拒绝把伊兰德带出来，而且还加强了保卫。他想要为这件事负责，因为刑罚是不合法的，在挪威还从没听说过这样的事！

西蒙从教堂神父那里借来一匹马，与奥拉夫一起骑马去了阿卡斯奈斯。

奥拉夫·凯恩宁提心吊胆地看着生气的西蒙，西蒙的脸涨得通红。西蒙时不时地做出个猛拉缰绳的动作，好像他并不明白自己在做什么——弄得那匹借来的马在路旁冲来冲去，并且是前蹄站立起来，不肯听从西蒙的驾驭。

奥拉夫·凯恩宁说道："西蒙，看得出来你很气愤。"

西蒙也不明白自己的心里是怎么想的，他很气愤，又觉得厌恶。最让他愤怒的是一种耻辱的感觉——一个连武器都没有、没有自保能力的男人竟然被逼着承受陌生人的拳打脚踢，任凭陌生人粗鲁地对待——这与强暴妇人有什么两样？西蒙有些晕眩，很想报复他们，他渴望为此血战。不行……在挪威这种事还是第一次。难道他们是要挪威的贵族们习惯这样的事情？绝对不可以！

当奥拉夫·凯恩宁将伊兰德的牢门打开时，西蒙的心里非常难过，他担心马上会看见伊兰德由于被别人看到自己处于如此的境地而感到羞愧。他此刻的这种担心压倒了所有其他的感情。

伊兰德在地上叉开手脚地躺着，身体从房间的一边伸向了另一边。他的个子太高，只有这样才能将身体全部伸展开。地上一层污秽的东西上放着些干草和衣服，他可以躺在上面。他的身上裹着深蓝色的带着毛边的斗篷，将下巴以下全部遮住，柔顺的灰棕色貂皮与他在牢房里长出的黑色胡须纠缠在一起。

他的嘴唇苍白，脸色也是苍白的，高大笔挺的鼻子使他的脸颊显得更加凹陷了，灰白的头发黏在一起，从高高的额头向后拢着，两边太阳穴上各显出一条青红色的瘀痕，好像被什么东西压了或是夹了。

他艰难地将淡蓝色的眼睛睁开，看清楚了来人，挤出一丝笑容，嗓音嘶哑，如同一个陌生人。

"请坐下吧，西蒙……"他把头向空床上示意着，"嗯，自从上次见面之后，我现在又了解了一些新的消息。"

奥拉夫·凯恩宁弯下腰问伊兰德有什么需要，伊兰德没有回答，很明显他已经没有力气回答了。奥拉夫便将身上的斗篷拉到旁边，原来伊兰德的身上只有一件亚麻短裤和破旧的衬衣。西蒙看到他肿大和变了颜色的手脚，很可怕，不禁吃惊和愤怒了起来。他不清楚伊兰德是不是也有这样的感觉。奥拉夫端来一盆水，把一块巾润湿，敷在伊兰德的手臂和腿上。伊兰德脸色通红，将斗篷盖在身上，四肢动了动，把斗篷放到最合适的地方，然后又用下巴拉上头巾，把身体全部盖着。

伊兰德说道："嗯。"如今他的声音慢慢恢复了，脸上的笑容也没有那么勉强了，"下一次，可能会更惨吧！不过我不会胆怯的。谁都不用感到害怕，即使他们用这样的方法，也别想从我身上得到什么。"

西蒙觉得伊兰德讲的是真的，酷刑是不可能让伊兰德供出什么的。在他愤怒或莽撞的时候，任何事都会做到，任何话也能说出。但是，暴力是不可能让他屈服的，一丝一毫都不行。西蒙还感到，他为伊兰德受到这样的对待感到惭愧和耻辱，而伊兰德却不觉得，他乐意与迫害者抗争，对于自己的意志力很自信。在面对别人坚强意志力的时候，他曾一败涂地，害怕或许也是种残酷，现在承受着迫害者的刑罚，伊兰德察觉到这些人比自己懦弱，于是他更加振作起来。

但是，西蒙愤恨地说道：

"下一次……我觉得不可能再有下一次了！你觉得呢，奥拉夫?"

奥拉夫只是摇了摇头，伊兰德依旧用平常那种开玩笑的口吻随便说道：

"希望我的信念也能如你们一般强大！遗憾的是他们不可能善罢甘休的……"他发觉西蒙那张刚强的脸上变色了，"别，西蒙……"伊兰德本想用手臂支撑起身体，却痛苦地叫出了声，晕了过去。

奥拉夫与西蒙手忙脚乱地照料着他。伊兰德从昏迷中醒来了过来，又睁开眼睛躺了一会儿，然后他严肃地说道：

"你们不知道吗？……马格奈斯国王想知道的是……谁在他不

能看见的地方不值得相信？……争论与不满已经太多了。”

“嗯，如果他想通过这样让人们的愤怒平息的话……”奥拉夫·凯恩宁恨恨地说道。

伊兰德用清晰的声音低低地说道：“我将这个计划弄砸了。没有多少人认为，我的生命还有什么必要，我也很清楚这一点儿。”

旁边的两人不由得涨红了脸，西蒙一直觉得伊兰德还不知道呢——他们之前的交谈中没有提起过森尼瓦夫人。此刻，西蒙再也忍不住了，便用绝望的口吻说道：

“你办事情……怎么会……这样轻率、不靠谱呢？”

伊兰德坦率地回答道：“其实我自己也不知道，蠢货！我为什么没想到她也识字呢？看起来，她好像没有一点儿文化……”

他闭上眼睛，仿佛又要晕过去了。奥拉夫·凯恩宁轻声说想出去拿点东西过来，然后出去了。西蒙弯腰看着伊兰德又睁开了眼睛：

“姐夫……维德孔之子艾尔林爵士有没有参与你们的计划？”

伊兰德摇了摇头，然后笑了笑说：

“我可以向主发誓，他没有参与！我们觉得，可能是他没那个勇气参与。或许他已经将一切都控制好了。不要再问了，西蒙，我不会对谁说出什么的，我不能说出来……”

忽然，伊兰德轻声呼唤着妻子的名字，然后又低头看着他。西蒙猜测大概伊兰德是希望克里斯汀来看他，没料到伊兰德好像做梦似的说道：

“西蒙，一定不要对她说我现在的情况。你告诉她国王下命令不许任何人来看我，将她带到我的堂兄慕南家……到史科葛……清楚了吗……那些法国人……或者是摩尔人……国王新的亲戚，是不会罢休的！在消息传出来之前就让她离开城里！……听见了吗，西蒙！”

“嗯。”他真的不知道要如何做到这件事，此刻的他仿佛心中一点儿也没有数了。

伊兰德闭着眼睛躺了一会儿，然后又似笑非笑地说道：

“昨夜，我回忆起她生大儿子时的情景……听见她在哭……想必她比我接受刑罚的时候还要痛苦。她已经为了我们的幸福……已经忍受了七次的话……我觉得我也可以……”

西蒙沉默着什么也没说。在他反复分析生命中苦难与快乐最深处的诀窍时，经常感到畏怯和退缩。而伊兰德好像还没有触碰过呢。伊兰德就像一个纯真的小孩，被朋友带到妓院，醉意蒙眬地打量着那些女人，露出最无赖也最令人着迷的一面……

伊兰德烦躁地摇着头说道：

“这些苍蝇……最令人讨厌……我想它们必定是恶魔的变身。”

西蒙拿着帽子，驱赶着那些蓝黑色的苍蝇，它们像一片乌云似的在空中嗡嗡地叫着到处乱飞。西蒙在狂怒中用脚踩踏着落在地上的苍蝇，但没起到什么作用，因为墙上的窗孔敞开着——去年冬天，它是用一块木板遮挡起来的，上面开着几个小孔，罩着皮囊，不过这样房间里就显得有些太暗了。

当奥拉夫·凯恩宁带着一位神父，还端着一杯酒进来时，西蒙依然在驱赶着苍蝇。神父把伊兰德的头扶起来，把酒杯放在他的嘴边，有许多酒顺着胡须流到了脖颈上，然后神父用布给他擦着。伊兰德此时就像个小孩子一样一动不动地躺着，很安静。

西蒙的身体显得有些骚动，血涌到了耳朵后边的脖子里，心也剧烈地跳动着。他在门口站了一会儿，转过头看了看伊兰德斗篷下修长的身体。伊兰德的脸上此时开始泛红，终于恢复了正常，眼睛微微睁开。他对西蒙轻轻笑着，笑容里透着一股令人惊讶的稚气。

次日，曼维克庄园的哈肯之子史提格与贵宾维德孔之子艾尔林爵士及他儿子布雅恩一起吃完早饭后，忽然听见庭院里响起一阵马蹄声。接着，正房的门砰的一声打开了，安德列斯之子西蒙快步走到他们面前，他抬起袖子擦了擦脸——来的路上，他全身溅满了泥土。

坐在桌子旁边的三个男人不禁低声惊呼起来，他们在感到诧异的同时，一起起身接见客人，表示欢迎。西蒙没有回应，他将双手握着剑柄说道：

“你们想不想听一个令人惊奇的消息？他们把尼古拉斯之子伊兰德吊在拷问架上毒打了……国王委派了一些外国人去审问他……”

三人惊呼出声，都走到安德列斯之子西蒙的身边。史提格搓着双手：

“他有没有招供？”

这时候他与艾尔林之子布雅恩忍不住朝艾尔林爵士看去。西蒙突然哈哈大笑起来，好像止不住似的。

他扑通一声坐在布雅恩放在他身后的凳子上，又接过这个年轻人递给他的酒杯，贪婪地喝了起来。

艾尔林爵士恢复了神色，严厉地问道：“你为什么笑？”

“我在笑史提格，”西蒙弯腰坐着，将手放在沾满泥土的大腿上，不禁又笑了起来，“我觉得……我们这些人都是贵族子弟……我本来以为，当你们听到一位和你们拥有同样身份的人受到这种虐待时，一定会愤怒异常，会先问一下怎么会发生这样的事情……

“……我也不清楚法律对这样的事情是规定的。自从先王哈肯逝世之后，我就没有管过任何事情，只清楚在战争抑或和平时期如果新的国王召唤我，我就有为他服务的义务。除此之外我一直住在庄园里。但是我也很清楚，尼古拉斯之子伊兰德这件案子的审判是非法的。国王手下的人审理了这桩案子，做出了判决。他们有什么权力将他处死——我不知道……之后政府又发下缓刑令与安全通行状，要带他去见国王。或许国王会施恩，准许伊兰德与他谋和……伊兰德被关在阿卡堡快一年了，这期间，国王差不多都在国外，我们寄过信件，却没有结果。后来国王又派来几个恶人，他们既不是挪威人，也不是国王的守卫，居然敢用挪威的爵士阶层从没使用过的手段对伊兰德用刑！现在挪威国泰民安，伊兰德的同辈与亲戚们都在图斯堡，准备着参加国王的婚礼……艾尔林爵士，对这件事情，你是怎么看的？”

艾尔林爵士坐在西蒙对面的椅子上：“我觉得……西蒙·达尔，我认为你将这件事讲得很明白了。我想，国王大概会在这三种结局中选择一种：按照尼达洛斯法庭的判决处罚伊兰德；另外选择王公大臣组建新的法庭，派一个没有骑士称号的人来控告伊兰德——把伊兰德驱逐出境，命令伊兰德在规定时间内收拾行李，永远离开马格奈斯国王的土地；最后一种可能就是，他一定会施恩答应伊兰德与他和解，这应该是最好的方式了。

“我认为事情的发展已经很明确了，不管你在图斯堡对谁倾诉，他们必定会支持你的。海夫特之子约翰与他的弟弟都在那里。伊兰德与他们有亲戚关系，就像他们与国王也是亲戚一样……欧格蒙的儿子们想必也很清楚这样的判决不公正，不合法。首先，你应该去见见国王侍卫队的队长马歇尔爵爷，劝他与埃里克之子巴尔爵士号召城里适合管理这件案子的王公大臣们开会，来处理这桩案件……"

"大人，你与你的亲戚难道不和我同去吗？"西蒙问道。

"我们没有准备参加国王的婚礼。"艾尔林爵士简短地回答道。

"海夫特的儿子们都太年轻了……巴尔爵士也已经年迈力衰……而别的人……大人，你应该很明白，他们都深受国王的宠信，想必有些权利。但是艾尔林爵士啊，他们又怎么比得上你呢？大人，在挪威你拥有其他贵族们从没掌握过的权利，你来自一个不管兴盛还是衰败时期都有名人出生的老世家。说起父系的话，马格奈斯国王或苏德汉地区的海夫特家族与你相比较，他们的身世算得上什么呢？他们的财产可以和你相比吗？你提议我的事情，每一样都需要时间，而那些法国人正在奥斯陆，你试着用你的灵魂赌赌看，他们怎么可能善罢甘休……奥拉夫·凯恩宁已经寄出了信件，神父也同意写信向可以求助的人求助。但是艾尔林爵士，你只需在马格奈斯国王面前提一提，这些喧嚣和纷扰便能解决了。曾经治理国家的大人物的后代，只有你的身份最高贵。国王也很清楚我们全都支持你的……"

艾尔林爵士惶然地说道："我可没有勇气说自己依然这么重要。西蒙，你如此热情地为伊兰德奔波，但是你可知道？现在我不能这样做。否则，别人肯定会说：正当伊兰德承受着刑罚，恐怕要挺不住的时候，有人担心他招供……我就马上出面为他求情了！”

一时间，几个人都没有再说话。

接着史提格又问了起来：“伊兰德有没有招供？”

西蒙不耐烦地说道：“没有，他是不会说的。我认为他会一直沉默下去。”他恳求道：“艾尔林爵士，你们是亲戚，你们的关系也很好……”

艾尔林深深叹了口气：

“嗯，安德列斯之子西蒙，你到底知不知道伊兰德的全部计划？停止挪威与瑞典只有一个国王的境况——这样的政体是前所未有的……这种方式使我们的国家越来越艰难困苦，烦恼也越来越多——他想让我们恢复到从前那种政体，回归到那种带来福运的政体。你不知道这个主张既智慧又勇敢吗？你不知道如今的继承者不会再采纳这样的主张吗？他摧毁了克努特·波斯的儿子们的计划——对于王族里别的人物，没有谁会受到人们的爱戴。你或许会说，伊兰德的计划若是成功了，将哈肯王子带到了挪威，那他的做法正好有利于我。小男孩来到这里后，如果要进行下一步计划的话，必定会有几个周密而慎重的人站出来完成余下的事情，一定会这样——我敢保证。但是只有主知道，我什么也不会得到，却要将自己的事情放在一边。这十几年里，我已经尝尽了各种忐忑、操劳、发愤与烦忧，弄得连自己的家产都无法照看……我们国家的人极少体会到这些，而我必须愿意这样。”他大力敲着桌面，“西蒙，难道你不知道吗？他一个人承担起如此重大的责任，谁也不清楚这会对全国人民及后代的福利会有什么影响……但是他居然在一个荡妇的床边将这个重大的计划随便毁掉了！主啊！他受到奥敦·哈斯塔孔那样的遭遇，简直是自找的。”

过了一会儿他恢复了平静，接着说道：

“但是我也希望伊兰德活着，不要认为我得知了这一切没有气愤。我只是觉得，如果你按照我的建议，一定可以找到很多有相同意愿的人。但我并不觉得我去了之后会有什么作用，有什么价值在国王没有召唤的时候就去见他。”

西蒙勉强地、行动迟缓地从座位上站起身来，他的脸色因为疲惫而更加憔悴和惨白了。哈肯之子史提格来到西蒙身边，将手放在他的肩上说：仆人们早就把食物拿过来了，刚才见谈话还没有结束，他没有让仆人们送过来。现在西蒙得吃点肉食，喝些酒，补充一下体力，然后再好好睡一觉。西蒙向主人表示感谢，并请史提格借给他一匹精力充沛的好马，他过会儿就要离开了。不过，西蒙问今天晚上史提格愿不愿意留他的用人约翰·达克在这里留宿？昨晚，西蒙只好把用人甩在了后边，因为他骑的那匹马的速度远远赶不上西蒙的这匹“大腿仔”。的确，他已经骑了大半夜了……他原本觉得没有认错路，不过还是走错了好几次。

史提格让西蒙明天再走，那时候他们可以一起出发……至少送他走一段的路程……是的，将他送到图斯堡也行……

西蒙回答道：“我在这里也不是办法，我想去教堂看看。既然再次来到这里，我想去海福莉的墓地为她祈祷……”

他疲倦的身体中热血正在翻涌着，心也在剧烈跳动，看起来好像随时会倒下去。由于疲倦，他有点睡眼蒙眬，觉得自己似乎正在往深渊里掉下去。不过他还是镇静而清晰地说道：

“艾尔林爵士，你不愿意和我一起去吗？我清楚在所有亲人中，她最敬重的人就是你了……”

他没有看艾尔林，却感觉身子越来越僵硬了。过了一会儿，他通过自己清晰的心跳声听到艾尔林爵士清楚而又礼貌地说道：

“西蒙·达尔，我很愿意跟你一同前往……只是天气太坏了。”他收起佩剑，在身上加了一件厚厚的斗篷。

西蒙一动不动，安静地在一边等他准备好，然后两个人一起出去了。

外边正下着绵绵细雨，海面上飘过来的雾气很浓，他们只能看到路两边十尺左右的田地与黄树丛。这里靠近教堂，西蒙去旁边的礼拜堂牧师那里拿来了钥匙——他发现那些人是在他离开之后才来的，没有多说什么，因为这样他可以免得作长时间的应酬。

这个石头砌成的小教堂里只放着一座神龛。西蒙又见到了曾经见过上千次的壁画与吊饰，但是他好像什么都没看见一样，在艾尔林爵士旁边的白色大理石墓碑前跪下，吟诵和祈祷着，念到相应的地方便下意识地在胸前画个十字。

他自己也不明白，自己什么时候学会了这个。如今他已经无法后退了。至于他要讲些什么，他一点儿也不知道；但是，虽然他满心愧疚，恐慌得很，却依然希望不管付出多大代价而试一试。

他想到了很久之前的一天下午，他坐在前任妻子的身旁，她向他诉说着从前的事情。他想起她隐藏在床铺阴影中的那张苍白痛苦的面孔，想起她令人着迷的柔和的嗓音。那是在她生孩子之前的一个月——她很清楚会为这个孩子失去性命——但是她很愿意付出自己的生命，换来儿子。那个可怜的幼儿就埋葬在这块大石板下的一个小棺材里，在母亲的身边——不，没有谁能做到他如今想做的事情……

不过克里斯汀那张苍白的面孔！那次他从阿卡斯奈斯回家的时候，她就已经明白是什么事了。她脸色苍白，镇定自若地谈起了这件事情，并且还十分仔细地来询问西蒙。西蒙在刹那间看到了她眼中的神情，然后就再也没有勇气与她对视。他不清楚她现在在哪儿，在做什么——是在监牢里守在丈夫的身边？他们有没有劝动她回到史科葛庄园？西蒙将劝克里斯汀回史科葛庄园的这个任务拜托给了奥拉夫·凯恩宁和英戈夫神父——他不得不这样安排，并且他明白不能再拖延下去了……

西蒙不知不觉地用自己的双手捂住面孔。海福莉啊……这并不是什么耻辱和罪过，我的妻子海福莉，在这件事情上我问心无愧！……不过，她曾经在丈夫面前诉说着她的哀伤，她的爱恋。她是因为这个才留在老恶魔家里的，他已经害得她失去了肚子里的孩子——但她还是愿意在那个老鬼的身边，不去招惹自己的梦中情人……

维德孔之子艾尔林跪在一旁，苍白的脸上毫无表情。他将双手合十，放在胸前，接着交叠着双手，偶尔镇定严肃地在胸前画个十字，然后再合起双手。

不，西蒙在心里想着，这件事太卑鄙了，任谁也不会去做的，即使是为了克里斯汀，他也不能这么做。他们一同起身，向圣体柜敬礼，走出了中堂。西蒙每走出一步，马刺便发出一阵碰到石头地板发出的铿锵声。在走出庄园之后，他们就没有交谈过，西蒙也不清楚事情会怎样发展下去。

他把教堂的大门关上，维德孔之子艾尔林走在他的前面，已经走进了坟场。在来到基地牌坊的屋檐下时，艾尔林停了下来。西蒙走到他身旁，在那里站了一段时间，才走到蒙蒙细雨之中。

维德孔之子艾尔林语气镇定而又平和地开始说话了，不过西蒙猜想他的心里一定非常愤怒，西蒙没有勇气与他对视。

“安德列斯之子西蒙，我想知道，你这样做想表达什么？……你在这里……想玩什么花样？”艾尔林生气地问。

西蒙什么也回答不出来。

“你觉得……你听闻了一些在你还是毛头小子时候的事情，便可以胁迫我，威胁我按照你的意愿来做吗？”现在他终于流露出了自己的愤怒。

西蒙否认道：

“大人，我觉得，当你回忆起纯真的如同金子的她时，或许会对伊兰德的妻子和孩子产生怜悯之心。”

艾尔林爵士望着他，没有回答，伸手抚弄着墓碑上的苔藓和地衣。西蒙咽了口唾液，用舌头舔了一下干燥的嘴唇。

“艾尔林爵士，我也不明白自己是怎么想的……或许我觉得，你想起了她那些年所受的苦……除了主之外没有谁给她抚慰，而你又帮不了她……你可能会伸出援手帮助那些同样不幸的人们……你可以做到的！如果你对于当时离开曼维克庄园，把海福莉放在费恩爵士的身旁任他处置感到惭愧的话……”

“我没有感到惭愧和后悔！”艾尔林斩钉截铁地说道。“因为我知道她永远不会……而这一点儿你可能不明白。如果你能稍微知道你的前任妻子有多么高傲……你就不会去娶她了。”艾尔林因愤怒而冷笑道，“你也不会这样做的，我不知道你对此有什么了解，不过你明白那件事也没什么。那时候哈肯生病躺在床上，他们让我把她接回来。我的妻子艾琳与她亲密得如同姐妹——艾琳与她虽是姑侄关系，不过她们年纪相仿——我们，在当时的情况下，如果她从曼维克庄园回来的话，我们就必定能经常见面。在龙屋的阳台上我们谈论了一个晚上——我们所说的任何话，她与我在审判日里都敢对上帝坦白。就让主来替我们回答，事情是怎么变成那种情况的……”

他将手上搓成圆球的苔藓丢掉：“确实，上帝终于让她的坚贞不渝得到了回报，使她得到了一个好丈夫，安慰她在前任丈夫那里所受的罪……但是你这个乳臭未干的坏小子……居然在她家里与她的女仆幽会……还让她来抚养你的私生女！”

西蒙呆住了，一句话也说不出。艾尔林又将一块苔藓扯下，扔到地上：

“那个时候我按照她的要求做了她要求我做的事情。你知道了吧？没有其他的办法了。我们无论在这个世界别的什么地方相遇，我们会……我们会……‘通奸’……太恶毒了，‘乱伦’更不好听。”

西蒙将头挪动了一下，但是没有转动脖子，只是微微点了点头。

他自己也知道……将自己内心的想法说出来必定让人发笑。当时维德孔之子艾尔林是个二十多岁的年轻人，温文有礼，豪迈热情。海福莉爱上了他，连他在春天的早晨印在院子里露草上的痕迹也想亲吻。但如今的西蒙，不过是个上了年纪的、丑陋肥胖的农民……和克里斯汀又怎样呢？即使他西蒙同克里斯汀在同一栋房子里住上二十多年，克里斯汀也未必会喜欢上他。这一点儿，克里斯汀很早就知道……

于是，他轻声谦逊地说道：

“海福莉不愿让可怜的小孩在世上受罪，即使是她的丈夫与下人所生的。她请求我要尽力好好对待那个小孩。艾尔林啊……就为伊兰德那个可怜的妻子考虑一下吧……此刻她悲痛欲绝……我觉得我们一定要想尽一切办法援助他们母子……”

维德孔之子艾尔林靠在门柱上站着。他脸上的表情恢复了一贯的慈祥，语气镇定而又礼貌：

“劳伦斯之女克里斯汀，虽然我没有见过她几次，不过却很喜欢她……她是一个美丽而又贤惠的女人……西蒙，我已经对你说过多次了，如果你遵从我的建议，必定可以得到救助。但是我不明白你用这种奇怪的方式是为了什么。那个时候我还是个少年，只能按照长辈的意见结婚，但是我爱的女人与我第一次见面的时候就已经是别人的未婚妻了，你应该不是因为这点才想到这个方法吧？我认为伊兰德的妻子并不如你所形容的那般纯洁无瑕。的确，你的妻子是她的妹妹，我清楚，但是设计这次奇怪谈话的是你而不是我，因此你不能阻止我所说的。我记得伊兰德与她结婚时，婚事打破了劳伦斯的安排，但克里斯汀固执己见，不听从她父亲的安排，也不顾及妇女的贞洁。是的，她依然是一个很好的妻子。最终她赢得了伊兰德，他们的婚姻生活或许很幸福。我觉得劳伦斯一直都不是很欣赏这个女婿——在女儿与伊兰德还没有相识的时候就为她选好了丈夫——我清楚她已经是别人的未婚妻了……”忽然他不再说下去，看了看西蒙，接着窘迫地移开了视线。

西蒙的脸也羞得通红，低低垂着头，不过他依然轻声而又固执地说道：

“的确，她就是我的未婚妻。”

他们沉默了一段时间，都不敢直视彼此。然后维德孔之子艾尔林爵士将手上最后一把苔藓揉成小球丢掉后，便转身走进了雨中。西蒙仍呆呆地站在那里。艾尔林在浓雾中走了一会儿，就要消失时，却又站住了，不耐烦地向他挥着手。

他们一起向住宅走去，与来的时候一样，一句话也没有说。当他们快要到庄园的时候，艾尔林爵士说：

“安德列斯之子西蒙，我答应帮助他们。在这里待到明天再走吧，我们四个人一同骑马去。”

西蒙抬起头看了艾尔林一眼……艾尔林的脸上由于悲痛与愧疚有些扭曲了。他很想感谢他，却什么也说不出来，只好紧紧咬着嘴唇，因为下颌剧烈地颤抖着。

经过厅门的时候，维德孔之子艾尔林似乎无意识地碰了下西蒙的肩膀，两人都明白彼此的心思，但都没有勇气去看对方。

次日他们便收拾行装，准备离开。哈肯之子史提格一定要借给西蒙衣服穿，因为西蒙没有带可以换洗的衣服。西蒙打量了一下自己——用人已经将他的外衣洗刷和拍打过了，但是在风雨里行走了这么久，衣服已经不像样子了。西蒙指了指自己的大腿，说道：

“史提格，我实在太胖了……况且我又不是要去参加宴会……”

维德孔之子艾尔林一下子踩上矮凳，他的儿子为他将镀金的马刺扣好。今天艾尔林爵士好像极力避免仆人靠近他身边，他异常激动地笑了起来。

“西蒙·达尔为了帮助伊兰德倾尽全力，如果避开正道，插进一段勇敢而又巧妙的话，我觉得也没什么不好。史提格，我们的这个以前的亲戚，才不是什么连话都说不清楚的乡下人呢。我只是担心，担心他不清楚该在何时住手。”

西蒙站在一边，脸已经羞红，但是什么也没有说。从昨天到现在，维德孔之子艾尔林的语气里总是有一种愤愤的讽刺的感觉——以及一种怪异、不是发自内心的好心——还有一种赶紧办完事的迫切——反正他现在已经答应帮忙了。

于是，他们一行人骑马离开了曼维克庄园——同行的有艾尔林爵士、艾尔林的儿子、史提格以及十名装备齐全、衣着精致的仆人。西蒙带上了仅有的一个仆人，他觉得本该带上更出色的装备和更多的随从一起去。佛莫庄园的西蒙·达尔没必要跟着过去的亲戚一起走，好像他是一个孤独的无能为力的、只好向他们求告的小人物似的。不过西蒙现在对这一切并没有太在意。他这些天太累了，也为昨天的事情感到很沮丧，对于这次出行的结果他反倒没那么看重了。

西蒙经常表示他并不相信那些关于马格奈斯国王的流言。他不是圣人，当然还是可以承受得住成年男性之间的粗鄙笑话。但是人们聚在一起，悄悄地谈论国王见不得人的丑事时，他就会感到不舒服。他觉得，既然已经宣誓向国王效忠了，就不应该相信或者在意国王那方面的事情。

当他来到年轻的国王面前时，他还是感到大吃一惊。上次见到马格奈斯国王时，他还是个年幼的孩子，之后就再也没有见过面。他本来以为，在这位国王的身上一定可以看到某种懦弱的、阴暗的或者羸弱等特殊的一面；结果，站在他面前的却是一个非常英俊的年轻人，尽管他很年轻，也显得有点瘦弱，但是却精神抖擞，很有国王的风采。

他身上穿着一件淡蓝色发出绿光的长袍，上面打着宽阔的褶子，一直拖到脚踝，纤细的腰部系着一条镀金的腰带，虽然衣服很沉重，高大瘦削的身体却很笔直。马格奈斯国王的头发颜色极淡，柔顺地贴在美丽的头颅上，末尾微妙地卷曲着，好像在宽宽的脖颈周围飘浮。他的面容清秀，表情丰富，皮肤滑嫩，脸颊红润，皮肤是带着些晒过太阳后留下的黄色，两眼炯炯有神，目光真诚坦率。他向臣民问好，态度从容而又柔和。之后，他把一只手放在艾尔林爵士的衣袖上，有意把他拉到旁边，同聚集在那里的其他一些人隔开几步，为的是感谢他的到来。

他们寒暄了几句，艾尔林说他因为一件事特意来这里请求国王，希望国王能以慈悲、宽大为怀，给予恩典。这时，皇室的仆人在国王的座椅前为艾尔林爵士搬来一张椅子，然后将另外几人领到大厅的下位上坐着，便离开了。

西蒙不久便重新拥有了青年时期学会的宫廷风范，他已经采纳了史提格的意见，借来一身棕色的贵族服饰，看起来与其他人没什么不同。不过他坐在那里，总感觉好像是在梦中——他好像又变回了那个曾经在奥斯陆皇宫给哈肯先王准备餐巾与蜡烛的爵士子弟西蒙·达尔，却又好像不是——他是那个在幽谷里隐居多年的佛莫庄园的乡下绅士西蒙，又觉得不像——虽然他明白自己内心的余火还没有熄灭，但如果他回过头不再想的话，生活也是没有什么忧愁的。他的内心奔涌出朦胧冒险的抗争——余火燃烧成了烈火，这不是他的错，是命运的安排，因此他一定要极力伪装，忍受烈火的煎熬。

人们都站了起来，西蒙也不例外，马格奈斯国王也站起身了。

国王用清晰稚气的声音说道："敬爱的亲友们，我觉得事情是这样的，哈肯小王子与我是兄弟关系，不过我们从没想过共有一个朝廷、一支侍卫队：王臣是不会同时为我和他办事的。伊兰德曾经在我这里担任了一段时间的郡长，而同时又发誓会对哈肯效忠，看来他并不准备保持这样的境况。那些想跟随我弟弟哈肯的人将会被我解除在我这里担任的职务，可以获得去我弟弟宫廷里任职的自由。究竟有哪些人——我希望从伊兰德那里问出个所以然。"

"陛下，那你就尝试一下可不可以与尼古拉斯之子伊兰德达成一项协议呢。之前你发出过安全通行状，现在应该应该遵守承诺，接见你的这个亲戚……"艾尔林爵士说。

"嗯，我们是亲戚，他与你也是亲戚。伊瓦尔爵士奉劝我发给他一张安全通行状，不过他没有遵守我们之间的诺言，丝毫不顾及我们以前的亲戚之情。"马格奈斯国王笑了笑，又将手放在艾尔林爵士的手臂上，"我的亲戚们好像固执地坚守着我们国家的一句谚语，'亲戚才是最大的冤家'。现在我看在主、圣母马利亚和我未婚妻的分上，同意宽恕胡萨贝庄园的伊兰德。如果他愿意与我和解，我就赦免他的死罪，保留他的财产，让他继续住在这个国家。如果他希望投靠新的主子哈肯王子，我也会批准他合法地离开，同时宽恕他的同谋们——不过我一定要清楚他们是谁，明白在我们国家里的王臣中有哪些人在对自己的国王耍花招。安德列斯之子西蒙，你觉得呢？我知道你的父亲曾是我外公最忠诚的支持者，你也曾经在先王哈肯身边当过侍卫。难道你不觉得我有权利查清楚这件事？”

西蒙敬了一个礼，说道：“陛下，我觉得，如果您依照我们国家的法律与习俗仁慈地治理国家，您无疑是永远不会听到有什么人会为非作歹，产生背叛国王的念头的。国民如果知道您严格遵守先王们立下的规矩，保持公正，国内一定不会有人滋事叛乱、破坏安宁的。即使有些人觉得，您还如此年轻，没有足够的能力同时很好地管理两个大国——到那时他们就会幡然醒悟，不会再说什么了。”

艾尔林爵士也说道：“陛下，正是如此。对于您的合法要求，国民是不会不遵从的。”

“不会吗？就是说，你们是这样认为的？我们详细调查的这个案件……伊兰德并没有不忠诚和背叛国家的罪行？”国王说。

艾尔林爵士顿时语塞。于是西蒙接着说道：

“陛下，您是我们的一国之君，每个人都希望您可以按照法律来责罚那些违法的案件。但是，如果您按照尼古拉斯之子伊兰德所犯的罪来探查，那么，您着急想要找出来的那些人或许会出现，暴露出自己——不然的话，别人或许会想这件事的处理是否公正。国王您如果对尼古拉斯之子伊兰德这个如此有名、家世又如此突出的人加以胁迫的话，肯定会引起大家议论的。”

“安德列斯之子西蒙，你这句话究竟是什么意思？”国王严厉地责问着，脸色已经羞红。

艾尔林之子布雅恩补充道：“西蒙想说的是，如果人们问起伊兰德为何要承受法律已经限定的只有窃贼与恶毒的凶手才需要承受的侮辱，这对陛下或许是不利的。那时，他们或许会联想到哈肯先王的其他几个外孙……”

艾尔林爵士骤然转过头看了看自己的儿子，看上去很愤怒，但国王只是淡淡地问道：

“难道你不觉得叛国犯也是恶棍吗？”

布雅恩回答道：“陛下，如果他们的策划取得成果，那么还会有谁来这样认为。”

大家都沉默了下来。然后维德孔之子艾尔林爵士说道：“陛下，不管伊兰德做了什么，您都不能非法审判他。”

国王激动地争辩道：“那么，这样的法律是该修订了，如果我没有权利用所有的方法审出国民对我的忠实度……”

艾尔林爵士固执地说道：“那您还是不能修改法律，除非您的这种修改能够得到全体民众的支持，否则您这就是在压迫民众。而我们的人民自古以来就不会去忍受国王在任何方面的压迫的。”

马格奈斯国王如同孩子般天真地笑道：“我有骑士阶层与忠诚于我的领主，我可以依靠他们。你觉得呢，西蒙？”

“陛下，依我之见……这很快就可以见分晓，您说的那些并不是什么坚强的后盾……只要看看以前丹麦和瑞典的骑士和贵族……一旦国王不能从人民那里获得支持的力量来驾驭这些贵族，那么这些贵族是怎么对付自己的国王的。要是陛下您想这样做的话，那我就请求您现在就将我削职为民……因为在那种情况下，我宁愿当一个普通的农民。”

西蒙说这些话的时候，语气镇静而又庄严。刚开始国王似乎没有听明白他的话，后来才笑着说道：

“安德列斯之子西蒙，你这是在威胁吗？——怎么，你想向我扔手套[①]吗？”

西蒙依然平静地说道：“随您怎么想，陛下。”他将皮带下的手套取出，放在手上。

这时候年轻的布雅恩走到面前，抢过西蒙手中的手套说道：“陛下不适合戴这样的手套参加婚礼！”他高高地举着手中破旧的骑马手套，大笑着，“陛下，一旦有人传言您需要这样的手套，恐怕你会得到很多——而且还非常廉价。”

维德孔之子艾尔林爵士大喝一声，他突然伸出手，好像要将国王推到旁边，将另外三个人推到另一边。他顺着大厅将那三人推到了门口：

“我想与国王单独谈一下。”

国王跟在他们后面说道：“不行！不行！我想和布雅恩谈一下！”

不过艾尔林爵士坚持将儿子和另外的同伴们推了出去。

他们三人在城堡中的庭院与外边的山陵上踱着步，都保持着沉默。哈肯之子史提格疑惑地盯着他们，不过自始至终他们都没有开口。艾尔林之子布雅恩的脸上则一直保持着隐隐的冷笑。没多久，艾尔林爵士的执剑侍从替主人传话过来，让他们回到住宅里等。他们的马就在城堡的庭院里。

后来，他们三人在旅社里等待着。对刚才发生的一切避而不谈，后来居然闲扯起了马经、狗经与老鹰的事情了。到最后史提格和西蒙谈论着女人的各种事情，一直到了傍晚。哈肯之子史提格总

①这是欧洲中世纪的一个传统，如果在一个人的面前扔下手套，则表示要和这个人决斗。

有许多这样的事情可以说，西蒙在这方面有点望尘莫及啊。西蒙记得的那些事情史提格基本上都可以讲出来，并且讲得好像都是他自已经历过似的。或者是近期曼维克庄园附近的事情。事实上西蒙也知道，他幼时在戴夫林家乡便听用人们提起了。

他与史提格一样愉快地笑着，坐在那里，屁股下的椅子好像也在摇晃。他心里很担心，又不敢去想。艾尔林之子布雅恩安静地微笑着，一边喝酒一边吃着苹果，把玩着斗篷上的头巾，不时讲上一段——都是些最猥琐的故事，不过都是用的双关语，弄得史提格听得莫名其妙的。布雅恩说这些是他从卑尔根一位神父那里听来的。

最后艾尔林爵士回来了。他的儿子走出去迎接他，将他的大衣拿下来。艾尔林愤怒地对着年轻人吼道：

“你啊！”他将斗篷扔给布雅恩，脸上却忍不住露出一丝笑意，但很快又收敛了起来。

他转身对西蒙说道：“好了，安德列斯之子西蒙，现在你应该知足了吧！我确信现在你们应该能够平静地等待了。你与伊兰德，还有他的妻子与儿子们，不久之后就可以坐在邻近的庄园里享受幸福的生活了。”

西蒙站起来向艾尔林爵士表示感谢，他的脸色变得更苍白了。他知道，什么才是他不敢正视的可怕的事情。但是，也不会有什么办法了……

大概在两周之后，尼古拉斯之子伊兰德被释放了。西蒙带着两个用人和哈尔德之子武夫一起骑马去阿卡斯奈斯迎接他。

上周刮了场很大的风，树上的叶子都被吹走了。现在已是初冬时节，他们骑着马向城里赶去，马蹄踩在地上发出低沉的响声。田地里都被白色的霜覆盖着，白茫茫的一片。天阴沉沉的，寒风凛冽，看样子又要下雪了。

伊兰德来到庄园的院子里时，西蒙看见他的一只脚有些跛，上马时身体呆板而迟钝，脸色惨白。他的胡子已经刮过了，头发也修理过，脸上有一半是蜡黄的，白色的面庞和下巴上还残留着一些胡髭，眼睛向内凹陷着。但身上穿着深蓝色的长袍与斗篷，看上去很威风。他与奥拉夫·凯恩宁告别，为那些看守过他、给他送饭的人发了一些钱，他的举动就如同一个贵人在婚礼上同人群告别一样。

他们骑着马离开那里，刚开始伊兰德似乎很冷，不停颤抖着。后来，他的脸上慢慢恢复了血色——全身好像重新获得了活力似的。西蒙心里想：伊兰德可真不容易被折服，他比藤条还要坚韧啊。

他们骑马走进了住所，克里斯汀跑到庭院里欢迎她的丈夫。西蒙试图不去看他们，但是又不能不看。

伊兰德和克里斯汀握着对方的手，用镇静清楚的语气说了些话。两人在人们的注视下相聚，极力想表现得大度和有礼一些。但是他们都不由得脸红了，朝对方看了一会儿，又低下头。然后伊兰德牵上妻子的手，两人一起朝楼上的小房间走去，他们在城里暂时居住时住的。

西蒙转身走到大房间里，看着他与克里斯汀住过的房间。克里斯汀去了楼梯的最下边，转过身用异常清脆的声音说道：

“妹夫，你不过来吗？……过来吃些东西吧……武夫，你也过来！”

克里斯汀稍微侧着身子站在那里，臀部微微转动，回过头看着他们，看起来如此年轻漂亮。来到奥斯陆之后，她就换了一种发饰的扎法。在南方，这里也只有乡下的妇人才会像她那样按照从前的习惯戴着亚麻布的帽子，像修女一样的帽子包裹着脸颊，垂下的纱巾交叉缚在肩上，把脖子隐藏在里边，两边和脑袋后边的发髻上有很多褶皱。在特隆赫姆地区，布帽的这种戴法是一种笃信宗教的象征，艾利夫大主教经常称赞这是结了婚的女人最朴素、最恰当的打扮。但是，为了不太过引人注目，她只好按照这里的风俗，把亚麻布整齐地套在头上，亚麻布光滑平整，显露出头型。不过，西蒙看到她这个样子，认为很好，但是以前他从没察觉出她是如此年轻，双眼也像星星一样明亮。

那天，有许多人过来问候伊兰德：刚开始时有史科葛庄园的科蒂尔和托盖尔之子马库斯，晚上奥拉夫·凯恩宁过来了，英戈夫神父和圣哈瓦教堂的牧师会会员固托姆斯神父也过来了。两位神父在途中遇到了一场雪——天空中下着干燥细小的颗粒，虽然不大，但是飘得密密麻麻的，结果他们迷路了，跌倒在牛蒡堆里边——结果是衣服上沾满了芒刺。于是大家都伸出手帮助神父及他的仆人拔下身上的芒刺——伊兰德与克里斯汀帮助固托姆斯神父拔。他们与神父说着笑话，脸上偶尔变得羞红，声音也不时地变着。

晚上，西蒙喝了很多酒，不过他还没有喝糊涂，只是感觉身体很沉重。他特别敏锐地听着大家的每一句话。过了没多久，大家都大放厥词起来——这里面没有谁是国王真正的朋友。

如今一切都解决了，西蒙却很是烦闷。他们坐在那边，喧喧嚷嚷，尽说些蠢话，声音很大，情绪很激动。亚斯蒙之子科蒂尔很天真，他的妹夫马库斯也差不多。奥拉夫·凯恩宁比较公正和理智，但是没有远见。西蒙认为那两个神父的头脑也不太好，他们都在那里听着伊兰德讲话，不停地附和着。伊兰德已经慢慢恢复了从前的风采——离谱而莽撞。现在他拉着克里斯汀的手，放在大腿上，不停玩弄着她的手指。他俩紧挨在一起，肩膀也贴在一起。克里斯汀脸上泛红，偷偷瞧着伊兰德。伊兰德悄悄将手放在克里斯汀的腰上，克里斯汀的嘴唇微微颤抖着，简直无法将嘴巴闭上……

此时门被砰的一声打开了，巴德之子慕南走了进来。

“大公牛到底是来了！”伊兰德大笑着喊道，立刻站起身欢迎他。

慕南恼怒道：“愿主与圣母马利亚保佑我们——伊兰德，看你那不知忧愁的样儿。”

“正是，堂兄，你觉得伤心流泪有什么好处吗？”伊兰德笑着回答。

“我还从没遇到过你这样的人……你把自己的前程和财产全毁了……”

伊兰德回答道：“嗯，你是知道的，只要我的裤子还没有被烧坏，我是永远不会光着屁股进地狱的。”克里斯汀忍不住地轻轻笑了起来。

西蒙将头靠着桌子，双手抱着后脑勺：希望他们认为自己喝多了，正在睡觉……他想安静一下。

一切正如他所想——至少和他期待的一样。她现在坐在那里，是那些人群里仅有的一个女人，像往常一样温柔、害羞、勇敢、平静。从前她也曾这样过——当她违背与西蒙婚约的时候……她就是这副样子……不知该说她卑鄙还是纯真，他也不知道。啊，不，不是这样的！她从没有安静，也没有卑鄙过，看上去虽然平静，其实心里并不是这样。但是那个人引诱了她——为了伊兰德，她宁愿上刀山火海。她也辜负了他（西蒙），好像觉得他不过是块自己垫脚的冷硬的岩石……

啊，这些都是些小事情……她为了达到自己的目的，便什么都不顾了。让他们高兴去吧！难道这些对他来说不是已经无所谓了吗？即使他们再有了七个儿子，未来会有十四个人继承劳伦斯留下的一半遗产，又和他西蒙有什么相干呢？好像他真不需要为子女们担心——兰波生孩子的速度肯定不会比她姐姐快——到那时他将为后代们留下财富与权利，但是今晚在他看来没有什么不同。他真想再多喝点，然而他很清楚今晚主的恩典没有给他抚慰，并且这样的话他必须要抬起头参与他们的谈话。

慕南不屑地说道："的确，我认为你肯定觉得自己是掌管政权的最佳人选。"

"错了，你一定清楚，我们是准备将大权交给你的。"伊兰德大笑着说道。

"算了，兄弟，快闭上你的嘴……"

大家都笑了起来。

伊兰德来到西蒙身边，拍了拍他的肩膀。

"西蒙，你睡着了？"西蒙抬起头看着他，伊兰德手里举着一个人酒杯，站在他面前，"过来，我们来喝一杯，西蒙。我得以赦免死罪，首先得感谢你。我亲爱的，在我看来很不容易呢！你就像亲兄弟一样帮助我……如果不是你，我的脑袋大概早搬家了！……那个时候你就能与我的寡妻结婚……"

西蒙暴跳起来，刹那间，他们两人彼此对看着……伊兰德此刻有些清醒了，脸色发白，嘴唇不知不觉地张开了……

西蒙一拳将他手上的酒杯打掉，酒水溅得到处都是。然后，西蒙转身走了出去。

伊兰德怔怔地站在原地，模模糊糊地拿起外套的下摆，把手上的酒水擦去，自己也不知道在做什么……他回头看了一眼，没有人发现到底发生了什么。伊兰德将酒杯踢到长凳子底下……站了一会儿……然后又默默地去找西蒙了。

西蒙·达尔站在通往楼上小房间的楼梯下，约翰·达克正从马厩里将他的马牵出来。伊兰德走了过去，他还是静静地站着。

“西蒙！西蒙……我不知道……我不知道自己胡说了些什么！”

“现在你知道了吧？”

西蒙的语调没有什么变化，呆呆地站在那里，没有看伊兰德一眼。

伊兰德有些手足无措，往周围看了看。月亮透过云层发出朦朦胧胧的白光，细细的雪珠飘落在他们的身上。伊兰德禁不住打了个寒噤。

“你……你要去哪儿？”他望着西蒙与马匹尴尬地问道。

西蒙简短地回答道：“再找个地方住下，你或许也明白，我不想在这里住……”

伊兰德忍不住说道：“西蒙！唉，如果可以将刚才对你说的话收回，不管什么代价我都愿意付……”

“我也是这样想的。”西蒙仍旧用刚才的口吻说道。

楼上小房间的门打开了，克里斯汀拿着灯笼站在上边的游廊上……她俯在栏杆边看着他俩。

克里斯汀用洪亮的声音问道："啊，是你们在这里啊！你们在干什么？"

西蒙看着上方笑着说道："我认为我应该过来看看马，有礼貌的人通常都是这样做的。"

"但是……你把马牵出来干什么？"克里斯汀笑着问道。

"嗯，男人在喝多了之后，总会做些奇怪的事情。"西蒙仍旧笑着说道。

"啊，既然如此就上来吧！"克里斯汀愉快地打断他的话。

"嗯，一会儿就过去。"西蒙回答道。克里斯汀回到房间里去了，西蒙高声叫着约翰·达克命他将马牵回马厩去。他转过身看着伊兰德——伊兰德仍旧带着怅然若失的神情呆呆地站在那里。"我一会儿就进去。我们只好……装作什么话都没有说过一样。伊兰德，为了我们的妻子。但是你应该清楚，这世上你所说的那句话最不应该了。你要记着，我比你的记性好得多！"西蒙愤愤地说。

楼上的门再次打开，一大群客人走出房间。克里斯汀也在其中，她的女佣为她举着灯。

巴德之子慕南笑嘻嘻地说道："夜已经很深了……我想，这两位想必是早想上床啦……"

"伊兰德……伊兰德……伊兰德！"夫妻俩独自待在阁楼里，克里斯汀立即扑进丈夫的胸怀，紧紧地靠着他，"伊兰德……你好像不太高兴？"克里斯汀低声问道。她将微张的嘴凑到他的唇边，不安地低声说道："伊兰德……"她伸出手抚摩着伊兰德的太阳穴。

他轻轻地抱着她，静静地站了一会儿，然后从喉咙深处发出一声叹息，又紧紧抱住她。

西蒙去了马厩，他想和约翰·达克说些什么，但是要说什么呢，竟然在路上忘记了。他在马厩外站了会儿，抬头看着月色和飘落的雪花——现在正在下着鹅毛大雪。约翰·达克和武夫来到外边，顺便将门关上，三个人一同向他们住宿的地方走去。

〔挪威〕温塞特◎著
王玲楠◎译

新娘·女主人·十字架

海峡出版发行集团 THE STRAITS PUBLISHING & DISTRIBUTING GROUP | 海峡文艺出版社 Haixia Literature & Art Publishing House

颁奖辞

诺贝尔委员会主席　霍尔斯陶穆

从她早期的一些中长篇小说中，我们可以发现，温塞特对克里斯蒂安尼亚[①]年轻妇女的现实状况进行了深刻有力的描绘。在那个动荡的年代，许多人一边渴求幸福，一边却又在追求自己的未来时孤注一掷，这主要表现在当她们决定自己人生大事时，往往很仓促、匆忙。要知道,在做重大决定时厘清种种复杂的头绪就已经不容易了，更不要说在短时间内下决定。因此，很多人瞻前顾后，以至于顾此失彼，还有些人因此而误入歧途——追求幸福的代价，并不是每个人都可以承担得起。那个时代的妇女，她们在内心上没有可以依靠的支柱，既排斥传统社会规范，又不想从现有的社会规范中寻求支撑点。因为无论是传统的还是现有的社会规范，对她们来说，都是一种束缚和枷锁，她们对此早已唾弃，更不要说去从中寻找依托了。

①挪威首都奥陆斯的旧称。

她们迫切想要知道的是怎样才可以创造一个全新的社会，让自己过上新生活。当然，之所以能有这么深刻的笔触，和她曾经与这些妇女们在一起生活了很长一段时间是分不开的。

如果仅仅只是客观地再现这些妇女的生活场景，显然还不能够获得这份殊荣。细读她的小说，不难看出，她的刻画虽然客观，但也隐隐透露着她对这些妇女的生活方式和所处时代的不满和批判。而且，在她的笔下，不仅刻画的人物形象生动，所假定的场景也给人以非常深刻的印象，这种高水平的表达能力对于一个初次写作的人来说，是非常难得的。

她那高超的表达能力还在历史小说当中得到更高的发挥。在放弃以现实生活为写作题材后，她投身到历史题材小说当中去了。由于她的父亲是个杰出的历史学家，使得她从小就生活在历史研究的浓郁氛围中，听着各种历史故事和民间趣闻长大的她，在这方面有着特殊的天赋，也注定了她是个历史学作家的领头人物。

这种历史天赋加上高超的表达能力，让她在历史题材的小说中如鱼得水。在她的书中，历史中的人物比现代的人物更加形象生动和具有统一性。很多年前的人物，都能在她的笔下栩栩如生地呈现出来，亲切地和读者交谈，而历史中的群体或个体，都能够努力地完成社会和家庭所赋予他们的职责。在面对这种题材时，很多作家都是很难处理好的。

在温塞特看来，中世纪的人比起我们来说，精神世界更为丰富。其实我们的老祖宗，不仅崇拜荣誉和信仰，对于肉体感官上带来的快乐在私下里也是很重视的，这种细微的心理活动读起来是非常有趣的。作者的厉害之处就在这里，她能够深刻分析挖掘和还原祖先们那些细微的、遥远的、被忽略的生活的真实面目，这也是她的作品能够让读者感兴趣和心生佩服的原因所在。

不仅如此，她还意识到怎样才能把个人意志和国家社会的意识有机融合在一起。在14世纪的领主和骑士们看来，荣誉是至高无上的，它代表着一切，是他们所努力追求的。很多矛盾冲突激烈的情节都是由追求荣誉引起的，对于这些人，她总是会在他们生死存亡的关头表达出深切的关怀，这也是她的作品表现得最为有力的地方。

当然，两性之间的生活片段也不断在她的小说中出现，甚至成为她历史小说主要的心理趣味之一。这不可避免地引起人们的非议，因为查找古代的文献资料，就会发现，在这些资料中，女性，尤其是人们生活中的私密是没有什么记载的。她的这种“无稽之谈”引起了历史学家们的哗然，进而对她加以指责。但他们不明白的是，从历史考证的角度出发，当然可以叫她拿出历史依据来。但是，从作家的角度出发，温塞特是完全凭借着自己对人类心理的把握和体悟来写的，因为作家同样拥有对历史分析判断的权利。同时，历史考证家们不得不承认，以往的文献资料存留下来的不多，而且留下来的资料也未必能够还原人们过去的全部生活，更何况，很多资料都会对一些问题讳莫如深。而且，人都是有原始记忆的，因此，作家们对“人性不变”的判断也并非毫无道理。

此外，温塞特也没有忽略对当时社会风气的描写。在那个时期，虽然也有法令执行，但人们的生活中还是有着暴戾之气，当然，或许没有现在这么严重。虽然温塞特对这方面的描写过于细微和现代化了，与整个作品的时代背景似乎不太契合。不过，我们不能肯定她这样做是否“别有用心”，如果有的话，那这些可能是她从自身的痛苦生活中感悟出来的。况且，在历史小说中，对古代的描述不可避免地会夹杂着现代的因素。

总的来说，她的小说涵盖的范围非常广泛，下笔也非常有力，所以有时不免会稍显凝重。整部小说犹如一条历史长河不断地向前涌动着，把几个世纪以来的事情都涵盖其中，甚至对其中的风俗也做了详细的叙述。在表现手法上，她以精练的手法把故事的脉络和冲突表现出来了。偶尔凝重是因作者过于丰富而强烈的想象力造成的，为了确保作品的完整性，作者很难对故事中的每个场景和对话进行深刻的审视。因此，这部作品虽然内容广泛，却也不可能涵盖所有。不过，虽然如此，它在本质上却是经得起推敲的，无论哪一个读者都可以发现它的魅力所在，甚至有的时候，人们还可以从浩瀚的历史长河中，发现人的伟大之处：在小说的最后，我们的主角克里斯汀为了捍卫生命而坚持抗战到底，使得她个人也融入到了历史的长河之中。一直以来，还未曾有人觉得历史太长，就是因为它所包含的东西非常丰富和奇妙，正如温塞特的小说中所描绘的那样。

温塞特的封笔之作是《乌拉夫 · 安德逊》，创作于 1925—1927 年间，分上下两卷出版。在这部小说中，虽然结局不是悲剧，但在技巧运用和境界上与《新娘 · 女主人 · 十字架》大抵相近。其中，乌拉夫屠杀冰岛人这个章节写得非常精彩，由于他开阔的胸襟，让他的暴力行为变得理所当然，甚至高贵起来。不过，说到人物刻画，显然是对这部小说后面的主角艾利夫塑造得比较生动。从大的方向上来讲，这本小说可以称得上是一部完整的人类演变史。在书中，作者对于每个人都从小的时候开始描述，并非常注重人物各个阶段的心理变化历程，让每个人都更加栩栩如生，也让我们可以清晰地认识到人类心灵变化的轨迹。也唯有如此，才能称得上是高超的文学表达艺术。

温塞特女士能在这个年纪获得诺贝尔文学奖，是非常不容易的，她的天赋来源于她那颗崇高而又冷静的心，请允许我代表瑞典学院，向她致以崇高的敬意。

致答辞

温塞特

今天，我被邀请到这儿，主要是和大家谈一谈我的获奖感言。可是，我想要说的东西，前面的几位嘉宾都已经说完了，而且也说得非常棒。所以，在此我就不必多说了。我本是个握笔杆子的人，要我当众演讲肯定不如拿笔杆子写那么自如，若能少说一些而不至于出丑，我心里就非常高兴。

不过，我还是要向瑞典政府表示感谢，感谢他们在我来这里之前，就已经帮我准备好了这个盛会。挪威全国大臣会议的主席，也是我的朋友。在我出发前，他就特别嘱咐，要我代他转达对贵国深深的问候和敬意。俯瞰世界，就可以发现斯堪的纳维亚半岛上居住的人们是相互依存的，许许多多的山川河流都是在贵国和我国之间绵延，特别是河流，常常不是贵国的溪水汇流到我国，就是我国的水流聚集到贵国。两国之间相互依偎，密不可分。甚至连居住的房屋也非常相像，两国的百姓，无论何人，都居住在温暖舒适的小房屋里。

当然，这一切得归功于上帝的眷顾，让北欧人民的生活如此舒适自在，而不必受现代科技带来的困扰。

瑞典是个迷人的国家，斯德哥尔摩的美丽也是其他城市所不可比拟的，这是我们挪威人心中的共识，也是我代表挪威人民想对贵国转达的发自内心的羡慕和祝福。

目 录

新娘·女主人·十字架

第一部　新娘

上卷　柔伦庄园

1

1306年，圣布庄园的主人伊瓦尔·吉斯林二世去世了，他的遗产都分给了自己的孩子们。他的女儿拉根弗丽德以及女婿布柔哥夫之子劳伦斯获得了固德布兰斯幽谷西尔那里的土地。在此之前，他们住在劳伦斯名下的位于奥斯陆附近佛洛地区的史科葛庄园。但是现在他们搬迁到了坐落在高高的西尔山丘上的柔伦庄园。

劳伦斯出生于当地一个被叫作“议员后裔”的世家里。这一家族起源于瑞典，他们是跟随东哥德兰的专员劳伦蒂斯来到这里的。贝尔伯爵爷的亲妹妹本塔公主在弗列特修道院内被他骗走，最后被带到挪威这个地方来了。劳伦蒂斯曾在哈肯老国王（就是哈肯四世）的宫殿里任职，很得国王的宠爱和信任，因此国王就把史科葛庄园赏赐给了他。劳伦蒂斯在挪威待了8年之后，便去世了。他的遗孀（隶属于佛康加世族，瑞典人民称她为郡主。）便回到自己的家乡与亲人和好。之后嫁给了一个很富有的外国人。她与劳伦蒂斯没有孩子，因此劳伦蒂斯的兄弟科蒂尔就继承了史科葛庄园的全部家业。科蒂尔也就是布柔哥夫之子劳伦斯的祖父。

劳伦斯年纪轻轻的便结了婚。他比妻子小3岁，迁移到西尔这个地方的时候年仅28岁。在他很年轻的时候曾当过国王的贴身保镖，受过良好的教育。结婚之后便辞去工作，在庄园里面过着平平淡淡的生活。他的妻子拉根弗丽德脾气古怪、性情变化多端，跟挪威南部人的性格不太一样。她的三个儿子都陆续在襁褓里夭折了，因此她很不喜欢见人。劳伦斯之所以搬到固德布兰斯幽谷这个地方，其中一方面的原因就是为了让妻子与娘家的亲朋好友离得更近一点儿。他们搬来的时候，带着仅存的孩子，也就是小女儿克里斯汀。

可是，他们在柔伦庄园居住以后，日子还是跟以前一样过得平平淡淡的，基本上不怎么跟人来往。拉根弗丽德看上去不大喜欢娘家的一些亲朋好友，因为除了在一些必要的时候，她基本上很少和他们见面。但是劳伦斯与拉根弗丽德非常虔诚，非常尊敬上帝，他们经常去教堂，特别喜欢招待一些神职人员及一些为教堂做事的人，或者是留一些顺着山谷到尼达洛斯①朝圣的香客们在家里住宿。他们对教区神父也很是尊敬。神父住在罗曼庄园里，是离他们最近的一位邻居。山谷的一些其他居民都觉得，教会收一些税和财物，已经令他们背上了沉重的负担，因此根本不用再努力地去斋戒祈祷，也不用请神父和修士来他们的家里，尤其是在根本没有必要的时候。

除了这一点儿以外，柔伦庄园的人都是很受大家的敬仰和爱戴，特别是劳伦斯。基本上所有的人都知道他是一个坚强、大胆，

---

①尼达洛斯：现名特隆赫姆，挪威当时最大的城市。

但却是个和气、文静、正直的人，他生活简单、朴素，对人态度诚恳，懂礼貌，是很难遇到的一位好庄稼人，也是一个非常了不起的猎人。他非常喜欢追猎野狼与熊，特别喜欢打那些喜欢伤人的野兽。几年之内，他购买了很多的土地。但他是一个非常好的地主，经常给予佃户们慷慨的帮助。

拉根弗丽德很少在大家面前出现，所以大家基本上不怎么谈起她。拉根弗丽德一开始回到山谷的那些日子，很多人都觉得很奇怪，因为他们还依稀记得她年轻时候在娘家时的模样。她虽然长得不是很漂亮，但是却是个性格温和、无忧无虑的快乐的小姑娘。现在的她看起来完全变了样，显得很苍老，不知道的人会觉得她比丈夫至少要大10岁，而不是仅仅大3岁。很多人都觉得她是因夭折了孩子格外伤心才会这样的。除了这点之外，她的每一个方面都要比其他的妇女们幸运。她从小的生活就非常优裕，受人尊敬与爱戴，在别人看来，他们夫妻之间的感情也很融洽。劳伦斯不喜欢其他的女人，什么事都和她商量，不管是在清醒的时候，还是喝醉酒的时候。他从来不会对拉根弗丽德说一句语气很重的话。并且她的年纪也不是很大，假如上帝可怜她，估计她还可能生很多孩子。

他们基本上雇不到年轻人到柔伦庄园来工作，因为女主人的性情孤僻，家中所有的斋戒又很严格。除了这点以外，这个地方反倒是一户适合帮佣的好去处。他们基本上不责备及处罚用人们，劳伦斯和拉根弗丽德又会以身作则地参与各项工作。况且，男主人的性格反而显得很爽朗，守夜节年轻的人在教堂的绿地上面嬉戏玩耍，他也不时地参加舞会或者带头来唱歌。但是，到柔伦庄园来当用人的人大多是年纪比较大的人，他们喜欢这个地方，并且能够在这个地方待上很长的时间。

小姑娘克里斯汀七岁那年，有一次她获得了陪父亲到他们家山顶夏季牧场的机会。

那是刚刚进入夏季的一个天气很晴朗的早晨，克里斯汀在他们夏天睡觉的阁楼里。她看到屋外阳光明媚，听到父亲与男佣们在楼下的院子里聊天，感到很开心，就连母亲给她穿衣服时，也消停不下来，每穿一件衣服都要蹦来蹦去的。在此之前，她没去过山上，只有去圣布庄园拜访母亲家一些亲朋好友的时候，才会沿途经过一个树木茂盛的山岭。除了这以外，也就是跟着母亲与用人不时地到庄园周围的树林里去采一些野果子。她的母亲拉根弗丽德会用这些野果子来酿啤酒。有时候也做成越橘或者是越橘酱，到了大斋[①]期间，把它涂抹在面包上面来代替奶油。

母亲把克里斯汀的黄色长发编成辫子，盘在头顶，然后给她戴一顶蓝色的旧帽，亲吻了克里斯汀的脸蛋，于是克里斯汀就欢快地下楼去找她的父亲了。劳伦斯早就坐在了马鞍上面，他把女儿抱起来，把带来的斗篷叠放好，放在自己身后的马背上，很快一个女式轻鞍就做成了，他让女儿坐在那里。克里斯汀跨坐在那里，紧紧地抓住父亲的皮带。父女两人在向拉根弗丽德辞别时，拉根弗丽德马上从阳台上拿着克里斯汀的丝巾短斗篷跑过来交到劳伦斯的手上，并且叮嘱他要照顾好孩子。

天气很好，阳光照耀着大地。也许是因为昨天晚上刚下过大雨的缘故，到处都是潺潺的溪水，溪水顺着青草斜坡缓缓地流下去。

①指复活节前的斋戒，一般是持续7周。

一团团浓雾遍布在山下，被风吹过来又吹过去。山顶上面则是白云朵朵，在蔚蓝的天空下翻滚着。劳伦斯和男佣们在议论着，估计天气会越来越热了。劳伦斯带领着四个用人，他们都全副武装，那个时候山区里什么样的野蛮人都有。其实这么多人只是走一小段路而已，不太可能看到或者遇到那些坏人。克里斯汀很喜欢这几位同行的人，其中有三位已经上了年纪，剩下的一位芬斯勃列肯庄园的基德之子阿尔纳还是个屁大点的小孩子，他是克里斯汀很要好的朋友。阿尔纳骑马紧跟在劳伦斯与克里斯汀的身后，因为他要随时告诉她这一路上所看到的一切。

他们是从罗曼庄园的房子之间穿过的，与埃里克神父相互打了招呼。神父此时正站在屋子外面骂那个为他料理家务的女儿。她昨天把一匹新染的布晾在屋子外面，忘了收进来，昨天晚上下大雨，布匹全被淋坏了。

教堂在神父房子后面的一座小山上面，规模不是很大，但是很精致，保护得非常好，并且不久前新涂过一些柏油。到了教堂院子外面的十字架旁边，劳伦斯和他的随从全都脱帽并深深地鞠躬，然后坐在马鞍上转过头来，看到拉根弗丽德站在自己家屋子旁边的草地上，便和克里斯汀一起对她挥手。拉根弗丽德挥舞了一下自己的亚麻头巾，算是回应他们。

克里斯汀基本上每天都会到教堂旁边的草地上和教堂院子里来玩，可是今天她要去一个很远的地方，所有熟悉的景色，包括她的家及周围的教区，看上去突然觉得新奇又陌生。柔伦庄园的很多排房屋在河边低地、庭院以及农场的院子上，此时看起来仿佛小了很多，色彩也灰暗许多。河流弯弯曲曲、波光粼粼，山谷一直延伸到很远的地方，谷底有很宽广的绿草地和沼泽，农庄、田地和牧场在险峻的灰色的山下，一直延伸到小山冈边上。

群山在底下汇集聚拢，把山谷团团围住，克里斯汀知道洛普斯庄园就在那个地方，两位白胡子的西格尔与约翰就住在那里。他们每次来柔伦庄园的时候，都会和她玩耍，逗她开心的。她很喜欢约翰。约翰经常用木头雕刻一些很美的小动物送给她，有一次还送她一个金戒指。不仅如此，上一次他在圣灵出世的时候来看她，还给她带来一个雕刻得非常精细、颜色很迷人的骑士。克里斯汀觉得自己从来都没有收到过这么好的礼物，她每天晚上必须带着木刻的骑士才能上床睡觉。但第二天醒来的时候，却发现骑士总是站在她与父母床前的那个台阶上面。父亲说鸡开始打鸣时，骑士就会跳下床的，可克里斯汀知道这是在她睡着之后，母亲把骑士给拿走了。她以前也听母亲说过木刻的骑士太硬，假如晚上卷在身体底下，会硌痛她的身子。克里斯汀很害怕洛普斯庄园的西格尔，讨厌被他抱在膝盖上的感觉。因为他一直说，等她以后长大了，要和她一起睡觉。他的两个太太都死了，并说他的第三任妻子也不会活得太久，到了那个时候克里斯汀就能当他的第四任妻子了。克里斯汀听了之后开始大哭，劳伦斯就笑着对她说，西格尔的玛吉特不会这么快就死掉的，假如最坏的事情发生了，西格尔真的到我们家来求婚的话，克里斯汀你也不用担心，他肯定会被拒绝的。

在距教堂北方一箭之遥的地方，路边有一块很大的石头，周围长着很细密的小桦树与白杨树丛。小伙伴们之前在这个地方玩过模仿宗教仪式的游戏，埃里克神父最小的一个孙子托马斯饰演他的祖父，做弥撒，洒一些圣水，石头凹坑里面有积水的时候，他还可以为人施洗呢。去年秋天，就是这种游戏给他们带来了很可悲的后果。一开始托马斯为克里斯汀与阿尔纳主持婚礼，阿尔纳的年纪很小，有时间就跑出来与孩子们嬉戏。后来阿尔纳抓住一只在这个地方闲逛的小猪，大家带它到教堂里去受洗礼，托马斯则为它涂满泥巴，然后浸在一个水坑里，学着他祖父，使用拉丁文做弥撒，并开始咒骂教民，说他们给教会捐献得很少。孩子们听了很开心地大笑起来，他们之前听大人们说埃里克神父喜欢钱。他们越笑，托马斯就扮演得越起劲，居然说这个孩子是在大斋期那段时间孕育出来的，他们必须向神父与教会忏悔。大男孩们哈哈大笑，而克里斯汀很害羞，马上就要哭出来了，抱着小猪在一边呆呆地站着。此时，没想到埃里克神父拜访完病人正骑着马准备回家，恰好路过这里。他看清楚孩子们在做什么之后，立刻停下来跳下马，把圣器递给同行的大孙子宾坦。事情发生得很突然，宾坦差一点儿把装有圣体的银钵掉落到地上。神父马上来到孩子当中，左扑右追，逢人便打。克里斯汀扔下小猪，小猪大叫着在路上狂奔，身后还拖着施洗袍。埃里克神父的马也被吓得直往后面倒退。神父推了克里斯汀一下，克里斯汀摔倒在地上。神父用脚踢了她一下，令克里斯汀的腿部疼了好多天。劳伦斯听到这个消息后，感觉埃里克神父对克里斯汀太过凶狠了，她现在还只是一个孩子。他想找神父去聊聊，但是拉根弗丽德不同意他这样做，说孩子既然参与了这种大不敬的游戏，受到惩罚是她咎由自取。因此劳伦斯就没有再说这个事，但他还是狠狠地打了阿尔纳一顿。

因此，当他们骑马路过大石头旁边时，阿尔纳拉拉克里斯汀的衣袖。他害怕劳伦斯，有劳伦斯在，他连话也不敢说一句，但还是做了一个鬼脸，之后稍微笑了一下，用手拍了一下自己的屁股。克里斯汀很不好意思地低着头不说话。

这条路是通往密林的。他们沿着哈麦山往下走，这个地方的山谷也开始变得狭隘并且光线也慢慢暗淡了，河流的咆哮声显得越来越大，也越来越刺耳了。当他们到达河流旁边时，他们看到洛根河中的倒影，河水在岩壁之间呈现出冷翠色，周边还泛着一些白泡沫。谷地周围的高山上是郁郁葱葱的森林，峡谷显得又黑又窄，给人一种阴森森的恐怖感，不时有一股冷风吹过来。他们沿着架在小溪上的小木桥跨过小溪，不久便看到山谷大河上的大桥。距离桥下不远的地方有一个深湾，里面住着一个水鬼。阿尔纳想跟克里斯汀讲水怪的故事，劳伦斯严厉地禁止他在树林里面讲这种恐怖的话题。当他们一行人来到了桥边，劳伦斯下了马，一只手牵着马往前走，用另外一只手扶着克里斯汀的细腰。

河流的对岸有一条小路斜斜地一直通往山上。小路非常陡直，因此大家下马开始步行，父亲把克里斯汀向前一点儿抱到马鞍上面，让她把马鞍的前掌稳稳地抓住，独自一人骑着这匹名叫古斯维宁的马。

他们越走越高，从山脊的背后不断隐约出现一座座灰色的山峦和覆盖着积雪的蓝色山顶。克里斯汀透过树丛已经能隐约看到峡谷北方的村子。阿尔纳用手指了一下他们看到的每一个农庄，并且一一说出农庄的名字。

他们来到高山边的一处小房子旁，停在栅栏外面，劳伦斯喊了几声，声音久久地回荡在山间。两个男人从一块小耕地中间跑向他们。他们都是这家人的孩子，擅长烧柏油。劳伦斯想拜托他们去帮忙烧一点儿柏油。他们的母亲手里端着一大盆从地窖里拿出来的冷藏牛奶，跟着他们走过来。大伙儿说得没错，天气是越来越热了。

她跟劳伦斯打招呼道，“我看到你带着女儿来，就很想见一下她。但是，你应该脱下她头上戴着的帽子，因为我听别人说她的头发很好看。”

劳伦斯满足了老妇人的请求，把克里斯汀的帽子取了下来。克里斯汀的头发垂在肩上，一直垂到马鞍边。她的头发很密，金黄色的，就像是成熟了的小麦。这个女人名叫伊丝丽德，她抚摩着克里斯汀的头发说：

“对，我觉得大家夸赞你们家小女儿的话一点儿也不假，她真像是一朵洁白的玫瑰，就像伯爵的孩子，双眼看起来也很迷人。她与你很像，不像她母亲吉斯林家那边的人。劳伦斯啊！有这样一个孩子，主会赐给你幸福的！”她端了杯牛奶给克里斯汀喝，面带笑容地说：“你骑着古斯维宁很神气，像个邮差一样。”

克里斯汀开心得红光满面。她晓得父亲是这个地区大家都承认的帅气男子，尽管只是穿着朴素的衣服，与在家里穿的一样，但他站在仆人中间，风采与爵士不相上下。他穿着一件绿色的粗糙的羊毛衣服，看起来很宽，还有点短，领子敞开着，能看到露出来的衬衫；鞋子的皮革没有染，套着长筒袜，头上戴着宽边的样式很老气的羊毛帽。全身装饰的物品只有皮带上的那一粒光亮的银扣以及衬衫上面的一个看起来很不起眼的银质别针。除此之外，就是他脖子上露出来的一串耀眼的金项链。劳伦斯一直戴着这条项链，项链上面挂着镶有一个很大水晶石的金光闪闪的十字架，十字架是可以打开的，里面保存着史科夫达地区艾琳圣女的几缕发丝以及一些尸衣的碎片，“议员的后代”们都觉得他们是这位圣女的传人。劳伦斯到森林或者出去工作的时候，经常把这个十字架放到衬衫里面，紧挨着胸脯，以免丢失掉。

虽然他穿着这一套粗糙的家居服，但看起来要比很多武士穿的节日盛装还要高雅。他身体强健，肩很宽，但是腰很细，头的形状很小，很好看地架在脖子上面，五官看起来很美，脸稍微显得修长了些，双颊丰满得很恰当，下巴很圆，嘴形很美。他的皮肤肤色很浅，面色红晕，有一双灰色的眼睛，一头稠密、柔顺的浅色头发。

他站在那个地方，跟伊丝丽德交谈着她的事情，还问起今年夏季为柔伦庄园照看农场的伊丝丽德的亲人托蒂丝。托蒂丝刚分娩出一个孩子，伊丝丽德说正在等适当的机会，想带着男婴随同可靠的人一同穿过森林，帮孩子去接受洗礼。劳伦斯说她如果能陪他们到农场去的话就最好了。他隔天黄昏就要下山，有这么多男人陪她和没有接受洗礼的婴儿一起去，肯定会安全许多，也方便许多。

伊丝丽德感谢他道："说真心话，我就是在等这样的机会。我们这些生活在高山脚下的穷苦人都明白，你来这里的时候，只要有办法，肯定会尽力帮助我们的。"说完她便跑到屋子里去拿了包袱和一件斗篷。

劳伦斯确实很爱到教区外面的高山屯垦地以及出租地来看一下这些贫困的人，他与这群人在一起，总感觉很快乐。他们彼此肆意地谈论着森林中的野兽及高原荒地的一群群麋鹿，或者是这个地方出现过的各种各样的动物。他常常帮他们出点子，并以实际行动来支持他们，帮助他们，为他们照看生病的牛犊，帮助他们找一些铁匠或者木匠。甚至如果有树根或者有巨石需要被挖出土的时候，他还亲手去帮他们干这些活儿。因此这些人很开心地来欢迎布柔哥夫之子劳伦斯以及他骑的那一匹大红马古斯维宁。古斯维宁的毛看起来很亮，可以说它是一匹骏马，鬃毛及尾巴都是白色的，眼珠子的颜色看起来比较浅，强壮中带着暴躁，在这一地带，这匹马非常有名。但是这匹马对主人却温柔得像一只绵羊，劳伦斯一直说这匹马跟他就像是一对亲兄弟。

劳伦斯来这里要做的第一件事情就是到赫姆山上看看矗立在那里的瞭望塔。很多年以前，社会动荡不已，幽谷的自耕农在上面的山冈上稀稀落落地建了些瞭望塔，这与沿海港口建立的瞭望塔是一样的。不过此处的这些瞭望塔不是由国王招人看护的，而是通过农民公会，由公会的兄弟们轮流照看和维护的。

他们到的第一个地方是山顶农场，劳伦斯把驮物品的马匹留下来，其他的马都放到外面的牧场去吃草了。此刻他们顺着一条陡峭的小道向上爬。没走多久，树木就开始变得稀落起来，疏疏散散的。大枞木像骸骨一样惨白地矗立在沼泽地上。克里斯汀看到周围有光溜溜的灰石峰直插云霄。他们在松散的石头之间爬了一段接着一段的漫漫长路。有时溪流阻拦在路上，劳伦斯不得不抱住或者背着克里斯汀。这里的风吹得很猛，在途经的荒地有时还会看到一些黑乎乎的草莓，可劳伦斯说没有时间停下来去摘草莓。阿尔纳一会儿跑到前面，一会儿又落在了后面，前后忙个不停，就是为了给克里斯汀摘些草莓。阿尔纳还告诉她在树林的下面看到的农场是谁家的。那时候，整个霍夫陵斯梵根地到处都是林木。

此时他们来到最顶端的圆柱秃峰下面，看到了一大片树木高耸入云，背对着悬崖的那个方向有一栋哨房。

他们刚爬上山顶的时候，忽然一阵狂风对着他们吹过来，吹得他们的衣裳哗哗作响。克里斯汀总感觉山顶上有一个东西住在那里，正在等待着他们。她与阿尔纳越过苔藓继续向前走去，狂风萦绕着他们，最后他们找到一个醒目的地方坐了下来。克里斯汀睁大了双眼望过去，她从来没想到世界是如此的大、如此的广。

四面八方此刻都臣服在她的脚底，谷地在大山谷之间就像一条小裂缝，另一面的小山谷像是一个更小的空隙。像这样的小山谷有很多，但是谷地还是比山丘少一些。周围有一些灰色的高峰，布满了金色的大地，耸立在树丛的最上方。不远的天际，蓝色的山峰到处泛着一些雪白的光芒，此时他们在眼前看到的是汇成灰蓝色及纯白色的一些云。不过在东北方，就是在农场树林过去不远处，有一群板栗色的大圆谷地，斜坡上面露出来一个个落雪的痕迹。克里斯汀觉得那肯定就是她听别人提到过的“野猪冈”，其外形确实很像一群走向内地并且背对着教区的一群野猪。阿尔纳说，就是骑马到那个地方还要走很长一段时间呢。

克里斯汀一直觉得，她只要可以翻过离她家不远处那几个丘陵的话，就能看到一个与她们那里一样的教区，那里有田地、有住宅。可现在，她觉得人与人的距离居然隔得如此的远，这使她感到很惊讶。她看到下面洼地中的小黄斑和小绿斑，还有树林之间夹杂着灰房子的可以开垦的地，她开始数下面的小屋，才数到不到四十，就没法继续数下去了。在这个辽阔的荒野中，这些人住得实在太分散了。

克里斯汀知道稠密的树林是狼与熊的王国，在那些石头下躲藏着数不清的山神、怪物及一些小鬼。她感到很害怕，因为她知道妖怪的数量肯定要比基督徒多上很多倍。因此，她大声地叫着父亲，不过风力很大，劳伦斯根本听不到，他正在与仆人忙着把一些大石头推上寸草不生的山顶，然后堆在瞭望塔的周围。

伊丝丽德来到孩子身边，并为克里斯汀指出瓦吉西面的冈丘在哪一个方向。阿尔纳又用手指为她指出“灰冈”，教区的人经常到那边的坑洼里抓一些鹿来驯服，国王手下的猎鹰户就住在那个方向的石屋里。阿尔纳想以后做关于猎鹰的事业，但如果做这一行的话，他必须要学会训练老鹰。阿尔纳把双手高高地举起，就像是刚刚放出一只老鹰似的。

伊丝丽德不停地摇着头：

“阿尔纳啊，那可是辛苦而又不稳定的生活。孩子，假如你以后的职业是猎鹰人，你娘肯定会很心痛的。人在荒芜的山里只有与最坏的人厮混在一起，不然是不可能吃饱的。确实，必须要与最坏的人为伍。”

劳伦斯朝着他们走过来，听到她说的最后这一句话。他说道：“确实，那边的很多地方既不交税也不给教会交一些捐。”

伊丝丽德奉承道：“确实，你之前去过那么多的地方，肯定看到了很多东西吧！”

劳伦斯慢条斯理地说：“是的，是的，可能吧。但是我感觉这种事也不好多说。有些人来到教区，没有了之前的那种宁静，大伙儿应该让他们在山区享受一些平淡的生活。我看到过黄色的麦田及好看的草坪，那个地方基本上没人清楚有这样的事。我也看到过牛及小资产的家畜工具，不清楚是隶属人类还是隶属其他异物所有。”

伊丝丽德说：“哦，是的！这里的农场丢失了很多牲口，人们总认为是狼和熊所为，可是山里面有一种贼比它们还要可怕。”

劳伦斯摸了一下女儿的帽子，思考了一会儿之后，说道：“你的意思是他们比野兽还要坏吗？我之前在野猪冈南方的丘陵之间看见过三个小孩子，最大的大约与克里斯汀一样大。他们的头发是黄色的，身上穿着兽皮做的外衣。他们就像是一群小狼狗一样对着我张牙舞爪，之后就跑过去躲了起来。假如他们贫穷的父母为了孩子偷一两头牛，也不会让人觉得有什么奇怪的。”

伊丝丽德气呼呼地说道：“啊，那狼与熊也有崽儿的呀！劳伦斯，你没有放过它们，也没有放过它们的崽子。不过它们既不了解法律，也不信仰基督教，正像你同情的那些恶徒一样。”

劳伦斯笑着说：“只是因为我祈祷他们不要遭到一些很惨的命运，你就觉得我对他们太仁慈了吗？好了，我们来看一下拉根弗丽德为我们准备了哪些比较美味的酒菜。”他的手牵着克里斯汀的小手，带她过去，一边走一边小声说道：“小克里斯汀啊，当时我想到你之前那三个不幸的小兄弟了。”

他们探过身子看了一眼前面的哨所，里面非常闷热，还不时有一股霉味传出来。克里斯汀看了一下四周，几张小板凳在墙边放着，地板的正中间有一个石炉、一些柏油以及一些捆好的松根和桦树皮。劳伦斯觉得大家在户外就餐的话会好一些，因此他们就在离这不远的桦树林里找了一片绿草地来就餐。

他们把马背上驮的东西拿了下来，并在草地上一件件地摆开。拉根弗丽德用袋子给他们装了很多好吃的食物：软面包、一些家制的糕饼、奶油、奶酪、猪肉、一些风干的驯鹿肉、猪油、炸牛排，还有两坛德国进口的啤酒和一小罐蜂蜜酒。大家迅速地把肉切好和分好。在森林里面，如果有一堆篝火的话会比较安全一些，所以年纪稍大一点儿的哈夫丹在生火。

伊丝丽德与阿尔纳捡到一些石楠与矮桦树的树枝，丢到火堆里面。大火把小枝丫的青叶全部烧掉了，树枝散发出嗞嗞声和噼啪的响声，红色的火焰上面冒出了一些白火舌，一团团的黑烟很快冲上云霄，随风飘散。克里斯汀坐在一边看着，她感觉火焰肯定喜欢在这个地方，无忧无虑的，能随处游玩与嬉戏，而家里的火焰都是很安静地待在炉子上，辛辛苦苦地为大家烹煮着食物，还给家里的人带来亮光。两者的区别实在太大了。

她紧挨着父亲身边坐着，一只手臂放在父亲的膝上。她想吃什么，父亲就会把最精美的那一份给她吃，还让她畅快地喝着啤酒，并且很好地体验了一下蜂蜜酒的味道。

哈夫丹笑着说："她这样喝肯定会醉的，连农场都走不回去。"劳伦斯抚摩着她那圆圆的脸蛋，说：

"但是我们这里有很多人能背她回去，这样对她也好一点儿。阿尔纳，你也喝一点儿吧。这是上帝给你们的礼物，对你们这些还处在发育中的人肯定有好处，绝不会害你们。喝下它，保证让你们的血色鲜红，睡得舒服，不会呆呆地去做傻事和胡闹。"

男人们不停地喝酒，伊丝丽德也不甘示弱。没多长时间他们的吼声及火堆发出来的毕剥声，在克里斯汀的耳朵里都变成了模糊不清的、遥远的吵闹——她感觉头很沉。她还能模模糊糊地听得出来大家正在让劳伦斯讲他出去打猎时碰到的一些有趣的事情，但是他不想多说什么。她感觉这样好舒服、好安静，她吃得饱饱的。

父亲拿着一块很软的燕麦面包，用指头轻轻地撕开一小块，做成了一个个马的形状，然后又切下一点儿肉片，横放在面包做的马背上，把它们放在自己的大腿上，然后把这些小马慢慢地放入克里斯汀的小嘴里。不过她已经太困了，小嘴都不愿张开，也不愿去咀嚼食物了，她仰面躺在草地上，开始呼呼大睡起来。

克里斯汀一觉醒来的时候发现自己正在父亲的怀里躺着，很暖和，周围都是黑漆漆的。劳伦斯用斗篷把她完全包裹住了。克里斯汀慢慢地坐起来，擦干了脸上的潮湿气，把头上的帽子拿了下来，让空气把她湿漉漉的头发吹干。

白天早就过去了一大半，太阳是金色的一片，这个时候影子被拉得很长，落在了东南方向。周围没有风，蚊子与苍蝇嗡嗡地飞来飞去，聚集在一群打着鼾声的男人们身边。克里斯汀呆呆地坐在那里，抓了一下被蚊子咬过的地方，并且注视着周围。头上的山峰在阳光的照耀下露出了一片白茫茫的苔藓与一块块金色的大地，历经风吹日晒的树木高高地耸立在遥远的天际，像一块野兽的骨头。

克里斯汀开始感到有点不安了。他们白天睡觉的样子，看起来真的很奇怪。她在家里如果有时半夜醒来的话，一定是十分舒服地躺在黑暗里面，一边是自己的母亲，另一边则是墙上挂着的花壁毯。她知道家里装有出烟口的房门肯定能关好也必须闩好，黑夜及风霜被挡在门外，安静地躺在兽皮被子与枕头上的人不时传出鼾声。此刻这些人都是横七竖八地躺在山腰上，身边还有一堆堆黑灰与白灰，指不定早就灭了。有的人俯身卧着，有的人则是弓着膝盖仰卧着，鼾声真的好恐怖。她父亲一直在打鼾，哈夫丹沉重地倒吸一口气，鼻孔开始呜呜地响起来。阿尔纳侧卧着，脸蛋在手臂上面，又浓又密的头发摊在石楠上面。他躺着的样子看起来好安静，克里斯汀害怕他死掉，低头轻轻地碰了一下他，这一举动仅仅让沉睡中的阿尔纳稍微翻动了一下身体。

克里斯汀忽然想到他们大概已经睡了一夜，此刻是第二天了。她真的好害怕，伸手去摇了一下父亲，可是他只是简单地哼了一声，然后便继续睡。克里斯汀的头现在还是昏沉沉的，但是她却不敢继续睡。她来到了篝火边，用棍子去拨弄了一下火，下面依然还有一些剩下的灰烬。她从周围折下点点石楠与一些小树枝，然后扔到火堆里去，她不敢离开那一群酣睡的人去寻找一些比较大的树枝。

突然，周围的森林里面传来一阵噼里啪啦与哗啦哗啦的响声，克里斯汀的心忽然惊了一下，身体也开始忍不住地发冷。随后她在树林里面看到了一个红色的身影，古斯维宁从密林里冲了出来，它就站在那个地方，用它那双明亮的眼睛看着她。克里斯汀看见它感到很开心，马上跳起来，朝那匹马跑过去。阿尔纳骑的那匹棕色马与那匹驮东西的马也在那个地方。现在的克里斯汀感到很踏实也很开心。她过去拍了拍它们三个的臀部，古斯维宁垂下脑袋，让她摸了下它的脸蛋，梳理梳理下它那黄白色的额头鬃毛，接着还把柔软的嘴凑过去闻起她的细手来。

这几匹马不慌不忙地啃着周围的青草，顺着斜坡朝下走去，又来到桦树林。克里斯汀跟在它们的身后，她觉得只要有古斯维宁在身边，就没有什么东西能吓到她：即使来了一只熊，古斯维宁也能对付它。这个地方的覆盆子长得非常的密。她的嘴巴里面有一股很难闻的味道，并且感到有一点儿口渴。她再也不想喝啤酒了，多汁的果浆反而像是美酒佳酿。她看到不远处的碎石陡坡上面有一些野草莓，于是她抓着古斯维宁的鬃毛，温柔地叫它一同过去。骏马顺从地跟着这个小丫头。就这样，她顺着山坡越走越远，她一叫，马儿就在她的后面跟着，另外的两匹马也跟着古斯维宁一起走。

克里斯汀听到周围有哗啦啦的溪水声，循着声音传过来的方向走过去，好不容易找到了一条小溪。克里斯汀便趴在岸边的一块大石板上面，简单地洗了一下被蚊子咬过的脸蛋与双手。石板下面的流水像是安静不动的深潭，对岸是一个高大而陡峭的石壁，耸立在小桦树与柳树的后面。水面此刻像一面很好的镜子，克里斯汀俯身注视着自己投在水面的倒影，想看一下她是不是真的像伊丝丽德所说的那样，长得和父亲一样俊俏。

她点头微笑，弓着身子向前，头发与潭里面的那一张有着很大眼睛的娃娃脸上面的浅色的头发连在一起。

周围长着很多被人称作缬草的粉红色的花丛。在山溪边，这些花儿要比她家里河边的那些花更加红艳与漂亮。克里斯汀摘了几朵，用草把它们捆在一起，为自己织出了一顶最美并且也最结实的粉红色的花冠。她把花冠戴在了自己的头顶上，然后跑到水边，看一下自己现在的模样——非常像一个乔装打扮后参加舞会的大家闺秀。

她弯身低头看着水面，看到自己的黑色身影从潭底里慢慢地浮现出来，并且越来越清晰。突然，她在平静的水面上，看到一个人影站在离自己不远处的桦树里，并且正在向她慢慢地移着身子走过来。她马上跪起身子，看着对面的这个人。一开始她觉得那只是岩石与周围的灌木，但是她忽然看见了树叶之间有一张人脸——那里站着一位妇人，脸色看起来很苍白，亚麻色的头发随风飘扬着，浅灰色的双眼很大，粉红色的鼻子很宽，就像是骏马古斯维宁。她穿着一身像树叶一样浅绿色的衣服，树枝把她从下半身一直遮到胸口，宽广的胸膛被别针与一些闪亮的项链戴得满满的。

克里斯汀的眼睛直勾勾地看着前面的影子。在相互注视的那一瞬间那位妇人抬起手，指给她看一个金黄色的花儿编成的花冠，并且想用花冠引诱克里斯汀到她那里去。

这时，克里斯汀听到身后的古斯维宁因恐惧在不停地大声嘶鸣。她转过头，骏马开始向后退去，嘶鸣的回声响彻山谷，之后就转过头噔噔噔地向山坡跑去。另外的两匹马也全部跟着它跑过去，毫不犹豫地爬上碎石坡的上方。石头夹杂着轰隆响声不停地滚下来，被折断的树枝与树根发出噼里啪啦的响声。

于是克里斯汀开始大声地叫喊着。

她大声地喊道："父亲！父亲！"并且很费力地跟着马儿一起奔跑起来，不敢回头看。她爬上陡坡之后，不小心踩到自己裙子的一角，便向下滑了一下。爬起来后，一边用流血的双手握住石头，一边用因磕碰出血青肿的膝盖不停地向上爬去，并且不停地呼喊着父亲和古斯维宁。她全身上下所有的毛孔都流出丝丝的冷汗，汗水像是水柱流到她的双眼里。她的心跳异常加速，肋骨好像都快要被心脏撞破了。因恐惧而憋得她喘不过气来。

"啊，父亲！啊，父亲呀！"

就在这时，父亲的声音从头上的某一个位置传过来。她看到父亲正在大步地跳下眼前被阳光照耀着的陡坡，桦树及白杨都是沿着山坡一字排列着，树叶在阳光的照耀下泛出点点银光，山中的树林很安静也很明亮。她的父亲跑了过来，并且不停地呼喊着她的名字，克里斯汀此时已经筋疲力尽了，身子开始往下仰，她倒在了地上，但她也知道自己此刻得救了。

“圣母马利亚！”劳伦斯双膝跪地，抱起自己的孩子。他的脸色看起来很苍白，嘴形也很奇怪地扭曲着，这样一来克里斯汀更加害怕了，她好像从父亲的表情里明白了自己之前遭遇了多么可怕的危险。

“孩子，我的孩子！”父亲抓住克里斯汀那双流血的小手，仔细地查看着，又看到她头上戴着的花冠，用手摸了一下：“这到底是什么啊？你怎么到这里来了，我的小克里斯汀？”

她趴在父亲的怀里大声哭道：“我和古斯维宁一起去的。我看到你们都睡了，感觉有点害怕，这时古斯维宁来了，之后有一个人站在溪的对岸向我招手。”

“谁在那招手呢？是一个男人吗？”

“不是的，是个妇女。她在用一个金黄色的花冠向我打招呼。爸爸，我觉得那肯定是妖怪。”

“基督耶稣啊！”劳伦斯念道，并且在自己与女儿的胸前画了个十字。

劳伦斯扶着克里斯汀上了陡坡，父女俩来到一片长满青草的坡地。之后，他抱着克里斯汀走了回去。克里斯汀搂着父亲，趴在他的脖子上面哭。不管他怎么安慰，克里斯汀的哭声一直没有停止。

不久，他们就碰到了男伴们与伊丝丽德。伊丝丽德听说了刚才发生的情况，猛地击起双手说道：

“对的，肯定是一个女妖精！她差一点儿就把这美丽的孩子拐进深山里面了，肯定是这样的……”

劳伦斯严厉地阻止她说道：“别说了！我们不应该在树林里面谈

这些晦气的事情。谁也不清楚岩石下面此刻会有什么怪兽在偷听我们的谈话。”

他从衬衣里抽出金色的项链，并且把项链及装有物品的十字架戴在克里斯汀的脖子上，放到衣服里面，紧紧地贴在她的胸前。

他说：“你们大伙儿都听好了，以后谈话千万要小心，切莫让拉根弗丽德晓得这孩子遇到过如此大的危险。”

之后他们逮住了三匹跑到树林里面的马，很快速地来到其他几匹马吃草的场地。大家一起上了马，向柔伦庄园的山里农场走去，路程并不是很远。

他们到达那里的时候，太阳已经快下山。牛群都在栅栏里面，托蒂丝与牧人们在忙着挤奶。屋子里正煮着麦片粥，等他们忙完回家吃。牧场的人很早就看到了袅袅的炊烟，知道他们要来，此刻正等着他们呢。

克里斯汀此时终于安静下来，不再啼哭。她此刻正坐在父亲的膝盖上面，用同样的汤匙和他一起吃麦片粥和奶油膏。

劳伦斯第二天还要到山里更远的一条河边去，那里住着他的部分牧人及公牛。克里斯汀很想跟他一起去，可劳伦斯说她必须留在小屋里面。

“托蒂丝和伊丝丽德，你们俩得把门关好，天窗也要关好，等着我们回来——这可是为了克里斯汀和摇篮里面还没有受洗礼的婴儿考虑。”

托蒂丝很惊讶，她不敢与婴儿继续留在这个地方，她生产后还没有到教堂去给神父做还愿弥撒呢。她宁愿现在就下山，在教区里等着。劳伦斯觉得这样也行，她明天黄昏就能跟他们一起下山。他打算让在柔伦庄园帮忙的老寡妇来顶替托蒂丝的工作。

托蒂丝在椅子的兽皮被子下面铺了一些新鲜的甜山草，味道很浓烈，但是很好闻。克里斯汀准备要睡着的时候，她父亲在她耳边说了一句“天父”与“万福马利亚”。

劳伦斯拍了一下她的脸蛋，说道：“是的，我要再过一段时间才可以带你上山去。”

克里斯汀猛地惊醒过来：

“父亲，你丰收的季节里到南方去的时候也不带我一起去吗？你可是承诺过带我去的啊！”

劳伦斯说：“我们到时候再说吧。”克里斯汀很快便在羊皮被子里面睡着了。

2

每年夏天，布柔哥夫之子劳伦斯都喜欢骑着马到南方去视察，看一下他那位于佛洛的庄园。父亲出远门是克里斯汀生活中的大事情。劳伦斯一出门就需要好几个星期，回家的时候总会带来很多礼物：有以后给她当陪嫁的外国物品，从奥斯陆带回来的无花果，以及一些葡萄干与蜂蜜面包等，当然还有很多有趣的故事。

今年，克里斯汀感觉父亲出门的时间快要到了，但情形有点不一样，出门的日子一拖再拖。洛普斯庄园一些年长的人经常骑马来家里，与父亲一起坐在餐台周围，肆无忌惮地谈论着遗产、自主持有不动产以及赎买权等，还谈论着如此远的地产管理起来会遇到什么困难，奥斯陆主教的宅院与国王的皇宫里面占用了周围很多农田的劳力。大人们此时压根没有时间带她玩，而且总是喜欢打发她到厨房里去找用人们玩。克里斯汀的舅舅——圣布农庄的主人伊瓦尔之子特隆德，来拜访的次数也比以前增加了许多，但是他基本上不和克里斯汀玩耍，也不会抱抱她。

慢慢地，她知道了事情的原委。自从劳伦斯到了西尔之后，他一直在想方设法取得这片教区的土地。古德蒙之子安德列斯爵士从他母亲那里继承了位于西尔的佛莫农庄。他想凭着这片家业与劳伦斯交换一下史科葛农庄，因为他是国王的侍从，基本上不怎么到山谷里来，史科葛农庄对他来说则很方便。史科葛农庄是劳伦斯的祖传地产，并且还是皇家送给他祖辈的礼物，他不想放手。但是这笔交易在很多方面对他来说算得上是占了便宜的。不过劳伦斯的弟弟布柔哥夫之子亚斯蒙也想得到史科葛庄园，他娶了位自己有家业的女人，现在住在哈德兰，亚斯蒙不是很愿意放弃家族继承的权利。

有一天，劳伦斯对拉根弗丽德说，他今年想带着克里斯汀去一下史科葛庄园。那是她从小生活的农庄，并且还是她父亲的老家。这个庄园说不定以后就不再属于他们的了，她现在应当去看一下的。尽管拉根弗丽德担心这么小的孩子要去这么远的地方，自己又没办法跟着去照顾，不过她觉得这样做是对的，她同意了丈夫的意见。

自从克里斯汀上一次看到女妖怪之后，在起初的一段时间里她感到很恐惧，每天都躲在家里让母亲陪着她。她甚至害怕看到那些因为一起上山而知道她遇到危险的人，她很开心父亲不让别人谈起她的遭遇。

一段时间过去后，她慢慢地想要把这件事说出来。她觉得自己以前告诉过某人那件事情，不记得是什么人。说来也奇怪，时间隔得越久，她好像就记得越清晰，那位妇人的身影也越来越清晰地重现在她的脑海里。更为不可思议的是，只要她一想到女妖精，潜意识里就会很想去史科葛农庄，她现在甚至越来越害怕父亲以后不让她去那里了。

一天清晨，她在阁楼里从睡梦中醒来，看到母亲与哥恩希德老太太坐在家门口的门槛上翻看劳伦斯收藏的一些松鼠皮。哥恩希德的丈夫死了，她经常到各个农庄串门，帮助别人缝一些斗篷或皮毛衬衣什么的。克里斯汀从她们俩的聊天中得知，这一次她可能会有一件新的皮大衣了，并且是用松鼠皮做里子，用貂皮为之镶边。之后，她猜到要陪父亲出远门，便立刻从床上蹦得老高，开心地大叫起来。

母亲来到她的身旁，摸了一下她的脸蛋，说道：

“孩子呀，你要离开我去别的地方，居然还会这么开心？”

他们启程的那天早晨，拉根弗丽德又说了这句话。鸡一叫，他们就起来了。天空还是黑漆漆的一片，房子之间都有浓雾。克里斯汀从门口向外看去，想看看天气——雾气就像一团团围着灯笼转个不停的烟，之后就从敞开的房门里飘散出去。大家在马棚与外屋之间来回奔忙着，女人手里端着刚出锅的稀饭与一盘盘肉从厨房出来。他们要在家先吃一顿丰盛的食物，然后才可以骑马出去，迎接这早上刺骨的寒风。

房间里，人们把旅途用的东西用皮革包好，再用皮带捆好。但是一会又被重新打开，如是多次，人们陆陆续续放进一些忘记带的东西。拉根弗丽德提醒着自己的丈夫应该为她做的事情，又说到了一路上应去拜访的亲朋好友——哪些人应该去问候一下，不要忘了谁和谁。

克里斯汀忙里忙外，她不断地向家里的每一个人告别，根本就没法安静一会儿。

母亲说道："克里斯汀啊，你要离开我去远方了，并且一走又是这么长时间，怎么还这么高兴？"克里斯汀有点不好意思，听见母亲说这种失落的话，她心里很不舒服，不过她还是婉转地回答道：

"亲爱的母亲，不是这样的。不过我确实很开心能与父亲一起出门去。"

拉根弗丽德无奈地叹气道："哦，也许是这样的。"她亲吻了一下孩子，最后一次为她整理了下衣服。

最后，大家都上了马，浩浩荡荡的一队人马。克里斯汀骑的是一匹叫穆尔文的马，这匹马是她父亲以前的坐骑，是一匹精明又很稳重的老马。拉根弗丽德手里端着用银质材料制作的圣水盆，让丈夫喝一杯"马上离别的酒"，又把一只手放在女儿的膝盖上面，叮嘱她不要忘记母亲的教诲。

之后，他们在昏暗的曙光中骑着马离开了院子。大雾像牛奶一样笼罩着整个教区。没过多长时间，雾气渐渐飘散，阳光开始渗透进来。在白色的烟雾中，可以看见收割后重新发芽的青草、沾满露珠的草地，灰暗色的麦茬地，枯黄的树木和树木上红彤彤的果子。郁郁葱葱的山腰像是隔着雾气渐渐地浮出来，之后就开始散开了，一圈圈的烟雾飘过这个地方。他们开始下山了，走入阳光灿烂的谷地。克里斯汀与她父亲并排走在马队的最前面。

一个下着雨的漆黑夜晚，他们来到了哈马城，克里斯汀坐在父亲的马鞍前面。她感到很累，所有的东西在她面前摇摆不定，右边的湖泊散发出微弱的光芒。他们骑着马从树下路过，恐怖的灌木丛滴得他们全身上下都是水，路边黑漆漆的草地上有一排排模糊不清的房子。

克里斯汀不再数日子了，从踏上这条旅途开始就好像过了无穷无尽的时间。他们下山沿着山谷走的时候，经常去看望一些亲朋好友。她和以前认识的大农庄里的几个孩子，在不熟悉的房子、谷仓以及庭院里面玩耍，并且很多次穿上她那件用丝绸袖子缝制的红衣服。遇到天气很好的日子，他们白天就在路边简单地栖息。阿尔纳采了一些坚果给她吃，她吃完饭之后就枕着装着衣服的袋子休息。在曾经经过的一个地方，她还在某一栋大房间的床上睡过丝套制作的枕头。有一次他们在旅店休息，克里斯汀夜里醒来的时候，听到邻近的床上有一个女人在低声地哭泣。克里斯汀每晚都是躺在父亲宽阔并且很暖和的脊背后面睡觉的，睡得很踏实。

克里斯汀突然惊醒了，她不晓得自己现在在哪里，睡梦中听到动听的铃声与轰隆声依然存在。她孤独地躺在一张床上面，房间里面的火炉中正燃烧着一堆熊熊的炉火。

她呼喊着父亲。劳伦斯从炉边的位置上站了起来，与一个很胖的女人一起来到她的身旁。

克里斯汀问道："我们现在在哪里啊？"

劳伦斯笑着说："我们现在在哈马城，这位是鞋匠法坦的妻子玛格丽特。你应该很有礼貌地向她问好，我们到这里的时候，你都已经睡着了。现在让玛格丽特帮你穿衣服吧。"

克里斯汀说："天亮了吗？我还以为你现在是要上床睡觉呢。不！还是你帮我穿衣服吧。"她苦苦地哀求道。不过劳伦斯很严厉地说，她应该谢谢玛格丽特热心地帮助她。

"看一下她为你准备的是什么礼物！"

那是一双用绸质布料做鞋带的红鞋子。女人笑嘻嘻地看着克里斯汀开心的脸蛋，帮她穿上内衣与一双长筒袜。为了避免克里斯汀什么都不穿踩在泥地上，女人没有让克里斯汀下床。

"那声音是什么东西发出来的呀？"克里斯汀问道，"像是教堂里面的钟声一样，但是却有很多个呢？"

玛格丽特笑着说道："嗯，是的，那就是我们这边的钟铃。你没听说过城里面的那个大教堂吗？你们此刻就是要去那个地方。大钟响了！修道院与圣十字教堂都不约而同地有钟声传到这边来。"

克里斯汀没有时间多吃一点儿，所以玛格丽特为了让她耐饱一些，就在克里斯汀的面包上涂了一层很厚的奶油，并且在牛奶里加了一些蜂蜜。

房子外面天还没有亮，天气非常寒冷，寒雾刺骨似的拂过脸面。人与牛马的脚印就像印在铁块里面似的。克里斯汀穿着一双很薄的新鞋子，双脚都冻得开始发紫。有一次她把路中间水沟里面的冰层踩破了，双脚都被弄湿了，冷得有点受不了。于是，劳伦斯就背着她继续走。

克里斯汀很费力地注视着周围，周围灰蒙蒙的，什么景色也看不到，只是隔着雾气看到了很黑的房子的三角墙与一些树木。接着他们来到一个遍地都是茫茫白霜的草地上，草地的一边隐隐约约浮现出一个浅灰色的大型建筑物，规模很大，像一座冈丘一样。大型建筑物的周围分散着许多石房屋，有些房屋墙壁上的小窗户里面还亮着灯光。寂静了一段时间后，钟声又开始响了起来，声音听起来还很洪亮，她的浑身忍不住打了个寒战。

他们来到教堂大厅的时候，克里斯汀感到像是进了山洞里面。那里面很黑不说，并且还很冷。他们穿过一道门，闻到了一些发霉的熏香及一些香烛的气味。克里斯汀走到一个一片漆黑并且很高大的位置。在黑暗中，四面八方都看不到尽头，前面很远的圣坛上点着几支蜡烛。一位神父站在那个地方，他说话的声音回荡在整个大殿堂里，好像是轻微的喘息声，又像是很低的耳语。父亲用圣水在自己与孩子的身上简单地画了一个十字形状，他们就这样继续向前走着。尽管劳伦斯很小心，可鞋子上的马刺踏在石板的地面上仍然还是会发出很大的声响。他们从巨大的列柱旁边经过，列柱之间就像是黑漆漆的孔穴。

劳伦斯走过去，在圣坛的旁边跪了下来，克里斯汀也跟着跪在父亲的身边。她慢慢地通过微光看见里面的物体——在列柱之间的每一个圣坛都闪着金色与银色的光芒，他们眼前的圣坛点着小蜡烛，放在镀了金的烛台上面，光线从圣器与身后好看的大相框那边反射过来。克里斯汀又想起了山里的阴曹地府，她希望那边就是这样的场景，金碧辉煌，不过，光线可能要更亮一些。于是，女妖精的脸此刻又浮现在她的面前。克里斯汀抬起头，看到圣坛上方墙壁上的耶稣像，很大且很严肃，耸立在十字架上面。克里斯汀感到有点害怕——他看起来不像在家乡教堂里面的耶稣那般温和与哀伤，家里的耶稣像死气沉沉地挂在那里，手与脚全部被刺穿，血光四射的头顶着刺条的冠冕。现在他站在踏脚板上面，双手伸得很僵、很直，头部高高地挺立着，镀金的头发很耀眼，头上面戴着金冠，面部向上扬起，表情很严肃。

克里斯汀努力地听神父朗读与吟诵《圣经》，不过他说话的语速很快，而且有点模糊。在家她能听懂神父的每句话，那是因为埃里克神父吐字很清楚，而且用挪威话教她《圣经》中每一句话的意思，这使她能在去教堂的时候可以更好地把思维集中在主的身上。

在这个地方，她却做不到那样，黑暗里面的她偶尔会发现新的事物。墙壁很高的地方有窗子，慢慢地射进来白天的光明。他们跪拜位置的周围有一个很神奇的木制台架，另外不远的地方堆着一块浅色石头做的板子，还有臼钵与一些工具。她听到有人很小声地在那个地方走动。之后她又盯着墙上挂着的耶稣，集中精力想要做朝拜。石板地面上很冷冰，她的小腿处于发僵状态，一直传递到大腿处，双膝觉得有点疼痛。她真的是太累了，之后便感到所有的景色开始在她眼前旋转。

这时，弥撒做完了，她的父亲起身站立。神父过来与她父亲打招呼。他们谈论着。克里斯汀坐在台阶上面，她看到唱诗班的一个男孩子也是这样在坐着。那个男孩打了个哈欠，她也情不自禁地打了一个哈欠。他看到她注视着他，就把舌头收回到嘴巴里面，对她翻动着眼珠子。接着他从衣服下面掌出一个钱包，把里面的物品全都倒在了石板上面，有鱼钩、铅块、皮带以及两粒色子。他一直对着克里斯汀打手势，克里斯汀感到很奇怪。

神父与她父亲看了这两个孩子一眼。神父微微地笑了一下，叮嘱男孩子要回学校去了。劳伦斯却皱起了眉头，牵着克里斯汀的手。

现在教堂里明亮了很多。劳伦斯与神父在圆木建筑物下一边走着，一边商讨着英雅尔德主教建筑工地上的事情，克里斯汀抓着父亲的手，迷迷糊糊地打着瞌睡。

他们把教堂全部逛了一下，之后来到前厅。那个地方有一道石梯通往西边的塔楼。克里斯汀有气无力地沿着楼梯一步步走着。神父打开一个进忏悔室的大门，父亲叫克里斯汀在外面台阶上坐着等他，他要到里面去忏悔受赦，过一段时间她能到里面去亲吻圣托马斯的物品。

这个时候礼拜堂里面走出来一个穿着灰棕色罩袍的老修士。他站了片刻，对着克里斯汀笑了一下，之后又抽出几条塞在墙洞里面的布袋与一些粗羊毛织成的布匹，铺在楼梯上面。

他说："过来坐在这里吧，这样就不会感到很冷了。"说完之后就赤脚向下走去。

克里斯汀睡得正舒服，牧师会里的马坦神父出来碰了她一下，把她弄醒了。大教堂里面传来了优美的歌声，忏悔室的圣坛上此时也点着蜡烛。神父做了一个手势，让克里斯汀跪在父亲的身边，之后便把餐桌上面一个很小的金龛拿了下来。他小声地告诉她这个物品是坎特伯雷大主教圣托马斯留下来的血衣碎片，接着又指了一下圣龛上的神像，克里斯汀用嘴巴亲了一下神像的双脚。

他们下楼梯的时候，教堂里面依旧不时地传来动人的歌声。马坦神父说那是风琴师此刻正在练习，学生们在跟着他唱歌。不过他们没有空闲的时间留下来慢慢地欣赏，她父亲的肚子现在很饿——

清晨他专门斋戒来这里做忏悔，此刻他们正准备去牧师会大院的客房里吃早点。

外面清晨的阳光为大湖对面陡峭的山坡镀上了一层金色，各式各样泛黄的树叶在深蓝的林宇之间亮得像是金粉尘。湖面上波光粼粼，浪尖涌起了白色的泡沫。风吹得很大也很冷，各种颜色的树叶随风飘落在遍地都是白霜的山腰上。

一大队行人从主教宫与圣十字会修士的房子之间走过来。劳伦斯向旁边退了一点儿，一只手放在胸前向他们行礼，帽子几乎碰到地上。克里斯汀觉得披着皮毛斗篷的那位人肯定是主教，因此也毕恭毕敬地行了个屈膝礼，腿几乎跪到了地上。

主教拉住马，很礼貌地回礼，表示感谢。他招手让劳伦斯来到他身边，与他交谈了一会儿。没过多久，劳伦斯转身回到神父与孩子身旁，说道：

“主教请我去吃午饭。马坦神父，你能不能从牧师会的用人中派一个人送我的女儿到鞋匠法坦的家里去，并叮嘱我的随从下午派哈夫丹带着古斯维宁到这个地方来接我？”

神父回答道，这是绝对可以办到的。不过刚才在西塔楼梯与克里斯汀打招呼的那位赤足修士听到后，走过来鞠躬后说道：

“布柔哥夫之子劳伦斯，我们客房里有一个人刚好有事情要去找鞋匠，他肯定可以帮你传话的。你的女儿可以跟他走，也可以留在修道院里面跟着我，等你回家的时候再把她带回去。我肯定会关心她，给她饭吃的。”

劳伦斯道谢了一番，随即又说道：“埃德温修士，麻烦您照顾我的孩子，真不好意思……”

马坦神父笑着对他说："埃德温修士一旦有了机会，肯定会把一切小孩子都留在他身边的。这样，在他布道的时候就不愁没有听众了。"

埃德温修士没有生气，反而笑呵呵地说："确实，面对像您这样一位哈马城的学识渊博的人，我是不敢向你们布道的。我只配向小孩和农夫布道。不过，没有人硬要给在打谷场干活的犍牛套上笼头的。"

克里斯汀用祈求的眼光看着父亲，她最想做的事情就是跟着埃德温修士一起离开。因此劳伦斯再三感谢之后，就与神父随着主教的人马离开了。克里斯汀把小手伸到埃德温修士的手里面，两个人向山下的修道院走去。这个修道院是湖边的一些木屋与一幢浅色的石质教堂组合而成的。

埃德温修士轻轻地握了一下克里斯汀的小手，他们相互看了一下，不禁都笑了起来。修士看起来又高又瘦，不过背驼得很严重。克里斯汀感觉他像一只老白鹤，一圈白色乱糟糟的头发上面露出来一个很小很亮的光溜溜的脑袋，头端正地立在纤细的有很多褶皱的脖子上面。他的鼻子看起来很大，尖得像鸟的嘴巴。不过一旦她想起来要看一下那张细长并且多皱的脸蛋，心里就会觉得很快乐。他那海蓝色的双眼，加上很红的眼眶，眼皮看起来都是棕色的，薄得跟鳞片差不多。眼角无数条皱纹像光线一样向外扩展着，遍布红血管的干瘪的脸上有很多皱纹，这些皱纹一直延伸到他那张很薄的小嘴里，这些皱纹好像都是埃德温修士平时跟人嘻嘻哈哈时沉淀下来的。克里斯汀觉得她从来没有遇到过如此爽快和温和的人，他好像怀着一件令他能永远开心的秘密，克里斯汀一直想知道，他什么时候能讲出来。

他们沿着一个苹果园的墙垣走着，园林里面的树上依然挂着几颗大红色与金色的果子，两个身穿黑白相间衣服的布道团修士此时正在园中整理着那些早就枯干的豆藤。

修道院是座很普通的庄园建筑物。埃德温修士带着克里斯汀来到客厅，尽管那里摆了很多的床，但还是有点像农民住的简陋的小屋。在其中一张床上有一位老先生正躺在上面，炉子旁边有一个女人正在给怀里的婴儿包裹身子。她旁边站着一男一女两个稍微大一点的孩子。

老先生与女人窃窃私语地埋怨说他们此时还没吃午饭。

“没有人愿意发发善心给我们再端一些吃的东西来，埃德温修士啊，你去城里乱逛的那个时候，就是我们饿肚子的时候。”

埃德温修士说：“不要发牢骚了，史坦奴夫。克里斯汀，到这边来打个招呼吧！看这位漂亮可爱的小姑娘，现在要与我们一起用餐。”

埃德温修士解释说史坦奴夫参加市里的集会回来，半路上病倒了，我们就让他躺在修道院的这间客房里面。他有个女亲人住在医院，让人很不喜欢，所以他不愿意住到医院里面。

农夫说：“我们心里都很明白，他们虽然暂时接纳我，但相信不久就会讨厌我的。埃德温修士啊，你出门之后，这个地方就没有人能有多余的时间来照看我们了，他们肯定还会把我送回到医院去。”

埃德温修士说：“这样啊，我干的教堂的那些工作还没有竣工的时候，你的身体就会恢复了。那个时候你的孩子会来接你回去的……”他从火炉上把一壶热水提了起来，让克里斯汀帮忙端着，他去照顾史坦奴夫。这样一来老人的情绪好了很多，就在这时，有一位修士给他们端来了食物与饮料。

埃德温修士开始做餐前祷告，然后坐在史坦奴夫的床边，喂他吃饭。克里斯汀走到那女人的身边坐下，给小男孩喂一些吃的与喝的。那个小男孩还太小，手够不到盛粥的盆，每一次伸手去啤酒碗里舀东西的时候，都会泼到自己的身上。这女人是从哈德兰过来的，她的哥哥是修道院里的修士，她和丈夫带着孩子到这个地方来看哥哥。可是她的哥哥现在到农村的一些教区募捐去了。她抱怨个不停，整天说一家人躺在这个地方纯粹是浪费光阴。

埃德温修士同这个女人攀谈起来，说女人一定要心胸宽广，她是在哈马城，可千万不能说现在是在浪费光阴呢。这里有很多辉煌的教堂，修士与牧师会的教父都在整天地做着弥撒，唱一些圣歌。市区比奥斯陆小一些，但是比那个地方更美丽，这里差不多每一栋房子都带有花园。

“你真该看一下这个地方春天时候的样子，全城都被遍地的白花包围着。之后，野蔷薇就开始盛开了……”埃德温夸耀道。

女人很不高兴地说：“是呀，但是这一切与我何干啊？这个地方比较多的是圣地，不是圣人……”

埃德温修士摇摇头，无奈地笑了一下。之后，就掏了掏床上的草堆，从里面拿出很多苹果与梨，分给孩子们品尝。克里斯汀长这么大从来没吃过如此美味的水果，每吃一口，果汁就会从她的嘴角流下来。

埃德温修士说，他现在要去教堂，克里斯汀要与他一起去。他们从修道院的院子里斜穿过去，然后从一扇小门里进去，来到唱诗班的位置。

这座教堂依然处在建造过程之中，因此本堂与走廊相互连接的地方放着很高的一些架子。埃德温修士说，英雅尔德主教吩咐把上敞廊改建一下，装饰得再漂亮一些。这位主教很富有，他自己所有的钱财都用来装饰本城的每一座教堂。他是一位很高雅的主教，更算得上一个很好的人。圣奥拉夫修道院里面的布道会修士同样是一些好人，他们生活很守规律，知识渊博，并且很谦虚。那是一个很穷的修道院，不过他们很喜欢它，埃德温修士的祖辈是在奥斯陆的圣芳济修道院，不过他被批准来到哈马主教堂这个管区住一段时间。

他说“来吧”，之后便带着克里斯汀到台架的最下面。他首先爬上一个梯子，在上面铺了几块木板，然后就下来扶着克里斯汀到上面去。

克里斯汀看见头顶的灰石墙面上有一些微妙的光点，红色的像火苗，黄色的看起来像啤酒，还有蓝色、棕色以及绿色的。她想转过头去看一下后面，修士很小声地说：“别这样转过来转过去的。”等他们都站在了木板上面，埃德温修士让她慢慢地转过身来，克里斯汀看见了一幅美妙的图画，这使她目瞪口呆。

大堂的角落正对着克里斯汀，墙上面有一幅好看的图画，亮得像是由晶莹剔透的宝石组合而成。墙上五颜六色的光点都是从这幅图画里反射出来的光芒。她与埃德温修士很享受这一切。她的手看起来很红，像是浸在果汁里面，修士的整个脸庞呈现出金色，黑色的衣服柔和地反射出墙上图画的颜色。她用询问的眼光注视着他，而他只是点点头微微一笑。

他们就像是站在很远的地方凝视着天堂，她从一层层黑色的笼罩里慢慢看到了穿着红色衣服的耶稣，穿着像天空一样蔚蓝衣服的圣母马利亚，穿着艳黄、嫩绿以及艳紫衣服的是圣徒与圣女。他们站在金碧辉煌的大厦的拱廊和大柱下面，周围环绕着一些奇怪的簇叶与枝丫。

埃德温修士拉她稍微向外站了一些。

他小声地说："站在这个地方，基督衣服的颜色会直接照耀在你身上。"

脚下的教堂不由得升起一股很弱的熏香与阴冷石头的味道。下面非常阴暗，不过阳光还是从大堂南面墙的一排排窗子外倾斜地照进屋子里。克里斯汀猜想道，那幅天堂的图画大概也像窗子上的玻璃一样，因为它填补了其中的一个窗孔。其他的窗面很空，也可以说是装了木框的鹿角。一只小鸟从外面飞进来，落在窗框上的某一个位置，飞了一会儿后又飞向别的位置，敞廊的外面不时传来金属撞击石头的声音。除了这一点儿以外，所有的一切都很安静，只有徐徐的微风吹进来，在教堂里旋转一会儿，就渐渐平息了。

埃德温修士说："确实，确实"，并且长出一口气，"我们那里是没人可以做出这样的物品。虽然尼达洛斯的人也在玻璃上画画，不过没有这一幅好。克里斯汀啊，南方国家的大教堂有一种画了画的窗子，很大，与这座教堂的门板差不多。"

克里斯汀想到了自己家乡教堂里面的那些图画。那里有圣奥拉夫圣坛，坎特伯雷的圣托马斯神坛，前面的板子与后面的神物都被画了图画。现在回想一下，那些圣徒画看起来毫无生气，没有一点儿栩栩如生的光彩。

他们沿着梯子下去之后，来到唱诗席里面。那里有一张供奉桌摆在那，桌上很干净，什么都没有，石桌上有很多金属制品，一些金属杯和木杯，以及一只瓦杯放在上面。奇形怪状的刀子、铁器、写字笔及画笔放在周围。埃德温修士说这些物品是他的工具——能让他画和刻出一些神器的秘诀，那个放在唱诗席位置的唯美的镶板就是他亲自制作出来的。这些镶板将被用于装饰这个布道会礼堂的半圆形后殿的大门。

克里斯汀看埃德温修士在调剂色粉，并把这些色粉拌入石头做的小杯子里研碎。埃德温修士让克里斯汀帮他端点东西到墙边的那张长凳子上面去。他从一个个镶板前慢慢地走过，用画笔画出圣徒及圣女头发上的那几条很细的红线，以便能更凸显头发卷曲的波纹。克里斯汀紧紧地跟着他，一边看一边问，他很耐心地为她解释着自己画的是什么。

其中一块墙板上画的是基督坐在金色的椅子上，圣尼古拉斯及圣克列门特站在他旁边，和他在同一所屋子里。两旁画的是圣尼古拉斯的一生及一些作品。有一个画面是描画他还是婴儿的时候坐在母亲的腿上，母亲喂他吃奶，他不吃，反而转过头去看着母亲，因为他是一个圣人，即使在婴儿时期，也只是星期五吃一顿奶。旁边还有一幅画描述他把一只装钱的袋子放在三个找不到男人的贫女的门口。克里斯汀看到他正在给罗马武士的小孩看病，又看到武士手里拿着假的圣杯坐船出海呢。武士曾经发誓说，他的孩子如果可以恢复健康，他就会把家传了一十多年的用金子制作的圣餐杯贡献给圣尼古拉斯主教。不过他想要骗圣尼古拉斯，奉献给他一只假杯子，因此他的孩子手里拿着真正的金杯掉到海里去了。不过当小孩的父亲站在圣尼古拉斯的教堂里并拿出假圣杯的时候，圣尼古拉斯从水底把孩子救到了岸上，没有一处位置受到损害。所有的故事都用金色及最好看的颜色画在镶板上面的。

在另一块镶板上，圣母马利亚正在坐着，怀里抱着圣婴，基督一只手抚摩着母亲的下巴，一只手拿着苹果。圣森尼瓦与圣克里斯汀站在他们的身边。她们用迷人的姿势弓屈着半身，脸色看起来白里透红，留着金头发，头上戴着金冠。

埃德温修士的左手搭在右手的手腕上，控制好自己一系列的动作，在金冠上画着叶子及一些玫瑰花。

克里斯汀看着跟她名字一样的圣女画像说："我感觉恶龙画得有点小，看起来吞不下这个圣女。"

埃德温修士说道："它是吞不进去。它的身体其实不是很大。不过只有当恐惧存在我们心中的时候，邪龙与魔鬼的一些帮凶才会变得更加强大。一个人如果怀着虔诚的心一心一意地皈依基督，那么他的需求会化成力量，这样魔鬼的力量就会马上衰颓，他们能使用的工具也会变得越来越弱小。邪龙与恶灵会缩成一团，变得与小妖、猫儿及乌鸦那样大。你看圣森尼瓦所在的山那么小，都能被她的衣裙包裹住呢。"

克里斯汀问道："如果这样的话，圣森尼瓦与西尔耶的人没有在山洞里面住过吗？事情不是真的吗？"

埃德温修士对着她眨了眨眼睛，又对着她微笑道：

"可以说是真的，也可以说不是真的！找到这几个圣体的人感觉真的有这件事。的确，森尼瓦与西尔耶的圣徒也感觉是这样的，他们都很谦虚，他们只是想到世界比一切有罪的人强大，而没有意识到他们自己却比世界更强大，因为他们能脱俗于这个俗世。他们如果明白了这一点儿，也就不会被拘禁在山里，肯定会抓起所有的山丘，当成小圆石一样扔到海里去。孩子，除了我们现在害怕的或者是所爱的事物，世界上没有一个人，也没有任何的东西可以伤到我们。”

克里斯汀开始惊慌了，马上就问道：“假如有人不害怕也不喜欢上帝呢？”

修士把她黄头发一下子抓到了自己的手里，温柔地扳正克里斯汀的头，注视着她的脸蛋。他的双眼睁得很大，是蔚蓝色的：

“克里斯汀，世界上没有任何男人或者女人不喜欢上帝，不害怕上帝。不过我们的心一边在爱着上帝，另一边也在惧怕着魔鬼，喜欢着世俗的同时也喜欢着肉欲，因此很矛盾，这就证明了我们不管是生还是死都不会开心的。一个人如果一点儿都不渴望并羡慕上帝的存在，那他肯定会自甘堕落在地狱里面生活。只不过我们不清楚他的早就满足了心灵的贪念。他如果不需要阴凉，那肯定也不会惧怕烈火的灼烧；如果他不喜欢安宁，则感觉不到被蛇咬的那般痛苦。”

克里斯汀抬头看着他的面孔，她听不懂这些话。埃德温修士继续说：

“由于主的慈爱，当他看到我们的心灵正在被分裂，就下凡与我们一起相处，当魔鬼用权力和奢华的俗物来诱惑我们，用危险来恫吓我们，用各种打击、嘲讽甚至尖锐的钉子刺痛我们的手和脚的时候，主则亲自来体验魔鬼的这些诱惑。他就用这个方式来为我们指引道路，表达着他对我们的爱……”

他低着头看了看克里斯汀很严肃的脸蛋之后，就笑起来，用另外一种语气说道：

“你晓不晓得谁第一个知道主降生？是一只公鸡。那个时候每一种动物都会说拉丁语，当那只公鸡看见一颗星星就说出来了‘Christus natus est[①]！’”

埃德温修士模仿鸡啼鸣的声音说出了最后的那句话，克里斯汀开心地笑了起来。之前埃德温修士说的一些奇怪的事情让她很是敬畏，现在笑一下反而对她很有必要。

修士自己也跟着笑了起来：

“是的，公牛听到了，已经在哞哞叫了，‘Ubi,Ubi,Ubi[②]？’

“山羊也在咩咩地叫着，‘Betlem,Betlem,Betlem[③]！’

“绵羊非常急切地想看一下圣母与圣婴，马上就叫道，‘Eamus，Eamus[④]！’

“草堆上面刚刚出生的小牛立起自己的身子说，‘Volo,Volo,Volo[⑤]！’

“你没听说过这件事情吧？没有吧？我坚信你没有听说过。我晓得你们教区的埃里克神父是一个了不得的神职人物，很有学识。但是，我敢肯定他没有听说过这些。除非他去过巴黎，否则是不会知道这件事的。”

克里斯汀追问道：“那你去过巴黎吗？”

---

①拉丁语，意思是“基督降生了！”

②拉丁语，意思是“在哪儿，在哪儿，在哪儿？”

③拉丁语，意思是“伯利恒，伯利恒，伯利恒！”伯利恒位于巴勒斯坦中部，相传为耶稣诞生地。

④拉丁语，意思是“我们去吧，我们去吧！”

⑤拉丁语，意思是“我要去，我要去，我要去！”

“小克里斯汀，上帝会保护你的，我去过巴黎，也玩遍了世界上所有其他好玩的地方。你要相信我与其他任何一个愚蠢的人一样，我也很怕鬼，心中充满爱，并且很贪心，其余的什么也不要相信。但是我用尽所有的力气抓住十字架，每个人也要紧紧地抓住它，就像小猫在掉进海里的时候抓住一根木板用来救命时一样。

“你呢，克里斯汀，你愿意剪掉你这头漂亮的头发吗？就像我画里面的那些姑娘那样，牺牲自己来侍奉圣母？”

克里斯汀回答道：“我们家里只有我一个孩子，因此我是必须要结婚的。我想我的母亲现在就在开始为我准备那一箱箱和一柜一柜的嫁妆了吧。”

埃德温修士抚摩着她的额头说道：“是的，确实，现在大多数的人都会像这样子来安排孩子的未来。他们只会把那些断腿、瞎子、很丑的或被玷污过的女儿献给上帝，不然就是在上帝赐予他们的子女数超过了他们需要的时候，才会让上帝把这些子女收回去。但是他们另一方面却还有点纳闷，修道院里面的人怎么会不全是圣人及圣女呢？”

埃德温修士带着她来到存放圣器的地方，让她看一下书架上关于修道院的一些藏书，里面包含一些很美丽的图画。有一位修士来到这里时，埃德温修士却假正经地说自己正在找书中的一个驴子头像来作为自己描绘的样本。然后他就对自己摇了一下脑袋说：

“确实，克里斯汀，你看到害怕的威力了吧！在这修道院里，大家都担心这里的藏书会丢失！假如我的信仰和爱心是真的，我就不会站在这个地方对奥寿夫修士说出这些谎言了。那时候，我就得拿出这些陈旧的皮毛牛套，把它们放在太阳底下挂着。”

她除了与修士到客厅去吃午饭，整天都坐在教堂里注视着他忙这忙那，与他聊天。劳伦斯接她回去的时候，她与修士这才想起忘记了要给鞋匠传话的事。

克里斯汀在哈马城度过的那些日子，在他的记忆中留下了深刻的印象，这些印象要比她这次漫长的旅行中经历的其他事情更加深刻。的确，奥斯陆肯定比哈马城大，不过当她看到这个大商业城市时，那个地方在她看来没什么与众不同之处。史科葛农庄的房屋要比柔伦庄园豪华，不过她感觉那里一点儿也不比柔伦庄园好。她很得意没有去住史科葛农庄的大屋子。庄园建在半山腰上，脚下是博腾峡湾，很灰暗、很悲戚地布满了整片黑色的树林。对面岸上房子后面的林木高耸入云，天空像是压在树的最顶端。那个地方没有和家里一样的陡峻冈丘，天堂很高地撑在自己的头顶上，挡住了美好视线，也产生了画面的局限性，让世界看起来既不是很大，也不是很小。

在回去的路上，天很冷。圣诞节马上就要来临了，他们走到较高的谷地上的时候，那里已经下雪了。因此他们借了雪橇，用它走完了绝大部分的路程。

关于出让地产这件事，劳伦斯最后还是把史科葛农庄转给了他的弟弟亚斯蒙，但为自己与继承人留下了赎买权。

3

在克里斯汀离家归来的那个春天里，拉根弗丽德再次为她的丈夫产下一个可爱的女婴。克里斯汀的父母原本希望有个男孩，不过很快他们便开始安慰自己，对小小的、可爱的芙希尔德倾注了满腔的爱意。芙希尔德是一个漂亮健康，既善良，又安静快乐，惹人疼爱的孩子。拉根弗丽德特别宠爱这个新诞生的孩子，一直到芙希尔德满一周岁了还亲自喂奶。埃里克神父向拉根弗丽德建议，要她在喂奶的时间里稍微减少一些斋戒食素等宗教性质的活动，她接受了。芙希尔德的降生为这个家庭带来了生机，特别是拉根弗丽德再次绽放了她的青春及美丽，劳伦斯认为结婚这么多年以来，他从没有见过妻子像现在这样快乐、美丽而又平易近人。

克里斯汀也感到妹妹的出生，为这个家庭带来了无尽的欢乐。她从来没有想过以前使整个家沉陷到寂静深渊里的原因是母亲那沉重的心情。她一直认为母亲不断地斥责纠正自己，而父亲陪自己玩耍，说一些幽默的笑话，都是理所应该的。但是如今拉根弗丽德开始很温柔地对待她，给予她想要的自由，并且时不时地抚摩她的脸颊，因此克里斯汀没怎么感觉到母亲照料她的时间开始减少。和其他人一样，她非常喜欢芙希尔德，如果大人允许让她抱一下妹妹或者让她推妹妹的摇篮，那就是她最开心的事情了。没过多长时间，小婴儿已经可以爬行，接着慢慢地学会走路，然后开始说话了。令克里斯汀更为高兴的是，她终于可以和妹妹一起玩耍了，姊妹两人之间可以玩耍的东西变得更多。

就这样，他们在柔伦庄园愉快地度过了三年美好时光。他们在其他方面这些年也诸事顺利。劳伦斯整修了庄园里的很多房子，同时也新盖了不少。这是因为古斯林家的人曾经将这个地方租赁给其他人很长一段时间，所以在他们刚搬来之时，这里的建筑物及牛棚等都是十分破旧。

在第三年的圣灵降临节，圣布庄园中的伊瓦尔之子特隆德偕同他的妻子葛德丽以及他们的三个小儿子一起到柔伦庄园做客。有一天早晨，大人们在阁楼里的走廊里聊天，而小家伙们就在阁楼下面的院子中玩耍。劳伦斯打算在院子里再建造一处新房子，因此有很多建筑用的材料堆放在院子里，孩子们在上面爬来爬去地游戏着。吉斯林家里的一个小男孩把芙希尔德惹哭了，因为他打了芙希尔德一下。特隆德看到这一幕，马上来到院子里揍了他的儿子，然后把芙希尔德抱在了怀中。芙希尔德是天底下最漂亮也是最可爱的孩子，虽然她的舅舅并不怎么喜欢小孩，但却非常疼爱她。

这个时候，有一个用人从畜栏里拉出一头大黑牛从院子旁经过。这是一头公牛，野蛮，未经驯服，在不经意间竟从用人的手中挣开了绳子跑开了。特隆德立刻跳到那一堆建筑物的用材上，将还在上面玩耍的孩子们赶开。然而他的怀中抱着芙希尔德，同时手上又牵有小儿子。这个时候他脚下的材料松动了，控制不住，芙希尔德从他的怀里坠到了地上。紧接着建筑材料也坠落了下来，有根原木坠落到了芙希尔德的身上，将她的背脊压住了。

劳伦斯立刻跑下阁楼，冲到芙希尔德身边。在他想要将圆木抬起时，公牛却在这个时候冲向了他。他费尽全身力气紧紧地抓住公牛的角，但还是被公牛给甩倒，然后受了伤。然而他仍旧紧紧地抓住公牛的鼻子，靠着地面支起了身体，想方设法地来制服公牛。这个时候，特隆德被惊吓的心也逐渐恢复了镇定，同时农庄里的用人们也从不同的房屋里赶了过来，用扔过去的皮索紧紧地套住了公牛。

拉根弗丽德跪倒在地上，她想把圆木抬起来。劳伦斯艰难地把圆木抬起来，拉根弗丽德从圆木下面把孩子拉出，然后把孩子放在她的双膝上面。

大人们纷纷过来摸芙希尔德，孩子开始号啕大哭起来，她的母亲在一旁一边痛哭一边说："她还会哭，感谢耶稣，我的孩子还活着！"

芙希尔德没有被压死可真是一个奇迹。在圆木将要落到地面上时，草地上正好有一块石头将木头的一头支起。劳伦斯慢慢地站了起来，他的嘴角溢出丝丝血迹，胸前结实的衣服已经完全被牛角扯烂了。

托蒂丝迅速地将兽皮做的被单拿了过来，与拉根弗丽德一起小心地把孩子放在被单上面。然而小家伙却是一副好像被人稍微一碰就很痛的样子，于是托蒂丝和拉根弗丽德赶快将她抬到冬天居住的暖阁中。

克里斯汀仍旧站在那堆建筑材料上面，吓得脸色苍白。而她的小表弟们也都在她身边哭个不停。此时屋里屋外农庄所有的人全部聚集到了院子里，女人们边哭边诉说着发生的这一切。劳伦斯嘱咐仆人，给古斯维宁和另外的一匹马套上马鞍。阿尔纳把马牵了过来，劳伦斯试图爬上马，但是因力气不支倒在了地上。无奈之下他只能让阿尔纳骑着马去把神父找来，叫哈夫丹向南去请住在南边河流汇合处的一位女医师。

克里斯汀看到父亲的脸色变成了灰白色，血也越流越多，衣服的颜色被血迹染成了红棕色。突然，父亲站了起来，把他身边一个男人手中的斧头夺了过来，快步走到被束缚着的公牛身边，用斧背使劲敲打公牛两只牛角之间的头部。公牛跪倒在了地上，劳伦斯依旧不停地敲打着它，地上洒满了公牛的脑浆及鲜血。紧接着劳伦斯不停地咳嗽起来，最后竟然跌倒在地上。特隆德及另外一个仆人赶紧过去将他抬进了屋里。

克里斯汀害怕极了，她害怕父亲死去。她哭喊着追进了屋里，不停地呼唤着他，心好像都要碎开了。

冬日的暖阁里，芙希尔德平躺在所有枕头都已经被扔下地的大床上，僵硬地躺在存放死人的草铺上面。不过她一直在呻吟着。她的母亲拉根弗丽德把头低下去爱怜地看着她，不停地抚摩着、安慰着她。她的母亲伤心极了，因为她自己也无能为力。

劳伦斯躺在暖阁里的另外一张床上。他下床后踉踉跄跄地穿过房间，想来安慰他那伤心的妻子。然而拉根弗丽德却突然跳了起来，并且大声尖叫道：

“不要碰我！求你不要碰我！上帝啊，上帝啊，你还是打死我吧，我只会带给你带来没完没了的厄运……”

劳伦斯说道：“不！这绝对不是你带给我们的，我亲爱的夫人。”并在说话的时候把手放在她的肩膀上面。她的整个身体都在颤抖，苍白的瘦脸上，只有一双浅灰色的眼睛熠熠生辉。

伊瓦尔之子特隆德说道：“她是在说这是我造成的。”拉根弗丽德眼睛里充满了恨意，看着他说道：

“特隆德明白我是什么意思。”

克里斯汀来到她的父母身边找他们，然而他们两个人都将她推开了。托蒂丝手中端了壶热水，小心翼翼地走了进来，然后温柔地用手摸着克里斯汀的肩说道：“走吧，去我们家吧，克里斯汀，别在这里妨碍大家。”

托蒂丝本是想来看一下劳伦斯的伤势的，他现在就坐在另一张床前面的台阶上，他说自己的伤口不是很严重，并无大碍：

“你有没有办法能让芙希尔德不觉得那么痛？主啊，帮帮我们吧！山腰上的石头都会被她的凄惨的呻吟声打动的！”

“不，在神父或者女医师英盖耶尔德还没有到来之前，我们不能触碰她！”托蒂丝说道。

在这个时候，阿尔纳回来了。但是他并没有带来神父，因为神父不在家。拉根弗丽德无助地站在那里，不停地拧着两只手，过了一段时间才说道：

“给住在海乌格庄园的爱丝希尔德夫人传话，只要能救治芙希尔德，无论付出什么代价都行。”

所有人都没有注意到克里斯汀。她努力地爬到位于床头后面的板凳上，蹲了下来，把脑袋放到了膝盖上。

如今她好像感觉到她的心被一双巨手碾压着，要把爱丝希尔德夫人请来！母亲就是在生芙希尔德快要死掉的时候，也不同意别人去求爱丝希尔德夫人。同样，在克里斯汀生病发高烧之时也是如此。不是万不得已，母亲是不会请爱丝希尔德夫人的。所有人都认为爱丝希尔德夫人是一个女巫，奥斯陆主教大人及牧师公会曾经共同探讨过关于她的问题。如果不是她的身份高，并且和英格伯柔公主形同姐妹，那么她必定会被处以极刑或被火烧死的。人们都说她毒死了自己的第一任丈夫，还说她用巫术骗来了现任丈夫布柔恩爵士。布柔恩爵士还很年轻，她的年龄都可以做布柔恩的母亲了。她子女双全，但是她的子女从来不肯看望她。布柔恩与爱丝希尔德尽管身份高贵，但如今他们失去了一切财富，只能住在多孚尔的一个小农庄里。谷地上的富人和有名望的人们都不喜欢跟他们有任何来往，但是大家会悄悄地私底下向她请教。甚至有一部分穷人公开去找她看病和倾诉痛苦。尽管他们都认为她很和善，但是仍然很害怕她。

因为母亲在平日里经常向上帝祈祷，所以克里斯汀认为现在应该向上帝和圣母马利亚祈祷求助。克里斯汀知道圣奥拉夫很善良，她曾经医治过很多人的病人。所以她现在就以圣奥拉夫为对象进行祈祷，但是她没有办法集中自己的注意力。

此刻，房间里只有克里斯汀的父亲和母亲。劳伦斯再次躺在床上。拉根弗丽德坐在旁边照料着芙希尔德，时不时地把润湿的布敷在小家伙的额头及双手上，同时还将水果酒点在她的嘴唇上。

过了很长一段时间。托蒂丝时不时地进来看一下有没有什么可以帮忙的，然而每一次拉根弗丽德都会把她请出屋子。克里斯汀一个人不停地哭泣，祈祷着，同时一直都在想着那位女巫，期盼她赶快过来。

屋子里悄无声息。突然，拉根弗丽德出声问道：

“劳伦斯，你睡了吗？”

她的丈夫回答道：“我没有睡着。我在听芙希尔德痛苦的呻吟。夫人啊，我们要相信耶稣一定会帮助我们无罪的孩子的。但是，我只能躺在这里等待，这种无能为力的感觉实在太痛苦了……”

拉根弗丽德绝望地说：“耶稣是因为我的罪行而怪罪于我的。我确信如果我在另一个世界里，我的孩子们会生活得很好。现在，也许芙希尔德的生命也已经到尽头了。我的心里充满了哀怨和罪恶，就像毒蛇一般，所以上帝放弃了我。”

就在这时，埃里克神父拉开门闩走了进来。他抖了抖健壮庞大的身体，然后用很清晰而洪亮的声音说道：“耶稣会帮助屋子里的每一个人的！”

神父把药箱放到了床前面的台阶上，他用火炉旁边烧着的温水洗了一下手，紧接着拿出胸前的十字架，用十字架在房间四个角落里画十字，嘴里振振有词地念着拉丁语经文。接着，他打开屋顶的排气窗，让屋子里有充足的光线，在这一切完成之后，他来到芙希尔德身边，来查看她的伤势。

克里斯汀害怕神父在发现自己后将她赶出屋子。埃里克神父有一双很犀利，能洞察一切的眼睛，然而他并没有向后面看。埃里克神父从药箱中拿出一个瓶子，向一块梳理得很整齐的毛皮上倒了一些药水，然后把这块毛皮放到芙希尔德的嘴巴和鼻子上。

神父说道：“好了，很快她就不会那么痛苦了。”他走到劳伦斯身边，开始给他治疗伤口，在屋子里的其他人开始向他讲述了事情的缘由。劳伦斯两根肋骨被撞断了，肺部也受了伤，不过神父说他没有太大的问题。

“那么，芙希尔德怎么样？”劳伦斯十分担心地问道。

神父回答道：“我给她做一个全面的检查后再告诉你。但是你得去阁楼上躺着，这样这里才能有充足的空间去容纳那些照顾她的人，才能更安静一些。”

他把劳伦斯的胳膊放在自己的肩膀上，身体夹在他的腋窝下，扶着他走了出去。克里斯汀想陪着父亲一起出去，然而却怕被大人们看到。

埃里克神父回到屋子里并没有和拉根弗丽德说话，他把芙希尔德的衣裳剪开后，芙希尔德痛苦的呻吟没有那么频繁了，似乎快要睡着了。然后他开始摸着芙希尔德的身体和四肢为她做检查。

拉根弗丽德低声音问道："埃里克，你不说话是不是因为她的病太严重了，就连你也没有救治她的办法？"

神父小声回答道：

"拉根弗丽德，芙希尔德的背脊伤得很严重。我没有什么有效的办法了，只能祈祷耶稣和圣奥拉夫，我没有更多的事情可以为她做了。"

拉根弗丽德很激动，大声说道："那我们现在就开始祈祷！我们都知道你的祈祷是最能感动上帝的，劳伦斯和我会毫不吝惜地给你你想要的任何东西，只求你能求主救活芙希尔德。"

神父答道："我觉得如果她能健康地活下去将会是一个奇迹。"

"你每天早上和晚上布道不就是在向人们讲述奇迹吗？为什么奇迹不能在我的孩子身上发生？"拉根弗丽德满怀激情地说道。

神父回答道："曾经确实有过奇迹。但耶稣不会满足所有人的愿望，我们没有办法弄明白他的不可预知的旨意。难道你不认为这么可爱的一个小姑娘长大后成了一个残疾人或是有残缺的人是一个更残忍的结局吗？"

拉根弗丽德摇摇头，轻声地哭泣道：

"我的很多孩子都已经夭折了，神父，我不想再失去她了。"

神父说道："我会全心祈祷，尽最大的努力救她的。但是拉根弗丽德，你得毫无怨言地接受耶稣赐予你的命运。"

拉根弗丽德应答道："在我所有的孩子中，我最喜欢这个小女儿，倘若她也离开我，我的心会像玻璃一样碎掉的。"

埃里克神父摇了摇头说道："伊瓦尔之女拉根弗丽德，愿耶稣保佑你。如果你斋戒和祈祷只是为了让上帝满足你的愿望，那么效果是微乎其微的，你明白吗？”

拉根弗丽德一脸挑衅的表情，对神父说道：

“我已经让人去请爱丝希尔德夫人了。”

“没错，你们认识，但我和她并不认识。”神父回答道。

然而她仍旧说道：“只有芙希尔德活着，我才能活下去。假如耶稣没有保佑她，我就会向爱丝希尔德夫人请教。只要魔鬼肯帮忙，我甚至可以献身给他！”

神父努力地将他想严厉训斥拉根弗丽德的欲望压了下去。他又一次低头来检查小女孩的身体。

神父说道：“芙希尔德的手和脚都是冷冰冰的，我们需要放几罐热水在她身边，在爱丝希尔德夫人来之前一定不要碰她。”

克里斯汀静悄悄地在长凳上卧躺着，闭着眼睛假装睡着了。她的心怦怦乱跳，恐惧极了，她不是很明白埃里克神父与她母亲所说的话的意思，然而她还是被吓到了，她知道这些话她不应该听。

母亲站起来去拿热水壶的时候突然号啕大哭起来，她对埃里克神父说：“你一定要为我们向上帝祈祷！”

过了一会儿，母亲和托蒂丝一起回到屋子里。神父和他们一起照料芙希尔德。后来，他们看到了屋子里的克里斯汀，就把她赶了出去。

克里斯汀来到外面的院子里，感觉这里的光线令她眼花缭乱。刚才在暖阁里的时候，她以为夜晚已经降临了，其实现在还只是中午。房屋被刺眼的阳光照着，呈现出浅灰色，草地被晒得像丝网一样亮。在灰色和金色的赤杨矮林后面，河流像金子一样熠熠生光，令人舒服的奔流声在空气中回荡着。柔伦庄园旁边，有一个布满圆石的浅河床，河流迅速从这里流过。山壁在薄雾中似隐似现，从山腰上流下来的河流穿透了已经融化的雪。大自然那生机勃勃的春意让她不禁痛哭起来，她为大家的无可奈何感到悲哀。

院子里一个人都没有，但是她能够听见说话声从用人的房间里传出来。新鲜的泥土已经散在了牛被杀的地方。她不晓得自己一个人要做什么，所以她来到已经建好了两堵木墙的新房子的后面。那里是她和芙希尔德放玩具的地方。她把玩具都收了起来，然后把它们放到了一个凹洞里，凹洞位于最下面基础墙和圆木之间。最近这一段时间芙希尔德要求克里斯汀把所有的玩具给她，克里斯汀为此感到很气愤。但现在她心里想着，她可以把自己拥有的所有东西都给妹妹，只要她可以康复。这个想法让她的心里稍微感到了一些安慰。

她想到了住在哈马城里的那个修士，他深信在每一个人的身上都会有奇迹发生。埃里克神父和她的父母却不这么认为，她一直跟随着他们的思想。克里斯汀第一次如此清晰地认识到，不同的人对相同的事情有不同的看法，好人和坏人也是相对而言的。埃德温修士及埃里克神父是这样，她的父母也是如此。她忽然意识到，在很多方面，他们的看法都是不一样的，心里不自觉地感受到了压力。

直到傍晚，克里斯汀才被托蒂丝看到她睡在角落里，于是她被托蒂丝带回了家。克里斯汀在这一天里没有吃任何东西。托蒂丝和拉根弗丽德整晚都在守护着芙希尔德。克里斯汀、托蒂丝的丈夫约翰，以及托蒂丝的儿子艾文和欧姆，四个人一起在托蒂丝的床上睡着了。男人们打鼾的声音，散发出来的体臭，还有小孩子安静的呼吸，这些都让克里斯汀的眼泪流了下来。今天之前她还和往前一样，和父亲、母亲以及妹妹芙希尔德睡在一起，而现在温暖的巢穴似乎崩裂了，她掉在了巢穴外面。她怀着寂寞并且辛酸的心情，终于哭着在陌生人的身边睡着了。

第二日清晨她刚起床，就听到了舅舅一行人离开的消息，他们是怒气冲冲地离开的。特隆德骂他的姐姐就是一个失去理智的疯子，而姐夫则是一个窝囊废，因为他一直不懂得怎么约束自己的夫人。克里斯汀十分生气，但是又感到十分惭愧，因为她明白是自己的母亲把舅舅赶走的，这件事情十分失礼。这是她第一次隐约感到自己的母亲在某些方面似乎和别的女人不太一样。

就在她想这件事想得入迷的时候，忽然一个仆人跑了过来，说是她父亲正在阁楼中等着她去看望。

克里斯汀进了房间之后，竟然忘记了要先去看望父亲，因为一个小女人正坐在大开的房门对面，灯光使她的脸上忽明忽暗。她肯定就是女巫，克里斯汀想道，然而她却不是想象中的样子。

爱丝希尔德坐在一个高背的扶手椅子上面，那是她的家人端来的。她的个子很小，就像一个儿童。她的面前是一张铺着拉根弗丽德最好的穗边亚麻台布的桌子，桌子上摆放着用银盘盛好的咸猪肉和鸡肉以及用雕花枫木钵盛好的果酒。她正在用银酒盅慢慢地喝着酒，银酒盅是劳伦斯的。她吃完之后，开始用拉根弗丽德所用的擦手巾去擦她那纤细的手。而拉根弗丽德竟然端了一铜盘的清水，亲自服侍她用。

擦过手的毛巾被爱丝希尔德夫人放到了膝盖上，然后她对克里斯汀展开了笑颜，并且嗓音清亮地对她说："小家伙，来我这里！"接着又对拉根弗丽德说："拉根弗丽德，你的两个女儿都十分漂亮。"

她的脸上有很多皱纹，然而肤色很红润，和小孩子的肌肤一样，她的肌肤摸起来一定是十分柔软的。她有着一副红艳清新的双唇，一双很大、很明亮的淡褐色的眼睛。她的头上戴着白色的用亚麻做成的头饰，头饰在她的下颌处被金钩别了起来，脸上还蒙了一层深蓝色的、看上去很柔软、用羊毛制成的披巾。披巾在她的肩头微微垂落，一直垂到了她那非常合身的深色衣服上。她的身体很匀称，克里斯汀认为这是她见过的最美、最高雅的老巫婆了，没有女人能够比得上她。

爱丝希尔德夫人柔软且苍老的手握在了克里斯汀的年轻小手上，并和她幽默而风趣地攀谈了起来，然而克里斯汀什么也回答不上来。爱丝希尔德夫人微微一笑，对拉根弗丽德说：

"你觉得她怕我吗？"

"不是的，不是的"，克里斯汀几乎要喊出来了。这一下爱丝希尔德夫人笑得更欢快了，接着对孩子的母亲说：

"她有一双很精明的眼睛，你的这个小家伙，手也十分强壮，我可以看得出来她很勤劳。在我离开这里后，你需要有一个人和你一起照料芙希尔德。因此，在我待在这里的这段时间里，希望你能够让她跟在我身边。她已经不小了，有能力做这些。她11岁了是吗？"

爱丝希尔德夫人边说边走到了门外，克里斯汀想和她一起出去，然而躺在床上的劳伦斯却叫住了她。他抬起来的膝盖下面垫了一个枕头，在床上平躺着。这是爱丝希尔德夫人教给他的躺法，这样躺着可以让胸前的伤好得快一些。

克里斯汀问劳伦斯："父亲大人，不用太长时间你就会好的，是吗？"

劳伦斯抬了抬头，用眼睛看向她，因为克里斯汀从来没有叫过他"大人"，所以劳伦斯很严肃地回答道：

"我没有大碍。倒是你的妹妹伤得很严重。"

克里斯汀哀叹了一声，说道："嗯。"

她站在父亲的床边。她的父亲没有再说什么，克里斯汀也不知道说什么好。过了一段时间后，劳伦斯说现在她应该到楼下她母亲及爱丝希尔德夫人的身边了。克里斯汀赶紧出去，穿过庭院，来到暖阁。

4

爱丝希尔德夫人大概会在柔伦庄园度过一整个夏天，于是民众都过来请教她。克里斯汀认为她的父亲和母亲不是很开心，而且据说埃里克神父还为此发了火。然而她把这种想法丢到一边，她也思索过她对爱丝希尔德夫人是什么样的看法。拉根弗丽德每天都跟在爱丝希尔德夫人身边，看着她，然后听她讲话，也不觉得厌烦。

芙希尔德仰着身子躺在床上面。她的小脸是惨白的，黑眼圈很重。漂亮的金发因为太长时间没洗，散发出一股臭味，金色也变得暗淡了，不再有波纹，也没有了光泽，像被火烧过的茅草一样。她看上去很是痛苦、疲倦，但是耐心十足。每当克里斯汀陪在她身边和她说话，给她看父母及亲友送来的礼物时，她的脸上就会露出很疲倦和痛苦的笑。那些礼物有用木头做的鸟兽、小棋盘、小饰物、天鹅绒帽、彩色缎带、洋娃娃等。克里斯汀帮妹妹把礼物放到一个小箱子里，芙希尔德十分认真地看着这些东西，疲惫地喘着气，然后用她柔弱的小手把东西放下来。

每当爱丝希尔德夫人走到她身边时，芙希尔德就会十分开心。她听话地把爱丝希尔德夫人给她做的用来解渴和催眠的饮料喝下去。在爱丝希尔德夫人为她治疗伤口的时候，她也不会说痛；在夫人用劳伦斯的竖琴为她弹奏、唱歌的时候，她听得十分开心。爱丝希尔德夫人会唱很多其他居民从来都没有听过的山歌。

在芙希尔德睡着后，夫人就把歌唱给克里斯汀听。偶尔她还会说一些关于她年少时的事情，那时候她住在南方马格努斯国王（六世）、埃里克国王及多位皇后的宫廷里。

有一天，她们像往常一样坐着的时候，爱丝希尔德夫人说起了这些故事，克里斯汀未经思索就说出了她一直以来思考的一个问题：

“我一直都很奇怪，为什么您能如此开心，以前您已经习惯了……”她忽然停住了，脸渐渐发红。

爱丝希尔德夫人看着她笑着说：

“你是在说我已经不富有了？”她轻轻地笑着接着说道：“克里斯汀，我曾经很幸福，但是当美酒被喝光，必须喝脱脂牛奶还有酸饮料时，我不会傻到整天来抱怨。一个人如果聪明的生活，聪明地使用他拥有的东西，快乐的生活就会持久。聪明的人都明白这些，因此我觉得聪明的人会喜欢平凡的生活，因为最好的生活是需要付出很大的代价的。如果有人在年轻时挥霍家产、及时行乐，那么人们就会认为他是傻子。不过，每个人对这一点都有不同的标准和看法。我认为，那些在事后后悔了的人才是傻瓜；而那些把家产挥霍光之后仍旧想着要和原先的朋友一起行乐的人则更是傻子。”

“芙希尔德还舒服吗？”她转过身去温柔地问拉根弗丽德。拉根弗丽德在爱丝希尔德的床边坐着，这时爱丝希尔德做了个很大的动作。

“她睡得很熟”，拉根弗丽德说话的同时已经来到了在火炉边上的爱丝希尔德夫人和克里斯汀身边。她站直了身体，俯视着爱丝希尔德夫人，并且把双手放到了出烟口的柱子上面。

拉根弗丽德说道：“你这些话克里斯汀是听不懂的。”

夫人回答道：“没错。然而我认为，在她还没有懂祈祷文之前，她已经在祈祷了。当一个人需要祈祷文或金玉良言的时候，往往是已经没有心情去学习这些了，所以也不可能了解这些。”

拉根弗丽德紧锁眉头，认真地思考着。这个时候她的那一双像密林山腰下小池子的眼睛明亮了起来。在克里斯汀小的时候她经常这么想，有时候也会听到别人这么说。爱丝希尔德夫人看向拉根弗丽德的神情似笑非笑，而拉根弗丽德在火炉的旁边坐着，并且在这个时候将一根小树枝放到了通红的灰烬中。

“然而，如果有人将家产挥霍在无聊的事情上，然后又遇到愿意用性命去换取在乎的东西，你觉得这个人此时不会为自己先前的行为感到后悔吗？”

爱丝希尔德夫人的神色有些像在回忆：“拉根弗丽德啊，既然怕东西被摔碎，就不要拿到手里。是否愿意付出自己的生命去冒险，可以由他们自己来决定，我们倒要看看，他会取得什么……”

拉根弗丽德把火上正在燃烧着的小树枝拿起来，然后将火焰吹灭，用另一只手把还在发热的末端盖住，火红的光芒从指缝之间射了出来。

“喂！这只是假设，假设，只是假设而已，爱丝希尔德夫人。”

爱丝希尔德夫人说道：“啊，拉根弗丽德，这个世上和生命等值的东西确实不多。”

拉根弗丽德激动地说：“确实不多，但仍旧是有的，”她的声音轻得几乎听不见，“比如说，我的丈夫。”

爱丝希尔德夫人低声说道：“拉根弗丽德，很多女孩会想尽办法留住一个男人，即使是在把自己的青春献给那个男人的时候，她们也是这样想的。然而你难道不知有一些人去了修道院或者是裸体进入荒野之中，把自己献给了耶稣，但是之后就后悔了吗？这样的人，在圣书上被称之为傻瓜。人们觉得那是耶稣欺骗了他们，这理当是罪过。”

拉根弗丽德静静地坐着。爱丝希尔德夫人又接着说道：“克里斯汀，到我这来，是时候我们一起去取芙希尔德晨间漱洗所需要用的露水了。”

月光下的院子半明半暗。拉根弗丽德和她们一起走着，越过农场的院子，到了种植卷心菜的园子的大门外。克里斯汀把从冰凉大卷心菜叶及蔷薇科药草花瓣上抖落下来的露珠盛到父亲的银质杯子中，看到纤细的母亲站在那里，影子打在地面上。

爱丝希尔德夫人及克里斯汀静悄悄地并肩走着，爱丝希尔德夫人保护着她。小孩子在这样的晚上单独出门是不安全的，只有被纯真少女采来的露水的药效才会更好。

她们走到大门口时，拉根弗丽德早就离开了。克里斯汀把银质杯子交给爱丝希尔德夫人的时候，浑身因为寒冷在不停地颤抖着。如今她和父亲一起睡在阁楼里，所以穿着湿透了鞋子的她开始奔向那里。当她刚刚踩上第一阶楼梯时，拉根弗丽德从走廊的阴暗处走了出来，手中端着冒着热气的饮料。

“喏，我给你温了一些啤酒。”她母亲说道。

克里斯汀很高兴地谢过她的母亲，然后把碗移到唇边准备喝。这个时候拉根弗丽德向她问道：

“克里斯汀，你确定爱丝希尔德夫人教你的知识中没有对上帝的不尊敬及罪恶的东西吧？”

克里斯汀回答道：“的确没有。她只提到了耶稣及圣母马利亚的名字，也说到了其他圣者的名字。”

“她教了你一些什么东西？”母亲接着问道。

“哦……止血、治肿疣和肿眼病的符咒啦，驱除衣服蠹虫和储藏室老鼠的方法啦，药草啦。什么样的药草要什么时候采为好，什么药草在什么时候是最有效的。但是她让我对任何人都不要念祈祷文，否则，被人听到之后就会没有效果。”克里斯汀快速地说着。

母亲把空碗拿起来放到了台阶上面。忽然，她伸出手抱住孩子，紧紧地搂住她亲吻着。克里斯汀能够清晰地感觉到她母亲又湿又热的脸颊：

“愿耶稣和圣母保佑你远离任何能伤害到你的邪恶东西。我和你父亲就只有你这么一个完好的孩子了。亲爱的，亲爱的孩子，永远不要忘记你现在是父亲唯一的安慰……”

拉根弗丽德重新回到了冬天的暖阁中，脱掉衣服后就在芙希尔德的旁边睡着了。她抱住了小家伙，两个人脸蛋贴着脸蛋，她能触摸到芙希尔德身体的温度，也能闻到她湿漉漉的头发散发出的臭味。在芙希尔德喝了爱丝希尔德夫人为她准备的晚间药物之后，一直都睡得很好，现在亦然。夫人放在床下的干草散发出来的气味让人想要睡觉，但是拉根弗丽德很长时间都没有睡着，月光照在出烟孔的牛角框上面，在屋顶上面映出很多小光点，她看着这些小光点。

爱丝希尔德夫人睡在另外一张床上面，但是拉根弗丽德不晓得她是不是睡着了。爱丝希尔德夫人从来没有提起过她们以前相识的事情，这一点儿令拉根弗丽德很害怕。即便她明白劳伦斯会恢复如初，芙希尔德的性命也会被保住，但是她从来没有像现在这样痛苦，每天生活在一种提心吊胆的恐惧之中。

爱丝希尔德夫人好像十分喜欢和克里斯汀交谈，时间慢慢地过去，克里斯汀跟她的关系也一天比一天好。有一天，她们一起去采草药，然后坐在位于山腰小绿地上的碎石陡坡下面。在这里她们能够看到佛莫庄园，也能够看见基德之子阿尔纳穿的红色上衣，他和她们两个一起骑马到山谷下，然后她们上山去采药，他就在这里照看着马匹。克里斯汀和她坐在那里，克里斯汀对爱丝希尔德夫人说起了见到女妖的事情的经过。她已经好几年没有想这件事情了，但是现在却又忽然想了起来。在她说话的时候，她竟然觉得爱丝希尔德夫人和那个女妖有一点儿相似，尽管她一直都明白，她们是不一样的。在她说完之后，爱丝希尔德夫人安静地坐着，俯瞰着山谷。

最后，她说道：

“那个时候你还只是个小孩，跑掉是正确的。但是，你听说过有人在拿了妖精赠送的财富后，又把妖精关到石洞里的故事吗？”

克里斯汀回答道：“这种故事我听说过，但是我不敢做这种事情。并且我觉得这样做是不公平的。”

爱丝希尔德夫人笑了，然后说道：“如果一个人没有勇气做他觉得是不公平的事情，这件事情就是一件好事了。然而，如果有人是因为没有勇气做，才觉得这是一件不公平的事情，那就不是一件好事了。”她突然说道：“在这个夏天，你长大了很多。你知不知道也许你以后会是一个美人？”

克里斯汀回答道：“每次，他们都认为我很像我的父亲。”

爱丝希尔德夫人安静地笑了：

“没错，如果你的身体和心都很像劳伦斯就最好了。但如果他们让你和一个山谷里的人结婚，则有点遗憾。我没有看不起这种朴实的乡村之风。然而这里的大人物们都太自以为是了，觉得整个挪威没有人能和他们相比。他们不允许我进门，而我不仅活了下来，还活得很舒服，也许他们觉得十分奇怪吧。他们骄傲，不肯学新知识，有懒惰的风气。他们认为这是史维尔时代大家和国王斗争造成的，其实这不是真的。你母亲家的先人和史维尔国王的关系很不错，曾经收到过他送的礼物。但你的舅舅如果想成为国王的大臣，为朝廷工作，他就必须修饰他的内涵及外表，特隆德没有花心思去做。然而，克里斯汀，你还是应该和一个受过爵士及宫廷里教育的人结婚。”克里斯汀从上往下看着佛莫庄园的大院子，看着阿尔纳红色的脊梁。爱丝希尔德夫人一说起以前生活的地方，克里斯汀就不自觉地把阿尔纳想象成骑士和伯爵的样子。她小时候总是把骑士和伯爵想象成父亲的样子。

“我的侄子，胡萨贝庄园的尼古拉斯之子伊兰德，可能会适合你，他很英俊。我的妹妹梅根希尔德去年路经山谷的时候曾来看过我，那个时候他也来了。没错，我很乐意撮合你们两个人在一起，但是你要是能够得到他做你的丈夫还是很难的。你的头发是金色的，他的头发是黑色的，并且有一双漂亮的眼睛。但是，如果我没有猜错我妹夫心思的话，那么他应该已经给伊兰德找到了比你条件好的对象了。”

克里斯汀很是惊讶：“那我有哪些不好呢？”她不会因为爱丝希尔德夫人所说的话感到生气。但是爱丝希尔德夫人似乎过于夸赞自己的亲戚了，这让克里斯汀有点觉得受到人的轻蔑和侮慢了。

爱丝希尔德回答道：“不错，你是个好姑娘，然而你进入我的亲戚圈子却是不适合的。你的先人在这个国家里是没有公权的异地人，而你母亲所在的吉斯林家族待在农庄里面太久了，山谷之外的人们已没人再记得他们。而我的妹夫却是史库尔之女玛格丽特皇后的外甥。”

克里斯汀没敢进行反驳，没有说没有公权来到挪威的是自己祖父的兄弟，而不是她的祖父。她坐在山腰的对面，默默地凝视着灰暗的山腰，想到她曾经爬到高原荒地上面，然后看到在她家的山谷和外面的世界之间有着很多的丘陵。这个时候爱丝希尔德夫人说，回家的时间到了，让她去叫阿尔纳。所以克里斯汀把手放在唇边，一边叫喊一边挥着手帕，后来终于看到农庄上面的红点动了几下，也挥手回答了。

之后，没过多久，爱丝希尔德夫人就离开了这里。不过，在秋天及初冬的时候她经常会到柔伦庄园里待几天，来看望芙希尔德。如今在白天的时候芙希尔德被人抱到床下，让她进行一下锻炼，大家希望她能站起来，然而她的脚刚触碰到地面，双腿就没有力气了。她的心情十分糟糕，面色苍白，经常诉苦。爱丝希尔德夫人特地做给她的马皮和细柳条花边袄让她觉得不舒服，她更喜欢在母亲的膝上躺着。拉根弗丽德从早到晚将生病的女儿抱在怀里，一切家务都由托蒂丝接管。克里斯汀也听从母亲的吩咐，开始向托蒂丝学习如何做家务，并帮助她做家务。

克里斯汀经常会想到爱丝希尔德夫人，在某些时候夫人会和她说话，而在另外一些时候她等了大半天，夫人也只在进门及告别时对她说句问候语。爱丝希尔德夫人只坐在那里和大人一起说话。如今有时候她的丈夫哥恩纳尔之子布柔恩也会陪太太一起来，但夫人跟丈夫在一起时几乎不理会克里斯汀。秋天的时候劳伦斯曾经骑马去豪根，把诊疗费给夫人送去，诊疗费是他们家里最好的一个银质大酒杯和一个银制盘子。他晚上在那边度过，之后对那个农庄很是欣赏，说那个地方很美丽，整整齐齐的，没有人们想象的那么小。屋子里的人在谈论关于福利的问题，那家的风俗十分得当，有南方大家族的风格。劳伦斯没说他对布柔恩是什么看法，然而无论布柔恩和妻子什么时候来到柔伦庄园，他都十分欢迎他们。劳伦斯对爱丝希尔德夫人很是欣赏，觉得很多关于她的传闻并不是真的，并且他还说道，20年前她绝对不需要用巫术来吸引男人——如今她已经年近花甲，看上去还那么年轻，有着非常迷人的风采。

克里斯汀知道，母亲因为这个不是很开心。拉根弗丽德没有说过任何关于爱丝希尔德夫人的话，然而她曾经说过布柔恩就像位于大石头下面的黄色扁草——克里斯汀认为这个比喻很合适。布柔恩显得老态龙钟。他呆滞、苍白并且肥胖，即使年龄只比劳伦斯大一点点，头却已经有些谢顶了。但是每个人都能够看出他以前十分英俊。克里斯汀没有和他交谈过，他几乎不说话，从进门到睡觉的时间里，会一直坐在他一开始坐着的地方。他能喝酒，然而这很少被人看出来。他很少吃东西，时不时地用他那有些苍白的怪怪的眼睛带着惊讶的神情盯着一个人看。

自从那件不幸的事情发生之后，劳伦斯曾多次去瓦吉，但是却没有和住在圣布庄园里的亲友们见面。埃里克神父和以前一样来柔伦庄园，所以经常会在那里见他的好朋友爱丝希尔德夫人（神父和爱丝希尔德夫人和好了）。民众觉得神父的这一举动很好，因为他自己就是个不错的医师。大人物们不能够公开地请教爱丝希尔德夫人，这是神父的行为被认可的原因之一。他们觉得神父有着很好的医术，并且他们不晓得要用什么态度去对待爱丝希尔德夫人和她的丈夫这两个不受亲友们欢迎的人。埃里克神父说过，他和夫人各不相干。关于巫术的问题，他并不是她所在教区的牧师，也许夫人渊博的知识对她灵魂的健康有影响，但是我们不要忘了，如果一个女人比邻居聪明，那么愚昧的人就会喜欢谈论这些巫术。相反，爱丝希尔德夫人对神父称赞有加，夫人每次来柔伦庄园做客时，都会去礼拜堂里面祈祷。

那一年的圣诞节过得很沉闷——芙希尔德依旧不能站起来，圣布庄园亲友们此刻也是音信全无。克里斯汀明白教区有一些人在议论这件事情，她的父亲对此心里很是不安，但她的母亲对此却无动于衷。克里斯汀认为她这样做是不对的。

圣诞节快要结束的一个傍晚，属于特隆德·吉斯林家的牧师西格尔神父驾着一辆大雪橇来到了这里。请柔伦庄园的人到圣布庄园去赴宴是他这次的主要任务。

附近教区的人们不太喜欢西格尔神父，是因为他一直在管理着特隆德的地产。民众对特隆德不公平又狠心的行为所产生的不满部分就落到了西格尔神父的身上。实际情况是，特隆德确实对佃户压迫得很厉害。西格尔神父精通计算，知晓法律，同时又是一个很好的医师，可能也没有他自己认为的那么好。然而大家都因为他的行为举止而轻视他。更何况他还总是说些愚蠢的话。拉根弗丽德和劳伦斯一直都不怎么喜欢他，然而圣布庄园里的人却十分尊重这位神父，对他的评价非常好。柔伦庄园没把他请来为芙希尔德诊治，他们及神父个人都不怎么开心。

很不幸的是，西格尔神父来到柔伦庄园的时候，爱丝希尔德夫人和布柔恩爵士也来了，除此以外埃里克神父、阿尔纳的父母——芬斯勃列肯庄园的基德和英加夫妇都在，并且洛普斯庄园的约翰以及哈马城的布道会修士亚斯高特也来了。

拉根弗丽德再一次把圣诞食品摆了出来，劳伦斯正在看西格尔神父送来的信，西格尔神父想去看望芙希尔德一下。芙希尔德早已在床上睡着，但西格尔神父愣是把她弄醒了，然后检查了一下她的后背及手脚，问了她很多问题，一开始语气十分温和，但是孩子却非常害怕，他也便越发不耐烦了。西格尔的个子不高，像个侏儒，脸非常大，并且很红，就像火焰一样。他想让她在地板上站起来，看看她的双脚，但是她用力地大叫起来。爱丝希尔德夫人看到了，就来到芙希尔德的身边，将兽皮被褥盖在了她的身上，然后说孩子太困了，即使双腿很有力，这个时候也是不能站起来的。

为此神父用很大的声音说道，他是一位大家公认的好医生。爱丝希尔德夫人于是拉住他的手，把他带到高席上面坐着，并向他讲解自己为治疗芙希尔德而采取的方法，还就每一个细节向他询问意见。如此一来，他的心情才变得好一些，接着便开始享用起了拉根弗丽德准备的酒菜。

喝了很多酒之后，西格尔神父又变得动不动就发脾气了，非常急躁，他明白这屋里没有一个人喜欢他。一开始他找基德攀谈，基德以前曾是瓦吉和西尔地区的管家，并且是被哈马主教派到那里的，他主要教管的地区和伊瓦尔之子特隆德之间有过多次矛盾。基德不喜欢说话，但他的妻子英加的性格却很火爆，之后亚斯高特修士调解道：

“西格尔神父，你不要忘记我们尊敬的英雅尔德主教同时也是你的上司，我们知道你在哈马城的所有事情，在圣布庄园里面耽溺于享受，从没有尽过神职人员的职责，总是作为特隆德的帮凶，帮助他干一些坏事。你没有拯救他的心灵，也让圣布教堂失去了威信。你不知道破坏灵性父兄权威的坏牧师会有什么样的下场吗？你难道不知道坎特伯雷的圣托马斯曾被天使们带到地狱的门口，看到了地狱的情形吗？他因为看不到别人反对他而感到奇怪，就像你不服从主教一样。他会拯救所有的罪人，在他要为耶稣的慈悲而赞美时，天使却叫魔鬼稍微地翘起一点点尾巴，于是所有曾违犯教会利益的牧师和学者就大锣咚咚响，浓郁的硫黄味全出来了。到了这个时候他才明白他们去了哪里。”

西格尔神父说道：“你没说真话，亚斯高特修士，这个故事我也听说过，但神父并不是主角，行乞的修士才是，他们跟随着魔鬼，就像飞出了蜂巢的胡蜂。”

约翰大笑了起来，他的笑声在所有人中最大，他大声说道：

“我认为那里面这两种人都有。”

哥恩纳尔之子布柔恩爵士说道：“既然如此，魔鬼后面的尾巴肯定非常的宽阔。”

爱丝希尔德夫人也笑了，说：“是的，我们知道魔鬼身后都会有一条长长的尾巴。”

西格尔神父大声说道：“闭嘴，爱丝希尔德夫人，不需要你来讲魔鬼后面的长尾巴。你以为你坐在这里就是这里的主人吗？这里的女主人难道不是拉根弗丽德吗？不过奇怪的是，你竟然没有办法救她的孩子，你以前有很厉害的药，可以让在锅里面煮熟的羊肉重新变成羊，让非处女在洞房时再为处女的仙水呢？这个时候怎么没有了呢？你不要认为我不知道在这个教区里你曾帮助非处女的新娘洗澡……”

埃里克神父跳了起来，拽着西格尔神父的腿和肩膀，把他推倒在餐桌的对面，顿时餐桌上的酒及饮料等流质食物洒满了桌子和地面。西格尔神父直直地躺在地上，衣服已经被扯烂。埃里克神父穿过餐桌，想要再教训他，慌乱之中听到他喊道：

“闭上你的臭嘴，你这个从地狱里逃出来的神父。”

劳伦斯让人将他们俩拉开。拉根弗丽德拧绞着双手，站在餐桌旁边，神色沮丧，脸如死灰。这个时候爱丝希尔德夫人赶紧跑过去，把西格尔神父扶起来，并将他脸上的鲜血擦掉。她倒了杯蜂蜜水给他压惊，说道：

“埃里克神父，不要太过认真，这只是宴会上的一个笑话罢了。你好好坐在这里，我把关于婚礼的事情给你们讲一讲。那件事情根本不是发生在我们这个地方，所以我也没有福气拥有那种药。如果我能制出那样的药，我们这个时候就不会在这个荒山上的小农场里待着了。我肯定已经是有钱人，能够在丰饶的大牧区里买到土地，那里既靠近城市又靠近僧会礼堂、修道院和主教。”她看着那三个神职人员笑了。

“但是，相传以前有人有这种药。据说这是发生在英格国王时期，如果我没有弄错的话，那位新郎应该是勃拉提郎之子彼得。至于新娘是他三位妻子中的哪一位，现在却不能说出来，因为他们的后代现在都还在。当时，这位新娘出于某种目的，千方百计地想得到仙水，并最终设法弄到了。当她准备用这种药水在地窖里清洗自己身体的时候，她未来的婆婆进来了。这位未来的婆婆是骑马来参加他们婚礼的，一路上风尘仆仆，此时感觉非常乏困。于是婆婆脱去衣服，进了放有药水的浴桶里。新娘的这位未来的婆婆年纪已经很大了，并且曾经生育过9个孩子。当天夜里这位新娘的丈夫和公公都碰到了一件非常意外的事情！”

屋里笑声连连，基德和约翰吵着要爱丝希尔德夫人多说一些有趣的故事。然而夫人说道：“不行！这里可是有两位神父和亚斯高特修士在呢，而且小伙子和小女仆也在这里。我们不能再说了，否则话题会越来越粗俗不像话的。我们应该知道，今天可是很神圣的。”

男士们不同意，但是女士们都很赞成。谁都没有注意到拉根弗丽德已经不在房间了。过了一会儿，坐在女宾最末席和女佣在一起的克里斯汀到了睡觉的时间，这里客人很多，所以她必须到托蒂丝的房间里睡。

外面的天气非常的寒冷，北极光似乎落到了北方的山头上，若隐若现。克里斯汀双手交叉地捂在胸前，颤抖着跑过院子，脚下的积雪发出咯吱咯吱的声音。

这个时候克里斯汀看到一个女人在旧阁楼里阴影处的雪地上来回走动，手臂打开，双手拧着，绝望地大声地哭喊着。克里斯汀认出这个人就是她的母亲，她被吓到了，赶紧跑到母亲身边，问母亲是否病了。

拉根弗丽德回答道："没有，没有，我只是出来透透气。你快回到床上去睡吧，孩子。"

克里斯汀转过身子走过来，母亲在后面温柔地叫她：

"去房间里吧，在你父亲及芙希尔德的身边睡觉，把她抱住，别让你父亲没注意压到了她。他喝酒喝多后，一直都睡得非常熟。我晚上会去旧阁楼里休息。"

克里斯汀说道："上帝啊！母亲，你如果在那边休息，还是一个人，你会很冷的。如果你晚上没有在床上睡觉，你觉得父亲会怎么想？"

母亲回答道："他不会注意到的。在我出来之时，他已经睡着了。明天早上他肯定起得非常晚。快回去吧，按照我说的去做。"

克里斯汀大哭道："你会受凉的。"然而母亲很温和地对她说，让她回去，自己则去了阁楼。

阁楼中像院子里一样冷，并且很黑。拉根弗丽德困难地摸索着来到床边，把头饰摘下，又将鞋子脱掉后，才钻进了兽皮做的被褥里面。被窝中十分寒冷，像在冰天雪地里一样。她用兽皮把脑袋盖住，膝盖蜷起顶到了下颌处，用双手抱住胸膛，静静地流着泪。有时将声音放小，只有泪水在流淌着；有时大声地哭出来，牙齿咬得咯咯响。周围的被子渐渐地变暖后，她才有些睡意，含着泪在迷迷糊糊中睡着了。

5

在克里斯汀年满15岁那年，戴夫林庄园的古德蒙之子安德列斯爵士和布柔哥夫之子劳伦斯在豪乐蒂斯会议上见面了。双方为安德列斯的次子西蒙和劳伦斯之女克里斯汀订下了婚约，并且西蒙将会继承属于安德列斯爵士母亲所有的佛莫庄园。他们只是握手订下约定，但没有写下字据，这是由于安德列斯爵士需要先立下遗产的分配计划。由于这个原因，他们并没有进行订婚典礼。劳伦斯以丰富的宴席接待了来到柔伦庄园看望新娘的安德列斯爵士及西蒙。

在这之前，劳伦斯想要建造的两层楼高的新房子已经建好，在起居室和阁楼里都已经将石造的壁炉安装好。新房布置得很美丽，还有雅致的木雕花饰做装饰。他还把旧阁楼重新建造，并且翻造了很多其他的房屋，因此他现在的住所很符合他国王侍从这个身份。现在的劳伦斯非常有钱，经营的各项事业也十分成功，并且还能聪明又细心地管理好自己的资产。但他最为出名的是善于养马及各种牛。他能够和戴夫林世家成为亲家，女儿女婿将会继承到佛莫庄园，每个人都认为他已经成为乡间里的重要人物了。他，还有拉根弗丽德都非常满意这门婚事，安德列斯爵士和西蒙也很满意。

克里斯汀第一次见到安德列斯之子西蒙的时候有些失望。因为在此之前，她听到很多人称赞他的外貌及风采，所以对未婚夫抱有很大的期望。西蒙确实非常英俊，然而跟其他20岁年龄的男子相比却有点胖了。他的脖子很短，脸如同月亮一般圆。他有一头非常漂亮的棕色卷发，灰色的眼睛十分清朗、深邃。他的眼皮有点厚，鼻子和嘴巴非常小，嘴唇微微翘起，然而不怎么难看。虽然他有一点儿胖，但并没有影响到他的行动，他仍旧行动轻快敏捷，并且精于许多运动。他能说会道，尽管有点鲁莽，然而劳伦斯觉得他跟长辈交流时，流露出了很好的学识和修养。

拉根弗丽德很快便喜欢上了他，芙希尔德也对他十分敬爱，西蒙对在病中的芙希尔德更是温和。当克里斯汀对他圆圆的脸及温和说话的样子有些习惯的时候，她对西蒙已经很满意了，同时也满意于父亲对她的安排。

爱丝希尔德夫人也在被邀请的贵宾之列。自柔伦庄园接纳她以来，旁边教区身份高贵的人们逐渐记起了她的身世，不再在乎她不好的传闻，所以夫人经常出来进行交际。她看见西蒙后说：

“克里斯汀，这门亲事很好。西蒙以后会有很好的发展，你会少去很多烦恼，西蒙肯定非常好相处。然而我总认为他有些胖并有些太容易快乐了，如果这个时候挪威的风气和以前相同——其他国家现在还是这样呢——人们对待罪人并不比耶稣对待罪人更加严厉，那么我倒要劝你找一个苗条而又性情忧郁的人做男朋友，这样你和他可以很容易交流。如此我会说，你和西蒙的结合真是太合适了。”

克里斯汀不太明白夫人的意思，然而她依旧害羞得脸都红了。

随着时间的渐渐流逝，父母为她准备的嫁妆箱越来越满了，她经常听到别人说起她的亲事，谈论她会带到新家什么东西，这个时候她希望能够早日订婚，这样西蒙就能来北方了。之后的日子里她经常想念他，为他们将来能在一起而感到高兴。

这个时候克里斯汀已经长成了大姑娘，非常漂亮。她的个子与腰很像她的父亲，又高又细，手脚及关节都很纤细，但很圆润。她的脸不长，有一点点圆的，额头是低平偏宽的，肌肤似白玉。眼睛是灰色的，大而温柔，眉形非常优美。嘴巴略微偏大，然而嘴唇十分丰满红润，下巴圆圆的如同苹果一般，非常好看。她的头发浓密且长，颜色偏暗，说是棕色比说是黄色应该更加符合一些，她的头发很直。劳伦斯最想听埃里克神父说的话就是赞赏克里斯汀的话，神父看着她渐渐长大，还教导她看书写字，对她十分爱护。然而神父有时候把她称为一匹毛色光亮、天真无邪的小马，对此她的父亲很不开心。

但是，大家都认为，倘若芙希尔德没有出事，她肯定比姐姐漂亮。芙希尔德的小脸可爱俊俏，白皙透亮，像百合和玫瑰一样漂亮，淡黄色的发丝十分柔软，在喉头及肩膀周围轻轻晃动。眼睛遗传自母亲所在的吉斯林家族。她有一双黑直的眉毛，眉毛下面的灰蓝色眼睛微陷，像水晶一样透亮。然而眼神却是温柔的，不像其他人一般尖锐。这个女孩的嗓音也非常好，在唱歌或说话的时候都会让人觉得非常舒服。她喜欢并且擅长弹各种弦乐器、下棋以及读书，但是不喜欢需要用到手的活动，因为用一会儿手和背脊就会非常酸痛，很容易感到疲劳。

事实上，这个美丽的女孩几乎没有完全恢复的机会了。在她的父母把她带到尼达洛斯的圣奥拉夫圣龛祈祷后，她的身体的确变好了一些。劳伦斯及拉根弗丽德曾经用担架抬着孩子，不带任何人，徒步走到那里。在他们回来之后，芙希尔德的手脚变得有力一些了，在丁字杖的帮助下可以走几步路。然而他们知道她不能够康复，结婚的可能性是非常小的。因此等时机成熟了，她和她所有的财产，都会被一起送到修道院里去。

关于这件事没有人在她面前提起过，所以芙希尔德并没有觉得自己和其他孩子有什么不一样。她喜欢穿漂亮的衣服，父母不想让她失望，因此拉根弗丽德为她做了很多衣服，让她打扮得像个小公主一样。芙希尔德曾经在劳加桥上看到过周游的摊贩卖的东西。她看到琥珀色的绸缎后，想要一件丝绸做的汗衣，但是劳伦斯并不习惯跟这种商贩做生意，他们这种行为是违法的，在乡村教区里不能销售城里市场的东西。然而这一次他马上买下了一大包，拿出其中的一部分作为克里斯汀出嫁时衣服的材料，整个夏天她都要做这个了。以往她汗衣的制作材料都是羊毛或者亚麻。芙希尔德如今有两件汗衣，一件用丝网制成的，在节庆的时候穿，一件用亚麻制成的，上面有丝绸花边，在星期日穿。

现在布柔哥夫之子劳伦斯还拥有一个不太大的劳加桥农庄，由托蒂丝和约翰暂时负责经营。劳伦斯及拉根弗丽德的小女儿兰波和他们一起住，托蒂丝照顾着兰波。这个女孩诞生后，拉根弗丽德一直不敢去看望她，怕给女儿带来不好的遭遇。然而她非常疼爱小女儿，送了很多礼物给她和托蒂丝。后来的日子里她经常到劳加桥那里去看望兰波，最喜欢在孩子睡熟之后再进去，静静地坐在孩子旁边看她。劳伦斯及兰波的两个姐姐也经常去劳加桥那里陪伴小家伙。她十分健康、强壮，就是没有姐姐们好看。

这一年是基德之子阿尔纳最后一年在柔伦庄园过夏天。主教曾同基德说会帮助他发展自己的事业，所以秋天的时候阿尔纳会去哈马城。

克里斯汀明知道阿尔纳非常喜欢她，然而她的心像个小孩子似的，很少去思考这些。他们仍旧保持儿时的那种亲密关系：有时间克里斯汀就会去找他玩。在家里或者教堂绿地上举行舞会的时候，克里斯汀也总是会跟他一起跳舞。对此，克里斯汀的母亲非常不高兴，但克里斯汀却认为这很滑稽。然而她没有对阿尔纳说过西蒙或者她的婚姻之类的事，因为她发现，只要有人说起这件事情，阿尔纳就会变得非常不开心。

阿尔纳有一双非常灵巧的手，为克里斯汀做了一个做针线活的工作台当作纪念品。他早已在缝纫箱及椅架上面刻满了美丽的纹路，这个时候正在锻冶场里为打造铁皮链及大锁而忙着。夏天，一个明媚的傍晚，克里斯汀到下面去看望他。她身上带着一件需要缝补的短上衣，是她父亲的，所以她一边跟锻冶场里面的男孩们说话，一边为父亲缝制衣服。芙希尔德也跟着姐姐来了，她在丁字杖的帮助下一瘸一拐地走着，嘴里吃着在田野里石堆间长着的野草莓。

过了一会儿，阿尔纳从工厂内来到门口透透气。他想在克里斯汀的旁边坐下，然而克里斯汀却一直往外面移，不想让他身上的烟灰把自己的衣服弄脏。

阿尔纳说道：“我们已经这么生疏了吗？你是怕我这个农家少年

玷污了你吗？”

克里斯汀很是惊讶：

“你明白我是什么意思。将围裙脱下来，把手上的木炭给洗掉，然后到我身边坐着，休息一会儿。”她让了一个位子给他。

然而阿尔纳却躺到了她面前的那片草地上面。于是她又说道：

“别，不要生气啊，阿尔纳。你是觉得我忘记了我们是多年的好友甚至不感激你为我做礼物吗？”

“那么我是你的好友吗？”他问克里斯汀。

克里斯汀回答道：“你自己最清楚。我不会忘记你的。然而你要去外面的世界了，可能会赢得财富、名望或者其他你想要的。你大概会在我忘记你之前就忘记我了。”

阿尔纳笑了：“我会先忘了你？克里斯汀，你还小，不懂。”

她回答道：“你也不比我大多少啊。”

阿尔纳又说道：“我和西蒙·达尔同岁。我们也像戴夫林世家的人那样上过战场，只不过是我的父母运气不好而已。”

他用草把手擦干，握住克里斯汀的脚踝，把脸放在了她的小腿上面。她想把脚抽回，阿尔纳说道：

“你母亲在劳加桥那里，父亲出去骑马了，这里没人能看到我们。你就听我说一下我的心声好吧。”

克里斯汀回答道：“从小我们就相识了，就算我们相互喜欢也是没用的，我们是不会有结果的。”

阿尔纳问道：“我可以将额头放在你的膝盖上吗？”克里斯汀还没回答，他就将脑袋枕在了克里斯汀的腿上，并搂住了她的细腰，空闲着的另一只手则在抚摩着她的头发。

过了一段时间他问道：“你喜欢让西蒙枕在你的腿上动你的发丝吗？”

克里斯汀没有说话，心情忽然沉重起来，阿尔纳所说的话及他的脑袋都让她觉得很沉重，她眼前似乎有门可以进到房间里，但又有很多黑暗的路通向更黑暗的地方。她现在觉得既悲哀又沉重，不知道该怎么办。

突然，她说道：“结了婚的人是不会这样的。”她好像找到了解决的办法。她试图将阿尔纳的脸想象成西蒙的脸，她听到了他的嗓音，情不自禁地笑了出来：“西蒙一定不会躺倒在地面上然后玩我的脚的。”

阿尔纳说道：“你不懂，他会在床上和你玩耍。”他说话的声音让她觉得恶心，一时间身上都没有了力气。她想把在她腿上的头推开，然而他使劲地贴紧她的腿，温柔地说道：

“克里斯汀，如果我们结婚了，每天晚上我们一起睡觉，我会动你的指头、鞋子以及头发，每天都和你在一起。”

他半撑起身体，用手抱住她的肩，看着她的眼睛。

克里斯汀羞涩地说道：“你不应该跟我说这些的。”

阿尔纳说道：“是的。”他站了起来：“但是请你如实地告诉我，你是不是更愿意和我结婚呢？”

“啊！是的，”她安静地坐着，一会之后说，“我宁可不和任何人结婚，我不要结婚。”

阿尔纳的身子没有动，说道：

“那你是想献身给修道院，有着跟芙希尔德一样的未来，一辈子都是处女吗？”

克里斯汀两只手交叉着在膝盖上按着。身上忽然有了一种甜蜜且奇怪的感觉。她颤抖了一下，现在才觉得妹妹很是可怜，她流下了眼泪，为自己的妹妹。

阿尔纳低声说道："克里斯汀！"

这时芙希尔德忽然尖叫起来。丁字杖被石头卡住了，她摔倒在地上。阿尔纳和克里斯汀赶紧跑了过去，阿尔纳把芙希尔德抱起来，放到了克里斯汀的怀里。芙希尔德受伤的嘴唇流出了很多血。克里斯汀把她抱到锻冶场的门口坐着，阿尔纳找了些水用木碗盛着端过来，两个人一起清洗她的小脸，她的膝盖也受伤了。克里斯汀十分温柔地查看她腿上的伤。

芙希尔德哭泣的声音逐渐变小了，然而她还在流泪，习惯了痛楚的人都是这样的。克里斯汀抱住她的脑袋温柔地摇晃着她的身体。

这时，奥拉夫教堂晚上祈祷的钟声响了。

阿尔纳还在对克里斯汀说着话，但是克里斯汀没有理他，只是低头看着妹妹，然后他被吓到了，问她芙希尔德的伤是不是很严重。克里斯汀摇了一下头，仍旧没有看他。

然后她抱着芙希尔德站了起来，慢慢地向农场建筑物走去。阿尔纳跟在她的后头，很是烦恼，克里斯汀想得太多了，表情非常严肃。在她走路的过程中，钟声在起伏的草地和谷地上回荡。当她走到屋子里时，钟声仍旧没有停。

她将芙希尔德放到两个人一起睡觉的床上。自克里斯汀成为少女，不能再跟父母一起睡后，她们姐妹俩就在这里一起睡觉了。她把鞋子脱掉，然后在妹妹的身边躺下，一直躺到钟声停下来，妹妹睡着了之后。

钟声刚刚响起，当她看着芙希尔德受伤的小脸的时候，她觉得这可能是对她的一个启示。如果她代替妹妹去修道院，如果她发誓去服侍耶稣及圣母，也许上帝会让妹妹恢复健康和力量呢。

埃德温修士所说的话在她耳边响起，现在的父母只愿意让有残疾或者有病的孩子去侍奉上帝。她明白父亲和母亲是多么虔诚，然而她只听到父母谈论她结婚的事情，他们明白芙希尔德不会康复的，所以才有了把她送进修道院的想法。克里斯汀其实一点儿也不想去，她强迫自己把去当修女以换取芙希尔德健康的想法丢掉。她记得埃里克神父所说的话，奇迹很少存在。然而现在她认为埃德温修士说得更对，如果一个人有坚定的信念，那么奇迹就有可能存在。可惜她并没有坚定的信念，对于耶稣、圣母以及圣徒，她没有很深的感情，她甚至并不想深深地去爱他们，她更喜欢世俗。

克里斯汀吻着芙希尔德柔顺的长发。她已经睡着了，并且睡得很好。姐姐的心不安宁，又重新躺到了床上。她的心由于哀愁及羞愧在流着血，然而她明白自己并不相信那个启示及奇迹，让自己丢掉美貌、健康以及爱情是她所不愿意的。

所以她用这个想法自我安慰，父母肯定也不同意自己这么做的。他们不会觉得这样就会有效。再说她早已订了婚，并且父母对西蒙是那么的满意，他们不会愿意失去这个女婿的，他们为拥有这个女婿而感到骄傲。她这时反而认为自己被利用了。刹那间她开始厌恶起西蒙那圆润的脸及一直笑着的小眼睛，认为他像个皮球，总是蹦跳着。她也不喜欢他幽默的话语，那让她觉得自己很笨拙。嫁给他，和他一起去佛莫庄园里居住并不是什么光荣的事，然而她还是觉得嫁给他比去修道院要好很多。唉！山丘外面的世界啊，爱丝希尔德夫人说过的伯爵、爵士以及皇宫，一个目中有悲情的人，愿意和她一起进出，不会厌烦的英俊男子，他们在哪里？多年前的夏日的那一幕在她的记忆中浮现。阿尔纳侧着身子在睡觉，柔顺的棕色头发在石楠荒地上散落着。那个时候她就十分敬爱他，把他当成亲哥哥。他知道他们不能成为情人，却对她讲了这些话，真是不应该啊。

劳加桥农庄的人带信回来了，说她母亲夜里会住在那边。克里斯汀准备更衣休息。她已经开始解衣裳了，突然又把鞋子穿上，披上斗篷走到门外。

夜空在山上呈现出绿色的光芒。月亮藏在冈丘后面，快要出来了，在浮云的衬托下像银子一样发亮。天空越来越亮，如同金属一般。

她走在围墙之间，穿过大路，来到通向教堂的斜坡之上。教堂安静地伫立在那里，似乎进入了梦乡，大门关闭着。她走到十字架的旁边，这个十字架所在的位置是以前圣奥拉夫躲避敌人，在这里休息的地方。

克里斯汀在石头地面上跪了下来，双手叠加，放到十字架的底部，祈祷道："伟大的十字架啊，你是指引人们的桅杆，是最美丽的大树，是引导病人们走向健康的道路。"

念祈祷文的同时，她的希望就像湖上荡起的波纹，逐渐变宽，然后消逝了。她乱糟糟的思绪平息了下来，心情变好了很多，但心里逐渐升起的是不知因何而起的悲哀。

她在那里跪着，听着夜里的各种响声，微风叹息的声音，教堂旁边树林外面小溪的流水声。小溪从右侧穿过路面，她的周围黑乎乎的，只能隐约看到流淌着的小溪，溪水流淌到下面的山谷中。月亮从山的细缝中升起，树叶上的露珠及石头在月光的照耀下闪闪发亮，教堂院门边的钟墙重新涂过了柏油，在夜色里十分模糊。然后月亮又藏进了更高处的山脊里面，现在天空大半被透亮的乌云遮住了。

她听到有马儿在路上的马蹄声，还听到人们说话的声音。教堂离家非常近，所以这里的每个人她都认识，因此她并不害怕，她认为这里非常安全。她父亲的宠物狗向她跑来，然后回到树林，又跑到了她的身边。她的父亲从树林里走出来向她打着招呼。他把古斯维宁牵在手上，有几只野禽在马鞍上挂着。劳伦斯的胳膊上有一只蒙着眼睛的老鹰停在那里。他和一个穿着长袍，略微有些驼背的人一起走着，即使克里斯汀没有看到他的容貌，她也知道那是埃德温修士。她走向前去迎接他们，好像在梦里一样。劳伦斯问她还记不记得这个人，克里斯汀只是微微一笑。

劳伦斯是在罗斯特桥旁边遇见埃德温修士的，最终说服他和自己一起回来过夜。然而埃德温修士非要住在畜栏里面。他说："我身上的虱子很多，不能睡好床。"

不管劳伦斯如何劝说，他都坚持着。一开始的时候他还想在院子里吃东西呢，是他们一定要让他去大厅的，克里斯汀点燃了壁炉，又把点燃的蜡烛放到餐台上，一个女佣将肉类及美酒端了上来。

修士坐在门口的长凳上，在门口吃着冷粥，喝着清水，其他的什么都不吃。劳伦斯让他去洗浴，换一下衣服，他依旧没有同意。

埃德温修士坐立不安，不停地挠痒，笑容布满了瘦削的脸。

他说道："不，不，这些虱子比皮鞭或耶稣的言语更加厉害，在咬着我身上的皮肤。我曾经在山里的一块石头上度过了一个夏天，他们只让我到野外去斋戒及祷告，那时候我就在想，我可真像一个归隐的人。赛特纳幽谷里的穷人会给我吃的东西，那里的人们认为他们见到的是一个真正对上帝虔诚的人。他们对我说，埃德温修士啊，倘若世界上像你这样的修士多一些的话，我们的过错也会改正得快一些。然而我们看到的主教、修士以及神父们在斗来斗去，就像在抢食的小猪一样。我对他们说，这样的话对上帝是不尊敬的，不过我喜欢听。我在山里唱歌、祈祷，回声也在山里回荡。这个时候我能感觉到虱子在我的皮肤上面打架，撕咬我的皮肤，倘若能够听到一个爱干净的女人大声说道，'这个时候是夏季，那个肮脏的猪能睡在谷仓里已经很不错了'，这样更有利于我的灵魂的健康。我现在要去北边，去尼达洛斯那里过圣奥拉夫守夜节，即使人们不喜欢靠近我也可以……"

芙希尔德苏醒了过来，劳伦斯走到她身边抱起她，用自己的斗篷把她裹住：

"尊敬的修士啊，这就是我说到的女孩。请你用手抚摩她，替她向耶稣祈祷吧。听说你以前为北边梅尔山谷里的一个男孩子祈祷过，后来他就能重新走路了……"

埃德温修士用手把芙希尔德的下巴温柔地托起来，看着她的脸，然后吻了吻她的手。

"布柔哥夫之子劳伦斯啊，你和嫂夫人不如不要违抗上帝的旨意，祈祷不接受魔鬼的诱惑吧。上帝已经为她安排好了道路，让她到达安全的地方，看到芙希尔德的眼睛我就明白，她是幸福的，她下辈子的家人正在为她祈祷呢。”

劳伦斯低声说道：“据说那个居住在梅尔山谷里的男孩子已经恢复了。”

“他是独生子，且母亲是个寡妇，如果他的母亲死了，教区就必须给他衣食，养活他。但寡妇祈祷耶稣可以让她变得不害怕，让她相信上帝已经为她的孩子安排好了道路。我只是陪着她一起祈祷。”

劳伦斯的心很沉重：“她母亲和我都非常不想接受这种道路。而且她是如此的善良美丽。”

埃德温修士又问道：“你看到过居住在幽谷南面丽德镇上的那个女孩吗？你想让自己的女儿也像她一样吗？”劳伦斯的身体在颤抖，他紧紧地抱住女儿。

埃德温修士再次说道：“难道你不认为在主的眼里，我们的残缺不是来源于罪恶吗？即使我们有罪恶，在主的眼里，我们就不再是他所悲悯的孩子了吗？我始终觉得，其实我们生活得并没有那么差。”

他来到挂在墙上的圣母像面前，所有人都跪了下来，在修士的带领下做晚祷。他们认为埃德温修士可以为他们带来安慰。

但是，在他走出房门，到别的地方休息的时候，女仆爱斯丽德很是细心地将他刚才站过和坐过的地方仔细打扫干净，并且立刻把垃圾扔到了火堆里。

第二天清晨，克里斯汀很早就起来了，把奶粥及麦饼放到一个非常好的火漆桦木里，她晓得埃德温修士食素，并亲自将食物端给他。家里的人几乎都还没有起来。

埃德温修士此时在牛房边的木板上站着，已经准备好了拐杖和头陀袋，准备出发。他笑了笑，谢过克里斯汀之后，就直接坐在草地上吃东西，克里斯汀则坐在他的旁边。

她的宠物狗跑到了这边，挂在脖子上的铃铛不停地响着。她把小狗放到膝盖上面，埃德温修士给了它一些碎掉的麦饼，不停地称赞它。

他说道："这个品种的狗是尤芙蜜雅皇后从国外引进的。现在你们柔伦庄园里所有的事情几乎都非常顺利，真是五谷丰登、六畜兴旺啊。"

克里斯汀此时高兴得满面春风。她一直都相信这只狗的血统很好，也为拥有它而骄傲。这个教区没有和它一样的狗了。然而她却不晓得它的品种和皇后狗的品种相同。

她回答说："这是安德列斯之子西蒙送的"，说话的同时把小狗抱到了自己的怀里，小狗用舌头舔着她的小脸，"它叫科特林。"

她曾经想向埃德温修士请教如何解决自己的烦恼。然而这个时候她不打算再回想昨天晚上的那个想法了。埃德温修士认为耶稣会给芙希尔德安排好道路的。订婚的仪式还没有进行，西蒙就把这么好的礼物送给了自己，他真的很好。她不愿意去想阿尔纳，她觉得，他不该那样对自己。

埃德温修士将拐杖及头陀袋拿好了，嘱咐克里斯汀告诉屋里的人，他要趁着早晨的凉爽上路，不等大家起床了。她送他上路，陪他走过教堂后又陪他走了一会儿。

分别的时候，埃德温修士祝福她一切顺利，还给她画了个十字。

“尊敬的修士，你能像对芙希尔德一样给我一些忠告吗？”克里斯汀抓住他的手，请求道。

埃德温修士的脚因痛风而肿胀了，他在湿草地上面揉了一会：

“孩子啊，我想要你记住主是如此眷顾住在此处谷地的人们。这里不经常下雨，然而山上却有泉水流下，并且每天夜里都有露珠去湿润草地及田野。要对上苍赐予的好礼物怀有感恩之心，不要不知满足。你有好看的金发，所以不要为你的发质不好而抱怨。你是否听过一个关于老太婆的故事？当她坐在那里，为她只有一小块猪肉不能满足七个孩子的圣诞大餐而哭泣的时候，圣奥拉夫骑着马从那里经过，听到后，用手摸着那块肉，向上帝祈祷孩子们可以吃饱。然而老妇人在看到桌子上有一整头猪时，她又开始抱怨说盘子不够了！”

克里斯汀向家里走去，小狗科特林跟在她的身边蹦来跳去，玩耍着她的裙子，它脖子上的小铃铛也在不停地响着。

6

阿尔纳动身前往哈马城之前的几天是在芬斯勃列肯庄园家住着的，他的家人在为他收拾和准备东西。

他在离开前的最后一天，特地到柔伦庄园向大家告别。他找了一个机会偷偷地问克里斯汀，能不能明天傍晚在劳加桥旁边的路上和他见一面？

他这样说道：“我希望我们最后一次见面能够好好地谈一谈。”

克里斯汀没有说话，她不知道该怎么办。他接着说道："这不算什么过分的要求吧？我们从小到大可是像亲兄妹一样长大的。"

克里斯汀答应了，说是只要有机会溜出门就会去见他。

第二天早晨忽然下起雪来，接着又开始下雨，路面和田野都变得泥泞不堪。雾环绕着矮山腰，有时候会沉得更低，于山脚处凝成一道道白浪。乌云又开始聚集了。

埃里克神父到家里帮劳伦斯写了几份契约书。他们待在里面有火炉的室内，这样的天气室内要比大厅更舒服一些，因为大厅总是弥漫着从壁炉溢出的浓烟。拉根弗丽德还在劳加桥庄园那边，小女儿兰波在初秋生病了，现在刚刚有所好转。

在这种情况下，克里斯汀可以很容易地溜出去，然而她不敢骑马，所以只能步行。雪水及枯叶在路面上形成了一片又一片的泥滩，寒冷的空气里充满着衰败和死亡的味道，狂风阵阵，雨水不停地打到她的小脸上。她用头巾将头部紧紧盖住，双手将斗篷抓紧，快速地向前走去。她略微有些害怕，河流的流淌声在沉闷的空气中响起，乌云在山顶上覆盖着。她经常停下脚步听听有没有阿尔纳的声音。

过了一段时间，哗啦哗啦的马蹄声在她的背后响起。她站着的地方很少有人来，她认为这里很适合两个人告别。这个时候，她看到骑马的人朝自己走了过来。阿尔纳下了马，把它牵了过来和她见面。

他说："谢谢你在这么坏的天气还过来。"

她说："你比我更糟糕，还骑着马，怎么这么晚才来？"

阿尔纳回答说："约翰让我到洛普斯庄园那里睡觉。我觉得这个时候你出来的可能性比较大。"

他们沉默不语地站了一会儿。克里斯汀在心里想着，为什么以前她没有看到阿尔纳是如此的英俊呢？他头上戴一顶钢帽，脸用一个棕色的、羊毛制成的头巾紧紧裹住，连肩膀都罩住了，修长的脸显得清朗而英俊。他穿的是一件旧皮铠甲，很多锈斑，并且还被外面的铠甲磨烂了，这副铠甲是他父亲传给他的，然而穿在挺拔、强壮、机智的阿尔纳的身上是如此的合适。他的身上一侧挂着宝剑，手上持有矛枪，另外的武器都在马鞍旁边挂着。阿尔纳长大了，器宇轩昂，很有男人味。

克里斯汀把自己的小手放在了阿尔纳的肩膀上面说道：

"阿尔纳，你有没有忘记你曾经问我你和安德列斯之子西蒙相比，谁更好？现在我们就要分开了，我得告诉你，我认为你的外貌及品行等方面都比他好多了，但是在更重视出身及资产的人看来，你的身份及财富方面没有他好。"

阿尔纳屏住呼吸说道："你为什么要这样对我说呢？"

"埃德温修士让我记住，耶稣赐予了我们美好的礼物，我们要心怀感恩，不应该和故事里的老太婆一样，在圣奥拉夫为她祈求到了猪肉后，又为没有盘子而不满足。因此你要为自己拥有的外貌和风度心怀感恩，不要为缺乏财富而抱怨。"

阿尔纳问道："这就是你的意思吗？"克里斯汀不再说什么。他接着说道：

"你的意思是说相比起西蒙来，你更愿意嫁给我吗？"

她小声说道："本来就是，我们已经认识这么长时间了。"

阿尔纳用手抱住她，把她抱离了地面。他热情地吻着她的小脸，然后将她放到了地上：

“希望耶稣可以保佑我们，克里斯汀啊，你还小，不懂啊！”

她站在那里，低着头，手仍旧在他的肩膀上放着。他用力地握紧她的手腕：

“亲爱的，我知道你的心了，失去你我是如此的难过。克里斯汀，我们一起长大，就像一棵树上的苹果一样。在我还不懂世事，不知道你会嫁给别人的时候我就已经深深地爱着你了。我可以当着主的面起誓：我知道以后我都不会再有幸福、快乐了。”

克里斯汀痛苦地大哭起来，抬起小脸和阿尔纳吻别。

“阿尔纳，不要说这些，”她哭着求道，并安慰地拍了下他的肩。

阿尔纳小声说道：“克里斯汀，”然后再次把她抱住，“你是不是可以去求一下你的父亲，他是个好父亲，不会强迫你去做自己不想做的事情。请求他给我们一些时间，说不定我以后能交上好运呢？毕竟我们还如此年轻……”

“也许我只能听家里的安排。”克里斯汀含泪说道。

阿尔纳也忍不住流下了眼泪：

“克里斯汀，你不清楚你在我心中的地位是多么的重要，”阿尔纳把脸放在她的肩膀上，“如果你清楚，如果你依旧关心着我，你肯定会去恳求你父亲的。”

克里斯汀抽噎道：“我不能这么做。我不能为了一个男人而不顾父母的意愿。”她用手去抚摩阿尔纳在头巾和钢帽下面的脸：“阿尔纳，我的好朋友，不要这样哭。”

过了一会儿，阿尔纳把一枚胸针送给克里斯汀：“你一定要把这个收下，在空闲的时间里偶尔想下我吧，我永远不会把你忘记的，也不会把我们的故事忘记……”

克里斯汀与阿尔纳分别的时候，天已经快黑了。阿尔纳最终还是骑着马走了，克里斯汀站在那里望着他逐渐消失的背影。乌云的缝隙间射出一道昏黄的光线，在他们刚才所在的泥泞上留下的脚印中映出反光。周围的这一切显得是如此的寒冷而阴沉。克里斯汀沉思着，围好围巾，把脸上的泪水擦干，然后转身向家中走去。

克里斯汀的衣服被雨水淋透了，浑身发冷，所以走得很快。一段时间后，她听见有人从她的背后走了过来。她很害怕：这样的晚上有很多陌生的人在大路上晃荡，而她却要一个人走完这段路程。大路的一边是一段很荒凉的碎石坡，道路是倾斜着的，一直延伸到灰色的河边。她听到后面有人在叫她，克里斯汀紧张的心终于放了下来，安静地站在原地等着。

来人是一个很高很瘦、穿着有浅色衣袖的黑色外套的男人。在他走近后，克里斯汀看到了他身上的教士服，还看到在他背上的头陀袋，于是便认出了这是埃里克神父的孙子宾坦，并且还立刻看出他喝醉了。

他们互相问候了一下，宾坦笑着说道：“没错，走了一个又来了一个。我刚刚看到了山冈农场里的阿尔纳，并且还看到你在哭泣。这个时候我来了，所以你还是笑吧，我们同样从小就认识了，不是吗？”

克里斯汀一点儿都不客气地说道：“我觉得，教区里面没有了他却多了你是一件不好的事情。”她一直都讨厌宾坦：“也许很多人都是这么想的。你能在奥斯陆有一个好的开始，你的祖父会非常高兴的。”

宾坦笑得很假：“啊，没错，原来你是这样认为的？我就是一头麦地里的小猪崽子，克里斯汀，什么都没有变，结果也没有变，我还是被人给轰走了。没错，没错，我给予我祖父的欢乐确实很少。你走得可真快！”

“我有些冷”，克里斯汀有些不耐烦。

宾坦教士又说：“你没有我冷。我就穿了这么几件可以看到的衣服，在小哈马城里斗篷已经被换成了粮食和啤酒。嗯，在你和阿尔纳分开后，身上肯定还是暖和的，你应该让我到你穿的斗篷里面暖和一下。”他把她的斗篷拿过来盖住自己的身体，然后用湿冷的手把她搂住了。

他的行为是如此大胆，克里斯汀完全被吓到了，不知道应该做什么，然后她开始使劲挣扎。然而他却紧紧抓住斗篷，斗篷被一个银制的钩子牢牢地系住了，宾坦把手伸过来要抱住她，还想要吻她，差一点儿宾坦就得逞了。克里斯汀想打他，然而宾坦却把她的手抓得紧紧的。

克里斯汀一边挣扎一边大声说道：“我觉得你已经没有理智了。你竟然敢侮辱我！你以后会为此而懊悔的，你这个胆小的人。”

宾坦说道：“明天的你就没有这么笨了。”他用小腿绊了她一下，她倒在了泥地上，然后他把她的嘴巴紧紧捂住。

呼救的想法没有出现在她的脑子里。她终于想通了他想要做什么，然而她气愤过头了，一点儿也不害怕。她就像一头在反抗的野兽，不停地咆哮着。她在战斗着，不让对方把她压倒，她的衣裳被雪弄湿了，她感觉连同她的肌肤也湿透了。

宾坦说道：“到了明天你就会明白，不会对其他人说的。倘若事情传开了，我就推到阿尔纳身上，大家更乐意相信这个。”

这个时候，宾坦的一个手指已经伸到了她的嘴里，她马上用力咬住，宾坦大叫起来放开了她。克里斯汀迅速地挣开一只手，挠着他的脸，并使劲按着他的眼睛。他大叫了一声，跪倒在地上。她终于挣开他的囚禁，使劲地打他，他倒在地面上，然后她就顺着大路快速地跑开了，泥泞的路在她的踩踏下不停地作响。

她拼命地跑，不敢向后看。她能听到宾坦追她的声音，她觉得心脏都要跳出来了，闷哼着，拼命向前看，为什么她还没有到劳加桥呢？最终她到了一条田间的小路上，看到山坡上面有很多房子，然而她不敢就这样跑进去，她的母亲在那里，这个时候的她是如此的狼狈，全身沾满泥泞及枯叶，衣服也烂掉了。她看到宾坦追了过来。她从地上拿起两块石头，在他快走到她身边时，用力把石头扔向了他。其中一块石头打中他了，他倒在了地上。她再次向前跑去，一直跑到桥上面才停住。

克里斯汀全身都在战栗着，紧紧地抓住栏杆。她的眼前在发黑，她真害怕自己会晕过去，然后她又想到了宾坦。如果他追上了她可怎么办呢？她的心里充满了愤怒及羞愧，继续向前走着，两腿在不停地走，这个时候她才感觉到脸很痛，知道背脊及手臂都受伤了。她的眼泪流了下来。

她十分希望宾坦能够就此死去。她还想回去把他杀死。她找了一下小刀，才晓得刚才已经弄丢了。

然后她想到现在她不能够回家，所以她准备去罗曼庄园。她得去向宾坦的祖父告状。

神父去了柔伦庄园，现在还没有回来。她看到宾坦的母亲哥恩希德在厨房里忙碌着，只有她一个人在家，于是克里斯汀就向哥恩希德状告了她儿子的不轨行为，然而却没有说出自己去和阿尔纳见面的事情。她没有纠正哥恩希德认为她是要去劳加桥农庄那里的错误认知，就让她这么认为着。

哥恩希德什么也没说，她把克里斯汀衣服上的脏东西洗掉，又把她的衣服缝好，且哭得很厉害。克里斯汀被吓坏了，没有注意到哥恩希德在偷偷地打量她。

在克里斯汀离开的时候，哥恩希德也披上了斗篷，和她一起出去，然后去了马厩里。克里斯汀不知道她要去什么地方。

女人回答说："我总得去看一下我的儿子怎么样了吧。不知道他这个时候是什么样子，你那块石头有没有把他打死。"克里斯汀不知道该怎么回答她，她对哥恩希德说，宾坦不该再在教区里了，她不想再看到这个人了。

"不然的话我会对父亲说的，你可以猜到会有什么结果。"克里斯汀恐吓道。

果然，一个星期后宾坦就去南方了。宾坦身上揣有埃里克神父写给哈马主教的一封信，埃里克神父在信中请求主教能够帮助宾坦，给他一份工作。

7

安德列斯之子西蒙在圣诞节的一天完全出乎大家意料地骑马来到了柔伦庄园。他请求主人不要为他没有受到邀请却一个人来到这里而怪罪他。安德列斯爵士去了瑞典替国王办差，所以他一个人回到了戴夫林的老家那边，然而那里只有他生病的母亲及自己的妹妹。他在那里住了一段时间，但是感到很寂寞，他很想来看望他们，于是就来了。

拉根弗丽德和劳伦斯非常感谢他不辞劳苦在这么寒冷的季节远道而来。他们越看西蒙越喜欢。西蒙是知道劳伦斯和安德列斯之间的约定。这个时候双方已经说好，安德列斯爵士如果在四旬斋还没有开始之前回到家，就在那个时候举行西蒙和克里斯汀之间的订婚宴席，否则的话就只能等到复活节过完了。

克里斯汀和西蒙在一起的时候，一直很文静，甚至是有点胆怯。她不知道要和西蒙说些什么。一天的黄昏时分，大家坐在一起喝酒的时候，他邀请克里斯汀和他一起去外面吹风。他们来到楼上大厅里的阳台上面，他抱住她，开始亲吻她。之后，只要他们两个单独在一起的时候他会经常吻她。克里斯汀并不喜欢西蒙吻自己，但是却不反抗，她明白他们迟早会订婚的。这个时候她想到了婚礼，她把这当成是一种磨难，而非愿望的实现。不过她还是很喜欢西蒙，特别是在他和别人聊天，不拥抱她也不和她说话的时候。

整个秋季，克里斯汀一直不开心。她不停地告诉自己，宾坦没有对她造成实质性的伤害。然而这并没有作用，她一直认为自己被宾坦羞辱、玷污了。自从知道有一个男人有了想要强迫她的想法时，她就觉得自己现在和以前有很多不同了。晚上她躺在床上，闭着眼睛，十分羞愧，仍旧不能使自己忘记那件事情。她觉得身上仍有宾坦贴着她留下的感觉，似乎还能听到他的呼吸声，她忍不住在想之后可能会发生什么事情，每当她想到他，就会全身颤抖，倘若传出去了，阿尔纳会是替罪羔羊。她不能停止自己去想象万一事情传出去，人们知道她去和阿尔纳见过面，将会有什么样的结果。假如她的父母认为这真的是阿尔纳做的，应该如何解决呢？阿尔纳要怎么办呢？她在心里想到了阿尔纳英俊的容貌，只要一想到是阿尔纳害得自己被别人羞辱，她就感到自己似乎要崩溃了。接下来她还会做一些很恐怖的梦。以前她曾经在教堂及一些故事里听到过关于肉欲和诱惑的事情，然而她不明白那是什么。这个时候她真正感受到了她自己及全人类的身体都是那么罪恶，影响了灵魂纯净，像脚链和手铐一样囚住了人们的灵魂。

后来，她就开始想要用什么办法将宾坦杀死，这是唯一能够给她安慰的事情。这个令人厌恶的男人总是占据着她的大脑，她得用报仇来使自己开心。然而这并没有什么效果。每天晚上她睡在芙希尔德身边时，想到自己遭遇到的事情，眼泪就不由得流了下来。宾坦还是有一点儿成功的，他令她失去了精神上的贞洁。

圣诞节过后的第一天，柔伦庄园的所有女性都在厨房里忙碌着，拉根弗丽德及克里斯汀也在里面度过了大半天。黄昏时分，一些女人正做厨房中的清洁工作，而另外一些的人则在做晚餐的时候，专门挤奶的仆人突然跑了进来，一边大声尖叫，一边举着双手痛苦地叫喊着：

“上帝啊，上帝啊，你们有没有听到那个恐怖的消息？他们将基德之子阿尔纳的尸体用雪橇拖回来了，耶稣一定要帮助基德和英加撑过这场灾难，他们该有多么痛苦啊……”有一个在路旁民宅里住着的男人和哈夫丹一起来到了屋里，他们两个人曾经看到了棺材。

女人们在他们两人身边围成了一个圈。克里斯汀站在最外面，脸色变得苍白，全身颤抖着。照顾劳伦斯的仆人哈夫丹是看着阿尔纳长大的，他一边说，一边号啕大哭：

“竟然是宾坦把阿尔纳杀死了。新年的前几天主教家里的人一起在大厅里喝酒，宾坦进到了屋里，他这个时候是‘基督圣体节’牧师的专用书记。一开始大伙儿不想让他一起参加，然而他对阿尔纳说他们来自同一个教区，于是阿尔纳让他坐在了自己的旁边，大家开始喝酒。一段时间后他们两个吵了起来，过了一会，甚至打了起来，阿尔纳特别凶，宾坦就从桌子上拿了一把刀捅进了他的脖子里，然后又对着他的胸膛刺了好几下，阿尔纳不一会儿就死了。

“主教很关心这件事情。他亲自负责入葬，并且派人把尸体送了回来。他将宾坦囚住，然后逐出了教堂，即使这个时候还没有对他处以极刑，不过他也不会活太久的。”

不停地有人走了进来，哈夫丹不得不反复地说着同一件事情。劳伦斯及西蒙看到这里乱哄哄的，也来到了厨房里。劳伦斯非常的激动，他嘱咐仆人为他准备马匹，他要马上去芬斯勃列肯庄园那里。他在正准备出发的时候，看见了克里斯汀惨白的脸。

劳伦斯问她：“你是想和我一起去吗？”克里斯汀迟疑了一下。她全身哆嗦了一下，然后点了点头，说不出话来。

拉根弗丽德说道：“外面对她而言，是不是有点太冷了？明天他们肯定要举行安灵祈祷，我们大家一起去……”

劳伦斯看了下他夫人，也看到了西蒙的神情，然后他走到了克里斯汀身边，用手搂住她的双肩，说道："别忘了，他是和克里斯汀从小一起长大的养兄，可能她会想帮助英加一起装殓他的遗体。"

尽管克里斯汀的心已经因为绝望及恐惧而变得麻木了，但父亲的话使他感到了温暖，她很感谢父亲。

拉根弗丽德说道，倘若克里斯汀也要去，那得在吃过饭之后再去。她想让他们带些东西给英加，有蜡烛、新烤的面包以及亚麻材料的床单等，并且让他们带个话过去，她会去帮忙准备入葬的事情。

桌子上摆好了食物，但是几乎没有人吃，只有说话的声音在屋里蔓延着。有人说起了耶稣赐予基德和英加的种种考验，洪水及落石摧毁了他们的庄子，而比阿尔纳大的孩子也都一个接一个地死去，只剩下比阿尔纳小的弟弟妹妹们。在基德成为芬斯勃列肯庄园的管家之后，他们的生活渐渐变好。剩下来的小家伙都非常好看，前途非常光明。但是英加最疼爱的却是阿尔纳。

大家对于埃里克神父也是非常同情的。他很受大家的爱戴，是教区的骄傲。他有很好的学问，同时对工作非常尽责，在管理教堂的这么多年里，从没有遗漏过他应该负责的任何一件事情。在他年少的时候他曾经是唐恩山陵那里阿尔夫伯爵的卫士，然而不幸的是他不小心杀死了一个身份高贵的人，于是就到奥斯陆的主教这里寻求庇护。主教认为埃里克在读书方面很有天赋，所以让他成了教父。如果不是因为以前的那起命案，埃里克神父是不会只有这么一个小小的职位的。尽管他非常爱财，不断地为自己及教堂聚财，然而图版、圣器以及藏书还是充满了他的教堂。他的子子孙孙，他的家人给他带来了很多麻烦。在乡下，大家认为神父和修士是不同的，他们不需要像修士一样生活。他们可以找女人帮助他们管理庄园，可以找女人处理家庭事务，因为无论什么天气，他们都必须在各个教区里跋涉。并且大家还记得，很多已婚的男子都成了挪威的教士呢。因此，大家并没有责怪埃里克神父在年轻的时候和他的女管家生下了三个孩子这件事。然而那个时候大家都说，是他的子孙给他带来的霉气，耶稣不满他的这种生活。有人觉得，这里有充足的理由认为神父不应该结婚，之前神父跟芬斯勃列肯庄园那边的人关系很好，在这以后恐怕会产生不少的争执了。

安德列斯之子西蒙知道很多宾坦的事情，他一件一件地说出来，宾坦曾经是圣母教堂里副主教专用的书记，很多人都知道他的聪慧，并且有很多喜欢他的女人。他有一双灵活的眼睛，也很会说话。有不少人觉得他是一个漂亮的男人，可能都是一些自认为婚姻不如意的女人吧。还有一些小女孩，是那种喜欢轻浮男孩子的女孩。西蒙笑了笑说，没错，你们可知道？哈哈，宾坦是非常狡猾的，不会和那些女人做出失了分寸的事情。他只是和她们单纯地聊天，因此他拥有守清规的好名声。但是人们都晓得，哈肯国王自己是非常善良、虔诚的。他喜欢的是言行得当、守规矩的人，最起码年轻人一定要是这样，年纪大的他就不理会了。所以如果年轻人偷偷出去做喝啤酒、闹饮、赌博这些事情，一定会被王室神父知道的。这些人就只能去认罪，接受惩罚。没错，甚至有几个人已经被驱逐出去了。这些事情最后传到了外面，被宾坦听到，他暗中常去光顾一些酒馆，更有甚者，他还出入花街柳巷，听取姑娘们的忏悔，为她们举行赦罪的仪式……

克里斯汀紧紧靠着母亲坐着。她很想吃些东西，这样可以不让人注意到她。然而她的手不停地抖动着，盛好的粥总是被洒到地上，舌头僵硬，嘴巴发干，什么也吃不下。西蒙在说宾坦的过去，她没有力气再装下去了。她的手紧紧抓住凳子，心里充满了恐惧及厌恶，她感到头昏和恶心。她不停地想着，阿尔纳和宾坦，阿尔纳和宾坦、阿尔纳和宾坦……她急切地等着晚餐的结束。她想看阿尔纳一眼，看一下阿尔纳英俊的脸，想倒在阿尔纳怀抱里，这个时候的她已经忘掉了一切，完全置身于痛苦之中。

母亲为她穿上了外袍，亲了下她的脸颊。克里斯汀对此并不习惯，但是心里仍旧觉得得到了些安慰。她把脑袋放到了拉根弗丽德肩膀上一会儿，然而她怎么也哭不出来。

父女两人走进了院子，她看到其他几个人也要和他们一起去，这些人中有哈夫丹，有来自劳加桥的约翰，还有西蒙以及他的仆人。不晓得什么原因，她为和两个陌生人一起走感到非常痛苦。

这一天，天气很冷，鞋子踏在积雪上发出咯吱咯吱的响声。黑漆漆的天空上群星闪烁，像点点霜花。他们骑着马前行了一会后，就听到从南边的河边传来号叫、吆喝以及阵阵马蹄声，有一队骑士在距路面不远的地方跑了过来，金属的声音在不停作响，他们像风一样跑过，只有阵阵热气留了下来。尽管他们只是在雪中侧立着，仍然可以闻到那个味道。哈夫丹大声和那群人打招呼，他们是来自教区南面不同农庄里的男孩子，在圣诞节里出来赛马。其中几个小伙子酒喝得太多，已经失去了理智，他们飞快地狂奔，一边高声地叫着，一边不停地打着盾牌。有几个人听到了哈夫丹说的话后，马上脱离了队伍，一声不响地加入到劳伦斯的队伍里，和后面的人低声交谈着。

最终他们看到了位于西尔河对面山腰上的芬斯勃列肯庄园。那里到处都是火光，院子里的雪堆上也有火炬，十分明亮，照亮了银白色的山坡，黑颜色的房子像是血块。阿尔纳的一个小妹妹就站在院子里，她将双手放在斗篷下面，不停地跺着脚。克里斯汀反复亲吻这个伤心且寒冷的女孩儿。克里斯汀此时的心情非常沉重，当她踏上楼梯前往安放阿尔纳遗体的阁楼的时候，她的双腿沉重得好像被灌了铅。

在门口的地方就可以听见歌声，也能看见很多蜡烛在亮着。屋子正中间摆放着从远方运回来的阿尔纳的灵柩，上面盖着一块罩单。主人家将灵柩放在搭了木板的支架上面。棺架的前方有一个年轻的神父在拿着经书诵经。主人家的人都在四周跪着，脸藏到了斗篷里，看不清楚。

劳伦斯用燃烧的蜡烛将他手中的那支蜡烛点燃，很正式地把它放到了棺材上，然后双膝跪下。克里斯汀想像她父亲一样，但是蜡烛总也立不到那里，所以西蒙把它接了过去，替她放到了那儿。神父在诵经的时候，每个人都是跪在这里的，小声和他一起吟诵，呼出来的气息在唇边凝成水雾。

神父把书合上，人们站了起来，阁楼里的人非常多，劳伦斯朝英加走了过去。她很生气地盯着克里斯汀看，仿佛没听到劳伦斯在向她说话。她拿着劳伦斯送的礼品安静地站在那里，似乎并没意识到自己手中拿了什么东西。

她的嗓音很是奇怪，哽咽着说："克里斯汀，原来你也来这里了，我的儿子回家了，可能你想看一下他吧？"

她把几根燃烧着的蜡烛推开，手不停地颤抖着。她把克里斯汀的手臂抓紧，另一只手则将罩在死者脸上的罩单拉开。

尸体的脸是黄色的，嘴唇也变得暗灰，微微张开着，将整齐小巧的牙齿露了出来，像是在嘲讽地笑着一样。长长的睫毛下面，眼睛没有了昔日的神采，太阳穴处还有一些青色的斑点，可能是在搏斗的时候留下的伤痕，也可能是尸斑。

英加接着问道：“可能你会想吻他？”克里斯汀听从她的话，低下了身子，把嘴唇放到死者的脸上。他的面颊是湿凉的，像露珠一样。她似乎感受到了一种淡淡的尸臭味。周围的烛火燃烧着，尸体已经在慢慢地腐烂。

克里斯汀安静地跪在那里，手在棺材上放着，她没有力气站起来。英加将裹着尸体的布拉开，位于锁骨上面的伤口出现在人们的眼前。然后她用颤抖的声音对来宾说道：

“凶手碰到死者，死者的伤口就会流血的话都是骗人的。阿尔纳这个时候如此冰冷，还没有你偷偷和他在路边约会的时候英俊。我能看出，你这个时候并不想吻他，然而我知道你那个时候是十分想要他的吻呢。”

劳伦斯走到前面说道：“英加，你是疯了吗？你胡说些什么。”

“噢，没错，你们柔伦庄园真是高尚啊，布柔哥夫之子劳伦斯啊，你真是太有钱了，我的儿子因此不敢堂堂正正地向你的女儿求婚。克里斯汀也觉得自己高尚，然而她愿意在晚上的时候去路上追他，并且在他要走的那天晚上和他在树林中戏耍，你自己问她吧，看她是否承认。阿尔纳如今躺在这里，都是因为她的放荡造成的。”

劳伦斯没有再问女儿问题，而是转身向基德说道：

“喂，管好你的夫人，你不认为她疯了吗？”

克里斯汀的脸色十分惨白，她绝望地向周围看去，缓缓地说道：

“在他离开的前一天傍晚，我是和阿尔纳见过，是他请求我的。然而我们并没有做不好的事情。”突然，她好像明白了所有的事情，她大叫道：“英加，我不晓得你想做什么，你想对阿尔纳进行诽谤吗？他现在已经躺在这里了。他从来没有诱惑过我！……”

然而，英加却大声地笑着说道：

“不，不是的，不是阿尔纳！是宾坦啊，他是不会让你戏弄他的。劳伦斯，你去问一下哥恩希德吧，她可是曾经替你女儿将背上的泥洗掉了呢。问一下新年的前一天那些在主教男厅里的人吧，宾坦嘲笑阿尔纳竟然像个傻瓜一样将克里斯汀放走了。她让宾坦穿着她的斗篷回到家，她想和他做同样的事情。”

劳伦斯将她的臂膀抓住，紧紧地捂住了她的嘴巴。

“基德，把她带走。你真是太可耻了，竟然能够在一个死去的人面前说这些，即使你所有的孩子都死去，我也不会站在这里让你侮辱我的孩子。基德，你得为她的这些话承担责任。”

基德将夫人抓住，想要将她带走，然而他还是对劳伦斯说道：

“不过，阿尔纳没死的时候，他和宾坦确实谈论过克里斯汀。看来你并不知道这些，这个秋天教区里很多人都谈论过呢。”

西蒙将佩剑拔出来，敲打着位于一侧的衣物箱：

“不，各位，你们不能再在这个放尸体的阁楼里谈论我的未婚妻了。神父，难道你不应该约束一下这些人吗，现在成何体统？……”

神父——克里斯汀知道他是武夫，斯佛登庄园的小儿子，是专门回家过圣诞的。他将书本打开，站立在棺架一侧。然后劳伦斯大声说，不管什么人都必须将谈论他女儿的话收回去。英加发狂地大声说道：

“如此，劳伦斯，那你要了我的命吧。在她夺走了我所有的快乐和希望之后，你就让她和这个爵士少爷结婚吧。然而每个人都知道她已经和宾坦有过关系了。喏，”她把劳伦斯送来的布单扔到克里斯汀那里，“我不想要拉根弗丽德送的亚麻来给我的儿子陪葬，你自己留着当头巾用吧，要不就用它来裹你的私生子好了，替哥恩希德去哀悼她那死去的儿子吧。……”

劳伦斯、基德以及神父将英加抓住。西蒙想要将倒在棺材一侧的克里斯汀扶起，然而她将他的手挣开，跪了下来，大声地说道：

“主啊，帮帮我吧，这都是假的！”她把手放在了距她最近的燃烧着的蜡烛上。

烛焰好像向一侧偏过去了，克里斯汀感到每个人都在紧紧盯着她。过了很长时间，忽然她的掌心被烫到了，她大叫一声倒在了地面上。

她觉得自己晕倒了，然而她感觉到西蒙和神父把她扶了起来。英加大声尖叫着说了些什么。克里斯汀看到了父亲那令人害怕的脸，接着听到神父大声说没有人应该重视这件事情，也不应该用这种方式让耶稣成为证人……然后西蒙抱着她走了出去，顺着楼梯下去了。西蒙的仆人去马厩把马牵了过来。不久，克里斯汀裹着西蒙的斗篷，半昏半醒地坐到了他的马鞍上，飞快地向柔伦庄园跑去。

他们将要到柔伦庄园的时候，劳伦斯从后面赶上了他们，其他的人还在后面追赶着。

到了大门口后，西蒙将她扶下马说道："不要和你母亲说这件事。今天晚上我们实在是听到太多不像样的话了，难怪你最后也会被气倒。"

他们走进屋子的时候，拉根弗丽德已经躺在了床上，但是还没有睡着，她想知道阁楼里的情况。西蒙对她说，没错，蜡烛非常多，还有很多的人，教士也在那里，是武夫斯佛登来的托摩德，埃里克神父今天晚上可能会骑着马去哈马城，下葬不会有什么事情的。这样，便把殡葬时发生的一切纠纷搪塞过去了。

拉根弗丽德又说道："我们应该为阿尔纳做弥撒。愿耶稣能给英加坚强的心。这个善良的女人遭受了太多的苦难。"

劳伦斯和西蒙随声附和着。过了一会儿，西蒙说道："我们应该休息了。克里斯汀不仅疲倦，而且也很伤心。"

过了一会儿，拉根弗丽德入睡了，劳伦斯穿上了衣服，来到女儿的床边。他在黑暗中抓住克里斯汀的小手，温柔地说道：

"孩子，这个时候你要如实对我说，英加说的那些事情哪些是真的哪些是假的。"

克里斯汀一边哭泣着，一边将阿尔纳离开的那个晚上的事情说了出来。劳伦斯默默地听着。克里斯汀靠近父亲，用双手将他的脖子抱住，轻轻地哭道：

"都是因为我阿尔纳才会死，英加说得没有错……"

劳伦斯说道："是阿尔纳求你和他见面的"，说话的同时，用被单把女儿露在外面的双肩盖住，“我允许你们一直在一起，是我太不小心了。我觉得那孩子是明白事理的，我不会怪罪你们，我明白你们很难承担这些事情。然而我没有想到有一天我的孩子会在自己的教区里被污蔑，要是被你母亲听到了她一定会非常难受，而你竟然没有找我，而是向哥恩希德说这件事，真是太无知了。我简直不明白，你怎么会这么做呢？”

克里斯汀眼泪流下来了：“我没脸在山谷里住下去了，我没勇气看任何一个人……我给罗曼庄园及芬斯勃列肯庄园里的人带来如此多的厄运……”

劳伦斯说道：“没错，基德和埃里克神父有责任让关于你的谣言和阿尔纳一起下葬。西蒙在这件事上能够提供给你其他人无法提供的保护”，他一边说一边拍着女儿，“难道你不觉得西蒙在这件事情上处理得很好吗？”

“父亲，”克里斯汀抱紧父亲，满脸愁容地哀求道，“让我到修道院去吧。父亲，没错，你听我跟你讲，我产生这种想法已经很长时间了。如果我替妹妹去修行，那么芙希尔德可能会变好。你还记得这个秋天我为她缝制珠饰、鞋子而把手指刺伤的事情吧，血流了出来，但是我没有停，我认为自己并没有把足够的爱心献给妹妹！我不想替她去修行，我是个坏姐姐。阿尔纳以前问我想不想做修女，如果我那时候同意了，就什么事都没有了。”

劳伦斯摇摇头，不同意她的想法。

他吩咐道：“快躺下来吧，我的孩子，你不明白自己在说些什么。这个时候你需要睡一觉……”

克里斯汀安静地躺在床上面，手上被烫伤的部分火辣辣的疼，她的心里却为自己的命运感到绝望和不平。即使她的罪行很深重，也不会比这个时候的情况更糟糕了。每个人都认为这件事是真的。不能，她真的不能，真的不能再待在幽谷里了。她的心中十分恐惧，她害怕这些谣言被母亲知道了，然而这个时候血仇横亘在他们及教区神父之间，周围一直相处非常好的人之间也有了一些敌意。每当她想到西蒙，想到他背着她去外面，在家的时候又十分维护自己，把自己当成他的女人，就越发恐惧了，害怕得不知道该如何表达。在他的面前，父母不再维护她，好像她已经是西蒙的，而不再是父母的了……

后来，她又想到了阿尔纳，想到了阿尔纳在棺材里的脸，冰冷、恐怖。她想到上次去教堂的时候，在离开之前看到一个已经挖好的墓，被挖出的土块在雪地上堆着，冰冷坚硬，已经成为铁灰色了。她害得阿尔纳进了这个坟坑……

突然，很多年前的一个夏日傍晚在她的记忆里浮现。她站在芬斯勃列肯庄园农场里一所阁楼的阳台上面，也正是她今天晚上晕倒的那个房间。那个时候，阿尔纳和几位少年一起在下面的院子里玩球，忽然球被打到了阳台上面，落入她的手里。她将球藏到自己的身后，阿尔纳赶了过来，她没有给他，所以他就凭着力量去抢。他们在阳台及屋里玩耍、追打，追打时会碰到挂衣服的皮囊，皮囊不停地敲打着他们的头。他们放声大笑，尽力玩耍。

最后她还是明白了：他不在了。她再也不能看到他英俊和勇敢的脸，摸到他那十分暖和的大手了。她真是个孩子，十分无情，她从未想到过阿尔纳没有她是什么感觉，她痛苦的泪水忍不住地流了下来，她认为这一切的灾难的罪魁祸首是自己。然后她想到自己现在的处境，又哭了起来，她承受不了这么重的责罚。

最终还是西蒙对拉根弗丽德说起在阁楼里发生的事情，除了重要的必须说的，他没有再透漏什么。克里斯汀因所受的痛苦和失眠的折磨，莫名其妙地对西蒙产生了恼怒，她很是伤心，看见西蒙如此淡然地轻描淡写这件事情，好像他并不认为这是一件大事情。除此之外，她的父亲和母亲都把西蒙看成是这个家里的主人似的，克里斯汀为此感到很生气。

拉根弗丽德提心吊胆地问道："那……西蒙，你相信了吗？"

西蒙说道："没有，我认为其他人也不会相信。大家都了解你们，也了解克里斯汀和宾坦。但是野外教区里面能够谈论的东西十分少，所以他们才会一直谈论。我们要让他们明白，他们不能够污蔑克里斯汀的名节。但是这个问题就出在宾坦的粗鲁行为把克里斯汀吓到了，她竟然没有向你们或者埃里克神父进行报告，真是十分遗憾。劳伦斯，我认为你如果和那位荒淫无耻的教士和气地谈一谈，他可能会十分高兴地解释这只是一个玩笑而已。"

克里斯汀的父母都认为西蒙说得非常有道理。可是克里斯汀却跺着脚大声说道：

"然而我被他推倒在地面上，我不晓得他都做了些什么，我被吓坏了。我不知道发生了什么，我觉得，英加的话可能是真的，从那以后，我的心从来没有安宁过。"

拉根弗丽德吃惊地大叫，然后她开始祈祷起来；劳伦斯也被吓到了，就连西蒙也变了脸色。西蒙用锐利的目光看了克里斯汀一下，接着来到她面前，将她的下巴托起，笑着说道：

"愿主会保佑你的，克里斯汀，你会记得他带给了你什么伤害。那晚你被吓到了，所以一直提不起精神，觉得不舒畅，这都是正常的，你从来没有见过罪恶，”西蒙面对着克里斯汀的父母说道，“除了那些只愿相信坏事而不愿相信好事的恶人外，任何一个人都可以根据她的眼神判断出她是一个纯洁的姑娘，而非一个失去贞操的妇人。”

克里斯汀看着未婚夫那坚定的眼神，她把手伸了出来，想要把他的脖子抱住。西蒙接着说道：

“克里斯汀，不要觉得你无法忘记这些。我有结婚后就带着你到佛莫庄园定居的打算，不会让你一直在这个山谷生活的。有些人不满史维尔国王的‘桦树皮侍卫’（译注：因和国王一起夺江山的时候身上披着桦树皮的衣服而得此称号）的高升，于是老国王就说道，没有任何人头发的颜色及心情无论在晴天还是雨天都是一样的。”

劳伦斯和拉根弗丽德的脸上都露出了笑容，说道，这实在是一件让人开心的事情，看着一个男孩子竟然用聪明能干的老主教的语气说话。西蒙接着说道：

“不久之后，你就会是我的岳丈大人，我没有资格来教导你。但是，我还是要大胆地说这些话，我和我的姊妹兄弟从小就受着比较严格的教育，我们不能和克里斯汀一样，跟着家仆到处去玩。并且我的母亲经常说，如果一个人经常和比他粗鄙的人玩，那么他总会染上一些不好的东西。这话还是很值得听取的。”

劳伦斯与拉根弗丽德没有出声，克里斯汀扭过头去，不再理会他。她在一瞬间曾想要去抱西蒙颈部的想法再一次被他打消了。

将近中午的时候，劳伦斯和西蒙一起乘着雪橇去检查位于山脊上面的陷阱看是否有野兽落下。这时候的天气非常好——在阳光的照耀下，寒意竟没有那么浓了。他们两人都很高兴能够远离家里的那些哀愁，所以他们去了很远的地方，直到高于草地的山顶上。

他们找到了一个崖缝，躺在下面一边晒着太阳，一边喝着酒吃着东西。劳伦斯提到了阿尔纳，他一直都很爱这个孩子的。西蒙也跟着他一起称赞阿尔纳，并且说克里斯汀为她的养兄感到悲哀是一件很正常的事情。劳伦斯接着说道，或者他们现在不应该逼她太紧，应该在她的心灵渐渐恢复了平静之后，再举行订婚仪式。她以前说过想要进修道院里一段时间呢。

西蒙很快笔挺地坐起，不满地吹了个长长的口哨。

“你不觉得这是一个好主意吗？”劳伦斯向他问道。

对方回答得很是匆忙：“怎么会不喜欢呢？岳父大人，我觉得这已经是目前最好的解决办法了。把她送到奥斯陆修女院里去暂时待上两年，这样她就可以不知道外面的人是怎么议论的了。修道院里几个修女我是认识的。”他笑了，同时说道：“如果有两个男孩子为争这些修女而拼得你死我活，这些修女们则不会为此伤心。但是，这样的女人不是我想娶的，但是，我觉得克里斯汀接触一些陌生人还是有好处的。”

劳伦斯把吃剩下的东西放回到头陀袋里面，眼睛并没有看向西蒙，说道：

“我猜你是喜欢克里斯汀的……”

西蒙只是笑了笑，并不敢看向劳伦斯。

“你自己也是知道的，我很喜欢她，也很敬重你，”他站了起来，去拉雪橇，然后很害羞地快速说道，“我还没有遇见比她更令我中意的女孩……”

在复活节前几天，克里斯汀终于趁着山谷中的积雪还未融化，雪橇可以行走，妙莎湖也结了厚厚的冰的时候，开始了她的第二次南方之行。西蒙特地过来陪她，以便护送她去修道院，因此这也是她第一次在父亲和未婚夫的陪同下乘雪橇去的。克里斯汀的身上裹紧了毛皮大衣。后面跟着几个仆人。另一辆雪橇上载有她的一个箱子以及一些准备送给修道院院长和修女们的衣服、食物以及皮货。

中卷　新娘

1

四月底的一个礼拜天，布柔哥夫之子亚斯蒙的一只装饰华美的船出现在胡维乔岛的海湾周边。岛的四周回荡着修道院礼堂的钟声，与它遥相呼应的是海湾对面城市的大钟声，在阵阵春风里，钟声时而清晰，时而模糊。

到处都是一派春天的景色，轻盈的云朵在蔚蓝的天空中飘荡，波光闪闪的水面反射出太阳的光芒。海岸边上春意盎然，积雪的痕迹已经从土地上逐渐消失，一层明亮的光圈笼罩在绿色的树林里，在地上投下蓝色的树影。隐约可以看到依旧还有一点儿雪光出现在阿卡斯贝德田野旁边的松树林中，而位于海港西边一片白茫茫的积雪堆在蓝色的高山上。

在船的甲板上，站着克里斯汀、克里斯汀的父亲还有克里斯汀的婶婶吉丽。克里斯汀静静地看着眼前这个有着浅灰色木质房屋和光秃秃大树的城市，上面是大片的浅色礼堂及石头筑成的建筑物。

她的大衣裙角被海风微微地吹起，藏在头巾下面的头发也露了出来。

一想到昨天史科葛庄园的人开始过冬后的首次放牧，她就突然被勾起了乡愁，她此时非常思念家乡。在自己的家乡，家里的牲口估计还要很长一段时间才可以放到外面吧。因为冬天很冷，养在家中牛圈里的母牛被折磨得日益消瘦。但它们必须还要挨上一阵，这让她心生疼惜。家中的每一个人都让她无比思念，母亲、在母亲怀中安然入睡的二妹芙希尔德、小妹兰波。家中喂养的宠物们也叫她挂念，临走时她把小狗科特林交给妹妹芙希尔德照料，还有父亲养的总是带着头罩睡觉的老鹰。她的眼前浮现出挂在腰间的马皮做的手套，这样老鹰就可以停在手上了。还有那专门用来为老鹰梳理羽毛的象牙棒。

故乡平日里的场景浮现在她眼前，好像去年冬季的所有忧伤都已经消失了一样。据说，教区中没有一个人对她抱有成见，谣言并没有蒙蔽埃里克神父的双眼。不过孙子宾坦做的事情让他感到非常的气愤和伤心。由于宾坦已经离开了这个地方，有人说他躲到了瑞典，因此他们跟邻居的交往比她猜想的要好多了。

在去奥斯陆时路过西蒙家，大家顺道便去他家做客。除了还待在瑞典的安德列斯爵士外，西蒙的母亲与姐妹都在家中。但克里斯汀并不喜欢那里的人，觉得难受极了。在去他们家之前，她天真地想着，他们家比自己家也高贵不到哪儿去，“桦树皮侍卫”瑞达·达尔本就是个无名小卒，不过因为戴夫林男爵死了后，他的妻子和史维尔国王结了婚才飞黄腾达的。可是其实他们一家还是很谦虚的。西蒙有天晚上告诉克里斯汀，他的祖先曾经是做梳子的。他形容克里斯汀是要跟贵族结婚了，西蒙的母亲责备他过于夸张，大家愉快地笑了起来。劳伦斯常常因为西蒙的一两句玩笑话而放声大笑，这让克里斯汀非常不满，虽然父亲是一个乐观的人，但是他对西蒙的喜爱确实超出了她的想象。

在史科葛庄园，他们一起过了复活节。对于租地的农民和下人，叔叔的态度一点儿都不温和，几个叔叔家的下人向她母亲问好，还回忆起让人尊敬的劳伦斯，在劳伦斯手底下做事要比现在舒服多了。院子里的一栋房子中住着劳伦斯的继母，亚斯蒙是她的亲生儿子。虽然她尚未年迈，可身体不是很好。在家中，劳伦斯几乎不怎么提到她。克里斯汀曾经问起过她，父亲的回答是：“她对我一般般。”

父亲握着克里斯汀的手说：

“孩子，你会喜欢那些修女的，笑容会马上重现在你的脸上的。你肯定有很多其他的事情要做，说不定会把我们忘掉呢。”

船已慢慢进入城区，码头上树脂和咸鱼的味道弥漫在空气中。除了不知道圣哈瓦教堂大高塔的名字外，吉丽对城里的所有建筑物都了如指掌。克里斯汀就像从没来过一样，对一切都感到非常陌生。穿过城市，他们的船来到位于西边的修道院。

经过一排客房，一条横穿田地的道路出现在克里斯汀、父亲和叔叔的眼前。西蒙和吉丽紧随其后，剩下的人和修道院的人一起在后面搬运行李。

修道院和莱伦区周边是城市放牧的地方，这里人烟稀少。欢叫的鸟雀在蔚蓝的天空中飞过，草地上盛开着小朵的黄色迎春花，周边篱笆上是翠绿的青草。

从大门进入修道院的时候，他们迎面遇上修道院的两个修女。她们并排朝这边走来，耳边荡漾着美妙的歌声和动听的旋律。

那些修女脸上蒙着一层白色的纱巾，穿着黑色的袍子，这让克里斯汀觉得不舒服。她低低地行着屈膝礼，男士摘下帽子向修女鞠躬，一群穿着没有染色的粗制衣服的丫头跟在修女后面，其中还有几个没长大的小孩。她们都是一样的装束，黑白色的腰带系在腰间，黑白色的细绳把头发绑成一个辫子。当小丫头过来时，克里斯汀大脑很紧张。虽然她很害羞，由于担心她们认为自己是个俗气不机灵的乡下人，她仍然装作什么都不怕的样子。

克里斯汀被修道院的华丽震撼到了。由岩石筑成的内院房屋，屋顶有两排，远远高出其他房屋的教堂外墙耸立在北边，塔楼出现在靠西的位置。中间是石板铺就的庭院，院子被一圈长廊和走廊围绕，上面带有廊顶，下面竖着几根雕梁画栋的柱子。一座雕像树立在庭院中央，慈爱的圣母正将她的衣袍盖在几个跪在地上的教徒身上。

此刻一位预备修女过来邀请他们去院长会客厅。固托姆斯之女葛萝亚是一个高大健壮的老太太。如果把她嘴唇边浓密的汗毛刮掉，她应该也是个美人儿。虽然她有着如同男子一般低沉的嗓音，不过她看起来很温柔，对人也很友善。她和劳伦斯的父母曾有过联系，于是向他的老婆及其他的子女问好。然后和蔼地对克里斯汀说：

“你的名声很好，这我是有所耳闻的，我也看得出来你是个有天赋、有教养的好孩子，应该不会发生令人不快的事情。我听说你现在是善良的安德列斯之子西蒙的未婚妻，你的公公和你未来的丈夫非常明智，婚前在这里小住，可以让你学习服从和奉献精神，这有助于你今后更好地管理家中的事务。我希望你能够把下面的话牢记于心，在做礼拜和祈祷时，你应该感到快乐，不能忘记任何一个神明和教徒，他们的勇敢、忠心、正义和高尚的品德都值得你去学习，这些都是管理家事和教导子女必须具备的。同时，你会了解时间的重要性并珍惜时间，每一分钟都有固定的事情要去做。不过你看起来并不像那些懒散、喜欢赖床和拉家常的女人们。希望你待在这里一年所学到的东西，能帮助你以后和未来更好地生活。”

克里斯汀向她鞠躬，并亲吻院长的双手。然后葛萝亚院长让波坦西亚—— 一个胖胖的上了年纪的修女带着克里斯汀到食堂去。吉丽和剩下的男人们，被安排去别的地方与她一起用餐。

食堂是一个铺着石质地板、有着尖拱形窗户的典雅的大屋子。食堂的一扇门与邻室相通，从照射进来的阳光就可以猜到，那个房间应该有个玻璃窗户。

食堂里坐满了等待就餐的修女，大家按照年龄大小分开就座，靠墙的窗户边有一排石头砌成的凳子，坐满了年长的修女；而餐桌旁边木头做成的凳子上全是年轻的，没有佩戴头巾、穿着粗糙的丫头们也坐在那。而寄宿者和不用出家的下人们被安排到旁边那个房间用餐，包括几个没有穿修道院衣服，衣着朴素的深色衣服的老人。

波坦西亚修女把克里斯汀安置在木凳那里，然后在空置的院长席位旁为自己找到了一个位子。

用餐前所有的修女们都站起来做饭前祈祷。在两个房间连接的诵经台上，一个美丽的修女用响亮悦耳的声音，准确而连贯地为大家朗诵圣狄奥多拉与圣狄戴莫斯的事迹。预备修女负责食堂的用餐，两个最年幼的修女则负责旁边房间的用餐。

克里斯汀开始很留心其他人吃饭的行为举止。大家都很有礼貌，就像在高级宴会上的名流那样优雅地用餐。即使满桌美味，每个人也只是稍微给自己盛一点儿，除了指尖，没有身体的其他地方触碰餐具，就连喝汤的时候都不会洒下一丁点。肉被切成一小块一小块的，慢慢地送到嘴里，轻轻地咀嚼着。食堂里一片寂静。

克里斯汀担心在餐桌上失态，这身华丽的装扮和周围穿着修道院服装的女人们让她觉得难受——她觉得大家都在看着她。她小心翼翼地处理一块肥腻的羊肉，左手两个指头按着羊骨，右手艰难地拿着小刀切肉。她希望灵活而又熟稔地切出规整的小肉块，可是整块羊肉突然从她的手中滑了出去，和面包一起蹦到了桌布上，而她用来切肉的小刀也掉到地上，发出砰砰的声响。

安静的房间中回荡着刺耳的声响。克里斯汀非常难堪，在她正准备去拾起地上的小刀时，一个穿着凉鞋的预备修女默默地帮她把小刀捡了起来。

这个小事故让克里斯汀胃口全无。她被小刀割破了一个手指，为了不弄脏桌布，把手包在衣服里。克里斯汀静静地坐着，一直低头盯着自己的膝盖，为了来这里特地穿上的漂亮衣服也被她弄脏了。

没过多久，修女们开始祷告，讲述了关于圣狄奥多拉的故事。狄奥多拉有着让统治阶级惊讶的坚定意志，她不信奉邪教，坚持不嫁人。她被带到了妓院，然后在路上被劝说，希望能顾及她父母和家族的颜面，和因为她而受到的无法摆脱的耻辱。如果她愿意献身于戴安娜女神，那么她就能保住自己的贞洁，过上安定的生活。

狄奥多拉坚定地回答：“贞节如同明灯，燃烧着上帝崇拜的火光。我的贞节之灯会因献身于戴安娜而熄灭，将会失去任何意义。你们宣称我不受任何约束，其实生来我们就被祖先出卖了，成为魔鬼的仆人。是基督，我才得以重获自由之身，我下定决心一生忠诚于他，所以我绝不会成为他宿敌的妻子。基督会永远庇护我，只要我坚守住他的财产，不和他的宿敌同流合污。我也不会因为你们破坏了我的贞洁而感到羞耻。”

这个故事让克里斯汀非常激动。她回忆起当年遇见宾坦的事情，她一直为此深感罪孽。可是当年的她未曾想到，也没有向主求救。克里斯汀听到西西莉亚修女读起了圣狄戴莫斯的故事，只有为数不多的几个朋友知道他是基督的信仰者，现在他来到关押着狄奥多拉的房间。他给了女房东一些钱，第一个进去看她。狄奥多拉就像受到惊吓的小动物一样躲到了房间黑暗的角落里。狄戴莫斯呼唤他妹妹，还说她是主的妻子，自己是来解救她的。他跟狄奥多拉说：“为了妹妹的贞洁，哥哥就算丢掉性命也在所不惜。”按照他的计划，狄奥多拉换上狄戴莫斯的衣服，用帽子把眼睛遮起来，用围巾挡住下巴，扮成一个初次光临妓院的男孩子。

听到这里，克里斯汀想到了阿尔纳，禁不住双眼潮湿。她呆呆地看着前面，耳边是修女缓缓地讲述声。狄戴莫斯即将被施以死刑，狄奥多拉赶紧从山里赶到刑场，祈求刽子手用她的死换回狄戴莫斯的性命。最终他们俩都没有活下来。根据圣安布罗修斯的记录，那一天是基督出生后的304年4月28日，地点位于叙利亚的古城安提欧克。

修女讲完了这个故事，其他人都从餐桌旁起身出去，波坦西亚走到克里斯汀身边，摸着她的脸庞说：“我知道你现在很思念你的母亲。”克里斯汀哭了起来，但是修女装作不知道，领着克里斯汀去她今后居住的房间。

她的房间是紧靠修道院的一个石头筑成的房子，里面布置得很典雅，墙上有一扇窗户，靠近矮墙边还有一个很大的壁炉。六张床铺并排摆在较高的墙边，对面就是大家的小柜子。

其实克里斯汀很想和那些小丫头们住在一起，可是波坦西亚把一个满头金发的年纪较长的肥姑娘带到她面前，介绍说："她是菲利帕斯之女英格贝尔，以后你就和她睡一张床吧，你们先聊聊天，互相了解一下。"说罢，波坦西亚就起身出去了。

英格贝尔马上拉着克里斯汀的小手聊了起来。她又矮又肥，圆圆的脸上嵌着一双小小的眼睛，不过她的肤色很好，白白净净的，一头金光闪闪的卷发被扎成一个大辫子，不过还是有一些短头发在发带外面。

她虽然问了克里斯汀很多问题，但好像并不在意答案是什么，很快就扯到自己身上，她跟克里斯汀说起她很多体面而富有的亲戚。她还和一个很有权势的财主订了婚。未婚夫是阿戈奈斯区的艾纳之子艾纳，一个有过两次婚史的老头，最不幸的是他的前两个妻子都过世了。但是克里斯汀并不觉得英格贝尔有多难过。她还跟克里斯汀聊了在修道院有过一面之缘的西蒙·达尔，令人吃惊的是她竟然能在那么短的时间里把西蒙看得如此仔细。克里斯汀的柜子也让她好奇。英格贝尔把所有的衣服从自己柜子里拿了出来，恰好被刚巧路过的西西莉亚修女撞见了，批评她们不应在礼拜日做这些不合适的事情。这让克里斯汀很不高兴，她没有受过任何人的批评，除了母亲。陌生人的批评和母亲的批评大为不同。

但英格贝尔却不以为然。晚上她们躺在床上闲聊，克里斯汀在睡梦中还能听到她细碎的说话声。屋子的角落里睡着两个年纪稍长的预备修女，专门负责对姑娘们的监管。修道院规定女孩子们夜晚不得外出，不能把衬裙脱掉。早上她们会叫醒大家，一起到修道院的教堂去做祷告。不过对于房间的秩序她们是不大在意的，就算姑娘们晚上聊天，偷吃藏在柜子里面的零食，她们都睁一只眼闭一只眼。

次日清晨，当克里斯汀睁开眼的时候，英格贝尔还在絮絮叨叨地说话，好像整晚都没有停过一样。

2

一到春季，准备前往奥斯陆做生意的外国商贩们都会在圣哈瓦尔德节[①]的前十天来到这里。在五月的前两个星期，城里到处都是从妙莎湖和瑞典边界各个地方来的人。这些外国人手上有很多囤货，现在正是买东西最好的时期。

修道院购买各种用品的工作是由波坦西亚修女掌管的，她曾许诺在圣哈瓦尔德守夜节的前一天带着英格贝尔和克里斯汀去城里玩。可是那天中午，波坦西亚由于要接待亲人而取消了进城的计划，不过经过英格贝尔的软磨硬泡，她只得违背修道院的规定同意这两个人偷偷出去。她还吩咐了修道院的哈肯，一个借住在这里的老农，把她们送到城里去。

距离克里斯汀初次来到修道院已经过了三个礼拜了，除了修道院的院子和花园，她没有去过别的地方。她吃惊地看着外面的一派春色，冒出嫩绿色叶片的小树林在旷野中生长，树干上开满了花团锦簇的秋海棠。远方的岛屿上几朵白云在慢慢飘动，下面是碧蓝的海水。一阵清风吹过，水面上顿起涟漪。

①哈瓦尔德节：西方宗教节日，在5月15日。

英格贝尔兴高采烈、蹦蹦跳跳地走着，一边随手摘下树上的嫩叶，凑到鼻子上闻，一边偷偷地看着行人。哈肯批评她没有一点儿修女的样子，亏她还是从高级修道院出来的。他告诉两个姑娘要矜持一点儿，拉着手安静地跟在他后面。不过英格贝尔哪里听得进去，她知道哈肯耳朵不大好使，就到处瞎看，讲个不停。克里斯汀穿着预备修女的衣服，没有染色的暗灰的粗羊毛做成的大衣，系着根羊毛做的腰带和发带，蓝色的袍子披在外面，蒙着纱巾，把头发藏在里面。哈肯走在最前面，他拿着一个粗铜做的拐棍，一身黑色的大衣，铅做的阿格纳斯像挂在他的胸前，圣赫里斯托弗尔像藏在他宽大的帽子中。哈肯的头发和胡子都雪白雪白的，被阳光一照，就像闪耀的银丝一样。

上城区一点儿都不喧闹，这里位于修女河和主教堂之间，没有商店和餐馆。周围教区的名流大多居住于此，街边是暗淡无光的木头做成的墙壁。由于今天过节，街上呈现不同寻常的景象，这里挤满了人，仆人们在院子的角门边和过路人聊着天。

这里的主教堂热闹非凡，在哈瓦尔德教堂和奥拉夫修道院前面广场的草地上，玩杂耍的小贩正在表演小狗跳圈。哈肯催促着她们赶紧离开，克里斯汀想去教堂里看一看的要求也被拒绝了，他说节日那天的教堂要好看得多。

哈肯拉着她们穿过圣克列门特教堂旁边的空地，这里挤满了从码头和各个集市街道中来的人。姑娘们要赶去米克列区，那里有很多鞋匠。英格贝尔觉得克里斯汀从家里带过来的鞋子配不上她那漂亮的衣服。英格贝尔有很多外国产的鞋子，这让克里斯汀好生羡慕，也想买几双一样的。

作为奥斯陆最大的贸易场所——米克列区由两个大院子组成，里面一共包括四十几座房子，从码头浩浩荡荡一直绵延到绍特巷。院子里摆着货摊，上面是粗羊毛布做的帐篷顶，再往上则高耸着圣克利斯皮奈斯的雕像。买卖东西的人挤满了院子，还有提着大锅和木桶在厨房里忙进忙出的妇女们、人群中到处穿梭的小孩子、马圈中买进卖出的马儿和仓库里忙乱地查找着货物的下人们。院子里质量最好的商品摆在房子里的阁楼上，鞋匠和他们的徒弟向这两个姑娘展示着五颜六色缝着金边的漂亮鞋子，大声地兜售着商品。

英格贝尔轻车熟路地来到德国鞋匠狄德瑞克的店铺里，他的妻子是挪威人，他们在米克列区安了家。

老板正在和一个穿旅行衣服的先生讲话，他的腰上别着一把剑。英格贝尔鼓起勇气向那位先生行了个礼，说道："如果您不介意，可否先让我们买东西？我们时间不多，需要赶回修道院参加祷告，我想您的空余时间应该更多一些？"

那位先生礼貌地回了礼，然后退到旁边让英格贝尔先来。老板用胳膊捅了捅英格贝尔，笑着说："修道院经常举办舞会吗？难道去年卖给你的鞋子都穿破了？"英格贝尔回敬他道："蒙主恩赐，我的鞋子还多着呢。今天另有买主。"她把克里斯汀拉了过来。一箱子的鞋被抬到走廊上，鞋子既多又好看。克里斯汀坐在凳子上一双一双地试。鞋子有各种颜色，各种花式，有跟的、无跟的、带花扣的、皮革的、鞋带由丝绸做成的，每一双都让克里斯汀爱不释手，可是昂贵的价格令她咋舌，一双鞋的价钱够买一头母牛了。离家时，父亲给了她一些零用钱，之前克里斯汀还觉得是个大数目，可现在却发现这些钱根本买不到什么东西。

在老板的劝说下，英格贝尔也挑了几双鞋子试着玩，反正这不用花钱。最后她选了一双绿色的鞋子，唯有后跟是红色的。不过她没有付钱，而是赊欠的。她说老板和她家的人都很熟。

克里斯汀觉得老板有些生气，因为她们试了好久的鞋子，先前那个谈生意的先生也走了。克里斯汀挑了一双没有跟的紫蓝色皮鞋，鞋面很薄，外面有银色的花纹和红色的宝石。她唯一不满意的是那条丝绸做的鞋带，不过老板说可以给她换一根，然后和她们一起来到了仓库。那里堆积着几只大箱子，里面装满了丝绸带和小巧的银扣，这违反了当时法律对鞋匠出售货品的规定，而且好些过宽的丝绸，过大的银扣都不是做鞋子的材料。

两个姑娘又挑了一些零碎的东西，在老板的邀请下她们还喝了一杯葡萄酒。当她们拿起包裹在粗羊毛布中的商品时，天色已经不早了，今天克里斯汀花了不少钱。

他们返回奥斯特大街时已经是黄昏了，街上车水马龙，空气中弥漫着灰尘。落日的余晖让人觉得很暖、很舒服，很多人从艾卡山上摘下成堆的嫩枝，放在家里作为过节的点缀。英格贝尔突发奇想要去吉塔桥，因为每逢集市，对岸的空地上就会出现许多玩杂耍的人，有变魔术的，还有拉提琴的。前不久，有消息说河岸边的表演又有了新节目，一艘装满野兽的外国船也加入了表演。

在米克列区的时候，老哈肯喝了一点儿德国啤酒，所以现在整个人放松了很多，也变得慈祥和蔼了许多。他耐不住姑娘们的撒娇，于是一起往艾卡山走去。

河那边的住户不多，零零散散地分布在河岸边和郁郁葱葱的高山坡上。路过圣芳济修道院的时候，克里斯汀不禁觉得羞愧，因为她之前是计划把这些钱用来给阿尔纳做祷告的。她并不打算把这件事告诉修道院的神父，她不愿意被别人问东问西。她之前计划，如果埃德温修士正好在修道院的话，她可以通过他找到修士，克里斯汀非常想和修士谈谈，虽然她并不确定如何将自己的内心想法告诉他。现在她已经没有多少钱了，估计支付不了做弥撒的费用，搞不好她只能买得起一根蜡烛。

就在这时，震耳的尖叫声从岸边传来，成群的市民像受到暴风雨袭击一样向他们扑过来，吵吵闹闹的，大家脸上都带着害怕的神情。从他们身边跑过的市民告诉他们，豹子从牢笼中逃出来了。

于是他们赶紧跟着人流向岸边跑去，大家高声议论着刚刚发生的事情，有个玩杂要的帐篷倒了，两只豹子趁机从笼子里逃了出来，还有人说看到了蛇。他们慢慢挤到桥边，那里的人更多。一个女人在前面走着，怀里抱着的孩子突然被别人挤掉了，说时迟那时快，哈肯赶紧站到小孩子的旁边护着他。过了一会他们远远地看到哈肯被落在了后面，很快就看不见了。

汹涌的人群把姑娘们和哈肯挤散了，两个女孩躲到一片空地上。人们纷纷跑到河的那边，年轻人直接跳进河里，年纪大点的则划着船过去，船上瞬间挤满了人，眼看就要翻船了。

克里斯汀大声地朝英格贝尔喊道，应该去圣芳济修道院，那里的修士正在安抚惊魂未定的百姓们。不像那些没见过野兽的人，克里斯汀很淡定，可是英格贝尔似乎惊吓过度。这时一队全副武装的男人从旁边的房子出来了，他们或骑马或步行，非要到桥上去，拥挤的人潮被他们赶到后面，这又引起了一阵喧闹。英格贝尔突然被一匹马吓到了，她惊叫着，就像被猎杀的小猪一样飞快地冲向树林。克里斯汀怕把她抛下，于是跟着她跑了出去。

直到她们跑到树林深处，英格贝尔才停了下来，前面是一条看起来好像连着特拉堡大道的小路。她们休息了一会儿，英格贝尔不停地抹着眼泪，她死活不肯一个人返回城里，但是要回到修道院还得走很长的路。

克里斯汀也知道现在街上乱哄哄的，确实不适合回去，她想去别人家中请个年轻人护送她们。于是两人沿着小路，背对着城市往前走，希望能在河边通向特拉堡的路上找到几户人家，护送她们回去。

过了很长一段时间才有一户人家出现在荒地中，两个姑娘既担心又害怕。那户人家门前有一棵大树，几个男人坐在下面喝酒聊天，一个妇女在忙碌地伺候他们，给他们送喝的。当这两个穿着修女服的小丫头站在他们面前时，妇女略带不悦地惊讶地看着她俩。克里斯汀说出了她们的请求，可是这些男人都没有要帮忙的意思。后来有两个年轻人说可以护送她俩回去，但是要一杜克银币作为报酬。

克里斯汀从那些人的口音中知道他们并非是挪威本地人，不过看起来应该不是坏人。虽然他们狮子大开口，但是克里斯汀没办法自己带着受惊过度的英格贝尔摸黑回去，只有答应那些人开出的条件。

一群人来到森林中的小路上，两个年轻人借机向她们靠近，跟她们讲话。虽然克里斯汀对这种行为很反感，但她还是装作很大胆的样子，心平气和地跟他们说话，讲述了刚才发生的豹子逃走的事情，还问起他们的家乡。克里斯汀谎称她俩是和很多人一起过来的，故意到处查看，做出好像有人在到处寻找她们的假象。慢慢地，年轻人就不大说话了，而克里斯汀也听不懂他们在谈论什么。

没过多久，克里斯汀就察觉到他们是沿着和来时方向相反的路走的，大致是朝北，另外她发现似乎这条路已经走得太远了。

克里斯汀突然害怕了起来，但她不愿意往坏的地方想，幸好有英格贝尔和她一起，这让她有了一些勇气。不过英格贝尔太笨了，克里斯汀必须承担起寻找出路的重任。她沉住气，把父亲赠送给她的十字架从袍子里面拿出来，紧紧攥在手里向上帝祈祷，请求有人能出现并解救她们。她暗暗鼓足劲，露出坦然自若的神情。

就在这时，他们已经走到了小路的尽头，再往前是一条宽阔的大道，大道的前方有一片开阔的田地和树林，下面是城市和港口。这两个年轻人不晓得有意还是真的迷了路，竟然搞错了方向。现在他们站在远离吉塔桥的高山上，前面的大道通向高山下面的一座桥。

既然已经这样了，克里斯汀还是按照约定付给了两个年轻人十枚银币。

"嘿，好心的小伙子们，谢谢你们帮我们带路，现在我们晓得怎么走了。你们已经完成了任务，这是说好的报酬。好心人，主会保佑你们的。"

两个年轻人互相看了一眼，一副傻傻的样子，克里斯汀忍不住笑了起来。有个年轻人怪笑着说，去大道的路非常寂寞，两个女孩子走不太安全。

克里斯汀把钱拿出来，果断地说："没有人会傻到去阻碍两个从修道院来的修女。我们自己可以走过去。"

可是那个年轻人竟然扯过她的手，把脸贴到她的脸上，嘴里还嘟哝着"吻"，"钱夹"。克里斯汀听得出来他们的意思，除非她吻一下那个男人并且把自己的钱夹给他们，不然这两个人是不会让她俩安全离开的。

这让她想起以前宾坦的脸庞也和她隔得这么近，她吓坏了，顿时觉得天旋地转，难受得要命。可是她极力保持镇定，在心里暗暗祈求主的庇佑。这时候，北方的小路上似乎响起了马蹄的声音。

克里斯汀把钱夹甩到那个年轻人脸上，趁他没有站稳的时候，使劲地向他的胸口撞，把他从小路上撞出去。他一屁股跌倒在树丛中。另一个男人从背后拉着她，抢了钱夹，又一把扯断她颈上的十字架。克里斯汀差一点儿跌倒，但是她死命地攥着那个男人不放手，要夺回自己的十字架。年轻男人似乎听到了动静，于是急着想逃。英格贝尔扯大嗓门号叫，于是奔驰在路上的骑士们加快了速度。救兵一共有三个，他们穿过树林从马上跳下来，英格贝尔大声叫着扑了过去。克里斯汀发现在鞋匠狄德瑞克店铺里碰到的那位绅士也在其中。他把剑从腰间拔出，一把扯过抓着她的男人，用剑头狠狠地打他。他的两个下人则赶紧去抓另一个逃走的，把他痛打了一顿。

克里斯汀浑身无力地瘫倒在石头上，她颤抖个不停，但是又觉得很惊讶，她没有意料到自己对上帝的请求竟然这么快就实现了。英格贝尔把头上的纱巾解开，短短的袍子松垮垮地搭在肩上，她正准备把金光闪闪的辫子放到前面来。克里斯汀看她这副样子忍不住想笑。可是她太虚弱了，要是没有树，恐怕连站都站不稳，好像身体里的骨头都化掉了一样。她全身发着抖，又笑又叫的。

那位先生走到她身边，轻轻地拍着她的肩膀，用温和的声音说道：

“我知道你现在心里非常惊恐，但你还是要坚强一点儿，刚刚遇到危险时，你简直太勇敢了。”

克里斯汀冲他微微颔首。那位先生肤色较黑，脸形窄窄的，亮晶晶的双眼很好看，乌黑的短发遮着前额和耳朵后面。

英格贝尔梳理好自己的头发，过来用非常优雅的措辞表示对出手相救的好心人的谢意。那人依然把手搁在克里斯汀的肩上，礼貌地回答着英格贝尔。

这两个坏蛋说他们是从德国的罗斯托克港偷渡过来的。那位先生吩咐下人道："你们去弄条绳子把他们捆起来。在把这两个人送到城里的监狱之前，我们必须先把这两位修女送回修道院。"

一个下人问道："伊兰德，您是说这两位修女吗？"两个下人都是身强体壮、全副武装的骑士，刚打完架，此刻仍热血沸腾。

年轻的绅士有点不悦，准备责骂他们，可是克里斯汀扯住了他的袖子。

她用有点发抖的声音说："好心的先生，请不要让他们进监狱！如果这件事情传出去，对我们姐妹俩都没有好处。"

绅士看了她一眼，点了下头，表示同意，似乎知道她在想什么。他用剑头用力地打了一下两个坏蛋的后背，把他们打趴在地，还踢了几脚让他们快滚。两个坏蛋一溜烟就不见了。他又邀请两位修女骑到马上。

英格贝尔让他们帮助自己骑上马背，但是很快便从马背上掉了下来。伊兰德用询问的目光地看了看克里斯汀，但她却说自己可以坐上男士的马鞍。

伊兰德抓着克里斯汀的膝盖，帮助她坐到马上。他的动作非常小心，似乎有意不和她靠得太近，让她体验到一种甜蜜而又愉快的战栗感。这完全不同于家人动作粗鲁，使劲托着她坐上马背时的感觉，她感到自己受到了尊重……

那位绅士虽然只配有银马刺，可是英格贝尔仍固执地称他为爵士。他扶着英格贝尔上了马，然后两个下人上了马。英格贝尔以他们都佩带武器为由，提议绕着城区外围，顺着莱思山和马特史托克的北方走。不过绅士否定了这个建议，对于旅行的人来说，并没有法律严格禁止他们佩带武器，而且目前城里的居民也都在拿着武器寻找豹子。英格贝尔又趁机说自己害怕遇到野兽。克里斯汀当然猜得到英格贝尔的鬼点子，她故意提议走最漫长荒凉的路线，就是为了和伊兰德多待一会儿。

克里斯汀抱歉地说道："先生，今天我们已经两次占用了您的时间了。"

伊兰德镇定地回答道："没关系，我们今夜只要能到达吉尔露就行，况且现在夜里的天色很亮。"

在路上，他既没有打趣也没有笑话她们，而是将她们视为同样乃至地位更高的人，这让克里斯汀非常开心。除了西蒙，她还没认识其他有贵族教养的年轻人。虽然伊兰德看起来比西蒙要年长一些。

他们沿着莱恩山峡谷的小河往前走。狭窄的小路旁边是矮小的灌木丛，潮湿而散发着气味的树枝轻抚着克里斯汀。这里光线阴暗，气温阴凉，河边小路的树枝上布满了露水。

他们走得很慢，像是有块布裹住了踏在潮湿草地上的马蹄发出的声音。克里斯汀摇摇晃晃地坐在马背上，她听到后面英格贝尔的说话声，还有伊兰德低沉的声音。他的话并不多，似乎是答非所问，她猜想他应该和自己的心情一样。她虽然困得要命，可是能安然度过今天发生的危险还是值得庆幸的。

穿过丛林就是马特史托克山坡，如同刚从睡梦中醒来一样，太阳已经落山了。他们俯瞰着下面的城市和港口，浅蓝色的天空和笼罩着暖黄色光芒的阿卡山相连，四周非常安静。当她们从阴凉的树林中走出来时，隐隐约约能够听到从远方传来的声音，小路上嘎嘎作响的车轮声，田野里对着高山狂叫的狗吠声，还有丛林中欢快鸣叫的小鸟声。

田野里某个地方燃起了火焰，缕缕青烟直入高空，清朗的夜空在火光的映衬下如油墨一般漆黑。

他们骑着马穿过修道院四周的田野。伊兰德又一次开口，向克里斯汀询问起来。他不确定和她们一起去修道院，并向院长葛萝亚解释今天发生的事情是否合适。英格贝尔提议从教堂偷偷溜回修道院，这样她们私自出门的事情就不会有人知道。波坦西亚修女有亲人来看她，估计早就不记得这两个丫头了。今天教堂西门前面的空地上异常冷清，不像以往那样热闹非凡。以前这个时候经常会有附近的居民到教堂做祈祷，下人和借住者的屋子也经常进进出出一些拜访的人。在门口大家准备告别。克里斯汀抚摩着伊兰德那匹黑色的马，她觉得这个有着温柔眼睛的骏马像极了自己幼年时在家里骑过的穆尔文。

她向伊兰德询问道："您的马有名字吗？"马儿掉转头，凑到主人的胸前。

"它叫贝雅"，他一边回答一边隔着马儿静静地盯着她，"你怎么不问问我的名字呢？"

"我当然非常希望知道您的名字了，先生。"克里斯汀低着头说道。

"我是尼古拉斯之子伊兰德。"他说道。

“伊兰德先生，您今天帮了我们大忙，请接受我们的感谢，”克里斯汀朝他伸出了自己的手。

可是她又忽然羞红了脸，急忙缩了回来。

“多孚尔那边高特之女爱丝希尔德夫人是你的亲人吗？”她问道。

克里斯汀惊讶地看着也红了脸的伊兰德，他忽然松开她的手说道：

“她是我姨母。我正是那个胡萨贝庄园的尼古拉斯之子伊兰德。”他不明所以地看着她，这让克里斯汀越发窘迫了，不过她尽力克制住自己，说道：

“其实我应该好好地谢谢您，伊兰德先生，可是我实在不知道如何开口。”

他对克里斯汀行了礼，尽管她还有话要向他说，可现在实在不是聊天的时候，该告别了。她走进教堂，在门口回身时看到了依然在马边站着的伊兰德，于是朝他挥了挥手。

修道院里乱成了一锅粥，大家都很担心。哈肯派人骑马去给修道院里的人报告了事情的经过，他留在城里继续寻找两个姑娘。修道院还另外派人去城里和他一起找。有谣言说豹子在城里吃了两个孩子，这肯定是假消息，只有一头豹子，而且早在晚饭祷告之前，国王的士兵就已经抓住了它。

葛萝亚院长和波坦西亚修女都很生气，克里斯汀只是默默地听着。她好像已经进入了梦游的状态。英格贝尔边哭边解释，声称她们是经过波坦西亚修女批准后才出去的，而且还有哈肯护送着，至于其后发生的那些事情，这是谁都想不到的啊。

院长安排她们一直留在教堂里直到半夜，并想尽办法让她们把自己的思想集中在精神世界里，感谢主保护了她们的生命和名誉。她跟她们说：“现在主已经为你们展示了人世间的真相。主的信徒们时常受到野兽和魔鬼奴隶的胁迫，只有一心祷告，坚定对主的信仰才能获得拯救。”

院长为她们点亮了一根蜡烛，安排一个叫巴德之女西西莉亚的修女带她们去教堂做祷告，这个修女常常一个人在教堂做祷告直到很晚。

克里斯汀把蜡烛轻轻地放到圣劳伦斯的祭坛上面，然后跪在祈祷的垫子上，祈祷词和“万福马利亚”的声音从她的嘴里轻微地发出来。蜡烛的火苗在她眼里跳动，烛光笼罩在她的身上，把她身边的黑暗和其他一切都赶走了。此时，她觉得她好像能够感知上帝，她感谢、崇拜、敬爱主和圣母，他们一直都围绕在她的身边。在她看来，神灵也能够感觉到她，今晚让她更加坚定了这个想法。梦幻中的世界模模糊糊地出现在她的眼前，屋子里阳光灿烂，照射出跳动的灰尘，克里斯汀总算体验到全身沐浴在阳光中的感觉了。

这个安静而漆黑的教堂让她留恋，黑暗中浮现着几点如夜空中明亮星星的光斑，檀香散发着甜蜜的气味，还有温暖的烛光。克里斯汀好像来到了属于自己的星球中。

西西莉亚修女慢慢地走到她的身边，摇了摇她的胳膊，似乎终止了她这种幸福的体验。她们在祭坛前弯着身躯行礼，然后经过南边的小门来到了修道院的院子。

英格贝尔确实是困了，她什么都没说就进入了梦乡。克里斯汀非常开心，没有英格贝尔影响她平静的思绪了。英格贝尔实在是过于臃肿，体温也比别人高，不过幸好修道院的女孩子晚上必须要穿着衬裙睡。

克里斯汀迟迟不能入睡，她再也体会不到刚才在教堂里祈祷时的那种幸福感觉了。不过温柔的感情还是能够体会到的。她真心地感激主，在心里替家里的亲人们及阿尔纳的亡魂做祷告，这让她突然觉得精神更加振奋。

她非常思念父亲，思念曾经和父亲在一起的点点滴滴，那时西蒙·达尔还没有出现在她的生活中。一种新的柔情出现在她的心间，在这份柔情里好像掺杂着母亲的仁爱和照料。克里斯汀隐约觉得父亲的生活中似乎缺少很多该有的快乐。这让她记起去年复活节的时候，她在吉达露区黑色的木头教堂里，看到过自己的三个兄弟和奶奶西格尔之女克里斯汀的坟墓，父亲出生时，奶奶因为难产而过世了。

她怎么都想不明白尼古拉斯之子伊兰德去吉达露的目的。

整个晚上她一直在想着这个男人，在笼罩着她的烛光外的黑暗中，他的暗沉的窄窄的脸庞和淡然的嗓音悄悄地盘旋在她的脑海里。

次日清晨，克里斯汀睁开眼时已是太阳高挂，英格贝尔说院长已经嘱咐了预备修女，她们两个可以不用参加今天早上的祷告，起床后自己去厨房吃早餐。克里斯汀非常感激院长的好意，觉得很感动，好像整个世界的人对她都特别友善。

3

阿卡地区农会的人民把玛格丽特女神当作自己的庇护者，玛格丽特的弥撒日从每年的7月20日开始。那天阿卡教堂里面挤满了农会的大人、小孩、客人和随从，他们先在教堂听弥撒，随后前往霍甫养老院旁边的农会办事处，举行庆祝的宴会，时间持续长达5天之久。

阿卡教堂和霍甫养老院都归属修道院的名下。很多阿卡地区的农民其实都是修道院田地的租户。因此在节日的头一天，院长要带领一些年纪稍长的修女出席农会的宴席。修道院里只是进去休养而并非立志做修女的女孩子们也能跟随她们一起前往，还能参加晚上的舞会。修道院的衣服当然不适合这样的场面，她们都是穿着自己带来的只有在节日里才会穿的衣服去。

在玛格丽特女神弥撒日的前一天，见习修女的房间里热闹异常，非常忙碌。有幸参加宴会的姑娘们翻箱倒柜寻找合适的漂亮衣服，不能出去的修女们则眼巴巴看着自己的同伴，气恼地坐在一边。有的修女用几个瓦罐在壁炉上烧水洗脸，想让自己的皮肤细腻白嫩一些。还有的修女用自制的护发素滋养头发，然后把头发分作一小股一小股的，用皮发圈绑好，这样就可以做出波浪形的卷发了。

英格贝尔把自己所有的漂亮衣服都翻了出来，可她还是不确定挑哪一件，她说自己绝不穿那件美丽的绿色丝绸做的衣服。那件衣服实在是太过华丽和高贵了，不适合在这种农民的宴会上穿。可是，另外一个不能参加宴会的叫海嘉的小丫头悄悄地对克里斯汀说，她敢打赌，英格贝尔绝对会穿那件绿色的衣服和粉红色衬裙去参加宴会的。海嘉在很小的时候就被爸妈送到了修道院，他们非要让她做一名修女。

海嘉还说道："克里斯汀，我知道你一直待我不错，我本来不应该掺和你的事情的，可我还是忍不住要跟你说一件事。你还记得春夜里护送你们回修道院的那个绅士吧，他和英格贝尔经常在教堂里碰面，我亲眼见到也听到过。他曾经趁着英格贝尔去借住者房间找英根时和她谈话。可他其实是来找你的，英格贝尔还同意说把你带去和他见面。我想你应该还被蒙在鼓里吧！”

“没错，英格贝尔对我隐瞒了这件事。”克里斯汀说，她咬着自己的嘴唇，不让海嘉看出她的笑容。她发现英格贝尔竟然是这样的人。“我想，英格贝尔可能是了解我的个性，我可不是那种随意和陌生男人在墙角见面的女孩！”她骄傲地说。

海嘉觉得很委屈，她说：“是我多事了，不该跟你讲这些。”说完她们就分开了。

克里斯汀忍了一个晚上，尽量在众人面前不露出自己的笑容。

次日清晨，英格贝尔穿着衬裙走来走去，并不急于打扮。克里斯汀知道她的想法，自己不先打扮好她是不会穿衣服的。于是克里斯汀含着冷笑，默默地从柜子里取出一条金黄色的衬裙。这是她第一次穿这条裙子，衣服沿着身体轻轻地滑下，感觉既软又凉爽。用银、蓝、棕三色丝缎绣成的精细的花样正好遮盖了这条裙子开得较低的领口。裙子还有配套的长袖，克里斯汀的脚上穿了双长筒的亚麻袜子，穿上进城那天在哈肯的保护下安然无恙的紫蓝色皮鞋。英格贝尔都看呆了，克里斯汀笑着说：

“我父亲曾教导我要尊重比我们卑微的人，可是你看起来似乎觉得为农民穿上最漂亮的衣服是不值得的。”

英格贝尔的脸涨得通红，她立刻脱掉外面的褂子，换上了粉红色的丝质衬裙。克里斯汀拿出自己最美丽的丝绒做的紫蓝色礼服，开得很低的领口，还有几乎拖到地上的长袖。一条镶金的皮带系在她的腰上，肩上是一条灰鼠皮制成的披肩。浓密的长发散在后背和肩上，她又在头上套了一个金色的发箍，上面刻着细小的玫瑰花。

克里斯汀看到了在旁边盯着她们看的海嘉。克里斯汀把当年她在大路上第一次遇到宾坦时扣在大衣上的银制大扣子从柜子里拿出来，因为她从那之后她不愿再戴这个东西了。克里斯汀拿着大银扣递给海嘉，悄悄地跟她说：

“你昨晚是关心我，我清楚，我不是个不知好歹的人。”

穿着绿色的华服加上红色的丝质衬裙，英格贝尔一头金光闪闪的卷发散在背后，她看起来也很美。

克里斯汀一想到她们都希望打扮得比对方漂亮就觉得好笑。

那天清晨，空气非常凉爽，地上都是露水。一大群人离开修道院，朝着西面福莱斯雅方向赶路。田里的干草已经基本收割完了，一簇簇野生的风信子和金黄色的蒺藜在围墙边上生长着。麦田里的大麦已经抽穗，田野里翻动着笼罩一圈粉红光泽的银灰色的麦浪。经过田野中狭窄的小路时，麦子都能擦到人们的小腿了。

哈肯举着修道院蓝绸做的院旗在前面开路，旗子上绘着圣母的图像。他后面跟着下人和借住者，然后就是骑在马上的葛萝亚院长和四个年迈的修女，接下来是小丫头们。在太阳的照射下，这些穿着花花绿绿节日盛装的姑娘们光彩夺目。走在最后面的是几个借住的妇女和佩带武器的男人们。

大家唱着歌穿过田野，路边的市民都闪到一边，礼貌地向他们问好。周围的田野和草地上人们三五成群，来来往往，有的骑着马，有的步行，因为每户人家每个庄园里都有要去教堂的人。过了一会从后面传来低沉的唱着赞美诗的男性声音，那是荷夫多修道院的人们，小山上出现他们鲜红色的院旗，举旗的人每走一步，旗子就向前倾着、不停地摇动。

穿过教堂前的那个山坡，她们听到了遮盖住马嘶鸣声的震耳欲聋的钟声。数目庞大的马匹一起出现在教堂前面的草地上，这还是克里斯汀第一次见到这么壮观的场面。穿戴一新的人们聚集在草地上，或站或坐，当修道院的旗帜经过时，大家都严肃起来，恭敬地向院长行礼致敬。

教堂似乎没有办法接待所有的宾客，不过修道院在祭坛的附近设有专门的席位。紧随她们进场的是荷夫多修道院的西司忒会[①]的修士，他们站在唱诗班的位子，教堂里瞬间响彻了男声与童声融合的赞美歌。

过了一会开始做弥撒，进行仪式时大家要全体起立，这时克里斯汀突然发现了尼古拉斯之子伊兰德。他身材修长，脑袋要高出众人许多，克里斯汀只看到他侧脸的轮廓。他有着高高耸立的狭窄的额头，既大又挺的鼻子，像三角形一样，微微颤动的鼻翼周围非常细小。克里斯汀觉得他就像一匹不安分的、受惊了的小马，这跟她幻想中的美男子还是有一定差距的。他脸部的线条延伸到那张柔弱、漂亮的小嘴时，带有一点儿忧伤的神色，不过他这样也算是长得不错了。

这时，伊兰德也正好回头看到了克里斯汀，他们俩也不晓得互相注视了多长时间。接着克里斯汀就没有心思做弥撒了，只是盼望着弥撒快些结束。她紧张地等待着，不知道一会儿会发生什么事。

---

①1098年在法国西司忒地区兴起的天主教会。

大家从拥挤杂乱的教堂里走了出来，英格贝尔一把拉住克里斯汀，待到人群散尽的时候，她说让其他的修女先走，因为她们已经被远远地甩在了后面，两人随着最后的人流穿过道德墙离开了教堂。

教堂门外站着伊兰德、吉达露的神父和另外一个身穿蓝色衣服，满脸红光的胖子。伊兰德身上穿着一件棕色的丝绸大衣，上面有黑色的花纹，绣着黄鹰标识的黑色斗篷披在外面。

他们寒暄过后就一起从草地穿过去，来到系着他们马匹的地方，边走边聊着这么好的天气、美妙的弥撒以及拥挤的市民。那个脸色红润佩戴金马刺的绅士是巴德之子慕南爵士，他拉着英格贝尔的手，似乎非常喜欢这个姑娘。伊兰德和克里斯汀默默地跟在他们后面。

大家骑着自己的马离开了教堂。草地上一片杂乱，马叫声和人们的吵闹声混在一起，有的怒气冲冲，有的又哭又闹，有的笑容满面。很多人是两人合乘一匹马的，丈夫带着妻子，孩子们坐在马鞍前，年轻人则跟朋友们在一起。修女、神父们以及教堂的旗子早已走远了，到了山脚下。

慕南爵士和英格贝尔共骑一匹马从他们面前经过，爵士的双手抱着英格贝尔，两人一边大声地交谈着，一边向克里斯汀和伊兰德招手。伊兰德询问道：“我的下人们也在这里，如果你想一个人骑一匹马的话，可以把海夫特的马让给你，他们两个挤一下，不过我不知道你愿不愿意这样呢？”

克里斯汀有点害臊，回答道：“大家都在前面，你的下人们也不见了踪影，那……”然后她含笑不说了，伊兰德心领神会地与她相视一笑。

他跨上马，帮助克里斯汀坐到自己的后面去。在家里，当克里斯汀不再是个孩子后，她就很少跨坐在马上，一般都是侧着坐在父亲的身边。现在她拉着伊兰德的肩，另一只手撑在马背上保持平衡，这让她感到既尴尬又有点危险。马儿缓缓地朝桥的方向走去。

伊兰德一直保持着沉默，过了许久，克里斯汀只有自己先说话了：

“先生，今天在这里碰到你真是很意外啊。”

“你不知道会在这里遇到我吗？难道英格贝尔没有跟你提过我让她转达的问候吗？”伊兰德掉过头看着她问道。

克里斯汀回答道：“没有，我没有听到任何关于你的消息。自从你护送我们回去以后，英格贝尔连你的名字都没向我提起过呢。”戳穿英格贝尔的谎言并不让克里斯汀觉得有什么不对。

伊兰德转回身子，他的声音中透出明显的笑意：

“可是我还专门付钱让那个黝黑皮肤的小姑娘帮我带话呢，好像是个见习的修女吧，不过我忘记了她叫什么。”

克里斯汀一下子就红了脸，可她还是忍不住笑道：“你说的应该是海嘉，这点钱确实是她应得的。”

伊兰德轻轻动地了一下头，她的手差点就碰到了他的脖子。克里斯汀赶紧把手往旁边挪了挪。现在她有一些不自在，她竟敢和一个男人约在宴会上见面，这胆子也太大了点吧。

过了一会儿，伊兰德又问她：

“你今晚可以和我一起跳舞吗，克里斯汀？”

“我不确定，先生。”克里斯汀回答道。

“你觉得这样做不是很合适，对吗？”他追问道。克里斯汀没有说话，他继续说道："可能确实不合适吧。可是，在我看来，今晚上就算你和我跳舞也不会有什么损失。其实我都八年多未曾跳过舞了。"

克里斯汀惊讶地说："这怎么可能呢？你应该已经成家了吧？"不过她立刻想到，如果他已经成家，那跟她在一起就不成体统了，于是她赶紧补上一句："是不是您的未婚妻或者妻子已经不在了？"

伊兰德回过头，怪异地盯着她看。

过了许久他才开口问道："难道爱丝希尔德女士没和你说起过？为什么那天晚上在我告诉你我的名字时，你却红了脸呢？"伊兰德犹豫了一下问道。

这再一次让克里斯汀满面通红，看她回答不上来，伊兰德继续说：

"能告诉我，关于我，我的姨妈都和你说过哪些事情吗？"

克里斯汀赶紧回答道："没什么，全是赞扬你的好话，形容你是个长相俊俏、出身贵族的青年，还告诫我们说，同你和她的家族相比，我们家根本就算不上什么名门望族……"

伊兰德带着一丝苦笑，说："看看她自己的生活，竟然敢这么讲。唉，要是这么做能让她心里觉得舒服也就算了。她还说过关于我的其他的事情吗？"

"你以为她会说些什么呢？"克里斯汀反问道，不知道为什么，她此时莫名地觉得心里很压抑。

他降低了音调，小声地说："嗯，可能她曾提到过，我之前被教会从名册中剔除了，后来费了很大劲才得以洗清身上的罪过，重新过上安宁的生活。"

过了好久，克里斯汀才打破沉默，轻声地说道：

“我知道有些男人失去了对财产的所有权，虽然我不大了解世事，可是我相信你绝不会做了什么不光彩的事情。”

“就凭你说的这句话，主也会保佑你的”，伊兰德突然俯下身子吻了一下她的手腕，这让马儿吓得蹦了几下。伊兰德让马儿安静下来，很正经地说道：“你今晚和我跳完舞，我以后会把关于我的所有的事情原原本本地告诉你。可是我希望今晚和你在一起的时光是快乐的。”

“好吧，”克里斯汀答应了他，然后两个人又陷入了沉默。

过了一会儿，伊兰德向她询问起爱丝希尔德女士，克里斯汀把自己知道的都说了，她非常欣赏爱丝希尔德女士。

伊兰德又问她道：“这样看来，还是有人喜欢布柔恩和爱丝希尔德啊。”

克里斯汀告诉他，大家都很尊敬这两个人，她的父亲及很多人都不相信关于他俩的传言。

“那你对我的那位亲戚——慕南爵士，有好感吗？”伊兰德开玩笑似的说道。

克里斯汀回答道：“我没怎么注意他，我想他也不值得我去关注吧。”

伊兰德继续问道：“难道你不晓得爱丝希尔德女士就是她的母亲吗？”

“他是爱丝希尔德女士的儿子！”克里斯汀惊讶地大叫道。

“嗯，虽然他继承了他母亲的一切，但在外表上却一点儿都不像她。”伊兰德答道。

“我连她前夫的名字都不晓得。”克里斯汀说。

伊兰德告诉她："老慕南家的两兄弟巴德和尼古拉斯，跟同一户人家的两个女儿结了婚。我父亲是长子，他有过一次婚史，但是前妻没有留下后代。在巴德叔叔一把年纪的时候，爱丝希尔德姨妈嫁给了他，我估计他俩的婚姻生活应该很差劲。巴德叔叔死后，当她不顾众人的阻挠嫁给布柔恩爵士，准备和他一起离开这里的时候，我还是个小孩，家里的人都瞒着我。亲戚们认为这个婚约是无效的，因为她在巴德叔叔尚在世时就和布柔恩在一起了，我叔叔就是被他们合伙害死的。但是他俩躲到了外地，亲戚们不能把他们抓回来坦白罪行，只能将他们所有的财产收回，作为对他们罪行的惩罚。我母亲和爱丝希尔德的侄子也被布柔恩残忍地杀害了。"

克里斯汀非常紧张。在家里，跟小孩子及年纪尚轻的晚辈谈论这些丑恶的事情是不被允许的。但是克里斯汀也听闻教区中发生过类似的事，有个男人和已经结婚的妇女同居，这是犯了通奸，罪大恶极，男人的妻子可以申请解除婚姻关系。即使通奸者能够结婚，他们的私生子也永远没有身份和地位。领养孩子是合法的，不管这个孩子是谁生的，不管他的生母是个妓女还是要饭的，可是法律就是不承认私生子，即便通奸的女人是爵士的妻子。克里斯汀一直都很反感布柔恩爵士，特别是他惨白的脸和又矮又肥的样子。她完全不能理解谦虚和蔼的爱丝希尔德怎么会对这样一个让她受到众人非议的男人言听计从，被他任意使唤。事实上，她并没有受到很好的待遇，庄园中的一切苦活累活都是她一个人在做，布柔恩只管天天做他的酒鬼，可是爱丝希尔德却对这个酒鬼温柔体贴。克里斯汀不知道父亲在请布柔恩来家里做客之前是否清楚这些事情。这时她有点不理解，伊兰德为什么会把亲人的丑事拿出来说，可能他还不清楚克里斯汀对此一无所知。

伊兰德停了一会儿，说道："如果我以后去北边，我还是希望能拜访下爱丝希尔德姨妈。我的姨父布柔恩依然英俊吗？"

"完全相反，他好比是荒野里放了一个冬季的枯草。"

伊兰德脸上显出一丝苦笑："唉，发生这样的事情对一个男人的打击是很大的。自从20年前尚且年幼的我见过他之后，就再也没有见过任何一个男人的容貌能够胜过他。"

说话间，她们来到达了养老院。那是一个宽敞、美丽的地方。由石头和木材筑成的房屋被用作病人的房间、救济室、旅馆、教堂以及神父的住房。杂乱的院子里异常繁忙，厨子们正在忙碌地准备着宴会的食物，这里所收养的穷人和病人们今晚要大饱口福了。

大家特地从花园中穿过，来到另一边的农会办事处。这个花园以种植的药草植物声名远扬，很多当地人从没见过的植物被修道院的葛萝亚院长种在花园里。这里的土壤特别肥沃，从别的地方移栽过来的花花草草都长得格外茂盛。院长博闻强识，以前还翻译过沙勒泥坦学派的药草著作。克里斯汀知道一些有关药草的基本知识，她对这些很感兴趣，因此也得到了院长的赏识和垂爱。

克里斯汀一边走一边向伊兰德介绍草地旁边花坛里种植的各种花草。正午的阳光洒在莳萝、大蒜、芹菜、莴苣、玫瑰和罗兰的枝叶上，空气中弥漫着这些植物发出的香气。露天的药草园后面是栽种着各种果树的园子。那里温度略低一些，放眼望去都是些诱人的果子，树枝上挂着散发着幽红色光泽的樱桃，颜色尚青的苹果把枝条都压弯了。还有一道开满鲜花、由蔷薇盘绕而成的篱笆，虽然看起来非常普通，可是蔷薇的叶子却带着苹果和葡萄酒的味道，经过的路人忍不住会采下几朵小花别在衣服或头上。几朵刚摘下的玫瑰花被克里斯汀插到头发上，她手里还捏着一朵把玩，不久这朵花就被伊兰德拿走了，他一言不发，两人静静地走着。他起先只是握着花，后来又有点不好意思地把花别在领口上。他的样子有点局促不安，笨手笨脚的，甚至连手指都被玫瑰花刺扎出了血。

农会办事处在墙边摆了几张用来款待宾客的大桌子，长桌靠墙壁一边的是男宾席，另一边则是女宾席。两个小一点儿的餐桌放在外面，坐着小孩子和青年们。

葛萝亚院长坐在女宾席的首位上，紧挨着墙的凳子上坐着修女和有一定声望的已婚妇人们，还未出嫁的小姑娘们则坐在外面的一排长凳子上，修女们都是坐在靠近女院长的地方。克里斯汀隐约感觉到伊兰德在看她，所以她很害羞，不敢转身去看他。快结束时，由神父朗读农会中已经去世的人员清单，所有人都起立聆听，克里斯汀借机飞快地瞥了一眼男宾客们就座的桌子，正巧看到靠在墙边注视着她的伊兰德，桌上的蜡烛挡在两人中间。

酒席持续了很长时间，他们一次次地为主、圣母马利亚、玛格丽特、圣奥拉夫和圣哈瓦尔德干杯，嘴里虔诚地念着祈祷词，唱着赞美诗。

房门开着，克里斯汀看到外面落日的余晖。屋外的草地上传来了提琴声和唱歌声，修女们在得到葛萝亚院长的允许后，可以在外面待一会儿，于是所有的年轻人纷纷离席。

草地上有三堆燃烧着的篝火，大家围着火堆跳舞，小提琴手坐在旁边的箱子上为他们伴奏，跳一圈就换一首歌曲。跳舞的人实在是太多了，不得不经常变换舞姿。天色已经暗了下来，北方高山青翠的轮廓只剩下一团黑影。

有人坐在走廊下喝酒。当几个年轻的修女从楼上走下来的时候，几个年轻人一下围了过来。慕南爵士拉着英格贝尔走了，克里斯汀的胳膊也被人抓住了——是伊兰德。她很熟悉伊兰德的这双手。伊兰德紧握着克里斯汀的手，他们手上戴着的戒指摩擦着，甚至嵌入了肉中。

他们一起走到外面围绕着许多孩子的火堆旁边，克里斯汀牵着其中的一个小男孩，而伊兰德则拉着另外一个小丫头的手加入了跳舞的行列。

开始时大家只是跟着小提琴的旋律跳舞，但没有人唱歌，不久大家就起哄让丹麦人西佛德唱歌助兴。于是那个有着大拳头、头发金黄、个头高高的小伙子从队伍中走了出来，放声高歌起来：

“在蒙科姆白色的沙滩上，
人们尽情欢歌。
约翰之子伊瓦尔翩翩起舞，
手中牵着王后的小手。
你可知道谁是约翰之子伊瓦尔？”

小提琴手没有听过这首曲子，只好随便弹着节奏。歌手独自高歌，他有着低沉而又响亮的嗓音：

“啊，尊敬的丹麦皇后，
你是否还记得那个夏天？
你被带出了瑞典，
来到了丹麦这个地方。

“那时你离开故乡瑞典
踏上异国他乡，
虽然你头戴华丽的王冠，
但却泪流满面，无比惆怅。

“虽然你头戴华丽的王冠，
但却泪流满面，无比惆怅。
尊敬的丹麦的皇后啊，难道你忘却，
我曾经是如此的深爱着你？”

小提琴手按照刚才的旋律重新弹了一遍，大家跟随曲调发出呜呜的应和声，一起唱着和声的部分：

“快走吧，我忠诚的卫士，
约翰之子伊瓦尔，
否则你明日一早，
就要被判处绞刑啊！

“但伊瓦尔爵士，

毫无畏惧，
他披着战袍，
跳上一条小船。

“愿主保佑你，我的丹麦皇后，
愿您永远平安，夜夜安眠，
就如浩瀚夜空中闪闪发亮的繁星那样，
永远璀璨夺目。

“愿主降给你——丹麦国王，
永无止境的苦难岁月，
就像菩提树的枝叶，
母鹿身上的寒毛一样多……
你可知道谁是约翰之子伊瓦尔爵士？”

时间已经很晚了，火堆的光芒也逐渐暗了下来。在花园的墙边，克里斯汀和伊兰德牵着手站在大树下。宴会喧闹的吵闹声逐渐消失了，只剩下几个精力旺盛、仍然围着将要熄灭的篝火唱歌跳舞的年轻人，小提琴手和其他的人早就离开了。偶尔有几位妇人出来寻找喝得东倒西歪、不知身在何处的丈夫。

克里斯汀低声问伊兰德道：“你看到我的袍子了吗？”伊兰德没有回答她，他用一只手搂着克里斯汀的腰，然后把自己的袍子盖在两个人身上。他们紧紧地抱着，走进了药草园中。

白天阳光照射下散发的浓烈的辛香味还未散去，经过露水的浸染，变得清淡了许多。乌云遮盖了月亮，挡在头顶的树枝上，天空黑漆漆一片。他们感觉到，药草园中还有其他人。伊兰德紧紧地把克里斯汀抱在自己怀里，轻声问道：“克里斯汀，你害怕吗？”

外面的世界在她的头脑中慢慢模糊，她晓得自己现在很不理智，可是她觉得幸福极了。于是她紧靠在伊兰德的怀中，说着自己都不记得的悄悄话。

他们沿着小径一直往前走，路的尽头是一堵石砌的矮墙。克里斯汀在伊兰德的帮助下翻过墙头，伊兰德在下面接住她，并把她抱了许久才松开手。

克里斯汀站着，仰头享受着伊兰德的热吻。他用力抱着她的脑袋，手指绕着她的头发，这让克里斯汀觉得非常快乐，于是她也紧紧地吻着伊兰德作为回报。

伊兰德抚摩着克里斯汀的胸部，克里斯汀觉得，伊兰德好像要打开她的胸膛，带走她的芳心似的。之后，伊兰德慢慢地帮她抚平衣服上的褶皱，然后亲了一下，这让她觉得一股暖流瞬间充满心间。

伊兰德对她悄声说道：“我会一直保护你的，决不会让你因我的缘故而流上一滴眼泪！克里斯汀，你是这世界上我见过的最好的女孩子……”

他们在灌木丛下的草地上坐着，背靠着墙壁。克里斯汀沉默着，一旦她感觉不到伊兰德的轻轻抚摩，就会伸出手来摸摸伊兰德的脸庞。

过了一段时间，伊兰德问躺在他胸前的克里斯汀道：“宝贝，你不困吗？”他抱着她轻轻地耳语：“克里斯汀，睡觉吧，在我的怀抱里入眠吧。”

在这漆黑、暖和而又安心的怀抱中，克里斯汀慢慢地进入了幸福的甜美梦乡。

等克里斯汀一觉醒来时，发现自己挺身躺在草地上，头枕在伊兰德的腿上，身上覆盖着褐色的长衣。伊兰德还保持着前夜靠墙的姿势，在清晨的薄雾中，他的脸色略微有些暗淡，可眼睛依然那么纯净、明亮。伊兰德用他的袍子把克里斯汀裹得严严实实，有皮毛夹层的包裹，她的双脚又温暖又舒适。

他带着笑意说："你枕在我的腿上睡着了，愿主保佑你，克里斯汀。你熟睡的样子像极了躺在母亲怀中的小婴儿，睡得好香啊。"

克里斯汀问他道："你昨天没有睡吗？"伊兰德微笑着注视她惺忪的双眼道：

"也许我们会有同床共枕的那一天——我不知道在你对一切事情进行权衡以后，会做出什么样的决定。我今天晚上一直陪着你，可是还有很多的阻碍，就如一把剑一样摆在我们两人之间，使我们不能靠近，就好像我们之间有什么深仇大恨似的。我好担心过了今夜你就不爱我了。"

克里斯汀说："先生，我会永远爱你的。只要你不嫌弃我，我是不会爱上别人的……"

伊兰德严肃地说道："我发誓，在正大光明地让你成为我的妻子之前，如果我和任何一个女孩或者妇女有染，就让主来惩罚我吧。"

他又请求克里斯汀和他一样发誓。

于是克里斯汀也说道："我一生中如果再爱上别的男人，就让主来责罚我吧。”

发完誓，他们坐了一会，伊兰德就说：“趁大家还在睡觉，我们赶紧离开吧。”

在矮树林下，他们顺着墙边往前走。

伊兰德问道：“你今后打算怎么做？”

克里斯汀说：“我还是听你的吧。”

想了一会，伊兰德才缓缓开口：“大家都说你父亲和蔼可亲又为人正派，不知道他有没有可能取消你和西蒙·达尔的婚约呢？”

克里斯汀说：“父亲从来不逼我们去做自己不喜欢的事情。虽然我们家的庄园紧靠着西蒙家的庄园，但是仅仅为了这个，父亲是不会和我翻脸的。”虽然她嘴上这么说，但还是感到担忧，事情绝不像她说的那么简单。

伊兰德说：“也许是我晚上想多了，主会帮我的。现在我已经没有办法和你分开了，克里斯汀，如果失去了你，我这一辈子都不会幸福的。”

在树林中他们道了别，克里斯汀在晨曦中回到修女们休息的房间。床上躺满了人，她只好把袍子盖在地上的一个干草堆上，穿着衣服躺在上面。

再睁开眼时，天色已大亮。身边的凳子上坐着英格贝尔，她正在缝自己的袍子，皮毛做的绲边有的已经破了。她还是像往常一样话多：

“克里斯汀，你昨晚一直是待在伊兰德身边吧？我提醒你，不要跟他走得太近，要是被西蒙知道，他会很生气的。”

克里斯汀在一个脸盆里洗手：

“这么说的话，你那位准丈夫要是知道昨天你和慕南爵士跳舞，他也不会高兴吧？庆祝节日，受到别人邀请就得去跳舞，而且院长已经同意了……”

英格贝尔不满地哼了一声说道：

“艾纳和慕南爵士关系很好，再说了，他是个结了婚的老头子，长得也不怎么样。不过他这个人还不错，行为举止都可以。这是他昨天晚上送给我的东西，”慕南爵士把他昨天挂在帽子上的金扣子送给了她，“去年复活节的时候教会才重新恢复了伊兰德在教会的身份，而且他的胡萨贝庄园里，还有一个叫艾琳的情妇。慕南先生说，因为他害怕别人告他通奸，为了躲避艾琳，就前往吉达露寻找约翰神父。”

克里斯汀听到这里，脸上顿时失去了血色，她朝着英格贝尔走过去。

英格贝尔继续说道：“难道你什么都不晓得？当年他在北方的哈洛格兰时，和当地一个结了婚的女人通奸，甚至违反国王及教会的命令，和那个情妇一起住在自己的庄园。他们有两个子女。他被剥夺了大部分的财富，实在走投无路后才逃到了瑞典。慕南先生说，如果他继续这样的话，不用多久就会一无所有的。”

克里斯汀一脸不悦地说：“我不知道又怎样呢，可这已经是陈芝麻烂谷子的事情了。”

英格贝尔思索道：“话虽如此，可是慕南先生告诉我，他和情妇依旧还有联系。但是你也不必太在意，反正你迟早都是西蒙的妻子，虽然伊兰德一表人才。”

修道院的宾客必须在这一天下午离开。克里斯汀和伊兰德曾说过，如果有机会，离开之前伊兰德会在那天晚上聊天的地方等她的。

克里斯汀爬上墙头就看到了躺在地上用手做枕头的伊兰德，他立刻站起身，把她接下来。

克里斯汀拉着他，两人就这样牵着手站了好久，克里斯汀才开口道：

“昨天晚上你怎么突然跟我说起布柔恩爵士和爱丝希尔德女士了？”

“我想你应该对我的事情很了解了，”伊兰德松开她的手，“那么克里斯汀，你现在究竟觉得我是怎样的一个人呢？”

他满怀激情地说：“我那时还是个18岁的孩子。那年国王让我前往瓦果府，在史台根度过整个冬季。又老又丑的议员沙克瑟夫之子西格尔的妻子让我心生怜惜，我莫名其妙地和她陷入了爱河。我本来想私下解决这件事，但西格尔不理会我的补偿，他是个好心但是有点固执的老头。西格尔向法庭起诉我，并且还把这件事情告诉了议会。我竟然和房主的妻子有染，我的一生都将活在罪孽中，这种感觉你明白吗?

“不仅我父亲，就连国王也知道了这件事情……他……他还狠心地把我从议会中除名。我现在告诉你所有的真实情况，除了两个子女外，我和艾琳已经不存在任何关系了，她从来都不关心子女。孩子们住在我以前的一个庄园里，位于奥斯特山谷中，这个庄园现在归我的儿子奥姆所有。不过艾琳一直不愿意和孩子们一起住，她盼望着西格尔早点死去。我猜不出来她到底在想什么。

“她又回到了西格尔的身边，可是她说西格尔像奴隶一样使唤她，她连狗的生活都不如，所以就跑到尼达洛斯见我。我和父亲闹得很不愉快，身上也没有钱，只好变卖所有的财物，凑够去哈尔兰的路费，投靠我的好友雅各布伯爵。当时她已经有了我们的孩子，我实在没有其他的选择。那时有很多和我一样情况的人，只要他们有钱，就可以轻易地把事情处理好。可是哈肯国王对越是亲近的人要求越是严格。在我父亲过世前，我和艾琳有一年没有见面，后来她又出现了。那时的情况更加糟糕，教会将我逐出了教门，我没有办法从农户那里收到租金，他们也不愿意和我的管家调解。我对他们太凶了，结果他们把我告上了法庭，说我掠夺他们的财富，可是我真的连付给下人的佣金都没有。你知道，我的年纪太小，处理不了这么大的事情，亲戚们都对我避而不见，只有慕南愿意帮助我，不过也要经过他妻子的同意。

“克里斯汀，现在你已经完全搞清楚了整件事情，我确实没有多少庄园、金钱和名誉。你嫁给西蒙能过上富裕的生活，比和我这个穷光蛋在一起强多了。”

克里斯汀用双手勾着他的脖子，说：

“伊兰德，我会信守昨夜许下的诺言，只是不知道你是不是也能做到。”

伊兰德抱着她吻了一下：

“请相信我，我的情况马上就会好转的，现在世界上只有你能影响到我。啊，我的宝贝，昨夜当你沉睡在我腿上时，我思索了很久，就连魔鬼都不能让我去伤害你，使你担心难过，你是我最重视的人啊。”

4

布柔哥夫之子劳伦斯早年在史科葛庄园居住时，向吉达露教堂捐献过一些土地，要他们在父母忌日时做弥撒。劳伦斯和兄弟亚斯蒙决定在今年8月13日，布柔哥夫的忌日里，把克里斯汀带到这儿，为克里斯汀的爷爷做弥撒。

克里斯汀担心突生变故，或是叔叔改变主意，因为她一直有种亚斯蒙叔叔讨厌她的感觉。幸好，弥撒日前夕，亚斯蒙按原计划来到修道院。克里斯汀按照院里的规定，穿上自己朴素暗淡色的衣服。之前，因为修道院的修女经常出现在大家的视线中而受到了部分人的指责，所以教会规定，不当修女的女孩子们不能穿着修道院的衣服去走亲戚，这样，大家就不会把她们当作预备修女或是已经出家的修女了。

克里斯汀非常高兴，她和叔叔骑着马沿着乡间道路前行，亚斯蒙看着活泼开朗的克里斯汀，对她的态度比以前亲切和蔼一些。亚斯蒙的脸上总是有些阴沉，他谈论起秋季招募民兵的事情，听说国王命令军队向瑞典进攻，为自己的女婿和侄女婿复仇。[①]对这两个人的逝世，克里斯汀有所耳闻，那是一件让人蒙羞的事情。不过，克里斯汀对打仗之类的事并没有多大的兴趣，家里人都不怎么谈论这些。她只知道，父亲在蕾根希尔达荷姆和科嫩加海拉参加过战役，抵抗那里的埃里克公爵。克里斯汀不大了解叔叔说的国王和爵士们的事情，唯一引起她注意的是关于公主们订了婚然后又悔婚的

①瑞典国王比尔格用欺骗的手段俘获了埃里克公爵和瓦尔特玛公爵，并在1318年将他们害死在狱中。

事情。她这才恍然大悟，并不是所有的地方都像她家乡那样，把口头上的婚约看得如此重要，这也让她放心了不少。克里斯汀大胆地把自己在哈瓦尔德的离奇遭遇告诉了叔叔，向他打探起伊兰德这个人。叔叔倒是很同情伊兰德，他说即使伊兰德再坏，他的父亲和国王都不应该见死不救，一看他落难，反而落井下石。国王是忠实的教徒，而他的父亲痛恨伊兰德使家族的财产减少了那么多，所以他们一个劲地指责他下流无耻，说他该去地狱受罪。亚斯蒙接着说："年轻人多少都有点鲁莽不懂事，况且那是个很漂亮的美女。他跟你没什么关系，不用管他的事情。"

伊兰德没有遵守之前和克里斯汀的约定来参加弥撒，克里斯汀听不进去祈祷词，脑袋里一直在思考这个事情。在这件事情上她一点都不后悔，就是觉得很奇怪，好像以前发生的所有事情都已经跟自己无关了。

她猜可能是伊兰德想先对父母隐瞒他们两个的关系，这也是最恰当的做法。回到她和叔叔的几个女儿休息的房间时，一想到不能见到伊兰德，她就伤心地哭了。

次日，当她和最小的只有6岁的堂妹去树林的放牧场时，有个人从背后追了过来，克里斯汀想也不想就晓得是伊兰德。

伊兰德说："我一直待在山上盯着你叔叔家，看你们在院子里做些什么，我知道你肯定会借机溜出来的。"

克里斯汀不禁笑着说："我才不是为了见你才出来的呢，你带着箭和狗跑到我叔叔的树林里，不怕被他发现吗？"

“我在这里狩猎是得到你叔叔同意的，他的猎犬今天一大早就把我逮住了。”伊兰德摸了摸那几条猎犬，抱着小丫头说。

“蕾根蒂，你还记得我吗？要是你不告诉别人见过我，这个就是你的咯，”他往小姑娘手上塞了一把葡萄干，又说，“这个本来是预备给你的，你看这小丫头不会瞎说吧？”

他俩聊得很开心，还不时地发出笑声。伊兰德上身穿着紧身的短袄，一头漆黑的头发藏在红色的丝绸帽子下，看起来活力四射。他逗着小丫头，有时又用力握着克里斯汀的手，但是力气大得让她觉得痛。

伊兰德高兴地说起打仗的事情，他开心地说：“这样我就能够比较容易重新获得国王的青睐了，到时候所有的事情便可以迎刃而解。”

最后，他们走入树林中比较深的地方，然后在草地上席地而坐。小丫头坐在伊兰德的腿上，旁边是克里斯汀。在草丛的遮盖下，伊兰德捏着她的手，他把三个串起来的戒指放到克里斯汀手中。

对着克里斯汀的耳朵，他悄悄地说：“很快，你的手上就能戴满戒指。”

离别时他告诉克里斯汀：“这段时间，每天这个点我都在这附近等着你。要是有机会出来，你可千万要把握住啊。”

第二天，叔叔因为担心会打仗，一家子都去了位于哈德兰的婶婶的娘家。奥斯陆的人民忘不了之前埃里克公爵是怎么践踏这片土地的。亚斯蒙的母亲非常担心，想去修道院躲一躲，但她虚弱的身体没有办法和亚斯蒙一家离开。所以在亚斯蒙从哈德兰返回以前，克里斯汀得陪着继奶奶（她唤作奶奶）继续待在这里。

正午庄园的人们都在午休，克里斯汀回到房间哼着小曲换衣服，她用袋子从家里带了几件衣服过来。

她穿上父亲送给她的产自东方的厚棉布连衣裙，上面还印着红色的小花，然后又在头上系了一条红色的发带，腰带也是红色的，手上是伊兰德送的戒指。她一边打扮，一边想伊兰德觉得她够美吗？

她带着那天和伊兰德一起出现在树林的两条猎犬，它们晚上都睡在克里斯汀的房间。她悄悄地从屋子溜出去，沿着昨天的路线从山上的放牧场经过。

在正午阳光的照射下，树林中间的空地一片安静，空气中弥漫着松树刺鼻的香味。太阳非常毒辣，湛蓝湛蓝的天空低低地压在枝头。

克里斯汀在一片树荫下坐着。她对伊兰德没有如他所说会在这里等候一点儿都不生气，相反，她为自己可以先等他而感到非常开心，她知道伊兰德一定会出现的。

草地上到处是嗡嗡鸣叫的小虫子，克里斯汀随手把玩着几朵被太阳晒枯了的花，嗅着它们的气味。她眼神空洞，呆呆地坐在那里。

突然从树林中传来了马蹄的声音，克里斯汀好像没有听到一样。猎犬发出呜呜的咆哮，浑身的毛发耸立起来，它们摇着尾巴在树林里乱窜。伊兰德在树林中从马上跳下来，在马背上拍了拍，松开缰绳，让它离开，然后跑到克里斯汀面前，猎犬也跟着他狂奔。伊兰德捂住它们的嘴巴，带着它们走过来。克里斯汀仍旧坐在地上，朝他高兴地挥着手。

伊兰德的头枕在克里斯汀的腿上，她用双手捧着伊兰德深色头发的脑袋。当她盯着腿上伊兰德的头的时候，过去的事情突然划过脑海。就像遥远的庄园在暴雨后阳光的照射下，突然从阴云笼罩的山坡上出现在了眼前一样，那些旧事仿佛过去了很久很久，一眼就看得清楚明白。当年阿尔纳曾经说过的那种情感此刻充满她的内心，那时这些话还让她感到困惑。克里斯汀把伊兰德的脑袋紧紧地抱在怀里，既害羞又激动，使劲地亲着他，好像有人要和她争抢一样。伊兰德的头靠在她的胳膊上，如同一个婴儿。她将手盖在伊兰德的眼睛上，在他的嘴唇和脸庞上轻轻吻着。

突然太阳不见了，天上乌云密布，红色的闪电在云中若隐若现。马儿停在他们身边，长叫一声，然后安静地注视着前方。一刹那，闪电接连而至，耳边回响着轰隆隆的雷鸣声。

伊兰德站起身来，牵着马儿，他们走到了树林中一个用来堆放粮食的房屋，马儿被系在门口的柱子上。伊兰德把身上的披风盖在屋里的一堆干草上，然后两人坐在上面，两条猎犬乖乖地在旁边蹲着。

不久，外面便下起了瓢泼大雨，雨水和树叶发出沙沙的摩擦声，落在地面上，不一会屋顶上落下的雨滴越来越大，他们只得挪到里面。外面电闪雷鸣，伊兰德悄声问道：

“克里斯汀，你害怕吗？”

她往伊兰德身边靠了靠，低声回答道：“有点害怕。”

他俩就这样坐着，也不知过了多长时间，雷阵雨过了一会儿就停了，依然有打雷的声音从远方传来。阳光洒在屋外的草地上，闪闪发光的水珠从屋顶慢慢地落下，屋里充满着干草愈加浓烈的气味。

克里斯汀说道：“我该回家了。”

“嗯，那你回去吧，”伊兰德摸着她的脚，“可是那样会沾湿你的双腿，你还是骑马回去吧，我可以步行穿越树林。”

伊兰德用一种奇怪的眼神看着她。

克里斯汀突然颤抖起来，她以为是自己心跳太快的原因，手里出着冷汗。伊兰德发疯一样地吻着她，克里斯汀推都推不动。伊兰德停下来注视着她，这让克里斯汀猛地觉得他像极了一个在修道院要饭的男人，他也是这样亲吻着别人施舍的饭菜。克里斯汀呆呆地仰面躺在草堆上，任凭伊兰德摆布……

伊兰德把埋在双手里的脸抬起来的时候，克里斯汀挺直身子一动不动地坐着。伊兰德把胳膊撑在草堆上说：

“克里斯汀，求你别这样啊。”

克里斯汀听得出来，他很伤心，这让她更加难受。

过了片刻，他问道：“克里斯汀，你是不是觉得我把你拐骗到树林里，是想强行占有你？”

克里斯汀摸着他乌黑的头发，看着远处轻轻地说：

“这不是强迫。我知道，只要我求你，你不会逼迫我的。”

“我不知道，”他把脸靠在她的腿上。

伊兰德激动地说：“你是不是觉得我会变心？我以基督教徒的名义发誓，如果我变心，那就让我死后被主遗弃吧！”

克里斯汀一言不发，只是拨弄着伊兰德的头发。

过了许久，她开口道：“是不是该离开了？”她心里很害怕，静静地等着他的答案。

“大概是的吧。”伊兰德痴痴地回答道，然后立马从地上站起身，去解开系着马儿的绳子。

她也慢慢地从地上站起来，觉得非常累，非常痛苦。她自己也不知道，她想从伊兰德那里得到什么？她能期望伊兰德做什么？难道要他和自己骑马私奔，逃避亲人吗？她觉得浑身酸痛，好像是受到了什么伤害——难道这就是那些歌谣中所唱的罪恶吗？都是伊兰德造成的，现在他已经把她据为已有，离开了伊兰德，她要如何才能生活啊。可是如今克里斯汀非离开他不可，尽管她也不知道原因是什么。

伊兰德牵着马从树林穿过，另一只手牵着克里斯汀，两人都默默地不说话。

他们走了很长一段路，已经能够看见史科葛庄园中的房屋了，伊兰德要走了。

“克里斯汀……不要难过……我们迟早会结婚的，而且这个日子要比你料想的还要早。”

可是，听到伊兰德说的这些，克里斯汀的心情更加沉重。

“你的意思是准备去别的地方吗？”她紧张地问。

“等你离开这里后，我会立刻离开的，”听起来他比刚才要振奋一些，“要是不打仗的话，我会找慕南商量一下结婚的事，他早就叫我早点成家。我跟你父亲提亲的时候，他会帮我从中斡旋说些好话的。”

克里斯汀低头不语。他的话，让克里斯汀想到往后将过上痛苦难熬的日子，荣伦庄园，修道院，她的思绪好像从这里离开，越飘越远。

伊兰德问她：“如今他们都不在，房间里就你一个人吗？我打算今晚过来和你聊聊，你愿意给我开门吗？”

“嗯。”克里斯汀轻轻地回答道。然后他们就分开了。

回去之后，她剩下的时间都和继奶奶待在一起。晚饭后，她安顿好奶奶休息就回了房。屋里有个小窗户，下面有个柜子，克里斯汀坐在上面，现在她还不困。

过了很久，窗外已是漆黑一片，阳台上传来轻轻地走路的声音。伊兰德把手包在衣服里面，悄悄地叩门。克里斯汀起身打门闩放伊兰德进来。

她一把勾住伊兰德的头，牢牢地把他抱在怀里，伊兰德非常开心。

伊兰德说：“我还以为你会生气呢。”

停了一会儿，他继续说道：“我们犯的错不值得你这么难过。其实这算不上罪大恶极，因为我们国家的法律违背了主的规定。我弟弟哥恩纽夫跟我说过，要是在一对男女同床共枕之前他们已经发过誓要永远在一起，那么他们就相当于在主的见证下结了婚，如果违反了诺言才算是罪大恶极。要是过去，我还能用拉丁文翻译给你听呢。”

克里斯汀暗想道，伊兰德的弟弟如何会说出这样的话，难不成是说伊兰德和别的女人？克里斯汀极力不让自己这样想，尽可能相信伊兰德所说的。

他俩并排坐在柜子上面，克里斯汀被他抱在怀里，此时的她感到既舒服又安心。只有在伊兰德的身上，她才能找到安全感。

伊兰德开心的时候能讲很久，有时又只是安静地拍着她，一言不发。从他的话中，克里斯汀不由自主地关注任何对他有帮助的地方，为他做过的所有错事开脱。

伊兰德的父亲是尼古拉斯爵士——他晚年得子，耐不下心也没有精力去管教他的子女。伊兰德和他的兄弟一直生活在彼德之子巴德爵士在哈斯特奈斯的庄园。他没有姐妹，弟弟哥恩纽夫小他一岁，现在是尼达洛斯天主教堂的神父。“你们两个是我最亲近的人了。”伊兰德说。

克里斯汀问他，他们两兄弟长得是否相像。伊兰德笑着回答说，他们两个没有一点儿相似的地方。哥恩纽夫一直在国外学习，整整三年就写过两封信，最近的一封还是他从巴黎的圣坚尼维夫教堂离开前往罗马时寄回来的。

“要是他回来看到我们在一起，肯定会非常开心。”伊兰德认为。

然后他说到了他从父母那里继承的财产，克里斯汀发觉他似乎对自己现在所处的环境不大清楚。她比较了解父亲管理土地的方式，而伊兰德用的却是另外的方法，或出售，或贱卖，或抵押，有些田地甚至弃之不用。特别是这些年，为了远离情人，他天真地认为他做的错事慢慢地会被人遗忘，亲人们会重新帮助他的。他甚至还梦想着接替父亲的位子，成为掌握半个欧克朵拉州管理权的州长。伊兰德说：“未来的事情我无法预测，可能我会落得跟布柔恩爵士一样的下场，在山上的农场里待一辈子，连马都没有，像过去的奴隶一样，亲自去搬运那些肥料。”

克里斯汀笑道：“天啊，那我可得帮一下你。我自认为比你更了解农场的活，你可不比我熟悉农村的生活。”

伊兰德也笑着说：“我可想象不出来你扛过施肥的篮子。”

“我只见别人施肥过，不过我自己撒过种子，家里每年撒种都少不了我。离农庄最近的那块土地都是父亲亲自耕种的，第一把种子他总是让我来撒，他说这样我会永远有好运气的……”说到这，她觉得很难受，赶紧换个话题，“何况你也需要有个能帮你做家务的女人，帮你做面包，酿造美酒，洗你的衣服，还要挤牛奶，不过前提是你要有钱租奶牛……”

“啊，感谢主，我终于又听到你的笑声了！”伊兰德边说边抱着她。克里斯汀像个婴儿一样躺在他的怀中。

在亚斯蒙不在家的这六天，伊兰德每天晚上都来陪着克里斯汀。

最后那个晚上，他们都不开心。伊兰德承诺了好几次，他们肯定不会为无关紧要的事情浪费一丁点时间的。后来他轻轻地跟克里斯汀说：

“要是事情没办好，在冬季之前我没有赶回来，你又有急事，那你就去吉达露找约翰神父帮忙。放心吧，他是我从小玩到大的好友。另外，你也可以去找慕南。”

虽然伊兰德说的是她日日担忧的事情，可是他没有多说，她也不便多问，所以克里斯汀只是点了一下头，她并不想让伊兰德看出自己此时有多么的痛苦。

前几天，一到午夜前伊兰德就会自动离开，可是这回他却希望多留一个小时。克里斯汀担心被发现，伊兰德强横地说：“就算被别人发现我躲在你的房间，那也不要紧，我会解决的。”其实她内心里也希望能和伊兰德多待一会儿，她找不出借口来拒绝伊兰德的这个请求。

为了防止两人都睡熟了，克里斯汀整晚都靠在床上，偶尔休息一下，迷迷糊糊的，分不清伊兰德的抚摩和梦境。她把手放在伊兰德的胸口上，感受他的心跳，眼睛盯着窗外的天色。

直到非叫他起床不可了，克里斯汀穿上衣服和伊兰德走到阳台上。他从对着另一个屋子的栏杆上翻下去，从屋角消失了。克里斯汀回到房间里放声大哭，这还是他们在一起后她第一次哭得这么伤心。

5

修女院的生活还是那样。克里斯汀都在寝室、教室、织布间、书房与餐厅里面消磨时光。修女和修道院的仆人们采摘完植物后，又去园子里摘了一些瓜果。圣十字节在秋季的时候到了，各种庆祝活动之后便是米哈依日（9月29日）前的斋戒。克里斯汀感到很奇怪的是，好像没有人发现她有什么变化。她在不熟悉的人面前一直都不爱说话，而英格贝尔无论是白天还是晚上，一个人说的和两个人的一样多。

因此，没人发现她的思想早就不在这边了，已经离开了这里去了别处。伊兰德的情人，她告诉自己，她此刻已经成了伊兰德的情人了。她总感觉这像是在做梦，圣玛格丽特前晚的弥撒，谷仓中的那晚，在史科葛房间的夜晚，那些倘若不是梦，此刻发生的事情就是不真实的了。总有一天她是要清醒的，藏着的事情总会被发现的。她十分肯定并且非常担心自己已经怀上了伊兰德的孩子……

她不敢想象事情被发现后究竟会如何。会被关到牢房，或者遣送回去吗？她似乎已经看见了远方父母那苍白的脸庞和身影。当她合上双眼，不仅感觉头晕而且想吐，被梦境中自己所想象的可怕景象惊呆了。她不断地鼓励自己，要自己来忍受这些痛苦。她相信最后肯定会与伊兰德在 起的，那是她心中最好的归宿。

艰难的等候夹杂着希冀与担心，有甜蜜也有伤心。她一点儿都不快乐，可是她发现自己对伊兰德的爱就像是鲜花在身体里绽放。虽然她不快乐，爱情这朵鲜花却越来越灿烂，越来越鲜艳。伊兰德最后睡在她身边的那个晚上，她在片刻的欢娱之中发现有一股流淌着的细微的幸福，好像他的怀里有一种她从来不知道的欢乐与高兴正等待着自己，现在想想就全身颤抖。高兴的感觉就像是阳光花园里散发出的温馨味道，飘在自己面前。英加曾经用“路边出生的孩子”这样的话骂过她，可是她现在似乎已经可以接受了，而且把它珍藏在自己的心中。路边出生的孩子是指在树林抑或田野中偷情所怀上的孩子。她幻想森林牧场散发着阳光与树木的味道，每股味道都会夹杂着颤抖感，每一下跳动都是担心。她觉得全是肚子中的孩子给她指出新的方向，这条路不论多么艰难，但她坚信最后肯定会到达伊兰德那里。

克里斯汀与英格贝尔还有爱斯丽德修女坐在一起，缝补一块毛毯，上面画有骑士、小鸟以及叶子。她一边缝，一边想着如果事情败露了该如何逃跑。她似乎看见自己在顺着大路跑，穿的是贫穷女人的衣服，剩下的财宝用包袱裹好拿在手中。她去了很远的农场居住，做下人，肩上扛着挑水的扁担，到牛房里干活，烘烤面包，洗衣服。由于不肯说出究竟谁才是孩子的父亲，她受尽屈辱，直到伊兰德最后接走了她。

她有时会梦到伊兰德出现得非常晚，她凄惨地睡在穷人的床上，伊兰德低头进了房间，身上穿的是晚上拜访史科葛庄园时穿的黑色外套。他被妇人带到克里斯汀睡的位置，浑身一颤，抓着她冰冷的手，眼神很是悲伤，如同死人一般。“我的唯一至爱，原来你在这……”他悲伤地用外套包裹着婴儿离开。不，她觉得事实不可能这样，她不想离开，伊兰德也不应该遭受这么大的悲伤。可是她感到很悲伤，所以宁愿这样想……

突然之间，她非常可怕地意识到——孩子不是假的，这是不可避免的事实，她迟早要为自己的行为负责。于是，她感到，自己那颗担惊受怕的心真的快要停止跳动了……

一段时间之后，她慢慢感觉自己没有怀孕。她不明白自己怎么仍旧会闷闷不乐——如同躺在暖暖的棉被中痛哭，此刻得起来面对凉风一般。时间一个月、两个月悄悄地流逝了。她肯定自己已经躲过了噩耗，可是她的内心此时既空荡又冰冷，感觉还没有之前开心。她在心中对伊兰德有些不满。诞生节即将到来，她没有接到他的来信，不清楚他的现状，甚至都不清楚他究竟在哪里。

她觉得，她确实无法接受这种惴惴不安和一无所知的状态——两人间的联系似乎忽然被切断了。此刻她很担心，是不是发生了什么事，自己是不是再也看不到他了？总是围绕着她的那种情感现在已经消失了，她和伊兰德之间的关系变得很微妙。她一直都不觉得伊兰德是故意骗她，但是伊兰德也很有可能会变心……她难以想象，自己如何才能在这么日复一日的杳无音信的痛苦等待中度过。

她时不时地会想到父母和两个妹妹。她思念他们，也好像是在思念那种她已经永远失去的那种东西。

有时候，她很乐意在教堂或其他的地方，参与凡人跟神明的交流，那些就是她曾经生命中的组成部分。现在没有将犯下的罪过说出来，她只有存在于神明之外。

她跟自己说，她离开家庭和亲人来到教会只是短暂的。伊兰德肯定会拉着她，带她找到这所有。只要他们的爱情被父亲认可，她就能回到父亲身边。等到她与伊兰德成了真正的夫妻，他们再承认自己的罪，为自己的所作所为赎罪。

她开始查找别人的罪证。她喜欢听别人的议论，留意那些琐碎之事，她明白就算是修道院的修女也不完全是神圣的或者是超凡脱俗的。这些都是细微之事，葛萝亚院长带领的修道院早就成为人们心中的代表。修女们信奉忠诚、勤劳，对穷苦之人都有怜悯之心。她们没有脱离世俗的联系，经常在客厅会见自己的亲戚，没事做的时候也可以到城内看望亲友。但是葛萝亚院长管理的这几年里，没有哪位修女由于自身不检点而玷污了修道院的声誉。

可是克里斯汀也发现了修道院中的很多小纠纷，微小的争吵、仇恨与虚荣之类的事情。没有哪位修女会帮着干除了照看病人之外的苦力活，每人都愿意做有学问、有才能的女子，一个比一个强烈。没有学问或高超才能的修女就没有了自信，过着浑浑噩噩的生活。

葛萝亚院长本人非常机智并且很有学问。她观察和督促修女们以应该有的生活方法与勤劳精神去生活，却没在意她们内心是否正常。她对克里斯汀总是很友好，很温和，好像很喜欢她，那是由于克里斯汀擅长读书还会刺绣，勤劳并且安静。葛萝亚院长一直不喜欢与其他修女交谈，反之，则喜欢与男人讲话。他们出入她的房间，这些人中间有修道院的农民与执法员，主教派来的修士，与她打官司的荷夫多地产监督员。她全天忙着审查修道院所有的财产、账簿、送往教堂的衣服以及抄写的经文，审查完之后再离开。连最狠毒的人都发觉不了葛萝亚院长的日子有什么不好的地方。不过她只愿意说女人极少清楚的事情。

副院长神父一个人住在教堂北边的房子里，除了作为院长的抄书员外，好像没有其他的任务。院中的事情都是让波坦西亚修女照看的。她原来在颇负盛名的德国修道院做实习修女，所以来到这边后，总是想维护她在那边习惯的规矩。她之前的名字是里根瓦尔德之女西格丽德，成为修女之后才改了名字，这是国外的惯例。暂时住在修道院的姑娘穿实习修女的衣服，也是她的想法。

巴德之女西西莉亚修女与其他的修女不同。她来去都很安静，眼睛低垂，总是卑微答话，好像是人们的下人，愿意做最累的活。她斋戒的次数总是超过正常的，却没有超过葛萝亚院长需要的次数。她一般晚上祷告结束后依旧跪在教堂，早上祷告之前离开。

有一天她与两个俗家女子在河边清洗了整整一天的衣服，晚饭时突然在座位上哭了起来。她倒在地面上，在修女中爬着，狠狠地捶着胸口，满脸通红地流着眼泪请求大家的原谅。她的罪孽最深，就像是一个背着重石头的人，因为傲慢，在受到世间诱惑的时候，不答应亦不感谢主为了给人们赎罪而死去。她并不是因为疼爱世人才来到修道院的，而是由于她爱自己的虚伪。她由于傲慢而甘愿成为那些修女的下人，修女们喝啤酒，吃奶油面包，而她只喝装满虚荣的白开水，吃涂满虚荣的面包，这些全部是虚荣在搞鬼。

克里斯汀不明白其中的意思，只感觉巴德之女西西莉亚修女自己也不是那么圣洁。西西莉亚把自己曾经摒弃的童年时期的爱情看作一根没有燃烧的蜡烛在天花板上沾了些灰尘和蜘蛛网。

葛萝亚院长走过来扶起哭着的修女。她大声呵斥道："西西莉亚制造了混乱，需要搬离修女寝室，睡到院长的寝室去，直到她的病好之后再回来，这就是惩戒。

"之后，西西莉亚修女，你必须在我的院长席上坐一个星期。我们向你询问神灵的事情，赐予你高贵的荣耀，使你完全享受人类的敬仰。这样你就能决定这种虚荣需不需要这样耗尽心思去争取，然后再判断是与我们一同按规定过日子，还是像以前那样继续进行没有人教导的修炼。你说做这种事情是要让我们大家尊重你，到那时你不如考虑要不要为神明做这种事情，让他垂怜你。"

大家都听从了她的教导。西西莉亚修女在院长的房间待了近半个月，她感冒了，葛萝亚院长亲自照看她。不管是去教堂或者在修道院中，她都和院长共坐高位，坐上一周的时间，每个人都侍奉她。她总是哭，好像被打了一样，之后她就安静多了，也高兴了些。她的日子与之前没有什么区别，可是她不管在扫地或者一个人去教堂的时候，只要有人看她，她就如同新娘子一样满脸通红。

克里斯汀因为西西莉亚修女这件事情，内心引起了强烈的愿望。她觉得应该向自己对不起的亲人和上帝商量，请求补偿。她想到埃德温修士。有一天她坚定信念，祈求葛萝亚院长允许她去找赤足的修士，拜托他们打听一位她熟悉的朋友。

她发现葛萝亚院长有点不开心。圣芳济教团与主教管区其他的修道院联系非常少，直到院长听明白了克里斯汀说的朋友是哪位时，她就更加不开心了。她说埃德温修士是不值得信任的神职人员，他总是在乡下闲逛，请假到偏远的教区去讨钱。很多群众还将他奉为圣徒，可是他好像不知道圣芳济修士最重要的事就是尊重地位比他高的人。他曾经偷偷免了强盗与歹徒的罪恶，给他们的孩子施洗，安葬了那些人。没错，他由于怨恨犯下罪孽，也由于懵懂而犯下罪过，因为这么多事，他会顺从地接受别人赐予他的罪恶。他做事很完美，因此当场就被饶恕了。但是他干活时也与合伙人性格不合，柏根主教的大画师不同意他去主教辖区做事。

克里斯汀大胆地询问他的国籍，因为她觉得他的名字与挪威人不一样。葛萝亚院长刚好想讲话，她说这人在奥斯陆出生，父亲是英国人铁匠里卡，他和史科葛村庄中的一位乡下女子成亲，居住在城里。埃德温的两个弟弟是奥斯陆有名的盔甲商。他是铁匠的大儿子，总是心不在焉，小时候想为修道院做贡献，刚到年龄就进入了胡维乔岛的西妥教团。他们让他去法国的一家修道院接受惩罚。他很聪明，在那边批准让西妥教团进入圣芳济教团。那里蛮横的修士不服从主教的要求，死活都要在田野西面修教堂，埃德温修士是其中脾气最拧的一位，而且他还用铁锤杀死了一名主教派去阻挠工作的人。

克里斯汀很长一段时间没有这样和别人夸夸其谈了，葛萝亚院长让她先离开。她带着尊敬和激动的心情低下头来亲吻着院长的手背，眼睛里满是泪水。葛萝亚院长看见她落泪，觉得她是因为悲伤才这样的，所以才答应，大概换个时间她会让克里斯汀去拜访埃德温修士。

过了几天，院长跟她说，修道院的人因公务要去皇宫，顺路可以带她到空旷的地方找那个修士。

埃德温修士恰好在屋里。除伊兰德之外，克里斯汀没想到她能因为见了其他人而感到如此开心。交谈中，老头子牵着她的手，对她的到来表示感谢。自从上次他借居在柔伦庄园之后，就再也没有去过她的家乡。当埃德温修士听闻她要结婚了，还专门祈祷她可以得到幸福。此刻克里斯汀哀求他一起去教堂。

他们走出修道院，绕回大门。埃德温修士没有勇气带她从院子那边经过，他好像很累，害怕自己的行为会伤害到别人。克里斯汀心想，他真的老了。

当克里斯汀把送给主祭修士的贡品放到圣坛上，问埃德温修士愿不愿意听她忏悔时。埃德温修士特别慌张，连忙说自己不敢做。掌教人曾不准他听教徒的忏悔。

他说："没错，你应该听说过这件事。之前我觉得不可以拒绝苦难的人，应该把上帝赏赐给我的东西送给他们。事实上，我应该劝解他们去合适的地方寻求饶恕，的确是这样。但是你，克里斯汀，你要忏悔的对象应该是副院长神父。"

"不，这事我不可以找修道院的副院长忏悔。"克里斯汀说。

埃德温修士用严厉的口气说道："你隐瞒祷告神父的事情，可是又来找我忏悔，你觉得这样有用吗？"

克里斯汀说："你如果不能给我做祷告，至少你也得听我说下心里的想法，帮我出出主意。"

埃德温修士环顾了下周围，现在教堂里没人。接着他坐在角落的一个柜子上，说道："你要清楚，我不能饶恕你，可是我能给你建议，当作你找我忏悔，并一定替你保密。"

克里斯汀站到他的面前说：

"我要说的是，我不可以和西蒙·达尔结婚。"

埃德温修士说道：“你清楚对于这件事我对你的忠告肯定与副院长没什么区别。主不会把幸福赏赐给不乖顺的子女，并且你父亲也是为你着想，你自己也清楚。”

克里斯汀回答：“你听完我全部的忏悔后，再告诉我你的忠告吧。如今遇到的麻烦是，西蒙确实很好，但他不应该要了别人已经采走花儿的枝条。”

她刚好看向埃德温修士的脸，触碰到他的视线，发现他脸庞的皱纹变得更加严重，满是伤心与惊恐。她的内心猛地震惊了，眼泪溢了出来，差点跪下去，可是埃德温修士很快制止了她：

“别这样，坐到我身边的柜子上，我不可以给你做祷告。”他向旁边挪了一下，留点位子给她。

克里斯汀哭个不停。埃德温修士摸摸她的手，温和地说：

“克里斯汀，还记得我在哈马教堂楼梯上第一次看见你的那天早上吗？我住在国外的时候，听过一个修士的事情，他不相信主会爱我们这种需要受到怜悯的罪人，这时有一位天使走过来，触碰他的眼睛，他突然看见了海里的一颗石头，石头下面居住着一个光溜溜的盲目的白色动物。修士看着它，最后生出怜爱，因为它是那样的幼小、柔弱。那时候我看见你坐在房间里，娇小且很脆弱，我觉得上帝对你这种人应该仁慈。你单纯漂亮，可是你真的需要人帮助你、守护你。我似乎瞧见教堂的全部，你在那里面，躺在主的手中。”

克里斯汀小声说道：

“我们之间发过秘密的誓言，我知道在上帝的眼里，这样的誓言能使我们的结合在主看来是纯洁的，就像我们的结合是奉了父母之命一样！”

埃德温修士凄凉地回答道：

“克里斯汀，我知道，一个不是很清楚教规的人向你讲过这些内容。你不能仅凭誓言不通过父母同意就把自己许配给这个人。早在你遇见他之前，上帝就认为你是属于父母的。倘若那男子的亲人知道自己的儿子诱骗了一位身披甲胄的贵族之女，况且这人还是别人的未婚妻，他们肯定会感到痛苦和惭愧的。从你说这话就说明，你不认为自己犯有什么过错，你没有勇气找正式的神父忏悔。如果你自认为已经成为他的妻子，那你为什么不戴已婚妇人戴的亚麻布帽呢？而是光着头和那些你已经很少有共同之处的年轻姑娘们在一起？此刻你想的和她们想的那些事情早就不相同了吧？”

克里斯汀沮丧地说：“她们心中想什么我不清楚，我的思绪早就飞到我想念的爱人那里。如果不是因为我的父母，我很乐意现在就用头巾把头发裹起来——只要能成为他的妻子，我不在乎别人说我是淫荡的女人。”

埃德温修士询问她道：“你肯定那人是真的要与你结婚吗？”

于是，克里斯汀把她与尼古拉斯之子伊兰德的所有事情都告诉了他。说话的时候，她好像不觉得自己是否担忧这件事的结局如何了。

克里斯汀再次说道：“埃德温修士，你不明白，当时的我们是身不由己。愿主宽恕我，假如我从你这里出去，在外面看见他，只要他请求我跟他离开，我依然会和他一起离开的。我明白有人和我们一样，犯过同样的错误。当我幼时在家时，我不可能想象会有这么一种强大的力量可以把一个人的心完全控制住，使他们不怕犯下罪恶的后果。可如今我学到很多知识，人倘若不能弥补因为身体的欲望及恼怒所犯的错误，那么天堂肯定空无人烟。听说你也曾因为生气打过别人。”

埃德温修士说道：“这是事实，我没有被人说成是凶手，这还得感谢神明仁慈。这是很多年以前的事情了，我那时候还很年轻，无法忍受主教对我们贫穷修士的欺负。哈肯国王那时依然是公爵，他分给我们土地，我们真的很穷，必须亲自修教堂，只请了几名热心帮忙的低薪农民。我们这样的贫穷修士想要修建那么雄伟的教堂，估计只能是痴人说梦，可是我们在空地上就像是孩子那样开心，一边伐木建房间，一边唱圣歌。负责人是兰诺夫修士，愿主保佑他，他是一位技艺精湛的石匠。我刚雕刻完圣克拉拉在圣诞节清晨从天堂前往圣芳济教堂的情景，那是很完美的石刻，大家都很喜欢，之后那坏蛋毁了墙壁，一块石头掉落下来，将我的石板砸坏了，我是控制不住自己了才用锤子打人的。

“克里斯汀，你此刻笑了。如果只喜欢听他人的不足，而不想听那些好人的事例，那么你会很糟糕的，难道你不明白吗？……”

克里斯汀应该离开了。埃德温修士说道：“要给你忠告真的很不容易。你如果采取错误的方法，肯定会伤害到父母的心，你的亲人会因此感到羞辱。可是你可以解除你与安德列斯之子西蒙的婚约，之后再努力等待上帝赏赐给你的命运，努力在心中悔过，不再让伊兰德诱惑你继续犯罪，而是要用爱的力量让他取得你的亲人和主的宽恕……”

分别的时候，埃德温修士说：“我无法赦免你的罪恶，可是我会努力为你祷告的……”

走之前，埃德温修士把他消瘦的手放在克里斯汀的头顶上，祈求上帝赐福于她，使她的心灵得到解脱。

6

克里斯汀之后也不记得埃德温修士究竟说了些什么。可是她走的时候，心中特别平静舒畅。

过去她总是暗自担心，并试图要战胜这种恐惧心理，她总是自我安慰说自己的罪恶不深。此刻她觉得埃德温修士已经说出了她的罪恶，她错在哪里，她自己一定要承受，努力忍耐。她想起了伊兰德——不论是讨厌他此刻音信全无还是思念他过去的那种柔情蜜意，她都一直努力地做到不急不躁。她一直都很忠诚，对他充满情感。

她想到了自己的父母，发誓等他们忘了自己与戴夫林家族解除婚约的伤感后，她肯定要回报他们全部的爱护。埃德温修士劝诫她不能因为他人有问题就安慰自己，她反复思索着埃德温修士的这一劝诫。她发现自己变得谦逊温顺了许多，并且能够很容易就可以获取别人的同情，所以她宽慰了很多，觉得人与人之间很容易就能得到谅解。渐渐地，她觉得她与伊兰德的事情肯定也能很容易获取他人的原谅。

在她对伊兰德发誓以前，她努力使自己做到行为端正、待人公正，可这几乎都是她按别人的要求来做的。但是现在，她感觉自己从女孩变成了妇女，不仅仅由于她偷偷接受过情爱，爱过别人，也不仅仅是由于她逃离父亲的监管，听了伊兰德的话。最重要的是埃德温修士让她有了责任，她要为自己的所作所为负责，也要为伊兰德的人生负责。她准备好好地承担起自己应负的责任。怀着这种心理，圣诞的时候她都是与修女们待在一块。在圣诞节那段时间，即使她感觉自己不够好，她也总是告诉自己说，她马上就能改掉所有的错误了。

新年后的第二天，安德列斯·达尔爵士竟然带了夫人与五个子女来到修道院。他们在城里与亲人们度过圣诞节后，顺道来到修道院中，专门替克里斯汀请了假，想带她去他们的居所住几天。

安格尔德夫人说道："孩子啊，我觉得你不会抗拒去看一些新面孔吧。"

戴夫林庄园的人居住在主教宫周边住宅区的一栋别致房间里，房主是安德列斯爵士的亲戚。那边有一间大厅让客人休息，阁楼有石头做的壁炉与三间温馨的床铺。安德列斯爵士与安格尔德夫人带着小儿子古德蒙睡中间那间，克里斯汀与他们家的女儿爱斯丽德还有西格丽德睡一间，最后一间是西蒙与他哥哥基德住。

安德列斯爵士的孩子都很俊美。西蒙最普通，但是依然被认为是英俊少年。克里斯汀比之前在戴夫林庄园做客时更体会到，他的父母和四位兄弟姐妹都听西蒙的，每件事情都按他的要求做。他们一家相处得很和睦也很友好，之间没有猜疑或怨恨，令人总觉得西蒙是他们家的领导者。

这家人过着快乐的日子。他们每天去教堂，献上贡品，夜晚则举行宴会与朋友喝几杯，少年们就在一起玩耍嬉戏。每个人都礼貌地款待克里斯汀，好像没人知道她此时的不快乐。

每天晚上阁楼的灯光全灭了，大家到床上睡觉。西蒙一起床就去了女孩们睡觉的房间。他在床边坐了一段时间，和妹妹们说着话，可是手竟然悄悄地摸向克里斯汀的胸部，久久地按着它。克里斯汀躺在那里很生气，有种特别压抑的感觉，浑身冒汗。

现在克里斯汀对这些事情特别敏感，她知道西蒙特别傲慢也很害羞，见她不愿意听，有许多话都不跟她说。克里斯汀对他感到特别生气恼火，总感觉西蒙想表现出自己是个高贵的善人，比强力占有她的那个男人强——尽管西蒙根本不清楚世界上真有这样一个人的存在。

一天晚上，他们到别的住处参加舞会，爱斯丽德与西格丽德留在那里与朋友一同睡觉。家里的其他成员则深夜回家，大家回房休息后，西蒙走到克里斯汀床边，爬了上去，睡在毛皮毯子上面。

克里斯汀一直把被子拉到下巴，双手死死地护住胸部。过了一会儿，西蒙伸出一只手，想将手放在她胸部。克里斯汀触碰到西蒙手腕上的绣花丝绸，知道他没有脱衣服。

西蒙笑着说："克里斯汀，你在黑暗的地方与明亮的地方一样害羞。你至少让我摸下你的手吧？"克里斯汀于是向他递出手指。

他说："我们有时间单独接触，是不是应该多说些话啊？"克里斯汀心想，此刻是她说明心意的时候了，于是她开口说道："没错。"可是接下来却什么也说不出来。

他继续请求道："我可不可以盖上被子？屋里很冷啊。"他钻入毛绒被子与克里斯汀贴身的羊毛毯之间，一只手放在床头，可是没有碰她，两个人一直躺着。

西蒙无奈地笑了笑说："你真的很难追啊。此刻我起誓，倘若你不愿意，我可以不吻你。但是你好歹与我说说话吧？"

克里斯汀紧紧咬着嘴巴，依旧没有说话。

西蒙继续说道："哎，你在颤抖啊！你对我应该没什么不高兴吧，克里斯汀？"

她感觉不能对西蒙说谎，便回道："没有"，之后就什么都没说。

西蒙继续躺了一会儿。试图重新和她攀谈一会，但最后只能笑着说：

"我发现了，你说你对我没其他的感觉，我就应该知足，并且很开心。你这么骄傲，但是你必须亲我一下，我才会离开，并决不会再打扰你。"

他接受了克里斯汀亲吻，坐起身子，将脚放在地面上。克里斯汀想着，此刻她应该说出实话，可是他回到了自己床上，她听到西蒙脱衣服的声音。

次日，安格尔德夫人对克里斯汀没有像前几天那样友好。克里斯汀明白，夫人肯定夜里听到晚上的事情，觉得这个未来的儿媳妇对儿子的态度不正常。

一天傍晚，西蒙说他想要用一匹马与朋友的马儿互换，问克里斯汀愿不愿意陪他去看看朋友的那匹马。她没有拒绝，之后两个人一同进城。

天气晴朗而清爽。昨夜下了一场小雪，此刻阳光高照，温度很低，积雪在脚下面发出咯吱咯吱的声响。克里斯汀感觉在寒冷的空气中散散步也挺好。西蒙将马带出来给她看，她高兴地说着关于马的事情。曾经她总是与父亲在一起，对马儿稍微有点认识。这是一匹暗灰色的俊俏的马，马背上有一道黑纹，鬃毛很短，很好看，精神抖擞，只是体形稍微小了点。

克里斯汀说：“如果它载着一个身材高大全副武装的男子，是支撑不了多长时间的。”

“是不行，不过我原本就没打算把它派到这方面的用场。”西蒙说。

他把马儿带到屋后的空地，让它奔跑与慢慢地走，又让克里斯汀也骑了下。他们就这样在雪地里待了很长时间。

之后，克里斯汀站在一边喂马儿吃面包，西蒙伸手抱着马背，突然说：

“克里斯汀，我觉得你与我母亲之间相处得有点不太融洽。”

克里斯汀说：“我不是故意对你母亲不好的，可是我与安格尔德夫人没别的话可以说。”

西蒙说：“你与我似乎也没什么可以说的。克里斯汀，时间如果不够，我不会强迫你嫁给我，可是事情不能继续这样，我一直没办法和你好好谈谈。”

克里斯汀说：“我明白自己总是不喜欢讲话。倘若我们之间的婚事没了，我觉得你也不会很伤心的。”

“你知道我对你的心思。”西蒙看着她说道。

克里斯汀的脸红了起来。她竟然不厌恶西蒙的这种示爱方式，反而感到很痛苦。过了一会儿，西蒙说：

“克里斯汀，是不是因为你不能忘记基德之子阿尔纳？”克里斯汀看着他，西蒙用温顺友善的口气继续说：“我不会因为这个为难你，你们如同兄妹一样长大，并且他离世还不到一年。但是你要知道，我做的都是在为你着想。”

克里斯汀的脸色很是苍白。他们在暮色中走在城市中，两个人都没有再继续讲话。一轮弯月悬挂在蓝色的空中，月光遮住了其他闪耀的星星。

克里斯汀觉着都过去一年了，她想不到自己什么时候想过阿尔纳。她很担心，大概她就是一个淫荡的女人。她在守丧室的棺架中瞧见他，觉得自己这一辈子都不会快乐，现在事情才过去一年。她偷偷叫苦，担心自己很花心，担心所有事情都会发生变化。伊兰德！伊兰德！难道他也把自己忘掉了吗？可是她觉得，自己如果先遗忘他，会更加不堪。

安德列斯爵士带儿女去宫里参加圣诞节庆典。克里斯汀看见了节日的王宫的排场与豪华装饰。他们走到哈肯国王与埃里克国王遗孀伊莎贝尔·布鲁斯太后坐着的大厅中。安德列斯爵士上前给陛下行礼，他的孩子与克里斯汀站在后方。她想到爱丝希尔德夫人对自己说过的话，也想到国王是伊兰德的亲戚，两人的祖母还是亲姐妹，她作为伊兰德的情人，没权利站在这边，更不应该与善良高贵的安德列斯爵士的子女站在一块。

此刻，她忽然看到了伊兰德，他站到伊莎贝尔太后前面，弯身行礼，手放在胸前，与太后说了一些话。他穿着群众公会宴会那天穿的棕色丝绸衣服。克里斯汀赶忙躲在安德列斯女儿的后面。

一段时间后，安格尔德夫人带着女儿与准媳妇来到太后面前，克里斯汀没看见伊兰德，其实她眼睛总是看着地板，没勇气抬头。她不清楚伊兰德还在不在大厅中，总感觉他的眼睛正看着她，也感觉所有的人都在看着她，似乎明白她是骗子，戴着处女用的金花冠，披着身为女孩的长发站在这边。

•

伊兰德不在青年人会餐的大厅。桌子撤下了之后，他们在这边跳舞，也没看见伊兰德。今天晚上克里斯汀必须和西蒙手挽手跳舞。

餐桌一直是摆放在墙边的，国王的侍仆整晚端着啤酒、蜂蜜酒与水果酒。有一次西蒙带着她到那边喝酒，她瞧见伊兰德刚好站在西蒙后方。伊兰德看着她，克里斯汀拿下西蒙手中的酒杯，贴近嘴巴，小手不停地颤抖。伊兰德刚好热情地与他身边的男人说话，那人个子很高，长得很俊俏，年纪也不小了，并且有点胖，他着急地摇头，好像很生气。于是西蒙就带着她回去跳舞了。

她不明白这场舞会经历了多长时间，音乐似乎一直没有停止一样。此时的她满怀忧虑与焦躁，感觉每一分钟都是长久的煎熬。之后，音乐终于停止了，西蒙再次带着她到放饮料的地方。

一个朋友走来与西蒙说话，带他去找一群年轻人。接着，伊兰德就出现了克里斯汀的面前。

他小声说道："我有很多话要与你说，不知道怎样说，向主发誓，克里斯汀，你没事吧？"他看到她脸色很是苍白，赶紧问她道。

她看不明白伊兰德，两人好像隔着奔腾的水雾。他从桌上拿了一个酒杯，喝了一口之后递给她。克里斯汀觉得这酒杯十分的沉重，又觉得手臂似乎从肩膀处被人砍断了。她努力尝试，却总不能把杯子放到嘴边。

伊兰德轻声说："看来你只想陪未婚夫喝酒，而不愿与我喝啊？"克里斯汀手中的杯子掉落在地上，人也倒在他怀中。

等到克里斯汀苏醒的时候，她已经躺在凳子上，脑袋下靠着一位不认识的少女的膝盖，有人站在一边拍打她的手掌，她脸上有水滴。

克里斯汀坐起来，在周边的人群中瞧见伊兰德的面孔，很是苍白。她浑身无力，骨头好像化掉了，脑中一片空白，很空虚，心里有一个没有希望的想法，她必须与伊兰德说话。

她对站在一边的西蒙·达尔说：

“我觉得太热了，这边有很多蜡烛，并且我不太习惯喝这么多酒。”

西蒙问她：“你此刻好些了吧？可吓到我们了。我先带你回去吧？”

克里斯汀安静地说：“我们肯定要等你的父母一同走的。坐在这里吧，我不能继续跳舞了。”她碰了下身旁的椅子，之后朝伊兰德伸出另外一只手：

“尼古拉斯之子伊兰德，你坐在这边，我没时间说问候语。这几天英格贝尔说，她觉得你都已经不记得她了。”

她明白伊兰德比她更不容易保持冷静，她必须努力忍住唇边温柔的笑容。

他结巴地说道：“请你帮我转告谢意，感谢她还记得我。我以为她完全将我给忘光了。”

克里斯汀顿了顿，不知道应该说什么，才能既像轻浮的英格贝尔说的，又能告诉伊兰德自己的想法。此刻她想到几个月来孤独的等候，酸苦涌上心头，就说：

“可敬的伊兰德，你觉得我们女孩子能忘记那个见义勇为出来保护我们贞操的人吗？”

她看到伊兰德脸色大变，好像挨了一耳光一般，瞬间觉得愧疚。这时，西蒙问他们说了一些什么，克里斯汀说出兰波与她在艾卡山森林的事情。她看见西蒙不爱听，之后她让西蒙去问安格尔德夫人是不是很快就可以回家了，她真的很累。西蒙离开之后，她看向伊兰德。

伊兰德小声说道："真聪明，没想到你能这么巧妙地随机应变。"

克里斯汀紧绷着脸说："我必须学着隐瞒与保密，这一点儿难道你不清楚吗？"

伊兰德的呼吸变得沉重了，脸色依旧苍白。

伊兰德在克里斯汀的耳边小声说道："是这样吗？可是你告诉我有什么事情会去找我的朋友。要知道，我每天都在想你，担心你会发生什么不测……"

克里斯汀很快说道："我明白你说的不测是指什么，这根本不要你担心。我觉得最糟糕的事情是你不带来半句话，难道你不明白我生活在修女中，如同一只寄人篱下的小鸟？"她猛地停住，感觉泪水要流出来了。

伊兰德问道："所以你就与戴夫林庄园的人待在一块？"克里斯汀很是悲伤，没办法回答。

她瞧见安格尔德夫人与西蒙从门口走来。伊兰德的手放在膝盖上，距离她很近，可是她不能拉住他的手。

伊兰德热情地说："我必须与你说下，我们还没说一点儿应该说的话呢。"

克里斯汀急忙说："主显节去马利亚教堂做弥撒。"说完站起来去迎接安格尔德与西蒙母子。

回家的途中，安格尔德面对克里斯汀很是怜爱，特别小心，而且亲自将她扶上床。次日，西蒙才与她讲话，他说：

“你怎么会帮伊兰德与菲利帕斯之女英格贝尔传话呢？他们中间如果有什么秘密，你可不要被牵扯进去！”

克里斯汀说：“估计没什么，她就是随便说说罢了。”

西蒙说：“我觉得你要记住以前的教训，不要与那个多话的姑娘到林间小径乱跑。”克里斯汀激动地反驳说，这样的事情不能怪自己。西蒙没有说话。

次日戴夫林庄园的人把她送回修道院，他们自己打算动身返回老家。

接连一个星期，伊兰德天天到修道院教堂做晚祷，克里斯汀都没找到机会与他讲话。她就像是一只老鹰被绑在栖座上，双眼还被遮住了。上次见面说的每句话都让她不高兴，不应该这样的，她跟自己说，事情发生得很突然，相互都不清楚应该说什么。可是她的心情依旧没有变好。

某天下午傍晚时候，一位漂亮的妇女来到修道院客厅，看上去好像城市人的老婆。她要找劳伦斯之女克里斯汀，还说自己是商人妇，说她老公最近从丹麦带来几件漂亮的大衣，克里斯汀的叔叔亚斯蒙专门送一件给侄女，让小姑娘亲自去挑选。

克里斯汀奉命与那女人出去。她感觉叔叔不会送她昂贵的礼物，而且他居然派不认识的女人来接她。最奇怪的是，刚开始那女人没有说话。对克里斯汀的问题仅仅回答一两次。她们进城之后，她忽然说：

“我不想骗你，你是一个美丽的孩子，我把全部都告诉你，你自己决定该怎么做吧。不是你叔叔让我去找你的，是另外一位男子——估计你能猜到他的名字，倘若猜不到，你就不要跟我走了。我没有老公，靠开旅馆和卖啤酒来维持自己与家人的生活。我这种人不担心犯罪，也不担心守夜人，可是我不想把房子借给别人，害你在里面被欺负。”

克里斯汀站住了，羞得满脸通红。她为伊兰德感到伤心和羞愧。那个女人说：

“克里斯汀，我送你回修道院吧，但是你得弥补我的损失——那位骑士同意给我一大笔钱。我那时候也是个美人，并且也被骗过。你今天晚上在祷告时记得我——我的名字是布琳希尔德 · 福鲁加。”

克里斯汀取下手上的戒指，交给女人：

“布琳希尔德，你真好，但是如果那个人是我的亲戚尼古拉斯之子伊兰德，那么我就没必要担心了。他要我缓解他与我叔叔的矛盾。你可以放心。但是我依然感激你能警告我。”

布琳希尔德 · 福鲁加转身将唇边的笑意掩饰。

她带着克里斯汀走到圣克列门特教堂后方的小巷中，朝北往河边走。河边零乱地耸立着几栋小房子，她们顺着围墙中的小路走到其中一间，伊兰德过来接她们。他向周边看一眼，之后脱下斗篷，包裹着克里斯汀，并用头巾挡住她的面孔。

他连忙小声问道：“你感觉这样如何？是不是感觉我做了不好的事情？可是我一定要跟你说清楚。”

克里斯汀说：“我觉得此刻已经分辨不出善恶了。”

伊兰德请求道：“别这样说嘛，克里斯汀，所有的事都怪我，克里斯汀，我天天想你。”伊兰德靠近她耳边小声说道。

克里斯汀和伊兰德的目光在接触的瞬间，克里斯汀感到身上打了个冷战。每次他用这样的目光看着她，她就感觉自己若思考爱情之外的事情真的很罪过。

布琳希尔德·福鲁加离开了。他们来到庭院，伊兰德问她：

“你觉得我们是去屋里，还是去顶楼上说呢？”

克里斯汀说：“都可以。”

“楼上很冷，”伊兰德低声说道，“需要躺在床上……”克里斯汀没出声，只是点点头。

伊兰德刚关上房门，克里斯汀就主动投入伊兰德的怀中。两人一阵激情过后，克里斯汀静静地躺在伊兰德的怀中。

克里斯汀不清楚在他怀中躺了多长时间，伊兰德说：

“克里斯汀，此刻我们应该谈谈了，我不能让你在外面逗留太久。”

克里斯汀小声说道：“你如果要我留下来，我敢在这里留一整夜的。”

伊兰德把脸颊靠近她的脸蛋儿：

“那我就不是你的朋友而是你的敌人了。现在这样已经很糟糕了，可是你不能因为我而坏了名声。”

克里斯汀没回答，心里很难受。他怎么能说这样的话呢？既然他让布琳希尔德·福鲁加勾引自己来这个房间中，他怎么可以这样说呢。克里斯汀知道这里不是个规矩的地方，而伊兰德仿佛在这里等着，一切都像是他过去经历的那样，因为他已经在床帐外面准备了一杯蜂蜜。

伊兰德继续说："我有时候总是想，倘若实在无计可施，我就带你走，到瑞典去。秋季，英格贝尔公主[1]很客气地接待了我，还提到我俩的亲人关系。可是此刻我因为自己的罪恶而痛苦，你懂的，我之前出奔过，我不想其他人把你与另外一个女人相比。"

克里斯汀低着头说："让我回胡萨贝庄园吧。要我离开你身边，与修道院的姑娘一起过日子，我真的不能忍受。你我的亲人都会接受事实的，让我们一起回去向他们解释。"

伊兰德抱着她轻声说道：

"克里斯汀，我不可以带你去胡萨贝庄园。"

"为什么不能？"她温柔地问道。

伊兰德停了很久之后才说："艾琳秋季到那边去了。我没办法让她离开。"他再次激动地说："除非我强硬地押她上雪橇，逼她离开，而这我是做不到的。她将我的两个孩子也带过来了。"

克里斯汀感觉身子很沉，很沉。她用恐慌的嘶哑的声音说：

"你不是和她没有关系了吗？"

伊兰德很快答道："我也觉得是这样的。可是她在奥斯特山谷大约听到我打算结婚的想法。你在圣诞节宴会中看见那位与我在一起的男人，他是我的养父哈斯特奈斯庭院的彼德之子巴德，我从瑞典回来就去找他。我还去找我的亲戚阿尔夫之子汉明，我向他们提到要结婚的想法，恳请他们帮忙。这件事就被艾琳知道了……

"我让她给自己与孩子提出条件，要拿什么随便拿。可是她老公西格尔——大家都觉得他活不到这个冬天。……就这样谁也不能

①哈肯五世的女儿，瑞典埃里克公爵的夫人。

阻止我们在一起生活……

“我与海夫特还有武夫睡马房，艾琳睡我大厅里面的床。我觉得下人都在背后取笑我。”

克里斯汀什么话都说不出来。之后伊兰德继续说：

“你明白，只要我们立下婚约，她就应该懂得我与她之间是过去了，她对我不会有其他的威胁！……

“但是孩子们让我很为难。我都一年没看见他们了，他们都是可爱的孩子，我无法让他们开心。就算我可以娶他们的母亲，但是那也没有任何的帮助。”

克里斯汀的眼泪开始沿着面颊缓缓流下。于是伊兰德继续说道：

“你听到我之前的话了吧？我去找亲人们说过了，是的，我想要结婚，他们很开心。我还说除了你我谁都不娶。”

“他们大概很不开心吧？”克里斯汀无奈地说道。

伊兰德紧绷着脸说：“你不知道吗，他们仅有一句话能说，在你与安德列斯之子西蒙的婚约没有解除之前，他们不能也不肯陪同我去找你父亲。克里斯汀啊，由于你陪伴戴夫林庄园的人一起过圣诞节，我们两人的事情就更不好处理了。”

克里斯汀完全崩溃了，她一个人伤心地落泪。她总是感觉她的爱情似乎不能这样见不得光，此刻她明白错误全在自己。

过了好一会儿，克里斯汀才从床上爬起，全身颤抖着。伊兰德用两件外套将她裹住。此刻外面已经黑了，伊兰德陪她来到圣克列门特教堂，之后让布琳希尔德带她回修女院。

7

一周之后，布琳希尔德·福鲁加过来说外套已经做好了。之后，克里斯汀与她一起走，照例像上次一样在阁楼与伊兰德幽会。

分别前，伊兰德送她一件外套，说道："只有这样你才有实物让修道院的人看。"

那是件织有红绸花纹的蓝色丝绒外套，伊兰德特意跟她说，这件衣服的颜色与她那天在树林中穿的服饰一模一样。他说这话的时候，克里斯汀觉得特别开心，觉得伊兰德给了她的最大的幸福就在于说这几句话。

不过，以后他们不能再用类似的方法继续见面了，但要想个新的主意，却又很难。伊兰德经常去修道院教堂做晚祷，仪式结束之后，克里斯汀时不时会找事情到寄居者的住宅，之后他们在冬季黄昏的夜幕中偷偷到围墙角落讲一两句话。

之后，克里斯汀找波坦西亚修女请假，去看望几个依靠修道院救济的跛脚老妇人，她们居住在荒野的一栋房屋中，屋后有一间养牛的牛棚。克里斯汀愿意给她们看牛。她如果到那儿，伊兰德就会过去找他，她总是让他进去。

她有点诧异，伊兰德即使喜欢与她在一起，可他想到爱人会用这种计谋，好像很伤心。

有天晚上他说："你认识我，真的不是好事，此刻你都学会说谎了。"

"在这件事情上，你不应该责备我。"克里斯汀懊恼地说。

伊兰德有点愧疚，不知所措地说："我并不是想责备你。"

克里斯汀说："我自己也没料想到，我竟然会如此轻易地来撒谎。但是在万不得已的情况下，一切皆有可能。"

伊兰德依旧用那种口吻说道："不，不一定。你还记得去年冬季，你什么都不说。你没跟未婚夫说你不想嫁给他？"

克里斯汀没回答，只是用手摸摸他的脸庞。

每当伊兰德对她说这样的话，让她伤心或诧异时，她反而觉得伊兰德在她心中的分量更重了。她乐于承担他们恋爱中所有羞耻与错误的责任。如果她当时能鼓起勇气和西蒙谈谈，他们此刻也许将要做好所有准备了。伊兰德对亲人们说到他们的婚事，已做了他需要做的事情。每次修道院的日子变得漫长并且困难时，她就跟自己说，伊兰德觉得每件事情都会变回原来正常的模样。她开心地幻想伊兰德说的婚礼，她将穿绸缎衣服去礼堂，她将披着长发戴上王冠入洞房，他一边拉她的头发一边说，你的秀发好迷人。

有次伊兰德再次说到这些时，克里斯汀思考了一会说道："可是你不会觉得我还是纯洁之身，将我当个圣女看待的。"

伊兰德把她揽入怀中，紧紧地抱着说：

"你觉得我能记住生平第一次过生日，抑或第一次看见老家山陵在严冬之后首次变绿的情景吗？但是，我记得你第一次属于我以及以后每一次的情景。可是，娶你做夫人就如同永远记住圣诞节或在山间绿树林中捕捉鸟儿一样，是永远不会感到厌倦的……"

克里斯汀幸福地依偎着他。她觉得事情不会像伊兰德想的那样——审判日肯定会到来，他们不会有好结果的。可是她并不害怕。她担心伊兰德在秘密被发现之前扔下她一个人去北方。现在他在何卡斯奈斯堡，巴德之子慕南所驻扎的地方，由于国王在童斯山陵得了重病，侍卫团守护在他身边。但是有时候伊兰德必须回家去照看家产。克里斯汀甚至不愿向自己承认，她担心伊兰德回家是由于艾琳在那边等候着他。她也不愿承认，她不担心与伊兰德一起犯错，可是却害怕向西蒙和父亲说出她心中的想法。

克里斯汀甚至希望惩罚能早日到来。此刻她心中仅有伊兰德，除他之外，别无想法。她白天的时候思恋他，晚上做梦也梦到他。她没有后悔，只感觉有一天她会因为这个秘密付出惨重的代价。克里斯汀会在她能去贫妇牛棚与伊兰德共同度过黄昏时，激动地投入他的怀中，仿佛要以自己的灵魂为代价，来换取成为伊兰德女人的权利。

时间一天天流逝，伊兰德好像真的有自己所想的运气。克里斯汀发现修道院的人都没怀疑过她。当然，英格贝尔知道克里斯汀在与伊兰德偷偷约会，可是她觉得他们之间的关系不会超过一般的调情那种程度。克里斯汀猜想到，英格贝尔肯定想不到一个出身高贵并且订婚的姑娘能违背亲人所订的婚约吧。可是，刹那间，她又开始感到恐慌：也许，她真的犯下了前所未有的罪孽！这件事应该还没什么人知道吧。不过此时，她开始希望别人能早点发现，好快点结束这样的状态。

复活节到了。克里斯汀不清楚这个冬季是如何度过的，见不到伊兰德的时候每天都像是度日如年，并且难挨的生活一星期接着一星期的，永无止境。此刻春季和复活节到了，她再次感觉好像圣诞节庆典没过多久啊。她请求伊兰德不要在节日期间找她，他答应了这个要求。克里斯汀偷偷在想，他什么事情都答应自己啊。他们没有遵守四旬斋的规定，男女双方都有错。复活节的规定她打算要遵守，可是，看不到他真的很难受，估计他很快就要离开了。他没说别的，只是她知道国王快不行了，这大概会为伊兰德的命运带来好的转变。

复活节过后的第一天，有人传来话让她去楼下客厅看她的未婚夫。

西蒙走过来，伸出手，她感觉很不对劲，他的脸色与往日不同，灰色的小眼睛没有笑意。他笑着，但是眼神中却没有流露出来。克里斯汀不由得暗暗想，他不那么高兴似乎更讨人爱。他穿的是外出的服装，俗称为“科萨地”的蓝色紧身长外衣，带着风帽的棕色短外套，风帽向后拉，看上去很好看。冷空气促使他的浅棕色头发显得更卷了。

他们坐着说了一会儿话。西蒙去佛莫庄园度四旬斋，差不多每天都会去柔伦庄园。他们还不错，芙希尔德比想象中好，兰波此刻回家了，她是个美丽并且开朗的小孩。

西蒙说：“你打算在修女院住一年，时间快到了。不久你的亲人就会筹备我们两人的订婚典礼。”

克里斯汀没有说话，西蒙继续说道：

“我与你父亲说，我要骑马去奥斯陆，找你说这件事情。”

克里斯汀看着地面，小声说：

“西蒙，我也有件事要和你单独说。”

西蒙答道：“我发现了，我们必须单独谈谈。我刚好想让你找葛萝亚院长申请，让我们去花园里散步。”

克里斯汀很快站起身，默默地溜出房门外。一会儿之后，她与一位拿钥匙的修女回来了。

客厅内有道门通向修道院西厢后方的草本花园。修女打开门，他们进入浓雾里，眼睛仅能看见林木间几小步的距离。周边的树干裹上了黑漆，树枝上挂满了露水。一些雪花在湿冈丘上融化掉，灌木丛中几颗白色与黄色的百合都开花了，紫叶中飘来凉凉的味道。

西蒙带她来到靠近的凉椅边。他坐着，身子稍微朝前弯，双手放到膝盖上，之后他带着古怪的笑容抬起头看着她。

他说："我完全明白你要说什么，有比我更适合你的男人。"

"是这样的。"克里斯汀有气无力地说。

西蒙用较为严肃的口气说："我想我应该知道他是谁。是胡萨贝庄园的尼古拉斯之子伊兰德吗？"

沉默了一会儿之后，克里斯汀用小得只能自己听见的声音问道：

"难道你已经知道了？"

西蒙回复得很慢：

"你不要觉得我很愚蠢，在过圣诞节的时候没发现任何异常？那是因为父母与我在一起，我没说什么。但是我这次一个人来，就是为了这件事情。我不明白自己说出来是不是合适，但是我们一定要在正式订婚之前说明白。"

"昨天我到这边，遇见我的亲人牧师会会员奥斯坦神父，他提起过你。他说有天夜里你们两个人穿越圣克列门特教堂的庭院，有个名字是布琳希尔德 · 福鲁加的女子与你们一起走。我感觉他肯定弄错了！你若说没有这样的事情，我一定信任你说的。"

克里斯汀鼓起勇气回答道："神父没看错。西蒙，你的感觉出了问题。"

西蒙呆呆地坐了一会儿之后才问道：

“克里斯汀，你不清楚这位布琳希尔德·福鲁加是怎样的人？”她摇头，西蒙说：“巴德之子慕南婚后在城中给她修了一处房子，她卖非法的酒，还做别的坏事。”

“你知道她？”克里斯汀嘲讽地问道。

西蒙脸红了：“我从来都不想成为修士或者教士，可是我至少可以说我没诱惑过姑娘与有夫之妇。你不明白吗？他夜晚带你与这样的人一起走着，并不是高贵男子应有的做法。”

克里斯汀生气了，红着脸说：“伊兰德没诱惑我，也没承诺什么。他并没有引诱我，是我自己爱上他了。和他初次见面时，就算全世界的男人加在一起都没有他在我心中的分量重。”

西蒙坐着玩弄着匕首，在两手中间不停地扔着。

西蒙说：“听见自己的未婚妻说这样的话，真的很诧异。克里斯汀，我们之间的婚事还有可能吗？”

克里斯汀深深呼吸：

“西蒙，你此刻如果娶我，一定不合适。”

西蒙说：“是的，上帝明白事情好像是这样。”

克里斯汀胆怯地说：“那么我希望你答应我，叫安德列斯爵士与家父解除掉我们之间的婚约。”

西蒙说：“你想要这样？”他沉默了一会儿道：“上帝明白你是不是清楚自己说的话。”

克里斯汀说：“我知道。我清楚法规要求谁也不可以逼少女结婚，不然她可以去议会请愿。”

西蒙苦笑道：“我觉得应该去主教面前请愿吧。真的，我没有时间去查规定对这方面的要求。我清楚你也不想要事情到那样的地步。你非常明白，你心中如果不愿意，我不会逼你履行婚约，我们的婚事已经两年了，你原来没有反对，此刻订婚与结婚典礼都准备好了，你才改变。克里斯汀啊，你想过没有，你此刻说出来要解除婚礼，是什么意思？”

“你也不愿意娶我呀！”克里斯汀说。

西蒙简洁地答道：“我愿意。你如果觉得这没什么，你必须再思考思考。”

克里斯汀用颤抖的声音说：“尼古拉斯之子伊兰德与我已经用基督教的信仰发下山盟海誓。我们如果不能结婚，那么双方就永远不嫁抑或不娶。”

西蒙沉默许久，之后他费力地说：“克里斯汀，你说伊兰德没引诱你，也没承诺什么，我不明白你这话是什么意思，他勾引你反抗所有亲人的看法。你如果嫁给一位与有夫之妇偷情过，现在继续娶别人未婚妻的男人，你想你获得的是怎样的丈夫？”

克里斯汀流下了泪水，她用厚重的声音说：

“你说这样的话，仅仅是想伤害我？”

西蒙小声说道：“你觉得我想要伤害你？”

克里斯汀吞吞吐吐地说道：“你如果……估计不会这样。西蒙，他们也没问你的意见啊，是你父亲与我父亲订的婚约。如果是你自己看上我，那肯定是不一样了。”

西蒙把匕首插入凉凳，竖在那边。一会再抽出来，想放入刀鞘中，可是刀锋弯了，插不回去。之后他依然在双手中玩弄着。

西蒙用颤抖的声音小声说道：“你说我没有喜欢上你，你很清楚，你明明知道自己在说谎。我想要说的内容你很清楚，那么多次，可是你对我一直爱答不理，我如果说出口，那我就不是个男人了。在那些场合，就算有人用火钳逼迫我，我也不想说。

“开始我觉得你是因为死去的那男人。我觉得自己应该给你一点时间冷静下来，你对我不是很了解，我感觉这么快打扰你是不对的。此刻我才明白，你要遗忘一个人根本不用太久，就是此刻啊，此刻，此刻！”

克里斯汀冷静地说：“不，我清楚，西蒙。此刻我不能希望你继续做我的朋友。”

西蒙苦苦地笑着说：“朋友！这样，你此刻想要我的友情咯？”

克里斯汀的脸再次红了。

她轻声说：“你是男人，并且已成年，你能选择你要娶的人。”

西蒙冷冰冰地盯着她，接着大笑起来：

“我明白了。你想让我自责，我们解除婚约是因为我的错？”

西蒙接着低声说道：“如果你已经想好了主意，如果你有决心与勇气来实现自己的想法，那我就这样做吧。在家里我对全部的亲戚，并且在你的亲人面前，都会这样说，仅有一个人除外。你必须跟你父亲说实话。你如果答应，我会帮你传话给他，努力减轻你的难处，可是，你的父亲劳伦斯应该明白，我一定不会这么容易就收回我给他的承诺。”

克里斯汀双手紧紧地抓着凉凳周边。这话比西蒙·达尔别的所有的话更让她难以接受。她面无血色，特别担心，偷偷看了下西蒙。

西蒙站了起来。

他说："我们该回去了。我们都冻了这么长时间，修女也拿着钥匙等了很久。我给你一个星期的时间思考，我在城中有别的事要做。走之前我会来找你谈谈的，但是这期间我想你也是不愿见我的。"

8

克里斯汀暗自想道，这件事反正已经告一段落。可是她累得快死了，非常想投到伊兰德的怀中。

她睁着眼睛躺了大半夜，打算做一件以前想都不敢想的事情——派个人去告诉伊兰德。要找人帮她做事真的很不容易。俗家姐妹们从来都不会一个人出门，她也不知道谁愿意做这样的事情。做农活的男人年龄都很大了，除了与院长说话外，根本就不进入修女的房间。只能找奥拉夫了。他是耕种花园的一个小伙子。一出生就被人遗弃到教堂阶梯上，有天早上院里的人看见他，那之后他就变成了葛萝亚院长的养子。听说他的母亲是一位俗家姐妹，原本要做修女。后来听说因为很厉害的反叛案被关了半年时间，孩子就是在那时候被人看见的。院长叫他穿俗家姐妹的衣服，一直在农场工作到现在。近几个月克里斯汀总是想着英格丽姐妹的命运，没有与她们交谈的机会。托付奥拉夫本来很危险，他仅仅是个小孩，葛萝亚院长与所有的修女一看见他就与他讲话和开玩笑。但是克里斯汀觉得，此刻就算很危险也不要紧了。一两天以后，奥拉夫清晨有事要入城，克里斯汀让他传话给阿卡斯奈斯堡，让伊兰德想办法与她单独见面。

下午伊兰德的仆人武夫来到修道院的窗户外面，说自己是布柔哥夫之子亚斯蒙的仆人，主人请他侄女进城一趟。由于亚斯蒙没有时间到修女院，克里斯汀觉得这个方法肯定不行，可是波坦西亚修女问她知不知道传话者的时候，她说："知道。"所以她与武夫来到布琳希尔德·福鲁加家。

伊兰德在阁楼中等候她，他内心很烦躁也很担心。克里斯汀很快就明白了，他在担心那件最担忧的问题了。

想到他居然这么担心她怀孕，她很心痛，可是他们却不能分开。即使今天她很担忧，她对他说话的时候还是很恼火。伊兰德脸变红了，看着她的肩。

伊兰德说："你是对的，克里斯汀，我应该努力不打扰你，你的幸福就不会有这么多的困扰，如果你愿意的话。"

克里斯汀伸手抱着伊兰德大笑。他抓住她的腰身，让她坐在一张凳子上，自己坐到餐台别的位置。她朝他伸出手，他热情地吻着她的手掌心。

他激动地说："我比你更渴望。你不清楚我多渴望我们能很好地举办婚礼。"

"那你就不应该先占有我。"克里斯汀说。

伊兰德把脸埋在克里斯汀的双手中。

他说："没错，真希望我没对你做那样的事情。"

克里斯汀笑着说："你我都不想这样。我如果可以得到亲戚与上帝的饶恕，最后与他们和解的话，那么，就算我必须戴妇人的头巾草草地出嫁，我也不会有一点儿伤心的。是的，我总是感觉，只要可以与你在一起，无法被别人原谅也没有事。”

伊兰德说：“你应该使你的家族重新得到尊重和名誉，而不是让我令你感到羞愧。”

克里斯汀摇摇头，接着说：“那么，你知道我与安德列斯之子西蒙说过的话，估计会很高兴吧。他没有让我一定要遵守双方家人之前约定的婚约。”

伊兰德感到万分高兴，克里斯汀把整个事情的经过清楚地告诉他。可是她没说出西蒙给予伊兰德的不好的评价，只说西蒙不愿意在劳伦斯面前说出解约的要求。

伊兰德很快说：“这是正常的，你父亲和他关系那么好。没错，我觉得你父亲是不会喜欢我的。”

克里斯汀觉得这些话说明伊兰德与她有一样的感觉，清楚他们距离那个目标还有一段困难的路。她为这个而感谢他，可是他没有继续说这个问题。伊兰德很开心，说他担心克里斯汀没有勇气与西蒙谈这些问题。

伊兰德说：“我感觉你也有那么一点儿喜欢他。”

克里斯汀说：“我只是感觉西蒙这个人很不错，正直且坦率，你难道还会介意我说这些吗？”

伊兰德说：“克里斯汀，倘若你没遇见我，也许你会与他过得很安逸。你为什么笑？”

克里斯汀回答道：“噢，我仅仅想到了爱丝希尔德夫人原来说过的话。那时我还只是个孩子，她说聪明的人会过上好生活，可是最好的生活仅有那些能做傻事的人才会拥有。”

伊兰德把她抱到膝上说："我姨母如果教了你这些，那么希望上帝保佑她。真怪，克里斯汀，我没看出你会感到害怕！"

"你根本就没察觉到？"克里斯汀靠着他说。

伊兰德抱她坐到了床边，脱掉她的鞋子，之后又将她带到桌子边：

"噢，克里斯汀，我们俩的前途肯定是光明的。"伊兰德总是摸她的头发，说，"我每次见到你，就感觉他们没道理给我这样一个高贵与美丽的妻子。我觉得我不会那样子对待你。你坐在这里，和我一起喝一杯酒吧。"

紧接着，有人敲门，听上去好像是用剑把敲的。

"开门，尼古拉斯之子伊兰德，你如果在里面，赶快给我开门！"

克里斯汀小声说道："是西蒙·达尔。"

"开门，浑蛋，你如果是男人就开门！"西蒙一边叫，一边用力敲门。

伊兰德来到床边，从墙面的钉子上拿起佩剑。他回头看看，不清楚应该怎么做才好："这里没有地方可躲。"

克里斯汀说："我就算躲着，事情还是这样严重。"她站起身来了，说这话的时候很冷静，可是伊兰德发现她正在颤抖。她用相同的语气说："你必须去开门。"西蒙再次开始敲门了。

伊兰德过去将门拉开。西蒙走进来，手中拿着一把出鞘的宝剑，可是他很快就把剑收回剑鞘中。

三个人默不作声地站了一会。克里斯汀一直发抖，可是她第一次感到一股怪异并且甜美的感觉，闻到了两个男人快要打架的味道。她拼命地呼吸着，几个月的独自等待、期望与担忧就要结束了。她看了下伊兰德然后又看了下西蒙，脸色惨白，眼睛很是闪亮，接下来她心中的力量变得寒冷，很深很深的绝望。西蒙·达尔眼里的蔑视远远超过怒火或者妒忌，并且她看到了伊兰德在做了那些有勇气的行为后还有些愧疚。她很快想到，伊兰德叫她到这边来，其他人对他的想法肯定很差劲，他似乎挨了一巴掌。克里斯汀明白伊兰德此时恨不得将剑拔出来同西蒙决一死战。

“西蒙，你怎么在这？”克里斯汀大声地叫着。

两个人转过来看着。西蒙说：“来带你回去，你不可以到这样的地方来……”

伊兰德狠狠地说：“你没有权力命令劳伦斯之女克里斯汀，她早就属于我了。”

西蒙凶狠地说：“我相信这样的事实，你都和她去了这么好的房间。”他大口喘着气，之后抑制住自己的嗓音，冷静地说：“她父亲没来带走她之前，我依旧是她的未婚夫。我不会吝惜用武器来捍卫她的名声——在别人心中的贞洁……”

“不用你来捍卫她！我自己就行，”在西蒙的目光注视下，伊兰德的脸红得像猴子屁股一样。之后，伊兰德忍不住叫道：“你觉得我会受你的恐吓？”说完将手放到剑柄上。

克里斯汀在伊兰德身后拍了拍。

西蒙依旧用相同的语调说道：“我不是胆小鬼，别以为我怕了你。尼古拉斯之子伊兰德，如果你不派人到克里斯汀父亲那里提婚的话，我一定会和你决斗的，这一点儿我可以用自己的灵魂跟魔鬼打赌……”

伊兰德气愤地说：“安德列斯之子西蒙，我不会按照你的要求做事的。”他的面颊再次变红了。

西蒙没有生气，接着说道：“不，你需要弥补对一个少女而犯下的罪恶。对克里斯汀来说，只有这样才可以好一些。”

克里斯汀为伊兰德的伤心而感到痛苦，她停顿了一下说：

“那你回去吧，西蒙，我们之间的事情与你没关系。”

西蒙说：“我之前就与你说过，在你父亲解除我们的婚约之前，你必须接受我这个未婚夫。”

克里斯汀快崩溃了。

“你走，走吧，我很快就去找你。耶稣啊，你怎么能这样折磨我呢？西蒙，我觉得你不应该这样关心我。”

西蒙回答道：“我这样做，并不是因为你。伊兰德，你不让她和我离开吗？”

伊兰德面孔颤抖，他触碰着克里斯汀的肩膀：

“克里斯汀，你要走了。西蒙·达尔与我会找别的时间谈谈的。”

克里斯汀乖巧地站起来，将外套系好。她的鞋子放在床边——她捡起来，可是当着西蒙的面她几乎无法把它穿在脚上。

外面浓雾弥漫。克里斯汀大步地向前走，低着头，双手紧紧拉着外套的边缘。她的咽喉涌上苦水，恨不得找个地方一个人痛哭一场。最大的困难还在前方。可是她今天晚上目睹了这样的事，她因为这个无法入眠，看到自己喜欢的男人受到了凌辱，真的很痛心。

克里斯汀在大街小巷和广阔的广场中奔跑着，那里的房屋都消失了，除了眼前的浓雾，其他的什么都看不见。西蒙紧紧地跟着她。有一次她被物品绊倒，西蒙抓住她的胳膊，她才没摔倒。

西蒙说："不用跑这么快，其他人都在后面看着我们呢，你颤抖得很厉害！"他的嗓音比之前柔和。克里斯汀什么都没说仍旧向前走。

她滑倒在街边的泥坑中，双脚湿透了还很冷，她的长筒袜是羽毛做的，可是很薄。她感到袜子破了，泥巴进入了赤裸的双脚。

他们到达修道院小溪的桥上，慢慢地爬上一边的斜坡。

西蒙猛地大声说："克里斯汀，一定不要让你父亲知晓这件事。"

"你是怎么发现我在那里的？"克里斯汀问道。

西蒙缓缓说道："我来找你说话，他们说你叔叔叫人来接你。我明白亚斯蒙在哈德兰，你们俩说的故事一点儿都不聪明。你听到我之前的话了吧？"

克里斯汀说："没错，是我带信给伊兰德，约定在福鲁加的房间碰面的。我知道那个女人。"

西蒙大声说："那你真不知羞！唉，你不会知晓她是什么样的人，可他，你要记住，倘若瞒得住，你一定要瞒着你父亲你已经失去了贞操这件事。倘若不能隐瞒，你也得努力减轻他的羞耻感。"

克里斯汀颤抖地说："你对我父亲总是很体贴。"她想用蔑视的口气说话，可是嗓门哽咽得快要崩溃了。

西蒙继续走了一段路，然后停下来，两个人孤单地站在浓雾中。她看见他的面孔，他之前从没有露出这样的表情。

他说："每次我去你家，我都发现你们这些女孩子并不清楚劳伦斯是怎样的男人。你舅舅特隆德 · 吉斯林原来说过，他不知道怎样管教你们，好像他不应该花心思管这些小事一般，事实上他本来就适合管理男人。他有领袖的天资，并且是大家喜欢追随的人。此刻他这种生活真不适合，我父亲在巴葛府遇见他，可他总是如同一般的农民一样，住在山里面。他很早结婚，你母亲个性低沉，让他过这样的日子更不容易。他朋友那么多，可你觉得其中有一个是对他真心的吗？他的儿子全部死了，要依靠你们这些女儿来修建他的家族关系，他愿意眼睁睁地看着其中一个不健康，另外一个失去了名誉吗……”

克里斯汀用手紧紧按在胸口，她感觉自己一定要坚持，努力狠下心肠。

她过了一会才开口说道：“你怎么说这些话？此刻你不可能愿意娶我。”

西蒙不太坚定地说：“我不想？天地可证，克里斯汀，我想到去年你在芬斯勃列肯庄园的顶楼戴丧服的模样。但是，我如果再相信姑娘你的表情，希望魔鬼带我离开！”

他们来到大门前，他说：“你要保证，在你父亲没来之前，别再与伊兰德碰面。”

“我不能保证。”克里斯汀说。

西蒙说：“那我就逼迫他。”

克里斯汀赶忙说：“我不会见他。”

离别前西蒙说：“之前我送你的小狗，你留给了你妹妹，她们很喜欢它，只要你不太讨厌看见它在房间，那就留着吧。”

西蒙接着说：“我明天一早就要去北方。”

他与她当着守门的修女的面握手告别。

西蒙·达尔下山向城区走去。他一边走一边挥拳头，讲着话，并在浓雾中发誓。他发誓不因为她而伤心。对于克里斯汀，他本来好像觉得是纯金做的，近距离看原来仅是铜与锡。她原来像雪花那样白，把手伸到火里，那仅仅是去年的事情。可是今年她却在福鲁加的阁楼中陪一个放荡的小子喝酒。魔鬼啊，不！他是为布柔哥夫之子劳伦斯而感到痛心，劳伦斯一定没想到自己的亲生女儿会这样对他。此刻西蒙必须亲自去传递消息，一起欺骗那个人——正是因为这点，西蒙心中充满伤感与怒火。

克里斯汀没有遵守她与西蒙·达尔的约定，可是她仅仅与伊兰德说过一两句话，是某天夜里在路上说的。

克里斯汀站着抓住伊兰德的手，特别温柔。他说到上次碰面时发生在布琳希尔德·福鲁加顶楼中的事情，他还是会找安德列斯之子西蒙谈谈的。伊兰德急躁地说："我们如果在那边打起来，会闹得所有的人都知道。这一点儿西蒙也清楚。"

克里斯汀感觉他因为这件事而生气。之后她也不停地在想这件事，真相是不能瞒着的，这件事伊兰德比她更加没有脸面。她感觉此刻两个人成了一体，即使她不喜欢他的行为，她也必须为他的所有行为负责。若伊兰德的皮肤被抓伤，她的皮肉肯定也有同样的感觉。

三周之后，布柔哥夫之子劳伦斯到奥斯陆来接他的女儿。

克里斯汀到会客室去见父亲的时候，心中既担心又难过。他站在那边与波坦西亚修女讲话，她看见他，感觉他与记忆中有点不一样。估计一年前父女两人分别后他仅变了一点儿，可她在家里那么多年，总感觉父亲是年轻、体力充足的美男子，她幼时为有这样一位父亲而骄傲。在老家度过的每一年冬季和夏季，都在劳伦斯的身上留下了痕迹。克里斯汀慢慢地变成了大姑娘，他肯定也慢慢变老，可是她没有看出来。现在她看到他头发零散地掉了几根，鬓角也变成了铁灰色，黄头发慢慢地变白。他的脸已经变长，肌肉出现较硬的线条，伸展到嘴角。皮肤化为红白亮色，这是一种饱经风霜的颜色。他的背没有驼，可是肩胛骨在外套里面出现不常见的弯度。他伸手朝她走来，步伐轻盈且安稳，但是与平常活泼饱满的动作不一样。其实去年已有这样的现象，只是她没发现罢了。此刻大概多了一些悲哀的看法，才让她看出来吧。她不由得落下泪水。

劳伦斯抱着她的双肩，伸出手去触摸她的脸庞。

“来，来，冷静一些，我的孩子。”他轻声说。

“父亲，你不生我的气吗？”她小声问道。

他回答道：“你要清楚我是很生气的。”可是他继续摸她的脸庞，冷静地说道：“但是你也要明白，你别怕我。不，此刻你这么安静，克里斯汀，你如同小孩一般，害羞不害羞？”她哭得好伤心，只能坐在椅子上。他坐在女儿旁边，抓着她的小手说：“这边人很多，我们不说那些事。你不问下你母亲，还有你妹妹？”

“母亲对这件事有什么看法？”克里斯汀问道。

他继续说：“噢，这个你没必要问，我们不说这个了。除了这个以外她很好的。”他开始说一些家中庄园里面的事情，克里斯汀的情绪慢慢平静下来。

可是克里斯汀感觉，父亲没有说她违反婚约，她更加觉得紧张了。劳伦斯拿钱让她分给修道院的穷人，买东西送给朋友，他自己送了贵重的礼物给院长还有修女们。修道院的人都以为克里斯汀要回家举办订婚与结婚典礼。父女俩在院长室受到葛萝亚院长的邀请，院长对克里斯汀夸奖了一番。

一切都结束后。克里斯汀在修道院大门与修女还有朋友们告别。劳伦斯牵她来到自己的马边，将她扶上马鞍。此刻与父亲及柔伦庄园的人骑马过桥，走下她原来摸黑离开的道路，感觉很是奇怪。可以自由、光明正大地穿越奥斯陆大街是种十分美好的体验。她想到伊兰德一直说的宏伟婚礼，心情不由变得沉重起来。他如果带她私奔，那就容易多了。她眼前还有很长的时间必须要偷偷过一种生活，在其他人面前公开过的别的生活。可是她看见父亲威严苍老的脸庞，不由得想道，伊兰德肯定是对的。

客栈里还有其他几位旅客。晚上大家全都在小火炉室中吃饭，里面仅有两张床，大家让劳伦斯与克里斯汀用，因为客人中只有他们两人的地位最高。夜幕降临之后，其他人对他们道了晚安，便各自分散，找休息的地方去了。克里斯汀想到她原来偷偷溜到布琳希尔德·福鲁加的顶楼，投到伊兰德的怀中，伤心并且害怕，担心做不了他的女人。她偷偷想，不，她不应该在这么多人中享受这样的地位。

父亲坐在对面的凳子上看着她。

为了打破这寂静，克里斯汀说："我们这次不到史科葛庄园？"

劳伦斯回答："不。"克里斯汀用疑问的眼神看着他，劳伦斯继续说道："我经常被你舅舅训斥，说我不会教育你们。"

沉默了一会儿之后他才说道："如果不是西蒙说他不会娶一个自己不愿意嫁的妻子，我一定会让你遵守约定的。"

克里斯汀立刻解释道："我从来没承诺过西蒙什么。你之前总是说，你不会逼迫我结婚的。"

劳伦斯回答道："我如果让你遵守早就说过的每个人都知道的约定，就不能说是逼你。两年来你们是有未婚夫妻的名分的，但你根本没有拒绝，也没有说你不愿意。此刻婚礼的时间都定好了。你去年倘若拒绝，等于没找西蒙发誓，那我就不会说这是合法的约定了。"

克里斯汀站着看着炉火。

她父亲继续说道："别人若说是你不要西蒙，或者说是他不要你的，我不清楚哪一种情况更严重。安德列斯这样跟我说的……"劳伦斯说这话的时候，脸色不由得变红了，"他对儿子这样做很是愤怒，要我说出弥补的要求。我只好告诉他事实，我不明白还有没有更好的解决方法。我说倘若要弥补，应该是我们赔他们才是。然而不管是两者中的哪一种情况，其结果是都会令我们蒙羞。"

克里斯汀小声说："既然西蒙和我都同意，我不觉得有什么好愧疚的。"

劳伦斯说："同意？他隐瞒不了他的悲伤，可是他说，你们已经谈好了，他觉得强迫你遵守约定只能带来不幸，但是你此刻得说说你为什么想要毁约。"

克里斯汀问道："西蒙没说别的？"

父亲说："他好像觉得你爱上了别的男人，克里斯汀，你必须告诉我出了什么事情。"

克里斯汀思考了一会儿。

她小声说："上帝知晓，我感觉西蒙真的是个好丈夫，非常好。但是我确实爱上了其他的男人。我知道，自己如果与西蒙过一辈子，那我是永远得不到幸福的，即使他有很多钱财。对于另外一个男人，就算他仅有一头牛，我也想要嫁给他……"

劳伦斯说道："你不是想要我将你嫁给仆人吧，我想？"

克里斯汀说："他的身份和我一样，甚至更好。我想说，他有很多土地与钱财，可是我就算和他睡草屋也不想要和别的男人睡丝绸暖床。"

劳伦斯沉默了一会儿。

"克里斯汀，我不会强迫你嫁给自己不喜欢的男人，只有上帝与圣奥拉夫知晓你对我看中的女婿有什么不满的。可是，对于你看上的男人，我能否接纳他成为我的女婿，那就只能再谈了。你还这么小，也不太懂事。看上其他人的未婚妻，这可不是什么君子所为。"

克里斯汀插话说："感情是无法控制的。"

"能控制。我觉得你应该知道，我不能在你背弃西蒙之后立刻将你许配给另外一个男子——特别是一位身份比西蒙高抑或比西蒙更富有的人，如果这样的话会令西蒙家族蒙羞的。你必须告诉我那个男人的名字。"他过了一会继续说道。

克里斯汀双手合在一起呼吸着，接着缓缓说道：

"父亲，我不可以说。我如果不能和这个男人结婚，你就把我送回修道院，不要再接我离开了。我觉得我在那边也活不了多久的。可是，我还不清楚他对我的想法是不是与我对他的一样，我现在不适合说出他的名字。父亲，你一定不要逼我说出他的名字，给我些时间，让我知道他是不是一定会找亲戚来求婚。”

劳伦斯一个人坐了很长一段时间。他不能不同意女儿的这种决定。最后便说：

“好吧，你如果不清楚他的想法，不愿意说他是谁，这也是正常的。”

过了一会儿，他说：“克里斯汀，此刻你必须休息了。”他吻了下女儿：

“女儿啊，你的任性会导致很多人伤心与痛苦的。你是明白的，我最关心的是你的幸福，愿主保佑我，不管你做什么，结局都是这样，主与圣母肯定会帮助我们，让事情有个完美的结局，去吧，去好好睡觉吧。”

劳伦斯躺下之后，似乎听见对面墙壁旁女儿床上飘来的轻微的啜泣声。可是他假装睡觉。他不忍心告诉女儿，老家的人恐怕会再次说她与阿尔纳及宾坦的那些事情。可他却不能保全女儿的名誉，制止那些在背地里说她坏话的人，劳伦斯为这个而感到痛心。最悲哀的是，他必须承认，因女儿的草率酿成的灾难，她必须自食其果。

下卷　布柔哥夫之子劳伦斯

1

克里斯汀选择在一个春风和煦、阳光明媚的日子回家。洛根河弯弯曲曲，汹涌澎湃地向着它自己命运的方向奔去，穿梭在炊烟袅袅的村庄和绿意盎然的田野之间，看上去是如此的欢快。夕阳洒在河面上，微风吹着河边的垂杨柳，柳条随风肆意地舞动着自己柔软的身姿。从柳枝的缝隙望过去，泛着红光的河面有些斑驳。河水似乎累了，轻轻地、缓缓地流淌着，好像在低语着什么。黑夜中的柔伦庄园虽然静谧，但还是能够听到涓涓的细流声。克里斯汀总有一种错觉，感觉木制的房屋好像小提琴的音箱一样，不停地震动。

山冈的高处有潺潺的流水，半山腰每天几乎都被山雾笼罩着，有种说不出的朦胧美。绿意盎然的田野上有着属于春天的气息，不断地盘旋。田野中的泥土几乎被长出来的作物挡住了，草地上冒出了浓密的嫩绿色的小草，随风摇摆着，像是在招手一样。柔和的月光倾泻在草坪上，像是月亮母亲对小草们的爱抚一样，那么的温柔。徐徐的春风，吹过山庄，风中夹杂着一丝清新的泥土芳香和嫩草的气味，给人一种心旷神怡的感觉。而这样的夜，也总是会让人忍不住想起那个远方看不见的他。克里斯汀不经意间又想起了伊兰德放开她的那一刻，此时，那一刻的感觉是那么的真实，让克里斯汀觉得似乎总是在经历着那一刻的事。每天晚上，她在床上辗转反侧，难以入眠，整晚地思念着心中的那个他。即使是入眠了，她也会在梦里与他相见。可是每天醒来的时候，却是那么的痛苦，原来一切只是梦，她的伊兰德并不在她的身边。每次克里斯汀总是被自己相思的梦缠绕，醒来后浑身是汗且没有力气。

克里斯汀想了很久，就是想不明白，为什么父母能够耐着性子不问她令她惴惴不安的那件事。时间一天天过去了，谁也没有向她提起西蒙和她解约的事情，也没有人问她是怎么想的。父亲已经把田里的春耕和播种的事情忙完了，现在几乎每天都去树林，有时候会带上家里圈养的老鹰和猎狗一起出去打猎，有时候一出去就是好几天不回家。即使父亲在家，也好像与克里斯汀无话可说一样，但表面上看去还是很和气的。父亲偶尔出去骑马，但不再像从前一样叫上她一起去。这样的境况让克里斯汀无所适从，十分的不习惯。

其实，克里斯汀在回家的路上，想过回家后母亲对待她的种种埋怨和责备，可是她万万没有想到，母亲拉根弗丽德是如此平静，什么都不说，这反而让克里斯汀觉得不是好现象，事情可能更严重了。

每年的6月21日圣约翰弥撒日这一天，布柔耳夫之子劳伦斯都会大摆宴席，宴请自己的亲朋好友，而且每次在斋戒最后一周会把家里节约下来的各种食物分发给教区周边的穷人，住在柔伦庄园附近的穷人会前往取救济物品。在那段时间，那些穷人会受到特别的待遇，大家都很欢迎他们，十分热情地款待他们。劳伦斯宴请来的来宾会有用人陪在那些穷人身边。在那些人当中，有几位老爷爷能够给大家讲很多传奇故事，念出很多短诗。大家坐在火炉旁喝酒，聊天，打发着时间，傍晚的时候就会到院子里唱歌跳舞，十分开心。今年圣约翰纪念日前夕虽然是寒冷的阴天，但是没有人感到遗憾。自从5月15日圣哈瓦尔德守夜节那天开始到现在还没有下过雨，山区里的雨水也很少，这让山区里的农民很担心，怕有旱灾。因为今年的河水水位是13年来最低的一次，这不免让大家担心。

那些在火炉室里的被接济的穷人受到劳伦斯的热情款待，大家都很愉快。克里斯汀也在一旁伺候着老人和病人吃牛奶粥，喝烈性啤酒。劳伦斯热情地和那些贫民来宾打招呼，询问他们对食物是否满意，然后又走到餐桌的另一边接待一位老贫民。这位老贫民是别人将他带到柔伦庄园的，而且那天也正好是轮到了这位老贫民去柔伦庄园。这位老人叫哈肯，他曾经是哈肯老国王麾下的军人，而且还参加了国王最后一次出战苏格兰的战争。可惜他现在的境遇不是很好，可以说是一贫如洗，而且眼神也不好，几乎什么也看不见了。山谷里的人们想给这位老人安排一个属于他自己的住处，可是老人不愿意这样，他想去别的农庄接受救济。由于他是非常有学识且见过大世面的人，所以不管到哪儿都会被人奉为上宾。

劳伦斯站在一旁，手搭在他弟弟布柔哥夫之子亚斯蒙的肩膀上，亚斯蒙也是来做客的。劳伦斯问哈肯食物是否合口。

哈肯回答道："啤酒的味道很不错，不过浓粥就不好了。我觉得今天的粥是一个行为不检点的女人煮的。俗话说，'厨子不专一，浓粥出焦意。’而这锅粥恰好又被烧焦了。”

劳伦斯说：“真对不起，我竟然请你吃烧焦的粥。但是我认为不是所有的俗语都是正确的。今天的粥是你的侄女，我的女儿克里斯汀亲自煮的。”说完后劳伦斯笑着让克里斯汀去端肉来款待亚斯蒙。

克里斯汀见状连忙离开，去了厨房。当哈肯说话的时候，克里斯汀无意中看到了亚斯蒙的脸色，这把她吓到了，让她有种惴惴不安的感觉。

那天晚上劳伦斯和亚斯蒙在院子里边散步边谈话，一直到深夜。这个状况令克里斯汀担心不已。第二天，父亲的沉默寡言让她更加担心害怕。但是父亲什么也没对克里斯汀说。

在叔叔亚斯蒙离开以后，父亲仍旧没说什么。克里斯汀发现父亲与平常不一样，以往父亲都会与哈肯热切地交谈，不但如此还会多留哈肯住一段时间，可是这一次父亲并没有这么做。

不过，布柔哥夫之子劳伦斯确实是有沉默寡言不开心的理由，今年附近的村庄农作物收成都非常的不好，农夫有时候来问劳伦斯该如何过冬。时间一天天地流逝着，这个夏天也快要结束了。大家能想到的解决过冬的办法就是把自己家里的牲畜宰掉大部分，或者将它们带到南方去卖掉，再买些粮食回来过冬。大家的存粮都没有多少，前一年的农作物收成也不好。

夏末秋初的一个早上，母亲拉根弗丽德带着克里斯汀和她的两个妹妹去看晒在漂白场上的亚麻布。克里斯汀不停地夸赞母亲拉根弗丽德的纺织技术好，拉根弗丽德微笑着摸着最小的女儿兰波的头发说：

“小宝贝，我们会把这些亚麻布保存起来，以后给你做嫁妆。”

二女儿芙希尔德说：“母亲，我进修道院可不可以带嫁妆箱呢？”

拉根弗丽德看着二女儿说：“你是知道的，你的嫁妆不会比你姐姐和妹妹少，可是她们需要的那些东西你是不需要的。你要知道，只要你愿意，你可以一直待在我和你父亲的身边，直到我们离开这个世界。”

克里斯汀犹豫不决地对芙希尔德说：“妹妹，等你准备进修女院的时候，我想我应该已经是一位资深的修女了。”克里斯汀说完后看了看母亲，可是拉根弗丽德什么话也没有说。

芙希尔德说：“如果我可以结婚的话，我一定不会舍弃西蒙的，他那么好。我看得出来，他跟我们道别的时候，是那么的伤心难过。”

拉根弗丽德这时说：“你父亲告诉过我们不要再提这件事情了。”

克里斯汀不服地说：“我知道，西蒙离开你们比离开我更难过。”

拉根弗丽德生气地说：“女儿啊，到现在你还说出这样的话。西蒙怎么可能在你的面前显露出他的悲伤呢？他的自尊心是不允许他这么做的。你知不知道，西蒙那个时候还劝说我和你的父亲，叫我们不要逼你也不要骂你。你这样说他，对他太不公平了。”

克里斯汀依旧不服地说道：“怎么可能，他应该是觉得他自己骂我已经骂得够狠了，不需要别人来骂我说我有多坏。在西蒙还不知道我爱着别人的时候，我从来都不觉得他关心过我。”

拉根弗丽德对两个小女儿说："你们先回家吧，我和你姐姐过会儿再回去。"拉根弗丽德找了一块木头坐下，她把克里斯汀拉到跟前。

拉根弗丽德说："孩子，你肯定知道我们村庄的礼俗，你和西蒙是未婚男女，西蒙按照礼俗不能对你说过多的情话，也不能经常单独和你见面坐在一起，抑或是向你热烈地求爱。否则就要被人认为是不懂礼数，被人看不起……"

克里斯汀说："我不相信在恋爱中的男女会时时刻刻把长者心目中的礼规记在心里。"

拉根弗丽德说："克里斯汀，你一定要把那礼规记在心中，断断不能忘记啊。"拉根弗丽德沉默了一会儿："我现在是明白了，你父亲担心的是你会爱上一个他不敢把自己女儿终生托付给他的人。"

"母亲，你能告诉我叔叔对父亲说了些什么吗？"克里斯汀沉默了一会儿问道。

拉根弗丽德说："你叔叔说那位胡萨贝庄园的伊兰德虽然名气大，可是声誉却不是很好。听你父亲说，伊兰德好像找你叔叔谈过。他想让你叔叔在你父亲面前替他美言几句。但是这件事让你父亲很不高兴。"

克里斯汀听了母亲的话内心无比高兴，她一直以为伊兰德没有行动，原来他已经找过叔叔了。

拉根弗丽德又说："你叔叔亚斯蒙还提到了奥斯陆的传书，好像说是有人看见伊兰德在修道院附近晃来晃去，而你还去过围墙边和伊兰德谈心。"

"这有什么问题吗？"克里斯汀问母亲。

拉根弗丽德说："你应该不知道你叔叔劝我们接受伊兰德对你的求婚吧。你知道你父亲听了是什么反应吗？他发了很大的脾气，我从来没有见过他如此生气。你父亲说对于路边追求她女儿的人，他会拿剑去阻拦的。你知不知道你和西蒙解约，已经让我们丢尽了脸。如果伊兰德真的在你寄居在修女院期间做出那些事，这样的男人你更不能嫁。"

克里斯汀放在膝上的双手猛然收紧，脸上一会儿红一会儿白的。这时拉根弗丽德伸手向她的腰抱去，克里斯汀立刻推开母亲，十分恼怒地对母亲吼道："你要干什么？你是不是想摸摸我的肚子有没有大起来？"

听了克里斯汀的话，拉根弗丽德生气地打了克里斯汀一个耳光，克里斯汀难以置信地站起来看着满眼怒火的母亲。从小到大都没有人打过她一下。

拉根弗丽德说："坐下，"可是克里斯汀依然站着，然后拉根弗丽德又严厉地说了一次："你给我坐下，"克里斯汀这才坐下去。拉根弗丽德平静了一下心情，然后声音有些颤抖地说道："其实我一直都知道，你不怎么爱我亲近我。我一直认为，你觉得我不如你的父亲疼爱你。我不想解释，因为我想等你结婚生了孩子后，你会明白我的……

"我还记得你小时候我喂你吃奶的时候，只要你父亲走到我们身边，你就不吃了，然后伸手向你父亲大笑，有时候害得我的奶汁从你的嘴里溢出。你父亲觉得这样很好玩，我也很高兴。每次你父亲看到你就会开心地笑，我也为你高兴。我哭是同情你。我为有你而感到庆幸，但我一直害怕你会死掉。上帝知道我疼你不比你父亲少。"

泪水从拉根弗丽德的眼中滑落，此时此刻拉根弗丽德的内心平静了许多，不再像刚才那样激动了。

“我和你父亲相处那么多年，我带给他的快乐很少，我看到你能带给你父亲更多的快乐我很开心。上帝知道我内心最真实的想法，我从来没有因为你们父女相爱而对你们不满。有时候我会想，如果我的父亲伊瓦尔对我也是那么慈爱，我该有多幸福……

“克里斯汀，作为母亲我本应该教你许多女孩子需要注意的问题。可是这些年来你和你的父亲到处跑，所以我觉得你不需要了解这些，你应该知道是非和荣誉的。可是你刚才说的话，如果让你的父亲知道了，他怎能承受这样大的打击呢？

“我只想告诉你，我心里是想让你嫁给一个你爱的人。如果你还想嫁给你自己爱的人，那你就聪明点，不要让你父亲觉得，你想嫁的人是一个喜欢惹是生非，不顾名节的人。你的父亲不可能让你嫁给这样的一个人。为了保住你的名誉，你父亲是绝对不会答应的。你父亲是宁愿拿着刀剑和那个侮辱你名声的人比个高低的。”

说完这些，拉根弗丽德就走了。

2

8月24日圣巴托罗缪弥撒日，已故的哈肯国王的外孙被大家拥护为新的国王。布柔哥夫之子劳伦斯年轻的时候拥有王臣的名分，可是这些年来劳伦斯很少接近王室，他也不愿意炫耀曾经对抗埃里克公爵的战功。如果不是这一次新国王颁发了召集令，而且他又是北固德布兰斯山谷派去的代表之一，他是不会去觐见新国王的。而且这些选民代表还有一个任务，他们被托付去南方采买谷物，再用船运往罗姆斯山谷。

现在教区附近的每个人都在担心害怕，不知道该怎么样度过即将来临的寒冬。农夫们觉得挪威又要被一个小孩当国王来统治，这不是一个好现象。这不禁让老人们回忆起当年马格努斯国王（六世）去世，而国王的孩子都还很小的时候。埃里克神父说：

“我记得拉丁文中有这样一句话，翻译成挪威文是这样的，‘猫太小，房间里面的老鼠很猖狂。’”

劳伦斯走后，农庄上的一切事务都由拉根弗丽德管理。她们母女每天都有想不完的烦恼和做不完的事情，不过这样的状况对拉根弗丽德和克里斯汀是一件好事。由于今年的草料收成不好，干草几乎没有了，圣约翰纪念日之后收集的树叶都是枯黄的，没有多少汁液，所以现在教区的人都去山上采集苔藓和剥树皮，十分忙碌。9月14日圣十字架节那天，神父埃里克拿着十字架在田间走动，听到很多人都在痛哭，祈求上帝能够垂怜他们和他们的牲口。

圣十字架节过去一周后，劳伦斯从市民会议回来了。

他回来的时候已经很晚了，大家都休息了，只有拉根弗丽德和克里斯汀还有一个女佣爱斯丽德没有休息，她们在织布房里织布。因为白天有很多事情要做，所以只能在晚上织布和缝衣服，经常要忙到大半夜。织布房算得上是农庄里最古老的房子，它有一个名字叫“堤墩屋”，好像是古异教时代就已经建好了。拉根弗丽德很喜欢这间房子。

已是夜深了，她们静静地坐着，看上去都有些困乏。突然房子外面传来了马蹄声，好像有人来农庄。爱斯丽德出去看了一下，回来的时候身后跟着布柔哥夫之子劳伦斯。

劳伦斯走路时有些摇摇晃晃，拉根弗丽德和克里斯汀一眼就看出他喝了许多酒。拉根弗丽德帮劳伦斯脱下帽子和斗篷，摘下他的剑，扶他坐下。

拉根弗丽德有点惊慌地问劳伦斯："和你一同去的哈夫丹和科白恩呢，难道你把他们丢在路上了？"

劳伦斯笑了笑："怎么会呢？我让他们留在洛普斯庄园了。我太想回家了，在那里我根本无法休息，所以让他们留在那里，我骑着古斯维宁就先回来了。"

劳伦斯对女佣说："爱斯丽德，你去帮我找些吃的东西，送到这里来。外面在下雨，免得你走远路。要快点，我现在很饿，从早上到现在都没有吃过东西。"

拉根弗丽德惊讶地说："怎么会这样，难道你在洛普斯庄园没有吃吗？"

劳伦斯躺在长椅上，笑了笑说："我没什么胃口吃东西，因为我想回家，不想等到明天再回来，然后陪着西格尔喝了些酒，没有吃东西。"

劳伦斯想解开马刺的扣子，却差一点儿摔倒了地上。

他对克里斯汀说："好孩子，过来帮帮我。我知道你是一个有爱心的孩子，愿意帮我的。对，有爱心……今天……"

克里斯汀听见劳伦斯的话，过来帮他解马刺的扣子。劳伦斯捧起身前克里斯汀的脸，看着她说："我的女儿，我想让你知道，我所做的一切都是为了你好。等到哈瓦尔德弥撒日后三天，你就17岁了。才17岁啊，是这么年轻，我怎么忍心让你伤心呢！"

克里斯汀帮父亲解开了马刺的扣子，然后在一旁的矮凳上坐着，脸色不是很好，有些苍白。

劳伦斯吃饱后似乎清醒了一些。他慢慢地回答着妻子和女儿还有女佣有关这次郝加会议的问题。他们在奥斯陆和童斯山陵买了些谷子、少许面粉和麦芽，是外国货，质量是好是坏还不清楚。劳伦斯还遇到了一些亲戚朋友，他们托劳伦斯问候他们的家人。

在爱斯丽德离开后，劳伦斯说："我在童斯山陵遇到了古德蒙之子安德列斯爵士，我一直回避他。后来他来找我谈话，告诉我西蒙要和曼维克庄园的小寡妇结婚，已经举行了订婚仪式，准备在圣安德鲁弥撒日那天在戴夫林庄园举行婚礼。这个对象是西蒙自己选的。你们知道吗？安德列斯还告诉我，西蒙是在今年夏天认识海福莉夫人的。他担心我会误会西蒙早就看上了这桩姻缘，然后和我们解约。"劳伦斯停顿了一会儿，干笑道："他们居然怕我误会西蒙会做出这样的事。"

听了父亲的话，克里斯汀松了一口气，她一直害怕父亲在奥斯陆听到一些关于她的不好的传闻。她想父亲内心应该是很希望自己能够与西蒙成婚的。克里斯汀准备离开，但劳伦斯叫她再坐一会儿。

劳伦斯说："克里斯汀，我还有话想对你说。本来我是想把它当成秘密放在心里的，但我觉得让你知道了应该会好些。孩子，忘了你心中的那个人吧，是必须把他忘了。"

克里斯汀抬起低垂的头，看了看父亲，一副欲言又止的样子。

但劳伦斯却不看她，接着说："我是你父亲，你应该知道，对你有好处的事情，我一定不会反对的。"

沉默了一会的克里斯汀说："父亲，这次出门途中你是不是听到了些什么？”

劳伦斯回答道：“我在童斯山陵的时候，伊兰德和他的堂哥兼表哥巴德之子慕南爵士来找过我。但我拒绝了慕南爵士代伊兰德向你求婚的事。”

克里斯汀沉默了一会儿，心情有些沉重。她看着劳伦斯说：“父亲，是什么原因使你不愿意把我嫁给伊兰德呢？”

劳伦斯说：“我不知道你到底了解伊兰德多少。你问我理由，难道你自己不知道吗？我想我告诉你我的理由，你一定会不开心的。”

克里斯汀回答说：“是因为他丢了公权然后又被教门赶出来了，对吗？”

劳伦斯说：“那你知道他为什么丢了公权，又被逐出教门？还有你知不知道，他并不是孤身一人去国外的？”

“你说的这些我都知道，”克里斯汀声音有些颤抖了，“和他一起去国外的是他的情人，他们相识的时候，伊兰德只有18岁。”

劳伦斯说：“我和你母亲结婚的时候，也是18岁。那个时候，18岁的男子就应该有担当了，要对自己的未来和他人负责。”

克里斯汀什么也不说了，就站在那里。

过了一会儿，劳伦斯说：“你竟然称那个女人为情人？那个女人跟伊兰德在一起生活了10年，而且还给伊兰德生了孩子。你觉得我会同意把你交给这样一个生活不但放荡还通奸的男人吗？我怎么能让这样的人毁了我女儿一生的幸福？”

克里斯汀小声地辩驳道：“那你为什么没有这么严厉地对待爱丝希尔德夫人和布柔恩爵士？”

劳伦斯回答道："我没有说过希望和他们联姻。"

克里斯汀说："父亲，你是不是觉得你一辈子都没有犯过错，所以你要求伊兰德也不能犯错？"

劳伦斯生气地说："在上帝面前，我从来不觉得我是个没有罪的人，也不觉得我比别人犯的罪少。每一个人都需要上帝的宽恕，但不能因为这样我就能随便地把你嫁给向你求婚的人。如果是这样，那也太荒唐了。"

克里斯汀激动地辩驳道："父亲，请您不要曲解我的意思。父亲，母亲，你们也曾年轻过，那个时候，难道你们就没有因为爱情而犯过错吗？"

听了克里斯汀的话，劳伦斯脸红了，简单地回答道："不。"

克里斯汀大声地喊道："那你为什么不同意我和伊兰德在一起呢？"

劳伦斯坐到长椅上说："我不知道你们的感情到了什么样的程度，应该比我想象中的深。你也有17岁了，足以辨别是非了。他比你大很多，如果他是好人，他会来接近在他眼中还是孩子的你吗？他知道你有婚约，还来接近你，对你说情话。你知不知道他有孩子了？你认为我会把你嫁给一个有两个孩子的男人吗？你还小，很多事情你根本不知道后果会怎样。如果你嫁给了他，你会招致亲戚的敌意和仇恨。伊兰德不可能抛弃他的孩子，他也不能给他的孩子一个好的未来。他不能让他的儿子与高尚的人成为朋友，让他的女儿找到好的人家。如果你嫁给伊兰德，你觉得你和你将来的孩子不会被他那两个孩子仇恨吗？你要知道他们是人，是有血有肉的人……"

劳伦斯停顿了一下，接着说道："孩子，上帝可以饶恕这样的罪孽，但是你知不知道，被这样的罪孽所破坏的亲情是再也不能愈合的。你知道布柔恩和爱丝希尔德夫人有一个儿子慕南爵士。他可以出席国王的顾问会议，有他母亲的财产，可是他母亲却十分的贫穷，而他从来没有看望过他的母亲。你所爱的伊兰德居然选了这样一个人来说服我，你觉得我会同意吗？我可以很明确地告诉你，只要我活着，我就不可能把你嫁给伊兰德，让你嫁到那样的一个家族，绝对不可能。"

听了父亲的话，克里斯汀哭了起来："我的心意是不会改变的，那我只能祷告上帝改变你的心意。若是无法改变，那我就祈求上帝把我带走。"

克里斯汀的话让劳伦斯心里很难受。"好了，我们不用再谈下去了。我知道我现在说什么你都听不下去，但是你要知道我是你的父亲，我有责任和义务去引导你的人生，对你的未来负责。你回去休息吧。"说完劳伦斯把手伸向克里斯汀，可是她看都不看，就离开了。

克里斯汀走后，劳伦斯和拉根弗丽德对坐了一会儿，后来劳伦斯对拉根弗丽德说："帮我拿杯啤酒好吗？算了，还是拿杯果酒吧，我现在很累。"

拉根弗丽德拿酒回来的时候看到劳伦斯双手掩面坐在那里。感觉到拉根弗丽德回来了，劳伦斯把双手拿掉抬起头来看着拉根弗丽德，然后摸了摸她湿透了的头发和衣服，说："谢谢你，外面的雨把你的衣服打湿了，来，敬你一杯吧。"拉根弗丽德只是用嘴巴碰了一下酒杯。

劳伦斯把拉根弗丽德拉到自己的腿上坐着，说："陪我喝杯酒吧。"拉根弗丽德不是很情愿地顺从了劳伦斯。劳伦斯不确定地对拉根弗丽德说："夫人，对于克里斯汀和伊兰德的事，你是站在我这边支持我的，是不是？如果我们能预见未来，克里斯汀一开始就不会和伊兰德交往，因为她知道必须要忘掉他。如果是这样，你说该有多好。"

拉根弗丽德轻声地说："孩子现在一定很难受。"

"我知道，可是现在不断了她的念头，只怕她将来会更痛苦。"劳伦斯说。

拉根弗丽德问道："那个胡萨贝庄园的伊兰德长相怎样？"

劳伦斯想了一会儿，说："长相还是不错的，只是看上去就是一个很会拐骗女子的人。"

他们沉默了一会儿，然后劳伦斯说道："伊兰德继承了尼古拉斯爵士的产业，但是我觉得他已经浪费了不少，因为他不会处置。我不想我一生辛劳地去保障孩子们的生活，到最后孩子嫁给这样的一个人。"

拉根弗丽德有些烦躁地在屋里走来走去，劳伦斯又说："你知道伊兰德做过什么吗？他居然拿钱去诱惑科白恩，让科白恩给克里斯汀带一封信。"

拉根弗丽德赶紧问道："那你知不知道信上写了些什么？"

劳伦斯有些生气地说："你觉得我会看吗？我把信交给慕南爵士了，而且还和他说了我的想法。你知道吗？伊兰德还在那封信上盖了封印，你不觉得这种小孩子的把戏很可笑吗？慕南爵士特意叫我看了一下封印的设计，原来是史库尔国王的私印，是伊兰德的父亲传给他的。他们是不是觉得他们来向我女儿求婚，我应该感到荣幸？如果不是因为尼古拉斯爵士和巴德爵士曾经为胡萨贝世族赢得的威望在伊兰德手中开始衰落了，而且如今的伊兰德无法娶到和他门当户对的妻子，我想慕南爵士是不会这么热心地帮伊兰德来跟我说情，促成伊兰德和克里斯汀的婚事的。”

拉根弗丽德想了一会儿说：“劳伦斯，我不同意你的看法。我们身边有很多大家业的人，他们的权利和荣耀确实是不如上一代人啊。你是知道的，如今想靠着土地和商业发财，比以前困难了许多，不是吗？再说……”

劳伦斯不快地打断了他妻子的话：“你说的我都知道，就是因为这样所以更要管理好前人留下的财产啊。”

拉根弗丽德接着说：“我还想说的是，我不觉得克里斯汀和伊兰德不相配。你的家族在瑞典算是名门望族，你爷爷和你父亲在挪威同样有名望。我的家族世世代代是男爵，直到老伊瓦尔时代，我的爷爷和父亲仍是州长。如今你和我弟弟特隆德都没有名分和封地，依我看来，我们和伊兰德是差不多的。”

劳伦斯激烈地辩驳道：“这不一样，伊兰德虽然有权力和爵位，可是他却不珍惜，行为不检点。我算是知道了，你和亚斯蒙还有特隆德是一样的，你们都反对我。你们是不是觉得，伊兰德想娶我女儿并和我成为亲戚是我的荣幸？”

拉根弗丽德激动地说：“我说过，你不用担心克里斯汀嫁给伊兰德是我们高攀了。难道你到现在还没看明白吗？克里斯汀以前是多么的乖巧懂事，可是现在她为了伊兰德有勇气和我们辩驳。为了伊兰德她要和西蒙解除婚约。她从奥斯陆回来以后都变了，整个人就像是着魔了一样。你看不出来吗？她爱伊兰德，很爱很爱啊！如果你还继续坚持你的意见，你真的会逼死她的。难道这才是你要的结果，才是你所谓的对她未来负责吗？”

劳伦斯猛然抬头看着拉根弗丽德说：“你什么意思，你是不是知道什么？”

拉根弗丽德说：“大多数的父亲和你一样，遇到自己的女婿都是如此的不确定。”

劳伦斯听了一愣，脸色也不好看了。

劳伦斯有些不确定地说：“你是不是知道些什么？你怎么可以这样说克里斯汀呢？她是你女儿。”

拉根弗丽德赶紧解释道：“不，我什么也不知道。刚才克里斯汀也说了，上帝若转变不了你的思想，她就祈求上帝把她带走，你这不是把她往绝路上逼又是什么？我是她母亲，她的心事我多少看得出来一些。为了那个伊兰德她整天魂不守舍的。如果有一天，她做了什么事证明伊兰德是比自己名节甚至是生命更重要的事，到那时，我们后悔也来不及了。”

劳伦斯大声吼道：“你说什么胡话，简直是一派胡言。克里斯汀每天和修女们待在一起，怎么可能会受到伤害？难道你认为你的女儿是牛棚浪女吗？她和伊兰德才见过数面，一切不过是她这个年龄的女孩对爱情的憧憬罢了。我知道她现在很伤心，但是事情很快就会过去的，她把伊兰德忘了一切就会雨过天晴了。”

“克里斯汀的生命和名节是我们作为父母应该保护的，若保护不了，我们还配为人父母吗？你要知道，克里斯汀是在我们这样一个家境不差又是以基督教的方式教育孩子的家庭长大的，我相信她分得清楚孰轻孰重，不会那么轻易地抛弃自己的名节和生命。或许她和伊兰德在一起是因为彼此寂寞，需要互相安慰，但却没做那种事。”

劳伦斯看着妻子说：“当初我们还没结婚的时候，你心里想的不也是另外一个人吗？如果你父亲那个时候同意你和那人在一起，你想会怎样？”

拉根弗丽德脸色惨白：“怎么可能，谁告诉你的？”

劳伦斯说：“你先别管是谁告诉我的，先回答我的问题，如果那时候你父亲同意把你嫁给那个人，你是不是应该过得比现在好比现在快乐？”

拉根弗丽德低着头，沉默了一会儿，才用连她自己都听不见的声音说：“他不愿娶我。”

劳伦斯把手放在拉根弗丽德的肩膀上，内心却很伤痛地说：“你心里还有他是不是？你还一直念着他是不是？你告诉我。”

拉根弗丽德什么也没说。

劳伦斯有些激动，又有些惊恐地说：“自从我父亲死后，我无法像情人一般地待你，那个时候，那个时候你是不是正在想着那个他？”劳伦斯的语气中透出一丝痛苦。

拉根弗丽德哭着说：“你怎么可以这样看我，怎么可以？”

劳伦斯紧紧地抱着拉根弗丽德，在她耳边说：“我不知道，我害怕，我怕我看不懂你的心思，我更怕你会离开我。对不起，我不应该这样说你的。”

拉根弗丽德向劳伦斯浅浅一笑说：“劳伦斯，我爱的是你，你才是我心中的那个人。我爱你已深入骨髓。那个人不存在，相信我。”

劳伦斯吻了吻拉根弗丽德的额头说：“亲爱的，我亦如你爱我一般爱你，我的心意你能感觉得到吗？我们一直过得很幸福不是吗？”

拉根弗丽德轻轻地低语说：“劳伦斯，你才是我心中的王子，我理想中的丈夫。”

劳伦斯紧紧地把拉根弗丽德搂在怀里说：“今晚我要和你睡，你如果还想象以前那样对我，我不会那样傻傻的。”拉根弗丽德听了，脸色微红，慢慢地推开劳伦斯。

拉根弗丽德用一种古怪的声音说：“你别忘了，这是斋戒期。”

劳伦斯笑着说：“呵呵，我们一直是上帝的好子民，一切都听从上帝的安排。可是你不觉得如果现在我们做些需要忏悔的事情，我们会更幸福吗？”

拉根弗丽德哀求道：“不要，千万不要这样。我爱你，所以不希望你去做你觉得不对的事情。”

“上帝，无所不能的上帝，求你帮助拉根弗丽德，求上帝帮助我们大家。”劳伦斯抱着拉根弗丽德大声地呼求着。

说完，劳伦斯就放开拉根弗丽德说：“好了，我也累了，而你也该休息了。我们走吧。”

劳伦斯走到织布房的门口，等待拉根弗丽德打理好织布坊的一切，然后两个人一起冒着雨去了厅堂。

劳伦斯走上阁楼的楼梯后，又转向自己的妻子，拥她入怀，低下头吻拉根弗丽德，然后就上阁楼去了。拉根弗丽德脱了衣服在床上躺下，然后静静地听着劳伦斯在阁楼上面的动静。

拉根弗丽德把双手交叠在胸前，祈求着上帝。她不知道自己到底是什么样的女人。她快老了，对爱情不像以前那样强烈地追求了。她想起年轻时对劳伦斯多么的荒唐。那个时候她要劳伦斯当自己的情人，而不是丈夫。她记得，那个时候自己的热情时常让劳伦斯害怕。后来她怀孕了，她觉得这是羞辱。她在享受着劳伦斯的温柔体贴、绵绵情意的时候，又痛恨自己对劳伦斯的爱情温温暾暾。她把所有的负担都交给了劳伦斯，而劳伦斯欣然接受，没有怨言。可是她感觉得到，在劳伦斯内心有一份真情并没有对自己交付。她曾夭折过几个孩子，她痛彻心扉，劳伦斯会把她所有的痛苦都放在心中，与她一起担当。每当这个时候，她都会觉得很甜蜜。

或许劳伦斯和克里斯汀都不会相信，自己是多么希望克里斯汀通过烈火的考验。只是现在拉根弗丽德的内心却是仇恨克里斯汀的，因为今晚劳伦斯准备献身给自己的目的是想忘掉孩子的悲哀，这让她很愤怒。

拉根弗丽德不敢起床，她害怕吵醒了克里斯汀。她从床上悄无声息地跪起来，向上帝祷告，为她自己和丈夫还有孩子们祷告。她希望在这黑夜中，能寻到一条通往光明的道路，从而使自己内心得以平静。

3

在山谷的西面，海乌格庄园高高耸立在丘陵里。月亮高高地悬挂在夜空之中，微弱的月光洒在大地上，整个世界看上去一片银白。远处的冈丘像海浪一样，一波一波的。月光微弱，连投在地上的影子都是淡淡的。山谷里的树被积雪和浓霜笼罩着，围绕着小屋和农场，而谷底的影子是浓黑色的。

爱丝希尔德夫人从牛房里出来，随手关上门，站在雪地里，看着这苍茫雪白的世界。再过三个星期就是圣诞节了。圣克列门特弥撒日的天气如此的冷，这意味着严冬已经到了。其实荒年不就是这样吗？

爱丝希尔德夫人重重地叹了一口气，在这个寒冷又孤寂的冬天里，她拿牛奶桶的背影都显得寂寞。她走回了住宅，再一次俯瞰山谷。

半山腰的小树林里，依稀可以看见四个小黑点在涌动着，好像是四个骑马的人，他们手上的矛枪头反射出寒冷的月光。他们慢慢地往上爬，这条路在下雪后就不会有人走的，难道他们是要来这里吗？

四个全副武装的骑马人……来找自己看病的居民从来不带这么多人。她突然想起自己和老伴放财物的柜子，她想，要不要先躲一下呢？

她再一次看了下周围白茫茫的世界，然后走进房里。两只老猎狗躺在炉子旁边，尾巴不停地敲着地板。年轻的猎狗和布柔恩上山去了。

她把快要熄灭的炉火吹旺了，然后往炉子里面添了一些柴火。她把雪水倒入锅中放在火上烧，再把牛奶倒入木钵中，端到另一个小房间里去。

爱丝希尔德夫人把身上没有染色沾有牛栏和汗水味的布袍脱下来，换上一件蓝色外衣，然后把粗麻头巾取下来戴上细亚麻布帽。

她换下粗糙的皮靴，穿上银扣鞋子，又把房间整理了一下，收拾好床铺，擦干桌子，摆好长凳。

老猎狗不停地狂叫着。爱丝希尔德站在壁炉旁边煮粥，她听见外面有马叫声和脚步声，接着就听到有人敲门。她整理好衣服，带着两条狗出去开门。

爱丝希尔德打开门就看到院子里站着四个人，站在前面的一个人，大声地欢呼道："亲爱的爱丝希尔德阿姨，谢谢你能亲自来给我开门。我是不是应该说'幸运'？"

"伊兰德，真的是你吗？我想对你说同样的话。快进来吧，我带你的仆人去马厩。"伊兰德进屋后问爱丝希尔德道："阿姨，怎么只有你一个人在啊？"

爱丝希尔德回答道："你姨父布柔恩和男仆都去山里了，他们准备把放在山里的秣料搬回来。家里没有女仆，所以就我一个人。"

过了一会儿，伊兰德的仆人们回来了，他们背对着爱丝希尔德夫人坐在凳子上。爱丝希尔德默默地在一旁为他们准备晚饭，她把台布铺到餐桌上，放上点燃的蜡烛，再把准备好的食物纷纷摆到桌上，然后又去地窖拿了一些啤酒和蜂蜜酒。一切准备好后，爱丝希尔德请伊兰德他们去吃晚餐。

爱丝希尔德看着伊兰德说："这些食物对你们来说应该少了些，我再去煮一锅粥吧。严冬到了，我就不用厨房了。伊兰德，我年纪渐渐地大了，人也老了，这农庄的人也不多，所以经常是烤些面包再炖些汤。"

伊兰德听后摇了摇头，他发现自己的仆人们在爱丝希尔德夫人面前似乎都很有规矩。

"阿姨，你怎么会老呢？我的母亲可是比你小十岁啊。还记得你最后一次去我家，那时候你看起来就比我母亲要年轻，你可是一位奇女子啊。"

爱丝希尔德有些感叹地说："是啊，你母亲的青春早就没有了，都老了。"过了一会儿，他又问伊兰德："你们是从哪里来的？"

伊兰德回答道："我从莱斯雅北面的一个农庄过来的。我在那里租了一座房子。阿姨，你猜猜我这次来是干什么？"

"你是不是想让我知道，你已经向柔伦庄园的劳伦斯提亲了，你想娶他女儿克里斯汀。"

伊兰德有些不高兴地说："是的，我已经向克里斯汀求婚了，而且是光明正大的，可是她父亲劳伦斯却不肯答应。我不想和克里斯汀分开，所以我决定把她带走。再过几天就是圣克列门特弥撒日，我已经打听到那时候克里斯汀的母亲会去圣布庄园住几天，而他的父亲会带人去罗姆斯山谷把准备过冬的粮食运到西尔地区。"

爱丝希尔德听了伊兰德的话，静坐了一会儿，然后说："伊兰德，我觉得你这个想法不切实际，克里斯汀是不会跟你走的，难道说你准备把她绑走吗？"

伊兰德肯定地回答道："不，她会愿意跟我走的，她曾经不止一次让我带她离开。"

爱丝希尔德有些不相信地问："她，她真的这样说过？"接着笑道："即使她真的说过，我想她还是不会答应跟你走的。"

伊兰德继续肯定地回答道："不，只要阿姨帮我，她一定会跟我走的。等克里斯汀的父母都不在家的时候，阿姨去邀请她来我们这里做客，大概一个星期，等她家人知道她不见了，我和她应该已经到了哈马城。”爱丝希尔德轻笑道：“那你有没有想过到时候劳伦斯来找我和布柔恩要他女儿，我们该怎么办？”

伊兰德回答说：“不用担心，我不是带了家仆来了吗？再说克里斯汀也是自愿跟我走的。”

爱丝希尔德强烈地反对说：“我不会帮你的。劳伦斯夫妇是值得敬重的人，而且他们一直都很信任我和布柔恩，我不会帮你一起骗他们的。你这样做会毁了克里斯汀的声誉，你让她以后怎么办？别再打扰她了，你毁了她的声誉同样也会毁了你自己的。”

“阿姨，我们单独谈谈吧。”伊兰德对爱丝希尔德说。

爱丝希尔德将伊兰德带到隔壁的一间小屋里，关上门。她找了个地方坐下，伊兰德双手叉腰站在旁边俯视着她：

“阿姨，你可以这样和劳伦斯说，我带克里斯汀去瑞典投奔哈肯之女英格贝尔公主之前，已经请吉达露的神父为我和克里斯汀证婚了。”

爱丝希尔德问道：“你这么确定英格贝尔公主会收留你们？”

伊兰德自信地说：“我不做没有把握的事。在童斯山陵的时候我遇见她，她叫我表哥，我和她谈过。我说我想去瑞典为她服务，她很感谢我，而且慕南还答应帮我写信给公主。”

爱丝希尔德说：“你觉得有神父为你们证婚就足够了吗？那你知不知道，这样克里斯汀会失去继承她父亲土地和财产的权利。还有你已经有了孩子，她以后生下的孩子是不可能成为你的合法继承人的，就连她能不能成为你合法的妻子都是未知数。”

“就是因为在这个国家，我和她不能成为夫妻，所以我们要去瑞典。我记得本塔夫人因为得不到他哥哥的同意，所以从来没有和克里斯汀的祖先劳伦蒂斯议员举办婚礼，可是本塔夫人一样算是已婚妇人啊。”

爱丝希尔德说：“那你知不知道，他们没有小孩。如果以后你和克里斯汀有了孩子，那她就成了拖油瓶，你们孩子的身份也会备受争议的。到最后你能确定我的儿子们不会抢夺你的遗产吗？”

伊兰德回答说：“阿姨，这你不用担心。你的子女中我只和慕南比较熟悉，他是我的好堂哥兼表哥，而且他一直都希望我结婚的，他还帮我向劳伦斯提亲。至于你其他的孩子我不太熟悉，而你对他们也是有成见的。在我离开这个世界之前，我会立下遗嘱，通过法律来保护我孩子继承遗产的权利。“

爱丝希尔德说：“即便你想好了以后的安排，那你有没有想过克里斯汀会成为你的侍妾？这样罪恶的事情，你觉得圣洁的约翰神父会违背上帝的意愿，为你证婚吗？”

伊兰德小声地说：“去年夏天的时候我就把这一切都告诉了约翰神父。他说到最后别无他法的时候，他会帮助我们。”

爱丝希尔德说：“就算是这样，伊兰德啊，你知不知道你的行为在上帝的眼中是犯了重罪的。本来，克里斯汀的父母已经为她订下了一门亲事，与她也算是门当户对，他们一家人过得很好……”

伊兰德打断了爱丝希尔德的话，说：“克里斯汀告诉我，你说过我和她很般配，而西蒙不适合做她的丈夫。阿姨，你还记得你说过的话吗？”

爱丝希尔德说：“是的，我说过。我想知道你是怎样让克里斯汀对你动心的呢？毕竟你们没有见过几次面，她的家教那么好，你是怎样得手的呢？”

伊兰德说："我和她是在奥斯陆相识的，后来她住在吉达露的叔叔家，经常和我在森林里见面，而且她已经成为我的女人了。"

伊兰德的话把爱丝希尔德吓到了。

她难以置信地说："你这样对她，她还肯和你在一起？"

伊兰德微微一笑说："虽然发生了那件事让她成为我的女人，但是她并不反感。这件事不是她的错。后来她告诉我，她不想回亲戚家，让我带她离开。"

"你没有答应对吗？"

"没有，我是想请求她的父亲把她嫁给我为妻。"

"这是什么时候的事呢？"爱丝希尔德说。

"一年前的劳伦斯弥撒日。"伊兰德回答道。

爱丝希尔德问道："那你为什么不急于求婚呢？"

伊兰德回答说："她和西蒙的婚约没有解除，我怎么求婚？"

爱丝希尔德问道："从那以后你们还有没有亲近过？"

伊兰德诚恳地回答道："后来见过一两次，是在城里的一家旅馆里。"

爱丝希尔德说："天啊，那我得赶紧想办法帮你们。我想克里斯汀心中藏着这个秘密，和她父母待在一起，心里一定很痛苦。"爱丝希尔德又问："你还有没有隐瞒我什么事情？"

伊兰德老实地回答说："没有了。"

过了一会儿，爱丝希尔德问道："就算克里斯汀的父母不在山谷，可是她还有亲戚朋友啊。"

伊兰德说："所以我和她要尽可能快地偷偷地离开，我们的行程不能再拖延了。在她父亲没有回来之前，我们必须走。所以，阿姨你要把雪橇借给我。”

爱丝希尔德点了点头。

爱丝希尔德突然又想起了一件事，说：“如果她在史科葛庄园的叔叔知道了你们在吉达露举行婚礼怎么办？”

伊兰德说：“阿姨，你还不知道亚斯蒙曾作为我的说客去劝劳伦斯同意我娶克里斯汀吧？所以不用担心亚斯蒙，他不会阻碍我们的。我们要趁天黑去找神父，然后再赶路。等劳伦斯知道我们离开后，我想亚斯蒙会帮忙劝说劳伦斯的，因为这是神父为我们主持的婚礼。劳伦斯是如此虔诚的一个信徒，他会同意我和克里斯汀成为合法夫妻的。阿姨，你也要帮忙劝说，可以让他提出任何补偿要求。”

爱丝希尔德说：“我觉得劳伦斯是不会开出任何条件的，他根本就不会承认你们的事。孩子，上帝知道我是不愿意这么做的。可是我知道，这是你对克里斯汀做出弥补的唯一办法。我明天亲自去柔伦庄园找克里斯汀，但是你要借一个仆人给我，我再去找个人来帮我看牛。”

第二天黄昏，正值月光和夕阳的余晖交相辉映的时候，爱丝希尔德夫人亲自去了柔伦庄园。当她看到克里斯汀时，克里斯汀正在接待人，尽管如此，克里斯汀的脸色看起来十分不好。

爱丝希尔德在一边和两个小孩子玩耍，偶尔会偷偷看一下克里斯汀，而克里斯汀则在专心地准备着晚餐。她瘦了，也变了，似乎变得更文静了。但是爱丝希尔德看得出来，她并不是真的变得文静了，而是在沉默中反抗着，固执地坚持着自己的想法。

克里斯汀走到爱丝希尔德身边说："夫人，你应该知道伊兰德向我父亲提亲了吧？"

"是的，我知道。"

克里斯汀又说："那你是否记得当年你说过，我和伊兰德很般配？只是他身份太高贵，出身太好，家里很有钱，而我高攀不上他。"

爱丝希尔德冷冷地说："可是你父亲并不是这样想的。"

克里斯汀的眼里闪过一丝亮光，莞尔一笑。爱丝希尔德心想，即使自己再怎么不愿这样做，她还是要伸出援手帮助她和伊兰德的。她相信，克里斯汀会跟她走的。

克里斯汀把父母的床收拾好给爱丝希尔德住。爱丝希尔德请求和克里斯汀睡在一起，当她们上了床，房间静悄悄的时候，她才告诉克里斯汀自己此行的目的。

看到克里斯汀完全不顾自己和伊兰德离开会给她的父母带去怎样的痛苦时，爱丝希尔德的心变得沉重了。可是她又想到自己也是痛苦和前夫巴德生活了20多年，痛苦不过是一段时间的事。克里斯汀似乎并没有看出自己的妹妹芙希尔德已经病入膏肓。也许她再也见不到自己的妹妹了，可是这一切克里斯汀还不知道。爱丝希尔德没有告诉克里斯汀这些事，她觉得不告诉她更有利于计划的实施。

克里斯汀没有掌灯，从床上爬起来，把自己的首饰收拾到一个小盒子里装着，然后拿到床上。这时爱丝希尔德说："克里斯汀你真的想好了吗？要不等你父亲回来后，让伊兰德来向你父亲负荆请罪，请求你父亲的原谅。"

克里斯汀斩钉截铁地说："不，那样伊兰德会死在我父亲的剑下的。"

"伊兰德不会与你父亲拔剑相向的，你父亲也不会真的动武。"

克里斯汀说："我不想伊兰德为我受委屈，我也不想让我父亲知道我已经失去了贞洁。"爱丝希尔德问道："那你有没有想过你父亲听到你和伊兰德私奔会多么生气吗？你觉得你这样离开他的痛苦就会少些吗？你要知道如果在法律上你的父亲没有同意你嫁给伊兰德，而你和伊兰德同居的话，你就是大家眼中伊兰德的情妇。"

克里斯汀说："伊兰德并不是没有向我父亲提亲，是我父亲不答应我才做了情妇，这是不一样的。"

爱丝希尔德不再说话了，她无话可说。她在想当劳伦斯发现自己的女儿和别人私奔时会怎样。

克里斯汀又说："爱丝希尔德夫人，你是不是觉得我是一个忘恩负义的人？你不知道我父亲从郝加会议回来之后，我每天面对他都是一种折磨，我想我父亲也觉得很痛苦。所以我离开对大家都好。"

第二天克里斯汀就和爱丝希尔德夫人骑马离开了柔伦庄园，中午的时候赶到了海乌格庄园。伊兰德在院子里等候多时了，克里斯汀一下马就奔向伊兰德，根本不理会身边的人。

爱丝希尔德发现克里斯汀没有一丝的害羞。克里斯汀进屋后很自然地问候哥恩纳尔之子布柔恩爵士，像熟人一样和伊兰德的仆人打招呼。大家围坐在餐台边，商量着伊兰德的出行计划。克里斯汀偶尔会插上几句话，说出自己的看法。他们决定明天天黑后出发，等快天亮的时候就应该可以到峡谷，然后穿过西尔区到达洛普斯庄园，再沿着奥塔溪和拉根西岸穿过荒野，等大家都累了就在山腰空处休息。伊兰德说："我现在担心的是，我们还没有离开豪乐蒂斯城之前，会有人认出我。"

爱丝希尔德说："你有没有考虑过你们行程中至关重要的是干粮？今年的收成都不好，山谷里是没有粮草可买的，你们总不能去偷别人畜场的秣料吧。"

克里斯汀说："我考虑过了，我想向你们借三天的粮草，而我们不能这么多的人一起走。你让你的仆人先回胡萨贝庄园，特隆赫姆郡那边的收成今年还不错，在圣诞节之前应该可以运一些东西来山区。爱丝希尔德夫人，我还想请你帮我们资助教区南边的穷人一些物资。

爱丝希尔德摇摇头没有回答克里斯汀。伊兰德的一个仆人看着克里斯汀说：

"克里斯汀，你不知道在胡萨贝庄园不管是什么时候，那里的收成都不是很好。但我想如果你来当女主人后，这样的状况是会得到改变的。听了你的话，我觉得你才是最适合伊兰德的，也是伊兰德最需要的。"

克里斯汀默默地点点头，继续讨论。他们觉得要避开走公路，克里斯汀觉得不应该经过哈马城，但是伊兰德说必须从那里经过，因为他要去慕南那儿拿写给英格贝尔公主的推荐信。

克里斯汀说："那好吧。我们必须在法加山陵和你的仆人分开，让他们去慕南爵士那里拿信，我们就从妙莎湖西边走小路到哈克山谷。我曾听叔叔说过，那里有一条路通到玛格丽特山谷。你知道的，戴夫林庄园马上就要大摆婚宴了，我们不能通过劳玛瑞克。”

伊兰德将克里斯汀揽到怀里，她很顺从地靠在伊兰德身上，也不在意身边还有其别人。这样的场景让爱丝希尔德很生气，她说：

“听你的话，好像你经常离家出走似的！”

布柔恩干笑了几声。

大家又说了一会话之后，爱丝希尔德夫人就去厨房准备食物去了。她把厨房里的火生好，准备让伊兰德和仆人住那里。随后她把克里斯汀带离伊兰德身边，说，“我必须确保你在我家并没有和伊兰德单独相处过，这样我也好对你的父亲有所交代。”说这话的时候，爱丝希尔德很生气。

克里斯汀和爱丝希尔德夫人去了厨房。过了一会儿，伊兰德进来了，他拿着一张小凳子坐在火炉旁边，每次克里斯汀从他身边经过，他都会骚扰克里斯汀。后来索性把克里斯汀拉到自己的身上坐着：

“我觉得我的仆人说得没错，你才是适合我的，也是我想要的主妇。”

爱丝希尔德觉得好气又好笑地说：“你是这么觉得，和她在一起是你的福气，毕竟在冒险的是她不是你。”

伊兰德说：“阿姨，你不要生气。你是知道的，我很想规规矩矩地按照礼俗娶她进门，可是她父亲不同意，我也很无奈。”

爱丝希尔德说：“我怎么能不生气？你之前的事还没有处理好，现在又犯同样的错误。”

伊兰德辩解说：“阿姨，你不要觉得因为女人而惹上麻烦的男人是很差劲的，很多英雄史诗都证明因为女人惹上麻烦的男人不是最差劲的。”

爱丝希尔德说：“天啊，我慈爱的天父，帮帮我们吧。”她的脸色渐渐变得柔和些，把手放在伊兰德的头上，轻轻地抚摩着，正准备说话。

武夫正好推开门进来，又立刻关上门。

“伊兰德，外面来了一位你最不想见的人……”

伊兰德立刻站起来说：“谁，是劳伦斯吗？”

武夫回答说：“如果是他还好些，可惜不是。是奥尔姆之女艾琳。”

这时门被推开了，是艾琳。她推开武夫，走到伊兰德身边。克里斯汀看着伊兰德，他开始躲在一边，后来才强打起精神，满脸通红地说：

“你从哪里冒出来的，你来这里干什么？”

爱丝希尔德对艾琳说：“艾琳，我们去大厅吧。在厨房迎接客人，不是我家的待客之道。”

艾琳回答说：“谢谢你，爱丝希尔德夫人，可是我没有想过在你家会成为上宾。”然后又对伊兰德说：“你猜不到我是从哪儿来的，我是从胡萨贝庄园来的。我帮奥姆和玛格丽特向你问候，他们现在很好。”

伊兰德一言不发。

艾琳又说：“听说你又要去南方了，还让亚安芬之子吉瑟帮你筹钱。这一次你是不是要在固德布兰斯山谷待上一段时间呢？我还听说你向一位女孩求婚了。”

艾琳这才把目光放到克里斯汀的身上，打量着她。克里斯汀的脸色渐渐发白，但是她却不服输地看着艾琳。

此时的克里斯汀是冷静的。自从她听说了来者是何人的时候，她就知道她一直害怕面对的问题，是时候该面对了，逃避不能解决问题。她以前一直回避着伊兰德是不是已经和艾琳分开了这个问题。现在既然艾琳找上门了，她也不会这样就输给她。

克里斯汀能够看得出艾琳是一位很漂亮的人。虽然她的年纪有点儿大，但风韵犹存，可以看得出年轻的时候她是个很漂亮的人。艾琳有一双深棕色的大眼睛，那是克里斯汀从来没有见过的，眼睛上面是细长的眉毛和长长翘起的睫毛。在她的布帽下是浅金色的卷发，整体看上去极为美丽。艾琳在这寒冷的冬天里骑马过来，可是寒风对她的皮肤一点儿损伤都没有，她的美丽不怕风霜的考验。厚厚的骑马装遮住了艾琳婀娜多姿的身材，她的风采展现出她是无比的自信。虽然艾琳的个子没有克里斯汀高挑，但是她的仪态却是相当的好，这一点儿就显得比克里斯汀要高。

克里斯汀打量完后问伊兰德道："她真的和你一起一直住在胡萨贝庄园吗？"

伊兰德回答说："不，她是住在胡萨贝庄园，但是我没有。夏天我一直是在哈斯特奈斯。"

艾琳似乎有些开心地说："伊兰德，今年夏天我就成寡妇了。所以你不用因为我在胡萨贝庄园替你管家而去投靠亲戚了。"

伊兰德站在那里一动不动。

他有些艰难地说："从去年开始我就没有让你去胡萨贝庄园，帮我管家。"

艾琳说：“虽然这些年来你对我们母子三人不是很好，可是我还是爱你如初啊。听说胡萨贝庄园快完蛋了，我就想帮帮你，这全是因为我爱你啊。”

伊兰德说：“你心里清楚我为什么允许你住在胡萨贝庄园，那都是为了孩子。”接着伊兰德不屑地笑了一笑，说：“你心里同样很清楚，你到胡萨贝庄园对我和他们到底有没有过帮助。你应该知道，就算没有你，吉瑟一样可以管理好庄园的事情。”

艾琳失落地笑了下说：“是啊，你是那么信任吉瑟，一直都是。可是伊兰德，你还记不记得当初对我许下的诺言？我现在已经自由了，你是不是可以兑现你的诺言呢？”

伊兰德没有回答艾琳的话。

艾琳接着说道：“难道你忘了，在我为你生儿子的那天晚上，你亲口答应我说，等我丈夫死后，我自由了，你就娶我过门。难道你都忘了吗？”

此时的伊兰德已是大汗淋漓，他用手摸着自己汗湿的头发，掩饰着自己的心虚。

伊兰德说：“我记得，没有忘记。”

艾琳问道：“那你还愿意兑现你的承诺吗？”

伊兰德摇了摇头，回答说：“不愿意。”

艾琳看了眼克里斯汀，点头笑了笑，她似乎明白了些什么，又看向伊兰德。

伊兰德说：“艾琳，时隔多年了，你我心里都清楚得很，这些年来我们生活在一起并不开心。”

艾琳笑着说道：“真的如你所说吗？我不这么认为。”

伊兰德回答说："难道不是吗？我们再这样相处下去，对孩子没有任何好处。"他吼叫道："和你待在一起让我无法忍受，我很痛苦。"

艾琳带着意味深长的微笑说："可是夏天你回家的时候，你并没有表现出像现在这般讨厌我。那个时候我们相处得并不坏。"

伊兰德有气无力地说："你如果觉得我们相处得很好，那就谢谢了，你爱怎么想就怎么想吧。"

这时爱丝希尔德夫人打断他们的话说："难道你们打算一直站在这里谈话吗？"她把准备好的晚餐倒进两个大碟子，一个交给克里斯汀，一个交给仆人，然后说："晚饭还是要吃的，走吧，去大厅。"

克里斯汀和仆人把东西端出去后，爱丝希尔德夫人说："你们还要站在这里像狗咬狗一样对着叫吗？会有结果吗？"

伊兰德说："我认为现在我就应该和艾琳说清楚。"

爱丝希尔德夫人不再理他们，离开了厨房。

克里斯汀摆好餐桌后，就去地窖拿啤酒。她笔挺地坐在餐桌旁，面色一片安详，可是她却吃不下东西。不只是她没有胃口，其他人看上去也没有胃口，除了艾琳带来的仆人和布柔恩的雇工以外。爱丝希尔德夫人也是只吃了一点儿粥。餐桌上没有人说话。

后来艾琳进来了，是一个人进来的。爱丝希尔德夫人让她坐在自己和克里斯汀的中间，艾琳吃了一点儿东西。她时不时地偷看克里斯汀几眼，脸上不时地流露出不太明显的冷笑。

坐了一会后，爱丝希尔德去了厨房，想看看伊兰德在干什么。

炉子上的火快要熄灭了，伊兰德还是坐在他搬进来的凳子上面，整个人都快缩到自己的手臂里了。

爱丝希尔德走到他身边，把手放在他的肩膀上，拍了拍：

“仁慈的上帝会原谅你的，伊兰德，你看，你把事情弄成现在这个样子。”

伊兰德从手臂中抬起一张苦闷的脸，深吸了一口气，闭上眼睛说：“她说她怀孕了。”

爱丝希尔德很生气，狠狠地抓住伊兰德的肩膀，用一种很鄙视的口气说：“你说的是哪个她？”

伊兰德用一种低落的语气说：“是艾琳，可是我可以对天发誓，那绝对不是我的孩子。阿姨，你不信是不是？呵，我知道不会有人相信的。”

爱丝希尔德夫人在伊兰德的身边坐下：

“伊兰德，你要知道你是男子汉，必须振作起来。这样的事真的不会有人相信的。你对上帝起誓，那孩子真的不是你的？”

伊兰德满脸痛苦地看着爱丝希尔德夫人。

“我祈求上帝怜悯我，求他安慰我那可怜的母亲。自从我认识克里斯汀后，我就没有和艾琳亲热过。”伊兰德大声地喊道。爱丝希尔德夫人马上叫他冷静下来。

“既然不是你的孩子就好办。你现在要做的就是弄明白那孩子到底是谁的，给他一笔钱，让孩子的父亲娶艾琳。”

伊兰德有气无力地说：“我知道是谁的，是我庄园的管家吉瑟的孩子。我们早就知道艾琳的丈夫活不了多久，所以我和他谈过。我告诉吉瑟我可以给艾琳一笔相当丰厚的嫁妆，只要吉瑟娶她。”

爱丝希尔德了解后说：“原来是这样。”

伊兰德继续说："可是艾琳不愿意嫁给吉瑟，她一口咬定说孩子是我的。就算我发誓也不会有人相信我。"

爱丝希尔德说："你必须想办法让她改变心意。这样，你明天就和艾琳回胡萨贝庄园。你必须坚定你的立场，狠下心来，让艾琳和吉瑟结婚。"

伊兰德回答道："好的，我明天就启程。"接着又说道："阿姨，你觉得克里斯汀会相信我吗？"

那天晚上伊兰德和仆人在厨房休息，克里斯汀和爱丝希尔德夫人睡在大厅，艾琳一个人睡在大厅的另一张床上。布柔恩爵士睡在马厩里。

第二天早上克里斯汀和爱丝希尔德夫人一起去牛房挤牛奶。爱丝希尔德夫人去做早餐的时候，克里斯汀就把牛奶拿到大厅去。

桌上点着蜡烛，艾琳坐在床上换衣服，克里斯汀和她打了声招呼，就把牛奶倒在装牛奶的盆里面。

艾琳对克里斯汀说："可不可以给我一杯牛奶？"克里斯汀就倒了一杯给她，艾琳接过牛奶一口气喝下去，她隔着杯子细细地打量着克里斯汀。

艾琳把杯子还给克里斯汀说："原来你就是那个夺走伊兰德心的克里斯汀。"

克里斯汀回答说："你应该知道，伊兰德根本就不爱你，所以不是我夺走的。"

艾琳紧紧地抿着唇。

艾琳说："他也曾爱过我的，只是已经厌倦我罢了。如果将来有一天，他厌倦你了，要把你嫁给自己的用人，你会怎样？你会答应他吗？”

克里斯汀没有接话。艾琳接着说：“我想你什么事情都是听他的，对吗？我们来赌一下。我们都是他的情妇，我们摇骰子定输赢怎样？”克里斯汀依然没有回答她。艾琳又说：“你为什么不否认你是他的情妇呢？”

克里斯汀这才回答说：“我不想对你撒谎。”

艾琳接着说：“在我面前你不用撒谎的，我比谁都了解他。我可以想象出你们第二次在一起的时候，他就像饿狼一样将你扑倒。其实你也是个可怜之人，这么年轻漂亮就被他糟蹋了。”

克里斯汀脸色渐渐变得不好看了，她觉得很恶心，然后说：“我不想和你这种人说话……”

艾琳不理会克里斯汀的话，继续说道：“你觉得他待你会比待我更好吗？”

克里斯汀生硬地说：“这条路是我自己选择的，即使是错了，我也不会怨恨任何人，更不会像你这样苦苦地哀求。自己做了决定，就要有勇气承担后果。”

艾琳沉默了好一会儿，然后她红着脸说：“在认识伊兰德之前，我和丈夫过了七年有名无实的夫妻生活，你能体会那种悲哀吗？伊兰德占有我的时候我还是一个处女。”

克里斯汀越来越听不下去艾琳说的话了。艾琳看了她一眼，然后从包袱里拿出一个小角质酒杯。她揭开上面的封缄，轻声说：“我老了，我也不想和你做无谓的竞争，因为他现在只想着你。陪我喝杯酒好吗？”

克里斯汀没有理会她。她发现艾琳把酒杯放在唇边，可是却没有将酒喝下去。

艾琳说："敬我好吗？请你善待我的两个孩子，好吗？"

克里斯汀这才接过酒杯。此时，伊兰德进来了。他在门口站了一会儿，看着屋里的两个女人。

伊兰德问道："克里斯汀，你拿着什么？"

克里斯汀接近暴吼地叫道："你的两个情妇正在互相敬酒，你要不要一起来？"

伊兰德走到克里斯汀身边，拿下她手中的酒杯。

伊兰德大声说："你冷静一点儿，你不能喝她的酒。"

克里斯汀没有理会伊兰德的话，接着说："你和她在一起的时候，她和我一样是个纯洁的女孩。"

伊兰德说："她是在骗你的，我怕现在她自己都相信了自己的谎言。"然后又对艾琳说："你是不是忘记了你当初让我对你丈夫说过的话？是他，曾经抓到你和别人通奸，并告诉了我。"

克里斯汀越听越觉得恶心，她偏过头不再看他们。艾琳挑衅地说："你不要觉得她和我喝杯酒就能惹上麻风病。"

伊兰德生气地看着艾琳，脸色铁青，深深地吸了一口气，说，"上帝啊！"然后用力抓住艾琳的手。

他的声音有些颤抖地说："你敬了她，然后她再敬你，所以你先喝吧。"

艾琳闷哼了一声，挣开伊兰德的钳制。她沿着房间一直往后退，伊兰德穷追不舍地说："把酒喝掉。"他拿出放在腰间的匕首，一直追在艾琳身后，还说，"喝掉这杯你为克里斯汀准备的酒。"他一把抓住艾琳的手，把艾琳按在桌上，强行想把酒灌进艾琳的嘴里。

艾琳大声地尖叫，脸紧紧贴在桌上。伊兰德松开了她。

艾琳大声叫道：“我和丈夫生活在一起就如同生活在地狱中，但你答应过我会对我好的……可是你比任何人对我都要坏。”

克里斯汀拿起酒杯，对伊兰德说：“是我喝还是她喝？我和她只能留一个。”

伊兰德夺过克里斯汀手中的酒杯，然后推开她，让她险些摔到地上。伊兰德拉过艾琳，抓住她的头发，强行给她灌下这杯酒。艾琳不断地挣扎，摸到伊兰德腰间的匕首，她本想刺向伊兰德，可是只把伊兰德刮伤。她绝望了，瞬间把匕首转向自己刺了下去。就这样艾琳倒在伊兰德的怀里。

克里斯汀走向伊兰德和艾琳。伊兰德抱住倒在他怀里的艾琳，艾琳靠在伊兰德的怀里，嘴角流出了鲜血。她气若游丝地说：“那酒……本是……本是为你准备的，你一直……一直都在欺骗我。”

伊兰德大声说：“克里斯汀，快去把阿姨叫来。”克里斯汀站着没动。

伊兰德咆哮道：“快去啊，她要死掉了。”

克里斯汀说：“这对她来说未免不是好事。”伊兰德绝望地看着克里斯汀，他的眼神总算是让克里斯汀动容了，然后转身去找爱丝希尔德夫人。

克里斯汀去厨房找到爱丝希尔德夫人，她问克里斯汀：“发生什么事了？”

克里斯汀回答说：“我们把艾琳逼死了，她快要死掉了，伊兰德叫你过去。”

当爱丝希尔德夫人赶到大厅的时候，艾琳已经死了。

爱丝希尔德将艾琳的尸体平放在长凳上，然后把艾琳脸上的血迹擦干净，用亚麻布帽子盖好。伊兰德整个人都瘫软地靠在墙上。

爱丝希尔德恶狠狠地说：“你知不知道你们做了世界上最糟糕的事情？”

她拿起酒杯扔进壁炉，再往壁炉里加了些柴火，并将炉火吹旺。

爱丝希尔德问伊兰德说：“你的仆人都信得过吗？”

伊兰德回答说：“我带过来的人没有问题，只是艾琳带来的仆人我不是很了解。”

爱丝希尔德说：“这件事情不能传出去，若让别人知道艾琳死的时候只有你和克里斯汀在，还不如让克里斯汀喝掉那杯毒酒算了。如果别人问起毒药，别人都会想到我。你知不知道艾琳还有没有亲戚朋友？”

伊兰德说：“没有了。除了我以外，没有了。”

爱丝希尔德说：“想要隐瞒艾琳的死，真的很难。”

伊兰德说：“我愿意让艾琳葬在圣土，哪怕是牺牲胡萨贝庄园。你觉得这样可以吗，克里斯汀？”

爱丝希尔德坐在那里不说话，她在想解决这件事情的办法，可是越想越觉得没有希望。就算伊兰德的仆人和艾琳的仆人都能保证守口如瓶，可是离开这里以后呢？如果劳伦斯知道这件事，他会怎样？爱丝希尔德不敢想象后果。还有这尸体要怎样运出去呢？不管走哪条路，都有可能泄露这个消息。爱丝希尔德想了很久，然后说：“这件事让我和布柔恩商量一下。”然后就去找布柔恩。

布柔恩听了爱丝希尔德的叙述后，面无表情地看着伊兰德。

爱丝希尔德有一丝绝望地说："布柔恩，现在只有你能帮我们了。现在要有一个人能证明艾琳是自杀的就好了。"

布柔恩这才转过头看向爱丝希尔德，轻笑了一声说："你是想让我来做那个证人对吗？"

爱丝希尔德紧张得双手不停地搅动着，然后看向布柔恩说："如果这件事传出去了，对他们两个是非常不利的。现在只有你能帮他们了。"爱丝希尔德再一次强调道。

布柔恩不缓不慢地说："你觉得我还是当年的我吗？你认为我还会有当年的气概，去做伪证来帮助他吗？我已经被他害过一次了，这些你都忘了吗？"

爱丝希尔德说："不，你是觉得我老了，才说这些的。"

这时克里斯汀大声痛哭，尖锐的哭声响彻整个屋子。刚才她一直坐在角落，一言不发，呆呆地看着某一个地方。在她的哭声中，爱丝希尔德似乎感受到了克里斯汀与伊兰德的爱情很甜蜜，这让她了解到她和伊兰德之间爱情的真相。克里斯汀这一哭消除了爱丝希尔德之前对克里斯汀的偏见与恨意，让她更加坚定地要帮助他们。

克里斯汀没有感觉到大家一直在望着她。布柔恩走到她身边，用手抬起她的头，看着她说，"艾琳真的是自杀的吗？"

克里斯汀肯定地回答说："因为我们逼她，所以她就自杀了。"

这时爱丝希尔德夫人说："艾琳本来是打算拿毒酒给克里斯汀喝的，想毒害她。"

布柔恩放开克里斯汀，走到艾琳的尸体旁。他把艾琳的尸体搬到艾琳昨晚睡过的床上，给她盖好床单，然后对伊兰德说："艾琳带过来的仆人，你等下打发他们回胡萨贝庄园，告诉他们你要带艾琳去南方。还有今天就在厨房用餐，告诉他们女士们还在大厅休息。你记不记得艾琳以前有没有自杀的倾向或者她说过要自杀？如果别人问起来了，这也可以作为证据。”

伊兰德说：“在胡萨贝庄园的最后几年，每次我跟她提出分手，她总是以自杀来威胁我，有时候说要和我同归于尽，庄园的人都可以给我做证。“

布柔恩笑了笑说：“等到晚上给艾琳换上骑马装，然后伊兰德和她一起坐在雪橇上。”

伊兰德站起来，声音不稳地说：“不，我做不到。”

布柔恩不屑地说：“你现在还有选择吗？你逼迫艾琳时的勇气去哪儿了？还有你觉得你能够驾雪橇？由我来驾雪橇，我们必须连夜走小路离开，到福龙再休息。这样的天气，别人看不出艾琳死了多久。我们去洛尔德镇的修士招待所，到时候就说，你们在雪橇上开始激烈的争吵。你们有理由争吵，自从教会让你回归之后，你就不想和她在一起了，而且你还向另外一位闺女求婚。你的仆人跟在我们后面，但是不能和我们隔得太近，要他们能够证明最后看到艾琳的时候，她还活着。到了修道院你可以让那里的修士将她的尸体入棺，再请求神父为她祈祷，让她得到安息，这样你也可以稍稍心安一点儿。”

布柔恩接着说：“你把事情弄到这个地步，你还有退路吗？你还有更好的办法来解决这件事吗？拿出作为男人应该有的气概，别婆婆妈妈的。上帝会帮助你的。可以看得出来你小子应该没有经历过刀架在脖子上的那种死亡感觉。”

晚上他们准备出发，一阵阵刺骨的寒风从山上吹来，吹散了雪环中冒起的银烟。

一切都准备好了，两匹马一前一后地被套在雪橇上，克里斯汀走到坐在雪橇上的伊兰德面前说：

“伊兰德，这次我不管你用什么办法都要写信告诉我你们的情况。”

伊兰德用力地握着克里斯汀的手，她觉得伊兰德的指甲似乎嵌入她的肉里面去了，很疼。

“克里斯汀，你还会和我一起守着我们的誓言吗？”

克里斯汀回答说：“我会的，这件事情不是你一个人的错，我也有罪。如果我不逼你的话，就不会发生这样的事情了。”

他们启程出发了。克里斯汀和爱丝希尔德夫人目送着他们远去，直到最后看不见他们的身影，她们才回去。

她们回去之后，背床而坐。床上的东西都被爱丝希尔德夫人拿走了。她们总觉得身后的大床正向她们张着大嘴巴。

爱丝希尔德夫人对克里斯汀说：“如果你害怕，我们晚上就去厨房睡吧。”

克里斯汀说：“我们睡哪儿都一样，事实是无法躲避的。”

爱丝希尔德夫人去外面看了一下天色。

克里斯汀担心道：“如果起了大风或者雪融化了，他们还没走远，事情就会败露的。”

爱丝希尔德夫人说：“不用担心，没有变天的预兆，这里经常有风，很正常。”

她们又静静地坐着。

这时爱丝希尔德夫人开口了：“你不要忘了，是她想害你们的。”

克里斯汀说：“或许如你所说，可是我在想如果我是她，我也许也会这样做。”

爱丝希尔德激烈地反驳说：“不，最起码你不会想让别人患上麻风病。”

克里斯汀说：“阿姨，我想起你以前跟我说过，不做自己觉得是不公平的事情，这是很好的现象。可如果是因为自己不敢做才说那件事不公平，我觉得这也不好。”

爱丝希尔德说：“你不敢做，因为你知道那是罪恶的事。”

克里斯汀说：“不，我现在不这么认为了。我已经做了很多我曾经认为是罪恶的事情。现在我知道了，罪恶的后果就是把别人踩在脚底下。”

爱丝希尔德说：“伊兰德在没有认识你之前，他就想和艾琳结束他们之间那不正当的关系。他们的孽缘结束了。”

克里斯汀说：“这个我知道，可是她不应该用死来结束，她应该相信自己是不可以动摇伊兰德的心的。”

爱丝希尔德说：“孩子，你不会在这个时候想离开伊兰德吧？现在只有你们能救赎彼此。”

克里斯汀冷笑说：“我想神父不会这样想的。阿姨，你放心，我知道现在我不会也不可能离开伊兰德。哪怕是与我父亲为敌，我也不会。”

爱丝希尔德夫人说：“好了，我们还是做点事情吧，我想今晚我们谁也睡不着。”

爱丝希尔德夫人端来几锅牛奶，拿来牛奶搅拌器，把牛奶倒进搅拌器，准备搅拌。

克里斯汀见状说：“阿姨，还是我来吧，我比你有力气。”

克里斯汀站在那搅拌牛奶，而爱丝希尔德夫人就在炉子旁边梳羊毛，谁也没说话。突然克里斯汀问爱丝希尔德夫人说：“阿姨，你怕不怕有一天要受到上帝的审判？”

爱丝希尔德夫人笑了笑说：“也许我会有勇气质问上帝，他在幸福地生活着的同时是否对我有过慈悲？我不遵守他的戒律，但我也没有乞求他放过我。我在人间受苦的时候，我也没有求他或是求人类放过我。”

她停顿了一会儿，又说：“我记得慕南20岁的时候不是现在这样的，我的那些孩子，他们以前不是这样的。”

克里斯汀说：“可是这些年，布柔恩是一直守在你身边的。”

爱丝希尔德夫人说：“不错，幸好还有他在。”

克里斯汀做完奶油后，爱丝希尔德夫人说应该尝试着睡一觉。她们躺到床上，爱丝希尔德夫人把克里斯汀搂在怀里，过了一会儿就听到克里斯汀均匀的呼吸声，她睡着了。

4

山谷里的霜没有退去的意思，天气依旧非常寒冷。教区的每一座畜栏里都能听到牲畜因饥饿难耐而惨叫的声音。农夫们在尽可能地节省饲料。

今年的圣诞节没有多少人走亲访友，大家大多都待在自己的家里。

圣诞节的时候天气更冷——仿佛一天比一天冷。在大家的记忆里，以前好像从来没有过这样的严冬。在圣克里孟弥撒日那天下的雪到现在都结冰了，像石头一样硬。天渐渐亮了，阳光照射在山谷中。晚上北山脊上有极光闪烁，把半个天空都照亮了，可是天气一如既往。有时候阴天会下些雪，然而下完雪后就是晴天和更是刺骨的寒冷。河面被厚厚的冰层封锁，下面的流水在低沉地咆哮着、轰鸣着。

克里斯汀每天早上起来的时候，都会觉得自己无法熬完这漫长的一天。她觉得自己与父亲每天都在斗气中度过。教区里的人和牲畜同样在受着煎熬，在这种情况下他们父女二人怎么还相互斗气呢？一到晚上，克里斯汀便感到这一天她终于挺过去了。

不能说劳伦斯不爱自己的女儿。劳伦斯并没有再和克里斯汀讨论横在他们之间的那个问题。可是克里斯汀觉得，劳伦斯越是不说，就越表明他会反对到底。

克里斯汀面对这样的状况觉得异常痛苦。她明白父亲身上的担子有多重，她也心疼父亲的辛苦——如果他们现在的关系像以前那样，父亲一定会和她讨论这些事情的。虽然柔伦庄园的情况比别的地方要好些，可是今年仍然处在困境之中。克里斯汀记得往年父亲总会在冬天训练小马，可是今年父亲把这些小马全都赶到南方卖掉了。她很怀念父亲曾经在院子里驯马的场景，以及父亲的声音。今年柔伦庄园的储藏室、谷仓和谷物箱，虽然不是什么都没有，但大多都是去年存下来的。这些天过来求助赈济的或说要出钱购买的人很多，他们凡是来了就不会是空手而归。

有一天晚上，时间已经很晚了，家里来了一位穿着毛皮大衣、身材高大的乘雪橇的老人。劳伦斯和他聊天，哈夫丹为那位老人准备食物。可是没有人知道那位老人是谁，很多人猜测那位老人应该是山区的野人吧，劳伦斯认识他。但是劳伦斯从来没有提过那位老人，哈夫丹也不说。

又有一天晚上，来了一个和劳伦斯有些不和睦的人，劳伦斯依然为那个人准备食物。他回家后，劳伦斯说："大家都来求我帮助他们，可是你们都在反对我，尤其是你，拉根弗丽德，我的太太。"

拉根弗丽德涨红了脸对克里斯汀发脾气道："请你听下我和你父亲的话。劳伦斯，你错了，我不反对你。克里斯汀，你应该听说洛尔德镇出了一件事，伊兰德去山谷找他住在海乌格庄园的姨父，可是后来就传出来伊兰德之前的那个情妇自杀了。"

克里斯汀的脸色很不好看，站在那里说："我知道他在努力想摆脱罪恶的这些年中，不管他做什么你们都会觉得他是错的。"

拉根弗丽德双手一拍，祈祷道："上帝啊，克里斯汀到底是中了什么邪？这样的事情难道还不能改变你的心意吗？"

克里斯汀坚定地回答说："不，我是不会变心的。"

劳伦斯和二女儿芙希尔德并排坐在一旁的长凳上，他抬起头来对着克里斯汀用低沉的声音说："克里斯汀，我也不会改变的。"

克里斯汀在想虽然自己对伊兰德的感情没有变，但是想法却变了。她收到了伊兰德的信，他们的行程比想象中的要顺利许多。不知道是什么原因，伊兰德身上的刀伤溃烂生脓了，他们在洛尔德镇的招待所住了一段时间，布柔恩一直在照顾他。正因为伊兰德的刀伤，让别人更加相信艾琳是自杀的。

等伊兰德的身体好了后，他就用棺木装着艾琳的尸体去奥斯陆，请求约翰神父为艾琳举办了基督教的葬礼。艾琳被葬在已拆除的圣尼古拉斯老教堂的坟场中。伊兰德后来亲自去找奥斯陆主教忏悔。于是主教让他到许维林去朝拜圣血[①]，算是一种赎罪吧。所以现在伊兰德已经离开挪威了。

其实现在克里斯汀是羡慕伊兰德的，最起码他可以去朝拜，为自己的罪行赎罪。可是她自己哪儿都不能去，她的罪无法得到救赎。克里斯汀只能在这里等待和思考，再就是和父母抗争到底。她有时候会回忆曾经和伊兰德在一起发生的一切，她想如果她够勇敢，像伊兰德一样不顾一切地向前冲，现在的局面是不是会不一样。有时候她会担心，伊兰德会不会有一天不要自己了，就像对待艾琳一样？但是克里斯汀告诉自己，只要伊兰德一直遵守诺言，她就不会放弃他。

冬天就这样一天天地过着，快要到尽头了。克里斯汀知道不能再逃避了，逃避是不能解决问题的。更何况她的妹妹芙希尔德的身体越来越不好了，随时都有离开这个世界的可能，这对大家也是个残酷的考验。她在为妹妹担心的同时，也在为自己因灵魂被罪恶腐蚀而担心恐惧。她在想，万一妹妹离开了这个世界，她会不会因为害怕面对悲伤的父亲，而向父亲妥协。

---

①据说是耶稣受刑时流下的几滴血，被保存在德国北部的许维林的教堂里。

斋戒期到了。大家把曾想保留下来的牲畜宰杀了，因为他们担心牲畜自己会死掉。长时间的吃鱼，有时候还加一点儿麦片或面粉，导致很多人生病了。在这样的情况下，埃里克神父不得不同意教区的人们在斋戒期间喝牛奶等食物。即使这样，可是很少有人能有牛奶。

妹妹芙希尔德的病情加重了，卧床不起。她一个人躺在床上，每天晚上都会有人陪她。有时，克里斯汀和父亲就陪在她身边。一天夜里，劳伦斯对克里斯汀说：

“克里斯汀，你还记得当年埃德温修士说你妹妹的未来吗？那个时候我想他说的就是这一天吧。可是那时我不愿这样想。”

在这样的晚上，劳伦斯总会回忆一些克里斯汀和妹妹们小时候的事情。克里斯汀坐在那里听着，可是心里绝望了。她明白父亲为什么要说这些，这话的背后是父亲在默默地恳求她。

有一天劳伦斯和科白恩在山上找到一个熊冬眠的洞穴，劳伦斯用雪橇运回了一只母熊的尸体，还带了一只活着的小熊。当芙希尔德看到小熊的时候很高兴，精神也就好了些。拉根弗丽德说，现在这种状况是无法养活这只熊的，可是劳伦斯坚持说要养着这只小熊，并把它拴在了女儿的房前。

过了几天，因为实在找不到养活小熊的奶汁，无奈之下还是把小熊给杀了。

现在天气很好，阳光照耀着大地，到了晌午十分，屋顶上的积雪融化的水便沿着屋檐滴下。山雀这个时候都在找个向阳的木头拼命地啄，搜寻着躲在木头缝隙里的虫子。覆盖在田野间的雪，这个时候异常的耀眼。

有一天晚上，厚厚的云遮住了月亮。第二天早上，大家醒来一看，天空白茫茫一片，大雪纷飞，外面什么也看不清。

这一天，大家心里都有数，知道芙希尔德快熬不下去了。

家里的人都聚集在一块儿，埃里克神父来也来了。大厅点了很多蜡烛，黄昏的时候，芙希尔德就这样安静地死在拉根弗丽德的怀里。

拉根弗丽德很平静，比大家想象的都要平静。劳伦斯和她坐在一起，他们只是坐在那里静静地流泪。大家都在流泪，克里斯汀走到父亲身边去安慰劳伦斯。劳伦斯抱着克里斯汀的肩膀，但克里斯汀感觉到父亲整个人都在不停地抖。克里斯汀想，劳伦斯肯定觉得自己比已经死去的妹妹离他更为遥远。

到了这个时候，克里斯汀不知道自己还坚持什么，她不知道自己坚持的理由。此时的她虽然非常憔悴，可是她仍旧不肯向父亲妥协。

他们在圣托马斯神龛前的教区挖了一个坟坑，把芙希尔德葬在那里。

芙希尔德的尸体在草铺上放了好几天，这些天外面一直静静地下着大雪。下葬的时候，雪仍旧下个不停。外面的雪持续下了一个多月。

春天对于山谷里的人来说就是一个救命的词，大家一直在期盼着春天的到来，只要春天到了，他们的情况就有可能缓解。可是它却姗姗来迟。白天变亮变长了，有太阳的时候山谷就会被融雪产生的水雾笼罩着。天气还是十分的寒冷，尤其是夜晚，总是会听到狼群在哀号，狐狸在悲鸣。山谷里的人还在剥树皮给牲口吃，可是即使这样，饲料依旧不足，成批的牲口还是倒下了。谁也不知道，未来会以怎样的结局收场。

这天，克里斯汀出去走了走。道路上的车辙里积满了泥浆，覆盖在田野上的雪被太阳照得闪闪发亮，很刺眼。向阳面的积雪，慢慢地融化了。雪上面结了一层薄薄的冰，脚踏上去，发出轻微的清脆的声音。背阳的地方，空气中仍旧充满着刺骨的严寒，积雪仍旧很厚。

克里斯汀向教堂走去，她不知道自己要去干什么，好像有一只无形的手拉着她向前走。她知道劳伦斯和几位世袭地主、互助会弟兄在环绕着礼堂的走廊里开会。

在半山腰的时候，克里斯汀遇到了埃里克神父带着一队农民下山。他们一个个垂头丧气，神色忧郁，眉头紧锁，大家都不说话。克里斯汀走到他们身边，客气地和他们打招呼，而他们一个个生硬地回答着。

克里斯汀想起他们以前对自己都是很好的，不会像今天这样，可是那样的日子已经好遥远了。可能大家都觉得她是一个坏孩子吧，或许她的一切行为大家都知道了，也许有人会相信阿尔纳及宾坦间的旧传闻是真的，她现在应该是声名狼藉了吧。她不在乎，抬起头向山上的教堂走去。

教堂的大门半开。室内很冷，大厅里高大的柱子撑着横梁，影子投在地上，这让克里斯汀的心中觉得莫名的温暖。阳光从门缝照进室内，神龛上没有点蜡烛。

克里斯汀看见父亲跪在圣托马斯的神龛前面，她很害怕，于是又从室内走到了外面。她站在走廊上，双手扶着柱子，眺望着远方。她看到了整个柔伦庄园都在脚下，还看到她的家。河水缓缓地流淌，穿过乡间，水面在阳光下波光粼粼。河边的杨柳开花了，教堂旁边的松树也有了一丝绿意，附近还能听到小鸟的叫声。每天下午太阳快下山的时候，总能听到小鸟的叫声。

她以为自己对伊兰德的思念早就淡化了，可是在这样宁静的环境下，她又想起了心中的那个他，像是沉睡了很久，彻底苏醒了。

劳伦斯从教堂里面走出来，随手关上门。他走到克里斯汀身边，与她站在一起，从旁边的一个拱洞中眺望整个山谷。克里斯汀觉得这个冬天父亲憔悴了许多。她不知道为什么在这样的情况下她还会提到横在自己与父亲之间的问题，她脱口说道：

“妈妈前几天说，你曾经和她说过，如果我选择的是基德之子阿尔纳，你就不反对了，是吗？”

劳伦斯依然看着远方说：“我是这样说过。”

克里斯汀说：“阿尔纳在世的时候，你怎么没有说这话？”

“那个时候我只是觉得他喜欢你，但是他没有说出来，我也没有看出你对他有那种想法。你是不是没想到我会同意把你嫁给一个没有家产的人？”劳伦斯停顿了一会儿又说，“我很看好那个孩子，假如我看到你因对他的爱而感到痛苦……”

他们都静静地站着，没有说话，眼睛遥看着远方。克里斯汀感觉父亲的目光一直在她身上，她尽量让自己的表情看起来自然，可是她觉得自己的脸色一定很不好。劳伦斯把她搂在怀里，把她的头放在自己肩上。

“上帝啊，我亲爱的孩子，你真的这么不快乐吗？”

克里斯汀闷声回答说：“父亲，我会不会因忧愁而死？”

憋了很久的克里斯汀终于泪如雨下。她发现劳伦斯眼中的痛苦，她还知道劳伦斯放弃了继续与自己僵持到底的想法。她虽然战胜了父亲，可是她不想让父亲痛苦。她内心很纠结。

深夜的时候，劳伦斯把克里斯汀叫醒了。

劳伦斯轻声说："克里斯汀，听见了吗？起床。"

克里斯汀听到屋外的风声，还有从屋顶流下来的水声，以及雨水滴在雪地上的声音。

克里斯汀穿好衣服和劳伦斯去了门口。他们坐在门外，看着夜色。风中夹着一丝雨水，吹在脸上很惬意。天上乌云翻滚，狂风怒吼。树林中的树叶在寒风中瑟瑟作响，房屋处在怒吼的狂风中，偶尔能听到远处山上有雪块滚落下来的声音。

克里斯汀摸着父亲的手，把它握在自己的手中，看着劳伦斯，不知道父亲为什么大半夜把自己叫起来。以前劳伦斯会半夜叫自己起来看夜景，可是如今她不会这么想了。

在外面坐了一会后，他们又回到屋里，劳伦斯说："还记得上次那个陌生仆人给我送信的事情吗？信是慕南爵士让人送来的。这个夏天他要来看他母亲，他想来拜访我，和我谈谈。"

克里斯汀小声说："父亲，那你想怎么答复他？"

劳伦斯说："这个我暂时不能告诉你，但我答应和他谈谈了。我会按照对上帝负责的方式来处理这件事，我的女儿。"

克里斯汀回去睡觉，劳伦斯也休息去了。他躺在床上想，如果突发洪水怎么办？柔伦庄园是教区中最靠近河流的。很多人都说，这里迟早会被洪水冲走。

5

转眼间春天到了，雪开始融化几天后，整个山谷都在下雨，绵绵春雨笼罩下的村庄都是灰蒙蒙的。大水从山上奔流而下，河水也在涨潮，看上去像一个湖，湖中有一些小岛，岛上面满是树木，水流很急，形成了许多狭长的航道，在柔伦庄园，洪水淹没了田地。不过损失比想象中的要少。

春天播种的工作不得不推迟。当大家播下谷种后，一个个都在向上帝祈求，能够保证今年一年都是风调雨顺，有一个很好的收成。他们的祈祷似乎有了成效，六月的时候，天气很好，就如大家祈求的一样——风调雨顺。这个夏天应该是不错的，大家都希望今年的丰收年能把去年的饥荒年的影响消除。

干草作物已经收割好放进仓库了。一天下午，柔伦庄园来了四位客人，在前面的是两位爵士，一位是慕南爵士，另一位是哈斯特奈庄园的彼德之子巴德爵士，他是伊兰德的养父。在后面的是他们的仆人。

拉根弗丽德和劳伦斯吩咐仆人准备好晚餐，又叫他们把客房收拾好。劳伦斯告诉慕南和巴德事情明天再谈，今天先休息一下。

吃晚餐的时候，慕南一直控制着大家交谈的话题，他时常说话时看着克里斯汀，好像和克里斯汀很熟悉一样，这让劳伦斯有点不高兴。慕南的长相不是很好看，长得不是很高，可他却是一个很健谈的人，举止有些搞笑，大家都称呼他“胖慕南”或“舞会慕南”。虽然慕南是个轻浮的人，但是他是爱丝希尔德夫人的儿子，且的确很有才能，国王曾多次委托他办事，他在讨论国家大事的顾问会议中也有发言权。慕南继承了爱丝希尔德夫人在史科葛百家村的所有遗产，后来又娶了一个很有钱的夫人，所以现在很富有。他的夫人卡群看上去很丑，也很少说话。慕南说起她的时候一直夸她，说她是一个很聪明的贵妇人，所以被大家戏称为“机智卡群夫人”或“银舌头卡群夫人”。他们看上去很恩爱，可是慕南婚前婚后生活不检点是出了名的。

巴德爵士虽然看上去有些胖，但他还算得上是一位英俊端庄的老人。他的头发和胡子有金黄色也有白色，都失去了光泽。马格努斯六世去世后，他就告老还乡了，现在经营着诺德摩尔地区的大产业。他两次丧妻，有很多孩子，听说都长得很漂亮，受过良好的教育，巴德已经为他们做了很好的安排。

第二天，劳伦斯和慕南还有巴德在楼上的房间谈话。劳伦斯叫拉根弗丽德一起去，可是她不愿意去。

拉根弗丽德说：“这件事情你决定就好了。你我都知道，这件事如果没有处理好对克里斯汀的打击会很大。但是我也知道，阻碍这桩婚事的原因太多了。”

慕南把伊兰德写的一封信交给劳伦斯。伊兰德说，如果劳伦斯愿意把克里斯汀嫁给他，可以提出自己的条件。在财产上，伊兰德可以叫公证人评估他所有的财产和收入，他可以给克里斯汀很丰厚的彩礼。伊兰德还说，如果将来克里斯汀成了寡妇但是没有孩子，她不但可以继承自己的嫁妆和娘家的遗产，而且他还会把自己家产的三分之一给克里斯汀。克里斯汀可以自由支配自己的财产和伊兰德给她的财产。如果劳伦斯还有其他的要求，也可以说出来，他一定会答应的。伊兰德说他只有一个条件，如果将来有一天克里斯汀和孩子的监护权不在他的手里，希望她们能够善待艾琳的孩子，不要收回给他们的财产，因为这是在没有和克里斯汀结婚之前就说好的。最后伊兰德决定在胡萨贝庄园举行一场豪华的婚礼。

看完信，劳伦斯说："伊兰德说出的条件都很公平，可以看出他很有诚意来结这门亲事。凭他能够说服你慕南爵士再一次地来见我这个无名小卒，更有甚者像拥有极高声望的巴德爵士前来，我是能够看出他的诚意的。不过我想说，我的女儿一向都不会理财，我一直希望她可以嫁给我放心的人。我不知道克里斯汀拥有这么大的权力对她来说是好还是坏。我个人还是有一点儿担心的，这对她来说不一定是好事。她生性温厚善良，你们也知道伊兰德对于某些事情的辨别能力不是很好，这正是我反对这桩婚事的原因所在。我想我的女儿如果是个喜欢权力，大胆又倔强的人，这应该是件好事。"

这时，慕南笑出声说："我觉得劳伦斯你没必要担心你的女儿不倔强，她的行为已经能够向你证明了这个问题。"

巴德笑着说："我想克里斯汀在对于想嫁给伊兰德这个问题上与你僵持两年，就足以证明她是一个有意志的孩子。"

劳伦斯说："我没有把这件事情忘掉，我也知道我在说什么。她在与我僵持的这段时间里，是很痛苦的。我觉得她如果嫁给一个不能给她保障的丈夫的话，根本不会快乐。"

慕南说："我不这么认为，除非你的女儿和别的女人不一样。可是到如今我还没有见过一个不想掌控自己和控制丈夫的女子。"

劳伦斯默不作声。

这时巴德爵士说："劳伦斯，因为曾经和伊兰德同居的艾琳落得那样的下场，我很能理解你不满意克里斯汀和伊兰德的婚事。可是如今真相大白，艾琳被胡萨贝庄园的总管吉瑟诱奸了。伊兰德和艾琳去滑雪时就已经知道了这件事。他还说如果吉瑟愿意娶艾琳，他会给艾琳一笔丰厚的嫁妆。"

劳伦斯说："事情真的是这样吗？我不觉得这就让事情往好的方向转变。艾琳是跟着伊兰德这个主人进门的，可是却由仆人带出来，这不是一件很可笑的事情吗？我想艾琳的感受肯定不好。"

慕南说："劳伦斯，我知道你最不满意的是他曾经和沙克瑟夫之子西格尔夫人苟且过。我也知道他在这方面是不对。可是你要知道，他是一位血气方刚的年轻人，他和一位年轻貌美的少妇共处一室，重要的是艾琳的老公已经很老了，无法让艾琳幸福。并且那个地方的夜晚是这么长，除非伊兰德是圣人，否则这种事情是不可避免的。说句对你不尊敬的话，换作是你你能无动于衷吗？伊兰德不是修士，如果你想把你的女儿嫁给修士，你觉得她会感激你吗？那个时候伊兰德是做了傻事，后来更傻。人非圣贤，孰能无过。我们谁能保证自己一辈子不犯错呢？伊兰德已经知道错了，也在我们这些亲戚的帮助下重新站了起来。艾琳死后，伊兰德为了照顾艾琳的尸体和灵魂尽了一切力量。现在奥斯陆主教已经赦免了他的罪，他也朝拜过许维林的圣血，得到救赎，带着干净的心回来。你认为你比奥斯陆主教和许维林的大主教更有权威吗？

"劳伦斯，人家都觉得守贞是美好的。但是得不到天主的特别恩赐，一个男人是做不到的，我以圣奥拉夫的名义发誓，你想象，就连神主自己都不能做到，直到他走向死亡，圣主让他有了那么好的一个儿子，平定了北伐的恶势力，但是这个儿子却不是皇后所生，但是圣奥拉夫还是受到了最高的优待，从你的表情我可以看出，我说的话你根本就不相信……”

慕南还没有说完，巴德爵士就打断他的话说：

“劳伦斯，我记得当初伊兰德告诉我他喜欢上了一个有婚约的女孩，那时我很不高兴。过了段时间，我发现他和克里斯汀的感情相当深厚，如果我们拆散了他们，你不觉得是件很可惜的事情吗？伊兰德是在前年圣诞节哈肯国王宴请大臣和我在一起的时候认识克里斯汀的，他们才见面克里斯汀就晕倒了，很久才醒过来。那时我发现伊兰德宁愿自己死去，也不希望克里斯汀出事。”

劳伦斯静静地坐了一会儿说：“是的，这样的故事在南方还是很受大家欢迎的。可是我们不是在英国。今天换作是你女婿，你知道那个人把自己的女儿弄得晕倒，你应该和我一样会打听他，不是吗？”

巴德和慕南不再说话了，劳伦斯接着说：“我想如果伊兰德没有失去大部分的财产和声望，没有败坏自己的名声，你们今天就不会坐在这里让我这个身份低微的地主把女儿嫁给他。我很不喜欢别人说我们高攀一个有权有势的人。这对克里斯汀来说是很大的荣幸，可是你我心里都清楚，伊兰德因为曾经犯下的错，不可能找到门当户对的对象，也没有能力保全家族的威望了，所以才委曲求全娶我的女儿。“

这时劳伦斯站起来，在房间里踱来踱去。

慕南也站起来说：“劳伦斯，如果你这样说的话，你也太自负了，那我告诉你一件事，你太自负了……”

慕南还没有说完，巴德就打断了他的话，走向劳伦斯：

“劳伦斯，说实话，你真的很自负。你应该听说过古时候，自耕农夫因为自己强大的自尊心，不想亏欠别人，不愿意接受国王给他的封位，可是他们应该感激他人，而不是自己。我可以这么和你说，即使今天伊兰德没有失去曾经的财富与权势，我也不认为跟他找一个像您这样家庭出生的人，要求和我结为亲家，这对我来说是侮辱，他也和你女儿相爱了。我知道分开他们会让他们痛苦，我是不会分开他们的。我不觉得他们在一起就辱没了我和伊兰德的身份。”巴德把手搭在劳伦斯的肩膀上轻声地说：“他们在一起，对他们的灵魂的纯洁是有好处的。”

劳伦斯闪开巴德的手，面无表情地说：“巴德爵士，你的话我不太明白。”

慕南爵士和巴德爵士互相看了一眼后，巴德爵士说：“伊兰德曾告诉我，他和克里斯汀已经许下了山海誓盟的诺言。你有权利因你女儿私订终身，解除她的誓言。可是你没有权利解除伊兰德的。我看出了你自尊和讨厌罪恶的心理在阻碍着这桩婚事。劳伦斯，你要知道你不是上帝，可是你却比上帝更严厉。”

劳伦斯用有点犹豫不决的口气说道：“巴德爵士，你说的这些我承认，但这并不是我反对这桩婚事的原因。我认为伊兰德不是一个能依赖的人，我不敢把女儿交给一个不可靠的人。”

巴德说：“我可以为伊兰德负责，我是他的养父。克里斯汀在他心中的地位我是知道的，如果你肯把克里斯汀嫁给他，他会成为你的好女婿的。”

劳伦斯一时没有说话，巴德向他伸出手说：“劳伦斯，看在上帝的分上答应这桩婚事吧。”

劳伦斯郑重地把手放在巴德爵士手上说：“看在上帝的分上。”

拉根弗丽德和克里斯汀被劳伦斯叫到楼上，告诉她们他的决定。巴德爵士有礼貌地向克里斯汀和拉根弗丽德打招呼。慕南拉着拉根弗丽德的手说话，对克里斯汀用国外亲吻的礼节，而且吻了很久。克里斯汀感觉劳伦斯一直看着她。

那天晚上，只有克里斯汀和劳伦斯的时候，劳伦斯开玩笑地问克里斯汀：“你对你的新亲戚慕南爵士有什么看法吗？”克里斯汀看着父亲不说话，劳伦斯摸了摸她的头，也不再说话。

巴德爵士和慕南爵士回到房间后，慕南爵士说：“我真的很想知道如此自大的劳伦斯如果知道事情的真相，他会是怎样的表情。真不明白我们为什么会来这里为伊兰德哀求他那不贞洁的女儿。”

巴德爵士怒道：“不要再说了，伊兰德把一个纯洁小姑娘的贞操骗去了，这是多么愚蠢的行为。这件事情千万不能让劳伦斯知道，不然谁都不知道会发生什么。现在要做的是让他们尽快成为好朋友，这对大家都是件好事。”

最后他们决定订婚仪式在秋天举行。由于柔伦庄园的收成不好，不能将订婚宴举行得很盛大。不过，为了弥补这个遗憾，劳伦斯决定婚礼的费用由他来负担，而且是在柔伦庄园风风光光地举行。他还以歉收为理由提出订婚和结婚之间要相隔一年。

6

由于种种原因，订婚典礼往后延迟了一段时间，直到新年才举行。劳伦斯说婚礼不用再延迟了，依计划行事，等圣麦可诞辰（9月29日）过了就举行婚礼，这也是原来就决定好的。

现在克里斯汀都是以伊兰德的未婚妻身份住在娘家的。克里斯汀和拉根弗丽德一起检查家人为她准备的嫁妆。劳伦斯既然决定了把克里斯汀嫁给胡萨贝庄园的主人，就不会再吝啬给自己女儿嫁妆。

克里斯汀自己也觉得很奇怪，为什么自己现在仍旧不快乐。虽然大家都在忙碌着她的婚事，可她却没有感觉到一丝的喜气。

她看得出来，劳伦斯和拉根弗丽德并没有因为自己的婚事定下来而高兴，他们还沉浸在妹妹芙希尔德去世的痛苦之中。但这也并不是他们痛苦的所有原因。其实他们不怎么想谈论伊兰德这个人，只是为了表示对克里斯汀的善意，他们才谈论。他们了解伊兰德以后，对于克里斯汀的婚事并不比以前的感觉好。伊兰德到柔伦庄园来举行订婚，也不怎么说话，他有点害怕。克里斯汀觉得这很正常，因为伊兰德知道克里斯汀的父母只是勉强同意他们的婚事。

克里斯汀和伊兰德没什么机会说话。两个人和大家坐在一起，都感觉有种说不出的怪异和不习惯。他们之间有很多话不能当着大家的面说，所以他们之间无话可说。克里斯汀有些害怕，这种感觉以前从来没有过，很难以理解，她担心婚后该怎么相处。他和伊兰德刚开始很亲密，后来分开了一段时间，现在都不知道怎么相处了。

克里斯汀一直在努力消除自己的恐惧。伊兰德决定在圣灵降世周的时候拜访岳父岳母。伊兰德问劳伦斯和拉根弗丽德可不可以，劳伦斯笑着说，你是我们的准女婿，肯定欢迎。伊兰德在这一点儿上终于可以放心了。

圣灵降世周到了，克里斯汀和伊兰德总算可以一起出去，像以前那样交谈了。他们分开这么久，这一次总算有机会在一起来慢慢消除长期以来因彼此背负沉重而不能与对方分担的阴影。

复活节的时候，西蒙带着他的夫人来到佛莫庄园。克里斯汀是在教堂遇到他们的，西蒙的夫人站在离克里斯汀不远的地方。

克里斯汀心想："海福莉夫人肯定大西蒙很多吧，她看起来都快30岁了。"她的身材苗条，但看起来很瘦小，长相很和蔼。亚麻布帽下是她披散着的浅棕色长发，看着很柔和，满眼柔情。她的眼睛很大，是灰色的，闪着金光，目光中充满慈祥、和气。脸上很干净，只不过皮肤有些粗糙。说话的时候能看到她的牙齿不是很整齐。她的身体看上去也不是很好。听别人说她一直生病，好像流产了好几次。不知道西蒙和海福莉夫人过得好不好。

柔伦庄园的人和佛莫庄园的人经常隔着教堂打招呼，但是不谈话。在复活节那天，西蒙一个人去教堂，没有带海福莉夫人。他找劳伦斯说了几句话，好像说的是克里斯汀的妹妹芙希尔德。然后又和拉根弗丽德说了几句话，站在拉根弗丽德旁边的小女儿兰波突然嚷着说："我认识你，我记得你是谁。"西蒙抱起兰波转了一圈说："呵呵，没想到你还记得我。"西蒙只是站在那里和克里斯汀打了个招呼，他们并没有交谈。后来劳伦斯和拉根弗丽德没再提起这次见面的事情。

克里斯汀总会想起曾经和西蒙之间的种种纠葛，看到西蒙成为有妇之夫，克里斯汀有一种说不出来的怪异，和他一见面，感觉很多事情就像是重演一般历历在目。她又想起了当初和伊兰德在一起的场景。现在这个爱情没有当初的那种味道了。她在想，西蒙会不会和海福莉夫人说起自己和他的过往呢？但是克里斯汀知道西蒙是不会说的。“为了自己的父亲。”她有点开始感叹起自己的不幸了，此时克里斯汀还没有出嫁，只是订婚了，西蒙看得出来伊兰德和克里斯汀曾经不顾一切，如今已是如愿以偿了。不管伊兰德之前有多么不堪，但却没有做过对不起克里斯汀的事，而克里斯汀也是如此。

早春的一天傍晚，拉根弗丽德想找人去请老太婆哥恩希德过来帮忙缝毛皮衣料。外面的天气很好，克里斯汀说她可以去，由于家里其他的人都很忙，所以家人就同意让她去。

太阳刚落山，天空就升起了霜雾。克里斯汀骑在马上，听着马儿踩碎晚冰和践踏水的声音去向远方。小鸟在傍晚时分出来了，在路边小树林里欢快地叫着，好像因为春天到了而高兴得不得了。

克里斯汀骑着马快速地下坡，头脑里什么也不想，她觉得一个人出门的感觉真好。她看着远方天空中刚升起的月亮，突然，马儿不知道因什么原因而往后退，害得克里斯汀差一点儿摔下马。

克里斯汀看到一个缩成一团的人倒在路边，这不禁让她害怕了。她很害怕一个人在路上遇到别人，她对这样的事情似乎有心理阴影。可是克里斯汀觉得这个人应该是生病了的旅客，她驱马走到那个人的身边，大着胆子问他是谁。

躺在地上的人动了动，虚弱地说：“你应该是克里斯汀吧。”

她轻声问："你是埃德温修士？"她觉得这是幻觉，是来骗她的幻觉，但是克里斯汀还是走到那个人的身边，把他扶了起来。

看清那个人的脸后，克里斯汀说："天啊，真的是你，修士，这个季节你怎么出来游方呢？"

埃德温修士说："感谢上帝，谢谢他今晚让你经过这里。"克里斯汀感觉到埃德温的整个身体都在发抖，他说："我是一路向北走的，过来找你们的乡民，可是今晚真的走不动了。我认为这是上帝的旨意，他要让我死在流浪的路上。不过感谢上帝，他让我遇到了你。我很想忏悔，并得到最后一次圣餐。我很高兴还能见到你，我的孩子……"

克里斯汀搀扶着埃德温骑上马，就这样一只手扶着埃德温，一只手牵着马走回家。埃德温一直愧疚地说雪这么厚，让水打湿了克里斯汀的双脚，克里斯汀时不时地听见埃德温痛苦的呻吟。

埃德温说圣诞节的时候他待在伊雅布。那个教区有几个富农曾经立下誓言要在荒年的时候用新的装饰品美化教堂，但是这个工作的进程一直很缓慢。冬末的时候他发现自己的肠胃出了毛病，不能吃东西，还经常吐血，他觉得自己活不了多久了，所以想回到自己的修道院，希望在死之前可以见到教团的弟兄。他想往北走，最后看一次山谷。后来，他和一位要从哈马城到洛尔德镇新任香客招待所担任副所长的修士一起走，他们到了福隆就分开了。

埃德温说："听说你和伊兰德订婚了是吗？所以我好想再见你一面。我想如果那次在奥斯陆教堂的见面是最后一次见面，我会很遗憾的。克里斯汀，你失去了方向，你知不知道你从此有可能走上一条不得安宁的道路，这让我很担心。"

克里斯汀吻了一下埃德温的手说："谢谢你，我真不知道我为什么能得到你如此的厚爱。"

埃德温说："克里斯汀你知道吗？我觉得如果我们经常见面的话，我有可能成为你的忏悔神父。"

克里斯汀说："你认为你可以说服我让我去当修女过圣洁的生活？"停了一会儿，克里斯汀又说："埃里克神父他以前也对我说过，如果我父亲一直不同意让我和伊兰德在一起，我就要去当修女，为自己犯下的罪去赎罪……"

埃德温说："我曾经一直为你祈祷，希望你能够有进修道院生活的念头，可是上一次你说了你的事情之后，我就不再祈祷了。克里斯汀，我原本打算为你戴上圣女的花冠，让你投奔上帝。"

克里斯汀把埃德温带回了柔伦庄园，埃德温被人从马上扶下来，然后送去休息。大家都很细心地照顾他。他的病很严重。埃里克神父来看过他，给他带了他身体和灵魂所需要的药。埃里克神父说埃德温患的是癌症，活不了多久了。埃德温说，等他休息好了，他会继续往南走，他要回到自己的修道院。可是埃里克神父说，依他现在的体力，这是不能做到的。

大家都觉得埃德温能带给大家安宁和快乐。埃德温住的地方每天都会有络绎不绝的人来，晚上也不用担心没有人照顾埃德温。埃里克神父最近一直都陪在埃德温身边，给他念《圣经》，有时候也有其他人过来听，一起和埃德温讨论灵性的问题。埃德温对上帝是充满爱心的，虽然他说的话有些大家听不懂，可是却能安慰大家的灵魂。因为大家都明白埃德温修士的全心都充满着对主的敬爱。

埃德温修士也喜欢听大家讲外面的各种趣事，打听附近教区的事，或者让劳伦斯给他讲干旱年发生的各种事情。他总会听到一些人因为受不了苦难，背弃上帝去投靠其他邪恶的力量。谷地的西边，山里有个地方，那里有几块巨大的白色石头，外形非常像人体的阴部。有些人受到蛊惑，竟然拿猪肉和猫肉去那个可恶的地方祭祀。后来，埃里克神父带领一些虔诚的信徒和勇敢的农民，夜间到那个地方把石头给砸碎了。劳伦斯也和他们一起去了。在海依谷地，据说人们连续三个礼拜四的夜晚，让一个老太婆在野地的石头上念古代的咒语。

有一天晚上，克里斯汀一个人陪在埃德温身边。

半夜的时候，埃德温修士的肠胃似乎很疼，疼得他受不了时，他就让克里斯汀给他念埃里克送给他的那本关于圣母马利亚的书籍。

克里斯汀没有大声读书的习惯，可她还是坐到蜡烛旁边，把书摊在膝盖上，尽可能清晰地念给埃德温听。

念了一会，她发现埃德温似乎很不对劲，他因疼痛而紧闭双眼，咬着牙齿，双手紧紧握成拳头。

克里斯汀有些悲伤地说："埃德温修士，现在你一定很痛苦。"

"不，我现在只是觉得上帝又把我变成小孩子了。在任意地摆布我。

"我想起我四岁那年，从家里逃走，在树林里迷了路，我在那里面待了好几天。后来我还是被母亲找到了，她把我抱在怀里，咬了我脖子。那时候我以为她是在和我生气，可是后来我知道，不是这样的。那个时候我急切地想要回家。

“《圣经》上说‘抛开一切跟我走’，可我只是一个平凡的人，怎么可能真的舍弃一切呢？我现在很想回家。”

克里斯汀有些诧异道：“埃德温修士，你，你怎么也会有这样的想法，大家一直说你是清规、贫穷和谦卑的榜样啊。”

埃德温笑了笑说：“像你这样大的孩子，觉得肉体的欢乐以及财富和权力才是诱惑。可这是人类的私欲，是一种悲哀。我爱这个世界，我爱上帝，我爱上帝说出的真理，我不爱人类的私欲。从小上帝对我就是很宠爱的，他让我认识‘贫困女神’和‘贞德女神’。和这两个朋友一起，我能够顺着自己的心意走下去，我觉得一直和这样的旅伴在一起就会安全，于是我在这个世界上游荡，想走遍这世界的每一个角落。我一直害怕自己会迷失方向。现在好了，一切都要过去了，我现在只想回家，抛开所有的杂念，听听修道院长对我的教诲，听听上帝给我的指示，让我好好思考自己所犯下的罪恶和主对我的仁慈。”

过了一会儿，埃德温睡着了。克里斯汀坐在炉子旁边，照看炉火。过了一会儿克里斯汀快睡着了，埃德温突然说：“克里斯汀，我真的为你和伊兰德有这样的结果感到高兴。”

克里斯汀忍不住哭着说道：“我们犯了很多错，才能够有今天。我最难过的是让我父亲为难伤心。其实我知道他心里还是不愿意我和伊兰德在一起的。如果他知道了真相，我想他再也不会爱我了。”

埃德温亲切地说：“好孩子，你不能让他知道真相，所以你才要把所有的事实都忘掉，不然那才是真正的残忍啊。你不能让他伤心绝望。他爱你，所以不管你做什么，他都不会放弃你的。”

几天后，埃德温的身体状况有所好转，于是他准备离开，去南方。劳伦斯让人做了个担架，挂在两匹马的中间，把他送到了利德镇，在那里别人又给他换了两匹新马，还叫人送他到哈马城。可是没多久他就去世了，死在了布道会修道院，然后葬在了那里的教堂中。后来那里的修士都希望能够带走埃德温的遗体，因为在很多人眼中，埃德温修士是一位圣者，大家都称他为“圣埃温”。整个地区的很多农民把埃德温当作圣徒，向他祈祷。因为这样两个教团一直在争抢埃德温的尸体。

当克里斯汀知道埃德温去世的消息已经是很久以后的事情了，和埃德温离别的那一刻，她非常难过。埃德温算是知道她从小到现在所有事情的人，她从小就认识埃德温，到后来遇到伊兰德和伊兰德在一起的秘密，他都知道。他就像是一座桥，连接着克里斯汀的小时候和现在，可是这座桥现在垮了，也把克里斯汀少女时代与现在的联系彻底切断。

7

拉根弗丽德摸了摸桶壁，感觉一下桶里面麦芽汁的温度说：“我觉得这温度可以了，把酵母放进去吧。”

克里斯汀坐在酿造啤酒的房间门口纺纱，等着汤汁冷却。她听到母亲的吩咐后，把纱锭放在门槛上，解开罐子上蒙着的破布——罐子中盛放着已经溶化的啤酒酵母，现在她们开始测量罐子中酵母的温度。

拉根弗丽德又说："克里斯汀，你去把门关上，免得这里有风。"可是克里斯汀没动。拉根弗丽德又大声说："克里斯汀，你有没有听到我在和你说话，你在想什么？"克里斯汀这才把酵母倒入桶里，拉根弗丽德开始搅拌。

克里斯汀突然想起小时候，劳伦斯给她讲的一个故事：哈特是奥丁神变的，一次德莱夫之女姬儿希尔德让哈特帮姬儿希尔德酿酒，而哈特则想要姬儿希尔德和酒桶之间的东西作为报酬。

酿酒房的温度越来越高，空气中夹杂着甜辣气味，克里斯汀感到一阵头晕，有种想吐的感觉。

兰波正在院子里和其他的小孩子围成圈唱歌跳舞，他们唱道：

"老鹰站在最高的山崖，
弓着金爪子……"

克里斯汀和拉根弗丽德从酿酒屋出来，来到酿酒房后墙和大麦田围墙之间的空地。拉根弗丽德给一群猪喂食，这群小猪挤来挤去，嘴里啧啧有声，争抢着散发着热气的酒糟。午后的阳光很耀眼，克里斯汀用手挡着。拉根弗丽德说道："这些猪在你结婚的时候肯定不够用，最起码还要十八头驯鹿。"

克里斯汀不在意地说："你觉得我们需要这么多吗？"

拉根弗丽德说："是的，那个时候每天都要把野猪肉和其他野味一起端上餐桌，光野兔、野鸡肯定不够，顶多只能够供应楼上的人，这里可是要来两百多个人，小孩、仆人，还有一些过来乞讨的人，那时候肯定会有很多人来，即使你和伊兰德离开得早，那些宾客也应该会住一个星期。”

过了一会儿拉根弗丽德又说：“你在这里看看啤酒酿得怎样，我要去为你父亲和割干草的工人准备吃的东西了。”

克里斯汀搬来纺车，坐在后门的门槛上，准备纺羊毛。可是她拿着工具，坐在后门口却一直没有动手。

围墙外的大麦穗在阳光下摆动着绸缎一般的银色波浪。透过淙淙的流水声音，克里斯汀坐在那里，偶尔可以听到远处传来的割草声和镰刀碰在石头上的声音。她知道那是父亲和工人正在抓紧割草，他们想早点收工，因为她的婚礼还有很多事情需要准备。

空气中的麦芽粕气味和猪猡的臭味让克里斯汀想吐。中午的时候，阳光很厉害，在酿酒房的时候她就已经很晕了，现在就坐在那里等着想吐的感觉过去。

这样的感觉她从来没有体会过，她一直在告诉自己，是自己多想了。可是这样自欺欺人是没用的，她的身体里真的有东西存在。

克里斯汀在想她的婚礼应该很盛大吧，十八只驯鹿就足以说明了，还有两百多位客人。可是如果大家知道了这一切仅仅是为了要把一个已经怀孕的女人赶紧嫁出去这一真相的话，这样的婚礼简直是一个很大的笑话。

……啊，不行！……她把手中的活放到一边，气得简直要跳起来。她把额头靠在啤酒酿造室的墙壁上，在沿墙根生长的荨麻上呕吐起来。荨麻上有许多褐色的毛毛虫——看到这些，克里斯汀吐得更严重了。

她用双手摸着自己汗淋淋的太阳穴。啊，不，不要……

她和伊兰德的婚礼，还有两个多月才要举行呢，等到那个时候她母亲和其他的主妇是不是会看出来她怀有身孕呢？她们一直对这样的事情很敏感，如果有个女人怀孕了，她们会在克里斯汀知道之前的几个月就知道了——她们在这方面异常精明。“可怜的姑娘啊，你看她的脸色多么苍白啊！……”克里斯汀担心地用手揉搓着自己的脸，她总觉得自己的脸没有血色。

以前她觉得这样的事情迟早是要发生的，那个时候她并不害怕。可是现在情况不同了。那个时候他们是不被允许在一起的，现在他和伊兰德订婚了。在之前，未婚先孕会被耻笑甚至是一种罪恶，可是两个相爱又不能在一起的男女出现这种情况是会得到大家的谅解和宽容的。可是如果订婚后，在一个盛大的婚礼上，大家发现新娘怀有身孕，那肯定是很轰动的大笑话呀。现在他们为了这场婚礼在筹备着一切事情，杀猪宰牛，酿造啤酒，令整个地区的人看到这场盛大的婚礼为之震惊，可新娘子这个时候却闻到食物的气味就要呕吐，浑身发抖，要走到板棚和偏屋里面去吐……

此时此刻，克里斯汀对伊兰德恨得咬牙切齿。虽然在当初他们不被允许在一起的时候，在她眼里，他们之前的爱情就是克里斯汀的全部，她愿意把自己交给伊兰德，可现在她和伊兰德已经得到父亲的同意，而且还订婚了，再做这些见不得人的事情就不好了，他为什么不能再等等呢？可是他还是来找她了，克里斯汀每次都是半推半就地被伊兰德占有的。她没有力量来表达出自己的反抗和拒绝。

克里斯汀去看了一下酿酒房的啤酒，又回到后门坐着。她看着远方，不知道在想些什么，只是有时候会听到父亲在远方说话的声音，听不清说什么，还听到工人们的笑声。克里斯汀记不得什么时候曾见过类似今年这样丰收的场景……河水在远处波光粼粼，远处传来劳伦斯大声说话的声音——但是内容听得不太清楚，只听见河边田地中用人们都笑了起来。

克里斯汀在想她要不要去告诉父亲，没有必要为她和伊兰德的婚礼忙碌。让她和伊兰德悄悄地结合在一起，不要举行教堂结婚仪式，也不举行什么盛大的结婚典礼——她现在想的只是成为伊兰德的妻子，她不在乎是否要进教堂举行婚礼。因为她害怕在没有结婚之前就怀孕的事情会败露，那时候不只是自己和伊兰德会成为笑话，就连父母脸上也是无光的。至于伊兰德恐怕会遇到更可怕的事情，因为他已不是不懂事的少年，却做出这样的事情。婚礼是伊兰德要求的：他一直想看到克里斯汀身穿绸缎和丝绒的衣服，头上戴着高高的金冠，在众人的祝福中得到她。她答应了，做那件事也是伊兰德要求的，她也同意了。

这些事情都是伊兰德弄出来的，到时候看他如何想一个两全其美的办法来解决这件事情。伊兰德经常说，克里斯汀成为他家的女主人后，他要在胡萨贝庄园举办圣诞节大宴，告诉他所有的亲朋好友，自己娶到了一位很漂亮的妻子。这是一件多么好的事情啊。克里斯汀自嘲地笑了笑，想着能赶上今年的圣诞节结婚也挺合适的。

克里斯汀又想到自己的产期应该是在圣乔治弥撒日前后，她害怕了。她想到母亲在生芙希尔德的时候，刺耳的叫喊声在房间里面回荡着，在山中的另外一个庄园，有两位年轻的妈妈也是在难产中死掉的，还有希格尔德的妻子，与她同名的奶奶，都是难产死掉的，她开始害怕了，真的很害怕。

但是这样的担心害怕，在克里斯汀的脑子里并没有持续多久。她想到刚开始和伊兰德在一起的时候，她没有怀孕，那个时候她觉得自己这一辈子都不会怀孕的。他们一天天地等着，可是依然没有结果。后来他们又担心会被自己的家族除名，伊兰德的姓氏将会从此消失，因为像他们这样做苟且之事是不被允许的，即使有了孩子也不能继承家族产业。会有人来占据他们主人的位置，而让伊兰德在家族中没有地位，他们先是担心，后来期盼，再后来又是担心。如今所盼的事情发生了，可是发生得却不是时候。

克里斯汀用双手按着肚子。肚子里的孩子在这样的一个时候来了——这是她和伊兰德的孩子啊，与自己是血肉相连的呀。就在这里，在她和桶之间，和栅栏之间，真实存在着。她已经用老人告诉她的方法试验过了，她怀的是一个儿子。不管这孩子来得是不是时候，她都会将他留下。她想到每次父母说起那个夭折的弟兄都那么的悲伤。那夜妹妹芙希尔德离开的时候父母也是悲痛欲绝的。如果自己失去了孩子，肯定也是这样的。只是，克里斯汀觉得自己不是一个好孩子，总是给父母带去无尽的忧伤，且这种忧伤远没有结束。

克里斯汀想为伊兰德生一个儿子，不管这会给她带来多大的悲伤，她都不在乎。克里斯汀把头搁在扶着栅栏的手上，另一只手继续按着肚子。她宁愿死也要为伊兰德生一个儿子，而不愿意若干年后，自己和伊兰德死后，他们的产业被外人夺走。

克里斯汀听到有脚步声向自己走来，突然想到自己照看着的啤酒，她直起身子，打算出去看看，刚抬头，看到了伊兰德站在自己面前，满脸喜气。

伊兰德笑着说：“亲爱的克里斯汀，看到我你不高兴吗？为什么不迎接我呢？”说完就抱着克里斯汀。

克里斯汀诧异地说：“真的是你吗，伊兰德？”

看到伊兰德的装扮，克里斯汀认为他是刚刚到的。他们离开酿酒房，去了前院。伊兰德肩上搭着披肩，腰里挂着佩剑，蓬头垢面，胡子拉碴，风尘仆仆的。他穿着的红色的外套，衣褶由领部延伸下来，两旁开口直开到腋窝。二人穿过酿酒房来到前院，外套在他身上摇曳和拍打，有时候把他的大腿和腰部都露出来了。克里斯汀发现伊兰德走路时有点外八字步，她很奇怪以前怎么没有发现这件事。克里斯汀一直觉得伊兰德的腿很修长，很好看。

伊兰德不是自己来的，他带了五个仆人和三匹备用的马，他说是来把克里斯汀的物品搬到胡萨贝庄园的。他觉得等克里斯汀嫁过去后，发现自己的东西都在那里，她会习惯些。而且如果等到婚礼结束之后再搬的话，就是秋后的事情，那个时候翻山越岭地运东西，会很不方便的，在船上运输，容易被海水打湿。现在修道院长建议用三天后出发的船只运输，因此伊兰德准备用马匹把嫁妆通过峡谷运到港口去。他觉得现在就是很好的时机。

伊兰德坐在厨房门口喝酒聊天，克里斯汀和母亲在厨房拔野鸭的羽毛。家里只有他们母女，其余的人都去劳动了，伊兰德一直在为自己的这个举动沾沾自喜，他觉得这是一个聪明的举动。

拉根弗丽德离开了厨房，就剩下克里斯汀一个人了。克里斯汀坐在厨房里面往外看，她看到伊兰德的仆人坐在院子的阴凉处喝着啤酒，伊兰德坐在门槛上谈笑风生。阳光照射在伊兰德的头发上，依稀可见有几根白发。是啊，伊兰德快32岁了。可是他的行为还像个小孩子一样。克里斯汀知道怀孕的事情不能告诉伊兰德，但他迟早有一天会发现的。她就这样看着伊兰德，心里有一股暖流。

克里斯汀知道自己爱伊兰德胜过一切，虽然心中同时会记得一些不好的事情。这个穿红色长衣，附有佩刀和金腰带的宫廷侍从，来这里干割干草的工作显得很不相称。拉根弗丽德让小女儿兰波找劳伦斯回来，告诉他伊兰德来了，可是等了好久劳伦斯还是没有回来。

伊兰德站在那里，抱着克里斯汀。

伊兰德高兴地说："你看，这一切的忙碌都在为我们的婚礼做准备，你开心吗？"

克里斯汀没有回答他，亲了他一下，又回到厨房做事去了，往鸭子上面浇油，并让伊兰德不要打扰她，她是不会告诉他这件事情的。

劳伦斯和工人是到吃晚饭的时候才回来的。他们的服装都一样，穿着自制的粗布衣服，衣服很长，都快没过膝盖了，裤子也是用同样的布料做的，他没有穿鞋，肩上扛着镰刀，与工人唯一不同的地方就是左肩上有一个皮护肩。

劳伦斯牵着兰波，和伊兰德打招呼，并请伊兰德原谅自己没有早点回来，因为最近实在是太忙了。吃饭的时候，伊兰德说明了此次来的目的，可是这令劳伦斯有些不高兴。

这个时候劳伦斯没有多余的马车给克里斯汀运嫁妆，而伊兰德只带了四匹驮马，可克里斯汀的东西最少有三大车。更何况克里斯汀的衣物不能拿走，要留在身边换洗。举办婚礼的时候肯定有很多客人要在这边休息的，到时候克里斯汀的被褥要给客人先用。

听了劳伦斯的解释，伊兰德只好打消把克里斯汀的东西运回胡萨贝庄园的念头。只是当时听到修道院长的建议觉得很好，并且修道院长还跟他提过了他们之间的亲戚关系。“现在大家都想跟我攀亲戚关系了。”伊兰德笑了笑，也没有把劳伦斯的不满放在心上。

后来，伊兰德只向劳伦斯借了一辆板车，把一些克里斯汀现在不需要的东西运回胡萨贝庄园。

第二天克里斯汀就忙着打包东西。拉根弗丽德说，从现在到结婚，克里斯汀是没有时间织布的，所以可以把织布机运走。拉根弗丽德和克里斯汀把织布机上的织品剪了下来。虽然没有染色，克里斯汀拿在手上想，这是羊毛织的，本身就行了花纹，以后可以给孩子做襁褓。如果再缝上一些涤子，就更好看了。

织布机运走了，裁缝椅也要先运走。克里斯汀从箱子里陆陆续续拿出伊兰德以前送给她的东西。她把一件红色的斗篷拿给拉根弗丽德看，告诉她自己要穿着这件斗篷进教堂。拉根弗丽德反复看了看那件斗篷，是极好的料子做的。

拉根弗丽德说：“这是一件很贵的斗篷，他什么时候送给你的？”

克里斯汀回答说：“我在修女院的时候他送的。”

克里斯汀装嫁妆的箱子，母亲在她很小的时候就已经准备好了，箱子做得十分精致，箱子的盖子和周围都刻满了各式各样的飞禽走兽，母亲把礼服拿到了另外一个箱子，礼服还没有做好，去年冬天才开始做的，克里斯汀想如果现在穿的话，肯定太小了，克里斯汀再收拾一会儿就差不多了。

傍晚的时候，板车装满后，绑好了。伊兰德打算第二天早上出发。

克里斯汀和伊兰德站在院门口，看着远方。似乎有暴风雨要来临了。远处的河流和草地上映出傍晚的金黄色。

伊兰德把玩着克里斯汀的手指说："你还记不记得我们在吉达露树林遇到的那场暴风雨？"

快要下雨了，天气很沉闷，这令克里斯汀有些不舒服。她听了伊兰德的话后点了点头。

劳伦斯站到伊兰德和克里斯汀的旁边。说到暴风雨，在教区很少能造成大灾害，只是山区的牛马很难避免受到它的残害。

山腰上的教堂，在黑夜里基本上看不见。突然一道闪电划过天空，照亮了半山腰的教堂，可以看见教堂门外的马儿惊恐地挤在一起。劳伦斯不知道那是谁的家畜，为了不出现意外，他决定去教堂看一看，看看有没有他的马匹。

又一道闪电在教堂上空划过，接着雷声轰隆隆地响着，震耳欲聋。教堂门口的马儿被吓得往山下跑。他们三个人都被吓了一跳。

又是一道闪电，像是要把天空给撕裂一样，巨大的火焰向他们冲来。他们三个撞到了一起，紧闭双眼，依稀能闻到什么东西烧焦了一样的味道。这么大的雷声简直把他们的耳朵震聋了。

劳伦斯小声地说："圣奥拉夫，救救我们吧！"

伊兰德突然大声叫道："你们快看那棵桦树。"原来是田间一棵大桦树的树枝被切断了，树干落在了地上，树上露出伤痕。

劳伦斯说："它会燃起来吗？上帝啊，教堂的屋顶着火了。"

他们站在那里，看着教堂，教堂的屋顶真的着火了。屋脊下面的木材冒出了红色的火苗。

劳伦斯跑回去叫醒大家，大叫失火了，家人都从房里出来。劳伦斯大声地说："把伐木的斧头和镰钩都拿出来。"劳伦斯跑到马厩，牵出自己的马，翻身上马，往教堂奔去。伊兰德也骑上马，跟在劳伦斯的身后。会骑马的男人都骑马往教堂赶去，不会骑的就向教堂跑去，留下的妇女们也拿上水桶赶往教堂。

电闪雷鸣依旧不断，似乎没有人怕它。大家都从自己的房间里面出来了，汇成一股人流，奔腾向前。神父和他的家人已经慢慢地跑到了教堂，桥上满是马蹄的声音，有几个小伙子快速地跑过来，他们的脸色惨白，只想赶去教堂把火扑灭。

东南风一直在呼呼地吹着，大火把北面的墙壁都给笼罩了，西边的门口已经不能走了，南方还没有火焰，祭坛和大厅上面也还没有。

克里斯汀和那些妇女们从已经坍塌的墙缝中进到教堂的坟场。

火光越来越亮，照亮了北边的树林。火势往大十字架那边移去，可是没有人敢接近那里。大十字架仿佛是有生命似的，好像在慢慢移动。

大火发出嗞嗞的声音，还有斧头砍支柱的声音，很混乱，男人们对着墙壁猛烈地砍着，其余的人都在努力地将游廊拆下来。突然有人说，劳伦斯和埃里克神父已经带人进到教堂里面了，我们应该在南墙砍出一条通道。这时，屋面上的檩条已经开始着火了，再不快点大火就有可能蔓及整个教堂了。

现在要把火扑灭是不可能的，也没有时间去河边取水。但拉根弗丽德还是吩咐大家排成一条线，从小溪边传水过来，把水倒在男人们的身上。很多女人都在哭，在为进入教堂的人担心。

克里斯汀站在队伍的前面，她现在很怕、很担心，因为她在乎的两个男人都在里面，生死未卜。

倒下了很多圆柱子，男人们都在拼命地砍木柱内墙，还有的人抬着大圆木撞墙。

伊兰德和一名仆人从圣器室里抬出埃里克神父听告解时候喜欢坐的大矮柜。伊兰德和仆人将这个矮柜扔到了院子里。

伊兰德大声喊克里斯汀，可是她没听见。然后伊兰德把外衣都脱掉，只穿着衬衫、长裤和长筒袜又冲了进去。

听到伊兰德声音的人都明白唱诗席和圣器室也着火了，想从教堂本部进到教堂南门已经不可能，大火把出路都堵了。伊兰德拿起灭火钩，拼命地砍木柱。他们把教堂的侧面砍了一个出口，大家提醒他们小心行事，屋顶随时有可能塌下来，那样就会把出口堵死，到时候大家都出不来。现在这边屋顶上已经开始熊熊燃烧了，温度很高，令人难以忍受。

伊兰德从砍的出口出去了，还把埃里克神父救了出来。神父怀里抱着从里面祭坛上取下的圣器。

神父后面有一个年轻的小伙子出来了，一只手捂着自己的脸，怀里抱着杖仪十字架，这个十字架在做宗教活动的时候经常用到。劳伦斯是最后一个出来的，眼睛都已经睁不开了，他抱着沉重的大十字架基督像。基督像比他高很多，十分的重，以至于他的步履有点蹒跚。

大家都过去扶他们，然后来到教堂的院子里。埃里克神父跪到了地上，圣器从他怀里掉落，从斜坡上滚下去。银罐子打开了，装在里面的圣体也掉了出来。埃里克哭着跑过去把它们都捡了起来，在上面吻了一下，还吻了放在祭坛上面的金色的头，里面是奥拉夫的头发和指甲。

劳伦斯举着圣十字架站着，把头贴在基督圣像的肩膀上，好像基督耶稣正在安慰他一样。

教堂北面的屋顶慢慢地坍塌了，断梁也掉下来了，烧焦的木头一下子飞了出去，刚好砸到钟塔里面的大钟，发出巨大的声响，仿佛一声漫长的呻吟，在熊熊的火焰中呼啸而过。

谁也没有注意天气的变化，雷电已经转向其他的地方，雨越下越大，风渐渐停了。

突然，整个教堂在大火中坍塌了，大家都向四处散开，躲避着高温。伊兰德立刻赶到克里斯汀的身边，拉着她往山下跑，他浑身散发着一股烧焦了的味道。伊兰德的头发和眉毛都烧焦了。

火越来越大，听不到对方的声音。伊兰德的脸上有火烧伤留下的疤痕，衣服也被烧破了。伊兰德拉着克里斯汀跟在人群后面，开心地笑着。

神父抱着圣器，边走边哭，劳伦斯拿着十字架基督像，大家都跟在他们的身后。

下山后，劳伦斯把十字架靠在树上，他坐在树底下。埃里克神父悲伤地看着燃烧的教堂：

“奥拉夫教堂，再见，我相信我们还会再见面，上帝会庇佑你的。我曾在你里面吟诵圣诗，做过弥撒，上帝会保佑你的，奥拉夫教堂。”

埃里克神父哭了，大家跟着他一起哭了。没有人去在意是否被雨水淋湿。这场大雨也无法挡住大火。最后奥拉夫教堂消失在一片火海之中。

克里斯汀走到劳伦斯的身边，劳伦斯一只手捂着脸，一只手放在膝盖上，她发现劳伦斯受伤了，衣袖里面全是血。克里斯汀走到父亲身边，摸了摸他的手臂。

劳伦斯说："我没事，救火的时候不小心被砸到了，"然后看着那片火海轻声地说："芙希尔德。"他的脸色十分惨白，甚至嘴唇都没有了颜色。

埃里克听到劳伦斯的话，走过来，手搭在他的肩膀上，安慰道：

"劳伦斯，你放心，你的女儿没事的。我们失去了灵魂之家，可她没有。"

克里斯汀靠在伊兰德的怀里，伊兰德搂着她。劳伦斯问起拉根弗丽德去哪儿了。

有一个人回答他说，拉根弗丽德陪一个因受到惊吓要分娩的妇女走了。

克里斯汀突然想到自己肚子里面的孩子，从起火到现在她一直都没有考虑过自己的孩子。照理她不应该过来的，附近有个人，脸上有很大一块红斑，人们都说，那是因为他娘在怀他的时候看到了大火，这时克里斯汀默默祈祷道："上帝啊，求你保护我的孩子。"

第二天，大家开会商量怎样重建教堂。

克里斯汀在此之前去找埃里克神父，她说："埃里克神父，这是不是上帝觉得我不配进教堂戴新娘冠，所以才会发生这样的事。我是不是应该平平淡淡地和伊兰德在一起，而不应该举行隆重的庆祝？"

埃里克神父冲到她面前生气地说："你的想法也太可笑了，上帝怎么会为了你一个人毁掉一座可敬而又华丽的教堂？你不要胡思乱想了，好好准备当你的新娘。你和伊兰德在一起，需要在上帝的见证下完成。你一定要在这一生中最美好的日子里戴上花冠，你和他结婚，仪式尤为重要，我们都有罪，这是上帝在惩罚我们大家。现在你们要做的是，帮助大家一起重建教堂。”

克里斯汀觉得埃里克神父是不知道真相才会这样说的。如果知道的话，他还会这样说吗?

开会的时候，劳伦斯的手上缠着绷带，伊兰德脸上也有很多地方烧伤了，看上去十分可怕，但没有大面积烧伤，他可不想在结婚的时候，样子难堪，可他们依然保持微笑。伊兰德答应给教堂捐四个银马克[①]。在得到劳伦斯的同意后，伊兰德又以克里斯汀作为他未婚妻的名义捐了克里斯汀陪嫁中价值60头牛的本区地产。

因为受伤的原因，伊兰德在柔伦庄园多留了一个星期。克里斯汀觉得火灾后，劳伦斯对伊兰德的态度转变了好多，慢慢地接受了伊兰德。克里斯汀想，也许有一天劳伦斯会喜欢伊兰德的，如果再知道了他们犯下的错，应该不会很严厉地对他们，更不会发生她所担心的事情。

8

这一年整个谷地的收成相当好，干草收了很多，并且都顺利地运了回来，牧场上回来的人民，带着大量的牛奶和奶制品，不管是草料还是牲畜都让人十分满意。天气也十分的好，谷物的谷穗都

①约等于1千克纯银。

长得很饱满，这么多年来很少见到这样的情景。在圣巴托罗缪和圣母诞辰日期间，大家都很害怕夜霜，往年的时候大家都害怕夜间作物被冻坏了，可是最后没有夜霜，只是下了一点儿雨，天气依然很好。到了收获季节，天气也是很好。米哈依日后又过了一周，教区的谷物大部分都进仓了。

柔伦庄园的人在为克里斯汀的盛大婚礼忙碌地准备着。最后两个月，克里斯汀更加的忙碌，每天从早忙到晚地工作，根本没有时间想其他的事情。她感觉自己的乳房总是往外胀，粉色的奶头变成了深紫色。如果在寒风里起床，她的乳头就会很敏感，像伤口一样敏感。每天她都在想，到天黑之前一定要做完工作，痛苦也会过去的。有时候她会伸伸懒腰站着休息一下，她总觉得肚子里好像有东西在长大，可是她看上去还是很消瘦。她用手摸了摸自己的腿，没有感觉到难过。一种模糊的欲望有时候会涌进她的心里，她想再过段时间应该可以感觉到胎动的，那时她应该是和伊兰德在胡萨贝庄园。克里斯汀觉得伊兰德应该会很高兴的。她闭着眼睛在回忆，那个冬天伊兰德站在这里，用清楚洪亮的声音说出他们的订婚誓言，她还记得那时伊兰德是很激动：

“请上帝和大家为我们做证，我尼古拉斯之子伊兰德将按照上帝和人间的律法娶劳伦斯之女克里斯汀为妻，并遵守我许下的诺言。我愿意娶克里斯汀为妻，而她也将成我的妻子，有生之年决不负她，我们会按照上帝的律法和国家的规定一起生活。”

克里斯汀在农庄的每栋房子之间来回奔波，有时候会停留一会儿。这一年花楸树上结了很多果子，冬天估计会下很大的雪，阳光照在大地上，显得暖洋洋的，她希望这样的好天气能够持续到婚礼那天就好了。

劳伦斯坚持要在教堂中为女儿克里斯汀举行婚礼，于是婚礼在圣布庄园的教堂举行。星期六大家骑着马翻过山到瓦吉地区，他们在圣布庄园和附近的农场过夜，到了星期天做完婚礼弥撒又骑马回来。傍晚的时候做完祈祷，圣日就结束了。他们就要举行婚礼了，劳伦斯牵着克里斯汀，把她交给了伊兰德。到了半夜新郎新娘才被安排去就寝。

星期五的下午，克里斯汀站在楼上，望着远处过来的一群人，是伊兰德带着男傧相骑着马从北方过来，穿过山腰教堂遗址，她聚精会神地在人群中寻找着伊兰德。他们现在还不能见面，要等到明天她穿了新娘装后才可以相见，现在她被禁止和任何男人相见。

在岔路口的时候，有几个妇人离开马队，向柔伦庄园走去。男宾客骑马到劳加桥，他们必须在那里过夜。克里斯汀迎接完客人后，就去沐浴，洗尽身上的疲劳。拉根弗丽德用很咸的盐水给克里斯汀洗头，这样可以让克里斯汀的头发明天看起来既漂亮又有光泽，可是却苦了她的头皮。

爱丝希尔德夫人在劳伦斯的帮助下下了马。克里斯汀一直在想她是怎样保养的，爱丝希尔德看上去比她的儿媳卡群夫人还要年轻。克里斯汀觉得很奇怪，卡群夫人长得又不好看，身材和皮肤都不是很好，而慕南又是如此花心，为什么大家还说他们过得很好、很和睦？还有巴德两个女儿一个已婚一个未婚，可是她们长得也并不如大家说的那么漂亮，在陌生人的面前显得有点拘谨。劳伦斯很客气地感谢这些年龄大的人长途跋涉过来参加女儿的婚礼。

巴德的长女走到克里斯汀身边说：“你知道吗？伊兰德是在我娘家长大的。”

这个时候有两个年轻的小伙子骑马进了农庄。他们一下马就笑着追赶克里斯汀，克里斯汀立刻躲到屋里去。这两个小伙子是特隆德·吉斯林的儿子，长得很漂亮，很讨大家喜欢。他们从圣布庄园带来新娘冠，用首饰箱装着。特隆德夫妇要到星期天做完弥撒才能过来。

克里斯汀躲进火炉室，爱丝希尔德夫人也跟了进来，她拉过克里斯汀，亲吻着她的脸，然后说：“我能活到今天真的很高兴。”

爱丝希尔德握着克里斯汀的手，她觉得克里斯汀瘦了。整个人都瘦了，除了胸部高耸又丰满，脸显得比以前更加娇小了，在两条美丽的大辫子的映衬下，脸颊不再圆了，也不再像以前那样有血色，眼睛都凹下去了，显得更大，色泽更黑。

爱丝希尔德夫人又吻了她一下。

爱丝希尔德说：“克里斯汀，我看得出来，这些年你因为和父亲僵持着受了很多压力。今天晚上我为你准备一碗安眠汤，让你明天做一个精神饱满的美丽新娘。”

克里斯汀咬着嘴唇。

爱丝希尔德夫人拍了拍克里斯汀的手说：“不要说话，我都知道。很高兴明天能让我为你打扮，我可以肯定明天你会是这个世界上最美的新娘。”

劳伦斯骑马到劳加桥农庄去宴请那边过夜的客人。

大家对食物都非常满意，他们觉得在最有钱的修道院也不一定能见到这么好的斋食，有黑麦粥、煮豆子和白面包，还有鱼类。席间只用咸鳟鱼和新鲜鳟鱼，以及肥肥的干制大比目鱼。

时间就这样慢慢地过去了，酒也喝得差不多了，他们渐渐地放松了心情，于是开始拿新郎开玩笑，一个比一个说得恶俗。伊兰德带过来的男傧大多比伊兰德年轻，和伊兰德差不多年龄的基本上都已经结婚了。开的最不好笑的一个玩笑是，伊兰德这么大的年纪才第一次进洞房。和伊兰德一起来的还有几位年长的老人，他们还是清醒的，听到这样的敏感话题胆战心惊，一直担心话题触及太深会弄得大家不高兴，可是还是触及了。巴德爵士一直观察着劳伦斯，劳伦斯在喝酒，可是他并不开心，脸色看起来并不是很好，伊兰德坐在劳伦斯的左边，笑着回答大家的问题。他的精神很好，脸上泛着红光。突然劳伦斯大声说道："好女婿，今年夏天的时候你不是向我借了一辆板车吗？现在在哪儿？"

伊兰德疑惑地说："板车？"

劳伦斯又说："难道你忘了夏天向我借了一辆板车吗？那可是一辆很好的车子，我没见过比它更好的车子。那车子是我亲自监督做好的。那个时候你发过誓说会把车子送还回来的，家里的人都知道，为什么你没有兑现你的诺言？"

客人开始劝解劳伦斯不要再说这件事了，可是劳伦斯还是不依不饶的，用手捶着桌子，一定要追问伊兰德那辆车怎么样了。

伊兰德回答说："那辆车应该在纳斯农场吧，我们来的时候没有经过那里。我真没想到你会那么在意那辆车。岳父大人，你是知道的，推着一辆装满东西的板车翻山越岭是很累的。我们到了峡湾后，我的仆人都不愿意把车从纳斯农场送过来，然后再翻山越岭地回去，所以我就放在了农场，没有带过来。”

劳伦斯说：“我从未听过你这种说法，仆人难道比主人还大吗？”劳伦斯十分生气地说道：“你们家的规矩就是，仆人可以不听主人的话，可以按照自己的想法做事吗？”

伊兰德显得很无奈地耸了一下肩膀，赶紧赔罪道：“是的，我家里的确有一些不好的现象。不过，在我和克里斯汀结婚后，我会叫人把车子给你送过来的。”然后笑着说：“岳父大人，我把克里斯汀娶回家后，她就是女主人，什么事情都会改变的，我也会改变的。关于车子的事情，我感到很抱歉。但是我保证，这一定是最后一次让你对我不满意了。”

这时巴德爵士说：“劳伦斯，算了吧，这点小事你就饶了他吧。”

劳伦斯还准备说什么，可是他没有说，然后和伊兰德握手。

大家又坐了一会儿，就散席了，各自找地方休息。

星期六中午时分，所有的少女和妇人都很忙碌，有人在为克里斯汀布置床，有人在为她准备换衣打扮。

伊兰德和克里斯汀的洞房是在阁楼上，那个阁楼是所有房间里最小的。因为新的阁楼空间要大些，拉根弗丽德觉得可以容纳很多宾客。这栋房子在劳伦斯搬到柔伦庄园的时候是很破旧的，可现在经过劳伦斯的重建后，它里里外外都有木刻花纹，并且还用毛皮、窗帘等一些东西做了装饰，十分漂亮。在克里斯汀小的时候，本来就是作为卧室在用。

这里的新房装饰得很好看，新娘的床上有像帐篷一样的帘子，铺着绣花床单，上面还有兽皮被褥、毯子以及枕头。此时拉根弗丽德正和其他人摆弄房间的一些家具和装饰品。

克里斯汀坐在一张大椅子上面，身上穿着鲜红的大礼服，胸部有几个大扣环，掩盖住了本该露出的领口，黄色的衣袖上，两只硕大的金手镯发出耀眼的光芒。胸前围了三圈银丝带，脖子上和胸前垂着很多链子，最上面的一条是父亲给她的，上面是一个大十字架，双手因为戴满了戒指，所以显得十分的重，搁在膝盖上。

爱丝希尔德夫人站在她后面为她梳妆打扮，用红丝带和绿丝带缠绕在她的头上。爱丝希尔德夫人说："克里斯汀，你明天是最后一次披长发了，这个丝带是用来托住花冠的。"屋子里的人都围着新娘。

梳好头发后，拉根弗丽德和她弟媳妇吉丽给克里斯汀戴上了新娘冠。这个花冠是镀金的，十字架和三叶草的图案纹在其中，镶满了水晶。

克里斯汀带着沉重的新娘冠站起来，她只觉得头有千斤重，拉根弗丽德显得有点儿担心。克里斯汀慢慢地站了起来，神啊，这么重的东西啊，她心里想着。有仆人从外面端了一盆水进来，爱丝希尔德夫人把克里斯汀拉到盆子跟前。

爱丝希尔德夫人笑着说："克里斯汀，看看你自己。"说完克里斯汀就向水中的倒影看去，水中的她很漂亮，可是脸色有些苍白，似乎看到了什么不能看到的东西，让人很担心她的身体状况。可她突然觉得晕眩，用力地抓住盆子的边缘。爱丝希尔德夫人扶着她，很用力地抚摩着她，指甲似乎要掐进克里斯汀的肉里，克里斯汀这才从疼痛中清醒过来。

从阁楼外面传来号角声，有人大喊新郎来了。克里斯汀和所有人都去阳台上看。

迎亲的队伍十分的隆重豪华，在明媚的阳光下，非常炫彩夺目。克里斯汀看着阁楼下面的一切出神。她看着远处的山谷，整个山谷笼罩在淡蓝的薄雾下显得十分的宁静美好。高山在薄雾中时起时落，像波浪一样。没有山丘的盆地完全暴露在太阳底下。

已是秋天了，克里斯汀一直没有发现，山谷里的树木大多掉叶子了，光秃秃的树木立在那里。河边的杨柳残留了一丝绿意。满山看上去都是光秃秃的树，而梨树是硕果仅存的没有掉叶子的，它的枝干上挂满了果实和红棕色的叶子。天气很好，一点儿风都没有，满地的落叶散发出属于秋天的味道，淡淡的霉味儿。

这些山梨树为整个山谷增添了一丝生气，不过即使如此，整个山谷还是秋天般死寂的安静。每当号角声停下，依稀可听见山谷里、草地上牲畜游荡着吃草的铃声，整个村落非常安静。

秋天河水的水位降低，也变得非常窄了，仅仅只有几股细流在沙土和被水磨平的巨大白石板之间迅速地流淌着。山腰上的溪泉也不再流淌了，大概是秋天到了的原因吧。不过，周围的地下仍然会渗出水源，四处的田野湿漉漉的，秋天就是这个样子，不管气候如何，空气还是令让人神清气爽。

克里斯汀她们还站在阳台上面，看着新郎由远及近。农庄里围观的人都自觉地给迎亲队伍让出一条路来。

爱丝希尔德站在克里斯汀身边说："克里斯汀，振作起来。再过不久你就是已婚妇女了。"

克里斯汀点了点头，她觉得自己的脸色肯定不好，于是对爱丝希尔德说："对于一位新娘子来说，我现在的脸色是不是很不好？"

爱丝希尔德说："不，你今天很漂亮，是最漂亮的女人，今天你和伊兰德都很漂亮，很般配。"

伊兰德骑马来到走廊，然后从马上下来，他动作非常敏捷。虽然衣服非常沉重，但是他一点儿都没有感觉到束缚。克里斯汀觉得伊兰德非常英俊，她感到自己此时心中充满了对他的爱。

伊兰德穿着深色的衣服——枯叶色的丝绸长衣拖到膝盖下面，两旁开叉，衣服上是黑色和白色的花纹。他腰里的腰带和手里的佩剑都是金子做的，肩上披着斗篷，乌黑的头发上戴着黑色的法国小帽，在头的两边形成长长的发髻，样子就像一双翅膀，上面有两根长长的带子，其中一根从左肩绕过胸部挂到右肩的后面。

伊兰德看着楼阁上的克里斯汀，向她鞠了一躬，然后走到为克里斯汀准备的坐骑旁边，把一只手放在马鞍上。劳伦斯穿着一直拖到地那么长的丝绒衣服，爬上楼梯。眼前豪华的布置让克里斯汀不敢相信自己的眼睛，让她有种眩晕的感觉。拉根弗丽德穿着红色的十分喜庆的红绸连衫裙，头上戴着亚麻布帽，可是她的脸色不好，显得有点灰白。拉根弗丽德走到克里斯汀身边，为她披上斗篷。

劳伦斯牵着克里斯汀走下楼阁，将她带到伊兰德跟前。伊兰德扶着克里斯汀上马，然后自己也上了马，两人并肩坐在马上，队伍开始向教堂出发。在队伍前面的是埃里克神父、武夫、斯佛丹庄园的托摩德神父，还有劳伦斯的朋友哈马城圣十字教团的修士，然后就是伊兰德带过来的男傧相和女傧相，伊兰德和克里斯汀走在他们的后面。在他们俩之后的是克里斯汀的父母，然后就是亲戚朋友和来宾。庞大的队伍向公路走去，路旁有很多人都在欢呼。他们走过的路上撒满了鲜花。

周日，太阳下山后，参加婚礼的队伍从教堂返回到柔伦庄园。柔伦庄园响起了很喜悦的音乐，庭院中更是热闹非凡，一堆堆篝火光照亮了半边天。那些弹奏着乐器的人们都在欢歌笑语地演奏着。

伊兰德在走廊旁下马后将克里斯汀从马上扶下，克里斯汀此时十分疲倦，两腿发软。

克里斯汀小声地说："翻山越岭的时候，我冻坏了，好冷啊，我现在觉得好累。"然后克里斯汀便摇摇晃晃地上楼了。

山里秋天的夜晚很冷，大家都觉得快冻坏了，进了屋后才觉得暖和些。屋里点了很多蜡烛，家人把食物端出来，有水果酒、蜂蜜酒和烈啤酒。大厅里闹哄哄的。说话的声音不时地传入克里斯汀的耳朵中，就像远处传来的隐约能听见的阵阵春雷。

克里斯汀坐在新房里，她还是觉得很冷，浑身都冷冰冰的。过了一会，她开始暖和了，她的脸红通通的，可是她的脚却像冰一样冷。她坐在伊兰德旁边，身上沉重的服饰和新娘冠压得她有些透不过气，身体有点支撑不住了。

伊兰德每次向她敬酒的时候，克里斯汀都会盯着伊兰德的脸看，在如此寒冷的天气，走了那么远的路，他的身上非常暖和，脸颊上突显着红色的疤痕，这是上次大火留下的。

昨天晚上在圣布庄园用餐的时候，克里斯汀遇到了布柔恩爵士。当她看到布柔恩爵士那没有光亮的眼神的时候，她总有种错觉，觉得布柔恩是一个靠魔咒复活的死人，让人看着十分害怕。

晚上克里斯汀和爱丝希尔德住在一起，爱丝希尔德是新郎最亲近的亲戚。

爱丝希尔德夫人说："克里斯汀，你怎么了，无论如何你都要撑下去，你已经无路可退了，必须撑到底。"

克里斯汀害怕地说："我想起了那些曾经被我们伤害过的人，为了这一天，我和伊兰德犯了很多错，令很多人伤心了。"

爱丝希尔德说："你们在一起不可能只有快乐，还会有其他的。总而言之，你们的日子不会太顺利的！"

克里斯汀说："艾琳的那两个可怜的孩子，他们还不知道今天我和伊兰德结婚吧。"

爱丝希尔德说："你不用去想他们，还是先想想你自己的孩子吧。你应该感到庆幸的是你和伊兰德结婚了。"

克里斯汀昏昏沉沉地睡了一会儿，仿佛一阵头晕目眩后掉下了万丈深渊。这几个月来，她被怀孕的事情折磨得很累，却又不能告诉任何人，现在听别人说起来，她觉得很奇怪。

克里斯汀说："我突然想起艾琳了，那个因为爱而付出自己生命的女人。"

爱丝希尔德说："你先想想你自己，如果半年后你还能很开心地生活。"

沉默了一会儿，爱丝希尔德说："克里斯汀，我不知道该说你什么了。你是在担心你们所犯的罪得不到救赎吗？不用担心，迟早有一天你会为你们的错付出代价的。"

克里斯汀觉得心里快接近崩溃的边缘了，想起以前那些可怕的日子就难受。刚开始时，她总是想要不顾一切地熬下去，哪怕是多坚持一天也好，后来她支撑下来了，但是并没有像想象中的那么轻松。她觉得支撑自己的东西在慢慢地消失，她一天天地煎熬着，很害怕自己不能熬到最后。现在总算是和伊兰德在一起了，那种恐惧感慢慢地消失了。

在祷告的时候，克里斯汀和伊兰德跪在同一侧，教堂里面布置了小蜡烛、图画、闪亮的圣器，还有穿着白袍和罩袍的神父。婚礼上的一幕幕，像是又重演一般，在她脑海里浮现。克里斯汀好像在梦里见到过这些人一样，只是今天他们穿着不一样的节日盛装，塞满了整个结婚礼堂。记忆最深刻的是，布柔恩爵士站在柱子后面一直看着她。克里斯汀看到布柔恩的眼神，她就想起另外一个人，他那种眼神和艾琳的很像。

克里斯汀尽量避开看布柔恩，她仰视着圣奥拉夫的肖像，圣奥拉夫穿着白色的衣服，脸色非常好，姿势十分的优美，手里拿着一把大板斧，脚下是那具罪恶的臭皮囊。可是布柔恩像是阴魂不散一样站在圣像旁边。克里斯汀看到布柔恩爵士就会想起艾琳，她觉得是艾琳回来找他们的。他们为了在一起，践踏了她，她为他们让了路。

死者起身来，把坟墓上的石头从身上用手拨开，伊兰德的青春、名誉还有幸福，周围朋友的善意，他的灵魂得以解脱……死者把这所有的东西都扔掉了。“他以前总是想跟我在一起，我也是这么想的，后来是你想跟他在一起，他也想跟你在一起，”艾琳说道，“现在我付出了自己应有的代价，他也会付出代价的，最后是你，你也会的，恶贯满盈的你们都会走向死亡……”

教堂的地板那么的冰冷，克里斯汀和伊兰德就跪在那冰冷的地上。她看着伊兰德的侧脸，伊兰德的脸上还有上次救火时留下的伤疤，火红火红的，像是烙印一样。克里斯汀带着沉重的新娘冠，身体里感受着胎儿的存在，这一切就像是罪恶在给她压力。她曾经对自己的罪恶是那么的不屑一顾，如今她感受到罪恶带给她的痛苦了，不只是身体受苦，心灵更是痛苦。她在想象着当孩子出生后，神啊，他马上就要出生了，他将躺在自己的怀里，看着她，带着她罪恶的烙印出生，而她会非常爱这个孩子，这个罪恶的果子。

克里斯汀现在很想大叫，让叫声被周围男人的声音淹没，在人群里回荡，会是什么样的效果，可是她不敢。她很想摆脱艾琳死时死死盯着她的眼神，可是她无法忘记。

她只能在心底默默地向上帝祈祷："圣奥拉夫，我向你祷告，我只有一个要求，我知道你是大公无私的，我请求您能饶恕我的孩子，一切罪恶的果报，都可以报应在我的身上，只要放过我的孩子就好，因为孩子是无辜的。"

克里斯汀好像听到艾琳的指责说："你的孩子是无辜的，可是在这个基督徒的国度里，没有你孩子的容身之地，你的孩子和我的孩子是一样的，都不可能得到上帝的眷顾。因为我们都是罪人。"

克里斯汀一直在祈祷，祈求上帝放过她的孩子。"只要你庇佑我的孩子，日后我一定会赤足带着孩子去教堂朝拜您，我会拿出自己的金花冠，放在你的祭坛上……"

克里斯汀呆若木鸡似的跪在那里，想寻求内心的安宁，一直在祈祷，她在尽量控制自己和安慰自己，可是她的祈祷似乎没多大用。她跪在那里颤抖着和伊兰德做完婚礼弥撒。

此时此刻，克里斯汀和伊兰德坐在高席上，周围的场景就像是梦里的场景，亦真亦假，模糊不清。

外面热闹非凡。乐师在弹奏着欢快的音乐，院子外面传来歌声，时常有仆人端着餐点进进出出，可克里斯汀觉得这一切似乎与她无关。

大家都站起来了，克里斯汀站在劳伦斯和伊兰德的中间，劳伦斯大声说把自己的女儿嫁给伊兰德。伊兰德感谢劳伦斯后，就和克里斯汀一起向大家敬酒。敬完酒大家坐了下来，伊兰德把新婚礼物放在克里斯汀的腿上，然后埃里克神父和慕南爵士开始宣读新婚夫妇的财产协议和婚姻协议。在宣读证书、把所有的礼物和礼金放到桌子上的时候，站在周围的男傧们用手里的长枪叩打着地板。

宴席快要结束了，桌子椅子几乎都撤走了。克里斯汀被伊兰德带到房屋中央，伊兰德邀请她跳舞。

克里斯汀心里想道："我们的宾客都是这么的年轻，以前跟我们一起度过青春的人都已经离去了，可我们却又回到了这里。"

跳舞的时候，伊兰德问道："克里斯汀，你怎么了，怎么显得这么古怪，你不开心吗？我在为你担心。……"

伊兰德带着克里斯汀去问候客人的时候，克里斯汀觉得自己就像木偶一样任由伊兰德牵着，和别人说话。她好像没有了知觉一样，什么都不知道。所有的房间里都点着许多蜡烛，灯火通明，到处都是人，有人在唱歌，有人在跳舞。克里斯汀像是在梦中行走一样，快找不到自己的家了。

他们在一处停下来，秋日的夜晚不是很冷，大家都在院子里随着音乐跳着舞，看到新郎新娘后，就叫他们一起跳。他们接受了大家的邀请，也一起跳舞。随着舞步的迈进，她渐渐恢复了意识，头脑越来越清晰了。

向山谷望去，黑压压的一片，看不到远方，远处的河流上面有一条隐约的光带在黑暗中闪烁。

跳了一会儿，伊兰德带着克里斯汀离开了跳舞的人群，在走廊尽头的黑暗处伊兰德紧紧地抱住了她。

伊兰德搂着克里斯汀说："克里斯汀，我今天甚至还没来得及对你说，你今天真漂亮。你的脸颊红得像火一样……"克里斯汀像是没有听到一样，伊兰德贴着她的脸说："亲爱的，你到底怎么了？"

克里斯汀低声说："我觉得好累，好累。"

伊兰德看了一下夜色说："我们马上就可以休息了。"银河转向，现在快变成南北向了。"亲爱的，还记得我们在史科葛庄园同住的那晚吗？从那以后我们就没有住在一起了……"

过了一会儿，埃里克神父说，周一凌晨已经到了。爱丝希尔德夫人和吉丽婶婶牵着克里斯汀走到新阁楼，带她到了合欢床，克里斯汀现在很累，已经没有任何力气按照礼仪稍微去挣扎一下了。男傧相拿着火把和利剑站在楼梯脚，他们围着女人排成一圈，护着克里斯汀穿过农场，爬上旧阁楼。

妇女们帮克里斯汀脱下新娘装和头上的新娘冠及首饰，一点点地放在了一边。克里斯汀看到床边有一件连衫裙，黄色的，这是她明天要穿的，裙子上有一块整齐的头巾，这是已婚妇女所特有的装饰，是伊兰德带过来的。明天她要用这块头巾将自己的头发包扎起来。那衣服和帽子摸上去的手感很舒服、很凉爽。

妇女们将她领到了合欢床边上，没有穿鞋，把手臂露了出来，身上只有一件没过脚踝的长裙子。妇女们又给她戴上花冠，这些花冠在只剩下她和伊兰德的时候，将由伊兰德脱下来。

克里斯汀被拉根弗丽德安置在床上坐着，拉根弗丽德亲了亲克里斯汀，可是她的唇没有温度，冷冰冰的。拉根弗丽德叫克里斯汀在床上坐好，克里斯汀很听话地按照拉根弗丽德的话做，背靠在床上坐着，她必须头稍稍前倾，这样才可以把头上的花冠支撑起来。爱丝希尔德夫人帮她盖好床单，将下半身盖住，然后将克里斯汀的一部分头发遮盖着她的手臂。

男傧相把伊兰德带上阁楼，慕南爵士帮伊兰德解下腰间的金带和宝剑，宝剑被挂在床边的墙上，然后不知道在克里斯汀的耳边说了句什么，克里斯汀勉强地微笑着。男傧相帮伊兰德把外套脱下，然后伊兰德坐在椅子上，他们又帮他脱下马刺和皮靴。

克里斯汀一直低着头，其间只看了伊兰德一眼，就不敢再看了。

大家互相道了晚安便离开了，宾客们都走了，房间里面空荡荡的。劳伦斯是最后一个离开的。离开时，他关上了新房的门。

伊兰德站起来，脱掉所有的衣服，丢在长凳上。他走到床前帮克里斯汀把金冠拿走，放在桌上，然后也上床躺下了。伊兰德抱着克里斯汀，跪在床上，让克里斯汀能够躺在自己裸露的胸膛上，亲吻着她的额头。

这时，克里斯汀搂着伊兰德的肩膀大声地哭了起来，内心的恐惧总算是放下了，现在有的只是甜蜜。伊兰德抱着克里斯汀，亲了亲她，然后很粗鲁地脱掉克里斯汀的衣服，仿佛是要脱掉她一层皮似的。

伊兰德安慰道："好了，克里斯汀，我们今天终于结婚了，终于可以正大光明地在一起了，不要哭了。把一切都忘掉吧。从今以后，你只需记住一点儿，我是你的丈夫，你是我的妻子。"然后伊兰德用一只手把最后一支蜡烛熄灭，在黑暗中扑在克里斯汀身边的床上，也放声痛哭起来：

"我真的不敢相信，这些年来我从不敢相信，我们终于等到这一天了。"

阁楼外面的院子里渐渐安静了下来。客人们忙碌了一天，都很累了，又喝了许多烈酒。刚开始人们出于礼貌还走来走去地应酬着，后来都累了，就慢慢地散了，纷纷自己找地方休息去了。

拉根弗丽德安排好宾客就寝后，就开始找劳伦斯。本来安排宾客就寝的事劳伦斯也应该帮忙的，可是现在他不知道去哪儿了。

阴暗的院子里，还有一些年轻人没有睡，大部分都是些仆人和婢女。拉根弗丽德去屋外寻找自己的丈夫，今天晚上劳伦斯喝了不少酒，现在应该让他休息了。

最后拉根弗丽德在洗浴房外面的草皮上找到了劳伦斯，他好像睡着了。拉根弗丽德走过去，想把劳伦斯叫醒回房间睡觉。拉根弗丽德的手刚碰到劳伦斯，他就醒了。他并没有睡着，至少不是完全睡着了。

劳伦斯用低沉的声音说："你要干什么？"

拉根弗丽德说："我来叫你回去睡觉，你不能躺在这里。"说完便扶着劳伦斯往回走。她用手拍掉劳伦斯身上的泥土和草屑。"我们是该回去睡觉了，亲爱的丈夫。”拉根弗丽德扶着站立不稳的丈夫，往屋子里走去，他们沿着马厩和牛栏走着。

劳伦斯说：“拉根弗丽德，我记得我们新婚的那晚，你并没有抬头看我。可是今天克里斯汀看了伊兰德，而且在她的眼神里我看不到羞怯。”

拉根弗丽德说：“她等了伊兰德那么久，这很正常，她敢抬起头来看他，这可以理解。”

劳伦斯大声吼道：“不，我不觉得他们有等待过，这都是他们应当做的。”妻子嘘了一下示意丈夫小声一点儿。

他们现在正站在厕所和一道围墙间的窄路上，劳伦斯一拳打在粪坑上的横梁上。

“你这根梁柱，我恨不得把你放在这般污秽的地方，让秽物腐蚀你。把你拖到这里来，让妖魔鬼怪吃掉你，我恨不得亲自惩罚你，当初你打到我那温柔的二女儿芙希尔德身上，让我失去了她，可正是因为如此，你让我的女儿解脱了，摆脱了羞辱，所以我把你放在华丽的房子里。

劳伦斯觉得很痛苦，也觉得很耻辱。沿着栅栏走去，路上跌倒了，他将头埋在手臂里大声地哭着。

拉根弗丽德扶着他，安慰着他，可是不管怎样劝说，还是止不住劳伦斯的哭声。

劳伦斯痛苦地说：“我错了，我不应该答应把克里斯汀嫁给他的。他是那样的一个人，他不但毁了自己还把我们的女儿给毁了。我一直都知道他们之间的事情，真没有想到克里斯汀与他会发生那样的事情。我真痛恨我自己，我怎么就没有认清他的真面目呢？我怎么还这么糊涂把女儿嫁给他？他会毁了女儿的一辈子啊。”

拉根弗丽德绝望地说：“还有什么比这更好的办法吗？我早就知道她是他的人了，现在也是没有办法的办法了。”

劳伦斯说：“我真的好想跟他大吵一架，可是我还是把她再一次送到了他的身边，她得到了一个很好的丈夫。”说完劳伦斯又哭了起来，然后对着围墙一阵猛打。拉根弗丽德本以为丈夫已经清醒过来了，可现在酒劲又上来了。

看到这样的劳伦斯，拉根弗丽德放弃把他带回房间睡觉的念头。那边还有很多宾客，如果让客人看到这样的劳伦斯，到时候真不知道该如何收场。拉根弗丽德发现旁边有一个小仓库，里面放着用来喂马的干草，于是拉根弗丽德就把劳伦斯带到了仓库里，看了看里面没有人，便关好门，让丈夫在里面好好休息。

拉根弗丽德安顿好劳伦斯，在他身边铺了很多干草，之后在他的身边躺下。劳伦斯有时候会一边哭泣，一边胡言乱语，拉根弗丽德听不懂他在说什么，过了一会儿，她将劳伦斯的头放在自己的膝盖上。

拉根弗丽德安慰说：“劳伦斯，我看得出他们很相爱，也许他们的未来并没有我们想象的那么糟糕。”

劳伦斯好像清醒了些，说：“不，不会的。你没有看出来吗？伊兰德不像一个男子汉，但他却掌控了克里斯汀。现在克里斯汀对他是言听计从，可是有一天她要是反抗了，那就是克里斯汀的苦日子到了。”

“我亲爱的上帝啊，我是这么的爱你，遵循你的旨意做事。可是你为什么要让我承受那么多的痛苦呢？先是夺走了我的三个儿子，然后是把我的二女儿芙希尔德带走。为什么现在你又让我把最心爱的大女儿嫁给了一个没有担当的男人，而且是在我女儿失贞的情况下？我还剩下什么，我还有一个小女儿，可是我能把希望寄托在她的身上吗？她还那么小，她的未来还不知道是什么样子，我的生活为什么是这个样子？”

拉根弗丽德浑身在发抖，劳伦斯抱住她的肩膀说：“睡觉吧。”然后他们就躺下睡觉了。劳伦斯把脑袋放在妻子的手臂上，躺了一会儿，时而叹息，一直到睡着为止。

拉根弗丽德醒的时候，天还是黑的。她感到奇怪，在这样的环境下，她居然睡着了。她坐起来，看到劳伦斯屈膝坐在那里。

拉根弗丽德惊讶地说：“你醒了，是不是觉得冷？”

劳伦斯摇了摇头说：“不，我睡不着。”

拉根弗丽德说：“你还在想克里斯汀的事情吗？我想她的状况应该比我们想象的要好。”

劳伦斯说：“或许吧。不管她是在什么情况下和伊兰德结婚的，但最起码她是嫁给她爱的人，可我们却不是。”

拉根弗丽德没有说话，她侧躺着。劳伦斯把手搭在了她的肩膀上说：“对不起，我们年轻的时候，你要求我做的事情我真的做不到，因为我不是那样的人。”

拉根弗丽德哭着说：“劳伦斯，不要说这些，我们现在过得很好，不是吗？”

劳伦斯忧郁地说：“我也是这样认为的。”

千思万绪涌上劳伦斯的心头。他在想克里斯汀和伊兰德这对新人现在正在干什么，一想到这就觉得很无耻，更心痛。他的心里很难受，这可是他的女儿啊，她的眼睛不时地浮现在眼前，他心底在挣扎，他不愿意去想，这是他一直都不愿意承认面对的，因为这也是他妻子想得到的东西。

劳伦斯一直对自己说，他不应该这样。他结婚的时候，还只是个小孩，而拉根弗丽德又比自己大，也不是自己想找的人。他也没有被妻子所吸引，他不想面对妻子的热情，可是妻子要求他爱她，一想到妻子一直在适应着自己，他就觉得很羞愧，心里像火一样烧着。

劳伦斯自认为是个好丈夫，他对拉根弗丽德一直是尊重的，不管做什么事情都会和她商量。他们生了六个孩子。他只希望能这样平静地生活下去，只想让拉根弗丽德不要总是寻找他不愿表明的心迹。

劳伦斯自己难道就没有爱过别人吗？他想到了史坦恩之子卡尔的妻子英根。他记得每次出去游历山谷，都会到他们家做客，他不记得自己和英根有没有单独说过话。可是只要看到她或想到她内心就有一种悸动。他现在明白了，他也是想恋爱的，也会有这种感觉。

劳伦斯结婚太早，对于爱情更是羞怯。结婚后，他觉得自己还不如生活在深山老林中。在那里，一切生物都有自己的生活范围——逃避的地方，机警地、充满疑惑地注视着每一个想悄悄靠近它们的人……

随着时间的流逝，森林里的野兽开始慢慢地忘记了害怕的感觉，它们开始寻求自己的另一半，而对于他来说，妻子就好像是礼物，可是他并没有去追求却轻易地得到了妻子的一切……

后来他们有了孩子，这就像人们所希望的一样。对，他看到了希望，他很开心。

结婚，家里人根本没有问过他的意见，就自作主张地帮他娶了亲。从表面上看，劳伦斯有很多朋友，可是实际上根本没有，因为他连一个知心的朋友也没有。战争曾经让他找到了快感，可在现在这样的和平年代里，他没有再上过战场。后来他就开始务农，成了一个农民。他的生活重心开始慢慢地转向他们的孩子，他想起克里斯汀小时候，自己带着她去骑马，克里斯汀坐在他后面，小手紧紧地抓住他的衣服，有时候会用头顶在他的后背上。

他又想到晚上看到克里斯汀看伊兰德的那种眼神，没有羞怯。她的眼神是那么的明亮，如今她如愿以偿，总算是和她的心上人在一起了，可她的眼神是那么的赤裸裸，没有任何一丝害羞之意。她坐在唯美的床上，背靠着枕头，在飘忽不定的烛光下，全身都是金色的，花冠、长裙，还有头发。

那样的眼神让他觉得羞怯。他感到愧疚，自己没有得到自己想要的，他妻子想要的简单幸福，他也没能给。

劳伦斯满怀怜惜地拉过拉根弗丽德的手说："我也一直觉得我们过得很好。你的不开心我一直以为是因为孩子的去世导致的，我从来也没有细想过这到底是为什么。或许我根本不算是一个好丈夫……"

拉根弗丽德激动地说："不，劳伦斯，我一直认为你是一个好丈夫。"

劳伦斯坐着，把下巴压在膝盖上说："也许吧。如果你当年像现在的克里斯汀一样嫁给自己爱的人，也许应该更幸福一些。"

拉根弗丽德跳了起来，用低沉而刺耳的声音叫喊道："你知道？你什么时候知道的？你知道很久了吗？"

劳伦斯莫名其妙地说："我知道什么，我不知道你指的是什么？"

拉根弗丽德绝望地说："我是说我和克里斯汀一样，在没有结婚的时候就已经失贞了。"由于心里的愧疚，所以她说话的声音很大。

劳伦斯沉默了很久才说："这件事我从来不知道，我也是刚听你说了这件事。"

拉根弗丽德绝望地瘫倒在地，放声痛哭，身体在颤抖，回过神来之后，她微微抬起头。墙缝里已经透进了灰蒙蒙的微弱阳光，她已经能够看清楚丈夫的姿势了——他抱膝坐着，纹丝不动，仿佛成了化石一样。

拉根弗丽德哭着说："劳伦斯，你和我说话呀。"

劳伦斯依旧一动不动地呆呆地说："你要我现在说什么？"

拉根弗丽德哭得更厉害了："劳伦斯，你不要这样，你打我骂我吧。"

劳伦斯冷笑一声说："现在做这些还有什么意义，太晚了。"

拉根弗丽德继续哭着说："我不是故意要欺骗你的，那个时候我觉得自己是个受害者，受到了凌辱！谁也不会怜悯我。我什么也不愿想。我们在结婚之前就只见过三次面，那时我觉得你是个年幼无知的孩子，太年轻，什么都不知道。"

劳伦斯说："的确，那时我只是个孩子。大家都觉得你不会欺骗一个孩子的。"

拉根弗丽德一边痛哭，一边说："在我跟你在一起之后，我开始慢慢懂了不应该欺骗你。后来随着我对你的慢慢了解，我更加后悔不该欺骗你。”

劳伦斯又沉默了。

拉根弗丽德说：“你为什么不追问我？”

劳伦斯说：“为什么还要追问，这有意义吗？是那个我们为芙希尔德送葬时候在‘欢乐山冈’碰见他出殡，对吗？”

拉根弗丽德回答说：“是的，我们为他让路了，退到一旁。我们抬着芙希尔德的担架站在那边，我听说他的下场很好，是寿终正寝，为他送葬的有神父、修士和武装的小地主随行，从这一点儿就可以看得出来。我一直在祈祷，祈祷末日审判时上帝将我的罪孽和愁苦都算到他的身上。”

劳伦斯冷哼一声说：“看得出来。”他的语气中满是轻蔑。

拉根弗丽德绝望地说：“不，你什么都不知道，你还记不记得我们结婚后的那一年，他来看过我们？”

劳伦斯说：“记得。”

拉根弗丽德回忆说：“他是酒后对我做出那种事情的，可后来他说他不喜欢我，不会娶我的。我的父亲根本不知道这件事情，我不敢告诉他。那时我和我弟弟的感情很好，什么都和他说，他知道后，去逼那个人娶我，可是凭我弟弟一个小孩子的力量怎么可能办到？弟弟还被揍了一顿，后来我就保守了这个秘密，并且嫁给了你……”

拉根弗丽德沉默一会儿接着说：“后来随着时间的流逝，我把那件事也慢慢忘记了。可是一年过后，那次他来看我们，他告诉我说他爱我，后悔当初没有娶我，他亲口跟我说的。只有主知道他说的是不是真话，可是我不再相信他了，也不在乎他说的是不是真的，我也想过自杀，但是那时我怀了孩子，我也发现自己渐渐地爱上你了。我不敢出门，因为我是罪人。”拉根弗丽德此时仿佛在忍受难以忍受的痛苦，大声地叫喊着。

劳伦斯这个时候很快转过头去。

“我们的第一个儿子出生后，我一直觉得孩子比我的生命都重要。当这个孩子躺在病床上与死神搏斗的时候，我觉得孩子死了，我也会死掉的。可是当他要死去的时候，我没有祈求主保佑不要让这个孩子离开。”

劳伦斯沉默了很久，才用死一般的冷冷的声音说：

“是不是因为那孩子不是我的，你才这样做？”

拉根弗丽德说：“不是，我也不知道他是不是你的孩子。”

劳伦斯和拉根弗丽德沉默地坐了好久，周围死一般的寂静，后来还是劳伦斯先开口说：

“上帝啊，拉根弗丽德，这些事情你为什么到现在才告诉我？”

拉根弗丽德紧紧交握着双手，说：“我不知道，也许是想要你惩罚我，希望你把我赶走……”

“你是不是觉得这对我有所帮助？”劳伦斯不屑地说，声音里有一丝发抖。他平静了一会儿，又说：“还有我们的两个女儿？”

拉根弗丽德静静地坐了一会儿。

拉根弗丽德轻声地说：“我突然想起你曾经批判伊兰德，那么如今你又将怎样批判我呢？”

拉根弗丽德的话让劳伦斯一愣，僵硬的身体柔软了一些。

“这不一样，我们在一起生活了将近27年，这不像评论一个陌生人那样简单。我看得出来这些年来你很痛苦。”

拉根弗丽德听了劳伦斯的这几句话后，倒在干草上开始放声痛哭。她鼓起勇气去拉劳伦斯的手，可是劳伦斯坐在那里不为所动，面无表情，像死了一般。这样的劳伦斯让拉根弗丽德更伤心，于是她哭得更大声了。可劳伦斯还是没有反应，只是一直盯着看周围射进来的灰蒙蒙的微弱的阳光。最后，拉根弗丽德停止了啼哭，静静地躺着，仿佛自己的眼泪已经流干了一样。不知过了多久，劳伦斯拉着拉根弗丽德的手，拉根弗丽德又开始放声痛哭起来。

拉根弗丽德满眼泪水地说：“还记不记得我们在史科葛庄园，有一个知道古诗谣的人来找我们？你还记得他给我们讲了一个关于一位死者从地狱回来把自己所见所闻讲给他的儿子听的故事吗？地狱的最底层总是传来痛苦的呻吟声，那是不贞的妇女为自己的丈夫碾土做肉吃。她们的心脏都是血淋淋地吊在胸口，以至于碾土的石磨上沾满了鲜血。”

劳伦斯依旧是一言不发。

拉根弗丽德痛苦地说：“这么多年来，我一直在想着这个故事。我的心每天都在流血，因为我觉得我每天都是在碾土做肉给你吃……”

劳伦斯听了拉根弗丽德的话，心像是硬生生地被人掏了一个洞，像是一个受了“血鹰[①]”刑的人。劳伦斯无比疲惫且伤心地看着拉根弗丽德说：“也许只有先碾土，然后才能长出肉吧。”

拉根弗丽德想拉住劳伦斯的手吻下，可是被他躲开了。过了

①古代的一种刑罚，受刑的人被从背部割断肋骨，掏出心肺。

一会儿，劳伦斯又抓住他妻子的手，放在膝盖上，面无表情地看着她。他们就这样僵持着，一动不动地坐着，谁也不再开口说话了……

〔挪威〕温塞特◎著
王玲楠◎译

新娘·女主人·十字架

海峡出版发行集团 THE STRAITS PUBLISHING & DISTRIBUTING GROUP | 海峡文艺出版社 Haixia Literature & Art Publishing House

第三部　十字架

上卷 亲戚的情分

1

尼古拉斯之子伊兰德和劳伦斯之女克里斯汀移居到柔伦庄园的次年，克里斯汀准备夏天的时候去乡下的牧场生活。

这个冬天里她都在准备着这件事。史基恩庄园一直有这么一个旧传统，夏天的时候女主人总要迁居到偏远的牧场，这是因为从前柔伦庄园主人的女儿被特洛利劫持过。从那之后，孩子的母亲都会在夏天去牧场生活。史基恩庄园里的所有事情都有自己的传统，那里的人也习惯了，并不觉得奇怪。

但在其他地方并不是这样的，山里大庄园的女主人不用自己去牧场来亲自管理。克里斯汀明白，如果她真的去了山里，周围的百姓肯定会非常震惊，说一些闲言碎语。但是，他们想说就说好了。就算她不去，这些闲言碎语估计也少不了。

托伯之子伊兰德的整个家当，不过是一把宝剑和迎娶洛普斯庄园尼古拉斯之女英歌伯柔时身上的那套礼服。他以前是哈马神父的侍卫，曾和神父一起来北边为新教堂的奠基举行庆礼，就在那段时间里和英歌伯柔发生了关系。西格尔之子尼古拉斯一开始很愤怒，当时就对上帝起誓一定不会将女儿托付给这个侍从。然而英歌伯柔有了一对可爱的孩子，周围人都嘲笑道，尼古拉斯肯定不会让自己的女儿独自抚养他们的。最后，他不得不将女儿许配给了伊兰德。

这件事情发生在克里斯汀婚后的第三年。周围的人们一直对这件事念念不忘，所以仍然对伊兰德抱有偏见。他是哈尔兰人，祖先也曾是贵族，不过渐渐地没落了。他在西尔那人缘不是太好。伊兰德为人严肃，性情古板，而且有点小肚鸡肠，不过他很熟悉庄园里的工作，并且懂得不少法律知识。因此，托伯之子伊兰德现在在农场颇受人敬仰，至少所有人都不想和他有什么过节。

克里斯汀回忆着伊兰德的面容，他的脸晒得黑黑的，颧骨很宽，头发和胡子呈棕黄色，微微有点卷曲，小小的淡蓝色眼睛炯炯有神。她觉得他的长相很像另外一个人，像胡萨贝庄园的一个随从，但是也有点像伊兰德的某个用人或水手。

克里斯汀微微地叹息着，看上去伊兰德在妻子的庄园里也能活得很好。他可没有管理庄园的经验……

近半年来，克里斯汀都在调教史泰卡之女弗丽达。他们从特隆赫姆郡将她带到这里，让她在这里担任管家。克里斯汀反复告诉弗丽达：

夏天的牧场需要如何干活，割草的仆人们饮食习惯如何，收获之前还要做哪些准备工作。弗丽达应该也没有忘记，克里斯汀去年是如何完成这些工作的。克里斯汀希望柔伦庄园所有的工作都能按照上一任女主人拉根弗丽德所规定的那样开展……

但是，她并不想让别人知道这个夏天她不会在柔伦庄园生活。她管理这个庄园快两年半了，她总觉得如果自己在夏天的时候去山里的牧场，更像是溜出家一段时间。

其实她心里明白，目前伊兰德的处境很艰难。他一直都喜欢指使别人，习惯让别人替他做事。如果让别人这么对待他，他就会感到很茫然，不知该如何是好。

现在的伊兰德在表面上表现得好像很不在意这些，但是克里斯汀明白，他心里其实很不好受，她又何尝不是如此呢……父亲生活的这个庄园僻静安宁，一望无际的田野旁就是一条闪着幽光的小河，两岸的树木葱葱郁郁，高高的山峰仿佛插进了云层中，山下的田地里散落着房屋，山路上满是石子，山坡上长满了各种树木……不，她已经不再觉得这里是世界上最能给她安全感、最优美的地方了。这里好像与世隔绝，让她喘不过气来。伊兰德待在这里怎能不觉得压抑和苦闷呢？

然而，谁也没有发现伊兰德对这里的一切感到不满意……

直到柔伦庄园开始放牧牲口的时候，克里斯汀才告诉别人她的决定，那个时候所有的人都在饭桌上吃着晚饭。在她宣布时，伊兰德正用手指在鱼盘中挑拣，他被这个消息惊呆了，手指还没伸回来，愣愣地看着妻子。克里斯汀连忙解释道，她之所以这样决定，是因为最近谷地里喉咙病肆虐，许多孩子因此死去。慕南一直都生着病，她想带他和劳伦斯离开这里。

伊兰德听后回答道：“那就这么决定了。最好把那对双胞胎也带去。”

伊瓦尔和斯库勒这两个孩子一听，立即从自己的座位上站起来，开心得不得了，吃饭的时候还讨论个不停。他们很期待和克里斯汀一同去北部葛拉荷山冈的牧羊场。西尔的牧羊人曾在三年前追捕到一个偷羊的人，在野猪冈峡谷——那个人的藏身处将他杀掉了。那个人是奥斯特山里来的一个乞讨者。晚饭结束之前，伊瓦尔和斯库勒就迫不及待地把他们的武器拿出来擦拭着。

晚上，克里斯汀领着西蒙的两个女儿和她的儿子高特以及劳伦斯一起出门了。西蒙之女阿尔涅德今年十五岁了，这个冬天几乎都待在柔伦庄园。圣诞节期间，佛莫庄园的西蒙说道："阿尔涅德应该学学如何操持家务了，没有合适的老师。事实上这个孩子做事情都可以比得上那些侍女了。"克里斯汀知道后，想把这个小女孩领回家去，慢慢教会她。她明白西蒙非常喜欢这个姑娘，很为她的将来担忧。这个孩子确实应该在与佛莫庄园不同的地方学习一段时间。在妻子的父母离去后，安德列斯之子西蒙算是这个地方最有钱的人了。他很关心自己的产业，而且安排得当，耗费了许多精力来管理佛莫庄园。但他在家里却不怎么管事，全部交给女仆人打理，而仆人们一向三心二意，整个家都乱七八糟的。当西蒙瞧见家里的东西实在乱得厉害之后，只好再聘请仆人整理。他一向不对兰波说这些事，好像不打算也不希望让她管理这些似的。他始终觉得兰波还是个小姑娘，很宠爱兰波，从来不责怪她，无论是不是节日，都会带给她和孩子很多礼物。

克里斯汀将阿尔涅德领回家，经过一段时间的了解，她越发喜爱这个小女孩了。虽然她不是很漂亮，但是她善良聪明、勤劳、待人诚恳，而且心灵手巧。小女孩白天随她忙上忙下，到了夜晚就和她一起到织坊去，和她一起缝缝补补。克里斯汀一直都觉得没有女儿太可惜了，因为女儿和妈妈更贴近。

这一天克里斯汀带着劳伦斯散步，高特和阿尔涅德走在她的前面，她望着他们，不由得又感叹起没有女儿这件事。西蒙的小闺女芙希尔德前前后后地跑着，不时地踩一踩水坑上的薄冰。她将红色斗篷反过来披着，将里面白色的毛翻出来，好像是一只小兔子。

山的影子越发浓重了。春天的夜色笼罩着光秃秃的田野，一片朦胧。天空渐渐地由绿转蓝，暮色即将来临，已经可以看见一些星星微弱地闪烁着。山谷对面夜色下的小山峰隐隐露出金光，照亮了他们曾经路过的铺满石头的地方。山顶上的雪还没有融化完，与山坡上的冰块汇合后，哗哗地向下流着。流水声在村子的上方回响着，与地面上小河里的流水声交相辉映。鸟儿的啼叫声响彻了整个山林。

有一次，芙希尔德停下脚步，捡起小石子扔向鸟叫声传来的地方。她的姐姐赶紧牵起她的手，她只好跟着姐姐阿尔涅德一起向前走去。不过没多久，又将手抽了出来，顺着流水一直往下跑着，后来高特高声喝止她，她才停了下来。

当他们来到枞树林的时候，突然听见树林里传来钢琴声。林子里还有积雪，空气中寒气逼人。他们看见伊兰德和那对双胞胎，就站在远处的一块空地上。

伊瓦尔在捕松鼠，箭射中了一棵枞树，看样子他想将射在树上的箭弄下来，此刻，正在用石头往树上扔。每打中一次，那棵枞树就发出一声闷响。

伊兰德说道："你别急，我帮你把它弄下来。"

伊兰德把斗篷往身后一丢，将箭搭在弓上，沿着暗淡的光线看似随意地将箭对着树干。只听一声响动，利箭在空中发出一声锐响，便扎入树干里面，就在他儿子的箭旁边。他又射了一支，本来插在树枝上的两支箭，其中有一支在树枝之间摇摇晃晃地掉落了，另外一支的箭梢断了，箭头仍然深深地插在树上。

斯库勒跑过去，拿起掉在地上的那支箭。伊瓦尔还在看着树顶：

“父亲，留在树干上的那支箭是我射的，还牢牢地立在上面呢。父亲，是不是我射得更好？”随后他又向高特解释他没有逮到松鼠的原因。

伊兰德淡淡地笑了几声，把斗篷披上，说道：

“克里斯汀，你还想待在这儿吗？我想回去了。明天一大早纳克和我准备去捕大雷鸟。”

克里斯汀赶紧说道：“不回。”她要将这两个小女孩送回佛莫庄园，还想和妹妹多聊一会儿……

高特说道：“那么让伊瓦尔和斯库勒陪妈妈去，最后再和她一起回来。爸爸，我想和你一起回去，可以吗？”

离开之前，伊兰德拥抱了一下西蒙之女芙希尔德。一缕褐色的头发从她的帽子里掉出来，她的小脸红红的，很是漂亮。伊兰德亲了亲她的脸颊，才将她放开，然后便和高特一起朝家的方向走去。

现在伊兰德闲来无事，经常拉着儿子们一起出门转悠。

芙希尔德拉着克里斯汀的手跟着她一起走，不过没多久便飞快地跑开了，瞬间便赶上了伊瓦尔和斯库勒。的确，她长得很美，然而性格执拗。伊兰德和克里斯汀如果也有女儿，她的性格一定和伊兰德相似。

他们来到佛莫庄园，只看见西蒙和小儿子在家。西蒙正坐在主位上和小安德列斯一起玩游戏。长凳上放着一堆旧木头制成的钉子，小安德列斯在上面爬动着，想将钉子竖起来。芙希尔德发现弟弟在玩这些钉子，甚至都没有向父亲问候，便冲到弟弟面前，将他抓起来便向桌子上撞去，并且很生气地嚷嚷着她才是钉子的主人，父亲将它作为礼物送给了自己。

西蒙赶紧起身想分开这两个孩子，但却不小心碰到了身旁的一个瓷器，瓷器砰的一声摔成了碎片。

阿尔涅德连忙将这些碎片捡起来。西蒙拿过这些碎片看了看，忧愁地说道："你母亲想必会因为这个对我大发脾气的！"对于这只有着精致花纹的白色瓷器，西蒙解释说是安德列斯·达尔爵士从法国买来的。父亲逝世之后，原本归大嫂海嘉所有，后来海嘉又转赠给了兰波。妯娌俩都觉得它是件宝物。此时他听到妻子的声音从穿堂里传进来，赶紧把碎瓷片藏了起来。

兰波进来之后，先问候了姐姐和外甥们，然后将芙希尔德的外套脱下来。小姑娘对父亲撒了一会儿娇。

"芙希尔德，你今天怎么打扮得如此美丽？今天不是什么特殊的日子，你居然带着银丝腰带……"西蒙说。不过，他双手都拿着东西，没办法拥抱她。

芙希尔德大声说：

"早上我去柔伦庄园的克里斯汀姨妈家，妈妈才给我打扮了一下。"

西蒙高兴地说道："是吗？你母亲把你装扮成了小公主，你真美，我的宝贝儿，我可以把你带到教堂里炫耀一番了。"

兰波整天都只做一件事，为女儿做衣裳，每天都将芙希尔德打扮得花枝招展的。

兰波疑惑地问西蒙："你的手在后面干什么？"

西蒙拿出手里的碎瓷片：

"我担心你会生气……"

兰波拿起他手里的碎瓷片：

"不用为了这点事情就像个傻子一样呆呆地站着……"

这时克里斯汀感到很尴尬。西蒙将碎瓷片藏起来，像个犯了错的孩子似的手足无措，确实很傻气。不过兰波这么同丈夫说话，很不应该。

西蒙回答道："把你最喜欢的瓷器摔坏了，我觉得你肯定会发脾气的。"

兰波不悦地说道："的确，你一直都假装出一副我会因为这种小事发脾气的样子。"西蒙和克里斯汀看到她含着泪水，快要哭出来了。

西蒙马上回答道："兰波，你明白我并没有假装。我真的很在乎你的想法，况且这也不是什么小事。"

兰波继续说道："我什么都不明白。西蒙，你一向不打算严肃地和我谈一些事情。"

兰波突然转身离开了房间。西蒙只能站在那里，看着她走出去。然后西蒙又坐回椅子上，小儿子安德列斯走过去，希望父亲抱抱他。西蒙将安德列斯放在膝盖上，下巴顶着小家伙的小脑袋，不过看样子并不是想听孩子说的话。

安静了一会儿之后，克里斯汀犹豫地说道：

“西蒙，兰波早就长大了，你们的孩子都快八岁了。”

西蒙焦急地问：“你为什么这么说？”克里斯汀觉得还不至于如此。

“我的意思是，可能我妹妹认为她在你眼中依然是个小姑娘，其实你不需要这样……我想，她现在应该可以帮你一起管理家务了，你应该让她给你帮忙。”

西蒙生气地说：“其实她想做什么都可以。我只是不想勉强她而已。不过我也从来没有阻止过她插手佛莫庄园的任何事务。你怎么能这么想呢？你只是不了解具体情况罢了。”

克里斯汀连忙解释道：“不！不！妹夫，我只是觉得也许你把她当孩子看太久了，她现在已经不是小孩子了。西蒙，你该明白的。”

西蒙将小安德列斯放在一边，站了起来，大声嚷嚷道：“你要明白，兰波和我相处得不错，我们都不会如此认为的。”

这时女主人又突然进来了，她拿着一杯啤酒来招呼客人。西蒙赶紧站到妻子身边，揽着她的肩，赔笑道：

“兰波，你说奇不奇怪？你姐姐刚才对我说，她认为你不满意现在的生活……”

兰波睁着她那双深褐色的大眼睛，注视着克里斯汀，眼神有些异样，说道：

“是吗，为什么会有这种想法？姐姐，我们都嫁给了自己想要嫁的人。如果说我们还对上天的安排有所怨言的话，我就不明白了。”她弯了弯唇角。

克里斯汀一个人站在那里，因为生气脸都红了，她没有准备喝下他们的啤酒。

“孩子们，已经很晚了，我们还是走吧。”克里斯汀看着孩子们说道。

“别生气啦，克里斯汀。”西蒙拿起妻子手里的大杯子，坚持让克里斯汀喝下啤酒，“你不会真的生气了吧？或许我不该这么对你说话，不过以我们的关系，你应该不会计较这种事吧？请先在这里休息一下。如果我冒犯了你，请你一定要原谅我。”西蒙伸着懒腰，打着哈欠，接着又说道：“我有些疲倦了。”然后继续询问柔伦庄园春季农忙的事现在怎么样，他的庄园里耕种工作已经完成了一大半：道路北边的那些土地都已经耕种好了。

克里斯汀知道是时候告别了。西蒙戴好斗篷，穿上外套，还拿着一把斧头，准备送她。克里斯汀说，不用麻烦了，西蒙可以待在家里，有两个儿子陪着她就可以了，他们也不小了。不过西蒙坚持要送他们，甚至还让兰波和他一起去送，怎么说也要送到栅栏外面那条小路上。一般兰波是不会出来的，但这次她竟然答应了西蒙，一起出来送他们。

外面很黑，不过天上有很多星星。虽然晚风有些冰冷，但刚耕种过的田野里还是让人感觉暖融融的。黑暗的夜里到处都有潺潺的流水声。

西蒙和克里斯汀一直朝前走着，两个孩子早就消失在前方了。克里斯汀觉得西蒙似乎想说些什么，但一直在犹豫，她也不想先打破沉默……对于刚才的事她心里还在生气。她不讨厌西蒙，但觉得不管怎么样他说话总要知道分寸吧？怎么能像刚才那样谈论亲戚间的旧账？他不可能不明白，他曾在他们最艰难的时期给过他们帮助，所以他一旦有过激的举动，即使她觉得难受，却没有资格说什么。她想起他们在这里住下的那个冬天，西蒙得了颈肿疡，发高烧，卧病在床，非常难受。他已经不是第一次这样了。兰波的仆人一告诉她这些，她便立即赶到了佛莫庄园探病，然而西蒙不但不让她查看病情，甚至不想让她看见。西蒙看上去很生气，兰波只好向姐姐道歉，白白让她来这里。兰波告诉克里斯汀，西蒙第一次在她面前生病的时候，她想好好照顾他，西蒙也是这样对待她的。西蒙只要生这种病，就会搬进一间叫“萨梦厅”的旧房子中，只让一位年迈而又脏兮兮的老用人冈斯坦伺候他，此外不见任何人。冈斯坦在西蒙还没出生时就是戴夫林庄园的仆人了。后来西蒙病好了去找克里斯汀，向她说明了原因，他不想让大家看到他生病的样子，一个男人得了这种病的状态真的很丢人。克里斯汀很生气，并且说，这种病又不是什么大事，根本谈不上什么耻辱。

这时候他们已经走到了桥边。一路上所交谈的话题也都是围绕着天气和农事，这些在庄园里已经说过了。西蒙和她道别后，突然问道：

“克里斯汀，我是不是有什么地方做得不好，让你的儿子高特不喜欢我了呀？”

“高特在生气？”克里斯汀感到非常奇怪。

“对呀，你没察觉到吗？他总是在躲避着我。我和他说话，他都不太愿意回答我。”

克里斯汀摇了摇头，她确实没注意到这些。

“可能你无心说的玩笑话，让他多想了，心里不开心。他只是个孩子而已。”

从她的语气中，西蒙知道她现在的心情不错，便笑着说：

“我怎么不记得我说过什么呀？”

说完这句话后，他再次道了别，便转身向家里走去。

柔伦庄园四周静悄悄的，房子里也是黑漆漆的，不过炉中的木炭还在闪着微光。二儿子布柔哥夫还没有睡觉，他告诉母亲，父亲和兄弟们出去到现在都还没有回来。

慕南一个人躺在父母的床上。克里斯汀走到他身边躺下，紧紧地抱着他。

她在想，这件事她不好意思主动对他说，可是伊兰德自己没有察觉到吗？现在正是春耕的时候，田地里还有很多事情等着干，他不该领着孩子们到处玩了，他们已经可以帮忙做一些事情了……

说心里话，她并不打算让伊兰德自己去做这些，况且他什么也不会。即使伊兰德愿意帮忙做农田里的事情，武夫也会生气的。不过她的孩子总不能像他们的父亲小时候那样，只会摆弄武器，骑着马去森林狩猎，或者花整个下午陪神父下棋……其实神父本来应该去教骑士的孩子们学习拉丁文和别的什么知识，或者唱歌和演奏。她没有多找用人，因为她想让自己的孩子从小就明白：他们有干农活的义务。伊兰德的儿子们已经不能再做武士的白日梦了。

在他们之中，她发现只有高特一个人适合干农活。高特很喜欢干活，不过他还没十四岁。所以只要伊兰德叫他，他也会丢下手里的工作，跟在父亲身后……

不过这种事她不知该如何告诉伊兰德。她发过誓：永远不要在丈夫面前说这种话，让他认为自己对他不满，埋怨他让自己的家人遭遇不幸的命运。可是除此之外又能如何让他理解，通过自己的努力辛勤耕种祖先传下的田地才是儿子们最应该学会的事？她心里想，武夫如果能对他说起这些该多好啊！

在牧民们将牲口从春季畜场运送到霍夫陵根山间的那段时间，克里斯汀也跟着一起去了。不过她没有带上双胞胎。他们已经满十岁了，是她这些孩子中最任性固执的。由于他们两人总是互相包庇，她也不知道该如何对付他们。伊瓦尔待在她身边的时候，还是比较乖巧听话的，然而斯库勒则脾气暴躁，不讲道理。当他们两个人在一块儿时，伊瓦尔就会只听斯库勒的。

2

夏天过去了，一天下午，克里斯汀出门向牧场走去，因为她听一个人说过，沿着山坡向河岸走，一直走到半山腰，就会见到一种长在树林中的毛蕊花。

克里斯汀没费什么力气就到了那里。那个陡坡上的阳光非常充足——现在采花非常适宜。一大片鲜花开在一堆石头和树根之间，就像铺了一块毛毯似的，密密的小花将纤长娇嫩的花茎压得都直不起来。克里斯汀将慕南放在一个平坦的地方采木莓，并在他周围用木枝围了个圈，这样他就不能乱跑了，一起来的那条狗也留慕南身边照看他。然后克里斯汀拿起小刀采集花茎，隔一会儿就回头看看慕南。劳伦斯在旁边给她帮忙。

在这段时间里，克里斯汀总是担心着两个年幼的孩子。当然，她担心的并不是妖魔鬼怪。附近牧场的人们早就回家去了，不过她想继续留在这里，直到秋天的马利亚弥撒节（9月8日）。现在夜晚总是黑漆漆的，什么也看不见，如果刮起风来就更可怕了，有时要在这种情况下出门，那就更让她害怕了。但牧场的天气还是挺不错的。不过今年因为干旱，干草歉收。看来男人们只能留在这里度过下半年了。她曾听父亲说过，没有人在冬天的时候还留在山间牧场里。

这时候克里斯汀呆呆地站在山坡上一棵孤零零的枞树下，手里是一大束毛蕊花。从这里眺望去，北边的景色一览无余，甚至还能看见远处的多孚尔山地区的山坡。可以看见农民的院子前大片大片的草堆……

那边，田野在阳光的炙烤下也是枯黄一片。她现在认为，这里的谷地其实从没有过真正的翠绿……像特隆赫姆郡那里的苍翠。

的确，她现在时常想念着那个家，想念那个庄严耸立在翠绿山腰上的庄园，四周围绕着广阔的草地和农田，一直到山下的湖岸边。从那里眺望过去，可以将一切尽收眼底，铺满苍翠林木的低山岭就像波涛一样翻滚着，一直延续到南边的多孚尔山峡湾。草地在夏日里格外繁盛，傍晚，红霞满天，将草地上鲜花也映红了，等到秋天收割完草料，便会再次长出鲜嫩葱翠的绿草。

是的，她甚至偶尔会思念那里的海湾……柏西的沙滩，还有码头附近的船只，甚至是海岸上的礁石、树脂、渔网以及海水的味道，她都很想念，记得她刚来北方时是多么厌恶这些啊。

可是伊兰德呢？难道他不想念自己原来在那里的生活，不想念大海和带着湿咸味道的空气吗？

她非常想念那些自己曾经所不喜欢的一切，多如牛毛的家产，大群的仆人，武器和马具在院子里的叮当响声，还有各色各样、络绎不绝的农民和客人们，他们谈论着国内的时事政治，或者贵族间的传闻逸事。现在这些都从生活中消失了，她居然觉得生活是如此无趣。

城市里修建的教堂和修道院，富贵人家里常常举行的盛大的宴会……她依然在做着白日梦，幻想着在用人的陪伴下走在热闹的街上，悠闲地走进任何一家铺子里观看，和店家谈论着价格，或者来到远方开来的货船上，去采购一些新奇的东西。船上有英国产的头巾、图案精美的床罩、可以动的木偶骑兵——骑兵可以在一根线的控制下投掷标枪。她时常想念着城郊尼达瑞的草地，她曾和孩子们散步时经过那里，在那里时常有艺人表演着节目，还会发给孩子们一些食物。

她偶尔忍不住将自己打扮一番，穿上丝绸做的裙子，将薄薄的亚麻布做的头巾包在头上。穿上伊兰德为她买的那条浅蓝色没有袖子的长裙，伊兰德送给她这条裙子的时候，还是在他们遭遇巨变之前，这条长裙的领口上是一块闪亮的鼠皮，袖口开得很低，都快到腰部了，这样就更加突显出腰带。

之后她又想到别的……噢！她怎么能想这些？……没有哪个女人愿意在她这种处境下还想要更多的孩子……上一年的秋天，在宰杀完牛羊之后，她失去了一个孩子……幸好是一切还算正常，但刚失去孩子的那些天她还是哭了很久。

她发觉自己已经很久没有抱过小孩了。七儿子慕南虽然只有四岁，可是在他还不到一岁时，他们就迫于无奈把他交给别人照料了。当他们再次相见时，他已经长大了，已经会走路和说话了，而且一点儿都不记得他的妈妈……

伊兰德！啊，伊兰德！她明白——从内心深处明白——他的内心其实也是非常不快乐的。他骨子里很躁动不安，但表面上却表现得十分沉默，装出一副淡然的样子，好像一道急速的流水，碰到了挡道的岩石，只能屈服下来，温顺地绕道慢慢流过去，流入沼泽地的河里。他待在柔伦庄园，整天无所事事，只能带着儿子们东游西逛，要不然就带他们一起去狩猎。如果心情好的话，他也难得做点事，给他的船只和钓鱼工具涂上树脂或修补一番。他也亲自调教过小马，不过由于没有耐心，他很难好好地做完一件事。

他一直都是独自一人，并且完全无视邻居们对他冷淡的态度，就连他的几个儿子也是如此。他们是从外地来这里避难的，性格却还同以前一样高傲，对人冷漠，而且不将那里的传统习俗放在心上，所以令这里的人们很是厌恶他们。而哈尔德之子武夫更让人讨厌，他明目张胆地叫这里的人们土佬，骂他们笨蛋。武夫很瞧不起这些连海都没有见过的人。

而克里斯汀呢……她心里非常清楚如今家乡里的那些朋友也都渐渐和她疏远了。

克里斯汀穿着自己织的布做的深褐色裙子，站得直直的，将一只手放在额头上，遮住耀眼的阳光。

朝北望去，她看见从谷地旁流过的灰绿色的小河，紧接着是一座座险峻的山崖，山坡上覆盖着石块和枯萎的藓类植物，看上去暗黄暗黄的。从山峰之间的缺口处远望，山顶覆盖着层层白雪，仿佛天上的白云一般。就在她的前面，罗斯特山凸出了一块，仿佛山谷的膝盖一样。拉根河流到这里只好绕过去。山下的河水发出低沉的吼声，从深深的峡谷奔泻而下，跳过一个个台阶，激起了层层浪花。从这个满是苔藓的山上望去，两座覆盖着绿色树木的大山就在眼前，克里斯汀记得父亲说过，就像女人的乳房一样……

伊兰德心里对这个地方一定不喜欢，这个地方令他感到极度的拘束和压抑。

就在这个陡坡的南面，也就是靠近家乡牧场的地方，刚好是她童年时碰到女鬼的地方。

那个时候的她还是个羞涩、温顺、美丽的小姑娘，脸蛋很圆润，红扑扑的，有着一头柔顺浓密的黑发……克里斯汀忍不住闭上眼睛，将已经晒黑的脸迎着太阳。如果她还是个刚生完孩子的母亲，乳房肿胀，充满乳汁，心中怀着希望，就像春天里刚翻整好的土地——那么生活还是有无数可能的……不过现在的她，是不会引起人们的歹心的。特洛利决不会勾引她这种女人，恐怕山神也不会将美丽的新娘桂冠戴在一个瘦弱和疲倦的女子头上。恐怕胡耳德拉也不会将自己的孩子交给她哺乳。她觉得自己正在慢慢枯萎、僵硬，如同脚底下紧紧缠绕着山石的老枞树根。她使劲地踩了踩地上的老树根。

两个孩子这时候也在她的身旁，学着她的样子，使劲踩着树根，并且疑惑地问道：

“妈妈，这么做有什么意义？”

克里斯汀就地坐下，将采的花平铺在身前，接着摘下已经开了的花放到竹篮中。

过了很久之后，看到孩子们早就在忙于其他事情，她才开口说道：“因为鞋子不舒服。”他们对于母亲这种经常忘记他们的问题，或者过很久之后才想起来回答他们的情况，早就习以为常。

看见劳伦斯在给母亲帮忙，年纪较小的慕南也学着哥哥的样子，不过他经常将嫩嫩的花儿撕坏。克里斯汀只是默默地夺走他手里的花朵，并没有出言责备和发脾气，她依旧在想着自己的心事。很快孩子们厌倦了，玩性大发，将母亲扔掉的花茎当作武器嬉闹着。

孩子们在母亲身边玩得很开心。克里斯汀充满爱意地看着这两个同样的小脑袋，他们的长相非常相似，他们的褐色头发简直就像是一个脑袋上的。身为母亲，她已经通过一些细微的差别，预见到将来他们一定会变得完全不同。老七慕南会和父亲比较相似，有一双湛蓝色的眼睛，浓密的发丝柔软顺滑，在渐渐长大的过程中，慢慢地变成了树脂般的黑色。她特别喜欢捧起他那张摸上去软软的、圆鼓鼓的小脸蛋，等到它一点点成长起来，可能就会是长长的脸形，最终会长得像他父亲一样，有着又长又窄的前额，颧骨高耸，坚挺的鼻子棱角分明，鼻梁细长，还有会轻轻颤抖的漂亮的鼻翼。纳克的脸形正在朝这方面发展，双胞胎也越发地明显了。

在劳伦斯两三岁的时候，淡褐色的头发就像亚麻一样，卷曲着，很柔软。现在头发的颜色已经像榛子一样了，而且在太阳的照耀下金光闪闪。这头发依旧长得很旺盛、柔软，但已经没有从前那么柔顺了。克里斯汀摆弄着他的头发，感觉好像他戴着一顶厚实的毛帽子。劳伦斯比较像她，眼睛是和她一样的灰色，脸蛋圆圆的，额头比较宽阔，下巴圆圆的，带着点婴儿肥。克里斯汀明白，等到他开始发育时，脸蛋儿就会变得又白又嫩。

第三个儿子高特的脸也是白里透红。他比较像自己的父亲，脸颊狭长而且线条柔和，眼睛是深灰色的，还有一头蓬松亮丽的淡黄色头发。

不过二儿子布柔哥夫，克里斯汀实在不知道他长得比较像谁。他又高又壮，宽宽的肩膀，身体很结实。宽阔白净的额头上垂下几绺黑黑的头发，深蓝色的双眼暗淡无神，向远处看时，总是眯着眼睛。因为她很少关心这个儿子，所以克里斯汀并不知道布柔哥夫有这个毛病已经多长时间了。这个孩子，从他刚来到这个世界就由奶妈喂养，自己很少管他。布柔哥夫快一岁的时候，高特又出生了，而且在四岁之前都在病着。双胞胎出生后，她的身体就一直没有恢复，全身酸痛得都无法行走，并且还要照顾患病的高特，每天抱着他到处走动着，甚至都没来得及去看看刚出生的双胞胎。只是当菲莉达将饿得大哭不止的伊瓦尔抱过来找她时，她才有机会给他哺乳，而高特此时又开始哭喊了。“圣母啊，你肯定明白的，我实在没有过多的精力去照顾布柔哥夫了，而他也愿意一个人待着，这孩子喜欢自己的事情自己处理，他的性格已经变得孤僻和沉默了。恐怕他也会对母亲的关心感到厌烦的。”克里斯汀暗暗想着，布柔哥夫的忍耐能力在这些孩子当中是最强的，就像是倔强的小牛犊一样。

后来，克里斯汀才慢慢察觉到这孩子的眼睛有问题。在他和纳克寄住在陶特拉修道院的那段时间里，修士们医治过他的眼病，但是还是没治好。

他越来越喜欢一个人生活，已经没有人能和他亲近了，即使是他的父亲也一样。每次伊兰德想带儿子们玩耍时，他们都会兴奋不已，不过布柔哥夫依然沉默着，就像是一块草地，即使接受了充足的光照，也不会有花儿开放。他只和纳克比较亲近，不过当克里斯汀想和纳克谈论一下布柔哥大时，纳克总是吞吞吐吐的。也许自己的丈夫在这个问题上也是这种遭遇……虽然纳克非常敬爱他。

啊，不，不管是谁只要看看她的孩子，马上就会知道谁是他们的父亲。上一次去尼达洛斯的时候，她见到了兰斯维克庄园的那个小孩。在基督教堂的院子里她还和梭罗夫爵士碰了面，跟着爵士的还有一大堆男女用人。那个小孩就在一个女用人的怀里。这些人经过她身边时，奥寿夫之子梭罗夫爵士客客气气地问候了克里斯汀。他妻子森尼瓦夫人当时不在那里。

克里斯汀只瞥了那个小孩的脸一眼，不过已经看清楚了，和自己抱过的任何一个孩子的脸都很相似。

当时，贾瓦德之子亚涅就在她身边，亚涅当然难以忍受，就告诉了她——他这个人从来守不住秘密。去年冬天的时候，这个孩子就出生了，当时家族里梭罗夫爵士的继承人们很是气愤。但是梭罗夫在孩子的受洗仪式上为他取名奥寿夫，这是他死去父亲的名字。他公开表示自己从未怀疑过他的妻子和伊兰德之间有任何苟且之事，他们之前只是普通的朋友关系，正如别人所知道的那样。伊兰德头脑简单，而且管不住嘴，将自己的秘密告诉了森尼瓦，所以森尼瓦夫人对他起了疑心，因为职责所在，就将这些告诉了国王的近臣们。不过，如果他们真的是好朋友，森尼瓦想必肯定清楚她的亲哥哥也加入了伊兰德的这个计划，从而会守住这个秘密的。之后海夫特 · 格劳特死在牢里，森尼瓦受到了极大的打击，都快要疯了。当她主动承认她是在诬陷别人时，不过已经没人相信了。亚涅说，梭罗夫爵士在说起这件事的时候，将在那的所有人都看了一遍，并且还握着他的宝剑。

亚涅也对伊兰德说过这件事。那天她在屋子里忙事情，无意中听见了两人的谈话，当时他们就站在外面的走廊上。亚涅说，兰斯维克庄园的梭罗夫爵士对那个刚出生的小孩很是宠爱，他一直都坚信这孩子是他的。

伊兰德说了句："的确，梭罗夫很清楚这件事。"克里斯汀已经从他的语气中明白了这话的意思，此时他正低着头，轻轻地笑着。

"对于他的那些亲戚，梭罗夫爵士实在痛恨得很。如果在他死之前还没有孩子的话，那些人就会继承他的产业，"亚涅接着说，"不过在别人看来，这实在是荒唐……"

伊兰德又重复了一遍刚才的那句话："他很清楚这件事。"

"事实是不容改变的，伊兰德，无论如何，他的孩子能得到的家产可比你所有的家产还要多……"亚涅说。

"亚涅，我当然会为我的孩子们着想，这个你不用担心。"伊兰德略带不屑地回答道。

这时克里斯汀向他们走过来，她实在不想让他们继续在这里讨论这件事。伊兰德看见她走过来，有些惊讶，不过马上走到她身边，将她的手握住，在她后面站着，让她的肩膀抵着自己的胸膛。她清楚，伊兰德这么看着她的意思，他想让她相信自己的承诺，或者是想要支持她……

当克里斯汀发觉慕南正偷看她，便马上露出一种羞怯的神情。的确，她感觉很好笑——而且并不友善。当看到克里斯汀也在瞧他时，慕南难为情地冲她笑了笑。

接着，克里斯汀走到这孩子身边，将他热情地抱入怀里。慕南是她最小的孩子，还这么小，所以还喜欢母亲的亲吻拥抱。克里斯汀向孩子眨巴着眼睛，小慕南也冲着她眨眼睛作为回应，他的眼睛都快眯成一条缝了。克里斯汀很快乐，小慕南也欢快地笑着。她将小慕南抱紧了些，都快让他无法呼吸了。

劳伦斯和他的小狗在远处坐着，人和狗都在认真地听着山下林子的响动。

“是父亲回来了！”劳伦斯跟着小狗一起向山下奔去。

克里斯汀愣了愣，也站起身，向山边走去。此刻他们出现在山下的小道上，有伊兰德、纳克、伊瓦尔和斯库勒。所有的人都很开心，看到克里斯汀，大声地向她打着招呼。

克里斯汀回应着他们，并问他们是否是来这里牵马的。伊兰德说不是的，武夫已经告诉布柔恩晚上过来牵。他和纳克想去捕一只鹿。双胞胎因为想念母亲，就和他们一起过来了。

她没再说什么，事实上在问他之前，她就猜到了。因为猎狗也和他们一块儿来了。纳克和伊兰德穿着同样的黑色毛衣外套，远远看上去就像山石一样。他们都带着弓箭。

克里斯汀问伊兰德庄园最近有什么事情，于是他们一边向山上走去，伊兰德一边向她说起庄园里的大小事情。现在他们正忙着收获，武夫觉得今年是个大丰收年，不过冬麦因为晒了太多的太阳，成熟的麦粒在收割之前就已经有不少掉到地上了。不久，燕麦也可以收割了。武夫说，他们需要加紧工作才能及时完成收割……克里斯汀只是偶尔点点头，什么都没有说。

克里斯汀很享受给奶牛挤奶的过程，这时候，她可以在暗淡的光线下，坐在奶牛鼓胀的乳房旁，嗅着新鲜牛奶的香味，她很喜欢这个味道。嗞！嗞！女用人和牧人也在暗处给奶牛挤奶。这时候到处都是安安静静的，木桶里的牛奶冒着热气，木门开开合合地发出咯吱咯吱的响声，牛角碰撞栅栏发出的响声，牛蹄踏在粪水中的响声，还有牛尾驱赶着蚊虫的声音。不过这个时候那些鹡鸰鸟早就飞到别的地方了，一般只能在夏天看到它们。

晚上，这些母牛看上去很暴躁。那头小灰牛将装牛奶的桶踢翻了，克里斯汀很气愤，拍了它一巴掌。还有头母牛，克里斯汀一靠近它，它便向后退去——它的乳房受伤了。克里斯汀只好不去管它们，她摘下手上的指环，将牛奶过滤出一些。

伊瓦尔和斯库勒的声音从山下传来。他们正在大叫着，朝着每天晚上总跟着他们家畜群的一头别人家的公牛扔石子，想把它赶走。双胞胎曾主动提出来到羊圈协助阿芬挤羊奶，不过看样子他们已经感到这件工作的无趣了。

当母亲将牛奶挤好出来时，他们又在忙着另外一件事情——戏弄着一头漂亮的白色小公牛，而小劳伦斯只能在远处默默哭泣，因为这是母亲送给他的礼物。克里斯汀将牛奶桶放好之后，将这两个孩子一把拎开，让他们不要这样做，他们不能这么对待别人的东西。

伊兰德和纳克正坐在台阶那里，中间是一大块刚做好的奶酪，两个人一起吃着，不时地递给旁边的小慕南一点儿。纳克将一个头发制成的圆环放在小慕南头上，并告诉他这样大家便不会瞧见他了，因为它是一个有魔力的圆环，大家都被他逗笑了。不过纳克一见到克里斯汀，赶紧把圆环交给她，站起来，接过她手中的桶。

克里斯汀将牛奶带到储藏室，又在里面整理了很久。里面的那个房间门没有关上，房里炉中的炭火透了出来。伊兰德、孩子们、女佣和几个农民正围着炉子用餐。

当克里斯汀进来时，他们已经吃得差不多了。最小的两个儿子在旁边的长凳上躺着，可能已经进入了梦乡。伊兰德在床上蜷曲着，看来也睡着了。她踩到了伊兰德的短外套和靴子，顺手将它们捡起来放到旁边，接着又出门了。

这时候天空并不是很暗，西方的山顶上有些微弱的霞光，一些云在明净的空中飘荡着。这些都预示着明天是个好天气。周围都安静了下来，空气的温度也渐渐降低。一丝风都没有，不过却能感觉到一股寒冷的空气从西北方那个光秃秃的山上传过来。月亮正挂在东南方向的小山上，又大又圆，看上去透着浅红色，这是因为那里的沼泽地上经常升起的轻烟正环绕着它。

远处的公牛正哞哞地叫着。不过此时还是很安静的，这种安静很容易引起人的愁思。在这里可以听见山间牧场下边的河流哗哗地流水声，还有草地里溪流的潺潺声，树林里的叶子在微风中的簌簌声：它们正在说着悄悄话，偶尔停一停，又接着说起来……

克里斯汀收拾起了小屋墙边的木桶和木槽。这时纳克和双胞胎也来到了外面，克里斯汀问道："你们要去哪儿？"

他们说想去干草棚里睡觉，储藏室里的奶酪和奶油的味道很浓烈，闻着难受，而且牧人们也是在那边睡的。

不过纳克并没有直接去干草棚。克里斯汀瞧见他已经到了下面树林边的草地上，那后面是一片树林，现在一片漆黑。不一会儿一个女佣也来到门口，发现女主人正站在外面，不由自主地向后退去。

"爱丝翠，这么晚了，你怎么还不睡觉？"克里斯汀问道。

女佣胆怯地说，她想去院子里。于是克里斯汀就在外边等着她回来。纳克快十七岁了，庄园里的几个女用人很乐意和这个活泼、英俊的小伙子在一起，她已经在留意这些了。

克里斯汀从小路走到小河边，然后在河岸边跪着，她的面前是一大片闪着幽光的书面，从一些细小的波纹上可以看出它是流动着的。

更远一点儿，在水势汹涌的地方，水面上泛着白色的泡沫，摇晃不定，激起一层层涟漪。这时候月亮已经很高了，将黑夜照亮了一些。树叶上挂着的露珠在月光下晶莹透亮，水面上也是银光闪闪的。

伊兰德在后面喊她，克里斯汀没想到他也跟着她走了下来。克里斯汀伸出手捞出在冰凉的河水中放了一整天的两只木桶，经过一天的时间，桶底的脏东西已经被流水冲洗得干干净净。克里斯汀站起身，拿着木桶和丈夫一起往回走去。回去的路上，两个人都沉默着。

回到家之后，伊兰德便脱下衣服，躺到床上：

“克里斯汀，你该睡觉了吧？”

“我想填填肚子。”她搬过一只凳子放在火炉旁边，拿来一些面包和奶酪之后，便坐到凳子上，慢慢地吃起来，眼睛却盯着炉子里微弱的火光，木炭快要熄灭了。

她起身整理了下衣裙，低声问道：“伊兰德，你还醒着吗？”

“是的！”伊兰德回答道。

克里斯汀起身去穿堂里取来挂在木盆上的勺子，喝了一些牛奶，便又回来了，她捡了块石板架在木炭上，然后将毛蕊花放在上面烘烤着。

她觉得事情已经都做完了，便熄了灯，脱下衣服，上了床睡在伊兰德旁边。他把她抱住，她感到非常疲惫，觉得全身冰冷，脑袋闷闷的，有些糊涂，好像有千斤重担压在身上，身上所有的痛都汇聚在她的脑袋上。但是伊兰德在她耳边轻声细语时，她还是温顺地抱住了他的脖子。

她半夜里惊醒，不知道现在是什么时间。不过从烟囱上的薄膜向外看去，她发现月亮还在半山腰上。

这张床很小，所以他们贴得很近。伊兰德已经进入了梦乡，能听到他均匀的呼吸声，胸部有节奏地起伏着。以前有些时候她半夜惊醒，听不到他发出任何声音，就会很害怕，所以总喜欢和他贴得更紧，感受着他强壮、温暖的身体和呼吸，这时她就会在一种幸福的疲倦中睡去。

没过多久，克里斯汀便下了床，静静地起来穿好衣服，悄悄地走到外面。

月亮还在高空中悬挂着。沼泽地上的积水将月光反射，陡坡上白日里潺潺奔流的小溪，现在水面上也被冰冻住了。阔叶林和针叶林上洒满了月光，草地上笼罩着一层亮晶晶的白霜。这时候寒气逼人——她环抱着双臂，安静地站着。

随后她就沿着小溪向山上走去。溪水潺潺地流着，将表面的薄冰冲破。

在那个小山顶，有一块巨石埋在那里。一般没什么事情，没人愿意接近那里。而且去牧场或回家从这里路过时，他们还会在胸前画着十字，而且将牛奶倒在那块石头上。虽然从没有人遇到过什么妖魔，但这个习俗从很早以前就在山间牧场里流传了。

她也不明白自己为什么会在大半夜跑到这里来。她在圆石边停下了脚步，将一条腿靠着那块巨石。她的身体因为恐惧和寒冷微微地发着抖。不过她并不打算画十字，而是爬到石头的顶端，坐在了那里。

这里的视线非常辽阔。这块让人害怕的大石头在月光下发着光，可以看见高高的多孚尔山山峰上飘浮着的白云，葛拉荷山顶的积雪以及野猪林里苍翠的山谷中闪烁着寒光。她从没想到山岭在月光下会如此阴森，简直让人毛骨悚然，只能看到寥寥的几颗星星发出暗淡的光芒，挂在冰冷而又无边无际的夜空中。她浑身颤抖，恐惧和寒冷包围着她，将她的身体都穿透了，不过她却打算继续坐在这里。

她不想回去，回到阴沉沉的冰冷的房间里，虽然被窝里已经被丈夫的身体焐热了。她明白在这个夜晚她肯定失眠。

她很确定，她不愿说哪怕仅仅是一句批评他的话，这就跟她是她父亲的女儿一样确定。她一直都谨记着当初为了救伊兰德而在上帝面前许下的承诺。

因此她只能在这个无人知晓的夜晚任自己的内心挣扎在痛苦的边缘，担心自己会不顾对上帝的承诺而一吐心中的苦水。

她一个人坐在石头上，让自己习以为常的烦闷缠绕在心头，然后祈求于另外一些习以为常的想法，企图发现伊兰德好的一面。

的确，他没有强迫过她这样，也没有给她施加过任何压力，这些不过是她在自寻烦恼而已。他们不过有七个共同的孩子而已。“亚涅，我当然会为我的孩子们着想，这个你不用担心。”只有上帝明白他这么说的时候，心里在想些什么。她明白，这不过是他随口说说而已。

伊兰德并没有让她重振胡萨贝庄园，更没有让她冒着生命危险拯救他。对于自己的祖业渐渐衰亡，他的生命面临危险，他的所有都落入他人手中，他只是冷冷地看着，宛如贵族一般高傲。虽然他失去了一切，却也高傲而又心安理得地面对着这个悲惨的结局，并且直到现在还高傲而又心安理得地徘徊在妻子父亲的庄园里，好像他是这里的客人似的……

不过她所有的产业，到最后也会被她的儿子继承，包括她自己，从精神和肉体上，都会被他们继承。所以，不管是柔伦庄园还是她自己，她都可以对她的儿子们……

不过，她也不需要像一个养牛的用人那样到山间牧场来工作。只是因为在柔伦庄园，她实在是苦闷和难受，甚至感到无法呼吸。并且她也想让自己清楚，自己也是可以胜任农民妻子的工作的。在她成为伊兰德的妻子和他住在一起之后，发觉需要付出很多才能让她的孩子有足够的家产开始，她便一刻不停地忙碌着。既然他们的父亲不想做这些，那她就只好做了。也因为这个原因，现在她要向自己证实，如果有需要，她也能动手完成女仆们所做的事。那一天，她将奶油调试好，居然发现在做完体力活后身体不再感到疲惫，这让她非常高兴。在另一个早晨，她去放牲口，感觉也挺不错。这个夏天奶牛们都被养得膘肥体壮，傍晚时分，当她将牛羊们赶回家时，心里面突然有种轻松了很多的感觉。她喜欢看到通过自己的辛劳将牲畜们的食料准备妥当，并因此感到满足，她隐隐觉得，这是她为自己的儿子们将来的幸福生活做出的努力。

虽然柔伦庄园仍然算得上富裕，不过早就不能同以前相比了。而且武夫在这里没有熟人，再加上他暴躁的脾气，这对他的工作开展很不利。在当地人看来，柔伦庄园一直都有充足的草料，因为它的河边和山上都长满了青草。但是武夫却不这么认为，他觉得特赫姆郡的草料要比这里好得多，至少里面不会掺杂着各种苔藓、树叶、根茎，这让他很是恼火。

她父亲是一个经验丰富的农民，对庄园里的每一块田地了如指掌，熟悉故乡变幻不定的天气，还有任何一块田地抗旱抗涝的能力。她的父亲总是自己动手准备牛羊的饲料，育种，并照顾它们，然后将它们牵出去卖掉，所以他能准确地说出任意一头牛羊的祖先。而他们缺少的就是这些知识。克里斯汀从没有深入地了解过她的庄园，但是她很愿意这么做，并且希望她的儿子们也是如此。

不过伊兰德从没让她做这些。作为伊兰德的妻子，她并不需要做这些，她只需要躺在伊兰德的怀抱里，每隔一段时间就为他带来一个小孩，然后经常抱着孩子，给他们喂奶，精心地照料着他们就可以了。

一声轻叹从克里斯汀紧闭的嘴里传出来，因为寒冷和心里的怨恨，她的整个身体都在颤抖：

“Pactum serva（挪威语，意思是‘你要坚守承诺’！）。”

这一天，贾瓦德之子亚涅和荷姆修道院的莱夫修士来到胡萨贝庄园，为克里斯汀和她的儿子搬运东西，他们就要去尼达洛斯了。伊兰德仍然让她负责这里所有的事情，他自己却溜到了荷姆修道院里。克里斯汀还待在城里的家中，如今这里已经不是她的家了，变成了修道院的财产——贾瓦德之子亚涅新的住所。西蒙曾写信给他，让他来这里帮助克里斯汀。

亚涅很关心这件事，把这件事当成自己的事一样。他来到这里的那个晚上，便将克里斯汀以及拉斯佛德庄园的冈娜女士叫到马棚——冈娜女士是和两个孩子一起来到这里的。他们想选出七匹好马带走——亚涅告诉人们胡萨贝庄园的那五个儿子都应该有匹马，而且女主人和她的贴身侍女也需要两匹，因为人们也想对伊兰德宽容一些，所以同意了这个要求。之后亚涅还请来几位证人，这些人都知道伊兰德曾许诺说将自己的那匹西班牙好马作为礼物送给纳克，虽然很清楚这不过是随口说说而已。虽然亚涅对这匹长腿好马一点儿也不在意，不过他也了解伊兰德对这匹马的深厚感情。

亚涅说感到非常难过，因为他不得不把伊兰德的仪仗盔甲全部交出去，有巨大的头盔和镶有金饰的宝剑，这些物品只在比武时有用，但价值却很高。不过亚涅总算把伊兰德的一件黑底绣有红色狮子的丝质贴身的大斗篷要了下来，在这个过程中，亚涅觉得很难受，因为伊兰德的武士服不得不交给别人，那个头盔多么大啊，那把宝剑装饰着纯金，虽然这些只在战场上才能用到，不过也值不少钱。所幸亚涅向那些人要来了伊兰德的一件大斗篷，那件黑色斗篷是丝绸的，而且还绣着一头红色的雄狮，又替纳克要到了一副产自英国的铠甲。那件铠甲制作精良，亚涅觉得全挪威再也不会有第二件这样的铠甲了——明眼人只要看一眼就知道。不过那件盔甲看上去穿了很多次——的确，相比于别的骑兵，伊兰德上战场的次数要多得多。

亚涅带着艳羡的目光抚摩着这些盔甲，有高级铜片打造成的头盔，大小合适的护肩、护臂、护腿，还有异常轻薄的钢铁制作的露指手套和护胸，既轻又坚韧的护甲。噢，怎么能忘了那柄宝剑！虽然剑柄很普通，是钢铁打造的，而且上面的带子也旧了，但剑身却是不可多得的宝物。

克里斯汀在旁边坐着，把这把稀世名剑放在膝盖上。她了解伊兰德多么喜欢这把剑，虽然他的宝剑不少，但他只用过这一把。这把剑还是在他还年轻的时候，从死去的西格蒙那里继承来的，西格蒙曾经和他一起在皇宫里当侍卫，而且还和他一个床铺。

关于西格蒙，他只和克里斯汀讲过一次："如果西格蒙能在人世间多待一会儿，也许我的人生就会因此而改变。他过世以后，我也不想再待在宫廷里了，便哀求哈肯国王让我和吉瑟 · 高尔一起去北方生活。可是亲爱的，如果不是这样，我们也就不会认识了——很可能我在你很小的时候就已经早早地结婚了。”

她从巴德之子慕南爵士那里听到，梭罗夫之子西格蒙已经不能起床，从肺中吐出一口口血痰的最后一个冬天，巴德之子慕南爵士曾告诉过她，在西格蒙卧病在床，不断吐血的那个冬天，伊兰德不眠不休地照顾他，就好像在照顾自己病危的孩子那样。后来西格蒙的尸骨被埋在哈瓦教堂，伊兰德每天都会去那里，趴在西格蒙墓碑上想念他。伊兰德很少在她面前提到自己的这位亡友，仅仅说起过一次。在他们犯下大错的那个冬天，他们常常在哈瓦教堂约会，不过从没对她提起他的挚友埋葬在这里。她了解伊兰德以前丧母的悲痛心情，而奥姆的去世使他再次陷入痛苦。不过他也从没对别人说起过他的母亲以及他的儿子。虽然他经常去城里和玛格丽特见面，却从没和别人说起过。

克里斯汀发现在宝剑靠近剑柄处刻着一些字符，看起来像北代的金文，她和亚涅都不知道是什么意思。托钵僧拿过剑仔细观察了一下，念道：“Pactum serva。”

亚涅和莱夫修士尽力向人们解释着，伊兰德在北方的很多土地都在结婚的时候送给了克里斯汀，现在早就变卖出去了。他们希望通过这种办法将那些土地保留下来。但是克里斯汀并不希望如此。他们最应该在乎的应该是家族的荣誉，她并不想去争论这种行为在法律上是否恰当。而且亚涅说话总是拐弯抹角，虽然她明白他这么做全是为了她的家。

当晚，亚涅和莱夫修士道别回到了自己的房间后，克里斯汀跪在冈娜夫人面前，将自己的脑袋靠在她的身上。

过了一会儿老妇人将她扶起来。克里斯汀看着她，冈娜夫人的脸色严肃黯淡，没有光彩，好像用黄蜡制成，臃肿的脸上皱纹很深，不过浅蓝色的眸子却闪着睿智而又温和的光芒，嘴巴因为牙齿掉光而瘪进去了，下巴上有一些灰灰的茸毛。当克里斯汀遭遇险境，冈娜夫人曾多次给予她帮助——她的每个孩子都是冈娜夫人接生的，除去老六劳伦斯，因为那一次克里斯汀在父母家里陪伴着生病的父亲。

老妇人抚摩着她的头说："唉，我可怜的小姑娘，从前你这么跪在我面前，我都能够给予你帮助。可是克里斯汀，你这一次的困难，只有圣母才能够帮助你。"

噢，克里斯汀怎么会没有祈祷过呢？她祈祷过那么多次，而且每个礼拜六都朗诵赞美诗。她按照艾利夫神父的要求每天进行斋戒，还向穷人施舍——当朝圣的人们经过他们的庄园，每一次她都施舍他们食物和住所，毫不在意他们的寒酸和邋遢。不过她已经感觉不到做这些会让她感到光明了，虽然她应该这样觉得，可是她的心好像闭塞了起来。这可能就是哥恩纽夫所说过的"精神上的贫瘠"吧！艾利夫神父曾多次告诫她："每个笃信天主的基督教徒都应该充满勇气，将祈祷和善行作为自己的责任，就如同一个农民伺候自己的田地那样，经过辛勤的播种和施肥，上帝总会赐予她相应的收获。"虽然艾利夫神父本人从没有当过农民。

当时她并没有见到哥恩纽夫，当时他正在北方的海吉兰布道，并为自己所在的修道院筹集善款。胡萨贝庄园未来的主人，一个已经遭遇不幸，而另一个……

伊兰德之女玛格丽特有时也会去城里看望这位继母。作为商人妻子的她，有两个仆人一直跟着。她衣着华丽，浑身带着不少珠宝。她公公的工作是打造金银首饰，所以她从来不缺这些。她现在的生活很美满，除了还没有怀上孩子外。她在父亲的安排下结婚，只有上帝清楚她是否还会想起那个曾经的衰老、身体残缺的情人哈肯。克里斯汀曾听人提起，他现在只能依靠拐杖，勉强可以走到院子里。

克里斯汀现在回想起来，当时她并没有为伊兰德担心过。当时她的心里只想着，反正比这可怕的已经经历过了，伊兰德已经重获自由了。当时伊兰德待在奥拉夫院长家里，时刻准备着搬走。况且经历了那些事情，伊兰德也不希望再在城里出现了。

那天，他们终于把东西装上船，前往特隆赫姆郡峡湾，乘坐的是一艘叫作“劳伦蒂斯号”的三桅帆舰，就是当初他们新婚时伊兰德租下来运送克里斯汀嫁妆的那艘船。

那一天风平浪静，远处的海峡看上去很阴沉，空气中透着寒意。岸边有一些白色的亮点在摇晃着。冻得僵硬的土地上的积雪还没有融化，满是绿色树木的山峰上也覆盖着一层刚下的雪。天空碧蓝如洗，云层很高，就像在风中飘散的面粉一样。船只就在岩石边上迟缓地前进着。克里斯汀望着岩石上卷起的浪花，暗暗想着离开海岸之后自己会不会头晕。

伊兰德凭栏远眺，两个儿子和他一起站在船头，他们的头发和斗篷在海风中飘扬着。

不久他们就看见了高拉洛斯湾，然后又看到了柏西码头和旁边的科尔斯峡江。阳光洒在岸边的山上，已经融雪的地方是深褐色的，另外一些覆盖着积雪的地方还是白茫茫一片。

之后，伊兰德便对儿子们说了些什么。二儿子布柔哥夫听完后，转身离开，走到船尾，用长枪在船身两边给划手坐的两排长凳中间探路，这把枪他总是带在身边，就像他的手杖一样。他都快要撞到母亲了……乌黑的卷发垂在脑袋上，眼睛眯成了一条线，连瞳仁都隐藏不见。他沉默地走向甲板，然后又向下走着……

母亲转过头去瞥了一眼伊兰德和长子，看到纳克突然单膝跪地，如同国王的侍从给国王行礼那样，尊敬地亲吻着父亲的手。

伊兰德急忙缩回自己的手，转身离开，向船尾走去，走到了前面去。克里斯汀发觉那一瞬间他的脸居然微微扭曲着，一片惨白。

当晚他们决定在摩尔海岸边一个小岛上住宿。这时候船不停地摇晃着，锚缆不停地响着，小船就像摇篮一样起起落落。克里斯汀走到她和伊兰德及两个年幼的孩子一起睡着的下面的卧舱内，感觉要呕吐，摇摇晃晃得站不稳。船底很不平稳，顶上套着一层薄膜的灯也在摇晃着，微弱的灯光摇曳不定。她现在要去帮小慕南撒尿。小慕南处于半梦半醒的状态，将被子弄湿了，大哭了起来，想从这个陌生女人的怀抱中挣脱出来，他还不太熟悉自己的母亲。伊兰德这时恰好走了下来。

昏暗的灯光下，他的脸模糊不清，他轻声地问道：

"你发现了吗？克里斯汀，纳克和你很像，尤其是你们俩的眼睛，"伊兰德深吸口气，继续道，"那天早上，在修道院的花园附近，当你听说我遭遇的不幸，却依然愿意跟随我，你那时的眼神就是这样。"

当时她的心里却感觉到一丝苦涩："上帝啊，请保佑我的孩子，希望他不会像我一样，将最深的爱浪费在一个不懂珍惜、将所有东西都弃之如流水的人那里。"

不久前她好像听见从南方的山里传来一阵马蹄声，渐渐地马蹄的声音变大了，而且显得很近。这不是几匹和马群走散的小马，而是有人骑着，正向着峡谷这边奔来。

因为恐惧，她的身体微微颤抖着。已经这么晚了，什么人会在这个时候骑着马疾驰呢？有这样的传说，死人会在月光照进峡谷的时候骑马向北前行。她听见还有一群马跟在第一匹马的后面……但她依然静静地坐在那里，其实她也不清楚自己为什么会这样，是恐惧得不能动，还是因为这个夜晚她已经下定了决心……

马蹄声越来越清晰——骑马的人已经过河朝这边赶过来，银色的枪尖在月光下闪着光。克里斯汀用自己所有的力气从石头上爬下，想回到家里。不过这时候那个骑士从马上下来了，把马儿系在一根柱子上，又摘下斗篷盖在它的背上，然后便向山上走过来。这个人身材高大，而且很胖。她看清楚了，竟然是西蒙。

月色下西蒙看见克里斯汀出现在他面前，也很吃惊。

他惶然地问道："上帝啊，克里斯汀，你怎么在这里啊？而且还在这样的时间？你来这里干什么？是在等着我的到来吗？难道你已经知道我要来找你？"

克里斯汀赶紧回答道：

"我失眠了，妹夫，你为什么到这里来？"

"克里斯汀，小安德列斯生了重病，我们担心他有生命危险。在这里最好的医生就是你了，而且他还是你的亲人。你现在可以和我一起去我家为孩子看病吗？就算做件好事了。如果不是由于孩子病得太严重，我绝不可能连夜骑马来寻求你的帮助。"西蒙恳切地说道。

他们一起先回到了克里斯汀家中，伊兰德正睡得迷迷糊糊，看到西蒙来了觉得很奇怪，西蒙对他说了原因。伊兰德以一种过来人的口气安慰着西蒙，小孩子只要冷着了就会生病甚至神志不清，这些都很正常，不会出事的。“伊兰德啊，你知道，如果不是确定孩子有生命危险，我是不可能在这个时候来寻求帮助的……”西蒙又一次恳求道。

克里斯汀把炉子里的火吹大，又放进去一些木炭。西蒙眼睛盯着炉火，将克里斯汀拿给他的牛奶喝了几大口，但是拒绝了那些食物。他正在等待落在后面的人，然后再一起回去。

“你愿意跟我去一趟吗，克里斯汀？在我后面还有一个用人和一个在佛莫庄园做事的妇人，她很让人放心，你完全可以让她帮忙处理这边的事情。”他接着说道，“爱丝伯柔十分能干呢。”

西蒙把克里斯汀扶到马背上，然后问道：

“我们沿着南面山坡的小路下山，你同意吗？”

克里斯汀还没有从那里走过，不过她也清楚在那山的另一侧有一条小道可以通往谷地，山路很陡，穿过树林直接通往佛莫庄园，不过有些崎岖。她同意了这个建议，但提出男用人得先去柔伦庄园把她的医疗箱和一些治病的草药一起带来，让他把高特弄醒，因为只有高特知道她想要的东西放在哪里。

他们俩走过一个大水坑时，肩并肩一起骑着马前行。克里斯汀让西蒙将小外甥的病情详详细细地跟她说清楚。佛莫庄园的小家伙们在奥拉夫弥撒日之前都染上了喉疾，不过没多久就好了。但是，就在三天之前，小安德列斯忽然又犯病了，在发病之前他的身体一直是好好的。西蒙带他到田野里去玩耍，将他放在马车上，他却一直喊着好冷。西蒙转过头去看了一下，发现孩子冷得不停地发抖，牙齿直打战，然后就开始发烧了，还不断地咳嗽，不停地吐出颜色很深的痰，而且胸口也开始疼痛……这个可怜儿，也不明白他为什么会这样。

克里斯汀努力安慰西蒙。此时她必须让西蒙的马走在前面，现在他们要尽快赶回去。途中西蒙转身询问她是否感到寒冷，并解下自己的斗篷给克里斯汀披上。

之后，他又继续谈论着孩子生病的事。西蒙早就知道孩子的身体不好，不过今年有大半年孩子都健健康康的，孩子的奶妈也觉得他很强壮。的确，生病之前他是出现过异样，很容易哭泣。当小狗在他周围和他玩耍时，他居然很害怕。就在他生病的那个早上，西蒙带回家几只他亲手捕获的野鸭，通常安德列斯对这些东西很感兴趣，这次西蒙照例将这些鸭子放在他面前，他居然大哭起来。之后他终于拿起了鸭子，不过不小心将鲜血沾到手上，便吓得脸色惨白。这天夜里他一直睡不着觉，在床上翻滚号叫着，一直在说他正在被一只可怕的老鹰追赶着。

“你还记得吗？当时兰波生完儿子，一个信使骑马来到奥斯陆向我报喜的时候，你说，等我去世时，佛莫庄园终于有了达尔家族的后裔了？”西蒙问道。

“西蒙，别说这些啦，你的儿子不会有事的。上帝会保佑我们的。西蒙，平常可从没见过你如此垂头丧气呢。”克里斯汀安慰道。

“我的上一任妻子海福莉在为我产下儿子的时候也这么说过。克里斯汀，你肯定没听说过，她也为我生下过一个儿子。”

“是的，不过安德列斯已经两岁多了，只有在前两年内孩子比较难养活……”克里斯汀说。其实她心里也明白，这些话没什么大作用。他们骑着马急速前行。马儿在往山坡上爬的时候，很吃力，昂起了脑袋，嚼环也跟着发出叮叮当当的声响——这个夜晚寂静而又寒冷，只能听到马蹄嘚嘚的声音和他们经过溪流时激起的流水声。月亮时而高悬在他们的头顶，时而又落到他们的脚下。之后他们经过一个峡谷，四周都是形状奇怪的石头，狰狞恐怖，死神恐怕也不过如此。

他们终于登上了最后一座山，此时向下俯视，整个庄园尽收眼底。月亮将寂静的山谷照亮，南边的河流和湖泊像银子一样，在昏暗的田野和草地上发着光。

西蒙说道："今天晚上谷地也结冰了。"

他们沿着陡坡下了山。西蒙从马上下来，领着克里斯汀的马往前走。弯曲的山路十分险峻，克里斯汀完全不敢睁开眼睛。西蒙将她的膝盖顶在肩上，她的手紧紧地抓着马背。偶尔地上有几颗小石子被马蹄刨松，一直滚到了山下，在一些地方被卡住了，然后带动了许多大石头，继续往下滚。

他们走了好久，终于到了山下，来到谷地上，穿过庄园北面的麦地，在一束束覆盖着浓霜的麦捆间前行。在这个静谧安宁的夜晚，白杨树被风一吹，在他们头顶上咯吱咯吱地响着，听上去很不吉利。

西蒙用衣袖抹了一下脸，说道："说真的，你完全没有预感到我会来找你？"

克里斯汀说："的确如此。"

西蒙接着说："据说，如果想念一个人太深，那个人会有种心电感应，能感觉到对方的思念。我和兰波经常说起你，如果你还在柔伦庄园，一定可以给我们提供帮助……"

克里斯汀安慰道："这些天我从没想起过你们，我不会说谎的，西蒙。"然而她从西蒙的脸上看到对方并没有放下心。

他们刚进到院子里，就有两个仆人立刻前来迎接，牵走马匹。

有一个仆人说："西蒙，孩子的病情还是和之前一样，没有任何转变。"

西蒙听了之后，便和克里斯汀一起进入了房间。

克里斯汀一见到外甥，就知道他病得不轻。此时他正躺在一张宽大而又精美的床上，不停地哭泣，大口地喘着气，痛苦地呻吟着。他浑身发烫，脸色红得有点不正常，眼睛半睁着，连呼吸都很艰难。在克里斯汀给他查看病情时，西蒙和兰波一起手拉着手站在床边，庄园里的妇人全部在房间里围着她。

她努力用平静的口吻，鼓励和安慰小孩的父母。

诊断结果是肺炎。克里斯汀说："虽然现在夜晚就快过去了，但温度还没有回升。这种病通常要等到第三天、第六天或者第九天的早上才会出现恶化或者好转。"

她告诉兰波让女佣人们去休息，只留下两个人守夜，这样轮换着，以便她随时需要帮手。男仆人拿出从柔伦庄园带过来的草药。她熬了点药给小孩喝，让他出出汗，又从他指甲上放了点血，这样胸腔中的瘀血就能出来了。

兰波看到孩子流下的血液，脸色变得惨白。西蒙本想抱着她给她安慰，不过她却挣脱出来，然后就一直坐在床边的凳子上，目不转睛地看着姐姐为儿子治疗。

一直到了凌晨，孩子的情况才终于好转了一些，克里斯汀让妹妹在长凳上睡会儿，并将她的枕头和被子整理好，然后坐在她的旁边，亲近地摸了摸她的头。兰波紧紧握住克里斯汀的手。

兰波低声哭泣道："你是真心帮助我们的吗？"

"除了希望你们幸福，我还会要求些什么呢？我们是彼此唯一的姐妹，现在我们没有任何别的亲人了。”

兰波的心激动不已，咬紧牙关，发出短促的哭泣声。克里斯汀只看见过一次兰波掉眼泪，就是父亲离开的那天。这时兰波的眼泪就像雨水一样往下掉着。兰波拿过姐姐的手，放在面前认真地看着。由于长期风吹日晒，克里斯汀曾经白皙纤细的双手现在变得很粗糙。

她说：“我的手还是没有你的好看。”她的手比较小巧而且白净，不过手指头不是很长，指甲像一个个小方块。

克里斯汀听到兰波的话不禁失笑。兰波不平地说：“明明就是如此，如今你还是如此漂亮，而我一直以来都比不上你。父母从小就宠爱你，但你只把耻辱和痛苦带给他们。而我却如此顺从，我一直对他们百依百顺，甚至嫁给了他们心中最佳的女婿人选。可为什么他们还是没有喜欢你那样喜欢我？”

“别这么想好吗？兰波，父亲和母亲对我们两人的爱是同样多的。我祝愿你过得幸福，妹妹，因为你只给他们带来了快乐。你知道我有多么难受和煎熬吗？我的肩膀上压着悔恨的负担。我小的时候，他们还没有老，或许也因为如此，他们和我交流的机会更多一些。”克里斯汀回答。

兰波叹息着：“没错，所有人在你年轻的时候都还没有老去。”

不一会儿她便沉沉睡去。克里斯汀坐在旁边，注视着兰波，觉得她对妹妹的了解太少。她结婚的时候，兰波不过是个小女孩。尽管过去了这么多年，但她发现兰波从某种程度上说还是没有长大。兰波的儿子生病了，而她还像个不懂事的少女，只能尽最大的力量让自己承受住这种害怕和恐慌。

按照常理如果有些动物产仔太早的话，就会停止发育。兰波便是如此。她在生女儿的时候只有十五岁，之后好像就没有长大过。因为过早的结果，所以她才变成一个瘦弱不堪、没有承受能力的小妇人。后来她又生下了第二胎，这个小男孩身体很虚弱，虽然很英俊，而且温顺活泼，一岁多才开始走路，到现在都没有学会说话，只会咿咿呀呀的，只有经常在他身边的人才能听懂一些。他对陌生人有着极大的恐惧感，所以克里斯汀还从没有和他亲近过。啊，祈求上帝保佑，让这病重的孩子能够平平安安，她将永记主的恩德。孩子的母亲也还没有长大，根本无法承受丧子的痛苦。她明白即使是孩子的父亲，也承受不了这种巨大的打击。

现在她越来越能够体会到西蒙的痛苦和悲伤，也更加注意他了。她也了解为什么父亲这么看重西蒙。但父亲如此不慎重地定下了他们俩的婚姻，这很可能会使兰波受到伤害。她静静地看着睡在旁边的兰波，始终对西蒙不太满意。他太过沉闷，不爱说话，不适合与还是个孩子的兰波结婚。

3

时间一点点地流逝，安德列斯依然终日躺在床上，病情没有任何变化。而且使克里斯汀更担心的是，他几乎一直失眠，只能半睁着眼睛躺在那里，仿佛谁也不认识。他胸闷、咳嗽，虚弱的身体不断颤抖，一直发着烧。有一天晚上克里斯汀为他熬了一剂可以安眠的药让他服用，他很快就微微入眠了。但是没过一会儿，她注意到安德列斯浑身发青，前额和双手冰凉冰凉的，不停地出着汗。她立刻让人去煮了点牛奶，然后让他喝下去，还搞了些烘热的石头放在他脚下。经过这次事情她知道不能再给他喝那种药了，因为孩子还太小，抵挡不了药性。

梭尔蒙神父把圣餐拿到安德列斯床前。西蒙和兰波不停地祈祷着，如果上帝能向他们伸出援手，救回他们的儿子，他们一定会彻夜向上帝祷告，斋戒，救济穷人。

伊兰德曾骑马来这儿看望过一次，不过他并不打算进去，克里斯汀和西蒙只好和他站在院子里交谈，听他们说起安德列斯的病情，他感到很悲伤。这副样子让克里斯汀感到很气愤。她知道，伊兰德在瞧见别人得了疾病或者难过的时候，内心都会充满同情，但他不仅仅是同情，还有一种惊慌和胆怯。一旦他对别人产生同情，便会灰心不已。

伊兰德来过后，纳克和孪生兄弟每天都会轮流来佛莫庄园看望安德列斯。

已经过了七个昼夜，情况还是没有好转，只是到了第八天早晨孩子的病情才稍微好了一点儿——烧退了一些。中午西蒙和克里斯汀守在他的床边。

西蒙从衣服里面拉出一个用金线织成的护身香囊，平时他用带子挂在脖子上。他弯下腰把香囊在孩子眼前晃了晃，放入他的手心，想让他捏紧，不过安德列斯一点儿反应都没有。

西蒙从小就戴着这个香囊了，这是西蒙的父亲从法国回来时带给他的，据说以前在一个叫“圣麦可峰”的教堂里被神父赐过福，此后他就一直佩戴着，从没取下来过。香囊上绣着一个有着很大翅膀的天使。西蒙轻轻地对她说：“安德列斯对这个香囊很感兴趣，一直很好奇上面画的东西是什么。他以为是只公鸡。”安德列斯一直用公鸡来称呼天使，后来西蒙渐渐教会他念“天使”这个词。可是有一次，安德列斯在院子里玩耍，看到有只公鸡在啄孵蛋母鸡，便说道：“天使生气了！”

克里斯汀恳求似的看了一眼西蒙，他的口气很平静，可这些话却让她很难过。她陪在孩子的床边已经好几个夜晚了，现在又困又累，甚至连哭都没有力气。

西蒙把香囊重新戴在脖子上。

“天哪，祈求天使能晚点把我的孩子带走，我保证在我活着的每一年都向教堂捐献一头三岁的公牛来感谢他。他们难道还需要如此瘦弱的小孩？可怜的安德列斯，估计也只有一只去了毛的小鸡那么重了。”

西蒙想笑一笑，但声音还是不住地颤抖。

“西蒙，别这么说！”克里斯汀恳求道。

“已经完了，克里斯汀。现在我们已经无能为力了，要看上帝的意思，他知道该怎么做。”西蒙说完这句话沉默了，静静地看着孩子。

第八天晚上，西蒙与一个女仆陪在孩子床边，克里斯汀在一旁的椅子上打着瞌睡。当她醒来后，发现女仆睡着了，西蒙还是像前几夜那样，坐在床头的一张长凳上，弯下腰看着小家伙。

克里斯汀走到西蒙身旁，轻声问道：“他是不是还没有睡？”

西蒙把头仰起，伸手摸了摸脸，克里斯汀注意到他的脸上还有一些泪痕。他用平静的语气轻轻说道：

“克里斯汀，我怕安德列斯只有埋进了教堂的坟墓中才可以好好休息了……”

克里斯汀对他的话感到震惊，呆呆地站在原地，脸色变得惨白，嘴唇也变得苍白。

随后她在房间的一角，拿起自己的斗篷。

她哑着嗓子说道：“等我回来的时候，这里不要有其他人，只能留你一个。你就在这里看着他。我走进房间之后，不要说任何话，以后永远也不要对我、对任何人说起这件事，即使是你的忏悔神父也不行。”

西蒙从凳子上站起来，慢慢走到她身前，脸色也变得惨白。

他极力克制着自己的声音，让它不爆发：“不，克里斯汀！我绝不能让你这么做！”

她将斗篷披上，从房间角落的箱子里拿出一条亚麻的头巾，然后将它放到胸前：

“我必须这么做。你一定要记住，等一下如果我没有呼喊，就不要让任何人进来，必须等他醒来能说话了，才能让人过来。”

西蒙仍然压低声音说道：“你这样做，如果你的父亲在世，会怎么想呢？克里斯汀，你不要这样。”

“我早就做过父亲不认同的事，以前做那些事是为了满足自己的私欲。但安德列斯是我们的亲人啊，是我父亲的外孙，我的外甥，兰波的孩子！”

西蒙的呼吸变得沉重，身体不由得打战，垂头看着地上。

“但是，如果你不想让我用这最后的方法……”克里斯汀说。

他没有抬起头回答她的话，她不得不再说了一遍，却没发现自己已经惨白的嘴唇上居然绽放出一个诡异而又冷漠的笑容。

“你难道不希望我用这个方法吗？”克里斯汀最后问道。

西蒙转过身不去看她，于是她从他旁边悄无声息地走了出去，轻轻地关上了房门。

门外黑得伸手不见五指，风从南面刮来，空中的星星时隐时现。克里斯汀刚走在两边都有围栏的小径上，就感觉踏上了不归路，前方的路看不到终点。这个夜里她将走的那条路，是不能回头的……

黑暗就像她人生道路上一块无法逾越的绊脚石。她走在被车轮碾烂的泥泞的道路上，那是运送粮食的车子，在路面结冰之前将粮食运往各个农户家中。黑暗和寒冷使她的行走困难重重，冰冷的气息侵袭着她，斗篷变得像铅块一样，每走一步，都异常艰辛。有时会有叶子从树上落下，触到她的脸上，好像黑暗中的鬼怪，想要阻拦她，对她嘶吼道：“回去，回去！”

在走完了小路，转为大路时，泥泞没有了，路也比较好走了。这条路上有一层青草。克里斯汀感觉自己的脸被冻得很僵硬，身体也紧张得像紧绷的弓弦，每走一步，就离那个令人胆寒的森林越来越近。恐惧从她心里涌出来，她没有胆量走过那个漆黑一片的森林，但她也不打算往回走。因为害怕，她已经没有了知觉，身体梦游般地向前移动着，毫不犹豫地穿过一个个树桩、水坑和石头，注意不被绊倒，维持着步伐，她依然快速前进着，好像她并没有害怕过。

这时候耳边响起枞树叶的沙沙声。她好像失了魂，仍然恍惚着，安静地走在树丛间，仔细听着各种声响，但她的眼睛却一眨不眨。河水流动的呜呜声、枞树枝轻轻摆动的声音、石头被溪水拍打的声音都在她耳朵里回荡，她毫不停留地走过去。突然从山坡上掉下来一颗小石头，好像是鬼怪扔下来的一般，她吓得直冒冷汗，但还是维持原来的速度，继续往前走。

过了好一会儿，克里斯汀已经从树林走了出来，眼睛也习惯了黑暗，可以清楚地看见闪着幽光的小河和池沼。黑暗中隐约出现一座座庄园，庄园中的房屋一片漆黑。天空透出了一点儿光亮。她没有勇气把头抬起来看看耸入云端的巨大山崖，但还是知道它就在面前。她知道，月亮马上就要穿过云层出来了。

她不断鼓励自己，再过四个小时天就亮了，院子里的农夫会出来走动，开始劳动。这时候已经没那么黑暗了，山脊上透出一点儿亮光。其实她走过的路并不长，如果在白天，佛莫庄园与教堂的距离是非常近的。天亮之前她就可以返回了。但她知道，那时的她已经和出发上路之前的她完全不一样了。

她明白，如果她的哪个儿子遇到这样的事情，她是绝对不会因此做出这种事情的。上帝伸出手来想要接收一个灵魂的时候，她竟敢拒绝上帝，把他的手挡回去。她曾多次照顾过病重的孩子，她的心因为忧虑和怜悯而痛苦不堪，即使在她最软弱的时刻，她也会说："亲爱的上帝，只有你才最在乎这些孩子，恳请你的旨意快快实现吧!

但现在她不得不大晚上来到这儿，将恐惧抛到脑后。她希望别人的小孩能够活下来，不管怎么样，她一定要治好他。

西蒙，你最亲爱的儿子现在正经受磨难，你只能抛弃自尊，接受我的恩惠。

"你不希望我用这个方法吗？"他没有回答的勇气。她心里明白，如果小家伙不幸死去，西蒙还是能忍受这种灾难的。而现在，在他最脆弱无助的时候，她揍了他一拳，便骄傲地离去。她会和西蒙说清楚的——这时候西蒙不得不承认，他也有不坚定的时候。

西蒙太了解她了。在她想要救出自己爱人的时候，每一次都顺从地从被她伤害过的人那里寻求帮助；在她每次为爱情斗争的时候，每一次都需要接受那个被她欺骗的未婚夫的帮助。西蒙从没有拒绝过克里斯汀的请求，一旦她有所求，他都会挺身而出，站在她身前，为她遮风挡雨，无私地奉献着。

这次她深夜去教堂，就是为了偿还她这些年来欠西蒙的债，这些债对她来说，已经成为一个沉重的包袱，虽然从前她并没有想到过这些。

西蒙曾使她觉得，他比起她和她爱的那个男人要坚强得多。她和伊兰德在奥斯陆那个污秽的场所碰见他那天，她就对这一点儿深信不疑。但是当时她并不希望这个高大肥胖而又爱愚弄别人的年轻人比他们还要坚强。

此刻她走在路上，没有向任何神灵祷告，而是坦承着自己的一切罪过，只是为了……她也想不明白是因为什么。为了报复吗？因为西蒙比她和伊兰德更高尚？

西蒙，你终于明白了吧？一旦为了拯救比自己的灵魂更珍贵的人，一个人会费尽心机，甚至会不择手段的。

她来到教堂前面的小土丘上的时候，月亮已经升到山顶上了，此时一种从未有过的恐惧袭上她的心头。月光洒落下来，洒下一层轻烟，像一张大网，把整个世界都罩住了，教堂就竖立在网的中间，显得威严和阴森恐怖。她瞧见小山冈上的十字架，第一次没有勇气上前跪拜一下。她绕过十字架，从用草皮和石头垒成的墓地围墙低矮的一边爬了进去。

坟墓被掩埋在茂密的草丛中，草上带着露水，映照着月光。克里斯汀一直走到墓地南端的贫农冢处。

她在这块墓地中找到一个贫民的墓碑，那个人是个流浪汉。在一个寒冷的冬天，人们发现这个异乡客在山里被活活冻死了，他剩下的两个女儿由教区领养，在各户人家家里轮流吃住。最后善良的劳伦斯决定收养她们，照看她们长大，并送她们去念书。后来她们成年了，克里斯汀的父亲亲自为她们挑选了两个诚实、勤奋的丈夫，还把几头奶牛、小牛犊、绵羊作为嫁妆，让她们风风光光地嫁了出去。拉根弗丽德也赠送给了她们一些被褥和铁锅。现在这两个女人的生活十分富裕。其中一个当过兰波的女用人，兰波还成了她孩子的教母。

"布雅恩啊，为了治疗兰波的孩子，只能从你的坟墓上割一块草皮。"她跪在地上，拔出刀子。

她将手指插进被露水浸湿的草皮里，额头和上嘴唇上冒着汗珠。地上很硬——她告诉自己只是需要些树根——她用刀子切断了它们。

这个地方有一个习俗，一定要用祖传的金银饰物和死人交换。克里斯汀摘下祖母留给她的镶着红宝石的金戒指，口中念道："安德列斯是我父亲的外孙。"她使劲把戒指埋得更深一点，把那块草皮放在头巾里包好，然后在挖过的地方盖上一些青苔和树叶。

她站起身来，双腿发软，过了好一会儿才恢复过来，赶紧往家里跑。她明白，一旦她回过头来，就能瞧见那些亡灵。

她突然感觉有种奇怪的力量在拉扯着她，想要让她回头，瞧一下她所认识的、那些已经过世的人。他们好像在说："克里斯汀，这是你吗？你居然在这里做这种事……"亚涅的坟墓在西边的大门旁边。"是的，亚涅，你会吃惊是很正常的，当初你认识我的时候，我还没有变成这样——"克里斯汀喃喃自语着。

随后克里斯汀沿着原路翻过围墙，走下小山冈。

这时，月光把整个田野都照亮了。柔伦庄园就在远处的地平线上，房顶上的绿草露珠闪烁。她呆呆地看着那边。在她的家人和亲戚们看来，在她今晚走出家门时，她就死了，再也不能回到那个家了。

她顺着来路向回走着，山的影子覆盖在路上，看上去阴沉沉的。风吹得更急了，呼啸着，直接刮到她脸上，风里还夹杂着枯叶，似乎要阻拦她，把她吹回到墓地去。

她觉得自己不是独自一个人在走路，身后传来轻微的脚步声，好像在追踪她。"亚涅，是你在我身后吗？"她心里想，"再回去看一看吧，克里斯汀。"似乎有个声音在对她说着……

不过她现在一点儿都不害怕，只是感觉有些寒冷，并且很疲乏，真想一下子倒在地上。经过这一夜的奔波，她觉得以后世界上没有什么东西能让她再感到恐惧了。

她打开门，走进了房间。西蒙还是和原来一样，坐在床边，弯腰看着小家伙。他听到声响，只是略微抬了一下脑袋，瞥了克里斯汀一眼。克里斯汀几乎以为自己在短短的几个小时内变得很年老了，甚至满脸皱纹，使他认不出自己。但是西蒙很快又垂下脑袋，用手遮着脸。

他站了起来，身体轻轻摇晃着，弓着腰，低垂着头，慢慢走向门口，不敢抬头看克里斯汀。

克里斯汀把两根点燃的蜡烛放在桌子上，小家伙眯缝着眼睛，目光很奇怪，脸上一点儿表情都没有，想要逃避明亮的光线。克里斯汀让他正面躺在床上，身体直挺，就像一具尸体。小家伙任由她摆布，仿佛没有力气动弹。

她把亚麻头巾遮住他的脸和前胸，再把割下来的草皮放在布巾上。

那种畏惧的情绪又涌现了出来，就像溃堤的江河，不断涌出。

她必须坐在床边。长凳上面就是窗户，她想面对着窗户，这样如果有人躲在暗处，透过窗户朝里看，她就能发觉了。她把一把椅背很高的椅子搬到床边，对着窗户坐着。窗外的夜色一片漆黑，窗户的玻璃上反衬出蜡烛的光芒。克里斯汀怔怔地看着外面的黑暗，两只胳膊紧紧地撑在椅子的扶手上，手臂颤抖着，手上的筋都暴出来了，手指的关节发白。寒气很重，她的两条冻僵的双腿已经没有了感觉。由于恐惧和寒冷，两排牙齿也上下打战，脸上和背上不停冒着冷汗。她静静地坐在那里，不时地看一下由于孩子的呼吸而跟着上下起伏的亚麻布巾。

天色慢慢变亮，公鸡开始打鸣了，庭院里的说话声传了进来，仆人们去了马厩。

现在克里斯汀已经很疲惫了，靠着椅背，好像发烧的病人，她的双腿不停地颤抖着，不知该如何让它停止。

突然，头巾动了起来。小安德列斯将头巾扯下来，轻声哭泣着，很明显，他已经好转了。克里斯汀一下子跳起来，弯下身子看着他，却发现他看向自己的眼神居然透着一股恨意。

她一把拿起头巾和上面的草根，扔进了火炉里，又加了点木柴和树枝，使火烧得更旺，以便把从死人那里得到的东西全部烧毁。随后她无力地靠在墙上休息了片刻，眼中不由自主地落下了泪。

她端起火炉旁边的杯子，在杯子里倒了点牛奶，想让安德列斯喝下去。不过他现在睡得很沉。

于是她给自己也倒了些牛奶，感觉味道不错，很可口。这个时候她一点儿也不介意多喝几杯热牛奶。

但她还是没有勇气说话，小家伙到现在还不能开口说出一句完整的话。她跪在床后面的踏板上，低声祈祷着：“上帝啊，看着我们吧，不要再让我们无止境地等下去了。可怜你的奴仆吧，不要再继续发怒了。请你忘记我们的罪过，我们都将臣服于你。”

是的，是的，她的罪过是不能被原谅的。

可小家伙是西蒙夫妇唯一的儿子，但她已经有了七个，为了救回他们唯一的小孩，她只能犯下大错。

她想这件事想了一整晚，在黑夜中不停地呢喃着。她用这个法子，只是不想看到这么可怜的孩子死在她手里，除此之外没有其他原因。

在她面临困境的时候，西蒙总是对她伸出援手。而且他在任何人面前都是友善的，尤其是在她的家人面前。他疼爱自己的儿子比爱护自己的眼珠还深，她怎么能不想尽一切办法来拯救这个小家伙呢？哪怕是犯罪。

是的，那是不可饶恕的罪孽。上帝，你惩罚我吧，不要把怒气发泄在西蒙和兰波的无辜的、可爱的儿子身上。

克里斯汀又走到床边，弯下身子仔细地看着那个小可怜，闻着他那只瘦弱的小手。她不敢去吻那只小手，害怕这样会惊醒他。

光明的力量是巨大的。之前那个可怕的夜里，她和爱丝希尔德夫人一起留在海乌格庄园，夫人对她说起了那件事。夫人说她有一次晚上走到科嫩加海尔墓地："克里斯汀，那一夜对我的煎熬将使我终生难忘。"不过，在爱丝希尔德的堂兄弟们将剑刺向布柔恩，虽然他虚弱地躺在地上，仿佛就要死去，他也不值得人同情。因为在这之前已经有一个对手在他剑下丧命，还有一个几乎成了废人。

克里斯汀透过窗户，向院子里看去。大家在庄园里忙碌地来回走动，几头小牛犊在院子里到处晃悠，看起来十分可爱。

当人处在黑暗中时，免不了会胡思乱想。那些想法就像水面下的神秘的植物。它们在水底摇曳生姿，让人们沉迷于它的美丽之中。它在水底的阴暗处，摇晃着，充满了神秘，散发出一种独特的魅力，让人沉迷而又惧怕。不过，一旦孩子将它们拔起来，抛到船上，就成了一种肮脏而又黏腻的东西。人们在黑暗中的想法就像水草一样，让人沉迷而又惧怕。记得埃德温修士曾说过，在监狱里的人是离不开刑罚的——他们因为这种仇恨和痛苦而着迷，所以没人能够让他们脱离苦海。从前她很不理解，不过现在，在她的心冰冷一片的时候，她有些明白了。

她弯下腰，对着小家伙，闻了闻他的气味。西蒙夫妻的孩子保住了，即使她现在救孩子，只是为了让西蒙对她另眼相看，让他明白，她在接受了他如此多的帮助之后，也可以不顾自己的灵魂帮助他，向他还债。

然后她又跪在地上，继续将自己头脑中的赞美诗一遍又一遍地向上帝背诵。

这一天早上，西蒙一大早就去新开垦的田地里干活了，他要抓紧时间种下秋天的麦子，这块田地在林子的南面。他希望生活能够恢复正常。夜里他将女仆叫醒，吩咐她们不要进房间，如果克里斯汀没有喊她们，就让克里斯汀和小家伙单独在一起。女仆们不太明白是怎么回事。兰波起来后，他也这么嘱咐她，让她不要进房间。

兰波惊奇地问：“连你都不能进去吗？”

“是的。”西蒙回答道。然后拿着播种筐出去了。

不过到了中午他都没有出门——他感觉自己已经筋疲力尽了，而且兰波也让他很恼火。是的，中午休息完后他一来到放谷物的仓库，便看到兰波穿过院子往内房跑去。他立刻跟上去，看到她跑到门口，重重地拍着门，向里面大声喊叫着，要求克里斯汀让她进去。

西蒙抱住她，想让她平静下来，她却迅速弯下腰，狠狠地咬了一下西蒙的手臂，就像发了疯的野兽一样，大声叫道：

“他是我唯一的儿子，你们对他做了什么？”

“你应该知道，你的姐姐不可能伤害我们的孩子的。”他紧紧地抱着她，不让她挣脱。

西蒙故意生气地说：“我们走吧，兰波，你这么做，被仆人们看见，不嫌害臊吗？”

可她还是嘶吼着：

“他是我的儿子，从我的身体里出来……是不是因为在他出生时，你没有在我们身边陪伴，所以才不喜欢他？”

西蒙疲倦地辩解道：“你难道不知道我当时的确脱不开身？”他用力拽着兰波来到厅堂里。

从那之后西蒙再也不放心让兰波单独待在那边。兰波的心情慢慢平复了，夜里在侍女的帮助下脱下衣服。

西蒙现在还不想睡觉。女儿们已经回到自己的床上睡下了，他让侍女们下去休息。有一次他刚站起身在房间里走动，兰波便问他是否要出门。他这才知道兰波还没有睡着。

过了一会儿，他才说道：“我这就睡。”然后他便脱下外衣和靴子，上了床，盖着毛毯，搂住兰波，说道：

“我的兰波，我明白你的感受，对你来说，今天很漫长，也很困难。”

她迟疑了一会儿，回答道：“西蒙，你心脏怦怦的，跳得好快。”

“你一定要信任我，我也很担心这个小家伙，但是在克里斯汀派人来叫我们之前，我们还需要耐心等待。”西蒙说。

他慢慢从床上爬起来，将手撑在床上，不知所措地盯着克里斯汀惨白的脸。克里斯汀的脸上满是泪水，在灯光下发着光。她走到床边，弯下身子，用手摸着他的胸膛。一时间，他以为这是一个梦境，倒下头去，双手遮着脸，发出低沉、压抑的号叫声。他的心扑通扑通地跳着，让他痛苦不堪。

克里斯汀推推他：“西蒙，起来了！安德列斯在喊你呢，你听到了吗？这是他生病以来第一次开口说话。”她微笑着，但是泪水仍然忍不住滚落下来。

西蒙立刻爬了起来，用手抹抹脸，心里想，他没有在她面前说出什么糊涂话吧？然后呆呆地看着提着油灯站在一旁的克里斯汀。

他不想吵醒兰波，便和克里斯汀悄悄走出了房间，他的心里那种让他痛苦的厌恶仍然挥之不去，好像他身体的一部分坏了似的。他在想，为什么总是做这些奇怪可怕的梦？当他醒来，还能够勉强将这种想法压抑在心底；但是一旦处于睡眠状态，他就一点儿抵抗力都没有，很容易陷入那种可怕的梦境。即使克里斯汀这些天来不眠不休地照顾着他病重的儿子，他还是这样。

外面正在下雨，所以克里斯汀也不清楚具体的时间。她告诉西蒙，小家伙浅浅地睡了一段时间，不过还没有开口说过话。到了夜间，睡得很熟了。所以她也想睡一下，便在孩子身旁躺着，把安德列斯抱在怀里，一旦他动了，她就能感觉到。之后因为疲倦她就睡熟了……

小家伙躺在宽大的床上，显得非常瘦小。不过他一瞧见西蒙，眼睛就亮了起来，而且对着他笑了笑。西蒙在他身旁坐下，想将他抱起来，克里斯汀立刻将他制止了：

“现在还不行，西蒙，他身上被汗水浸湿了，而且房间里太冷。”她用被子裹住小家伙，“你还是待在旁边吧，我让人过来陪着。我去卧室里，到兰波身边休息一下。”

西蒙钻进被窝，她睡过的位置还很温暖，枕头上留着她头发的香味。西蒙轻轻地叹息了一声，然后紧紧抱着孩子，把自己的脸贴在小家伙潮湿柔软的头发里。小家伙那么瘦小，西蒙抱他的时候感觉他轻得就像一片羽毛。不过小家伙看上去很高兴，嘴里不停地嘀嘀咕咕的。

没多久，他便将满是汗水的小手伸到西蒙的衣服里面，把香囊拽了出来，开心地说道："小公鸡，是小公鸡……"

就在克里斯汀即将起程回家之前，西蒙去找她，拿出一个小木盒，说：

"我猜这个礼物一定会让你感到满意。"

克里斯汀一眼就认出来是她父亲雕刻的木雕，一个小小的金色扣环上面嵌着五颗绿宝石，用一块软皮革裹着，放在盒子底部上。她立刻想了起来，父亲每次在节日里盛装打扮的时候，总会将它戴在衬衣的领口上。

她很感激，脸红了起来，向西蒙道谢。她忽然想起来，这还是她从奥斯陆的修道院回到家里，第一次看到这个扣环。

"父亲什么时候把这个送给你了？"她说完后立刻觉得不应该这么问。

"有一次我从你们的庄园离开，父亲将这个给了我作为送别的礼物。"西蒙回答。

她不敢看西蒙的眼睛，低声说道："这个礼物太贵重了，我不能要。"

西蒙微笑着说：

"克里斯汀，等你的儿子们长大了，去下聘礼时，会需要它。"

克里斯汀看了看他，回答道：

"不是因为这个。西蒙，我在想，这是我父亲送给你的礼物。你肯定知道，西蒙，我十分敬爱你，一直把你当作我的亲哥哥来看待。"

"真的吗，克里斯汀？你敬爱我……"他伸出手抚摩了一下她的脸，脸上露出一种轻微而又古怪的笑容，仿佛在用对小孩子说话的口气说道：

“嗯，嗯，没错，克里斯汀，这一点儿我早就明白了……”

4

这一年的晚秋，安德列斯之子西蒙去找戴夫林庄园的哥哥有事。在戴夫林庄园的那段时间，有人向他请求和他的女儿阿尔涅德结婚。

西蒙没有正面答复那个求婚者，但是回去的时候他的心里一直疑虑重重。或许他应该痛快地答应，这样女儿就可以过上好日子，而他也不用再为她的未来操心。他的哥哥和嫂子海嘉说得有道理，这么好的女婿，如果不要，实在太愚蠢了。艾肯庄园比佛莫庄园面积更广，而且有三分之一的管理权在奥斯蒙手上，奥斯蒙之所以会让儿子娶阿尔涅德这种不是名门望族的女孩，仅仅是因为在艾肯庄园，西蒙租给了他们一块三百多英亩的土地。奥斯蒙之子葛龙德曾因第二次杀人要付罚金，所以奥斯蒙在奥斯陆的女修道院和戴夫林庄园的主人那里借过钱。葛龙德只要喝醉了，便会耍酒疯。基德认为，在不喝酒的时候，这个人也还不错，公正而随和；而阿尔涅德是个明白事理的人，也很善良，他应该会听从她的劝告。

不过葛龙德和西蒙的岁数差不多，而阿尔涅德才十八岁，艾肯庄园的工人又希望下一年开春就让他们结婚……

有一个难过的记忆一直留在西蒙的心里，他一直想要忘掉这件事。而现在，只要一想起阿尔涅德的婚事，这件事情便不由自主地在他的脑海浮现。

他和兰波第一次同房的那个清早，他并不开心。那天晚上他们被亲戚们送进洞房，他已经喝了不少酒，他就像别的新郎那样感到快乐。不过当他看到女伴中的克里斯汀时，心里还是有些莫名的难受。他的姐夫伊兰德作为他的姻亲，也挤在闹洞房的人群之中。第二天早晨，他醒来的时候，看到身旁躺着自己的妻子，心里很紧张，感到非常害羞和痛苦，她毕竟还像个孩子……虽然他心里明白，自己并没有做错。

那个早晨她睁开大眼睛，脸上挂着笑意。

“西蒙，现在我正式拥有你了，”她举起小拳头在他的胸膛上不住地敲打着，“从现在开始，我所有的亲人，也将成为你的亲人。”西蒙冷汗涔涔，因为害怕妻子看出她的这些话让自己的心跳加速。

通常情况下，他坚定不移地觉得自己已经很幸福了。他的妻子出身高贵，有丰厚的财产，才刚刚成年，美丽而年轻，性格开朗又善良。他们共同孕育了一儿一女，他很感激她，因为她让他体会到儿女双全而又生活富裕的快乐。孩子的前途很有保障，他可以将自己所有的财产都留给自己的孩子，也有足够的钱财为阿尔涅德准备一份嫁妆。

其实他还想要一个儿子——即使再多几个，他也会乐意的。可他的妻子并不准备再生孩子，也许这不是件坏事。他很清楚，只有在兰波情绪比较平和的时候，他才能过得安逸一点儿——他宁愿让兰波平静下来。他时常怀疑他和兰波之间是否真的相处融洽。说真的，他们的庄园实在是太乱了。但是古语说：“欲望越多，收获越少。”在回自己庄园的时候，西蒙不断用这句话警告自己。

兰波计划这些天去克鲁克庄园住上几个礼拜，然后在克里蒙弥撒日（11月23日）回家，她不喜欢总是待在家里。

不过，上帝清楚西格丽德该有多么难受。她的第八个孩子就要出世了。他之前到戴夫林庄园的时候，顺路去看望过她。看到以后，他心情特别沉重——妹妹脸色很不好，看上去病恹恹的。

他在伊雅布村古老的圣母像前捐献了四根粗大的蜡烛，大家都说这个地方很灵验。他许诺，如果西格丽德这次能平安生下孩子，他会再来捐献的。但如果西格丽德不幸死去，他无法想象她的丈夫吉尔蒙和七个子女以后如何继续生活。

妹妹和吉尔蒙十分恩爱。西格丽德说，丈夫从来没有对她大吼大叫过，也从来没有违背过她的心意。吉尔蒙知道西格丽德思念她的第一个孩子，那是她和前夫贾瓦德生的，吉尔蒙请求西蒙把那个孩子带过来，让西格丽德和他见见面。不过当西格丽德看到这个娇生惯养的孩子时，心里只觉得失望和伤心。从此之后，她便一心一意地侍候着自己现在的丈夫和他们的孩子，就如同犯罪之人对待神父和圣餐一样。

她如今有她独特的幸福。西蒙对此并不奇怪，因为他觉得，像吉尔蒙那么善良温和的人很少见。他的声音十分甜美，即使在讲述自己受别人欺骗买回一匹残废的马时，他的声音还是像竖琴一样动听。

赫斯坦之子吉尔蒙长相虽然谈不上英俊，但是身材修长，身姿挺拔，而且在射箭、捕猎方面十分出色，经常赢得各种各样的比赛。然而三年前他在山里捕猎时不小心将腿摔坏了一条，一路只能依靠着双手和膝盖爬回大，之后变成了残疾人。现在他连在屋里走路都离不开拐杖，需要别人搀扶着才能爬上马背或走到庄园的田地里。他这个人性情古怪，脾气固执，不善于管理土地，也不擅长计算自己的收益，如果有人想在一些交易中欺骗他，他就会很容易上当。但他的一双手非常灵巧，能在木头和铁板上雕刻出非常美丽的花纹。而且他对人谦虚有礼，说话有条理。只要有一把竖琴在手中，他就可以让人开怀大笑或者悲伤落泪。的确，吉尔蒙就如同歌里所赞美的骑士，不管什么东西都可以使它发出优美的声音，“使椴树叶唱歌，野牛角奏鸣”。

后来他的几个儿子开始跟着爸爸一起唱，他们的声音比哈马城大教堂里的钟声还要动听。他家中最小的孩子英加连走路说话都没有学会，不过也一直哼哼着，小小的声音清脆而又温柔，像欢快的铃铛一样。

家中的每一个人——父母、子女和仆人们——都生活在那个陈旧的老房中，因为火炉的盖子丢了，整个房间都被烟熏黑了。建造一间适合居住的楼房是吉尔蒙多年来的梦想，不过一直都没有动工。去年他的老谷物烘干室遭遇火灾被烧毁了，因此他不得不盖一间新的。但父母绝不愿意让自己的儿女从身边离开。西蒙到克鲁克庄园的时候，多次提出要帮他们抚养一个小孩，但都被吉尔蒙和妹妹拒绝了。

西蒙常常在私底下想，在父亲那么多的子女中其实她算过得最好的了。基德说妹妹西格丽德对第二任丈夫很满意，因为他们住在遥远的南方的莱菲克，西蒙从他们结婚后就没有和他们见过面。但是基德告诉他，她和托格林的孩子和继父的感情并不融洽。

弟弟古德蒙确实很幸福开心。不过，西蒙觉得，幸好父亲已经去世了，没有目睹小儿子的不孝行为，愿上帝保佑他。老安德列斯 · 达尔去世之后，守孝期一到，古德蒙就迎娶了父亲曾竭力反对的那个寡妇。戴夫林庄园的老爵士曾经认为，自己的大儿子基德和二儿子西蒙都娶了自己亲自挑选的身世高贵、家庭殷实而又美丽高贵的姑娘，生活仍然不是那么美满，如果他让最小的儿子古德蒙擅自做主，那他的一生就完了。博格的女儿托蒂丝大古德蒙好几岁，并且家境贫寒。她没有留下前夫的子嗣，后来和奥斯陆圣母教堂的神父勾搭上了，还有了个私生女。人们传说她和很多人有染，就连刚认识她的古德蒙·达尔也和她苟且过。西蒙觉得她一点儿都不漂亮，并且说话粗鄙，不懂得适可而止，不过她是个聪明的女人，而且很会为他人着想，天性善良而又活泼。西蒙暗想着，如果她没有和自己的兄弟结婚，他一定会喜欢上她的。不过古德蒙对于他们的夫妻生活很是满足，看起来让人厌恶。现在他快有西蒙那么胖了，而之前他不是这个样子的。古德蒙年轻的时候纤瘦俊朗，可现在却变得肥胖而又笨拙。西蒙看到他的时候，真想狠狠地揍他，何况古德蒙一直冥顽不化——不过让人高兴的是，他的孩子们只是外表和他相像，脑子却和母亲一样聪明——古德蒙对此感到很满意。

其实，西蒙不需要这么替弟弟担忧。也不值得为伤心。但是只要他来到父亲的庄园，见到那里的状况，便会烦恼无比，直到回家时心情都不能平静下来。

基德现在发达了——他妻子的哥哥沙克斯之子武夫现在受到国王重用，他也被带进了挪威享有荣耀和权势的上层圈子里。不过西蒙并不喜欢武夫，他明白基德心里对他也不是很喜欢。基德是被他的妻子和他妻子的哥哥逼迫走到这种地步的——他做这些完全是为家庭的和睦。

沙克斯之女海嘉是一个地道的泼妇，然而他的两个儿子才是让基德发愁的最主要的原因，他每天都要为他们担心。沙克斯快十七岁了，晚上总喝很多的酒，需要仆人抬他才能上床。过度饮酒已经让他失去了理智和健康，这样下去他没到成年就会死去。不会有人为此感到悲伤——沙克斯虽然还只是个孩子，但是他高傲自大，性格狂妄，早就在这附近臭名昭著。不过母亲却很宠爱他。基德更看重自己的二儿子约翰。如果约翰没有现在的这些毛病，还是可以将自己的家族发扬光大的……可惜他天生驼背，还长了鸡胸，并且有严重的胃病，每天只能以燕麦粥和什么味道都没有的饼干为食。

西蒙兄弟姐妹间曾是那么友爱。每次西蒙感到过得不是那么如意的时候，就会想想自己的兄弟姐妹，并从中得到慰藉。他如果碰到挫折和不幸，只要对照一下自己兄弟姐妹们的生活和幸福，心里就会比较容易忍受。戴夫林庄园如果还能保持父亲活着时候的那种宁静、祥和，那么西蒙就能更容易接受自己内心的痛苦。西蒙觉得，他的灵魂是和整个家族紧密相连的，扎根在庄园的土壤底下。只要他的兄弟姐妹中任何一个人受到打击，或遭到疾病的折磨，大家都会感同身受。

基德和他就是这样，到目前为止一直都是。不过现在，他已经不大了解基德的想法了。

基德和西格丽德是他在家里关系最好的兄妹了。西蒙没有忘记，小时候他经常坐在那里静静地看着自己的妹妹，看后总忍不住告诉她自己对她是多么喜爱。所以他总是故意逗她，有时扯扯她的头发，挠她的胳肢窝，或者拧一下她的胳膊，希望用这种方式表达自己对她的喜爱。这样做了之后，他便可以顺理成章地将自己喜欢的东西送给她，然后和她一起玩，在河边为她做一个小磨坊，或者给她做个小土房子，春天的时候用树枝给她和她的朋友们做口哨……

他记得刚听到妹妹不幸消息的那个时候，心里无法平静下来。整个冬天西格丽德都在为失去未婚夫而悲痛不已。西蒙很担心她因为忧伤而生病，且没想到更不幸的事情还在等着他们。早春的一个礼拜天，西蒙在曼维克庄园外的走廊上，等着他的妻子和妹妹。他已经有些生气了，因为她们磨磨蹭蹭地还没有出门。马儿已经牵到院子里来了，他等着她们一起骑马去教堂。仆人们也在等着他们。他等了好一会儿，实在没了耐心，发火了，便走到屋子里去。西格丽德还没有起床。他关心地问她的身体是否不舒服。他的妻子正在床上坐着，看了他一眼，脸色苍白，哆嗦了几下，回答道："是的，她生病了，可悲的人啊！可是她更担心你、她的其他兄弟姐妹以及爸妈，你们该如何是好？"

西格丽德号叫一声，便扑在海福莉的怀中，用露在外面的纤细的胳膊环抱着她的腰，身子压着她。西格丽德的这声号叫让西蒙心里难受极了，好像他身上的血已经流尽，心脏停止了跳动。他一阵茫然，为妹妹的痛苦和愧疚而痛苦着、愧疚着。然后他直冒冷汗，心里想："父亲会怎么办呢？他会对西格丽德怎么样……"

他确实没有办法不担忧。春天的时候，他从泥泞的道路上回劳马瑞克的路上，还在担心着这件事，一路上多次下马去方便。和他一起走的仆人并不明白，暗暗地嘲笑他。他虽然已经成家多年了，不过每次去见父亲，心里还是比较害怕，不断地腹泻。

见面以后，他的父亲很沉默，只是身体突然瘫了下来，好像被人揍了一样。到现在西蒙还是如此：在快要睡着的时候，忽然想起这一幕，便立刻清醒了过来。他的父亲坐在那里，低垂着头，身体不住地摇摆，基德就在他旁边站着，扶着旁边的椅子，脸色苍白，眼睛盯着地上，没有出声。

其他的人都离开后，基德对西蒙说："感谢上帝，幸好她在你和海福莉的家里住着，没有在这里出现。"

也就是在这仅有的一次，西蒙能够从基德话中听出来，他并不是很看重他的妻子。

可是西蒙发现，自从基德和海嘉结婚之后，他的脸色更不好了，外表更显憔悴了。

在基德和海嘉订婚后的那段时间，他并不太爱说话，不过每次见到自己未来的妻子，他便立刻变得神采飞扬。这时西蒙很喜欢一动不动地看着他的哥哥，深深地为他着迷。基德也在他面前说过，从前他也和海嘉见过面，不过两人从来没有交谈过，并且从没有奢望过她的家人能将这个美丽而又家境富裕的女孩嫁给他。

基德·达尔在年轻时外貌很英俊，西蒙曾因有这样的哥哥而感到骄傲。他确实长相英俊，让人喜欢——大家都知道这个温柔儒雅的青年待人亲切，性格敦厚，品德高尚。后来沙克斯之女海嘉嫁给了他，从此他好像变成了另外一个人。

基德向来不爱说话，和西蒙在一起的时候，一般都是西蒙一个人说两个人的话。不过西蒙口齿伶俐，善于交际。无论是聚会或者狩猎，无论是游玩或者比赛，还是进行各种恶作剧或者冒险，他的身旁总聚集着一大群朋友。无论去哪里，基德都跟他一起，虽然他很少说话，不过脸上一直带着诚恳而又动人的笑意。偶尔难得开口说几句话，大家都会认真聆听。

现在基德仍然不经常说话。

那个夏天，西蒙回到家里，告诉父亲他和克里斯汀之间的婚约已经解除。当时他便觉得基德很可能已经知晓了这件事情背后的秘密。基德知道西蒙对自己未来的妻子是很喜爱的，之所以愿意这么做，一定有特殊的原因，而且这么做让他的心里充满了痛苦和仇恨。基德在一旁小心地劝说父亲不要太在意这件事，但他并没有表示出他知道事情的真相。西蒙觉得，通过这件事情，他比小时候更喜欢哥哥了，原因就是他的沉默。

回家的路上西蒙竭力赶走心中的愁闷和不安。为此他在路上做了不少事情：探访谷地里的好友，并为他们带来另外一个好友的消息，代他们问候他；他不停地喝着酒，想忘记心中的烦恼。接着又和这个朋友一起骑马赶去附近另外一个朋友家中做客。这时的气候温和凉爽，骑马奔驰是一件很愉快的事情。

在他们回到家之前天就黑了下来，这时候西蒙已经醒酒了，仆人们依然在吵吵闹闹地开着玩笑。不过西蒙什么也听不进去——他实在是太累了。

回到家之后，小安德列斯一直追随着自己的父亲，芙希尔德在马背上寻找着，希望能找到父亲带给她的小礼物。阿尔涅德拿出了一些吃的东西和啤酒，便坐在他的身旁。西蒙一边吃饭一边和阿尔涅德聊着。孩子们都去睡了，西蒙将妻子抱在自己的膝上，将亲戚们的近况转达给她，并说他们都向她问好。

不过他心里却想着，作为男人竟然不满意自己的命运，这是多么羞耻的一件事啊……

第二天，西蒙一个人坐在“萨梦厅”里吃着阿尔涅德给他端来的食物。他忽然想起来，现在就可以将那件事情告诉她了，便对她说了艾肯庄园的主人希望她和自己的儿子结婚。

“不，她长得真的不是很好看。”西蒙看着自己的女儿，暗暗想着。她个子不高，不过很壮实，一张大大的脸颊没有一点儿血色，肤色暗淡，头发就像枯草一样成淡黄色，扎成两个又大又粗的长辫，额头上的短发都快要遮住眼睛了，而且她总是不由自主地将头发往后拢着。

西蒙说完后，阿尔涅德平静地回答道：“父亲，我听你的。”

“的确，你是个听话的姑娘，我知道，可是你觉得这件事如何呢？”西蒙问道。

“我没什么想说的。亲爱的父亲，你希望我怎么做，我都愿意。”阿尔涅德回答道。

“阿尔涅德，按照我的看法，你还小，不需要过早地变成一个家庭主妇，为家务操心……我本来打算过一两年之后再让你结婚的。但是有时候我觉得，说不定你可能正期待着成家，有自己的生活？”西蒙问道。

“我没有那么急切。”女孩子淡淡微笑着。

“如果我们把你嫁到了艾肯庄园，那么在你附近还会有一些富裕的亲人……人们说过，团结力量大。”阿尔涅德听了这些，露出一种顽皮而又奇怪的笑容，西蒙很是尴尬，忙又说道：“我说的其实是我的兄弟基德。”

“我明白，你并不是指他的妻子海嘉。”女儿回答道。两个人不由得笑了起来。

西蒙感到了一阵温暖。多谢上帝和圣母以及帮他争取到这个女儿的前妻海福莉。既然他能够从中得到慰藉，还需要什么证据来证实这确实是他的孩子吗？

他站起来，帮她抖掉了衣袖上的一些面粉，说：

“那么，对于想要娶你的那个男人，你觉得怎样？你喜欢他吗？”

“啊，就现在看来，我还是喜欢的。我曾经见过他一面，觉得他是个好人。我不会将别人对他的议论放在心上的。父亲，你想怎么办都行。”女儿回答道。

“那我就帮你做主了。奥斯蒙和葛龙德那里不急，就再推迟几年吧。你现在还小，可以看看他们是不是真心的。不过孩子啊，你要明白，我并不想逼迫你做什么。我的女儿，其实你应该按自己的内心想法来选择。阿尔涅德，这一点儿你是可以做到的。”西蒙激动地说。

他把阿尔涅德拉到身边，在亲吻她的那一刻，小姑娘的脸都红了。西蒙忽然发觉自己已经有很长一段时间没有这么亲近女儿了。他并没有因为在大白天拥抱自己的妻子或者和孩子一起玩耍时而难为情，他觉得那些不过是很肤浅的事情。但是阿尔涅德……西蒙发现，他在佛莫庄园也只有和她认真地交流过。

他向着南墙走过去，然后推开窗户，向外面张望着。此时正刮着南风，远处层峦叠嶂，大片大片的云朵悬浮在半山腰。阳光从厚厚的云层里照射出来，使万物变得五彩斑斓。地面上白白的霜也好像被温暖的阳光融化了，田野上裸露着深褐色的土，而林中的枞树变成了深蓝色，后面是被苔藓和地衣覆盖着的光秃秃的小山，在阳光的照射下闪出一片金黄色的斑点。

西蒙好像感觉到秋天里的风和空气里闪烁着的亮光包含着一种说不上来的神奇的力量。如果在万圣节之前有一场降雨，让小溪储满水，磨坊里的工作就能够继续，那么圣诞节就不用发愁了。之后他便让人将山上的苔藓采回来。这个秋天很少下雨，拉根河的河床都裸露了出来，就快要干涸了，只剩下一股很小的水流在黄色和灰色的石块间流动着。

这个村庄，有磨坊的只有柔伦庄园和神父。村里的很多农民都选择去柔伦庄园，因为神父那里是要付钱的。而且他们也觉得，去用神父的磨坊的话，就会对神父暴露出自己今年的产量，那么在缴纳教税的时候，埃里克神父肯定会让他们多缴。因为去柔伦庄园的人太多了，所以西蒙不想再麻烦他们。以前大家去劳伦斯那里磨谷物都是免费的，克里斯汀希望把这个规矩能够延续下去。

一想到克里斯汀，西蒙心里就疼痛伤感得不能自拔。

这天正是圣西蒙·犹大弥撒日的前一夜，他每到这一天都会进行忏悔。当所有的佣工都到打谷场去脱粒以后，他特意把自己紧闭在“萨梦厅”里，让自己用这一天的时间来进行斋戒和祈祷，祈祷主宽恕自己。

他咒骂和欺骗过那些对他指手画脚的人；在节日到来的时候，还将一头鹿杀死了。那是在礼拜天的早晨，别人都去教堂里做弥撒，而他却还在树林里狩猎……

小安德列斯生病时的事情，他连想都不敢想。这还是他第一次在教堂的神父面前不敢承认自己的罪过。

每当考虑到当时的情况，他的心里就痛苦不堪。这个罪孽真的太严重了，或许上帝不会原谅他的——他居然利用邪术救人，至少让别人为自己的儿子施起了邪术。

不过他并不后悔这么干。他想着，如果那时候不下定决心，他的孩子现在也许已经不在人世了。不过他的心里一直都在害怕和困惑着——他一直密切关注着孩子，看他会不会发生什么事情，所幸一切都还安好。

他清楚在很多动物中也是这样，如果有人接触过它们的蛋或者孩子，它们就会放弃这些蛋或孩子，对它们置之不理。但作为一个人，上帝给了他智慧，不仅没有弃之不顾，相反会和孩子更加亲密。西蒙现在只要把儿子抱在怀里，便怎么也舍不得放下。他真的为安德列斯操碎了心。但有时他也明白，为什么那些愚蠢的野兽在人们接触过它们的孩子之后，便会对这个孩子产生厌恶之情。他暗想着，他的孩子也被别人碰过了……

不过他没有后悔过，而且也没想过补救，但他宁愿这件事不是克里斯汀干的，是其它别的谁都行。不管怎么说，他们就住在他旁边，他一直都很介意这一点儿。

阿尔涅德走到屋子里，问父亲是否带着一串钥匙。兰波说，西蒙从她那里拿去之后一直没有拿回来。

这个家越来越不像样子了。西蒙很清楚，在去南方之前他就将钥匙给了兰波。阿尔涅德连忙说道：“好的，我去别的地方找找。”

事实上她笑起来的时候很好看，眼睛闪着亮光，看上去很美。她的头发很浓密，在礼拜天和节日披散下来的时候，显得乌黑发亮。

伊兰德的私生女很漂亮，不过这也是她不幸的地方。

但那个女孩是伊兰德和身份良好的漂亮太太所生的，估计伊兰德就没有在意过阿尔涅德母亲那种女人。他四处游荡，不管去哪个地方，总有许多高傲而美艳的少妇少女围绕着他，向他搔首弄姿。

西蒙最大的过错——当然不包括他在国王身边当侍卫时不懂事的胡闹——这个过错伤害了他那温柔善良的妻子，所以更严重了一些。事实上，他并没有被尤丽恩迷住，甚至都不明白他们之间是怎么搞到一起的。在那个冬天，他经常和朋友们在一起喝酒，每次回家的时候，尤丽恩都会等待他回家，担心他喝醉后不小心惹出什么事。

不过，这个遭遇也是很有趣的。

最让他欣慰的一点儿，这个女儿已经成年了，而且是个不错的女孩，这让他很高兴。不过现在正在忏悔，他应该摒弃这些杂念，认认真真地悔过。

黄昏的时候，西蒙从罗曼庄回来，天空飘起了雨丝。他直接从田野里走过，这样比较近。天快黑了，白天的最后一点儿光线正洒在暗淡而湿润的麦田里。山下旧浴室的旁边，有个什么东西正发着白光。西蒙走过去，发现原来是在春天的时候他摔碎的那个法国瓷瓶。孩子们用木板和石头做了一个简陋的小桌子，将瓷片放在上面。西蒙拿出斧子将桌子轻轻碰了一下，桌子便倒了下来。

他很后悔自己这么做，不过一想起这件往事，他还是很生气。

因为一直都在为自己隐瞒罪过而不安，西蒙决定告诉埃里克神父他做的梦，这样他的心里也能轻松一点儿。当他忏悔完站起来打算离开的时候，忽然觉得，应当把心里的事情说出来，而他在这个年老而又目光浑浊的神父面前忏悔了十多年，非常信任他。

他跑回来，重新弯腰向老神父跪下。

埃里克神父在西蒙讲述的时候一动不动地坐着，然后进行回答，他的声音已经不再那么洪亮，有些喑哑低沉。他说：“这不是什么罪孽。在和敌人斗争时，基督教会里的每一个人都要重新审视自己对主的忠诚，所以主才会将魔鬼派到人们中间，诱惑他们。一个虔诚的信徒如果不放弃斗争，坚信对主的信仰，在醒着的时候坚决抵制住魔鬼的诱惑，那么即使做这样的梦也不能算是罪过。

“不！”西蒙的心里充满了愧疚。

他从没有在这些幻梦中迷失过，却饱受着这些幻觉带来的痛苦，并且是极大的痛苦。在每一次从这些噩梦中醒来的时候，他都觉得仿佛有人对他拳打脚踢，凌辱过他的身体。

走出来的时候，他看到木桩上拴着两匹不太熟悉的马，便走过去看看，原来是伊兰德的煤烟和克里斯汀的马。他向仆人责备道：“怎么不将马牵到马棚里？”

仆人沉闷地回答说：“客人认为没必要牵进去。”

这个年轻人从前是戴夫林庄园的用人，西蒙上次去基德家的时候，把他雇用来了。在戴夫林庄园，无论什么事情都要按照骑士的礼仪去办，这是海嘉的要求。但如果这个笨小子因为佛莫庄园的主人喜欢和仆人聊天，愿意仆人们多嘴多舌，就可以顶撞主人，那么应该让魔鬼……西蒙简直想大声诅咒出来，但他很快想到，无论如何，他才刚刚在主面前忏悔过，还需要忍耐。这个笨小子刚来到这里，还得让管家达克多调教一下，让他明白，在这里也需要遵守一些规矩，正像在戴夫林庄园需要按照骑士的礼仪办事一样。

最后他还是不依不饶地说道：“之前难道你是帮特洛利在深山

野林里做事的吗？”接着就让他拿一些草料过来。他对这个年轻人感到很气愤。

西蒙刚走到屋子里，就看到伊兰德开心的笑容。桌子上蜡烛的光正照着伊兰德的脸。他在一旁的长凳上坐着，芙希尔德就在他身旁的椅子上跪着，正在同他玩闹着，双手向他的脸抓去，嘻嘻哈哈地笑着，玩得不亦乐乎。

伊兰德站起来，想摆脱这个小女孩，但她抓着伊兰德短上衣的袖子不放，身体悬在空中。伊兰德就像从前那样主动走过来和妹夫打招呼。小女孩依旧缠着，不让两个人说话。

西蒙很严肃地告诉女儿，现在就去厨房，待在女佣们那里，这时候桌子上已经摆放好了食物。不过小姑娘不干，西蒙一下子抓住她的两只胳膊，将她使劲从伊兰德身上扯下。

“拿去玩，”伊兰德在嘴中扯下一段草茎，塞给小女孩，“芙希尔德，我的宝贝儿，给你！”他看着小女孩离开，又笑着说，“妹夫呀，按照我的猜测，这个小女孩长大了，肯定没有阿尔涅德那么乖巧。”

西蒙告诉妻子他把别人请求娶她女儿的事情对阿尔涅德说了，阿尔涅德的态度又是多么让人称赞。但他没有想到，柔伦庄园的人也知道了这个事情。兰波平时不是这样的——她一直都对伊兰德抱有成见。西蒙很是恼火，由于妻子宣传了这个事情，由于她的奇怪想法让他无法预料，还由于他的小女儿芙希尔德也黏着伊兰德……好像所有的女人都是如此。

他走过去问候克里斯汀。她正在火炉旁将小安德列斯抱在腿上坐着。这个秋天在孩子患病期间，他的阿姨照顾了他很久，所以他很喜欢这个阿姨。

伊兰德专门赶过来，西蒙觉得一定有事。他一般不会来佛莫庄园闲逛。西蒙其实也承认伊兰德在他们这种怪异的关系下，将所有事情都做得很恰当。平常伊兰德尽量回避西蒙，不过他们也见过不少次，这样就不至于让人们看出他们之间的嫌隙。他们俩在一起时，都表现得很友好。西蒙出现的场合，伊兰德总是不多说话，看上去很拘束，不过依然自在洒脱。

吃晚饭时，仆人们收拾好了桌子，便端上啤酒。伊兰德说道：“西蒙，我估计你会对我们来这里的原因感到诧异。我们希望你和你妻子能够来柔伦庄园参加婚宴。”

“什么？你在开玩笑吧？我怎么不晓得你们庄园有人到了可以结婚的时候？”西蒙问。

“西蒙，你怎么能这么说呢？要结婚的人是哈尔德之子武夫。”伊兰德回答道。

西蒙恍然大悟，激动地拍着大腿说：

“不会吧？这件事给我带来的震惊不亚于我家阉割的牛在圣诞节前产下幼崽！”

伊兰德笑着说道：“不要这么比喻，西蒙，主要是他平时太浪荡了。”

西蒙愉快地呼哨了一声，伊兰德继续笑着说：

“今天梅达汉庄园的赫布兰的两个儿子到我们那里去，想把他们的姐姐嫁给武夫，我当时都惊呆了，真不相信居然有这种事！”

“赫布兰的儿子们？他们都还没有成年，他们的姐姐估计也很年轻吧，怎么能和武夫成亲呢？”西蒙惊讶地说道。

“他们的姐姐今年刚过二十岁，而武夫的年龄是她的两倍还多，其实真实的情况是，”伊兰德脸色很严肃，“你知道，西蒙，他们其实很清楚武夫对于这个姑娘来说，不是最好的选择。但如果亲事成功了，当她正式嫁给武夫，完全可以不在意这一点儿。武夫怎么说也是骑士的儿子，而且家境富裕，不需要给别人当雇工。他住在柔伦庄园，只是因为在那一场巨变之后，他不想离开我们这些亲人，独自一人在自己的庄园里生活。”

说到这里，伊兰德沉默了一会儿，脸上的神情很温和，然后继续说道：

“这次我和克里斯汀想要给他大办一场，他对我们来说就像亲兄弟一样。下个礼拜我会带着武夫去梅达汉向姑娘下聘礼。西蒙，我来这里是向你寻求帮助的。西蒙，我知道你已经帮助我们很多次了。武夫在这里的人缘实在不怎么样，你和这里的人相处得很不错，很少有人能比得上你。而我呢……”他耸耸肩膀，有些自嘲地笑笑，“妹夫，你愿意跟我们一起，帮助武夫办理这件婚事吗？我和他从小就是很好的兄弟。”伊兰德请求道。

“可以，伊兰德。”西蒙的脸很红，伊兰德说得那么坦诚，让他感到不好意思，“如果可以帮哈尔德之子武夫办好婚事，我当然会尽力的。”西蒙说。

克里斯汀抱着安德列斯一直安静地在旁边坐着，小家伙吵着要阿姨为他脱下衣服，他想睡觉了。克里斯汀走到烛光里，怀里抱着脱去一半衣服的孩子，孩子用手臂搂着她的脖子。

她将手伸向西蒙，低声说：“西蒙，很高兴你能答应我们！我们都会感激你的。”

西蒙轻柔地握住她的手，不想放开：

“没什么，克里斯汀，我很欣赏武夫，也很乐意能帮他。”

他想去接住孩子，可是小安德列斯不肯，用赤裸的小腿踹父亲，亲热地紧搂着阿姨。

西蒙也在伊兰德旁边坐下，一边讨论武夫的钱财事情，一边侧耳聆听着孩子和克里斯汀的欢笑声。小孩子笑得很开心。克里斯汀学过不少歌曲和小玩笑，很会哄小孩子开心，在他小的时候，她也轻声而又温柔地笑着。偶尔他转过头看看他们，发现克里斯汀正将自己的手指叠成楼梯状，将孩子的手指当作双腿，向楼梯上爬去。后来她把孩子哄去睡觉了，自己陪着兰波，两个人轻声地说着话。

“确实如此，”那个夜晚他睡在床上的时候，暗暗想着，“我一直都很欣赏哈尔德之子武夫。”自从那个冬天共同帮助克里斯汀渡过难关之后，西蒙就觉得他和武夫有了一种特殊的情谊。他一直从心里认为武夫和自己身世相当，都是德高望重的骑士的子孙。而武夫是私生子这一情况，更使西蒙特别会照顾他的尊严，因为西蒙的心里，也在默默祈祷着，祈祷阿尔涅德能过上幸福的生活。不过对于伊兰德夫妇将自己牵涉进这样一桩不太符合常情的婚事里，他还是有些生气的，他觉得武夫年长了太多，而女方却很年轻。而且，在夏季的市民会议期间，赫布兰之女雅德翠没有保住自己的名节，并不是他造成的，他不需要对她的兄弟们负责，不过武夫和他却是如兄弟般亲近。

兰波也自告奋勇，说也要为婚礼做一些事情。西蒙很高兴她能这么做。一般在遇到事情的时候，兰波总会和她的家人站在一边。西蒙认为自己有个不错的妻子，她真是个热心肠……

5

卡群弥撒日后的第二天，尼古拉斯之子伊兰德为自己的亲戚大张旗鼓地举办了隆重的婚礼。柔伦庄园门前车水马龙，许多尊贵的名流都参加了，在这方面，西蒙·达尔的功劳最大，他们夫妻俩在当地有很多朋友。奥拉夫教堂的两个神父也过来参加婚宴，埃里克教父还亲自为新房做了祓除仪式——这对他们来说是很大的荣耀，因为埃里克神父现在只出席一些比较重大的场合，这些年来一直只为在他那里忏悔的人家施行圣礼。西蒙为新人祝了贺词，并将新郎赠送给新娘的彩礼一一报出，伊兰德也在酒席上向亲戚表示祝贺，克里斯汀和妹妹兰波在给客人们添酒菜，然后去新房同其他妇人一同给新娘卸下装饰。

不过婚礼并不是十分激动人心。新娘的家世清白，祖祖辈辈都受人爱戴，因为武夫是从别的地方来到这里，并且只是靠着在亲戚家工作养家，配不上他们家，因此都不太赞成他们的这段婚姻。虽然武夫的出身还不错——是一个有钱的骑士和女佣所生，而且还和伊兰德是亲戚，但这并没有让赫布兰的儿子们对他有更多的好感。

新娘自己也不太满意这桩婚事。结婚几个星期之后的某一天，西蒙因为一些事情来到柔伦庄园，克里斯汀将这个情况告诉西蒙时，显得很担忧。雅德翠经常跟丈夫大吵大闹，要求搬到史考恩她自己的庄园里居住，她在克里斯汀面前大声哭喊着说，她为自己未出世的孩子感到担忧，恐怕他们一来到世上就会被人叫作用人的孩子。武夫从来不理会她。这对新婚夫妻住在被别人称为“管家住宅”的地方，在劳伦斯还没有买下劳加桥农场以及他的管家艾纳之子容搬到劳加桥去之前，艾纳之子容一直居住在那里。但是雅德翠很讨厌这个名字。无奈之下她只能把自己的母牛和克里斯汀的养在一个畜栏里，对此她很是愤慨，生怕别人将她当成是克里斯汀的女仆。

“雅德翠其实也是对的，”柔伦庄园的女主人说，“如果武夫夫妇不搬到史考恩去，我可以让仆人们给他们另外再做一个新的畜栏。不过，这么做或许对他们更好，武夫已经年老了，性格不会再轻易改变。如果换一个新的地方开始过夫妻生活，可能比较舒服些。”

西蒙觉得她说得有道理。这边的人并不怎么喜欢武夫，主要因为武夫对这里的很多传统都嗤之以鼻。虽然他作为一个管家，十分勤劳精明，但由于对这里的各种环境不清楚，很多事情都做不好。譬如说，他在秋天该宰杀牲口的时候将很多都留了下来，后来没有准备足够的饲料，到开春时牲口的饲料不够了，他只好把那些饿得奄奄一息的牲畜都拖去屠宰场。当时他十分生气，大叫道，这个地方让他憎恶。当地的居民从圣保罗召唤日起就只以桦树皮作为饲料，再也不给牲口吃别的东西。

这时又有一件麻烦事出现了，在特隆赫姆郡的习惯当中，地主可以将租金换成他最需要的东西，如草料、兽皮、小麦粉、油脂或者羊毛，虽然合约上已经明确规定用现钱或者什么东西作为租金。并且主人或者管家有权将租金换成任何东西，无论别人是否愿意。然而当武夫对克里斯汀的佃户们要求也这样做时，这些农民却认为这是剥削，不符合法律规定。是的，他们并没有错。农户们纷纷向克里斯汀反映了这件事。她知道后，便让武夫不要这么做，但西蒙明白大家不只是认为武夫有错，克里斯汀同样应该承担责任。每当有人说起这件事，他都尽力去解释，说克里斯汀对武夫所做的事并不知情，而且武夫也只是按照老家一直使用的方法办事。然而西蒙自己也觉得，虽然没有人直接反驳他，他说的这些并没起到什么作用。

因此，他也不知道武夫该不该留在柔伦庄园。毫无疑问，克里斯汀如果失去了这个忠诚而又能干的好助手将会多么难过。伊兰德在管理农事方面什么也不懂，儿子们都还小。不过，反过来想，武夫的所作所为已经让克里斯汀被整个教区的居民所厌恶，并且现在他又和一个有教养的富家小姐勾搭上了，离开这里也是有好处的。总而言之，只有主知道，在这件事情发生之前，克里斯汀肩上的担子已经让她难以承受了。

住在柔伦庄园的人现在都不被附近人们的喜爱，伊兰德在人们心里的形象不比武夫好多少。如果说武夫这个管家十分狂妄自大、霸道威风，那么伊兰德自己那种潇洒自在、风度翩翩的举止，在他们眼中简直就是挑衅。然而伊兰德仿佛从来都不知晓自己会那么惹人讨厌，他相信，无论贫穷富贵，他都和原来没有什么区别，从没有想过有人会觉得他傲慢。他曾经做过郡长，还是马格奈斯国王的亲人和大臣，不过他却想推翻国王，并且还轻率大意地将这个伟大的计划毁掉了。很显然，他从没感觉到，因为这些，人们都觉得他是个不知羞耻的人。西蒙难以想象，伊兰德居然从没有想过这些问题……

他总是让人琢磨不透。西蒙觉得，在别人同他交谈时，他常常说出一些有建设性的言辞，不过好像他从没有想要将这些言辞付诸行动。没有人觉得他也已经不再年轻了。如果你认真观察，就能发现他脸上的褶皱，而且白头发越来越多。不过当他和纳克站在一起的时候，与其说他们是父子不如说像兄弟。伊兰德仍然像西蒙第一次见到他的时候那样，身姿挺拔，举止优雅，声音还是那么清晰悦耳。他的性格依然放荡不羁，洒脱自然。他在和人交往的时候仍然游刃有余。从前面对陌生人的时候，他总是很少说话，看上去很忧郁，不管在得意或不得意的时候，都不会装可怜巴结别人，而是等着别人来找他。他从没有觉察到，和他交往的人越来越少了。村庄里的那些富家子弟之间，大多是亲戚或者朋友，联系紧密，当发现因为遭遇不幸而从特隆赫姆郡搬到这里的伊兰德，待人如此高傲，仿佛他还是富家子弟，不喜欢和他们在一起，都气愤异常。

其实大家认为伊兰德的最大过错是他连累了圣布庄园的主人。特隆德之子固托姆斯和波嘉被驱逐出了挪威，他们拥有的吉斯林家族的广大土地和一半的世袭领地都被国家没收。圣布庄园的伊瓦尔不得不用钱来请求马格奈斯国王的赦免。现在国王把没收的土地赐给了艾尔达思之子西格尔爵士（据说也是付了钱的），而特隆德的两个小儿子伊瓦尔和哈瓦（据说他们没有参与两个哥哥的阴谋）也把他们拥有的瓦吉地产卖给了西格尔爵士，他同他们是表亲，还是克里斯汀和兰波的表哥，他的母亲葛德伦和特隆德·吉斯林以及柔伦庄园的拉根弗丽德是姊妹。伊瓦尔·吉斯林搬到了托丹地区的林汉庄园，这个庄园是他们结婚时妻子的陪嫁。他的儿子们有母亲那边的亲人照料，还有自己的土地，应该能够过上相对优越的生活。特隆德最小的儿子哈瓦有很多土地，但是大都在瓦德斯谷地，而且他成婚后又拥有了妻子在波古西瑟的大块土地。不过瓦吉和北幽谷周围的人都觉得，这个在全区德高望重的古老家族失去了他们祖先的圣布庄园，对他们来说损失惨重。

曾经有段时间圣布庄园是属于哈肯老国王的心腹伊兰德·艾尔达恩爵士的。吉斯林家族同史维尔国王家族及其后裔一向合不来，他们还支持斯库勒公爵发动叛乱反对哈肯国王的事。但是伊瓦尔二世同伊兰德·艾尔达恩通过土地交易，又成了圣布庄园的主人，并且让大女儿葛德伦和他结了婚。伊瓦尔二世之子特隆德并未给家族做过贡献，但是他的几个儿子却长相俊美，有所作为，在这里人缘很广。朋友们对于他们不再拥有世袭土地这件事都深感遗憾。

伊瓦尔二世在离开谷地之前，又遭遇了一桩坏事，当地居民们都为吉斯林家族后裔的遭遇感到叹息。固托姆斯还是单身，波嘉被逐出挪威时，他的年轻妻子布雅恩之女达歌妮留了下来。她这个人很不理智，经常在人们面前说丈夫就是她的全部——波嘉外貌俊美，而且在外有不少风流债。在他被逐出挪威过后一年的冬天里，达歌妮不幸从沃格湖的冰窟窿掉了下去。虽然这只是个意外事件，但大家都清楚，这是因为达歌妮思恋丈夫，悲伤过度而导致精神失常，都很同情这个单纯、善良、可爱、漂亮的女子，为她的悲惨遭遇掉下眼泪。因此这些人们对尼古拉斯之子伊兰德更加敌视了，是他给这里最受人尊重的人物带来如此悲惨的遭遇，而且大家都没忘记他娶劳伦斯之女克里斯汀的时候做了些什么——虽然克里斯汀的父亲属于新诺维家族，不过她的母亲却出身于吉斯林家族。

这里的人也不太欢迎圣布庄园的新主人，事实上他们并不是对他本人有意见，只因为他来自阿格台，他的父亲伊兰德·艾尔达恩以前和这里的人有不少过节，很多人都仇视他。克里斯汀和兰波与这个表兄素未谋面。西蒙在劳马瑞克的时候就认识了西格尔爵士——他与王亲海夫特的两个儿子有亲戚关系，而海夫特的儿子又认识基德·达尔的妻子。不过在这些事情过去之后，西蒙一直都避免见到西格尔爵士。西蒙再也不想去圣布庄园了，因为他和特隆德的几个儿子关系都很友好。以前兰波和伊瓦尔太太、波嘉太太经常相互拜访，现在也不这样了。而且西格尔爵士比西蒙年长许多，已经是快六十岁的人了。

正因为这些事，西蒙·达尔觉得，伊兰德和克里斯汀的管家的婚事虽然并没有什么重大的意义，但更容易引起人们对柔伦庄园主人的仇视。一般情况下当他觉得担心和忧虑的时候，他从不告诉年轻的妻子。但这一次他还是将自己的想法告诉妻子了。兰波听完之后，客观公正地做出了评价，并表示自己愿意给自己的亲戚出力。西蒙很高兴她能这么想。

现在她更频繁地去柔伦庄园看望她的姐姐，也不再敌视伊兰德。圣诞节做过祷告以后，兰波在教堂外的小山上看见了姐姐和姐夫，兰波大方地和两人分别亲吻了一下。而以前在这样的场合下，伊兰德问候岳母并亲吻她的时候，兰波总是嘲讽他这套外国做法。

西蒙发现兰波正用胳膊围在伊兰德的脖子上时，突然觉得他也应该用同样的方式亲吻大姨子，但他觉得自己无论如何也不敢这么做，况且他从没有亲吻过自己的女眷。他在宫廷里做过侍卫，之后他回到家里，也想和妈妈及妹妹进行这样的礼仪，却被她们嘲笑了。

圣诞节的家宴上，兰波将武夫的新婚妻了当作最尊贵的客人和他们坐在一起，她很看好这对夫妇。雅德翠分娩的时候，兰波也去了柔伦庄园帮助她。

那是距离圣诞节还有一个月。孩子不足月就被生了下来，而且不久便死去了。雅德翠很是伤心。如果她能早预料到，她决不会和武夫成亲，但如今反悔根本不可能。

大家都不知道武夫对这个事情的态度，因为他一直沉默着。

在四月大斋的第二个星期，尼古拉斯之子伊兰德和安德列斯之子西蒙一起骑马去南面的克瓦姆。在劳伦斯逝世的前些年，他曾和几个农民合伙买下了一个小庄园。以前那个庄园主的亲人又想将它收回了，不过合约上没有写明白，所以需要去证实一下，当时这份合约有没有当众公开过，又没有说明可以让亲戚再收回。劳伦斯死去之后，由他的子嗣享有财产，这块土地和同样可能引起纠纷的其他几块地都没有从家产里分出去，其中的收入分给了姐妹俩。因此劳伦斯的两个女婿有义务维护妻子们的利益。

这次到场的人非常多。因为那个农民的家中躺着生病的妻子和孩子，所以他们只好在院子中的一个棚子中开会。这个棚子已经破旧不堪，千疮百孔，所以他们都没有脱掉外套和放下身上的武器，就连腰上的佩剑都懒得解下来——他们都希望这件事快点结束，他们就能回去了，但回去之前需要填饱肚子，所以中午事情结束之后，人们都拿出各自从家里带来的干粮吃了起来。人们坐着板凳，或者干脆就坐在地上——这里连个桌子都没有。

克瓦姆教区的神父让他的儿子荷姆盖尔替他出席。他年轻气盛，说话一向不经过大脑考虑，有些放肆，大伙儿都不太欢迎他。不过他的父亲很受人爱戴，而且母亲的家世也很不错。荷姆盖尔长得非常高大，强健有力，脾气很冲动，常常惹是生非，和别人动手，大家都不愿接近他。不过也有些人认为他聪明机智，很会随机应变。

西蒙虽然不认识他，但也很讨厌他这个样子。这个人脸很长，而且有很多雀斑，上嘴唇短得都遮不住蜡黄的大门牙。他的父亲摩西斯神父和劳伦斯从前的关系很好。在成为合法的继承人之前，荷姆盖尔有一段时间以用人和养子的身份住在他家，因此西蒙对他还算和善。

荷姆盖尔踢过来一段圆木头，然后坐下来，将他带来的食物——煎鹌鹑和一块猪油插在匕首上，然后放在火上烤热，吃了起来。对于人们的困惑，他解释道，因为生病，神父已经允许他吃荤半个月。其他人只能吃面包和腌鱼，因此他的食物的香气弥漫了整个棚子。

西蒙现在情绪不佳，不过并不是气愤，只是觉得烦躁，或者是一种迷茫和不知所措。这种事情争议起来是很繁复的，他的岳父在去世前签订的契约太过于含糊。不过他在来到这里之后，把它同其他契约认真对照，还是相信他可以读懂那些的。不过在证人发言之后，又看了他交上来的文件，他知道他的想法已经被推翻了。不过其他人，就连郡里的税务代理人，也不知道该如何判决。大家提议是不是把这件事情提交给市民会议公断。这时伊兰德突然说话了，并且希望再看看证人的文件。

在这之前，他一直没有出声，好像一个无关紧要的人，现在好像突然睡醒了一样。他将那些文件仔细看了一遍，有些地方甚至不止一遍，然后简单地向大家说明了现在的处境："我们都清楚，应该按照法典规定的来解释。文件中那些模棱两可的词语，可能这么解释，也可能那么解释。即使将它交给市民会议，也有可能做出不同的判决。"因此他不主张提交市民会议，而是希望可以用双赢的办法解决问题。

他一边陈述着，一边下意识地用左手按着自己的佩剑，右手散漫地拿着那些文件，让人感觉他是在主持这个会议。不过西蒙清楚，他并不是有意这样做。他曾经在自己管辖的地区当过市民会议的主持人，已经习惯了这样的场合，所以很自然地向各位参加会议的人提出问题，向他们询问他说的正确与否，他的建议是否可行。伊兰德说话的口气仿佛有点像在询问证人——当然，他的礼仪很周到，他仿佛以为这就是他应该做的。他陈述完后，将信件放到税务代理人手里，好像他只是个用人一样，然后他便回到自己的座位上。在大伙儿讨论伊兰德的建议的时候，西蒙也发了言。伊兰德静静地听着，带着一种怪异的表情，好像又变成了一个旁观者，有人提出问题，他便简要深入地讲一下，不过说话的时候总是表现得急不可待，一会儿擦擦衬衣上的污渍，一会儿扶扶腰带，一会儿抓起手套。

讨论完后，他们都接受了伊兰德的建议。西蒙也觉得这样很好，如果真的让市民会议参与进来，他们可能会吃亏。

不过西蒙的心情却更烦闷了。由于伊兰德对这件事情驾轻就熟，比他处理得好，他感到很不好受，虽然是有些孩子气了。伊兰德以前做过官，经手过很多的案件纠纷，他在法律条例上本来就熟悉，对于这种含糊其辞的文契的处理很拿手，这没有什么奇怪的。不过这些还是让他很吃惊。昨天夜里在柔伦庄园的时候，西蒙和伊兰德夫妇说起过这件事，当时伊兰德什么话也没有说，甚至一只耳朵进一只耳朵出。的确，伊兰德比那些普通农民懂得法律知识要多得多，不过他却像一个旁观者，只是镇静而谦逊地向他们解释着。西蒙模模糊糊地觉得，好像伊兰德从没有意识到，这些法律对他也是起作用的……

而且对于他能够如此镇静潇洒地发表他的意见，西蒙也感到不可思议。难道伊兰德不明白吗？他做的这些，只会让人们想起他从前是个怎样的人，从而和现在进行比较。西蒙知道，这里的每个人都会这么想，忍受不了伊兰德那样轻蔑的态度。但没有人说一句话。和税务代理人一起来的那个书记已经冻得不行了，脸色发青，坐了下来，文具正摆在他的腿上，他不断询问着伊兰德。伊兰德在回答他问题的同时还在摆弄着手上的麦秆，将它们做成小环，他的手指已经晒得很黑了。书记写好后就将文件交给伊兰德，让他检查一下。伊兰德把手上的麦秆扔进火炉，轻轻地念着手中的文件：

“持有此契约的佛莫庄园的安德列斯之子西蒙、柔伦庄园的尼古拉斯之子伊兰德、克劳法镇的史坦恩之子维达、伦达庄园的布柔恩之子英吉蒙和托拉德、英吉蒙之子布柔恩、艾纳之子阿尔夫、摩西斯之子荷姆盖尔，承蒙上帝厚爱，特在此表以敬意……”他边读边问在旁边哈着气取暖的秘书记，“封的石蜡准备好了没有？你们都知道，公元一三三八年冬季大斋节第二个星期的第五天，我们在克瓦姆教区的葛兰汉庄园达成协议……”

西蒙想到从前伊兰德在北方的时候，和那些同他一样地位的人争论时，那种充满自信、潇洒自如的姿态，的确，他在这方面做得很出色，而且言语犀利，举止放肆，不过偶尔他也会奉承他们。因为想在他们之中赢得尊敬，所以他对那些和他相同地位的人提出的意见很是重视。

西蒙忽然难过地想到，在伊兰德看来，他和那些地位低微的本地农民并没有什么不同，伊兰德甚至都不关心他们对这件事怎么看。但是西蒙现在的处境正是伊兰德造成的——因为他，西蒙不再和那些骑士、贵族往来。不过虽然西蒙遭遇不测，至少他还是佛莫庄园的主人，而且家道殷实。不过他也清楚，往日的那些亲朋好友，还有那些同他相同地位的人，已经不同他来往了。他曾经苦苦祈求他们的帮助，所以现在，他再也没有资格和他们做朋友，甚至都不敢想起这些。为了伊兰德，他背叛了自己的国王，也断送了自己的前程。他曾经对伊兰德说起过，说出这些的时候，他痛苦得要死。不过伊兰德什么也不在乎，好像不懂得这对他有多么重要。这个无耻的人将别人的幸福生活破坏殆尽，却毫无悔过之心……

这时伊兰德对他说：

“西蒙，我们必须现在就动身了，不然天黑之前就回不去。我去把马儿牵过来。”

西蒙抬起眼睛打量着他，他那高大魁梧的身材深深地刺激着西蒙，让他忌妒不已。伊兰德穿上斗篷，斗篷的帽子下还有一个黑丝帽，戴在他的头上，下巴上有个结扣，他消瘦的脸颊，明亮的眼睛，看上去如此迷人。

他走到门口的时候说了一句：“帮我把口袋绑一下。”然后就走了出去。

人们都在继续谈论刚才的案子。

大家都很奇怪，劳伦斯竟然没有在订立这个契约的时候仔细考虑下，他向来都是个细心的人，而且在买卖土地方面是个行家。

赫姆盖尔说道：“对于这件事情我父亲要承担一大半的责任。他今天早上就跟我说起过，当时他如果采纳劳伦斯的意见，现在也不会出这样的事。你们都知道劳伦斯的为人，他从来不会忤逆神父，就像只温顺的小羊羔……”

有人反驳道：“话虽如此，但柔伦庄园的劳伦斯是不会放弃自己的利益的。”

赫姆盖尔回答道："的确，他肯定也认为，听从神父的劝告，也是自己利益的一部分。不是吗？只要你不贪图教会本身希望得到的东西，那么神父们的劝告在很多事情上都是很好的。"

维达说："劳伦斯真的对教堂很忠诚，在对待教会和穷人的时候，他一向慷慨大方。"

赫姆盖尔想起了什么，说道："嗯，事实就是这样。不过，如果我也有他那么多的财富，也不会在乎用钱财去为灵魂救赎。不过我才不会像他那样，拱手将自己的东西送出去，而且每当他向神父忏悔他犯的罪时，总是红着眼睛，脸色惨白。劳伦斯几乎每个月都会在神父那里忏悔……"

老布柔恩之子英吉蒙说道："赫姆盖尔呀，能在忏悔时流泪，正说明上帝原谅了他，能在活着的时候流出悔恨的泪水，是一件好事，这样他才能在天堂享福……"

赫姆盖尔回答道："如果这是真的，那么劳伦斯现在一定在天堂里过着幸福的生活。在他生前，他经常吃斋，禁欲。而且在复活节前的那个星期五，将自己关在阁楼，将自己抽打一顿……"

"住口！"西蒙让他别再说下去，他愤怒得不断颤抖着，脸也红了起来。他不清楚赫姆盖尔是不是乱说，不过他曾经在岳父死后给他清理过东西，发现岳父一个装满书的箱子底部，有一个长长的小盒子，盒子里确实有一根被修道院称为"戒鞭"的鞭子，而且在鞭梢上可以看见一些像血迹一样的黑色斑点。西蒙颤抖着将它烧掉，心里感到悲伤而又崇敬。他觉得自己无意中发现了岳父生活中不为人知的事情。

西蒙平静了一下心情，慢慢说道："无论如何，劳伦斯从没对别人这么说过。”

赫姆盖尔同意他的意见，说道：“的确，这些应该只是别人胡编乱造的。他应该也没什么需要被主赦免的罪过……”他干笑了一下，“我如果像劳伦斯一样那么忠诚和廉洁，而且自己的妻子那么生性抑郁，我估计会因为自己从没有做过什么错事而悔恨呢。”

西蒙冲过去，使劲打了赫姆盖尔牙齿一拳，打得他的身子也晃了起来，几乎要撞向火炉了，手里的匕首也掉落了。他马上捡起匕首，向西蒙刺去。西蒙伸出手臂阻挡，一把抓过赫姆盖尔的手，打算抢过小刀，但赫姆盖尔趁机挥拳打向西蒙的脸，一连打了好几下。后来赫姆盖尔的两只手都被西蒙抓住了，但他居然用牙齿咬起了人。

“还咬人，你是狗吗？”

西蒙放开了他的手，退后了几步，把佩剑拔了出来。他刺向赫姆盖尔，赫姆盖尔弯下身子，向后躲开，但还是被刺到了胸部，刺进了好几寸。西蒙把剑刃从他的身体里拔了出来，他一下子倒了下去，脑袋摔在炉子旁边。

西蒙将剑扔掉，弯下腰去，想把他从火炉旁边拉起来，但他突然瞥见维达抡着斧头向他劈了过来，斧头已经在他头上方了。他跳到一边躲开，重新拿起自己的剑，刚躲掉了艾纳之子阿尔夫的袭击，又迅速地转过身去，招架维达的斧头。这时他看到在火炉的另一边伦德庄的布柔恩之子英吉蒙以及他的父亲也拿了长枪对准他，于是把自己面前的阿尔夫推向墙边，但这时维达走到他的身后，把赫姆盖尔拉了起来（他们是表兄弟）。英吉蒙父子也从火炉那边向他逼近。他被围在中间，腹背受敌。他这时只想着如何脱身，但同时也很诧异，大伙儿为什么会联手反对他？——他不禁非常痛苦，感到一种惊讶。

突然，伊兰德的剑出现在他和伦德庄园的兄弟俩之间。托拉德摔倒在旁边，浑身颤抖着，靠在墙上。伊兰德身手特别快，用左手持剑将阿尔夫的武器打到地上，同时用右手将布柔恩手里的长枪杆抓住，按到地上。

他在帮西蒙挡住维达进攻的片隙，大声喊道：“快冲出去！”西蒙已经愤怒地咬着牙，又重新与布柔恩和英吉蒙打了起来。伊兰德在他不远处，隔着打斗声和刀剑声又一次喊道：“快跑啊，你聋了吗？傻子，你到门那里去，我们要冲出门口！”

西蒙终于听懂了，知道伊兰德会和他一起逃跑，便一边打一边向门口退去。他们俩穿过厅堂，到了院子里。西蒙已经踏出了屋子好几步，伊兰德还在门边，手里拿着佩剑，和那些追赶他们的人对峙着。

就在这一刻，西蒙有些目眩——这是冬天里的一天，天气是如此明朗，山峰上覆盖着皑皑的白雪，直插云霄，在夕阳的照耀下闪着金光。林子里的树木也是白茫茫一片，被沉重的霜雪压得弯了起来，林中空旷的草地上好像满是珍贵的石头，色彩鲜艳，五彩缤纷。

这时伊兰德对那些人说道：

“先生们，我们就算拼个鱼死网破也不能把事情解决。还是让我们思考一下，如何不让悲剧继续。西蒙伤害了一个人，难道还不够吗？”

西蒙连忙走到伊兰德身边。

克劳法镇的维达站在门槛上，首先开口说道：“安德列斯之子西蒙，你和我的表兄弟无冤无仇，居然把他刺死了！”

“无冤无仇？你知道，维达，我不是逃避责任的人。我心甘情愿赔偿你们，为给你们带来的悲痛赎罪。反正你们也都清楚我住在哪里。”西蒙说。

伊兰德还问了一句：“阿尔夫现在怎么样了？”然后和那些人一起又回到棚子里。

西蒙仍然呆呆地站在外面。不久伊兰德出来了，说道：

“我们回家吧。”说完就朝着马儿走去。

“他真的没命了？”西蒙询问道。

“是的。除了他之外，托拉德和维达也受了伤，但都是轻伤。赫姆盖尔后面的头发已经没有了。”伊兰德的口气由严肃转为平稳，突然忍不住笑了起来，“现在那里可是充满了烤鹌鹑的气味。真见鬼！你们是如何起争执的？”他十分疑惑地问道。

有个年纪不大的小子帮他们把马牵了出来，这次出门他们一个用人都没带。

他们手里都还拿着佩剑。伊兰德从地上捡起一束麦秆，把剑上面的血迹擦掉。西蒙也像他那样，将剑上大部分血迹擦去，然后把剑收入剑鞘。伊兰德擦得很仔细，还用长外衣的衣角将剑锋擦了一遍。然后他挥了挥佩剑，做了几个刺击的动作，露出了一丝笑容，仿佛想起了以前的一些事情，他将剑抛向空中，然后接住，才将它放入剑鞘。

“你流血了，西蒙，我们还是先去包扎一下比较好。”伊兰德说。

但西蒙觉得这只是小伤，没有什么关系：

“伊兰德，你自己也不是一样！”

“没事，这点小伤好得很快。不过身体肥胖的人可能会好得慢一些，这个我是很清楚的。现在天气很冷，我们还是早点赶路为好。”

伊兰德说道。

伊兰德向附近庄园的人借了一些伤药和纱布，将西蒙身上的伤仔细包扎了起来。西蒙伤了两处，都是在胸前左半部分，不过只是皮外伤，没什么危险，不过失血严重。伊兰德的大腿被布柔恩刺破了皮。西蒙很怀疑他是否还能骑马。伊兰德笑着说，他只是皮裤被划破而已。他也涂上一些药，并用布条包扎了一下，免得伤口被冻坏。

天实在太冷了，他们俩还没有走出小山，马的背上就已经盖满了白色的霜，连他们风帽的皮边上也覆盖着厚厚的一层。

伊兰德打了个寒噤，咳嗽着说道："实在是太冷了！现在如果在家里多幸福啊！可我们还要先到庄园走一趟，你自己把杀死人的情况说明一下。"

西蒙回答道："真的要这么做？你又不是不知道，我已经和维达他们谈好了啊？"

伊兰德说："你还是亲自去认个错比较好，免得别人夸大其词。"

这时夕阳已经落到山下，天色一片阴沉，但还没有完全黑。他们顺着溪边的白桦树丛向前走着，茂密的桦树上覆盖了大量的白霜，看上去毛茸茸的，这里的霜比任何地方都要厚。空气中还有寒冷的浓雾，让人呼吸困难。伊兰德不断抱怨这个冷天气，更何况他们还要在这样的气候中赶路。

他非常担心地看着西蒙："西蒙，你还好吧？有没有冻着？"

西蒙用手摸了摸他的脸，感觉没有冻坏，只是已经红通通的了。他的脸被手一摸，顿时就留下几个灰色的斑点，看上去脸色很苍白，而且有些脏。

伊兰德说道：“你有没有见过有人舞剑就像搅拌粪水一样？”他一下子又笑了出来，从马背上支起身子，学着那个税务代理人笨拙的样子，“那个阿尔夫真糟糕。税务代理人还好，几乎无可挑剔。西蒙，你没看到阿尔夫舞剑实在太可惜了。啊，上帝啊！”

“舞剑！”的确，现在他终于看到了尼古拉斯之子伊兰德舞剑。他慢慢回想起刚才的一幕幕场景，他和敌人们围着火炉笨拙地踏着步，都是毫无章法地乱打，像劈柴或者砍草垛一样。但这时伊兰德现出了矫健的身姿，他确实有招式，眼明手快，好像跳舞一样，有攻有守，非常冷静，灵敏机智地将他们笨拙的招式全都挡下来。

年轻的时候，西蒙在击剑方面也算是比较出色的了，宫廷的护卫们在一起比赛时，他时常取胜。但之后，他很少再用剑了。

现在他想到自己杀了人，感觉很后悔。赫姆盖尔被他刺死后摔倒的景象一直在他头脑中闪现着，死者临终前断断续续的呻吟声还在他耳边回响，而后来那一幕幕凶猛的冲杀也不断呈现在他眼前。他心里难过，非常忧郁。大家曾经一起坐着讨论事情，像朋友一样，但转瞬间便生死相对，所有的人都对他拿起了武器——而且他还需要伊兰德来救自己。

他一直坚信自己在危难时能临危不惧。在佛莫庄园的那些年里，他外出捕熊很多次，有几次还差点送了命。他和那只负伤且非常愤怒的母熊只隔着非常近的距离，那时候他能依靠的只有手里一根已经没有杆的长枪，枪柄剩下的只有手掌那么长了。然而在那样的险境中他都能冷静地对待，没有失去自己思想、行动和感觉的控制力。而刚才在棚子里，他却脑子一片空白，不知所措，无法控制自己——不晓得是不是因为恐惧。

他回想起每次捕熊回来的时候，他的衣服总是成了碎片，手用吊带挂着，肩膀受伤了，身上冷得发抖，又困又累，但心里却很快乐，带着胜利的喜悦。毕竟他很幸运，没有遭到更坏的结果——他不想考虑那些。而现在他不得不思考如果伊兰德没有对他伸出援手，他的下场会怎样。西蒙的感受很奇怪，并不是由于害怕，而是由于那些人们盯着他的样子还有霍姆盖尔逐渐冰冷的身体。

这是他第一次杀人。

除去曾经的那个瑞典士兵，他将他刺死了，那是在哈肯国王为了给自己的两位公爵报仇而和瑞典发动战争的时候。他被派去到前方打探消息，总共四个骑兵，他负责带队——为此他是多么骄傲而高兴啊。西蒙永远不会忘记，当时他的宝剑卡在了瑞典兵的头盔里，卡得太紧了，他费了好大的劲转动着才拔出来。第二天早晨他在剑锋上发现一个豁口。不过一想起这件事，他就感到自豪，要知道，当时瑞典士兵的人数是他们的两倍！不是所有的宫廷侍卫都能真正体会到战场上的滋味并且能够夸耀。在太阳下清洗自己的战甲时，发现上面满是敌人留下的血迹，他努力控制着自己不要太过得意。

但现在即使想从这个可怜的瑞典人的回忆中寻找安慰也无补于事，因为那个时候和现在完全不是一回事。由于赫姆盖尔的死，他将永远承受良心的谴责。

况且这次是伊兰德搭救了他，他觉得这真不是件让人开心的事情。他知道，他和伊兰德如果互不相欠了，很多事情也就完全不一样了。

这次真的扯平了。

两个人在路上沉默着。

突然，伊兰德说道：“西蒙，你怎么这么笨呢？都想不起来跑到门那里去。”

西蒙不是很高兴：“我干吗这么做？是因为你吗？”

“其实不全是这样，当然，也有这方面的原因。”伊兰德笑了笑，“我只是觉得如果你到了门口，门那么狭窄，容不下两个人，而你却被一群人围住；更何况人到了门外，头脑也会清醒许多。现在看来，今天只有一个人死去，还是很幸运的。”

后来他问了好几次西蒙的伤势，西蒙虽然痛得很厉害，但仍然勉强着回答说没事。

他们到了晚上才抵达佛莫庄园，两个人一起走进去。伊兰德告诉西蒙，应该尽快派人送一份书信给郡长，向他说明事情的始末，这样就可以尽快获得国王的赦免书。伊兰德还提出夜里由他帮西蒙写文件。西蒙现在胸部有创伤，使他的右臂转动不了。“我估计你明天要好好躺在家里休息了——说不定会发点烧。”伊兰德说道。

兰波和阿尔涅德两人这一夜都不能睡了。天气过于寒冷，为了取暖，她们盘着腿坐在凳子上，靠在距离火炉比较近的墙上取暖。她们还将棋盘放在中间，远看就像两个小姑娘似的。

西蒙把发生的事情大致描述了一下，还没怎么多说，兰波就扑到他身上，用双手钩住他的脖子，让他把头低下来，用自己的脸蹭着西蒙的脸，又拿起伊兰德的手紧紧地握着。伊兰德忍不住笑了起来，原来兰波这么有力气啊！

兰波坚持让丈夫睡在床上，这一夜由她来守着。她希望他能答应，眼泪都快要掉下来了。伊兰德提出，他今晚也留在佛莫庄园，同西蒙一起睡，不过要派人告诉一下柔伦庄园的女主人。现在很晚了，回去也不方便。“克里斯汀还在等着我回去，她肯定也不放心。你们姐妹俩都那么善良贤惠！”伊兰德笑着说。

两个男人吃完饭喝了点酒，兰波一直靠在丈夫身边，不愿离去。西蒙拍拍她的肩膀和手臂，想安慰她一下。看到她表现出来的深深的担忧和真诚的爱，西蒙很感动，又有些难为情。现在是大斋时期。西蒙平常都是独自在“萨梦厅”睡觉的，但他们俩决定今天一起在那里睡。兰波送他们过去的时候，在房间里放了一个大酒壶，里面装满了掺有蜂蜜的啤酒，放在炉子上保温，这样他们就不会冷了。

“萨梦厅”已经有些年头了，里面的火炉没有排烟设备，墙壁很厚实，使用粗大的圆木堆在一起制成的，所以平时在里面一点儿都不冷。但现在火炉中的火很微弱，房子里很冷，于是西蒙在炉子里添了点儿木柴进去，并且让狗趴到床上，这样可以帮他暖暖被窝。他们把一把圆木椅子和一把长椅拉到炉子旁边，坐在那取暖。刚才在路上他们整个人都冻僵了，牙齿直打战，虽然吃了晚饭但还没有完全缓和过来。

伊兰德帮西蒙写完文件后，脱下衣服，准备上床休息。西蒙的手臂摆动幅度过大，伤口又破裂开，流了很多血，于是伊兰德只能帮他把外衣脱下，然后又帮他脱掉靴子。伊兰德那条腿也受了伤，走路有点跛。他解释说刚才由于骑马腿都麻木了，只是有点轻伤，其他没什么。他们只穿着睡衣，继续在炉边烤火。现在炉火很旺，他们都恢复得差不多了，精神也好了些，酒壶里还剩下很多啤酒。

伊兰德首先说话了：“妹夫，我知道，你把今天的事情看得太严重了，”他半眯着眼睛打着瞌睡，“赫姆盖尔不过是个小孩，并不是什么重要人物。”

西蒙低声回答：“摩西斯神父怎么会轻易就算了呢？他现在虽然年纪大了，但还是很受人尊重的。”

伊兰德赞同地点了点头：

“和这样的人有过节可真是不幸，而且你们还是邻居。另外，你知道，我需要经常到那边去办事呢。”

“好啦！这种事情谁都可能遇到。法庭可能会让你赔偿十到十二个金马克。是的，你也明白哈瓦主教对于这种杀人事件的惩罚一向严厉，而且死的那个人还是自己下属的儿子。不过没什么，事情总会解决的。”

西蒙沉默着，伊兰德接着说：

“我可能也要接受罚款呢，毕竟伤了人。”他一个人边笑边说，“如果不是还有多孚尔山区的庄园，我在挪威就一无所有了。”

“你在那里有多少土地？”西蒙询问道。

“我也不太记得，不过文契上是写明的，那里的佃户很少交租，只会偶尔送给我们一些草料。没有人会愿意搬到那里居住——那些房子都快倒掉了。我听到人们传说我姨妈爱丝希尔德和布柔恩爵士的鬼魂在夜晚经常出没在附近……”伊兰德回答。“我也不清楚这是不是真的，但我估计，今天我出手相救，估计克里斯汀会感激我的，毕竟她很爱你，一直都将你当作兄长一样。”伊兰德又开起了玩笑。

西蒙轻轻地笑了笑，不过几乎看不出来。他在黑暗中坐着，把圆木椅子往后拉了一点儿，将手放在眼睛上，挡住火炉刺眼的光线。伊兰德十分惬意，像只猫儿一样，惬意地待在暖和的地方——他和火炉贴得很近，躺在长椅上，一只手搭着后面的靠背，把受伤的腿架到另外一头的扶手上。

西蒙沉默了片刻，说道："是的，今年秋天她向我表达过这个意思。"他的声音中有些淡淡的讥诮，而随后的脸色十分认真，"秋天的时候，我的孩子得了大病，她真的尽到了自己的责任。"他补充说，但很快又恢复了讥诮的语气，"又能怎么办呢？伊兰德呀，我们曾经一起对着岳父劳伦斯发过誓言，说要一起面对生活，相互帮助。现在我们也算没有食言。"

伊兰德回答道："是的，我今天能帮助到你，我衷心地感到高兴，妹夫。"

后来两个人都沉默了下来。伊兰德有些迟疑地伸出了自己的手，西蒙也像他一样，两只手紧紧握在了一起，然后又有些难为情地各自缩回了手。

没多久，伊兰德又动了起来。他将手撑在下巴下，眼睛瞪着火炉，炉子里的火苗已经微弱了些，火苗卷起来，微微有些跳动，在已经浇灭的木炭上消失。木块还是噼噼啪啪地烧着，好像和火焰在嬉闹，慢慢地就都成为灰烬了。

伊兰德低着头用非常细小的声音说道：

"西蒙·达尔，曾经你对我如此宽容，为我想得那么周到，说真的，很少有人这么对我。我一直都记在心上……"

西蒙感到害怕和惶恐："别说了！伊兰德，你自己也不清楚，就让别人灵魂中隐藏的东西留给上帝吧！"

伊兰德马上回答道："我明白，我们都需要上帝的仁慈。但是人和人之间，是通过行为举止来判断的。我……我……愿主保佑你，妹夫！”

接着两个人又沉默了起来，一动不动，十分拘谨，担心会很尴尬。

伊兰德这时候突然将一只手放在腿上，这只手的一根手指上戴着一个镶着宝石的戒指，在火光下闪着寒光。西蒙清楚，那是他从牢里刚回家时克里斯汀赠送给他的。

伊兰德温和地说："但是，西蒙，有一句古语说得好，'可以抢走别人的财产，但不能抢走别人的生命。'"

西蒙浑身颤抖了起来，抬起头看着他，脸色通红，青筋突起，就像快要崩断的琴弦。

伊兰德迅速地看了看西蒙，又将视线移到别处，黝黑的脸上也出现了一些红晕，就像害羞的小女孩一样。他沉默地坐着，心里忐忑不安，有些失魂落魄，嘴巴微张着，像个孩子一样。

西蒙急忙起身向床走去。

"我估计你不喜欢睡在床靠里的一面。"他努力使自己的语气平静些，但颤抖的声音出卖了他。

伊兰德用蚊子般的声音回答道："这个我不介意，"随后站起身来问道，"炉子里的火呢？需要将它盖住吗？"他一边说，一边拿起钩子捣鼓了起来。

西蒙还是用略显镇静的语气说："好的，快点弄好吧，我们该休息了。"他的心跳得很厉害，连话都快说不清了。

伊兰德躲在黑暗里，像幽灵一样，静静地摸索到床边，在毛皮毯子下面躺了下来，像丛林里的野兽一样悄无声息地伸展着身体。西蒙觉得，他和伊兰德睡在一起，他的呼吸都有些困难。

6

每年到复活节的时候，安德列斯之子西蒙都会大摆宴席，请附近的居民做客。伊兰德夫妇在礼拜二做完弥撒后来到佛莫庄园，在那里住了两天。

克里斯汀一直不喜欢这样的场合。但是西蒙和兰波却相反。他们觉得，只要家里热热闹闹的，这个节日也会更开心。西蒙会让来宾把一家老小以及仆人们都带过来——只要有空的最好都来。头一天人们都很矜持，遵守着各种规矩。只有那些身份高贵的老者在一起相互交谈着；而年轻人一边吃着东西，一边听着长者聊天；小孩子都被放在另一个房间里。但是第二天一早，主人便让那些年轻人、仆人和孩子喝酒玩闹，不一会儿人们便玩得兴高采烈，那些结了婚的女人和姑娘害怕得挤在角落里，这样就能随时逃出去了。那些身份比较高贵一点儿的妇人会去兰波的房间，母亲们也都将孩子领去那里，以便离那个放纵的地方远一些。

男人们最感兴趣的活动是模仿市民会议。有人念起了起诉状，并且有理有据，不过是故意曲解，使它变成另外的意思。图尔别格之子埃乌顿正在背着哈肯国王写给卑尔根商人的文件，里面规定了男人的袜子、女人鞋子上的饰品该怎么收费，还有写给铸造兵器的匠人的训示。不过埃乌顿在背诵时故意颠倒次序，让这些话产生不好的歧义。男人们进行着这种娱乐活动，到最后自己都无所顾忌地乱说了。克里斯汀清楚，劳伦斯是从不在这种笑话里谈到教会或者祈祷仪式的。但是通常情况下，劳伦斯也和那些客人一样，迫不及待地爬到凳子或桌子上，大笑着说一些不文雅的笑话。

但西蒙对另外几种游戏更感兴趣。例如，把一个宾客的眼睛蒙住，将一把匕首放在炉灰里，他必须从中找出来；或者将一块饼干放在一个盛满啤酒的盆子里悬浮着，让两个人去咬，其他人不断逗他们笑，这时候啤酒就会被他们喷得到处都是；还有一种是让宾客用牙齿从面粉柜子里叼出戒指。这几种游戏使房间一下子像猪栏一样热闹。

这一年春天的复活节期间天气很不错。礼拜三一大早就出了大太阳，照得人心里很暖和。大家吃完早饭后，都到院子里去了。年轻的人们也不再大声嬉闹，而是抛球、射箭或者拔河，接着又玩起了躲猫猫，然后围在一起跳舞。他们邀请克鲁克庄园的吉尔蒙为他们弹琴唱歌作为伴奏，其他人不分老少，都开始随着音乐翩翩起舞。低地里有的地方雪还没有化，但是赤杨林丛上的花已经开得很灿烂，暖洋洋的明亮的阳光普照在光秃秃的土地上。宾客们吃过晚饭后，重新来到院子里，此时到处都是鸟儿，叽叽喳喳地鸣叫着。年轻人们在锻冶场后面的一块空地上点起了篝火，围在那里载歌载舞，一直疯狂到半夜。第二天大家都起不了床，到了很晚才散场回家。柔伦庄园的人每次都是最后离开。西蒙总是要求伊兰德和克里斯汀能多待一会儿。克鲁克庄园的亲戚们打算留在佛莫庄园，住满一个星期。

西蒙把所有的客人都送到外面的大路上之后，太阳也要下山了，晚霞照在了他的庄园。由于和客人们热热闹闹地开怀畅饮，他浑身躁动，但心里非常愉快。现在他从栅栏间的小路向舒适沉静的住所走去，那里已经没什么人了，只留下几家最熟悉的亲戚和自己家里的人。他突然感到难得的轻松快乐，这段时间他实在是沉闷太久了。

年轻人又在锻冶场附近的野地里点起了篝火，有伊兰德的儿子们、西格丽德的几个大孩子、容·达克的几个儿子及他的两个女儿。

西蒙靠在围墙边看着他们玩耍。芙希尔德穿着过节才穿的漂亮的红色连衫长裙，一直跑着跳着，将树枝扔进火中，然后又笔直地站着。父亲愉快地喊着女儿的名字，但她们显然没注意到。

两个女仆人在院子里看着年幼的孩子。她们靠在房间的墙壁上一起感受着阳光。夕阳的金色光线洒在她们头顶的玻璃窗上面，好像变成了液体。西蒙把吉尔蒙之女英加抱起来，扔到空中去，然后稳稳地接在怀里面，口中说道："漂亮的英加，今天可不可以给舅舅唱首歌啊？"这样的举动让她的哥哥和小安德列斯都围在西蒙身边，叫嚷着也要被抛到天上。

西蒙愉快地吹着口哨，向楼上跑去。房间的门是敞开的，被落日的光线照得亮亮堂堂，里面静谧安宁。伊兰德和吉尔蒙正弯着腰在竖琴上安装新的琴弦，他们面前放着一杯蜂蜜。西格丽德正在床上喂孩子吃奶，旁边坐着克里斯汀和兰波，两个人中间的小凳子上放着一只银色的酒杯。

西蒙拿着专用的镀金高脚杯，斟满了葡萄酒，走向西格丽德，他喝过之后递给妹妹：

"西格丽德，所有人都有喝的东西，你怎么能没有呢？"

西格丽德微笑着用手臂撑起了自己的身体，接过酒杯。怀里的孩子被吓到了，哇哇地大哭着。

西蒙坐在长凳上轻轻吹着口哨，时而听听她们在说些什么。西格丽德和克里斯汀说起了小孩，兰波一句话也没说，正玩弄着安德列斯的玩具风车。桌子那边的两个男人在调着琴弦。伊兰德轻轻地哼着一首歌，吉尔蒙在旁边弹琴给他伴奏，慢慢地自己也轻声唱了起来——他们的声音都很动听。

没过多久，西蒙走到外面的长廊里，靠在柱子上，看着外面的景色。畜栏里传来牛儿的喊叫声，好像有点儿饿了。现在的天气多好啊！如果这样的天气能多延续些日子就不用担心开春的饲料不够了，西蒙心里想。

后面传来了轻盈的脚步声，即使不说话他也知道是克里斯汀。她迎着夕阳的微光来到他的身边，看起来那么光艳动人，让他看得有些着迷，似乎突然进入了梦境，有点儿飘飘欲仙。他深深地叹息了一声，在这一瞬间突然觉得世界多么美好，心中荡漾着无限的幸福。

他多次经历的那种痛苦感觉很快又模模糊糊地浮现在脑海中。我的朋友啊！我可怜的朋友！我可以为你做任何事情，甚至为你奉献出我的生命，只要能给予你帮助，能让你一直这么幸福地生活下去。

可是西蒙同时也看到，那张他爱慕的美丽脸蛋已经日渐憔悴和衰老，眼角长出了细小的皱纹，皮肤也没有从前红润，变得又黑又粗糙，而且透过这层黑皮肤能够看出里面多么苍白。但是不管怎么样，西蒙觉得她始终是很美丽的，她有着大大的灰色的眼睛，温柔的嘴唇，小巧的、圆圆的下巴，以及娴静、端庄的体态。这些特征都是其他妇女身上所没有的。

她穿着也非常华丽，像个贵妇人。在她浓密的金褐色头发上扎着一条薄薄的三角丝巾，发辫高高地耸立在耳朵上面。虽然里面有了些银丝，可一点儿也不损害她的美丽。她身上穿着一件浅蓝色的用银鼠皮镶边的外套，领口很大，袖笼也是，好像不过是肩膀上挂着的背带——克里斯汀穿上这件衣服很漂亮。领口里面穿着黄色衬裙，将她的胸部和脖子还有手臂紧紧裹在里面。上面有许多金纽扣，西蒙一看到这些，便感到安慰。上帝保佑，一见到这些金纽扣，他便高兴不已，仿佛见到了天使。

他感到自己心里无比激动，心脏跳得很剧烈，好像摆脱了某种束缚。那个可恶的、折磨人的噩梦啊！以前仅仅在梦里出现，但现在他在光天化日之下见到了自己爱慕的人。

"西蒙，你怎么这样看着我？怪怪的，在暗笑什么？"克里斯汀笑着问他。

西蒙还是这样笑着，没有回答她的问题。在他们所站立的地方下面伸展了一片谷地，洒满了金色的光芒。树林里到处都是小鸟欢快的叫声，里面深处似乎还有鹁鸪清脆婉转的歌声。她就站在他身边，走出了那个阴冷潮湿的屋子，将平时因汗水而发臭的粗劣衣服脱下，换上了华美的服饰，在阳光下站着，浑身好像在发光，让人移不开眼。我又见到了这样的你，我的克里斯汀，这多么让人开心啊！

他把她放在长廊栏杆上的一只手抓在自己的手里，凑到自己面前，说：

"你的戒指看上去很美！"他将克里斯汀手上的戒指转动了一下，重新把那只变得有些粗糙、微微发红的手放在栏杆上。如果可以的话，他愿意做任何事情，只求她能美好如初。以前她的手多么滑嫩和纤细啊！

克里斯汀开口道："估计阿尔涅德和高特两个人又闹别扭了。"

下面传来他们两人响亮的说话声。阿尔涅德气愤地喊道：

"好吧，你等着瞧！就算我出身不好又怎样？做你父亲的合法儿子不见得比做我父亲的私生女光荣！"

克里斯汀立刻转过身下了楼。西蒙也跑过去，隔得这么远，都能听到耳光响起。克里斯汀站在走廊下面，将儿子的手紧紧地抓着。

两个人都是面红耳赤的，垂下头来，沉默着不肯开口。

“你出门在外的礼貌都去哪里了？我和你父亲真为你感到骄傲！”克里斯汀大声批评道。

高特没敢抬头，但还是生气地低声回答道：

“谁让她说那么难听的话，我都不想再说一次！”

西蒙把女儿的头抬起来，迫使阿尔涅德看着自己。在父亲的注视下，阿尔涅德的脸色已经涨红了，不停地闪动着大眼睛。

她从父亲的手中挣脱，摇着头说道：“的确，我对高特说过，他的爸爸是坏人，做了对不起国家的事，被判过刑。可是他也说过你的坏话，爸爸，他说你才做了坏事，之所以没有危险，还待在自己的家里，还得感谢他爸爸呢。”

“阿尔涅德，我以为你已经长大了，没想到在听到小孩子的气话后，就不知道怎么维持礼貌和亲人间的友谊了。”西蒙很生气，将阿尔涅德推向一边，转向高特，问道：

“我的朋友高特，你凭什么认为我伤害过你的父亲？我从前就觉得，你对我充满怨恨。请解释一下吧，这究竟是因为什么？”

“你难道不清楚吗？”高特愤怒地喊叫道。

西蒙摇了摇头，高特更加激动了，大声说：

“他们对我父亲严刑逼供，想逼他交出那封信，上面有很多人的印章。我见过它，是我拿出去销毁的。”

“住口！”伊兰德突然走了过来，脸上一点儿血色都没有，眼神很凶狠。

“等一下，伊兰德，我们还是先把这些说清楚吧。怎么，我的名字也在那封信上吗？”西蒙问道。

伊兰德愤怒地摇晃着高特的肩膀："住口！我曾经委托过你，孩子。你居然毁约，看来当时我就应该杀死你了……"

克里斯汀和西蒙都扑了上去。高特挣脱了父亲的手，躲在母亲怀里。他吓坏了，大声说道：

"信里面盖的图章我都看过了，爸爸，我把它销毁，是希望这样也许对你有好处……"

"上帝要惩罚你！"伊兰德已经气得说不出话了，发出一阵短促的干咳。

西蒙的脸色发白，后来都涨红了，他的心里很愧疚，甚至不敢直视伊兰德——看到他被自己的孩子侮辱，他的心里也有点难受。

克里斯汀好像被雷击了一样，把孩子搂在怀里。这时候她的脑子里在反复思考、回忆。

那年春天的时候，伊兰德帮西蒙保存过私章，并且以两人的名义要将劳伦斯建造在维奥岛的仓房转手卖给赫姆修道院。伊兰德自己曾说过，这件事在法律上并不允许，后来便没再提起。当时他将图章给克里斯汀看过，并说西蒙应该将图章刻得更好一些。西蒙兄弟三人的图章都和他们父亲的徽识一样，只是换了个名字。伊兰德当时觉得基德图章的字体要更好看些。

在他待在南方的最后几个月，经常给克里斯汀带来基德夫妇的问候。她回想起来当时自己还对伊兰德经常去基德的戴夫林庄园感到不可思议，因为他们以前只有一面之缘。沙克斯之子武夫是基德·达尔妻子的兄弟，这个人也参与了那次反对国王的阴谋活动。

西蒙回答道："你肯定记错了，高特。"

克里斯汀忍不住将丈夫的手捏住，对西蒙说："西蒙，你要知道，图章上有这种图案的，并不是只有你。”

“别说了！要不你也……”伊兰德疯狂地大叫了一声，推开了克里斯汀，穿过院子，冲向另一边的马厩里，西蒙在后面追赶，一边赶一边说道：

“伊兰德，我觉得那一定是我哥哥的吧？”

伊兰德转身对克里斯汀大声说：“将孩子们叫过来，我们一起离开！”

在马厩门口，西蒙终于追上了他，抓着他的手：

“伊兰德，是不是基德的？”

伊兰德没有说话，想要努力甩掉西蒙。他的脸色十分苍白，像死灰一样，脸拉得很长。

“伊兰德，告诉我，基德究竟有没有参与进去？”西蒙急了。

“你是不是想和我动手？”伊兰德怒吼道。西蒙发现伊兰德整个人都在颤抖。

“你明知道我不可能这么干。”西蒙松开了伊兰德的手，疲倦地靠着门框，“伊兰德，看在为全人类殉身的耶稣分上，你说，是不是这样？”

伊兰德把自己的马牵了出来，西蒙只好站到一边。一个仆人已经把马鞍和绳子拿了过来，西蒙接过马具，将他打发走了。伊兰德从西蒙手里把马具夺过来。

“伊兰德，你告诉我吧！这种事你应该告诉我！”西蒙自己也觉得奇怪，他干吗要如此祈求伊兰德告诉他，好像这件事危及他的生命一样。“伊兰德，你就告诉我吧！我以上帝的名义拜托你了，对我说吧，好兄弟！”

伊兰德的声音暗哑而又不耐烦："随便你怎么认为。"

"我……我并没有想什么……"西蒙觉得有点冤枉。

"不是这样的……"伊兰德跨上了马。西蒙抓着马的笼头，马被激怒了，闪到一旁，不停地踱着步。

"放开，小心我的马蹄！"伊兰德愤愤地说。

"你不对我说我只能亲自去问基德了。我明天一大早就到那里去。看在圣灵的分上，你就告诉我吧？"

伊兰德嘲讽地回答道："也许，他会告诉你你想知道的答案。"说完后，他狠狠地刺了一下马，西蒙赶紧闪到一旁，伊兰德一下子就跑远了，离开了庄园。

西蒙回到院子里，看到克里斯汀，她已经收拾好了。高特跟在她身后，手里提着旅行袋。兰波在送她们。

孩子有些惊慌失措而又敬畏地看了看西蒙，马上就看向别处。但是克里斯汀久久地凝视着西蒙，脸色很难看，而且很生气：

"你怎么能怀疑伊兰德对你的忠诚呢？"

西蒙用生硬的语气回答："我没这么想过，我只以为他——你的孩子，说了不该说的话。"

克里斯汀黯然道："不要送我了，西蒙。"

他知道她现在心里很难过，她的心里感到哀伤和耻辱。

晚上的时候，他和妻子两人单独在大房间里，打算脱衣睡觉。两个女儿早已安睡了，这时妻子突然问道：

"西蒙，从前你从来不知道这回事？"

他警惕地回答："不知道。你呢，你知道？"

兰波不由得往后退了几步，身影被烛光包围着。她刚脱去上衣，身上只剩下衬衣和短裙，卷曲的头发散乱地披着。

"其实我并没有听说过这件事，只是隐隐猜到一些。那个时候嫂子海嘉有些不对劲……"她试着微笑，但显然有些勉强，身体哆嗦了一下，好像觉得很冷，"她当时说过，挪威恐怕要易主了。"兰波苦笑了几声，"贵族们会得到像在其他国家一样的实权，被加官晋爵。后来我发现你很关心这些事情，而且整年都在外面。我在林汉庄园别人的家里生孩子的时候你都没有一点点时间来看望我——因此我猜想，大概你已经知道，陷入这件事的还有其他人。"

"哼！加官晋爵！"西蒙冷笑着，表情中带着恨意。

"那么，你做的这些都是因为我的姐姐？"兰波嘟着嘴问道。

西蒙看到兰波的脸色好像一下子被霜打过一样，变得十分苍白。现在装傻已经不行了，他费尽力气，才不得不说：

"的确！"

然后他突然觉得，妻子今天有点儿发疯，而自己跟着发疯了，伊兰德也是一样——难不成所有人都要一起发疯了吗？现在应该把这件事说清楚。

他平静了下来，淡淡地说道："是的，我就是因为你姐姐才那么热心的，当然也是为了孩子们，在所有的亲戚中，没有什么人可以给他们提供最亲近的保护了。伊兰德是我的好兄弟，我和他在劳伦斯面前保证过，要相互保持忠诚。兰波，请你不要多想。这些天我闯下的祸已经不少了！"他心里的气没有地方发泄，把脱下的一只鞋子狠狠踢到墙上。

兰波弯下腰把鞋子捡了起来，又细心地看了看被砸过的木墙：

“托伯柔难道没有想到把墙上的油腻刮干净吗？客人来的时候多难看啊，我居然忘了嘱咐她。”她把鞋子擦拭了一下。这是西蒙最好的一双鞋，鞋头很长，鞋跟是红色的。她把另一只也捡了起来放在鞋盒里，她的手颤抖得很厉害。

西蒙来到妻子身边，慢慢地把她拉住。兰波用纤瘦的胳膊拥抱着丈夫，她强忍着泪水，身体不住地颤抖，低声告诉西蒙，她已经很累了。

一个星期之后，西蒙带着一个仆人从戴夫林庄园回家，经过克瓦姆教区，一路上都是暴风雪，刮在他脸上。中午时候他们勉强走到路边一家带有酒馆的小客栈里。

女主人走了出来，请西蒙到屋内。她心里想，他应该不会在这种简陋的地方住宿吧。随后她帮西蒙把潮湿的斗篷抖了抖，挂在炉子旁烘烤着，同时不断地说着话：

“天气太糟糕了，马也遭罪——你们恐怕只能绕路走了，现在妙莎湖可不好过。”

“不需要了，反正已经活够了……”西蒙回答道。

女主人和她的孩子们不由得笑了起来。大一些的孩子们帮忙在炉子里面加了点木柴，还把啤酒端给客人；小一些的孩子们都站在门口。他们知道，佛莫庄园的主人经常会赏给他们几分钱。如果他去哈马集市采购一些食物带给自己的孩子们，那么归途中在这个小酒馆休息时，也会分给他们一些。然而今天西蒙看都没有看他们一眼。

西蒙垂头丧气地坐在凳子上，双手搭在腿上，一动不动地看着炉子里的炭火。女主人在旁边不停地说着话，他丝毫不理会。然后女主人说起了伊兰德，今天有人见到他在葛兰汉庄园，领取新主人发的第一笔赎款。要是西蒙同意，她就让孩子把他叫过来，这样他们就能结伴同行了。

西蒙说："不用了，准备点食物就可以。我需要先休息几个小时。"

今后再见到伊兰德，他打算当着高特的面把和伊兰德说过的话再说一遍。一想到这里，他便觉得烦躁。

女掌柜在准备食物的时候，西蒙的仆人西格尔也进了厨房，说道：

"唉！他们这次走的道路太泥泞了，更何况主人现在好像发疯了一样。"

以前他们到戴夫林庄园时，西蒙总是很喜欢听仆人们谈论当地的情况，通常有几个劳马瑞克用人服侍他。每当西蒙来到这里，他们总是对他很热情。仆人们知道他慷慨大方，而且讲一些玩笑话，比较平易近人。但这次不管西格尔对主人讲些什么，他唯一能听到的回答就是"住口！"

看情况，是因为他和伊兰德的那次争吵，为了这个他都不想再在戴夫林庄园待上一晚。于是他们只得借宿在谷地另一边的一个佃户家里。基德爵士……是的，女掌柜可能还不知道，西蒙的大哥基德已经在圣诞节被国王封为爵士了——他走出自家的院子，希望西蒙能在这里住下，可是西蒙根本就没有搭理他。之前，他们曾在房间里吵过一架——沙克斯之子武夫和安德列斯之子古德蒙也在那里——仆人们害怕得手足无措，不知道是什么原因使事情变成这样。

西蒙路过厨房的时候，在门口停了下来，向里面看了看。西格尔马上解释道，他在向女主人借一些工具。马身上的带子坏了，他想修补一下。

西蒙不满地说道：“这个厨房里难不成还有工具？”然后转身走掉了。

等他走远后，西格尔摇着头，向女主人眨着眼睛，表情古怪。

西蒙吃完东西以后，将盘子推到一边，仍然坐在一旁。他感到很疲惫，手和脚一点儿气力都没有。后来他只好站起来，朝床那边走去，和以前一样，没有脱靴子就躺倒了。他突然觉得这样会弄脏床铺，毕竟在这么简陋的屋子里，这张床铺算是比较整洁干净的了。于是他又爬了起来脱掉鞋袜，整个人很累，身心憔悴，希望很快就能入睡，将这一切都抛到脑后。在暴风雪里走了那么长时间，他全身都湿透了，身体不断颤抖着，脸被风吹得通红。

他盖上被子，将枕头弄得舒服些，辗转反侧着。枕头散发着很浓重的鱼腥味。他用手臂支撑了起来，静静地待在那里思考着。最近几天他就像拴在绳子上的牲口一样，只能在原地打转。

艾尔林爵士应该知道，如果伊兰德在逼供下把秘密说出来，那么基德·达尔和古德蒙·达尔也会受到牵连。正因如此，西蒙想尽办法去求得布雅科庄园的骑士们的支持，这么做有什么不对吗？只要是兄弟就应该站出来保护自己的亲人，即便为此献出自己的生命。但他不清楚艾尔林爵士到底知不知情。西蒙反复思索，觉得艾尔林对阴谋不可能一无所知，但知道的具体程度怎样就不清楚了。基德和他的大舅子武夫好像不知道艾尔林怀疑他们也参与了这件事。但西蒙想起艾尔林曾提到过海夫特的两个儿子，还建议西蒙去求他们帮忙，因为他们有些朋友也希望伊兰德能守住秘密……海夫特的两个儿子是武夫和海嘉的表兄弟，关系特别密切，感情也非常深厚。

即使艾尔林爵士认为西蒙出手援助是为了他的弟兄，他也不用为自己逼人的请求而感到羞愧。西蒙觉得艾尔林应该也清楚，西蒙并不知道他的弟兄也被牵连了进来。而且西蒙曾说过——他还没忘是如何对史提格说的——他坚信，无论用什么方式，伊兰德都不会泄露任何秘密的。

不过，那些参与者的确该为伊兰德担忧。或许他会被严刑逼供，或许因为别的什么而说出来。在西蒙看来，这些也是有可能发生的。

不过西蒙也觉得，无论如何，伊兰德在对待这件事上是完全可靠的。一旦有人说起这件事，伊兰德便什么也不说，他很怕自己会泄露什么。西蒙想，伊兰德的心里一定被一种剧烈而又幼稚的恐惧折磨着，担心自己毁约——之所以说它幼稚，是因为伊兰德居然将他的秘密告诉了他的情妇，而总的来看，他并不觉得这对他的名誉有影响。他可能觉得，即使最正义清白的人，也避免不了这种遭遇。他觉得只要自己什么也不说，他的名誉就保住了，他就没有毁约。西蒙很清楚，伊兰德很在乎自己的名誉，那是他最在乎的东西。一旦谁提起哪个参与者——即使已经过去很久了，即使那些被他用生命、名誉和财产作为代价保下来的人们早就脱离了危险，甚至在他的孩子对他最亲近的人提起这件事，他也愤怒地像疯了一样……

可能伊兰德和大家这样约定过，事情败露的话，他承担所有的责任。伊兰德当着所有同谋者的面向耶稣受难像发过誓。然而大家都不是小孩子，谁会相信这样的誓言呢？甚至伊兰德也不能决定他是否能遵守誓言。在西蒙清楚了这整件事情的经过之后，觉得这是他一生中听到过的，最为愚蠢而又狂妄的计划。伊兰德愿意用生命守住这个誓言，却不知道这个秘密已经被一个十岁的孩子知道——而这却是他的责任。并且森尼瓦所知道的也不过就是这些，而这也是因为伊兰德造成的——该如何评判这个人呢？

西蒙怀疑的东西……或者说伊兰德和克里斯汀认为西蒙怀疑的……上帝知道，当高特说出在信里见过他的图章时，他是如何产生这种怀疑的。他们一定会想，西蒙了解过去的伊兰德，别人不知道，西蒙绝对可以怀疑伊兰德能够做出些什么。他们或许已经不记得了，西蒙曾经和他们在哪里见过面，看见他们做过哪些无耻的事情……

如今他在床上躺着，就像犯了错的狗一样后悔着，他明白自己错怪伊兰德了。上帝清楚，他并不想将伊兰德看成这种人——产生这样的怀疑，他对自己很失望。现在他知道自己有多么愚蠢了。即使克里斯汀什么也没说，他也不应该产生这样的怀疑。他应该在这个念头还没有出现的时候就想到，伊兰德不可能干这种事。伊兰德还从来没有做出过什么损害他名誉的事。

西蒙有些睡不着了，在床上辗转反侧着。好像这种糊涂的想法，让他变得有些疯狂了。一旦想起高特因此怀疑了他那么长时间，就羞愧不已——他多么愚蠢啊，居然连这种事情都牢记在心。是的，他爱高特，爱克里斯汀所有的孩子，但他们终究还只是孩子，他那么看重孩子们对他的看法，根本不值得。

而且，一旦想到那些曾在伊兰德面前宣誓誓死追随他的人，他便更加愤怒了。他们盲目地相信了伊兰德的慷慨陈词和勇敢无畏的作风，还将这个风流少爷作为他们的领袖，在事情暴露之后，那么惊慌失措，像一群怯懦的绵羊，也就无可厚非了。西蒙回想起之前他在戴夫林庄园听说过的情况，至今还感到怀疑。那么多人居然都相信这个年轻人可以改变这个国家的命运，并且将自己的所有交付给他，其中包括奥拉夫之子海夫特和特隆德之子波嘉。但后来谁也没有为他出面求情，在国王面前替他恳求和解的机会。其实参与这个阴谋的人非常多，如果大家能够一条心，团结互助，这个计划是很容易完成的。他认为现在挪威的贵族们实在缺少理智和勇敢。

最令他生气的是，居然没人让他参与这件事。那些人不需要他的支持，他能理解，但伊兰德和基德完全对他隐瞒了他们的计划，这使他很不开心——论出身，西蒙并不差于其他的同谋者，而且他在朋友们之间也是很有威信的。

在某一点儿上，他知道基德这样做是有道理的。伊兰德自己把整个事情搞坏以后，不可能再让别的人为他说话。西蒙知道，如果他只和基德一个人单独谈谈，他们之间的关系也不至于闹成这样。但当时在基德家里，还有他的大舅子武夫，他歪坐在凳子上，伸出长长的腿，大声议论着伊兰德的胆大妄为——西蒙觉得他现在说这些没有什么意义。然后古德蒙也谈论了起来。从前基德和西蒙从来不让弟弟插话的。不过在这个半大小子和那个寡妇——神父的妻子结婚以后，他已经改变了，神情高傲而自负。西蒙看了看古德蒙，努力压制住自己——古德蒙正夸夸其谈着，又红又圆的脸看上去就像是小孩的屁股，西蒙忍着没有打他一耳光——事实上他早就不记得他们几人谈话的内容了。

然后，兄弟们不欢而散。一想起这些，他的心里就疼痛得像被断了身上的经脉一样，一直在流血。他突然明白自己已经是孤独一人，背后没有可以依靠的亲人。

不管怎么说，通过激烈的吵闹有些事情他终于想明白了——到底是怎样想明白的，他自己也不太清楚——基德现在面容憔悴，正当壮年时却显出衰老之态。他忽然发现基德家中一点儿都不和睦。他发现，基德对海嘉的爱一直没有变，他整个人好像被困在牢笼里。或许是一种无法想象的神秘力量，西蒙感到一种莫名的怨恨，对现在的生活的怨恨。

西蒙将脸掩在手中。的确，作为儿子，他们是很好的。基德和他毫不犹豫地爱上了父亲给他们挑选的未婚妻。父亲曾经和他们聊天的时候，深刻地谈到一对正当夫妻之间的责任和义务，让这两个年轻人很不好意思；父亲又说起作为一个基督徒的义务，要时时向上帝祈祷，却没有告诉他们该如何忘却……在友谊破裂的时候，名誉被践踏的时候，当忠诚变成心里的痛苦的时候，从前的回忆只能在他的心里留下创伤，无法忘却，就无法愈合……

伊兰德从牢里出来后，西蒙似乎安心了——或许是因为痛苦不可能无限期地停留。如果没有更不幸的，那么就会愈合了。

自从克里斯汀全家迁到柔伦庄园以来，西蒙一直不太高兴，因为他们既是亲戚又是朋友，需要经常碰面。但他又想到，他可以经常见到克里斯汀了，那是他最爱的女人，可她却不是他的妻子，也不是他的亲人，这种生活，该多么难受。至于在庆祝伊兰德重获自由的那天晚上，他和伊兰德的那件事，他早就释怀了。伊兰德当时可能没有完全听懂自己所说的，估计以后也不会再想起。伊兰德是个不长记性的人，况且他自己也有家和妻子儿女需要照顾。

所以他放心了。他爱的人是自己妻子的姐姐，这不能完全怪他，因为以前他和她是有婚约的——而破坏婚约的那个人并不是他。当时他爱上克里斯汀，并没有错——因为她是他未来的妻子。而自己最终却娶了她的妹妹，完全是因为兰波和劳伦斯。虽然劳伦斯聪明绝顶，也没有考虑到事先问一下西蒙是否已经对克里斯汀完全遗忘，但是西蒙知道，如果劳伦斯真的向他问这个问题，他会发疯的。

他不可能把这些事情全部忘记，这种性格是天生的。但他从没说过一句让自己难为情的话。当然，如果魔鬼利用他的记忆和梦境引诱他，致使他们的关系破裂，他也是没有办法的。在他自己看来，他并不希望想这件事情；并且他一直就像亲密无间的兄长一样在她身边。这一点儿他能够深刻地感受到。

后来他几乎也就认命了。

不过这只在他明白了他帮助了他们，帮助克里斯汀和与她共度一生的丈夫之前，他经常给他们提供帮助。

不过现在已经不同了。克里斯汀为了拯救自己的儿子差点丢掉性命，丢掉了灵魂。自从他同意她这样做以后，心中原来的伤口又裂开了。

后来伊兰德也救过他的命，他又欠了伊兰德的一份情。

而他却不念旧情，毫无理由地怀疑伊兰德，让他蒙受屈辱，虽然他并不是有意这样做，虽然不过是心里的念头，不过还是让伊兰德受伤了。

“原谅我们所犯下的错误，就好像我们原谅别人的错误一样。”

为什么上帝不教导我们进行另外一种祈祷呢？“原谅我们所犯下的错误，就好像我们原谅对我们犯了错误的人。”他不清楚这句拉丁文能不能这样表达，他并不是很擅长拉丁文。但是他知道，他对于别人对他所犯的错误总是能够很轻易地原谅，但是要忘记别人对他施加的恩情，却不那么容易。

如今，当他们之间的恩怨一笔勾销之后，这么多年隐藏在心里的怨恨，又慢慢地在心里复苏了……

现在他必须面对伊兰德。从前他认为伊兰德不过是个眼瞎、愚蠢、健忘而又无所顾忌的风流公子。但是现在，一想起他，西蒙便难过起来，因为没有人能看懂伊兰德的眼光和心思，猜不透他的想法——伊兰德总是让他不知如何是好。

“可以夺走别人的财产，但不能夺走别人的生命。”

这句话说得太好了，他觉得。

他对那个本来是自己未婚妻的女人那么喜爱。如果他们真的能在一起，他就会觉得他很圆满了，他们也能幸福地在一起生活。她和以前他们初见的时候一样，那么温柔、朴实、聪明，大事上理智地劝解丈夫，小事就随意一些，总是那么温柔有礼——可能她从小在自己家里就习惯于听从父母的训诫和教导，被他们保护着。然而她居然和一个连自己都照顾不好、根本不能依靠的人结了婚。这个人让克里斯汀失去纯洁，扰乱了她的宁静，夺走了她的心，让她的身体和心灵都受到重创。她必须勇敢地保护自己的爱人，就像小鸟对待自己的巢穴一样，一旦被人侵犯，她便会全身颤抖，竭尽全力地大叫。她那纤瘦柔弱的身体应该被男人保护和亲抚的，而她却像疯了一样聚集起全身的力量，将恐惧埋在心底，勇敢地将丈夫和儿子们保护在自己的身后，就像一只斑鸠，为了幼崽而不惜一切。

西蒙相信，如果他能够娶她，这么多年一定会亲切地关怀她，让她一直能够安逸地生活，而她也会和自己同甘共苦。她是那么聪明，坚强勇敢，可以和他共同度过任何患难，而他也不会看见那个在奥斯陆的晚上，她脸上的那种麻木的表情。她告诉他，她又去那个地方看了一回。他也不会听着她痛苦地叫喊着那个人。他听着她的哀号，心里并没有爱，而是另一种疯狂的念头，和她的痛苦绝望一样。要是他们能过上父亲希望他们过的生活，他怎么会产生这种念头呢？

那个夜晚她经过他的旁边，消失在夜色里，为了救出他的儿子。她当时的神情……如果她没有嫁给伊兰德，没有学会在巨大的恐惧下还能做出最大胆的事情，她是不可能做出这种事的。在小安德列斯醒来叫了声爸爸的时候，她笑了，饱含着泪水——没有经历过在失败和成功之间煎熬的人，笑容不可能是那样的——带着痛苦和柔情。

他现在爱着的人，已经成为伊兰德的妻子。因此，这种爱是可耻的。这些事情之所以发生，让他觉得难过，是有原因的。他也很难相信，他居然会如此不幸。事情怎么会变成这样？他只能是一个永远不幸的人吗？

他以前也有一次将自己的名誉尊严置之不顾，对艾尔林爵士提到过一件事，要知道这种事情对一个高尚的人来说，就连暗示都是不屑的。他之所以那样做，并不是因为自己的亲戚、家人，只是为了她。因为是她，他才能够低声下气，哀求别人的帮助，他在那些人面前卑躬屈膝，就像教堂外那些让人厌恶的乞丐一样，揭开自己的伤口，向人苦苦哀求。

当时他暗暗想着，她总会了解这些的，不是指所有的一切，而是了解他为了她受到的屈辱。在他们都上了年纪的时候，他会亲口对她说："我尽我所能帮助你，是因为我一直深深地爱你，从一开始成为你的未婚夫那时起。”

不过他不能想象的是，伊兰德会怎样对她说？西蒙常常在幻想中安慰着自己，总有一天他会对她说明白：“我永远都记得，曾经我深深地爱着你。”但如果这句话是从伊兰德嘴里说出，那么他会非常受不了。

他希望在年老的时候，将这个秘密告诉她，只告诉她。不过他居然不小心将这个秘密在伊兰德面前暴露了。当时他知道这件事之后，非常震惊，之后兰波也得知了——不过他不明白她从哪里得知的。

除了她自己……每个人都知道这件事。

西蒙在床上不断地翻来覆去，发出低沉的、绝望的呻吟。

上帝啊！帮帮我吧！他躺在床上，内心既屈辱而又悲痛，发出痛苦的呻吟声，脸上因为羞愧而涨红了起来。

女主人开门，看见西蒙的眼睛变成了红色，而且很干燥，不过目光却很犀利。女主人说道：“你肯定没睡着吧？刚才伊兰德和两个年轻人骑马从这里经过，那个年轻人似乎是他的儿子……”西蒙只是从嘴中发出一种气愤而又模糊的声音回应她。

他让随从们先走，过了一会儿他才动身。

一旦他走到房间里，脱下外套，小安德列斯就会把他的毛皮帽子抢过来戴在自己头上。然后小孩子坐在长椅上，嘴里喊着要骑马到戴夫林庄园去找伯伯。帽子太宽大，有时会掉下来套到他的鼻子上，有时向后歪去，将长着柔顺的浅色头发罩住……西蒙尽力回忆着家中的这些情景，但这并没有使他的坏心情得到改变——只有上帝知道，要再过多久他们才会去戴夫林庄园。

此时西蒙又想起了他的大儿子，那是前任妻子海福莉和他的儿子，叫小艾尔林——西蒙很少回忆起他，那个小小的满是青色的尸体——小艾尔林去世前的那些天，西蒙很少和他见面。那时候他正陪着病危的妻子。如果孩子能够活下来，或者能在母亲之后再死去，那样的话曼维克庄园也是西蒙的了。那么他可能就会在那里再挑上一个女孩结婚，而且很少来到北方这里的田产。

即使是那个时候，他还是记着克里斯汀，的确，想要将一个让你陷入一种莫名其妙的事情的女人忘记是很不容易的，噢，他应该忘记这件事，将它当做自己人生的一次奇遇。就可以了。当时的他必须在那样一种地方，将自己的那个身世良好、有教养的未婚妻从别人的床上找回来。不过现在，他终于能够平静地想起当时的她，他忽然觉得现在的生活是多么无趣啊……

小艾尔林……如果他现在还活着的话，应该已经十四岁了。而等小安德列斯长到这个岁数的时候，西蒙估计也已经衰老了。

啊！海福莉，在我身边，你没有感到丝毫的幸福。显然，我现在承受着命中的一切，真是自作孽。

如果当时伊兰德在那次的事件中不幸丧命，那么克里斯汀现在也许就没有了丈夫，一个人待在柔伦庄园。

那时候西蒙肯定要后悔自己的再婚，啊，他居然想到了如此荒诞的情景……

西蒙从客栈里出来往回走的时候，寒风渐渐变小，但雪花仍然没有停住。天色暗了下来，雪还在下着，树林里传来小鸟清脆的叫声。

就像带着还没有痊愈的伤口剧烈运动一样，他的脑海里又浮现出了一件事情，让他很痛苦。那是在不久前在佛莫庄园举行的复活节宴会上，他和很多宾客中午在院子里享受着阳光。一只知更鸟在树顶上鸣叫，叫声直冲云霄。妹妹的丈夫吉尔蒙要靠拐杖才能从屋里走出来，旁边的大儿子扶着他。他听见鸟儿在叫，停了下来，抬起头，也学着叫了几声。他的儿子在一边吹口哨。他们父子俩能够模仿几乎一切鸟儿的叫声。克里斯汀站在远处的一群妇女中间，和她们一起聆听着，然后露出灿烂的笑容。

太阳快下山的时候，天边的浓云已经慢慢散去，整个山峰被阳光照耀着。而一层层厚厚的乌云笼罩在山口和峡谷之上。河面上也渐渐阴暗了下来，河水咆哮着冲向拦在它前面的礁石上，那些礁石上铺着一层积雪，就像白色的枕头一样。

西蒙座下的马已经很累了，走在潮湿松软的道路上，步履非常艰难。西蒙和仆人一起翻过乌拉河的岸边，向前走去。夜色沉沉，明亮的月光从朦胧的云朵中显露出来。他穿过桥面，走到了长着松树的平原上，那里是一条雪橇走过的路——这时马儿加快了速度，似乎也知道快要到家了。西蒙拍了拍自己爱马的脖子，很开心路程终于结束了。估计妻子现在早已入睡。

他转了个弯，走出了树林，看到一间小板房。西蒙靠近房子，看到门前有两个人骑着马，同时听见伊兰德的声音。在叫他：

“节后第一天你们会过来吧？我可以这么告诉我的妻子吗？”

西蒙很大声地问候了他。如果他径直走过去，会让人觉得不礼貌和怪异的。他让西格尔先行一步，自己走向那两个骑士，是纳克和高特。这时伊兰德也从门那边走过来。

他们说了几句话，三人之间的气氛有些尴尬。黎明前光线有点阴暗，西蒙不知道他们脸上是什么表情，但还是能够感觉出来，他们有些迟疑，又有些惭愧和无可奈何。于是他马上解释道：

“姐夫，我刚从戴夫林庄园回来。”

伊兰德身体靠在马鞍上，低着头说道：“有人说起过你去了南方，”接着又说了一句，“你的马跑得很快啊！”好像要解除这尴尬的处境。

那两个孩子想要离开，西蒙拦住了他们：“别忙着走，等一下，我有事情想对你们说。高特，事实上信里的那个图章，是我大哥的。随便你怎么想，基德·达尔没有遵守诺言，就像信件里你看到的其他名字一样。”

高特低下了头，沉默地看着地面。

伊兰德说道：“西蒙，你这么遥远地去问你大哥情况，可能忽视了一点儿。为了基德和那些同谋者，我失去了我的所有，只为了换来一个信守诺言的赞誉。而现在基德可能觉得我甚至连这个赞誉都不能享有了。”

西蒙很是惭愧，他确实忽视了这一点儿：

“伊兰德，你在知道我要去找大哥的时候，怎么没对我说这些？”

“你也知道，离开你家院子的那个晚上，我很生气，头脑中一片空白，你觉得那时候我还能清醒和理智地劝告你吗？”伊兰德回答。

“伊兰德，其实我那时候也太冲动了。”西蒙愧疚地说。

“我明白，但我那时候觉得，在那么遥远的路途上你或许会醒悟过来。况且，即使我真的这么请求你了，那也是间接地泄露了这个秘密……”伊兰德回答。

西蒙没有话说了。刚开始他觉得伊兰德说得很对，但转念一想，心中升起一股怒火——不，伊兰德的话并不对！难道他只能默默地让克里斯汀还有她的孩子对自己产生误解，认为自己是个卑鄙小人吗？——西蒙立刻将这一点儿说了出来。

高特那张俊秀白净的小脸转向了他，说道：“姨父，我并没有将这件事告诉母亲或者我的兄弟们。”

西蒙仍旧抵赖道：“可是他们已经明白了这些。那天在庄园里发生那种事情，我们必须将事情弄清楚。我想你的父亲肯定事先预料到了会发生这种事，而你，高特，你现在还如此年轻，当年你被牵涉进去的时候，应该还很小。”

伊兰德很快反驳道：“那时候我认定，我的儿子可以帮助我。而我也没有别的办法了，要是不这么办，郡长一定会把它搜去，交给国王……”

“我知道高特误会了我四年，这对我很不公平。高特，我一直都是爱你的。”西蒙觉得继续争论下去没有什么意义，但还是坚持说道。

高特骑着马走近了点，把自己的手伸向西蒙。西蒙看见他的脸色慢慢涨红，在黑暗中显得更黑：

“西蒙姨父，对不起！”

西蒙也将自己的手伸了出去，握住了孩子的手。高特的脸和劳伦斯很像，这让西蒙感到很恐慌。他走路有些瘸脚，身材并不太高大，但骑在马上时，看上去很英俊潇洒。如果他是自己的孩子，西蒙一定会觉得非常骄傲。

他们几人结伴向北走去，纳克和高特走在前面。和他们隔了很远，确信他们听不见身后的谈话时，西蒙说道：

“伊兰德，你应该明白，我去找我大哥搞清楚这件事并没有错，你不应该责备我。我只是想知道事情的真相。但是你和克里斯汀怨恨我，我是可以理解的。”他希望能用恰当的语言表达自己的意思，“当我听到这种不可思议的事情时——我说的是当高特说信里有我的图章时——不得不承认，当时我确实怀疑过。我不会撒谎说自己那时候没有过想法——那种在理智的时候绝不可能有的念头。所以你们怨恨我也是情有可原的。”

他们在雪地上行走着。伊兰德过了好一会儿才回答，声音非常温和和友好：

“你有这种想法也是正常的，任何人在你这种处境都会这么想……”

西蒙不让他继续说下去，带着痛苦的语气：“不，你不可能做出这种事，我当时就应该想到的。”

一会儿之后，他又说道：“你不会以为我早就知道我的兄弟参与了这件事，而我是因为这个才救你的吧？”

伊兰德很惊讶地说：“不是，这怎么可能？当时我很确信你并不知道，我并没有对你透露过任何事情，这个我能保证。你大哥和弟弟肯定也不会多说什么的。”他不由得笑了笑，但很快又严肃了起来，淡淡地补充道，“我知道，你救我是因为我们的岳父劳伦斯，更何况你那么善良，不会见死不救。”

西蒙听了这些话，很长一段时间都沉默着。

过了一会儿他问道：“那时候你想必很生气吧？”

“那当然！当时我没工夫思考你的话，不过当我气消了以后，便明白你只能这么想。”伊兰德笑着回答。

西蒙很小声地问了句：“那么克里斯汀怎么想呢？”

伊兰德还是笑着说：“她呀，除了她自己以外，她不喜欢别人教训我，这一点儿你是明白的。她认为自己可以很好地处理这件事情，如果没有别人帮助的话。在对待儿子们也是如此。就连我教训他们，她都会不高兴。你不用担心这个，我会跟她说清楚的。”

“说清楚？”西蒙反问道。

“是的，我会找个合适的时间向她解释下。她的性格你也了解，等她清醒后就能明白你一直都是我们最亲密的伙伴，到那时候……”伊兰德回答。

西蒙感到很委屈和气愤，他真的受不了了。这感觉太怪异了！伊兰德好像觉得，这些事情好像一点儿都不重要。月亮散发着淡淡的光芒。伊兰德看上去镇静如常。这时西蒙又开口了，声音改变了很多：

“对不起，伊兰德，我也不知为什么，当时会那样想……”

伊兰德似乎有些不耐烦了：“我已经告诉过你，我并不介意这件事，而且当时你只能这么想……”

西蒙很动容地说：“我多么希望那两个孩子没这么说，为此我愿意付出一切。”

“我也希望如此……这次我将高特狠狠地打了一顿，当时他们在讨论各自的祖先——瑞达·柏克白恩、斯库勒国士和尼古拉斯神父，所以才会发生这种事情。”伊兰德摇着头说道，“西蒙，彻底忘记这件不愉快的事情吧！越早忘记越好！”

“我怎么忘得了！”西蒙大声喊道。

伊兰德非常不解："没事，西蒙，这只是一次误会而已，并没造成什么损失。你别太放在心上！"

"我忘不了的。你记住了！我没有你那么厉害！"西蒙咆哮道。

伊兰德不解地看了看他：

"我还是听不懂你在说什么。"

"我没有你那么厉害。对于那些我误解过的人，我很难忘记。"西蒙显得很激动。

伊兰德再次说道："我还是听不懂你在说什么。"

"我想说的是……"西蒙的脸上满是痛苦和悲愤，他低声地说着，想要竭力控制住自己的情绪，"我现在就跟你说清楚。有人说过，你和史台根老议员西格尔的妻子有奸情，但你却时常称赞他。并且我也见到过，你对劳伦斯有多么敬爱，就像他是你的父亲一样。本来应该是我的妻子的女人，却被你抢走了，而你对我从没有仇视过。伊兰德，你真是太宽容了，我做不到，我一直都对那些伤害过我的人耿耿于怀……"

他满是斑点的脸上很激动，眼睛一直盯着伊兰德。伊兰德非常惊讶，喃喃地说道：

"我真的无论如何也没有料到！西蒙，你非常恨我？"

"你难道觉得我不该恨你？"西蒙反问道。

两个人都让马停了下来，相互看着对方，静静地坐在马上。西蒙的眼睛虽然小，但却闪着耀眼的光。在苍茫的夜色里，他察觉到伊兰德的身子轻轻颤抖着，仿佛被触动了心事——他好像惊醒了——他紧紧地咬着颤抖的嘴唇，眼睛微微合拢，向下看着：

"我再也不想见到你了！"西蒙叫道。

伊兰德感到非常吃惊，心里一片茫然，禁不住说道："听我说！兄弟！这件事都过去那么久了！"

"是的，这又有什么关系？这么多年来，我都挂念着她，难道她不值得我这样做吗？"西蒙没好气地问道。

伊兰德挺直了脊背，坐在马上，正视着西蒙的眼睛。在月光下，他晶莹的大眼睛里反射出幽蓝色的光芒：

"的确，上帝，上帝一定要保佑她！"

西蒙安静了一会儿，突然用马刺狠狠地刺了一下马，马儿很痛，向着前面飞驰而去，蹄下水花四溅。西蒙一下子勒住马，把缰绳拉得很紧，那匹马都快要把他掀翻到地上去了。随后他拉着疾速奔驰的马儿，停在那里等了一段时间，一直到听不见伊兰德的马儿离开的声音。

现在，他对刚才说出的话感到非常后悔。他羞愧不已，如同在很生气的时候打了一个无人保护的无辜的孩子或美丽而温顺的小动物一样。他的仇恨被瓦解了，就像已经断了的长枪。他的仇恨，在碰到这个一无所知的人之后，顿时便没有了力量。这个尼古拉斯之子伊兰德的思维真的太单纯了，好像手无寸铁的小孩一样，让你觉得他确实对你无害。

他继续向前走去，嘴里还是怨愤地诅咒着。无知的孩子！这个已经快要半百的花花公子，居然还像个无知的孩子一样。伤害伊兰德的同时也在伤害自己，这样的代价还算不上很大。

现在伊兰德肯定会骑马回家，找克里斯汀去了。他模仿伊兰德的语气说了一句："愿上帝保佑她！"现在他和这一对夫妻之间的情谊也就到此为止了，他不会再和她见面。

这样的想法让他简直快要无法呼吸。随它去吧！这样也无可厚非。神父们不断地说着一句话："如果眼睛诱惑了你，你就应该挖掉它。"他暗暗地想着，他之所以这么做，就是为了要割断他和克里斯汀之间的这种关系，他真的要疯了。

现在他只期望着，在他到家时，自己的妻子还在沉睡。

但他刚走到栅栏附近，就看见树下有个人披着斗篷，好像等了很久，西蒙认出来那是他的妻子。

兰波说自从西格尔回来后她就一直在这里等他。女仆们都休息去了，兰波将炉子上铁锅里还温着的粥取出来端给他，还有咸肉和面包，以及刚过滤过的啤酒。

西蒙一边吃着食物，一边问道："兰波，你怎么还不休息？"

兰波一直沉默着。她来到织布机旁边坐下，干起了穿线球的活儿。她从圣诞节那时起就开始织这个壁毯了，一直没有织好。

她背对着丈夫说："之前伊兰德骑马从这里经过，朝北边去了。听西格尔说，你们是在一起的？"

"不，没有这回事……"西蒙回答。

兰波笑了笑："显然，伊兰德比你更归心似箭，更想早点休息。"西蒙没有回话，她接着说道，"我觉得他即使有事外出，心里也总是想着克里斯汀……"

西蒙过了好一会儿才回答道：

"我和伊兰德吵架了。"

兰波直愣愣地看着他，他就把在戴夫林庄园所知道的所有情况，还有自己和伊兰德父子之间之前的谈话都跟她说了一遍。

“我觉得，你们有那么多年的情谊，因为这点小事闹不和，实在让人吃惊。”兰波说。

“可能吧，但不和就是不和了。解释起来一言难尽，现在我不想说得太清楚。”西蒙回答道。

兰波转过身去，继续干手中的活儿。

她忽然问道：“西蒙，埃里克夫妇曾经对我们诵读过圣经里的一段故事，你还记不记得里面提到的一个童女亚比煞？”

“忘记了。”西蒙回答。

兰波便背了起来：“大卫王年纪大了……”

西蒙打断了她：“兰波，现在夜已经深了，故事就不要说了。我已经记起了这个故事……”

兰波静静地将毛线插进篦齿里，好一会儿没出声，然后又说道：

“你没忘记我父亲告诉我们的那个故事吧？美貌的屈斯坦、金发女伊索尔达和黑肤女伊索尔？”

“啊，是的。”西蒙把手里的盘子推开，将嘴巴擦干净，便站了起来。他走到火炉那里，把一只脚放在炉墙边缘，手臂搁在腿上，将手放在下巴下，看着火炉中快要熄灭的火。屋子那边传来兰波有些发颤的声音：

“在听到它们的时候，我想着，怎么会有这种事情呢？像大卫王和屈斯坦爵爷那些人，竟然会爱上西芭或金发女伊索尔达那种因为别的男人而放弃他们的女人，却将那些为他们付出童贞和纯洁爱情的合法妻子弃之不顾，这真的不可理喻，而且残忍。如果我是男人，我想我会成为一个骄傲的男人，不会如此冷漠。”她说得过于激动，声音有点哽咽，突然一下子转过身去，径直走过来，走到西蒙面前，“我觉得亚比煞和英国贞女伊索尔达她们的一生实在太可怜了。”

西蒙故作镇静地说道：“兰波，你怎么啦？你到底想要表达些什么？”

兰波激动地回答道：“你明白，你和那个屈斯坦那么像……”

西蒙的笑容很勉强：“我和美貌的男人屈斯坦一点儿也不像。而你感慨的那两个女人——如果我的记忆没有出错的话——丈夫根本就没有碰过她们，她们一直都是纯洁的……”他看了看妻子，妻子的脸没有血色，牙齿紧咬着嘴唇。

西蒙将脚放了下来，挺直身子，把手扶在她的肩上，轻轻地说：

“兰波，我们之间孕育了两个孩子。”

她没有回答。

“我一直希望你能明白我很感激你。我一直希望，努力做好你的丈夫这个角色。”西蒙继续说。

她还是没有理会他。他缩回了手，后退了几步，在长凳上坐下。这时兰波靠近了，低下头看着眼前的西蒙，看到他粗大的大腿藏在沾满泥浆的脏兮兮的裤子里，身体肥胖，脸红得发黑，显得饱经风霜。她有些厌恶地说道：

“西蒙，我觉得你越来越不好看了。”

他淡淡地回应道：“的确，我从来就不是美男子。”

她坐到丈夫的膝上，双手托起他的头，眼眶里热泪迸流：“我难道人老珠黄了吗？西蒙，你对我说实话，为什么不能拿真心给我？这一生，我只想做你的妻子。很早以前当我还是个孩子，就期望着将来的丈夫能够像你一样。你忘记了没有？你曾经拉着我和二姐芙希尔德的手，随我的父亲一起去牧场照看马儿。当时你抱着二姐走过小溪，父亲想抱我过去，而我却只希望让你抱着过去。你忘记了没有？”

西蒙点头说自己还记得，当时他经常陪伴着芙希尔德，那个可怜的身体残疾的小女孩激起了他的同情心。但他不是很记得这个最小的妹妹，当时只晓得他们家里还有个比芙希尔德更小的孩子。

“我可真喜欢你的头发！”兰波将自己的手指插进丈夫褐色的卷发里，“你都没有一根白头发，而伊兰德的头发已经白了一大半了。你微微笑着的时候脸上的两个酒窝让我深深迷恋，而且你说话也那么风趣。”

西蒙回答：“的确，现在的我没有那时候好看了。”

兰波激动地小声说：“不，不是的。现在，每当你柔和地望着我……你没忘记我们在一起的第一个夜晚吧？当时我牙疼得厉害，一直在床上大哭。父母亲都睡着了，楼上黑漆漆的。你走到芙希尔德和我一起睡的长凳旁边问我原因。你让我不要吵闹，大家都在休息，接着抱起我，还点上了松明，然后取下一些，把我的烂牙周围刺穿，血都流出来了。然后你读了读祷告文，我的牙立刻就好了。你让我和你一起睡，将我拥在怀里……”

西蒙将她的头按到自己的肩膀上。她刚才的话，让他回忆起了一些事情。当时他去柔伦庄园，对劳伦斯说打算解除和克里斯汀的婚约。那晚他没有睡着。现在他记起来了，当时兰波的牙齿疼，他是怎样安慰她的。

“兰波，我猜是不是由于我曾经无意中让你觉得我不爱你吗？”西蒙问道。

“西蒙，难道你不应该更爱我甚于爱克里斯汀吗？她曾经那样对待你，只有我在这些年里对你不离不弃，就像一条忠实的狗，围着你打转……”兰波说。

西蒙慢慢将妻子放到一边，然后站起身，将她的双手握住：

“兰波，不要这样说你的姐姐。看来，你并不清楚你说的是什么意思，或者，也许你认为我不害怕上帝，不害怕背负如此深重而耻辱的罪行，不害怕对不起自己的孩子和亲戚……兰波，你是我的妻子，请你一定要记住这一点儿，不要再说这种话……”

“我知道你没有背叛过我们的婚姻，也没有做什么有损尊严的事……”兰波说。

“我和克里斯汀的相处，我们之间的谈话，这些我都能在上帝面前面对审判，问心无愧。”西蒙回答。

兰波什么也没说，只是点了点头。

“如果真的如你所说，我对克里斯汀有任何不好的念头，那么你觉得，这么多年来她还能保持这样的态度对我吗？不，你如果这么认为，就说明你并不清楚她的为人。”西蒙接着说。

“啊，她怎么会想到这些：除了伊兰德以外，居然还有哪个男人对她有别的念头？她根本就没有想到过我们也是有情感的。”兰波说。

西蒙淡淡地回答道：“是的，兰波，你没有说错。我想你应该清楚，因为忌妒而折磨我，这是很不理智的。”

兰波抽回了自己的手：

“西蒙，我并没有别的意思。你从来不会像对待她一样地对待我，而且至今她在你心里的地位仍是那么重要。在你出门的时候，从来不会思念我。”

“兰波，男人真的是很奇怪的动物，在他年轻热情的时代刻上去的文字会深深地留在一生的记忆里，比以后写上去的更要深刻，这个我无能为力。”西蒙感慨地说。

兰波低声回答道：“你难道不知道古语有言，说男人的心在母亲的肚子中最先活动，在死的时候最后停止？”

“我不清楚这个古语，但这应该是真理。”他轻轻地抚摩了一下她苍白的小脸，疲倦地说道，“如果我们今晚打算睡觉的话，这个时候应该上床休息了。”

兰波很快便进入梦乡了，西蒙将放在她脖子下的手抽回，身子移到床边上，把盖在身上的毛皮毯子拉到下巴上。他肩膀上的衬衣被妻子的泪水浸湿了，他为妻子而难过——同时他伤感地想着，今后两个人的生活不可能再和睦了，她也不再是自己眼中那个什么都不懂的孩子。他不得不承认，兰波已经长大了。

窗外天色逐渐变亮，这个夜晚就要过去了。西蒙非常疲倦。明天是礼拜天。明天一整天他都不想去教堂，虽然通常情况下他应该去进行一次忏悔。他以前对岳父劳伦斯作过承诺，每一次的礼拜他都会去教堂，除非遇到什么重大的事情。这些年来他都没有食言过，但那又怎么样——他心里悲愤地想着。第二天，他真的没去教堂。

中卷　赎罪者

1

克里斯汀一直不知道伊兰德和西蒙吵架的整个经过。伊兰德只把西蒙说给他听的关于去戴夫林庄园的情况告诉了她和布柔哥夫，并且说道，那次谈话后他和西蒙大吵了一架，闹得很不愉快。“我知道的就这么多了。”

伊兰德气色不是很好，但是神情很严肃，看起来很坚定。这还是他们结婚以来，克里斯汀看到的为数不多的几次。而这种模样暗示着他不想多提及。

她一直很反感伊兰德用这样的神情来回应她的问题。上帝知道，她一向认为自己是一个喜欢相夫教子、料理家务的普通的、平常的家庭主妇，不想再管其他的事情。但是她却不得不去关心很多应该由男人负责的事情，而且伊兰德也毫不客气地让她做这些事。她很想了解伊兰德到底做了什么事情，这和他们俩都有关；而他完全没有理由这么傲慢，阻止她说下去。

伊兰德和西蒙的不愉快使克里斯汀的心情非常沉重，像压了一块大石头一样。兰波是她仅有的亲人了。一想到西蒙和他们再也不会见面，她就很难受，克里斯汀明白这个人对她来说有多么重要，她亏欠他太多了。在她最困难的时期，只有他真心实意地帮助她，一直都在支持着她。

而且她可以猜到，整个村子里又会出现新的流言，说柔伦庄园与佛莫庄园的关系岌岌可危。附近所有的人都比较尊敬和爱戴西蒙与兰波；而对于克里斯汀本人和她的家人，大多数人都很警惕，甚至比较厌恶，这些她早就清楚了。现在他们一个朋友也没有了……

之后的第一个礼拜天，她去了教堂后面的小山冈，看见西蒙和几个农夫就站在附近。她心里因为感到愧疚和悲恸，几乎晕厥过去。西蒙向她和她的家人远远地点了点头，表示问候，但没有向他们走来，和他们握手。这还是第一次。

不过兰波来到她的身边，握着她的手，说道：

“姐姐，咱俩的丈夫发生了争端，真是太让人难过了，但是咱俩不必因此也不和。”

兰波踮起脚，在教堂院子里很多人的面前亲吻克里斯汀的脸颊。不过克里斯汀却感觉——她自己也不知道是怎样感觉到这一点儿的——兰波对所发生的事一点儿都不难过。兰波一直很讨厌伊兰德，谁知道她有没有暗中使手段挑拨离间，让丈夫反对伊兰德呢？

从那之后，每次他们两户人家在教堂附近见面，兰波都会主动走到克里斯汀面前问好。小女孩关希尔德好奇地问道，为什么姨妈不再来他们家玩了？然后又跑到伊兰德身边，和他及他的几个儿子亲近一番。阿尔涅德静静地站在继母身后，难为情地向克里斯汀招

了招手。但西蒙和伊兰德一直都在回避着对方

克里斯汀对西蒙的孩子们很是想念。她很疼爱那两个小姑娘。有一天，兰波带小安德列斯一起来到教堂，做完祈祷以后，克里斯汀亲吻了这个小家伙，情不自禁地哭了起来。她很喜欢这个瘦弱的小孩子，所以没有控制住自己。现在她身边的孩子都长大了，每当小安德列斯跟着父母亲到柔伦庄园来的时候，她就常常抱着这个孩子，给自己一些安慰。

克里斯汀从高特的口中得知了伊兰德和西蒙吵架的部分原因，因为高特亲眼见到西蒙和伊兰德那天晚上在葛德伦家会面，并将他们的谈话大致对母亲说了一遍。克里斯汀越仔细想，越觉得伊兰德不应该这么做。起初她还觉得是西蒙的错，觉得西蒙应该了解伊兰德的为人，虽然他总会在轻率和狂躁下做出一些大胆的事，不过却从没有因为什么卑鄙的想法欺瞒、背弃亲人们。而伊兰德一旦知道了自己做的事所造成的后果以后，就会像一头挣脱了束缚的野马，因为身后的束缚而感到惶恐，失去理智。

不过伊兰德必须清楚，有时候人们不得不警惕被他那独特的智慧伤害到。因为很多时候，伊兰德从来不会去想他的做法会给别人造成什么样的伤害。克里斯汀想起了自己年轻的时候，当时因为愚蠢，也被他这样伤害过很多次——她不止一次被伊兰德那轻狂的言行伤害到。他的弟弟也是这样和他疏远的。当他还没进修道院的时候，就已经和哥哥不和了，克里斯汀知道这都是伊兰德造成的——虽然伊兰德没觉得哥恩纽夫有什么不好，却经常在言语上冒犯他，要知道，他的弟弟一直都是虔诚、让人尊敬的人。现在他又和西蒙

闹翻了，当她想知道到底是什么原因导致伊兰德与西蒙——他们最好的朋友之间的不愉快时，伊兰德却又摆出一副傲慢的样子，不肯告诉她……

她发现，伊兰德有时对大儿子透露得比较多。

但当她一靠近他们父子俩，伊兰德和大儿子便停止交谈，或者说一些其他的话题，这种情况已经不止发生一次了。克里斯汀非常郁闷，感觉很不舒服。

三儿子高特、六儿子劳伦斯和七儿子慕南相对纳克来说和母亲更亲热，她与这几个孩子交流的次数也要远远多于纳克。但她总是认为，长子在她的心目中占有重要的位置。自从她搬回到柔伦庄园后，十月怀胎和分娩时的记忆又重新浮现在她的脑海，就像昨天发生的一样。她从很多事情上都能看出来，这里的人们一直都记着当年她犯的错。在他们看来，克里斯汀作为当地有威望人的女儿，丢失了自己的童贞，已经给整个家乡带来了耻辱。这一点儿他们永远都不会谅解她，而更不能谅解的是，劳伦斯不仅因为他俩名誉受损，还成了别人的笑柄，举办了一场隆重的婚礼，将已经失去童贞的女儿风风光光地嫁了出去。

克里斯汀不知道伊兰德有没有发现乡里的人都还记着旧仇，不过即使他发现了，估计也不会把这当一回事。他把乡民们都看作乡巴佬、土包子，他的几个儿子也学他这样。从前，这里的人们都对她很友好，认为她是劳伦斯的好女儿，将她比作这里的玫瑰，而现在却很鄙夷他们夫妻俩，对他们严加责备，一想到这些，克里斯汀就气愤不已。她不是希望得到他们的同情，也不介意他们当自己是外地人。她心里难过的是，围绕在家乡的谷地、那些曾经让她安心的群山，好像也都用异样的眼光看着她和她的家，呈现出险恶的峰峦，隐藏着意想不到的灾祸，好像要处死她一样。

以前她曾为此伤心难过了很久，伊兰德知道这一切，却没有耐心来劝解她。那时候，她肚子里的孩子渐渐成长起来，伊兰德明白当时她心里的痛苦和恐慌，却没有拥抱她，安抚她。他所烦恼和愧疚的是，这件事就要露馅了，让大家知道他是一个怎样卑鄙的人，居然给劳伦斯造成如此大的伤害。他从来没有为妻子想过，她该如何面对她那慈祥而又骄傲的父亲。

孩子终于出生了，但伊兰德却没有因为有了第一个合法的儿子而感到那么开心。她终于将心里折磨着她的恐惧、焦虑摆脱了，当看见这个健康而又漂亮的小孩的时候，她知道，他们的罪孽已经被神父的祈祷感化了，她的心里满是感激，她的血液也沸腾了，转化成纯白而又甜美的乳液。她靠在床头，想要呼唤伊兰德，让他也看看他们的宝贝——她都不舍得让女仆从她身边抱走一会儿，为他洗澡和换上干净的衣服。不过伊兰德却说道："上帝保佑，看上去他还是完整的。"她知道并且能够看出来，伊兰德对待艾琳生的孩子可不是这样。当她想让伊兰德抱抱孩子时，他却皱着眉头，露出厌恶的表情，说道，他不会抱，担心孩子会从他手上溜下来。过了很多年，伊兰德都有些厌恶这个孩子，一直都记得他是个早产儿，虽然他已经变得英俊、聪慧而且乖巧。如果是其他人，一定很高兴有这样一个可爱的长子。

而纳克对父亲深厚的爱却让人吃惊。每次伊兰德把他拉到自己身边坐一会，和他亲密地交谈几句，或者拉着他在院子里闲逛的时候，他都会笑得特别开心，好像被阳光爱抚过一样。纳克总是祈求父亲能多爱他一点儿，虽然伊兰德对另几个孩子的爱更多一些。刚开始伊兰德最疼爱二儿子布柔哥夫。兵器房里堆满了胡萨贝庄园平时很少用的武器和盔甲，每当伊兰德去那里时，总会带上布柔哥夫和纳克，布柔哥夫总是和父亲说个不停，而纳克却一个人默默地坐在旁边的箱子上，能在那儿陪着父亲，他就满足了。

不过一段时间过后，布柔哥夫的视力变得不太好，不能和别的弟兄们那样陪着伊兰德骑马出去。而且他天生不爱说话，即使在对待伊兰德也是如此，所以情况又有所不同。从那以后伊兰德仿佛害怕看到二儿子。克里斯汀经常在想，布柔哥夫是否暗暗责怪父亲挥霍光了所有的家产，连累了他们？不知道伊兰德有没有察觉到这件事。不管怎样，在伊兰德的所有儿子中，只有布柔哥夫不一样，不盲目地崇拜父亲，为他感到无上荣光。

有一次，最小的两个孩子看到伊兰德在做晨祷，并且以白水和面包为早饭。他们好奇地问伊兰德这么做的原因——因为斋戒日还没到。伊兰德回答道，他是为了祈求减轻自己的罪孽。克里斯汀明白他在为他与森尼瓦的奸情而忏悔，几个大儿子也明白这件事。纳克和高特好像没有在意父亲的话，但是克里斯汀看向布柔哥夫，他正用已经模糊的目光盯着他盘里的食物，脸上露出一抹笑容——这个笑容经常在伊兰德突然莫名其妙地神采飞扬时出现，母亲看着这样的笑容，感觉很是怪异。

现在伊兰德总是将纳克带在身边。这个青年似乎已经和父亲分不开了。纳克把伊兰德伺候得舒舒服服，任何事都亲力亲为，就像国王的侍从在国王面前一样。他决不允许其他人靠近父亲的坐骑，无论何时都将马具和武器准备着，随时替父亲穿上马刺；出门时为父亲准备好帽子和斗篷；吃饭时总在父亲的右边坐着，期间给他倒酒、切好食物。伊兰德有时会调侃儿子，但他对纳克的关心并不拒绝，反而感到很满意，而且得意扬扬。长久下去，纳克仿佛变成他一个人的了。

克里斯汀觉得，伊兰德已经把过去她苦苦哀求他赐予这个孩子一点儿父爱的事情完全忘记了，纳克也是如此。他在年幼时，遇到一些挫折总会告诉母亲，并且祈求母亲的安慰。他和克里斯汀一直都很友好，现在也是如此。但是，克里斯汀越来越觉得，随着这孩子的不断长大，他们母子的关系有点疏远。纳克很少有事情需要克里斯汀为他操心。他会做好克里斯汀安排的任何事情。但是对于做农活，他却表现得很是愚钝——他干这些活很勉强，无精打采，从来不能善始善终。克里斯汀发觉，纳克很像他那个已经死去的同父异母的哥哥奥姆，在长相和其他很多方面都是如此。但纳克比奥姆身体健壮多了，在舞蹈和游戏方面有着不同寻常的天赋，而且对于弓箭和其他武器也很精通，骑马和驾驶雪橇的技术也很不赖。有一次，克里斯汀和纳克的养父武夫说起这些，武夫说：

“伊兰德如果因为大胆的举动出了什么事，那么这个孩子受到的损失会最大。如今在整个挪威都没有几个比纳克更像未来的骑士和军官的年轻人了。”

但克里斯汀清楚，纳克从没有思考过，伊兰德的罪孽对他以后的生活将会造成什么影响。

现在的挪威兵荒马乱，各村镇流言四起，有的有些道理，有的则荒诞不经。南部、西部还有奥普兰的很多贵族们都不满于马格奈斯国王，而且公开表示要用武力反抗，并且还煽动百姓，以此威胁国王像他们要求的那样治理国家，如果国王不同意，他们就让海夫特的儿子容做新的国王——他是前任国王的孙子。容不过是顺便被提起来的，大家只听说他的哥哥西格尔策划了整个叛乱，而艾尔林爵士的儿子布雅恩是他最主要的协助者。谣言说，西格尔先前许下了诺言，如果他弟弟能夺得王位，布雅恩的一个妹妹就会被选为王后，因为他的这些妹妹都有着高贵的血统。还有传言说欧格蒙之子伊瓦尔以前是马格奈斯国王最忠诚的部下，但现在似乎也反对他的统治，转向容他们一方了。国内许多名门望族也纷纷倒向他们，而艾尔林爵士和布柔哥文的主教也暗暗帮助他们。

克里斯汀并没有将这些谣言放在心上。她伤心地想，他们不过是一些小人物而已，还没有能力关心这些事。不过去年秋天，她还是问了一下西蒙这些事情，因为西蒙和伊兰德也说起过这些。但她看得出西蒙并不想对这些事情说太多，他可能不希望自己的亲人参与其中吧——至少基德在他妻子的引诱下已经参与进去了。其次，西蒙可能担心伊兰德会不高兴，毕竟在那个惨剧令他脱离那些贵族圈子之前，按他的身份地位，也是可以参与这件事情的。

克里斯汀猜测，伊兰德可能经常在儿子们面前说起这些。有一次，她听纳克说道：

“父亲，那些贵族若是成功从国王那里夺得权力，有没有可能帮助你，将你的事情重新提交给国王，让国王偿还你的损失啊？”

伊兰德听后，只是笑了一下，没有作声。纳克又说道：

“你是最开始的指路者，让他们了解到，挪威的贵族们是不会一直躲在自己的家里，默默忍受国王的残暴统治，你为此而损失重大。但是你的合伙人都逃过了一劫，你替所有人背了黑锅……”

伊兰德笑着回答道："没错，那他们就更应该把我忘掉。胡萨贝庄园已经属于大主教了，我觉得国务会议的大臣们不会将这种事情在可怜的国王面前提出来。现在的国王根本没有钱来赔偿我。"

纳克激动地说道："国王和我们有亲戚关系啊，父亲，而且西格尔和国务会上的很多大人物都和你很熟。他们怎么可以这么不讲情义——对一个高尚的挪威人置之不理，他曾经为祖国的边境和平拿着武器同芬玛克和亨德维克海的敌人战斗。如果他们这样做，就会让自己的一生都带着耻辱，身上带上无法磨灭的无耻的印记。"

伊兰德轻轻吹了声口哨：

"孩子，说实话，虽然我不清楚海夫特的儿子们和国王之间的谈判会如何结束，不过我敢打包票，他们没有勇气用武力去胁迫国王，只会和国王在言语上争辩和吵闹。那些贵族绝不可能为我而自掘坟墓，因为他们很清楚，知道我不会像那些懦弱无能的人一样，怕死和畏惧强权。

"况且，那些所谓的亲戚，其实已经隔了很多代了。我年轻时在宫廷里当侍卫的时候就听说过他们。那位亲戚雅哥奈丝夫人如果不是公主，大概只能在码头上像那些渔婆一样操劳，用汗水赚取微薄的收入，不然就是遇到像你母亲那样善良的女主人，被她们收留，在马厩里工作。海夫特的两个儿子年幼的时候去见他们的外公时，常常流着鼻涕，我还给他们收拾过多次，他们在那里总是脏兮兮的，好像刚生下来似的。如果我凭借亲戚的身份，教训几下他们，让他们能懂点规矩，他们也只能大声号叫，不敢反抗。据说，苏德汉庄园的这两个傻儿子终于懂事了，长成大人，但我却很怀疑。但是如果凭借亲戚的情谊向他们寻求帮助和支持，根本就是痴人说梦。”

克里斯汀对伊兰德提醒道：

“亲爱的，纳克还这么小，你那么随意地对他说这些事情是不是不太合适？”

伊兰德笑了笑，回答道：“亲爱的，你可以说得更直接点，我知道你是在怪我。我去北方瓦果堡的时候，也才只有纳克这么大。如果英歌伯柔太后能遵守诺言，我现在就会把纳克和高特送到她那里去，这两个勇敢的年轻人擅长各种武器，不害怕打仗，在丹麦一定能闯出一番天地。”

克里斯汀痛苦地回答道：“我在当初生这两个孩子的时候，从没想过要把他们送到国外。”

伊兰德回答道：“你要明白，我也没有考虑过这件事。但是现在不一定，这还得看上帝的意思。”

克里斯汀暗暗想道，孩子们都长大了，他们父子几个背着她谈论一些事，仿佛觉得她一个家庭主妇不能理解他们。她因为这个事情委屈了很久，担心伊兰德说话会过头，毕竟现在儿子们都还比较小。

除去这些，虽然三个儿子看上去还像孩子——大儿子现在已经十七岁，二儿子十六岁，三儿子在秋天之后也十五岁了——不过他们在女人们面前的态度，让克里斯汀很是忧虑。

说实话，他们到现在为止没有什么不良行为让她责备他们，一次也没有。他们不会和妇女纠缠在一起，也不会说那些下流粗俗的话，和佣人们一起时也不会以那些玩笑取乐，或者将街头巷尾的各种风流轶事在庄园里流传。在这方面，他们倒是和伊兰德一样，说话懂得分寸，很有原则。克里斯汀很多次都发现，当人们谈起那些下流的事情时，父亲和西蒙总是会跟着别人一起大笑，而伊兰德总会觉得很难为情。

不过她又从内心感觉到，父亲和西蒙之所以会这样，其实就如同淳朴的农民在观赏愚蠢的魔鬼滑稽的表演一样开心，而伊兰德就像一个知识渊博的人，看到了其中的狡猾和愚蠢，因此对这些表演感到反感，也就不觉得好笑了。

伊兰德其实也算不上和女人纠缠不清，只有和他不熟悉的人才会说他浪荡和举止轻薄，认为他故意引诱妇女，将她们引向罪恶的深渊。克里斯汀其实心里承认，伊兰德并没有用什么卑鄙或者欺骗和暴力的手段来得到她。然而，当那两个放荡的有夫之妇——伊兰德的两个情妇——用充满诱惑的笑容主动勾引他时，伊兰德顿时变成了一只想要胡闹的小绵羊，他无法克制自己内心的轻狂，和她们在一起了。

克里斯汀对此很担心，觉得儿子们在这方面和伊兰德很像，他们都很目中无人，做事情比较随意，事先从来都不在乎别人的看法，不过事后却又相反。另外他们在面对女子们的微笑和热情时，也都很镇静，从容地去应付，不像那些和他们差不多大的年轻人那样羞涩，好像他们曾经学过宫廷里的礼仪一样。

克里斯汀害怕他们会因为轻信他人而招致不幸。在她看来，有些女子，比如那些贵妇和她们的女儿，或者那些穷侍女，和英俊的小伙子打交道时都是抱有某种目的的。而她的儿子们也像其他的小伙子，会因为别人看不起他们，议论他们和哪位妇女纠缠不清，而感到愤慨。史泰卡之女菲莉达就是这样的。虽然她已经不小了——不比克里斯汀小多少——却还像个小女孩一样活泼。她已经有两个孩子了，对于其中较小的那一个她自己都不知道是和谁生的。克里斯汀之前很照顾她，很爱护那个小孩子，而且一般来说对于这个女仆的风流总是睁一只眼闭一只眼，因为她以前忠诚地喂养过布柔哥夫和斯库勒。但她没想到，这个蠢女人总是和孩子们讨论女孩子，这让克里斯汀非常气愤。

克里斯汀现在很希望几个儿子能早点结婚，不过她清楚这件事情其实很难，和纳克以及布柔哥夫出身差不多的女孩子，她们的父母会嫌他们的家穷；况且伊兰德背叛过国王，还受到了刑罚，这也会阻碍这两个年轻人，让他们很难在哪一个骑士那里谋得差事，从而生活得更好。克里斯汀难过地想着从前的那些日子，当初伊兰德和艾尔林爵士谈论过，想让纳克娶摄政王的一个女儿，现在想想太不可能了。

其实，附近村里也有几个未成年的合适的女孩子，家中比较富裕，也有点儿地位，她们家族最近几代都没有宫廷里的人，一直生活在村子里面。但只要一想到到他们家里提亲可能会被拒绝，她就感到心酸。对于这件事，西蒙本来最适合去当中间人，但现在由于他和伊兰德吵架了，显然也不能指望了。

她觉得她的所有儿子都不会愿意去当修士，除了三儿子高特和六儿子劳伦斯。劳伦斯还很年幼，而高特虽然年纪不小了，但她还需要高特在家里帮着做一些事情。

这一年冬天的暴风雪把庄园里的栅栏都破坏了，田地覆盖了厚厚的一层积雪。到了圣十字架节那一天大雪纷飞，田地里的所有工作都不能继续了。之后人们只好加紧工作赶上进度。有一天，天空比较晴朗，克里斯汀派纳克与布柔哥夫去修补大路旁边农田附近坏掉的栅栏。

吃过午饭后，克里斯汀前去查看他们的工作——他们很少做这种事。她看到布柔哥夫在修补庄园附近小路旁的栅栏，便停了下来，与他聊了一会儿，然后继续走向北边的田地。纳克就在附近，他正站起身，和一个女孩说话，女孩骑在马上，站在栅栏外。纳克伸出手摸着马，然后又摸着女孩的脚脖子，还随意地往上摸，一直摸到女孩的连衣裙里面。

那个女孩先看到了克里斯汀，脸立刻红了，在纳克耳边悄悄说了些什么，纳克立即缩回了手，显得很不好意思。女孩想要离开，但是克里斯汀喊住了她，与她聊了一会儿，询问了她的家世。她叫艾佛尔，是武夫斯佛登庄园女主人的侄女，这几天正好住在姑姑家。克里斯汀假装什么也不知道，等这个女孩离开之后，继续和纳克谈着修栅栏的工作。

几天后，克里斯汀恰好要到武夫的斯佛登庄园去小住几日。庄园的女主人在生产之后生病了，克里斯汀作为邻近医术高超的妇人，理应前去看病。那几天，纳克经常借故去找艾佛尔，她也趁机来和纳克约会。克里斯汀对这件事感到生气，因为她并不觉得这个女孩有什么优点。她经常听别人夸她好看，但她却一点儿也不觉得。后来，她听说艾佛尔回自己家去了，终于松了口气。

她觉得纳克没有爱上艾佛尔，再后来当她知道菲莉达拿伊兰德之女爱丝塔的名字取笑纳克后，更坚定了自己的看法。

一次，克里斯汀在地窖里酿造果汁，听到菲莉达又开始调侃纳克了。高特和伊兰德都在场。他们正在建造一艘渔船，打算去湖中捕鱼，那个湖里有不少鱼，伊兰德对造船也很擅长。纳克被取笑得很恼怒，之后高特也在一旁调侃他，说他与爱丝塔非常般配。

纳克生气地回答道："既然这样，那你就去和她结婚吧。"

高特回答道："我才不希望和她结婚。据说土地贫瘠的地方更适合长棕色头发和松树，你大概也是喜欢棕色头发的吧？"

伊兰德笑着说道："高特，这话说得不对，不能用来形容女孩子。长棕色头发的女人一般又高又白……"

菲莉达听了忍不住放声大笑，克里斯汀却很愤怒，在她看来，这些龌龊的话是不能当着孩子们的面说的；而且她记得很清楚，森尼瓦夫人的头发也是棕色的，尽管她的好友都觉得是金发。

这时高特说："幸好我没有这么说，'我不同她结婚，是因为不想犯错。'你不应该感谢我吗？三一节那天我们都在教堂前跳集体舞，只有你和爱丝塔没有。你们那个夜晚一直在草棚里，谁都看得出来你们俩两情相悦……"

纳克刚想扑过去揍高特，看到克里斯汀过来了，便停住了手。等高特离开后，克里斯汀问纳克：

"高特说的事情是真的吗？"

"母亲，我想我们说的话你大概已经都听到了。"纳克因为生气脸涨得通红，皱着眉头回答道。

克里斯汀也很恼怒地说道：

"你们这些孩子，节日的时候，总是和仆人们一起寻欢作乐，这种事情很不好。在我们小的时候，从不会这么做……"

"母亲，以前你自己说过，你们那时候也是所有人聚在小山冈上一起跳舞嬉闹的，还说外公经常给你们唱歌伴奏呢。"

克里斯汀回答道："没错。但是，我们跳的是另外一种舞蹈，唱的也是另外一种歌曲，不像你们如此轻狂。那时候我们都很安分地和父母待在一起，而不是和异性单独躲在一边。"

纳克本来还想辩解，发现克里斯汀向伊兰德看了看。伊兰德脸上露出一种奇异的表情，有些顽皮，一边削着木头，一边偷偷地看他们。她很生气，也很委屈，于是转身走入酒窖里面。

从那以后，她已经将那些话记在心上。爱丝塔是个很好的女孩，洛普斯庄园也很富裕。庄主有三个孩子，都是女儿。爱丝塔的妈妈出身也很高贵，受人尊敬。

她以前完全没有想到会有机会和托伯之子伊兰德联姻。伊兰德在去年寒冬的时候得了中风，所有人都觉得他活不久了……然而爱丝塔姿容秀美，品行上佳，而且听说很擅长家务。如果纳克真的喜欢这个女孩，想娶她的话，克里斯汀是很支持的。但她觉得最好再推迟几年——他们现在还太小了——然后她可以愉快地接受他们。

然而在一个晴朗的夏日，梭尔蒙神父的姐姐到克里斯汀家里借点儿东西。当两人在阁楼的楼梯旁边道别的时候，神父的姐姐突然对克里斯汀说：

"告诉你一件事，听别人说哈肯的女儿艾佛尔不知道怀了谁的孩子，她父亲将她赶了出去，现在暂住在武夫的斯佛登庄园里面。"

这会儿克里斯汀突然看到纳克正走下楼，听到这个消息时愣住了。她看见纳克的表情，感觉不太对劲——他的面色通红。后来纳克转身离开了，走进房间里。

克里斯汀终于从这个啰嗦的女人口中了解到，艾佛尔怀孕是在春天的时候，而当时她还没有来他们这里。克里斯汀不由得放下了心，想道，纳克真是太单纯了，他一定在为曾经喜欢过艾佛尔这样的女子而觉得难为情。

几天之后，伊兰德出去打鱼，夜晚克里斯汀独自躺在床上。本来她以为纳克和高特也一起去了，但是纳克突然跑过来找她，在她耳边低声说要和妈妈谈谈心。随后他爬上床，坐在床沿上说道：

“母亲，今天晚上我去过武夫斯佛登庄园，找到了可怜的艾佛尔，同她谈过话……我确信那些话都是不对的……我确信那是鲁蒙寨庄园那个长舌妇造的谣。我真想用烙铁的惩罚来证明我说的是实话。”

克里斯汀静静地听他说着。纳克竭力想让自己平静下来，但因为激动，他的话断断续续。

“圣诞节之前的那天，艾佛尔独自一人去教堂做晨祷，路上要经过一片树林。她在树林中被两个强盗袭击——因为天还没亮，她不清楚袭击她的是谁——可能是在树林里住的乞丐。这个可怜的女孩无法逃脱——她太瘦弱了。她没有勇气将这件事对别人说。后来她的父母发现她有了身孕，就对她又打又骂，最后把她赶走了。母亲，当她说这些的时候，一直伤心地哭泣，连上帝都会被打动的。”

说完了这些，纳克停了一下，深吸了口气。

克里斯汀安慰他道：“真遗憾没有抓住那两个罪人，我相信他们肯定会被逮住，接受惩罚的。”

然后纳克又提起了艾佛尔的父亲，说他家中很富裕，和很多贵族都有亲缘关系。艾佛尔决定在生下孩子后将他寄养在一个偏远的村中。古德蒙·达尔的妻子以前也和神父有过一个不合法的孩子……并且安德列斯之女西格丽德也在克鲁克庄园和丈夫一起生活得很好，人们也都很尊敬他们。如果有人因为艾佛尔这种不幸的遭遇而残忍地责备她，那她真的太可怜了。她本来完全能够与一个有名望的人结为夫妻……

克里斯汀很同情那个不幸的女孩，对那两个歹人深恶痛绝，不过心里却为纳克还没有成年松了口气。而她却温柔地告诉纳克，这些天他应该注意点，千万不要像今天这样在半夜里去艾佛尔的阁楼见她，即使是奉命去见武夫斯佛登庄园的女主人，也不能随便和她见面，免得被别人说闲话。克里斯汀知道纳克能够保护自己，也不会对那些诬蔑艾佛尔的人怎么样，但她觉得还是不要再增加争议为好。

二十多天后，艾佛尔被接回家，他父亲为她安排了一门婚事，男方是和她同一个教区的一户家世良好的农民的儿子。刚开始两方的长辈因为一些土地的事情争吵过，并不同意他们结婚；但去年冬天两家的关系又恢复了，便决定准备继续安排婚事。然而艾佛尔这时却不答应，说已经喜欢上了别人，但此时这门婚事已经不能够被推掉。于是她就来到西尔地区的姑母家里，不想让人知道她怀了孕，无论如何她还是希望与自己心爱的人在一起。但她姑母了解了侄女怀孕的时候，便让她回家了。她父亲知道这件事后，很是生气，狠狠地教训了她，于是她又逃走了。现在两家人已经谈妥，不管艾佛尔是怎么想的，都得答应这门婚事。

克里斯汀看得出来，纳克心里很痛苦，很长一段时间里闷闷不乐，很少和人交谈。克里斯汀很担忧，简直不敢正视他，因为只要碰到母亲的目光，他的脸就羞红一片，显得非常愧疚。而母亲心里也很难受。

每当柔伦庄园的仆人们谈论起这件事，克里斯汀就会厉声喝止他们，说她不想在家里听他们讲这种丑事。菲莉达对此感到很惊讶，她经常听说克里斯汀会怀着深切的同情帮助那些失足的女人——甚至还两次帮助过自己——但只要一提到艾佛尔，克里斯汀就会用女人之间最难听的话来评价她。

后来克里斯汀把这件事情对伊兰德说了，说纳克怎样被人欺骗，伊兰德只是报之一笑。那天傍晚，她坐在屋子前面的草地上做针线活，伊兰德走到她身边，在草地上躺着。

他说道："算啦，我觉得没有什么啊？相反的，纳克为此付出的并不多，但却懂得了女人不可信的道理……"

克里斯汀回答道："你真的这么觉得吗？"因为愤怒，她说话的声音都有些颤抖。

伊兰德笑了笑："没错，我记得初次与你见面的时候，认为你是一个温柔、顺从的人，觉得你的牙齿恐怕连奶酪都难以咬动，就像丝绸一样柔滑，像鸽子一样温顺——结果被你骗了……"

克里斯汀回答道："我如果一直都是如此温顺，我们一家人还可能像现在这样吗？"

"的确！"伊兰德拉住克里斯汀柔嫩的手，她不得不放下手里的活，他微笑着看着她，把头枕在她的膝盖上，"是的，亲爱的，上帝安排你我相识的时候，我真的没想到我会得到这么多幸福。"

她很不满意伊兰德一贯的轻浮行为，但又努力压抑着自己，不让这种情绪流露出来。有时当几个儿子犯了错误，而她又克制不住自己火气的时候，便忍不住去教训孩子。其中被她教训得最多的就是孪生兄弟伊瓦尔和斯库勒。

他们现在才12岁，正是调皮捣蛋的时候。两个人都是如此桀骜不驯，克里斯汀拿他们没办法，觉得自己是全挪威最可怜的母亲，竟然要管教两个这么调皮的孩子。这两个儿子与其他几个儿子一样，长得都很俊俏，黑色的卷发柔顺有光泽，黑色的眉毛，眼珠是蓝色的，脸盘狭长，显得很清秀。他们的身材在他们这个年纪还是很高大的，不过肩膀还不是很宽。他们的四肢修长纤细，关节处就像麦秆一样。这两个孩子很相像，难以分清彼此。这里的人都称呼他们为柔伦庄园的剑客，但这并不是在夸赞他们，而是西蒙随口取的绰号，因为伊兰德给了他们两人各自一把短剑，他们都非常喜欢，只有在去教堂时才不带在身上。克里斯汀不希望看到他们随身带剑或其他武器，担心他们会用武器伤害到别人。但伊兰德觉得，他们现在已经不小了，是时候学会怎么用武器了。

她为了这两个兄弟每天担惊受怕，一旦不知道他们的去处，就很焦虑，祈求上帝保佑他们安安全全地回到家中。他们以前干过各种让人担忧的事情，比如从没有人烟的山谷和陡峭山崖爬到山里，将鹰巢破坏，在老鹰的窝里偷蛋，把年幼的老鹰藏在衣服里带回家；沿着光滑的岩石爬到罗斯托山北面，那里河水水流很急，形成一幕幕壮观的瀑布。还有一次伊瓦尔想要驯服一匹野马，结果被马甩了下来，拖在地上，差点儿丧命——只有上帝知道，这匹野马是如何被他们训好的。因为无事可做，他们找到了进入图尔镇的树林的道路，并在那里在那里发现了芬族老太婆的土窑。由于以前父亲教过他们几句萨阿米语，他们还能够和土窑的女主人聊天。那个老巫婆很喜欢他们，为他们提供了酒水和可口的食物。他们吃了很多，虽然已经到了斋戒的时候。克里斯汀一直严厉地告诫他们，斋戒日里不能吃太多，而且只能吃素——从前她的父母也是这么对她说的。这次伊兰德对他们的行为感到很生气，将芬族老太婆送给他们的食物都拿去烧掉，并且严厉地告诉他们不能再去那里玩。但这对孪生子的游历毕竟引起了他的兴趣，所以从那以后他会在与伊瓦尔和斯库勒交谈时，经常讲一些他在外打仗时的事情，还有他见过的一些风土人情，并且教他们学习一些不好听的邪教徒们的语言。

伊兰德平时从不责备儿子们。每当克里斯汀因为这对双胞胎闯的祸对他们发火时，他都会一笑了之。虽然他们在庄园里经常惹事、损坏东西，但有时也会帮着父母干些活儿，而且也和纳克不同，什么事情都会做。然而当有时克里斯汀安排他们做些什么，过些时候再去检查时，会发现工具已经被他们丢下，他们正围在父亲身旁，听他说航海时该如何打结这种技术活……

老劳伦斯活着的时候，将所有的门框上面都用柏油画上了一个大大的十字，并且经常用刷子在这个神圣的图形旁边画上一些东西，比如画上个方框，或者将十字再描一遍。有一次，这两个兄弟又调皮了，把这些古老的图画当箭靶子来射。克里斯汀知道后，气得差点儿发疯，认为他们亵渎了神灵。但伊兰德却为他们说情，说他们还只是小孩子，不懂得十字架的神圣意义，只要让他们去教堂前面的小山冈那里，在十字架下跪着，并且亲吻一下，背诵几遍圣诗就够了，无须让梭尔蒙神父来管教他们。但这一次纳克和布来哥夫却站在母亲一边，觉得两兄弟做得不妥。他们请来神父，让他在墙上洒一些圣水，并将这两个小伙子狠狠地教训了一顿。

他们还干过其他坏事，比如把蛇的头扔在饲料里喂给牛羊吃，结果让它们狂叫不止；取笑弟弟慕南总是跟在母亲身后，拉着母亲的裙子；还常常和高特吵架。大部分时间里，伊兰德的儿子们相互之间相处得还是很好的。但是偶尔这两个孪生兄弟顽皮和任性过度了，高特也会发脾气，用拳头教训他们。言语上的劝导对他们完全没有用处，只要克里斯汀一发火，他们就会满面通红，全身都紧张起来，皱着眉头愤怒地看着母亲。这让克里斯汀回想起哥恩纽夫对她说过的伊兰德的事，说他在年幼的时候，总是不服从父亲的管教，经常用武力来反抗，甚至有一次把刀子扔向父亲。于是她对两兄弟的管教更加严厉，每次都教训得很严重，担心如果不这样管教的话，他们以后不知会做出什么不好的事。

他们只服从西蒙的管理，而且很喜欢西蒙。只要西蒙用友好、平静的口吻对他们说话，他们立刻就会安静下来，变得很听话。但是他们这么久没见到西蒙，似乎也没有什么想念。克里斯汀对此很伤感，觉得小孩子真是容易健忘。

不过克里斯汀在心里对这两兄弟还是感到很骄傲的。只要她能让他们俩变得听话和驯服，他们一定会是所有孩子中最出色的。他们体魄健壮，勇敢坚强，性格淳朴，机智灵巧，善良且有爱心，像个能做大事的人。

秋天的一个晚上，克里斯汀在啤酒酿造室里干着活，小儿子慕南突然跑进来大喊道，羊棚里着火了。这时候庄子里和周围都没有男人，他们有的在冶炼厂打镰刀，有的去庄园北面的桥边乘凉了。克里斯汀只能自己前去灭火。她拿了几个水桶，喊上女仆们一起过去了。

羊棚很老旧，屋顶早就塌了，与地面相连。它就在前后院之间的那条小路上，靠着马厩，两边都盖满了屋子。克里斯汀在房外的走廊上找到斧子和消防钩，不过来到院子，经过马厩那边时，却没有看到火光，而是看到了羊棚顶上升起的滚滚浓烟。伊瓦尔坐在屋脊上用斧子拼命地砍着屋顶，斯库勒和劳伦斯在羊棚里拆屋顶燃烧的木板，将它们扔下来，然后踩熄。这时伊兰德、武夫和一些农民都赶了过来——慕南去通知了他们——火立即被扑灭。但是如果不把火及时扑灭的话，可能会造成不可挽回的损失。因为这天晚上没有风，气候闷热干燥，一旦从南面刮起风来，火势立刻就会变大，蔓延到周围的房子，一切都会被烧毁。

当时，伊瓦尔和斯库勒正在马厩的屋顶上用套索捉小鸟，打算把它挂在房檐上面，这时恰好闻到了一种烧焦的味道，才注意到羊棚屋顶下面正在冒着滚滚浓烟。他们立刻分头行动，跳到羊棚屋顶上，一个人拿起身上的斧子将已经烧着的草皮劈下去，另一个人则派遣在周围嬉闹的劳伦斯和慕南迅速去拿消防钩和通知大人们。幸好屋顶的梁木很老旧，已经腐朽了，不会使火势很快地蔓延，但大家都明白，这一次需要感谢两兄弟的机灵，没有耽误时间，及时砍掉了燃烧的屋顶，而且通知到了大人，才拯救了母亲的庄园。

没有人知道是什么原因导致了这场事故，大家猜测也许是由于高特之前拿了一些木炭去厨房里时经过了羊棚，后来他自己记起来，他忘了将火盖住，于是有火星掉在干燥的草土皮屋顶上面。

之后人们把关注的重点都放在了两兄弟身上，很少谈起火的原因。大家都对这两兄弟和劳伦斯的勇敢赞不绝口。晚上有人在守夜，避免再次起火，所有的人都聚集在一起，克里斯汀给他们送去了食物。几个儿子的手和脚都被大火烧伤，皮鞋也被烧裂开了。劳伦斯只有九岁，没有足够的耐力忍住不喊痛，但一开始的时候他还是包扎着双手非常得意地在院子里走来走去，到处向别人显露他的伤口，享受别人对他的称赞。

夜里夫妇俩准备上床休息的时候，伊兰德紧紧地抱着克里斯汀，说道：

“亲爱的，别再因为他们而伤心忧虑了，你难道还不了解他们的性格吗？你实在太小看咱们的儿子们了，不要总觉得他们将来一定会犯错或被判死刑。现在你应该满意了，你这么多年不知疲倦的付出终于有了回报。以前你总是在别人面前骄傲地谈起这些孩子，现在，他们都变得英俊、聪明，而你却变得沉默，他们想和你交谈，你甚至都不屑一顾。蒙上帝垂爱，他们长大了，变得聪明而又勇敢，成了我们的骄傲，你不需要再为他们多操劳，但你却不像从前那么爱他们了。”

克里斯汀不知道该怎么回答他。

她躺在床上，睁着眼睛，翻来覆去，毫无睡意。黎明的时候，她悄悄起了床，没穿鞋子，走到小窗边，打开了窗子。

天空布满了乌云，空气有些发冷。朝南边看，周围都是山峦，相互连接着，形成了一个山谷，山坡上飘着雨。克里斯汀站在窗子边，眺望着群山。夏天的时候，他们住在新建造的阁楼上，那里非常闷热。带着湿气的风向她吹来，能闻到一股浓郁的草香。夜里附近有时还会有鸟儿发出清脆的鸣叫。

克里斯汀将一根蜡烛点上，轻轻地来到伊瓦尔和斯库勒睡的长凳旁，借着蜡烛的微光看着他们，还用手背触碰他们的额头——额头的温度有点高。她轻轻地念着《圣母颂》，然后在胸前比画了一个十字。真不知道伊兰德是怎么想的，竟然说出被判死刑的话，他不是就差点被判处死刑吗？

劳伦斯在低声哀鸣着，似乎做了什么噩梦。克里斯汀走过去，低头看着这两个睡在双胞胎旁边矮凳上的小儿子。劳伦斯身上很烫，脸烧得通红，在矮凳上辗转着。克里斯汀用手摸他的时候，他完全没有感觉到。

高特则伸展着自己的身体，双手在脑袋后面叠放着，枕着脑袋，头发披散着，覆盖着手臂，身上的毯子被踢到一边。他体温一向偏高，晚上睡觉时又常常不穿衣服。他肤色白皙，但脸上由于长期受到日晒而有点发黑，脖子和手臂的颜色与身体区别得很明显。克里斯汀给他掖了掖毯子。

克里斯汀对高特一向很宽容，因为他与她的父亲很像。她不想去追究是不是因为他造成了大火，虽然这次事故几乎将整个家都毁灭了。高特一向思维灵活，考虑全面，克里斯汀相信他会记住这个教训的。

纳克和布柔哥夫也睡在阁楼里，旁边还有一张床，克里斯汀静静地注视着他们，感受着这两个孩子的变化。他们都长大了，嘴角长出了短短的胡须。纳克从毯子里探出一只脚，脚背很高，脚掌很窄，有点儿脏。克里斯汀回忆着以前纳克小的时候，他的脚是那么娇小可爱，使她忍不住把它牢牢握在手心里，放在胸前，轻吻就像一粒粒珍珠似的脚趾头，就好像咬在娇嫩的花骨朵上。

她有时不太满意上帝对她命运的安排。生纳克时的情景和一些困扰了她很久的噩梦如同熊熊烈火一般灼烧着她。她生完孩子后，仿佛摆脱了噩梦，重新看到了阳光和希望。有的妇女在清醒以后，只能在阳光下看到灾难，而这灾难比那些噩梦还要可怕。但克里斯汀一看见身体残缺的人，就会勾起她曾经担心孩子的痛苦的回忆。于是她开始祈求上帝和圣母，行善积德，竭力忏悔，十分真诚；但她又时常感到不满足，好像心里有一块还没有融化完的冰，将她的热情浇灭，眼里的泪水也干涸，就像干旱的土地上的几滴水一样。她只能进行自我安慰，认为她的心里已经丧失了父亲曾告诉过她的那种对主的虔诚，她心狠手辣，冷酷无情。但她还是像很多人一样，默默地忍受着，希望可以净化自己，得到解脱。

她时常渴望着，打算去寻找不一样的人生。每次她在吃饭时看到几个儿子，或者在星期天早晨去教堂做礼拜，听着教堂的钟声，享受着心灵的宁静，看着在她面前走过的一群衣着光鲜的年轻人——她的珍宝——的时候，这种愿望就特别强烈。很少有女人能像她这样有了这么多儿子而没有尝到过骨肉离别的滋味。而且她的儿子每一个都高大英俊、身体健康，身体和灵魂都纯洁无瑕——除了布柔哥夫眼睛看不清东西外。她希望能做一个没有烦恼、性格如她父亲一般温和的人，对上帝怀着敬畏的心情。父亲曾经告诉她，如果能保持这种悔悟的心情，铭记自己的罪责，就不会因为苦难而沮丧。

克里斯汀把蜡烛熄灭后，放在房间角落里，然后又走到小窗前。天色几乎全部亮了，但却安静得吓人。她注视着一处较矮的屋子的房顶，房顶上饱经摧残的干草在风中摇晃着，旁边厅堂处的树叶被风吹得一直响。

她注视着她的放在窗台上的手，那双手因为长期劳作而变得粗糙和发黑，手臂上有了结实的肌肉。当年的她还是少女模样，双手细腻白嫩，会用特殊的布巾遮挡太阳，防止被晒黑。而现在因为养育孩子和不停地劳作，她变得很憔悴，失去了以往的姿色，但她已经不在意这些了。

不过她的秀发还是如当年一般柔顺飘逸，尽管她平时并没有仔细打理，发色依然很漂亮。她现在的大辫子都绑了快三天了。

她把大辫子解开，把头发披散开来，好像给她罩了一件及膝的衣服。她用从包里拿出来的木梳梳理缠绕在一起的头发。清晨的时候，温度有点低，从窗口吹来的风让只穿了一件单衣的她不禁打了个寒战。

她理顺了头发，又绑了一个辫子，情绪也变得好多了。随后她把还在安睡的慕南抱进怀里，放在床靠墙的一侧，自己也睡在旁边。她把手搭在慕南身上，靠着他，很快入眠了。

第二天早晨，她起晚了，发现伊兰德和儿子们都不在家。

伊兰德看到慕南和克里斯汀睡在一起，打趣道："你是不是还在偷偷喝母亲的奶啊？"

这句话把慕南气得直跺脚，跑到阳台上，跳上一根柱子，向父亲证明他已经不再是一个小孩子了。

纳克在下边起哄，怂恿他跳下来。他一把抱住慕南，然后又抛给布柔哥夫，就这样来来回回，戏弄着慕南。

又过了一天，慕南哭诉射箭时被伤到了，双胞胎哥俩把他包进床单里，送到克里斯汀那里去，后来又掰了块嚼烂的面包让他充饥，结果把他噎得差点断气。

2

在胡萨贝庄园专门为伊兰德服务的神父，以前教导过伊兰德的三个孩子。他们虽然都天资聪颖，但很不努力。还好克里斯汀接受的教育也很多，就亲自教导孩子，没让他们偷懒，因此几个孩子的学习成绩一直不差。

二儿子布柔哥夫和大儿子纳克曾跟从艾利夫神父学习，在修道院里住了一年。在那一年里，他们求知若渴，非常认真地学习科学知识。他们的老师是一个学识渊博的老修士，他的一生都在勤勤恳恳地如同蜜蜂一样钻研那些他能见到的所有拉丁文和挪威语的书籍，从中汲取知识。艾利夫神父也是个求知欲很强的人，但在胡萨贝庄园这个地方度过的几年，他没有机会来满足自己求知的爱好。他很高兴能和亚斯拉克修士一起生活，对他来说，就好像是一只饥饿的羊儿到了一个肥美的牧场一样。两个孩子待在这里，接受这两位智者的熏陶。这两位智者都非常的高兴，决定把教堂里珍藏的书籍的精华提供给他们，让他们学到了很多。除此之外，亚斯拉克修士自己还有很多私人藏书，也都教给了他们。没过多少时间，两个孩子就取得了很大的进步，挪威文几乎不需要修士来教，并且能够用拉丁语熟练地回答老师的问题，而且很少出错。这让来接他们俩的伊兰德夫妻很惊讶。

现在，这两个孩子还在努力学习知识。柔伦庄园里也藏有很多好书，其中劳伦斯有五本。兰波怀孕的时候拿了两本，不过她不喜欢看书，西蒙也不热衷于文学，他只会写写字和看得懂一些文件，于是那两本书就转给了克里斯汀，等以后她的孩子大了再给孩子们看。婚后，克里斯汀收到了伊兰德父母传给伊兰德的三本书，哥恩纽夫也送了一本给她，他以前还让人抄了一本书，里面收录了关于圣奥拉夫的一生和传奇事迹，还有另外几个圣徒的传记，还有从埃德温修士的传记里抄录的一些内容，那本传记是奥斯陆的芳济各会修士为埃德温争取圣徒称号时写给教皇的。另外，在纳克离开修道院回家的时候，艾利夫送了他一本关于祈祷话语的书籍。纳克经常用亚斯拉克教士念书的方法把那些书的内容念给弟弟听，声音朗朗动听，非常悦耳，他也学着亚斯拉克修士那样，微微拖长尾音。他对于拉丁文的书籍很感兴趣，尤其是艾利夫送他的那本和外公传下来的那几本。但他最喜欢的还是一本祖先流传下来的记载着他们家族史的大书，书页很精美，据说，这部书原本是他们的祖先尼古拉斯神父的，历史非常悠久。

克里斯汀想让另外几个孩子也能去念点书，从而与他们的地位相匹配。这说起来简单，做起来却很难。埃里克神父已经年老，梭尔蒙只会看一些祈祷用的书籍，而且只会照着书念念，实际自己也不懂。六儿子劳伦斯对学习有些兴趣，有时会让纳克在蜡版上教他认字母，但其他几个孩子则一点儿读书的意愿都没有。

一次克里斯汀让高特念一本挪威文书籍，想看看他对学过的东西还有多少印象，结果高特只勉强记得几个字，只要有一点儿变化便断断续续地说不出来了。他一打开书本，就马上合上，推脱说他不会这些。

因为这件事，在一个夏夜，梭尔蒙神父来到柔伦庄园，邀请纳克和他一起前往尼达洛斯。一次，一位要去尼达洛斯做奥拉夫弥撒的异国公爵来到这儿，说要在这里借住一晚，但他带的人都不擅长说挪威语，而他们的导游也听不懂他们的话。现在埃里克神父患病了，因此梭尔蒙神父来询问纳克，希望纳克前去当一下翻译。

纳克很高兴能做这件事，但他却假装无所谓，与神父一同过去了，直到深夜纳克才回到家，得意扬扬地，他喝了很多果酒，显得醉醺醺的。那位公爵大方地请他们喝了很多好酒。他自称是亚拉爵士，来自法兰德斯，住在贝克拉庄园，他现在准备去北方的国家朝圣。骑士很喜欢纳克，和他聊得非常畅快……纳克透露了一件惊人的事情，那位公爵想邀请纳克与他一起去各国朝圣，充当他的翻译，还引诱道，如果纳克能和他一起闯荡，他会给予他很多荣华富贵，让他有一个美好的前程。按照他的说法，他生活的地方到处都是值钱的东西，金马刺、项链、装满钱的钱袋、精致的盔甲，满地都是，纳克随便捡捡就能拿到很多。纳克犹豫了一下，说还没有成年，要先问问父母的看法，再做决定。之后公爵还送了他一件精致的真丝上衣，表示他不需要因为这件礼物而难为情。这是一件青灰色的丝绸制成的短上衣，肩部有不少银质的铃铛。

伊兰德让儿子一口气说完，一脸警惕的样子。听完后，他情绪高昂，让高特拿来纸笔。此时纳克已经昏睡，他让布柔哥夫写了封拉丁文的信，邀请公爵前来做客，顺便商量一下纳克的事情。他还把礼物退还了，希望公爵能够理解。这件衣服等到纳克追随公爵后再接受也来得及，于理于法他都应该这么做。

写完信后，伊兰德在结尾的地方随意地盖下象征他的印章——这个印章在他的戒指上，然后派人把信和衣服送到公爵那里。

克里斯汀紧张得发抖了："伊兰德，你可不能让孩子去追随一个我们都不熟悉的人去异国他乡，孩子还太小。"

伊兰德笑得很奇怪：“再说吧！”他看着克里斯汀焦虑的表情，安慰道，“应该不会让孩子去的。”他朝着克里斯汀笑了笑，然后抚摩着她的脸颊。

按照伊兰德的安排，克里斯汀让仆人在会客室的地上放了一些树枝和花朵，在椅子上安放了柔软的坐垫，桌子上也铺上了干净的桌布，把可口的食物盛放在高档的盘子里，把珍贵的美酒倾倒在珍稀的银质酒杯里。这些东西都是劳伦斯留给他们的。伊兰德把自己打扮了一番，然后穿上从外国购买的精致的黑色大衣，亲自来到庄园入口处迎接公爵，领着他进了会客室。克里斯汀看见那位公爵，穿着一身华美的丝绒衣服，身体肥胖，有着一头浅色的头发，但看起来不像一位公爵，伊兰德反倒更像。克里斯汀穿着漂亮的衣服，头上包裹着丝巾，从上面房间的阳台上看着他们。她对公爵说了句法文的欢迎，公爵亲吻了她的手背，之后她就没有再和公爵说过话。她和一起作陪的梭尔蒙神父都不懂他们在说什么，他们也将神父邀请到了柔伦庄园。但神父向她保证，纳克以后一定能出人头地。她没有回应。

伊兰德法语说得不太好，但是精通德语，所以和公爵交流起来一点儿问题都没有，他们谈得很欢畅。看得出来，那位公爵似乎有点儿不高兴，但隐藏得很好。伊兰德命令几个孩子去储物室的楼上等候他的召唤，可一直到最后他也没有喊那几个孩子过去。

夫妻两人把客人送到大门外。当他们的身影逐渐消失后，伊兰德转过身，带着克里斯汀讨厌的那种笑容说道：

“我可不会让纳克追随这个骗子，即使只是去很近的地方也不行。”

哈尔德之子武夫走到伊兰德身旁，与他轻声说了几句话，声音很轻，克里斯汀没有听见，但听到武夫粗野地咒骂了一句，还往地上吐着唾沫。伊兰德拍着武夫的肩，大笑了起来：

“没错，还好我不是这儿的山野村夫，已经历过了很多事情。我可不会傻傻地将我的小鹰送给魔鬼。梭尔蒙神父太过单纯，甚至有点愚蠢了。”

克里斯汀被吓得身体僵直，脸色很难看，一阵红一阵白。她的心里充满了畏惧与愤怒，好像要呕吐了一样，她快要晕过去了。她以前只是听说过有这样的事，但没想到现在竟然发生在自己孩子身上。好像突然刮起一阵风浪，让她这条已经在风浪中磨损的小船被掀翻……上帝啊，为什么她还要为儿子们如此操心?

伊兰德冷笑着继续说道：

“昨晚我就有了判断，按照纳克说的，那位公爵对纳克太好了。一位公爵亲吻想要雇佣的少年的嘴唇，这简直是闻所未闻的事情，而且还无缘无故地送了大礼。”

克里斯汀气得身体打战：

“既然这样，你为什么还要我做那些准备，来款待这种人？”她说出了一个不堪入耳的词汇。

伊兰德皱了一下眉头，拾起一块小石头，扔向一只想要偷吃马圈门口小鸡的猫，那是慕南的猫，正躲在房子旁的草丛中，准备向马厩里的那些小鸡扑过去。石子过去之后，猫被吓得到处乱窜，小鸡也四散逃走了。

伊兰德回头继续对克里斯汀说道：“我只是觉得见一下没有关系。如果他靠谱的话，那就款待一下他。我又不是他的忏悔神父，你听他说了没有？他说他打算到奥斯陆去。”伊兰德微笑了一下，“现在咱们的亲朋好友估计都会知道这件事。在这里即使我很贫穷，但也能吃些粗茶淡饭，至少还没到衣衫褴褛得长满虱子的地步，这样也挺好……”

吃过晚餐后，克里斯汀看到在阁楼里的小儿子因头痛还在睡着，纳克也说没有胃口吃饭。

克里斯汀问道：“怎么了，生病了吗？”

纳克不屑地噘了噘嘴：“没有，我的身体好着呢。我简直是个笨蛋，我真为我的愚蠢难过。”

晚上大家聚集在餐厅，纳克什么话也没有说。伊兰德说：“别怕，出去闯荡的机会多着呢。”

纳克轻声说道：“父亲，我希望布柔哥夫陪我一起去。”他对伊兰德说了这句话，好像只希望他一个人听到，然后自顾自地笑着。伊兰德回答：“你应该对伊瓦尔和斯库勒说，他们俩恨不得立刻就长大，然后能出去闯荡。”

克里斯汀站起身戴上斗篷和帽子，儿子问她想去哪里，她说打算到英歌伯柔家去，看看那位上了年纪的乞讨者。两个孪生兄弟希望和她一起去，顺便可以帮她拿行李。不过克里斯汀希望自己一个人去。

夜幕很快就降临了，去教堂北边要经过一片树林，那个树林被人山遮挡着，几乎一片黑暗。山谷中四季都刮着寒风，流水发出的悲鸣声中还带着水汽。树下布满了密集的白色蛾子，到处乱飞，有的还飞到了她的脸上，夜色下她衣服的颜色非常显眼，它们似乎是被她的衣服吸引来的。她只能边赶路边驱赶蛾子，在满是针叶的滑脚路面走着，结果不小心摔倒了，倒在路当中的树桩上。

克里斯汀一到晚上总是会做一个噩梦，这已经持续很久了，最早是在生高特之前，现在好了些，但有时还是会梦到。然后她会被吓醒，浑身冒汗，心跳加速，好像要崩溃了。她明白噩梦再次出现。

她的眼前是一个陡峭的山崖，点缀着一些花，绿地中间还有片松树林，山下有一个小湖泊，池水倒映着松树林和绿草。太阳已经消失在树林的后面，抬起头就能看到林子后面的夕阳，微弱的阳光洒进林子里，瑰丽的晚霞也落在荷叶间。

在山坡间，在捕蝇草和毛茛丛中，在那些绿色和白色的花朵中间，她看见了她的儿子。她最早做这个梦的时候梦到的都是纳克。那时她只生了纳克和布柔哥夫，而布柔哥夫还在摇篮里。但之后她就弄不清是谁了。他们浅黄色的头发都一样，只有脸不一样，但是这张脸一直变来变去，分不出是谁，而年纪都是两三岁的样子，穿着她做的深色的外衣，这是她经常给年幼的孩子缝的，用自己织的羊毛做成，和石蕊的颜色一样，外面是一圈红色的花边。

她觉得自己就在湖的对面，偶尔她感觉自己是一个旁观者，或者不在那个梦里，目睹着整个梦境。

梦里那个孩子到处跑着，一边采摘花朵，一边把面孔转过来，顿时一种恐怖的感觉蔓延开来，她感觉灾祸就要降临。然而刚刚梦到的那个孩子，当看到他美丽的面容，她的心里还是幸福的。

突然她看到林子深处出现了一个外面全是毛，正在活动着的巨大的动物。它悄无声息地行动着，一双小眼睛散发出诡异的光线。

这是一头大狗熊，它已经走到草地上了，站在原地，摇晃着身体和脑袋，用鼻子朝地下嗅，突然又一跃而起。虽然这是克里斯汀第一次亲眼看到活的熊，可她听别人说过熊跳跃的样子不是这样的。这是一头奇怪的熊，动作敏捷，毛色还会变化，由黑色慢慢向灰色转变，犹如一只慵懒的灰色大猫咪，在轻盈地跳跃着。

虽然她心里很恐惧，但她过不去，也不能喊叫，她无法提醒孩子。孩子终于回头，看到那头熊了，大叫着跑起来，打算立刻逃走。他奔跑在草地上，高高地抬着他细细的腿，那一刻时间似乎静止了。克里斯汀仿佛能看到孩子踩在花朵上，听到孩子将枝叶踩断的声音。突然他被绊倒了，栽倒在地上，大熊就在眼前，离他越来越近，就要扑向他了。它弯下腰，将脑袋凑近他叉开的双腿……然后克里斯汀就被吓醒了。

做完这个梦后，她总是几个小时都不能合眼，她要花很长的时间才能恢复过来：这不过是一个梦而已！她紧紧地抱住睡在一旁的小儿子，心里想如果自己真的遇到那个场景，我一定要大声叫喊，或者用棍子将它赶走，而且一般情况下我总会在身边带着武器的……

她一旦恢复过来，梦境带来的压迫感就会再次出现，她只能眼睁睁地看着，不能伸出援手，站在那里看着这个孩子努力逃跑，想将这个巨大的怪物甩开——她的心里痛苦得无以复加。她感觉自己的血液在沸腾着，身体也在膨胀，好像要爆炸了，她无法控制这种激动的心情。

英歌伯柔的小屋坐落在铁锤山山顶上，也就是在马路的下面，那条路很陡峭。屋子已经很久没住过人了。现在那块地被人租走，那个人还在树林里建了一个屋子。据说有个年纪大的乞讨者因为生病而被安排住了进去。克里斯汀知道这件事后，曾让家仆过去送些食物和生活用品。不过她本人以前没有去过，这是她第一次去。

她一眼就看出那个乞讨者快不行了。她让照顾患者的人接过装东西的袋子，自己对老乞丐说了些劝慰的话，尽量让他舒服一些。她注意到有人也发现老乞丐快不行了，就把神父叫来，她给老乞丐洗漱了一番，使他能够整洁干净地走完人生最后一段路。

房间里不知道在烧什么，烟很大，而且闷热，味道也很难闻。克里斯汀看到与乞丐一起住在这里的两个女子进了屋，就对她们说如果有什么需要的东西，去柔伦庄园找人要就行了，然后便离开。一想到神父即将捧着圣餐来到这里，她就感到一种无法形容的恐惧，便转了个弯，走上一条弯曲的小路。

不久她便发现，那只是一条短短的牲口踏出的小路，然后她就仿佛迷失了方向，不能继续前行了。被风刮断的树根裸露在外，纠缠在一起，挡着她的去路。走到死路的时候，她四处乱爬，爬过苔藓时，苔藓被踩成碎片，散落了下来，蜘蛛丝缠绕在她的身上，尖锐的树枝把她的衣服钩坏了。她没有办法再爬过去，只能跨越小溪，或者树林和泥地才能通过。然而密集的树林很难穿越，那些白色的大蛾子几乎到处都是，布满在阴暗的树林里。她每走一步，就会有一大群蛾子飞出来。

最后她终于找到了条路，是一条通向拉根河的一个平坦的石路。这里树木稀疏，只有松树。由于这里的岩石上长满了苔藓，不适宜树木的生长，连灌木丛都没有。那些苔藓被她踩得噼啪作响。有的地方覆盖着黑色的石楠。松树的味道闻起来与高冈上的不太一样，比较刺激、干燥。这一片松树的叶子在早春的时候就已经变红了。她的身后跟着一群白色的大蛾子。

一阵流水声引起了她的注意。她顺着水流的声音来到悬崖边，向下看去。山谷的最深处有一片闪着白光的河流，河水旋转着，从平坦的石坡上往下流着，哗哗声不断地传过来。

瀑布的水流声传进她的耳朵，让她困倦的身心不由得一阵颤抖。这声音勾起了她的回忆。很多年前，她就觉得自己会无力承担肩上的重担。那时她脱离了父母的保护，抛弃了年幼时的懵懂，选择了肉体的享受，这让她一辈子都无法释怀。后来她生了孩子，成了孩子们忠心的仆人。年少的时候，她迷恋着凡尘俗世，时间越长越摆脱不了，只能竭力抵抗着烦恼，照顾好孩子。她必须把心中的害怕与疲惫和心里一直无法克服的弱点掩藏起来，站直腰板，假装平静，毫无怨言，尽自己最大的力量为孩子们着想。

但她总有这样的恐惧，如果哪天他们受欺负了，她一定无法忍受。她只要一想到她的父母就感慨万千。他们一生都在为孩子们着想，直到死去才停止。但是他们有能力承受这种负担——他们怎么可能不疼爱自己的子女？只是这种亲情更加高尚。

难道她只能眼看着她的努力白费吗？难道她的孩子都是一群不愿意安分的小鹰，一心期盼着羽翼丰满后，在天空中翱翔，飞到最高处，飞到天涯海角？但孩子的父亲却为他们加油助威，使他们有勇气飞向蓝天。

在他们飞起离开的那一刻，她的心会和他们一起离开她的身躯。但他们肯定察觉不到，只留下她一个人。她牵挂家乡的那根神经早已崩断了——看来，这是早已注定了的，她既没有勇气活下去，又不能死去……

她转过身来，摇晃着爬过干枯了的苔藓地，不自觉地把身上的衣服裹得更紧了。如果不小心被树木钩到了衣摆，那真的很恐怖。后来她跑到了一处留给农夫避雨的教堂，教堂北面有一处干燥的绿地。她穿过那片绿地，看到路边站了个人，听到他问道："克里斯汀，是不是你？"她发现那个人是伊兰德。

伊兰德说道："你离开这么长时间，克里斯汀，天很晚了，我有点儿担心。"

"你担心我？"她的口气让人觉得冷漠和嘲讽，虽然她心里并不是这么想的。

"也没有太担忧，只是想着来找找你。"伊兰德回答道。

两人一起朝南边走去，全程都没有再说话。他们终于走到了屋子里，没看到一个人，只看到几匹马儿在那里安静地吃着草，大家都已经睡觉了。

伊兰德径直上了储物室的楼梯，而克里斯汀则走进了储物室旁边的小房间。

她告诉伊兰德："我要找一下东西。"

伊兰德在楼上的栏杆旁等着克里斯汀，看见她出来的时候手里拿着火烛，又去了另一个房间。过了好一会儿，克里斯汀还没有上来，伊兰德就下去了。

她把点燃的蜡烛放在桌子上，静静地站在空荡荡的房间里，这让伊兰德看着有些恐怖。房间里什么也没有，只有一张桌子孤零零地立着。在暗淡的烛光中，这些陈旧的木头看上去光秃秃的，让人看着难受。墙壁上的炉子很久没用了，克里斯汀刚放进去的火烛散发着光芒。他们俩早就不在这里住了，所以估计已经有半年的时间没用过这里的火炉了。屋子里气流不通畅，有种独特的腐烂的味道，不像别的房间，总有各种各样不同的气味。而且这里的窗户很久都没有打开过。克里斯汀之前把储物室里的毛皮和袋子拿了出来，把劳伦斯和拉根弗丽德过去睡觉用的小床存放进去，所以能够闻到空气中毛皮的味道。

桌子上还放着几捆线球，是以前克里斯汀缝补衣服用的，各种材质都有。她把线球整理了一下，放到一起。

伊兰德在主位上坐了下来。这个位置对于他高瘦的身材而言显得很宽敞，而且椅子里没有任何遮挡物，就连坐垫都没有。伊兰德看着劳伦斯刻在柱子上的那些佩戴盔甲和臂铠的武士，栩栩如生，他们忧郁淡漠的脸现在正在伊兰德细长黝黑的胳膊下。劳伦斯对枝叶和动物刻得十分逼真，不过人物刻得不是太好。

两人一直没有说话，只能听到房间外面马儿吃草移动的声音，其他什么也听不到。

伊兰德忍不住问道："你还不困吗，克里斯汀？"

"你不也是一样？"她回答。

伊兰德回答道："我在等你一起睡。"

"我还没有睡意。"她说。

过了一会伊兰德又问道："克里斯汀，你是不是心里藏着什么事，所以无法入睡？"

克里斯汀站直了身体，拿起一卷青蓝色的羊毛，用手指扯住一边，绕来绕去：

"你对纳克说的那些话……"她停顿了一下，喉咙有点发痒，好像有东西堵在里面，“你提到一件事，他觉得自己不能胜任，但你又说到了伊瓦尔和斯库勒。”

伊兰德轻轻地笑了笑，说道：“哦，你是说那个啊，我只是告诉儿子……如果真的想这样，我想到我的一个亲戚——女儿的丈夫吉拉克……估计他再也不会像过去那样亲吻我的手背，接受我递给他的衣服和武器了。他有自己的航船，还有富裕的亲戚，我想他肯定明白，他应该帮助他的小舅子们。我之前把女儿嫁给他的时候，付出了很多金钱。”

克里斯汀什么也没说。伊兰德没忍住，激动地道：

“上帝啊！克里斯汀，请你开明一点儿吧。”

“当初我爱上你时，我完全没想过几个儿子需要出去闯荡，寻求别人的帮助。”克里斯汀不高兴地说。

“噢！我不是让他们去向别人摇尾乞怜，但如果他们留在家里，依靠着这一点点土地，就只能和别的农民一样，只能喝到稀饭，再也不会有别的，克里斯汀，我觉得他们的人生不应该只有稀饭。伊瓦尔和斯库勒都有成为勇士的潜质，世界上总有够多的面包和饼干留给那些靠武器吃饭的人。”

“你想让他们被别人雇佣去当护卫？”克里斯汀问。

“我在年幼的时候，就是这么过来的，被耶科布雇佣过。希望上帝能庇佑他。给他服役的时候我知道了很多在本国学不到的东西。如果留在这里的话，那些男人要么高傲地坐在自己的躺椅上，腰上戴着银质腰带，喝着酒，要么拖着犁，闻着劣马的尾巴，他们从没听说过这些东西。服役的那段时间，我的生活很充实。当时我还没有纳克大，虽然在那个时候我就做了那件错事，但我可以骄傲地说，我已经享受过我的人生了。”

因为气愤，克里斯汀眼前一片黑暗：“住嘴，如果孩子们也犯了你犯过的错和遭受了那样的耻辱，对他们很好吗？”

“我当然会担忧，希望他们不要遇到灾祸。可他们不一定会遇到和我一样的事。克里斯汀，并不是每一个服役的侍卫都会遇到这种事。”伊兰德答道。

“伊兰德，有人曾说过，人往往会被自己的武器杀死。”克里斯汀争辩道。

“没错，亲爱的，我知道这个，但咱们俩的先辈们一直到死都是平平安安的，他们都是虔诚的教徒，死后还举行了隆重的仪式。就拿你父亲劳伦斯来说，他们在年轻的时候不都用了武器吗？”伊兰德说。

“但是，伊兰德，那是特殊时期，战争使他们不得不使用武器，他们为了保卫国家才不得不拿起武器抵御外敌。而且我的父亲曾告诉我，上帝是善良的，不希望我们拿起武器。”克里斯汀显得很焦躁。

“我懂，但自从亚当夏娃受到诱惑，尝了禁果之后，整个世界就是如此——在我出生前就是如此。人出生时是带着罪恶的，我也没有办法。”伊兰德理直气壮地说道。

“你胆敢侮辱神灵！”克里斯汀生气了。

伊兰德很激动，打断了她：

“克里斯汀，你明白我，我一直都很后悔自己犯过的错，并且尽力悔改。其实我并不是一个虔诚的基督徒。在年幼的时候，我就已经看见了很多事情。那时候我父亲与神父交往很密切，他们就像一群灰色的猪一样，经常随意地在我们家走动。在艾利夫担任神父的时候，他和西格瓦特伯爵以及他的随从们来过我家里，他们整天喝酒打闹，相互争吵，即使对神父也是这样……虽说他们是最接近上帝的人，面包和葡萄酒在他们手中，变成了基督的血和肉，但他们的内心，却没有多少虔诚……”

“我们不应该随意评价他们。我父亲跟我说过，我们应该敬畏他们的神圣身份，即使他们有错，也应该由上帝来评判。”克里斯汀不同意伊兰德的观点反驳道。

“没错，”伊兰德说得很慢，“这句话我听说过，你以前也对我说过很多次。你是个虔诚的教徒。但是克里斯汀，既然你如此虔诚，为什么一直记着仇恨呢？这样你怎么来感悟上帝的宽容？你的父亲劳伦斯也是这样，当然我不是在贬低你和你父亲，你们都是纯洁高尚、正直宽容的人。只是我觉得你有点心口不一，虽然嘴里说着一些温柔亲切的话语，让人高兴，却将仇恨默默地记在心上，这样上帝会怀疑你的虔诚。”

克里斯汀听完后趴在桌子上，把脸藏在手臂里，失声痛哭。伊兰德吓了一跳，她哭得身体都在打战，发出痛苦的哀号，嗓音嘶哑。

伊兰德抱着她的肩部：

“你没事吧，克里斯汀？为什么哭了？”他在她身旁坐下，想抬起她的脸，“克里斯汀，你别哭了好吗？你现在好像疯了一样。”

克里斯汀坐直了身子，双手握拳，放在胸前：“我很担心。圣母啊，帮帮我们吧！我真的很担心，不知道我的孩子会遇到什么事。”

“克里斯汀，你要接受这个事实，你不能保护他们一辈子。他们都长大了，你就像一只母兽……”他停顿了一下，双腿交叠在一起，然后将手放在腿上，看着她，目光中满是疲惫，“一旦有人说起他们，你就会毫不犹豫地向他们吼叫，根本不去辨别是非。”

她突然离开座椅，表情很是痛苦，静静地站着。双手扭来扭去，在房间里来回走动，没有说话。伊兰德也没有说话，默默地陪着她。

她停了下来，走到伊兰德跟前："斯库勒……你怎么会想到给孩子取这个名字？太不吉利了，你是希望他也成为公爵吗？"

"克里斯汀，这个名字很好啊。没有什么不吉利的，不幸的种类有很多。我用先辈的名字给孩子取名，也知道他曾经遇到过磨难……不过他毕竟成了一国之主，总比那些梳子匠的后代要好一些……"

"我好像记得，你和慕南都夸口说自己是哈康国王的亲人吗？你们不因此感到自豪吗？"克里斯汀感到很奇怪。

"我对你说过没有？是我父亲的姨母玛格丽特把这么高贵的血统带到了我们家族里。"伊兰德回答。

两人互相看着对方，没有说话。

伊兰德又走回原来的位置，两只手触碰着勇士像，弯着腰，露出一种冷漠而又高傲的笑容："没错，温柔贤淑的克里斯汀，我能理解你心里的想法。但是克里斯汀，你必须知道一件事，虽然我现在没落了，没有了朋友和财产，但我并没有放弃。你懂得，即使我把父辈的荣誉都丢了，我也不会在乎。现在我遇到了灾祸，但是一旦我的想法能够实现，我们一家人又可以重新得到荣誉。对于我来说，这场竞争已经快到了终点。不过克里斯汀，我可以从他们身上看出来，我们的孩子能寻回昔日的荣耀，你没有必要替他们担心，他们应该出去闯闯，而不是被你拖住，留在这个狭小的地方。这样在你离世前他们可能又会重新赢回荣誉。”

“这不过是你的幻想罢了。”克里斯汀眼中闪出了泪花，但她还是忍住了，只是笑了笑，“伊兰德，我觉得你像个没长大的孩子，甚至比我们的孩子更幼稚。你坐在这儿，描述着你的幻想，但现在纳克几乎被一个基督徒从不敢奢望的幸福欺骗……你不要蒙蔽了主的旨意……”

“不过我相信这一次我会实现他的旨意的……”伊兰德带着无所谓的语气说道。然后他又严肃地说：“克里斯汀，你没有必要担心这些事情，我都要被你弄疯了。”他有些羞愧地说，“你要相信你父亲会在天堂保佑我们的。有你父亲这么善良的人在天堂为我们祈福，我们一定不会碰上灾祸。”

克里斯汀看见伊兰德默默地用拇指在胸口画了个十字。但是她听完后，显得很激动，不由得疯狂了起来：

“伊兰德，你现在坐在我父亲过去坐的位置上，居然这么心安理得。你在期待：觉得孩子们能够依靠我父亲的田地来生活，还能依靠他的祷告躲避灾祸。”

伊兰德被她说得脸色苍白：

“克里斯汀，你为什么这么说？你觉得我没有资格坐你父亲曾经坐过的位置吗？”

克里斯汀动了动嘴唇，没有说话。伊兰德气得站了起来，僵直着身体：

“如果你是这个意思，那么我现在向上帝许下诺言，我再也不在这里坐第二次。”克里斯汀没有回答。他接着喊道：“你说话啊？”

克里斯汀被吓得轻轻地抖了一下。

“我父亲比你更有资格坐在这个象征着一家之主的位置上。”她费了很大劲才低声说出了这句话。

“克里斯汀，说话前请想清楚。”伊兰德逼到她的身前。

她猛地从椅子上站了起来：

“你想怎么样，打我吗？行啊，你动手啊，反正以前也不是没有被打过，再忍受一次也无所谓。”

“不，我没有想要打你。”他在原地站着，将手撑在桌子上。夫妻俩再次目视着对方，他的脸色变得很坦然，这种神色很少出现在他的脸上。一看到他这样的表情，她就暴怒了起来。明明错的人不是她，而是由于伊兰德说话太莽撞，不经过脑子。但是一旦他露出那副表情，她就觉得说错话的是她自己。

她看着伊兰德，越来越觉得自己说错了话。她说：

“你们家族会在你的家乡重振声威，而并不是凭借我的孩子。”

伊兰德的脸立刻涨红了：

“我明白，你总是寻找着一切的契机……你是不是又要和我说森尼瓦了？”

“我可没有这样想，明明是你自己要提起她的。”克里斯汀回答。

伊兰德脸上的颜色更深了：

“说实话，克里斯汀，发生那件事，其实你也有责任……那天晚上发生的事你还记得吗？我心里很痛苦，跪在你的床边祈求你的原谅……我知道是我对不起你……但你却不愿意原谅我，甚至要赶我回到原先住的地方去。”

“我怎么知道你会去和自己亲戚的妻子睡在一起？”克里斯汀露出了嘲讽的神情。

伊兰德默默地站着，脸上的神情变了又变，最后转过身，一言不发地离开了。

克里斯汀也是一样，默默地站着，紧握着双手，撑着下颌，眼睛一眨不眨地看着蜡烛。

然后她抬起眼睛……深呼吸了一下。她是应该找个机会和他说说这些事情。

突然她被一阵声响惊动了，外面传来马蹄的声音，仆人把马儿牵出来了。她静静地走出门，转身进入旁边的小屋子看着。

黑暗慢慢消退了。伊兰德和武夫两人并肩站在庭院中。身着骑马服的伊兰德手中拉着马绳，马背上已经装好了鞍子，他似乎打算骑马出去。他们两人说了几句话，由于距离太远，克里斯汀没有听出来他们说了什么。两人说完后，伊兰德就跳上马，向北边的门走去，没有再转身看院子，只是偶尔和跟在他旁边的武夫交谈一下。

一直到两人的身影消失在视野以外，克里斯汀才从房间里出来，悄悄地靠近了一些，隐约可以听见伊兰德骑在烟黑马上向前奔驰的声音。

没过多久，武夫回到了庄园，看到克里斯汀站在门口，立刻停了下来。天还没亮，他们在黑暗中注视着对方。武夫的脚上没有穿袜子，身着一件亚麻材质的衬衣，外面随意地罩了一件风衣。

克里斯汀激动地问道：“这是怎么回事？”

“我不知道出什么事了，不过你应该清楚。”武夫回答。

“他去了哪里？”克里斯汀立刻问道。

“他要到海乌格庄园去，”武夫站着想了会，说道，“伊兰德半夜来叫我，说想要去那里，听他的口气好像很急。他让我准备些东西，晚点追上给他送过去。”

克里斯汀一直没有说话：

“他看起来很愤怒吗？”

武夫想了一下说：“没有，他很冷静。不过我在想，克里斯汀，你是不是说了什么不好听的话？”

克里斯汀辩解道：“伊兰德总应该忍耐一下，让我可以将他当作一个理智的人。”

两人转身慢慢往回走着。武夫朝家里走去，克里斯汀立刻追过来，她有点担忧：

“武夫，是你以前让我这么做的。你说我必须让自己的心变得坚强，为了我的孩子，劝解一下伊兰德。”

“没错，是这样的。但随着时光的流逝，我变得成熟了，而你还是和当年一样。”他冷静地回答道。

克里斯汀苦笑了一下：“谢谢你安慰我。”

他重重拍了下克里斯汀的肩膀，什么也没有说，就那么和她对视着。周围静悄悄的，连河水流过的声音也能听到，这声音他们已经很长时间没听过了。周围的公鸡开始打鸣，庄园里的公鸡也应和了起来。

“话是没错，我必须要用恰当的言语来劝慰别人。这些年好像我们每个人都需要被人安慰。但谁知道我们还要被安慰多少次？所以我们得尽量节省点儿。”

她把武夫的手拉下来，嘴巴咬得紧紧的，脸转到一旁，转身走下山坡，回到昨天的房间里。

清晨的气温还是比较低的。她把身上的衣服拽了拽，用布巾把脸遮住，坐在没有了温度的火炉边上，将被露水浸湿的双腿缩在裙子里，膝盖屈起，双手叠放在腿上，发着呆，不知道在想什么，脸上的肌肉不断地颤抖着，不过却没有泪水。

后来她好像睡着了……她跳了起来，当她醒来的时候，身上冻得很僵硬，而且全身酸痛。门不知道怎么开了，几缕阳光从外面透进来。

克里斯汀走到走廊上——此时太阳升高了，不远处的马厩中有一只瘸腿的马儿在吃草，马脖子上的铃铛不断地响着。她抬起头向阁楼那边看了一眼，看到慕南站在对面房间的阳台上，正看着院子。

她突然想到孩子们如果看到父母都没在床上睡觉，会有什么反应呢？想到这里，她不由得打起了冷战。

她立刻穿过院子跑到阳台上，去找慕南。他只穿了一件薄薄的单衣，看到克里斯汀出现在走廊上，立刻伸出手牵住克里斯汀的手，好像受到了什么惊吓。

她上了楼，看到孩子们都衣衫不整，一看就知道刚睡醒。他们看了看克里斯汀，默默地低下了头。她拿起慕南的衣服，要给他穿。

劳伦斯惊讶地问道：“父亲呢？怎么没有看到他？”

她回答道：“他一大早就去海乌格庄园了。”她看到孩子们的注意力全部转到这边来，便接着说道：“你们应该记得，他以前就一直想着去那里一趟，去查看那边的情况。”

两个小儿子一直惊讶地盯着克里斯汀，但是另外五个大孩子径直走了出去，看都没看克里斯汀一眼。

3

时间一点点过去，刚开始的时候克里斯汀也没有什么不安，她没有去想伊兰德为什么大半夜会气冲冲地离家出走，他这是什么意思？也不知道他打算在自己的庄园里待多久？故意想让她难受。她对他的行为很愤怒，虽然她也做错了事，说了不恰当的话，但他的离开也不会让她说那些真心悔过的话出来。

没错，她的确做错过很多事，常常火气一上来就会对伊兰德说些非常刻薄、不合适的话。每一次，伊兰德都不会原谅她，除非她低声下气地先道歉，否则就会一直记恨着，这让她一直很难理解。她心里想道，她也不是经常做错事，为什么他不能理解呢？她一直被歉疚纠缠着，只是藏在心里没有说出来而已。后来她经常变得不理智，难道伊兰德不明白，她这么多年来一直担忧着孩子们的前途，就在前不久的夏天，她就因为纳克担忧过很多次。现在她慢慢明白了，早些时候的担忧结束以后，就会有新的担忧出现——这仿佛就是作为母亲的命运。伊兰德对孩子们的前途无所谓，总是非常的乐观。这让她非常气愤，如同伊兰德所说，她就像一头被激怒的母兽，一旦看到孩子们受到伤害，就会像发了疯的母狗一样，守护着孩子，直到生命终止才会停下来……

如果伊兰德因此把之前克里斯汀无怨无悔地帮助他脱离困境的

事情忘记了，把他在打她的同时还与森尼瓦厮混的事忘记了，那是非常不应该的。就算是现在，想到他背着自己与别人厮混的时候，克里斯汀并不觉得愤恨、烦恼。她之所以去责骂他，因为她明白他已经知道自己错了，并且悔悟；而且无论何时，一想到伊兰德打他的事情，想到他背叛自己的事情以及由此造成的后果，即使她生伊兰德的气，也是因为他而痛苦。她觉得伊兰德失去理智的行为不仅损害了她的利益，更损害了他自己的利益。

但是她的心里仍然有不少细小的伤痕折磨着她，这些都是因为他无忧无虑的乐观、幼稚和暴躁脾气造成的。偶尔他会拼尽全力想要表明对她的爱，但这种疯狂的感情让她无法忍受。年轻的时候，她的心里只会温顺，一想到她的丈夫——她抱着的这些幼小的孩子的父亲，不能勇敢热情地承担起保护妻儿的能力，而她自己，无论在精神还是肉体上，都无法承担这种责任时，她就会忍不住浑身颤抖。所以一方面她身体虚弱，想法单纯，另一方面伊兰德又无法让人放心，这些不停地折磨着她！很明显，她心里的伤痕就是那时候产生的，而且这些伤痕仿佛永远都无法消除。即使把孩子抱在怀里，将他柔润的小嘴放在自己的乳房上，那种柔软的触感甜美得让她无法用语言描述——但甚至是这样的感觉也无法抹去她担忧的心情，而且总是让她不由自主地想到孩子还这么年幼，什么也不会做，但伊兰德却没有能力承担起照顾孩子的重任。

现在孩子们长大了一点儿，都快成年了，但心智还是不成熟，而伊兰德竟然还希望让孩子们离开自己。孩子们和丈夫一个个地从她身边离开，这些小伙子，她的孩子们，带着少年的那种与生俱来的自由自在的精神离开她，她发现好像所有的男孩子都有这种自由自在的精神，她这种成熟又理智的人对此永远无法理解。

于是，每次她一想到伊兰德，就觉得愤恨、恼怒。但她经常恐惧地想到，儿子们会怎样看待这件事呢?

武夫按照伊兰德的要求，把武器、衣物以及猎狗等装上两辆马车送到多孚尔山区。当武夫拿走慕南和劳伦斯身边那条皮毛温顺、低垂着耳朵的小狗时，他们难过地哭了起来。那条狗是外国产的，是从前尼达尔岛修道院的神父送给伊兰德的。孩子们都为父亲拥有这么一条高贵的狗而感到自豪。父亲向他们许诺过，会将这条狗产下的崽送给他们一只。

武夫从海乌格回到庄园后，克里斯汀询问他伊兰德什么时候回来。

武夫回答道："伊兰德没有告诉我，似乎他想一直在那住着。"

武夫没有多说，克里斯汀也就没有再多问。

到了收获的季节，卧室由储物室变为了里间的屋子，几个男孩子决定冬天住在上面的房间里。克里斯汀同意了，于是就剩她和两个小儿子睡在下面的房间。前一个晚上，她就答应劳伦斯和他一起睡。

孩子很喜欢这张舒适的床，他高兴得手舞足蹈，不断地在床上翻滚着，将鼻子贴着枕头。他们的床都是铺在凳子上的，床板下面铺着一些装满干草的袋子，床板上罩着毛皮，而克里斯汀的大床上不仅有靠枕可以靠着，上面还有舒服的毛皮，制作精致的床罩，更重要的是床上枕头的枕套很舒服，是用白色的亚麻布制成的。

劳伦斯说道："是不是父亲回来了，我就不能和你一起睡了？到那时我们就要在长凳上睡了是吗？"

克里斯汀回答道：“到了冬天，如果你的几个兄长还是不愿意住在下面，你就可以睡在纳克和布柔哥夫的大床上。”

上面的房间里虽然有个小炉子，但还是很冷，而且一旦点了炉子，由于房间比较小，烟雾就会散不开。

冬天就要到了，克里斯汀不禁产生一种害怕的情绪，而且越来越严重，她最后简直到了寝食难安的地步。伊兰德何时回来的消息一直都没有人来告知。

静谧的夜晚，克里斯汀一点儿睡意也没有，躺在床上，听着两个孩子轻微的鼾声，偶尔还能听到一丝风刮过的声音，她的心里对伊兰德的思念更加强烈了。如果不在那个地方，她也不会如此难受……

其实当初她并不乐意成为海乌格的主人。在离开奥斯陆前的一个夜里，慕南来他们借住的招待所探望他们一家人。那时慕南从他妈妈那里继承了那座荒弃的庄园。他和伊兰德喝了很多酒，都很高兴。克里斯汀听着他们的谈话，心里感到很难过。可是没想到慕南竟然因为同情伊兰德——他现在在挪威已经一寸土地都没有了，把那个庄园给了他。赠送庄园的事是在他们喝酒笑闹的时候说定的，对于庄园里出现鬼魂的事件他们也能笑闹着谈起来。慕南对于继父和母亲被杀的事情之前是非常害怕的，现在看起来已经完全不记得了。

最后，慕南还真的把庄园送给了伊兰德，并且写了赠予书作为证明。但克里斯汀一点儿也不开心，甚至感到不满，而且她明确地表明了这一点儿。而伊兰德却毫不在意：

“既然那个屋子还是完好的……或许有一天我们还会走进去

的。我觉得逝者的灵魂应该不会将租税送到柔伦庄园来吧？所以，即使传说是真的，我们亲戚的灵魂每个晚上都在那里游荡，对我们也没什么影响。”

临近年终了，伊兰德一直没有回来，克里斯汀担忧着他在那里的情况。她变得郁郁寡欢，开始每天都不说话，除非孩子们有什么问题或者仆人有什么请求，才可能会回答一下。不过仆人和孩子们都尽量不去找克里斯汀，因为这时候去会打断她的思绪，她对此很反感，回答得也很不耐烦，但她自己完全没有察觉到。渐渐地孩子们提起伊兰德的次数越来越少，甚至不再提起时，她感慨道，儿子们真没良心。她却没想过，其实是由于她自己对孩子的刻薄态度，是她自己不愿受到打搅，所以他们才不再提起伊兰德。

她与几个年长点的孩子说的话就更少了。

快要入冬的时候，虽然很冷，不过并没有下雪。如果有人来柔伦庄园询问伊兰德，她还能找借口说他去打猎了，但是现在呢？离圣诞节只剩一个礼拜，都要下雪了，他还没有回来。

圣留西雅日的早上，天色很暗，能够看见天上的星星。克里斯汀从牛圈里走到外面。雪地里竖着点燃的火炬，在火光中她隐约看到三个人，他们拉着雪橇，站在门口。旁边的马是高特的，那匹马身上披着防寒的亚麻布，马背上有个大口袋。她明白他们要干什么了，这时候她也认出了他们，是布柔哥夫、纳克和高特。她一时不知道该怎么开口，最后她说道：

“布柔哥夫，你们是要滑雪吗？地上都是积雪，而且阳光很亮，眼睛会很疼的。”

“母亲，我们是去滑雪。”儿子们说。

她小声问道：“你们什么时候能回家？”布柔哥夫驾驶雪橇的技术不是很好，积雪反射的光芒让他的眼睛疼痛无比，所以每年冬天，他都不怎么出门。但是她没想到纳克说他们可能得在那儿待几天。

克里斯汀在屋子里走来走去，情绪很复杂。两个孪生兄弟一直在闹腾，她了解到，其实他们也想去，但兄长不愿意带上他们。

过了五天，三个孩子终于返回家中。纳克说，如果不是因为布柔哥夫，他们早就出发了，在日出的时候就能够到达了。二人走进客厅，便迅速向楼上走去：布柔哥夫疲倦得快要瘫倒，高特拿着袋子和马鞍走到屋子里，他给劳伦斯和慕南带了两只小狗。他们见到后，立刻将所有疑问和担心抛在了脑后。高特好像有点难为情，但他尽量掩藏了一切。

“这是父亲让我给你的。”

他从包裹中拿出十四张十分美丽的貂皮。他们的妈妈拿到手中，有些慌乱，什么话都说不出来。她想要问的有很多，可她担心一旦说出口，就会控制不住自己。高特年纪还太小。她仅仅说道：

“这些毛的颜色还是白的，看来已经到寒冬了……”

纳克走到楼下，与高特坐在一张桌子前，喝着稀饭。克里斯汀赶紧对菲莉达说，她准备自己把吃的端给布柔哥夫。她忽然感觉，不好说话的二儿子的心理年龄其实要比他的哥哥弟弟们都大，她或许可以与他商量一下。

布柔哥夫卧在床上，双眼被亚麻布遮住。克里斯汀将水壶放在炉子上的挂钩处烧着，在他撑着身体用饭之时，把小糙米与白屈菜泡在一起煮着。

克里斯汀接过他手中的空碗，用洗眼的药剂给他洗着浮肿的双眼，把沾湿的毛巾放在眼睛上，犹豫了一会，最后还是勇敢地问他：

“你父亲有没有告诉你他何时回来？”

“没说过。”布柔哥夫回答。

过了一会儿，克里斯汀又开口道：“布柔哥夫，你的话总是很少。”

“母亲，我可能一出生就是如此吧。”布柔哥夫回答道，然后又说：“我们在山谷的北边碰到了西蒙他们，他们带了载有很多东西的雪橇，去北面了。”

“你们有说过什么吗？”妈妈问他。

他微笑着说：“不……我们和他的亲人之间好像有传染病，通常不能好好相处。”

克里斯汀生气地喊道：“你们因为这事责备我？你们前一阵子埋怨我们不说话，后来又抱怨我们不能做朋友。”

布柔哥夫仅仅笑了一下，用手把身体撑起来，好像想听清妈妈的喘气声：

“母亲，看在上帝的面上，别难过了。我很疲惫，我真的不适应坐雪橇……不要让我的话影响了你，我明白你并不喜欢争论什么。”

每次夜里等儿子们上楼的时候，她都会仔细地在旁边听着他们在上面谈论了什么？靴子落在地上的声音和解开皮带时武器发出的脆响声都会从上面传来。她听见他们在谈话，可是不知道在谈些什么。他们同时在说话，声音有时会突然升高，似乎在半真半假地争吵。双胞胎兄弟中有一人在大喊……不知什么掉在了地上，粉尘从地板掉到楼下的屋子里，接着咯吱一声响，阳台的门突然被打开，从那里传来吵闹声，然后伊瓦尔和斯库勒拼命地敲门，声音十分嘈杂。她听到高特笑得很大声，知道他在屋子里。高特一定又和这两个兄弟争吵起来了，结果他们被高特赶出了屋子。最终，她听到纳克成熟的声音，他在解决争论。兄弟们又走进了屋子里，嬉笑声和睡到床上的声音都能被她听到，总算没声了。没多久，便安静了下来。过了一会儿，她就听见平稳的鼾声，忽高忽低，像山谷里的雷声。

克里斯汀的笑容在黑夜里展现。高特在特别疲倦的时候会这么打呼噜，他的外公以前也是这样。外形这种事真的不可思议，长得和伊兰德相似的孩子们在熟睡时也同他一样没有声音。她在床上思考着血缘传承的特点，止不住微笑着。克里斯汀心中不再那么压抑了，突然袭来的困倦，罩住了她的神智。她整个人渐渐低沉，开始是轻飘飘的，后来就什么都不记得了。

她乐观地想着，他们还太小，应该不会记得这些吧？

新年年初的一天，年轻的梭尔蒙神父来柔伦庄园寻找克里斯汀。这是他首次没被邀请就自己过来了。克里斯汀感觉不对劲，但依然热情地迎接了他。她果然猜对了，他觉得自己应该来查查她和丈夫有没有刻意分开住，如果这样，就触犯了上帝的准则，他要调查是谁的错。

克里斯汀也能够察觉，她的眼神总是飘忽不定，向神父说话时，也是口齿不清、急急躁躁的。她告诉神父，伊兰德觉得他要去北边的多孚尔山照顾庄园，那里被遗忘了很久，没有人打理，屋子也快要立不住了。他们的孩子不少，一定要满足他们的利益，大概就是这样。她还用了很多修饰的词将那些琐事告诉神父，即使像神父这样麻木的人也能听出来她不太确定。后来她又突然说起伊兰德喜爱捕猎——神父也明白这一点儿。她把丈夫给她的貂皮拿出来给神父看，因为紧张，她没有来得及想太多，便顺手送给了神父。

梭尔蒙神父离开之后，她的心里突然涌起一股愤恨。伊兰德应该明白，他突然跑出去，这么长时间都不回来，神父肯定会来询问他离开的原因，问他们之间是怎么回事。

梭尔蒙神父身材矮小，就像一个小矮人一样，让人猜不出有多大，人们都以为他应该有四十岁了。他虽然有些愚钝，知道得也不多，但他是一位善良真诚的人。他并不富有，替他看管家务的是他的姐姐—— 一位没有生育过的寡妇，总是爱说三道四。

他希望当一个热情、乐于助人的人，但他只敢面对一些小人物，一直只是着眼于小事情。他一向很懦弱，没有勇气与地主争论，对于一些难办的事情也不敢出面处理。不过只要他出面处理，就一定会负责到底。

即使这样，大家还是很信赖他，一个原因是他虔诚有礼节，另一个原因则是他不贪图钱财，也不在乎教堂的得失及人家的职责，不过这也说明他没有魄力。

周围的百姓非常尊敬埃里克神父，虽然他过去很贪财，只为自家人谋福利，这让大家都很不满。他刚来这里的时候，这里的人都无法忍受他对违规人的严厉处理。在做神父之前他是一个勇士，为四海爵士干活，在海上当强盗，从他雷厉风行的行为中就可以发现。

即使在那个时候，大家都很尊敬他，因为他学识丰富，很有领导风范，而且歌声很动听，这些没有任何一个神父比得上。随着时间的流逝，主在不断地考验他，这使埃里克神父改变了很多，他的学识也更加丰富了，而且变得聪明且诚实，全教区的人都很爱戴他。他以前去哈马大教堂出席过一个关于宗教的会议，所有参加会议的成员都很尊敬他，像对待自己的父亲一样对待他。听说他本来有望被派遣到一个贵族区的教堂里，并授予他大人的称号。但被他用年纪大和眼神不好的理由婉拒了，继续留在这里。

在佛莫庄园南面，西尔的道路旁边，有一座埃里克神父自己设立的皂石雕刻的十字架，它已经有四十年的历史了，里面埋葬的是他因为山体滑坡而遇难的两个满腹才华的儿子。老人每次路过那里，都会为那两个年轻人诵一句悼词。

神父女儿出嫁的时候，神父为她置办了很多嫁妆包括不少牛羊和其他的财产。对方是一位品貌皆佳的农家子弟，是维肯一个以务农为业的农民的儿子，叫约翰·菲斯，大家都觉得他很不错。但六年以后他女儿再次回来的时候，已经饿得面黄肌瘦，精神都有点异常了，衣衫不整，身上长满了虫子，带着两个孩子，还有一个怀在肚子里。虽然当地的人没有谈论，但大家都知道，神父的女婿犯了偷盗罪，被判处了死刑。他的外孙和外孙女从小就患病，已经全部离世了。

在孩子还活着的时候，埃里克神父就很关心自己教堂的装饰，给教堂捐了不少贵重的物品，作为装饰。估计以后他会将他的家产和一些贵重的书籍都捐献给教会。以前的教堂被大火烧掉了，现在又新建了一座教堂，比以前那座更大更华丽，里面大多数的物品都是埃里克神父捐献的。他平时经常会去教堂祷告，但只有在重要的日子里才会为大家做弥撒。

现在主持各种活动的都是梭尔蒙神父，可当大家遇到难事，碰到难题或者内心有愧的时候，都会选择去找埃里克神父谈心。他们都觉得，将心里的事情告诉埃里克神父之后，他们就能够重新振作起来。

初春的一天，太阳刚落下，克里斯汀去拜访埃里克神父。但她很犹豫不知道该怎么开口，于是她进去以后，拿出自己的捐献物，便开始闲谈起来，不知道说些什么。最后埃里克神父忍不住了：

“克里斯汀，如果你只是单纯地来拜访我，那么我很荣幸；但如果不是这样，你有什么要说的，直接说出来好了，别再说这些无关紧要的话了。”

克里斯汀把手搭在胸前，眼睛看着地面：

“埃里克神父，伊兰德这几天跑到海乌格庄园去了，我有点难受。”

埃里克神父说：“这里距海乌格庄园不算远，你可以直接去找他谈一下，让他早点回来。那里的事情不多，他没有必要在那里待很长时间。”

克里斯汀浑身颤抖着说道：“我只要一想到他一个人在漫长的冬

天睡在那里，就感觉很恐怖。”

“伊兰德是个成年人了，可以把自己照顾好。”神父回答道。

克里斯汀轻声问道：“埃里克神父，你不清楚那里发生过的事吗？”

神父转过头，用浑浊的双眼看着她，以前他的双眼是那么明亮乌黑，好像能看透人的心思。他什么也不说。

克里斯汀还是压抑着声音说道：“你听说过没有？有鬼魂在那里游荡。”

“所以，你害怕鬼魂而没有勇气去找他吗？或者你怕鬼魂会杀了伊兰德？克里斯汀，你放心，伊兰德现在没出事，说明鬼魂不敢对他下手，”神父大笑了出来，“有鬼魂，这些都是异教徒的谎话。这不过是人们的无知造成的。而且地狱应该有看门人，不会让布柔恩爵士和他的妻子爱丝希尔德随便出来。”

克里斯汀害怕得浑身颤抖：“埃里克神父，你觉得那些死者没有重生的一天吗？”

“我可不敢私自谈论主的仁慈是否有界限。但我想即使这样，他们也没有那么快就能摆脱罪责。事实上他们俩犯下的罪孽并没有完全说出来，而且还被他们美化了。被抛弃的婴孩并没有死，你们俩也曾在那个奸诈的女人那里接受过教训。而且如果她过去做错的事情能够被弥补的话，即使只是一部分……伊兰德现在一直不回家，估计上帝也不认为鬼魂能让伊兰德得到教训。众所周知，因为主和圣母的仁慈和保护，还有教堂的祈祷，能够让那些地狱受苦的亡魂回到世间，他们的罪责能够通过帮助活着的人而减少，他们被判处的刑期也能够大大地缩短。那些移动胡沃和耶尔普镇间界柱，还有用假证件磨面的缪休谷地的人们，也是这样的。只有这样，他们才有机会离开地狱，否则鬼魂出没的事情都是虚假的。你只需在心中默念祷词，在胸前画个十字，他们就会消失。”

克里斯汀又轻声问道：“埃里克神父，那么侍候主的圣徒呢？”

“他们也有机会来到人间，上帝会让他们到人间来派送天堂的礼品，并宣讲他的旨意。”神父回答。

克里斯汀接着低声说：“说实话，我亲眼见到过埃德温的鬼魂。”

“你一定是在做梦吧？或许是上帝派他来的，不然就是上帝的使者。”神父笑着说。

克里斯汀的声音都发抖了：

“我的父亲……埃里克神父，我一直祈求着再见我父亲一面，我是那么想念他。或许我见到他就会知道该怎么做了。啊，我多么希望他能为我指出一条明路……”她嘴唇紧咬，忍不住落下了泪，然后用头巾擦了一下。

神父摇了摇头：

“你在人间天天祈祷吧，克里斯汀，我希望你父亲和母亲在天堂已经得到了救赎。他们还活着的时候，不管遇到什么事情，都会向上帝寻求帮助。而且我觉得劳伦斯在天上也会挂念着你，如果你能天天为他祷告，一定会让你和我们所有人同他的关系更加亲密……但是死者应该也无法明白你心里真正的想法……听我的，你还是不要再打搅他了，不要让他在天堂里还惦记着下来看你……”

克里斯汀呆坐了一会儿，勉强控制自己的情绪，想了很久才开口。她终于决定将自己和伊兰德那个夏天的晚上发生的事情讲给埃里克神父。她向神父复述了一下那天晚上她和伊兰德的对话，一字一句地说了出来。

她说完之后，神父一直没有回答。克里斯汀心情很激动，握紧了双拳：

“神父，你是不是觉得我做错了？以至于伊兰德离开我们也没有做错？是不是我应该先去找他，在他面前下跪，收回之前我所说的气话，寻求他的原谅？只有这么做，他才会回家是吗？”

“你觉得为了这件事就把你的父亲喊回来，有必要吗？”神父离开椅子，双手放在克里斯汀的肩膀上，“克里斯汀，记得在我第一眼看见你的时候，你只是个单纯的小孩子。那时劳伦斯经常抱着你坐在他的腿上，将你的小手叠放在胸前，让你把《圣经》念出来。你虽然看不懂，但是一个字一个字念得很清楚。到了后来，你甚至能够用挪威语把那些句子念出来，而且懂得其中的意思，你还记得吗？”

“你还记得你父亲是如何教育你、爱你、遵从你的心意吗？他疼爱你，尊敬你现在害怕面对、不敢向他忏悔的丈夫。你记得他为了给你们布置一场盛大的婚礼，付出了多少？而你们现在就像小偷一样，将他的尊严、荣誉偷走，然后溜出了那个家。”

克里斯汀忍不住大哭了起来，把脸埋在双手之中。

“克里斯汀，你忘了吗？当他每一次接纳你的时候，从不会希望你跪在他的身前祈求他的谅解。你现在做错了事，惹伊兰德生气了，但这没有惹你父亲生气严重。你觉得向伊兰德下跪认错，使你的尊严受到打击了吗？”

克里斯汀痛苦而又绝望地大哭起来：“上帝啊，求求你，帮帮我吧！”

神父说道："我知道了，你把他的名字还记在心里。你父亲在活着的时候是个虔诚的教徒，对上帝忠心一片。"他触碰了一下额头上方的耶稣雕像，"上帝之子是无辜的，但他为了减轻我们的罪责，牺牲了自己。"等克里斯汀停止哭泣，心里好受了一些后，埃里克神父说道："回去吧，克里斯汀，把我的话好好思考一下。"

那段时间刮起了很大的南风，狂风暴雨和冰雹一次次地袭来，时不时地会极其迅猛。所有人都觉得，这种时候外出会被刮飞到很远的地方。境内的路都没法通过，就连马车也不行。春天特有的洪水也突然泛滥起来。这时候靠近河岸的庄园非常危险，大家都逃得远远的。大多数物品被克里斯汀安置在了新建的储藏室里，牛羊也获准寄存在埃里克神父春天开放的牛栏里——这个牛栏本来是柔伦庄园的，就在河对面。在这种时候，想要将牲口赶到对面，工作会相当辛苦。所有的牧场都覆盖着奶油一样的软软的白雪。在整个寒风彻骨的冬天过完以后，牲畜们都瘦弱不堪。几只最为强壮的小公牛在行走时腿部不慎受伤，它们的腿竟然像脆弱的谷秆子一样，一声脆响之后就断了。

在他们搬迁牛羊的那一天，西蒙带着几个仆人半路赶来，加入了搬迁的行列。在暴风骤雨中，任务相当紧急，母牛必须由几个人抬着前进，幼羊也需要被扛着。人们说话的声音才从嘴里出来就被风吹散了，西蒙和克里斯汀都没有时间好好闲聊一番。黄昏时候这一行人终于抵达柔伦庄园。克里斯汀请求西蒙及其仆人们围坐在客厅中。参加搬迁工作的人们需要饮些酒让身体暖和下。西蒙和她寒暄了几句，请求克里斯汀随同用人们及小孩去佛莫庄园，柔伦庄园则交给他和几个男仆陪着武夫和小伙子们。克里斯汀表达谢意后，表示还是想留下来。劳伦斯和慕南已迁到了武夫的斯佛登庄园，武夫的妻子雅德翠入住在梭尔蒙神父家中，她和神父的妹妹结下了深厚的情谊。

西蒙说道：

“克里斯汀，你和兰波作为亲姊妹，却不常来往，会让人说闲话的。我如果不能邀请你一起回去，兰波必然会责怪我的！”

克里斯汀回答道：“我也觉得有些不对劲。但此时我丈夫出去了，我如果去见妹妹，不是更加不好吗？你和他有矛盾是众所周知的！”

西蒙无言以对，过了一会，西蒙就带着一行人打道回府了。

祷告的日期临近了，气候却更加怪异了。礼拜二的时候，北面村子的人们之间流传着一个消息，罗斯托河谷的山洪摧毁了庄园到霍夫陵山间农场的桥梁，他们不由得为教堂南边的大桥担心起来。桥梁是用极其粗壮的木头搭建的，非常稳固，桥拱很高，桥墩用粗树干搭成，木桩牢牢地立在河底。此时洪水漫上桥的两端，桥拱堆满了从北边冲过来的各种杂物。河水冲上岸边的低处，柔伦庄园一个凹坑积满了洪水，洪水肆虐着，直逼房屋。草地也成了河流。锻工场的房顶和树的顶部漂浮着，就像小岛一样。河滩上建造的谷仓已经被卷走了。

这一天，住在河东边庄园里的人没有几个去教堂，因为他们担心河上的桥会坍塌，把他们困在教堂。不过在河另一边，就在莱加桥的谷物干燥室附近的小山上，因为这个山坡挡住了风，所以当雪稍稍停下，太阳出来了的时候，人们都聚集在这里。村民们都知道，埃里克神父说过："不管有没有人和我一起，我都会带着十字架穿过河流，站在对面。"

人们离开教堂出去的时候，大雪和狂风突然袭来。大雪斜斜地从天上落下来，只能在极短暂的时刻，才能看清村庄：原来的绿地已经被洪水淹没了，形成一个个黑色的水洼。一大片乌云在山上和树木间移动着，还有一些云朵从山坡向上升着，高处的云聚集在山顶上。各种声音混杂在一起，有湖水奔腾的声音，林子里枝叶摇晃的声音，狂风呼啸的声音——这些声音混合起来，变成一种咆哮，在山谷里回响着，还有山上的雪崩塌的声音。

教堂外面的风很大，他们才走到教堂外的走廊上，狂风一下子就把蜡烛微弱的光刮灭了。这一天，教堂里唱圣歌的孩子们在狂风中站立着，白色的衣服被吹得几乎要掉下来。他们站在一起，两只手牢牢抓着旗子，以免旗子被吹走。他们弯下腰迎着风向前走，穿过山间。狂风不停地吹着，埃里克神父在旁边唱起了圣歌，盖过了风的呼啸声——他顶着风雨艰难地向前走着，一边唱道："大家前行吧，我们是属于上帝的，虽然他伤害了我们，但他也会救治我们。我们必须坚持下来，努力追寻上帝的足迹，只有这样才能找到上帝。"

抬着十字架的一行人走到了一条被河水淹没的道路上，妇女们都不敢再向前走了，克里斯汀也一样，但那些孩子、管理教堂的人员、神父等一直向前走着，几乎所有成年男性都走了过去，也不顾水已经超过了他们的膝盖。

木桥晃得厉害，而且咯吱咯吱地响着。妇女们隐约看到前面有一间房子，房子在水流中旋转，而且还是顺着水流向桥这边漂浮着。房子已经有一半被河水拍打得四分五裂，木头飘落在水中，但还有很大一部分连接着。旁边的妇女拉着克里斯汀，靠着她大哭了起来，她有两位亲人也在那群人当中，那是她丈夫的兄弟。克里斯汀在心中呼唤着圣母，眼睛注视着站在水中的百姓，她看到了纳克。虽然暴风雨的嘶吼声遮掩了其他所有的声音，但她们还是能听到埃里克神父沉稳的声音。

房子漂过来，撞上桥的那一刻，神父站在最前面，把手中的十字架高高举起。桥面被溪水拍打得更加不稳，大家都觉得桥好像有点歪了，似乎向南面歪了一点儿。他们接着往前走，被桥拱遮挡住了身影，在走到对面的时候，他们的身影又显露了出来。这时候屋子已经不成形了，混在一堆木头中间，堆在桥下。

忽然奇迹出现了，阳光穿过被狂风吹散的云层，透射出一丝光线，一下子将黑漆漆的河水照亮了。太阳从乌云的裂缝中现身，在他们返回的时候，已是阳光灿烂，十字架在阳光下熠熠生辉，埃里克神父脖子里的丝带在白色衣服的衬托下闪烁着淡紫色的光彩。

山谷里一片黄色，到处都是水，在阳光下闪烁着光，好像是一个翠绿的山洞的低端，因为空中的乌云被阳光驱散开，迅速在岩石的裂缝处弥漫开来，成为一团团浓雾，围绕着山谷，山上显得黑黑的。佛莫庄园旁边的陡峭山峰直插云霄，上面的白雪亮得使人看着眼疼。

克里斯汀看着纳克从她身旁经过，他身上的衣服都湿透了，紧贴着身体。这个少年对着天空吟唱道："神圣的上帝啊！请你开开眼吧，听见我们的祈求，帮助我们脱离苦海吧！"

神父拿着十字架已经离开了，农民们也浑身湿透地跟在后面。看到大自然新的模样，他们欣喜若狂，跟着一起唱道："感谢上帝的帮助。”

克里斯汀居然看见……她震惊了，不敢相信这是真的，她紧紧拉着旁边的妇女，以免自己摔倒。她竟然看到伊兰德也在人群中。他披着动物的毛皮制成的斗篷，已经湿透了，用布巾遮住脸。她没有看错，就是伊兰德。他竟然开口跟着众人唱着：“感谢上帝的帮助。”当他从这些妇女身旁经过时，克里斯汀想仔细地看看他，不过没有看清楚。但她却感觉到，他好像在笑。

克里斯汀跟着其他妇女赶上了大部队，站在教堂前面的山冈上，和大家一起吟唱圣歌。她现在脑子里一片空白，只听到自己的心跳声很快。

做仪式的时候，她立刻发现了伊兰德。她害怕站在原来的地方，故意找了个角落，站在阴影当中，不让人注意到。

做完后，克里斯汀一下子逃走了，没有让和她一起来的女仆看到。因为阳光的照耀整个村子都笼罩在一片云翳中。虽然地上的水淹没了她的脚，她也不管不顾，一路跑回了庄园。

她将食物准备好，在伊兰德常坐的位置上摆了一杯蜂蜜酿造的美酒，接着脱下已经湿透的衣服，换上节日时才穿的衣服，宝蓝色的绣着图案的裙子，头上戴着同样颜色的帽子，腰部系着银色的腰带，穿着漂亮的鞋子。她在房间跪下，她已经无法思考了，不知道该说些什么，只是一遍遍地说着“感谢上帝。”啊！上帝，耶稣，圣母，你们能懂我想说的话。

过了很长时间后，仆人告诉她，青壮年们又带上斧头和锄头去桥的另一边干活了，他们用工具将上游冲过来的垃圾清理掉，使桥不被破坏，神父也和他们一起在清理杂物。

当男人们办完事回来的时候，已经过了吃饭的时间，回来的有她的孩子们、武夫、家里的三个用人—— 一个老头子和被主人收留在庄园的两个小伙子。

纳克一回来就坐到了他的固定位置上，在伊兰德位置的右手边。忽然他站起来，快速地走出了大门。

克里斯汀低声阻止了他。

因此他又回来了，重新坐在椅子上。他的脸色不断地变换着，一阵红一阵白。他低着头，偶尔抿紧嘴唇，克里斯汀注意到他一直克制着自己的情绪，最后他终于做到了。

午饭结束后，孩子们从靠墙的长椅上站起来，走过伊兰德的位置，把刀子收进了刀鞘，接着和平时一样，将腰带绑紧了一些，便依次回到房间去了。

大家都离开了，只剩克里斯汀一个人，她也走出了屋子。温度刚好，房顶上的积水还在慢慢往下流，院子里空空荡荡的，只有武夫还在。他正站在门口的石阶上。

克里斯汀走过去时，武夫露出一种奇怪而又无奈的表情，但没有说话。

克里斯汀轻声问道：

“你与伊兰德交谈过吗？”

“没说多少。不过纳克和他聊了很多……”然后停了一会儿，接着说道，“发生水灾时，他很担心你们会出事，就特意回来查看下情况。纳克和他聊的时候，说了你的方法。”

“我不清楚他怎么知道你把他去年秋天特意让高特带给你的貂皮外衣给了别人的事，他对这件事很不开心，甚至后来你看到他之后就离开了，没有和他交谈一下。他还以为你会等等他的……”

克里斯汀不知道怎么回答，便回头进了房间。

夏天的时候，武夫与妻子一直不和睦，而且经常争吵。春天的时候，武夫的侄子哈尔德和太太一起去武夫家做客。哈尔德结婚已经一年了，两家人谈好了哈尔德向武夫租用庄园，等佃户们结过账之后就搬过去。但武夫的妻子很不满，觉得武夫给了他们太多优惠。她认为武夫打算让哈尔德来继承他的财产。

哈尔德曾是克里斯汀在胡萨贝庄园的贴身仆人，所以克里斯汀对他很好，哈尔德的妻子也很贤惠温柔，克里斯汀也很喜欢。到了夏天的时候，哈尔德的妻子要生产了，克里斯汀还让她住进了织布间，要知道，这里一直都是柔伦庄园的女主人怀孕时才住的。生产时克里斯汀还亲自给产妇帮忙，这一点儿令武夫的妻子也很不高兴，她觉得这应该是由她负责的，但她自己本身很年轻，根本没有什么经验。

克里斯汀负责孩子的教育问题，武夫负责孩子出生的酒宴，雅德翠觉得花了太多钱，给孩子和他的母亲的礼品也太贵重了。武夫为了让妻子安心，特意在所有人面前宣布，他要将自己所有的动产都转给雅德翠，包括外面镶了金子的十字架挂坠、带有银扣子的毛绒大衣、纯金的戒指和挂饰。但雅德翠知道，除去当初作为聘礼送给她的土地，她不会再得到丈夫任何一块地了，如果他们还没有子女，那么武夫的全部房产和土地都会被武夫的同父异母的弟弟的孩子们继承。她为自己的孩子死得早感到很难过，而且她也无法生育了。每次她和别人说起这件事的时候，别人就会取笑她。

因为他们的争吵，哈尔德和妻子去教堂祈祷回来后，武夫只能让克里斯汀安排他们住到另一个老屋子里。克里斯汀爽快地同意了。但她避免和哈尔德接触，因为和他谈话会让她想起以前不愉快的事情，这些事情只会增加她的痛苦。然而她却很愿意与他的夫人交谈，他的妻子也经常帮克里斯汀的忙。夏天快过去的时候，哈尔德的孩子生病了，克里斯汀为他看病，照顾他，并且指导这个年轻的母亲怎样看孩子。

到了秋天，夫妻俩出门去了北方自己的家。克里斯汀很思念他们，尤其思念那个孩子。这些年，她经常为自己已经不再生育而感到惋惜——感叹自己才四十出头就不能生育了，她还年轻呢——虽然她也不断地劝告自己，不应该这样，但她还是控制不住自己。

之前因为要照看孩子和哈尔德那个年轻、淳朴的妻子，她没有时间去感叹，回想过去的痛苦。尽管她为武夫婚姻的不美满而感到伤心。不过这件事也能让她暂时摆脱心里的苦闷。

不知道伊兰德在耶稣升天节那天的行为会导致什么后果，他在村子里和教堂当众出现，完全无视克里斯汀，直接回北方去了。她觉得伊兰德的心好狠，所以最后她想，她不想再爱他了。

从春天暴发洪水，西蒙来帮忙过后，克里斯汀就没再和西蒙说过任何话。每次在教堂遇见他们，她只是向他问候一句，然后和兰波谈话。她不清楚西蒙和兰波对他们夫妻俩的现状有什么看法，对伊兰德没有住在庄园里又有什么看法。

八月二十四号前的礼拜日，也就是巴托罗缪日，基德伯爵和佛莫庄园的人一起去了教堂。西蒙扶着兄长一起做礼拜，感到很高兴。礼拜结束后，兰波找到克里斯汀，兴奋地小声告诉她自己又有孩子了，估计会在第二年春天生产。

“克里斯汀，亲爱的姐姐，和我们一起走吧！今天中午去佛莫庄园吃饭吧！”兰波恳求道。

克里斯汀感伤地摇了下脑袋，轻抚着兰波年轻的脸颊，看上去有些苍白。她向主祈祷，希望他们夫妻俩能够幸福美满，并将这个消息带给父母，父母肯定也很高兴。

克里斯汀拒绝了她的邀请。

西蒙和伊兰德的关系恶化以后，西蒙只能尽力说服自己，说现在这样很好。他在这里受到人们的尊敬，根本不需要在乎别人对他的看法。他曾经在克里斯汀夫妻俩陷入困境的时候伸出援手，但现在在这里，他帮不了他们什么，至少他总不能因此而让自己的生活陷入困境。

可是，当他知道伊兰德离开庄园的消息时，他实在无法再保持那种偏执而又冷漠的态度了。他劝自己，没有人知道伊兰德为什么会离开，大家虽然都在猜测，但却都不对。无论如何，他没有资格去管，但他一直不能保持冷静。他常常想要不要去海乌格庄园找伊兰德，去找他和解，让他忘了上次分别时自己说的那些话，顺便再把他和克里斯汀的事一起解决了。但这也只是他的想法而已。

西蒙可以肯定，别人看见他时，一定不知道他的心里正被思念折磨着。他每天过得都和以前一样，将时间都花在种菜看家上，他也喜欢和朋友一起喝酒玩乐，偶尔去山里打些动物，在庄园里照顾照顾孩子，从不对妻子大喊大叫。在别人看来，他们俩的生活更加美满了，这是因为兰波的心态也变得较为平和，不再因为小矛盾而像个孩子那样大吵大闹。但西蒙的心里却很矛盾，不知道该怎么与她相处，甚至有些胆怯，他不能再把她当孩子一样看待了。他想破脑袋，不知该如何和她相处。

一天晚上，兰波告诉西蒙她又有孩子了，西蒙不清楚自己该怎么办，只是轻抚着她的手说道：

“你看起来不开心？”

“你开心吗？”兰波紧紧地靠在他的身上，好像在哭，又好像在笑，他抱着她，也有些尴尬地笑着。

“西蒙，今后我一定会好好管理家务的，不会再像个孩子一样任性了。但是你要一直陪着我。知道吗？即使你的亲人们将你捆起来，送上断头台，你也要一直在我身边。”兰波说。

西蒙难过地笑了笑：

“兰波，我除了在你身边，没有其他地方可去。吉尔蒙身体残缺了，那个可怜鬼不可能牵连进去的。我也没有什么亲人了，只剩一个瘸腿的妹夫还没有和我闹矛盾。”

兰波泪光闪烁地笑着说道：“啊，西蒙！但每次在他们需要帮忙的时候，你都会自觉地前去，到时候你们会和好的，我了解你。”

两个星期后，基德突然到佛莫庄园来拜访。基德爵士只带了一名随从。

两人见面的时候，没有说什么。基德爵士说已经很久没有看到过妹妹和妹夫了，所以想来这里看看他们。进了山谷后，妹妹西格丽德觉得他来庄园应该顺道去佛莫庄园一趟：

“虽然我知道，弟弟，你还在生我的气，但你应该不会不欢迎我和我的随从来这里吃顿饭，在这里歇一晚吧？”

西蒙低着头，脸涨得通红：“当然。你要知道，你能来这里看望我，我已经很开心了。”

吃过午饭，兄弟俩走出院子，外出散步，走在路边，看到河边阳光照射着的山坡下农田里的谷子快要熟了。天气晴朗，他们透过山下的树林，看到拉根河现在正温和地闪烁着细小的银光，晴朗的天空上白云朵朵，阳光洒满了整片土地，对面是耸立着的带着淡淡的蓝色和青色的山顶，覆盖着夏天特有的闷热的烟雾和流动的云影。

身后的牧场传来阵阵马蹄声，咚咚咚的，似乎是马儿快速穿过林子的声音。西蒙把头探过围栏，问道：

“过来，到这边！布龙斯文是不是年纪已经很大了？”西蒙问道。基德的马儿也好奇地把头探过去，嗅着基德的肩膀。

“已经满十八了。”基德拍了拍马的脖颈，没有看西蒙，“西蒙，我不希望因为那件事使我们两兄弟反目，那太不值得了。”

西蒙轻声回答道：“我以前为那件事难过了很久，很高兴现在你能来看我。”

他们顺着篱笆的边缘向前走着，基德走在前面，西蒙在后面紧跟。当他们走到布满石块和枯草的草地边缘时，停了下来，坐在那里。旁边堆着几个小小的干草堆，散发着芳香，让人沉醉这里的石块很多，只能将那些和野花长在一起的一些矮草割下来。基德和他谈起了马格奈斯国王和海夫特诸子以及他们的同伙的谈判。

过了好久之后，西蒙才开口道：“你觉得伊兰德的那些亲人会不会替他在国王面前求情，使他再获荣宠？”

基德回答道：“不知道，不过我也没有办法帮他。西蒙，那些得到权势的人是不会帮他的。我不想和你谈论他，虽然我一向都很看好他，我觉得他大胆有魄力，但是做的计划很不好，而且还被他毁掉了，大家都很责怪他。我不想和你谈论这件事，我了解他和你的关系还是很不错的。”

西蒙转过头看着前方，看着树叶反射出的阳光，以及波光粼粼的水面。他对基德的话感到很惊讶，但不得不承认他的话是对的。

他回答道：“但是，现在我和伊兰德出了点事，我们已经很长时间没有来往了。”

基德笑了笑：“西蒙，你怎么越长大脾气越火暴了呢？”过了几分钟，基德问他：“你有没有打算离开这儿，搬到我那里住？我们离得近些，也能够互相照应。”

“你为什么会这么想？佛莫庄园是我继承的财产。”西蒙回答道。

“艾肯庄园的奥斯蒙对庄园也拥有保留权，据说他想用这个作为交换，让阿尔涅德做他的儿媳妇，按照从前的约定。”基德说。

西蒙摇了下脑袋：

“很早的时候，那时人们都是异教徒，我们的先辈就已经住在这里了。我还想把整座庄园让小安德列斯继承。基德，你在想什么？我怎么可能离开这里呢？”

基德被说得脸都红了，“是的，随你的便好了，我不过是觉得咱们有很多亲人以及你以前的朋友们都搬去劳马瑞克那里了。如果你也能搬去那里，说不定会好一些的。”

西蒙也有些脸红了，说道：“其实在这里我也很开心。我也不需要为儿子的未来操劳。”他转过头看着基德，他的脸上露出羞愧的表情。现在基德已经上年纪了，头发雪白，不过身形还是很挺拔。基德被他看得有点难受，晃了一下，几颗石子滚了下去，落到了茂盛的麦田里。

西蒙假装生气地笑道："你打算把这儿的石头都扔进我的麦田里吗？"基德立刻敏捷地站了起来，站在西蒙面前，向他伸出手，要拉他起来。西蒙相比基德，显得比较胖，不方便站起来。

西蒙站稳后，依旧拉着基德的手，然后抬起手放在基德的肩膀上。基德也学着西蒙，将手放在他的肩上，两人拥抱了起来。最后两人互相搭着对方的肩膀，一起往回走。

晚间的时候，两人都待在"萨梦厅"，打算一起睡。之前他们已经做好睡前祷告，可后来又想把酒都喝了。

西蒙露出笑容，说道：

"'一起赞扬女性'，你还有印象吗？"

基德想了一下，不禁笑了起来："当然记得了，那时因为我总是记不住这句话，被打了很多次。马格奈斯神父一直想把祖母教我的错误想法纠正，打起来真狠，简直就是一个魔鬼。你还记得吗？那次他坐在那里，因为腿有点痒，想要挠一下，就把袍子掀了起来。你看到后，对我说，因为我和神父一样，腿都是歪斜的，所以我也只能穿上长袍，当一辈子的神父了。"

西蒙笑了笑，那些童年的画面好像又在眼前浮现了：哥哥憋着笑的时候拉长的脸，显得很不自然，之后因为害怕，瞪着人人的眼睛。那时他们还很小呢，神父下手一点儿都不轻。

年幼的时候，基德有些笨。西蒙如今和基德的感情很深厚，并不是由于他的聪明才智。今天晚上，西蒙突然对基德充满了感激和热爱，只是因为这么多年来的亲情，因为基德的善良真诚，这世上再没有人有了。

西蒙和基德恢复了友好的关系，感觉自己的生活又进入了正轨。不然的话他就要继续在生活中打转，分不清方向了。

他只要一想起和基德吵架最后反目，而基德还是来找他希望和解的事，就很感动。要知道他们之间产生嫌隙完全是他的过错，他在生气时说了不少不该说的话，然后还离开了哥哥。他一生中最要感谢的人就是哥哥了，当然还有其他人也需要感谢。

比如兰波的父亲劳伦斯……他了解他的为人，知道他会如何面对这种情况。在很多方面——包括各种慈善和对穷人的施舍上，都尽力向他的岳父学习。但是做错事后向上帝祈祷，祈求原谅这方面他可学不会，更不会去想救世主为人类赎罪所遭受的酷刑。他顶多只能一直看着十字架，而且与劳伦斯的目的完全不同。他没有办法去悔悟自己做错的事，他已经很久没有哭过了。这一生他只哭过几次，而且还不是在他应该哭的时候——不是当他犯了不可饶恕的罪孽的时候，比如结婚后还和阿尔涅德的母亲搞在一起，和不小心杀了人的时候，他都哭不出来，虽然他觉得自己做错了。于是他向神父交代了自己的罪行，然后照着神父说的来赎罪。他每天向上帝祈祷，按规定缴纳会费，而且对穷人很慷慨，特别是在使徒圣西蒙日、圣奥拉夫日、圣米哈伊日和圣马利亚日。另外他还听从埃里克神父所说的，是否能赎罪还得依靠十字架，只有上帝才能告诉我们该怎样对待敌人，这不是我们自己能决定的。

现在他的心里非常满足，希望能用一种特别的方式向圣徒表示他的谢意。以前他妈妈告诉他他的生日与圣母是同一天，所以他希望能用平时很少念的一篇祷文来赞扬圣母。他在宫廷里做事的时候，一个宫廷文书曾为他抄录过一篇辞藻华丽的祷文，直到现在还保留在他那一卷羊皮纸中。

现在，这么多年之后，想想那时他抄录这些羊皮纸上的祷文，目的不是向上帝和圣母致敬，而是要在国王面前表现一下。和他一起的人都这样做过。国王晚上有时会失眠，就问问他们关于祷文的一些内容。

不过，这已经是很久以前的事了。国王睡在奥斯陆皇家城堡的厅堂里，床旁边放了张桌子，上面点燃着一支蜡烛，烛光下可以瞧见国王已经年老的、消瘦而又疲倦的脸，他正靠着一个红色的丝绸枕头。神父念完祷词走后，国王就会自己将那本厚厚的书放在腿上捧着读起来。

在远处那个大火炉旁边，几个拿着火炬的护卫们坐在墙边的椅子上看着，当时和西蒙一起执勤的是英加之子冈斯坦。室内因为燃着火炉，而且没有烟，非常暖和。抬头可以瞧见高高的拱式的天花板，墙上挂着装饰物，所以他们最喜欢在这里执勤。屋子里舒适得让他们忍不住犯困，但他们必须先听完神父的朗诵，再等国王睡下，而国王总是很晚才休息。只有国王睡下了，他们才能轮换着休息和巡逻，休息的场所是壁炉和接待室之间的那个长椅。他们坐在那里，忍着睡意，不敢打哈欠，心里念叨着国王赶快睡着。

有时候国王也会和他们聊天，但这样的机会很少。国王和他们说话时，声音很亲切，语调动人，要不然就念一些适合他们这些年轻人听的诗歌，他觉得这些诗歌可以让他们的灵魂得到净化。

有一次，西蒙被国王喊醒。这时蜡烛已经熄灭了，房间里很黑。他很羞愧，立刻去捣了捣火炉，使火旺了起来，然后又点燃了一支蜡烛。国王带着一丝神秘的微笑问道：

“冈斯坦侍卫是不是睡觉经常打呼噜？”

“没错，陛下。”西蒙回答道。

“你和他住一起吗？如果你想换个睡觉不打呼噜的室友，也是可以的。”国王问西蒙。

“感谢陛下……不过这不要紧。”西蒙回答。

“西蒙，如果周围有动静，像打雷一样，你肯定睡不安稳。”国王说。

“陛下说得没错，但是我只要在他打呼噜的时候推推他，让他挪个位置就没事了。”西蒙回答道。

国王听后笑了起来：

“你们现在还年轻，不知道能够睡个好觉也是上帝的恩赐。等你像我一样老的时候，你就会知道我说的是对的了。”

西蒙回忆起这些事，虽然已经隔了很久，但仍然记得很牢。但他又觉得，那时候的那个侍卫和现在坐在这里的男子简直没有一点儿相似之处！

圣诞节前刚到斋期的那天，克里斯汀一个人待在庄园里，几个孩子都出去搬运木柴和藓类了。突然，西蒙来了，坐在马上。克里斯汀很惊讶他会来。原来他是来请他们去佛莫庄园做客的，恰好可以出席圣诞晚会。

克里斯汀镇定地说道："西蒙，你了解我为什么不会参加。我们三个人虽然能够依旧保持友好的关系，但不是所有事情都会如自己意的，我想你应该明白。"

"你的意思是，兰波就要躺在草席上生孩子了你也不打算来看看吗？"西蒙问道。

克里斯汀说，她会默默地为兰波祈祷，希望她能够平安生产，让父母能够高兴：

"我现在不敢断定一定会去看她。"

西蒙显得很激动："但是大家都知道你擅长帮助产妇分娩，而且你们俩还是姐妹关系。你们都是有头有脸的人物，你不来会惹人非议的。"

"这段时间以来，这里有很多人家家里要生孩子，但是都没有让我去帮忙。西蒙，过去的时候，因为没有请柔伦庄园的女主人出席家里的宴会，人们的第一反应都会觉得可能准备得不充分，但现在不一样了。"她注意到西蒙因为她说的话有点沮丧，就又说道，"你回去的时候，替我向兰波道声好，告诉她生孩子的时候我会去你家的。但是西蒙，很抱歉我得拒绝你的邀请，我没法出席圣诞晚会。"

不过圣诞节过了八天后，她去教堂祷告的时候又遇到西蒙了，兰波没有和他一起来，说是要养身子，在家休养，但身体还不错，因为明天她就要和孩子去南方了。之前基德邀请他们一家去戴大林庄园做客，兰波一直很希望去那里，而现在正适合坐雪橇，就答应了邀请。

4

保罗弥撒日(1月15日)过后第二天，西蒙·达尔和两个仆人一起从妙莎湖穿过回北方。天气严寒，不过他不愿拖延下去：他思家心切，想要尽早回到家去。如果天气再暖和一点儿，那些女人都会坐着雪橇过来。

他在哈马城遇到了一个熟人，法加堡的巴尔之子维格莱克，他们一起上路。到了那里以后，去了农场内的一间酒吧。在他们喝酒的时候，有几个喝得醉醺醺的小老板在里面大吵大闹，相互打了起来。西蒙赶紧上去劝和，劝的时候自己的右手臂被一个醉汉砍了一刀，看上去不过是皮肉伤，所以西蒙并不以为然。但是酒吧的女主人还是帮他处理了一下伤口。

他送维格莱克回到庄园并在他那待了一晚上，他们睡在一起。早上西蒙听到他在说梦话，就醒了过来。维格莱克一直在叫他的名字，西蒙叫醒他，想知道怎么了。

维格莱克也记得不是很清楚：

“不是好的事情，我梦到了你，梦到已经不在了的瑞达之子西蒙在房间里面，让你和他一起离开。我发誓真的是他，那张脸上的雀斑我都能细数清。”

西蒙打趣道：“我好像要买你的那个梦啊？”瑞达之子西蒙和西蒙是堂兄弟，他们曾经有过很深厚的友谊，但是他只活了十三岁。”

清晨两个人一起吃完早饭，维格莱克看到西蒙那件外套的右边袖子的扣子没有扣好，里面一红肿色，便随便指了指，西蒙也只是笑了笑。维格莱克希望西蒙能够多留几天，等他的妻子一起走，之前的噩梦还一直在维格莱克脑海里。安德列斯之子西蒙不是很开心：

“维格莱克，你做这样的噩梦，难不成我被虱子咬一口就要躺在床上？”

傍晚，西蒙和仆人一起朝着洛斯娜湖赶路。天气很舒服，天空湛蓝，阳光洒在白色的山峰上，泛出一片金光和紫色的光晕，不过沿河的树林却蒙着白霜，没那么明媚，好像长着白头发。他们的马儿跑得很快，赶路的速度很快，一会儿就到了湖边。马儿沿路过去，河面的冰花四溅。空气中的风很寒冷，让西蒙有些受不住，可身体却无故地发热，接着又浑身冷得发颤，突然他感到口中难受，喉咙无法吞咽口水。湖面还没走完，他便停住了，让仆人帮忙戴好斗篷，支撑着右臂。

仆人们知道巴尔之子维格莱克讲的那个噩梦，现在要求西蒙自己把伤口给他们看看。但是西蒙还是说只是皮外伤，不碍事，只是感觉很疼：“估计这些日子我没法用右手了。”

天已经黑了下来，月光洒满了大地，他们一起来到湖北面的高山上。西蒙感到那个伤了的地方不对劲，整个疼痛感延伸到了腋下。现在他只要在马上稍微晃动一下，都会觉得疼痛难忍，伤口里面的血液都在不断地流动，太阳穴的血管也暴起，疼痛感已经钻入到脑子里去了，整个人忽冷忽热。

这一段冬天的路程是在山间度过的，一下子穿过林了，有时在雪白的山野里走过。西蒙能够看到，一轮耀眼的月亮在深蓝的夜空里发出柔和的光芒，瞧不见星星的痕迹，不过倒是有几颗大星星能在离它很远的地方闪闪发光。大地是银白色的，泛着月光，雪地上有着树木投下的长长短短的影子，在树林里，月光胆怯地从覆满雪的枞树的枝头穿过，在雪地上投下斑驳的光影。西蒙将这一切看在眼里。

这时春天里的阳光照耀下的凹凸不平的草地和草地上枯萎的草同时映入了他的眼帘。稀疏的棕树林包围在外圈，上面洒着阳光，那片绿看上去很柔和。他知道，这里是戴夫林庄园用来养牲畜的地方。赤杨树干在大地的那头，在春天的阳光下呈现出灰白色，很多褐色的花朵开在上面。树的背后是连绵不断的劳马瑞克山脊，上面长满了茂盛的树木，满山都是青翠，还没有融化的积雪看上去就像是一个个白斑。西格尔和西蒙一起前进，手里拿着要去那条结了薄冰的灰色的河流中钓鱼的工具。西蒙和他一起走着，西蒙发现他的头发露在外面，在阳光下是红色的，很清楚地能看到脸上的斑痕。西蒙如果发现和他一样名字的堂兄弟挡在了他的前面，就轻轻翘起嘴巴，发出嘲弄的嘘声，让他停下来。西蒙和他一起跳过一个个的土墩和小水沟，沿着里面的小草坡走过去，苔藓被水冲刷着，微微晃动着。

他还是很清醒的，即使那时候立刻上去又下来，走过林子，走过田野，踏过房屋在大地上的影子，穿过河流上的薄雾。他清楚在到达空地的时候，紧跟着来的是容·达克，但他不晓得为什么自己一直在喊他西蒙，明知道不对，也知道仆人们的惊恐，可就是控制不住。

等到他稍微正常点后，西蒙才开口道：

“大家听好了，在入夜之后我们一定要到达洛尔德镇的托钵僧家里。”

仆人们请求不要这样，找个近点的地方歇下吧，比如很近的神父那里。但西蒙不同意。

“坐骑也快不行了，西蒙。”两个仆人相互看了一眼，说道。

西蒙笑笑，这次他不会妥协。“没问题，它们会把我们带到目的地的。”他知道赶路的艰辛。马每跑一下，他整个人都痛死了。可这次如果不能回到家里的话，他就要死在路上了。

冬天的时候，他要么冷得牙齿微微地颤抖，要么整个人发烫，像在火炉中一样，但他总觉得自己家畜牧场的温暖一直还在，觉得堂兄弟就在他的身边，和他一起向树林里走去。

梦境是短暂的，他清醒后，脑袋却像裂开了一样疼痛。他让仆人把自己的袖子割开，看看伤口。容·达克仔细地用刀割去他外套和衬衣的袖子，他的左手放在右臂上，脸上毫无血色，汗水滑了下来。伤口切开以后，他感到稍微舒服了点。

之后仆人提议，到达洛尔德镇后，派一个人去通知戴夫林庄园。西蒙不同意，他不希望因为这件事让妻子担心——真的不需要让自己的妻子大冬天驾着雪橇出来，等他到达佛莫庄园后再说好了。他很想对西格尔微笑一下，希望他加油，此时这个小伙子惊慌得脸都白了。

“一旦到了家里，马上叫人去柔伦庄园请克里斯汀过来，她的医术很好。”他这么说的时候，感觉自己的舌头都僵硬得转不动了。

亲吻我吧！克里斯汀，我未过门的妻子。刚开始她肯定不相信。啊，克里斯汀，这不是梦话。然后她就会惊讶地看着他。

伊兰德明白，兰波明白，但克里斯汀……现在她正在自己的家里，心里装满悲伤和怨恨……但是，无论她对伊兰德多么怨恨、生气，她的心里只有伊兰德。我的最爱克里斯汀，你都没有把我放在心上过，没有料到我喜欢的人竟然是我的大姨子，你从没想过我心里的感受……

那时在奥斯陆修道院和她分开的时候，他不确定究竟能不能放下她，后来他终于明白，不管今后上天赐给他什么样的快乐，都比不上当时他所失去的——年轻的时候本应该成为他妻子的这个女人。

如果有一天他不在了，她一定会知道真相，然后亲吻他。

“我一直那么爱你，一直到我死。”

他知道这句话，一直记在心里。这是《圣母奇迹集》上的语句，讲述了修女和爵士之间的感情故事。后来圣母救了这两个人，没有怪罪他们的行为。如果他也这样做，在死的时候对妻子的姐姐这么说，他想圣母一定也能在上帝面前为他求情，请求主赦免他的罪。这样的请求不是常有的。

那个时候我不信，我觉得这一生我都不可能有真正的笑容，西蒙暗想道。

后面有人追上来帮他的忙，说：“不，西蒙，索卡承受不了我们两个人的重量，还有很长的路要赶呢。”“的确，我也觉得是你，西格尔，但我把你想成了其他人。”西蒙暗想道。

早上到了招待香客的地方，有两个管理者让病人留下来，因为他们的细心照顾，西蒙感觉好多了，不再那么浑身滚烫，于是他叫来仆人，坚持要坐上雪橇赶路。

路上没什么事情。他们一直在赶路，不停地换马，第二天早上终于到了佛莫庄园。一路上西蒙躺在雪橇上，蒙蒙眬眬地睡着，修士给他盖了很多床被子，被子压得他都快不能呼吸了。西蒙有时觉得他的头好像被人用钳子夹着一样。有时又没有知觉了。不过一会儿之后又因为疼痛清醒了一些：好像有只气球在充气，在沸腾，像快要炸掉一样，他感觉到胳膊上的血液在颤抖着。

他慢慢走出雪橇，试着往家里走去，那只还能动的手搭在容·达克的肩头，后面帮忙的是西格尔。西蒙看见仆人们都很疲倦，脸色苍白——这两天两夜的路程把他们累坏了。他想开口慰劳一下他们，但怎么也说不出话来，一不小心撞到门槛上，一下子摔着了，恰好磕着那只受伤的手，疼得他大叫起来。仆人们帮他换好衣服，让他躺到床上。他为了不叫出声，整个人都汗湿透了。

过了一会儿，他发现克里斯汀已经来到远处的火炉旁，用棒子在一个木碗里捣药材，一下一下，像是在捣他的脑袋一样。然后她将碗里的药装进杯子里，从箱子里取出小瓶子，倒了点东西到酒杯里，又把装在木碗里的药材倒入锅中，放在火上煮。她做这些事根本不用思考，神态安宁，西蒙暗暗想着。

这时候她拿着药来到他的旁边，脚步轻盈，几乎没有声音。她戴着亚麻做的帽子，神色庄重，身材保持得很好，和年轻的时候一样美丽端庄。不过头巾下的脸却如此瘦弱而又充满了忧愁。

西蒙的手臂伤势太严重，已经扩散到头上了，所以克里斯汀将手放在他脑后，把他慢慢扶了起来，不过他还是很疼。然后她用左手把杯子凑过来，胸口靠着他的脑袋。

西蒙很开心，克里斯汀扶他重新躺下的时候，他用还能动的那只手拉住了她，发现那双纤长柔美的手已经不再嫩白、柔嫩了。

西蒙说道："如今你应该不太会刺绣了吧，虽然它还是那么灵活，克里斯汀，你的手指散发着一种让人清爽的凉意！"

他将她的手覆盖在自己额头上。克里斯汀就这样站在那里，手开始暖和起来。所以她把一只手拿了回来，伸出另一只手继续放在他的额头上。

她说："西蒙，这次的伤实在太严重了。还好，上帝保佑，你一定会没事的。"

西蒙说："克里斯汀，我知道你医术不错，但我的病你治不好。"

不过他的神情看上去很好，药效起作用了，他也不觉得那么疼痛了。他的双眼还是不受自己控制，一直朝两边看着。

他的口气没有变："既然已经注定了，那么再逃避也是没有用处的。"

克里斯汀走过去，在一些瓶子前将一些黏糊糊的东西涂在布条上拿到西蒙身旁，帮他包扎伤口。他的整个手臂和脊背都缠着绷带，这时候胸部也显出了一些从腋窝延伸出来的红纹。刚开始确实挺痛苦，不过慢慢地好了点儿。克里斯汀帮他在布条上垫上了厚厚的羊毛毯，还在胳膊下放了几个柔软的羽毛垫子。西蒙想知道她给他涂上的是什么。

克里斯汀回答道："啊，就是把很多草药集合起来，不过主要是婆罗门参和燕菜。现在不是夏天，否则采到的药还会更新鲜。幸好有存货，冬天没用上，所以现在才有。"

“我记得你以前提起过燕菜，你记不记得，对于这个名字……当时还是修道院院长说的那句话……”西蒙说道。

“噢，希腊海到北欧的所有地方，大家都称它为燕子花的那种植物。”克里斯汀回答道。

“的确，因为不管在哪里，它开花都是在冬天燕子冬眠的时候。”西蒙不说话了，他暗暗想着，估计他活不到下个春天了。

西蒙说：“克里斯汀，如果我很快就要离去了，我希望安息在这里的教堂里。我现在不缺钱，我希望安德列斯以后可以生活在这里，成为一个令人尊敬的人。可惜我就要死了，也就不知道兰波这一胎是男孩还是女孩，我还真想再看到一个儿子呢。”

克里斯汀说已经派人去戴夫林庄园通知了他生病的事情。高特在西蒙回来的第二天大早就去了。

西蒙觉得很不可思议：“你让他一个人去？”

克里斯汀连忙解释：“高特的那匹劳丹，速度很快，没有哪个仆人跟得上。”西蒙觉得兰波赶过来实在不那么容易，虽然她也想快点赶过来，不过这一点儿实在不容易。

西蒙说：“能最后一次见见我的孩子们，我很高兴。”

过了一会儿，他谈起了自己的孩子，说到阿尔涅德，他总觉得没有同意艾肯庄园的那门婚事，实在是不明智。但那个对象年纪实在大了一点儿，而且他酒后喜欢使用蛮力的事情大家都清楚，这也是他担心的一点儿。他非常希望阿尔涅德的未来能够幸福，现在看来只能让基德和古德蒙帮帮忙了：

“克里斯汀，对我的兄弟们说，希望他们不要太轻易就决定阿尔涅德的未来。如果她愿意和你们一起去柔伦庄园待着，我就是离去了也会对你感激不尽的。克里斯汀，如果阿尔涅德还没有嫁出去，而兰波找到了归宿，你就不要带她回去了，不，你别想歪了，兰波应该不会亏待她的，不过阿尔涅德需要面对继母和继父，我觉得别人肯定会将她看作下人的……你晓得，她是我的私生女，还是在和海福莉在一起时。”

克里斯汀安抚地拍了拍西蒙的手背，说她会照看好阿尔涅德。她非常清楚，对于一个父亲是令人尊敬的贵族，而自己却是他的非婚子的孩子这一命运有多么尴尬！奥姆、玛格丽特还有武夫……她再一次拍了拍西蒙的手背，安慰道：

“别那么悲观，或许你不会有事的。”她轻轻地笑着，现在她的脸虽然很瘦，看上去很严肃，但还是有着女孩子一样纯真甜美的笑容。多么美好而又有活力的克里斯汀呀！

这天晚上，西蒙身上的体温不再那么烫，西蒙也不会那么痛苦了。克里斯汀给他换绑在伤口上的布条时，那里也没有那么肿了。胳膊上的皮肤柔软了一些，她慢慢地按下去，指印过了一会儿才消退。

克里斯汀让仆人们去休息。容·达克不愿意，想继续陪着主人，克里斯汀就让他在椅子上休息，自己把后面像箱子一样的背上雕着花纹的凳子放在床边上，然后坐下来，背靠着椅子和扶手。西蒙断断续续地睡着了，偶尔醒来时看到克里斯汀在使用纺锤。她坐得很直，左手臂下夹着毛线球和工具，用手指捻出线，毛线球从她修长的身上掉下去后被她缠紧，重新捻起来，再掉下去。他就这样看着她，然后又有了睡意。

早上天亮了之后，他再次醒过来，克里斯汀还在旁边鼓捣纺纱。她在点蜡烛的时候放下了床帏，免得刺激到他的眼睛。现在烛光离她很近，照得她脸上没有血色，很恬静，丰润的嘴巴紧紧地抿着，看上去很窄。她低着头在纺纱，不知道西蒙已经睡醒了，在从床帏的影子中看她。看到克里斯汀脸上深深的悲伤和痛苦的表情，躺在床上的西蒙心痛如割。

克里斯汀站起来看了看炉火，在里面搅动了一番，这些动作都很轻。然后又轻轻地走回来看了一下床这边，看见了黑暗中西蒙的眼睛。

“你身体感觉如何，西蒙？”克里斯汀温柔地问道。

“没事，我觉得好多了。”西蒙回答道。

他已经隐约感觉到，在他想要动一下头部时，他的左手臂那里还是非常痛，下巴也是这样。啊，不，这实在不真实……

啊，她那时候没有接受他的爱慕，现在也不会觉得遗憾吧？如果是这样，他就可以放心地对她坦白，反正她也不会觉得遗憾。在他离开之前他必须要开口，就这么一回，告诉她自己这么多年的爱慕。

他的身体又开始滚烫了，左手臂渐渐疼痛。

“西蒙，你还是需要多休息，这样身体才能好得快。”克里斯汀对他说。

“这次我睡很久了……”他还是想谈谈那些孩子，那么长时间一直爱着的和还没出生的孩子，“克里斯汀，你去休息吧。你如果希望有人看着我，让容·达克来就行了。”

清晨克里斯汀将他伤口上的布带解开，神色很悲伤，但西蒙却很平静：

“只能这样了，克里斯汀，我的伤口已经肿得太严重了，而且里边已经变坏了，况且在找你医治前，在寒冬时还被冻伤过。我本来就知道你也医不好的，放宽心吧，克里斯汀。”

克里斯汀低声说道：“你不应该走这么快的。”

西蒙仍旧平静地说：“命中注定活到什么时候谁也改变不了。你晓得，我希望能回到家里，在我死之前还有些事情要处理。”

西蒙笑了一下：

“火最终总会熄灭的。”

克里斯汀看着他，双眼含着泪，视线也是模糊的。从前他就说过很多这种话……他的脸上有红斑，本来圆润的两颊和下巴都凹进去了，显出一条条褶皱。因为发烧，眼里也没有了昔日的神采，目光浑浊——忽然又变得清晰了，仿佛在想着什么。他在看着她的时候目光坚定，好像在试探着什么——这双锋利的带着金属光泽的灰色眼睛一直都是这样。

阳光照进屋内，克里斯汀觉得西蒙鼻子上的皮肤没有那么厚了，嘴角的地方隐约有白斑。

她站在窗户旁边，一直不让泪水流出来。窗子上蒙着一层白色的霜，反射着金色和绿色的光线。今天的天气还是和前一阵一样吧？是个晴朗的冬日。

克里斯汀明白，这是他最后清醒的时刻了。

克里斯汀走到床前，把手伸进毯子下，摸了摸他的手和腿——他的小腿部分一直肿到了脚踝。

“你觉得，需不需要去叫埃里克神父来？”克里斯汀轻声问道。

“可以，晚上就叫吧。”西蒙回答。

他一定要说出自己的心声，在进行忏悔和享用圣餐之前，只有这件事做完了才能想其他的事情。

西蒙说："其实我很想不明白，估计你要替我收尸了，我想，我死了之后肯定很难看。"

克里斯汀没有让自己的眼泪掉下来，转过身走到窗前，去重新弄了点退烧的药来。

西蒙说道："克里斯汀，我不想喝这些了，喝后感觉神智会不清醒。"

不过后来他还是让克里斯汀给他喂了点药：

"安眠的药不需要多，我还想保持清醒和你聊聊。"

喝完以后，疼痛稍微好了一点儿，这样他才能神智清醒地和她谈谈。

"难道你不想要埃里克神父过来吗？他的安慰可能更有效点。"克里斯汀说。

"可以，不过还是先等等。有件事情我必须要说。"

西蒙稍稍安静了一下，开口道：

"请你帮我对伊兰德说，之前离开的时候对于我所说的话，我一直都很愧疚。那个晚上在他面前我是如此卑鄙，真的不像个男人，请你代我向他问好，希望你能让他谅解我。"

克里斯汀看着地面，西蒙看到她在亚麻头巾下发红的额头。

他问道："你愿意帮我这个忙吗？"

克里斯汀轻微地笑了点头，表示答应了。

西蒙继续说：

"如果我死了，伊兰德没有来看我，希望你去找他代我转告这句话。"

克里斯汀没有出声，但脸已经涨红。

西蒙再次问：“我都快要死了，这个请求你会答应我吧？”

克里斯汀慢慢地回答道：“是的，我会这么做的。”

西蒙继续说：“父母吵架，对孩子影响是很大的。你难道不知道他们心里有多么难过吗？孩子们如果听到了大家对父母的谈论，可不会舒服，而且他们都是如此看重自己的名声。”

克里斯汀的声音很低哑，没带任何感情地说道：

“我需要我的孩子，是伊兰德不要。况且，很久之前他们就失去了这些本来就会属于他们的爵位和这片土地。所以，如果他们只能忍耐这里的人对他们父母的流言蜚语，也不是我造成的。”

西蒙安静地躺着，过了一会儿接着说：

“我没有忘记，克里斯汀……很多时候你可以这么抱怨，伊兰德确实给自己的家人带来了苦难。但你要知道，如果当初没有失败，现在孩子们的未来就是十分美好的了，他现在也会是有权有势的骑士了。对这些事情，如果失败了，总会被当成叛国贼，如果反过来，那么也就不一样了。其实大半个国家的人都和伊兰德想的一样，和瑞典人共用一个君主，对国家来说损失惨重。他们盼望着努力特·波斯那些子孙们能有些不同，我们只需要在哈肯王子还没长大之前领他回国就可以了。那时候大部分人是赞同伊兰德的，但当事情暴露时就只知道各自保命了。我认识的很多人，包括我的兄弟们和那些骑士以及有着别的称号的权势人物都是这样，只有伊兰德遭到了罪责。克里斯汀，在整件事情上他处理的举动，在临危之时的表现都是让人敬佩的，他是一个敢作敢当的人。”

克里斯汀整个人都发颤了，好像怕冷似的。

“克里斯汀，我告诉你，如果因为这样你对他说了很多不好听的话，你应该请他不要责怪你。克里斯汀，我相信你可以的，曾经你对伊兰德那么信任，即使他伤害过你，你都没有怪罪于他，不相信任何有关他的流言。而那些事情，在我看来，一个正直、特别是身为贵族的先生是做不出来的……你还没有忘记当年我在奥斯陆和你们相遇时的事情吧？你当时甚至是到现在都没有责怪过他……”

克里斯汀的声音很轻：

“那时候我和他的命运是紧紧联系在一起的，如果我不和他在一起，你觉得我的结果会是什么样的呢？”

西蒙回答：“不要转移话题，克里斯汀，我希望你不要骗我。我如果遵照了你父亲的嘱咐，没有取消和你的婚约……如果我说，一定不会泄露你的秘密，而且坚决要娶你，那么你的决定呢？”

“我不清楚。”克里斯汀回答道。

西蒙苦涩地笑了：

“我如果强迫你的话，克里斯汀，我最爱的人，恐怕你连真心抱我一下都是不愿意的。”

克里斯汀的神色很惨白，看着地上，没有回话。西蒙笑了笑：

“如果我想和你上床睡觉，你不一定会温柔地对待我。”

克里斯汀有些带着哭腔地说：“睡觉时，我一定会自备武器。”

西蒙自嘲地笑了起来：“我知道你听过《波格地区的奴特》的歌曲。但我不知道人真的会这样。不过，上帝知道，或许你真会这么对我！”

过了一会儿他又开口道：

“即使基督教教徒里的夫妇也不和你们一样，不住在一起，没有合适的理由，神父也没有同意。你们摧毁了一切，将所有让人们团结一致的规则都推翻了，难道没有羞愧吗？伊兰德差点活不了的时候，你也只想着救他：他的心里只有你，连自己的孩子都不放在心上，更何况他的产业和名誉。现在一切都过去了，你们可以安心地生活了——但不是这样，你们那么激烈地吵架，之前在胡萨贝庄园也是这样，我见过的，克里斯汀。”

西蒙稍稍平复了下心情，温和地说道：“我这样说，就当是为了孩子，你还是和伊兰德和好吧！如果本来就不是你的错，那么有什么不能和好的呢？”

西蒙接着说：“眼下你更应该这样做。伊兰德现在在海乌格庄园什么都没有，饥寒交迫，而你的生活还很正常。”

克里斯汀轻声地回答道：“不，这样对我也很艰难。你知道，我一直都认为自己是个合格的母亲……为了他们我几乎付出了我的全部。”

西蒙说：“那当然，”然后接着说，“还记得在尼达洛斯路边相遇的事吗？你在空地上喂孩子喝奶的时候。”

克里斯汀表示记得。

“当时你会和我妹妹一样对待怀里的小孩吗？忍痛不要他，让他在更好的环境里成长？”西蒙问道。

克里斯汀摇了下头。

“如果这样的话，为了你那些英俊的孩子，让孩子的父亲对你在愤怒时说过的重话烟消云散吧，你别生气了，我想你可以做到这一点儿……你可以告诉他，让他回到自己的家里……回到属于他的庄园里……”

克里斯汀轻声地回答道：“西蒙，我知道该怎么做了，”良久之后她继续说道，“你的要求很严格，曾经也是一样，你对我比任何一个人都要严格，除了神父……”

“的确，但不会有下一次了。”他回话的时候带着一丝嘲讽，“不要悲伤，克里斯汀，别哭。你明白，你还得答应我这个垂死之人一些事。”他的眼睛里面有着曾经的淘气，“克里斯汀，你很明白，你不是一个让人完全信任的人。”

克里斯汀发出悲伤而又绝望的哭泣声，他过了一会请求道：“宝贝，别这么伤心。请你相信，我永远不会忘记你对我的忠诚，我的好妹妹。克里斯汀，现在我们还是能抛开一切成为朋友。”

晚上的时候西蒙让家人叫了神父过来。埃里克神父让他进行了悔过，给他举行了涂油礼，还给了些圣餐。西蒙和仆人还有在家的孩子们道了别，不过当时克里斯汀的大儿子纳克去克鲁克庄园了，没有见到他。这是西蒙自己主动要求的，希望在最后的时刻能见见孩子们。

这个夜晚，他有可能活不下去了，克里斯汀看着他。早上的时候，她还没睡多久，突然醒过来，听到了奇怪的声音。西蒙在床上时断时续地、轻声地叫着。听到这种呻吟，她害怕了，因为这些呻吟是那么微弱、悲伤，好像一个无助的孩子，估计西蒙没料到有人能听到。

克里斯汀俯下身不断地亲吻着他的脸。现在西蒙整个人已经有了一种腐烂的气息，但到了白天后，她可以断定，他的眼中仍然会有神采，神智也是清醒的。

容·达克和西格尔两个人用床单把他裹起来抬着，克里斯汀在床铺上放了些东西，希望他能睡得更舒服点。她知道西蒙很不好受，他一整天都没有进过食物，只是想喝水。

克里斯汀帮他重新躺在床上后，他希望克里斯汀画些十字在他的身体上：

“现在我的左边手臂真的动不了了。”

“在身上画十字和在什么东西上画十字，想要依靠它的善良寻求庇护时，一定要记着它是如何获得这些寓意的，要记住十字架代表着基督受罪，所以才获得了荣誉和权力。”这些是西蒙曾经听说的。他自己也对着自己身上画过十字，包括在他的财产上，但他从不想费脑力去思考。他觉得自己要离开这件事实在太突然，也没有想过，不过值得安慰的是，他终于在死前做了忏悔，也让神父行过礼。兰波，自己的妻子还是年轻貌美的，改嫁了应该还能幸福地生活。他的孩子，希望上帝保佑他们，自己的大哥基德也一定会好好对待他们的。至于剩下的那就听天由命吧！上帝不会因为他的罪过来评判他，一定会根据那些不能用语言表达出来的善良……

克鲁克庄园的西格丽德和吉尔蒙在第二天中午就来了。西蒙告诉他们克里斯汀一直在尽心尽力地照看他，希望她能去睡一会儿。他尽力地笑着说道：“过一会儿看到我肯定很吓人。”克里斯汀禁不住大哭了起来。她弯腰亲吻了一下他那受尽折磨的身体，这具躯体已经有了些腐烂的气息。

然后西蒙没有再说话，躺在床上，体温不是那么高，身体也不那么疼痛了。他自己想着，很快灵魂就能脱离肉体了。

他刚才和克里斯汀谈的事情让他也无法理解。他知道自己想要说什么，可说出口的却是另一回事，但他只能说这些，他实在很生气自己居然只说了这些!

现在估计连心脏都染上病毒了。人在出生的时候心脏最先有活力，而在生命结束的时候心脏却是最后死亡的，他快感觉不到自己心脏的跳动了。

晚上睡着之后，他又开始说梦话。一直在呻吟，让人害怕，偶尔还会淡淡地笑出声来。克里斯汀好像听到他喊自己，而在边上的西格丽德却不是这么认为的。她说西蒙喊的是不久之前刚说到的堂兄，他们很小时就是好朋友了。

半夜的时候，他不再吵闹，似乎睡着了。因此西格丽德劝克里斯汀到一旁的床上去休息一下。

还没到天亮，克里斯汀被周围的声音吵醒，她预感这是死亡前的挣扎。西蒙不能开口说话了，但看他的眼睛，克里斯汀明白他还认得她，不久后他的瞳孔闪现出金属的光泽，然后就翻了上去。但之后很长时间他还在咿咿呀呀地说话，还没有死去。神父过来进行了临终前的祷告，她和西格丽德在边上看着，仆人们也都进来了。还没到中午他就离去了。

第二天，基德·达尔赶到佛莫庄园。他一路飞奔来到这里。他刚到布莱丁，就已经得知了西蒙去世的消息，开始的时候他还能镇定，但当看到妹妹扑在他面前，紧紧地搂着他的脖子大哭的时候，他紧抱着妹妹，自己的泪水也忍不住流了下来，大哭了起来。

他对所有人说，兰波在戴夫林庄园生了一个男孩，高特到那里传消息的时候，她非常激动，觉得西蒙都已经不在了，然后就晕倒了，腹部也疼痛了起来。男孩是个早产儿，提前六个礼拜被生出来，所有人都希望能保住这个孩子。

大家非常重视安德列斯之子西蒙的葬礼。他的尸体被埋葬在奥拉夫教堂的唱诗席那里，这是西蒙自己的决定，那里的人们也很乐意。以前佛莫家族在这里一向受到人们的尊重，而且很有权势，但是萨梦之子西蒙一直没有儿子，没办法延续香火；萨梦之子西蒙的女儿嫁给了一位很富有的人，她的儿子如今有了爵士的地位，而且还为国王效力，所以没有住在母亲的庄园里。所以她让西蒙搬到这里来，很多人都有种佛莫家族回归的感觉。他们都不记得安德列斯之子西蒙其实不是这里的人，所以他的死去让很多人都感到伤心，那个时候西蒙也只有四十二岁而已。

5

日子一天天地过去了，克里斯汀想找机会向伊兰德传达西蒙的话。她相信她会做到的，即使这件事情没有那么容易，而且庄园发生了很多事情需要她去处理。她给自己寻找借口，希望能把找伊兰德的事情一直拖延下去。

圣灵降世周兰波回到了佛莫庄园，不过孩子们都没回来。克里斯汀向她打听孩子们的状况，她说都还不错，只是两个女孩子对父亲的去世比较悲伤。安德列斯太小了，根本不知道发生了什么事情。小儿子西蒙之子西蒙身体很壮，估计能够茁壮成长。

兰波去了教堂几次，也给自己的丈夫扫过墓，除了这些她不经常出门，一直待在家里。克里斯汀偶尔会去看望她。现在她希望进一步了解自己的妹妹。丈夫刚去世，她穿着丧衣，还像个孩子，一身蓝色的丧服重重地压在身上，让她年轻的躯体看起来柔弱无比，脖子上戴着亚麻布料的围巾，露出了尖瘦的下巴和瘦弱、蜡黄的脸颊，头上戴着黑色的丝巾，上面全是细小的褶皱。她的双眼有眼袋，大大的眼睛又黑又亮。

在草料收获的时节，克里斯汀已经忙得一个礼拜没有去找她的妹妹了。有个帮忙割草的人告诉她，哈瓦之子耶马特来佛莫庄园找兰波。克里斯汀听西蒙说过这个人，在戴夫林庄园那边也有个庄园，很富裕，他是西蒙的好朋友。

一个礼拜之后，收割正在如火如荼地进行着，天却忽然下雨了。克里斯汀骑着马去山谷那里找兰波，和她聊了聊现在不好的天气状况和收割时需要解决的问题。兰波突然说道：

“现在所有的事情都让容·达克看着，几天后我要去南边一趟，克里斯汀。”

克里斯汀怜悯地说道：“亲爱的妹妹，你是想去看看孩子吧？”

兰波站起身，在屋子里走来走去。

很长一段时间后她才开口道：“有件事情你肯定没有想到，戴夫林庄园估计不久后就会请你和孩子们去吃定亲宴了。耶马特在离开福尔莫庄园时，向我求婚，我也同意了，到时候让基德帮我主持一下。”

克里斯汀什么话也说不出来。妹妹终于停下了，惨白的脸看着姐姐，一双漆黑的眼睛直视着她。

最后克里斯汀说道：“我觉得，西蒙才刚刚去世……我本以为你会很难过的……但你现在是自由的，随你怎么做。”

兰波没有马上回答，克里斯汀追问道：

“基德·达尔知道你这么快就要改嫁这件事情了？”

兰波一直在来回走着：“他知道。这件事是海嘉促成的，她说耶马特很富有，”她勉强地笑着，“基德其实看人还是不错的，我估计他明白我和西蒙之间的辛酸。”

沉默了一会儿，克里斯汀说道：“你再说一遍？大家都不清楚你们居然活得那么辛酸，在大家看来你们那么相爱和友善。西蒙很听你的话，也随你的意，知道你年轻，希望你能够不那么操劳，快快乐乐地享受你这个年纪应该拥有的事物。他喜欢孩子，经常说很高兴你们之间有了孩子。”

兰波嘲讽地笑了笑，克里斯汀很激动：

“你如果觉得自己的婚姻不那么开心，那肯定有西蒙的原因。”

兰波说：“不是的，但如果你非要这么说，就当是我不对好了。”

克里斯汀愣住了。

最后，克里斯汀说了一句话：“兰波，我希望你清楚自己所说的话。”

兰波回答道：“的确，就是这样。你可能不清楚。你从来不怎么关注西蒙，所以不知道这些也是情有可原的。每次你需要个愿意帮你忙的人时，你就会找他。但是在其他的时候，你从没关心过他，所以你从不站在西蒙的立场上考虑下他这么做的原因。的确，他让我那么轻松自在地活着。他会微笑地扶着我骑马，同意我去各地游玩和看亲戚。等我回来时，他也会微笑着欢迎我……他会轻轻地抚摩我，好像我是只小狗或者他的爱马一样。但当我离开时，他也不会思念我。”

克里斯汀坐不下来了，一直没有动，站在桌子那边。兰波的双手一直扭在一起，骨头都响了。她还是在房间里不停地走动着。

等她慢慢平静了些，说道："耶马特，我明白他看上我了。他的妻子还没有死的时候，我就已经知道了。不过他从不说出来，也没有察觉到他的举止有问题。他真的不知道，西蒙的死令他也很悲伤，他只是想安慰我，真的是这样。你要相信，海嘉对我说，希望我……而且这样并不违背什么礼仪……"

"事实上我也不明白自己在等什么……以后不会很快乐，也不会很伤心。我希望有个人好好地爱我，平平静静地生活，我想知道这样的感觉怎么样。而和一个心里从来只有别人的男人结婚，这里面的感受只有自己明白。"

克里斯汀还是在那里，兰波站在她面前，用尽力气喊道：

"你明白我说的是什么！"

克里斯汀低下头，沉默着出去了。外面下着雨，她站在雨里，在等仆人将她的马从马厩里牵过来，兰波也出来了，黑色的眼珠里充满了仇恨，看着她离开。

第二天，她突然想起西蒙对她说过，如果兰波再嫁，希望她来抚养阿尔涅德。她去了趟佛莫庄园，感觉有些为难。最困扰她的是她不知该如何安慰她，给她帮助。她知道兰波有些不甘心，和耶马特的订婚也没有经过充分的准备，不过她明白，反对并不会有用。

兰波心情抑郁，对她很冷淡，不太理会克里斯汀的话。她明确地反对了阿尔涅德去柔伦庄园的事情：

"你们庄园里有那么多事情，我觉得阿尔涅德现在还不适合去那里。”

克里斯汀觉得兰波说的也不无道理，但她已经答应了西蒙，所以才会这么说的。

兰波回答道：“西蒙那时候脑子不清醒。他难道不觉得这对我很不公平吗？你难道也不觉得将这些话告诉我是在侮辱我吗？”克里斯汀没有办法，就回去了。

又过了一天，早上天气很好。孩子们出来吃饭时，克里斯汀告诉他们，她不能和他们去割草了：她有事情要办，今后一段时间都不在家里。

她说：“我去多孚尔山区你们的父亲那里，希望他能够原谅我所有的一切，和我一起回来。”

孩子们都很兴奋，不好意思抬头，她知道他们很开心。她让小慕南过来，弯腰问道：

“孩子，你还记得你的父亲吗？”

孩子点了一下头，眼睛很明亮。剩下的人也都抬头看着她，发现母亲突然变得那么美丽、青春，他们已经很久没见到她这个样子了。

过了一段时间后，她去了院子里，穿着去教堂才穿的隆重的衣服，打算出门了，那是一件黑毛线织的长裙，领口和袖口有蓝色和银色的花朵。她还罩了件黑色的带着帽子的斗篷，不过没有袖子，因为已经是盛夏了。纳克和高特在她的马背上放上马鞍，又将自己的马准备好，想和她一起同行，她同意了。大家一起朝北行走，到了多孚尔山区，一路上她没怎么说话，很多时候都在思考着什么。

有时候她会说些事情，但并不说明她要去干什么。

一行人来到了高山上，当能远远地看见海乌格庄园的房屋之后，她便让孩子们不要再跟着了：

“我和你们的父亲需要单独地好好谈谈，我想你们应该能理解。”

儿子们点了点头，和母亲道了别，就掉过头回家了。

她来到最后一个陡峭的山冈上，凉风在她通红的脸上拂过。光线洒在房子上，给那些房子镀上一层金色，地上是它们灰色的长影。谷物快要丰收了。在租给别人的土地上，麦穗随风摇晃着，看上去令人心旷神怡。在那些满是石头的草地和山坡上，长满了红色的柳兰花，在风中摇曳生姿，一些地方的干草已经收获了，堆成一堆。不过庄园里很安静，甚至连狗都没有。

克里斯汀下了马，让它去水槽边喝水。她不想将马放在外面，一直牵着它去了马厩。马厩屋顶上的破洞里洒下了阳光，上面的草皮已经不那么严密了，估计很久都没有人来停马。克里斯汀放好了马，自己去了院子里。

房子的墙上挂着动物的皮毛，还没有完全干燥。她刚进屋，就看到很多苍蝇从上面飞起来。北边的角落里还有一堆被草皮盖起来的马粪，都要将屋子分成两半了。估计在里面睡的人想要暖和一点儿。

她以为门锁着，但手一放到门上门就开了。伊兰德连门闩都不用。

她刚进门，就闻到一股恶臭——那是动物的皮毛夹杂着马粪的味道，很刺鼻。她在那里的第一反应就是愧疚和不安。这里和冬天熊居住的地方没有什么差别。

啊，真的，真的，西蒙你没有说错。

这个屋子总给人一种很狭窄的感觉，不过从前它是整洁舒适的。火炉那边有烟囱，可以排气，和柔伦庄园阁楼上的屋子一样。她想要通通气，便去打开炉子上的挡风口，但发现烟囱的顶部有一块很重的石板。走廊那边的玻璃窗已经坏了，绑着布条。屋子的地板是木头的，不过被灰尘覆盖住，一点儿都看不出来。椅子上也没有垫的东西，到处都是武器、皮毛和一些衣物，桌子脏兮兮的，还有吃剩的东西，引来了很多苍蝇。

克里斯汀很吃惊，呆呆地站着，心脏跳得很快，身体颤抖着，快不能呼吸了。远一点儿的地方有一张床——在她上次来的时候，艾琳就躺在那里——现在盖着一张被子，下面好像放了些东西……克里斯汀不愿再继续想了。

她紧闭着嘴巴，慢慢地走上去，揭开了盖着的布，还好里面只是伊兰德的衣服，头盔和盾牌也在那里。它们下边是一张草席，上面就盖着这层布。

她往另外的那张床看了看，以前布柔恩和爱丝希尔德就死在那个位置，现在伊兰德睡在上面，难道他这次也需要这样?

他怎么会想到来这里睡呢?她满心愧疚，走到床那里。床铺很久都没整理过，皮垫下铺着的干草被压得严严实实的，很硬。床上仅放着一些羊皮毯和粗劣的麻布包裹着的枕头。这些东西都散发着臭味。她将床铺收拾了一番，从里面清理出很多灰尘。伊兰德的床铺与马厩里那些马夫的床铺没有任何区别。

从前伊兰德很奢侈，总是享受着一切的豪华，喜欢丝绸和稀有的皮毛制成的衣服。他有时候会责备克里斯汀不让孩子们穿好一点儿，也不希望她去喂奶，做些仆人做的事情，他总是说她就像一个农妇似的。

她觉得，上天啊！这都是他自己造成的。

啊，我不说这些，我希望我没有说过这些话。西蒙，你没有错，我的丈夫怎么能这么生活呢？我要伸出双手请求他的原谅，亲吻他，让他教训我。

可是这么做对我来说太难了，西蒙，但是你并没有说错……那双犀利的灰色眼睛在死前依然清澈而又坚定。生命在渐渐流逝，但在灵魂消逝之前，他眼神里的光芒仍然高尚而又理智，好像锋芒毕露的宝剑。她其实应该知道兰波没有说谎，这么长时间这个人一直在爱着自己。

他去世已经很久了，但她每天都会想起他，她发现即使兰波没有告诉自己，她其实也已经察觉到了。他死后她回忆起了很多和西蒙的一些过往。很长时间以来她对西蒙都有着错误的看法。她曲解了事实，就像造假币的贪婪的君主一样，往银子中掺入劣质金属。那时候他主动和她解除婚约，承担了毁约的责任。但她当时却曲解了，觉得西蒙是因为知道了她不好的事情，所以才答应的。她却不记得，当时在修道院里，西蒙认为她还没有失去贞洁时，就同意了不结婚。但他从来没有怪罪过她的变心和不守誓约的过错，反而替她承担了罪责——只希望她的父亲明白她并不是背弃约定的那个人。

现在她终于明白了，他清楚所有的事情，一直站在她的面前，帮她保住了名声。如果当初她希望西蒙娶她，西蒙一定不会拒绝，会好好地和她过日子，就像从来不曾知道她那些耻辱的事情一样。

但她很清楚：她不爱西蒙。她绝不会对安德列斯之子西蒙产生爱情。虽然……虽然她总为伊兰德所没有的品质对他怒目相向——因为那些西蒙全都具备。这样看来，她的确很坏，连她自己也不清楚究竟想怎么样。

西蒙那样为他所爱的人不求回报地付出，她认为从前的自己也做得到。

她接受了西蒙所有的帮助，没有动什么脑子，也没有进行回报，但西蒙没说。现在她明白她和伊兰德单独在一起的那一刻西蒙是多么难受了。现在她懂得了，虽然他的表情总是波澜不惊，但心里是痛苦的，不过他总是一笑而过——好像甩掉什么东西一样——继续无怨无悔地支持她，帮助她。

但是她自己，每当她为伊兰德付出而伊兰德却毫无感觉时，她总是充满怨恨，心里将那些委屈、耻辱牢牢记住。

那时在这里她就坚决地说过："这条危险的道路是我选择的。如果前面是悬崖，那不是伊兰德的错。"她对着那个死去的女子说过这句话，而正是因为她挡住了自己爱情的道路，所以在她的逼迫下死去了。

克里斯汀将手放在胸上，整个人路都走不稳了，重重地呻吟着。的确，那时她那么高傲，即使伊兰德不要她，欺骗她，对她厌倦了，她都无怨无悔。

如果伊兰德真的这样，她估计也不会发火。他如果真的不要她，那么也就没有后面的事情了。然而伊兰德依然爱着她——却在每分每秒，每个举动中伤害了她，让她无法忍受，她一直这么担忧和不知所措地活着。是的，他不撒谎，可是也没有给她安全感，面对这种情形，她无法预料结局是什么。她现在到这里，希望他回去，她的生活又会恢复到不安和忧虑了，心里带着希望，同样也带着担忧，她会为此心力交瘁的。

伊兰德已经让她筋疲力尽了。她不是曾经那个充满活力、勇敢的少女，可以和伊兰德继续在一起，但她也没有真的老去，到了感受不到伊兰德带给她心灵的力量。和伊兰德生活，虽然她已经不年轻了，但也没有老到可以对伊兰德的恣意妄为无动于衷。现在的她多么可怜啊——可能一直都是这样的。啊，西蒙没有错。

西蒙和她父亲，曾经她因为伊兰德这个如今让她无法忍受的男人而伤害了他们，但他们一直爱着自己，从没有改变过。

啊！西蒙，我知道你不会对不起我。不过西蒙，你现在能清楚你的仇恨已经不需要了。

啊！她需要忙碌一点儿，她已经没有力气站在这里了。她将床铺整理一番，想找一些布和笤帚，但里面什么都没有。她还去了储藏室，到现在她才清楚房间里的马粪味是怎么回事了，伊兰德在储藏室里养马！但那里的地面还算干净，挂着的马鞍和马笼头也保护得不错、干净整洁，还涂了一层树脂。

她的愧疚之心油然而生，将所有其他的感情掩盖。他带着马在这里是否是因为感到寂寞和不适？

门外传来人走路的声音。她到窗口去看，那里有很厚的灰尘，还有蜘蛛网，她感觉好像是个女人。她将堵在一个破洞里的布条扯出来，向外张望着，看到有个女人将牛奶罐和奶酪放在外面，她长得很丑，还瘸了腿，年纪也很大，穿着就更不用说了。克里斯汀莫名地安心了下来。

她把里面尽量收拾了一下，之后看到在侧面墙的一块圆木上有布柔恩爵士刻的一些东西，不少地方她不是很明白，是拉丁文，不过有基督和战士两个词，还有自己父亲在爱夫西瑟的庄园，由于爱丝希尔德夫人的原因而失去了。主座上还雕有一些精致的花纹，其中包括布柔恩的徽章、一只独角兽和百合星叶花纹的盾牌。

一会儿克里斯汀又听见远处传来了马蹄的声响，她从穿堂里出去，向院子里看了看。

有匹黑色的大马从庄园上方长满阔叶林的高坡上跑过来，还拉着满满一车木柴。伊兰德驾着马。在堆满柴火的马车上，有只狗躺在上面，旁边还有些大狗在跟着马车一起跑着。

他的那匹外国种马“煤烟”跑得很快，拉着雪橇，驮着木柴，来到凹凸不平的草地上。有只狗冲了过来，向北方狂奔着……伊兰德下了马，见狗那么激动，清楚庄园里一定来了陌生人。他从马车上取出斧头，朝自己住的地方走去。

克里斯汀赶忙回到屋子里，不过没有闩门，站在火炉那里，有些紧张地等待着。

伊兰德进了屋子，手里拿着斧子，很多狗跟在他后面，发现了不认识的人，开始叫唤起来。

她第一眼就看到了伊兰德的脸上年轻时的红晕，他那不是很严肃、漂亮的嘴角轻轻颤抖了一下。两道弯眉下，眼睛睁得很大。

她望着他，都快忘记呼吸了。她看到自己的丈夫胡碴长了，很久没有刮过，头发也变灰了，乱糟糟的，不过脸颊一会儿涨得通红，一会儿又变得惨白，就像年轻时那样……啊，他看起来还是那么年轻英俊，好像没有什么能改变他。

他穿得真是糟糕极了，衣服又脏又破，外套很旧，已经褪色磨损了，扣眼也裂开了。不过还算贴身，每当他动起来，都可以显示出他强健的身体。窄窄的裤子也很破旧了，其中一只裤腿开了缝，不过现在的他看起来和那些权贵的子孙更接近。他的身材还是那么高瘦，肩膀很宽，虽然有些驼背，四肢修长柔软，看起来很魁梧威严。他的双腿微微张开，站在地面，一只手放在他细腰的腰带上，一只手拿着斧子垂下来。

他让狗来到他旁边，看着她，脸色一会儿涨红，一会儿又变白，沉默着。就这样过了许久，他犹疑地开口道：

“克里斯汀，真的是你？是你在这吗？”

“我过来瞧瞧你过得怎么样。”她回答。

“你现在知道了，”他环视了一下屋子，“你瞧，我过得还行吧！还好现在房间里不是很乱，”他看到自己的妻子在笑，也笑了，“估计是你收拾的？”

伊兰德将斧子放下，坐在外面的椅子上，神情变得严肃了起来，关心地问道：

“你站在这里……是因为家里有什么事情吗？……我是说柔伦庄园……孩子们怎么样了？”

这个时候她知道该说出她的目的了：“不是的，孩子们都很好，都很健康，但很想念你，伊兰德。我这次过来是请求你回去的，我们都希望你能回去。”她看着地面。

“可是你依然那么漂亮、充满活力，克里斯汀。”伊兰德笑了笑。

克里斯汀整个人尴尬得脸都红了，好像挨了他一耳光一样：

“你想错了……”

伊兰德接着问：“啊，我清楚你这么做是想要结束寡妇的生活，而不是因为你的漂亮年轻，”他的神情很严肃，“克里斯汀，我回去根本不必要。你能够处理好庄园的事务，你对所有的事情都做得很出色，可我喜欢在这里。”

克里斯汀轻轻地回答道：“可是我们的不和对孩子有影响。”

“啊——！”伊兰德的声调拖得很长，“他们现在都不懂事，也不会那么伤心。如果哪天长大了，估计也就忘了。我可以对你说，我其实去见过他们。”

其实她知道这些，不过她觉得很受羞辱，他是有意的，难道他觉得她察觉不出来吗？孩子们也不清楚她知道事情的真相。现在她也平静了下来：

“包括柔伦庄园在内有很多事情很奇怪，你清楚吗？”

他还是笑道：“我不会谈论这个的。我只是打打猎。啊，你现在很饿了吧？”他立起身，“你都没有坐下来，克里斯汀，很好，就坐在主位上就好，亲爱的，这里永远都欢迎你。”

他拿来了牛奶和奶酪，包括面包、奶油和肉。克里斯汀确实饿了，也很渴，但她吃不进去。伊兰德吃得很匆忙，他在没有客人的时候一直这样，很快就把食物解决了，同时也不忘交代一下自己的生活。有两个住在底下的佃户帮他看着田地，并给他提供牛奶和一些食物，别的东西就只能靠他自己了，他有时会去山里打打猎，或者去湖里捞鱼，当作食物。他忽然说道，他想走出这个国家，去别的国家当个军官什么的。

“啊，不可以，伊兰德！”克里斯汀叫道。

他迅速地看了克里斯汀一眼，目光里带着疑惑，她没有再说话。阳光渐渐从房间里消失。在黑色的墙壁下，她的脸和白色的头巾显得很白。伊兰德起身在火炉里生起了火，接着到椅子上坐下，看着她。他的身体被炉火映得通红。

他怎么会想要这么做？如今他年纪也不小了，她父亲在这个年纪已经去世了。如果他真的将这个奇特的想法付诸实践，因为自己的冲动而去冒这个险，又会如何呢？

克里斯汀情绪很不稳定：“你认为，放着我和孩子们不管不过分吗？还要出国，真的不要我们了？”

伊兰德镇静地说道：“克里斯汀，如果我早就清楚你心里想的，我可能早就走了，我知道你有多么不待见我，的确，我让你受苦了。”

“伊兰德，你其实很清楚，你觉得那是我的庄园，可你是我的丈夫啊！按照法律，我所有的，不就是你的吗……”她自己都听出了她嗓音的嘶哑。

伊兰德回答：“的确，可我没有那样的管理的能力。”他很长时间没有说话，“纳克，在还没有生他的时候，你谈起肚子里的孩子，说他会成为庄园的主人。克里斯汀，我知道，这件事深深地刺痛了你，所以我们就这样吧。我觉得我现在挺好的。”

克里斯汀看了一眼这间在暮色下昏暗的屋子，整个人颤抖了一下。现在火被风吹得一直在摇晃，满屋子都是阴影。

她是那么无奈，快要支撑不住了："你居然能在这里生活下去，那么无聊，那么寂寞，我觉得你需要个仆人。"

伊兰德笑了起来："难道你觉得，我应该在这里管理我的产业吗？啊，不是的，克里斯汀，我当不了农民，我并不喜欢太安静的生活。"

"安静……难道这里还不够安静吗？那些漫长的冬天的夜晚……"

伊兰德一直笑着，眼神古怪，没有聚焦点，看着面前的黑暗：

"如果这样的话，的确，我不需要操心，可以随便想任何事情——除了心里的那件事……想去哪就去哪，想回来就回来。你了解我，我一直都是这样：不需要处理什么事情时，只喜欢睡觉。在天气很坏，不需要去山上的时候，我和冬眠的野兽没什么区别。"

"你独自在这里，难道不恐惧？"克里斯汀轻声问道。

开始的时候他很疑惑，没有明白，之后看了看她，就大笑了起来：

"传言说这里有鬼吗？我可从来没发现过。偶尔我还希望布柔恩姨父的灵魂可以出来见见我。你知不知道，那次他认为我肯定无法面对被刀架着的感受。现在我想说，我就算被上了枷锁，也不会担心。"

克里斯汀害怕得哆嗦了起来，一句话都说不出口。

伊兰德站了起来：

"克里斯汀，现在我们该休息了吧？"

她因为恐惧，身体冰冷，静静地看着伊兰德将盖在武器上的被子拿过来，铺到床上，这样就看不见那个脏兮兮的枕头了：

“我最好的东西都在这里。”伊兰德说。

“伊兰德！”她将双手放在胸口。她还想说些话题来拖延一下。她真的很恐惧。还好想起了一件事情：“伊兰德，有个人想对你说些事情。西蒙在离开之前让我告诉你，他一直很后悔分别前对你说过的那些话。他说作为一个男子汉不应该讲这种话，希望你不要怪罪他。”

伊兰德把手搭在床上，看着地面：“克里斯汀，我不希望从你的嘴巴里听到他的名字。”

克里斯汀说：“我不理解你们两个到底为什么要这样，”她认为伊兰德实在有些冷漠，“他那么小家子气地对你，我觉得不符合道理，那不是他。如果真的是这样的话，罪过也不是他一个人的。”

伊兰德摇了摇头：

“曾经在困境里，他不离不弃地对待我。我希望他来帮助我，并且感激他，却从没想过他会怨恨我。如果是在古代就好了，我们就可以用最公平的方式——决斗来决定谁该拥有这个浅黄色头发的漂亮女孩……”

他把椅子上的斗篷拿起来，披在身上：

“今天这些狗应该会陪着你的。”

克里斯汀急忙站起来：

“伊兰德，你不在这里睡？”

“我去谷仓那边……”伊兰德回答。

“别！”伊兰德停了下来，火炉就要熄灭了，在微弱的火光里，伊兰德的身材高大而又均匀，充满了年轻的活力。“我独自在这里会害怕的。”

“难道你愿意让我抱着你睡？”她觉得伊兰德在黑暗里笑了起来，便无力地低下头来，“你不担心我会掐死你，克里斯汀？”

“你只要能抱着我就可以！”她扑到自己丈夫的胸怀。

她睁开眼的时候，看着外面，估计已经天明了。她身上压着重物，是伊兰德，还没有醒过来，他的头靠在她的胸上，一只胳膊搂着她，手腕搭在她的肩上。

她摸着丈夫的已经花白的头发，又盯着自己的瘦弱松软的胸部，在薄薄的皮肤下，只瞧见上面和下面的肋骨。昨晚的记忆又恢复了，她很惶恐。在这张床上，他们已经不年轻了……她看到自己因过度操劳而干枯的臂膀和扁平的胸部上的血块，觉得更加惶恐和惭愧。她抓过被子，想要用被单来遮掩自己。

伊兰德醒过来，直起了半个身子，定定地看着她的脸，还带着浓浓的睡意，眼珠子很黑。

“我还觉得……”他躺下来，倒在克里斯汀的胸前，语气里有着害怕和开心，“我觉得我刚才在做梦。”听到这句话，她觉得既辛酸，又幸福，心里受到很大的震荡。

她主动献上自己的嘴唇，亲吻着他，双手紧紧地抱着她的脖子，感到从未有过的满足。

午后太阳黄了一些，房子的阴影映在院子里，他们去河边打水。伊兰德提着桶，克里斯汀在一旁陪着。她身材消瘦，但是亭亭玉立，包头的布滑落了，随意地放在肩膀上，阳光下头发呈淡淡的棕色。她朝着太阳看，没有睁眼，脸被晒红了，脸色柔和了很多。她偷偷地打量着伊兰德，然后又含羞地低下头。她在伊兰德的眼里看到了自己，还是那么年轻。

伊兰德想清洗一下。他从山坡向下走着，克里斯汀在草地上靠着石头坐下。河水潺潺地流动着，她差点睡着了，但身上有虫子一直爬来爬去，她微眯着眼睛赶它们。她透过树木看到伊兰德就在下面的小溪里，露出洁白的身子——他爬上了石头，正拿着一些青草清理身体。克里斯汀又闭上了双眼，淡淡地笑着，心里有一种幸福的疲倦感，现在，她还是一如既往地被伊兰德吸引着。

伊兰德洗好后，在她身边的草地里躺下，当他亲吻着她的胳膊时，头发还没干，洁白的牙齿上还有水珠，有些凉。他把胡子刮干净了，衣服也换了，但显得不是那么好看。他指给她看衣服破了的地方：

“你这么久才来这里，怎么没把我的衣服带过来？”

她微笑道：“伊兰德，到家后我就帮你缝一些新的。”

她伸出一只手抚摩着他的脑袋，被他抓住了手：

“克里斯汀，你不要走好吗？”

她笑了，没有回答。伊兰德离她远了一点点，仍然躺在草地上。那里的矮树木下长着小小的白色的花朵，很像妇人的胸部，上面有青色的花纹，正中间有一个蓝褐色的小点。

“克里斯汀，你应该认识，告诉我名字吧？”

“叫奚神草，也叫梅花草……不要，伊兰德！”伊兰德把它们采了下来，想把花放进她的胸前，她害羞得红了脸，将他的手推开。

伊兰德笑了，又摘下几朵小白花，放在她的手心里，她握紧小花，伊兰德说：

“你还记得我们漫步在荷芬医院花园的时候你给我的那朵玫瑰吗？”

克里斯汀轻轻地笑了起来，摇着头回答道：

“错了，那是我手上的玫瑰，被你拿走了。”

“你是同意的啊，克里斯汀，你把自己交给我，那时候的你像玫瑰一样淳朴、善良，却在那时候开始，我就被刺得流血……”他躺在她的怀里，抱住她的腰，“克里斯汀，昨天晚上，你变了……你已经不像从前那样淳朴和忍耐了……”

克里斯汀害羞地闭上了眼睛，将脸贴在他的肩上。

第四天，他们去了山上的桦树林里，这个树林在一处低洼的山谷之间，就在庄园附近。昨天，农人们给伊兰德搬运来了粮食。克里斯汀和伊兰德想的一样，不想让别人知道她在这里。他几次下山去，到他的佃户那里拿了些吃的和喝的，克里斯汀就等在那个树林里的一个石楠丛里。她站在那个角度，看着来来往往辛苦搬运东西的人们。

伊兰德问道：“你忘记了没有？你曾经对我说过，如果有一天我不得不来山里当农民，你也会帮我看好家。你想要两头母牛、山羊和绵羊？”

克里斯汀微笑着把玩他的头发：

“伊兰德，你想过没有，如果一个妈妈突然离开家，不要自己的孩子了，你觉得他们会怎么样？”

伊兰德微笑着答道："我觉得他们会很高兴去当柔伦庄园的管理人。别把他们当作孩子，他们已经可以处理事情了。高特是年轻了点，但他真的很擅长务农，纳克也不小了。"

克里斯汀淡淡地笑着："啊，不是的。即使他们俩有这个意愿，另外五个人也不会愿意，更何况他们并没有成熟。"

伊兰德说道："他们如果和他的父亲一样，就真的只有等一等才能长大，有可能需要一辈子的时间。"他的脸上露出顽皮的笑容，"克里斯汀，难道你要一直庇护着他们？噢，你肯定想不到，就在这个夏天，纳克也是父亲了？"

"不会的！"克里斯汀被吓到了，脸都变红了。

"的确是这样！不过孩子已经死了……这孩子已经学乖了，不再去找她了……那个女人是附近的庄园巴尔之子的遗孀，她觉得那是纳克的孩子。不管是不是真的，他都有错。的确，我们也要老了……"

"你的孩子出了这种耻辱、难堪的事，你居然还在开玩笑？"克里斯汀觉得，伊兰德好像没有把这个当回事，还因为她的不知情而感到有趣，她的心里很难受。

伊兰德仍然带着笑意："不然呢？孩子都已经成年了。你要知道，你觉得他还没有长大，天天看着他，那是没有用的。等你来这里陪着我之后，我们就让他们早点结婚吧！"

"你觉得给纳克找个好妻子是那么容易的事情吗？啊，丈夫，我想你也看见了，你必须和我一起回去，教育他们。"

伊兰德很激动，双手撑在桌子上：

"我不要，克里斯汀，我做不到。在你们那，我一直都被当作外地人。每个人都只知道我曾因为背叛国王而受到责罚。在那里我很孤单，一直是这样，我在那里那么长时间，难道你没有考虑过我到底开不开心吗？在史考恩的故乡，我会更有地位一些。即使年少的时候名声不是太好，被说成是花花公子，离开过教门，但我还是胡萨贝庄园的尼古拉斯之子伊兰德！克里斯汀，后来我好不容易能有机会在北方告诉别人我不是那么差劲，没有丢我们祖宗的脸。啊，我对你说，在这个简陋的地方，没有人管我，我非常轻松，不会有闲言碎语。你要知道，克里斯汀，你是我最爱的人，你就待在这里吧！我不会让你失望的！这里比起胡萨贝庄园要好得多。我自己也不清楚，我在那里的不快乐是从小开始的。我和艾琳在一起的时候，像在地狱里一样，即使和你在一起以后，我们也不见得开心。但上帝可以见证，我有幸认识了你，我时时刻刻都是爱着你的。我觉得那个庄园里有什么恶魔，我母亲在那里受尽折磨，我父亲也没有开心过。克里斯汀，我可以向为所有人献身的主发誓，我依然爱着你，就像玛格丽特日做弥撒的那天，你和我睡在一起时一样……那时候我注视着你，觉得你就如同花儿一样，鲜活、清香和美好……”

克里斯汀轻声说道：

“伊兰德，你应该没有忘记，那个晚上你在祈求上天，希望我不会因为你而哭泣。”

“的确，基督和圣徒们都明白我没有撒谎！有些事情无能为力，真的，我们活着，无法去避免。……或许这个世界上的事情注定如此……但不管我让你受伤还是幸福，我都是爱你的。陪陪我吧，克里斯汀。”

克里斯汀还是轻声说道:“你知不知道，自己的父亲被别人说闲话，孩子的一生能幸福吗？不可能所有的人都逃避现实，对别人的闲言碎语置之不理。”

伊兰德垂下了头，说道：

“他们正值青春年华，而且有足够的勇气，相貌英俊，可以保护好自己……可是克里斯汀，我们年纪越来越大了，如今你还是那么漂亮，有活力，难道你想浪费这所剩无几的青春年华吗？克里斯汀？”

她看着地面，没有看他火热的眼睛，过了一段时间，说道：

“伊兰德，你不记得还有两个小儿子吗？如果我不要劳伦斯和慕南，你将怎么想呢？”

“那就把他们也带来——只要劳伦斯不想和哥哥们在一起的话。他也不算小孩子了。慕南还是长得那么标致吗？”伊兰德笑着问道。

克里斯汀答道:“的确，他很漂亮。”

之后他们沉默了很久，没有再谈这个事情，而是说起了其他的事情。

她在庄园里每天很早就醒了，在这里也是这样。她一直在床上躺着，听到外面有马踏地的声音，便紧紧抱住伊兰德的头。这些天她总是很早就醒了，害怕和耻辱一直萦绕在她的心头，就像他们的第一次一样，但她没有表现出来。她想，他们之间已经不和这么久了，现在不是已经和解了吗？孩子们应该会为这件事情感到高兴的吧！

这个早上她不断地想着孩子们。她觉得她好像着了魔一样。

伊兰德将她从首次拥抱的吉达露森林带到了这里。当时他们多么年轻啊！她真的和这个人有过七个孩子吗？她已经是那些年轻人的母亲了吗？……她有一种幻觉，似乎从那时候开始，她就一直在他的怀抱里，婚后所有的一切都是虚幻的，只是一场梦境……他其实是在诱惑着她，让她也开始幻想起来……她有些担心害怕了，伊兰德好像使她忘记了自己的责任，忘记了自己的孩子，就像一匹年轻的马儿卸下了所有的东西，自由地走在牧场上一样……不再需要被笼头、马鞍和货物束缚，享受着山谷上的风儿，周围都是鲜美的青草，可以自由自在地奔跑在这广袤无垠的草原上……

她的心里还有些另外的一个幸福的期待，她不顾一切地想要再生个孩子。她这九个月来一直在幸福而又紧张地等待快要出生的孩子。那天从伊兰德的怀里睁眼时，她已经有预感了，担心怀不上孩子的那种让她心力交瘁的冷酷的愤怒已经不存在，她的肚子里又有了伊兰德的骨肉，她多么期待这个孩子的到来啊！

她自己思考着，家里的孩子们已经大了，不再需要她，觉得她太过干涉他们的想法，令他们感到烦恼。她和宝宝会烦到他们。啊，我要待在这儿，和伊兰德一起生活，我不想走……

但是在两个人用早餐的时候，她还是打算要回去，放心不下她的儿子。

她想到了劳伦斯和慕南，他们如今也不是小孩子了。她觉得大家如果一起在这里住的话，他们看着自己，可能会很奇怪他们突然又散发出青春的活力，想到这儿她的脸红了起来。但她不能离开他们。

她说起回去的事情，伊兰德定定地看着她，最后只是笑了笑：

“可以，你如果坚持的话，那就回去好了！”

他要送送她，和她一起下山，穿过罗斯托峡谷，走到西尔区。在那里透过树林可以看到教区的房顶，伊兰德便说了再见，最后，他一直自信而又神秘地笑着：

“你清楚，克里斯汀，不管你想什么时候来，不管时间多久，我随时等候，就像欢迎天神降临我的庄园一样欢迎你。”

克里斯汀开心地笑了起来：

“我可不敢享受这种尊荣。亲爱的，你也明白，你回家的时候，家里人一定很开心。”

他微笑着摇了摇头。他们都面带笑容地祝福着对方。伊兰德没有下马，微笑着弯下腰，不断地亲吻着她，看着她的眼里充满了笑意。

最后他开口道：“你等着吧，克里斯汀，比比谁的耐心更好！我们一定会再见，无论是你还是我，都明白这一点儿！”

她走过教堂的时候，整个人颤抖了一下。她感觉自己刚从魔鬼的家里回来，魔鬼是伊兰德，他害怕教堂和十字架。

她拽着绳子，突然很想回去找他。

然后她看向山下，那里是她的庄园、田地和草原，包括弯弯曲曲流淌着的清澈见底的小河。山峰在蓝色的雾霭中隐隐约约——那是一层层厚厚的云朵。噢，那里不过是幻觉。他应该在家里和孩子们还有她在一起。伊兰德并不是魔鬼，即使他很奇怪，思维也很另类，但好歹也是基督的信徒，而且不管怎么说都是自己的丈夫，他们有过那么多的喜怒哀乐，她是爱着伊兰德的，而且是非常爱。虽然他性格古怪，令她很难过，但她只能在他身边，给他依靠。既然无法离开他，那么她就只能尽力忍耐，忘记那些令人担忧的事情。现在他们能够在一起，伊兰德回来的日子估计也不远了。

6

她对孩子们说，伊兰德在海乌格庄园还有些事情需要处理，之后就会回来，估计在早秋。

她又恢复了青春，她在庄园里到处走动着，气色很好，脸红红的，阳光下显得既亲切又温柔，不管什么事情，她都满怀激情，毫不拖拉，但她没有想到现在她的办事效率还没有以前不太爱说话、按条理办事时来得快。

孩子们如果做得不好，或者违逆了她的意愿，她也不再大声地责骂他们。现在她只是开开玩笑，或者什么也不说，就这么过去了。

劳伦斯告诉母亲想要和哥哥们去楼上的阁楼里住。

“可以啊，孩子，你也应该长大了。”她抚摩了一下孩子浓密的发丝，靠近他，他的身高都达到自己的胸部了，“慕南，你可不可以再忍耐一下，继续当妈妈的小宝贝？”

慕南夜晚去楼下房间休息，还是喜欢和母亲一起坐着，睡在克里斯汀的膝盖上，像小孩子那样咕咕哝哝的。白天里大家都在的时候，因为害羞，他不会这么说。他和母亲谈论着父亲回家的时间。

随后他滚到床边上，让母亲帮他整理被子。随后克里斯汀点着蜡烛，在烛光里帮孩子们补衣服。

她解开连衣裙领口下的扣子，抚摩了一下胸部。她的胸很圆很坚挺，还和年轻时候一样。她把袖子卷上去，手臂暴露在灯光下，觉得自己似乎更白更饱满了，然后站起身走来走去，她穿着居家的布鞋，感觉身子很轻。她又伸手摸了摸自己的大腿：从前她的大腿就像男人一样，干枯瘦弱，青筋都暴了出来，现在她的身体里血液流畅，全身上下充满了活力，就像植物在春天里茁壮成长一样。

她和菲莉达去了酿酒房，给小麦浇热水，想要为圣诞节的酒水做准备。菲莉达很疏忽，忘了浇水，导致麦子一直在锅上蒸，被蒸干了。克里斯汀没有责备她，微笑着一边听她的解释，一边干着活。她觉得自己也忘记去照看了，这种事情还是第一次。

那时候估计伊兰德也该回来了吧！她让人去告诉他她有了孩子的事情，觉得他肯定会马上回来。他总不会固执到知道她怀了孩子还让她去海乌格庄园，要知道，那里人烟稀少，分娩时她都不知道叫谁帮她！不过她觉得这个消息还是要等等再告诉他，的确，她已经可以肯定她怀上孩子了，她要等到孩子可以在肚子里蠕动……她来到柔伦庄园两年了，期间有个孩子夭折了……事实上，她当时没有感觉到多伤心……不，这一次不可能会发生那种事情的……这种事情再也不会发生了。可是……

她觉得，自己一定要用自己全部的力量来保护她肚子里这个正在长大的、弱小的孩子……好像用手托着微弱的火种一样。

秋天里的一天，伊瓦尔和斯库勒告诉克里斯汀，想要去海乌格庄园，现在那里天气晴朗，才刚到冬天，还没下过雪，他们想让父亲带他们一起狩猎。

纳克和布柔哥夫停下了手里的棋，在旁边听着母亲和弟弟的对话。

克里斯汀说："我也不清楚。"她从来没有想过让谁去告诉伊兰德才好。她看了看这对双胞胎，面前的这两个孩子还太小，对他们说这些太不明智。她想着，让劳伦斯和他们一起上路，让他自己对伊兰德说，他还小，应该不会想到别的，但是……

"其实你们的父亲不久就要回来了。你们都过去的话，会妨碍到父亲的。而且不久以后我还有事情要告诉他。"

两个孩子很不满。纳克停止了下棋，抬起头严肃地说："不要吵，听母亲的话。"

圣诞节来临之前，她让纳克去看看伊兰德：

"纳克，你一定要对他说，我很想他，大家都很想念他！"她不想说别的，但她觉得这个孩子心里应该有数，就看他的决定了。

纳克去过回来后，却说没有见到父亲。伊兰德去了劳马斯山里，大概因为他的女儿和女婿要搬迁到卑尔根去，女儿想要和父亲在维奥岛见上一面。

这没有什么可抱怨的。

但克里斯汀却难以入眠，身边躺着小慕南，她抚摩着孩子的脸。伊兰德不能赶回来和他们一起过节，她有些难过，但他想念女儿，在适当的时候和她见个面也没有什么不对的。泪水从她的眼睛里流了下来，但她慢慢地擦干净了，现在她又像年轻时那样爱哭了。

节日过去了，埃里克神父也跟着离去了。他在秋天的时候身体就不好，克里斯汀看望过他几次，所以也没有缺席他的葬礼。现在她尽量避免出门。对于神父的逝去，真的很可惜。

参加神父葬礼的时候，有人告诉她在莱斯雅碰见了伊兰德，这说明伊兰德要回来了，而且很快了。

之后的一段时间，她经常坐在窗户边上，找出梳妆盒里的一面镜子，擦拭得很干净，拿在手里，细细地打量着自己的面容。

这些年她似乎变黑了些，就像那些农妇一样，但现在已经恢复过来，黑色已经慢慢褪去。她本身皮肤很白，脸也红红的，就像画像上的漂亮女人一样。自从当了母亲，她就没有再这么漂亮过。克里斯汀自己都惊讶了。

如果接生婆说的是对的，那么很快家里就要添一个小公主了，伊兰德很早就希望有个女儿了。这一回她不希望按照老规矩，她要给女儿取名为梅根希尔德，她祖母的名字。

一个小时候听说过的童话故事时常出现在她的脑海。因为母亲怀着女孩，家中的七个儿子都被迫离家出走，流浪在外。她暗暗笑着，不明白自己为什么要想这个事情。

她拿出在自己一个人的时候做过的那件亚麻布的小衬衫，拿了线出来，开始往上面绣图案。她对于这些事都有点生疏了。啊，希望伊兰德能早日到家，此时的她因为怀着孩子，又变得神采奕奕、苗条而又美丽了。

乔治弥撒日（3月12日)刚过，气候和春天没什么差别。融化的积雪发出银色的光芒。阳面的山上积雪没有了，露出了褐色的土壤，山里弥漫着薄薄的蓝雾。

有一天高特在院子里鼓捣损坏的雪橇，纳克站在旁边看着，身体靠在柴房的墙上。克里斯汀从屋里走出来，手里拿着一大桶刚烤的大面包。

高特见到克里斯汀，将手上的斧头和轮毂放到车里，跑过去将木桶抢过来，直奔储藏室。

克里斯汀站在那里，脸很红。等高特回来，她靠近他们说：

“我觉得你们真要到你们父亲那里去一次了，我需要人帮我料理家务。现在我有很多事情处理不了，分娩大概就在春天耕种的时候。”

大家认真地听母亲说话。他们不由得羞红了脸，不过母亲看得出来他们还是很开心的。纳克故作镇静地说道：

“无论何时都可以……要不然今天中午就出发，你们同意吗？”

第二天中午，门外传来马的声音。她到外面去，看见纳克和高特回来了。两个人都垂着头牵着马，什么也没有说。

“你父亲怎么说？”克里斯汀问。

高特手里拿着矛，身体靠在上面，依旧没有抬头。

纳克回答道：“父亲让我们对你说，整个冬天他一直在等你去海乌格庄园，他现在仍然欢迎你过去，就像从前那样。”

克里斯汀的脸色一阵红一阵白：

“难道你父亲不知道我已经有了孩子，并且很快就要出生了吗？”

高特不敢看母亲，回答道：

“大概……父亲认为……这并不妨碍你去海鸟格庄园找他。”

克里斯汀沉默了很长时间。

她的声音有些哽咽，低声说：“他说了什么？”

纳克张开嘴想要回答，但被高特用带着恳求的目光看着哥哥，他希望哥哥能让他说。然而纳克没有犹豫，还是说出了口：

“父亲是这样说的，你怀孕那时就清楚他的生活状况，如今他没有什么变化，没有更富也没有更穷。”

克里斯汀转过身，不看儿子们，慢慢地朝房间里走去。她疲惫地在窗前的长凳上坐下，因为光照，窗户上的霜雪都融化了，春天就要来了。

的确，他并没有说错。是啊，是她主动要求去他怀里的。不过现在他这么说，真的很不应该。她不相信伊兰德会在儿子们面前说出这种话。

这样的日子过了很长一段时间。这个礼拜一直刮着南风，下着瓢泼大雨，河岸也增高了，水面很宽，流水的速度快了几倍。小溪哗哗地从满是树木的山坡上往下流淌着，山里经常发生雪崩。接着太阳出来了。

那个夜晚很灰暗，克里斯汀站在屋子后面，鸟儿们在田野那边的草丛里乱叫着。高特和两个兄弟都去了山里的牧场猎捕雷鸟。每天清晨，他们都可以听见从树林中传出的鸟儿的啼叫声，现在正是它们交配的季节。

克里斯汀叠起双手，放在胸上。她很快就要分娩了，所以不得不忍耐着。伊兰德应该也无法忍受她现在这种偏执狂躁的性格……总为孩子们担心……一次，伊兰德说她很烦。但他身为丈夫，这样做未免冷淡了点。不过没什么，不用多久他就会回来了——她很清楚这一点儿。

天气很奇怪，一会儿出太阳，一会儿下雨。那天午后孩子们在院子里叫她，整个庄园的人都在那里：天空出现了三道彩虹，有一道就出现在佛莫庄园的房顶那里，明媚而且完整。另外两道彩虹颜色很淡，几乎看不清楚……

所有的人都在看这难得一见的景色的时候，天暗了下来，布满了乌云。突然暴风雪降临了，大雪纷飞，很快覆盖了大地。

夜晚克里斯汀在给慕南讲故事，说的是雪王和他女儿还有被多孚尔山巨人收养的孩子“哈尔德 · 雪帽”的事情。她突然觉得对这个故事很生疏了，自己心里也有些难过和愧疚。劳伦斯和慕南几乎没有这样的幸福时刻，太遗憾了。如今他们快要长大成人了。对于大一点儿的孩子，他们在年幼时经常听到母亲讲的故事，那时候她讲过很多故事。

克里斯汀发现几个大儿子也坐在一边听她讲，她的脸也红了，不想再讲下去。慕南还要再听，纳克走过来，坐在她的旁边：

“母亲，你曾经说过托斯坦 · 牛脚和伊兰森林妖怪魔鬼的事情，我想听那个！”

她开始叙述着，回忆了起来。那时候她父亲和许多收割干草的仆人在河边的树林里歇脚、吃东西。父亲正躺在地上，她趴在他的身上，因为炎热，父亲允许她像已婚的女人那样，不穿鞋。父亲不断地在说伊兰妖怪家族：“铁盾和史周德福结婚后，生了两个孩子，分别叫史周德蒂丝和史周德姬儿，却死于托斯坦·牛脚之手。史周德姬儿嫁给史周德科提尔，孕育了史周德布柔恩、史周德海丁和瓦斯克尔德，后者强占了史周德斯杰莎，也有了孩子，是史周杜夫和史周德姆。史周杜夫和史周德卡特拉结婚后，生下史周德和史周德科提尔。”

科尔·布柔恩笑了，说有名字重复了。劳伦斯大言不惭地说他知道二十多个妖怪的姓名，其实他连一半都不知道。劳伦斯也爽朗地笑着：“的确，即使是妖怪，也可以用逝去的先人的名字以表纪念！”仆人们不满意，要惩罚他，请他们喝蜂蜜。劳伦斯说，可以，没问题，回家后就请大家喝。但仆人们立刻就要，他只能让托蒂斯跑回家取过来。

大家都站起身来，一只很大的盛满酒的杯子在人们之间传递着。

不久，父亲和工人们就开始扛上长镰刀和草耙去草地上割草了。克里斯汀帮忙把酒杯带回去。她用双手拿着杯子，没穿鞋就在阳光照耀下的草地上跑了回去。如果杯子的拐角处还残留有蜂蜜，她就会停下脚步，昂着头，伸出舌头偷偷地将杯子的每一个角落舔一遍，然后再将自己手指上黏糊的蜂蜜舔干净。

克里斯汀沉默地坐着，眼睛盯着前方，没有焦点。父亲……她知道父亲的脸已经变得苍白，就像被狂风席卷过的树林一样，暗淡无光。他的声音里总带有一点儿淡淡的嘲讽，眼神带着红色，就像正要拔出鞘的宝剑，不过光芒转瞬即逝，一般都很平易近人——那是他还年轻时。等到他年纪大一点儿的时候，却变得有一种抑郁的谦逊。父亲对于她来说，不仅有着悲天悯人的善良，还包括别的。

等她自己长大了，就有些明白，他之所以一直那么和蔼，不是因为他不知道人类的罪恶和丑陋，而是因为他希望通过忏悔洗刷自己的罪恶，获得上帝的原谅。

啊，父亲，我要继续等下去。我觉得我在很多方面实在愧对我的丈夫。

十字弥撒节（5月3日)前一天晚上，所有的人和平时一样，在一起吃饭。孩子们都睡了以后，她轻声让武夫过来，派他去请牧场的伊斯丽和她做伴，她就在织布间里等着。

武夫说道：

“克里斯汀，你应该传话给武夫斯佛登庄园的兰维，或者神父的姐姐哈尔蒂丝，最好去请洛普斯庄园的爱丝翠和英歌伯柔来帮你处理庄园的事情。”

克里斯汀说道：“时间很紧迫，今天中午我已经感觉到了疼痛。你就去这么办吧，只需要女仆人，还有伊斯丽。”

武夫担忧地回答道：“克里斯汀，你知道的，如果你想瞒着大家生下孩子，大家一定会说闲话。”

克里斯汀将手放在桌上，无奈地闭上了眼睛：

“他们愿意怎么说就怎么说吧！今晚让不认识的女子来这里，我会很难受的。”

第二天一大早，大一点儿的孩子们一直低着头没有说话，坐在一旁，慕南气喘吁吁地谈论着在织布间里出生的小弟弟，最后布柔哥夫让他别说了。

克里斯汀在床上躺着，身体的每一个部分都在倾听着，好像在睡觉的时候也在不断地听着，期待着。

一个礼拜后，她能下床了。照顾她的人知道她身体不对劲，总是发烫或者发冷，有时候奶水多得连衣服都湿了，有时候又什么也挤不出来。她不愿意躺着，每天都将孩子抱在手里。即使在夜里，她也抱着孩子，而不是将他放在摇篮里。白天的时候，她就将孩子抱在怀里在房中走动着，有时在火炉旁坐下，静静地听着什么，期待地看着孩子，不过有时好像没有看见他，即使他的哭喊也不能唤醒她。过了会儿又好像从梦中醒来，亲吻着孩子的脸颊，开始对他说话和喂奶，然后继续呆呆地看着他……

宝宝很快就要到六个礼拜了，但克里斯汀一直没有出过门。这时武夫和斯库勒来了。看上去他们正要出门。

武夫说："这次我们要去海乌格庄园找伊兰德，总不能一直这么拖着。"

克里斯汀一直沉默地坐着，抱着宝宝，似乎没有反应过来，等到想明白的时候一下子站起身，脸都红了：

"行！你要是想念伊兰德的话，那就去好了。你先去领回你的工钱，不需要再过来了。"

武夫忍不住想咒骂一声，但一见到面前浑身颤抖地抱着孩子的克里斯汀，便不再说话了。

斯库勒走上前：

"的确，母亲，我要自己去海乌格庄园，你难道连武夫是我们的养父都忘记了吗？他一直都将我们当成他自己的孩子。但我已经长大了，而且也不是下人，你难道什么都让我去做吗？"

克里斯汀甩了个耳光给他，打得他摇晃了几下："怎么了？我供给你们衣食，难道还不能命令你们？你现在给我滚到外面去！”她很激动，跺着脚说道。

斯库勒也生气了。武夫低声说：

“斯库勒，这样也不错，她发脾气也是好事，总要好过整天呆呆地坐在这里，像疯了一样。”

克里斯汀最亲近的女仆人叫住了武夫和斯库勒，说克里斯汀让他们去织布间，女主人找他们和她的孩子们有话要说。克里斯汀简单地命令武夫把布莱丁找来，想和买她两头牛的人聊聊，两个孩子可以跟着去，但明天必须回家。她还让纳克和高特去山里的牧场，查看一下伊尔曼山谷的马现在怎么样了，沿路再找一下布柔恩，那个干馏树脂的雇工，让他今天晚上就来柔伦庄园。大家鼓起勇气说第二天是弥撒日，但她坚持己见。

第二天早上，当晨祷的钟声敲响，克里斯汀从庄园里出去了，随行的有伊斯丽和布柔恩母子，小孩子在伊斯丽怀里。克里斯汀让伊斯丽和她的孩子穿上隆重的服装，她自己也戴上了各种贵重的首饰。大家一眼就能看出来他们的主仆关系。

她的神情高傲倔强，面对着教堂山冈上所有人仇视和怀疑的目光。的确，她曾经来教堂忏悔的时候和现在并不一样。当时她和身份尊贵的妇人们一起。柔伦庄园的女主人拿着蜡烛进了礼拜堂时，虽然神父的眼光里透着冷淡，但没有拦她。

伊斯丽年纪大了，有些糊涂，反应迟钝，布柔恩一直都很抑郁、沉默，不愿意招惹是非。她让他们教养自己的孩子。

伊斯丽说了孩子的姓名，神父很震惊，犹豫了好一会儿，最后还是大声地念了起来，他的声音很洪亮，整个教堂的人都听得清清楚楚：

“伊兰德，用圣父、圣子和圣灵的名义。”

所有的人都呆住了，好像被雷击中了一样。克里斯汀心里有着一种报复的快感。

这个孩子刚出生时，生命力很顽强。不过一开始克里斯汀就知道他估计会遭遇不测，在生他的时候有预感，她的心就像要熄灭的炭火一样成为灰烬。伊斯丽来给她看孩子的时候，就觉得他可能活不长。但是她尝试着去忘记这个念头，曾经她也有过这种感觉，现在看来孩子很健康啊！

但她的忧虑并没有减少，反而增加了。孩子一直在哭，很娇气，不愿意吃东西。她一哄就是大半天，才能将奶头放到他嘴里。好不容易把他哄好，他却睡过去了，这样怎么能长得好？

克里斯汀的内心充满了绝望和忧虑，感觉在给他取了伊兰德这个名字后，他的生命在渐渐消失。

真的，他是独一无二的，她那么爱他，甚至超过了其他所有的孩子。在受孕时她是如此地奋不顾身，幸福甜蜜，充满激情，在怀着他的时候她是那么开心和幸福地期待着。回想起那段岁月，她那么努力地活着，是他给了她活下去的希望和勇气。她需要这个孩子，希望保住他——但她却无法帮助他。

她祈求着万能的上帝、圣母马利亚，徒劳地请求着他们救救她的孩子……

不要怪罪我们，就像我们不去怪罪迫害我们的人一样。

她一个弥撒日都没有漏掉，她虔诚地吻着圣殿的门槛，在身上洒着圣水，跪在十字架面前虔诚地祈祷着。

为人类受罪的上帝好像用悲悯的目光看着她。基督需要用死亡去弥补罪人的过错，而圣奥拉夫就在这里，向他祈求原谅那些迫害了圣主的人。

就像我们不去怪罪迫害我们的人一样。

“上帝，这孩子真的活不了吗？”——“克里斯汀，你清楚，什么都可以报应到我的身上，我即使付出生命，也不想看着孩子死去。但我明白，他是在为很多有罪的人赎罪，我并不反对。我的孩子会说：‘上帝，不要怪罪大家，大家都糊涂了’时，我赞成。”

就像我们不去怪罪迫害我们的人一样。

除非你很认真地祷告，否则主是听不见你的祷告的。

不要怪罪我们，你记得吗，上帝已经宽恕了你那么多次？看到那些站在男宾席的男人们了吗？前面的大儿子，那个英俊的小伙子，是你犯错的结果，但这么多年来，他还不是在上帝的庇佑下长得那么英俊和机敏？

上帝，你对他那么仁慈，为什么就不能这样对待我的小孩子呢？

她想起了父亲，想起了西蒙。

她的心里其实很埋怨伊兰德。她并不是真心想要原谅他。她的双手捧着苦涩的爱情，即使爱情的水干了她也不愿意结束。哪天如果她可以平静地想起伊兰德，那就是她原谅伊兰德的时候，到那时可能他们之间的一切都结束了。

她虽然不断地做弥撒，但也知道不能过于相信。她只能祷告，圣奥拉夫，帮我一把，让奇迹出现吧！我会认真地祷告，能怀着一个基督徒的爱心平静地对待伊兰德。可她很清楚，这些话她不愿别人听见，大概这样上帝就不会帮助她保佑孩子了。孩子好像是暂时借给她的，她只要做到一件事，就可以拥有孩子，但她就是做不到。她没有办法欺骗上帝。

她照顾着病重的孩子，泪水不由自主地从脸上滑落，她静静地哭泣着，脸已经麻木了，脸色灰白，只能看到眼白和红红的眼圈。如果看到有人来，她就会赶紧擦掉泪水，静静地坐在一旁。

其实要宽慰她并不难。如果有个孩子走到这里看看孩子，然后说些保佑的话，她就会忍不住大哭起来；但如果有个成熟的孩子能够开导一下她，能让她诉说对这个孩子的担心，她一定会好很多。但大家都不敢和她说话。那次他们回来，当她宣布这个孩子名字的时候，几个兄弟站在了一条线上，不愿和她亲近。有一次纳克看着宝宝说：

“母亲，你就同意我去找父亲吧！让他来看看生病的弟弟。”

“即使来了也不会有任何帮助的。”克里斯汀已经不抱希望了。

慕南并不明白。慕南将自己心爱的东西给弟弟，每当抱着宝宝时，觉得宝宝在笑，很开心。慕南一直希望父亲能够回家，想要问他会不会喜欢这个小弟弟。克里斯汀的面色苍白，没有出声，孩子们的话像一把刀一样刺痛她的心。

现在这孩子没有什么肉，就像老年人一样，满身的皱纹，双眼却很大很有神。他看着克里斯汀，在笑。每当见到他的笑容，她都痛苦得叫不出声了。她会去抚摩他瘦弱的脚和手，抓住他的脚，放在手心里。孩子估计永远也不会知道那个柔软的粉球是自己的脚，而伸手去抓。他的脚永远都不会踩在地面上了。

她一直待在床边照看着这个生命垂危的孩子，六天过去了，她穿好衣服，想要去教堂祷告。她私底下想，啊，现在她真的很卑微了。她不怪罪伊兰德，不想去追究什么，只要能让她拥有这个心爱的小孩，她愿意原谅他。

但是，当她在上帝那里祷告，低声念着《我们的父》时，突然想到"不要怪罪伤害过我们的人"这句话，心头一阵僵硬，好像随时都会打向别人的拳头。

她开始哭泣，那种愤怒和绝望传到了心底，她不能不怪罪他。

马丽·马格达伦庆典前一天，伊兰德之子伊兰德死了，还没满三个月。

7

这一年的秋天哈瓦主教来谷地的北边寻访，在马修弥撒日的前一天到了西尔地区，他差不多两年时间都没有来这么偏远的地方了，所以这一回有很多长大了的孩子都要等着他行坚信礼。慕南如今八岁了，也包括在内。

克里斯汀让武夫领着慕南去参加主教的祝福，现在她在这里也只剩下武夫这个朋友可以帮助她做这种事情了。她请武夫帮忙的时候，武夫很开心。晚祷的钟声响起，他们三个人一起向教堂走去，剩下的那几个孩子除了劳伦斯身体不舒服以外，都去参加了早上的弥撒，所以晚上不想去了，他们估计做弥撒的人一定很多，教堂早上就来了很多人。

他们路过总管房子的时候，克里斯汀发现那里停了很多不熟悉的马。等他们上路以后，没过多久，雅德翠和一大群人骑着马赶到了他们前头。武夫好像没有看到自己的妻子和家人一样。

克里斯汀知道新年后武夫就一直没有回过家，他和妻子的关系也很不好，他已经将自己的衣服和武器全搬到了主人家的阁楼上，一直都和伊兰德的孩子们一起睡。春天里，有一次在武夫听到克里斯汀说他们夫妻关系不好的时候，武夫只是笑着看了看她。然后克里斯汀便什么也不想说了。

天气很好，阳光高照，山里笼罩着蓝光。很多树木的叶子已经凋落，田地也都被收割好了，偶尔能看到一些还没有被收割的大麦在田地里随风摇摆着，还有草地上被露水打湿的新生的草也碧绿一片。教堂前的小山冈挤满了人，马的嘶鸣声从各个地方传来，因为马厩里已经放不下了，很多人的马只能待在庭院里。

克里斯汀他们才走到山脚下，就听到人们低声的议论声。有个年轻人拍着大腿，放声大笑着，一些年长的人便呵斥他一声。她一直很平静地高昂着头向前走着，穿过教堂的院子，进入了教堂的墓地，先停留在小儿子的墓前，接着去了西蒙的墓前。上面的碑上画着一个人像，穿着盔甲，还带着锁子甲，手上拿着一个带有三角形标识的盾牌，还有一些字在上面："古德蒙之子安德列斯的后代西蒙安葬在这里，为上帝效劳。"

武夫在教堂的南门那里等着克里斯汀，将佩剑放在走廊上。

这时他恰好碰上他的妻子和几个男人一起走出来，那是她的兄弟和两个年长的农民，跟了劳伦斯很久的容之子科白恩好像也在里面。一行人向着法衣圣器室走去。

武夫跳下来，拦住了他们。克里斯汀在远处看到他们争执了起来。武夫不让他妻子一行人进去，其他的人也走过去看热闹。克里斯汀也向那边走去，看到武夫跳到走廊的石阶上，从栏杆越过去，拿了把斧子。雅德翠的一个兄弟想将他拉下来，武夫顺势越到地上，用斧子劈了过去，打在了大舅子的肩膀上。那些走近的人都在围攻武夫，他在人群里挣扎得很厉害——克里斯汀发现他的脸上沾满了鲜血，因为愤怒，他的脸都扭曲了起来。

此时梭尔蒙神父带着跟随主教的一个青年教士过来了。他们询问了一下旁边的人，就让三个戴着主教白盾牌徽识的用人上前去拦住武夫，带走了他。武夫妻子一行人也跟着那些教士进去了。

克里斯汀走到那些农民面前，严厉地问道：

“这是怎么回事？你们怎么能这样对待武夫？”

有人生气地回答道：“你没长眼睛啊，难道看不到他在圣殿前出手打人吗？”

大家都不愿意和她说话，都绕过她走了出去，她一个人和孩子们在那里站着。

克里斯汀觉得她已经知道了事情的经过：武夫的妻子在陷害武夫，武夫可能激动了点，不顾圣殿的威严，就动手了，使事情变成现在这个样子。有个不认识的助教从法衣圣器室走了出来，她上前报上了自己的姓名，希望能见到主教。

屋子里摆放着很多宝物，不过祭坛上的蜡烛没有点上，阴暗的柱子上洒着从圆窗透进来的暗淡的光线。有很多人在教堂的正殿上，安静地坐在椅子上。台阶上主座附近站着一堆人，是雅德翠他们。武夫大舅子的伤已经包扎过了。除了容之子科白恩、西格尔·吉东和波格希尔德之子托尔，在主教的雕着花的座位旁边还有神父和两位年轻教士，以及主教的几个随从。

克里斯汀走过去，向主教行礼，所有人都看向了她。

哈瓦主教身材很高，看上去很有威严，让人不由自主地产生崇敬之情。他的头上戴着一顶红色的帽子，头发都花白了，脸很圆很大，而且带着些红晕。他的鹰钩鼻很大，有双下巴，嘴巴很小，就像一个裂缝一样，旁边有些白色的小胡须，黑色的眼睛显得非常严肃，眉毛很浓，不过没有一丝白色。

哈瓦主教开口道："克里斯汀，愿上帝和你同在。"

他用被长长的眉毛遮掩住的眼睛试探地看着克里斯汀，一只已经苍老而又洁白的手放在胸前的金十字架上，一手搭在膝盖上的紫色衣服上，手中有块打了蜡的牌子。

他问道："克里斯汀，你到这里来有什么事吗？现在不是一个好时间，为什么不等到下午去罗曼庄园再说？"

克里斯汀回答道："尊敬的主教，雅德翠现在也在这里。武夫是我丈夫三十多年的至交好友，他曾经帮助和关心过我们，是我们最忠诚的朋友和亲人，所以我想帮助他。"

雅德翠的神情中带着鄙夷和侥幸，轻声欢呼着，大家都直直地看着克里斯汀，有些人的神情中带着愤怒，主教的仆人们看上去对这件事很感兴趣。主教的神情严肃，扫视了一下周围的人们，接着问克里斯汀：

"你是说，你想替武夫求情，为他洗清冤屈？"她刚要回答，主教就挥手阻止了她，“你应该明白，除了你的丈夫，只有你自己的良心能让你说真话，你最好考虑清楚。”

“主教，我考虑清楚了。我明白武夫可能太过于冲动了，才会在圣殿附近动手伤人。我希望可以将他保释出来。”她又说道，“我觉得如果换成我的丈夫，也会帮助他。”

主教厌烦地向周围看了看，周围情绪激动的人们不是很开心：

“这个女人还是先走吧，让她的辩护人在这里等着就行。你们也走吧，我需要单独和克里斯汀谈一谈。教民们也先出去吧……赫布兰之女雅德翠，你可以出去了。”

有个年轻的教士在摆弄主教的衣服，他把手里的印有金色十字架的发冠放到刚刚叠好的主教的法衣上，就去楼下和坐在凳子上的人们交涉。另外几个证人也和他一起出去了。很快所有人包括雅德翠都退了出去，关上了门。

主教看着克里斯汀，眼里带着些试探：“你刚才提到你的丈夫，上一个秋天里，你试图和他复合过？”

“的确是这样，主教。”克里斯汀回答。

“可是没有成功？”主教继续问道。

“主教，我胆敢提醒一下，我觉得我们偏题了。我并不是来说我丈夫的不是。我之所以见您，只是想帮助武夫。”克里斯汀说。

“伊兰德他究竟知不知道你有孩子的消息？”哈瓦主教对她没有回答他的问题显得不是很开心。

“他知道，主教。”克里斯汀轻声回答道。

“那伊兰德知道后怎么说？”哈瓦主教接着问。

克里斯汀看着地面，想用脸上的面纱多遮盖住自己一点儿。

“他听说了这个情况还是没有复合的意思？”主教继续追问。

“主教，原谅我……”克里斯汀有些生气了，“不管伊兰德对我做了什么，如果他知道武夫现在出了事情，也是会来帮助他的。”

主教不解地皱了皱眉：

“你的意思是……难道你觉得他会因为和武夫的关系……即使出了这样的事情……伊兰德还是想要帮助武夫而被迫承认那个孩子是自己的？”

克里斯汀震惊地抬起头，嘴巴微微张开，迷茫地看着主教。她不敢相信这句话的意思，到现在她的神智才一点点地恢复过来。哈瓦主教紧紧地盯着她，还在那边问道：

“克里斯汀，你应该明白，虽然除了伊兰德，大家都没有权利要求你回答这些问题，可是，你应该清楚，你的丈夫即使没有控告你，并且为了武夫而承认这个孩子是他的，你们这也是欺骗，灵魂将受到重罚。既然已经错了，还是赶紧承认自己的过错并忏悔吧！”

克里斯汀站在原地，脸色不断地变化着：

“难道有人谣传我的孩子不是和丈夫所生的？”

主教镇静地回答道：

“克里斯汀，难道你现在要告诉我，这是你第一次听说这种谣言？”

“我当然不知道！”她整个人挺直了起来，微微抬起头，脸色很苍白，“尊敬的主教大人，我请求你告诉制造这些谣言的人，请他们当面告诉我这些，不要在背后制造谣言！”

主教说："没有谁明确提出是你，这样是违反道义的。但雅德翠想和武夫离婚的理由就是她丈夫和一个有丈夫的女人发生了苟且，而且还有了孩子。"

大家都没有再说话。

过了一会儿，克里斯汀还是开了口："主教，我希望你能够帮助我，除非他们在我面前当面指证，我就是那个淫荡的女人。"

哈瓦主教的眼神里充满了试探的意味，紧紧地盯着克里斯汀，然后招呼了一声，让里面的几个等着为雅德翠辩护的男人过来，站在一旁，然后开口道：

"亲爱的来自西尔的先生们，你们这里的人没有在正确的时间找我，在我面前控诉，这种事情，正确的程序是，应该先写成诉状，交给处理的人。但是我也清楚，你们也不太懂得这些，所以我会听听你们的控诉。不过这位克里斯汀女士希望我能够帮助她。问一下你们愿不愿意当着我和她的面，指证她背叛了她的丈夫，生下一个野种？"

梭尔蒙神父回答道：

"这种说法已经传遍了这里的每一个角落，说她背叛了她的丈夫，和管家苟且乱伦，生下了那个孩子。她怎么可能到现在还不知道呢？"

主教刚想回话，克里斯汀就已经忍耐不住了，她清晰而又高声地说道：

"我愿意用上帝和圣母马利亚、圣王奥拉夫和托马斯神父的名义发誓，我真的不知道这个消息。"

神父又问道："我就想不通了，你有了身孕的时候为什么要刻意隐瞒，不告诉大家，那年冬天你不是一直躲在自己的房子里，很少出门吗？”

“我没有可以信任的人，和大家的关系都不是很和睦。但是之前，我还没想到他们原来这么敌对我。但是在弥撒日我都会去教堂的！”克里斯汀说道。

“的确是会出来，但你可以穿上宽大的衣服，反正，你总遮盖着你大起来的肚子……”

“我和其他的妇女一样，也不希望挺着大肚子在外面走来走去。”克里斯汀辩解道。

神父又问道：

“如果这个孩子不是野种，你怎么会那么不爱护他，因为你的残忍对待使他死去呢？”

她快晕倒了，旁边一个教士好心地扶了她一把。过了一会，克里斯汀惨白着脸，又笔直地站着，向他礼貌地道了谢。

神父那边并没有停止，继续恶毒地问道：

“柔伦庄园的仆人们说了，当然我妹妹也看到过，克里斯汀奶水多得连衣服都湿了，可那个不幸的孩子，明眼人一看就知道是被饿死的。”

哈瓦主教将一只手举起来：

“行了，神父，别打岔，我们说的不是这件事情。我想问的是除去这个女人认为是诽谤的谣传之外，雅德翠因为丈夫出轨想要离婚还有没有其他有力的证据？克里斯汀的做证算不算数？没有人关心她对待自己孩子的态度……”

克里斯汀的神色很不好，面色苍白，一直沉默着。

因此主教对神父说道：

“神父，你应该和她好好沟通一下，让她明白整件事情的发展过程。你难道没有这样做过吗？”

神父的脸涨得通红：

“我帮她向上帝虔诚地祈求过，希望她不要再这么固执，能够改过自新。虽然我和她的父亲不熟，但她父亲的为人我还是知道的。他应该得到更好的待遇，但是他女儿的行为，却不断地让他蒙羞。他的女儿没有成年就因为自己的轻狂，让两个令人尊敬的男人为她而死。他父亲曾经帮她找好了婆家，都已经订婚了，可她却不愿意，破坏了那个令人尊敬的骑士的儿子之间的婚约，用卑鄙的手段取得了自己想要的结果，跟了现在这个被大家当作叛徒的男人。我一直觉得，她的父母在世时，被全区人民所敬仰，当她看见她自己和家人被全区人唾弃，将柔伦庄园的名誉扫地时，她会为了自己家人的名声和地位考虑，改变一下自己。

“现在她把孩子带来行坚信礼，还带着那个众所周知的奸夫，那个和她苟且并且乱伦的人一起过来和您见面，真的很让人气愤，无法再容忍下去。”

主教伸手阻止了神父继续说下去，对着克里斯汀说：

“你的丈夫和武夫关系好到什么程度？”

“武夫是哈斯特奈斯庄园彼德之子巴德爵士的孩子，而伊兰德的外祖父是史科葛庄园的高特，他们俩是一个母亲生的。”

哈瓦主教似乎很生气，对着神父说：

“这样也没有违背伦理……武夫和伊兰德的母亲是堂兄妹……即使他们真的有奸情，那也只是亲戚间的罪过，这样就够了……你别再胡编乱造。”

神父辩解道：“武夫是她大儿子的养父。”

主教紧紧地盯着克里斯汀，眼睛里充满了疑问。克里斯汀回答：

“他说得没错。”

哈瓦主教沉默了很久。

他难过地说：“克里斯汀，愿上帝原谅你。我和你的父亲认识，以前也去过你们庄园。那时你还很小，长得漂亮，而且很单纯。你父亲如果没有去世，现在也不会这样。为你的父亲想想，克里斯汀，就当为了你的父亲，你也要证明自己的清白，尽力洗清这个罪名啊！”

回忆一下子涌上了心头，她想起了这个主教。在她小时候的一个冬天里，他们住在柔伦庄园，当时有一匹不安分的小马，还有一个一头黑发的神父，当时他紧张得脸颊通红，他正拿着被马喷满口水的马笼头，用力勒紧缰绳，想要驯服那匹烈马。当时是圣诞节，大家都喝了酒，很兴奋，正在聊天取乐，父亲也和他们在一起，因为喝了不少酒，被冷风吹过之后，他的脸也变红了，他们大声地对神父笑着。

她转过身，看着容之子科白恩：

“科白恩，你和我从小就相识——那时我才刚会走路……当年我们还和父母在一起时，你就和我们姐妹是老朋友了。我知道你很尊敬我的父亲，连你也觉得我是这样的人吗？”

科白恩看着她，神情很难过，而且很严肃：

“的确，我们都敬爱你的父亲。的确，我们，他的下人，还有那些农民和穷人们都敬爱柔伦庄园的主人劳伦斯，我们都认为，按照上帝的安排，他那样的好人才是我们心里最好的主人。

“克里斯汀，你不需要问我们这些，我们都明白你父亲那么宠爱你，但你都做了什么？我真的没办法相信你。”

克里斯汀抬不起头了，不管主教怎么问她，她都没有说话。

哈瓦主教从主座上站起身。坛子边上的门可以通向后面隔开的一个小屋子，一部分当作法衣圣器室，另一部分是为得了麻风病的人准备的，隔板上打了些小孔，如果有得麻风病的人来，就和大家隔开，免得病毒扩散，这样他们也能在里面听弥撒。不过这个地方很久没有被用到了。

“克里斯汀，你应该去外边，让大家进来先做祷告。等我有空了我们再谈论这件事。”主教说道。

克里斯汀行了礼：

“尊敬的大人，如果您能够同意，我希望现在就能回家去。”

“如你所愿吧！克里斯汀，希望上帝能够宽恕你。如果你是清白的，那么上帝的忠仆——这个教堂的守护者，献身正义的圣奥拉夫和圣托马斯，一定会知道，他们会庇佑你的。”

克里斯汀再次向主教行过礼，然后从法衣圣器室旁的门走到教堂的院子里。

慕南穿着新制的红色长大衣，一直一个人站在那里没有动，那张苍白的脸在看到母亲的时候显得非常害怕，眼瞪得圆圆的。

孩子……这是她的孩子，她没有考虑到他们。好像闪过一道光，她看见了自己的儿子们，这段日子他们都躲着她，围在一起，就像在雷雨下的马儿们，不愿意靠近她，害怕她，而她还在为爱情的消亡而暗自神伤。在她失去理智孤单一人时，他们又怎能知道和理解她内心的担忧和恐惧呢？而现在他们会怎么样……

她把慕南的手拉住，他的手很粗糙。孩子迷茫地看着前面，整个人颤抖着，没有弯下腰。

两个人从墓地穿过，去了教堂的小山冈上。她正在想着她的孩子们，她觉得自己就要崩溃了，就要倒地不起了……听到钟声响起，大家都朝教堂跑去。

她听说过一个北欧的故事，说一个人死了，但由于身上被刺了很多矛而站立着。她面对大家伤人的目光，挺直了脊背向前走着，不让自己倒下。

她和慕南走到了二楼的房间里。几个孩子围着布柔哥夫坐在桌旁。纳克是他们之中身材最魁梧的，正抬着头，手搭在布柔哥夫的肩膀上。克里斯汀看了看她的大儿子，他有着黑瘦的脸和蓝色的双眼，鲜艳的嘴唇上长出纤细柔软的胡子。

“大家都听说了？”她很平静地走过去问道，挺直着身子走到他们面前。

纳克替弟弟们回答道：“没错，冈西儿从教堂回来说起过。”

克里斯汀沉默地站着。大家都看着纳克。所以她开口道：

“你们有人听到最近有谣言说我和武夫吗？”

伊瓦尔突然转过头看着她：

“母亲，假如我们知道的话，怎么会耐得住性子不动手呢？我怎么会有这样好的脾气让别人来侮辱你，说你是浪女，即使事实真的是这样？”

克里斯汀伤心地说：

“孩子们，我不了解这一年里你们对家里发生的所有事情是何种态度。”

几个孩子都沉默着，布柔哥夫抬起头，用眼睛看着克里斯汀：

“上帝啊！母亲，在这段时间，还有以前那段难过的岁月里，你觉得我们应该有怎样的心情呢？我也不知道！”

纳克也开口了：

“啊，的确，母亲，我们应该好好沟通一下，但我们不敢靠近你。你还让弟弟叫父亲的名讳，你这是在诅咒父亲。”他情绪一下子激动起来，不由自主地挥动着双手，再也说不下去了。

布柔哥夫接着说：

“你和父亲争吵时，将所有的事情都放在一边……甚至没觉得，我们已经是大人了。你们从来没有为我们着想，从来不会想到我们会因你们的争吵而受伤。”

他站了起来，纳克将手再次放在他的肩上安抚着他。克里斯汀有些安慰，他们总算成熟了。她觉得，好像她正赤裸着面对着他们，好像是她自己不知廉耻地在孩子们面前赤裸着。

她让他们在年少时看见，自己的父母已经老去，不再年轻，但他们却不想老实本分地接受这件事情。

这时小儿子在一片沉默中突然哭了起来，他害怕而又绝望地叫道：

“母亲，他们不会想来这里抓你去坐牢吧？难道他们要将你从我们这里带走？”

他扑到克里斯汀的怀中，一双小手紧紧地搂着母亲，将脸埋在她的胸前。她坐在那里，抱着流泪的儿子，安慰着他：

“乖孩子，孩子，不要哭泣。”

“没有人能带走母亲，”高特也来安慰他，拍着他的肩膀，“别这样，他们不会这么做的。你要坚强一点儿，慕南，你要相信，我们一定会帮助母亲免受屈辱的！”

克里斯汀和儿子紧紧地拥抱着，孩子们的眼泪似乎给了她救赎。

劳伦斯开口了，他的脸色绯红：

“哥哥们，那我们要怎么做啊？”

纳克说：“待会弥撒做完了以后，我们就去教堂，请求把养父保出来。我们一定要做到。弟弟们，你们觉得如何？”

大家都表示同意。克里斯汀说：

“武夫在圣殿附近动手打人，而且我还要澄清和他之间的事情。孩子们，你们还没有成年，这可不是小事，我们需要征求一下年长者的意见，该如何是好。”

纳克的声音里有一丝嘲讽：“你觉得现在我们可以寻求谁的帮助呢？”

克里斯汀犹豫了一下：“圣布庄园的西格尔爵士，他是我小姨的孩子。”

纳克依旧带着嘲讽地说道：“他可从来没有承认过这种关系。我是父亲的孩子，不想去求人。大家觉得呢？虽然我们年纪还小，不过我们已经学会了使用武器，有能力保护自己。”

克里斯汀说：“孩子们，光靠武力是解决不了这些事情的。”

纳克说道：“母亲，你就让我们自己做主吧！现在我们饿了，还是先弄些吃的。你先坐下来吧，别让仆人们参与进来。”纳克好像在命令她一样。

她现在完全没有胃口，脑子停不下来，不知道要不要让孩子去找伊兰德。她在想，这件事究竟会成为什么样，其实她也不明白，法律是如何规定这种事的，她不知道她和一些证明人一起发誓澄清有没有用。如果这样的话，估计还要赶去瓦吉地区的山林教堂，那里是她娘家人住的地方。如果大家还是不相信，她就只能在众人面前接受这个耻辱，那么她就真的洗不清了，这会让自己的家人蒙受耻辱……她的父亲在这里也是外地人，却依靠自己的勤劳朴实受到了别人的爱戴和尊敬。每当他在市民会议上有任何提议，很多人都会拥护他。不过克里斯汀却觉得，这样一来她会损害父亲的名誉。她突然想到，她的父亲太孤单了，无论如何，每当她将羞辱、痛苦带给他时，他总被这里的人孤立。

她从来都没想到自己还要再经历一遍曾经的累累伤痕：她不断地感觉到，好像她的心已经变成了碎片，血流不止。

高特去阳台上向北边看了看。

他报告："大家都从教堂出来了，我们需要等他们全都走了才过去吗？"

纳克回答："不用了，让他们见识一下伊兰德的孩子和主教见面也好。大伙儿，穿好衣服，戴好头盔，拿好武器。"

只有纳克穿的是正式的服装。他穿着盔甲，身上除了衣服以外，全副武装，手里捏着盾牌、马刀和宝剑。布柔哥夫和高特都穿着平时训练时戴的旧头盔，伊瓦尔和斯库勒没有办法，连民兵时的帽子都戴上了。克里斯汀紧紧地盯着他们，一种陌生的情感让她简直不能呼吸。

她的声音都有些颤抖了："孩子们，你们拿着武器去见主教，真的不好。祭坛是很神圣的地方，而且主教也在那里。"

纳克回答道：

"母亲，现在是时候为柔伦庄园的荣誉而战了，即使付出我们所有的一切。"

克里斯汀看着这个视力模糊的年轻人手里粗大的斧头，真的害怕了，恳求道："你别去了，布柔哥夫，你视力不好！"

"没什么的。只要我的武器砸到人，我还是能看得见的。"布柔哥夫打量了一下手里的武器，回答道。

高特去到小劳伦斯睡的地方，把外公的佩剑拿过来，那是劳伦斯经常把玩的。高特将剑拔出来，看了看：

"小劳伦斯，这个东西你今天借给我，我想外公对于我们带着它做这种事，一定不会怪罪的。"

克里斯汀紧张得将手臂向后弯着，她的胸腔里迸发出一种恐惧而又绝望的呐喊，不过这种呐喊比她心里所有的恐惧和烦恼更剧烈的一种感情中衍生出来的——那是在分娩的时候呐喊出来的。她活到现在感受到的痛苦也不少了，无法计算，而且也不会停止，不过那些伤痛已经结疤了，虽然还是很痛，就好像把肉从她身上硬生生地挖下来一样，不过她知道，她不会失血过多，还死不了……啊，这是她一生中经受过的最剧烈的感情……

虽然她的身上，除了树枝什么也没有了，不过她一直活着，自从尼古拉斯之子伊兰德的儿子出生后，这一次她眼里居然只有孩子们，已经忘记了伊兰德。

大家并没有看到克里斯汀带着没有血色的神情呆滞地坐着，眼睛里满是绝望。慕南一直坐在她怀里，紧紧地抱着母亲。其他的人都出去了。

她起身去了外面，看到儿子们已经经过院子旁出了门，走在那条两边都是在风中摇摆的小麦的小路上，一个个地向着罗曼庄园走去，头盔在晨光中闪着暗淡的光，不过纳克的宝剑和双胞胎兄弟的长矛在阳光下反射着光芒。她看着自己的孩子走远……

进了屋，她对着柜子中的圣母马利亚像跪拜下来，哭得心都要裂开了。慕南在旁边也跟着哭起来，靠在她的身上。劳伦斯从床上下来，陪在另一边，她把两个孩子紧紧地抱住。

当自己刚出生的宝宝离开后，她认为自己不会再为什么而祈祷了。她的心慢慢变得坚硬、麻木，她感觉到地狱已经为她打开了大门，而她正走在地狱的边缘。但现在还是控制不住，祈祷的话不断从她的嘴里吐出来，已经不受她的控制，希望上帝和圣母能够听到她这恐惧、赞美和感恩的心声。她说了很多赞美的话，圣母啊圣母，现在，我还是富有的，我的珍宝那么多，但他们却很可能从我身边丢失……仁慈的圣母啊，希望你能保佑我的孩子们！

罗曼庄园挤满了人。他们一走到门口，就有几个人喝问他们来这里干什么。

纳克虽然在笑，但很气愤："我们不是来找你们的，马格努斯，我们想和主教说点儿事情。至于你们，过段时间，或许我们兄弟们想和你们谈谈。但现在不需要担心我们会出手。"

这句话让现场一片哗然。神父来了，想将他们赶走。但有人说，这些孩子想要弄清楚母亲的事情，是正常的。主教的随从也出来了，希望他们先回去，现在大家在聚餐，没有空和他们啰唆。帮纳克的人有点不开心，觉得这样有失公允。

突然上面传来一个威严的声音："大伙儿，这是怎么啦？"没人注意到阳台上站着哈瓦主教，他穿着一身紫色的衣服，花白的头发上还是戴着那个红帽子，高高壮壮，很是威严。"他们都是什么人？"

大家告诉他，这几个都是柔伦庄园克里斯汀的孩子。

主教对纳克说："你是这里面带头的人吧？你可以进来和我说话，其他人就等在外面吧。"

纳克从楼梯走了上去，和主教一起进了房间。哈瓦主教坐在主座上，紧紧地盯着纳克，纳克就在他对面，一直挺直了腰板站着，手上捏着剑柄。

"可以告诉我你的名字吗？"主教问道。

"我叫纳克，主教。"他回答道。

主教轻轻地笑着，有些嘲讽地问道："纳克，你觉得只有全副武装，才能和我说话吗？"

纳克尴尬得脸红了起来。他走到角落里，把身上的装备卸了后，才走回来站到主教身边，向他敬了个礼。他的双手交叠在一起，态度从容，英俊潇洒，但他还算恭敬。

哈瓦主教思索着，这个孩子的教养还是很不错的，像一个骑士一样。在他父亲遭到重罚，什么都没有了的时候，他也不小了。估计对他来说，一定会记得他是胡萨贝庄园的继承人，之前的礼仪都还保留着，他的相貌也不错，主教觉得这个年轻人很值得同情。

“院子里的那些人是你的兄弟？你总共有多少个兄弟？”主教问道。

“主教，我们有七个兄弟。”纳克回答道。

他发现这件事情牵扯到很多的孩子，这让主教有点头疼：

“不要站着说话，纳克，我知道你找我是为了你母亲和武夫的事情吧？现在正传得很热闹呢。”

“您太客气了，大人。我站着和您说话就可以了。”纳克回答道。

主教深沉地打量了他一下，接着缓慢地说道：

“纳克，我很愿意相信大家对你母亲的那些言论都是谣言，更何况谁也没有资格议论她，除了你的父亲。但你父亲和武夫关系很亲密，武夫还是你的养父。雅德翠来告状，这件事情一旦公布，对你母亲必然不利。雅德翠说她和她丈夫武夫已经有一年不在同一个房间了，还遭到他的暴力，你听说过这些没有？”

“他们夫妻关系一直不太好。养父和她在一起的时候已经有些年纪了，脾气比较暴躁，很容易发脾气。但他对我们这些亲人真的非常真诚。主教，我请求您，如果您不介意的话，能不能将他保释出来？我们一定会将保释金送来。”

“你现在还是个孩子吧？”主教问。

“是的，主教，但我的母亲希望赎出养父，无论需要多少钱。”纳克回答。

主教拒绝了。

“我想我父亲的想法应该也是一样的。我会去多乎尔山对我父亲说明这里的情况，希望他能出面来和您交涉。”纳克说道。

主教思考了片刻，一直用拇指挠着他的下巴。

他开口道：“你还是不要站着，这样我们能好好地说话。”纳克道了谢，坐了下来，“武夫和他的妻子闹不和，应该没有错吧？”他似乎想了很久才记起来。

“的确没错，我知道的就是这样。”主教慢慢地笑了起来，纳克也跟着笑了，“自从去年圣诞节以后，武夫一直和我们一起睡在楼上。”

主教想了一会儿：

“那吃饭呢？谁为他准备食物？”

纳克迟疑了一下：“当武夫在外面打猎或者做些其他事情时，他的妻子会为他准备食物带在身上。刚开始我们还为这件事讨论过，我母亲觉得他可以像以前一样，和我们一起吃饭，但是他拒绝了。因为当年他结婚时就和我父亲商量好，我父亲给了他一部分财产。现在如果还要回去吃喝，他担心会引起别人的非议。更何况他自己有收入，却还在我们家吃，这不合常理。然而我母亲很坚持，说可以在一起吃，然后一起清算。”

“啊，你母亲管理物品很出色，她那么能干，而且不浪费。”主教赞叹道。

纳克严肃地说：“在吃的上面也不一定。其实熟悉我母亲的人都知道，需要请客的时候，她从来都是慷慨大方的。不管在我们有钱还是落魄的时候，她都喜欢将好吃的东西摆上桌面，让所有的仆人甚至贫民都能品尝到，她觉得这是最快乐的事情。”

主教思索道：“那你打算去找你的父亲？”

“没错，主教，我想这是最好的办法。”主教没有回答他，他接着说：“我和我们家兄弟在冬天的时候就对父亲说过母亲有了孩子的事情。我们觉得父亲从来没有怀疑过孩子不是他的。但我父亲一直不愿意待在西尔，他只想住在多孚尔山区属于自己的庄园中，我母亲去年夏天曾去找过他，他对母亲不愿意和他一起留在那里感到不开心。他不希望母亲回来，希望我们能自己管理柔伦庄园。”

主教一动不动地看着纳克，手摸着下巴。

不管人们怎么议论伊兰德，他至少没那么可耻，对自己的孩子诉说妻子的不贞。

尽管现在的舆论都在诋毁克里斯汀，但他愿意相信她。她说对于别人议论自己和武夫的事情她根本不知情，应该是真的。但他觉得存在感情诱惑的时候，她可能动摇过，毕竟她和她的丈夫曾经让劳伦斯同意这桩婚事，用的也不是光明的手段。

对于小孩子死去的事情，他感觉到她很内疚。但是，即使她让孩子死去，大家也没有责怪什么。她只要向上帝认错就行了。况且，对孩子的虐待也不能说明孩子的父亲不是伊兰德。她如今不再年轻，丈夫又不在身边，还有七个孩子需要担心，而且没有以前富裕，在这个时候，也可能这个孩子本来就不受欢迎。说她很爱这个孩子可能有点让人不相信。

他觉得她是清白的，上帝能够证明，在他当神父的这四十多年里，他看过那么多人的忏悔，什么事情都有，但他比较相信克里斯汀。

可是他觉得伊兰德对于这件事的处理让他很费解。自己妻子有了孩子，而且孩子死去了，他都没有半点关心。大概他觉得孩子是别人的。

现在要考虑他的举动，看看他能不能看在其他子嗣的面子上，像一个高尚正义的人一样，奋不顾身地帮助妻子恢复她的名誉，要么就是在事情败露后，干脆也控诉妻子。在听过别人对胡萨贝庄园伊兰德的描述之后，他没法保证伊兰德不会这么干。

“那么有和你母亲有血缘关系的人吗？”主教问道。

“她的妹妹是伊林庄园的哈瓦之子耶马特的妻子，也就是西蒙的遗孀。除了她，她还有个堂妹和堂弟在世，是史科葛庄园的亚斯蒙之子科提尔和他的妹妹蕾格娜。她舅舅也有孩子在，是林汉庄园的伊瓦尔·吉斯林和他弟弟特隆德之子哈瓦，但是他们离我们很远。”

“圣布庄园的西格尔·艾尔达恩爵士，你母亲居然和他是亲戚啊？纳克，他应该可以帮助你母亲！你马上去找他，立刻就去，将这些事都告诉他，一定要让他出面帮忙！”

纳克犹豫了很久：

“尊敬的主教大人，我们和他的关系并不是很亲密。况且，即使他出手相救，也不会有什么帮助。这里的人也不喜欢艾尔达恩家族。那时候他们和我的父亲一起起事，我们没有了胡萨贝庄园，他们的圣布庄园也失去了，大家对我父亲都很生气。”

主教笑着说道：“的确，伊兰德容易和别人有矛盾。在北方的时候，他和每个人都吵过架。他的岳父性格那么温和，为了维持亲戚们之间的情分，只能代他去道歉，不幸的是，连伊兰德·艾尔达恩和他们也有恩怨。”

纳克忍不住哭泣道：“的确，都是些鸡毛蒜皮的小事，比如绣花的床单和有着浅蓝色花纹的毛巾，根本不值钱。但外婆一直想要这个，而她的妹妹也想要。之后艾尔达恩蛮横地抢夺了这些东西，将它们藏进了旅行箱，但外公又找到了，他觉得应该由他来分配这些东西。那些都是外婆年轻时候在顺德村亲手做的。这件事被伊兰德·艾尔达恩知道了，赏了外公一个耳光，所以外公抱着伊兰德·艾尔达恩，将他摔了好几次，而且不断地甩着，好像一个空空的面粉袋一样。矛盾就是这么结下的，只因为那几块布料。现在它们在我母亲那里。”

主教听得笑了起来。他听说过这件事，那时候被当作笑话，说老伊瓦尔的女婿真为妻子着想，但主教说这个事情的目的只是为了让纳克能够轻松起来，现在他已经不再满怀戒备了，他的漂亮的深蓝色眼睛里露出了笑意。主教心情很好地说道：

“但是纳克，有一点儿你说错了，我当面见证了一次他们的商讨，那是在尤芙蜜亚太后还在世的前一年，在奥斯陆的圣诞宴会上，你外公亲自去南方给国王请安，以示忠心。国王对你外公训斥道，亲姐妹的丈夫居然闹到这个地步，很不符合一个基督徒和勇士的身份。劳伦斯在伊兰德·艾尔达恩和其他在场的人面前向他道歉，真诚地请求他的原谅，并坦承自己当时太生气，答应将那些床单和毛巾都送给艾尔达恩夫人，表示问候。伊兰德·艾尔达恩当时回答，要劳伦斯在大家面前承认自己在分家产时表现得像个小偷和强盗，才肯原谅他。你外公转身离开了，我估计他们一辈子不会再相见。”说到这里，主教又哈哈大笑起来。

他的两只手放在一起，继续说道：“纳克，你听我说，你需要好好考虑一下把你的父亲请出来帮助武夫保释真的正确吗？你母亲要给自己洗脱罪名，但现在大家都听信谣言，在这样的情况下，你觉得会有人愿意支持帮助她，给她做证吗？”

纳克抬起头看着主教，眼神中充满了忧虑和恐慌。

“再耐心点，纳克！你的父亲和武夫不是这里的人，所以和大家的关系都不好。克里斯汀和雅德翠都是从山谷里来的，但你不要忘记，雅德翠的娘家在南面，而你母亲却离这里很近，更何况所有的人都知道你外公。大家觉得你母亲有罪，想要惩罚她，不过我认为虽然大家对你母亲的行为感到不耻，但却觉得过分惩罚她会愧对你的外公，所以他们很矛盾，不用多久他们就会希望你母亲能够平安。让我们把这件事再搞清楚一点儿，也许雅德翠拿不出更多的证据，他们的事情就会解决。不过这可能是由于武夫自己没有好人缘，令大家不喜欢，才造成这个后果的。”

纳克抬起头看着主教，有些不同意他的话：“主教，希望您不要介意我的话，但我们决不能这样做。难道我们不应该帮帮我们的朋友和亲人，不应该让我的父亲回来帮助我们的母亲吗？”

主教认真地说：“年轻人，我希望你可以听我的，不要着急去找你的父亲。等会儿我亲自写信请圣布庄园的西格尔爵士过来一叙……怎么回事？那边又怎么了？”突然他听到外面的走廊上有声音，便起身出去了。

下面，高特和布柔哥夫正靠在墙上，抵抗着主教的拿着武器的下人。此时主教和纳克已经来到了走廊里，看到布柔哥夫正在砍向一个人，高特在奋力地抵挡，其他人控制着伊瓦尔和斯库勒，受伤的人已经被带走，不远处的神父也受伤了，鼻子和嘴巴正不停地流着血。

主教高声喊道：“停下来，伊兰德的孩子们，都不要再动手了。”他快步走过去，走到他们身边，看着住了手的年轻人们，“为什么会这样？”

梭尔蒙神父赶紧走上前，向他弯着腰说道：

“尊敬的主教，您都看到了，他们公然在圣殿动手打人，破坏了秩序，我都被打伤了！”

有个年纪大一点儿的农夫走了出来，也向主教弯腰说道：

“主教，是神父言辞不堪，说了这些年轻人母亲的坏话，如果高特能忍受这种耻辱，才会令人吃惊吧。”

主教打断了他的话，严肃地说道：“别吵，一个一个说，让特隆德之子奥拉夫先说。”

特隆德之子奥拉夫说道：

“神父确实对他们说了带有攻击性的话，不过他们一直很平静地和他交谈。高特说他母亲夏天曾去他父亲那里住过一段时间，那个可怜的孩子是那时候有的，我们也都相信。但神父却反驳说柔伦庄园的人一向富有学识，肯定也明白戴维王和丝巴女士的故事，说不定伊兰德和尤瑞亚斯爵士一样没有头脑。”

主教很生气，脸涨得通红，就像他那顶红色的帽子，他的黑眼睛里露出亮光，朝神父那里看了一眼，都不想再搭理他：

“高特，我知道你心里明白，由于刚才的行为会被拉出教会。”他让大家送伊兰德的孩子们回去，作为看守的还有自己的亲信和四个沉稳的农夫。

然后他告诉纳克：“纳克，你也必须一起回去，现在什么也不要做。高特他们的行为不是在帮你母亲，虽然我知道他们不是这样想的，肯定有人这么告诉过他们。”

不过主教觉得这些孩子未必会将这件事弄糟。他知道，那天早上克里斯汀领着儿子们和武夫一起来教堂，想让孩子接受主教的祝福时，让很多人不满，现在看来情况好了很多。容之子科白恩看起来就是能够谅解的一个，因此让他同这群青年一起回去。

纳克先来到二楼的房间里，克里斯汀坐在劳伦斯的床边，和小慕南在一起。他汇报了刚才的事情，表示主教是站在他们这边的。而且，在主教看来，弟弟们不是无理取闹，而是被人挑拨的，他希望母亲不要去找主教。

现在几个孩子都在屋子里。克里斯汀看着他们，她的脸色苍白，表情很奇怪。因为一种陌生的气味，她突然觉得已经没有任何希望，呼吸都快要停滞了，但说话却很平静：

“高特，你真的行为失当了。那是你外公最喜欢的宝剑，你怎么能随随便便拿来对付那些说闲话的农民了呢？羞辱了这把剑。”

高特生气地反驳道：“我只是拿着它打了主教的仆人。确实，这样做的确会损害外公的名声。”

克里斯汀向他们看了一眼，便移开了视线。虽然她的心里因为这些话有些难过，但没有表露出来，反而笑了起来。她自己想着，这种痛就像喂奶水一样。

纳克说：“母亲，我觉得你和小慕南还是不要待在这里。小慕南身体还没好，离不开你。不要让他出去，免得看到我们被关起来。”

克里斯汀起身道：

“孩子们，如果你们依然尊敬我的话，就请亲吻我，我这就走。”

纳克、布柔哥夫、伊瓦尔和斯库勒一一来到她面前亲吻了她。高特因为被当作私生子，痛苦地看着她，她向他招招手，高特过来用嘴唇亲吻了一下她的衣服。克里斯汀看着一个个比她高的儿子们，除了高特，很快整理好了劳伦斯的那张床，和小慕南一起走了。

柔伦庄园有四栋房子，一个是大厅，一个是她小时候夏天住的地方，还有就是旧阁楼和放东西的地方，女仆们夏天就睡在那里。

克里斯汀和慕南去了新阁楼。小儿子没了以后，他们就住在这里。在她走来走去的时候，菲莉达和冈西儿拿了吃的上来。克里斯汀让菲莉达照顾一下那些看守，给他们也送些吃的和喝的。她说纳克已经让她派人拿过去了，不过他们说自己是来看守的，不敢接受，不过他们自己人已经给他们送来了食物。

克里斯汀说：“这样也行，那么就送些酒过去吧。”

冈西儿年纪小一点儿，她的脸已经哭得肿了起来：

“克里斯汀，我们都相信你不是这样的人。对于他们说的，我知道都不是真的。”

克里斯汀突然问道：“原来这些谣言早就传到这里来了？如果你们能及时告诉我，事情也不至于此……”

菲莉达回答：“我们担心武夫发脾气，所以才没和你说。”

冈西儿还是哭着说：“武夫一直阻止我们，并恐吓我们。在你和武夫谈论到深夜的时候我就一直想开口，让你留心。”

“武夫？那外面的谣言他是不是也知道？”克里斯汀低声地问道。

“雅德翠当着大家的面说武夫对她不忠，武夫因为这个还和她动过手。在去年圣诞节期间，你怀孕的迹象越来越明显。有一天我们一起在他家里聚餐的时候，梭尔蒙和奥温还有几个南边的人来了，雅德翠就说孩子是武夫的。武夫一生气，用腰带打了她。后来雅德翠对所有人说武夫默认了。”

克里斯汀问：“就这样整个谷地就传开了？”

冈西儿眼睛里已经有泪水了：“是的，但我们都反驳了他们。”

小慕南睡不着，克里斯汀紧紧地抱着他，让他可以安静一些，和他一起睡下，不过连衣服都没脱，根本睡不着。

这时阁楼上的劳伦斯从床上起来了，穿起自己的衣服。快到晚上的时候，当纳克在楼下忙活时，他溜到外面，偷偷去了马厩，在高特的马上面放了马鞍。这是柔伦庄园最好的马，当然还有种马，但他不骑种马。

一个在庄园里看守的农民来到他面前，问他干什么去。

小劳伦斯说：“我又没有犯罪，你们是知道的。我可以告诉你们，我要去圣布庄园，你们拦不住我，我去请求爵士来帮助我们。”

容之子科白恩阻拦道：“劳伦斯，天色不早了，我们怎么能让你一个人在瓦吉峡谷夜行呢？还是和你的母亲商量一下吧！”

劳伦斯阻止了他：“不要让她知道，”他的嘴唇有些颤抖，“我有些急事，让上帝庇佑我吧！如果我的母亲是清白的，我相信我不会有事，不然的话……”他已经说不下去了，眼眶里都是泪水。

男人们安静地站了一会，科白恩看着这个黄头发的英俊的孩子，说道：

“你走吧，希望上帝保佑你，伊兰德之子劳伦斯。”科白恩想帮助他骑上马。

劳伦斯飞快地将马牵出来，从两个农民身边闪过。因为马太高，他先登上门口的一个石头上，再骑上马背，朝西一路赶去瓦吉。

8

劳伦斯骑着马来到一个拐角，此时马儿早已累得浑身冒汗。劳伦斯了解到这里有可以通过碎石坡和西尔沙幽谷的悬崖峭壁的小径。天黑之前劳伦斯必须到达高原，他对瓦吉、西尔和多孚尔山处的丘陵比较陌生，但好在他曾经带着马来这里吃过草，也多次跟着高特从其他小路来到海乌格庄园，虽然那时走的不是这条路。小劳伦斯靠着马脖子，轻抚着马儿的鬃毛：

“帮帮我吧，劳丹，今天晚上之前你一定要载着我到达海乌格庄园，我必须找到父亲。拜托了，前进吧，马儿！”

夜幕降临时，他才刚到山眉，然后上了马，沿着沼泽山谷不停地前进。数不清的峭壁遍布在山谷两边，在渐渐黑暗的天空下显得非常挺立。略显苍白的桦树布满道路两侧，小孩子的脸庞和马儿的前胸不时被沾湿的树叶摩擦着。被马蹄刨松动的石头不经意间会滚入深深的谷底的溪流中发出巨大的轰鸣声，然后，马蹄又陷入了深泥沼里。劳丹会自主地在黑夜里选择最佳路线行走，时而向上，时而向下，所以溪水有时离斜坡很近，声音时强时弱。黑夜里不时传出野兽的嘶吼声，劳伦斯甚至听不出是什么，他听着大风呼呼地吹着，有时微弱有时强劲。

这个男孩子将长矛放在马脖子上，枪头放在马儿的耳朵中间。大熊常常在这里出没，何时才能到道路的尽头呢？黑暗中他不禁低声轻唱："天主发慈悲，基督发慈悲，天主发慈悲，基督发慈悲……"

劳丹正蹚过一条小溪。此时头顶上的夜空布满星星，很是开阔，圆形的顶峰仿佛因为黑暗而远离了。广阔的野外，大风在呼呼地吹着，那是一种有别于峡谷的风声。男孩子任马儿随意行走着，自己哼着记忆里熟悉的圣歌旋律："万能的救世主耶稣，你点燃了天父的荣光。"偶尔他也唱，"天主发慈悲"。现在从星象上看，他们正走向南方，不过劳伦斯不敢勒住马，让它自己走着。他们已经走过了几个陡峭的悬崖，脚下青青的苔藓铺满了岩石。劳丹显然走累了，不断地喘气，时不时竖着耳朵自己倾听着。劳伦斯眼看着天色渐渐亮了，飘在空中的云朵露出了银白色的面容。马儿继续前进，头朝着月光渐亮的方向。劳伦斯暗暗想着，此刻离午夜还有不到一个小时的时间。

月亮完整地挂在了遥远的山上，月光洒满山头，让披着雪衣的山峰更显得亮光闪闪，也让布满烟雾的山谷带着一片朦胧的白雾。劳伦斯清楚自己身在何处，这里就是布拉荷尖顶下的沼泽区。

他终于找到一条可以进入高原山谷的小路，三个小时后，劳丹一瘸一拐地向蒙上一层月光的海乌格庄园院落走去。

一开门，伊兰德就见到了倒在走廊上的男孩，他已经没有了知觉。

没过多久劳伦斯在床上醒来了，他盖着的被子脏兮兮的，散发着臭味。不远处的墙缝里夹着一只火炬，火光照射过来，父亲正弯腰给他的脸上盖一块浸过水的布条。他只穿了一件衬衣，男孩伴着火光，可以明显地看到父亲苍白的头发。

“父亲！”小劳伦斯睁大了眼睛。

伊兰德转过头，不让孩子看到他的神情。

不久后他用低沉的嗓音艰难地说道：“你母亲她……你母亲是不是生病了?”

“父亲，你一定要马上去救母亲，她被人污蔑，是一个很严重的罪名。武夫、母亲和哥哥们都被那些人囚禁了!”

伊兰德摸着男孩炽热的双手和脸颊，他有些发烧了：

“你刚才说什么？”

劳伦斯从床上坐了起来，慢慢地叙述着家里一天来发生的一切。父亲静静地听着，在男孩说到一半时，开始穿起了衣服，穿上靴子，搭上马甲，给孩子拿了牛奶和面包：

“孩子，我不能让你一个人留在这里。我先把你送到勃列肯庄园的亚斯劳家，我再去南方。”

劳伦斯紧紧地捏着父亲的手：“不要，父亲，我要和你一起回家，我要和你在一起。”

伊兰德不想答应他：“孩子，你身体不好。”在劳伦斯的记忆里，父亲如此温柔地对自己说话还是第一次。

“父亲，无论如何，我要和你一起回家看母亲，我要回家！”劳伦斯就像一个婴儿一般，哭得稀里哗啦的。

“但是你的马儿走不动了，你又那么累，怎么能行？”伊兰德抱起哭泣不止的儿子。不过孩子依然坚持要走，他只好同意了，“算了，那你就一起去吧，煤烟大概能带我们去。”

他牵出自己的马，又将劳丹带进马棚，嘱咐道：“你一定不要忘了让我派人来照看马儿，还有财物。”

劳伦斯兴奋地说：“今后您不离开家了吗？”

伊兰德看向前方，神色有些迷茫：

“我不确定，但至少应该不会再来这里了。”

劳伦斯看到伊兰德走出房屋，除去佩剑，还带着一把小巧的斧头。劳伦斯问：“父亲，你只带了这些武器吗？要不带上盾牌吧？”

伊兰德看了看盾牌，它表面的牛皮十分破旧，底部的狮子图案几乎被磨没了。他把盾牌放到床上，用毛皮毯盖在上面。

“赶一帮农夫离开我们的庄园，这些装备已经够了。”他说。

然后他走出门，拴上门扣，跳到马背上，然后帮儿子坐在自己后面。

云层越来越厚实，将天空也遮住了。他们从山坡向下走到树林茂密的山腰上，里面黑漆漆的。伊兰德知道劳伦斯很累，几乎连马也坐不稳。为了更好地保护儿子，伊兰德让劳伦斯坐在了前面，自己搂着儿子，劳伦斯长着浅褐色头发的小脑袋紧紧贴在他的胸口。要知道劳伦斯是这些孩子中长得最像妻子的，他忍不住吻着儿子的头顶，扣好他的斗篷和风帽上的扣子。

没过多久，他轻声问道：“这个夏天……你弟弟过世时……母亲是不是很难过？”

小劳伦斯说：

“弟弟去世时，母亲倒没有哭泣，但每晚都去坟地那里。高特和纳克常常跟在母亲身后，不过不敢离得太近，小心翼翼地，不让母亲发现他们在后面保护着她。”

过了一会儿，伊兰德问道：

“你母亲居然没有哭？要知道你母亲年轻的时候是很喜欢哭的，眼泪像柳树上的露水一样多。你母亲年轻的时候和那些对她好的人在一起，总是那么温柔和善良。之所以造成她后来变得心肠很硬，我大概要负全部责任。”

“冈西儿和菲莉达告诉我，在小弟弟生前，母亲每时每刻都在哭泣，因为没有一个人来看看小弟弟。”劳伦斯又说道。

伊兰德轻声说道：“上帝原谅我，我是罪人，也是个笨蛋。”

他们走在谷地上，正从一条小河上穿过。伊兰德用自己的斗篷布兜裹住孩子，尽量不让孩子受凉。劳伦斯一直想打盹，快要睡着了——他闻到父亲身上有一股好像穷人那样的气味。他记得小时候在胡萨贝庄园时，父亲每周六从澡堂出来后都会拿着几粒小球，那种散发着独特香味的小球让他的手和衣服在周日里也是香气逼人的。

伊兰德前进的速度虽然很快，但很均匀。他现在在山下，满是石楠的荒地上黑漆漆一片，伊兰德凭着直觉向前走着——他从流水声中清楚地知道拉根河何处是平缓的，何处有石坡。他们走在小路上，每经过平坦的岩石，马蹄下便会散发出点点星光。当他们走进松树林时，马儿轻松地经过那些相互缠绕的树丛；马蹄轻轻地落在长满绿草的平地上，草丛中不时有一个个从溪水中流出的小水洼。他能计算得出，黎明时分回到家是绝对没有问题的。

多年前的一个画面不断出现在他的记忆里，那是一个寒冬的夜晚，天空泛着蓝光，他驾着雪橇穿梭在山谷之间，姨父哥恩纳尔之子布柔恩抱着一具女性尸体坐在后面。记忆总是遥远和模糊的。儿子刚才那一番关于谷地的事情以及有关妻子的那些闲言碎语，好像也变得遥远和模糊，就像做梦一样，根本无法将这些东西记到脑海中。不过只要回家了，总会有办法吧！如今所有的思绪都抛开之后，他甚至感到紧张和惊慌，毕竟马上就能见到妻子克里斯汀了。

他其实一直在等候着她、守护着她。他坚信妻子总有一天会出现的，直到得知克里斯汀为那个小娃娃取的名字时……

黎明时分，天空还是一片昏暗，百姓们听完哈马主教的晨间弥撒，纷纷走出教堂。有人看到尼古拉斯之子伊兰德骑着马向自己家的庄园赶去，便连忙相互转达。大家显然感到不安，交头接耳地说着什么。他们下了教堂的小山冈之后，密密麻麻地站满了公路和柔伦庄园通道的转弯处。

月亮正处在云朵和丛山交接的地方，显得一片惨白。伊兰德慢慢地骑着马进了院子。

他发现一群人把总管家的门前占领了，全是雅德翠那边过来的亲友，他们今晚住在这里。另外还有几个男人——在阁楼下看守，在院落里听到马蹄声，他们也纷纷跑了出来看。

伊兰德拉住了缰绳，瞄着周围农夫的头顶，眼睛里满是蔑视，嘲笑着大声问道：

“我的庄园请客，我居然全然不知。但是，亲爱的农民们，你们一大早来这里应该不是为了这个吧？”

人们向伊兰德投来的目光里夹杂着愤怒和忧虑。他在马背上显得很高大挺拔而又风度翩翩，马儿是外国纯种，有着细长的腿。煤烟马的鬃毛由原来的整齐形状变得杂乱不堪，而且夹杂着不少白毛，一看就知道已经很久没有被好好照顾和梳理了。马的眼睛里散发出一种不安的神色，情绪也躁动不安，马蹄不听话地跺个不停。它的耳朵挺立着，昂起俊秀的小脑袋，胸前和马膀沾满了口水。马具本该是红色的，马鞍也印有金花，可现在却补了补丁，显得破旧不堪。伊兰德的穿着更是和乞丐不相上下，枯白的头发上戴着黑羊毛的帽子，苍白多皱的面皮上长着让人接受不了的杂乱的胡碴和一个长长的鹰钩鼻。即使如此，他还是直直地坐在马背上，对着大家高傲地微笑着，俯视着这些农民。不管他穿着有多么邋遢，伊兰德依旧年轻，依旧像一个首领一样高傲。大伙对这位给本地带来屈辱、悲哀和衰落的人极为厌恶，尤其看到现在他仍然一副居高临下的姿态，更加憎恨不已。

不过第一个接话的农民很冷静，他尽量压制住内心的愤怒：

“我们知道你儿子找你去了，你显然也知道我们来这里并不是为了什么宴会。真奇怪，这时候你还有闲心开玩笑啊？”

伊兰德看了看孩子，为了不吵醒熟睡的孩子，他放低了声音：

“这孩子有病，你们是知道的。如果说教区让他带信给我，我有点儿不大相信，我还以为他烧糊涂了呢。”看着马厩处，伊兰德不禁皱起了眉头：“我还以为他在说梦话呢。”这时武夫和另外两个男人从马厩里牵出了几匹已经戴上马鞍的马儿，其中一位是他的小舅子。

武夫丢下手里的绳子，迅速来到主人身边：

“您终于回来了啊，小家伙也在，赞扬上帝和圣母！他母亲什么都不知道，我们正打算去找他。主教听说孩子独自去了瓦吉，立刻让我起誓，然后放了我。劳伦斯现在情况如何？”他很担心地问道。

雅德翠也来到院子里，哭诉道：“赞美上帝，这孩子终于还是找到了。”

伊兰德说：“雅德翠，你来了啊？我现在就要让你带着你的那帮亲友离开，你们别想再留在这儿。你这个造谣生事的浪女，还有那些搬弄是非，伤害我妻儿名誉的浑蛋，我现在就要让你们接受教训。”

哈尔德之子武夫辩解道：“别急，伊兰德，雅德翠是我的夫人，我们本来就没有相守一辈子的打算。但在我将她所有的财产和嫁妆转交给她的娘家人之前，她是不能离开的。”

伊兰德显得更加气愤：“庄园的主人还是我吗？”

武夫说：“您还是亲自问劳伦斯之女克里斯汀吧，她来了。”

原本站在贮藏室阳台上的女主人慢慢走下楼，不由自主地拉了拉向后滑开的帽子，整理了一下从昨晚到现在都没有换过的礼拜服，带着僵硬的表情渐渐走过来。

伊兰德一步步迎上前去，马背上的身子略微向前倾，既恐惧又期待地看着那张毫无生气的脸，带着哀求的语气说道：

“我的克里斯汀，我回来了，回家陪你来了。”

她好像什么也没听见，甚至一副没有看见的表情。劳伦斯在父亲的怀中醒过来，慢慢从马上下来。不过在双腿滑落到草坪的一瞬间弯下腰去。

克里斯汀的脸上轻轻地抽搐着，她弯腰抱起儿子，伸手将这个高大的儿子抱起来，把他的脑袋与自己紧紧相贴，让他的双腿垂在自己面前，就像对待小娃娃一般。

伊兰德继续绝望地请求道："克里斯汀，我最爱的妻子，我知道现在说什么都没有用了。"

克里斯汀的面部又是一阵颤抖。

她看了看怀里虚弱的儿子，硬着心肠说道："还不算太迟，我们失去了最小的儿子，他如今躺在那块冰冷的土地里。看看，现在是劳伦斯了。高特已经失去了合法的地位，其他的孩子呢？是的，伊兰德，我想我们还可以再摧毁更多孩子吧？"

克里斯汀抱着孩子背对着他转身离开，伊兰德立刻骑着马追了上去，紧紧地跟着她：

"耶稣，请你告诉我，我该为我的妻儿做些什么？克里斯汀，你现在不希望我住在这里了吧？"

妻子还是那样冷冰冰的口气："现在的我已经不需要你做任何事情了，如今你已经帮不上我们了——你住哪里都与我无关，即使去洛根河底也行。"

儿子们纷纷来到阁楼外的阳台上，高特冲下楼去，企图阻止母亲：

"母亲……"他的声音里充满了祈求。不过克里斯汀只是向他瞥了一眼，他便马上动都不敢动了。

几名农夫站在阁楼外的楼梯口。

克里斯汀想抱着孩子从他们身旁穿过去："请让让吧！"

这时伊兰德的马儿突然心绪不宁，不停地晃动着马头，到处乱跑，伊兰德拽着它差不多转了一圈了，容之子科白恩赶紧抓着缰绳。克里斯汀没有搞清楚到底是怎么回事，她转过身，向身后道：

“科白恩，放它走吧。他如果要离去，就随他去吧。”

科白恩紧紧抓住不放，说道：

“克里斯汀，你不会不明白吧？现在男主人在庄园里。”他转过身看着伊兰德：“她不明白，你应该明白吧？”

不过伊兰德打向他的手，用力踢着马，老头子一个踉跄，躲到一旁。另外两个男人一跃而上，想拦下他。

伊兰德吼道：“滚开！我和我妻子的事与你们何干？农场主人不是我，我也不会像那些蠢驴似的，被拘也不反抗。如果庄园不是我的，我现在就离开这里……”

克里斯汀转身看着丈夫，高声说道：

“那就滚吧！骑马快滚，滚到地狱里去。我已经被你逼到了这步田地，也毁掉了你曾经拥有或者碰过的所有东西。”

此时的场面太突然，很少有人看得清楚，更不用说有人会出手阻止了。波格希尔德之子托尔和另一个农夫抓着克里斯汀的手：

“克里斯汀，你怎么能这么对待你的丈夫……”

伊兰德骑着马立刻赶过去：

“噢，是这样！谁让你们碰我妻子？”然后一把拿起斧头砍向波格希尔德之子托尔，斧头砍在他的肩胛骨之间，那个人立即倒地。伊兰德再次举起斧头，正在他踩着马镫起身时，有人刺向他，正击中他的腹股沟。出手的是波格希尔德之子托尔的儿子。马儿在前腿乱踢的同时使劲向后退，伊兰德顶着马的两侧，身子向前弯，用缰绳缠住左手，又举起斧头，而就在此时，左腿因为无力从一个马镫上滑开，血流不止。箭和镖飞过院子，武夫和伊兰德的儿子们也纷纷拿着武器冲向人群。这时一个农民拿着枪刺向伊兰德的坐骑，霎时骏马被刺中，前腿一弯，应声跪地，狂叫不止，连畜棚里的马儿也纷纷应和。

伊兰德在马背上站立起来，张开双腿，抓着布柔哥夫的臂膀，几乎脱离了马身。高特立即上前搀住父亲，不让他倒下。

他看了看坐骑，说道："结果了它吧。"马儿倒地，脖子伸长，鲜血直流，马蹄不停地踢着。武夫听从伊兰德的吩咐，上前弄死了它。

农夫们早已退开，两个男人架着波格希尔德之子托尔走向总管的住宅，主教的一名手下则带上那些受伤的伙伴走向那里。

克里斯汀放下小劳伦斯，这回倒是他自己醒了过来，母子相拥着站在一旁。事情变化得太快，她根本反应不过来。

儿子们提议带父亲去厅堂，伊兰德却拒绝说：

"我不想去，我绝对不会死在你外公去世的地方。"

克里斯汀冲过来一把搂住丈夫的脖子。她脸上的麻木终于被融化，因为哭喊微微颤抖着——就像被石头敲击后的结了冰的水面：

"伊兰德，伊兰德！"

伊兰德站立了一会，低下头用脸贴着她的面颊，说：

"儿子们，扶我去旧储藏室，我想躺在那儿。"

克里斯汀和儿子们赶紧铺好旧储藏室的床，为伊兰德脱下衣服，克里斯汀将他的伤口包扎好。被矛枪刺穿的伤口里喷出火热的鲜血，箭伤在左胸侧，还好失血不多。

伊兰德轻抚着妻子的脑袋：

“我是治不好的，克里斯汀。”

克里斯汀看着他，心里满是绝望，身体不断颤抖着，西蒙说过的话如今再次被伊兰德说起，她感到不祥和不安。

人们将伊兰德放到床上，用枕头和床垫将他的左腿撑起来，担心他会大量出血。克里斯汀在床边坐着，低下头看他，他一直拉着她的手：

“亲爱的，你还记得我们在这张床上的那一夜吗？我在想那时候你是不是已经对我失望了？你从来都不会将痛苦说出来。克里斯汀，你已经不是第一次为我操心了。”

她紧紧抓着丈夫的手，那双手很干燥，指甲很长，而且很黑，连指头上的纹路也是黑的。克里斯汀一直抓着这只手，将它贴在自己的胸前，又放在自己的唇边，哭得很厉害。

伊兰德慢慢地开口道：“你的唇好热。我一直都在急切地思念着，等你找我，一直在等。我最后终于决定先向你低头，想要来找你，但是却听到孩子去世的消息，我觉得一切已经晚了。”

克里斯汀呜咽道：

“直到那时我还在期盼着你，亲爱的伊兰德，我一直很期待你会出现在婴儿的坟前。”

伊兰德说：“如果真是如此，我想你根本不会将我当作朋友，当然你并不需要这么做，上帝可以证明。以前的你那么美丽，那么可爱，那么让我动心。”伊兰德慢慢地闭上了眼睛。

她啜泣不已，声音里充满了悲伤。

伊兰德继续低声说道：“这些都已经成为过去，我们只能寻求相互原谅，就像基督徒夫妇那样，如果还可以的话。”

克里斯汀伏在伊兰德胸前，吻着丈夫惨白的面颊：“不要再说话了，伊兰德，不要再说了。”

“现在我一定要说出心里的话，所有心里的话，”然后他担忧地问道，“纳克在哪里？”

他们答道，昨天纳克知道弟弟去了圣布庄园，马上也跟了过去。如果没追上的话，估计他会很着急的。伊兰德叹息了一声，有些不安地抓着床单。

孩子们都来到他面前。

伊兰德说：“我的孩子们，我从没好好照顾过你们。”

他轻声咳嗽了几下，一时间嘴边就流出了血丝。克里斯汀马上用头巾的一角帮他擦掉。伊兰德不停地喘息着。

“如果我做到了，希望你们不要怪罪我。孩子们，千万要记得我们在一起生活的时光里，你们的母亲为了你们的平安幸福付出的辛劳。因为我的过错致使我们之间有过摩擦，这都是因为我对你们的不关怀……她真的把你们看得比自己的生命更重要。”

高特的眼泪流了下来：“我们一定会牢记的。父亲，你永远是我们心中最崇敬的男子汉，大英雄……不管你有没有权势和地位，我们都很自豪能够成为你的孩子。”

伊兰德回答道：“你千万不要做出这种不理智的判断。”他不断地咳嗽着，但还在笑，“不要走我的老路，不要让你们可怜的母亲难过。你母亲嫁给我，受了很多的罪。”

克里斯汀已经泣不成声了：“伊兰德，伊兰德！”

孩子们都去亲吻父亲的脸颊和双手，哭泣着坐到一旁的凳子上。高特把小慕南拉在自己身边，将手放在他的肩上。双胞胎兄弟也牵着手坐到一起。伊兰德也紧紧地抓着克里斯汀，他的手太冷了，仿佛冻成了冰。克里斯汀帮他盖好被子，只露出他的下巴，用自己的手给他取暖。

她哭着说道："伊兰德，上帝会给我们帮助，赦免我们的罪孽的……要不要去请个神父？"

伊兰德的声音很轻："那也行，让人去把多孚尔山的固托姆斯神父请来吧，他是我的忏悔神父。"

克里斯汀很惊慌地说："他恐怕赶不上了。"

伊兰德热切地说道："来得及，一定来得及，如果主愿意宽恕我的话。我绝对不会同意一个污蔑你的神父替我做最后的圣礼。"

"看在耶稣的分上，伊兰德，请不要这样说。"

哈尔德之子武夫走上前，低下了身子靠近伊兰德：

"伊兰德，我骑马去多孚尔山。"

伊兰德的声音既模糊又虚弱："武夫，不知道你记不记得，在我们离开哈斯特奈斯庄园的时候……我承诺一定做一个值得你信任的亲友，一生都支持你，陪伴你。但是，亲爱的武夫，现在我已经没有机会证明这一点儿了，我的亲人，感谢你……为我们做的一切。"

武夫俯身亲吻着他那沾满鲜血的嘴唇：

"谢谢你，尼古拉斯之子伊兰德。"

他在垂死者的病榻边点上蜡烛后，便动身上路了。

伊兰德再次紧闭着双眼，克里斯汀紧紧地盯着他，时不时轻抚着他虚弱的身子，她能够感觉到，伊兰德就要死去了。

她轻声请求着："伊兰德，看在上帝的面上，我们去叫梭尔蒙神父过来吧！不管哪个神父，只要是上帝的代表就可以了。"

"不可以！"伊兰德一下子立起来，被单滑了下来，露出他光着的身子，他的皮肤一片暗黄，胸前绑着的布条上有血渗出，伤口又开裂了，"我并没有资格接受上帝的宽恕……上帝是宽厚的，他会对我的罪行做出判决，然后赦免我可以被赦免的罪孽，但是我觉得……"他又躺到床上，声音轻轻的，"我也没有多少日子了，而且我也不是一个虔诚的人……所以我还做不到……和诋毁你的人处在同一个地方……"

"伊兰德，伊兰德，你要为你的灵魂着想啊！"克里斯汀喊道。

他闭上眼睛，缓慢地摇了摇头。

克里斯汀握紧拳头，心里充满了绝望，疯狂地喊着："伊兰德，你还想不清楚吗？就是因为你对我的态度，大家才会有那么多荒唐的猜测。"

他一下子睁开了眼睛，消瘦的脸上没有血色的嘴唇露出了笑意，就像他年轻时那样，慢慢地说道：

"亲吻我，克里斯汀，"他低声地说着，这一瞬间他好像又充满了年轻时的激情。"我们曾做过那么多……违背基督和影响夫妻感情的事情……所以我们俩……是不会像那些信仰基督的夫妻们……轻易原谅对方的过错……"

克里斯汀不停地叫着伊兰德，伊兰德一直紧闭双眼躺在床上，白色的头发映衬着苍白的面孔——就像新砍的树木一样，嘴角渗出一丝血。克里斯汀把血迹擦掉，默默地念诵着止血咒——她搀扶着伊兰德来到房间，将他放到床上，她一动身，才发现身上的衣服都黏透了，上面是伊兰德的血。伊兰德的胸腔里不时发出响声，他的呼吸很不流畅，他好像已经沉睡了，在另一个世界里，什么感觉都没有。

门一下被打开了，纳克走进来，跪在伊兰德面前，抓着他的手，大声叫喊着父亲。

随后进来的是一个穿着旅行装的高高壮壮、相貌英俊的男人，向克里斯汀行了个礼：

“表妹，我一直不知道你需要帮助。”他看见垂死的伊兰德，不再说话，在胸前比画了一个十字，便站到一旁，然后这位来自顺德村的骑士开始轻轻祈祷起来。克里斯汀似乎没有注意到他。

纳克在伊兰德的床前跪着，身子靠近父亲：

“父亲，父亲，你还能叫出我吗？父亲！”纳克把脸埋在父亲的手上，此时他的手正握在克里斯汀的手里，流下热泪，亲吻着自己的双亲。

克里斯汀好像突然清醒了过来，把纳克的头移开，有些厌烦地说道：

“你没事的话还是到旁边去。”

纳克抬起头，依然跪着：

“你让我走？母亲？”

“不错，去和大家待在一块。”

纳克将那张满是泪水的年轻的脸抬起来，他的心里满是绝望，一张脸都有些扭曲了，但克里斯汀根本没在意，所以他还是去了弟弟们那边安静地坐在长凳上。克里斯汀现在正热切地一动不动地看着伊兰德，其他什么都不管，他的脸色更加惨白了。

没过多长时间又有人进来了，是主教和教堂的人。他们手上拿着蜡烛和铃铛，陪同主教一起进来了。武夫走在队伍的最后面。孩子们和西格尔爵士都站起身来迎接他们，跪拜下来。克里斯汀只是抬了下头，眼睛里满是泪水，只是冷漠地瞥了一下这些人。然后她又伏在床上，将自己的身子靠着伊兰德。

下卷　十字架

1

“是火终究会熄灭的……”

克里斯汀到现在还记得西蒙·达尔说的这些话。

现在，距离伊兰德去世已经四年多了，克里斯汀的几个孩子中，和她一起住在柔伦庄园的只剩高特和劳伦斯了。

从前的冶炼厂毁于两年前的一场大火中，之后高特在庄园北边道路的附近又建了一个。旧的冶炼厂在柔伦庄园的墓地和一大块乱石堆附近，那些石堆很可能是很久之前从田地里挖出来的。冶炼厂的前面每年都会被洪水淹没。

如今那个烧成灰烬的冶炼厂上只余下一些破旧的石板，还有一个炼铁的炉了。火灾留下的遗迹已经被新生的、嫩绿的树木掩盖。

这一年，克里斯汀将那附近的土地开垦出来种上了亚麻。其实一直以来柔伦庄园的主人都是以种植亚麻和洋葱为主的，不过高特却种上了粮食。所以克里斯汀时常会去冶炼厂附近，不光是为了她的亚麻，每个周四的晚上，她都要带上祭品去祭拜主。在夏天明亮的月光下，那个炼铁的炉子突兀地立在草地上，如同邪教徒的祭坛一样。它在草丛中显得很朦胧，因为上面积满灰尘，看上去灰蒙蒙的。天气炎热的时候，克里斯汀就会带上竹篮来到这个石堆附近，摘一些木莓或者柳兰叶，泡制好后，有很好的清凉效果。

正午，教堂里午间祷告的钟声慢慢在山谷中扩散，随后消失。明亮的阳光下，整个山谷仿佛沉睡了起来。露水才刚出来时，附近的庄园里边就传出各种声音：割草的嚓嚓声、打磨铁器的声音、人们的谈话声。如今，所有的声音都停下了，人们回家休息去了。克里斯汀坐在石堆上静静地听着小河哗哗的流水声，风吹过树叶的簌簌声，昆虫在草地上拍打着翅膀的声音，还有一头没回到牧场的小牛脖子上传来的叮当作响的铃声。有时从树林中悄悄飞来一些小鸟，有时草丛深处也会飞出一些小鸟，叽叽喳喳地隐没在另外一个树丛里。

山坡上飘荡着一块蓝色的阴影，片片白云漂浮在山的另一边，可以看出天气将继续晴朗下去，树林的后面，河水波光粼粼，树上的叶子也在阳光下闪闪发光——克里斯汀静静地感受着这一切，仿佛这不是她看到的，而是她的心里所想象的。克里斯汀将头巾扯下来挡着阳光，静静地享受着这一片安谧。

“是火终究会熄灭的……”

河岸上是一片树林，在那些茂盛的树丛里，隐藏着一些小池沼，幽幽地闪着光。树林中满是杂草，苔藓也很茂盛，就像铺在地上的毛毯一样厚实。克里斯汀经常来这里采集这种植物。她曾试图将它们晒好后，和着麦子和蜂蜜，用来酿酒，不过效果却不太好。虽然它看上去用处不大，不过克里斯汀依然来到这里采集，还因此将鞋子弄湿了。

她摘下叶子，绕着花，编了一个花环，颜色很诱人，好像果酒或蜂蜜酒。花下面还是湿的，似乎蜜蜂刚刚采过花蜜。克里斯汀有时候就用这种花编成花环，然后放到阁楼上的圣母像面前。因为她听神父说，南边的人会经常编花环送给圣母。除了这个目的没有什么必要去编花环。山谷里年轻的女子都去跳舞了，不喜欢用花环作为装饰。不过在特隆赫姆郡，那些参军的男子都会戴着花环离开，并把这种习俗带到了别的地方。克里斯汀觉得这样红色的花圈很适合高特，他有一头亚麻色的头发和浅色的脸庞，当然和劳伦斯浅褐色的头发也很搭配。

在晴朗的夏天，克里斯汀喜欢带着孩子们和奶妈去牧场散心，那是很久以前的事情了。那时候她和菲莉达做的花环都不够孩子们分的。她想起在劳伦斯很小的时候，伊瓦尔和斯库勒觉得他们也需要花环，并不断地提醒她“要用那些小小的花朵编织”。

如今儿子们都大了。

最小的劳伦斯也十五岁了，虽然还不是那么成熟。不过克里斯汀慢慢感觉到他和自己的疏远，甚至远远超过了其他几个。他不是特别不想见她，也没有把自己封闭起来，也不是很沉默，只是天生喜欢安静。人家都在的时候，很容易忽略他。他很有青春活力，几乎没有不开心的时候，性格也好。大家都喜欢他，然而大家都没有注意到他总喜欢一个人待着。

克里斯汀的每个儿子都很英俊，而他是公认的最漂亮的一个。

虽然在她眼中，无论大家提起哪个儿子，她都认为是最俊美的。不过她也承认小劳伦斯是那样的光芒四射。他的头发是标准的淡棕色，仿佛镀了金的脸颊光彩照人，大大的眼睛，炯炯有神，非常明亮。他像极了年轻时候的克里斯汀，不过他的皮肤晒成了古铜色，而母亲的更白一些。比起同龄的孩子，他的个子显然算是高的，体格壮实，可以从事任何工作，手脚也相当灵活。他非常听母亲和哥哥们的话，服从、诚恳，总是保持着愉快和友善的态度，但却一直有着一种难以表达的古怪和郁郁寡欢。

大伙总是在冬天的夜晚在织布间里聚会，一边干活一边说笑，而劳伦斯却时常梦游般地坐着。到了夏天傍晚，在完成了庄园的工作后，克里斯汀常常带着他和自己坐在一起。他躺在草地上，嚼着葡萄干，或者叼着酸梅。和儿子说话的同时，克里斯汀会看着他的眼睛。她感觉到儿子的心思早已不知飘到了哪里。不过他立刻收回思绪，对母亲淡淡一笑，然后开始和母亲天南海北地聊着。一般母子二人会聊上几个小时，可当母亲一走开，劳伦斯的思绪仿佛又去了千里之外。

克里斯汀实在不清楚这个孩子的脑子里都在想些什么。他善于运动，擅长使用武器，但对这些的热情却远不及那些哥哥们。如果高特带他去打猎，他很乐意，也很积极，但他从不独自外出狩猎。到现在他都没有意识到女人们很欣赏他漂亮的面容。他没有心思去读书，更别提参与两位哥哥去当修士的话题了。在克里斯汀眼里，他只想留在庄园里，帮着高特务农。至于他未来的前途，他大概根本没有想过……

小劳伦斯那种心不在焉的古怪行为总能使克里斯汀想起伊兰

德。以前，伊兰德在一阵深思之后，总会以轻松的玩笑收场，而劳伦斯却没有他父亲那种热情但不以为然的性格。噢，伊兰德从未像他这样对身边的事情丝毫不放在心上……

现在家里最小的孩子变成了劳伦斯。小慕南被葬在父亲和弟弟旁边的坟地里。他是在伊兰德去世后的第二年春天不幸夭折的。

失去丈夫的克里斯汀犹如游魂一般，对任何事情都不闻不问，只留下悲哀、伤痛与彻骨的麻木感。她只感觉到无限的寒气和彻骨的困倦，似乎因为丈夫的离世心脏也停止了跳动，自己也渐渐拥入死神的怀抱。

自从在史科葛庄园那个偏僻的仓库里克里斯汀将自己的第一次给了伊兰德开始，他们的命运就联系在一起了。那时的她很年轻，对自己所做的一切了解得少之又少，她只是深深地把这些埋藏在心里，伊兰德带给她的痛苦，让她只想大哭。但她只把最美的微笑展示给最爱的他。无论她的第一次在伊兰德眼里是不是最珍贵的礼物，至少她自己无怨无悔，奉献出了全部。主给了她安稳的生活和高贵的气质，她的童贞充满着美丽与健康，那是她慈爱的父母那些年来全身心保护着的东西，而她却如此轻易地交给了伊兰德，只为了今后在他的臂弯里找到可以栖息的场所。

之后的岁月里，她在面对伊兰德的深情时显得很难堪，尽管有时会生气，全身僵硬，但还是比较服帖顺从，即使内心非常劳累。伊兰德有着英俊的脸蛋，完美健硕的身材。她时常带着愤怒的情绪看着丈夫，却满是欣慰地感叹道，她应该试着不因为这些外表而忽略他的缺点。的确，伊兰德依旧年轻貌美，他仍然可以那么温柔地爱抚她，把她当作小姑娘去征服。尽管她觉得自己老了，但随之而来的是一种自信和骄傲的激情。凡是乐于好学，不肯屈服于命运，也不愿意任由他人掌控的人是不会输给青春的。

在每次用紧闭的双唇贴住他突如其来的炽热的吻，或者拼命疏远他，希望一切在为儿子们的将来而努力时，她都很明白，支持她长期从事这份工作的就是这个男人一直以来给她血液里灌输的热情。她觉得随着年龄的增长，自己的心渐渐不再狂热，也不会再因为伊兰德眼神里那种曾让她疯狂的光芒和嗓子里深沉的触动人心的声音而激动不已了。而她曾经深深地被伊兰德所吸引，每次约会都让她的心跳动不已。她曾经是如此渴望着和伊兰德的约会，只有这样她才不会继续被痛苦的思念折磨，而现在，她也同样地渴望着另一件事，而这件事需要很多年之后才可以实现：就是在她白发苍苍时，儿子们的生活能有保障。就像从前一样，她为此感到迷茫痛苦，但不是因为她自己，而是为了伊兰德的孩子们。她不想被饥饿和口渴所控制，她必须看着孩子们成功。

一开始她觉得自己所有的一切都属于伊兰德，渐渐地她被环绕在周围的生活所约束：她可以为了伊兰德和孩子们，做任何事情。在胡萨贝庄园，在与神父讨论放在丈夫柜子里的文件时，在与工人和用人们探讨时，在与用人们在厨房和贮藏室里忙碌时，在晴好的天气中和奶妈一起陪着孩子们玩耍时，她都很清楚自己和丈夫是紧紧联系在一起的。当工作出现问题，或者孩子们顽皮时，她就开始和丈夫闹别扭。可当夏天里把干燥的草料及时堆进仓库，秋天里收获大量谷类，小牛茁壮成长，孩子们发出爽朗的笑声之时，她也会兴奋地飞奔向伊兰德。每次她拿着孩子们在节日里穿的华丽衣服，看着自己在冬天里亲手缝制的杰作，心里对于伊兰德的归属感就越发强烈，欣喜油然而生。黄昏里，她经常带着仆人去河边，洗刚剪下的羊毛，再用大锅沸水煮，最后把羊毛漂洗干净。她累得脊椎都快要断了，臂膀也沾满了黑乎乎的羊毛灰，衣服更散发着浓浓的骚气和油污味。不管洗几遍澡她都觉得无法去除这些味道，这个时候她也会将这一切怪在伊兰德身上。

事实是他已经去世了，被留下的妻子觉得这忙碌的一生再也找不到任何价值。丈夫死于一把刀下，所以她也应该如同被砍伐的大树一样离开人世。围着她的小枝丫必须开始依靠自己成长。好在他们已经不小了，可以安排并掌控自己的人生。克里斯汀后悔为什么没有在伊兰德说这句话时想通其中的深意。她的脑海中闪过一个个曾经和伊兰德一起在庄园生活的片段，好像回到了年轻的时候一样，那时候他们的小儿子也在。不过她从不会因为本该拥有的幸福生活而感到忧愁或者遗憾。她明白真正无法独自活着的是自己，她无法忍受没有儿子们陪伴的日子，可现实却在一步一步将他们分离。失去伊兰德就像失去了生存的动力，但她觉得所有发生过的事情和未来的一切都是上天注定，她的命运早就安排好了。

逐渐苍白的头发和粗糙的皮肤让克里斯汀失去了修饰和打扮自己的心情。白天她梦游般地走来走去，从不主动和别人说话，连小儿子也几乎不再理会，到了夜晚就躺在床上，回忆着自己和伊兰德在一起的日子。曾经勤劳而又律己的妇人，现在却无所作为。伊兰德很少表达对她的谢意，他渴望的爱情不是被她用来当作与世事对抗的支持力，但她还是禁不住这样做，通过担忧和勤劳来表达自己的爱情。

她几乎处于一种向死亡渐渐逼近的状态，而一些恶性疾病也慢慢地在这个地区扩散。母亲醒来了，可儿子们却一个个倒下了。

这种病对成人的威胁比对孩子的威胁更大。伊瓦尔病得不轻，几乎所有人都认为不久他就会死去。发着烧的他力大无穷，一边大喊大叫，一边到处寻找可以使用的武器，看来是回忆起了父亲离世时的画面。纳克和布柔哥夫唯一能做的就是使劲按住他。之后布柔哥夫也倒下了。劳伦斯卧倒在床，面部浮肿不堪，完全变了形，又满脸疹子，有些还化脓了，眯成缝的眼睛里似乎冒着火光，犹如热浪一般。

纳克和高特小时候生过这种病，斯库勒的情况相对好一些，母亲一直在旁边陪伴着他们，菲莉达则在楼下的大厅里守护着她和小慕南。没有人想到最后是小慕南病得最为严重，他的身体本来就不好，现在越来越虚弱。有一天夜晚，当所有人都以为他要转危为安时，他却忽然昏迷不醒。菲莉达甚至来不及通知他的母亲。克里斯汀一路狂奔着下楼，但最终小慕南还是在母亲的怀中长眠了。

小慕南的死再次让克里斯汀感到绝望。她曾经因为孩子夭折而难过，而她所憧憬的幸福梦想也因此被打破。在那些日子里，克里斯汀因为内心的激动坚持了下来，一直混乱的情绪也由于丈夫被杀而终结。这一切使她身心俱疲。她原以为自己会随伊兰德而去，却不知那份内心的坚定反而使悲痛渐渐消失了。活在世上的她，觉得自己被暮色和阴影层层笼罩着，而且越来越浓厚，她正在一天天走向迎接她的死亡之门……

望着躺在她面前的慕南那冰冷的尸体，这位母亲从悲痛欲绝的情绪中变得清醒了。这些年来，这个有着金黄色头发的男孩是一直陪在她身边的小儿子，每当她一脸严肃地去阻止孩子们胡闹和顽皮的时候，只有他仍然敢与她嬉笑吵闹。他很爱母亲，和她十分亲近。失去儿子的悲痛仿佛利刃一样刺入她的心口，但她依然坚强地活着。她明白一个用鲜血孕育了这么多生命的女人，肯定不会这样轻易地死去。

她一方面内心很悲痛，不忍舍弃死去的孩子，另一方面担心着需要照顾的生病的孩子。慕南的尸体存放在他的小弟弟和父亲的尸体都曾停放过的老阁子里，他们三个在这一两年里接二连三地去世。她用自己那颗充满恐惧且交瘁的心，呆呆地等待着即将到来的不幸消息，等待着不可违背的悲惨命运。主赏赐她这么多孩子，但她从来都没有好好地享受这份幸福。最不幸的是，她无论如何都懂得这个道理，每当孩子们长大，不喜欢让她抱的时候，她都会觉得有些难过；而当每一个孩子刚出生躺在她怀里时，她就会觉得无比快乐，一次又一次让她明白那份幸福的感觉超过了生孩子的痛苦。然而她也经常想起痛苦、烦心、惶恐和争吵的事情。她曾经埋怨自己的丈夫靠不住，埋怨他从不为孩子们操心。她时常记得，在她曾经不顾自己对主的誓言，不顾及家族的名誉，一心向伊兰德飞奔而来的时候，他并不是这个模样。

现在伊兰德已经去世了，儿子们也开始在她面前一个个离她而去。或许这就是主的旨意，要她做一个孤苦伶仃的女人。

原来她是通过自己和伊兰德的爱情朦胧地来看世界，很多事她亲眼见到了，但却很少认真地思考过。她发现，纳克仗着自己是她最大的儿子，就觉得理应领导弟弟们。她还看出来他很喜爱慕南。

但当她看到纳克为这个最小的弟弟死去而伤心欲绝的时候，仍然感到吃惊和震动。

其他几个儿子康复得比较缓慢，但一个个都好起来了。复活节那天她带着四个儿子还去了教堂。布柔哥夫还卧病在床，伊瓦尔身子太虚弱，不能出门走动。劳伦斯在生病的这段时间内不仅个头长高了好多，而且在别的方面也有不少长进，这半年来发生的情况让他的心理年龄超过了实际年龄。

现在克里斯汀觉得自己已经成为一个老太婆了。她觉得一个母亲只要晚上有孩子在怀里入睡，白天有孩子在身边嬉戏玩闹，时刻让她照看着，别人肯定会觉得她还是个年轻的女孩。等孩子慢慢长大，不会再这样了，她就变成了老太婆。

新妹夫哈瓦之子耶马特说克里斯汀的这些孩子们年纪还小，她本人也不过四十多一点儿，也许不久后她还会再婚。她应该找个丈夫作为依靠，和她一起将年龄小的孩子们抚养长大。他说起好几个比较适合克里斯汀的结婚对象，希望她在秋天的时候能来伊林庄园做客，他安排这些人和她见个面，谈论一下未来的事情。

克里斯汀略带苦涩地一笑，确实，她现在不过四十刚出头。她如果听说一个年轻的女人有好几个年岁尚小的孩子需要独自抚养，就没有了丈夫，肯定也会像耶马特一样这样说，劝别人再嫁，找一个丈夫作依靠，说不定还能给他再生些孩子。但她自己并不这样想……

伊林庄园的耶马特在复活节之后来到柔伦庄园，这是克里斯汀第二次与新妹夫见面。她和孩子们没有去参加在戴夫林庄园举办的订婚典礼，也没有去伊林庄园参加结婚典礼。这两件大事相隔的时间非常短，那一年春天她正怀着最小的孩子。耶马特刚知道伊兰德·尼古拉斯遇害的消息，就赶紧来到这里。他想办法出主意，确实给了他们很多帮助，并热忱地帮助妻子的姐姐和外甥们，妥善处理后事。由于伊兰德·尼古拉斯的孩子们还没有成年，所以他帮忙控告了凶手。但克里斯汀对这些事情没有心情去关心，甚至对于凶手托尔之子古德蒙的审判，也提不起她的兴趣。

这次她与妹夫之间交流得比较多，克里斯汀觉得他这个人挺不错。他岁数也不算小了，与西蒙·达尔同样大的年龄，性格和蔼，做事稳妥，高大健壮，皮肤偏黑，长相英俊，但是有些驼背。他和高特立即成了好朋友。自从父亲去世之后，纳克和布柔哥夫经常待在一起，不大与其他人交往。伊瓦尔和斯库勒告诉克里斯汀他们很喜欢耶马特姨父。

“但我们觉得，兰波阿姨其实应该晚一些再婚，替西蒙·达尔姨父守寡一段时间，她的新丈夫没有西蒙·达尔好。”

克里斯汀看得出这两个孩子还是忘不了西蒙·达尔。记得从前每当父母批评他们犯的错误时，他们总是一脸不服气的模样，而当西蒙·达尔讽刺和嘲笑他们时，他们却很乐于接受。

耶马特待在柔伦庄园的时候，巴德之子慕南也来看望克里斯汀了。如今慕南爵士已经变成了一个糟老头。以前的他高大魁梧，现在身体有些肥胖，但看起来依然很优雅，比实际的他魁梧。但他现在被痛风症折磨着，瘦弱得只剩皮包骨头，看起来像个小丑，头发全部掉光，仅剩下颈背旁边稀疏发白的一些。当年他长着又浓又黑的胡子，使光滑圆润的脸颊和下颚看起来更加棱角分明；而现在他的皮肤松弛，脖子上到处可见灰色的胡碴，用剃须刀都很难清理干净。他的眼睛常常发炎，有时候嘴边还会有口水流出，胃病已经把他折磨得不成模样了。

和慕南一起来的还有他的儿子英吉，平常大家都用他母亲的姓氏“福鲁加”来称呼他。他岁数也不小了。父亲想尽办法帮助他成功，让他娶了个有钱的老婆，又说服了哈瓦主教帮助他。慕南的妻子卡群夫人和神父是表亲，所以哈瓦主教愿意助英吉一臂之力，免得他觊觎卡群夫人其他的孩子应该继承的财富。神父管理着赫德马克州的土地，他让英吉代他管理着，所以英吉在史考恩和瑞达布拥有很多土地，他母亲也在那附近买了一座庄园。现在她一心向主，诚心行善，坚守着过清静的生活。

慕南见到克里斯汀微微一笑，然后一脸怒气地说：“你年纪还不算太大，也没有衰老得很难看。”

他原本想让布琳希尔德搬到哈马附近的庄园里和他一起居住，帮他管家，可是她不同意。

慕南爵士抱怨道，他年纪大了，生活很是无趣。他的孩子们相互之间不和，一母所生的孩子们经常争吵，而且与异母的兄弟姐妹你争我抢。闹得最凶的是小女儿。小女儿是西蒙婚后和情妇生下的孩子，他不能留下遗产给她，因此她趁父亲在世时，不断敲诈父亲的钱财和贵重物品。她的丈夫去世后，她便居住到慕南爵士一直所拥有的史科葛庄园里，父亲和其他兄弟姐妹不管怎样做都没法赶走她。慕南十分怕她，但他即使躲到其他孩子那里去，也经常听到他们抱怨兄弟姐妹们的贪心和欺诈，自然会觉得十分痛苦。他和合法妻子生的最小的女儿在吉姆索伊那里当修女，慕南最喜欢和她相处，他觉得在招待所临时居住的那段时间是最愉快的一段时间。那个时候他会依照女儿的教导，诚心诚意地进行忏悔和祷告，但他不能长时间地接受修道院的这种生活。克里斯汀不觉得布琳希尔德的儿子们比其他兄弟姐妹更加孝顺父亲，但慕南却不以为然。在所有的孩子中，他最喜欢这两个孩子。

即使这个亲戚的状况很令人同情，但他的到来却让克里斯汀心里的悲痛稍微减轻了一些。慕南一整天都在谈论伊兰德，他在悲叹自己不好的命运的同时，也经常谈论已经去世的表弟，称赞他的德行，而且特别喜欢说他少年时期的张扬个性。那时候在胡萨贝庄园，梅根希尔德夫人总是对丈夫没有什么好脸色，因此她丈夫也对伊兰德没有什么好脸色。伊兰德·尼古拉斯离开了胡萨贝家园，脱离了哈斯特奈斯庄园和诚心向主的养父巴德爵士的保护，去外面长见识，曾经干过很多疯狂的事情。对于克里斯汀来说，慕南爵士说的这些话总能让她得到些许的安慰。慕南爵士十分喜爱伊兰德，一直都觉得伊兰德俊美的外貌和阳刚的气概是别的男人无论如何比不上的。

慕南诚恳地说道："伊兰德也有很好的头脑，只是没有好好利用而已。"

克里斯汀不由自主地想到，伊兰德在只有十六岁的时候就离开家，在宫廷里当侍卫，而且还被慕南这样的人来引导着，这对他来说并不是什么好事。但慕南爵士兴致很好地一直讲述着以前的事情，嘴角流着口水，眼眶红红的，并不断流出热泪。在讲到伊兰德与情妇艾琳的不幸故事和伊兰德因性格张扬、喜欢逞一时之快的性格而毁了自己的人生时，慕南露出了凄凉的笑容。

哈瓦之子耶马特正在和高特及纳克愉快地交谈着，他突然惊讶地看见他妻子的姐姐和那位惹人嫌弃的糟老头以及武夫坐在一个长凳上。在耶马特看来武夫情绪有些不稳定，但她却一直微笑着同他们交谈，给他们倒酒。这还是耶马特第一次见克里斯汀的脸上露出笑容。耶马特这才发现克里斯汀的笑容是如此迷人，她轻柔的笑声就像妙龄女孩发出的一样。

耶马特说，这六个孩子不可能全部都待在柔伦庄园，依靠母亲的土地过日子。假如纳克的五个弟弟打算和她一起生活，结婚之后可能还要依赖于庄园生活，那么和他们门当户对的富人绝对不会让女儿和他们结婚的。他们应该给这个年轻人找个妻子了。纳克现在已经二十岁了，性格也十分开朗。耶马特在去南方的时候，特意带着伊瓦尔和斯库勒一起，他觉得肯定可以帮他们找到出路。伊兰德被杀后，许多贵族考虑到他和他们无论出身还是血统都差不多，和他家联姻一定能够拥有更高的权位。伊兰德很惹人喜爱，很多方面比一般人更有天赋，称得上勇敢和有才能的领导者，只是时运不佳而已。参与在庄园里杀害庄主这件事的人都遭受了应有的惩罚。耶马特说其中很多人都问起过伊兰德的孩子们。他曾在圣诞节的时候与苏德汉庄园的人见过面，他们也谈到这几个青年和他们是亲戚。约翰爵士让耶马特代他向他们致意，转告他们他十分乐意同伊兰德的儿子们亲近，愿意让他的一两个儿子来这边做事，并会像对待亲戚一样对待他们。海夫特之子约翰将要和艾尔林爵士的大女儿艾琳小姐结婚，她曾经问到伊兰德的儿子们长得和父亲相不相似。在她年幼的时候伊兰德曾经去卑尔根他们家里拜访过，她觉得伊兰德的长相极其俊美。她的哥哥艾尔林之子布雅恩也说：如果他有任何可以帮助到伊兰德孩子们的地方，一定会尽力相助。

在听耶马特说这些的时候，克里斯汀看着这对双胞胎，他们长得越来越像父亲了，乌黑柔顺的头发一绺一绺地覆盖在头上，几缕微卷的头发贴在前面，后面的头发一直延伸至脖子下面。他们有着狭长的脸蛋，挺直的鼻梁，以及有棱有角的小嘴巴。不过伊兰德的下颚比他们的更长更窄，伊兰德眼睛的颜色也没有这两个小家伙深。克里斯汀觉得，伊兰德迷人的地方正是他的眼睛，每当他抬头看别人的时候，清瘦的脸颊和乌黑的卷发映衬着淡蓝色的双眸，常常不自觉地让人心动。

斯库勒回复着姨父的话（他经常代表他们俩说话），眼眸里闪着深蓝色的坚定的目光：

“姨父，我们十分感谢你的这番好意。但我们之前就和慕南爵士及英吉讨论过这件事，也和大哥商量过了。最后我们和他们父子商量好。他们和我们的父亲是亲戚，英吉去南方的时候，会带上我们一起去。这个夏天我们就暂时居住在他那里，也许会住得更久一些。”

当天夜晚，克里斯汀亲睡下后，两个孩子来到房间找她。

伊瓦尔说：“母亲，我们觉得你应该理解我们这样做的原因。”

斯库勒说：“在父亲被人杀害的时候，有些人冷眼旁观。我们绝不会去和他们认亲戚，请求他们的帮助。”

母亲轻轻地点点头，表示同意。克里斯汀觉得孩子们做得很好。她明白耶马特是个聪明善良的人，他也是一片好心，给他们提这个建议，也是希望她的孩子们能好。但孩子们对于父亲的忠诚让克里斯汀感到十分欣慰。以前她从未料想过现在她的孩子要去布琳希尔德·福鲁加的儿子手底下做事。

等伊瓦尔完全恢复，可以骑马的时候，这对孪生兄弟立即就同英吉·福鲁加一起出门。在他们离开之后，庄园显得十分安静。克里斯汀还记得上一年这个时候，她抱着刚出生的孩子在织布间里休息，好像做了一个梦。那时候的她觉得自己还是个小女孩，心中只有一般少妇都会有的一些烦恼，希望并怨恨着美好的爱情；而现在家中只剩下了四个孩子，她的内心平静安宁，除了要为已经长大的儿子们操心外，基本没有别的烦心事了。这对孪生兄弟离开后，柔伦庄园一片宁静，克里斯汀越来越为布柔哥夫而担忧了。

每当有客人前来拜访的时候，他和纳克就搬到旧火炉室里去居住。布柔哥夫现在白天已经能够下床走动了，但并不到外面去。克里斯汀发觉布柔哥夫经常呆呆地坐在一个地方一动不动，而且从不到处走动。即使母亲在家里陪着他，他也不走动，对此克里斯汀感到十分担忧。她明白布柔哥夫由于近期生了病，视力下降很多。纳克安静地坐在那里一句话也不说，父亲去世后他就一直这样。显然，他在极力地躲避着母亲。

有一天，克里斯汀终于勇敢地问起这件事，问纳克布柔哥夫现在的视力怎么样。纳克拼命地想扯开话题，不愿意告诉她，克里斯汀坚持让儿子告诉她实情。

纳克说：

“强光下，他能够模模糊糊地看到一点儿……”说这句话的时候他的脸色变得苍白，突然转身跑了出去。

母亲一个人哭了很久。傍晚的时候她觉得自己哭累了，能够平静地和儿子说话时，便来到旧火炉室里。

布柔哥夫安静地躺在床上。克里斯汀刚走进来，坐到他的床边，便从布柔哥夫的脸上猜出，自己同纳克的谈话纳克已经都告诉他了。

布柔哥夫惶恐地请求道："妈妈，你不要哭，妈妈。"

克里斯汀真想紧紧地拥抱着儿子，把他抱在怀里放声大哭，悲叹他不幸的命运。但她只是轻轻地把手伸进被子里，握着儿子的手，用沙哑的声音说道：

"我的儿子，这是主对你的一个大考验呢。"

布柔哥夫刚才的表情不见了，脸上满是坚决和勇敢。他过了好一会儿，才开口道：

"妈妈，我早就明白这是主用来考验我的。上次我们在陶特拉修道院，亚斯拉克修士就是这样告诉我的。

"他说，就像我们的主耶稣曾在沙漠里承受着磨难一样，对一个基督徒来说，真正的沙漠是眼睛失明或失去理智。那个时候他的身体还和兄弟及亲人们在一起，但灵魂已经跟随主来到沙漠。这段话是他在圣伯尔纳的书中读到的。如果一个人被主挑选出来接受巨大的考验，那么他无须担心自己会承受不住。因为主了解我们的灵魂比我们自己了解的还多。"

布柔哥夫继续用这种语气与方式和母亲交谈着，用超过他这个年龄段该有的理智和强大的内心来宽慰母亲。

当天傍晚纳克来找克里斯汀，想和她单独谈一谈。他说他打算和布柔哥夫一起去当修士，去陶特拉修道院当修士。

克里斯汀被这突如其来的消息吓得不知该说什么好。纳克平静缓和地往下说道，他们会等到高特能自己照顾母亲和弟弟们的时候，到他们完全成年后才会离开。到那时，他和布柔哥夫会带着胡萨贝庄园尼古拉斯之子伊兰德的后代应该继承的财物去修道院，不过他们也会照顾到弟弟们的权益。伊兰德的儿子们从父亲那里继承不到多少的遗产，但是老大、老二和老三在他们的叔叔哥恩纽夫去修道院进修之前就出生了，他们都能在山北面得到几块田地。哥恩纽夫在分他们家财产的时候，虽然把产业的大部分移交给了未对教会奉献的哥哥，但同样也把其中的一部分给了三个侄儿。纳克说，他和布柔哥夫如果不要求分得全部的遗产，或许对高特更有好处。两个哥哥选择去修道之后，如今高特将要成为一家之主，使得他们家的血脉继续延续下去。

克里斯汀听到这些话如当头棒喝，她不敢相信纳克有意要过修道院的生活。虽然克里斯汀感到很震惊，但是她并没有立即提出她反对儿子的计划。她从来也不阻止儿子们去做这样崇高而伟大的事业。

纳克说："几年前在我们一起居住在北边的修道院的时候，我和布柔哥夫就约定了永远不分开。"

母亲点了点头，她是知道这回事的。不过，她以为儿子们的计划是在纳克结婚以后，布柔哥夫也居住在纳克家里。

虽然布柔哥夫年纪不大，但他能够与不公平的命运做斗争，克里斯汀觉得这简直是奇迹。今年春天她间接地和布柔哥夫就这个问题聊过几次。布柔哥夫满嘴信心十足的话和表示只敬畏主，克里斯汀觉得不能理解。这些年来布柔哥夫肯定明白因视线不清他将要面临的困境，他在居住修道院的期间，估计便已经决定将自己的灵魂献给主……

即使这样，克里斯汀仍然觉得这个孩子命运多舛，坎坷不幸。她有自己的顾虑，对一切都不是特别了解。当旁边没有别人的时候，克里斯汀常常一个人在大厅的圣母雕像面前下跪祈祷。在教堂开始祭祀的时候，她也经常跪祭北面的圣坛。她怀着悲伤的心情，流下了谦卑的泪水，祈求圣母对布柔哥夫就像对待亲生儿子一样，给予布柔哥夫自己无法给予的帮助。

在一个夏天的晚上，克里斯汀辗转反侧地躺在床上睡不着。纳克和布柔哥夫已经搬回了主卧室，高特和劳伦斯仍旧在楼下睡。纳克说他和布柔哥夫应该试着学习守夜和祈祷。当她快要沉沉睡去时，忽然被阁楼窗台上咚咚走动的声音吵醒了。楼梯上传来脚步声，她听得出是布柔哥夫的脚步。

克里斯汀心想："大概是布柔哥夫去卫生间。"但克里斯汀仍然爬起来找衣服穿，然后听到楼上的房门被推开，有个人三步并作两步地跑到楼下面去了。

克里斯汀穿过客厅，跑到门口。外面的雾很浓，她只能模模糊糊地看到院子对面的储物室。布柔哥夫站在院子里，怒气冲冲地摆动手臂，想从哥哥的怀里挣脱。

布柔哥大大叫一声说："你没有我，会有什么缺失呢？这样一来你的誓言都会被化解，也不用告别凡尘。"

克里斯汀听不太清楚纳克的话，她光着脚从湿漉漉的草地上跑了过去。布柔哥夫已经挣脱了哥哥的手，看起来好像被打了一拳，摔倒在石头上。布柔哥夫用手握成拳头，击打着石头。纳克看到母亲，赶紧朝她来的方向迎过去，说道：

“妈妈，我自己能够处理，还是让我来处理比较好，你进去吧。”纳克低声说道，然后转身去扶弟弟。

母亲站在不远处看着。院子中的草皮很潮湿，所有的瓦片都在滴水，水滴顺着一片片树叶不断流下来。下了一整天的雨，现在云层渐渐变成白色的雾霭。没过多久，这两个儿子回到了屋里——纳克牵着布柔哥夫的手，带着他前进。克里斯汀躲在客厅的窗台旁。

克里斯汀看到布柔哥夫满脸是血，应该是碰到了石头。克里斯汀便条件反射般地把手放进嘴巴里，咬着自己的手指，甚至都咬出了血。

回到楼梯上，布柔哥夫想挣脱纳克的手。他把头撞在墙壁上，大叫道：

“我要诅咒，我诅咒自己诞生的那天！……”

母亲听到纳克回阁楼后关门的声音，便悄悄跑进阁楼，趴在窗台上，侧耳听见房间里布柔哥夫的声音，很愤怒。他发疯似的乱叫着，诅咒着。克里斯汀只听清了其中的一两句。纳克一直在安慰他，不过他的声音压得极低，传到克里斯汀这边时好像都成了不清楚的嘟囔声。最后布柔哥夫委屈地放声大哭。

母亲仍然站在那里，由于寒冷的天气和心痛而浑身发颤。她身上只穿了汗衣，戴着一件斗篷，已经站在那里很长时间了，披肩的长发被寒气打湿。渐渐地阁楼上安静了下来。

她慢慢走到楼下的房间，来到高特和劳伦斯休息的房间里。他们还在熟睡着。她一边流着眼泪，一边在黑夜中摸索着，抚摩着他们柔软的脸庞，倾听他们均匀的呼吸。她觉得，如今她剩下的财富只剩下他们俩了。

想到这里，克里斯汀不禁打了个寒战，她把自己已经冻僵的身体挪到自己的床上。高特床边的狗咚咚咚地跑了过来，冲到她的身下，蜷成一团卧在她脚旁。它每天晚上都是这样。虽然它很沉重，压得克里斯汀的两脚都发麻了，但她仍然不愿意把它赶走。这只狗是伊兰德的，是他最喜爱的黑色猎犬。现在它静静地趴在那里，焐暖她僵硬得失去知觉的双脚，她觉得很舒服。

直到第二天早餐时，克里斯汀才看到了纳克。他走到房间里，坐在主人的座位上。父亲去世后，他便一直坐在这个位置上。

用餐时他一声不吭，黑眼圈笼罩着他的双眼。他开门出去的时候，母亲跟着出去，轻声问道：

“布柔哥夫现在还好吗？”

纳克不敢看她的眼睛，轻声说布柔哥夫还在睡觉。

克里斯汀低声地问道：“他以前是不是也这样？”

纳克表示肯定地点点头，又到楼上去陪弟弟了。

纳克一整天的时间都守着布柔哥夫，尽可能不让母亲去看他。克里斯汀明白他们两兄弟曾经在一起度过了很多艰难的时光。

如今纳克应该成为柔伦庄园的主人，但他却不是很在意农事。他和他的爸爸一样，心思不在务农上，也完全没有这种天赋。最后克里斯汀只好和高特一起，担当了这个重任。这个夏天，哈尔德之子武夫也离开了他们。

武夫的夫人不能理解，由于他们大哭大闹，使得尼古拉斯之子伊兰德被害，最后她和兄弟们一起回家了，武夫则依然居住在柔伦庄园。他说他想让民众相信自己，任何打击与挫折都不能打败他。不过他明白，他不久也会离开这里。他想回到史考恩那个属于自己的农场，就在丘陵的北边。但不是现在就要离开这里，他要等到没有人能够说他是由于当地人的闲言碎语而离开的。

这个时候神父的代理人已经开始调查武夫了，主要调查他休妻的行为是否合法。武夫正要去迎接雅德翠，打算在暴风雨来临之前开始动身，不然等到风雨阻隔了山路就不好上路了。他对高特说，他要与一位在尼达洛斯当甲胄匠的妹夫住在同一屋檐下，他的侄儿继续帮他料理史周德佛克镇的庄园，他想把雅德翠送到那边去居住。

武夫临走前的晚上，克里斯汀拿出祖父科提尔爵士遗留给他父亲的镀银酒杯，向武夫敬酒，表示谢意。她让武夫一定把这个酒杯收下，作为纪念，接着又拿出一枚被伊兰德戴过的金戒指，让他看在伊兰德的面上戴起来。

武夫亲吻她，表示感谢。

他笑道："这是亲戚之间的礼节。克里斯汀，在我们当初相识的时候，我以用人身份迎接你，带你去见我的主人。你肯定没有想过我们会以这样的方式分离吧？"

克里斯汀的脸红成了一个苹果，因为武夫是用以前人们对他嘲讽般的笑意对待她，不过她通过武夫的眼神，看出了他的伤心。于是她说：

"武夫，你应该很早就希望回到特隆赫姆郡了吧？回到你生长的地方，虽然我没有在那里住过多长时间，但却一直都很想念那里的峡湾呢。”

武夫笑了起来，克里斯汀轻声说道：

“如果由于我年轻时的高傲，冒犯了你，希望你不要介意。那时的我并不了解你和伊兰德之间的关系，你现在能原谅我吗？”

“不，并不是伊兰德不愿意承认他和我是亲戚关系。年轻时的我好高骛远，即使父亲不让我和任何亲戚往来，我也绝不会去乞讨的。”他慢慢地站起来，走到布柔哥夫旁边。

“布柔哥夫，你知不知道，我的孩子、你的父亲和你的叔叔哥恩纽夫，从我们小时候第一次见面开始，他们对待我就像对待自己的亲人一样，完全不像哈斯特奈斯庄园的那些兄弟姐妹们。从那以后，除非我觉得对他，对他的夫人，或者对你们这些他的孩子有益，我从来不自称是伊兰德的亲戚。你理解吗？”他一边说着，一边把手伸到布柔哥夫的脸上，掩盖住他模糊不清的双眼。

“我明白。”布柔哥夫的回答声被他的手指掩盖住了一部分。他在武夫的手后面点头，表示同意。

“我们明白的，教父。”纳克重重地把手攀在武夫的肩上，高特也靠近了他们。

克里斯汀有种说不出来的感觉，好像他们谈论的是她并不了解的情况，于是克里斯汀也走到他们旁边说：

“武夫亲人，希望你能信任我。我们都明白，你一直是伊兰德和我们最值得信任的朋友。愿主与你同在！”

第二天，哈尔德之子武夫就起身去了北方。

寒冷的冬季慢慢过去。克里斯汀觉得，布柔哥夫渐渐地平复了自己的心情。他和家人一起吃饭，和邻居一起去祈祷，理所当然地接受克里斯汀给他的帮助和照顾。后来克里斯汀也没再听到儿子们说起修道院的事情，她真的不愿意让孩子们过那样的生活。

她早就明白修道院是布柔哥夫最理想的庇护所。但她无法想象自己同时也失去纳克后，她应该怎样去接受这个事实。不管怎么说大儿子比其他的孩子在母亲心中的分量更重。

而且她并不觉得纳克适合当修士。虽然他头脑聪明，勤奋好学，对宗教的礼仪充满兴趣，但克里斯汀觉得他的心灵并不是特别虔诚。他不经常去教堂，常常会因为一些小事情而错过礼会，另外她明白纳克和布柔哥夫从来不会向神父坦露自己的心声，除了普通的告解之外。新来的神父罗夫之子达格居住在布拉卡沙夫庄园，他的父亲罗夫娶了拉根弗丽德的表姐为妻，他经常去亲戚的庄园做客。达格神父三十多岁，很有学问，人们都认为他是个好神父。不过两个大儿子对他特别冷漠，但神父和高特却成了很好的朋友。

在伊兰德的这几个孩子中，高特和西尔地区的人们最易于相处，有不少的朋友。剩下的儿子们当中，最不受教区人们欢迎的是纳克。他从来不和别人打交道。如果去那些青年人跳舞或聚会的地方，他一般都站在一旁观望，摆出一副无所谓、很无趣的样子。如果突然觉得有意思，他也偶尔会加入。听说这是种自闭症，有这种病的人喜欢骄傲地炫耀他的地位。他开朗、健壮、反应快、脾气暴躁，容易和别人发生冲突，在他战胜了两三位出名的武士以后，大家也只好对他的态度习以为常了。他如果想和一位女孩跳舞，会完全不在意她的姐妹或亲戚，只管跳舞，跳完后还会陪着她单独坐着聊天。伊兰德之子纳克邀请女伴从来没有被拒绝过，因为这个他更不讨别人喜欢了。

弟弟布柔哥夫眼睛看不见东西以后，纳克基本上没有离开过。不过他有时候晚上会出去，生活方式还是和以前一样。他早就放弃了长期打猎的生活，但这年秋天他却从郡长那里买了只价格不菲的白鹰。他像以前一样热衷于练习射箭和各种体能训练。布柔哥夫虽然失明了，但却学会了下棋。两个人常常会下一整天，他们都很喜欢这个游戏。

有一次，克里斯汀无意中听到有人在谈论纳克和一个女孩的事情。她是史基恩庄园的哥恩纳尔之女托蒂丝。第二年夏天，克里斯汀在山间的畜场住了一整个夏天。那时候，纳克不止一次深夜离开家，克里斯汀知道到他是去见托蒂丝。

克里斯汀确实被吓了一跳，浑身剧烈地颤抖起来。托蒂丝的家庭背景很大，她的家族是个很古老且特别受人尊敬的家族。托蒂丝也是个单纯善良的女孩子，纳克是不敢故意欺负她的。如果两个年轻人玩得过了火，那么纳克就必须娶这位女孩。克里斯汀即使对自己感到羞愧和恐惧，但也明白最后肯定是那样的结局，她不会觉得悲伤。如果在前年她绝对不会同意这件事，哥恩纳尔之女托蒂丝竟然代替她成为柔伦庄园的当家人。女孩的祖父目前很健康，和四个已婚儿子一起居住在庄园里。托蒂丝的兄弟姐妹不少，但她们的嫁妆却很穷酸；而且她家里几乎每一个人都生过一个脑袋发育不好的小孩，肯定是山中的精灵把小孩偷换掉了，或者诅咒了那些孩子。即使他们尽可能地保护妇女，但辟邪驱邪这些手段都没有多大的用处。史基恩庄园住着两个老头，和当初曾被埃里克神父断定由魔仙换来的丑陋孩子。这是两个聋哑小孩，而托蒂丝的大哥在成年的那一年被丛林的精灵施了魔法。除此之外，史基恩庄园的人个个都还算优秀，家业还算兴旺。然而那里的人丁太多，很难积累起来财富。

纳克如果已经发誓献身于圣母马利亚，那么只有主才明白他反悔算不算违法。她明白男人一定要当一年的实习僧，锻炼自己，然后才能宣布出家。到那时如果他觉得服侍主并不适合自己，也可以改变想法。克里斯汀多次听过一个关于一位拉丁语系国家的伯爵夫人，就是宗教大博士兼布道苦修僧人汤马士·亚奎纳爵士的母亲，在了解到儿子将要剃发修道的时候，曾经把他与一位美丽的少妇关在房间里，看他的意志是否坚定。克里斯汀觉得她听过的最无耻的事情就是这个了，但那个女人却平安无事，驾鹤西去。所以，她觉得现在如果欢迎史基恩庄园的托蒂丝来当她的儿媳妇，应该不算很大的罪孽吧！

秋天，哈瓦之子耶马特来到佛莫庄园。一开始幽谷到处都在流传一个重要的消息，现在他们从他口中知道了真相。马格奈斯国王在一些重要人物、挪威顾问会议的名门望族们的一致同意下，同意让其妻布兰契王后生的两个儿子一起治理国家。他在瓦柏会议上，将挪威国王的权力交给了二儿子哈肯。僧俗两路的首领曾经对圣体发誓要为他守护国家领土。听说国王是个美丽健壮的小孩，生长在挪威，马格奈斯国王和布兰契王后还在瑞典居住的时候，抚养他的是四位在挪威最出色的贵妇，而两位教会名人和两位俗家领导人则担当起养父的责任。听说这个想法是艾尔林爵士和卑尔根及奥斯陆的主教提出来的。艾尔林之子布雅恩曾在马格奈斯国王那里提到过这件事情。在挪威的所有大臣中，布雅恩最受国王宠爱。所有人都认为，挪威多了一位不居住在国外的国王，捍卫挪威的法律、权益和安定，不浪费国家的时间金钱到外国去探险，这必然会增进挪威的力量和团结。

克里斯汀知道了选王的事情，也知道了在卑尔根同德国商人的纷争，还有瑞典国王和丹麦国王之间的战争。但她并没有被这些消息影响到，好像遥远的乡间被暴风雨洗礼过一般，山谷间传来雷霆般的回声。她明白几个孩子肯定会议论这些事情。伊兰德的孩子们听到了耶马特的消息，显得十分激动。布柔哥夫把额头用手掌支撑着，掩盖住双目失明的眼睛；高特张大了嘴巴认真地听着，把短刀的手柄握在手里；劳伦斯的呼吸变得急促不安，左看看姨父，右看看坐在主人座位上的纳克；大儿子的脸色不太好，有些苍白，双目炯炯有神。

纳克说："很多人的一生都是这样的，和他强烈作对的人把他陷害后，再根据他的方式，获得最后的战利品。由于他在地下，那些比不上他的人才会觉得他说的话值得参考。"

耶马特宽慰地说道："可能吧，侄子，你说得也不是完全不对。首先这个解围的方式是由你父亲想到的——我国和瑞典的王位由两兄弟分别继承。我明白尼古拉斯之子伊兰德是心思缜密、细腻、宽宏大量的爵士。但是纳克，你说话时可要注意一下，千万不要在别人面前，说一些不利于斯库勒的传闻。"

"斯库勒做任何事情可都没有征求我的同意。"纳克激动地说。

耶马特和气地说道："不，也许他没有想到你已经成年了。我也没想到这一点儿，因此我自作主张答应效忠布雅恩，在他手下服役。我曾经也为他祝福祈祷过。”

“我觉得他不会忘记，因为他明白我肯定不会赞同。吉斯克庄园的人感到有违自己的内心，之所以必须这么做，只是为了慰藉自己内疚的心。”

伊兰德之子斯库勒此时已经投奔了艾尔林之子布雅恩，属于发过誓言的家族成员。他遇到布雅恩这位年轻的大臣是在去伊林庄园的阿姨家做客时。布雅恩对他说，伊兰德当年之所以获得宽大的处理，全都靠艾尔林爵士和布雅恩父子帮他说好话。如果没有他们作为靠山，安德列斯之子西蒙去乞求国王的时候，成功的概率也不会这么大。伊瓦尔仍然留在英吉·福鲁加那里。

克里斯汀知道，艾尔林之子布雅恩没有说谎，他与西蒙·达尔对童斯山陵之行的情况描述是一样的。但是这么多年了，她对艾尔林爵士仍然耿耿于怀，觉得他如果在事后肯出力，肯定能帮助伊兰德得到更好的生活环境。那时候布雅恩还很年轻，对此应该没有怎么特别注意。不管怎样，她很讨厌斯库勒跟着这个人。对于双胞胎兄弟自己决定勇敢地去闯世界，她就已经感到很痛心了。克里斯汀想，从年龄上来看，他们完全还只是个孩子……

耶马特来拜访后，克里斯汀徒增了许多烦恼，想起来真的有些不能接受。如果人们的传言是真的话，童斯山陵的小孩子担任挪威的国王会大大增进百姓的利益和保障，那么这样一来伊兰德如果当时没有失败，百姓早在十年前就能获得益处了。不！她想念死去的丈夫，不能够考虑那些。但她真的不能再忍了，她明白孩子们心中的伊兰德是勇敢和伟大的，是最棒的战士和领袖，没有一点儿缺点，十分完美。这么多年来，她认为伊兰德被朋友和那些有钱的亲戚们背叛了，她丈夫真的很委屈，但纳克说他们陷害了他，确实有些言过其实。伊兰德最终落到个这么可怜的下场，她当然不好说什么，要怪就只能怪伊兰德自己太愚蠢、太专横跋扈了。

无论如何，斯库勒成了艾尔林之子布雅恩的家庭总管，这令克里斯汀心里感到不太高兴。

她永远不能忘记和逃避那些无尽的忧愁和害怕。“啊！耶稣啊！我想起了圣母帮你承担痛苦和烦恼的事情，你就可怜可怜我这个母亲，安慰我一下吧……”

甚至是高特也让克里斯汀感到很担忧。他具有成为一个勤恳、能干的庄园主人的才能，但他的心思都在如何能快速使家族恢复昔日的荣耀上，做事则显得太过于着急了。纳克给予他充分的自主权，让他自己做决定，但高特承包的工作太多。他和教会一些人承包了丘陵里的旧铁鼓风炉。货物被他卖出去很多，他不但把佃户用来抵消租金的东西都当掉了，而且使自己家里的农产品和别的地方卖得一样好。克里斯汀接受了庄园里杂货室和毡房堆满了货物的事实。每次高特对发臭变质的奶油表示不满，或者讥笑一块咸肉被挂了十年的时候，她总是显得十分气愤和恼怒。她一定要保证庄园里有足够的食物。在乡下缺粮闹饥荒，穷人来讨口饭吃的时候，她也不会让他们空着手回去。如果有一天他们在庄园里办喜事，为了婴儿的出生而大请亲朋好友，那么到时候就会说明这些东西都是有用的。

她现在对儿子们已经不抱多大希望。他们如果愿意回到她的身边来，在这里安安稳稳地过日子，她也就别无所求了。她可以把她的土地与别人交换，集中处理自己的产业，使三个儿子每人有一个能够自主经营和管理的庄园。柔伦庄园加上劳家桥的土地，供养三个主人是足够的。他们天生没有当大老爷的命，但再差也不会沦落成穷人。峡谷现在一片幽静，对于贵族之间的纠葛在这里并不是所有人都会谈论，也没有什么人会在意。这么做也许不能获得一定的地位，不能得到他人的尊敬，但主会认为这么做有利于子孙后代的发展，他肯定会在充满荆棘的路上助他们一臂之力。然而，她依然希望儿子们永远不离开她，这也许有些不切实际。因为他们的父亲伊兰德就是这样一个不安本分的人，他们注定会忙碌一生！

这个时候，她又想起了在那个坟堆里被埋葬的两个孩子，心情慢慢平静下来。

这么多年来，她日夜思念着他们。眼前的孩子们都在不断健康地长大，她心想他们如果现在都活着，现在又会是什么样的呢？

现在的她整日忙碌着，习以为常，勤劳依旧，但是却郁郁寡欢、沉默寡言，经常沉浸在对已经死去的孩子的思念中。在梦里，他们健康快乐地成长，每个成长过程都是她想看到的样子。小慕南的性格更像自己家族的人，他和纳克很像，不过和母亲更加亲近；他也像高特，但他却不像高特那样敢于冒险，让自己担心。他温顺、善解人意，这一点儿很像劳伦斯，不过如果有一些奇怪的想法，便会对母亲说。他在聪明才智方面越来越像布柔哥夫，不过他的人生一帆风顺，没有经历过风雨的洗礼，所以他是快乐的。他和双胞胎一样，对自己有信心，勇敢坚定，但不像他们那样蛮横霸道、桀骜不驯……

每当她想起伊兰德小时候的样子时，总会在脑海里浮现一个婴儿很可爱的样子。伊兰德坐在母亲的大腿上，要求妈妈给他穿好衣服鞋袜。妈妈抱着他胖乎乎的小身体，他把手伸出来，抬起脸，享受妈妈温柔幸福的触摸。她教他学走路，他的胸前和腋窝下围着一条缝补过的布条，像个玩具似的，踏出不稳的脚步，样子有趣极了。他被母亲抱到农场里去看绵羊和小动物们。他在看到母猪和刚生的小猪仔时开心得手舞足蹈，然后又仰着头望着马棚和阁楼上飞翔的鸽子。他和母亲一起，跑到旁边有着一堆石头的草地上，每当发现一颗草莓，都会惊喜得大叫，赶紧用手抓住，准备塞进嘴里，口水沾湿了他的整个手掌。

克里斯汀通过回忆与幻想和两个小儿子一起度过了很多美好的生活。当初从孩子身上看到的快乐再一次浮现出来，被她重新感受，她把所有的悲伤都暂时地忘掉了……

伊兰德去世三年后。克里斯汀再也没听到有人谈起托蒂丝和纳克的事，同时也没有听到儿子再说进修道院的事。她充满了希望——她真的非常舍不得大儿子去过修士的生活。

约翰弥撒日（6月24日）前一天，伊兰德之子伊瓦尔回到了柔伦庄园。孪生兄弟离开家时只有十六岁，还没发育好，而现在的伊瓦尔却身体健壮，马上就要到十八岁了。克里斯汀觉得他长得英俊威武、一表人才，很是讨人喜欢。

伊瓦尔回到家后的第一天早上，躺在床上，妈妈把早餐端到楼上，送给他吃，有涂满蜂蜜的面包、自己做的糕饼以及最后一坛圣诞节时酿的啤酒。她坐在床边上，看着伊瓦尔吃东西。她很高兴听他说话，喜欢站起来看他的衣服打扮，翻一翻每件外套，看看他的旅行袋里都装了什么。她发现了一个新银扣，便用狭长的红棕色的老手掂一掂，看看有多重。她还把匕首从他的刀鞘中抽出来，觉得很不错，赞美他的所有工具。她在床上坐着，仔细看着儿子，脸上带着笑容，继续听儿子讲故事。

这时伊瓦尔说：

"母亲，我还是和你说下我这次回来的目的吧。我是专门来请纳克能够同意我的婚事。"

克里斯汀感到很惊讶，两只手用力地击打着：

"伊瓦尔！你还这么不成熟……难道你已经干了什么蠢事？"

伊瓦尔希望母亲能够理解。他说对方很年轻，是一名寡妇，佛斯卡那里的罗根汉庄园的高马尔之女西格妮。那座庄园至少值一百二十银马克，基本上都是属于她的。这是她从独生子那里继承来的。但她正在和她丈夫那边的亲戚因这些财产打官司。英吉·福鲁加如果帮助这个寡妇得到权利，他就能够得到一些非法的利润。伊瓦尔对此表示很不高兴，他支持女方，专门陪她去向主教咨询，因为哈瓦主教和他相遇时，彼此之间的感情胜过父兄。如果对慕南之子英吉·福鲁加进行仔细的检查的话，那么他的劣迹将会暴露无遗。他和教区的那些贵族的关系都非常的好，但是对待当地的普通民众则十分苛刻，最后他把主教也蒙蔽了。哈瓦主教也愿意给慕南爵士一个面子，不愿仔细追究英吉·福鲁加的一些过错。但现在的情况对英吉并没有多大好处。伊瓦尔离开英吉·福鲁加的庄园时，他们闹得很不愉快。伊瓦尔认为，他在永远离开这个地方之前应该去拜访罗根汉庄园的人。这还是在复活节以前的事情。从那以后，整个春季他一直住在西格妮家，帮她照料庄园的事情。后来他们决定，他们两个人要结婚。西格妮不嫌伊兰德之子伊瓦尔的年龄太小，不适合当她的丈夫，管理她的财产。他曾说过，他曾得到主教的喜欢，也就是说，虽然他年纪小，但哈瓦主教有时仍然会安排一些职务给他，而伊瓦尔则希望能在罗根汉庄园和她结婚后，一展身手。

克里斯汀仍旧坐在那里，摆弄着腰间的钥匙。伊瓦尔十分冷静和精明，他所说的这些也都合情合理。至于英吉·福鲁加，则是无关紧要的。但克里斯汀此时会禁不住地想道：不知道巴德之子慕南老爵士会怎么看待这件事情。

关于这个未来的儿媳妇，听说已经三十多岁的西格妮出身卑微，但她的前夫赚了钱，因此她现在颇有一定的家产。她原本是一个令人尊敬的、善解人意的勤劳女人。

纳克和高特陪伊瓦尔去南方拜访那位丧偶的妇女，克里斯汀则留下来陪布柔哥夫。孩子们都回来后，纳克向母亲汇报了伊瓦尔和高马尔之女西格妮订婚的消息。他们准备在今年秋天在罗根汉庄园举行婚礼。

纳克回到家里没多久，有一天晚上克里斯汀正在织房里缝补外衣，纳克去看望她。他从里面关好门，对妈妈说，现在高特已经二十岁，伊瓦尔也结婚有了自己的家庭，可以自力更生了。他和布柔哥夫准备在秋天的时候去北方，到修道院当实习修士。克里斯汀几乎什么都没有说，这一次他们只是谈了怎么安排的问题，以便给两个大儿子分出部分的财产。

过了几天，有人来柔伦庄园请他们喝喜酒——史基恩庄园的亚斯蒙为孙女托蒂丝和多孚尔地区的一个善良人家的子弟举办订婚仪式。

当天晚上，纳克又去织房看母亲，进去之后闩上了房门。他坐在火炉旁边，手上拿着棍子去耙余烬。由于夏天的夜晚有些凉，克里斯汀生起了小火炉。

他笑了一声说："妈妈，这几天总是去喝喜酒，罗根汉庄园的订婚酒席，史基恩庄园的订婚酒席，接着又是伊瓦尔的婚宴。但托蒂丝成亲的时候，我应该不能参加了……因为到那时我大概已经穿上了修士服。"

克里斯汀听后没有作声，仍然看着手中缝制的衣服，那是准备给伊瓦尔结婚时穿的外套。她说：

"应该有很多人认为，如果你进了修道院，哥恩纳尔之女托蒂丝会感到很伤心的。"

纳克说："我以前也这么觉得。"

克里斯汀把衣服放下来，抬起头看着儿子，纳克的表情既平静又稳重，有点儿令人捉摸不透。但是看起来很帅气，双鬓的黑发梳到脑后，紧贴着耳朵和脖子。他的脸颊比父亲的还要漂亮，脸形方正圆润，鼻子和嘴巴都长得恰到好处，清澈透明的蓝眼睛上盖着细长浓黑的眉毛。但他整体看上去没有伊兰德那么英俊，缺少的是伊兰德那种永远洋溢着的年轻气息。

妈妈拿起了针线，却没有进行缝补。过了一会儿，她低下头去摆弄衣料，说道：

“纳克，你不要忘了，我从来没有反对过你的虔诚愿望。我不会那么冲动。你已经不小了，懂的事比我多。你一定知道，圣经里说过：‘手扶着犁还朝后面看的人，是不配升入天堂的。”

儿子听了这话，脸上一点儿表情都没有。

母亲又继续说道：“我知道你们俩在很小的时候就有过这样的想法。当时你们不明白自己会因为这个放弃什么。现在你们都成人了……难道你们不应该再给自己一些考验，看看是否真的适合去过修士的生活吗？难道这样做不是更为明智一些吗？你生来就该继承这座庄园，成为一家之主的。”

“如今你竟然要劝说我？”

纳克冷静地深吸了两口气，站直了身体，抓住胸膛，猛地拉开衣服，让妈妈看清楚他光着的胸部，胸前有五个血红的印记，在黑色的毛中显露出来。

“以前，你边哭边吻着我的胎记，你大概觉得我太小，不懂你的悲伤。虽然那时我不是很明白，但依然记得你当时说过的话……妈妈，妈妈……你还记得爸爸没有忏悔受赦，就这么不光彩地死去的吗？难道你能反对我们出家的想法？

“我们兄弟俩知道自己放弃了什么。放弃继承这座庄园和失去结婚的机会……忘记记忆中所有与你和父亲温暖的过去，放弃这些也没有什么。”

克里斯汀放下了手中的活儿。她和伊兰德的婚姻，所有欢笑与悲伤的一切，所有的回忆，都像潮水一般，涌上心头来。看来纳克不明白他失去了什么，即使他年轻骁勇、擅长格斗，但怎么说他也只是个纯洁的孩子啊！

纳克看到母亲的眼泪从脸颊上流下来，便叫道：

“女人，我和你有什么关系？”（原为耶稣对圣母说的话。）

克里斯汀茫然地站了起来，儿子看来非常激动，接着说道：

“我觉得主说的这句话，不一定是看不起圣母……可是当母亲劝阻他的时候，他便对最为纯洁无瑕的母亲说这句话。他知道，自己应该使用那种天父赐予他的力量，而这种力量不是拥有血肉之躯的母亲所能给予他的……

“妈妈，在这件事情上你就别劝我了……你不应该这样做……”

克里斯汀低下了头。

过了一会，纳克小声地说：

“妈妈，你还记得你曾经把我赶走过吗？”他沉默了一会儿，仿佛担心自己说不出来下面的话，接着继续往下说道，“我想和你一起在父亲床前跪下，你却不让我去。你不知道我只要一想起这事，心就隐隐作痛吗？”

克里斯汀用蚊子般大小的声音，低声说道：

“我守寡的这些年，你对我一直很冷淡……就是因为这个原因吗？”

儿子没有说话。

克里斯汀继续说道：“纳克，我这才明白……在这件事情上，你一直不肯原谅我。”

纳克用余光看着地上，轻声地说：

“妈妈，有时候，我还是能谅解你的。”

克里斯汀长长地叹了一口气，说道：“我觉得大部分的时间并不是这样。纳克，你觉得我没有你喜欢布柔哥夫吗？我不是他的母亲吗？你把我和他之间的联系都割断了，这真可怕！”

纳克的脸顿时变得没有了血色：

“是的，妈妈，我关上门不想让你见到他……你就说我可怕？……愿耶稣宽恕你，但你却不明白……”纳克的声音变得越来越小，仿佛是耗尽了所有的力气，“我觉得，我们不能再让你担心了……”

纳克转身走到门口，拉开了门闩，背对着克里斯汀，站在那里一动不动。克里斯汀温柔地喊他的名字。他转身走到克里斯汀面前，低着头说：

“妈妈……我明白你……不是那么简单地能够承受……”

克里斯汀把手搭在他的肩膀上。他不想让母亲看到他的样子，他低下头去亲吻克里斯汀的手臂。克里斯汀回想起伊兰德以前也这么做过……是哪一天，她差不多已经忘记了……

克里斯汀在儿子的肩膀上抚摩了一下，他伸手轻拍母亲的脸庞。后来他们坐下来，谁都没有说话。

过了一会儿，纳克平静地说：“妈妈，你是不是一直戴着我哥哥奥姆留给你的那个十字架？”

克里斯汀说：“对，他让我一定不能把这个十字架丢掉或送人。”

“我想，奥姆如果知道，他应该会赞同我拥有这个十字架。如今我也快要成为没有亲人和遗产的人了……”

克里斯汀从衣服下面拿出了一个小小的银色的十字架。纳克从她手中拿了过来，上面依然有母亲胸口的温度。他庄重地亲吻十字架中间的圣骨匣，把细链挂在脖子上面，放进了衣服里。

“你没有忘记你哥哥奥姆吧？”母亲试着问道。

“我不明白，有些时候也许还没忘记，或者在我小的时候经常从你们嘴里听到他吧？”

纳克在妈妈的对面坐了一会儿，然后起来转身出去：

“晚安，妈妈！”

“愿主能保佑你，纳克，做个好梦！”克里斯汀回答道。

纳克走后，克里斯汀把伊瓦尔的新郎服饰和针线放到一起，把炉子的火熄灭了：

“愿主保佑你，愿主保佑你，我的儿子啊，纳克。”

克里斯汀把蜡烛都吹灭后，走出了织房。

没过多久，克里斯汀就在教区外面的一个庄园里遇到了托蒂丝。庄园里的主人得病了，草料没有被收拾好，全部在外面堆放着。奥拉夫农民工会的兄弟们过来帮他做些工作。

傍晚回家时，克里斯汀陪这个女孩一起走了一会儿。克里斯汀是快要老的人了，走不快，边走边和女孩闲聊着，渐渐地，便让托蒂丝自己说出了她和纳克之间的事情。

的确，以前她几乎每次都在家庭牧场里和他相见。上一年的夏天她住在山间的场子里，晚上他们不止一次相见，但他从来没有做一些出格的事情。她明白一般人对纳克的看法。对于她，纳克从来没有在行为举止上做出过分的事情来。有几次，他们也曾经一起躺在被子里，安静地聊天。有一次她问纳克有没有去她家里提亲的想法，他回答说他不能那样做，因为他已经答应要侍奉圣母了。今年春天他们又在一起聊过，他说的还是同样的话。于是她也不再违抗祖父和爸爸的意愿了。

克里斯汀说："如果你违背父母的意愿，而他忘记了自己的誓言，你们两个肯定都会犯下很大过错的。"

克里斯汀靠着篱笆站着，端详着这个小女孩。这女孩的皮肤白皙，脸形可爱而又圆润，长长的金发编成了大辫子。

"托蒂丝，主一定会带给你幸福快乐的，你的未婚夫看上去是个好孩子。"克里斯汀说。

女孩说："对啊，我特别喜欢哈瓦。"说完便痛苦地大声哭了起来。

克里斯汀以一个上了年纪的、明白事理的妇女该有的那种稳重用平静的口吻安慰她，而克里斯汀自己心里也非常难过。她多么希望这个美丽温柔的女孩子能成为她的儿媳妇啊！

伊瓦尔举行完婚礼之后，克里斯汀在罗根汉庄园逗留了几天。高马尔之女西格妮长得不算很美，看起来有些憔悴和年老，但性格温柔，使人着迷。她好像对自己的男人很有好感，非常欢迎丈夫的母亲和弟兄们，把他们作为至高无上的贵宾，尽全力招待好他们。然而当有人费尽心思猜她的愿望，认真仔细地照顾她，克里斯汀觉得有些不大习惯。即使当她在胡萨贝庄园作为有钱的主妇，家中仆人成群时，她也没有让人像这样来关心自己的起居。为全家谋取幸福的重任落到她肩上，她从来不会偷懒，别人也没有想过要为她排忧解难。在克里斯汀居住在罗根汉庄园的时间里，西格妮一直为婆婆着想，克里斯汀感到很欣慰。她迅速地爱上了西格妮。除了请求主保护伊瓦尔的婚姻，她更祈祷说：“西格妮把自己和财产全部交给年轻的丈夫，希望她以后不会为此而感到后悔。”

麦可弥撒日（9月29日）之后，纳克和布柔哥夫便去了北边的特隆赫姆郡。后来她听说他们安全地到达尼达洛斯，并在陶特拉修道院当见习修士。克里斯汀只了解到这么多关于这两个儿子的情况。

就这样，克里斯汀和两个儿子孤单地住在柔伦庄园，眼看一年又快要过去了。克里斯汀感到这一年竟然是如此的漫长。去年秋天，她曾将大儿子和二儿子送到多孚尔地区，骑马路过教堂，低头看那边的斜坡，大雾笼盖了那里，自己的庄园看得不是很清楚。克里斯汀心想：知道房屋已经变成了一片灰烬和废墟的归客肯定也带着这样的心情。

现在她从老路经过锻冶场的遗址走回了家。废墟上的花草长得十分茂盛，一簇簇黄砧草、野风信子和野豌豆从斜坡那边延伸过来，她觉得眼前的景象就像是她一辈子的缩影。破旧的炉床经历了很多风霜雨雪，上面涂了一层层的煤垢，再也没有生起火。旁边的地面上铺满了炭灰，但以前烧火的地方却长出了细直柔软的小草，炉子裂缝中长长的粉红色的珍珠菜花也竞相开放着。

2

有一天，克里斯汀已经睡觉了，却被院子里的马蹄声吵醒：有人敲打着阁楼的房门，她听到高特很大声地和来的客人打招呼。用人被吵醒后出去了，楼上的房间传来一阵的脚步声，克里斯汀听见英格丽在破口大骂。不错，这个年纪不大的仆人是个好孩子，她不能容忍男人对她动手动脚的。男人对她刺破耳膜的尖叫声报以哈哈大笑，菲莉达则乱叫一通。这个可怜的老人，她一直学不会忍耐。她的年纪和克里斯汀差不多，女主人对她还要时常加以提醒……

后来克里斯汀在床上翻了个身，继续睡觉。

第二天高特听到鸡叫就起来了。他早上从来不会晚起一分钟，即使是前天夜里喝酒了也会这样。不过，这些客人直到吃早餐的时候才出现。他们在庄园待了一整天，一会儿谈生意，一会儿畅叙友情。高特是位十分好客的人。

克里斯汀叫人拿最好的东西来款待高特的朋友们。她听见父亲的庄园里再次充满欢声笑语，脸上露出了微笑。但她几乎不和陌生人说话，也基本上不和他们见面。她只要看着高特开心，看到他有许多朋友，就足够了。

伊兰德之子高特无论在有钱人当中还是一些农民之间都很有人缘。虽然伊兰德被人杀害，使有些人遭到了严厉的处罚，很多庄园和家族的人仍然对伊兰德的后代唯恐避之不及，但高特自己并没有与别人结仇。

圣布庄园的西格尔爵士对年轻的高特比较赞赏。在他为伊兰德送葬之前，克里斯汀从来没有见过这位表兄，而且当时的他表现出了最真实的兄弟情义。他在柔伦庄园逗留到了圣诞节前几天，尽全力帮助伊兰德的遗孀和孤儿们。伊兰德的孩子们都很感谢他，但只有高特与他成了形影不离的好朋友。此后高特经常去圣布庄园。

一旦老伊瓦尔·吉斯林的这个外孙死了，圣布庄园则完全与吉斯林家族就没有什么后裔了。海夫特之子是他最亲近的亲人，也是他唯一的继承人。西格尔爵士年纪已经不小了，一生经历了很多苦难，年轻的妻子在第一次生孩子的时候就得病疯了。他和疯掉的妻子一起生活了四十年，现在依然坚持每天去看她，询问她的病情。她居住在圣布庄园最好的一间房子里，有好几个仆人照顾她。

她的丈夫每次来都问他："吉丽，你还知道我是谁吗？"

一般情况下她都不会回答，偶尔会说：

"我还记得你，你是居住在北边城市布罗特维山下的占卜者伊塞亚斯。"

她的手中通常会拿着一个纺锤，心情好的时候，会去织一些漂亮完整的纱布，而在发病的时候则会把自己做的所有东西搞坏，把用人整理好的羊毛扔到房间里，且扔得到处都是。高特对克里斯汀说了些事情。伊兰德的表兄如果恰好来到柔伦庄园，克里斯汀总会真心实意地对待他。但她仍然不愿去他的庄园。自从她在圣布教堂举行过婚礼之后，就再也没有去过那里。

高特的身材比克里斯汀的其他几个孩子矮很多。他站在身材魁梧的妈妈和手脚都很长的兄弟们身边，看起来有些矮小。其实他也是个中等的身材。两个哥哥和与他年纪差不多的双胞胎弟弟离开之后，高特在各方面都变得突出起来。从前他夹在兄弟们中间，一直很安静地待着。乡亲们都觉得他是个很有魅力的男人，脸庞长得十分俊俏。他的头发黄得像金丝一样，眉毛下面闪烁着一对灰色的大眼睛，脸形椭圆丰满，肤色清爽，嘴巴漂亮小巧，长得特别像外祖父。他的肩膀上架着脑袋，双手很修长，力气比一般人要大，但下半身显得不是很长，小腿也不是很直，甚至有些弯曲。由于这个原因，即使那时候的男孩子非常流行穿很短的衣服，他也总是把自己包裹起来，像农民一样，只有工作的时候才不会穿那么多。村子里的农民从幽谷的大人物那里感受到穿着的时尚，但伊兰德之子高特穿的长袍有着柔和的绣花图案，腰上系着银色的腰带，身上是滚白毛边的大披肩，一般只有去教堂或者参加酒宴时才会穿这样的衣服。教区的人们总是带着欢乐和友善的目光注视着这位柔伦庄园的年轻主人。高特也经常把外祖父布柔哥夫之子劳伦斯从岳父伊瓦尔·吉斯林那里继承到的银头利斧拿在手中。人们认为高特追随着先辈的脚步，虽然年纪不大，但穿着、为人、生活和作风却一直遵循着传统的风俗，都觉得这是件好事。

高特骑在马背上的样子也异常迷人。他的胆子非常大，是个骁勇的骑手，教区的人们都夸赞他说，整个挪威没有高特不能驯服的马匹。听说他在一年前去了卑尔根，那里有一匹没人能骑的小野马被他驯服了。那匹马对高特服服帖帖的，他不用套马鞍，就可以骑上去，所用的缰绳也只需拿着一根女孩的发带就可以了。当克里斯汀问起这件事情时，他只是笑笑，什么也没有说。

克里斯汀发现，高特对女人的态度显得有点轻浮。克里斯汀不喜欢这样，可她又觉得，主要原因是由于女人对漂亮的年轻人过于亲热，而高特生来就是个很直爽和平易近人的人。他从来不会对这些事情表现得很认真，大部分都是为了开心取乐罢了，因此也不会把这些事藏在心底，像纳克那样瞒着所有的人。他在圣布地区和一个女孩生下了孩子，高特也亲自对母亲说了，这应该是两年之前的事情。克里斯汀听西格尔爵士提起过，高特对孩子的母亲很大方，给足了她一笔生活费，还打算等孩子断奶的时候，把孩子接回家。高特对他的小女儿很疼爱，每次去瓦吉的时候总要去看看她。高特很自豪地说，他的女儿是全世界最漂亮的，在受洗的时候，还给女儿取名为梅根希尔德。克里斯汀这么觉得，既然是儿子惹的事，最好还是能把孩子带回来，由自己养大。她自己也希望能把梅根希尔德接回家，但小女孩在刚满一岁的时候就夭折了。高特知道后悲痛欲绝，克里斯汀也为没有见到孙女，感到很遗憾。

克里斯汀一直都不忍心责怪高特，因为他从小身体就不好，总是生病，比其他孩子更依赖母亲，并且他眉宇之间和她父亲很相似。高特是一个很懂事的、安分的人，他经常和克里斯汀一起到处走走，用孩子的方式来帮助妈妈。克里斯汀基本上不会指责高特，如果他不小心犯了错，因为高特年龄不是很大，也不懂什么道理，她只要耐心对他劝告几句就行了。高特这孩子天生性格就很稳重，也很聪明、懂事。

在高特两岁的时候，胡萨贝庄园里的神父很擅长诊治小孩的各类疾病，他说用其他任何方法对高特都毫无作用，只有让高特继续吃母亲的奶水。当时双胞胎刚刚出生，斯库勒的奶妈菲莉达的奶水很充足，一个孩子吃不完，但她很害怕高特。高特小的时候由于有大大的脑袋和瘦瘦的身躯，不会说话，也不会走路，很不讨人喜爱。菲莉达害怕高特是魔鬼丢掉的丑孩子。其实高特一开始很漂亮，变丑是由于十个月大的时候生病导致的。菲莉达无论怎样都不愿意把奶喂给高特。克里斯汀没有办法，只好自己喂。之后他又吃了妈妈的奶一直到他四岁时。

后来菲莉达还是不喜欢高特，总想骂他，只是由于害怕克里斯汀，才不敢特别过分。现在菲莉达的身份也仅仅低于女主人而已，克里斯汀不在家的时候，由她掌管着钥匙。她想做什么，直接对女主人和男主人说就行了。克里斯汀即使有时十分讨厌她，但依然会笑着听她说话。但菲莉达如果做了很笨的事或者说话不经过大脑，让人很烦时，克里斯汀就会告诉她什么该做什么不该做，什么该说什么不该说，让她稍加注意。现在高特在家庭的地位已经得到了提升，快要成为庄园的男主人了，菲莉达对此表现出强烈的不满，她一直都把高特看作脑袋缺根弦的小男孩。她对高特的兄弟们赞赏有加，特别是由她带大的布柔哥夫和斯库勒，而且她很看不起高特又矮又小的身材和罗圈腿。高特对此表现得很坦然：

“是的，菲莉达，我如果吃了你的奶，必定会和我的哥哥、弟弟们一样魁梧高大。但是我只吃我妈妈的奶。”他带着笑脸，看着克里斯汀。

傍晚时分母子二人经常出去在路上漫步。小路很狭窄，克里斯汀只好在高特的后面跟着他。他带着长柄的斧头，在前面开路，威风凛凛。克里斯汀实在忍不住，就在他背后偷偷地笑。她突然有一股年轻时的顽皮想法，想要从后面用头吓唬他，搂着他，就像在他小的时候逗他欢笑，和他打打闹闹一样。

有时候他们走到河边的清洗处，坐在那里，倾听小河流水的声音，母子俩在夕阳下显得十分温馨。他们一般不说话，不过高特也会从母亲那里听说一些亲戚们以前的事情。克里斯汀说了一些她小时候的情况，但母子俩从来不会谈论伊兰德和在胡萨贝庄园度过的那些岁月。

高特说：“妈妈，你坐在那里会发抖吧？今天的夜晚有些凉意。”

克里斯汀站了起来：“嗯，我也这么觉得，这块石头实在太凉了。高特啊，我很快就会成为一个老婆婆了！”

在上坡的时候，她需要把一只手搭在高特的肩上。

小劳伦斯在床上睡得就像一块石头。克里斯汀把精油灯点上，希望能稍微坐一会儿，享受一下心中的安宁，但她手中的活可没有停下。她的头上传来一阵啪啪声，接着她听到高特慢慢爬上床的声音。母亲挺了挺胸，看着火焰笑了笑，自言自语地说了几句话后，在脸上和胸口上画了个十字，拿起针线，继续做起了针线活。

伊兰德的那只老猎犬布柔恩站了起来，使劲抖了抖身上的毛，打了个长长的哈欠，前掌慵懒地趴在地上，然后走到女主人身旁。克里斯汀轻轻地拍拍它，它立刻就把前掌搭在她的大腿旁边。她轻声地和它说着话，它便开始用舌头舔她的双手和大腿，用尾巴击打着地面。后来布柔恩回去了，边走边回头看着主人，圆溜溜的眼睛和毛茸茸的体型露出十分困乏的表情，连尾巴也是这样。克里斯汀美滋滋的，装作什么都没看见——只见那条狗跳到床上，在她放脚的地方蜷成一团。

过了一段时间，克里斯汀吹灭了蜡烛，把灯芯剪断，扔到精油中去。夏天夜晚零星的光亮通过窗户的缝隙照射了进来。克里斯汀做完每天的祷告后，慢慢脱去衣服，上床休息。她总是把枕头垫在胸部和肩膀的周围，舒舒服服的，老猎犬靠在她的后面，不一会儿她就睡着了。

哈瓦主教让达格神父担任这个教区的总管，于是高特从他那里买下了以后三年的给主教的什一税收成。他还在教区买了很多粮食和动物的皮毛，准备在冬天的时候用雪橇把货物送到劳马斯山谷，到春天的时候再用船把货物运送到卑尔根。克里斯汀讨厌儿子做这些生意上的事情，她自己曾经在哈马城收购过东西，她的爸爸和安德列斯之子西蒙也买过东西。不过高特和姐夫吉拉克·包斯因为这件事成了合作的伙伴。吉拉克是个精明能干的商人，和卑尔根的许多德国大富商有亲戚关系。

伊兰德去世后的第二年夏天，他的女儿玛格丽特曾经和丈夫一起来过柔伦庄园。他们捐了很多礼物给教堂，想为伊兰德的亡灵超度平安。以前玛格丽特一直居住在胡萨贝庄园里，不想和继母待在一起，也不喜欢和同父异母的弟弟们一起玩。如今她已经三十岁了，结了婚，但没有生孩子。看到弟弟们都成年了，而且长得十分标致帅气，她也渐渐和他们的关系好了起来，曾促进了她丈夫和高特之间相互了解的过程。

玛格丽特还是那样漂亮，但渐渐地发胖起来。克里斯汀从来没有见过这么肥胖的女人。她腰间的腰带上还镶着一块银牌，宽阔的乳房之间缀着一枚大得像小盾牌似的胸针，体面地别在那里。她魁梧的身躯好像神龛一般，穿着昂贵的衣服，挂满镀金的金属。很显然，提德肯之子吉拉克很宠爱他的夫人。

去年春天开市民大会的时候，高特曾经到卑尔根去看望自己的姐姐和姐夫。秋天的时候他牵着一群马穿过丘陵，在那边把马卖了。这个行业的收入很乐观，高特决心到第二年秋天再去一次。克里斯汀觉得在这个事情上可以试着让他自己做主，他也许天生就有父亲那种喜欢去旅行的欲望，到他年纪变得大一些，心自然就会安分下来。克里斯汀看到他那么希望出门，便催促他让他早日启程，因为去年一直到了冬天他才回到家里来。

高特是在巴托罗缪弥撒日（8月24日）之后一个阳光明媚的早晨上路的。那个时候正是山羊被宰杀的季节，庄园每个角落里都充斥着羊肉的味道。每个人都心满意足地吃得饱饱的。在夏天里如果不是重要的节日，他们一般不会吃到美味的鲜肉。但是现在他们早晚都吃着香味扑鼻的羊肉，喝着美味的浓汤，一吃就是好几天。克里斯汀把山羊宰杀了，自己制作了一年的腊肠。她站在公路上，挥舞着手中的丝巾，告别高特与同行的人，感觉有些疲惫，但心情却很愉快。他们的队伍看上去有些庞大，骑的马都很健壮，活泼的年轻人们带着亮晶晶的武器和叮当响的马具，一同上了高桥，桥面传来阵阵的马蹄声。高特骑在马上，挥挥帽子，与克里斯汀道别，克里斯汀欣慰地向他道别，再次挥动起手里的头巾。

冬夜到来后不久，连日阴雨绵绵，山中常有暴风雪，谷地里的道路也泥泞不堪。高特依然没有回家，克里斯汀开始有些担心了。说实话，她对高特的担心从来没有像对别的孩子那样忧心忡忡，她始终认为对高特的运气比较好。

七天之后的傍晚，克里斯汀刚从牛棚中出来，就看到有几个骑马的人来到庄园的门口。克里斯汀提着灯笼，上前去一看究竟，眼前布满了很浓的烟雾。她顶着大雨走过去，询问那些穿着黑衣服的男士，是不是高特回来了？……如果是陌生人应该不会这么晚还来做客。

她认出最前面的骑士是圣布庄园的西格尔爵士——他下马时的

动作实在太笨拙，好像一个老态龙钟的老头。

双方进行了礼貌的问候以后，西格尔爵士说：“克里斯汀，我要告诉你高特的一些事情。就在昨天，他来到了圣布庄园……”

他站在光线很暗的地方，克里斯汀看不清他的表情，但他说话的语气有些不一样。他慢慢地走向客厅，嘱咐仆人和克里斯汀的马童去男人的卧室里，没有再多说话，克里斯汀开始担忧起来。当客人一个人站在房间里的时候，她张口问道：

“表兄，是什么事情？他没有回来，是不是因为生病了？”

“不是的，高特的身体依然很强壮，只是他的同伴有些疲惫。”爵士回答道。

克里斯汀递给客人一杯啤酒，西格尔把杯子里的泡沫吹掉，边喝边夸赞了几句。

克里斯汀笑道：“对于能够带来好消息的人，我理应好好款待。”

西格尔担忧地说：“你听我把话说完，就不会这么说了。高特，他这次并不是一个人回来的。”

克里斯汀站着静静地等他把话说完。

“他还带着……哦，就是霍夫兰庄园的海吉之女……看起来他好像把那个女孩子硬生生地拐跑了……”

克里斯汀依然没有说话，她坐在客人面前的板凳上，嘴巴依旧紧紧地闭着。

“高特要我先来到这里……我觉得他应该是担心你生气想让我提前告诉你一声。我说完了。”西格尔爵士毫无力气地说完了。

克里斯汀冷静地说道："西格尔，你能把你知道的所有事情如实地告诉我吗？"

西格尔爵士委婉地回应着，不时注意着克里斯汀的脸色。西格尔讲的时候，思路不太顺，前后也讲得不太连贯。他一定觉得高特的做法很不可思议。克里斯汀通过西格尔的讲述大致知道，高特应该在去年就认识了在卑尔根的那个姑娘，她的名字叫尤弗丽德。啊，不错，她没有订过婚。很显然，高特即使去向女方家里提亲也不会得到允诺。霍夫兰庄园的海吉非常富有，属于杜克世家的后裔，地产大部分在佛斯。这两个少不更事的年轻人好像受到了魔鬼的诱惑……西格尔爵士在座位上不停地转来转去，抓着头发，好像身上有跳蚤一样。

夏天的时候，克里斯汀一直认为高特在圣布庄园里，陪着西格尔爵士一起去畜场追逐咬死许多牲口的两只大熊……事实是他是翻过这座山去索根，那个时候尤弗丽德住在已经结婚了的姐姐家里。海吉有三个女儿，没有儿子。西格尔悲伤地说道，对，他以前答应过高特不会告诉任何人。他明白这个小伙子正在追求这个小女孩，但无论如何也想不到高特做事情竟然会这样冒失……

克里斯汀说："这样看来他需要付出一些代价。"她的表情庄重而宁静。

西格尔说现在冬天已经来临，道路完全不能行走了。等到霍夫兰庄园的人有时间思考的时候，他们或许会认为，既然尤弗丽德已经和高特在一起了，最好还是答应这桩婚事比较理智。

"如果他们不这么认为，如果他们要报强抢女儿的仇呢？"克里斯汀问道。

西格尔更加坐立不安了，挠头也挠得更厉害了，他低声说道：

“他们或许会认为因此受到了很大的侮辱，这不是用一些罚金就可以弥补的事情。对这些事，我不是特别了解……”

克里斯汀没有说话。西格尔用挽救的语气说：

“高特说……他觉得你一定会慈爱地接纳他们……他说你还年轻，肯定还记得……他的意思是说，你也嫁对了丈夫，你明白吗？”

克里斯汀点了点头。

西格尔真诚地说道：“克里斯汀，她是我这一生见过的最美丽的女孩子。”他的眼睛里含着泪水，“魔鬼诱惑高特犯下大错，这真不是个好消息……你会平心静气地收留这两个可怜的孩子吧？”

克里斯汀重重地点了点头。

第二天中午，高特骑着马进了庄园，那时的天气很不好，还在下着零星小雨，整个天阴沉沉的。克里斯汀在窗户边上张望着，身上冒出了冷汗。高特正在把一位戴黑色斗篷的女人轻轻地抱下马去。女孩的身材很小巧，比高特矮一个头。高特过去想牵她的手，但被她推开了，她独自一人朝克里斯汀走过来。高特首先问候了家里的长工，顺便嘱咐了跟他回来的一些用人，然后又仔细端详着站在门前面的两个女人。克里斯汀紧紧抓住了女客人的双手。高特跑过去，和她们愉快地打招呼。他跑到外面，西格尔爵士父亲般地拍了拍他的肩膀，慢慢地舒了一口长气，说道，都结束了。

女孩子摘下湿头巾，露出白皙而又迷人的脸庞。克里斯汀也被她迷倒了。她年纪不大，看起来像个孩子。她说：

“高特妈妈，我没有希望你能欢迎我，但现在除了这里，我已经无家可归了。夫人，只要你让我一直住在你的庄园里，我会永远感激你的，尽管我现在没有带钱财、很不光彩地来到这里，但是我只想一心一意地服侍你和高特。”

克里斯汀顺势抓住女孩的双手，热情地说道：

“美丽的孩子，希望主能宽恕我儿子给你带来的伤害。快进来，尤弗丽德，我会尽我所能地来帮助你们，希望主也能照顾你们！”

过了一会儿，克里斯汀才觉得自己是否对这个不熟悉的女孩太过亲切了。现在尤弗丽德把外套脱去。她穿着深蓝色的羊毛冬衣，衣袖和肩膀完全被漏进斗篷的雨水打湿了。这个娇小的女孩身上散发着一种顺从和忧郁的气质。她把圆溜溜的黑色小脑袋慢慢向前弯曲，两条又粗又长的麻花辫子直到腰部。

克里斯汀怜惜地拉着尤弗丽德的小手，带她走到炉子边温暖的地方，问道：

“你是不是觉得有些冷？”

高特走上前去，热情地拥抱了母亲：

“妈妈，这一切是上天安排好的。你一定没有见过像尤弗丽德这样美丽的女孩子吧？我一定要让她成为我的妻子，哪怕为此付出一切。妈妈，你肯定会对她很好吧？”

海吉之女尤弗丽德长得很精致，克里斯汀的目光没有从她身上移开过。她身材娇小，肩膀和臀部比较宽阔，体态浑圆可爱。她的皮肤又嫩又白，虽然有些惨白，看上去也十分美丽。她的脸型短而宽，但下巴的弧度为这张脸起了点睛之笔的作用。嘴巴很大，两片薄薄的玫瑰红色的嘴唇，口中有两排很细的牙齿，抬起眼皮，眼睛中闪烁着灰绿色的光芒，上面还有两排浓密的眼睫毛，头发乌黑，眼睛很明亮。克里斯汀不能想象还有谁能长得比她更漂亮。自从遇到伊兰德·尼古拉斯后，克里斯汀觉得最美的就是这种长相了。她的那些漂亮的儿子们大多也是像这样有着深色的头发和明亮的眼睛。

克里斯汀让尤弗丽德坐在她旁边。尤弗丽德很矜持，羞羞答答地与不认识的仆人们一起吃饭，吃得不多。吃饭的时候，高特一向她敬酒，她的脸瞬间就红了起来。

高特坐在主人的席位上，脸上绽放出幸福快乐的色彩。为了庆祝儿子回到家里，克里斯汀专门在桌子上面铺了桌布，在镀金的铜烛台上点上两根蜡烛。高特和西格尔爵士不断互相敬酒。老爵士越来越激动，顺手搂着高特的肩膀，发誓要向那位有钱的亲戚及马格奈斯国王说明情况，从中进行斡旋。他要替高特向姑娘的家人因女儿蒙羞的事道歉。这有些困难，但他能够缓解高特和女方那边的不和。西格尔爵士本人没有敌人，他之所以这样寂寞，是因为他父亲古怪的性格和他不幸的婚姻。

高特拿着盛满酒的高脚杯站了起来。克里斯汀心想，他还真是个美男子，并且和他父亲有一些相似之处。他父亲每次在吃饭时好酒喝多了就是这样，幸福得满脸通红，坐直身子，热情洋溢。

高特说："由于情势所迫，我和海吉之女尤弗丽德今天先喝回家酒。主如果能给我们保护，以后我们再喝结婚酒。西格尔，非常感谢你的支持。妈妈，很感谢你如此厚待我们。这个我早就预料到了，因为我很明白你是一个好母亲。我们兄弟常常说你是最懂得宽容的人，也是最和蔼、最慈爱的母亲，所以我恳请你再帮助我们一下，亲手整理下我们的新床，让我心安理得地和尤弗丽德一起睡觉。尤弗丽德的妈妈已经去世了，她在这个地方没有亲人，希望你能亲自带她去楼上，让她尽可能大大方方地进入洞房。”

西格尔爵士已经有些喝醉了，听完这些话后，忽然哈哈大笑了起来：

“你们在我家的阁楼里也一起睡过觉……我当时没有太注意……我觉得你们俩以前既然在一起睡过了，那么……”

高特坦然地将金色的头发往后一甩：

“对，亲戚……但今天尤弗丽德和我第一次在自己家的庄园里一起睡觉，如果主同意的话。我除了她不会娶别的女孩，一定要让她成为这个庄园的女主人。我的亲人们，希望你们在这里尽情开怀畅饮。这就是我的妻子，柔伦庄园今后的女主人。就是这一位，从今往后，只可能是她，我向主起誓。我希望各位无论怎样都要尊重她，希望男人们能够勇敢坚强地和我一起保护着她。”

高特说完后，大家发出一阵响亮的欢呼声。克里斯汀悄悄地离开桌子，低声喊上英格丽和她一起上楼。

伊兰德的孩子们在外公打造的地方住了几年，把家里弄得脏乱一片。克里斯汀为了避免这些年轻的孩子任意糟蹋东西，只为孩子们安装了必需的、最一般的寝具和简单的装潢。她很少安排人过来打扫，因为即使扫了也没有多大用处。她刚把垃圾扫干净，高特和他的朋友们又会带进来一堆灰尘和脏兮兮的东西。男人们从森林或农场里过来，湿淋淋、脏兮兮的，全身都是水，直接躺在床上，被窝里弥漫着男人们的汗味，马厩、皮衣和湿猎犬的味道。

克里斯汀和仆人们迅速地一起收拾着房间，把一切尽可能弄得整整齐齐。克里斯汀拿来了精致的寝具、被单和枕头，燃烧杜松来驱除臭味，用银质的酒杯装满家里剩下的水果酒，另外还把小麦糕和金属烛台上的蜡烛一起放在小餐桌上面，把桌子搬到床边上。在这么短的时间进行了下简单的收拾，现在这里已经很不错了。

卧室旁边的木板墙上有很多挂饰武器，有伊兰德的双柄宝剑和他常佩带的小剑，此外就是一些伐木斧、木工斧也挂在上面。上面的轻便手扶是布柔哥夫和纳克的。除了那些东西之外还有两把小斧头，他们都觉得很轻，没怎么用过，但劳伦斯活着的时候曾用它们修正各种木制品，手艺很高超，只要用小刀和凿子在上面修饰一下就行了。克里斯汀把斧头拿进卧室里，放到伊兰德的床头柜中，伊兰德那沾满鲜血的衬衫和临死前手中握的斧头都在柜子里面。

高特嬉笑着，让小劳伦斯提着灯笼，为新娘上楼时照路。劳伦斯既不好意思，又显得十分激动。克里斯汀看到年轻而无忧无虑的小劳伦斯对于哥哥非法结婚感到很高兴，他的眼睛始终没有离开过高特和他那位美丽的新娘。

等阁楼楼梯上的蜡烛熄灭后，尤弗丽德对克里斯汀说：

“高特不应该让你做这么多事情，即使是在他喝醉酒以后也不应该。夫人，不要再继续送我了，我不会忘记我不过是一个从父母家私奔出来的失足少女。”

克里斯汀说：“在我儿子没有为他所犯的错进行弥补，而且你还没有嫁进我们家之前，我这样对你也是应该的。孩子，让我替你梳梳头吧，你的头发真漂亮。”

家人全部休息以后，克里斯汀躺在床上辗转难以入睡。她情不自禁地对尤弗丽德说了很多本来不想说的话。这孩子还小，而且明确表示不依靠家里人，是个有些叛逆和失去贞洁的孩子。

一个没有经过明媒正娶来到夫家的人，总是这样。克里斯汀长叹了一口气，曾经的她也愿意为伊兰德做出一些铤而走险的事情。但伊兰德的妈妈如果居住在胡萨贝庄园，她不知道自己是否有决心过去。不，不，她一定要让这个孩子感受到温暖。

西格尔爵士醉醺醺的，不过仍然在大厅里走来走去，今晚他应该和小劳伦斯睡在一起。他嘟嘟囔囔地谈论着这两位新人，话说得不清楚，但都是出自内心的、善意的话：他要尽可能让他们有个美好的结果……

第二天，尤弗丽德把她拿到这里来的东西给克里斯汀看，有两箱衣服，所有的首饰都装在一个象牙盒子里。尤弗丽德有些看出了克里斯汀的心思，赶紧说这些东西全是她母亲遗留给她的。她并没有从父亲那里得到东西。

克里斯汀用手托着脸颊，呆呆地坐着。很多年前的晚上，她也曾把自己的金银首饰放到小盒子里，准备离家私奔。她把父母送的东西都装进去了，她在暗中玷污了父母的名誉不算，还要使他们当众遭到羞辱并且感到痛心……

这些如果是尤弗丽德自己的东西，或者是从母亲那里继承来的，就可以看出她的家里非常富有。克里斯汀看了看这些东西，估计这些东西的价值大概超过三十马克纯银——光是那件镶着白毛、佩有银钩和丝衬里披肩的大红衣裳，就不低于十马克。这孩子的父亲如果能接受高特那就更好了，但对方肯定觉得高特配不上他的女儿。如果他按照义理和父亲的权威来控告高特的话，事情就不会那么简单了。

尤弗丽德说：“这一枚戒指是我妈妈过去经常戴的，夫人，如果你愿意收下，我会认为你是肯接纳我的。像你这样一位出身高贵、受人尊敬的太太要是严厉地批评我，也是我意料之中的事情。”

克里斯汀笑了笑，说：“好吧，现在我应该尽可能地当你的母亲。”然后她把戒指套在手上。那是一枚镶有白玛瑙的小银戒。克里斯汀觉得，既然这枚戒指会让她想起母亲，那么这枚戒指在这个孩子的心目中肯定有着异乎寻常的重要性。

“我觉得我也应该送给你一件礼物。”

克里斯汀拿出首饰盒，取出一枚镶有宝石的金戒指。

“这枚戒指是在我生高特的时候，他爸爸送给我的。”

尤弗丽德接过了戒指，亲吻着克里斯汀的手说：

“我希望您能送给我另外一件礼物，妈妈……”她灿烂地笑着，“你不用怕高特带回来一个懒惰而又什么事都不会做的人。我现在没有合适的工作服，请你送给我一件旧衣服吧！我只想帮你做事，可能到那个时候你会更加喜欢我，并且接受我。”

克里斯汀没办法，只好将自己的衣柜打开，请她挑选。尤弗丽德用很专业的语气夸奖克里斯汀的所有做工很精细的制作品。老夫人送了几件给她，包括两条装饰有结丝穗的亚麻床单，一条蓝边的毛巾，一张绣有猎鹰图的长挂毯，还有一件斜纹布被单：

“我希望这些东西永远留在这个庄园里，希望主和圣母帮助，这座房屋有一天会属于你。”

后来她们来到储藏室，在那里共度了很长时间，双方都非常开心。

克里斯汀一开始想把一件黑点绿色的羊毛衫送给尤弗丽德，但尤弗丽德觉得这件衣服质量太好了，不适合打扫卫生的时候穿。克里斯汀强忍着笑，心想，可怜的孩子，她是在尽全力讨好丈夫的妈妈。后来她们找到了一件褐色的旧外套，尤弗丽德觉得把下面剪短，布料拿去当补丁挺适合。她要了针线和剪刀，开始立即缝补衣服，克里斯汀只好也找些事情来做。高特和西格尔爵士来吃饭之前，她们就一直这么坐着做针线活。

3

克里斯汀不得不承认，尤弗丽德会做很多家务活。如果一切顺利的话，高特真有福，娶到了漂亮贤惠而又有钱的老婆。克里斯汀即使找遍全挪威，也不会找到一个比她更适合当柔伦庄园的女主人了。因此，有一天她说，等到海吉之女尤弗丽德正式成了高特的妻子后，她就会把庄园的钥匙全部交给她，自己和劳伦斯搬到老房子中去住。她也没有想到自己会脱口说出这样的话。

后来克里斯汀常常想，自己若经过大脑说出这类的话或许会更妥当些。她和尤弗丽德说话时有些冒失的情况并不止这一次。

尤弗丽德怀孕了，她一到庄园，就被克里斯汀一眼看穿。克里斯汀想起自己曾居住在胡萨贝庄园的第一年的冬天，那时她已经结婚了，不管后来她丈夫和父亲相处得是否融洽，他们在法律上都是一家人。但她觉得很惭愧，心里对伊兰德也心存埋怨，而且她那个时候已经超过十九岁，而尤弗丽德现在才十七岁，是被高特强行带来的，没有合法的地位，离开了自己的亲人，和一群陌生人生活在一起，而且肚子里又有了高特的骨肉。克里斯汀觉得，尤弗丽德比她当年坚强勇敢多了。

但尤弗丽德并没有触犯修道院的规矩，没有逃婚，也没有骗人，给父母造成名誉上的损失。即使这两个年轻的孩子当时很冲动，违反了法律，违背了孝道和道德准则，但他们的心里不需要像自己过去那样过于内疚和自责。克里斯汀祈祷高特鲁莽的行为能有个好结果，她自我安慰地说：主会善待他们的——她自己和伊兰德当初虽然历经波折，但最终还是结了婚，他们在罪恶中生的孩子仍是家族的合法继承人。

高特和尤弗丽德都不想再谈论这件事，克里斯汀也不想再说，其实她很想告诉这个没有经验的年轻的准儿媳妇，她应该多注意身体，多休息，多躺在床上，不要一大早就到处走动。她发现这个小姑娘一心要比自己起得早，干更多的活。但克里斯汀不能主动上前去帮助尤弗丽德，只能默默地偷着替她做着最繁重的事情，在所有人面前把她当作名正言顺的女主人。

菲莉达不得不把女主人以下的最高座位让给尤弗丽德，她很生气，有一天她和克里斯汀都在厨房里面，她专门用丑恶的字眼叫尤弗丽德。克里斯汀第一次动手打了她：

“狗嘴里吐不出象牙，你这讨厌的女人！这样的话是你该说的吗？”

菲莉达把鼻子和嘴上的血擦干净，说道：

“像你和尤弗丽德这样的有钱人家的大小姐，难道不应该比我们这些下人更体面一些吗？你们明明知道肯定会有盖着丝绸床罩的新婚床在等着你们，但你们竟然还等不及，和男人偷跑进森林里，生下私生子。你们难道不是想男人想疯了吗？真无耻，呸，你们这才令人感到恶心呢！”

女主人平静地说道：“别说了！出去把你的脸洗干净，你的血都要滴到面粉里去了。”

菲莉达和尤弗丽德在门口撞了个满怀。克里斯汀知道尤弗丽德肯定听到了刚才的那些话，便对她解释道：

“这个可怜的女人总是在背后说别人坏话……她没有什么地方可以去……我不能不把她留在这里。”

尤弗丽德感觉十分讽刺，只是轻蔑地笑了笑。克里斯汀继续说道：

“她曾经把我的两个儿子养大。”

尤弗丽德说：“她一直都说她没有喂养过高特，你为什么不让她嫁人呢？”

克里斯汀忍不住笑出了声来：

“你以为我没有尝试过？只要男方和她一交流，事情肯定就没希望了……”

克里斯汀心里想：她是不是应该趁这个机会和尤弗丽德好好聊聊，让她清楚婆婆的善意呢？但尤弗丽德表现得很冷淡，很生气……

看到尤弗丽德现在这个样子，一准可以猜出她已经怀孕了。有一天她想用羽毛做几个新枕垫。克里斯汀劝她把头包起来，不然羽毛会飞进头发里的。尤弗丽德在头上绑了一块三角的亚麻布头巾，笑着说：

“我觉得这样的头巾更适合我。”

“也许吧。”克里斯汀简洁地回答道。

尤弗丽德现在的处境，被她自己拿来当笑话说，她实在想不到。

几天以后，克里斯汀去厨房，看到尤弗丽德站在那里在给几只黑野鸭开肠破肚，许多鸭血喷到她的胳膊上。克里斯汀很吃惊，赶紧把她拉开了：

“孩子，难道你不知道你现在身上不能碰到血吗？”

尤弗丽德难以置信地问道：“难道你相信那些女人们说的胡话吗？”

克里斯汀不得不向她提起了纳克身上的红色印记。之所以告诉她这些，是想让她知道，当她看到教堂发生的火灾时，她还是个未婚少女。

“你肯定想不到我是这种人吧！”克里斯汀低声问道。

“不，事实上，高特已经告诉过我这些了。你曾经和西蒙·达尔有过婚约，但你却同伊兰德私奔，所以劳伦斯只好同意你们……”

“这也不全是事实……其实我们并没有私奔。西蒙了解到这件事的时候，便将我们的婚约取消了。所以我的父亲只好这么办了。无论如何，他亲手将我交给了伊兰德。在一年之后我就嫁给了伊兰德……或许你不太赞成这样吧？”克里斯汀问道，此时这个小女孩脸色羞红，畏惧地看着她。

尤弗丽德赶紧将手腕上的鲜血用刀子刮掉。

她轻声地略带犹疑地说道：“的确，只是因为当时情况紧急，我才将名誉放在一边。我不会让高特知道这些的。”接着她又补充道，“他一直认为你是他父亲抢回来的，因为请求和祈求的方式是不会有多大用处的。”

“或许，她说的是正确的。”克里斯汀暗暗想道。

时间慢慢流逝。克里斯汀日思夜想着这件事情，她越来越肯定地认为，高特应该把事情告诉霍夫兰的海吉，应该派个人过去，向海吉请求，希望海吉提出条件，把尤弗丽德嫁给他。克里斯汀把她的这个想法对高特说了，高特却扭捏不安，避而不谈这个事情。后来他暴躁地问母亲今年冬天她有没有办法翻山越岭把信送过去？母亲说没有，但达格神父肯定能派人带着信到奈斯，再从那边沿着海岸把信送过去。即使在冬天，神父们也能传递信件。高特反对说这样花费有些昂贵。

克里斯汀很生气地说道：“如果不这样的话，到第二年春天她为你生的孩子就没有法律上的保障了。”

高特说：“这件事怎么看都很仓促。”克里斯汀看出他很气愤。

克里斯汀此刻开始越来越担心会发生什么不好的事情来。她看得出来高特对尤弗丽德的新鲜期已经过去，他现在整天拉着脸、不开心。高特抢亲的举动从一开始就很过分，但母亲觉得，他现在如果为自己的行为感到后怕，那就更惨了。两个年轻人知道错了固然很好，但是如果他不是在虔诚地悔过，而是由于缺乏男子汉应有的承担过失的勇气，害怕见到那个因他而受辱的人的话，那就太令人感到可耻了。高特是她一直以来最相信的孩子，难道他真的会这样吗？别人都说他不靠谱，对女人花心，难道说尤弗丽德如今憔悴了，他必将因为犯法的行动对女方的亲友负责任便开始嫌弃她了吗？

克里斯汀企图极力为儿子开脱，说她在很小的时候只遇到过正直的人，没见过不好的人，却那么容易犯了错……而她的儿子从小就明白母亲做过错事，知道父亲年轻时曾和情妇生过孩子，在儿子们长大后还和另一个有夫之妇有奸情。他们有哈尔德之子武夫这样的教父，又成天听菲莉达到处乱说……唉，怪不得他们在这个事情上走了错误的道路，这没有什么奇怪的……高特只要能获得女方父母的肯定，一定会娶尤弗丽德，并且很感激。但如果女孩看出来高特由于必须要娶她，而不是自愿的，那尤弗丽德就太可怜了。

斋戒期间的一天，克里斯汀和尤弗丽德忙着为伐木工人准备干粮。她们把干鱼敲得又薄又扁，把奶油塞入饭盒，又在木桶中灌满啤酒和牛奶。克里斯汀看到尤弗丽德很辛苦地站着，就让她坐下来休息，没想到这激怒了尤弗丽德。为了让她高兴，克里斯汀便向她询问高特用女人的发带驯马的事情：

“那条发带应该是你的吧？”

尤弗丽德的脸顿时红了，生气地说：“不是。”后来她换了态度，笑着说：

“那是我姐姐爱莎的。高特一开始追求的是她，在我回到家里后他又喜欢上了我。上一年夏天他去索根的时候我就以此取笑他，他生气地发誓，不会对好人家的孩子发生越礼行为的。他说他和爱莎之间根本没有什么，即使他躺在我怀里他也问心无愧。我相信他说的……”她又笑了笑。看到克里斯汀的脸色，她固执地摇摇头，“对，我偏要嫁给高特这个人。妈妈，希望你能相信我，我会对他好的。我一定能得到他的，凡是我想得到的东西，我的愿望一般都能实现……”

克里斯汀半夜在一片漆黑中醒来，寒冷的空气刺痛了她的脸颊和鼻子。她拉起兽皮做的被子紧紧地裹住身体，她感到自己呼出的气在毯子上似乎都结成了霜。天快亮时，她想要起床去看星星，可是又有些冷，便蜷缩在软毛下保暖，突然想起了刚才的梦境。

在梦中，她梦见自己躺在胡萨贝庄园小客厅的一张床上，怀中抱着一个刚生出的孩子。孩子小小的暗红色的身躯裹着羊皮，静静躺在她怀里，小拳头放在脸上，膝盖弯起来顶到身体，两只脚交叉着，偶尔动一两下。孩子没有包在襁褓中，房间里也没有女人陪着，她竟然没觉得不习惯。婴儿靠得很近，她的身体紧紧缠绕着他。每次孩子一动，暖意就透过手臂传到她的心底，但疲倦和伤痛仍然能强烈地被感觉到，就像即将消失的夜色一样。她躺在床上看着儿子，感觉到对他的喜爱不断增加，像曙光一样慢慢扩散。

她一会儿躺在床上，一会儿又站在外面的墙边，脚下是朝阳照射下的美丽村庄。在冬春交替的清晨，克里斯汀吸入了很多新鲜寒冷的空气。晨风冷飕飕的，风中带有远处海洋和融雪的气味。幽谷对面的山脊沐浴在朝阳里，农场四周有很多田地没有积雪，陈年积雪在绿树林中的开垦地上泛出银光。阳光明媚，天空呈黄色和浅蓝色，飘着几朵暗云，但有些寒冷。她站立的地方夜晚刚下过霜，雪堆硬得像石头一样。墙阴下气候十分寒冷，太阳刚好在庄园后面的东山脊上升起。在前面阴影的尽头，晨风吹动了去年长出来的青草，草根周围有亮晶晶的雪团，草茎摇摇摆摆地发着亮光。

啊！啊！克里斯汀情不自禁地发出阵阵呻吟声。小劳伦斯依然和她一起睡，她听到旁边传来劳伦斯均匀的呼吸声。而高特……他现在和情妇睡在阁楼里。母亲长叹一口气，心情很浮躁。伊兰德养的那条狗紧紧地靠着她的脚蜷缩着。

这时，她听到尤弗丽德在楼上走来走去的声音，便急忙下床，套了件外套，把脚伸入到毛茸茸的皮靴中，摸黑走到火炉旁边蹲下，在冷却的火盆里吹。火盆里连一点儿火星都没有，余火在昨天晚上就熄掉了。

克里斯汀从腰间的口袋里拿出了打火用的东西，火种应该受潮了，冻得很僵硬。后来她不再尝试生火，端起火盆，上楼找尤弗丽德要还在燃烧的木炭。

楼上的小壁炉烧得正旺，火光照亮了整个房间。尤弗丽德坐在光影中，缝制高特的驯鹿皮外套的纽扣。克里斯汀看见床上高特赤裸着的上身，无论天气多冷，高特睡觉从来不穿衣服。他正坐在床上吃早饭。

尤弗丽德看到克里斯汀进来，便站了起来，此时她的身体已经不大灵活了，说道：“妈妈，您喝不喝啤酒？”她已经为高特准备了早上的饮品。“妈妈，你可以把这壶酒拿给小劳伦斯，高特今天要和他一起去砍木头，肯定有些寒冷。”

克里斯汀回到自己的屋子里，站着点火，非常不高兴地嘟起嘴。尤弗丽德就像主妇一样忙碌着，高特当众躺着，让情妇伺候他，而情妇还为名分不正的小叔子着想——克里斯汀觉得这一切都不像话，令人感到恶心。

那天小劳伦斯在森林里，高特又饿又累，准备回家吃晚饭。仆人已经走了，婆媳俩一起坐着，在男主人喝酒的时候陪着他。

克里斯汀看出尤弗丽德今天身体不舒服，尤弗丽德猛然放下手中的针线，脸上浮现出一丝痛苦的表情。

克里斯汀轻声问道："你不舒服，尤弗丽德？"

女孩回答道："嗯，有一点儿，两条腿现在疼得厉害。"

她平时一直照常工作，没有休息。现在她觉得腿很疼痛，两条腿都肿了。

她的眼睫毛下涌出泪珠。克里斯汀觉得她哭得很奇怪，没有声音，嘴巴紧闭，泪珠照映着棕斑色的脸庞。她觉得那些泪珠有些生硬。这个女孩好像因为自己不得不休息而感到生气，勉强让克里斯汀带她到床上去。

高特跑了过来，低着头小声地问："你肯定很疼吧，尤弗丽德？"

他的脸被冻得红通通的。母亲让尤弗丽德躺下休息，帮她脱掉鞋子和长筒袜，开始揉搓她肿胀的脚和小腿。

高特可怜兮兮地看着，不停地询问："你肯定很疼吧，尤弗丽德？"

尤弗丽德感到生气，狠狠地说："你能不能想想，我如果不觉得疼痛，会哭吗？"

"你肯定很疼吧，尤弗丽德？"他依然这样问着。

"你自己看不出来吗，别像傻子一样站在那里问！"克里斯汀看着儿子说道，脸色因为生气涨红了起来。克里斯汀的心里很乱，因为她一直很为这件事情担心。很难接受这两个年轻人在阁楼里非法同居的事实。而且她还不得不在自己的庄园里忍受着这一切，她怀疑儿子根本没有勇气去见自己的岳父。长久以来的压抑，此刻变成了怒不可遏的指责：“如果你此刻仍旧认为她会感到很幸福，那么你还有没有一点儿脑子啊……你就那么胆小、懦弱而不敢冒着暴风雪翻山越岭到你岳父那里去……你知不知道这个可怜的女人就要分娩了，就是由于你的胆小懦弱，不敢和她的父亲去当面谈一谈，那么她生下来的孩子将要被人叫作野种。你作为一个男人只知道坐在客厅取暖，却不敢伸手来保护自己的妻子和快要出生的小孩……你父亲当初可没有像你这样懦弱，以至于连和自己岳父谈话的勇气都没有。他当初不是照样翻山越岭地去了？对于这些，难道你不感到羞愧吗，高特……活到现在，我竟然不得不叫伊兰德的一个儿子为胆小鬼，我感到十分羞愧！”

高特双手抓着木椅，扔到了地板上，然后冲到餐桌旁，把桌上的东西全部扔到地下。最后他冲出门外，在门口还踢了椅子一脚。婆媳俩听到他边诅咒边冲到阁楼上。

尤弗丽德用手支撑起身体：“妈妈……你不能对高特这么严厉。你为什么偏要他在冬天的时候冒着生命的危险翻山越岭，去见我爸爸呢？难道仅仅是为了知道我爸爸是否允许他那被勾引走的女儿能否有一个合法的婚礼，还是使他宣布我们不受法律保护，而不得不逃到国外？”

克里斯汀心里的愤怒依然没有消去，她高傲地说：

“可我认为，我的儿子还是应该这样做！”

尤弗丽德说道：“不错，不过，在这件事情上我们还是要替高特着想……”

尤弗丽德看到克里斯汀的脸色，笑盈盈地说：

“妈妈……我花了很大的力气才阻止了高特，我不希望他再为我们做出什么冒险的事情，以至于我们的孩子没有了爸爸和我期望的所能从我爸爸那里继承到的财富。以后高特如果可以和我父亲和好，那是再好不过的了，这样对大家都好。”

“你为什么这么说？”克里斯汀问道。

“我的意思是说，如果高特去找认识的人向我爸爸说情，西格尔爵士肯定会站出来。那时我爸爸他们便会觉得高特还是有亲戚支持他的。高特得付出一笔赔偿金，但事后我爸爸会把我正式嫁给高特，这样我就有权利分得爸爸留下来的财产。”

克里斯汀问道：“你现在还没有结婚，等你的孩子生下来以后，你必须对他负责。”

“既然当初我选择和高特私奔，嗯，我觉得不可能有人会认为他在夜里对我动粗吧？”尤弗丽德笑着说。

克里斯汀又问道：“他一直没有向你的家人提亲吗？”

尤弗丽德笑了笑，说：“没有。我们明白，提亲成功的可能性不是很大，即使他很有钱。妈妈，你要明白，我爸爸自认为是马匹交易方面的精商，但别人买卖马匹的时候必须比我爸爸精明十倍，才能占得便宜。”

克里斯汀虽然内心很沉重，但是仍然没有忍住露出了笑容。

克里斯汀严肃地说：“法律方面的事情我不太懂。但是，尤弗丽德，我有些不相信高特能很容易地按照你的计划使他们得到和解。如果高特被剥夺公权，你爸爸又把你带回家泄愤，或者要求你进修道院赎罪……”

“他如果让我去修道院，必须给修道院一笔可观的捐赠，所以在他看来，和高特和解并得到一笔钱更有利。而且他现在将我嫁掉的话，也更合算……他并不喜欢我姐夫奥拉夫，我觉得他肯定不希望看到遗产大部分为我姐夫奥拉夫所继承。更何况等到那时候我的亲戚朋友们会收留我的孩子。我爸爸在带我和私生子去霍夫兰，把我当出气筒之前肯定会仔细考虑，他明白我的想法。我不是很了解法律。但我很了解我爸爸，也很了解高特。现在我们已经走了那么长时间，在我生孩子和恢复之前，情况不会向别的方向发展。妈妈，到那时我一定不会流泪的！啊，不，我坚信父亲必定会和高特和解的，希望你也能理解他。

“妈妈，高特和你一样，都是贵族和王室的子孙，你不会眼睁睁地看着孩子失去这么好的地位吧？但是有一天你会发现高特和我的孩子能够再次得到这些权利。”

克里斯汀一声不吭地默默地坐着。事情也许会朝着尤弗丽德设想的那样发展，她发觉自己不用为这个年轻的儿媳妇担心了。现在她的脸瘦了很多，脸颊不再圆润，下颚则显得大而饱满。

尤弗丽德伸了个懒腰，从床上坐了起来，目光扫视了一下，到处找鞋袜。克里斯汀帮她穿好衣服。尤弗丽德很感谢她：

“妈妈，不要再责备高特了。我们暂时没能够光明正大地举行婚礼，他的心里并不好受。但我不希望我的孩子还没出生就失去丰厚的财产，变成一无所有的人。”

两周之后，尤弗丽德生了个白白胖胖的儿子，高特当天就把好消息带到了圣布庄园。西格尔爵士立刻来到柔伦庄园，抱着孩子高特之子伊兰德去洗礼。尽管克里斯汀为有了孙子而感到高兴，但她觉得把伊兰德的名字放到私生子身上实在可气。

有一天夜晚，高特坐在织房里，看到克里斯汀在为宝宝准备晚上要用的东西，克里斯汀对高特说："你爸爸很有勇气为孩子争取一些东西，他不是很尊敬老尼古拉斯爵士，但他却不敢侮辱父亲，让私生子用他的名字。"

高特说："不，奥姆这个名字是按照他外公取的，不是吗？妈妈，可能儿子不该对母亲说这种话。但你明白我们兄弟都有这个感觉，爸爸还在世上时，你觉得他各方面都不能做我们的榜样。但现在你每天提到他，把他当做圣人，其实我们明白他不是。有一天我们如果能有父亲那种气魄，或者只有他的一半，我们就会非常骄傲的。我们始终记得他是个军人领袖，他具有别人所不具备的美德。可是你从来没有让我们去相信他同样是个勤勉的当家人，或者是他是妇女闺房中最温柔、最规矩的情郎……"高特抱起包裹好的小娃娃，用下巴触碰襁褓中的脸蛋："小伊兰德呀，我们不会对你有很高的期望，你只要长成爷爷那样就可以啦。柔伦庄园的有志的孩子高特之子伊兰德，你要告诉奶奶，你不会让她失望的。"

他在儿子的身上比画了一个十字，把他放到克里斯汀的大腿上。然后走到床边，静静地凝视着熟睡中的妻子：

"你看尤弗丽德现在还好吧？她脸色有些不好……这方面你知道得多……好吧，安静地休息吧，愿主保佑你！"

在孩子出生一个月后，高特举办了一场盛大的洗礼宴，几乎所有的亲戚都来了。克里斯汀觉得高特是在请他们来商量对策。因为，现在已经是春天了，他很快就能得知尤弗丽德家最近的消息了。

克里斯汀很高兴看到伊瓦尔和斯库勒同时回家。她的亲戚们也都来了，包括史科葛庄园的堂妹夫西格尔·凯恩宁和林汉庄园的表弟伊瓦尔·吉斯林以及特隆德之子哈瓦。自从伊兰德使圣布庄园的人为他而受牵累后，她就再也没有见过舅舅特隆德的儿子们。如今他们也快老了。从前的他们生活自由自在，性格不羁，不过很有绅士风度。现在也没有多少改变。他们浩浩荡荡地过来，见到伊兰德的儿子们，也见到了代替他们住在圣布庄园的亲戚西格尔爵士。在庆祝小伊兰德满月的酒席上，大家开怀畅饮，啤酒和蜂蜜就像小溪流一样不断消失。高特和尤弗丽德很热情大方地招待着客人，以合法的夫妻身份在一起，好像国王曾亲自为他们主持过婚礼似的，气氛十分温馨。似乎没有人知道这两个人的名誉和幸福有些危险，不过克里斯汀发现尤弗丽德一直记得这件事。

尤弗丽德说："他们对待我爸爸的态度越傲慢自负，我父亲就会越容易接受。姐夫奥拉夫·派普从不避讳和他喜欢的老世家的人坐在一起。"

来吃酒席的亲戚中只有哈瓦之子耶马特爵士不太高兴，而且是从内心里感到不太高兴。上一年圣诞节他被马格奈斯国王封为爵士，兰波如今也拥有了"爵士夫人"的头衔。

这次耶马特专门带西蒙·达尔的大儿子安德列斯一起过来。上一次耶马特来到北方时，克里斯汀听到传言，说这个小孩有些奇怪，便特地要求耶马特把他带过来。她有些害怕，安德列斯小时候得过病，她用不是很正规的方法为他诊治，他的身心应该不会因此受到伤害吧？但他的继父说小男孩的身体很健康，或许智力还比常人高出一截呢，只是有时候会看到一些幻影，像发了疯一样，还会做一些奇怪的动作。比如去年有一天，他把在他出生时克里斯汀送给他的银汤匙和父亲留给他的一个衬衫夹拿着离开庄园，走到伊林庄园公路附近的一座桥边，在那里坐了很长时间，后来有三个乞丐来到桥上，一个老头，一个少妇，还带着婴儿。小安德列斯走到乞丐面前，把饰物交给他们，想要帮少妇抱孩子。家里的亲戚们看到小安德列斯没有吃午餐和晚餐，快要吓死了，到处去寻找，最后耶马特听别人说看到小安德列斯在邻近教区里露面，和两个名叫克瑞普和克拉卡的人在一起，帮他们抱着小宝宝。第二天耶马特找到了小安德列斯，逼问了半天，小男孩才说在星期日做弥撒的时候，他站着看圣坛前的一幅镶板画，听到一个声音，“圣母和圣约瑟带圣婴前往埃及。”他多么希望自己生在那个时候，所以要和他们一起走，替圣母抱婴儿。他听见一个世界上最温柔甜美的声音在说，他只要在某一天到布耶克汉桥，就可以遇见奇迹。

除了这个，小安德列斯不想对别人说起他看见的幻象。教区神父说这几乎都是假的，不然就是神经错乱的现象。他的行为很怪异，吓得母亲差点发疯。他经常对着一位忠诚的仆人说话，也常常和一位在四旬斋及耶稣降临节里在教区游荡的苦修僧人交流。他可能会选择圣灵的生活，所以以后继承佛莫庄园的也许是西蒙·达尔的次子小西蒙。他身体健康强壮，长得和父亲有些相似，是妈妈兰波的心肝宝贝。

兰波和耶马特结婚后，一直没有小孩。克里斯汀通过几位到过劳马瑞克的人了解到，兰波现在越来越胖，而且越来越懒了。

她经常去拜访男方家族里有钱有权的人，但从来不回自己的家。两姐妹在佛莫庄园分开后，克里斯汀再也没有见过这个妹妹，她觉得兰波或许对自己还有些埋怨。兰波和耶马特生活得十分幸福，他用爱和真心的态度接待西蒙·达尔的女儿。他之前有过安排，他如果和兰波没有生小孩就去世了，作为继承人的长子应该娶西蒙之女芙希尔德，那么西蒙·达尔的女儿至少可以得到他的财产。安姬儿在父亲去世的第二年嫁给了艾肯庄园的葛龙德。耶马特按照西蒙·达尔生前的愿望送给她一笔不错的财产。耶马特说她婚后很幸福，葛龙德什么事都听妻子的，他们已经生下了三个美丽的孩子。

克里斯汀又看到了西蒙·达尔和兰波的大儿子，十分激动。他长得特别像外公劳伦斯，甚至比高特还要多几分相似之处。最近这段时间，克里斯汀慢慢地不再相信高特的性格与他父亲相似了。

安德列斯·达尔今年十二岁，身材瘦高，有着金色的头发，美丽的脸庞，行为举止文静，看上去非常健康快乐，胃口也不错，体力充足，就是不喜欢吃肉。他有一种和其他男孩子不一样的气质，克里斯汀认真地观察他，但是说不出特别之处在哪里。小安德列斯很快就和姨妈熟悉了，但他住在西尔期间，一直不肯泄露他所看到的幻影，也没有过什么异常的举止。

伊兰德的四个孩子很激动能和母亲在庄园里相聚，但克里斯汀没有机会了解孩子们。在孩子们在一起聊天的时候，她一直觉得他们的思想和她已经不在一条线上了，两个从外面回来的儿子早就逃离了家，而住在庄园里的两个儿子也肯定能很快适应这一切。他们在春天的时候见过面，她发现高特冬天节约了很多饲料，再加上找西格尔借的一些，已经准备得很充分了。他对于一切事情都是由自己安排，没有和母亲商量。她和儿子们一起坐着，他们大大方方地谈论着高特的事情，根本就没有关注过她。

有一天，伊瓦尔过来对克里斯汀说，他回罗根汉庄园的时候，小劳伦斯也要跟着他去，克里斯汀听到后一点儿都不感到奇怪。

还有一天，伊瓦尔对克里斯汀说，他认为高特结婚后母亲可以去罗根汉庄园和他一起生活：

“我觉得西格妮是一个相对于别人比较温柔和容易接触的人……何况，你在这边习惯了当家，一定很难接受放弃管理权。”

除此之外，他和其他的客人一样，好像很喜欢尤弗丽德。只有耶马特爵士对她有些冷漠。

克里斯汀抱着孙子坐着，心想，不管在任何地方自己都很难独处，老了真不好。不久前她还是个少妇，儿子们为了她的生活而努力，经常会想起母亲。如今她好像处于平静的河流中，仿佛就在昨天，她的孩子们也和怀里的孙子一样大。她又想起了自己抱着一个刚出生的孩子的梦境。突然她想到了自己的妈妈。记忆中的妈妈是个年迈的、性格孤单的老人。其实她也曾年轻过，用乳汁滋润她的儿子们，在她年轻的时候身体和灵魂留下了生儿育女的记号。每当小宝宝吃奶时，妈妈也许和克里斯汀的想法一样，只要孩子健康地活着，就会慢慢远离她们的怀抱。

她的妈妈曾经不止一次对她说过：“克里斯汀，等你有了自己的孩子时，你就会明白了。”

现在她理解了母亲当时的心里还藏着对女儿的思念，从孩子没有出生，什么都不知道开始，就只想着她，而这些，孩子从来都不会记得。母亲谨记着所有的害怕、希望和憧憬，但孩子长大后，却不明白父母对他们的付出，直到他们也长大成人，并且孤独地老去。

宴会结束后，亲戚们都相继离开了：有些人和耶马特居住在佛莫庄园，有些人跟着西格尔爵士去了瓦吉。终于有一天，高特的两名佃农慌慌张张地从幽谷南边骑马来到庄园报告，郡长正打算来找高特，女方的父亲和亲友也一起来了。小劳伦斯立刻去马厩里牵马……第二天傍晚，柔伦庄园仿佛变成了一座军营。高特的亲戚们都带了武装的随从到场，邻区的朋友们也来助阵。

然后霍夫兰的海吉带着一群人来了，要求他们对抢走自己的女儿做出解释。海吉·杜克和郡长索克夫之子巴尔爵士一起进入庄园的院子中，克里斯汀仓促中看了他一眼。尤弗丽德的父亲上了年纪，高大的身躯有些驼背，看上去身体不是很健康。他下马的时候，两只腿长短不齐。她姐夫奥拉夫体形矮胖，有着红色的皮肤和头发。

高特走到门口欢迎他们。他举止潇洒、不卑不亢。他的后面有很多亲戚和朋友来助阵捧场。他们在客厅的楼梯前面排成了半圆形，中间站着的是长者们，包括西格尔爵士和耶马特爵士。克里斯汀和尤弗丽德从织房后面看到他们见面的情形，但听不清他们在谈论些什么。

男人们走到楼上，婆媳二人藏在织房里，不知道该说什么。克里斯汀在火炉边坐着，尤弗丽德抱着儿子在房间里走来走去。一段时间过去了，突然，尤弗丽德用被单把孩子包裹起来，抱着孩走出织房。过了一会儿，哈瓦之子耶马特爵士走进克里斯汀的房间，告诉她协商的结果。

高特提议赔付海吉·杜克十六马克金子，来赔偿尤弗丽德的名誉损失，并对他抢亲时的不好表现表示道歉。过去，海吉哥哥的一个儿子被杀，也获得了同样的赔偿。高特提出要从女方父母那里迎娶尤弗丽德，同时会赠送给她合适的“新婚晨礼”和“额外礼”，但海吉必须和他和解，完全理解女儿，使她和两位姐姐能得到一样的嫁妆和享有同样的继承权。西格尔爵士代表高特这边的亲人，保证他会履行契约。海吉·杜克好像也表示同意了高特的条件，但他的女婿奥拉夫和准女婿卡尔之子尼瑞（爱莎的未婚夫）则表示不善罢甘休。他们说：高特趁女孩居住在姐夫家的时候诱奸她，后来又把她骗走，那么娶她还有什么条件可说？他竟然要求她和姐姐均分遗产，脸皮不薄啊！

耶马特说：“高特拐骗了一位出身世家的女孩，还和她生了个儿子，现在如果再斤斤计较着娶她的条件，所有人都知道高特讨厌这样。但大家也看得出来，高特已经把教训记在了心里，他现在即使不用看书也已经牢记那些布道文和教箴。这些大家是不难看出的。”

他们讨论着，两边的亲戚朋友都尽力撮合他们。这个时候尤弗丽德突然抱着孩子出来了。于是她爸爸彻底垮了下来，看到后开始老泪纵横起来。结果，所有的事情只能按照尤弗丽德所要求的那样去做。

很显然，高特支付不起那么多的赔偿金，但尤弗丽德的嫁妆也不少，这样两边抵消一下也就过去了。在整个的过程中，高特娶了尤弗丽德，并且还得到了比尤弗丽德初来柔伦庄园时所带来的稍多的一些财富。高特也立下了一个将自己大部分的财产作为彩礼归尤弗丽德管理的一个字据。高特的兄弟们对此也没有提出什么异议。但是以后高特会因为尤弗丽德而从岳父那里继承一笔很大的财产，伊瓦尔·吉斯林笑着说："这场婚事不是到没有孩子就结束的。"大家都会心地一笑。由于耶马特坐在那里，听大家讲些粗俗的笑话，克里斯汀的脸开始变得通红。

过了一天之后，伊兰德之子高特和海吉之女尤弗丽德正式订婚，然后她立刻正大光明地去教堂做产后还愿礼拜，气派和正式结婚的妻子一样。达格神父说她现在有权利这样。后来她带着孩子去了圣布庄园，在西格尔爵士的看护下，准备举行婚礼。

婚礼是在此后的一个月之后举办的，也就是约翰弥撒日（6月24日），之后，他们正式成为夫妻，婚礼举办得十分隆重。第二天早上克里斯汀庄重地把庄园的钥匙交给儿子，由高特把它系在新娘腰带上。

后来西格尔·艾尔达恩爵士在圣布庄园摆酒席招待亲朋好友，在那里，他和几个表兄弟，也就是圣布庄园以前的主人，发誓和好，要友好地相处下去。西格尔爵士大方地拿出他在庄园的财产，分给吉斯林的弟兄，并根据血缘和交情的亲疏，赠送礼物给所有前来的客人。礼物有银角杯、餐盘、饰物、武器、软毛长袍或马匹等。所有人都觉得伊兰德之子高特这个抢亲的结局是圆满的，解决得很体面！

4

一年后的夏季，一天早晨，克里斯汀在老房子里收拾几只矮柜里的财物。忽然，她听到马被牵出来的声音，便走到窗户旁边看。有一位仆人牵了两匹马，高特从马厩门口走出来。小伊兰德骑在爸爸的肩膀上面，漂亮的脸蛋好奇地东张西望。高特用棕色的大手把孩子的两只手一起紧握在手中。一位女佣走进院子，他把小孩交给用人，自己跨上了马。小伊兰德表示抗议，要找爸爸，高特只好再把他抱在怀中，放到前面的马鞍上。这个时候尤弗丽德走了出来，说：

"你要把小伊兰德带去哪里啊？"

高特说要去磨坊，听说它可能会倒塌被河水冲走，"小伊兰德说要和我一起去。"高特补充道。

"你怎么能这样做？"

尤弗丽德赶紧把孩子抱过来，高特大笑道：

"你肯定以为我真的要把他带过去吧！"

尤弗丽德也笑了："是啊，无论你到什么地方，你总是带着这个可怜的孩子。我觉得你就像只山猫，会把这个小东西给吃掉的。"

高特骑着马离开院子的时候，她拉着小家伙的手，和高特道别。然后尤弗丽德把孩子放在草地上，蹲着陪他说话、玩耍，后来就跑到阁楼上去了。

克里斯汀安静地端详着孙子，在清晨阳光的照耀下他的小脸显得红通通的。小伊兰德高兴地踱着脚步，眼睛盯着草地看。他发现了一些木片，立刻把它们全都堆起来。克里斯汀看到后笑了笑。

他现在十五个月了，大家都觉得他有些早熟，成长得很快。他此时已经会走会跑了，还能说两三句话。他走到院子外面的水沟边，由于山间下雨，水沟已经形成了涓涓的小溪。克里斯汀冲出去，把他抱了回来：

“不可以这样，妈妈会因为你把身体弄湿而生气的……”

小孩子阴沉着脸，他一定在想要不要因为不让他玩水而撒娇或者表示抗议。把身上弄得全是水确实不好，尤弗丽德在这件事上很有原则性。现在他脸上开始露出十分懂事的神色……克里斯汀亲了一下孙子的额头，把他放在地上，自己仍旧回去干活。不过她做事做得并不专心——经常站在窗台边看着下面的院子不干活。

清晨的阳光照射在对面的储藏室里，克里斯汀已经很长时间没有打扫过那些地方了。阁楼上的阳台有着华丽的装饰，看上去好看极了。新储藏室三角墙交叉处的镀金风信旗在四周的蓝雾中闪烁着。这一年夏天雨水很多，房顶上的草皮显得很有生机。克里斯汀哀叹了一下，转过身看着小伊兰德，又回头去整理柜子。

忽然，她听到外面小孩子的哭声，便放下手中的东西，冲了出去。小伊兰德大声哭泣着，眼睛盯着手指头，旁边草地上还有一只被他掐得半死不活的蜜蜂。克里斯汀抱着他，不停地安慰他，他反而哭得更厉害。克里斯汀用凉树叶包上湿泥，为他敷伤口，他哭的声音实在太惨了。

克里斯汀一边安慰小伊兰德，一边帮他吹伤口，抱他走进了房间。他的叫声更加尖锐了，忽然，叫到一半又不叫了，可能是他看到奶奶从桌子上取出了蜂蜜盒和角质汤匙。克里斯汀把一小块家制糕饼浸在蜂蜜中，拿出来喂他，继续安慰着他。他出生的时候安静地躺在睡篮里，颈背上的金发在枕头上被磨掉了，现在他的头发有些卷翘。

小伊兰德忘记了疼痛，看着奶奶，小手拍打着，用嘴巴吻她。这时，尤弗丽德站在了门口：

“妈妈，你把他带来了？……其实不用这么麻烦，我一直在阁楼上。”

克里斯汀告诉她小伊兰德刚才在院子里遭遇的不幸经历。

“你没听到他哭喊吗？”

尤弗丽德向婆婆道谢了一番。

“现在我们不想麻烦你了……”

小伊兰德伸手要妈妈抱，愿意跟着她走，所以她就把他抱走了。

克里斯汀把蜂蜜盒收了起来，双手放在腿上坐着，心里想，卧室里的柜子等到英格丽来了再收拾吧。

克里斯汀搬到老房子里住的时候，一开始准备让史泰卡之女菲莉达伺候她，但菲莉达嫁给了一位和海吉·杜克同来的跟班，那个人还很年轻，应该说更适合做菲莉达的儿子。

克里斯汀怎么都没想到儿媳妇会操心这门婚姻。尤弗丽德说：“我们家乡有一个风俗，主人对下人提出建议，下人一般都会听从。”

克里斯汀说：“这个地方的人不喜欢听从别人随便提出的建议，即使真的对他们有益，他们也可以不采纳。尤弗丽德，我希望你能记住这一点儿，这是我对你的忠告。”

高特说："尤弗丽德，妈妈说的是对的。"不过，他的语气里透着怯懦。

高特还没有正式结婚前，克里斯汀就看出来他在一些情况下要听尤弗丽德的话，而现在则是对尤弗丽德的话言听计从。

做婆婆的必须承认，很多方面高特应该听太太的话，她勤劳、勇敢、机智。尤弗丽德比克里斯汀当年更叛逆一些，她没有尽到孝道，很早就没有了贞操，因为她不能以很低的代价得到她喜欢的男人。但在他们成亲后，她就成了最忠贞、最贤淑的妻子。克里斯汀深知尤弗丽德爱着高特，以丈夫的美貌和高贵出身为荣。尤弗丽德轻蔑地说，尽管她的两个姐姐嫁给了有钱的丈夫，可她们的丈夫只能在没有月光的黑夜里亮相，而且对他们的祖先越少提及越好。尤弗丽德小心翼翼地维护着丈夫的利益和名声，在家里尽量宽容他。但如果高特因为一些琐事和妻子的意见不同，尤弗丽德虽然会做出一些让步，但是她的脸色会很难看，最终会迫使高特动摇。然后尤弗丽德再着手来说服他，最后的结果仍旧是高特对妻子言听计从。

所有的这些并不妨碍高特认为自己是一个比较幸福的人。大家也都认为他们小两口相处得很融洽。高特和妻子在一起快快乐乐的，两个人都以儿子为荣，非常疼爱他。

尤弗丽德刚刚结婚，做了女主人的第一年秋天，克里斯汀已经发现收获期的工人已经心存不满，虽然他们大多是选择没有说出来，不过她还是能够看出来的。要不是尤弗丽德表现出来的某些缺点，现在的一切都会更圆满的……是的，尤弗丽德有点贪得无厌。克里斯汀感到自己找不到更合适的词来形容她。要不是因为尤弗丽德在这方面的缺点的话，克里斯汀也不至于对儿媳妇喜欢在家里掌管一切而感到不满。

在克里斯汀当家期间，工人偶尔也需要吃发霉的青鱼，像棕树根一般腐臭发黄的咸肉，以及发霉的食物。但大家都明白女主人改天必定会请他们吃好菜，喝牛奶粥或者鲜乳酪，以及非旺季的好啤酒，来作为补偿。当在庄园吃饭时，端来的食物变了味又非吃不可的时候，大家都明白这是由于克里斯汀库存过多，才不得不这样做。柔伦庄园会经常储存大量的食物，当这个地方发生饥荒时，柔伦庄园会救济整个区。而现在大家不敢确定当饥荒来临时，尤弗丽德能不能慷慨地拿出粮食来救人。

这让婆婆有些气愤——她觉得尤弗丽德的吝啬正在败坏庄园的声誉，主人的名声似乎也受到了影响。

一年来连克里斯汀自己都感受到了儿媳妇关照不足的滋味，对于这一点儿她不太在乎。巴托罗缪弥撒日（8月24日）里，她本该拥有四头宰好的全羊，结果只收到两只，事情已经很明显了。不错，那一年夏天獾类大肆蹂躏山区的牲口，使牲口损失很多。但克里斯汀觉得这么大的庄园计较两头羊未免太可耻了。但她没有把话说出来。庄园给她的物品都是这样，比如秋天宰杀的牲口，谷物和面粉，四头母牛和两匹马的秣料，她收到的东西不是数量上少了，就是质量上差了。克里斯汀发现高特对这一点儿也很不满意，他很愧疚，不开心，但他很怕妻子，只好装作什么都不知道。

伊兰德的儿子们都很大方，高特也是如此。不过在克里斯汀看来，她这几个孩子是慷慨过了头，是一种浪费。但高特很勤劳，要求的也不多。只要有最好的马匹、猎犬和猎鹰就行，其他方面的生活不打算和幽谷的小农民们相差太远。不过，如果有人来到庄园，他对客人们都很大方，对乞丐也很仁慈，在这方面他是母亲心目中理想的主人。她觉得居住在自己家乡世袭土地上的世家子弟和名门后裔就应该这样，尽可能地提高收益，不浪费，但为了敬爱主和照顾穷人，顾及家族的荣誉，在需要拿出存粮的时候，也不应该吝惜。

克里斯汀发现尤弗丽德很崇拜高特的有钱朋友和亲戚们。在这方面高特不是什么都听从妻子，他设法和少年时代的伙伴们交往——尽管尤弗丽德称他们为酒肉兄弟。克里斯汀现在才明白高特当年比她想象中更加疯狂。他结婚以后，他的这些朋友不再擅自来到庄园。高特从来不让穷人空手离去，但尤弗丽德在一旁监督的时候，他送给他们的礼物就寒酸多了。有时他会背着她偷偷多给他们一点儿，但这种情况很少瞒得过尤弗丽德。

克里斯汀看得出来，尤弗丽德忌妒高特爱自己。高特小时候体弱多病，半死不活，一直以来对母亲充满信赖和爱戴。现在她发现高特一坐在母亲身边，像过去一样向她讨教，请她说故事，尤弗丽德就不高兴了。高特如果忘记了时间，在旧厅堂陪母亲多逗留了一会儿，尤弗丽德立刻就找个理由跟了过来。

婆婆如果过于关心小伊兰德，尤弗丽德也会吃醋。

庭院的短草丛里长有一种粗粗黑黑、像皮革般的药草。仲夏的一个大白天，那里冒出一株小茎，每一个扁扁的轮生体都开着浅蓝色的小花。克里斯汀认为，老的外叶饱经人兽践踏，一定深爱着甜美艳丽的嫩芽，就像她疼爱自己的儿子和孙子一样。

小伊兰德是她孩子的孩子，也是她最亲的人，并且更加漂亮。她在有机会抱他的时候，看到小孩的母亲以忌妒的眼神望着他们俩，然后在不失礼的情况下把他带走，把他当作自己的私有财产一般贪婪地在胸前搂紧他。克里斯汀发现，传播主福音的人说得很对，世上的生活本来就充斥着杂乱无章的混乱。人们在这个世界上找到相爱的彼此，孕育出新生代，他们用肉欲之爱相互吸引着彼此，也爱自己的亲骨肉。在这个世界上，内心的悲哀和希望的破灭是无法避免的，这就像到了秋天一定会降霜一样。生与死会使朋友不可避免地相互分离，这就像到了冬天，树叶一定会从树枝上掉落下来一样。

奥拉夫弥撒节两周前的一个晚上，有一群乞丐来到柔伦庄园，请求借住一夜。克里斯汀站在旧储藏室的阳台上（这是属于她的地方），她听见尤弗丽德出来对乞丐们说，请他们吃东西可以，但不能留他们过夜：

“我们自己家的人已经很多了，而且我婆婆居住在庄园里，有一半的房子是属于她的。”

退休的女主人听后很生气，因为以前柔伦庄园从来不拒绝路人留宿，况且现在太阳已经快要下山了。克里斯汀跑下楼，走到尤弗丽德和乞丐面前说：

“尤弗丽德，他们可以居住在我的房子里，食物也由我来供应。在基督徒以主的名义要求借宿的时候，这座庄园的人从未拒绝过。”

尤弗丽德满面通红地说：“妈妈，你自己决定吧。”

当克里斯汀走近看了一下这群乞丐，便有点开始后悔收留他们了——看来儿媳妇不让他们在庄园里过夜，不是没有道理的。高特和仆人远在西尔附近的草地上收割干草，今晚回不来，家里只有尤弗丽德和教区的灾民，一对老夫妇和两个小孩，外加旧厅堂的克里斯汀和她的用人。她虽然见过很多奇奇怪怪的流浪乞丐，但不喜欢眼前这些人。在这些人当中有四个人是大块头的年轻壮汉，其中三个长着红头发和狂暴的小眼睛，他们看起来是兄弟，第四个人唇裂耳缺，说话断断续续，像外国人一样。除了他们之外还有两位老人，一个矮小驼背，面孔、头发和胡须脏得发黄发青，可能害了某种病，肚子肿肿的，拄着拐杖；另一个是老太婆，脖子和双手长满脓疮，头巾发出血和脓的臭味。克里斯汀一想到老太婆可能会接近小伊兰德，就吓得哆嗦。克里斯汀最终没有让他们今夜待在山里过夜，她还是毕竟做了一件善事——她很可怜这两个老人。

乞丐们在这里还算相当的安静。只有一次，英格丽在餐桌上放了很多吃的，没有耳朵的壮汉总想去抓，老狗布柔恩立即发火咆哮。除此之外他们好像都没有什么精神，显得很疲倦。

他们回答女主人道，他们受了很多苦难，但仍然没有收获，也许到了尼达洛斯情况会有所好转。克里斯汀用一只羊角装满了纯羊脂肪和由婴儿尿做成的上好油膏，送给老妇人，对方很兴奋，但当克里斯汀提出用温水浸泡她的头巾，给她换一块布的时候，老太婆不是很愿意。但最终，对方还是将那块头巾让她收下了。

为以防万一，克里斯汀让年轻的女仆英格丽睡在里面。半夜老狗叫了一两次，除此之外夜里寂静无比。午夜过去，老狗跑到门口叫了几下，克里斯汀听到院子里有马蹄的声音，猜想高特回来了，一定是尤弗丽德告诉了他这个消息。

第二天清晨，克里斯汀在这些乞丐的头陀袋里装了很多东西。

这些乞丐们刚刚离开，尤弗丽德和高特就朝着克里斯汀的屋子走过来。

克里斯汀在屋里坐着，手拿着纺锤。在儿子媳妇进来的时候，她客气地和他们打招呼，并问高特草料好不好，收割完没。尤弗丽德在鼻子前不断用手扇着——乞丐们在房间里留下了难闻的臭味，她婆婆对此假装没有看见。高特惶恐地走来走去，显然这次任务对他来说有些难以启齿。于是，尤弗丽德便说道：

“妈妈，有一件事我们需要认真地聊一聊。我知道你觉得我太小气，这不符合柔伦庄园女主人的身份。我知道你是这么想的，而且觉得我损害了高特的名声。昨天晚上我带着小孩和几个教区的老人独自留在庄园，看到你留那群人过夜，吓得半死。这且不去说，你一看客人们的长相，就会明白。不过我以前也感觉到，你嫌我对食物斤斤计较，太小气，对人不够友好，没有仁慈之心。

“妈妈，其实我不是那样的人。可现在的柔伦庄园和你父母当家时不一样了，当时，你是个富家女，你身边的人都是些有钱有势的亲戚，而且你嫁的也是个有钱的丈夫。你丈夫给你的权利和地位也比别人高出一等，也超出你小时候所习惯的那种生活。我们也不期望在你这样的年纪还能够彻底理解：高特此刻的处境和你以前的生活有多么的不一样，他已经失去了父亲的财产，而且还要和那么多的兄弟来分享你父亲留下来的这些财产。我一直记得自己没有带很多嫁妆过来，只为他生了一个孩子，却让他为此负下很多债，使他对不起我的家人，我自己对此也要负责。时间会淡化一切，我希望主能让我爸爸长命百岁。高特和我都还年轻，我们不能确定一生会有多少个孩子。妈妈，希望你能相信，我所做的这一切都是为了自己的丈夫和我的孩子……”

克里斯汀不动声色地看着儿媳妇涨红的脸说：“我相信你，尤弗丽德。我从来不会去干涉你来如何管理家业，也承认你很优秀，诚实而且贤惠，是个比较能干的女人，也是我儿子忠诚的妻子。但你必须让我能够按照我自己以前的习惯来解决自己的事情。正如你所说的，我老了，不容易接受新的做法。”

小两口明白母亲不想对他们多说什么了，于是便告辞了。

和平常一样，开始时克里斯汀觉得尤弗丽德说得有理，但当她经过仔细思考后，又觉得尤弗丽德说得不对。拿高特施舍的钱财和她父亲相比较，根本就不合理。她父亲为了心灵的安宁，送礼物给穷人和教区里垂死的外乡人，送嫁妆给没有父母的孤女，在他最敬爱的圣徒纪念日里大宴宾朋，赠送那些出门朝拜圣奥拉夫的病人和罪人旅途所需的伙食费用……即使高特以后比现在富有几倍，也没有人指望他会在这些事情上花钱。除非在必要的时候。高特在对主的信仰上不过是泛泛的。高特出手大方，心地善良，不过克里斯汀明白，高特并不像自己的父亲那样能够从内心里尊重那些穷人，她父亲对穷人行善，是因为当耶稣在化成人身的时候，特意选择当穷人。圣母马利亚即使家庭背景很富有，是犹太国王和高僧的后裔，而她却宁愿当纺织女工，靠自己的双手劳动来养活自己和亲人。

两天后的清晨，尤弗丽德衣服没有穿戴整齐，就到处走动。高特躺在被窝里不想起床，克里斯汀很早就去叫他们。她穿着灰色粗纺羊毛布的长袍，戴着斗篷，头饰外面戴了一顶宽边的黑毡帽，脚上穿着牢固的鞋子。高特看到妈妈这样装扮，觉得有些不好意思。克里斯汀说想让儿子帮忙照料家里的一些事情，因为她要自己走路去尼达洛斯，参加圣奥拉夫庆典。

高特尽全力想使她取消这个计划：说她至少需要有马匹和车夫的护送，或者带上仆人一起去。但他在妈妈面前赤裸裸地躺着，说的话没有什么作用。看到不知所措的儿子，克里斯汀感到有些不忍心，便想了几句推脱的话说：她做了个梦。

“我还想去看看你哥哥。”她在说这话的时候，转身背对着自己的儿子。克里斯汀甚至在自己的内心也未必敢承认，她有多么急于见到自己的两个大儿子，但同时又有多么害怕见到他们……

后来，高特坚持要送母亲一段路程。在他穿衣服吃早饭的时候，克里斯汀坐下来陪着小伊兰德说笑玩耍。小伊兰德刚醒来，精神好极了，像个小鸟似的叽叽喳喳地乱叫。临别时克里斯汀吻了尤弗丽德，以前她从不这样做。所有的家仆都站在庭院里，英格丽已经把女主人要到尼达洛斯进香的事情告诉了大家。

克里斯汀拿起沉重的铁箍拐杖，由于她不想骑马去，高特只好把她的双层头陀袋放在马背上，牵着马和她一起往前走。

走到教堂外面的小山顶上时，克里斯汀回头观望了一下她的庄园，在晨曦中它显得格外美丽。小溪在流淌着，在太阳的照射下，泛出银色的粼粼波光。庄园院子中的人还没有走散，她看到尤弗丽德穿着浅色衣服，戴着布帽，怀中抱着的孩子像个红色的小点。高特看到母亲的面部由于激动而变得苍白了。

在穿过铁锤山下的树林时，克里斯汀的步伐像年轻人一样矫健。一路上，他们母子俩很少说话。走了两个小时后，他们来到拐向罗斯特山的路面上，在这里，整个多孚尔山区呈现在北面。克里斯汀让高特不要再送她了，不过在分别前，她想坐着休息一下再走。

幽谷横陈在脚下，河流像青白色的锦带一样穿过谷底，农田在郁郁葱葱的斜坡上犹如一块块小小的绿斑。高原上的苔藓呈弓形，长着棕色或黄色的地衣，伸向灰石坡和雪堆处的秃冈上。云朵的影子飘过幽谷和高地，北面的山峦之间晴朗无云。层峰没有受到迷雾的遮掩，一座一座，蓝澄澄的。克里斯汀的愿望随着云层向北移动，走上眼前的这条长路，飘过了幽谷，飘进了挡路的大山，沿着陡径横越过高原。几天之后，她将穿过特隆赫姆郡地区的富丽翠谷，沿着河流的弯道走向大峡湾。一想起她年轻时到过的海滨胜地，她就浑身颤抖。伊兰德优美的身影在她眼前晃动着，伊兰德的外貌和举止变化万千，快速而又模糊，像流水中的倒影一样。之后她将走到"欢乐山冈"的大理石十字架旁边，河口的城市展现在眼前，夹在蓝色峡湾和绿色的史特林德山脊之间。闪亮巨大的教堂矗立在河岸上，上面有炫目的尖塔和金色的风信旗，夕阳照耀着教堂侧面的圆花窗。陶特拉修道院就在峡湾的上游，位于佛洛斯塔蓝丘下面，像鲸鱼的背脊一样又黑又矮，教堂的尖塔则像舵轮的传热片。噢，我的儿子布柔哥夫，噢，我的儿子纳克……

她回头看了一下，依然能够清楚地看到霍夫林根山下家乡的丘陵。阴影笼罩着丘陵，但她的视力很好，仍然能够看到居民们居住的畜牧场，被森林里面的山顶环绕着。

上面的小山丘传来了一阵牛角的响声，音符清朗高亢，慢慢地消失，不久后又出现了，大概是小孩子们在学吹奏吧！远处有铃儿在叮当作响，河水沉闷地流着，森林在暖阳的照射下发出“飕飕”的声音。在这种寂静中，克里斯汀的心里乱糟糟的。

她一方面被思子之情所牵引，想继续前行，另一方面又因为思念家乡，希望回到教区和庄园里。很多幻象在她的眼前浮现，都是日常生活的画面。她看见自己赶着山羊跑上畜牧场南面疏林间的小径，一头母牛困在了沼泽中。阳光非常灿烂，她静立聆听着，感觉到汗水噬咬着皮肤。她看见埋在雪中的自己家的院落，下着暴风雨的日子慢慢转化为可怕的冬夜。她一开门，就被冷风刮得她喘不过气来，差点仰面跌倒在穿堂里。这时，有两个穿皮衣的臃肿男人突然朦胧地出现，原来是伊瓦尔和斯库勒回家了。他们的雪橇陷在从西北方飘来的堆在庭院的大雪堆里。在这种天气里院子中有两处地方总有积雪，她突然对庄园里每年冬天人人诅咒的那两个大雪堆很想念，好像注定永远看不见它们了。

种种思念仿佛要扯裂她的心脏，像血液沿着脉络一样到处乱流，流向她居住过的每一个地方，流向她游荡各处的儿子，流向所有已故的亲人。她暗暗怀疑，她是不是想要退缩呢？她以前从未有过这种感觉……

她忽然发现高特正坐着目不转睛地看着她，便急忙道歉般地笑了一笑——他们应该道别了，她也应该赶路了。

高特呼叫还在远处吃草的马儿，追上去把它牵了回来，母子俩道声再见。克里斯汀扛起头陀袋，高特则一脚踩进马镫，忽然转过身来，向前跨了一步说：

“妈妈！”克里斯汀看了儿子那种羞愧无助的眼神，“我想这一年来你可能有点不满。妈妈，尤弗丽德是好意的，她十分敬重你，不过也许我应该和她谈谈，提醒她你现在和以前是什么样的女人……”

母亲以温和而又惊讶的口吻说：“高特，你怎么会有这种感觉呢？我自知年老了。听说老人很难取悦他人，但我还没老到看不出你们夫妻优点的程度。尤弗丽德尽量让我少操劳少烦恼，如果她觉得一切都是白费工夫，那就太不幸了。儿子啊！请你别以为我不重视你太太的优点和你的孝心，假如我没有表现出来，你得原谅我，请记住老人们都是如此……”

高特张大嘴巴望着母亲……

“妈妈!”他突然流下眼泪，倚着马儿背上放声痛哭起来。

克里斯汀努力控制着自己，语调中透着惊讶和母爱：

“高特，你还年轻，正像你爸爸过去常说的那样——你是我的小绵羊。不过，孩子，如今你成年了，又是这个家的主人，一定要忍受母子分离的滋味。我如果去罗马或者耶路撒冷，那你可能会真的难受，但是此行我不会遇到大危险，最迟到托夫塔就能找到同伴。这个季节每天早上都有进香团从那里出发……”

“妈妈，妈妈，请不要责怪我们！……原谅我们从你手中夺下管理权，把你推到一边……”高特大喊道。

克里斯汀笑着摇摇头：

“你们这些孩子大概以为我是喜欢掌权的女人……”

高特把身子转向她，克里斯汀用一只手握住儿子的手，将另一只手搭在他肩上，说请儿子相信她感激他们夫妻俩，愿主与他们同在。然后克里斯汀把儿子推到马儿的旁边，笑着拍拍他肩膀之间的部位，祝他好运。

她一动不动地站着目送儿子，直到他的背影消失在山冈背后。他骑着深灰色的大马，看起来帅气极了。

克里斯汀觉得心情怪怪的，外面的事物，包括浸着阳光的空气、松林里的温暖气息、草地上小鸟的叽喳声，全部清楚地传入意识中。她回溯内心，又看见了一幕幕梦呓般的幻影，心底有一间空屋，无声无息，黑漆漆的，气氛很荒凉。突然幻影变了，变成一处退潮的海滨，潮水退尽，只有苍白的旧石头、一堆堆黑暗无生命的海带，和各种漂流物体……

她把头陀袋放好扛在肩上，握住拐杖，启程进入幽谷。如果她命中注定不再回来，必然是主的旨意，用不着害怕。大概是年龄逐渐大了的缘故吧……她在胸前画了个十字，以坚定的步伐前进着，一心想走下路面和田野交错的山坡。

公路上只有一小段距离，能看得见高山顶上海乌格庄园屋舍。想到这里，克里斯汀的心狂跳不已。

不出克里斯汀所料，她走到托夫塔的时候，果然遇到了其他的朝圣者。次日清晨，他们结伴爬上丘陵，形成了一小队人马。

一个神父带着仆人和两个女人——他的母亲和妹妹，他们以马代步，很快就将这些步行者甩在了后面。克里斯汀目送着那个在自己一对儿女护送下骑马经过的女人，心里有些难受。

她的旅伴是这儿多孚尔区附近庄园里两个年老的农民。和他们一起的还有一个比较年轻的男人，奥斯陆的手艺匠，同时还有一个农民带着女儿和女婿，他们都很年轻，抱着一个还不满两岁的小女孩。他们还轮流使用着一匹马。他们是从南方较远的安达村教区来的，克里斯汀甚至都没听说过这个村子在什么地方。

这一天傍晚克里斯汀请求他们让她瞧瞧孩子，因为孩子已经哭叫了很长时间。这个小女孩看上去很是可怜，一副虚弱多病的样子，而且还掉了不少头发。她既不会说话，也不会走，只是躺在母亲的怀里。她的母亲好像为这个孩子而感到羞愧，所以到了第二天，克里斯汀请求帮这位年轻的母亲抱抱她的孩子时，这位年轻的母亲很快就同意了，把孩子丢给她之后就走开了。看来她不是个很有责任心的母亲。这对年轻人实在是太年轻了，应该都还没有成年。这个女人带着这个不停哭闹的孩子，已经感到很累了。孩子的外祖父看上去很丑陋，而且性格古怪，脾气暴躁。是他硬要带着外孙女和他一起去尼达洛斯的，他似乎很喜欢这个小女孩。克里斯汀走在这些人的后面，与他们同行的还有两个圣芳济会的修士。克里斯汀很不满意这几个从安达村来的旅伴，因为他们从来不请修士骑一下他们的马。而且无论是谁都可以看得出，那个小修士正生着重病。

那个年长的修士——阿伦格林修士，又矮又胖，脸颊红通通的，而且生满雀斑，棕色的眼睛炯炯有神，头上只生着一圈像狐狸的毛发似的头发。他不停地说着话，大多是讲些他们在斯基丹的修道院里过的苦日子。那里的修士们之前在这个地方得到了一个住所，不过他们没有钱，根本无法举行捐献典礼。他们本来想建造一个教堂，可不知道何时才有能力开始。他觉得这些苦难都是金苏岛的修女们造成的，她们对那些贫穷的修士们怀恨在心，想要控诉他们，而修士也明确地谴责过她们。克里斯汀不喜欢听他说的这些。

这个修士又说道，那里的女修道院长也不是合法选举出来的，那里的修女懒惰好睡，经常不去祷告，并且还多嘴多舌，在吃饭的时候讲一些淫秽的故事，不过克里斯汀并不相信他说的这些。在说起某个修女时，他居然毫不隐讳地说道，她的处女身份被很多人质疑。但是克里斯汀不得不承认，阿伦格林修士是个善良而又乐于助人的人。当克里斯汀抱着孩子感到疲乏时，他便接过孩子；当孩子哭闹时，他便赶紧跑到前面，将地上的泥水溅得到处都是，并且将长袍提起，以至于他那满是毛发的小腿被树枝刮破了。他高声地叫着孩子的母亲，请她给小女孩喂奶。之后他又赶紧往回跑，赶着照顾那个生病的修士。他就像是图尔吉斯那最温和的慈爱父亲一样照料着他。

由于队伍中有那位生病的苦修僧人，他们晚上是绝对赶不到赫德金的。两个多孚尔山区的人知道荒野南部的一个山池边有一栋石屋，香客们便朝那里走去。傍晚天气转凉，水边的地面上很潮湿，白雾从沼泽里升起，所有的桦树都散发着湿气，一弯银月挂在西边山顶上，月光在黄色的夜空中几乎显不出来。图尔吉斯修士停下来的次数愈来愈多，他咳得很厉害，听起来真可怜。阿伦格林修士扶着他，替他擦脸擦嘴，又摇摇头，把手伸给克里斯汀看，上面沾满了病人吐出的血迹。

他们找到了石屋，可惜石屋早就残破不堪了，于是他们又找了一个遮风避雨的地点，生起一堆篝火。南方来的穷人没想到夜里山上会这么冷。于是，克里斯汀从袋子里拿出高特硬让她带的斗篷，又轻又暖，由上等布料做成，镶有海狸皮。当克里斯汀为图尔吉斯修士盖上斗篷，他喃喃低语着，声音很哑，几乎说不出话来，但大家还是听出来他说：还可以让小孩和他一起裹这件斗篷。于是他们把小孩放在他身边。小孩又哭又叫，托钵僧则咳嗽不断。不过他们还是迷迷糊糊地睡着了。

克里斯汀和一位多孚尔山区的农民及阿伦格林修士一起守夜，照看篝火。昏黄的月光聚集在北面的天空中，身边的山池又白又静，鱼儿浮出水面，形成一圈圈涟漪，对岸山下的水面一片漆黑。那里突然传来恐怖的怪声，苦修僧人害怕了，用力拉住另外两个人的手臂。克里斯汀和农夫觉得可能是野兽，但他们还听见石头滚下山的声音，好像有人在山腰的碎石坡上行走，接着听见男人粗鲁的嗓音。苦修僧人开始祷告。她听见“救主耶稣基督”和“犹太族的勇士获胜了”等字句，随后他们又听见远远的山下传来关门声。

天空中出现了微弱的曙光，小湖对岸的碎石坡和桦树林依稀可见，这时候另一位来自多孚尔山区的农民和从奥斯陆来的男人接班守夜。克里斯汀紧挨着篝火入睡了，临睡前暗想，万一他们只走短程，而分手时她要送乞丐和苦修僧人们一些救济品，那么当他们进入高尔谷的时候，她大概得到农场里去乞讨食物。

阿伦格林修士做晨祷时，太阳出来了，晨风在湖面上吹起阵阵涟漪，冻僵的朝圣者们围在阿伦格林修士身边，听他念祈祷词。图尔吉斯修士蹲坐着，牙齿直打战，跟着念祈祷文，拼命忍住不咳嗽。克里斯汀望着苦修僧人浸满阳光的灰袍，想起她曾梦见过的埃德温修士。虽然他回忆不起来在梦中见到的情景，但她还是跪在地上，吻了吻苦修僧人的大手，请求他们降福给这一行人。

其他的朝圣者一看那件海狸皮斗篷，就知道克里斯汀不是小户人家的女人。因此，当她随口说她以前曾两次走官道翻越多孚尔山时便自然而然地成了整个队伍的向导和领袖。那两个多孚尔山的农民没到过赫德金以北的地方，从维肯地区来的人对这一带也相当陌生。

他们在晚祷前抵达赫德金，克里斯汀在小教堂做过礼拜后，便独自走进丘陵间。她想寻访一下当年和父亲一起走过的小路，以及父女俩坐谈的溪边位置，结果没有找到，但她依稀找到了父亲骑马离开时她爬上去目送他的那个小山丘。她自认为如此，其实路边的景色看起来都差不多。

她跪在圆丘顶上的越橘爬藤间。夏日傍晚，天色渐渐暗了，山腰上的桦树坡、灰色碎石坡和一片片棕色的沼泽地融合在一起。山野上方的夜空形成一个透明无底的圆盆。天空倒映在静水中，而在沿着山石奔腾到小湖周围的光洁石滩上，哗哗地激起浪花的小山溪中，它的倒影是扭曲的，而且是更为苍白。

克里斯汀又产生了这种感觉——那是高烧病人才会产生的幻觉。她觉得自己的人生就如同这溪流一样：她匆匆流过人世间的许多荒野，碰到每粒石头都要愤怒地咆哮，激起汹涌的浪花。永生之光在她的生命中只能找到一个微弱的、扭曲的、苍白的倒影……不过做母亲的克里斯汀脑海中闪出这样一个模糊的念头：无论她经历的是恐惧、痛苦抑或是爱，只有在她罪恶的果实为她带来痛苦的时候，她的尘世的、任性的心才能接受天国的光……

“万岁！慈悲的圣母马利亚万岁！你是女人中的幸运儿，你的儿子耶稣有福了，他为救赎我们的罪而流下了自己的血……”

她想到深藏在自己内心深处的痛苦，便念了五遍“万福马利亚”，觉得她只能通过悲哀来寻求圣母的庇佑。她为失去的亡子伤心，更为儿子遭到她不能阻止的命运而感伤。马利亚最纯洁，最温顺，最服从主的旨意，她曾感受过天下母亲最严重的哀愁，慈悲的心肠必然能够体会一位有罪的妇人的心灵。这个女人的心灵曾经燃起过熊熊的爱欲之火，和因情欲带来的罪愆，不柔顺，目中无人，冷冰冰的，缺乏恕道，固执而又傲慢，但不失慈母的心肠……

克里斯汀双手掩面，突然她感到如今自己已经和所有的儿子分开，觉得难以忍受，于是她念了最后一遍祈祷文。

她回想起多年前她和父亲在此地分手，又想起两天前和高特离别的场景。儿子们的年幼无知使她感到痛苦，但是她明白，即使他们像她冒犯自己父亲那样，任性胡为，犯下大错，对不起她，她对子女的爱也不会有太大的改变。人是最容易原谅自己的儿女的……

荣耀归于天父，她一面说着这几句话，一面亲吻父亲给她的十字架。此刻她心中满怀感激，觉得即使她做错过很多事，即使她生性不驯，她那纷扰的心灵也已经瞥见了父亲灵魂中投射的天恩，清晰宁静，就像天空的光明投影在宽广而平静的湖水中一样。

第二天，天阴沉沉的，刮着寒风，还有浓雾，时而伴随着暴雨。克里斯汀犹豫不决，不敢贸然带病童和图尔吉斯修士继续赶路。但病中的苦修僧人很着急，他唯恐自己还没到尼达洛斯就中途病死，于是他们穿过高地继续向前走。克里斯汀记得有条险阻的山路通往德莱大幽谷的香客棚屋，但山路上下都有崖，有时候雾实在太浓了，她不敢冒险。于是他们来到峡谷顶端，生火过了一夜。晚祷后阿伦格林修士告诉他们一只船遇险的故事，修女院院长向马利亚祷告，晨星应召出现，救了那艘船。

托钵僧好像很喜欢克里斯汀，觉得她与众不同。克里斯汀坐在火边哄孩子，以便让其他的人都能够睡觉。这时，修士靠近过来，向克里斯汀低声叙述他的生平。他是一个穷渔夫的儿子，十四岁那年的一个冬夜，父兄同时在海上遇难，而自己却被另一艘船救起来。他觉得这是一种天意。从那时起便对海洋产生了畏惧心，于是便产生了当修士的想法。但他还得在家陪伴母亲三年，他们虽然辛勤地劳作，但是仍旧要经常挨饿。他出海的时候总是吓得半死。后来他姐姐结了婚，姐夫接收了房舍和船只的股权，于是他便加入了童斯山陵的圣芳济教会。起先同伴们嘲笑他出身低微，但院长却对他很好，处处保护着他。自从奥拉夫之子图尔吉斯修士加入教会后，所有的苦修僧人都变得虔诚与祥和多了，因为图尔吉斯修士出身很好，却出奇的虔诚和柔顺。图尔吉斯修士是史拉根一位富农的孩子，他的母亲和姊妹们对修道院没有进行慷慨的捐赠。后来他们到了史吉丹，图尔吉斯修士生了病，处境又艰难了起来。阿伦格林修士对克里斯汀说，他没想到基督和圣母会让穷修士的道路如此艰险。

克里斯汀说："他们在人世间的时候，同样选择了贫民生涯。"

苦修僧人发怒道："你肯定是有钱的女人，说这种话很容易。我保证你没尝过断粮的滋味。"克里斯汀不得不承认这个事实……

他们走到山下，穿过索克纳幽谷的时候。图尔吉斯修士有幸能够时而骑马，时而坐车，走了好几段路。但他的体力越来越差。由于他们走得很慢，克里斯汀的队伍则不断换人，有人离开他们往前赶，然后又有新的朝圣者赶上来同行。

当他们走到史陶林的时候，原先与他们一起同行的伙伴只剩两位苦修僧人了。早晨，阿伦格林修士哭着来找她说，图尔吉斯修士半夜吐血吐得很厉害，没有力气继续走了。现在他们很显然可能会很迟才能到达尼达洛斯，这会错过大教堂的大庆典。

克里斯汀感谢修士们做伴，也感谢他们在旅途中引导众人的心灵。阿伦格林修士为她赠送的厚礼感到惊讶和感动，因此他此刻容光焕发，说也要回送一份礼物。他从头陀袋中抽出一个装有文件的盒子。文件上写着一篇优美的祈祷文，末尾附上了基督的各种圣名。卷轴上留有空白，供祈祷者填上名号。克里斯汀觉得，即使她说出父亲的名字，苦修僧人也不会太明白她的生平，她丈夫是谁，她的丈夫又遭到了怎样的命运。于是她只让他写下“寡妇克里斯汀”。

穿过高尔谷的时候，克里斯汀特意走在教区外围的小路，觉得万一碰见大庄园的人，可能会有一两位能够认出这位昔日的胡萨贝庄园的女主人，她非常不希望被别人认出来，她自己也不知道这到底是为什么。次日她从林间的小路翻过山脊到达瓦兹菲尔德的小教堂，该地崇奉施洗者约翰，但附近的人却称其为埃德温修士教堂。

小教堂矗立在山脚下密林间的一处空地上。教堂和后面的圆丘倒映在一个水塘里，这塘水的源头是有治疗作用的矿泉。溪边竖立着一个木制的十字架，四周摆着不少拐杖和板条，附近的矮树丛上则挂满了旧绷带的碎片。

教堂四周砌着不太高的围墙，但大门紧锁着。克里斯汀跪在门外，回想起她曾经抱着高特坐在这个教堂里面。当时她穿着绸缎衣裳，处在附近各乡区来的一群名流贵妇之间。艾利夫神父站在她旁边，紧紧牵着纳克和布柔哥夫的手。她的女佣和跟班与另一群人站在外面。当时她诚心地祈祷说，她不求别的，只求能使这个不幸的孩子身体健康和聪明可爱，她甚至都不祈求使自己摆脱生双胞胎后所落下的腰疼的老毛病。

她想起了高特。他骑着大黑马，是那样的英俊！而她自己如今已经年近半百，身体还这么健壮——这在其他妇女中可不多见。她在山中漫行的这段时间中注意到了这一点儿。“主啊，不管你赐给我什么，我都诚心感谢你，不会有过多要求……”

除了祈求主帮助她知道自己的本分外，她从来都不要求别的什么东西。她常常能够实现自己的愿望——大多情况下是这样。而现在她捧着一颗破碎的心坐在这里——不是因为她违逆了主的旨意，而是由于主容许她按照自己的计划走到了旅途终点，她对此感到不满意。

她并未带着贞女的花冠接近主，也没有带着罪恶和哀愁去找他，只要尘世间仍有一滴甜汁可以滴入杯子，她就不肯走向主。现在她来了，明白整个世界像一家酒馆，没钱可花的人会被抛到门外。

这个决定并没有给她带来喜悦，但克里斯汀觉得，好像下决心的不是她自己，而是投宿在她家的乞丐特意吩咐她来走一遭。一种与她截然不同的意志要求她和穷人、病人们为伍，让她陪他们同行，远离她当过女主人和母亲的家园。她愉快地顺从这种呼声，因为她发现在自己离开庄园后，高特会生活得更好。她曾按照自己的意思安排命运，曾享受自己选定的一生，但她不能按照自己的意志塑造儿子们。主已塑造了他们，他们受本性驱使。她如果和儿子们的本性抗争，肯定会失败。高特是个好农夫、好丈夫、好爸爸，刚勇高尚，和大多数人差不多，但他不是当爵士和大臣的料，也不希望得到克里斯汀为儿孙贪羡的东西。他敬爱母亲，明白自己不太能达到母亲的期望，为此他感到很烦恼。所以现在她虽然赤贫而来，为自己拿不出奉献的礼物感到惭愧，但仍然打算求个栖身的地方。

她明白自己是奉召而来。圆丘上的棕树林享受着树上渗出的阳光，轻轻叹息着。小教堂默默地关着门，发出柏油味。克里斯汀想起小时候牵着她的手、带她看主的光辉的已故的埃德温修士，他在生前和死后曾一次次把克里斯汀从歧路上带回来……突然间，她清晰地回忆起那一夜在山冈上做梦的内容。

她梦见自己站在阳光下一座大庄园的院子里，埃德温修士从厅门走到她面前，他手上拿着很多面包，掰了一大块给她。她明白自己一定要按照心愿行事，走出教区去化缘。但她不知道为什么竟然和埃德温修士同行，两个人结伴乞讨着。她明白这个梦有两重意义，梦中的庄园不只是一座大庄园，看起来代表一处圣地，埃德温修士在那里当臣属，而修士交给她的面包也不只是单纯的家制糕点，它代表天使的面包，她从埃德温手上接受了天使的食物。埃德温修士也接受了她的诺言。

5

克里斯汀最后终于来到了目的地。她在西昂斯堡附近的一个路旁草堆上坐着休息。天气晴朗，有风。草地的另一边还没有收割，像丝绸一样发亮的红色的草猛烈地摇摆着。只有特隆赫姆郡乡区的草地才会红成这样。坡下依稀可见峡湾的身影，深蓝色，泛着白沫。克里斯汀顺着林木茂密的山坡朝下看过去，看见新鲜的白色水雾冲上来，拍打着悬崖。

克里斯汀深深吸了一口气，能再来到这边怎么说都是好件事，不过她对自己以后永远不会离开这里了，还是感到有些惊讶。莱恩修道院的灰衣修女和陶特拉的修士们遵守同一教规，就是圣伯尔立下的规矩。鸡啼时分她起床做礼拜，并且知道纳克和布柔哥夫此刻也到修士唱诗席去了。她晚年不管怎么说能和儿子们共同生活，觉得很不错，只是方式和她以前想象中的不同罢了。

她脱下鞋袜，在溪水中洗脚。她要赤足走到尼达洛斯去。

她身后一条通向废弃城堡的山间小径上有几个男孩闹哄哄地玩耍着，他们正在碉楼下活动着，想找路进入废墟。他们看到克里斯汀以后，就在上面大笑大叫，并对她口出污言。克里斯汀假装没听见。后来有个八岁左右的小顽童沿着陡峭的山坡滚落了下来，差一点撞到她身上。这个顽皮的小孩还特意喊出从大男孩那里学来的脏话。克里斯汀转向他笑道：

“你用不着尖叫……唯恐我不明白你是小妖精，看见你穿着他们那种滚爬裤。”

听到这女人说话，所有的男孩子马上都向她跑了过来。很快他们都安静了下来，且感到有点不好意思，因为他们看到一个上了年纪的一身朝圣者打扮的老人。克里斯汀并没有因为他们刚才的出言不逊而责骂他们，反而用一双平和安详的大眼睛看着他们，嘴角带有一丝不易被观察到的微笑。她长着一双消瘦的、晒黑的圆脸，宽阔的前额，微微凸起的小下巴。尽管眼睛下面有许多皱纹，看样子还不是太显老。

最大胆的男孩子开始向她发问和交谈，试图掩饰他们这一群人的羞愧和怯意。克里斯汀几乎要忍不住大笑起来，她觉得这些男孩子很像双胞胎小时候调皮捣蛋的样子，不过，谢天谢地，她的儿子是不会说这么下流的脏话的。看来这些孩子大概是城市贫民的孩子。

旅途中她渴望的那一刻终于到来了，现在，她站在欢乐山冈的十字架下面，看着延伸在山下的尼达洛斯城，竟然无法专心祷告或冥思。那一刻城里钟声齐鸣，提醒人们去做晚祷。男孩子们你一言我一语地争抢着说话，一心想向她指明她面前的各种景观……

佛洛斯塔下面的峡湾刮着大风，下着雨，下面雾气腾腾的，她根本无法看清陶特拉修道院。

克里斯汀在那群男孩子的簇拥下沿着史坦恩高原陡峭的山路开始下山——这时从四周传来一阵牛儿叮当响和牧人的叫喊声：牛群正从市内牧场往回走。到了横跨尼达洛斯城墙的大门口，克里斯汀和她的小跟班们不得不等待着让牛群先通过。牧人吆喝着、咒骂着，公牛用角相互间抵着，奶牛相互挤成一堆，男孩子们一路谈论着这些公牛的主人是谁。他们通过港岸，拐向城内的巷子。克里斯汀打着赤脚，费了很大的劲，才走过满是牛粪堆的泥浆路。

有几个男孩主动陪她走进了基督教堂。她站在灰暗的柱子之间，望着唱诗席的灯光和金饰，男孩子们经常打断这位异乡妇女的思路，他们拉着克里斯汀的长袍，想让她参观孩子们最注意的东西，包括拱弧圆窗射进来的一片片七彩阳光、地板上的墓碑和圣龛上用昂贵材料筑成的天棚。克里斯汀简直没有办法专心思考，但小男孩的每一句话都勾起了她内心的愁思，先是想儿子，后来又想念庄园、房舍、工作、牛羊——想念身为一家之主的她作为一个母亲应当操劳的一切。

她依然不希望伊兰德和她昔日的朋友认出她来。以前，节庆时他们通常会居住在城里，招待客人过夜。一想到会遇见某些熟人，她就吓得畏畏缩缩。无论如何，她要去找哈尔德之子武夫。武夫是她的代理人，负责替她经营着她仍持有的山北部某些田庄的所有权。她打算捐出这些地产，作为她在莱恩修女院的经费。不过他现在可能和史考恩农场来的亲人在一起，所以她必须要等几天。她知道有一位在伊兰德当郡长时担任护卫的男人居住在布拉特的一处小院落中，他靠在峡湾里捕海豚和鲸鱼为生，并且还开了一家小客栈，供附近的农民借宿。

她来到那里，听说每一间房屋都住满了客人。后来奥蒙特本人走出来，他一眼就认出了克里斯汀。听到对方叫出她的名字，她感觉很奇怪：

“我想，你应该是胡萨贝庄园的尼古拉斯之子伊兰德的夫人吧？欢迎，克里斯汀，你怎么会到我家来了？”奥蒙特大声说道。

他得知克里斯汀肯在他经营的旅馆里过夜，感到非常开心，并答应她在庆典过后的第二天亲自用船载她去陶特拉修道院。

克里斯汀坐在院子里，和往日的家臣谈到半夜。她发现伊兰德当年的手下仍然怀念他们的年轻首领，对他敬爱有加，她为此很是感动。奥蒙特一再说伊兰德太“年轻”。他们从武夫口中知道了他悲惨的死讯。奥蒙特说，他每次遇见胡萨贝庄园的老朋友，大家总要举杯悼念豪迈的主人。他们中有些人已经两次凑钱在他的忌日里为他做弥撒。奥蒙特还一再问起伊兰德的儿子们，克里斯汀也询问起以前的一些旧识。等她到奥蒙特太太旁边睡下的时候，午夜早就过去了。一开始奥蒙特非要把他们夫妻俩的床铺完全让给她，克里斯汀死活不同意。最后她只得千谢万谢，答应顶替他一个人的位子，和他的妻子同眠。

第二天是圣奥拉夫节。克里斯汀一大早就在码头的旁边漫步，看着码头上奔忙的情景。一看见陶特拉修道院的院长跨上岸，克里斯汀不由得心跳加快——可是跟随院长的那些人都是些上了年纪的修士。

民众没到中午就涌向了基督教堂，大教堂里已经挤满了民众。那些生病的和残障的人被人们扶着或者是抬过来，以便能在大厅里占据一席之地。希望在次日大弥撒后游行队伍抬出圣龛的时候，他们能离圣龛近一点儿。

克里斯汀穿过坟场围墙边搭起的一个个摊棚，摊棚里卖的大多是食物、饮料、蜡烛、灯芯草和樟树枝编成的教堂跪垫。克里斯汀走到那里的时候恰巧碰见了安达村来的一家人。在小孩的母亲喝啤酒的时候，克里斯汀接过了她手上的孩子。这时一支英国朝圣者的队伍拿着旗帜和蜡烛，唱着圣歌走过来。队伍在穿过摊棚的人潮时，现场又挤又乱，她和安达村的人走散了，以后便再也找不到他们了。

克里斯汀在人潮外站了很久，不停地哄劝啼哭的小孩，把小孩的面孔贴在自己的身上，想安抚安抚她，但没想到小孩竟然用嘴巴不断拱着，后来还吸吮她的脖子。克里斯汀明白小孩饿了，不知道怎么办才好。找到小孩的母亲看起来很不容易，她必须到街上，去问哪里有牛奶可买。她来到约弗列·朗斯特列街，打算往北走。但这时又遇见了一大阵人潮，一群爵士从南面走来，宫中的卫士也走进教堂和十字会苦修僧人宿舍之间的空地。克里斯汀被挤入最近的一条巷子里，但巷道中的人正步行或骑着马向教堂赶去。人潮实在太挤了，她只得爬到一道石围墙上去躲避。

突然，四周钟声齐鸣，大教堂的钟声隆隆作响。小孩一听，顿时停止哭声，望着天空，迟钝的双眼里泛出懂事的光芒，微微一笑。克里斯汀心生怜悯，吻了吻可怜的小家伙。这时她发现自己坐在伊兰德的宅邸——她们家在城市里的故宅的花园石墙上。

她早就应该认出草皮屋顶上突起的石烟囱，那里是厅堂的后侧。附近是医院的房子，由于院方和他们共享花园，伊兰德·尼古拉斯曾经非常气愤。

她抱紧陌生女人的小孩，一吻再吻。这时候有人碰了碰她的膝盖……

原来是一位穿着白袍、戴布道团修士黑帽的苦修僧人。她俯视着这张苍黄多皱的老脸，长长窄窄的瘪嘴巴以及深陷的琥珀色眼睛。

“是你吗，劳伦斯之女克里斯汀？你真的在这里？”苦修僧人把双手扒在石墙上，把脑袋靠在手臂上。

“哥恩纽夫！”

他听见克里斯汀的呼唤，便把脑袋向她移近过去，轻触着她的双膝。

她说："看到我在这里，你觉得奇怪吗？"

这时候她想起自己正坐在原先属于他，后来她也当过主人的官邸花园的石墙上，感到很不可思议。

"你抱的小孩是谁？是高特的儿子吗？"

"不……"克里斯汀想起孙子小伊兰德那张健康甜美的面孔和强壮结实的身躯，不由自主地对这个陌生的小娃娃充满了同情，用力地抱紧了她。"是一位和我一起来到这里的女伴的小孩。"这时她又想起西蒙之子安德列斯以儿童的慧眼所见到的一切，满怀敬意，凝视她怀中的这个可怜的小娃娃。

现在孩子又开始啼哭起来，克里斯汀只得先问修士哪里可以弄到喂小孩的牛奶。哥恩纽夫带她向东走，绕过教室，来到布道团修士的宿舍，为她端来一碗牛奶。克里斯汀一面喂小孩，一面和哥恩纽夫闲谈起来，但他们的谈话似乎有点不大对劲。

克里斯汀伤心地说："自从上次见面到现在，已经过了很长的时间，发生了很多情况。对于你哥哥的死讯，你听了一定也很难过吧？"

"愿主垂怜他可怜的灵魂。"哥恩纽夫修士用嘶哑的嗓音说。

后来她问起陶特拉修道院的两个儿子的情况，哥恩纽夫只是简单说了一些。修道院欣然接受了这两位家庭背景不错的见习修士。纳克智力绝佳，在学术和信仰上有长足的进步，院长不禁回忆起他高贵的祖先，教会斗士亚涅之子尼古拉斯神父。刚开始的一段时间是这样的。可在两兄弟非正式剃度后，纳克却行为失检，在修道院惹下了不少麻烦。哥恩纽夫不清楚闹事的具体原因，但其中的一个原因是约翰纳斯院长不准修士们在三十岁之前当派任的教士，也不肯为纳克破例违规。他觉得纳克读书和思考都超越了灵性成长的程度，又因为苦修把身体搞坏了，想派他到英迪罗的修道院牧牛场去垦植苹果园，由几位年长的苦修僧人监督他。听说纳克不服从院长的命令，指控修士们奢侈度日，浪费修道院的财产，敬拜主不够勤劳，说话也没有分寸。哥恩纽夫说，矛盾大抵只是在修道院的院墙内，没有张扬开来，这是合情合理的，不过听说他还违抗院方派来处罚他的人。哥恩纽夫知道他一度居住在忏悔牢中，后来院长威吓说要拆开他和布柔哥夫修士，派他们中的一个到蒙卡布去。院长认为可能是盲眼的弟弟怂恿他违犯规矩，这样一来纳克就乖乖听话，彻底悔悟了。

说到这里，哥恩纽夫苦笑着说："他们身上有父亲遗留下的性格。谁也不能指望我的侄儿轻易学会顺从，或者坚守他的神职生涯……"

克里斯汀凄然地说道："也可能是母亲遗传的，哥恩纽夫，我最大的罪孽就是不听话，而且意志也不坚决。我一辈子渴望走正路，但又想顺着自己的迷径走下去。"

修士忧郁地说："你是指伊兰德的迷径吧？克里斯汀，我哥哥不断地诱惑你走上歧途。我猜在你和他生活的期间，他天天都在诱惑你，害你变得很健忘，使你陶醉在连自己都为之脸红的思想中，不懂得你反正不能对无所不知的主隐瞒自己的思想……"

克里斯汀一动不动地坐在那里，目光呆滞地看着前方：

"哥恩纽夫，我不明白你这句话对不对，我不觉得自己曾忘记主能够看透我的内心，也许我的罪过因此而更加深重吧！况且，我并不像你认为的那样，为自己的任性和意志不坚而脸红，相反我应该惭愧自己对丈夫的评价往往比毒蛇更为严苛。这大概是必然的结果。你有一次曾对我说过，彼此爱欲很强的人到头来会像两条蝮蛇一样，相互咬尾巴。”

“哥恩纽夫，多年来每当我想起伊兰德没有接受圣餐和没有行圣礼而去世，心中就满怀怒火。他如果手上沾满血腥而死，去接受主的审判，那是他罪有应得，但他并没有变成我现在这个模样，我觉得很安慰。他什么都不记得，也不记仇记恨。哥恩纽夫，在我替他安放遗体的时候，看到他的外貌很美，神色很安详……我想全能的主一定知道伊兰德从来不为任何理由记恨任何人。”

哥恩纽夫张大眼睛凝视着她，然后点点头，问道：

“你知不知道艾利夫是莱恩修女院的神父兼顾问？”

“真的吗？”克里斯汀愉快而大声地问道。

哥恩纽夫说：“我以为你是为了这个原因才选中这个修道院的。”过了一会儿，哥恩纽夫说他要回修道院去了。

在克里斯汀走进教堂的时候，那里已经开始了最初的几次夜间唱诗。本堂和各圣坛附近的人潮很密集，一位教堂看守员看到她抱着病重的小孩，特意推着她往前挤，让她站在残障和重病的人群中。他们聚集在教堂中部的大圆顶下面，可以看见整个唱诗席。

教堂里点了上百支的蜡烛，仆人们把蜡烛从朝圣者那里收集过来，插在客厅和走廊里镶有长钉的小塔上。等阳光和各种各样的窗户板消失后，教堂里的蜡烛散发出浓浓的烛香以及病人和穷人的褴褛衣衫的酸臭味，教堂内空气变得越来越令人感到窒息。

唱诗班美妙的歌声在屋里回荡着，风琴发出了响声，笛子、锣鼓和各种弦乐器一起鸣奏。克里斯汀终于明白教堂为什么被比喻成为一艘大船了。房间里的人好像都在一艘船上，歌声如波涛，颂歌如海浪。有时，有个声音洪亮的人在向人们宣读着，船便像在平静的大海上漂流一样。

他们还要继续守夜，密集人群里面的人们脸色越来越苍白，越来越疲惫。在举行仪式的间隙里基本没有人走出去。在教堂中央占有席位的人都不愿离开。他们中的有些人在仪式的间隙里睡了一会儿，有些人在祈祷。小娃娃几乎睡了整整一夜——克里斯汀哄过她一两次，还让哥恩纽夫从他在修道院弄来的小木碗里倒出一些牛奶给这孩子喝。

能和伊兰德的弟弟见面使得克里斯汀颇为激动——特别是启程来到这里之后，已逝的丈夫留下的回忆便渐渐浮现出来。在最近这几年里，她不停地为了儿子们的成长操劳，以至于很少有时间来回想自己过去的经历，也很少想起伊兰德。其实对伊兰德的思念就如同跟在她身后的影子，只是她没有时间回头去看而已。现在她似乎看见了，知道了自己这几年的心情是怎样的：她的心情，就好像那些在炎热的夏天从主屋搬到阁楼里去居住的人一样。他们每天都从冬天居住的屋子旁边来回走过，但是却从来不想拔去门闩，打开门，进去看一看。等他们因为一些事情出现在那里的时候，才发现房间中只有孤独和寂静，慢慢地变成了陌生和严肃的模样。

哥恩纽夫是她和伊兰德生活盛衰的最后一个活着的见证人，在克里斯汀和哥恩纽夫闲聊的时候，她似乎在用一种新的方式来检讨自己的一生，好像一个超越了自己，站上从未到达过的顶峰的人，在那里俯视自己的家乡。她了解这里的每一个地方，熟悉每一道围墙、每一片密林和每一条小溪，她在山顶可以看见这一切格局。她用这种新的方式看待所有的事情，使她逐渐摆脱对伊兰德那种痛苦的感情，也淡化了在丈夫死后，她对丈夫突然离去的灵魂所感到的恐惧。伊兰德是无罪的——直到现在她才明白这一点儿，而主则始终看得很清楚。

一生的漂泊最终把她带到一个遥远的地方，使她感觉到，现在自己就如同站在一个最高的山峰上来回顾自己的一生。现在，她的道路在往下走，走到迷雾般的谷地里，不过她还是能够明白，在修道院中孤寂地等待和在死亡的门口等待着她的那个人，始终像我们站在高山之巅看到村民的生活那样来看人生。正如我们看到排列在同一个地面上的富裕的庄园和简陋的小屋、肥沃的田地和没有得到开垦的荒地一样，他看见了人心中的罪孽和各种痛苦，于是便降临人间。在人们中间漫游。他背负着人类的痛苦和罪孽，召集富人和穷人，带领他们走向十字架。“最为仁慈的耶稣啊，你看到的不是我的幸福，不是我的自傲，而是我的罪孽和痛苦……”克里斯汀抬起头来看着庄严的、高不可攀的耶稣受难像。

朝阳照耀在唱诗席列柱间的彩色玻璃板上，一道道像红宝石、棕宝石、绿宝石、蓝宝石一样的光彩让高坛和金龛上的烛光黯然失色。克里斯汀听完了最后一场夜祷，也是晨祷。她知道，这个礼拜的内容是说主通过奥拉夫国王来体现他治病的能力。此时她托起陌生的得病的小孩，面对着唱诗席，为这个孩子祈祷。

她在冰冷的教堂中守了一整夜，浑身冰凉，牙齿咔咔地在打战。由于长时间的斋戒，使得她此刻的身体十分虚弱。人群的体味、病人和乞丐的臭味与蜡烛的烟味混合在一起，形成了湿漉漉、油腻腻的雾，飘浮在人群上空。人们在寒冷的冬天里跪在石板上显得特别的冷。一位好心而生性快乐和气的胖妇人正靠在柱子上面打瞌睡，她身下垫着一个熊皮袋子，还用另一个盖住自己已经瘫痪的腿。现在她睡醒了，她把克里斯汀的头放在她腿上，说道：

“睡一会儿吧，我的姐妹，我觉得你需要休息……”

克里斯汀把头枕在这个陌生女人的大腿上睡着了，做了一个梦。

她站在娘家老屋的起居室门口。很年轻，还没有结婚，头上不带布罩，棕色的辫子垂在胸前。她和伊兰德一起来的，伊兰德正经过门口，朝她走过来。

她的父亲坐在火炉旁边，把箭头固定在秸杆上。他的膝盖旁边放着一捆捆细小的牛筋，身旁的两个板凳上放了一大堆纺头和削尖的秸杆。在她和伊兰德进去的时候，他探身到火炭堆旁，想拿出他用来泡松脂的三脚金属锅。但他突然缩回手，在空中甩了几下，似乎被烫伤了，把指尖伸进嘴里。他回头面向她和伊兰德微笑，额头上布满了皱纹……

这个时候克里斯汀睡醒了，脸上满是泪水。

在做大弥撒的时候，她一直是跪着的。大主教亲自站在高坛前举行仪式，熏香的味道在闹哄哄的教堂里飘散，七彩的阳光和蜡烛光混合在一起，辛辣清爽的以色列熏香味散发开来，遮住了穷人和病人的气味。主让她站在一群病弱者和赤贫者中间，她很同情他们，为了他们心都要碎了。她用姐妹间一样的温情为全天下可怜和吃苦的人祈祷。

“我会复活，去找吾父。”

6

修道院坐落在海湾边不高的一个小山上，在北面和西面的山坡上能看见被松林遮住的海景，海边一起风，海浪声就盖过了树林间的响声。

克里斯汀和伊兰德曾经坐船经过这里，看见树梢顶端的教堂尖塔。伊兰德曾说要去他祖先建造的这座修女院里进香，却没有成为现实。克里斯汀从没来过莱恩修女院，但现在就要在这里长久地住下了，她之前也从未到过修道院附近的海岸。

她之前认为这个地方的生活习惯和在奥斯陆或巴卡的女修道院的生活差不多。没有想到这里有很多方面都和那里不同。这里比较安静，修女院与世隔绝。据说蕾根希尔德院长已经有五年没有进城了，而且在这段时期，这里的修女们没有一个走出过修道院的疆界。

这里没有寄养儿童的地方。克里斯汀刚来莱恩修道院的时候，没有见过见习修女。已经很久没有女孩愿意前来入会了，离上次波格希尔德·马西丽娜修女出家时已经有六年了。这里最年轻的修女是杜丽修女，她六岁时就被他的祖父送到了这里。她的祖父是圣克列门特教堂的神父，为人苛刻而又认真。除此之外，她生下来时就双手瘫痪，还有点跛脚。因此一到规定的年龄就穿上了修女服。她今年三十岁了，身体瘦小而虚弱，但脸庞却很迷人。克里斯汀来修道院的第一天就尽力照顾她，因为杜丽修女让克里斯汀想起了年纪轻轻就死去的妹妹芙希尔德。

艾利夫神父曾经说过，出身低微对于想要来这里服侍主的女孩子们不应该成为障碍。然而，在这个修道院成立时起，入会的差不多都是特隆赫姆地区权贵人物的女儿或遗孀。哈肯国王去世后，国内邪风盛行，局势不稳，大贵族们虔诚的风俗似乎变淡了，现在想要当修女的大多是城市居民和富裕农民的女儿。而且她们更愿意去巴卡修道院，在那边很多人受过神职教育和女孩手艺的训练。一大半修女来自普通百姓家庭，她们与外面的红尘世界的隔离，并不太严格，而且修道院离经常通行马车的公路也很近。

克里斯汀不是每次都能有和艾利夫神父交谈的机会，她发现神父在修道院里很忙碌，也很累，地位不是很稳固。虽然莱恩修女院的经费很充足，修女的人数不到财团能养活的一半，但现在的财务状况乱糟糟的，经济比较困难。近几任院长都很虔诚，但都不擅长管理世俗的物品。她们曾经为了不被大主教管理而奋起抗争，连神父们善意的劝告也不愿听。担任修道院教堂神父的陶特拉和蒙卡布教士都是上了年纪的老人，对这种状况没有说什么，他们也不擅长管理修道院的利益。当年斯库勒国王建造了石质教堂，把世袭的庄园献给了修道院，其他房舍都是木制的，三十年前的一场大火烧光了这一切。当时的院长奥德希尔德开始用石头重建房屋，在她当政期间大力美化教堂，建造了修道院大厅，还从该教团的祖宅，布根地的塔特屋带回来一座高贵的象牙塔，现在就矗立在高坛附近的唱诗席内，成为安放圣体最适合的圣龛。它是教堂里最伟大的装饰，也是修女们引以为荣的圣器。奥德希尔德院长离世后，留下了虔诚和崇高的名誉。但由于她不合适的大兴土木和轻易地进行土地买卖，损害了修道院的福利。以至于后来的几任院长都没有办法来补救已经造成的损失。

克里斯汀想不通艾利夫神父怎么会被派到这里来担任神父和

顾问。从他一开始当教区神父的时候，那里的院长和修女就都不喜欢他，也不信任他。而艾利夫神父在莱恩的主要工作就是担任修女们的神父和灵性向导一职。他重建了地产的经营制度，整理了修道院的财务问题，还听从院长的指挥，对修女的自治权表示了尊重，包括院长的监督权。他和教堂里一位从陶特拉修道院来的教士和睦相处。他上了年纪，因为言行纯净，敬畏主，熟悉教会法规和国法而出名，这些对他很有用，但他平时说话做事的时候还是小心翼翼的。他和另一位教士及教堂的仆人们一起住在修道院东北的一栋小房子里，陶特拉修道院在各种场合派出的托钵僧也寄宿在那里。克里斯汀知道，如果她能活得久一点儿，等纳克成为派任教士的时候，她就可以在修道院教堂里看到自己的长子来主持弥撒。

一开始克里斯汀成了修女院的寄宿者。后来她在蕾根希尔德和众修女面前，由艾利夫神父和两名在陶特拉苦修僧人的见证下立誓守贞，服从院长，过修女生活，放弃一切尘俗中的权利。她将印信交给艾利夫神父砸毁后，才被允许穿修女服。这是一件灰白色的羊毛袍，加上白头饰和黑纱。过了一段时间后，他们才准备让她成为正式的修女。

但克里斯汀很容易就想起了过去的事情。在修道院食堂用餐的时候，艾利夫神父曾把自己所翻译的一本圣芳济教团大学者博那文图拉所写的基督传，让修女们在用餐时宣读。克里斯汀仔细地听着，想到人们如果像书上写的那样爱基督，爱圣母，爱苦难与折磨，爱贫穷与卑微的人，这些人一定会很幸福，想到这些克里斯汀不禁热泪盈眶。她一直没有忘记当年哥恩纽夫和艾利夫神父把拉丁文原著给她看的情景。那是一本很厚的小册子，写在雪白细薄的牛皮纸上，她不敢相信小牛皮竟然能制得如此的薄。书中有很多美丽的图画和大写字母，五颜六色的，在金线的映衬下亮得像一颗颗宝石。在她看书的时候，哥恩纽夫会笑着说起以前的事情，艾利夫神父微笑着表示赞同。以前他们为了买这本书，搞得一贫如洗，不得不卖掉衣物，和修道院的灾民们一起吃饭。后来他们听说几位挪威教会的人来到巴黎，才向他们借了一笔钱，购买了这本书。艾利夫神父一边听着，一边微笑着频频点头。

晨祷之后，修女们回到宿舍，克里斯汀常常一个人留在教堂里。她觉得教堂里的夏日清晨十分安静、舒适，但冬天寒冷的时候却让人如同置身冰窖。她一个人在黑暗的各种墓石中间则感到非常恐惧，尽管她一直盯着圣龛前的小灯，但仍然避免不了那种恐惧感。无论是冬天还是夏天，当她在修女唱诗席的一角徘徊时，总是忍不住想到纳克和布柔哥夫正在为他父亲的亡魂祈祷。以前克里斯汀和他们在一起的时候，纳克让她每天晨祷后陪他们祷告，念悔罪的诗篇。

她不断想起她的这两个儿子，总在眼前浮现出那个下雨天她去苦修僧人院看到他们两个的场景。那一天，纳克忽然来到会客室，身穿灰白色的修士服，站在她面前，看起来格外的高大和陌生，双手插在披肩里。这的确是她的儿子，但变化太大了，看起来非常像他的父亲。这令克里斯汀大吃一惊，她似乎看见了穿着修士长袍的伊兰德。

母子俩坐着说话，纳克要母亲告诉他他离开家乡后庄园里的所有事情。她一直在等……直到最后，克里斯汀才担忧地问布柔哥夫能不能来。

纳克说："妈妈，我也不确定……"片刻之后，他又补充道："布柔哥夫跪在自己的十字架前在向主祈祷，他在作艰苦的斗争……他听说你在这里，他感到非常害怕，他怕这会触动他回想起过多昔日的往事……"

克里斯汀一直坐着，看着儿子，听着儿子说话，心情很不好。儿子的脸被晒黑了，双手因为劳累而变粗糙了。他笑着说现在的他学会了拉犁和使用大小镰刀。这天晚上克里斯汀在一家招待所里一直睡不着，晨祷钟声一响，她就急忙赶到教堂里。这些修士分为前后几排站着，她只能看清少数几个人的脸，但没有发现属于她儿子的那张脸。

第二天，她和一位预备修士在修道院的花园里一起散步，这个预备修士在这里当园丁。他带克里斯汀参观了园子里各种名贵的树木。他们走着走着，天气转晴，太阳也出来了。芹菜、洋葱、麝香草以及花坛上沾着雨滴的一丛丛黄百合和蓝色耧斗菜纷纷散发出香味。这时候她看见她的两个儿子从花园的小拱门里一起走出来。两兄弟穿着浅色衣服，沿着苹果树中间的小路向她走来，克里斯汀此刻感到无比的幸福。

但他们并没有多说些什么，布柔哥夫还是不怎么喜欢开口。尽管现在的他已经发育完全，拥有强壮的身材。在母子分开的这段时间里，克里斯汀此刻的目光变得锐利了许多——现在她第一次知道了二儿子的挣扎，他拥有健壮的四肢，头脑灵敏，但视线却变得越来越模糊。他忍受了那么巨大的痛苦，而且估计他现在还在不停地和命运抗争……

当布柔哥夫问起他的奶妈史泰卡之女菲莉达时，克里斯汀告诉他菲莉达嫁人了。

布柔哥夫说："愿主保佑她，她是个好女人，对我来说，她是一位忠诚而善良的奶妈，就像妈妈一样。"

克里斯汀难过地说："是的……我觉得她和你比我和你更像母子。你小时候经历了太多的苦难，而我所能给予你的母爱又太少。"

布柔哥夫小声说道：

"我要感谢主，因为人类的敌人没有使我采取不配做一个男子汉的行为，哪怕是用母爱的诱惑。我曾清楚地感受到你的母爱，我还发现你的负担很沉重。而我现在在这里，除了有主的帮助之外，我还有大哥在旁边帮助我，每次在我受到诱惑的时候，都是大哥纳克救了我……"

他们没有再说这个话题，也没有谈起在修道院发生的不愉快，更没有谈论他们因为做错事而丢脸的事情。当他们听说母亲将会在这里住下之后，他们看上去很高兴。

祈祷时间过后，克里斯汀穿过宿舍，看见两个修女穿着永远不会脱下来的连衫裙睡在一个草垫上。克里斯汀想，这些修女和自己是多么的不同啊，她们从小就全身心地服侍主。人一旦向世俗低了头，想要逃离，便很不容易。当然，克里斯汀本来就不想完全脱离世俗，她不过是被世俗生活给抛弃了，好像被冷酷的主人所赶走的一名年老的用人。现在她被收留在这里，好像一个老用人被一位善良的主人大发善心收留了，主人给她一份工作，还包吃包住，出于善意，还尽量不让这个孤独的老人做太多的工作。

修女宿舍里有一条加顶盖的走廊通向织房，克里斯汀经常一个人坐在那里纺纱。莱恩修女院因为生产亚麻制品而出名。在夏天和秋天的一些日子里，所有的修女和预备修女都要到亚麻田里去干活，这几乎被看作是这所修道院的节日。修女们都在忙着准备亚麻，纺线，织麻布，缝制修士服——这是工作时间修女们的主要工作。这里的人们不像在葛萝亚院长领导下的奥斯陆修女院那样，喜欢抄书或装订书本，她们甚至很少练习银线和金线的刺绣技术。

过了一段时间，克里斯汀听见农场院子里响起喧哗声，感到很开心。几个预备修女来到厨房里为仆人们准备食物。修女们除非生病了，一般不做完弥撒是不会吃喝的。如果修道院里有病人，那么一点钟响后，克里斯汀就要回到病房中去代替爱嘉莎或者在那里的其他修女来照顾病人。可怜的杜丽修女需要经常躺在那里养病。

不久就到了克里斯汀最为感兴趣的在食堂里作早祈祷的时间了，时间是在三点钟的祈祷和给修道院的仆人们做的弥撒之后。克里斯汀很喜欢每天能举行这样的仪式。餐厅坐落在一所木头做的屋子里，不过这所房屋布置得极其精美。现在修道院的所有女人在一起用餐，修女们坐在左手边，院长和几位像克里斯汀一样住在修道院里的老年妇女坐在高处，预备修女们坐在右手边。做完祈祷后，食物和饮料被端来，大家安静地吃喝，举止安静斯文。经常在这个时候会有一位修女朗诵圣书。克里斯汀暗想，如果外面的人也像这样安安静静地吃饭，是不是更能体会到食物和饮料是主给予的恩赐呢？他们也许会由于这个原因对待主的子民大方一点儿，不会为了自己和儿女的利益到处敛财。她曾经宴请一群客人开心地吃喝玩闹着，看见狗在餐桌下到处闻，随小伙子们心情的好坏捡到一根肉骨头或者挨一巴掌。她以前对这件事情的看法和今天完全不同。

修道院里很少有客人过来。偶尔会有附近大官邸的人乘船在峡湾里航行，顺道把船停靠在岸边，主人带着家人和小孩子们来到莱恩修女院看望在这里当修女的亲人。偶尔，也会有一些来自修道院农场和渔场的执达员，以及陶特拉修道院的使者。在圣母弥撒日、基督圣体节和使徒圣安德鲁等纪念日里，大家会从峡湾两边的各大教区会聚到修女教堂，那些修道院的佃农和住得很近的工人们也会来参加弥撒。尽管他们在大教堂里只占了很小的地方，但那种场面还是很壮观。

还有一些穷人，按照有钱人的遗嘱在固定的时间里领取啤酒和食物，每年都会为这些捐献者做弥撒。他们差不多每天都会来到莱恩修道院，坐在厨房的墙角边吃东西，等修女走进院子里的时候，就会告诉她们他们的悲痛和烦恼。病人、跛子和麻风病患者一批一批地来到这里。这里有很多人患麻风病，不过蕾根希尔德院长说，临海的教区一直都是这样。佃户们前来要求减少租金或者延缓期限，他们总有许多叫苦叫穷的话需要向修女们倾诉。遭遇越不幸的人，越敢向修女们说出实情，但他们往往埋怨别人害他们倒霉，口中总是挂着虔诚的字眼。难怪修女们在织布和没事的时候会谈论这些人的一生。杜丽修女曾告诉克里斯汀，修女们在开会商量做买卖的时候，会把话题扯得很远，基本上都在谈论这样的人。克里斯汀从修女们的话中听出来，其实她们根本不清楚这些事情的始末，都是从别人嘴里得知的。不管别人说什么，她们都很容易地选择相信。克里斯汀想到她曾经听过很多不信神的人和阿伦格林这样的苦修僧人骂修女院是丑闻窝，责怪修女们喜欢听流言蜚语，觉得很生气。那些向蕾根希尔德院长和修女们说闲话的人，正是责备修女大谈世俗消息的诽谤者。克里斯汀认为，说修女们生活很奢侈纯是无稽之谈——事实上，修女们守夜、祈祷、斋戒了很长时间，才会去餐厅吃一顿神圣的餐食。修道院的人经常要自己饿着肚子而把好吃的食物和早餐施舍给这些人，而这些人却反过来到处散播说修道院的生活很奢侈这种无稽之谈。

克里斯汀在还没有正式受戒时，一直恭恭敬敬地服侍着修女们。她认为自己不会成为一名好修女，因为她的沉思和信仰的天赋已经失去了一部分，但她会恳求主的仁慈，尽量做到恭顺和意志坚定。

到1349年的夏末，克里斯汀已经在莱恩修女院住了两年，在圣诞节前夕她将成为正式的修女。这时候传来了一个好消息，她的两个儿子要和约翰纳斯院长一起来参加她的献身仪式。布柔哥夫修士听到母亲快要当修女的消息后，说：

“我的梦想可能要变成现实了——今年我曾两次在梦里梦见她，我们在圣诞节前也看见过她，实际上所有的细节不会和梦中一模一样，但我已经在梦里看见过她了。”

纳克修士也很开心。不过与此同时，母亲也听到了和他有关的一些坏消息。纳克动手打了几位来自史坦卡附近的、因为捕鱼权和修道院发生诉讼的农民。有一天夜里，修士们碰巧在修道院花园的荒地上看见他们手里拿着鱼，纳克便动手重重地打伤了一个人，并且把另外一个人丢进了河里，还严重地犯了戒，出口伤人。

7

过了几天，克里斯汀和其他几位修女及预备修女来到松林去采苔藓作为绿色的染料。这种苔藓大部分都生长在被北风吹倒的树干和树枝上，不容易被采集到，所以她们分别去了不同的地方采摘。林中有雾，她们互相看不见对方。

这种罕见的天气已经持续了好几天，没有一点儿风，还有浓雾，雾有时虽然在谷地上空弥散开来，但弥漫在海面和山岩上的呈现出奇怪的灰蓝色。有时候雾气会变淡，用肉眼可以看见附近的山区；有时候会聚集到一起，变成小雨，不一会儿又淡化了。太阳在有雾的天空里如同一团白斑。天气一直非常闷热，像浴室一样。峡湾附近能有这样的天气是非常少的，特别是在这个季节。再过两天就是马利亚诞辰日（9月8日），人人都在谈论天气，不晓得这种天气会预示着什么。

克里斯汀在这潮湿、闷热的天气中汗流浃背，一想到大儿子的行为，便感到一阵心痛，简直要喘不过气来。她走出树林，来到通向海边那条路的木篱旁，她站在那里，刮取木篱上的苔藓。艾利夫神父骑着马穿过浓雾，看到克里斯汀，便勒住马停了下来，和她说了一会儿话。克里斯汀问神父知不知道大儿子的事情最近有了什么新消息，她心里明白问了也是白问，艾利夫神父总是装作不知道陶特拉修道院的内部事务的样子。

神父说："克里斯汀，我觉得你没有必要担心他冬天不能过来。你可能是在担心这件事吧？"

"不只是这样，艾利夫神父，我担心纳克完全不适合当修士。”克里斯汀回答。

神父眉头紧锁地问道：“你认为自己有权利对这种事情做出判断吗？”

艾利夫下了马，把马系在篱笆的栅条上，靠着墙，用试探性的目光盯着克里斯汀。克里斯汀说道：

“我担心纳克很难服从教会的戒律。他进修道院的时候太年轻，他一点儿都不清楚自己放弃了什么，也不知道自己的内心向往什么。年少时期经历的苦难——父亲失去了家产，父母不和，父亲的突然死去——这一切使他受到了很深的伤害，他也因此而厌倦了红尘。而且我并没有在他身上发现他因此而变得更加对主向往。”

“你真的看不出来吗？纳克和大多数修士一样，不会很容易地服从教会的戒律。他的性格刚烈，而且还非常年轻，在出家前不了解世俗的残酷，在他去了解这个残酷的世俗世界之前，他就离开了这个红尘世界。修女，我相信在这个方面你自己能够判断……”

“即使纳克进修道院是为了他的弟弟，而不是出于对主的敬爱，不过我仍然不相信主会让他白白地为弟弟扛起十字架。我知道纳克从小就非常敬爱圣母，总有一天圣母会对他进行提点。她的儿子基督曾经也为了弟弟来到人世间，扛起了十字架……”

马儿朝天上嘶叫着，鼻子贴在神父的胸口。神父一边抚摩它，一边说：“不，纳克从小就是一个有爱心的人，有爱别人和受苦的天分，我认为他很适合做修士。”

他转过身，对着克里斯汀说：“你的一生中见过许多世间的喜怒哀乐，我认为你应该相信主是万能的。难道你不知道，主会保护着每一个人的灵魂，直到这灵魂背弃他为止？女人啊，你虽然上了年纪，但更像一个小孩子般的轻信。你曾经顺从了人欲和虚荣心，选择了一条主不允许子民通过的小路，为此你受尽了屈辱。你认为这是主在惩罚你吗？你的孩子如果拿了你不许他们碰的热水罐，为此烫伤了手，或者去滑你让他们不要碰的冰，脚下的冰层碎裂，你会说你已经惩罚他们了吗？你难道不明白，当冰在你脚下碎裂时，你一旦放开主的手，就会往下掉，而你一旦呼唤他，就会从深渊里获救吗？当你违抗你爸爸，任性胡为时，不是由于爱心才把你们父女连接在一起吗？当你尝到了不孝顺的苦果时，亲情难道不仍然是一大安慰吗？

“修女啊，难道你还想不通吗？在你每次向主祈祷的时候，即使不是全心全意的祈祷，主也会同样照顾你，而且给予你更多的帮助。你爱主就像爱你的父亲一样，但比不上你爱自己的愿望那样强烈，但毕竟还是很爱的。你放弃了，你觉得有遗憾，所以你的倔强一定会给你带来可怕的后果，而他的慈悲却能够允许好果实的生长。你的儿子们……其中有两个在单纯善良的小时候就被主收留了，你不用再为他们担忧。另外几个儿子的情况也还好——虽然可能和你想象的不太一样。你的父亲劳伦斯，大概也是这样认为的……

“克里斯汀啊，至于你的丈夫，但愿主保佑他的灵魂。我知道你曾不停地责怪他愚昧。你的自尊心很强，只要一看见他能够冷静地安排一些事情，就忘记了他曾经让你蒙受可耻、欺骗和杀人的罪孽。我相信，正是因为你对你们的爱情太忠贞，即使受气吃苦也不放弃，才能和伊兰德相处那么久。除了你之外，他什么都看不见，都忘记了。主给了他帮助，他可能一生都没有真正地悔过，但他曾经因为伤害了你而难过。现在伊兰德已经死去了，我们要相信这个教训是有意义的。”

克里斯汀静静地站着不说话，艾利夫神父也没有再多说。他解开缰绳，说了句“祝你平安”，便骑马离开了。

没过多久，克里斯汀便向修女院走去，在门口碰到英格丽修女。英格丽告诉她，一个自称斯库勒的男人说是她的儿子，正在会客大厅门口等她。

斯库勒正在坐着和船员说话，看见母亲过来，一下子跳了起来。啊，她一看见他灵敏的动作，就知道这是她的儿子，小小的脑袋高高地架在宽阔的肩膀上，四肢修长，体形高瘦。她满面春风地向他走过去，忽然停下了，倒吸一口气，是谁伤害了她亲爱的儿子，把他弄成了这副模样？

儿子的上嘴唇完全翻起来了，好像是这里曾经被人打过一拳，全部开裂了，后来伤口虽然愈合了，但是已经变得扁平了，上面有一道白晃晃的伤疤，难看极了。他的嘴巴也有点歪斜，嘴形好像在冷笑一样。鼻梁骨也断了，愈合后的形状很奇怪。他说话时有一点儿大舌头，因为少了一颗门牙，还有一颗黑色的坏蛀牙。

斯库勒被母亲看得脸红了：

“妈妈，你是不是认不出我来了？”他笑了一笑，用手指指自己的嘴，不知道是在故意说他的伤处，还是无意中的动作。

“儿子啊，我们分开的时间并不长，妈妈还没到不认识你的地步。”克里斯汀微笑着说，显得很平静。

伊兰德之子斯库勒两天前坐着一艘轻型单桅船从卑尔根来到这里，身上带着布雅恩爵士给大主教和尼达洛斯财务大臣的信。那天下午，母子俩在花园的树下漫步，没有其他人，这时他才告诉母亲哥哥弟弟们最近的情况。

小劳伦斯现在在冰岛，克里斯汀甚至不知道他什么时候去那里的。斯库勒说，去年冬天他和弟弟在奥斯陆的贵族会议上见了一面，劳伦斯是和姨父哈瓦之子耶马特一起去那里的。克里斯汀了解到，小劳伦斯一直想去别的国家长长见识，所以投靠了史卡荷神父，扬帆出海了……

斯库勒也曾经和布雅恩爵士的队伍一起去了瑞典，还和俄国人打过仗。母亲摇着头表示她不知道曾发生了这么多事。斯库勒笑着说，他很喜欢这样的生活，有机会见到父亲经常提起的老朋友们，包括卡里亚人，英格里亚人和俄国人。但伤疤不是打仗的时候留下的，他笑了笑说是因为打架而留下的。不过，把他打伤的人永远不会再睁开眼睛了。斯库勒好像很不愿意提起这件事和战争的详细情况。现在他已经是布雅恩爵士在卑尔根的骑兵队长。爵士允诺他，会为他讨回父亲在欧克幽谷的部分庄园，现在这些土地在国王手里。但克里斯汀发现儿子在说这些事的时候，钢灰色的眼睛里有一股奇怪而又阴森的表情。

母亲问他："你认为这种诺言可以相信吗？"

斯库勒摇摇头说："不，不，书状还在草拟。在我投靠布雅恩爵士的时候，他曾经许下的诺言已经全部变成现实了，还称呼我为亲人和朋友。我在他家里的地位和武夫在我们家的地位差不多。"他笑了，不过那张变了形的脸看起来很丑。

现在的斯库勒已经完全长大成人了，从体形上看，他是个英俊的人。他穿着刚做的上衣和紧身裤，窄窄的短上衣仅遮住一半屁股，前面从上到下都是小铜扣。这身衣服把他柔软的身材显露无遗，几乎到了不雅观的程度。母亲觉得他好像只穿了贴身内衣出门。不过，他的额头和漂亮的眼睛没有变。

母亲试探地问道："斯库勒，你看起来好像有什么不开心的心事。"

"没有，没有，没有！……可能是由于天气的原因吧！"他强打精神回复道。

在朦胧的雾气中映出一片红彤彤的晚霞，但是却看不见落日的影子。

太阳下山以后，屋里有一缕奇异的红棕色的光芒。教堂矗立在花园里的树梢顶上，它的影子是怪怪的，黑黑的，与红雾汇成一片，教堂在雾气中若隐若现。斯库勒说，由于没有风，他们沿着峡湾一路划船过来的。他抖了几下衣服，再次谈起兄弟们的情况。

今年春天他被布雅恩爵士派去南方办事，曾在陆地上骑马横穿了瓦吉和西尔之间的丘陵，因此能够对母亲说起伊瓦尔和高特的最新消息。伊瓦尔过得很好，事事顺心，他们在罗根汉庄园里有了两个小男孩，一个叫伊兰德，一个叫高马尔，都长得很漂亮。

"我到柔伦庄园的时候，刚好参加了婴儿的洗礼宴……尤弗丽德和高特认为，既然你已经修道了，远离了红尘，他们就可以给小女儿取你的名字？尤弗丽德一直以你这位婆婆为荣……看，你自己也笑了。现在你们不居住在同一个屋檐下。尤弗丽德每当谈起她的婆婆劳伦斯之女克里斯汀时，感觉有这样一位婆婆很光荣。我把自己最好的镶宝石的戒指送给了高特之女克里斯汀。她的眼睛真迷人。我想她以后一定会像你一样漂亮。"

克里斯汀凄然地笑了笑：

“斯库勒，你让我觉得，我的儿子都把我看成是个非常杰出的、不同寻常的人物。而这样的评价只会在一个老人即将要死去的时候，大家才会这样说的。”

斯库勒激动地说：“妈妈，不要这样说。”紧接着他又笑了笑，“你知道我们兄弟几个从儿时穿短裤的时候，就觉得你是最勇敢、最慷慨仁慈的妇人。但你总是企图把我们放到你的翅膀下尽力保护我们，我们最后是奋力反抗，才逃出了你的老窝，或许我们在逃离之前有点过于挣扎了。”斯库勒大声地笑着说：“你认为在我们几个当中，只有高特适合做老大，现在证明你说对了。”

克里斯汀带着祈求的口吻说：“斯库勒，你在取笑我。”斯库勒看见母亲的脸红了，反而显得更加的年轻温柔了。

看到这里，斯库勒笑得更厉害了。

“母亲，这是真的，柔伦庄园的伊兰德之子高特已经成了北幽谷的大人物了。抢亲案为他赢得了很大的名气。”斯库勒大声地笑着，他笑起来嘴巴难看极了。“有人编成歌谣，说他用兵器掳走女孩，在山上和女方的亲族苦苦作战。曲子中还写道西格尔爵士在圣布庄园请客，用金银作为礼物为亲戚谋和。荣耀属于高特，即使这一切都是谎言也无所谓。总之高特统治着整个教区和教区以外的某些地段，而尤弗丽德则统治着高特……”

克里斯汀悲伤地摇摇头，看着斯库勒，表情变得轻松了一些。现在她觉得斯库勒看起来最像他的父亲，这位已经被毁容的年轻军人身上拥有伊兰德的豪情，他通过自己的努力来掌握自己的命运，拥有冷静的性格和坚定的意志，这让他的母亲很放心。她想起昨天艾利夫神父说过的话，一瞬间想明白了，虽然她经常为这几个行为轻率的儿子们担忧，又因为这种担忧而常常严格地约束着他们，但如果他们一个个变得过于顺从而没有男子的气概，她一定对这样的儿子们更加不满。

克里斯汀再次问起小孙子伊兰德的情况，斯库勒好像没怎么注意他。是的，小家伙长得很健康，强壮且很漂亮，不过什么事情都要按照自己的意愿来。

浓雾中那红彤彤的晚霞逐渐消失了，天色变暗了起来，教堂的钟声响了起来。克里斯汀母子站起身，斯库勒握住母亲的手，小声地说：

“妈妈，你记不记得我曾经出手打伤你，我气冲冲地把一根球棒扔向你，打中了你的额头，你还记得吗？妈妈，现在只有我们两个人，我请求你原谅我！”

克里斯汀长长地叹了一声——是的，她回想起来了。她曾吩咐双胞胎到山间畜场去办事，等她走进院子的时候，马背上套着驮鞍，马在那里吃草，儿子们跑来跑去地玩球。她责骂了他们，斯库勒气得要命，把球棒扔向了她……后来的情形她都记得，她的一只眼睛肿得几乎睁不开了，她就这样在庄园里进进出出的。兄弟们左看看她，右看看斯库勒，把斯库勒当作麻风病人般的躲着他。事实上纳克已经将他狠狠地教训了一番。斯库勒慢慢走开，装出冷漠和轻蔑的样子，既惭愧又不服。晚上克里斯汀站在暗处换衣服，斯库勒偷偷走向她，没有说什么，只是抓起她的手亲了一下。她碰碰他的肩膀，他搂住母亲的脖子，把脸贴上母亲的面颊。当时他的脸冰凉冰凉的，软软的，还有点圆。她觉得他毕竟仍旧是个孩子，这位脾气倔强而又暴躁的少年……

“斯库勒，我已经原谅你了，虽然我无法向你证明自己是如何彻底地原谅了你，但主知道我原谅你有多么的彻底，我的孩子！”

她站了一会儿，把一只手搭在儿子的肩膀上。斯库勒用力抓住母亲的手，紧紧地握着，使她疼得想要缩回手，接着他又抱紧了她，和上次一样激动，一样地满怀着深切的柔情和羞怯。

“儿子，你怎么了？”克里斯汀被他吓到了。

克里斯汀感觉到儿子在黑暗中摇了摇头。后来，斯库勒放开了母亲，两个人一起走向教堂。

做弥撒的时候，克里斯汀忽然想起有一天早晨她和瞎眼的爱莎夫人一同坐在教士专用的门外面的板凳上，她忘了把夫人的斗篷拿进来。仪式完成之后，她准备绕过去拿。

艾利夫神父手拿着灯笼和斯库勒一起站在拱廊下。

克里斯汀听见斯库勒用疯狂和绝望的语气说道：“我们把船停靠在码头的时候，他就死了。”

“谁死了？”

这两个人看见克里斯汀后，都被吓了一跳。

斯库勒小声地说道：“是我的一名船员。”

克里斯汀瞧瞧儿子，又瞧瞧神父，在微弱的灯光下看见儿子和神父紧张而又呆滞的面孔，不由得轻声惊呼起来。神父微微咬着下唇，克里斯汀看见他的下巴在颤抖。

“我的孩子，你最好把一切都告诉我吧。倘若主安排我们接受这样严峻的考验，那我们就必须准备好接受这一切！”克里斯汀说道。

斯库勒只是低声哼了一声，什么也没有说。于是神父说道：

“克里斯汀，卑尔根发生了瘟疫……据说是在全世界都猖獗的那种黑死病……”

克里斯汀小声问道：“是鼠疫吗？”

“即使我告诉你，我在卑尔根所看到的一切，能有什么用呢？”斯库勒说。“在我从卑尔根坐船离开的时候，那场面惨不忍睹。没亲眼看见过的人一定想象不出那种场景来。之前布雅恩爵士用最严厉的方法，扑灭了琼斯修道院周围的疫情。他妄图让武士隔断从北奈斯到城镇的道路，在麦克修道院苦修的僧人们威胁他，要将他驱逐出教门。那边来了一艘带病的英国船，他不准船上的人卸下货物，也不准他们下船。当船上的人都死了的时候，他就让人把船底凿穿，想使船沉下去，可是一小部分货物已经被搬到了岸上。有一些市民趁着黑夜偷偷搬了一些货物上岸，在琼斯苦修的僧人坚决要为垂死的病人举行圣礼……就这样，疫情开始在城里蔓延开来，我们明白，无论我们做什么，一切都是无济于事……现在城里除了搬运尸体的人外，几乎看不见一个活人了——能走的人都走了，鼠疫也被他们带着传播开来……”

“噢，耶稣基督啊！”克里斯汀惊呼道。

“妈妈，你还记得上一次西尔地区鼠群的场景吗？鼠群穿过了所有的大街小巷。你还记得它们在灌木丛中烂掉的尸体吗？没有一条水沟不是臭气熏天的，所有的水源里都被染上了病菌……”斯库勒握紧双手，母亲的身体微微颤抖着，如同置身于冰天雪地之中。

“主啊，饶恕我们这些罪人吧！……斯库勒，感谢主和圣母，你总算是平安地来到了这里……”克里斯汀说。

斯库勒在黑暗中咬紧了牙齿：

“在我和我的手下们起航的那个早晨，我也是这样对他们说的。当我们的船向北行驶到摩多海峡的时候，船上有一个人得病了。他死后，我们在他脚上绑了几块石头，在他胸前挂了一个十字架。我们发誓在船行驶到尼达洛斯的时候，会给他做安魂弥撒，然后就把他的尸体扔到了海中……主会原谅我们这样做的。接下来又有两个人死了，我们将船停到岸边，托人去安慰他们的灵魂，还举行了基督教葬礼。当命运的安排来临的时候，逃避没有任何作用。当我们的船行驶到河道里时，第四个人永远地离开了我们，而昨天那位，是第五个……”

过了片刻，母亲问他：“那你一定要回到城里吗？你不能住在这里吗？”

斯库勒勉强地笑了一下，摇了摇头说：

“噢，我想我们总归是要回到我们应该去的地方。害怕、恐惧是没有用的——你一旦恐惧，就意味着你已经丢了半条命。妈妈，只希望我能活到和你一样大的年龄！”

克里斯汀小声地说：“没有人能体会到已经死去的年轻人免去了多少悲伤。”

“妈妈，当你回想你二三十岁的时候，愿意失去从当初到现在的长久岁月吗？”斯库勒显得很坚强。

两周以后，克里斯汀首次见到了得黑死病的人。关于在尼达洛斯蔓延的黑死病已经传播到附近教区的消息也传到了里萨。大家都不知道这种疫病到底是怎么传播的，因为大家都躲在家里，一旦看见路上不认识的行人，就马上逃向树林。没有任何人会打开大门，让陌生人进门。

有一天早晨，两名渔夫抬着一个被船帆包裹着的病人来到修道院。他们在天刚亮的时候从自己的小船上下来，看见此人昏倒在码头旁边的另外一条小船上。这个人用最后一点儿力气将船固定住，但已经没有力气爬下船了。那个人被抬进修道院的一栋小房子里，不过，他的亲人都已经离开了家乡。

这个快要死的人躺在庭院里青草地的一张湿帆布上。渔夫站在远方和艾利夫神父交谈，预备修女和女仆们纷纷跑进屋里，修女们全都挤在修道院大厅的门口——这是一群惊恐慌乱、胆战绝望的老太婆。

这时，蕾根希尔德院长走过来。她是一位瘦弱的老妇人，脸宽而扁，鼻头有点发红，像一颗纽扣，浅棕色的大眼睛泛着水光，眼圈都红了。

她大声而清晰地说道："以圣父圣子圣灵之名，"喘了口气，又补充道，"把他抬到客房里吧！"

年龄最大的爱嘉莎修女，穿过人群，主动和院长及抬病人的男人们一起去了那边。

天黑了，克里斯汀端着一服在食品室配好的药去那里，爱嘉莎修女问她留在那里照顾炉火怕不怕。

克里斯汀觉得自己看惯了生死，见过比这更可怕的场面，都已经变成硬心肠了。她竭尽全力回想着以前看到过的最惨的事情。那位鼠疫病人直挺挺地坐着，他只能这样坐着了，因为每次咳嗽都会咳出血痰，这些痰憋得他喘不过气来。爱嘉莎修女在他那瘦弱发黄的、长有红色胸毛的胸膛上绑了一条长长的绷带。他的头向前伸着，脸变成了蓝灰色，随着阵痛发抖。爱嘉莎修女坐在木椅上静静地祷告，每当病人咳嗽时，她就会站起来托住他的头，端一杯水喂给他喝。病人痛苦得大声喊叫着，翻着很大的白眼，样子看起来非常恐怖，最后他居然伸出黑色的舌头，哀号声越来越小，变成可怕的低吟。修女把杯中的痰倒进火堆，克里斯汀添加了一些新鲜木柴，潮湿的树枝使室内充满了刺鼻的黄烟，直到后来熊熊地燃烧起来。她看见爱嘉莎修女把坐垫和枕头放在病人的背脊和腋窝下，用醋水给病人擦拭脸部和干裂的嘴唇，又给他盖上脏兮兮的被单。

“这一切很快就会结束了，”她对克里斯汀说，“他的身体刚才还烫得像火炉一样，而现在却冰凉得像地窖。艾利夫神父已经准备为他做临终前的圣礼了。”爱嘉莎修女吐出嘴里的菖蒲根，坐在病人身边，重新开始祷告。

克里斯汀竭力让自己不害怕，她见过死状比这更惨的人……但没有效果，因为这是鼠疫。主因人类的心肠狠毒而降下惩罚，这种残忍的心只有无所不知的主知道……她仿佛坐在海上一艘摇摆不定的船上，感到阵阵眩晕，之前所有苦难和气愤的想法像一道道巨浪，碎裂成无助的悲痛，化成无助的挣扎哀号：“主啊，快救救我们吧，我们快要死了……”

艾利夫神父深夜过来了。他严厉地责备爱嘉莎修女不听从他的建议，她没有在病人的嘴上和鼻子上绑一块浸过醋的布条。爱嘉莎修女小声地自言自语说这没有用的。不过，现在她和克里斯汀还是按照艾利夫神父的话去做了。

神父非常镇静和果断的态度给了克里斯汀莫大的勇气，也让她觉得惭愧。她走出杜松烟阵，帮助爱嘉莎修女。病人的身上散发出熏人的臭气，包括污秽物、血腥、汗液以及从喉咙里发出来的恶臭，没有办法用烟赶走这些气味。她想起了斯库勒说的鼠群旧事，产生了逃走的想法，尽管她明白没有地方可以躲起来。当她拥有慈悲心肠，接触到垂死的病人时，对鼠疫的恐惧也就消失了。她尽可能地帮助这个病人，直到他离开人世。这个病人走的时候面孔呈黑色。

修女们拿着圣物、十字架和点燃的蜡烛，环绕着教堂附近的小山游行，教区中能动的人都跟着她们去了。几天后，附近的史托曼死了一个感染疫情的女人，接着黑死病蔓延到了全区所有的庄园。

死亡、恐惧和危难仿佛把各地的民众带进了超时间的世界里。几个星期就让大家忘记了鼠疫和死亡来临前的世界。人们好像站在吹着海风的海水里，海岸却逐渐消失了。好像没有人记得生命和日常生活是我们唯一可靠和亲近的东西，死亡是那么遥远。人们无法想象，只要人类没有死光，一切都会回到原来的样子。

一个领着失去母亲的孩子来修道院的男人说："看来我们都会死去的。"对于这句话有人板着脸严肃地谈论着，有人哭哭啼啼地谈论着。他们在请神父看望垂死的人时会说这句话，在他们把尸体抬到山下的教区教堂及修道院的礼拜堂坟场时也会说这句话。抬尸体的人常常要亲自挖坟墓。因为艾利夫神父让沽卜来的还有劳动力的预备修士去保护和收割修道院田地里的谷物。不管他到教区的什么地方，他都会劝诫大家把粮食装到粮仓里，互相帮忙照顾动物，以免瘟疫之后出现饥荒，大家会被饿死。

起初，修道院的修女们冷静地接受着这种令她们不知所措的考验。她们享用着修道院中一切舒适的设备，整天待在修道院大厅里，让大石炉不分昼夜地燃烧着大火。艾利夫神父说过，尽量让所有的炉子都烧起来，不过修女们却非常害怕火——她们不止一次听老修女说起三十年前修道院失火的事。因为外面常常来很多乞讨食物的孩子们需要她们的帮助，所以她们的吃饭和工作的时间完全被打乱了。修女们的很多职责也被搅乱了。病人纷纷被抬进院内，有的是一些能被埋在修道院、做安魂弥撒的富人们，有的是在家得不到帮助的穷人和孤寡老人，中等阶层则躺在自己家里，死也要死在自己家。很多庄园里的人都生命垂危。即使乱哄哄的，修女们还是按时祷告。

修女中最先得病的是年近五十岁的英加修女，年龄和克里斯汀差不多。她很害怕死亡，也很惧怕看见或听到关于死亡的事情。在做弥撒期间，她在教堂里浑身颤抖着，匍匐在地上爬行，牙齿不停地打战，泪流满面地忏悔和祈求主和圣母宽恕她、救救她……没过多久她就因病发高烧，不断地低吟，全身泛着血和汗。克里斯汀内心充满了恐惧，她觉得如果自己也被传染了，也一定会病成这个样子的。现在的问题不仅仅是不可避免地要死的问题，还有来自于对死于鼠疫的那种恐慌。

后来蕾根希尔德院长也病倒了，克里斯汀曾经为她登上院长的宝座而感到惊讶，她只是一位安静唠叨的老妇人，没有文化，似乎也没有灵性的天赋。当死亡来临的时候，她却证明了自己不愧是主的侍女。她生病了，身上长满了脓疮，但她不让修女们脱下她的衣服。她的腋下出现一个肿得像个大苹果一样的肿块，下颏也出现了一些肿块，肿得很大，血红血红的，最后变成了黑色。蕾根希尔德院长疼得要命，身体发着高烧。当她神志清醒的时候，就躺在那里，祈求主的宽恕，用真诚的话语为修道院和修女们祈祷，为天下的病人和难过的人们祈祷，祈求主拯救垂死者的灵魂。艾利夫神父在给她送圣粮的时候也忍不住哭了，她在灾难中爆发出来的毅力和热诚让人很惊讶。蕾根希尔德院长已经多次将灵魂交给了主，祈求主把修女们置于自己的庇护之下。最后她身上的脓疮开始裂开了，这就使她起死回生。后来人们发现生脓疮的病人有可能会痊愈，而吐血的病人全都死了。

修女们在看到院长坚持不放弃之后最终得以痊愈，还看见一些鼠疫病人没有死的案例，好像得到了活下去的勇气。现在她们要自己挤牛奶，照顾牛房，准备食物，捡杜松和新鲜的松枝来燃烧消毒——每个人凡事都亲力亲为。她们竭尽全力照顾病人，发放药物。消毒的药和菖蒲根都用光了，她们就用生姜、辣椒、番红花和醋酸来消毒；没有面包了，她们就在晚上烘烤；香料用光了，她们就通过嚼杜松果和松针来防疫病。修女们一个接一个地生病或死亡。修道院教堂和教区教堂每天的丧钟不绝于耳。在令人压抑的空气中，地面上依旧弥漫着异常的浓雾，充满着恐怖的气息。浓雾和黑死病之间似乎有什么不为人知的牵连。有时候迷雾会变成霜雾，以小冰针和半冻结的小雨形式降下来，白霜遍布大地。后来天气变暖，迷雾再次降临。一弯细流从峡湾里流向内陆，流在低草地里，在莱恩修女院的北面形成了盐水湖。刚开始湖边聚集了数以万计的海鸟，现在海鸟消失了，却飞来了无数的渡鸦，人们认为这是一个大凶兆。黑色的鸟儿围绕在雾中每一块临水的石头上，发出令人恐惧的叫声。一群群体积超大的乌鸦栖息在树林里，尖叫着飞过这块遭遇了苦难的大地。

克里斯汀不时地想起自己的亲人——生活在各地的儿子们和那些自己还从未见过面的孙子、孙女们。小伊兰德那长着金色头发的后脑勺好像就晃在眼前。可是她却觉得儿孙们离她很遥远，是那么的模糊不清。在灾难中，全人类好像都变得如此可以亲近，同时又是如此的疏远。现在她每天忙得不得了——她习惯了各种活儿，这些对她很有利。她坐着挤奶，经常忽然发现身边出现了没有见过的被抛弃的小孩。她已经忘了问他们从哪里来，家中是什么状况。她只是拿东西给他们吃，带他们去大厅或者其他有火炉的地方，或者是把他们安排在宿舍的床上。

在灾难期间，人们反复地祷告。克里斯汀发现自己没有时间祈祷和冥想。当她有时间拜倒在教堂的圣龛面前进行祈祷的时候，她也是一句话不说，或是喃喃地默念着经文。克里斯汀没有意识到，两年来养成的修女习惯和风采在渐渐消失，如今的她好像又恢复了当年的家庭主妇身份。修女的人数在逐渐减少，修道院的规章也日渐变得松弛了，院长还躺在床上养病，体力很差，舌头半麻痹，几乎丧失了说话的能力。剩下的能够工作的人越来越少，所以这些少数的几个还活着、能工作的人身上的责任也就越来越重大。

有一天，她碰巧听到了斯库勒的消息，他还在尼达洛斯——他手下的船员是死的死，跑的跑，也招不到新的人手。他自己的身体还很健康，但他和很多失去信心的年轻人一起，过着放荡、不受任何约束的日子。他们说害怕的人一定会死去，因此他们便放纵自己，过着醉生梦死的生活——饮酒作乐，赌博跳舞，和女人胡来。在这个大灾之年，甚至是那些良家妇女和名门闺秀也从家中跑出来，在客栈、酒吧里和妓女一起陪男人们厮混。

克里斯汀心想“主啊，宽恕他们吧！”但她的身心很疲惫，也没有更多的精力来为这些事情伤心难过。

这时候，教区里也时常发生一些罪恶和粗野的事情。虽然这些修女们忙于手头的事，也从来不去议论这些是非，但是有些事情还是不断地传到了修道院中。不过艾利夫神父永不停歇地在全区到处去照顾病人和垂死者。他有一次对克里斯汀说，这种时候人们心灵的疾病比身体上的疾病更需要医治。

有一天黄昏，莱恩修女院幸存的一群人在会议厅围着火炉而坐。总共有四位修女、两位预备修女、一位老马夫、一个年轻的小伙子、两位灾民和几个小孩子，他们都围坐在火炉周围。院长躺在高席凳上。在黄昏的光影中，似乎有一个大大的十字架在浅色的墙壁上散发着光芒。克里斯汀和杜丽修女分别坐在院长的头旁边和脚旁边。

从上一次有修女死亡，到现在已经过去了九天，而修道院或附近的房舍中五天来都没有人因病死去。艾利夫神父说，整个教区的鼠疫疫情好像已经减轻了。最近三个月以来，集中在这里的群众第一次感受到了和平、生存的希望和心灵的安慰。托伦·马塔老修女把手中的念珠放下，握住膝盖前一个小女孩的手：

“啊，你以为会怎么样呢？孩子，我们现在确实能够坚信，圣母不会长久地放弃她的孩子的。”

“不，托伦修女，这都是因为海尔[①]，与圣母马利亚无关。如果人们在墓地前献给她一个没有瑕疵的男人，她就会带上她的耙子和鸡毛掸[②]离开这里，或许明天就会走得很远了……”小女孩回答道。

托伦修女惊恐地说道：“你说这话是什么意思？呸呸呸，梅根希尔德，你这是异教邪说，理应遭受一顿打……”

“梅根希尔德，你别怕，告诉我们你为什么这么说。”克里斯汀站在她们背后，屏息询问着小女孩。她记得当她还是女孩的时候，爱丝希尔德夫人说过，魔鬼诱惑绝望的人采取可怕和罪孽深重的措施……

傍晚时候，孩子们到教区教堂附近的树丛中玩耍，其中几个小孩穿越林木来到一间草皮屋前，听到里面有人在商量着什么计划。按照他们听到的消息，这些人抓了一个住在海边的妇女史坦侬的儿子，他们打算在今夜把这个孩子献给瘟疫女神。孩子们听到后，便传开了。这些孩子很得意地说着这些，因为这样能引起大人们的注意。他们是不会同情那个被抓的小孩。可怜的托尔，大概因为他是没有地方可去的孤儿吧！他到处乞讨，却从来不去修女院。艾利夫神父和院长派人去找他母亲的时候，他母亲要么逃走，要么一句话也不说。无论他们对她怎么友好或者严肃，她还是那样。她在尼达洛斯的妓院里住了十年，后来因为生病、年龄大了和相貌变丑，不能再以这个行业为生，就离开了那里，迁到莱恩地区，现在住在海边的一栋小房子里。时不时会有乞丐和卖艺的路人在她的小屋里同她厮混一两个小时，所以她也不知道这孩子的父亲是谁。

克里斯汀说：“我们必须马上赶过去，基督教徒正在我们的眼前把灵魂卖给魔鬼，我们决不能坐视不理。”

---

①海尔是斯堪的纳维亚神话中的死神。

②在挪威的民间传说中，鼠疫通常会化身为一个手拿耙子和鸡毛掸的老太婆。如果她使用耙子，则会有部分人幸免于难；如果她使用鸡毛掸，则会没有人能幸免于难。

修女们很不赞成这个想法。那些人都是些罪恶滔天的人，经过了这段时间的疾病，他们大概已经被撒旦附身了。

“如果艾利夫神父在这里该多好！”她们说道，在这段疾病流行期间，艾利夫神父已经证明了他在修道院无可取代的地位，修女们简直以为他是万能的……

克里斯汀完全绝望了。

克里斯汀说：“即使只有我一个人我也要去救他，院长，你是否能允许我去？”

女院长用尽全力握紧克里斯汀的手，发出痛苦的声音。说不出话的老院长站了起来，用手势指挥大家给她换衣服，准备出发，还命人拿来十字架、职务徽章和令牌，然后抓住克里斯汀的手臂。在现场所有的女人中，克里斯汀是最年轻和最强壮的一个。全体修女起立跟随在她们的背后。

她们走过神父会厅和教堂唱诗席的小房间，踏入寒冷的冬夜。蕾根希尔德院长的牙齿开始不停地发抖，全身哆嗦着。由于生病，她仍然不停冒汗，伤口还没有恢复好，走起路来很痛苦。修女们见她这种状态，劝她回去休息。她气恼地小声咕哝着，把克里斯汀的胳膊握得更紧了，全身颤抖着，带头走过花园。在眼睛适应了黑暗后，她们看见地上的枯叶，知道了自己的位置。枯树顶上散发着微微亮光，冷水随着树枝滴落下来，寒风低沉呜咽着，小山背后传来波涛拍打海岸的声音，像是发出低沉而痛苦的叹息声。

花园的前面有两扇小门，克里斯汀用力打开螺丝栓，轴孔都生锈了，螺栓嘎吱嘎吱地响。修女们都吓得不停地颤抖。她们慢慢地继续前行，穿过树丛，向教区的礼拜堂走去。现在她们已经能模模糊糊地看见涂有黑柏油的房屋，在湖泊对面的矮山上，云层裂开了一条缝。她们看到了前面的屋顶、碉楼、兽头塑像和屋顶上高大的十字架。

是的，坟场里有人——与其说是她们看见或者听见的，还不如说是她们感觉到了有人。地上摆放着一盏小灯，微弱的光芒依稀可见，附近好像有黑影在不停地移动。周围是一片漆黑。

修女们围成一团，紧紧地挨着，小声祈祷的同时，也小声地呻吟着。她们走了几步，便停下脚步听听声音，接着又继续向前走。当她们快要走到墓地大门的时候，有人听见在黑暗的地方有个小孩用尖尖的声音说：

“噢，噢，我的糕饼，你们把泥沙撒到我的糕饼上了！”

克里斯汀松开院长的手，笔直地奔跑着冲向坟场的大门。她用力推开了几个男人的脊背，踢开一堆挖起的泥土，来到刚挖的坑边，跪下来，弯腰抱起坑底的小男孩。那些人给了小男孩一块糕饼，让他待在坑里不许出来，现在正在往墓穴里填土，里面的小男孩还在为泥沙弄脏了糕饼而哭泣呢。

那些人吓得不知所措，有的打算逃跑，有的来回踱步。借着地上微弱的灯光，克里斯汀看见了他们的脚。后来，感觉有一个人正准备向她扑来。但这时候，一群身着灰白色修女服的人出现了——于是这群男人犹豫不决地呆住了……

小男孩被克里斯汀抱着，一边哭喊一边抱怨着糕饼上面沾着泥巴。于是她把这个孩子放到地上，然后接过糕饼，擦拭干净后递给小男孩。

“喏，吃吧，孩子，你的糕饼还是好好的。”克里斯汀的声音在颤抖着，觉得必须暂停一下，“诸位，你们都回家吧，回家感谢主，感谢主让你们还没有铸成不可挽回的大错。”现在克里斯汀对他们说话的口气就好像主人对用人说话一般，语气很温和，就好像她相信不会有人会违背她的意思一样。一部分人不由自主地转身向大门口走去。

忽然，有一个人尖声喊道：

“停下，你们难道不知道这是一个生死攸关的大事？……这也许是我们唯一的生路。这些吃饱了没事干的修女们居然插手管起闲事来了，不能让她们走，以免这件事被更多人知道。”

没一个人敢动，雅阁奈丝修女忍不住哭喊道：

“噢，仁慈的耶稣，我的新郎，谢谢你让侍女们为了荣耀而舍命！”

蕾根希尔德院长毫不客气地推开她，跌跌撞撞地走上前去，拾起地上的灯笼。大家都站在那里一动不动，没有人前来阻止她的举动。她高举起灯笼，挂在胸口的金十字架闪闪发光。她拄着令牌站立起来，用灯光来回照周围所有人的脸，依次点头致意，然后做了个手势，示意克里斯汀说话。

克里斯汀说：“亲爱的兄弟们，安静地回家吧，要相信院长和修女们会在忠于主和教会的范围内大发慈悲。现在站开一点儿，让我们把孩子抱过来，然后都离开这里。”

男人们仍犹豫着站在那里，忽然，其中有一个人大声喊道：

“献出一个人，不是比全部的人都死好一些吗？……这孩子没有亲人和朋友，难道不是合适的人选吗？”

“他是主的孩子，宁可大家一起死去，也不能伤害主年幼的孩子。”克里斯汀争辩道。

最初说话的那个人又喊道：

“闭嘴，不要再说这样的话，不然我就让你永远闭嘴……”他威胁似的玩弄着手上的小刀，“你们回去吧，让神父安慰你们吧，回去后都给我对今晚的这件事保持沉默，要不然的话，我可以以撒旦的名义告诉你们，你们插手我们的事，是不会有好处的……”

克里斯汀镇静地说：“亚安托，你完全没有必要这样大声喊叫给魔鬼听，他现在离这里已经很近了。”有些人好像很害怕，悄悄地靠近手里拿着灯笼的院长，“对所有的人来说，如果我们安静地坐在房子里，放任你们在炼狱中安排你们的落脚之地，那才是最不明智的做法。”

亚安托诅咒和咆哮着，克里斯汀知道他讨厌修女的原因。他的父亲杀了人，又和妻子的表妹通奸，为了减轻罪恶，把田地抵押给了修女院。现在他编造一些恶毒的谎言来诬陷修女，说她们犯下大罪、罪孽深重，克里斯汀觉得只有魔鬼才能使人产生出这样的想法。

修女们被他的谩骂吓到了，有的修女在哭泣。她们站在老院长的身边一动不动。女院长高举着灯笼，用光芒照射着那个人，然后镇定自若地一言不发地盯着他的脸。

克里斯汀心中的怒火在燃烧：

“闭嘴，你疯了吗？还是主弄瞎了你的双眼？我们曾经看见主为了代替世人赎罪挺身承受利剑，我们怎么能为他的惩罚感到不满？我们犯了错，每天都忘记了主，而修女们却诚心祷告；我们奔波在人世间，被物欲、肉欲和怒火所差遣，而修女们却躲在祈祷的城堡中与尘世断了联系。当死亡天使来临的时候，她们选择站出来陪伴我们，帮助我们，救助病人、弱者和饥饿的人。在这次鼠疫蔓延的时候，我们的修女死亡了十二名，你们明白吗？没有一个人逃离，每个人都在为大家祷告，直到舌头不能再动，直到流完全身的热血……”

“你把你们说得太棒了。”亚安托冷笑着说。

克里斯汀被气得快要发疯了：“我和你们才是一类人。我不是这些圣洁姐妹中的一个，我是你们之中的一员……”

亚安托轻蔑地说：“你这婆娘，现在倒真谦虚起来了。我看得出来，你被吓坏了，说不定再过一会儿，你就会说你和这个小男孩的母亲是同类了。”

“这必须由主来判断，他认识她，也认识我，他认识我们两个人。史坦侬，她在哪里？”克里斯汀问道。

亚安托回答道：“你到她家里去找她啊，你肯定能在那里找到她。”

克里斯汀对修女们说：“是的，应该有人给那个可怜的女人传个话，告诉她我们找到了她的孩子。我们明天就去看她。”

亚安托冷笑着，另外一个人焦虑不安地叫道：

“不，不，她已经死了，布雅恩抛下了她，闩上门，已经过了十四天，她当时正要断气。”

克里斯汀恐惧不安地看着那个人：“她已经死了……没有人带神父去看看她？尸体躺在那里……没有人同情她，将她埋进圣土……而你们还打算把她的孩子……”

看见克里斯汀愤慨的表情，那些男人也感到羞愧和害怕起来，大家同时叫喊着，有一个声音比别人都大：

“修女，你自己到她那里去吧！”

“好的，谁愿意帮我？”克里斯汀问。

没有人应答。

亚安托大声说道：“看来，你得一个人去了。”

“亚安托，明天天一亮，我们就会去抬她。我会花钱为她买一块墓地，给她做安魂弥撒。”克里斯汀说。

“明天去？你应该现在就去，这样我才相信你们修女神圣而纯洁……”

亚安托把脑袋伸到克里斯汀的面前。克里斯汀用拳头在他的鼻子前面扬了扬，因愤怒和委屈，哭了起来……

蕾根希尔德院长走到克里斯汀身边，竭力想说句话，哪怕是一句话也行。所有的修女都叫嚷着说明天去安葬那个死去的女人。但亚安托的大脑看起来已经成为魔鬼的傀儡了，他不停地尖叫着：

“现在去，如果现在去，我就相信主是仁慈的……”

克里斯汀站直了身体，脸色有些苍白，动作僵硬：

“我去。”

她一把抱起小男孩，放到托伦修女的怀里，推开那群男人，跑向大门，被一路的草丛和土堆绊倒在地。修女们哭着跟过去扶起她，雅阁奈斯修女叫嚷着要和她一起去。院长向克里斯汀挥舞着拳头，无声地劝她停下脚步，但克里斯汀好像中魔了一般……

突然，坟场大门的黑暗处传来一阵吵闹声，紧接着传来艾利夫神父的声音。“谁在这里开会？”他走进灯笼的光晕里，大家都发现他手上拿着一把斧头，修女们像绵羊一般围绕在他身边。男人们想要趁着黑暗逃跑，却看见一个手里拿着利刃的男人，现场乱糟糟的，武器哐当哐当作响。艾利夫神父对着门口叫道：

“破坏坟场安静的人都会遭殃的。”

克里斯汀听别人说，来的这个男人是信条巷的铁匠。片刻，来了一个高大威武的白发男人，站在她身边，原来是哈尔德之子武夫。

神父把斧头递给武夫，这原本就是他向武夫借的。艾利夫神父接过修女抱着的小男孩托尔，说道：

“午夜已经过了，你们最好和我一起去教堂把这件事情说清楚。”

大家只好听从神父的话。他们走到大路上，一个穿着灰色衣服的女人离开了队伍，拐向通往森林的小路。原来是克里斯汀，神父让她跟着大家一起回教堂。但她顺着小路头也不回地从黑暗中回答道：

“艾利夫神父，我要先去实现我的诺言，然后再回教堂……”

神父和几个人追了上去。在神父追上她的时候，克里斯汀正靠在围墙边。神父提着灯笼，看到克里斯汀的脸色苍白得吓人。一开始神父怕她发狂，神父看了一会儿克里斯汀的眼睛，判定她很正常。

艾利夫神父说：“回来吧，克里斯汀。明天我带一些男人陪你去，我也会去。”

“我已经许下了诺言，神父，我必须先实现我的诺言，才能回去。”克里斯汀回答道。

神父安静地站了一会儿，然后小声说道：

“也许你是正确的。那就去吧，修女，以主的名义……”

克里斯汀灰色的身影很快消失在黑夜中。

当哈尔德之子武夫的身影突然出现在克里斯汀身边时，克里斯汀用生硬的语气逐字逐句地说：

“你回去吧，我可没有让你跟过来。”

武夫小声地笑了笑说：

“克里斯汀，我的女主人，难道你不知道并不是所有的事情都会如你想象的那样吗？我感觉还没有弄清状况，有些事情你不要求或者不吩咐我，我也会做的，而你接下来的工作一个人可能也完成不了，我会帮助你扛下这个担子。”

树林在他们头顶呜咽着，遥远的海边的波浪传到他们耳中的声音随风的大小而变化。他们在寂静的黑夜中一起走过。过了一会儿，武夫说：

“克里斯汀，以前你在晚上出门，我也陪过你。我想这次与你一起去也是挺好的……”

在黑暗中可以听到克里斯汀那断断续续的、沉重的喘息声。她在中途被什么绊了一下，武夫扶了她一下，之后他们就牵着手一起前行。走了一段时间，武夫听见她边走边哭，忙问她哭什么。

“武夫，我一想到你对我们一直都是那么的忠诚和和气，我就控制不住眼泪，很感动。我还能说什么呢？……我知道你这么做，主要是为了伊兰德。但是亲人啊，我觉得虽然你一开始就知道我的缺点，但在后来的时间里却一直对我很宽容，其实我一开始的行为就不值得你这样对我。”

“克里斯汀，我像爱他一样地那么爱你。”武夫说完后，便沉默不语了。

克里斯汀觉得他现在很激动。后来他说：

“我今天坐船到这里来，我的心情非常沉重。我是来告诉你一个难以开口的消息。但愿主给你足够的勇气，克里斯汀！”

克里斯汀小声地问道：“是关于斯库勒的事吗？是斯库勒死了吗？”

“不，我昨天还和斯库勒说过话呢，他一切安好。现在城里因鼠疫而死的人已经不是很多了，但我今天早上收到了来自陶特拉修道院的消息……”他听见克里斯汀长叹了一口气，但没有说话。过了一会儿，武夫又接着说道：“他们已经离开人世十天了。现在修道院只有四位修士还活着，岛上几乎没有人影了。”

两个人走到树林的边上，在平坦的陆地上他们听见海浪隆隆的声音，阵阵海风不时拂面。黑暗中有一道白花花的亮光，那是一处有些陡的浅丘旁边的一道浪花。

克里斯汀说：“她就居住在那儿。”武夫感觉到她全身阵阵痉挛，便用力握紧了她的手：

“是你自己接受这个任务的，要记住，别乱了分寸。”

克里斯汀用她那清凉而又细小微弱的嗓音发声，声音被微风带到了很远的地方：

“布柔哥夫的梦想即将变成现实，我相信主和圣母的仁慈。”

武夫想看她的表情，可惜周围太暗，没有看见。他们走在海边，有些断崖下面很窄，浪花不时地拍打着他们的脚。他们踩着海草和石堆前行，很快就发现沙滩上有一堆黑乎乎的东西。

武夫说：“你就待在这里。”

他从克里斯汀身边走开，过去开门。克里斯汀听见他在劈木门的声音。接着看见木门往里面倒了下去，他从这个黑暗的洞口走了进去。

今晚没有暴风雨，可是天太黑了，克里斯汀只看见了海上漂起来又失去了踪影的泡沫微光，和拍打着海岸的海浪，还看见了沙丘前的黑影。她独自站在黑夜里，好像站在死神的前院里一样。波浪和水花拍打在石头上的声音恰当地配合着她脉搏跳动的节奏，她的身体抖动着，仿佛快要被撕裂了。她的脑海里一片空白，脑袋跟着身体一起，快要裂开了。狂风一直环绕着她，停不下来。她的全身接受着狂风的洗礼，没有一点儿精神，她感觉自己好像得了黑死病。她似乎是在等待着，等待着光明冲破黑暗，等待着太阳压倒海浪的喧闹从海中喷薄而出，到那时她会怀着愤懑而死去。她拉起被风吹掉的头巾，用黑色的修女斗篷紧紧包裹着自己的身体，双手交叉，握在斗篷下面。她没有想起来去祈祷，好像她的灵魂将要离开她这个腐朽的躯壳似的，她每吸一口气，就好像有什么东西在凶狠地撕扯她的胸膛。

她看见小屋里露出零星的火光。不一会儿，传来武夫喊她的声音：

“克里斯汀，你过来帮我掌灯吧。”她走过来的时候，武夫正站在门口。克里斯汀过来之后，武夫递给她一根淋了油的火把。

尽管小房子很通风，门板也掉了，她还是闻到了一股令人窒息的尸臭味。她瞪圆了眼睛，嘴巴半张着，感觉下颏和嘴唇都僵硬了，像木头一样硬。克里斯汀回头看了一眼死者，看见一个长长的包裹放在泥地的一角，死者被武夫用斗篷包了起来。

武夫从其别地方拉来几块长木板，把门板放在上面。一边咒骂着工具不全，一边用小斧头和匕首刻下痕迹和挖洞，想办法把门固定在木板条上。他有时会快速地扫克里斯汀一眼，而且每看一次，他那留着灰胡须的黑脸就变得越严肃。

他边做边说道：“我实在想不通你为什么想要一个人做完这件事。”随后他看见她在灯光下僵硬的面孔阴沉着不动，像死了一样，又像发疯了似的。他大大咧咧地笑着说：“克里斯汀，你能让我知道原因吗？”克里斯汀没有反应，“我想你现在需要念一篇祈祷的经文。”

克里斯汀依旧用那种僵硬的、木然的神情有气无力地开口念道：

“我们在天上的父，愿你宣称的国度降临，愿你宣称的旨意运行在地上，如同运行在天上……”她中途停了下来。

武夫看了看她，她便继续祷告道：“我们日常需要的饮食，今日你把它赐给了我们……”

武夫也快速地念完主祷文，在尸体上画了一个十字，又快速地把尸体抱到固定好的担架上。

武夫说：“你抬前面那头，可能会比后面重，但是臭味会小一些。把火把扔掉吧！没有火把，或许会看得更清楚一些。克里斯汀，你一定不能摔倒，我可不想再次抱这具尸体。”

克里斯汀把担架扛在肩上，胸口开始疼痛，可能是胸膛忍受不了这个重压。她咬着牙坚持了下来。他们沿着海边走，风很大，但她却很少闻到腐尸味。

他们走到刚才走下来的山崖旁边的时候，武夫说：“看来我必须先把尸体拉上来，然后再来抬担架。”

克里斯汀说：“我们还可以再走一段路绕过去，那里有一处平时用雪橇装运水草的地方，不算很陡峭。”

克里斯汀安静地说着话，武夫听见后，觉得她的神志清醒了过来。刚刚他还因为害怕克里斯汀今天晚上会发疯而紧张得发抖。

他们艰难地抬着担架，沿着平坦的沙滩走向松林。虽然这里也有风，但并不像海边那么大。他们离波浪声越来越远，克里斯汀的心情就像从黑暗的深渊里走上了回家的路。路边那块亮一点儿的地面看起来比这边高一点儿，是一块没有收割的麦地，弥漫的麦香和倒下的干草形成了一幅唯美的画卷，好像在等着她回家一样。她的双眼含满泪水，正在从孤单的恐惧和悲痛中归来，回到生者和死者的社会中去。

有时候冰冷的海风从背后吹来，难闻的尸臭笼罩着她，但是没有她在小屋里闻到的那么难闻，户外全是新鲜、潮湿、寒冷和洁净的空气。

她觉得自己好像一个人背着担架与尸体，但越来越感觉到武夫在保护着她的羽翼，拦住后面的暗魔，黑夜的咆哮声越来越不清楚了。

他们在走到树林处时，看见了亮光。

武夫说："他们来迎接我们了。"

没过多久，他们看到很多男人拿着松木火把、手执两盏灯和盖着裹尸布的担架。艾利夫神父和他们一起过来的，克里斯汀惊讶地发现队伍里有几个人是那天晚上去过坟场的男人。他们中间有许多人流着眼泪。当他们将克里斯汀肩上的重物卸下时，克里斯汀差点倒下了。艾利夫神父准备搀扶住她，她赶紧说：

"不要碰我，离我远一点儿。我感觉自己也得了……鼠疫……"

但是艾利夫神父仍然用手去搀她：

“克里斯汀！希望你不要失去信心，牢记主所说的：‘你们怎么对待我卑微的兄弟姐妹，就等于怎么对待我。’你会从这里面得到安慰的。”

克里斯汀注视着神父。她看见男人们把死人从武夫做的担架上面挪到他们携带的担架上。武夫的披风从旁边划过，死者的鞋头从里面探了出来，在火把的光线里显得漆黑和潮湿。

克里斯汀走到担架旁，跪在担架两端把手的中间，轻吻着那双鞋：

“我的姐妹，主会保佑你的，主会在自己的殿堂里使你的灵魂感到快乐，也会宽恕我们，宽恕在这些黑暗中的所有的罪人……”

忽然间，她感到自己的灵魂好像飞出了身体，令人难以忍受的疼痛传到身体外面的皮肤上。好像是深深地扎根到她全身每一处的东西现在要从她体内钻出来一般。她感觉胸中的所有东西都在向外涌——她感到嘴里都是污秽，到处粘着恶臭难闻的血液。没过多久她上衣的前面被染成了一片黑色。“主啊，我这个老太婆的身体里怎么会有这么多血液？”她默默地念叨着。

哈尔德之子武夫用双手抱着她，带她离开了。

修女们拿着蜡烛，在修道院门口迎接他们回来。克里斯汀的精神状态不是很好，但她感觉到有时被人抱着、有时被人扶着走在走廊里。她还看到了刷成白色的圆顶屋子、屋内时亮时暗的烛光和松木火把，听到了杂乱的脚步声。在这个快要死的女人眼里，烛火就好像她生命火焰的余光，而石板上踏足的声音就像涨潮的河水，将要前来带走她。

终于灯光快要熄灭了，她依然站在漆黑的天空下，院墙里忽闪忽闪的亮光洒在安着高窗的抹灰墙上，那是教堂。有个人用双手抱着她，依然是武夫，但现在她觉得他和以前抱过她的所有人的脸融为了一体。她用双手缠绕着他的颈部，把脸靠近他满是胡碴的喉咙口，感觉好像又回到了依偎在父亲身边的时候，但同时又好像是自己也抱着一个小孩……在武夫的头后面点燃着红色的蜡烛，她觉得这火光中充满了人类的爱。

……过了片刻，她微微地睁开双眼。此刻她的头脑非常清晰，她躺在宿舍里的一张床上，背后垫着许多枕头。一个修女用布巾掩盖着面部，弯着腰照看她。克里斯汀闻到了一股酸醋味，她的目光落在了修女眉弓上的红痣，猜出这位修女是雅阁奈丝修女。现在已经是白天了，清新的灰色阳光穿过玻璃照进了屋内。

现在，克里斯汀已经平静了下来，也不再感到那么痛苦——她浑身都是汗水，非常劳累，而且连呼吸都感到胸口疼痛。她贪婪地喝完雅阁奈丝修女喂给她的止痛药，一股寒意涌上来……

克里斯汀躺在床上，回想起昨天发生的事情，打消了不切实际的想法。她知道自己走神了一段时间，但她能够做这件事情，挽救小男孩，阻止那些可怜的无知乡民犯下可怕的罪行，她觉得自己能够在弥留之际完成这些事，应该感到高兴。但她此刻已没有力气来高兴，却得到一种平静的安慰，就像在柔伦庄园做完一天的工作后，浑身无力，疲惫地躺在床上休息一样。此外，她觉得自己必须感谢武夫。

……她轻声呼唤着武夫的名字，武夫就在附近，躲在门后面，一听到克里斯汀的呼唤，便走到她的床边。她把手对着武夫伸了出来，武夫非常用力地握住她的手，表示自己是可以信赖的。

这个快要死的女人忽然不安起来，双手不停地在脖子处摸着。

武夫问道："克里斯汀，你在找什么？"

克里斯汀轻声地说："十字架。"她艰难地拿出父亲送给她的镀金十字架，想起来昨天答应为史坦侬做一场安灵弥撒。那时候，她忘记了，现在除了父亲送她的十字架和她结婚时的戒指外，她已经没有任何东西了。这只结婚戒指她还戴在手上。

克里斯汀将戒指取下来，看了一下，放在手上沉甸甸的，戒指上镶嵌着大红宝石。"伊兰德……"她在心里想道。她心里觉得现在将自己的这枚戒指献出来比较好——虽然她不知道是为了什么，但她觉得自己必须这么做。她心疼地闭上眼睛，把戒指递给武夫。

武夫轻声问道："你要把戒指给谁？"见克里斯汀没有作声，武夫又补充问道："你要我把它交给斯库勒？"

克里斯汀摇了摇头，闭上双眼答道：

"给史坦侬……我答应……为她做安灵弥撒……"

克里斯汀睁开双眼，看着武夫手上的戒指，眼泪不停地往下流。她觉得自己以前从来没有真正地去了解它的意义。这个戒指让她踏入了婚姻的殿堂。她以前抱怨，经常发牢骚、生气和反抗过去的那段生活。但是现在她仍然喜欢过去的那段生活，不管那段生活是多么的艰难，她都很高兴，也十分珍惜过去的每一天。她不愿意把过去这段生活中的任何一天归还给主，哪怕是这段生活中的痛苦经历，她都觉得弃之可惜……

武夫和修女悄悄地说了几句话，然后就出去了。克里斯汀想擦掉眼泪，双手却毫无知觉地放在了胸前，身体的疼痛使双手很沉重，好像戒指还戴在手上一样。她现在头脑又开始恍惚了。她想确定戒指是否真的没有了，好像在梦中交给了别人。对于昨天的事情她也记不清楚了，坟墓里的男孩，微波荡漾的黑色大海，她背着一具尸体。她不清楚自己是醒着还是在做梦，连睁开眼睛的力气都没有了。

修女说："姐妹，你现在千万别睡着——武夫已经去请神父了。"

克里斯汀顿时清醒了过来，重新注视着自己的双手。戒指不见了，但是中指上留下了一圈被戒指磨的白印，在她粗糙的棕色皮肤上非常显眼，像一道白色的伤疤。她甚至能够觉得自己清楚地看到戒指上镶嵌红宝石的地方有两个圆点，戒指中间刻着"马利亚"的头一个字母"M"，印记也留在手指上。

她知道她会在印记消失前死去，这是她头脑中最后一次清晰的想法。她对此感到很高兴。知道这是她的秘密。她知道，主用丰厚的爱使她在不知不觉中守护着一项约定，即使她任性，即使她的心灵受到尘世的束缚，她都会将这份爱埋藏在心里。这份爱如同阳光滋润大地一样滋润她，任何欲望和愤怒都不能带给她丝毫影响。

她是主的侍女，是一个桀骜不驯的仆人，不虔诚的祈祷者，心里不忠诚，懒散邋遢，对别人的建议感到不满，言行不一。但主一直守护着她，在她的戒指上悄悄留了一个印记，证明她是主的女仆，属于艾利夫神父现在召请来的那个人，他现在要来给予她自由，解救她……

艾利夫神父为她作了涂油礼仪，给她吃了圣粮后，克里斯汀又昏睡了过去。她不断地吐着鲜血，发着高烧。神父陪在她身边，对修女们说她可能快要解脱了。

……这个快要死的女人有几次清醒了过来，她看清楚了这些面孔，神父和修女们，蕾根希尔德院长也一直在，还有武夫。她努力地让她们知道自己认识他们，有他们守护在她身边祝愿她，实在太好了。但周围的人都认为她快要断气了，她只不过是在濒死状态中划动着双手。

有一次她看见小慕南的脸庞——小男孩透过半掩的门偷看她，然后又缩回了脑袋。克里斯汀看着房间的门口，多么希望小男孩能再偷看她一下。可等来的却是蕾根希尔德院长，她用湿毛巾擦拭着她的脸，她觉得这样也很好。随后这些都淹没在一团红雾里，周围也响起了可怕的轰隆声，然后又慢慢地不见了。红雾也渐渐地消失了，像日出前美丽的朝阳一样，所有的声音都安静了下来，她知道自己快要不行了……

艾利夫神父和哈尔德之子武夫一起从死者身边走了出去，在走到走廊的门口时，他们停了下来……

外面下着雪。当他们坐在克里斯汀的旁边，看着她在黑暗中与死神搏斗的时候，谁也没注意到外面下雪了。对面的教堂屋顶折射出白色的绚丽的光，非常刺眼。灰色天空下的尖塔显得白亮亮的，皑皑白雪笼罩着所有的窗架和吐出来的东西，使礼堂灰色的石墙变得毛茸茸的。他们迟迟不出去，好像不愿意用自己的脚印去玷污这洁白的积雪。

他们深吸了一口气。在呼吸过鼠疫病人病房中那种令人窒息的气味后，此刻外面的空气真新鲜，清爽而洁净。这场雪似乎能够清洗空气中的杂质，包括疫病和传染病菌——使空气像清泉一样甘美。

塔楼的钟声再次响起，两个人看到钟摆在摇晃。雪花飘飘洒洒地落到地面上，滚成一个个小雪球，瓦片上露出小块的黑斑。雪花落到地面上，融化成水。

武夫说："这里不会有多少积雪。"

神父说："是的，它们大概在黄昏前都会融化掉。"

云层中露出一丝略带金色的暗淡的白光，一缕阳光像探路似的照射在雪地上。

两个人默默地站着。武夫说道：

"艾利夫神父，我想把一些土地捐给这边的教堂……另外还有她赠送给我的老劳伦斯的酒杯也捐给这里……为了她和我的两个教子，还有我的亲人伊兰德……"

神父没有看着他，只是用低低的声音说道：

"我认为你应该感谢主昨晚带你来到这里，帮她度过了这一夜，她肯定很开心。"

哈尔德之子武夫说："对，我也是这么认为的。"接着便抿然一笑，"神父，我几乎为自己对她保持这样纯洁清正的态度而感到后悔了！"

神父说："这种后悔可是毫无意义的。"

"你为什么这么说？"武夫问道。

神父说："我认为人只应该对自己所犯的罪恶感到后悔。"

"理由呢？"武夫继续问道。

“除了主之外没有完美的人了。没有主的帮助，我们都不可能做任何善事。武夫，不要因为自己做了好事而觉得不应该，你做过的善事不会化为乌有的，即使天下的山脉都化为平地，你做过的那些事情，它依然永远存在……”

“就是，就是。神父啊，这一点儿我还是明白的，我有些疲倦了……”武夫说。

“哦，你一定是饿了吧？走，跟着我去厨房。”神父说。

武夫说：“谢谢，我吃不下去东西。”

艾利夫神父说：“但你必须要和我一起去吃一点儿东西。”他伸出手，拉着武夫一起走。他们一起走进院子里，走向厨房。两个人不约而同地放慢脚步、尽可能轻地踩着地上刚下的雪。

附录一　温塞特年表

1882 年　5 月 20 日温塞特在丹麦小城凯隆堡出生，那里也是她母亲童年时的家，她在家里的三个孩子中排行老大。她的父亲叫尹格瓦德，挪威考古研究的开拓者之一，专攻欧洲的铁器时代，也顺带研究挪威和欧洲的史前史，成名作是《北欧铁器时代的开始》。她的母亲安娜·盖兹祖先是苏格兰人，籍贯丹麦，她涉猎广泛、知识渊博，广泛地参与了她丈夫的研究工作，通晓德语和法语，并且对挪威和欧洲文化十分熟悉。

1884 年　温塞特 2 岁，她的父亲因身患疾病而被迫放弃在欧洲进一步进行科学旅行的愿望，应聘到挪威的奥斯陆大学附属博物馆任职，全家迁居挪威首都奥斯陆。

1888 年　温塞特在奥斯陆的拉格那·尼尔森太太开设的私人学校上学。

1893 年　温塞特年仅 11 岁，她的父亲便撒手人寰，时年 40 岁。

她的母亲孤身一人以十分微薄的收入抚养三个年幼的女儿。家境的贫穷迫使温塞特放弃当画家的理想，转而进入一所商学院学习了一年的秘书课程。

1899年 温塞特从学院毕业，并进入一家私人工程公司当秘书，直到27岁离职。在那里工作的第一年，温塞特第一次尝试写一本以中世纪的斯堪的纳维亚为背景的小说，那时她仅16岁。

1904年 温塞特第一部小说手稿问世，这是一部以中世纪丹麦为背景的小说，但却遭到出版社退稿。

1906年 《马尔塔·埃乌里夫人》完稿，但遭到退稿，在当时一位知名作家的帮助下，出版商才接受了这本小说，并于1907年出版。

1908年 出版小说《欢乐的年代》。

1909年 《维加·里奥特与维格基斯》出版后，她辞去了办公室的工作，打算靠写作挣来的稿酬维持生活，并开始了欧洲之旅。她先到德国，再到意大利、罗马，在罗马邂逅了挪威的天才画家A.C.史瓦斯塔德。

1911年 出版小说《珍妮》。

1912年 与A.C.史瓦斯塔德结婚，之后在伦敦待了6个月，温塞特在此期间潜心研究英国艺术和文学。

1913年 出版小说《穷人的命运》，温塞特的第一个孩子出生。

1914年 小说《春》出版。

1917年 小说《镜中的影像》出版。

1918年 小说《才女》出版。

1919年 8月，西格丽德·温塞特在利勒哈默尔生下了第三个孩子，并在挪威东南部小镇利尔哈莫定居，全身心投入到写作当中。

1920—1922年 出版代表作《克里斯汀的一生》，包括《新娘》《女主人》和《十字架》三部曲，其中宗教问题颇为突出。

1924年 公开宣布皈依罗马天神父。

1925—1927年 出版宗教色彩更加浓的小说《乌拉夫·安德逊》和续集《安德逊和他的孩子们》。

1928年 获得诺贝尔文学奖。

1929—1930年 出版小说《野兰花》和续集《燃烧的灌木丛》，均反映了作者在宗教上的探索。

1932年 出版以当代妇女生活为题材的小说《伊达·伊丽莎白》。

1934年 出版自传体小说《十一年》。

1936年 出版小说《贞洁的妻子》。

1939年 出版论文集《男人女人和位子》和《多尔特夫人》。

1940年 春天，德国入侵挪威后，在距他们的比耶克贝克宅仅几公里处，她年仅27岁的大儿子安德斯在战斗中阵亡。为避免德国军队迫使她到电视台前为他们的暴行辩解，温塞特被迫逃离家园，长途跋涉，先后来到瑞典、俄国，穿越太平洋，最后到达美国。到达美国后，她为美国的“挪威情报中心”工作，还兼职记者。在此期间，她还一直积极参加反法西斯活动。

1943年 出版写于美国的《挪威的幸福时光》。

1945年 挪威解放，温塞特于8月重返挪威利尔哈莫的故居。

	并获挪威老国王赏赐“圣奥拉夫大十字勋章”，成为该国第一位获得该奖的平民女子。
1945—1949年	撰述《圣徒西泽琳传》，并研究英国政治家与思想家埃德蒙·巴克。
1949年	癫痫性中风发作，6月10日于利尔哈莫病逝。
1951年	遗著《圣徒西泽琳传》出版。

附录二　诺贝尔文学奖大系书目

1901 年　苏利 · 普吕多姆（法国）　《孤独与沉思》

1902 年　特奥多尔 · 蒙森（德国）　《罗马史》

1903 年　比昂斯滕 · 比昂松（挪威）　《挑战的手套》

1904 年　何塞 · 埃切加赖（西班牙）　《伟大的牵线人》

1904 年　弗雷德里克 · 米斯特拉尔（法国）　《米赫尔》

1905 年　亨利克 · 显克微支（波兰）　《你往何处去》

1906 年　乔苏埃 · 卡尔杜齐（意大利）　《青春的诗》

1907 年　拉迪亚德 · 吉卜林（英国）　《丛林故事》

1908 年　鲁道夫 · 奥伊肯（德国）　《人生的意义与价值》

1909 年　拉格洛夫（瑞典）　《尼尔斯骑鹅旅行记》

1910 年　保尔 · 海泽（德国）　《骄傲的姑娘》

1911 年　梅特林克（比利时）　《青鸟》

1912 年　霍普特曼（德国）　《织工》

1913 年　泰戈尔（印度）　《新月集 · 飞鸟集》

1915 年　罗曼 · 罗兰（法国）　《约翰 · 克利斯朵夫》

1916 年　海顿斯坦姆（瑞典）　《查理国王的人马》

1917 年　彭托皮丹（丹麦）　《天国》

1917 年　耶勒鲁普（丹麦）　《明娜》

1919 年　卡尔 · 施皮特勒（瑞士）　《伊玛果》

1920 年　汉姆生（挪威）　《人地的成长》

1921 年　法朗士（法国）　《泰绮思》

1922 年　贝纳文特（西班牙）　《不该爱的女人》

1923 年　叶芝（爱尔兰）　《当你老了》
1924 年　莱蒙特（波兰）　《农夫》
1925 年　萧伯纳（爱尔兰）　《圣女贞德》
1926 年　黛莱达（意大利）　《邪恶之路》
1927 年　亨利 · 柏格森（法国）　《创造进化论》
1928 年　温塞特（挪威）　《新娘 · 女主人 · 十字架》
1929 年　托马斯 · 曼（德国）　《布登勃洛克一家》
1930 年　辛克莱 · 刘易斯（美国）　《巴比特》
1931 年　埃里克 · 卡尔费尔德（瑞典）　《荒原与爱情》
1932 年　约翰 · 高尔斯华绥（英国）　《福尔赛世家》
1933 年　伊凡 · 亚历克塞维奇 · 蒲宁（俄罗斯）　《阿尔谢尼耶夫的一生》
1934 年　路易吉 · 皮兰德娄（意大利）　《六个寻找剧作家的角色》
1936 年　尤金 · 奥尼尔（美国）　《进入黑夜的漫长旅程》
1937 年　马丁 · 杜 · 加尔（法国）　《蒂博一家》
1944 年　约翰内斯 · 延森（丹麦）　《希默兰的故事》
1945 年　加夫列拉 · 米斯特拉尔（智利）　《葡萄压榨机》
1946 年　赫尔曼 · 黑塞（瑞士）　《荒原狼》
1947 年　安德烈 · 纪德（法国）　《窄门》
1949 年　威廉 · 福克纳（美国）　《喧哗与骚动》
1954 年　海明威（美国）　《永别了，武器》
1956 年　希梅内斯（西班牙）　《小毛驴与我》
1957 年　加缪（法国）　《局外人》
1958 年　帕斯捷尔纳克（苏联）　《日瓦戈医生》

图书在版编目(CIP)数据

新娘·女主人·十字架/(挪)温塞特著;王玲楠译. —福州:海峡文艺出版社,2017.8(2023.9 重印)
(诺贝尔文学奖大系)
ISBN 978-7-5550-1200-9

Ⅰ.①新… Ⅱ.①温…②王… Ⅲ.①长篇小说—小说集—挪威—现代 Ⅳ.①I533.45

中国版本图书馆 CIP 数据核字(2017)第 145786 号

诺贝尔文学奖大系

新娘·女主人·十字架

[挪威]温塞特 著 王玲楠 译

责任编辑 朱墨山
出版发行 海峡文艺出版社
经　　销 福建新华发行(集团)有限责任公司
社　　址 福州市东水路 76 号 14 层
发 行 部 0591—87536797
印　　刷 福州俊丰彩印有限公司
地　　址 福州市晋安区鼓山镇鼓一村福光路 189 号
开　　本 889 毫米×1194 毫米 1/32
字　　数 879 千字
印　　张 39.875
版　　次 2017 年 8 月第 1 版
印　　次 2023 年 9 月第 3 次印刷
书　　号 ISBN 978-7-5550-1200-9
定　　价 223.00 元